银河的秋天

上册

巫怀宇 著

人民东方出版传媒
东方出版社

图书在版编目（CIP）数据

银河的秋天 / 巫怀宇 著 . — 北京：东方出版社，2023.11
ISBN 978-7-5207-3340-3

Ⅰ.①银… Ⅱ.①巫… Ⅲ.①长篇小说—中国—当代 Ⅳ.①I247.5

中国国家版本馆 CIP 数据核字（2023）第 086157 号

银河的秋天
（YINHE DE QIUTIAN）

作　　者：	巫怀宇
策　　划：	杨　磊
责任编辑：	杨　磊
装帧设计：	李　一
出　　版：	东方出版社
发　　行：	人民东方出版传媒有限公司
地　　址：	北京市东城区朝阳门内大街 166 号
邮　　编：	100010
印　　刷：	北京联兴盛业印刷股份有限公司
版　　次：	2023 年 11 月第 1 版
印　　次：	2023 年 11 月第 1 次印刷
开　　本：	880 毫米 × 1230 毫米　1/32
印　　张：	40.25
字　　数：	920 千字
书　　号：	ISBN 978-7-5207-3340-3
定　　价：	136.00 元
发行电话：	（010）85924663　85924644　85924641

版权所有，违者必究
如有印装质量问题，我社负责调换，请拨打电话：（010）85924602　85924603

目 录

序章：光明的消逝　／ 001

第一章　宇宙的珍珠　／ 023

第二章　内乱的旋涡　／ 173

第三章　故国的远影　／ 343

第四章　希望的航船　／ 475

第五章　虚空的烈风　/ 629

第六章　精神的迷宫　/ 787

第七章　长弧的终点　/ 939

第八章　时间的涯岸　/ 1115

后记　/ 1279

序章：光明的消逝

1.

在我们的故事发生的年代，古老的地球已荒无人烟，大地上的人造物几尽销蚀，留存的只有金字塔。那曾与时间巨人角力的凡人的传说，早在金字塔的时代就已流传。最初的人类目空一切，他们意欲战胜死、战胜命运、战胜太阳的下沉。后来的人类挺拔高大，他们在大地上建造高塔，铭刻不朽的碑文。再后来的人类野心勃勃，他们竞相要用高塔和碑文的遗迹一统八方的语言，并意欲以自己王城的昼夜，界定一整个行星的时刻。格林尼治孕育了第一支统治大洋的海军，也奠立了首个世界时间的基石，把向东迎接朝阳、向西追赶落日的路结成了环，让太阳永照帝国的疆土，既不会落下，也不再日日永新，于是时间变得如玻璃般透明、均匀又永恒。

宇宙时代的人类时常怀着乡愁回想那个昼夜轮替、周而复始的古代世界。彼时划定时间的条条经线，就像古典主义廊柱般秩序井然；

相较之下，宇宙的时空却要比哥特式旋梯更扭曲。有趣的是，地球时代的古人也曾自命"现代人"，羡慕更古早的单纯美好：黎明女神一视同仁，把同样的光明"带给不朽的天神和有死的凡人"。古人的这些情绪，在今人看来当然是少年不识愁滋味，为赋新词强说愁。当今的意见认为，"现代人"是直到宇宙时代，才随着人之存在的两个矛盾完全暴露而诞生的：首先，人既如鸟兽寄存于大地之上，又如神灵遨游于群星之间；其次，物理理论已达极尽，却仍解不开意识与物质关联的奥秘，这让灵与肉的分裂无处遁形。诸行星时间各由照耀它们的太阳规定，宇宙时间的相对先后，亦受基准点设定的影响；分布不均的引力，更使这片时间的大海波涛诡谲。如同古代翻山过河的游牧民一样，银河殖民初期的拓荒者们，也要用自己的血肉身躯去经历并横越时空的沟壑，用凡人短暂的寿命去丈量无尽的宇宙。时间的标准再次成为权力的象征：地球对诸殖民星的支配地位，仍体现于将太阳确立为宇宙标准时间的尺度。光年的虚空多么稀薄，世界的"共时性"也同样脆弱，这一状况直到超光速瞬时通信技术成熟，才得到缓解。只是这种成本极高的技术一直未能规模化，只供人类聚居行星、船队旗舰和大型船只使用。

然而，起初用来强化地球的统治权的瞬时通信器，却最终稀释了它的权力。辉恒是第一个人口规模超过地球的行星，它属于极罕见的稍加改造就与地球一样宜居，且四面八方都只需数次时空传送即可到达新殖民地的星球。在人类正式移民之前，就先给这片土地分批送去了适应力更强的草木、鸟兽，直到高大的骏马，它们在灿烂的阳光下奔跑的样子，曾让那时的一位作家深为触动，说如若人类永不踏上这星海小岛才更好。这句痴语竟唤起许多共鸣，于是为取名而争论不休的人类便将这美丽的行星命名"辉恒"。在辉恒之前，人类扩张得越广，思乡病越重，仿佛离地球越远，引力反而越强；在辉恒之后，人类找到了新的重心，乡愁也就缓解了。辉恒的繁荣，将人类推入了星际殖民的高速膨胀期，当时的人们却没有意识到，正是广泛的星际殖民为封建制与帝国的崛起埋下了伏笔。

辉恒是彼时仅有的几乎无须环境改造的宜居行星，随着辉恒被充分开发，凭借个人的野心、智慧与坚韧就能开辟道路甚至创造历史的时代，也即史称"个人主义"或"自由主义"的时代落下帷幕。改造其他星球环境通常成本极大，且需要数代人的努力，后来的殖民活动也多由资本雄厚的家族组织，行星改造一旦成功，先驱者的后人们就不愿让旁人搭便车。于是辉恒中央只有追授开发权作为报偿，授予这些家族企业以特许经营权。特许经营公司早在共和联邦时代就已存在，银河帝国诞生后，只是另加了世袭领主爵位。这就是封建制和帝国的起源：不是为了强化，而是为了限制资本，将它绑缚在土地上。正如后世历史学家多指出的：这样的制度既低效，又不平，它只是为了在激励殖民扩张的同时维持人类社会的统一而建立的。人类的勇敢与灵气在消磨，毅力和纪律却在增长。在后世史书上埋下危机的联邦末期，同时代的人却自认为是进步的时代。起初人们并未将它理解成一种衰退，而是把力量的硬化当作力量的增强；很快，人们就将苦行当作更高的幸福。尽管新宗教尚未诞生，它在世界历史上的胜利还需等待一千年。

帝国的初创只为满足一时之需，人们忘记了古老的教训：权力的偶像一旦树立，就很难摆脱。起初人们并未感到痛苦，是因为赶上了人类高速发展期的尾巴，科学技术仍在进步，殖民星的数量爆炸式增长，银河帝国的总疆域便是在该时期大致确定下来的。然而册封的领主越来越多，也助长了分崩离析的苗头；为了控制他们，帝国的第六代君主弗朗索瓦大帝效法古代"太阳王"路易十四，兴建白银宫，将贵族控制在自己的眼皮子底下。

这座坐落于古都辉恒的宫殿如今已成废墟。在流传下来的影像史料中，每当朝露初上，皇家园林内湿润的空气中都会传来鹿鸣；待到落日血红晚霞满天，又会响起猫头鹰的叫声。与此相伴的，是宣布银河标准时间的辉恒大钟的钟声。曾有哲学家问过如下谜语：哪里的午夜既是零点，又不是零点？答案是辉恒大钟指针上的午夜——它立下了时间的规则，便无法被判断是否合规则。一切其他星球上的钟表都必须既显示当地时间，又能切换到辉恒时间；唯有白银宫里的机械钟，按帝国古代宪法的规定，只能显示一个时间。

然而宇宙中仍有另一地点，可以直接使用辉恒时间。曾有哲学家问过另一个谜语：世界上哪座建筑不是立在大地上，而是建筑了自己的大地？答案便是同样始建于弗朗索瓦大帝时期的那座球形移动要塞——博涯要塞。它最初被悬挂在辉恒的卫星轨道，内部的人造昼夜与王城同步，每天升起的人造太阳即是照耀着辉恒的那颗恒星在天穹上的投影，象征着辉恒的光明永远照耀博涯。每到夜晚，穹顶上就升起了天球的投影，它被冠名为"恒星天"，一个以博涯为中心的，也是有史以来最宏大、完美的托勒密宇宙学模型。

银河帝国的漫长历史，被两种相互矛盾又相互纠缠的激情所支配,白银宫和博涯要塞则是二者最贴切的象征。在帝国早期,白银宫培育出的青年贵族敞亮、高傲而轻盈;然而仅此而已远远不够,男子一到二十岁,就会被送往他们从小仰望的博涯要塞,在冰冷的宇宙中被锻造为新一代军官团。青年的友谊被淬炼成为帝国的支柱。要塞里浸透了主人与仆人、规训与服从、惩罚与复仇。这使得那些曾往来穿梭于宫廷和要塞之间的人满怀矛盾:他们虔敬谦卑,却时而暴烈无常;意欲统治,又渴望逃离;以理性与节制为最高的美德,又会将生命投入孤注一掷的疯狂。他们忠诚,同时野心勃勃;自尊,却又等级森严。在白银宫的温室中培育出的自由舒展的人性,在这里必须摆脱孤芳自赏,必须牺牲这种因世界的有限和偏狭而产生的美满错觉。他必须能够踏入毁灭的风暴,在诸多狂暴的力量之间找回平衡与节制。

弗朗索瓦大帝自比太阳王,却不知正午之后便是暮色,在这光芒万丈的比喻背后,隐含了时代盈亏的代价。待到过久的白昼落幕,他的人民早已盼望着天黑。兴建移动要塞是为镇压行星叛乱,其效果却未解决问题,只是推延了问题;从推延得来的时间里,世界在悄然变化。博涯要塞带来的不是忠诚,而是阳奉阴违;将要塞阴影下的地方领主们团结起来的,恰是弗朗索瓦大帝晚年的另一项工程:帝国疆域大致确定之后,确立了以银盘为平面的制图学标准;皇帝倾其国库建设由传送增幅门构成的交通线,从东、南、西、北四境同时开工。他死后,工程终因财政困难而中止,计划中的二十座耗资巨大的超远程传送门只建成了四座,蓝图上的双环状线路只建成了四截。这一半途而废影响深远:原本意图贯通全境的交通线,结果却划出了四个大区。

沿着交通线的相邻星区的联系越来越紧密,形成了四个集团,渐渐变成了四个国家。无论是当时的人们，还是后世的历史学家，都无法弄清帝国崩裂的日期。然而人们多以这一标志性事件为界：在一个静悄悄的夜里，移动要塞抛弃了早已无力供给它的皇帝，消失在夜空中。它飞去了一处资源富饶的行星，从此，白银宫与博涯要塞就分了家。史称五国时代的两个半世纪开始了。

2.

五国时代是民族国家取代帝国的时代。各国废除了以辉恒为准的旧纪年法和标准时间，以各自都城的建城年代为始，规定了新的年与日；只有博涯要塞的时间原本就与辉恒相同，所以不用改。除可怜的辉恒皇室之外，五国都改用了标准的民族语言，贵族们亦迎合时势纷纷改名。那时曾有三位名叫"卡洛斯"的作家，却因分属三国，其晚期作品的署名已分别叫"卡尔"、"查尔斯"和"卡洛"了。

五国时代的国际关系大抵是均势主义的，它紧紧围绕一个问题展开，那就是博涯问题。起初，博涯要塞只是四国分裂的遗留物，任何三国都不会让第四国独得它。于是，四国便强迫博涯要塞"独立"。然而由于从来就不存在"博涯民族"，它的独立是被迫的，这是一个刚刚诞生就不愿存在的国家，它的主权是人造的，正如要塞里的土地。博涯要塞飞离了古都辉恒，来到航线罕至的银河腹地，要塞司令古滕贝格公爵自立为君，成立了当时最小却武力最强的诸侯国——诺欧通公国，意为"船城"。它实际控制的广袤星域人口稀少，要塞里尽是失去土地的贵族军官团和庞大的舰队。在法学上，博涯问题常被表述为因诺欧通公国控制的银河腹地"边界不明",相邻三国主张封海法、诺欧通坚持公海法的争议,但这些只是辞令;西海联合王国外交家索尔兹伯里爵士曾精练地概括其实质:"要塞太强大了,这注定诺欧通无法被当作一个普通国家;可是要塞又不够强大,所以它又无法成就帝国。"历代诺欧通大公们既不愿也不能放弃要塞,因此它被三个邻居猜疑环伺;然而它又无法参加裁军或限制军备条约,因为要塞仅此一座,要么全有要么全无,无法裁撤"半个要塞"。它就像一整块太重的、无法切分的砝码,无论放在哪里都会令天平失衡。仅仅是移动要塞的存在,就已是以守为攻,将潜在对手长期置于被牵制地位,给北星盟、东部帝国、南境王国三国造成了巨额的财政负担。

在长达两个半世纪的五国时代,其余四国之间偶有战争,都迅速地解决了。银河腹地的诺欧通公国反而未逢战火,围绕它的矛盾引而不发,就像地球时代的历史重演:陆权与陆权、海权与海权间的争斗大多短促而直接,唯有陆权与海权的相争牵涉广大,间接迂回,旷日持久。这样的平衡维持了两百余年,已属奇迹。最终,被三邻包围的不安全感,让诺欧通大公奥托二世在继位后秘密寻求与不相邻的西海联合王国结成防御同盟。可惜盟约外泄,其中关于若一国处于危机,两国须同时动员的条款,被南境王国宰相施莱谢尔子爵篡改原意,解释为攻守兼备的全面同盟。然而这也只是辞令,其真正理由披露于子爵的晚年回忆录:对于诺欧通这样边界模糊的国家而言,想要清楚地区分进攻与防御、野心与恐惧是很难的。另三国终于缔结盟约,并决心耗费巨资,将各国境内遗留自弗朗索瓦大帝时期的交通线相连,以作呼应。粗略地说,这便是光复战争的起源。史学界关于战争原因的争论长过了战争本身,反而遮蔽了真正的原因,那便是外交史上所谓的"古老理由",即三国协约的崛起,和诺欧通对此的恐惧。

尽管西海联合王国不主张战争,但诺欧通的形势已十分紧迫。奥托二世决定先发制人,用空要塞守住自己与南境王国仅有的边界行星,同时亲率全部舰队攻入北星盟。为了充分利用每一艘战舰,他大胆地动员了已有家室的退役老兵,这些人心有牵挂,通常被认为无法承受宇宙战争中超高死亡率带来的恐惧,但这让诺欧通的初战兵力远超对手的预料。北星盟低估了他的进军规模和速度,一败再败,溃不成军。然而奥托顺时针横扫银河的大战略,却遇上了他的劲敌,东部帝国名将拉法埃洛·科伦坡。此人十九岁时因在军中散播共和言论险些入狱,却受国王庇护免罪,被遣去博涯要塞做使节,"如果他一定要讲共和制的好话,那就让他去腐蚀诺欧通人吧!"就这样,科伦坡结识了年长四岁、彼时尚未继位的奥托,二人相互引为至交。科伦坡早就看穿了北星盟的无能,一直主张东部帝国不可依赖这种盟友;身为共和主义者,他也看透了雇佣兵的背信弃义。奥托继位后,科伦坡瞩目于他治国有方,痛心于自己的祖国腐朽不堪。在外交危机中,科伦坡警告国内使节不可试探诺欧通,其意见却被忽视;谈判破裂后,他于战争前夜随使馆撤回东部帝国。北星盟的溃败让朝中亲北派很快失势,知己知彼的科伦坡临危受命。他果断放弃了援救盟友的计划,因为那只会让他们把自己也拖入失败。他在东境之内布置防御,让南境王国军从背后袭击诺欧通公国。

南境王国元帅里希特霍芬万不敢相信,横在他面前、阻碍自己去增援盟友的博涯要塞其实已是空城。只有科伦坡根据诺欧通公国军的前线兵力，猜破了奥托的空城计，敦促南境军大胆进攻。但里希特霍芬不敢冒险，不愿将后方补给线暴露于可怕的要塞威胁下，转而要求西海联合王国开放航道，让他们过境救援北星盟。得知这一咄咄逼人的要求，久病缠身的西海国王三日闭门不出，在忧愁中归了天。

南境军听闻西海国王的死讯，以为胜利已经提前到来。然而科伦坡曾在博涯见过后来成为西海王后的莎莉丝特，便告诫他们："那国王是只病猫，王后才是母狮。"西海联合王国议会中主张屈服的声音占上风，王后却认为本国与诺欧通公国有防御性盟约，虽无义务助它进攻敌国，却不能放敌军通过。她没有把国运的赌注押在明显不利的数据上，而是押在了她曾在博涯的见闻和她所认识的奥托这个人身上。这个一辈子未碰过武器的女人，如她的祖先一样披甲挂剑在阵前演说："我只有一具女人的身体，却有着国王的胃与心。"当海军上将出于礼貌询问这个从未研究过战争的女人，是否对战略满意时，她只说："你当充满自信地仰赖士兵的忠义豪情，而不必担忧会因他们缺乏忠义一败涂地。"在两军阵前，莎莉丝特王后所在旗舰时刻都在最前列，亲率舰队以双尖形态插入敌阵，初战大获全胜；然而旗舰不幸中弹，王后亦重伤不治身死。她的死激起了全军的血勇，让这支较弱的舰队撑过了接下来的两次会战，等来了横扫银河的诺欧通舰队的救援。

奥托知道兵贵神速，必须赶在后方被南境军击垮之前获得胜利，否则战事久必生变；即便最后胜利，赢得的也是一片焦土。然而科伦坡也明白，时间站在自己这一边。朝中有人怕他得胜后会增加改革派势力，讥笑他胆小避战。他却不为所动，仍然神出鬼没，坚持不与奥托决战。西海联合王国盟军初战获胜、后方压力减轻之后，奥托立即调遣移动要塞轰炸了东部帝国的粮仓。科伦坡放弃征用民粮,在军粮耗尽前于红超巨星的火海上迎战奥托。最终科伦坡兵败身死,因他而未饿死的国人却为了讨好征服者,把战败和饥荒归咎于这个"共和主义分子"的战略。如果这些人正面直斥奥托用饥荒逼敌军出战的战术,他们战败后的下场或许会稍好些。奥托将科伦坡的遗体运回博涯安葬,他生前工作过的使馆被改为纪念馆,"我的心中只有我的祖国,而他的心更为广大"。这是一句悲凉的墓志铭,因为科伦坡其实是一位爱国者,是他的祖国配不上它的青年。科伦坡也一直尊敬奥托这位伟大的敌人,尽管他临终不能原谅其饥饿战术,因为在恐慌弥漫的战争时期,由于航线中断饿死了一百多万平民。这是自人类进入太空之后,最大规模的饥荒事件。

大战以预防性战争开始,以对帝国领土的再征服结束。诺欧通大公奥托二世成了全宇宙最有权力的人,战争却夺走了他的两位友人的生命,他说这场战争是他"个人的损失,国家的幸运"。他相信:人的灵魂是不朽的,我死之后仍能见到科伦坡和莎莉丝特王后;然而国家没有灵魂,它一旦失败就没有救赎,因此绝不能失败。奥托大公、科伦坡和莎莉丝特王后的交往其实算不上密切,然而正如所有伟大的友谊一样,那些能够仅建立在稀疏遥远的交往上的深厚感情,通常有着最深的根。后世历史学家也发现他们的通信十分稀少,可是在三人的通信中,彼此都抱着极大的尊敬。

奥托明白自己的胜利来自开战之初的超额动员。在战后首次公开演讲的开头,他向失去丈夫和儿子的妻子与母亲们致歉,后来这成了胜利者在演说中必须遵循的规范。奥托还对西海联合王国人民说,他永远不会忘记莎莉丝特王后的英勇与友谊。他命工匠在她登上过的旗舰舰首雕刻持桂冠与利剑的胜利女神像，雕像的面庞即以莎莉丝特王后为原型。他邀请辉恒皇帝登舰，将其命名为胜利女神号，并颁布了帝国新宪法：胜利女神号即帝国军的法定总旗舰，她的指挥席即是银河帝国的真实御座，而诸行星上各处行宫里的王座，都只是星辰间的胜利女神在大地上的影子。他甚至将银河统一后的国歌，定为一首与原西海国歌同曲异词的歌，并慷慨地赋予他们"在我有生之年"的自治权，当年奥托还不到三十，对那一代人而言这样的期限一眼望不到尽头。然而后世许多历史学家认为，以死亡为期的条约是一颗随机炸弹，还不如定期条约，至少是可提前作准备的定时炸弹。这些举措赢得了西海人的心，也让许多人注意不到，同为战胜国，军队合并实质上是诺欧通军吸收了原西海军，而非相反。同时，这亦是对既无力参战，更无力终战的辉恒正统皇帝的再次羞辱。新宪法废除了五国各行其是的历法，仍将"日"的单位规定为辉恒的行星自转周期，那也正是博涯要塞的人造太阳周期；然而他没有把时间拨回到六百年前的帝国旧历，而是将这一年定为"光复元年"。

奥托二世并未自立称帝，他宁可凭大公爵和帝国元帅身份牢牢掌握实权，把那"玩具皇座"继续留在辉恒的皇宫。这便是幕府时代的开始。

3.

战争如同暴风席卷而过，来得太快，结束得也快。然而文化与习惯的变迁是缓慢的，奥托和他同时代人的心仍是民族国家的心，这一点深远地影响了历史。奥托的身边自动聚集起了新的宫廷，贵族们仍按照民族国家的惯例，效忠一个新国家的第一件事就是改用其语言，奥托顺势鼓励了这一做法，于是"卡洛"和"查尔斯"都变成了"卡尔"。民族国家对外扩张成帝国的过程，也就是帝国向内同化为民族国家的过程，二者互为表里、一体两面；也正因为贵族阶级充当了缓冲垫，这个过程才没有过于痛苦。一门语言就像一株古老的植物，政治可以砍断它，技术可以窒息它，这些人为的力量却造不出新的种子，所以几千年来语言越来越少；然而没有任何政治变化对语言的影响，比这个一统人类的民族国家更大。为了确保国家的未来，统治者们把目光探向了过去。政治组织的材料是语言而非血脉，若将目光投向遥远的古代，语言史的考古学就能在地球时代的一个小王国里，挖掘到这个纵横星海的大帝国在精神上的史前史。两千年后，血统上与之毫无关系的银河帝国贵族们，把古普鲁士发明为自己的祖先。

　　来自全银河的贵族很快令要塞显得拥挤，奥托不得不把行政中心迁至一颗行星。博涯要塞又成了一颗卫星，悬挂在它的天穹。然而他并未改动规定宇宙舰队作息的银河标准时间。在他看来，将都城时间设为宇宙标准时间，只会滋长特权与虚荣，终将落到辉恒皇室那般下场，所以不如让傀儡皇帝一直替他背负虚荣的腐蚀。他于众恒星系间的广袤空间建立了星罗棋布的续航站，并在战列舰级别的军舰上普及了瞬时通信器。此举籹平了宇宙时间的丘壑，建立了广泛的共时性。以舰体为球心的周遭世界被纳入了辉恒标准时间。然而这"周遭"究竟方圆几何？银河标准时间的误差可以有多远，一光秒，还是两光秒？哲学家危险又狡猾，总是抓住一切逻辑缝隙企图颠覆权威。一个不怀好意的问题已流传了数百年：辉恒时间的边界在哪里？到了奥托二世的时代，辉恒帝国大学的一位史学教授答道：帝国战列舰的炮火所及，就是辉恒时间的边界。

奥托二世时代的一大遗产，就是让辉恒-博涯时间由偶尔的连接变成了恒定的架构。线织成了网，人类从此习惯了银河标准时间。通信更方便，交通更安全，人类被联结了起来！然而，这也是人变得孤独的开始。宇宙政治的永恒矛盾依旧无解：星际文明需要规定普世时间，每一颗行星上每一分钟的日常生活却都在反抗它。人类以其渺小的身体、脚下的大地、远方的地平线界定他所在的世界，以光年为单位的政治经济学，却如巨大的绳索般牵动着他。人们常说历史之神即讽刺之神，而最大的讽刺莫过于，再没有什么能比银河的统一更致命地促进了它的崩离。每一颗行星都是一座差异极大的孤岛，行星自治才是星际文明的常态。是均势制衡下旷日持久的猜疑与恐惧，维持住了五大国免于分裂。科伦坡战死之后，奥托曾说，他爱强敌不亚于爱朋友，在这句话中他洞察了自己的命运。然而这也是他缔造的大一统帝国的命运：没有了外敌，就没有了中央集权的必要性。

奥托二世开创了一个注定短暂的黄金时代，没有哪个时代比它更持久地令后世怀念，起初是为了重燃昨日的火焰，后来只为倒映现实的灰暗。尽管它的制度既高效又均衡，远胜弗朗索瓦大帝的时代，却注定没落得更快。基础科学已停滞了数百年，工程技术的进步也渐近瓶颈；星际航线早已横贯银河，舒适丰饶的行星都已被占据，殖民较恶劣贫瘠的行星的成本呈几何级数上升。奥托力排众议，削除封建领主的诸多特权，恢复古老的自由放任政策。银河统一释放出的贸易潜力，乘着改革扫清积弊后的蓬勃朝气，实现了三十年的经济增长与文化繁荣。然而如此促成的增长是规模性和爆发性的，而非技术性的和可持续的。在他老去时，停滞的灾云又浮现在了地平线上。资本主义若不能保持扩张和增长，就会导致衰退和保守；它必须全力奔跑，才能维持在原地。繁荣终结之后，竞争变得残酷，人变得精细，后世称之为"内卷化"；此概念源自古代哲人莱布尼茨，他以此解释"自然的死亡"，生命与死亡的本质就是舒展与内卷。人们限制了自由，以截断这条卷向毁灭的滑坡。人类社会的形态，逐渐从进取得最快的机制，退化回那衰落得最慢的；资本法权最初便脱胎于封建契约，在科技进步与扩张殖民的动力耗竭之后，它退回到了自己的前史，如同一头动物沉入了冬眠。

有人天真地认为，生产力将决定它所适合的政治经济制度，越发达的生产力越能实现人的全面自由；然而自由其实与既有产能无关，只与其增速有关，唯有增长能带来可能性、希望与改变的勇气。社会静滞越久，经验的力量越是胜过想象，选择就越匮乏；静滞社会无论多么发达，自由都必将衰落，最终其词义也退化为"不同口味的享乐"。"个人"的观念曾经与英雄主义相连，后来人们却把它比作宇宙中孤单的原子；进步的观念一度复燃，而后再次死灭。然而人类仍须发明某种观念，以克服短视，超越终有一死的个体生命和"我死之后，洪水滔天"的虚无。于是强调家族延续的封建思想复活了，却仍无力扭转生育率的下降和人口骤减，人类仿佛看见了这个物种的毁灭；不是毁于残暴，而是毁于无聊。宣称死后永生的宗教随之而来，它复活了因果报应,这是人类可能发明的最全景敞视的观念;它窥探每一缕念头,变成了新的"良心"。当历史进步的希望破灭,未来之光不再照耀当下,便只有这些古老而顽固的思想,能让脆弱的人代代忍耐着活下去,而不致疯狂。希柏里尔教正是在这一时代兴起的,教名意为"极北乐土"。在进步的时代,未来曾取代了天堂;当进步停滞,天堂又成了人间渺茫的希望。据窸窣隐约的传闻,希柏里尔教起源于圣愚教,可是待希柏里尔教成为正宗,圣愚派很快被革除教籍,最终毁于自身的仇恨与怨毒;希柏里尔教的教义却是救赎与同情,在什么都不再能奉献的贫瘠时刻,它奉献了爱,这种爱比世间一切的爱都更深刻,经文中说:就连地狱也是由永恒的爱铸成的。

希柏里尔教与史上所有宗教的不同之处在于它出现得最晚,因此最思辨、最科学、最静观,其教义是 Sub specie aeternitatis,"从永恒的观点看"。早期教会时代,曾有无数苦行僧自我流放向那荒凉孤寂的"无穷远"处,因为那里的引力场是平的。瞬时通信与远程传送门把陷入分裂的星际文明勉强构成了一个整体,却都由于成本过高无法大量民用。硬件的不足需要软件弥补,宗教亦充当了这个星际文明的黏合剂。

衰退的最初征兆是物价升高和工时延长,不久后,诸行星陷入对贸易顺差的恶性追逐,竞相抬高关税,接着便是封建主义回潮。然而在此日渐保守与崩裂的大势之下,最初的反抗并不来自苦难最深重的行星,而是来自习惯了自由的人;也正因为如此,他们未能得到广泛的支持。光复历 63 年,奥托二世死去;同年,帝国的脆弱环节,战后享有自治权的前西海联合王国首府西海星爆发动乱。帝国总督被夹在实权者死亡后的僵硬政策与市民的怒潮之间，他用一句古话警告人们："切莫颠倒事物的顺序，先行动，待痛苦了才思考。"然而老年的理性是灰色的，吹不进青年火红的胸腔；这场反抗中燃烧着的本就不是希望而是绝望，市民们本就不是为胜利而战，而只是宁鸣而死，不默而生。他们清楚自己不仅是在对抗帝国，更是逆大势而行。当时的人已经在频繁引用地球时代的英语古诗，"怒斥，怒斥光明的消逝"。后来，曾在西海通用的英语也消亡了，这句古诗成了它的绝唱。后世语文学家学习古英语，就像学习古希腊语，所学的第一个单词就是"rage"；帝国的历史语言学家则论证德语是"正统的"日耳曼语，英语只是日耳曼语的一个古代方言。

然而从更大的尺度看，西海之乱亦是割据化的前奏，它的失败是因为来得过早。只需再过一代人，帝国就只剩下名义上的统一。此时曾凝聚一方的民族语言已被削弱，所以这一次银河分裂成了七十多个小国，远比五国时代更零碎。地方贵族成为雄踞一星的诸侯，他们藐视禁止私造机械钟的宪法，各按行星时间铸造大钟，竞相雇用巧匠为自己的小宫廷制造机械钟表彼此炫耀。这些由精致的齿轮勾嵌而成，无法进行相对论换算的机械钟表，就像那些以金丝银线织就，却因过于烦琐而无法劳作的服饰，成为身份的新象征。

博涯要塞再一次飞离行星，成了宇宙中的流浪要塞。从此，它与诸侯的宫廷，尤其是辉恒的白银宫彻底分离了：钢铁要塞中再少有带着诗集和乐谱的军官，内层的剧院和画廊也逐渐废弃。银河是辽阔的，足以容纳并平衡诸多相峙的精神；王侯割据的世界是狭小的，崩裂后的帝国为各地的统治者安排了不同的遗产。以博涯要塞和白银宫为心脏延展出去的组织、脉搏与气息也彼此越来越不同。

4.

在这停滞和分裂的时代，人类深陷于无聊，"历史终结"的思想深入人心。迄今历史却早已说明："历史终结"并不像古普鲁士哲人所说，有一个光辉的顶点，甚至不如后世的蹩脚模仿者以为的那样，能达到平庸的持恒。终结意味着一切都已经历过，生命呈现为一个宿命般的可怕圆圈，向着未来的路却是重走过去的路。辉恒再次陷入了帝国分裂的悲哀。然而就连这悲哀也证明了其精神朽败：他们不愿认识到，幕府时代的皇室不过是一件饰物，一个可怜的演员；大一统秩序的解体，反而是辉恒争得自由的机遇，凭着令其他星球羡慕不已的自然条件，何愁不能自立自强。然而辉恒人已经被昨日的偶像迷惑了五百年，迷恋上了自己的悲哀，再不愿醒来了。皇帝路易七世把他全部的珍宝堆积在白银宫，准备在强邻入侵时付之一炬；他每日等待，可当他得知原要来犯的仇敌在出征宴上死于暴食，他也死于了绝望，这座宫殿遂得幸存。此后，在频繁的权力更迭中，白银宫接连成为三个家族"王朝"的宫殿。动荡中的辉恒迅速衰落了，人口缩减至鼎盛期的不到二成；越是如此，辉恒人越是沉溺于昨日，在一个无人在意正统性的时代，固执地坚持着自己的正统地位。

不知从何时起，博涯要塞有了一个称号，叫"宇宙的珍珠"，其起源已不可考，不见于史册，仅流于口传。这一时期的要塞已是一个独立城邦，且从起初的半径四十公里扩建为五十公里，新建部分另设为外城，以安置服务王都的平民人口。如此工程耗资巨大，年轻的施旺二世更对这"宇宙的珍珠"倾注了太多幻想，使其远超出该国的财政能力。改建后的博涯不同于任何其他城市，远无法仅从军事或经济功能上理解，它的内城就像一整座巨大的舞台，从位于中央的大教堂的高塔眺望，四周景色宛如油画；仿佛这些布景般的建筑，就是为了配得上后世那些恢宏又残酷的历史大戏而存在的。他要把她建成一座永恒之城，让她的外壁成为时间的界限：在这高悬的珍珠之上，一切都永恒不变，在她之下，万物皆易变可朽。数十年匆匆而过，施旺二世已是一位可怜的老人，他殚精竭虑，每晚扑在自己的设计图上，企图做出最精微的修改；白天又日复一日地远眺工地，梦想能毕其功于一役，在有生之年目睹这一杰作，结果远未完工就亡了国。他只求篡位的新君继续工程，切莫半途而废。篡位者应允，并把他关押在一间能望见已建成的大教堂金顶的囚室，好让每一轮夕阳给这间囚牢洒去金光。然而，彼时的人类只是追求美，或追求漂亮，早已不复有信心与恒心，不再愿意耗费几百年修建大教堂。后来历经三代君主，陆续删去了不少华而不实的设计，才勉强完成了扩建工程。

诸侯时代的人类演化出了两条规则以尽可能维系和平：其一，是主权完整原则，殖民地的主权归于宗主星。其二，是力量平衡原则，疆域划分须有利于较弱行星自卫。然而正是这两条旨在和平的原则，由于偶然的相互矛盾，导致了那场席卷银河的大战。银河统一战争的起源，是兰茨胡特与帕绍的殖民地争端。帕绍人主张，比克堡作为殖民地应当归属自己；兰茨胡特行星领主霍亨洛赫侯爵却认为，比克堡离他的主星太近，仅一次时空传送即可抵达，归属帕绍则无异于将家乡置于帕绍的枪口下。于是侯爵向邻近的博涯要塞遣使寻求结盟。人造城市博涯拥有与辉恒同样灿烂的人造太阳，可是钢铁要塞内土壤浅薄，它仍渴望着那阳光下的土地，当即应允了兰茨胡特的结盟要求。帕绍得知此变故，亦向辉恒求援。于是兰茨胡特与帕绍的冲突，终于演变成了博涯与辉恒的战争。

起初，辉恒的舰队进攻要塞失利。然而当博涯君主启动要塞传送引擎准备反攻，却遭到早已联络埋伏好的六国联军围攻。城内的舰队打不出去，联军很快就要轰开城门涌入要塞。外城农奴出身的禁卫军司令帕维尔·谢尔盖耶维奇·穆罗梅茨力主敞开城门，放敌军全部登陆后再封死，同时下令舰队官兵离舰步战，动员全体预备役，最终赢得了"宇宙战场上的斯大林格勒"。在这场昏天黑地的厮杀中，穆罗梅茨回到内城的豹厅求见国王，趁机弑君；他宣称国王战死于阵前，拥兵自立。此后，博涯要塞就更名为"穆罗梅茨堡"。接着要塞被传送至辉恒上空。根据银河帝国的古代宪法，一切飞行器都不可横越白银宫的正上方；近千年来从未有过人造物凌驾于它，而今穆罗梅茨堡的黑影却遮住了它正午的太阳。

白银宫中的宠臣们四散奔逃，"疯王"腓力却执意不降，他率领仅剩的寥寥亲信躲进伊古德拉希尔大教堂，彻夜祈祷。古卷中有预言：辉恒城破之日，女武神会执利矛降临，降天火于十万光年之银河，统一帝国，重铸荣光。然而当受降期限一到，从天而降的却是要塞主炮"永恒之矛"的万丈烈焰，将白银宫连同周边方圆上百公里的一切人迹化为灰烬。一千年前，弗朗索瓦大帝兴建博涯要塞本是为了震慑地方，万不可能想到它第一次用主炮镇压行星，竟是对准了他的白银宫。

就在此前一个月,白银宫中的贵族们仍对钢铁要塞里的那些"宇宙时代的斯巴达人"不屑一顾。作此类比者自然是以"宇宙时代的雅典人"自居,此所谓世有雅典然后有斯巴达。然而斯巴达常有而雅典不常有:史上被蔑为斯巴达人的,常具备名副其实的封闭与野蛮;而自诩为雅典人的,却是徒有虚名者多。至此,与银河帝国同寿的白银宫终归尘土。要塞摧毁了宫殿,蛮武毁灭了文化。人们不禁想起七百年前,博涯要塞飞离辉恒的那个夜晚;当时绝无人能预想到当它们再度见面,竟然是如此结局。仿佛数世纪的分道扬镳已令二者对彼此过于陌生,以至于非相互毁灭不能重逢。

辉恒是希柏里尔教的圣座所在,教皇却在空袭降临前逃离了城市,乘坐一艘小船,只身飞上高悬的要塞。他迎接征服者踏上辉恒的土地,举行了盛大的典礼。教皇早有预谋,冷不防把皇冠戴在了穆罗梅茨头上,这个前日仍被讥笑为野蛮人的人,还没来得及接受或拒绝,就被加冕为银河帝国皇帝。穆罗梅茨终于对他图谋已久的东部星域拥有了正统权力,却同时被赋予了统一银河的义务——有些地方教会不服教皇已久,在神学和科学上反对教廷,其中国王堡教团甚至组建武装僧团,在政治上公然分庭抗礼。新皇帝诞生后的征服与兼并,便不再是小国间的征伐,而被称为"银河统一战争",一些行星举兵抵抗,很快战败;更多的则在大军逼近前承认新皇帝的统治,交出部分武力以换得一定的自治权,教皇亦借这世俗之手统一了教会。古卷中那个辉恒城破之后银河帝国将重新统一的预言,终于成了真。

老穆罗梅茨放弃辉恒定都穆罗梅茨堡,银河帝国的最后一个王朝,也是唯一以移动要塞为都城的王朝拉开了序幕。穆罗梅茨王朝短暂的历史充斥着吞噬与痉挛,暴烈而黑暗。有历史学家认为,博涯改称穆罗梅茨堡的意义,不亚于古代史上君士坦丁堡改称伊斯坦布尔;许多文化史学者甚至拒绝承认它是银河帝国史的一页,并认为当白银宫化作废墟,银河帝国就已毁灭。当然,后者中不少本就是辉恒人,纵然经济衰落已久,辉恒的文化仍举足轻重。教廷也迁入了帝都要塞。教皇宽宏大度,为邀请先前反对派中的科学家,兴建了史上最伟大的研究机构"栓星台",以整合对立教派的精神科学,期望在封建割据时代那盘根错节的深根与茎蔓之上,终能结出晶莹纯洁的花冠。

穆罗梅茨统一银河后不久驾崩。直到临死,他的身边仍围满了冠德语姓氏的异族显贵,向垂死的皇帝投去阴惨惨的目光。而皇帝的最后一道旨意,是恢复数百年未执行过的古法,杀死皇后以绝外戚之忧;他只留给三个儿子一句古话:"团结一致,让军人富起来,蔑视其他一切。"当他颤巍巍地把印玺传给长子时,双眼已几乎不能视物,将印玺错拿成了手边一瓶大小和形状相近的伏特加。长子尼古拉高举双手接过伏特加,将它捧过头顶,赞美神恩,由教皇为这酒瓶洒上圣水。他匆匆继位,又在数年内被弑而亡,未留子嗣。很快,次子格里高利也步了兄长的后尘。光复历 428 年,皇冠落在了三儿子阿列克谢头上,他继承了父兄的事业,整合权力拼图,终于成为四百年分裂以来首个统治全银河的人,已有四十七年。

我们的故事,也由此开始。

第一章

宇宙的珍珠

第一节 天诛
第二节 苏醒
第三节 原光
第四节 蛛网
第五节 暗流
第六节 分别
第七节 相撞
第八节 奥厄
第九节 归途
第十节 审判
第十一节 血缘

第一节：天诛

1.

温特利德·科赫少校伸出手掌，轻轻抚摸皇家大剧院舞台上的层层幕布，目光顺着皱褶向上，抬头看那高高吊起的幕墙。头顶明晃晃的灯光刺入双眼，他心中思忖这幕墙竟真的那么高，那一瞬他觉得这块幕布没有尽头，仿佛把整个宇宙劈成两半。

恍然间，温特利德有似曾相识之感，却难记起。又是那个梦境吗？嗯，这已是第多少次梦见这面墙？不，当我说"这"面墙时，又如何确定每次如幽灵般浮现的，是同一堵墙呢？它既熟悉又陌生，令他哑口无言，唯一能抓住的词语只剩下"这""那"，就像咿呀学语的孩童看着初生的世界。

温特利德的后脑隐隐发痛，双腿乏力，本能地伸出手去扶面前的墙，却在柔软的幕布上扑了个空，几乎跌倒。当幻觉散去，双腿也恢复了力气，他才看清面前不过是一面巨幅绸布。这里是帝都穆罗梅茨堡，皇家建筑正是为了制造宏大的错觉而设计的。

他试图不再去想刚才的幻景。今晚皇帝陛下将驾临剧院，他所属小队的任务是保障安全，提前封闭剧场，确保除剧团人员之外不得放入一人。这里是帝都要塞中守卫最严的中央区，又能发生什么事呢？一切皆无异样。他漫不经心地挪动着步子，绕出剧院大厅，来到东侧的一个阳台，缓缓伸了一个大懒腰。

温特利德把身体尽可能拉伸到最大，张开每一根手指，迎向要塞内城天穹上的人造太阳。这样伸懒腰的姿势不仅不放松，反而如雕塑一般紧张。阳光静静地洒下，远方天空澄澈，空无一物，但他知道伙伴们一定已经看到了自己用四肢发出的暗号。他的目光仿佛穿透穆罗梅茨堡内球穹顶，抵达了外圈层层叠叠的金属球层。今晚此地将发生一件大事，皇家剧院的戏台虽已是惊人的宽阔高大，但对于此事而言，仍然太小了。

温特利德·科赫今年二十二岁，四年前（光复历 471 年）入伍，三年前被调至特种作战部，立过几个不大不小的功，衔至少校，却仍只是一名小队长，负责穆罗梅茨堡内城几处教会设施的安全。今日他自告奋勇协助预查剧院的安保，却是出于另一个不为人知的身份：他是当今最大的反帝国组织"科伦坡幽灵"的成员。他的任务是再检查一下，幕布高度和御座与戏台之间的距离，是否真与之前情报中难以置信的巨大尺寸一致。若与情报吻合，则于上午十点前，在东边第三个阳台上朝着学校的钟楼伸懒腰；若不一致，则在西边第二个阳台向教堂边的广场双手叉腰。

说起这个组织,只有二十年历史,其名称来历却源远流长。五国时代末期,奥托大公轰炸敌国粮仓,以饥饿逼迫敌将科伦坡出战,饿死者上百万,而后出现了一个自称"科伦坡幽灵"的反帝国组织,却只是昙花一现。直到二十二年前,相传翁布罗萨行星秘密研制"超大规模杀伤性武器",意图谋反,军队先发制人施行镇压,整颗星球无一人幸存。如此暴行唤醒了沉睡四个半世纪的历史记忆。于是出现了另一批"幽灵",把四百多年前的古人发明为自己的祖先,而"科伦坡"这个名字,也宣示了他们的共和主义底色。帝国政府将翁布罗萨行星的毁灭归于"超大规模杀伤性武器"意外爆炸;至于其谋反动机,有说是当地人恃稀有资源而骄纵,有说是因不忍重税而反抗,种种说辞相互矛盾。所谓谋反罪证,也仅是翁布罗萨人私造和使用机械钟表——由于机械钟表无法进行相对论校正,不能显示宇宙标准时间,宪法规定它只能用在无须作此换算的辉恒和穆罗梅茨堡。整颗行星无一人生还,传统热核武器无法造成如此彻底的毁灭。况且一个星球仅仅密谋独立或爆发骚乱,亦无必要赶尽杀绝。因此幽灵们一直怀疑翁布罗萨星的毁灭另有隐情。

由于科赫少校泄露的消息,幽灵们得知皇帝将于今晚驾临剧院。

这里可是穆罗梅茨堡内城,在此执行"天诛",进来了就出不去。

"天诛"这个名词源自地球时代一个被大小门阀控制的岛国,一批武士革命家为减少国家新生的阻碍,对幕府权贵的定点诛杀。这一用语虽承自古代维新志士,在数千年后却被赋予了新意义:自从五年前,幽灵们改变战术,将行刺目标从军政官员转变为大贵族中的年轻男性,以图将其家族绝后。针对无辜少年的暗杀,令他们最终被定性为恐怖分子;但这一招威力巨大,幽灵们不惜为此背上恶名。这不仅在贵族中,甚至在军方引起了恐慌,毕竟军官团与封建主几乎只是同一批人的两个身份。军方为安全考虑,请求目标明显的、有封地的大贵族们举家迁入帝都穆罗梅茨堡;诸行星上的贵族越少,留下来的人被刺杀的概率就越高,恐慌也就越大,迁徙也随之加速。几年之内,众多贵族纷纷迁入帝都要塞,直到人满为患。那些未能挤入要塞的小贵族,有的也在恐惧中为保安全而放弃了头衔;然而小贵族徒有爵位而无封地或官职,除了有限的特权外,其爵位既然不值得为之付出生命,因此也不值得杀。要塞为容纳这些新来者,不得不在内圈辟出聚居区;其中被众星拱月般环绕着的,就是皇宫。

自从翁布罗萨行星轰炸之后,皇帝便久蛰深宫,迄今已有二十载。此番外出乃是天赐良机,断不可失,否则老贼年事已高,随时可能寿终正寝。科伦坡幽灵们绝不让此独夫安然死去。于是刺探到皇帝将外出观剧的情报后,他们当机立断决定执行天诛,并要温特利德提供皇家剧院的建筑图。温特利德闻之大为惊讶,考虑到这样的刺杀行动绝无生还希望,他陈述了数条反对行刺的理由,却只收到了来自上层组织的简短回复:"生死自由。"

一直以来,温特利德都对"天诛"的态度有所保留:以子嗣为目标,虽正中贵族制的要害,毕竟不够光明磊落。他在幽灵组织中人轻,却明白这句"生死自由"的含义:天诛遵循自愿原则,不强加。这不是算计,而是惩罚:刺杀一个风烛残年的老人看正义"之必需。皇帝出行本身就比戏台上的剧目令人瞩目百倍：皇帝身体的在场，昭示着帝国的强健安泰。然而凡是宣传都可被反向推理：皇帝需要在公众面前在场，恰是因为帝国正面临危机。自古以来，帝王年事渐高，政治气氛往往日趋紧张。皇帝唯一的亲生孩子是个私生子，他的唯一合法养子是个沾染了自由思想的新派人物；随着皇帝一年年老去，太子一年年长大，其思想倾向也越发明显。这一切都刺激着人们的神经。尽管这些暗流无法涌出冰面，帝国表面上仍是一片祥和盛景。

官方宣传机构准备全程直播皇帝的出行。若能在整个银河系面前惩罚暴君，暴君的舞台将在瞬间转化为复仇者的舞台。为此，一批死士自愿潜入穆罗梅茨堡内城执行天诛，当要塞外城生活区的喧闹消失在通往内城的轨道井，一名年轻的战士回头，将一闪一闪的灯光射向井口处目送他们的友人。

经过百年前的扩建，原先的要塞外壁成为内城与外城之间的墙。外城即是维持要塞运转、提供服务的平民居住之地，和专属于权贵政要的内城是截然不同的两个世界。有人说，这两个世界之间的差别，已经超过了充满生活气息的外城和要塞外壁之外那冰冷的宇宙之间的差别。

2.

古往今来，刺客若想行刺成功并全身而退是极其困难的。但若只求同归于尽，就简单多了。此次"天诛"正是后者，既然明知逃不出去，幽灵们一上来就放弃了逃跑。行动步骤并未告知温特利德，参与的死士他也都不认识。

当特种作战部征集自愿协助剧院的安保人员时,温特利德为了核实剧院内部尺寸报名了。可是他没想到,自己虽有少校军衔,却最终只是勉强挤了进去——原来,这次陪同皇帝看戏的人的名单,由皇帝亲自过目筛选。军官们都挤破了头,想趁机结交些显贵。只有温特利德心想:"若不是为了协助幽灵们,我才不愿意来。"

信号已经给出,离戏剧开幕还有九个小时,温特利德不知道幽灵们会以怎样的身份混进来。午后,剧团的人到了。他悄悄地观察他们,可是他们每个人都有一双演员的眼睛。搭建戏台的工人们呢?他们正在布置道具机关,会是他们吗?

既然我不是行动的一员,那么我即便认出了战友,最佳策略仍是装作没认出。所以既然想再多也没用,就不如不去想。我的任务已经完成,接下来就装作什么都不知道吧。

自下午四点半开始,就已经有观众提前入场,剧院里的人很快多了起来。看见盛装的贵族们接二连三地进来,温特利德爬上三楼,独坐在后排。这是一个他重复过许多遍的动作,他的童年在一个古老的修道院度过,在它每年对外开放的少数几天里,他总爱攀上钟楼,避开拥挤的人群。从三楼看下去,他感觉池座里的贵胄们与演员之间的距离,远小于他与这些观众之间的距离。在一个时刻,人们纷纷朝着门口望去,朝那个方向行礼。温特利德把头探出栏杆,果然是皇帝驾到了。

表上的指针以恒定的速度划过表盘,大戏还有一刻钟开幕。他没有把表放回兜里,而是握在手中,这姿势让他看起来像是在战场而非剧院。这位老人还能在人间逗留多久？剧院内一个老人的死，将牵动整个银河系的命运。那才是世界历史的大戏，它的戏台要比这皇家剧院宽阔得多，我也在其中扮演了一个角色，且已经完成了我的戏份。

夜幕降临。温特利德站在二层左侧柱旁，俯瞰全场。皇帝二十年来极少出宫露面，此次众贵族皆以能坐在离皇帝更近的位置为荣耀，就连一些久居幕后的老臣也来了。台上演出的是一出关于奥托大公与光复战争的古代戏剧，温特利德尽可能专心地看戏，一半是因为他暂时无事可做，另一半是因为需要找一个能让他专注的东西，生怕自己的紧张暴露出异样。

"您可是全场最专心看戏的人了。"身边一名队友轻声说道。卫兵的任务本是负责保卫现场，却自己看起戏来；而那些专程来看戏的显贵，却总是悄悄关注着皇帝的一举一动，比他更紧张。温特利德耸了耸肩，也轻声回答："军人的任务，比政治家的简单些。"

此时，戏台上的演员也用洪亮的声音说出同样的台词："军人的任务，比政治家的简单些。"队友差点笑出了声，冲他竖起了大拇指。温特利德也故作轻松地冲他笑了笑，手指埋在口袋里，轻轻地抚摸着他的表。戏剧已经演到第四幕了，过不了多久，就是第五幕。温特利德不停地想：现在是几点了？还有多久？但他不能拿出表来看时间，他怕表盘会沾上细密的汗水，又怕右手会忍不住轻颤，暴露自己的紧张。

戏台上响起了午夜钟声，第五幕。然后是敲门声，一声，两声。大戏已经演到奥托大公的挚友、东部帝国名将科伦坡的鬼魂闯入奥托的梦境，台上灯光渐暗，打在背景里的空王座上。鬼魂身披铁甲，踏过梦境中的瓦砾与尘埃，上前一步环视四周，最后目光落在了观众席上的皇帝御座，唱道：

你将速死，死于非命！
你将不会听见你的孩子叫父亲！

自高中时代就熟悉这部剧的温特利德立即紧张起来：这不是剧本上的台词。在原剧中，主人公最终得到了挚友亡魂的原谅。这一幕的主题本应当是友谊与和解，而非复仇和诅咒。可是台词被篡改了。"你将不会听见你的孩子叫父亲"——传闻这句话是穆罗梅茨王室的诅咒，有人说是因老穆罗梅茨弑君篡位，也有人说是因他临终前杀死皇后，总之在皇帝阿列克谢两位死去的兄长身上都应验了。当今皇帝只有一个亲生儿子，是个冠母姓的私生子，常年率舰队征剿乱匪和海盗，直到最近一两年匪患稍平，才有更多机会回穆罗梅茨堡。如果科伦坡幽灵的刺客，正是剧中科伦坡的鬼魂的饰演者，以这几句台词给皇帝送终，便是再恰当不过。那鬼魂的铁甲中裹着杀气。

皇帝听见这句台词，颤巍巍地站了起来，神情恍惚。

人们纷纷惊诧地将目光投向皇帝，舞台上科伦坡的鬼魂长臂一挥，正当鼓点大作长号齐鸣，从十二米高的悬挂幕布的横梁上滑来一个不起眼的小盒子，温特利德第一个瞄见了它。

"陛下……"皇帝身旁的廷臣想提醒他坐下。此时连续响起了几声机械弹击声，廷臣话未出口就被贯穿了胸腹，在血泊中痉挛、瑟缩成一团。

暗箭已经射偏，接下来只能上明枪了。队友条件反射般地拔枪，并向身旁的柱子寻找掩护，温特利德手上慢了半拍，因为他的心出奇地稳：终于来了。他扫视着周围，刺客在哪里呢？仅两秒钟后，戏台上科伦坡的鬼魂就从铠甲里抽出了一个圆筒，那可能是一个简易射击装置。温特利德拔出手枪，瞄向刺客头顶上方两尺，此时另一名士兵已经在向刺客射击。戏服盔甲瞬间已被熔穿，鲜血喷涌出来。与此同时科伦坡的鬼魂将圆筒指向了皇帝的胸口。

"翁布罗萨的罪！"

老皇帝阿列克谢仍盯着他，一动不动。

一个不明物体射向皇帝的前胸，从他的肩部甲衣上折开，皇帝被击倒在椅子上，看不出是否受伤。那鬼魂抬高枪口瞄向皇帝的头部，然而在皇室卫队面前，谁又能有补上第二枪的机会呢？刺客被三束能量同时射中，其中一束将他的面具劈断，烧焦了他半边的脸。

戏台上，饰演奥托大公的演员早就瑟缩着滚到了床底。

观众席第一排的老皇帝如梦初醒。温特利德看到一位戴红帽的主教让开了一条道，扶着他向人群后部退去。

刺客的盔甲铰链被打断，露出身上绑着的炸药。卫队忌惮炸药，不敢开枪。温特利德对此也很吃惊，按理说炸药是无法通过安检的，自己也并未协助刺客蒙混过关，可是它偏偏绑在了刺客身上。

刺客掩面跌倒，滚下戏台，用尽力气吼道："翁布罗萨的血！"十余管枪的枪口指着他，但由于忌惮他身上绑着的炸药，无人敢靠近。他已必死无疑。

此时戏台下方封闭的乐池中传来了惊恐的叫声："炸弹！这里有

一桶炸弹!"

温特利德又吃了一惊:科伦坡幽灵虽是恐怖组织,却只针对贵族,极少伤及平民。如此行事实非其风格。即便为了行刺皇帝不择手段,这样在全宇宙面前把自己塑造成为求复仇不惜滥杀无辜的屠夫,也毫无意义。

"升降机!快,升降机!"剧院里有人大喊。

"不准开升降机!"一名军官喊道。温特利德尽管没有看到喊话者,却听出这种发号施令的语气,定是出自军人之口。开动升降机是要把藏在戏台下的乐池升至地面一层,乐队就有了逃生之路;但若炸弹被升至剧院池座后爆炸,尚未逃离的贵族们就会死伤惨重。反过来说,不准使用升降机,就是要牺牲掉整个乐团。

一听见"升降机"就能如此快地反应过来,可见这名军官熟悉剧院结构,甚至很可能是常来此地的乐迷。然而正是这样的人,却没有一丝犹豫就牺牲几十名最顶尖的演奏家,只为确保权贵们的安全。温特利德想至此处,心中发冷。

现在不是想这些的时候。行刺已经失败,大厅内外到处是尖叫着东奔西跑的人,那些音乐家怎么办呢?此刻温特利德想起了自己的女友,如果他作为在场的一名士兵,却只顾自己逃命,听任这些音乐家去死,她大概是不会原谅我了。温特利德怕死,但他显然更怕被女友瞧不起。幸亏刚才巡视剧院时已摸清了这座建筑的构造,他跳至台上,找到了一扇狭窄的暗门。尽管外面仍然嘈杂,他却能听见从门内传出的呼救声。温特利德明白自己脚下踩着一颗不知何时爆炸的炸弹,一枪击碎了门锁。没有梯子,看来这只是一个用来运物品的井。

温特利德伸下手臂，首先抓住的不是另一个人的手臂，而是一支小提琴。紧接着，琴的主人借着他的手艰难地爬了上来，"谢谢您！先生，谢谢您！"

温特利德一边说不谢、不谢，一边拽住他的手，拉他上来。演奏家们托起同伴向上爬，三分钟后，整个乐团都已经爬出了地下乐池。温特利德拉上最后一人后，已是手脚酸麻，也想赶快离去。此时，剧院外传来了震耳欲聋的爆炸声，气浪把窗栓猛然扯断，从窗口奔突而至，他不及抗拒身后突如其来的强大推力，一头栽进了地下室。

剧院外怎么会有爆炸，难道那里才是真正的行刺地点吗……

温特利德顾不得想这么多了，剧痛让他知道左脚恐怕是断了，脊背也痛得不轻。天窗那么高，没法爬上去。身旁就是炸弹。在昏暗的光线中，温特利德看见面前有一个拳头大的金属罐，上面印着一片落叶标志。难道这不是黑市上买的普通炸药，而是教会秘密研究的精神污染物？在特种作战部中，他曾偶然间偷听到这个标志，这是研究"心物关联"失败的副产品，能让人陷入疯癫。

温特利德凝视着这炸弹，它爆炸了，强烈的气浪把他掀开撞到墙上。

完了，这是我最后清醒的意识吗？

一瞬间，仰面朝天的温特利德仿佛听见有人在召唤他，这声音无比辽远，好似从另一个世界飞来；那个世界的声音高亢又缓慢，仿佛时间已不存在。他挣扎着要爬起来，视线却越来越模糊。后脑的隐痛再次出现，幻觉又要来了。

"薇拉……"他喊出了这个名字，仿佛要抓住这个名字，让她成为一根把自己拴在这个世界的绳索,可是还没有说完就昏了过去。

3.

昏昏沉沉之中,科赫少校看见了一幢灰蒙蒙的建筑。他不知这是何处,却知道这幢死气森森的房子里面有什么:一堵很高很高的,高过房顶的墙。他走进去,穿过似曾相识的阴惨惨的走廊,来到一个房间,里面有一个穿白大褂,戴厚眼镜的人。

"测试体 71104 号,全名?"

"温特利德·约瑟夫·科赫。"

"出生年月?"

温特利德没有回答,因为他也不知道自己的生日。他只知道,自己在年初出生。

"你是在哪一年几月几日出生的?"

"453 年……1 月 1 日。"温特利德答道。每年的第一天,他都给自己添上一岁。

"出生地?"

温特利德不知道自己出生在哪里。他只知道,从小到大的档案上,这一栏该填"北雪平修道院",于是他说出了这个地名。

"直系亲属姓名?"

温特利德没有说话。

"就是父母。"

温特利德仍然沉默。

"无妨，沉默也是一种答案。"穿白大褂的扶了一下眼镜，补充道，"我们这个测试探究的不是私人生活，而是思维语法。"

温特利德从这口吻中听出一种自豪，那是科学家在逼近真理之时特有的自豪。但思维语法又是什么？

"思维语法，你越想隐藏它，它的层次就暴露得越清晰。"白大褂似乎看出了温特利德的困惑，解释的语气中仍带着骄傲。

梦境在继续，又是笛声。温特利德被笛声吸引走到一扇陌生的铁门前，他知道门内有什么，仿佛不知何时曾穿过这扇门。铁门打开，他又看到了那面墙：巨大的白壁横贯庭院，笔直地延向目力之外的极远处，伸入深不可见的海底；白墙扶摇而上，它的边缘隐没在天空里，把白云和白云之上的缕缕阳光，和比阳光更耀眼的蓝色天空拦腰斩断。

身后的门轻轻关上，温特利德留心听着，果然，又听到了"啪嗒"的上锁声。

出于军人的职业习惯，温特利德在心中数着秒，他在等待一个声响，却又记不得那是什么——我在数秒，是在等待炮声吗？不对。果然到第十秒时，遥远的天上传来声音："你现在两岁，还不会走路。"

就是这个声音。温特利德双腿发软，几乎不能支撑自己。他发现自己的身体不知何时竟变成了一个婴儿的身体。这是梦，这是梦。快醒来！可是他知道这没有用。

小温特利德看到前面有一个女人的背影，她倚着那堵望不见顶的高墙。他跑过去，"妈妈！"

"温特利德！"妈妈并没有回头，背对着他，"哎呀！小心！快扶着那堵墙,你还不会走路呢!"

小温特利德停下脚步,想撑住那面没有尽头的墙壁,可是他却更想让妈妈知道他已经学会了走路,于是又迈开步子向妈妈跑过去。

"快扶着你自己!"

小温特利德停下了,疑惑地看着面前的这堵墙:高得看不见顶,长得没有尽头,仿佛将整个宇宙劈成两半。

温特利德忽然想起,这是梦!他问道:"妈妈,这是一个梦,对不对?"

母亲的背影没有回答。

"妈妈,告诉我,这是梦吗?如果这只是梦,为什么这一长串的梦都一模一样,不断地让我回到同一个地方?为什么在每一个梦里,我都能遇见您,看见您倚着这面墙?如果这不是梦,为什么我每次醒来,一切都无影无踪?这里的一切真实得不像是梦,而像是另一个世界;好像我现在依稀记得的那个世界,才是一场梦。"

母亲的背影没有回答。

温特利德想走过去,看一看妈妈的脸。就在这时,他被身后一股力量拖走。不知何处传来了那个白大褂的声音:"失败了。"

"温特?"

第二节：苏醒

1.

这一声熟悉的"温特"把他叫醒，是母亲吗？不，温特利德没有母亲。他自小在琼安修女的监护下长大，她是一个修道院院长，是个性格严肃、一丝不苟的女人。记忆中的教母从没有叫过他"温特"，而是一直叫他"温特利德"，偶尔甚至会呼其姓氏"科赫"。

在睁开眼的第一缕光明中，温特利德就看见了薇拉，只有她十年来一直用"温特"称呼他。他环顾四周发现自己躺在一张床上，薇拉正坐在床边看着他。他明白自己刚才又做了那个曾困扰过他的梦。这已经是第多少次了？数不清。

薇拉温柔地告诉他，在他昏迷的三天里，她一直不眠不休守在他身边。

温特利德问的第一句话是："我还清醒着吗？"

"什么？"薇拉听到这个莫名其妙的问题，以为自己听错了。

"我是说，我是不是在做梦，还是已经疯了？"

"当然是你在做梦！谁会不眠不休陪着你这个笨蛋三整天！"

温特的脑门轻轻地挨了一记拍。他明白了：薇拉以为，他问自己有没有疯，是在问她不眠不休守着他的话，是不是自己的幻觉。但温特明白那些话是薇拉胡说的，两人单独在一起时，薇拉总爱这样胡说八道。然而温特利德问自己是否还清醒，问的是剧院爆炸的精神污染物，有没有摧毁自己的理智。刚才我的脑门又挨了薇拉的打，看来是没疯，但是我挨了打却觉得幸福，那恐怕还是疯了。乐池下的精神污染物失灵了吗？一定是这样，自己才保存了清醒的意识。

就算这是个梦，就算自己被精神污染轰得魂飞天外，只要这里有薇拉在，温特也情愿永不醒来。薇拉告诉温特，医生说他的身体其实受伤不重，奇怪的是竟昏迷了这么久。

这里是穆罗梅茨堡最好的医院，温特利德只去过两次军医院，从没见过这么干净雅致的病房。薇拉问他怎么会去剧院的，温特说，是他主动请缨前去协助卫队，负责那里的安全。

"怕只是想在上班时间跑去看演出吧？都不带上我。"薇拉说。

温特又傻笑起来，他埋怨自己，为何在薇拉面前总是这么傻。他担心薇拉是想问自己：你这木鱼脑袋，什么时候也懂得借这种机会，去接近宫廷显贵了？但薇拉没有问出来，他也不好主动回答。温特当然不是那种人，若换了别人，被误会也没什么，然而被薇拉误会可不行。他觉得还是说明白好，于是说道："我是真的有任务才去的。"

当然，他没说这任务，其实是科伦坡幽灵的天诛。

薇拉想，或许是特种作战部有了剧院可能遭袭的情报。每次温特说有"任务"时，就意味着有某些暂时不能外泄的机密，但每次事情结束后，他总会和她分享，偶尔就连像薇拉这样胆大的人，也听得又惊又怕。

"这次是真的有任务……等时候到了，我一定告诉你。"温特说。

薇拉点点头，她知道温特绝不会对她说假话。

这样的信任，是用了很长的时间和相当大的代价换来的。在那个友谊和爱情还不是很分明的中学时代，他们就在心灵上靠得很近，把彼此视作顶重要的人了。这个少年人曾经为了向薇拉"证明"些什么，做过多少蠢事呀！温特利德一次都没有在神学、哲学、政治试卷上写下过自己不相信的话，多少是想以此幼稚的方式，向薇拉证明自己的名誉。至于薇拉是否明白这一点，他并不知道。只是无论考多么低的分，只要薇拉几句轻声的责怪，就补偿了一切，远远超过损失。最后，温特利德不想"晚节不保"，才在升学大考的考场上做出了同样的事。如果他用官方答案去讨阅卷者的欢心，他怕薇拉把他的感情视作同样不可靠的东西，怕她将自己的爱看作同样的软弱。可是那一次薇拉却和他吵了一架，说他只想着自己，根本就不想和她一起考入大学。而后，温特和一些考试落榜又无权继承封地的同学一样，选择了从军，而薇拉进入帝国中央大学研习历史，两人差点断了音讯。温特利德在半年的新兵训练期满后被调回穆罗梅茨堡。回来前，他怕薇拉不原谅自己，可是在见面的第一秒钟，两人就又和好如初了。

三年前，温特刚刚调至穆罗梅茨堡，忙碌了三天才见到薇拉。薇拉早就听温特说要调到这里来，那天，她找借口摆脱了总像影子一样跟着的侍女，一个人漫无目地在那条划分了军民区域的河的堤岸上走，结果真的看见温特就在对岸。她朝他挥手，喊温特的名字，两人顺着长长的河岸一路跑到下一座桥。"你说你调回来了，却隔着这条河，仍像隔着天河一样。"他们在桥上拥抱，让彼此明白长久的分离不曾让爱情冷却，只会让它更深沉，就像分别的时光里所有的回忆都在这一刻回声，无数个曾经的思念缠绕上了对方的思念。

在病房里，薇拉问他之前怎么给自己打了个电话，却不说话。那个电话是温特利德前往剧院前打的，他怕卷入这次行刺并死去，怕再也见不到她。可是当电话那一头传来薇拉的声音,他却一个字都说不出口,于是就装作是手机在兜里不小心碰到按键误拨,一言不发,等薇拉连续几声"喂,喂"之后自己挂断了。

"什么?有过吗?其实没有什么要紧的事……"温特想,关于科伦坡幽灵的事是怎么都不能告诉她的。

薇拉仔细瞧着温特的眼睛,想找到它背后的秘密。

温特见状,也反过来盯着薇拉的眼睛,他们俩就这样滑稽地对视了片刻,还是温特先笑出来,不得不认输。他知道薇拉的这副表情是故意的,但随即想到:对视游戏固然是玩笑,却定是因为她已感觉到自己有事瞒着,想从自己的反应中瞧出什么端倪。

薇拉的表情变得狡黠起来,温特知道今天没法蒙混过关了。

科伦坡幽灵的事是绝不能说的。他想起自己刚才又做了那个已有一年没做过的梦,觉得这个秘密迟早要告诉她,便第一次把梦与扶墙实验的事说了出来。

当年温特利德无缘大学,就和许多同学一样进了军队,谁料到基层军官培训未完特种作战部就看中了他,把他调入这个全军人数最少却实战最多的部队。他一直半开玩笑地说,一定是"上面的人"发现了他天才的(其实是不及格的)神学答卷,尽管薇拉总是嘲笑他的这个想法。然而温特这样想,却是出于一个没对她说过的理由:来到穆罗梅茨堡后,他被安排参加了传说中的"扶墙实验":通过催眠将人心变回到幼儿学步的状态,来模拟一个被称为"扶墙阶段"的时期。在此时期,生理上的腿部肌肉已足以站立行走,但只要不被鼓励放开扶着墙壁的手,幼儿仍会在或长或短的一段时间内扶墙走路。最有趣的是，当父母让心理上依赖墙壁的孩子手中拿着物块或篮子，一些幼儿竟会以为这些物件是墙，拎着它跑起来。

据说扶墙实验中的成年人也都是如此。他们有健全的双腿，然而一旦被心理暗示回到幼年，总是会去扶那堵无限高大的墙。

病房里只有他们两人。薇拉起初既惊奇又担心，但听完之后，她的脸冷了下来，扭过头去。温特心中发慌，她这回真有些不高兴了，他知道她不能容忍的，是自己有事故意相瞒。薇拉之前就和温特认真地说过，她是能够和他分担一切沉重的秘密的人，无论在世人眼中如何不可告人的事，她都会相信他；所以温特一定也要充分地相信她，相信他们之间，没有什么是不可理解的。

"在理性的王国中，是不需要秘密的。"薇拉说。

温特懂得，她真正想说的是之前他们一同读到过的话：在爱的王国里，人类才敢无畏地使用理性，因为爱与理性一样超越世俗偏见，因为爱能包容理性造成的一切痛苦。他承认了自己的过错，他不该瞒着薇拉，因为这隐瞒也是不够相信她。温特也请求她的理解：在他频繁地被那个梦境纠缠的两年里，他的隐瞒是不愿让她担心。而今这个梦已有一年没再打扰他了，一切都过去了。最后他还叮嘱道，扶墙实验是军方的机密，你也千万别告诉别人。

薇拉点了点头。就像许多次那样，她很快原谅了他。

"温特，你说这种实验，到底要研究什么呢？为什么要在梦中把人变成蹒跚学步的幼儿呢？"

温特摇了摇头。

薇拉又慢慢地说道："有什么研究需要模拟小孩的心灵呢？其实

我们学历史的就有。"

"什么？"

"嗯，古代史最大的困难，就是无法回到远古人的心灵；而童年正是理解的跳板，在那个阶段，神话、游戏与现实都不分明。有一位研究古希腊学的教授，每次做研究之前都要念一句仪式性的句子：'圣诞老人，礼物快来'。"说到这里，薇拉停住了。这本是一个在历史系流传的笑话，可是这一回，病房里的两个年轻人都没有笑。

温特仿佛听懂了什么："对，对，确实该往这个方向想。"薇拉的话触动了他：扶墙实验要把心灵变回更"原初"的阶段，但为何是幼儿学步，而不是更早的婴儿期？或许关键不在于学步而在于语言：更小的婴儿语言匮乏，无法有效互动，实验也就难以进行。无法逾越的鸿沟或许不在于信不信圣诞老人，能否区分神话、游戏、梦境和现实，而在于有没有语言，即便是在梦里，有语言的人也绝无可能想象尚无语言的婴儿世界。想到这里，他又感谢薇拉启发了自己，说，要是早些把这个实验告诉她就好了。

无论是在面对面的言语中，还是在独处时的沉默里，温特利德都多次感谢过薇拉，多到数不清。他觉得遇到她是自己最大的幸运，她改变了他。特种部队固然如匕尖般精强，但那里最坏的风气，就是倾向于强调政治的阴谋成分，因此也时常会如匕尖般狭隘。是薇拉这名历史系的学生把他从这种思维方式中拉了出来，让他看到在时间的洪流中，一时的算计是多么微不足道。他的不少同僚都自视为帝国军的精锐而自满，温特却觉得这十分愚蠢，甚至时常为自己的身份而羞愧，怕自己配不上薇拉。然而他的另一个身份，科伦坡幽灵，倒还不错，却不能对她说，因为幽灵的战略就是刺杀贵族子嗣；薇拉若是能担任军职、优先继承爵位的男子，以她的才华和能力，恐怕早就被列入目标了。温特看着薇拉，想到不得不对她隐瞒这个秘密，心头又升起了迷雾。

薇拉想知道温特在扶墙实验中的表现，他摇摇头，因为受测者中无人知道自己被催眠后的表现。但自从扶墙实验之后，他夜里就偶尔做同样的梦，白天看见一些高大的白色建筑也会产生幻视。

温特利德告诉薇拉：扶墙测试后，他就被调至特种作战部，他怀疑两者之间有关联。再后来的事薇拉就知道了，他除了接受各种训练和偶尔的特派任务之外，日常任务就是负责一个药物研究所的安全。

"薇拉，你说，这世界上真的有支配心灵的科学吗？否则，梦境又如何受影响呢？"

"什么？"薇拉答道，"怎么可能有这样的科学呢？那大概只是一种催眠暗示吧，地球时代就有这种东西了。"

"或许吧……"温特有些犹豫。他感觉到那不是，而是某种远为可怕的东西，就像梦中那堵无限高的墙。人如何能梦见无限高的东西呢？"无限"不该存在，它只是一个概念，无法被想象。人的心灵，是怎样梦见它，又同时保持稳定不被惊醒的？面对最不该存在之物，却像酣梦中的婴儿般沉睡？他正想着这些，薇拉的面庞上又有了担忧的神色，说道："支配心灵的科学是不会有的，摧毁它的伪科学倒是一直有，这些东西都有害无益，你以后可别再和它们扯上关系了。"

温特利德心中一紧，薇拉说得对，他想起那个印有枯叶标志的精神污染装置。这个秘密他也只是有一天在特种作战部里，隔着门无意间偷听到的，自己也必须装作不知，更不能告诉薇拉。温特利德身在特种作战部，自己已知的危险已经够多了，怎么也不能把薇拉牵扯到未知的黑暗中来。

这时他听到门外有了些动静，他望向门口，紧接着响起了敲门声。

"请进！"

2.

进来的是一位男子，左手缠着绷带，右手持一个镶着帝国军徽的小黑盒。他身材挺拔，略显瘦削，目光锐利。温特利德立刻认出了他，他就是在剧院中保护皇帝脱离行刺现场的乌尔里希·玛利亚·舒尔茨中将。他比房间里的两个年轻人年长四岁，同样曾就读于辉恒中学，随后进入军校，毕业前就在舰队实习中立下战功而破格提拔，于是刚毕业就被委以重任，独立统率一支分舰队。这在帝国军的历史上相当罕见。

舒尔茨在中学时代就是名人，因为据他的姓氏"舒尔茨"和中间名"玛利亚"，再加上年龄相符，很多人怀疑他是当年被赐死的皇妃玛利亚·舒尔茨的孩子。几年后，舒尔茨结束了学生时代，宫内才正式将此传闻证实。

不过令中学时的小温特利德更感兴趣的，不是学长的名字，而是他的签名。舒尔茨学长有一个怪癖，拼写全名时从不加"冯"，这在辉恒的贵族学校很是特立独行。舒尔茨认为名字是用来区别，而非用来重复的；既然人人名中都带"冯"，它就可以删掉。作为全校极少数名字里没有"冯"的人，温特利德也留意到了这一点。

温特利德刚念完二年级时，舒尔茨学长就已毕业，所以一定不认识他。他也打算装作不记得舒尔茨。只要可能，温特利德就会与他人保持一定距离，无论在何种场合，他都无法扮演那个热情地与每个人打招呼、和谁都谈得来的角色。这构成了他最深刻的本能的一部分，终其一生都未能改变。

"恕我有伤在身，不能起床相迎，请问阁下是？"

"我叫乌尔里希·玛利亚·舒尔茨，今日造访是为了给您带来这枚勋章。"他将小盒放在桌上。

话音刚落，温特利德愣住了，他猛然想起，在剧院里那一声"不准开升降机"，那道企图牺牲整个乐团以保护大厅里的贵族们的命令，正是出自面前的这个声音。原来就是他。

薇拉认识舒尔茨，为免对政界谁是谁从来漠不关心的温特问出"舒尔茨又是谁？"这样令人尴尬的问题，她立刻作了介绍，告诉温特这位是皇帝的儿子，他的左臂是在剧院外的爆炸中受伤的。当日还有另一名刺客在剧院门外，等皇帝路过时引爆了炸药。

"那么，剧院里那名绑着炸药的刺客呢？"温特问道。

"您一定想知道，刺客是怎么把炸药混过你们的检查岗的，"舒尔茨说，"答案是检查尸体时发现，他身上绑的其实不是炸药，只是戏台道具。而他们另外的行刺工具，都是现场利用剧院内的设备改装的。所以安检未能预先查到，并非您的过错。"

"正是舒尔茨中将向军方提出要提拔你，以奖励你在危急中救下那些音乐家的英勇行为。"薇拉又说道。

温特利德当时冒着生命危险，纠正了舒尔茨在事后被证明错误的决断。他听了这句话，望向舒尔茨，心想：一般的将领在这种时候多是会嫉妒的，这种狭隘我已不止一次见识过了。你提拔我，还亲自送来勋章，又是为什么呢？难道是在感谢我，弥补了你原本会犯下的杀戮吗？然而这样想，既低估了舒尔茨的心胸，也高估了他的善良。舒尔茨对有才干者只有欣赏从无嫉妒，也从不仅因事后结果而后悔早先的决断。他想提拔科赫，不是因为科赫做了什么，而是因为他做事时展示出的品质，预示着将来能做什么。这一刻，舒尔茨尚没有明确的想把他拉入自己势力范围的想法，他对青年人才的照顾多半出自真心，因此就连他自己也时常无法区分，其中是否有笼络人才的刻意为之。

这种真诚与权术兼有的性格支配了舒尔茨一生，他与温特利德·科赫的初次相遇，也是这样展开的。

舒尔茨说："幸亏您当时昏过去了，逃过一劫。"

温特利德对这句话感到莫名其妙，舒尔茨看出了他的困惑，却未作解释。他继续说道："科赫少校，不，您马上就是中校了，安心养伤吧。"他又转向薇拉，"我该走了，请代我向您的母亲问好"。

薇拉姓维谢格拉德，其家族出自穆罗梅茨堡，与海尔辛兰的舒尔茨家本是世交，四十年前舒尔茨家的女儿嫁入皇室，大红大紫之时，也曾帮过维谢格拉德家的忙。几年后，舒尔茨家遭逢大难，被逐出帝都，维谢格拉德家却明哲保身未施援手。那时，舒尔茨才刚刚出生几天。因此舒尔茨厌恶维谢格拉德夫人，即便对她的独生女薇拉抱有好感，也一直保持着相当的客套和距离。

他们上一回见面是在去年。当时薇拉挑战号称"银河第一剑士"的舒尔茨,尽管舒尔茨在力量上优胜,且在速度上毫不逊色,却仍被薇拉略胜一筹。由于性别偏见和政治宣传的需要,帝国官方仍旧称舒尔茨为"银河第一剑士",但每当有人以此头衔恭维他时,他都要纠正,真正的冠军是维谢格拉德家的薇拉。舒尔茨明白,自己的剑术虽已远胜一般选手,但所谓"银河第一",多半仍是真正的大师们顾忌其身份刻意相让的缘故,心中早有不快。薇拉却正因看不惯这种有辱剑术尊严的行径,才向舒尔茨挑战并全力以赴,故而获胜。舒尔茨也因此心生敬佩,一直坚持她才是真正的冠军。

舒尔茨走后,温特利德想起他刚刚自我介绍时,也没有加"冯",不禁笑了起来。薇拉问温特利德为何发笑,他提醒薇拉,难道忘了舒尔茨学长在学校里的事迹了?

"原来你记得他呀,我还以为你忘了呢。"

"没忘,那么有特点的人哪能忘呢。只是他是皇子,我不想和他多扯上关系罢了。"

"好多人巴结都还来不及呢。"薇拉故意说道。

"可是我不会呀,不懂如何与显贵们打交道,就最好不去,否则反而不好。"

薇拉明白他的意思。一直以来,温特奉行着一种绝不取巧、绝不占别人便宜的哲学,因为他相信如此得来之物是"过度的",迟早要还。薇拉曾拜访过温特童年生活的修道院,她说这些品质是那里留给他的 character indelebilis,不灭的痕迹。温特自己对此却无知无觉,他暗地里觉得,在自己的生命里,只有薇拉才配得上这个火焰般的词。

"不过他故意舍掉名字里的'冯',我看这位舒尔茨学长可不是寻常显贵,而是真的胸怀大志呢。"薇拉皱起眉毛,装作严肃的样子使劲点了点头。

"人家刚走你就取笑人家……"

"不过这样的话,你比他晚出生几年,好吃亏啊。"

"吃亏?"

"对啊,本来只有你的名字里不带'冯',最与众不同了,却被人家抢先了呢。"

温特从来没有这样想过。为什么要与众不同呢?他想着想着,咯咯笑了起来。

薇拉觉得他在笑自己。

温特说道:"没有呀,我是想,我比舒尔茨学长晚出生了四年,才会遇到你呢。"

第三节:原光

早生还是晚生,这是一个令无数人为之感叹的问题。当人们望向历史,太多的人感叹自己为何出生得过晚,仿佛所有的可能性皆已被前人走尽;若将目光投向未来,又会感叹自己为何生得过早,仿佛若迟一些出生,一切就会有所不同。

最大的幸运,莫过于生得恰逢其时。

乌尔里希·玛利亚·舒尔茨的出生可谓是最不好的。他是还未到生产的时节，就被自己的母亲从腹中血淋淋地剖出来的。这要从银河帝国第七王朝，也即最后一个王朝的开国帝王帕维尔·谢尔盖耶维奇·穆罗梅茨驾崩之日说起。

光复历421年，一统银河的老皇帝驾崩，给三个儿子留下一句古话作为遗命："团结一致，让军人富起来，蔑视其他一切。"尼古拉全凭长子身份赢得帝位，他无疑是父亲遗言的最忠实执行者，然而他只继承了父亲的残暴，却未能如他那样令人畏惧。年长无嗣的尼古拉在继位当夜得一怪梦，梦见一黑色大人对自己说：穆罗梅茨王朝的皇位是弑君得来，所以凡坐上皇位者，都不能听见自己的孩子叫父亲。此后，他为求一子几近疯狂，接连杀死三位出身显赫的皇后，在众叛亲离中被二弟格里高利弑于神殿。格里高利弑兄时亦被打伤，他从满是血污的神殿中奔出，装作有人谋反，自己舍命保卫兄长却幸免于难之状，篡得王位。格里高利在神殿受伤留下的病根十分奇怪，一直治不好，并在几个月内夺了他的性命，只留下一个刚出生的孩子。死前不久他听到传闻：手握兵权的养子将和自己尚在襁褓之中的亲生儿子争夺帝位，于是密诏三弟监视自己的养子，如有必要可以捉拿。

如此传闻正是先帝的第三子阿列克谢最恐惧的，因为皇兄的养子一旦篡权，自己必将遭殃；然而这也是他暗中希望的，他正可以借此机会，谋取无上的权力。于是他一接到密诏，就立即逮捕了皇兄的养子全家。在讯问谁是叛乱的主谋时，女主人舒尔茨家的玛利亚面无惧色，否认丈夫有叛逆之心，却承认自己曾策动丈夫谋反："我的男人既无辜又无用。他若听我之言，明日斩首的本该是你。"阿列克谢听闻此言，又敬又爱，便密令篡改供词将她赦免释放。丈夫被处死后，舒尔茨家的玛利亚藏一匕首于家谱卷轴，将其献于阿列克谢，令他屏退左右。献上家谱时，她突然抽出匕首将它切成两段，指着散落于地的家谱，说自己从未真正把历史悠久的舒尔茨家族放在眼里，并直斥阿列克谢，说他放走自己乃是双重的虚伪：一是不敢面对自己所冤杀的，二是不敢要自己所想要的。玛利亚坦言，自己当初嫁给先皇养子只为做皇后，策动丈夫对你先下手亦是如此，今日来此的目的也是一样：要么死，要么改嫁这个杀死她丈夫的男人，当今的摄政，未来的皇帝。

格里高利死后，幼帝继位，阿列克谢以皇叔身份任摄政王。大权在握不久，他就逼死了名义上共同摄政的皇太后，而后幼帝也精神失常成为废人，传闻正是阿列克谢亲自夜潜深宫，将精神污染剂滴进了婴儿的瞳孔。这个孩子还未学会说话就被诊断为疯人，被送进了疯人院。

就这样，皇冠名正言顺地戴在了阿列克谢的头上，可是随着皇冠一同迁来的，是那无嗣的诅咒。于是他破天荒地宣布一夫一妻制不再适用于皇族，给予自己纳妃的权力，希望情人们中的某一个能为他诞下有继承权的儿子。他第一个册立为妃的，就是舒尔茨家的玛利亚，这个女人令他又爱又怕，而每一分怕，都让他更爱她。

十几年过去，皇帝接连娶了十几位妃子，她们生下的却尽是死婴。此时希柏里尔教祭司耶柔米进言：此乃孽根未尽所致，除尽孽根就可得一子。阿列克谢连夜派人杀死了疯人院里的小侄儿。出乎意料的是竟有两位妃子怀孕，其中一位是皇帝最近宠爱的妃子，出身平民的碧翠丝,另一位便是舒尔茨家的玛利亚。依照惯例,长子能够继承家业和封地。于是帝国的命运就悬于这两个女人谁将先诞下皇子。

尽管舒尔茨皇妃曾是宫中早年的明珠,如今皇帝却更偏爱碧翠丝。一年前他顺从她的意思,把她的居所改建成一间家乡风格的木屋。他甚至想过把她故乡的巨树搬来,这引起了教会的恐慌:僧侣们怕这不断向上生长的巨树,终将高过大教堂那静止不变的金顶,后来该计划因穆罗梅茨堡单薄的土壤无法扎下深根才作罢。碧翠丝怀孕后,皇帝更是日夜相伴。穆罗梅茨王朝世代武人,不通文墨,皇帝便于全银河召集一千名诗人,由考官选出一百位最优秀者进入宫廷,又将他们分为十人一组,每日轮流写一首情诗,由皇帝亲自从十首诗中选出最喜欢的送给爱妃。皇帝选诗的品位遭到了后世学者的嘲笑,但即便嘲笑他的人也都承认,这样愚蠢的选择定是出自真正幸福的男子之手。

以怀孕的日子推算,碧翠丝的产期将比玛利亚早一个月。可是她却告诉皇帝,只要他最爱的女人是自己,谁当太子都不重要;如果舒尔茨家的权势可用来巩固帝国,她甘愿只做一个普通的爱人、平凡的母亲。阿列克谢半生浮沉,年过半百竟得一平民女子真心相待,大为感动,遂立誓把自己最好的一切给她和她腹中的孩子。他还颁布了大赦,并准备在孩子出生的那天以皇妃的名义宣布减税令,他知道这是最能令皇妃高兴的礼物。可是当舒尔茨皇妃的腹中婴儿被确定为男孩后,碧翠丝却迟迟不肯做鉴定。她对皇帝说,只要你是孩子的父亲,我是孩子的母亲,还有什么不满足呢?让我们的孩子在这间木屋里长大吧,这样他就永远不用羡慕别人。

碧翠丝的这些话不胫而走，传遍了宫廷，也传到了舒尔茨家，被认为是明知自己出身低微，争不过舒尔茨家，迫不得已为迷惑皇帝而使出的欲擒故纵的虚伪伎俩。一时间，碧翠丝成了宫内人指指点点的对象。但是皇帝不知道这些，他还招来希柏里尔教祭司们为她的腹中孩子占卜。阿列克谢的迷信据说源自其皇位来路不正，因为迷信总是能更轻松地侵入心怀疑惧的人。占卜的结果当然都是大吉之兆，尽管有的祭司说是男婴，他们都被赏赐一只金狮子；另一些说是女婴，他们都被赏赐一只金孔雀；只要是吉兆，皇帝就不在意这些区别。皇帝一日问一位青年主教，主教不答；再三追问，主教说自己既无法洞察胎儿的性别，也不敢欺君罔上，关于这腹中胎儿的未来，只知根据"人"的定义，定是"有死的"。皇帝不悦。第二天，他又召见同一教团的另一名祭司，那祭司同样说这婴儿是"有死的"，皇帝盛怒之下将主教、祭司和他们的整个教团逐出了帝都。

　　早在诸侯分裂的时代，该教团倚仗着举世瞩目的科学和神学成就，曾与教皇分庭抗礼；银河统一之后，前任教皇不计前嫌，将其中大批科学家请入栓星台。他相信知识的大厦已是廊柱林立，只缺整合各教派成果，便能封上那最高的拱顶。如今该教团被逐，希柏里尔教的精神科学研究也就中断了。此后，其他教团的高级教士们唯恐遭罪，纷纷为碧翠丝的腹中孩子献上吉言。唯有当初建议皇帝杀掉先皇遗子以求子嗣的耶柔米，此时正于栓星台闭关，从头至尾都未参与其中。

　　然而玛利亚·舒尔茨绝不会就此认输，她当年改嫁杀死自己丈夫的阿列克谢，所要的绝不是这种结局！她今生不能统治世界，但一定要自己的孩子登上帝位。于是在产期还有七周之时,她就将孩子从腹中剖出,紧接着舒尔茨家宣布诞下皇子。可是皇帝的心整个儿都扑在碧翠丝身上,仍在等待她腹中两周后将要降生的孩子。

看来皇帝是铁了心要立碧翠丝的孩子为嗣,五日之后,当碧翠丝的侍女送来贺礼以示绝无争夺太子之位之心,玛利亚·舒尔茨立即命令近侍将刚出生的孩子抛入下水沟,反诬碧翠丝嫉妒她更早诞下皇子,指使侍女偷走了婴儿。做完这一切后,她只说了一句话:"拥有一切,或一无所有。"

皇帝闻讯勃然大怒,斥责碧翠丝是一个虚伪狠毒的女人。他当年起初只是为求后嗣才将她纳入宫中,如今皇帝恨她欺骗自己,却远胜过恨她偷走自己的孩子;他曾爱她多深,如今就恨她多切。然而受诬陷的碧翠丝竟立即承认"欺君",只求念在腹中胎儿无辜,亦是皇族血脉,乞求皇帝多等两周,让她诞下皇子后再赐一死。

事发当天,皇帝把送来的诗稿撕得稀烂,把那一百位替自己写过情诗的诗人流放到了银河系最偏远的角落,并下旨将全银河所有图书馆里的情诗全部焚毁,这就是后来那场禁欲主义文化清洗的起源,如此幼稚的原因常被后世学者引以为例,来论证历史的偶然性。在临产前的两周里,皇帝再没有来探望过碧翠丝。宫女们偷走了她的珍宝,因为按照穆罗梅茨王朝严酷的法律,只待腹中孩子一生下来,碧翠丝是必须被处死的。宫内又出现了对"乡下人"冷嘲热讽——两年前她还只是个不起眼的宫女,那时候旁人说这些,是因为不在乎她的感受——但她知道如今他们是故意说给她听的。在她进宫之前曾经受宠的一位夫人听闻此事,高兴得发了疯,近年来她怀着贵族阶层对平民女子的高傲，倔强地忍受着失宠的命运，而今她的理智终于崩溃了。

然而出乎所有人意料的是，两周后碧翠丝生下的竟不是皇子，而是一块肿瘤。这是一种星际旅行中特有的怪病，症状貌似怀孕，待发现时通常已经太晚。此时她请求皇帝宽恕其欺君之罪：她自知命不久矣，于是谎称怀孕并通过药物将恶瘤抑制在子宫内，只是为了让皇帝能够多陪着她，只是想在人世间的最后几个月里，多得到皇帝的陪伴。我的陛下，我的阿列克谢呀——您有那么多的女人，您有纵横星海的帝国，可是我只有你。我没有孩子，也不会去害别人家的孩子。如今我已将连着我内脏的肿瘤排出，也就要死了，能在死前得到你那么多日日夜夜的陪伴，我是多么幸福。

说完这些话，碧翠丝就死了。阿列克谢痛哭流涕，他伏倒在她的床前，不让宫女打扰他们，甚至不让验尸官碰她。皇帝一遍又一遍亲吻她的手，一遍又一遍地恳求她的原谅。几日后皇帝走出她的寝宫时，下的第一道旨意就是将舒尔茨家贬出宫廷，永不得常住帝都，并赐死玛利亚·舒尔茨。

前来执行死刑的武官是个老实人，上司把这危险的任务塞给了他。倘若皇帝后悔，或古老的舒尔茨家族东山再起，他是可能会因此掉脑袋的。这位武官是个老实人，他一五一十地把所有事实告知了这个将死的女人。玛利亚·舒尔茨得知真相后疯笑不止，半天才说出这几个字来："她没赢！她没赢！……哦，可怜的小傻瓜呀！"

当时在场的人都记住了她这句话，尽管没有人知道她所说的小傻瓜究竟是碧翠丝，还是她自己的孩子。据赐死她的武官回忆，这是他这辈子最难忘的笑。像遥远的天上的，像无底深渊里的，就是不像凡人的。

"他也没赢!"玛利亚打翻托着毒酒的盘子,转身递给武官一把匕首,她想起自己与阿列克谢共度的第一个夜晚,那天自己带去的正是这把匕首。她指着自己的腹部说:"冲着这儿来!女人,玛利亚!你的母亲为何把你生为女人!"

就在此时,她最忠心耿耿的老仆抱着一个婴儿走来,说明早产的婴儿其实没有被杀死。当年这位老仆初到舒尔茨家时,玛利亚也还只是一个婴儿;她不想看见女主人今后悔恨杀死自己的孩子,就用一只兔子冒充了婴儿,扔进了下水管道。如今此事尚未昭告天下,您又是帝国唯一皇子的母亲。可是玛利亚·舒尔茨却不愿再以这样的身份去乞求皇帝的怜悯,她将刀子捅入自己的腹部,临死前给孩子取名"乌尔里希·玛利亚·舒尔茨";她将 Ulrich 错拼成了 Urlicht,意为"原初之光"。这是她在刚刚得知自己怀孕的当天,就已为孩子想好的名字,在过去半年里她曾一度忘记了它,如今这个名字终于回来了。玛利亚嘱咐老仆,不要将这个孩子带回舒尔茨家族的老家海尔辛兰,因为她嫁入穆罗梅茨堡后就没想过回去。把他在辉恒养大,"务必让他的薄情和残忍超过他的父亲",这才是对阿列克谢最大的报复。

舒尔茨家的玛利亚是被赐死的,那失而复得的婴儿也成了私生子,一个不该存在的人,不能继承任何封地。但玛利亚的老仆在离开帝都之前,恳请皇帝赐予这婴儿一块可以铺在大地上的牛皮。皇帝听懂了这古老的传说,他应允了,赐予了婴儿一块牛皮。老仆人当然不可能如古代史诗中那样,真的用牛皮剪成细绳圈出一片封地,但这张牛皮却保障了这名婴孩在法律上也是一个有封地的人,将来能够跻身于帝国贵族之列。

皇帝把他的碧翠丝安置在一口水晶棺里。他每天召见一位曾为她占卜过胎儿性别的祭司,要他们将她复活,只要回天乏术,就把他杀掉。一些向来虔诚的祭司无法忍受死亡一天天逼近,触犯了自杀的大戒条,死后被革除教籍;还有终身苦修的僧侣,变卖了占卜得赏的金狮子、金孔雀,在被召进王宫领死之前,分秒必争、夜以继日地花天酒地,终于赶在那日子来临前尽数挥霍一空。希柏里尔教高层被清洗过半,濒临崩溃。直到一天,一名祭司——当初建议他杀掉疯人院里的侄儿以求一子,却在碧翠丝怀孕期间未占一卦的耶柔米——毛遂自荐面见皇帝。他说,只要能够保持她的身体不腐,自己就有办法能让碧翠丝重燃气息。

第四节:蛛网

1.

在剧院行刺事件中,舒尔茨指挥了疏散和镇压:不是镇压刺客,而是镇压被精神污染的疯人。舞台下方爆炸的不是私造的炸药,而是被视为绝对机密的精神污染物。剧院内未及疏散者,都陷入了不可逆的疯癫。若非刺客过于心急,使得皇帝和大部分贵族提前撤离,这枚精神污染炸弹本是能将半个帝国高层变成疯人的。

爆炸发生后,圣殿骑士团驻帝都的防疫部队很快赶到,接替了舒尔茨的现场指挥。正当他们要用一种特制材料封住整个剧院，一位获救的音乐家告诉他们：乐池里还有一个人。于是全副武装的防疫兵冲进去，准备杀掉这漏网之鱼，却发现昏迷的温特利德并无遭污染的迹象。他们把他拖出来，全面检查之后排除了感染的危险，才送到医院。他离爆心近在咫尺，反倒没有精神失常，或是被爆炸瞬间的气浪掀翻，头部遭撞击陷入昏迷的缘故。精神污染可以侵入梦境，却无法作用于完全失去意识的人。

关于精神污染物的一切全是机密，一般民众看到的新闻播报仅是剧院行刺事件。然而这在高层激起了暗流，事情比表面看起来严重得多：能接触到精神污染物这一绝密存在的，只有教会和特种作战部，看来反帝国势力已经渗透到了这两个机关。

倘若事件"真相"只有以上两层也就罢了。劫后余生的幸存者们却多半不这样想：假如爆炸的主谋就是恐怖分子，又何必提前开枪打草惊蛇？这也意味着怀疑布置精神污染物者另有其人，而它的研究机构隶属于教会。说不定想要皇帝老命的不止一方，舞台下的炸弹只是碰巧遇上舞台上的刺客，被转移了注意力，若不然帝都之内恐怕已是腥风血雨。正因为气氛剑拔弩张，大家更要心照不宣统一装傻，一旦说破，局面就会不可收拾。各部门都想暂时稳住局势，等候皇旨。也正是因为这一点，无人敢深究皇帝驾临剧院的计划何以提前外泄，给了科伦坡幽灵充分的时间谋划行刺。人们都害怕牵出幕后黑手会引发朝局动荡。因此，真正的泄密者温特利德反而安全了，危险逼近过他，又在他毫无意识时远离了。

然而在这危机暗伏之际，一件更大的事发生了，它盖过了一切，使得那桶炸弹的来历和幕后主使的身份显得无关紧要。行刺事件发生六天后，舒尔茨正在去医院看望一位旧友的车上，从广播里听到一则消息：皇帝在剧院外的爆炸中受伤，旧病复发，驾崩了。所有电台都中断了节目，紧急转播官方关于皇帝驾崩的消息，全部是一模一样的通稿。

舒尔茨觉得难以置信，因为他亲眼所见，皇帝在剧院内并未受伤，而在剧院外的第二个行刺地点，所受的也只是轻伤。这则新闻并未让舒尔茨难过，因为他不相信那个强壮而狡猾的老头子会死。但他还是想起一个迷信的传说：相传祖父临终前，一位祭司曾在栓星台前的湖水中，依次看到三位皇子头戴皇冠坐在王座上的倒影，先是长子尼古拉，接着是次子格里高利，最后是三子阿列克谢。最后出现了一顶悬空的皇冠，王座却消失了。这个传说暗合着那个凡是坐上王座就"听不到孩子叫父亲"的诅咒，一直是穆罗梅茨家族最深的梦魇。

阿列克谢会是在装死吗？他是有史以来最凶残的狮子与最狡猾的狐狸。退居深宫之初，他就曾放出过驾崩的流言，引出并剿灭了潜在的不满者。他的可怕之处在于，哪怕最草率、鲁莽的行动，事后想来也多有深谋。二十六年前，在驱逐国王堡教团并清洗了中央教廷高层之后，他重用耶柔米重塑教会，这样折腾的唯一受益者就是皇帝本人。二十二年前，他镇压翁布罗萨看似只是盛怒与冲动，但军队与教会也就是自那以后，表面上消弭了隔膜，联手镇住各方诸侯；可是军人与教士本就非常不同，二者的联手反而让二者相互钳制。皇帝此番出宫大张旗鼓，早有传闻说是他自知年事已高，又见朝中沉疴积弊渐深，要赶在死前用余力为未来继承者"做些事情"。当人们说出"做些事情"这个含混不清的词时,都在彼此狡黠的眼神中,看见了断头台与流放地。

或许是有人觉得,皇帝复出意味着自己大难将至,所以在剧院抢先下手。但是究竟情势已到了何种地步,才会不惜让当时在场的数百名显贵陪葬呢?然而,就算这批老人都疯了,死了,也对帝国毫无损失——没了他们,权力机器还能运行得更顺畅。舒尔茨想:这才是整件事中最讽刺的地方。

舒尔茨没有停下,车仍向医院驶去。皇帝驾崩的重大消息,反而让他觉得更有必要与病床上的旧友见一面,听一听这位戈特弗里德·齐默尔曼上校的意见。他是在剧院里受伤的。当日舒尔茨曾私下抱怨皇帝——他的亲生父亲——排挤自己。齐默尔曼却说:皇帝让他统领一支舰队,并将他排挤出帝都政界,也许反而是为了保护他。自古海军就比陆军更超然地置身于内政之外。这对于凭一场全民动员的陆战赢得大权,同时弑夺王位的穆罗梅茨王朝而言,更有切身体会。阿列克谢让养子米哈伊尔在内统率陆军,让私生子舒尔茨在外统率舰队,这样既杜绝了舒尔茨在政治上挑战太子的野心,也保护了他免受宫廷斗争之害。

不知这次给齐默尔曼带去皇帝驾崩的消息,他又会说什么呢?

2.

舒尔茨来到医院,护士告诉这位访客,齐默尔曼上校正在休息中,仍需静养。

"他没受那么重的伤吧?现在已经过去多少天了?"

"嗯……我们也很奇怪呢……"

等护士离开后,舒尔茨径直走向他的病房,推门进去。只见齐默尔曼正坐在病床上,朝着窗外发呆。

"你装病这招用了十年了,骗得了军事学院的教授,骗得了专业的医护,骗不了我。"

"殿下!"

"怎么,难道我是第一个前来拆穿你的吗?"舒尔茨问道,"还是快些好起来吧。这样赖在医院,你老婆会更生气的。这次是我不对,硬把你拉到剧院,结果害你负伤。而现在,我又要把你从这舒适的病房里拖出来了。"

"殿下的道歉,微臣不敢当。"

"行了,这次本是带来美酒,想向你道歉的,"舒尔茨从纸袋中拿出一个酒瓶,放在桌上,却又立刻收了回去,"但你伤势严重,目前尚在昏睡,喝不到了。"

"殿下……"

舒尔茨做了个手势,示意他停下。他的目光望向窗外。

"十分钟前在来的路上,刚从电台听到消息:老皇帝剧院遇刺,伤重不治,驾崩了。"舒尔茨说,"无论真相如何,接下来定会有一番动作,打不打算快些好起来?"

"您从电台'听到'的消息?难道这么重要的事,以您的身份,事前竟也不知道吗?"

"正因为如此,我有些怀疑这不是真的,而是另有变故。不过仅从名义上看，私生子不算儿子；从官制上看，我和你一样，只是宇宙舰队的一名指挥官，被排除在宫外，从没叫过他'父亲'。就连我这次临场指挥撤离，也被太子一党诟病为越权。宫内按规矩办事，完全不必提前告诉我关于皇帝的消息。唯一令我略感安心的是：帝国官方的通告，已经把全部的谴责泼向了那帮'幽灵'，听不出任何借此牵连更多的意思。我想，如果这份公告是为了掩盖那桶精神污染物的事，那么皇帝出了变故，内幕就很可能与教会有关。但无论怎么说，我目前应该是安全的。"

"我看还是算了。"齐默尔曼耸了耸肩说道，"在这样的多事之秋好起来，不知会卷入到怎样的事端里去，还是继续生病比较好。"

"真是狡猾。"舒尔茨用手撑住桌子，"不过经你这么一说，我也有同感：现在既不知道事件背后是谁，在做什么，甚至不知道皇帝是否真的驾崩，还是不要轻举妄动。但是你装病也应适可而止，万一需要宇宙舰队分兵行动，我还需要忠诚可靠的部下，替我独当一面。"

"殿下，您是想去清剿那些幽灵吗？"

"目前别的事情都还扑朔迷离，但已有一事确凿无疑：皇帝遇刺，定会有军事报复。可是派谁去呢？在这小小的穆罗梅茨堡，就有帝国中央舰队、帝国中央陆军、要塞守备陆军、帝都卫戍舰队、皇家御林军，还有些什么宪兵之类，其中只有中央舰队属于我的势力。老祖父自己是军人政变上台的，夺权后就分立了这么多的编制。"

"其实最后也只能是在您的中央舰队，和米哈伊尔的中央陆军之间选一个。如果两位皇子都不选，反而硬把立大功的机会浪费给其他部队，那才是内斗激烈，局势严重。"

"应该不会到那一步，"舒尔茨皱起眉头，"我想，既然他们都没有提前通知我父皇驾崩的消息，这场复仇之战，恐怕会选米哈伊尔的陆军吧。只是这些年都是我们舰队在外平寇灭匪，他管辖的陆军已多年未战，不知还能不能打。"

"殿下，您不甘心吗？"

"当然，明明是我们拼杀了近十年，到头来却被抢去头功，怎么可能甘心！"舒尔茨忽然加重了语调，握紧拳头砸在桌上，最后每吐一词就敲一下桌面，发出连续几声沉闷的咚咚声，许久没松开。

"何止如此。"齐默尔曼说。

舒尔茨看了他一眼，冷冷地说："你说得对，不止如此。我不能有丝毫的自我安慰和麻痹。如果我能够成为帝国的实权者，我的功勋就是我最宝贵的财产；如果不能，我的功勋就是要勒死我的绞索，不仅保不住这支舰队，弄不好还会死无葬身之地。"

病房外忽然有人敲门，两人顿时紧张起来，接着又敲了第二声。舒尔茨心想：难道现在就有人要来抓捕我吗？难道我刚才错判了形势吗？若是这样，我一个人去死也就算了；可我却出现在这间病房，还连累了好友。舒尔茨从倚着的桌子上站起来，挺起胸膛正对那扇门。齐默尔曼记得，在狭路相逢的战场上，他也曾用同样的姿势正对凶猛的炮火。

这时，门外忽然有一个声音，说敲门人走错了，他要探访的病人在楼上，请不要打扰这间房里的病人休息。门外人连声抱歉后离开了。

门外脚步渐远。舒尔茨放松了些，说道："我也该回去了，至少得装出一听到噩耗，就立即赶回军部的样子，把野心覆上悲伤的神色，不能让他们知道我这一个小时是来找你说这些的。"

"当然。"

舒尔茨离开齐默尔曼的病房后，路过科赫的病房，余光瞥见里面已经空了。如今皇帝意外驾崩，原本想顺便探望科赫的事也得搁下。这些年来，舒尔茨厌烦了军部那些头头脑脑的派系政治。皇室私生子的尴尬身份，令这群政客纷纷观望，却无人敢把赌注押在他身上。舒尔茨知道这种态度无法强行改变，但只要自己有实力，观望者们最懂得顺势而为。于是他在中、下层军官中寻找可用之才，不仅因为军官团是官僚体系的核心，也因为随着时间的流逝，今日年轻人终将主宰未来。

舒尔茨听见有人喊"将军"，他转身一看，是一位护士。

"将军您好！我记得您前几日来过，这是您上次探望的科赫少校留下的东西，今晨他出院，却把它忘在枕头下了。"

"哦？"舒尔茨接过的是一张照片，上面有三个人：薇拉站在中间，科赫在她的右侧，她的左侧站着一位自己不认识的女生，背景是辉恒中学的大门，在那尊著名的智慧女神青铜雕像前。大概是几年前他们毕业时的照片吧。舒尔茨想起自己中学毕业那天，他第一个离开校园，没有与任何人告别。

"好的，谢谢您，下次见面时我会转交给他的。"

"麻烦您啦！"

"没事的，乐意效劳。"舒尔茨答道。

可是舒尔茨接过照片后，就把这事忘了。他的大脑完全被或将到来的权力斗争所占据,无暇他顾。此时的舒尔茨无论如何也想不到,在不久的今后,他将以怎样的方式把这张照片交还给科赫。

3.

这一天,温特利德出院回家养伤。薇拉躺在温特简朴的宿舍里那张特意为她添置的躺椅上,捏着遥控器,不停地换着频道,只觉如今的电视都无聊透顶。忽然间,所有频道都中断了,出现了黑白色的帝国电视台台徽,然后是黑白色的新闻播报。她以为是彩色屏幕坏了,说道:"温特,你知不知道,古代人有一种巫术,只要用手掌拍一拍电视机就能把它修好。"

"这是你们古代史教授讲的吗?"卧床的温特利德在被窝里问道。

"嗯!历史人类学教授也讲过。"薇拉认真地点头,随口胡说。

温特扭过头来,眯起眼睛,露出怀疑的表情:"就算古代电视是用蒸汽机做的,也不可能拍一拍就修好。"

温特利德调侃的,是他那个时代的人的一种笼统模糊的想象,觉得地球时代的一切能源都出自"烧开水"。薇拉大笑,她站起来,要去拿他家的电视机做试验。这时新闻中的内容却把她惊得定在了原地。皇帝驾崩了。

"我的差事大概可以到头了。"温特利德看完了新闻,只说了这么一句。

"你的差事?"薇拉问道。

"嗯,现在皇帝死了,估计我负责守卫的那个实验室也会很快取消吧。"

"就是你说的那个神秘兮兮的研究所?"

"反正他已经死了,现在说出来也无妨:那就是研制他梦想的长生不老药的实验室。"

"这……又是一个机密吗?"薇拉问道。

"过去确实是机密,"温特利德赶紧说道,"但很快就会成为笑料,说不定将来我还可以带你去参观一下。"

几天后,温特利德回到了军队。特种作战部挂上了黑布和白布,却没有人感到悲痛。在他住院期间,同僚们多被派去穆罗梅茨堡外城清查"幽灵"了,温特利德正好错过。别人都笑他为救音乐家而负伤,错失为皇室效力的立功机会,他却暗自庆幸不必参与有违良知的战斗。由于全银河禁酒一个月,连电子游戏都全部封禁,军官们傍晚走出营地后,便偷偷地在国丧日里玩牌消磨时光。温特利德心中只装着薇拉,每次都推脱不去;这被其他军官误解成胆小、怕被宪兵抓住,但温特为了和薇拉待在一起,才不会介意。

不管怎样,皇帝阿列克谢的暴毙令帝国骤然僵滞。掌政近半个世纪之后,皇帝与帝国已连为一体。二十年来他久居深宫,就像一只操作着庞大蛛网的蜘蛛,已经变成了这迷宫的一部分。讽刺的是,近年来帝国权力迅速集中,恰要归功于"天诛"把各居封地的贵族们驱赶进了帝都要塞,从此他们不得不离开自由自在的封地,活在皇帝的眼皮底下。如今,骤然失去皇帝的帝国无法马上找回重心。贵族议会、教廷、财政部、总参谋部、各大舰队,这些机构与势力一向通过皇帝相互协同,如今退化为各自为政、各方都难以调动除自己部属以外的资源的状态，除了操作例行公事外，什么事都做不成。

如果银河帝国是一个巨人，科伦坡幽灵就是一个孩子；若要给帝国更大的打击，当下正是机不可失。于是幽灵们谋定了一个大计划，要从各行星集结三十至四十万人的民兵主力，同时在三个行星上"大干一场"。过去他们之所以不敢这样做，并非兵力不够进攻，而是时间不够撤离。如今，趁着帝国中央因皇帝驾崩而反应迟钝，他们不仅有时间逃走，运气好的话甚至可能赶在帝国军来援之前转战附近的另两个行星，进一步削弱帝国在此区域的控制力。

然而，如此大规模的调动没法不走漏风声。多个情报站报告了异常动向，情报部门根据蛛丝马迹拼凑出了行动的大概，尽管在规模数量上低估了对手。温特利德便是从自己的同事那里，才得知了同伴们的行动。剧院行刺案之后，帝国大规模清查了穆罗梅茨堡外城的平民区，负责中转情报的幽灵失踪了，温特利德成了断线的风筝。

4.

舒尔茨刚从医院出来，就赶往军部，申请去剿灭此番行刺的恐怖分子。他率舰队出征已有十余次，请战流程再熟悉不过。可是就在军部，他还没来得及说话，就被布鲁门塔尔将军先声夺人，被告知高层准备指派米哈伊尔率领陆军前往。

"我以为还会像以前一样，派舰队去的。"

"不行不行，从前您消灭的那些，多是海盗和走私集团，这次的敌人在陆地上，还得陆战军出动才行啊。况且皇帝遇刺，处理更要隆重，要是还让您率舰队出征，别人还以为我们不够重视，只当又是十余年来剿匪斗争中的例行公事。"布鲁门塔尔随口说着。

舒尔茨心中冷笑：尽是狗屁。堂堂宇宙舰队，岂有对付不了区区地面武装的道理？舰队官兵从来都瞧不起陆军（当然，陆军反过来也一样）。若硬要说这两种手段的区别，那就是行星轰炸误伤率高，经常打成平民伤亡高于敌军伤亡的后果；若以陆战剿匪，只要对方不采用游击战术就不会这样。但是帝国高层何时如此体恤过人命？这些瞎话，也说明了他的政敌是铁了心要把这个机会让给米哈伊尔，自己的反驳也不会有用，对手完全可以用帝国军从未执行过的仁义道德来堵自己的嘴。

舒尔茨看见面前的办公桌上放着一份名单，上面就是此次出征的初拟人选。他拿起来扫了几眼，在最后一行空白处发现了用笔添上去的温特利德·科赫的名字，墨迹还是新的。

"名单拟定之后，还能添人吗？"

"您是说排在最后那个人吗？教廷的人刚打了招呼，据说是高层的意思。"

教廷？他们要让科赫去做什么呢？舒尔茨既没有问，也没有反对这一任命，而是话锋一转，建议再添一人：让齐默尔曼上校率领一支舰队随行护航。然而这一提议仍只是被"收下了"。舒尔茨当然听得懂这样的辞令，这也就是说，是没希望通过的。

看来，军部的首脑们是铁了心要把宇宙舰队排除在此次行动之外。这也难怪，在教会、贵族和陆军这盘踞在帝都的三重势力之外，舰队独树一帜，极少参与内政。至于其中利害，舒尔茨从来没有想清楚过，因为这根本就想不清；正如齐默尔曼所说，这既阻碍了他，却也保护了他。舒尔茨在失望中走出军部的大门，却意外地接到了家中仆人的来电，请他速速回家。

老仆人的这句话，意味着有些话不能在电话里说。舒尔茨立即挂断电话跳上了车。回到家中，副官梅耶贝尔和老仆已经在他的办公室内等候了。

"什么事情？"

"刚才教皇派人送来邀请，请殿下今晚相见，有事详谈。您觉得是去，还是不去？"

二十六年前的宫廷血案之后，扶教廷于将倾的祭司耶柔米很快取得了声望与地位，今年已是他出任教皇的第二十三年。这些年里，他将教会渗透到军队组织，并击倒了政教分离派——后者认为信仰必须远离世俗权力才能保持纯粹。银河统一战争结束后，帝国承平日久，为防本就来源复杂的军队重新堕落为地方军阀，不得不借用宗教；许多政教分离派受此形势所迫，也在一次次对军人擅权的谴责中，不情愿地帮助教廷扩张了权力，挖空了自己存在的地基。因此教会虽无调动权，却对军方的人事任命颇具影响力。舒尔茨不认为教会的权力大到了能任命自己统率征讨军，或增派护航舰队的地步，但他立刻意识到，在自己与米哈伊尔的权力斗争中，教皇虽不见得支持自己，却与宫廷开明派的领袖米哈伊尔势同水火。

"去。"舒尔茨沉思了两分钟后答道。

"殿下，会不会有危险？"

"应该不会，"舒尔茨说着，目光坚定起来，"即便有，也值得一试。"

两小时后,在穆罗梅茨堡冬日早早降下的夜色中,舒尔茨来到教皇府门前,告诉卫兵是"你们的主人"请他来的,并报上姓名。尽管卫兵们从未听过有谁敢这样称呼教皇,他们还是通报了。

"请进,圣座正在等您。"

舒尔茨被迎进教皇府邸的大厅等候,他虽然不知教皇邀请自己所为何事,却知道一定事关重大。在这样的敏感时刻,教皇与帝国中央舰队司令会面,本就不合适。

不一会儿,耶柔米就从一扇小门走了出来。

舒尔茨没有说话,而是瞥了一眼一旁的侍从。

教皇见状,屏退左右,空荡荡的大厅里只有两人面对而坐,却都陷入了沉默,似乎都在等待对方先说话,都静默着试探对方的动机。然而这种试探本身就已说明了太多,这场对话的真实内容,其实在它还未开始之前,就已完成了大半。

"皇帝没有死。"最终是舒尔茨先说话了,虽是教皇邀他前来,他却决定先发制人。

教皇慢慢地说:"您有证据吗?"

"没有,但我不需要。讲证据,那是法律的事情,法律只作事后判断。从你们教士所习惯的那个终末的视角看,万事都是事后的;但从我们政治家的习惯看,历史决断必须是当下的。"

教皇说道:"是啊,法律多么狭窄。有多少历史中的罪人,在法律上是无辜的呢?有多少法律上的罪人,在历史上其实是伟大的呢?"

舒尔茨听闻此言,心中便有了几分把握,但仍须让教皇亲口说出其用意，于是试探道："我听军部的人说，我的义兄米哈伊尔将被派去剿灭那些'幽灵'，还有胡滕上将辅佐他。看来该是没我的事了。"

"这个我已知道了。"教皇说，"听说您想让一支舰队给米哈伊尔的陆战军团护航，还举荐了一位名叫齐默尔曼的上校担任指挥官，是这样吗？"

"是的，可惜军部没有批准，他们坚持要把整个行动交给米哈伊尔。"舒尔茨没想到教皇竟然知道这些，不甘示弱地反问道："那个温特利德·科赫中校，听说贵教会想把他也加到出征的名单上，对吗？"

"那个前些天立功晋升、被媒体炒作了一番的特种兵？"

"正是。"舒尔茨心里想的是：明知故问。

"此事是一位主教和我提起的，我没有过问。"教皇立刻推得一干二净，反而更让舒尔茨怀疑是他本人的意见。

"教皇大人，您今晚邀我到此，究竟是为什么呢？"

"殿下还是像学生时那么直率。"耶柔米教皇提醒他在军校时，险些因言论被判大不敬的经历。教皇说这句话时，身子微微朝他这边倾过来，高高的冠冕更夸大了这种倾斜，舒尔茨担心他瘦削的身体能否维持这样的角度而不跌倒，一瞬间，他仿佛看见了教皇的灵魂，也是这样又瘦又斜。

"好了，既然如此，我们言归正传。如果我没猜错的话，皇帝其实没有死——但这不重要，毕竟他已经老了，很快就会死。夕阳就要落下，重要的是即将升起的朝日，它将取决于黑夜的意志。皇太子米哈伊尔，宫廷内近几年兴起的所谓开明派首领，是你们希柏里尔教会的心腹之患，不是吗？"

"您是想说,米哈伊尔作为一个没落贵族孤儿却被陛下认作养子,挤掉了你这个血统纯正却被判为私生子的继承人位置吗?"

"随便怎么说,反正我们的敌人是一致的,再也没有比这更合适的政治同盟了吧。大人您的雄心壮志就像太阳,我只是渴望能在太阳下扬起一片帆。"

"那您打算怎么做呢?"

"我只在舰队中有势力……"

这时教皇做了个手势止住了舒尔茨的话,他终于确定了对方有行动的意愿。他们拐弯抹角,相互试探着,推挤着,终于绕到了这句话。教皇凑近低语了几句,接着又道:"殿下,您同意我的看法吗?"

"可是您的计划仍然太模糊了,能否说具体一些?"舒尔茨低声说道。作为军人,他更倾向于尽可能详细的行动计划。

"更具体的事情,就要写下来了。反正这件事中,并没有需要您亲自动手的部分,我看您也不想为它签下白纸黑字吧?"

舒尔茨沉默着点了点头。

走出教皇府后,在穆罗梅茨堡内圈的天穹下,舒尔茨独自走回府。回去后他一言不发,在桌前独坐到凌晨,等那钟声敲响才躺下。他心中思忖:如果教会有这样大的阴谋,有意除掉米哈伊尔助我登上皇位,那么'幽灵'们行刺皇帝恐怕也不过是螳螂捕蝉,剧院地下乐池藏着的精神污染物才是黄雀在后。可他们究竟为何要这样做呢?

但这已经不重要了,重要的是教皇想要除掉皇帝唯一的养子。这样一来,作为唯一的皇族血脉,我就是最有力的皇位竞争者。行刺之事不必我动手,耶柔米之所以要拉上我,无疑是想借此机会,把我绑在同一条船上，好今后对我施加影响罢了。况且我和米哈伊尔不同，我在朝中并无党羽根基，登基之后教廷势必成为我甩脱不掉的盟友。

可是教廷为何推荐温特利德·科赫参与这次行动呢？我查阅过他的档案，此人除了从小在修道院长大以外，与教会毫无瓜葛。难道他就是这个阴谋中，最终动手刺杀米哈伊尔的刺客吗？他这才想起，医院护士交给他的那张照片还在自己身上。我是在嫉妒他和薇拉的关系吗？或许吧，在这件事上舒尔茨不打算自欺：想不到我堂堂乌尔里希·玛利亚·舒尔茨也有嫉妒的时候。这让他的情绪稍稍有些低落。不是由于嫉妒薇拉与科赫的关系，而是因为自己竟然嫉妒。我没有嫉妒过米哈伊尔的太子之位，为什么要嫉妒这个人呢？

他翻身下床，披上衣服来到后院。临着池塘，水面上是他的脸，但黑暗中看不清倒影，他轻轻放下一颗石子。如果科赫就是这枚石子，他又将激起怎样的波澜呢？舒尔茨借着微光看着水面，只见自己的脸也裂成了破碎的涟漪。

我曾问过老宫女，她告诉我，我虽是被母亲从她的腹中提早剖出来的，颅顶却已遮满了头发。母亲从腹中剖出的是什么？"一个怪物！"宫女们都说，"一个连母亲都要杀死他，父皇不愿看他一眼，就把这怪胎流放他乡的怪物！"

一个人出生时带有的禀赋，要到几时才能完成？父母赋予了我如此天性，就让我来成全它吧。

第五节：暗流

1.

温特利德·科赫想将从特种作战部听来的消息传回给幽灵：帝国已准备出手剿灭他们。可是他留下的暗号没有回应。这确证了他与组织失联的状况。接下来就不能再留暗号了，否则就有暴露的危险。他现在唯一能做的就是静静等待，就像锁链断裂之后沉在海床上的锚。幽灵组织中，没几人知道他在帝国军中的身份，所以自己只要不出头就暂时没事；问题在于不知何时才会有人把自己捞上来，也许永远都不会。这深海般的安静，使他能够更冷静地分析形势。他觉得整件事中最晦暗不明的，反而是它的背景：皇帝究竟为何二十年来久居深宫？记得少年时就曾两度谣言四起，说皇帝其实早已死了，结果造谣者皆人头落地。如今官方宣称皇帝驾崩，反而引出了皇帝其实未死的谣言，这又是为什么？他觉得，如果第一个问题得不到解答，那么第二个问题的答案也必然是歪的。

温特利德恢复例行工作的第一天，他沿着熟悉的道路，一如既往地巡查自己负责安全的一处设施——"长生不老药研究所"。在高大的拱门前站岗的部下不见了，被换成了身着直属教皇的圣殿骑士团军服的士兵。该骑士团组建不到十年，其舰队常驻于穆罗梅茨堡外，且不受军部统辖，因此备受非议。他问新来的守门士兵，这是怎么回事？

温特利德瞥见，里面有人正在四处搜寻什么东西。

"中校，难道您没有收到消息吗？"那名士兵反问说，"我们上周通知了您以及您的所有部下，今后研究所由隶属圣殿骑士团的我中队接管。"

"我当时在医院，"温特利德说，"真不好意思。不过……你们知道这个研究所……是研究什么的吗？"

从面前的玻璃中的倒影里，温特利德看到自己身后的街角探出了一个人，正盯着他们。面前的士兵神情有些警觉，说："我们知道。"

温特利德笑了，答道："当然，看来我已没什么要告诉新任看守的了。"

对面的士兵没再说话，只是看着温特利德的脸，目送他转身离去。

果然，皇帝一驾崩，"长生不老研究所"就生变故。毕竟整个银河系中，恐怕只有昏君一人相信这种东西吧。然而，温特利德心中一直埋藏着的怀疑今天首次占了上风：倘若这研究所完全就是个荒唐的存在，教会又为何要突然接管它？难道其中还隐藏着什么秘密？

温特利德认识研究所里的人们，他们都很年轻。据说过去那里曾有很多科学家，但到了他负责守卫时，希柏里尔教已不再派遣专家，而是用神学院的学生充数了。研究所的气氛极度松弛、无聊，人们装模作样地按照所谓"计划"浪费实验材料，仪器出故障了也没人会修，到处充斥着无意义感，时间漫长而难忍——长生不老，多么可笑。有人说，神话是想象力的巅峰，科学的世界多么无聊，但是温特利德不同意。他觉得哪怕最新潮的神话也很老旧，因为人的欲望与直觉都是那么古老；而真正的科学，无论过了多少个世纪都仍年轻。

温特利德虽是外行，却直觉地把握了一个真理：以研究所里人员的精神状态，别说是子虚乌有的神药或秘密研究计划，想做出任何科学上的突破恐怕都不可能。他曾看过一批年轻的学生进站，半年后出站时竟已有老态。

"你知道致死的疾病是什么吗？"曾有一名只比温特利德年长两岁的神学院学生，站在长生不老研究所的金色大门下，这样问过他。

"不知道，我又不是科学家。"

"是绝望。"他答道。年轻的神学生看着穆罗梅茨堡天穹边缘，那每天升起的朝阳。温特利德永远忘不掉他当时的脸。

这群每天如醉酒一般低迷的学者，又能做什么呢？温特利德学习科学的时光虽然短暂，却在接触科学的第一天，就惊叹于它的专注和忘我。少年时，他曾在物理课上激动地发言：是何等凝聚的精神，才会把物体抽象成为"质点"啊！他的发言引起了哄堂大笑，只有薇拉除外。物理老师打趣说，这个来自修道院的孩子还是适合学神学，但很快温特利德的神学成绩就证明了她的错误。

在我们的故事发生的时代，物理学基础已经停滞了数百年。在温特利德这样的外行人看来，科学的晴空纯洁明澈，最多只剩下天空边缘那一片"小小的乌云"。可是这片乌云却占据了研究者们的全部心灵，因为边缘的例外暴露的从来都是核心的问题。在物质与意识交互影响之域仍有一个古老的谜团，起初叫"松果体"，听起来简单、朴素、理直气壮，大意就是"我，笛卡尔，有灵魂与身体"；后来有了达尔文，人类找到了自己遥远而卑微的祖先，便对灵魂产生了怀疑；因为怀疑了灵魂，人们终于也否定了早就可疑的身体，觉得它只是一台机器。再后来，谜团诞生了，从此它有过无数名字，仍抱希望的人叫它"哥本哈根幽灵",更绝望的人直接称它为"困难问题",云雾笼罩了它苍白的脸庞。物理学陷入停顿之后,希柏里尔教开创了一门名为"精神科学"的学问专门从事相关研究,誓要寻到这双柱交汇的拱心石,否则一切都会坍塌下来。从此,该教所有研究机构的大门都被设计成拱门,双柱交汇处便是那金色的拱顶。

温特利德稍作巡视后,回到特种作战部,报告了"长生不老研究所"的变动,却未接到新的日常任务。他无所事事,每想起早晨在研究所门口遇到的那个监视者,就心中发慌。当晚,温特利德在梦中回到了十年前辉恒中学的新生入学典礼,当时有一位主教在场,还特地见了他和舒尔茨,这两位身世不明的少年——定是他的修道院院长教母和舒尔茨的皇家血统的缘故。主教当时夸赞小科赫,果然是琼安修女教养出来的孩子,眼睛清澈明亮,纯洁无瑕。但他不喜欢舒尔茨的眼神。或许在他看来,每一个眼神中闪过一丝聪明与深刻的人,都是一个潜在的叛教者。

温特利德醒来后,勉强记起了这个梦的碎片。我今天怎么梦见了这么久远的事呢?他在调回穆罗梅茨堡之后,曾在街头偶遇过当年那位主教;他们认出了对方,还相互点头微笑。七年过去,他已从十二岁的孩子长成了十九岁的青年,那位主教也已苍老,却在迎面而过的刹那一眼认出了温特利德。他日常任务的活动范围一直是教会区,半年前,还被指派监管那个莫名其妙的研究所的安保。如今想来,难道也与他们认识我在修道院的教母有关?

自从温特利德不再负责研究所的安全,每天的工作都轻松了。一天午饭过后,他来到特种作战部资料室,想查阅有关精神污染物的资料，却发现能查到的文献都很简略模糊。午后的阳光催人入睡，浮想联翩中他不知不觉趴在桌上睡着了。不知过了多久，身边的动静把他吵醒，他看见一名比自己更年轻的军官站在面前。

"您好，请问阁下是温特利德·科赫中校吗？"

"是，请问有什么事？"他一边坐起身来，一边说道。

"我们刚才一直在找您，您没有看到留言吗？"

"什么留言？"

"请于明天上午九点务必前往皇太子府。"

"什么？皇太子府？"

"是的，皇太子府。"

温特利德没有继续问下去。既然对方没说为什么，自然问了也没用。在特种作战部，最重要的规矩就是不要过于好奇，胡乱打听些不该打听的事。只是明天轮到自己休假，正好又是古代艺术展的最后一天，本来和薇拉约好陪她去看，如今看来无法履行诺言了。

晚上，温特利德回到宿舍，发现有三条电话留言。第一条是薇拉的："温特？温特？温特不在家吗？我已经拜托伊法买了明天午餐的食物，明天见！"当他拨打回去时，却发现薇拉又不在家了。于是温特利德也给薇拉留了言，告诉她自己明天被叫去皇太子府，不知有何事，所以抱歉不能赴约了。

第二条留言的音量比第一条高出许多，把还沉浸在温柔的感情中的温特吓了一跳。那是他的上司卡什尼茨准将的声音："科赫！你跑到哪里去了？上面来人找你，要你明天去皇太子府报到，你被召入了这次剿匪行动，在情报组任职。你可要好好表现，不能给我们特种作战部丢脸。"

第三条留言开始播放后，先是三秒钟的沉默，没有人说话。然后响起了一个声音："您好，科赫中校，我是乌尔里希·玛利亚·舒尔茨。明天上午九点在皇太子府见。"温特利德觉得这声音有着说不出的距离感，遥远而冷清。

2.

翌日，温特利德为防迟到，早起乘地铁前往太子府。他不敢坐车，因为这十年来越来越多的贵族涌入穆罗梅茨堡内城，让百余年前施旺二世时代规划的宽阔大道也显得狭窄拥堵。由于事先未收到通知，守门卫兵不让他进入，连通传也不肯。正当温特利德不知所措时，驶来一辆车，车上走下来的是舒尔茨。

舒尔茨立刻命令士兵开门让科赫中校进去，士兵不敢怠慢。

"对不起，中校，据我所知，您这个人选并非军方拟定，而是教会补上的，所以名单上没有您的名字。"舒尔茨解释道，"随我来吧。"

皇太子府里，人们相互寒暄，所幸无人注意温特利德。大厅正上方挂着刚刚驾崩的皇帝阿列克谢的像，好像这次出征是因为他的死而发动的。有人哭泣，有人强忍着泪水；可是温特利德觉得他们并不悲伤，这情景却让他莫名地悲伤起来。这群人中，他勉强能算认识的只有舒尔茨。房间里的氛围让温特利德坐立不安，于是他退出人群来到阳台。透过玻璃窗他看见舒尔茨一会儿与这一圈人，一会儿又与那一圈人攀谈。所有贵族子弟，无一例外，或多或少都有着类似的客套乃至虚伪，相比之下舒尔茨已经非常得体大方。他令温特利德感到不安的原因，是他的客套中总隐约透着对此种客套的嘲讽和愚弄。

舒尔茨就像觉察到了背后投来的目光一般，转过身来，正好与温特利德四目相对，于是他也来到阳台。舒尔茨问，对此次意外的任命是否有什么想法？温特利德立即答道："能为皇帝陛下的复仇之战出征效力，万分荣幸。"心中想的却是：现在恐怕只有我一人，能打入帝国军内部，伺机给科伦坡幽灵们提供情报了。

"你这个位置，传闻是教会硬要塞给军队，双方争执了很久才定下来的。"

温特利德第一次听到舒尔茨用"你"而不是"您"，脸上显出惊讶的表情。

"这有何不可能呢？"舒尔茨说，"教会里有人提名了你，剩下的都是党争：有人看教会不顺眼，故意挡你的道；也有人看后者不顺眼，故意提拔你。但无论是赞同还是反对起用你的人，都对你一无所知呢。由于他们对别的人选也同样无知，最后决定给你优先选择权，你若想去，就派你去。你若不去，这个机会就给别人了。毕竟军队拟定的名单上还没有你，现在改还来得及。"

温特利德木讷地笑了笑，一本正经地答道："一无所知倒不至于吧，他们至少还是看过我的档案的。"

"只是瞥了几眼档案的话，那还不如一无所知。"舒尔茨耸了耸肩，"我倒是看了你的档案，你于三年前调入特种作战部，'帝国军的匕尖'，不简单呀！想必你也学到了不少本领吧。"

"本领不敢当，也只参加过几次行动而已。"

"也算是有些经验和用处了。"舒尔茨的声音忽然略微变化了。温特利德听来,刚才他说到"本领"这个词时,就有些阴森森的。

"哪里,哪里,我只求活着回来就好啦。"温特利德忙说,这倒是真心话。

舒尔茨笑了笑,心想,你分明是带着杀人任务去的,当我不知吗?他朝旁边看了看,觉得从温特利德口中套不到教会的什么秘密,便想回去了。

"舒尔茨先生,"温特利德说,"我还有一个问题。"

舒尔茨点点头,示意他说下去。

"为什么是我呢?我是说,为什么选择我来参与这次行动呢?无论军部高层还是教会各级机关,都应当没有机会听说我的名字。"

温特利德这一问只是无心,他不明白高层政治的钩心斗角,只当舒尔茨位高权重,或许会知道些什么。然而舒尔茨和他对视了几秒钟,忽然觉得面前这个年轻人,难道在怀疑是我怂恿教会选择他的吗?教皇和我说过,已安排好一切,埋葬掉皇太子的势力。如果科赫是教会派去行刺皇太子的刺客,怀疑到我头上也是正常的,毕竟米哈伊尔一死,我就是最大受益者。于是舒尔茨答道:"选择你的人不是我,我也不知是谁。我只知道,举荐信确是教廷提供的,但这也不能说明更具体的情况。只是既然有人选择了你,也就一定调查过你。因此,最保险的策略就是凭你的能力,做你必须做的。我们进去吧。"

在皇太子府的大厅,温特利德看见一名青年正在对围坐着的一众青年军官谈论政治。这种清谈几年前甚为流行,薇拉和他也曾受其影响,尽管他们很快就厌倦了那些变着花样重复的词语,觉得正是这些空谈迟滞了真正的改变——年轻人分明时间最多,可是人的耐性却不是和剩下的时间,而是和已度过的时间成正比的,青年是多么等不及呀!直到随着时间推移,这些吵吵嚷嚷也变得越来越不安全,这一对年轻人才觉得相比于那些喧嚷,沉寂和恐惧才更难以忍受。但今天这名青年所说的,是一种温特利德未曾听过的思想,它根据权力的合法性来源,将其分为法理型和传统型,认为传统型的权力只有转化为法理型,才能真正地稳固。这名青年举例说,历史上奥托大公的改革,就是如此。

温特利德觉得这个视角十分新奇,听得出了神。

舒尔茨看见他盯着皇太子,却又觉得这眼神中没有杀意,不像是刺客投向目标的那种冰冷的目光。于是他低声告诉科赫,"他就是米哈伊尔皇太子",并留意看他脸上的表情。可是温特利德只是诧异地点了一下头,仿佛在说"原来就是他呀!"。在他那轮廓分明的脸上,仍没有投下刺客或猎人的那种阴影。

温特利德仔细瞧着皇太子。由于科伦坡幽灵的天诛威胁,帝国禁止传播他的照片,只有极少数人知道他的长相。

皇太子一席话后,周围的青年军官们纷纷鼓掌,有人拿来了酒。这时,舒尔茨拍手道:"太子殿下,您对传统型和法理型权威的区分讲得太好了,然而我对于二者之间的转变,仍有不明之处。"

"不知您有何指教?但说无妨!"米哈伊尔说道,他的声音很洪亮。

"指教不敢,我在这方面的学识,与您相比望尘莫及。只是我觉得,无论是传统型还是法理型,都是稳定的政治形态。然而在政治稳定的时代,人们无须思考这样的问题;到了传统和法理双双崩坏的动荡时代，人们尝到了痛苦才会被迫反思，并得出您刚才说过的思想。可惜此时，思想又会在乱世急流中丧失了力量。"

温特利德想，舒尔茨说得对。

米哈伊尔追问道："照您说，在动荡的历史中，又当由怎样的原则，赋予权力以合法性呢？"

"承平日久，人就会被训练得只知服从规则、鼠目寸光，习惯于推卸责任。到了动荡时代，人不再被允许浑浑噩噩地、机械地服从权威，不得不用全部资源，甚至生命去做抉择。权力将呈现出它的源泉，也就是威望；传统与法理的丧失，更动摇了除个人自身外的其他一切威望来源。刚才您说到，奥托大公终结了五国时代，他的改革是将权力从传统型向着法理型转变，然而他又是凭什么权力推行转变的呢？既不是凭传统，也不是凭法理，而是凭他举世无双的英雄气概，因为一整个时代的理想活在他的身上。殿下！如果您将来要完成同样的伟业，也一定要做到这一点，那一天，整个银河都会因您的存在而更璀璨。"

温特利德听完舒尔茨这番话，又想起米哈伊尔刚才的话，忽然觉得所谓传统、魅力与法理，正像是薇拉说过的历史上常见的贵族、僭主与民主，这些新话语好像说的仍是旧东西。刚觉得新颖的思想如此快地变得平淡，温特利德心中的惊奇消逝了，但微弱的失望立刻就被取代，因为从舒尔茨的那番话中，他听到了更有生命力的东西。是呀，善人总是在争论，怎样的社会是理想的——如果能活在另一个时代就好了！在他们心中，理想是最珍贵的东西，现实离它越远，它就越是闪闪发光。诚然，这样的人已经远胜滥流就下之辈，但是舒尔茨的角度不同,他想的是怎样的力量能够从当下出发,创造出一个理想来——不,用"理想"来形容他的想法都已不合适,他没有理想,而只有愿望。

"谢谢您,"皇太子米哈伊尔看着舒尔茨说道,"这是我今天听到的最诚恳、最值得珍视的祝愿。"

舒尔茨是皇帝唯一的血脉,但他身为私生子,只能做一名军官。米哈伊尔是皇帝的养子,身为太子,他也几乎没见过这个兄弟。两人的关系一直很淡,这也是因为二者身份微妙。

"为银河帝国!"皇太子把酒杯高高举起,随即一饮而尽。

"为银河帝国!"舒尔茨紧随其后举杯道。

"为银河帝国!"在场的众军官纷纷举杯,齐声说道,饮尽了杯中酒。

"为银河。"趁人们情绪高昂的时刻,温特利德也举杯道。他悄悄省去了"帝国"这个词。

十几名军官一齐将酒杯摔碎在地,响声脆亮。这是穆罗梅茨王朝的新仪式,只在皇太子独掌的陆军中流行。有人带头唱起了国歌《万岁,胜利者的桂冠》,越来越多的人纷纷加入合唱。只有温特利德去上厕所了。他不讨厌这首奥托大公定下的国歌,也不讨厌军人,但他讨厌一群军人用粗野的嗓门吼它。

在这个上午,平易近人的皇太子给温特利德留下了很好的印象,但因地位悬殊,温特利德没有结识他的愿望。温特利德有着远离权贵的本能,在贵族圈子里的朋友,只要薇拉一个就够了。因为他只愿以坦率真诚的态度说话,可是在位高权重者面前,这是很难的。在如今皇帝驾崩的紧张气氛中，就更不可能了。

由于温特利德的负伤和舒尔茨被排挤，皇帝遇刺后，两人都暂时获得了空闲。与舒尔茨紧张的心境不同，温特利德把多出来的时间都花在了悠闲的散步上，有时独自一人，有时和薇拉一起，在河堤上。然而盘踞在圣泉大教堂回廊深处的神秘之手，即将把他们推上事件的中心。

第六节：分别

1.

米哈伊尔与舒尔茨刚才的高谈阔论，在二十年前是犯忌讳的，十年前渐成风尚，但最近却又成了禁忌。

一些流于表面的历史学家认为，此前二十年间，穆罗梅茨王朝经历了"政治秩序的稳定化"。持此论者忘记了，某些日后爆发的矛盾，正是在这二十年间悄悄累积的。如今，皇帝驾崩后的权力真空，让那些封建主义者、自由主义者、政教分离派纷纷复活了。一些布道家每天十多个小时喋喋不休，意识形态仿佛成了最为要紧之事，而人们将热情投注其中，只因它是无权者唯一能够参与之事。起初这些宣传狂热只发生在边缘的星系，但不久就蔓延至帝都的咖啡馆和酒吧。许多人群聚街头，声讨共和主义余孽；因为有传闻"科伦坡幽灵"内部通用古意大利语，有青年学生冲进古典语言学系要求停止传播叛逆思想。老人们看见铺天盖地的宣传,觉得时代的暴风雨又要回来了。皇帝驾崩后的帝都就像船锚松脱后的船只,被众多的风帆牵扯摇晃。各自为政的各部门决意拒绝任何改变,这是最笨拙却也是他们唯一能采取的应对策略,就像拼命给这艘船填上压舱石。

这一代青年与半世纪前的战争之间隔了一代人,他们不仅生长于太平时代,而且将这种环境视作理所当然。皇帝遇刺导致的气氛骤变,让人们觉得过去二十年的安宁仿佛只是一层糊上去的纸。有历史学家研究彼时的政见与婚姻,指出这一时期青年男女的择偶日益看重对方的思想。然而该学者却是以哀痛的笔调陈述该结论的,因为这并不意味着他们发现了灵魂的美,更把对方视作一个完整的交流对象,而是因为人们变得更狭隘、更党同伐异了。相比于共同的爱,该时期的亲密关系反而更多地基于共同的恨。当思想变得广泛流行,总伴随着质量的下降。自信总是宽容的,将差异与瑕疵视作无伤大雅;此时人们又强调起信仰,却更不宽容了。人们对败德现象的容忍度骤然降低,任何过错都会激起声讨;这种道德发烧的症状不是因为人们变得更善,而是因为风吹来危机的气味,刺激着人们紧张的神经罢了。

在这样的氛围中,薇拉和温特仍一贯地继续他们的思想与爱。思想越是彻底,意味着它越是笔直而不可弯折地伸向远方,越需要自由的空间,在这样的时代便也越脆弱。但他们却不害怕。因为这两位青年的精神虽还称不上真正成熟,却都已有了与其年龄不相称的重量;虽然不过是二十出头,他们已经不再容易为辞藻所激动,而是对更伟大的事物怀着更深沉而持久的感情,这种基调和底色感染了他们对彼此的情愫;反过来,青年人之间的爱慕也为这共同理想蒙上了光辉。

与平民那没有出路的躁动形成对照的是，狭小的穆罗梅茨堡内城聚集着的那么多以交际为主要活动的贵族，此时反而变得敏感了；为了不得罪彼此，他们尽可能避免谈论政治。薇拉觉察到了这种氛围变化，惊讶于"不谈政治的贵族"是一种怎样的存在；作为历史系的毕业生，她也知道这种现象意味着什么。就在温特前往皇太子府的前一天，维谢格拉德家进晚餐时，薇拉听到父亲与几位家中熟客谈及征剿幽灵的行动。她说，出现反帝国组织一点都不奇怪，至今还未成气候反而才奇怪。父亲当即严厉地训斥了她。薇拉很少见父亲如此生气，她在这愤怒中隐约读出了恐惧。

维谢格拉德夫人把女儿带回房间里，教导道："我们女人对于这些事，还是多听少说；身为女贵族，心中要明白政治，但不必让别人知道你明白；这也许是限制我们的一个劣势，但你的祖母、你的母亲都明白如何把它转化成优势。"

"父亲为什么害怕？"薇拉问道。

"住口！"母亲几乎发怒，但她随即意识到女儿已经长大，不能再这般横加斥责，而自己的愤怒，其实正是因为她也在害怕，"你那些话放在几年前，大家只会觉得你离经叛道，放在今天就有危险了。你明白吗？薇拉，你没经历过二十多年前的那个时代，先是后宫案，再是教会大清洗，多少人无辜受到牵连！就连权倾朝野的舒尔茨家族，也免不了被驱逐的命运。那时候真是人人自危，你爹年轻时和你一个样儿，我拼命劝他，这个家才留存了下来。眼下皇帝遇刺，谁知道最后胜出的会是谁呢？"

薇拉一瞬间觉得"胜出"这个词有些奇怪，但她立即明白在一些情况下，哪怕仅仅是保存，都得以胜利为保障。

"您放心吧，妈妈。"她安慰道。母亲很少唠叨那些可怕的往事。她从母亲的眼神里读出，这一次，她不再是因为想把女儿变成一个淑女而教训她，而是因为爱她才害怕的。薇拉并没有被从道理上说服，但她觉得自己没有立场去指责母亲的软弱胆怯。

薇拉回到自己的房间，才听到温特的留言，说不知何故上级要他明日前往太子府，所以不能赴约了。哼，刚被爸妈教训，现在就连温特也不理我。

翌日，薇拉和她的侍女伊法改去了音乐会。演出糟透了，曲目被临时换成了《皇帝》，虽也是很好的曲子，但乐团显然没有充分准备，那架钢琴神经质的嘈杂，倒是和节目上演前主持人同样神经质的演说十分相配。

从音乐厅走出来时，伊法见薇拉面色不好看，便说："不就是一场糟糕的演奏嘛。"

"我只是在想，艺术本是为一切时代而作的，所以古人的音乐才能超越时空；今天的人却借这种普遍的力量，来装饰当今的丑恶。多么不应该呀。"

伊法打心底里喜欢薇拉说的这些话，可是她还是忍不住要去笑她一本正经的样子。

街头大屏幕上播放着新闻，首先是前两天就出现的流言：有外来入侵植物，会危及脆弱的穆罗梅茨堡生态。薇拉听到播音员用那高嗓门说要"把隐蔽的毒草从良草中拔除"，就皱起了眉头。接下来是一则今日新闻：太子将亲率大军征剿恐怖分子，老将古斯塔夫·范·胡滕随其出征。

"温特昨天不是也说，他今天要去太子府？会不会也与此有关呢？"伊法问道。

薇拉面有疑虑，她也想到了同样的可能性。她决定后天再见到温特时，一定要当面问清楚。薇拉想起自己昨晚在餐桌上被父亲训斥的事。温特，你当初为何要去做军人呢？如果你的立场和你的正义相冲突，你又会如何选择，又将怎么办呢？如果是我们之间呢？

那一年，薇拉二十二岁，已经能够在相当程度上把握时代变化的意义。从父母紧张的话音中，在"拔除毒草"的宣传中，在音乐厅临时调换曲目和那嘈杂的琴声中，她已听出了危险。但在这时代已经悄然变化的风暴中，尽管隐隐不安，她此时心中所想的，却是温特的态度。如果我们的善恶观念不同，那会怎样呢？这是薇拉过去从未想过或担心过的。

2.

又过了一天，温特利德傍晚时分见到了薇拉，为昨天没能赴约向她赔罪。可是这一次，他却没有马上得到原谅（从前在类似的事情上，薇拉总是过快地原谅温特，为此伊法总说她心太软了），薇拉却仿佛有别的心事。

"温特，听说皇太子要率军剿灭刺杀皇帝的那些什么'幽灵'，他们要你去太子府，是让你参加行动吗？"薇拉问道。

"是的。"

"这真是奇怪呢,军队竟然在太子府的社交场合发调遣令。"一旁的伊法说道,她和薇拉疑惑地互望了一眼。

"那倒不是,我收到的并非调遣令,那时名单上还没有我。他们只是口头询问,说教会的人推荐我参加此次行动,问我愿不愿意去。"

"温特,难道你答应了吗?"薇拉略微犹豫了一下,又问道,"你也认为那些'幽灵'只是恐怖分子吗?"

"薇拉,我……"温特忽然明白了薇拉的意思。

"我总觉得,天诛固然不对,但也并未伤及一般百姓,这和无差别屠杀平民、借恐慌制造政治压力的恐怖活动仍有不同。"薇拉说道,"这些人发起挑战的方式虽不够光明磊落,但我的祖上也是在战斗中赢得了官爵,如今别人要来抢,那就来吧。不再战斗的贵族还算什么呢?削尖脑袋挤进帝都要塞,不知羞耻。当这座城市还叫作博涯的时候,它的铁壁还从未充当过这般懦弱灵魂的避难所。十多年来,这些外来贵族把这里的一切都腐化了;他们抛弃祖先的封地,反过来强调身份与爵位,变着花样发明些矫饰的虚荣,把这里的空气也变得虚伪孱弱。我看还是遂了那些'幽灵'的愿,把贵族特权都削除了好。我们不是说过吗?我从小安享的这一切其实不是理所应当的。让帝都不再有内城和外城之分,所有人都能自由出入,难道不是一件好事吗?以你,以我,以我们自身的力量,在这个世界上,难道不能自由地活下去吗?"

然而温特利德面对的,却不是一个抽象的正义战争问题或伦理问题,而是薇拉。"如果一个科伦坡幽灵,就在此时、此地,突然出现在你的面前呢?"他小心翼翼地问道。

"穆罗梅茨堡内城是很难携带武器混入的，但如果他们真手持利刃闯到我面前，我绝不会坐以待毙，一定会保护好自己和家人。如果有人要杀我，无论他的立场多么正义，我都会自卫，必要时也会杀他的。但这是面对面、堂堂正正的较量，和派出大军去镇压是不同的，那样太懦弱了，又得有多少无辜平民遭殃呀。"薇拉说完后看着温特，他没有说话。她以为温特此问是想说服她，让她相信镇压行动是必需的。于是她接着道："在你们军人的眼中，两者没有什么不同吧。那你是不是也觉得，像五百年前奥托用饥饿战术逼出敌军，也是缩短了战争，避免了更多的死亡呢？"

薇拉只有在对自己信任的人谈论历史时，才会直言不讳。她在大学和历史系的同学讨论到相关问题时，都是用其他例子代替的。这也是银河帝国的一个奇特现象：最初，帝国政府只禁止谈论奥托二世在光复战争中的饥饿战术，后来渐渐地，连谈及古代史上的类似战略，例如战时粮食禁运，都成了"居心不良的影射"。

温特一时语塞了，我不是这样想的，我就是幽灵啊。但这一刻他却没能说出哪怕一个字来——难道真的没什么不同吗？他无数次想过，假如科伦坡幽灵要刺杀薇拉，他一定会保护她，哪怕背叛组织也在所不惜；如果是替薇拉去死，他甘愿为她死一千次。然而他此刻并未假设，这名突然出现在她面前、向她坦陈身份的幽灵是来杀她的。从薇拉的话中，他已经知道了一切。这就是薇拉，他所敬佩的，他所爱的薇拉。她的回答也正是他心中暗暗希望她持有的态度。

"薇拉，请原谅我，已经无法退出了。"温特恳切地说着，他不知道自己所指，究竟是退出哪一方，还是退出全部。

"那昨天呢?"

"昨天?"温特看着薇拉,他听到这个词,却想起自己从军之前,尚未加入科伦坡幽灵之前的时候。昨天多么遥远啊。

"你昨日就不能拒绝不去吗?"

能不去吗?温特想道,由于自己的名字是教会硬塞给军方的,起初不在军方的名单上,所以昨日在太子府,我若执意拒绝,确有一线转机。但是,正因为我就是科伦坡幽灵,才不能不去。现在除了自己,已经没有第二个人能够打入这次征剿行动的情报部了。

温特利德是个军人,但是每次他调动或外出执行任务,薇拉从没有像古往今来的贵族女子那样,责怪过男人离不开战争和冒险,多么自私啊。薇拉这次真的责怪他了,而理由要比这严肃得多。温特利德埋下了头,不作声。

"可怜呀,我的温特!温特这次随舰队出征,就要去做一个……"薇拉停下了,把椅子转过去背对着温特,"这次,我就不去送你了。"

"薇拉……"

"你若真的认为,科伦坡幽灵和滥杀无辜的恐怖分子全无差别,他们的罪恶大到了必须赶尽杀绝,我……"薇拉话到嘴边,又咽了回去。但温特已经听出来了,她大概是想说:温特若真的怀有这样的想法,那他又是个怎样的人呢?一个残酷地对待世界的人,可能温柔地对待自己的爱人吗?真正因爱情而幸福的人,难道不会因此更加爱整个世界吗?温特知道薇拉一定是这样想的,她几番说过,爱是一种世界性的流溢现象,它丰沛的力量,不会在任何界限面前停下。这句话令温特深深地感动。如果我真的是那种人,她大概会想要重新考虑我们之间的关系了吧。

温特利德听着这句话,心中痛苦,他第一次与薇拉有了裂痕。薇拉是贵族独女,却帮科伦坡幽灵们辩护,虽不意外,却仍令他敬佩。他就是这样对她又敬又慕,他想此刻就向她坦白一切,却被薇拉的问题难住了:此次行动,真的与那些伤及大量无辜的战争没有什么区别吗?温特接受教会的推荐加入出征,是为了刺探情报、通风报信,但他从未想过这样的军事手段本身有何不对。他想告诉她,"我不是这样想的",但他不能。因为他知道自己其实没有完全想清楚这个要命的问题,在此之前,一切回答都是轻率的。于是温特只是一遍遍对她说,"对不起,对不起"。薇拉还是背对着他。

这一晚温特利德几乎没有睡着,他懊丧不已。他想起前几日,听说某位同事就因为政见不合与女友分手了,最近这样的事越来越多,甚至有子女和父母因此断绝关系。他知道,薇拉此次生气,不仅是因为不想我去打仗,或是讨厌军人。她生气的原因,正是她讨厌军人的理由。然而他不能把自己的幽灵身份告诉她,这并非不放心她会不小心暴露自己,更不是怕她会因为恐惧,要求他退出幽灵。温特利德知道,薇拉是一个比自己更热忱的共和派,他反而怕她得知此事后,会把自己卷进来,会觉得我若不让她分担我的危险,就是瞧不起女人。一想起薇拉最讨厌的事,就是温特不把秘密与她分享,他就更痛苦。薇拉心胸广阔,绝非不容爱人有秘密的人;她之所以这样想,也是因为早就觉察到了什么吧。

3.

清早就要去舰队报到,温特利德的秘密和他对薇拉的爱,都沉重地压着他的心。天色悄然地蒙蒙亮了。他带上行李出发,刚出门,就看到一位与自己年龄相仿的青年候在门外。

"请问您找谁?"

"我是舒拉密兹中尉。"

"原来是舒尔茨中将介绍来的助手,他提起过您。"温特利德说,"舒尔茨先生,很高兴认识您。"

"是舒拉密兹。"

"抱歉,舒拉密兹先生。"

温特利德坐上对方的车,一瞬间他怀疑自己的卧底身份是否已经暴露,又很快打消了这个念头:若真暴露了,便不会只派一人登门。他心中思量,这是自己第一次混入将官圈子,想必是舒尔茨要把我拉进他的党羽,才趁早派来手下。自己作为科伦坡幽灵的一员,即将与真正的战友们战斗,这已经让他觉得难以处理了。如今还未登舰,麻烦的党派政治就已经找上门来。好在这位舒拉密兹并不健谈,免去了温特利德敷衍交际的烦恼。

不多时,他们便到了军港入口不远处,过了桥就是军事管制区。舒拉密兹把车停下,温特利德下车后,远远看见有两个女子倚在河畔的栏杆上。在还未散尽的薄薄晨雾中,他认出那是薇拉和伊法。

"舒拉密兹先生。"温特利德说道,"您先去吧,现在时候还早,我一会儿再过去。"

"那我替您把行李先搬上旗舰吧，放在您房间里。"

"啊，不用，我自己就行了。"

"哪里，别客气了，"舒拉密兹说道，"舒尔茨中将叮嘱我多照顾您。"

但是温特利德执意不愿麻烦他。舒拉密兹中尉向他敬了个礼，独自过桥去了。

温特利德拖着行李箱朝薇拉那边走去，在早晨安静的河岸边，滚轮骨碌碌的声音很远就把他暴露了。薇拉故意装作没有听见，直到温特已经在她身旁停下才去看他。

"哦，原来是帝国军的中校要出征了。我们只是散步路过这里，可不是来送你的。"

"薇拉……"

这时，伊法看到温特双眼中有血丝，问道："您昨晚没睡好吗？"

温特没有回答。

伊法又转向薇拉："您瞧，您多狠心哪，昨天说了那么重的话，人家一宿没睡呢。"

薇拉心中升起了可怜，又暗暗有些欢喜。但她一想起昨天争执的问题，就又觉得此事不能就这么算了。

"薇拉……"

姑娘低着头，微皱着眉不说话。

"薇拉……"

姑娘还是不理睬他。

温特叫了她三遍，他还从未用除名字之外的词语称呼过她。他哀求地看着薇拉,她却不给他与自己目光相接的机会。温特看着她的眼睛,却看得出了神,薇拉的眼睛是多么美啊,他很少从侧影的方向凝望这对明珠。在那个年代,男性为了让女性高兴,有时会在她们的姓名前加上形容词"美丽的",或直呼"美女"。温特不喜欢这样的称呼,更不可能把它用在薇拉身上。他甚至很少用"美"这个词赞美她,但每一次说出它,都非常认真。他记得自己第一回腼腆地称赞薇拉的美,薇拉说他那时神情严肃,就像跃过断崖的山羊。因为修道院的院长教母在讲"漂亮"和"美"的区别时,曾说过:前者用来形容人和人造的一切,后者用来形容神与神造的一切。这给温特利德造成了长期的困惑,他不明白"人"究竟能否用"美"来形容;为此温特每说一次这个词,都不得不在最费力的意义上使用它。

温特不知道该怎样呼唤她,才能让她转过脸来看自己一眼。可是,他又不能把自己在科伦坡幽灵的身份告诉她。心急之下他说漏了嘴,竟失口叫出了幽灵们相互称呼的词语:

"公民……"

薇拉抬起头,惊异地看着温特利德。他立即意识到自己说漏了嘴,想掩饰过去,但是她身旁的侍女伊法已经大笑出声:"博涯的公民啊,君从西海来?"

正如博涯是穆罗梅茨堡的旧称,西海亦是翁布罗萨的旧称,是四百多年前西海联合王国的首都。翁布罗萨的毁灭只是二十多年前的事,这一代年轻人却多半没听说过它,更遑论它在四个世纪前的名字。就像"公民"一样,"博涯""西海"也都是科伦坡幽灵们私下用的称谓。伊法言者无心,温特却仍听得有些紧张。

伊法已经笑得前仰后合,接着道:"我好像记得,十年前有人第一次见到薇拉,似乎就用了很别致的称呼哦?"

温特顿时窘了起来,伊法又在取笑自己。他十二岁时离开教母主持的北雪平修道院,来到辉恒中学,第一次和薇拉说话便称呼"这位姐妹"。贵族社会十分看重称谓,同班小少爷们都觉得这是个怪人,只有薇拉本人不在意。

薇拉想起温特当年傻乎乎的样子,也笑了出来。伊法是最懂薇拉的,总是三言两语就能让她忘掉烦恼。

"我这次很可能会去奥厄,我要把那里最奇特的沙丘之花带给你。"

"把你自己带回来给我吧。"薇拉小声说道。

温特利德的脸上涌起一阵幸福,这代表她已经原谅我了吗?接着一阵战栗。我不能死。这次任务比以往都更复杂,也更危险,但我不能死。温特利德很想许诺她自己会回来,却噎住了,他的言语被一个念头绊住:明知有危险,我凭什么现在告诉她什么事都不会发生呢?薇拉暂时原谅了我,但我还是要在归来时,回答她的那个问题:派出大军征讨科伦坡幽灵,企图一劳永逸地消灭它,必定会有大量平民伤亡,这与奥托二世的饥饿战术没有区别吗?饿死上百万人的惨剧,能用缩短战争来开脱吗?这对于我而言,不是一个哲学或历史问题,而是要用即将到来的行动去回答的。直到回来的那一天,我才能告诉你。

薇拉觉察到了他眼睛里一闪而过的波动,但没有问。她知道温特就是这样一个思虑过多的人,总是拼命地想啊,想啊,所以她才那么不喜欢他把心事瞒着她。

穆罗梅茨堡穹壁上的太阳升了起来,驱散了河上最后的雾气。分别的时间近了,她沿着河边送他到桥头,对岸就是军事管理区。

"温特,昨晚我回想起中学的时光,那时候的一切是多么简单,多么幸福呀!那时我还不知道,关于我,你是怎样想的,但我那时却已清楚在我心里是如何想你的了。如今,时代似乎有了变化,就像今天的风大了些。我绝不会仅因一两件事意见不同就不理你的,因为温特,你是那么正直的一个人,你做事一定有你的理由。我不是从你的枝叶在风中摆动的树影来判断你的,我是从你的土壤、你的根来理解你的。如果,我只是说万一,将来因为什么不测,我们最终没有能在一起,温特,你一定要尽你的力量,实现你内心的信念,做一番惊天动地的功业,一定要。"

"薇拉?"温特的眼神中起初是感激,可是听到最后一句又有些惊慌,"薇拉,为什么呢?"

"好让我后悔。"

因为有薇拉,温特从没有过什么功名心;他觉得帝都狭窄的名利场,不过是些不幸者的暂时补偿,某种虚假的替代品罢了。薇拉完全清楚他的想法,也正因为此,她才想到自己万一不在他身边,他会怎样呢?所以才想推他一把。然而薇拉最后那句话,却把温特的心推倒了悬崖边:我们还有多少路要走,又会遇到多少事呢?我们能够相遇,是多么幸运;可是在这样的时代相遇,会不会又是不幸?就在这一瞬,他看见薇拉的眼睛,她眼神中的庄重与温柔令他羞愧于这自怜的念头。这双眼睛给了他勇气,无论将来发生什么事,只要这个宇宙中仍然有薇拉存在着,他就不会丧失信心。

太阳越爬越高,人渐渐多了起来;对岸响起了钟声,时候到了。

他们拥抱，然后告别。正当温特的背影走下桥的彼端，河上漂来一艘装扮成死神的船，船头站着一个戴着黑面具的人，慢慢地钻入桥洞。不祥的预兆。薇拉的心脏莫名地痛了一下。她看见温特走下桥后，隔着河回头望；他好像在川流的人海里找到了自己，远远地朝着这边挥手。她很高兴，也踮起脚尖来向他挥手，又怕温特看不清，便把手帕捏在手中来回挥舞。可是这时那艘黑船从桥洞里钻出来，挡住了他们的视线。等到船只驶过，温特已经不见了。

第七节：相撞

1.

舰队驶出穆罗梅茨堡军港时，仍是光复历475年末，接近目的地时已是476年初。此番出战的是陆战团和骑兵军。他们构成了帝国陆军的支柱，受皇太子派系控制。穆罗梅茨皇室三代之上仍是农奴，后凭借宇宙时代最大规模的陆战赢得战功、政变篡位，其陆军精锐虽久驻帝都不参战事，却仍被视作命脉；穆罗梅茨王朝也成了自人类大规模星际殖民之后，唯一陆军地位可与舰队平起平坐的国家。然而如此地位是建立在昨日的功勋，而非现实的战力上的。近年来宇宙舰队四处平乱，战功卓著，舒尔茨名望日升。此次安排陆军出战，人们都看出是要借报主君之仇重振陆军的威望，为米哈伊尔顺利继位铺平道路。

温特利德被分配去做情报总长的副手，一个并无实权，却听起来不错，不至于驳了举荐他的教会的面子的职位。在特种作战部时，温特利德接受侦察训练的时间不长，倒是借机选修了帝国军事学院的课程，这让他的战术知识远超过了情报分析的需要；而他选修战术学只是出于对几何学的兴趣，这又让他的几何学超出了舰队战的需要。温特利德主动要求加入情报组，当然是为了伺机阻止这次行动。可是在汇总并分析情报时，舒拉密兹中尉一直坐在他的近旁，不离左右。温特利德当然明白这是在监视自己，只是舒拉密兹显然并不精于此道，他做得太明显了。

  从收集到的情报看，温特利德发觉自己此前低估了陆军情报系统，这是特种作战部的人常犯的错误，他也未能免俗。陆军已经知道了奥厄行星是幽灵们的中转集结地，想将计就计打一场伏击。结合自己本就知道的幽灵内部信息，温特利德推断出，科伦坡幽灵在行星表面集结出发的时间，极可能在银河标准时间1月5日晚上七点至九点。帝国军想抓住机会一网打尽，最理想的策略是提早两三小时登陆，这样既能抢得战场先机，又降低了过早被发现的风险。为避免这种情况，他故意将自己的推断的时间表说早了九个小时。没有想到的是，身旁的军官们纷纷赞同他的判断，这令原本不抱希望的温特利德大感惊讶。他猜想其中缘故大概不是自己临时瞎编的判断理由说服了众人，而是因为在他们眼里，他是由教会举荐、来自特种作战部的神秘人物罢了。

  如此一来，帝国军就会比科伦坡幽灵的集结时间早整整十二小时登陆集结。幽灵们必然能发觉帝国军的行动，适时避其锋芒，一场大战便可化于无形。无功而返的我也能安然无恙地回到薇拉身边了。

工作结束时已过午夜，大家都困倦了。就在人们互道晚安各自回房之前，温特利德抓住这松懈的时机，检查录入信息是否有差错，却发现一处笔误，把登陆时间写迟了十二小时。若按照这份时间表拟定登陆计划，双方可能同时集结，届时将难免一场徒增消耗的血战。

幸好明确标注宇宙通用时间的仅有几处。温特利德趁旁人不注意轻敲了两下键盘，将事关登陆时间表的时间都提早了十二小时，把"午后"改为了"午前"。这样就能在幽灵们集结之前暴露帝国军主力，避开正面冲突。若迟了十二小时，同时集结的两军中任何一方的撤退都会成为对手进攻的良机，双方就会被迫陷入生死战。届时幽灵只能发动速攻，因为拖得越久，帝国军的援军越近。不动声色地做完这件事后，他随众人一同离开了情报分析室。明天一早，这份情报分析就会被送交作战指挥部，此时离预定登陆时间还有一天半。

这个微小的改动，是目前温特利德唯一能做的事。他孤立无援，就连幽灵组织也不知道他正在单独行动。在回卧室的走廊上，一个念头划过了他的脑海：刚才那份情报会不会不是笔误，而是故意写迟了十二小时呢？不排除这种可能。若真如此，显然是帝国高层有人希望皇太子陷入苦战，甚至战死。

科伦坡幽灵自从奉行"天诛"策略以来，就多次想刺杀皇太子，皆未得手。如果皇太子最终死于内部出卖，那可是天大的讽刺。温特利德猛然想起当日在太子府，舒尔茨阴沉地问自己在特种作战部是否学了些"本领"，难道以为我是被派去的刺客？他可真猜错了。可是转念一想：舒尔茨既然觉得有刺客，一定是听说了些什么，这说明刺客恐怕另有其人。这位共和主义者对皇太子生出了怜悯：他觉得再没有比死在宫廷阴谋剧中更荒唐、可怜的人了。

后世评论温特利德是一个常为他人的不幸感到悲哀的人，但更准确地说，他悲哀的与其说是不幸本身，不如说是人类不幸中的无意义。此刻，他意识到自己也被牵连到这针对皇太子的阴谋中了。在那一晚的梦里，温特利德又梦见了海。在辉恒中学旁的海边，薇拉悄悄地把那些被禁止谈论的、不能写下来的诗背给他听："远方的战争啊，请原谅我带花回家……"他记起了自己对薇拉说的，要把那里最奇特的沙丘之花带回给她的诺言。

就在温特利德睡下后不久，隔壁的舒拉密兹悄悄起床，回到情报分析室，把文件传回了穆罗梅茨堡，又回房睡去。不到半小时后他被叫醒，通信兵告诉他有来自帝都的瞬时通信。

舒拉密兹立刻来到瞬时通信室，舒尔茨已经在数千光年之外等着他了。

"你把我要你修改的时间表写错了。"屏幕上的舒尔茨拿着打印出来的纸张，冷冷地说道，"按照这张表上的奥厄当地时间换算，写早了十二个小时。"

舒拉密兹吓得说不出话来，但他觉得如果此时不做出些什么解释，舒尔茨会更加愤怒。他连忙辩解道："可是我确实已经……至于为何这样……我……"

"如果不是我亲自替你验算，你已经铸成大错了，"舒尔茨说，"是下午，不是上午。"

舒拉密兹拼命地回忆，自己不是写完后还特意看了一眼这个时间吗？真的见鬼了。是自己眼花了，还是记忆错乱了？一想到"记忆错乱",他立刻想到教会的精神病院,全宇宙最可怕的地方,额头渗出一滴冷汗。

"把信息调正。"舒尔茨命令道。

"是!"舒拉密兹马上深深鞠了一躬,他感觉自己身上的每一个细胞都拼命地想离开面前的通信屏,得调集全部的理智才能死死压住。

"别急着走,我还有事问你。"

"在!"舒拉密兹没有抬起头来,他已经没有再抬头对视舒尔茨的双眼的勇气。

"我要你监视温特利德·科赫,他有没有什么动静?"

"殿下,未曾发现异样。"

"他和教会有什么可疑的联系吗?"

"目前还没有。"

"如果没有,教会为什么特意选中他呢?"舒尔茨的语气冷硬,"那你可仔细盯着,别再疏忽了。"

"是!"舒拉密兹声音颤抖地答道,把头埋得更低了。

2.

接下来的一天半多么难熬。温特利德怕人起疑,不敢主动询问登陆作战的计划,却无时无刻不想着这件事。他想,这种明知无用却禁不住担心的状态若是再持续几天,自己恐怕就撑不住要露馅了。然而直到第二天睡觉前,仍未收到明早登陆作战的命令,他意识到出了问题,难道指挥部没有根据情报分析制定计划吗?看来自己的雕虫小技果然没起作用。又过了一整天，到晚上八点整，登陆开始了。这是迟了十二小时的时间表。他意识到，尽管在情报分析室没有人当面反对他的判断，却有一只隐秘的手，两次篡改了时间。

空降未遭遇任何半途阻击，这说明敌人的位置应当很远。然而指挥部不久就收到了侦察情报：在该行星狭窄的宜居带内向西六百公里的山区，发现敌军正在大规模集结。在这么近的距离内，科伦坡幽灵应当也能侦察到帝国军的登陆。只有在双方情报同时失误的情况下，这种局面才会出现。米哈伊尔和胡滕都对此感到惊愕，在他们的预想中，帝国军会略早于敌方完成集结，并先发制人发动进攻。然而现在的局势，却是双方几乎同时开始集结，且都已完成了一半才发现对方。这就形成了僵局：无论哪一方中止集结或开始撤退，都会被对方抓住机会一举歼灭。

温特利德意识到，自己最不愿看到的情形出现了。

在紧急召开的作战会议上，有年轻的参谋主张立刻取消扎营，改为进攻：既然已经没有退路，不如采取主动。古斯塔夫·冯·胡滕上将否决了这一意见，他认为时间对我方有利：既已发现敌军踪迹，就应当立刻调集附近的战列舰，全面轰炸敌军盘踞的山区。他发言时神色凝重，双拳紧握，好像一尊粗犷的花岗岩雕像。胡滕是经历过银河统一战争的老将，其观念形成于行星争夺战时代，而非镇压帝国内叛乱的斗争。在敌国之间的战争中，恐怖轰炸虽有争议，却也可能对敌方造成精神压力以求速战速决；然而当战争的对象从外敌转变成为"冥顽不化的子民"时，这样做只会被解读为帝国的暴戾无能。

温特利德深知自己人微言轻，但只要有一线希望，在事关成千上万条性命的事上也得争一争。他正欲开口，皇太子却先说话了：

"胡滕将军，难道我们无差别地轰炸敌人的村镇，就比那些恐怖分子更高贵吗？敌人盘踞的山谷正是这颗行星上的定居点，总计有数十万人口。他们通匪，就活该被杀尽吗？定会有人说：'看哪，帝国军和恐怖分子有什么区别？'先轰炸，再强攻，这是老将军的做法。但我到这里来，有比毁灭敌人更重要的事，那就是向世界证明我会是一位好皇帝。对于一名好将军而言，军事胜利就是一切；对于一位好皇帝而言，它远不是一切。毕竟帝国不仅就是帝国的军队，不是吗？"

"但驻扎各地的战列舰，正是为了应对这种情况……"

"我又没有说不用它。"米哈伊尔说，"战列舰无疑是地表爬行之敌最畏惧之物，但它的用途可不仅仅是行星轰炸。联系区域驻防舰队，把战列舰调过来，大张旗鼓地架临轨道，停泊在敌军防空武器的射程之外。"

温特利德立刻明白，这是要利用战列舰的强大威慑力在心理上压迫对方。米哈伊尔不想执行轰炸，除了不愿尚未登基就落下暴君的骂名，恐怕也有想把战功留给忠于自己的陆军，而非偏向舒尔茨的宇宙舰队的意图。

"把舰队调集过来却不轰炸，又要做什么呢？"

"所谓'什么都不做'其实也做了什么。克劳塞维茨以为武力的目的在于使用，马汉却指出舰队的存在本身就有意义。暴力并不必须以实际运用发挥效应。战列舰这种庞然大物，仅是从高轨道上沉默着俯瞰地面，它投下的心理阴影已比它在地面上的影子大得多。这种心理作用，甚至不是敌人在理智上猜到我们不情愿使用它就能消除的。"

此前,温特利德已经在太子府,听过他谈论传统型与法理型的权力,现在又是克劳塞维茨与马汉。这令他逐渐理解了,这位皇太子在拥护者口中博古通今、旁征博引,在反对者口中却远离实际、纸上谈兵。这两者仅一线之隔,也经常共存于同一个人身上。

胡滕老将军皱着眉头,又说道:"殿下,是否需要加派护航舰队?幽灵们倘若有自己的舰队,会不会截击我军的战列舰呢?"

"根据我掌握的情报,这些恐怖分子根本没有舰队。科赫,你来自特种作战部,你觉得呢?"皇太子忽然想起,此人是教会特地举荐的来自特种作战部的情报官,于是对他的意见也有了兴趣。

温特利德知道米哈伊尔说的是实话。科伦坡幽灵们把资源都用在了陆战、暗杀活动和思想宣传上,确实没有舰队。这样做既经济,又避免了与海盗和走私犯们竞争,反而能凭借自己的关系网和陆战能力与这些势力共生,既能廉价租用他们的船,财源上也不至于被围堵。没有舰队的幽灵,是比有舰队的幽灵更强大的。

尽管温特利德知道这些,他仍小心翼翼地答道:"从已知信息看似乎没有。但是……关于这一点,我们尚无确定一致的结论。毕竟证明某事物不存在,比证明它存在难多了。"

"可是……"胡滕老将军似乎仍然有些犹豫。

"看来特种作战部的人还是过于谨慎了。老将军也不必多虑,就这样吧,照我的指令调些战列舰过来,但未得授权绝不可擅自发动攻击。"米哈伊尔打断了他的话。

散会之后,温特利德的心情沉重,他感到事情不妙。他在刚建立的营地里匆匆地走着,迎面差点撞上皇太子。

"殿下，对不起！"

"你刚才在会议上似乎赞同我的主张，也是认为我们帝国军不能和恐怖分子一样吗？"皇太子问道。温特利德眼中划过了一丝迟疑，他自知人微言轻不便多言，另一方面由于他确是科伦坡幽灵的人，因此做事说话时反而为了躲避嫌疑，会刻意隐藏自己的观点。

"但说无妨。"似乎看出了温特利德的犹豫，米哈伊尔补了一句。

温特利德知道面前的这位皇太子是宫廷里开明派的领袖，那一刻，他暗下决心：如果要用自己的言语刺激皇太子的自尊心，让他不动用战列舰，也只能趁这样私下的场合了。若错过了现在进言的机会，将来就不会再有。

"相比于那些什么'幽灵'的暗杀，不分军民的恐怖轰炸才更残暴吧。前者嘛，就像黑帮为了抢地盘，不是也常有家族仇杀和火拼嘛。但是就连黑帮，也不会只因某地区盘踞着敌对帮派，就炸毁整座城镇吧。这种暴行除了展示'我们冷酷无情''我们心狠手辣''我们不择手段'还有什么意义？在广泛的平民人口中制造恐怖气氛，这才更是恐怖主义吧。"

皇太子米哈伊尔颇为惊讶地听完了这一席话，他自从被皇帝收为义子之后，就再未听到过如此可问大逆之罪的言论。但出身没落贵族的他对宫廷门阀的憎恶，又令他暗自欣赏这种观点，更不消说当着他的面说出口的真诚和勇气。米哈伊尔返回帝都之后就会继承帝位，在他的想象中，自己一定是银河帝国几百年来最开明的君主，倘若尚未登基，就连在私谈中都无法容纳异见，未免太狭隘了。

"原来特种作战部的人，居然是用是否无差别威胁一般平民来界定恐怖主义的。有意思的观点呢,简直是平民主义了。"米哈伊尔问:"你曾对其他人透露过这些想法吗?"

"没有。"温特利德说。但他立刻想起出征前一天,薇拉就用过同样的标准为科伦坡幽灵辩护。其实早在中学时代,他和薇拉就讨论过它。

"其实你刚才所言,与胡滕老将军有一点共同之处。老将军素来风格强硬,而你的洞见则是另一种强硬。你们都以不同的方式,彻底地执行了某种原则。"米哈伊尔说到此处,若有所思,"可是我是太子,我没有任何彻底的原则。如果有,那就是对甲说甲的话,对乙说乙的话。既然你从未对别人说过这些话,又是什么使你对我这样说呢?"

"我知道,您是宫中开明派的领袖。"

"开明派,对,他们是这样传的。但身为皇位继承人却是开明派,这本身就像是一个悖论,毕竟皇帝总是拥有无上权威的。你觉得开明与不开明的皇帝的区别在哪里呢?"

温特利德不知道。但他很想知道这位皇太子的想法,以及他如何思考这种问题。于是他鞠了一躬:"请殿下明示。"

"所谓开明,就是知道政治不是要把人都变成一样,而是尽可能利用既有条件,和业已存在的各种观念与欲望,让诸多的利益协同。如果没有共同的利益,就发明出来。而不开明的君主,不论是为全民或是自身利益,做事的方法都非常蠢,只会一味强调帝国上下一心,所思所想人人都得和他一样,下场一定会很惨。"

温特利德听出,这既是对穆罗梅茨王朝的僵硬体制的讥讽,同时也是在告诉他：哪怕像你这样持平民主义观点的人，我也完全自信能够驾驭。

"殿下，如果属下刚刚的观点近乎平民主义，那殿下的观点就近乎自由主义了！"

"啊，这可是太严厉的指控哦！"米哈伊尔笑起来，"不过你又不是主教或大臣，况且这里没有第三个人，你怎么说也都无所谓，我大不了赖账不认。"

堂堂皇太子居然毫无顾忌地准备赖账，温特利德也笑了起来。

3.

温特利德下午请命前去侦察敌军动向，其实是去通风报信。战列舰就要来了，皇太子米哈伊尔真的会为求名誉永不动用它们吗？幽灵们的胜机仍是主动进攻，只有近距离混战才能令战列舰无效化。但这样一来，乱军之中皇太子可能性命不保。刺杀帝国最高权力的继承人，是科伦坡幽灵们的最大目标之一。如今这个夙愿终于可能实现，温特利德心中却动摇了：这样做真的明智吗？宇宙很可能再度四分五裂，贵族们很可能再度相互攻伐。可是幽灵们已经集结了主力孤注一掷，倘若在此战败，共和主义就难有东山再起之日，平民又要毫无希望地忍受权贵的压迫欺侮。

经陆路穿过两军之间的山脉要好几个小时，奥厄行星上的昼夜比标准时间更短些，不一会儿黄昏已至，继而夜幕降临。温特利德独自驾驶侦察车飞驰在荒漠里，沙丘那高大的黑色轮廓起伏着从身旁流过；天上划过一颗流星，他看见它，想到薇拉此刻一定在穆罗梅茨堡。温特利德把薇拉送给他的那块显示宇宙标准时间的表藏在衣服的内层，这样便不会丢掉，但也很难拿出来看。不知银河标准时间已是几点了？你又在做什么呢？他用右手按了按胸口，那块连接着他和薇拉的表还在那里。如果此刻能飞回到你身边就好了，我好后悔没有向你坦白我的科伦坡幽灵身份。如果我向你坦白了一切，你一定会告诉我，究竟该怎么做的。

温特利德将侦察车停在一片稀疏的草地上。他看到了这颗行星上最著名的沙丘之花，原来看上去是那么普通。可是荒漠里四季不明，只有这一种花被那看不见的春的力量唤醒，它就成了春天本身。他小心翼翼地摘下一朵，尽可能宽松地包起来，仿佛怕闷死了它。他把这朵花放在侦察车的后座上，继续向着幽灵们的驻扎地赶去。

如果早告诉了薇拉这一切……我为什么要做这种假设呢？不要再想这些"如果"了，我这次回去，就找一个完整的时间，把我身为科伦坡幽灵的身份，以及这颗行星上发生的一切都告诉你。这将是我最后一次，因向你隐瞒秘密而请求你的原谅。我发誓，这是最后一次：我再也不要独自为这些秘密而痛苦，再不要你因为察觉到我藏着某个秘密而焦灼。过去，只要一想起幽灵的"天诛"计划，再想到薇拉也是贵族出身，我的心就皱了起来，但以后再不会了。我将回去，重新出现在你面前，如一张展平了的纸。在你曾说到的，那个光明普照、没有阴影的国度，我们之间将再没有隔阂。

温特利德的思维陷入了两难：一方面是共和薪火被扑灭的可能性，另一方面是银河大乱的危险。但他既做不到对战友们见死不救，也不打算把未来寄托在开明君主身上——他曾听薇拉说过一个观点：旧式君主越开明，越需要集中权力去推动改革，越必须限制而非扩大政治参与；那些懒政的国君或软弱的幼主，有时反而更有利于制度的转变与社会的成熟。当他飞过山脉来到幽灵们集结的山谷，见到了熟悉的战友，心中便不再犹豫。迎接温特利德的是贝尔纳，自从两年前分别，他们就再没有见过。

"贝尔纳公民！如果当初不是你，我没有机会成为一名幽灵。"

"科赫公民！如果当初不是你，我早就死在帝国军手上了。"

多么熟悉的称呼啊！温特利德回来了。两人互相拥抱。

两年半前，温特利德的首次任务，就是阻止恐怖分子即将制造的爆炸，并围捕其头目贝尔纳。他第一个发现了乔装的目标，却意外窥见即将发生的爆炸实乃己方的设计。温特利德知道抗议不会有用，果断地直接联系了围捕目标，把有人要制造爆炸栽赃于他的事透露给了贝尔纳，让他立即逃走以消除嫌疑，好使帝国军自知栽赃陷害无用，便不会引爆炸弹。然而贝尔纳认为温特利德高估了帝国的仁慈：他若现在逃跑，帝国军就算抓不住他，也能栽赃陷害给幽灵组织，因此还是会引爆的。于是他不顾暴露自己的危险，发出警报疏散人群，让上千人性命得救，自己却身陷包围，最终在温特利德的帮助下逃之夭夭。后来，在贝尔纳的劝说下，温特利德加入了科伦坡幽灵。起初，战友们不信任这个来自特种作战部的中尉，多亏了贝尔纳的担保，才将其发展为穆罗梅茨堡内圈的情报员，也是幽灵组织埋在特种作战部的唯一眼线。

他们徒步走向幽灵的临时总部。一路上，温特利德兴奋地向贝尔纳讲述自己这两年来的经历，就像一个青年人对他信赖的兄长。尽管他还是隐瞒了关于薇拉的事，心中暗想：我不是担心贝尔纳会有狭隘之见，介意她的出身；而是怕自己在这短短的时间内，无法向他完整地说明薇拉有多么好。温特利德一边对他诉说自己遇到的新思想，一边又为找不到最合适的语言说清它们而遗憾。理性的展开需要充裕的时间。

半小时后，他们抵达了指挥部。温特利德尽可能准确、详尽地复述了帝国军的计划。这些情报确证了幽灵们此前接到的消息：击毙皇太子的机会来了。这可比席卷几颗行星、杀几个民怨沸腾的贵族或总督重要得多。有人开玩笑说，最有希望取下皇太子首级的，就是离他最近的温特利德。幽灵们的热情和希望既令他心中温暖，又让他感到有些措手不及。正当战友们为此激动不已，温特利德心中却很在意另一件刚听说的事：

据贝尔纳说，不久前有一个神秘人通风报信，告诉他们米哈伊尔本人身先士卒，就在这批登陆的陆战军团中，这让幽灵们宁可冒着中计的危险，也不能放过这个千载难逢的良机。杀死皇太子对帝国的伤害，将比刺杀老皇帝更致命。人们总是寄希望于新生的朝阳，而非下沉的夕阳；只要把新神弑杀在摇篮里，旧神很快就会老死在躺椅上。他们本以为报信人就是潜伏在帝国军中的温特利德，却并非如此。对于温特利德而言，这解释了为何幽灵们明明能侦察到敌军大规模登陆，却硬是要同时集结；这让他的心头飘过了一片乌云，仿佛有一只看不见的手正在操控双方的命运，使其在这颗行星上迎头相撞。难道真的有人想借幽灵之手除掉皇太子？是宫廷里的保守派吗？这又让他想起舒尔茨在太子府对他的试探：很可能帝都的某些势力已经派了刺客，此人又会是谁呢？

温特利德再次陷入了犹疑。"天诛"的后果究竟会怎样？政治暗杀效果难测，不见得如产生"天诛"这个词的古代岛国那般顺利；在同时代的另一个帝国，民意党人激进的暗杀却把更反动的沙皇推上皇位。为免帝国军，尤其是监视他的舒拉密兹生疑，他必须按时赶回营地，于是早早地告别了幽灵们。他无法将这些疑惑对战友们诉说。温特利德一直有离群的本能，这让他无论身处何种集体，都无法全身心地融入。可是在认识了幽灵们之后，他第一次渴望真正成为他们中的一员；正因为如此，他那种在细小的区别中看见差异的敏锐，也是第一次让自己痛苦。

第八节：奥厄

1.

就在送别了温特利德之后的第二天，薇拉的伯父，维谢格拉德主教来访。小时候薇拉总叫他"和尚伯父"，这个一贯严肃的老人，听见这个称呼总是笑呵呵的，两眼眯成一条缝。薇拉正在午睡，不久被楼下的声音吵醒。她原本准备装作睡着，这样就不用去见她不想见的父母的亲朋。可是她饿了，便蹑手蹑脚找东西吃，却听到了许久未见的和尚伯父的声音。薇拉喜出望外，换好衣服准备下楼去。在楼梯的

拐角,她听到门的那一侧父亲在说话:

"你是说,教皇派的势力,准备趁奥厄的混战发动行星轰炸,把米哈伊尔也炸死?"

"具体情况我也不清楚,但有可能会像当年的翁布罗萨。"这是伯父的声音。薇拉听到这里,便在客厅门口停住了,她推门的手也悬在了半空中。

"翁布罗萨。"父亲的声音低缓了下去。

"你刚才为米哈伊尔不忍心,"伯父停顿了一下,继续说道,"我倒更为他去征讨的叛匪不忍心呀。难道你我还不知道这些年,叛匪都是从哪里来的吗?"

"你这是什么意思?"

"叛匪还不是被军事改革抛弃的士兵吗?银河一统之后,帝国吞下了那么多封建军队,军费却跟不上。朝廷严厉打击军人经商,而这在封建时代从来都是军费的一大来源。他们被视作财政负担,总参谋部的老人们大笔一挥,十余年间裁军两千多万!其中有多少会再武装化,再做走私犯、海盗和叛匪呢?舒尔茨殿下年年剿,却剿不尽。科伦坡幽灵固然是以共和思想为旗帜的,但你真的相信,他们的兵源都是共和主义者吗?那里有多少是被我们抛弃的人呢?"

"我明白,你对当年自己所属的部队被撤仍耿耿于怀,但话也不能这样说,当年军教合一的政策刚开始推行时,让你去做军队的神父,你还不是不愿意?裁军后你回到中央教廷,也升任主教了。总参谋部没有亏待你,裁军总是对帝国好的。"

"那是当然,为帝国好嘛。"伯父说道,薇拉隔着墙听见他似乎坐了下来,"牺牲我认识的士兵们又有什么呢?我今天不是来和你争这些旧事的,这些年我也想通了:为了帝国可以牺牲数百万士兵,怎就不能牺牲一个米哈伊尔呢?匪就是被裁的兵。前些年帝国舰队遇匪都及早放炮示警,任其逃去,才会匪患难除;多亏舒尔茨殿下雷厉风行,才有今日成效。如今米哈伊尔去抢这最后的大功,难道不太过分了吗?比起在帝都坐而论道、沾染了自由思想的皇太子,还是舒尔茨更适合坐那把椅子。"

"可是如果因此就要毁灭整个星球,我怕,还是罪孽太重了。"

"那又不是你做的!我只是要你提前站在舒尔茨一边。毫无疑问,他将是教皇大人这次行动的最大受益者。慢了,就晚了,你若等到米哈伊尔死讯传来,才跟着一众权贵去追捧舒尔茨,就只是个趋炎附势之辈罢了。"

"哥哥,但是舒尔茨……"这时候维谢格拉德夫人说话了,她欲言又止,声音听起来顾虑重重。

"我知道你在担心那件事,当年你与舒尔茨皇妃私交极好,却在她的家族大难临头时明哲保身,确是有所亏欠。但是请你们相信我:舒尔茨这个人是不会介意过去的。只要你赶在他尚未得势之前支持他,就一定会有回报。我的弟弟!奥厄的通匪者注定要毁灭,帝国陆军也将伤亡惨重。我只是听了个捕风捉影,提前来给你透个风,好让你有个心理准备,将此惨剧作最大化利用而已。"

"可是哥哥,世人在无法惩罚凶手,或当惩罚不足以抵消罪孽时,最恨的就是获利者;人们痛恨在战争中暴富的商人,尤胜发动战争的野心家,前者不会被惩罚,反而令他尤其遭恨。如果我利用这场灾难成了获利者，也就处在了这个位置上。"

薇拉躲在墙后听见了这番对话。我听见了什么？天哪，整个星球，上百万条人命，还有——温特也在其中。我的和尚伯父！在这件事中，您所在的教会扮演了怎样可怕的角色啊！她几乎不敢相信刚才那些话，是她童年时，常把小薇拉背在肩上的和尚伯父说出来的。

就在她想推门进去时，她听到家里的座钟敲了三下。接着是伯父的话：

"三点了，圣殿骑士团舰队已经启航，行动已经开始，一切已无可挽回。螳螂捕蝉，黄雀在后，他们保守秘密直至黄雀飞扑出去的前夜，所以我也是刚刚听说，就立刻赶来把这些都告诉你们。我该走了。还有，此事万不可告诉外人，尤其不能让薇拉知道。"

"当然，这是当然。"

"太可怕了，你们男人的事太可怕了，但愿她永远不知道这些，就当都没发生过吧。"

薇拉没有推门进去，而是回到自己的房间。接下来怎么办呢？她问自己，我能就当这些没有发生过，就当什么都没听到吗？伯父说，一切已经晚了。可是温特还在那里！薇拉不知道该怎样联系奥厄行星的帝国军，提醒他们面临的危险。她不知道军队的通信码，而且即便有通信码，超光速通信站的那帮官僚也不会允许一个二十几岁的姑娘在未加密的民用频道发出如此惊悚的讯息。

薇拉的目光落到了墙上挂着的那把剑上，这把利剑正是伯父做僧侣之前曾用过的；他最终选择披上了僧袍，却把自己青年时代的武士梦想传给了她。

"如今只有一个办法了。我得去把他救回来，就我一个人也得去。"她悄悄地把几件衣物塞进了背包。这让推门进来的伊法看见了，"小姐，您是要出门去吗？"

直到被问到，薇拉才发现自己其实还没想清楚自己是要去做什么。教皇要在奥厄发动行星轰炸，我这是要去拯救世界吗？对，就是拯救世界，至少对我而言是这样的。刚才在听完伯父的那番话时，薇拉把手放在楼梯的扶手上，却已觉得这扶手，连同脚下的地面，都仿佛被抽空，陷落到深渊里去。

"小姐？"伊法又说道。

面对伊法，薇拉想起伯父和父母刚才说，此事不能让自己知道。她忽然明白：这是因为仅仅碰巧听到此事，就已有杀身之险。薇拉看着伊法，决意不把她牵扯进来。现在温特已经有性命之危，绝不能让她再遭不测。

"伊法，我要出几天远门。这是个秘密，你暂时不需要知道，也不要告诉别人，好吗？等我回来再和你细说。"

"薇拉？"伊法心中有些惊慌，她太清楚这位小主人了：薇拉从来都把自己视作平等的姐妹，从前只有做了坏事被捉住，需要承担责任时，才会摆出主人的模样。刚才薇拉的脸色有些惊慌失措，但她一和自己说话，声音又变得镇定了。薇拉扑上来拥抱她，然后就出门去了，留下伊法惶惑地看着她离去的那扇门。

2.

与此同时,舒尔茨抵达了穆罗梅茨堡东北方向直属中央教廷的圣殿骑士团的基地。该骑士团组建仅十年,据说是为寻找一处"圣殿"和遗失在圣殿内的遗物而创立。在这个基地,舒尔茨最后一次接收了来自舒拉密兹的瞬时通信,纠正了情报分析中时间表上的"笔误"。然后他对负责接待他的僧侣说:"万事俱备。"

舒尔茨被带到一艘战舰前,它没有级别,无法归类至任何已知舰种,甚至没有编号和舰名——这意味着很可能全军只此一艘。它的外观与巡洋舰无异,但这层外壳却只是名副其实的一具外壳:巡洋舰的舰壳内固定着另一具小了一整圈的舰体,那才是它的真面目,这种拼凑的构造也说明它大概只是实验品,尚未量产,而且是相当秘密的实验。内层那道真正的舰门上,印有一片落叶图样,舒尔茨觉得似曾相识,却又记不起来了。每个人的记忆深处都堆满了落叶,他记不清何时曾见过这一片。舰上没有军人,只有僧侣。尽管舒尔茨知道,希柏里尔教会的教阶制是模仿世俗权力,尤其是军队,组建起来的,但他毕竟是第一次亲身登上"和尚舰队",仍觉得有些奇怪。

这艘怪船孤零零、静悄悄地启航,独自向奥厄行星驶去了。舒尔茨心中琢磨:教会派出区区一艘舰船,能帮得上刺杀米哈伊尔吗?这批僧人八成不是为了接应行刺,而是承担了某种政治或外交使命。教皇邀请他随舰前往,恐怕根本不是为了借助于他的太空战经验,而只是想把他绑在某个政治立场上。他隐约觉得自己登上此船是失策了。

光复历 476 年的新年是舒尔茨有生以来度过的最惨淡的一个新

年，他一整天没和舰上的任何人说一句话。当夜，他卧床不宁，纷飞的心念被穆罗梅茨堡的大教堂的钟声敲断，就像什么东西一下子落了空——怎么会有十三响？我明明听见了十三响。那当下究竟是什么时间？惊疑之下，为了确信是自己数错了，他打开灯，看见头顶上的钟刚过新年零点，才想起自己是在船舱，帝都的钟声怎么可能传到此处呢？怕只是梦里的钟声。

1月6日，这艘孤独的怪船来到了奥厄的卫星轨道。

舒尔茨被引至一个像是舰桥的船舱。银河统一战争后，新的标准战舰早已统一取消了舰桥结构，只是有些守旧的军人习惯性地把指挥部叫作"舰桥"。他看见一名貌似指挥官的僧侣，便对他说："你们的主人拜托我做的那件事，我已做了。如他所愿，在接下来相当长的时间内，双方都会被困在这颗行星上。因为我已安排了人，向双方都提供了错误的时间表，导演了两军同时集结、谁都无法后退的局面。到时候无论是忠于皇太子的陆军，还是叛匪，都会死伤惨重。但我以为，米哈伊尔很难死在叛匪手里，他多半会逃掉。让两军陷入激战只能削弱他，同时为你们派去的……刺客制造混乱和机会。行刺计划到底是什么？难道现在还不能说吗？"舒尔茨说这句话时，差点就把他心中认定的刺客，也就是由教会出面添入出征名单的特种作战部中校温特利德·科赫的名字报出来了。

那名僧侣向他行了个礼，不紧不慢地答道："殿下谋略过人，圣座把最关键的布局任务交给您，果然没有看错人。不过，我们没有派出什么刺客。殿下，您一定听说过精神污染武器吧。"

"这么可怕的东西，和神圣教会有什么关系？愿闻其详。"

"殿下说笑了,这种武器的存在,也算是公开的秘密。前不久剧院内爆炸的正是精神污染炸弹,也正是殿下您亲自指挥镇压了沦为疯人的行尸。"

"对,是那些恐怖分子安装的炸弹,不是吗?"舒尔茨立刻回道。他心中想,难道他们要在这里再次释放精神污染吗?科赫上次能在剧院幸免于难,也是因为他和教会有关系?他们居然在皇家剧院里和奥厄行星,两番使用同一招黄雀在后,嫁祸于同一批幽灵。

"当然,当然是如此,"僧侣说,"我们也都很纳闷,我军的秘密武器是如何被恐怖分子窃取的。请殿下听我说:若想一举全歼交战双方的部队,不留活口,就只能靠这艘战舰——它其实是一个巨大的精神污染放射器,所载能量只够发射一次,但一次的覆盖范围……"

舒尔茨看着他,等他说下去。

"能达到一个星球。"那名僧侣的眼中闪过一丝克制而又疯狂的骄傲。

"一个星球。"舒尔茨倒吸了一口气。

"与真正的科学相比,这不过是雕虫小技。触发精神污染本身耗能极少,比一颗大脑的耗能小得多,剩下的不过是物理增幅而已。"

舒尔茨对这些不感兴趣。他心中思忖:难怪教皇许诺消灭米哈伊尔的势力,给我的唯一任务,却是让我把陆军尽可能久地困在行星表面。世上果然没有便宜事,我只想杀米哈伊尔一人,却被牵扯到毁灭一颗行星的大事中来了。

僧人继续说道:"为了完成殿下的愿望,我们计划用它轰炸整个行星,一举歼灭地表的共和主义匪徒和宫内的自由主义分子。圣座承诺过殿下，把太子的势力彻底剪除，要做到这一点，当然不能只刺杀米哈伊尔一人。因为斗争的双方不是您与他，而是舰队和陆军——接下来就算米哈伊尔死了，陆军为了和舰队作对，也会拥立其他的候补继承人。"

"你们倒是替我想得周到。"舒尔茨冷冷地说。这番分析虽有道理，却仍夸大其词。教会的眼中钉仅仅是米哈伊尔而已，又何必做到这一步呢？你们要毁灭整个行星肯定别有目的。

"为表达对殿下的敬意和信任，我们才邀请您，作为历史上第一个登陆本舰的非教会人士，见证这一时刻。"

"哦？对我的信任？"舒尔茨在舰桥的指挥席上坐下，"难道你们让我登舰，不是为了确保我他日坐上御座之后，永不背叛你们吗？我现在站在这里，即将发生的一切也就脱不了责任了，从此大家一荣俱荣，一损俱损。共同的利益转瞬即逝，共同的罪孽才能永远把命运绑在一起，不是吗？"

僧侣没料到舒尔茨竟如此坦率直接。他还没来得及思考如何回应，舒尔茨就问道："这个行星上有多少平民？"

"这贼窝的人口近五十万，每家每户都通匪。"僧侣回答，"殿下关心这个数字吗？即便您不下手，此战之后，他们中的大多数同样要么死，要么被流放。只需牺牲五十万人，就能一举歼灭四十万恐怖分子，还有效忠于米哈伊尔的陆军——他们想抢走您的多年战功。这已是一个仁慈的比例，毕竟历史上很少有战争中平民伤亡少于军人的。"

"你们神职人员的道德观，真的很特别。"舒尔茨的语调低沉了下去，他已经剿了近十年的匪，明白"通匪"大多不过是些生意往来。

僧侣说的是事实：通匪者，尤其是暗通行刺皇帝陛下的匪徒者——男人恐怕都要死，女人和孩子则要流放，男孩长大后也要服苦役。这些严刑峻法，正是把走私集团、黑市商贩逼成叛乱者和宇宙海盗的原因之一，制造了剿不尽的叛匪，也正因为匪患层出不穷，他才屡立战功。舒尔茨早就清楚地认识到，自己的累累功勋其实是建立在法律系统的残暴无能上的。自古常理如此：那些系统化失败的暴力，才需要去战场上用更赤裸的暴力解决。只有从没上过战场，完全不懂敌人是谁、从何处来的人，才会真的以为通匪者就该死。这位皮肤白净、十指修长的僧侣，平日要他杀一条狗都会瑟瑟发抖，却能轻易地谈论屠戮数十万人命，不假思索地引用间接害死过十倍人数的残酷法律。他们的善心就像狗闻到食物时的唾液分泌一样廉价，人数在他们眼中，真的就只是数字而已。

一瞬间，舒尔茨怀疑这个僧侣是否真的没意识到此事的严重性。然而此刻不是关心他人灵魂的时候，舒尔茨必须首先考虑自己所处的位置：我已经无路可退了。

"殿下，我们比地表上那些以古老愚笨的方式作战的陆军干脆利落得多，只需一击就能解决一切，不会有难民和饥荒，不会有余生的苦痛，不会有回忆的折磨。这里的一切，一开始就不存在……"

舒尔茨打断了他的话，说道："我既然和你们合作，就没有过置身事外，把脏活全推给你们去干的意图。"

既然舒尔茨如此坦率，僧侣似乎也轻松了些。他说："听说殿下前几日在太子府，曾经发表过一番宏论，祝愿太子米哈伊尔将来能够完成改革的雄心壮志，还说，若能如此，银河也会因他的存在而更璀璨。"

"啊，是的。"

"殿下，您是真心的吗？"

"说这些话的时候确是真心的，那一刻我脑海中的壮美银河，令我一时忘了我们已经定下置他于死地的毒计。"舒尔茨说，"即便现在，愿银河更璀璨的愿望，也仍是真心的。"

"那就预祝殿下如愿以偿了！"僧侣说道。

这时一名僧侣前来报告："我们截获了该行星发往区域驻留舰队的信息，要求战列舰支援。"

"哦？这大概是胡滕老将军的主张……但想不到，米哈伊尔一直自诩开明，竟然会同意使用这种近乎屠杀的战法。"

"但密电同时强调，要求战列舰排列在高层轨道待命，未得命令不得擅自发动轰炸。"

照这样看，米哈伊尔调遣战列舰来，或许只是为在心理上威慑地表的敌军，真是人道主义者。舒尔茨心想，可是在这个凶险的世界上，偏偏得不到人道的结局。他深吸了一口气，驱散胸口那暴风雨将临般的沉闷，然而此刻他却忽然觉得，被催生的历史就像未到时候就被剖出的婴儿。几点了？行星的轮廓上已隐约可见一道白色光弧，今天的朝霞升起得太早了。

就在这光弧中，飞出了一个渺小的亮点。

这次行动不能有目击者，原则上说，所有目击者都必须死。雷达已经开始辨识那艘船。几秒钟后，屏幕上显示出了它的图像和名称，那是维谢格拉德家的私人飞船，密涅瓦号。

3.

　　密涅瓦号高高地飞翔在行星轨道上空,在浩渺的宇宙中,像大海上空的银白海鸥,上面只坐着薇拉一个人。她偷听到了伯父对父亲说的话之后,就来到穆罗梅茨堡私人飞船的小空港,驾驶自家的密涅瓦号直奔奥厄行星来了,只祈求自己的行动不至于太迟。密涅瓦号是一艘空间跳跃间隔较短的快船,虽比不上军舰,但也不至于落后太多。如今她终于赶上了。

　　薇拉发现了帝国军悬浮在奥厄轨道的运输和护卫舰,便朝它们飞过去。只要顺利对接,见到那里的军官,就能救下温特和数十万远征军。要把温特从深渊里拉上来的念头占据了她全部的心灵,她想起他们最后一次见面,那时自己还没来得及完全原谅温特,此刻却觉得那些争执多么渺小。她想起从前温特不够自信,好几次问她究竟喜欢他什么;她此刻听见了自己内心的声音,原来自己只爱温特的灵魂——不是他在别人看来的聪慧,而仅是他的灵魂。正如薇拉明白温特爱她,也只是爱她的灵魂一样。他哪里聪明了,分明只是一个有点儿笨的人,却那么执拗地活着。薇拉知道温特就在下方的星球上,过去她总是怪同在穆罗梅茨堡的温特,因军务没法常来陪她,今天第一次感到哪怕只是同在一个星球也令她幸福。宇宙,空荡荡的宇宙呀。

　　精神污染舰上,僧侣对舒尔茨说:"时间到了。"

　　"可是这艘小艇呢?"

　　"它不重要,就像巨浪下的一条小鱼,注定被吞没。"

　　刚刚消失的僧人出现在了顶端的高台上,将瞳孔对准仪器,同时左右各一名僧侣将他们分别掌管的钥匙插入基座。精神污染阵列的触手，从这黑色战舰的四周伸展开来，在太空中围成一个巨大的圆，像一只天眼垂直地盯着行星。

"暂缓轰炸！"

"殿下。"

"我命令你暂缓轰炸！"

"陛下！"为首的僧侣说道，"这是做不到的事，仪式已经开始，如果现在停下，精神污染将无方向地扩散，我们都会成为疯人。"

舒尔茨听到"陛下"二字，面色惨白，他知道这是在提醒他早已订立的契约：希柏里尔教会将在铲除了皇太子和胡滕将军后，如约为舒尔茨涂上油膏加冕，而教会与国家将在他在位期间融为一体。

高台上的僧侣自始至终将瞳孔对准机器，他的眼睛透过这巨大的精神污染阵列，笼罩着整个行星。僧侣做了个手势，另一名年轻僧侣准备启动精神污染武器。机器发出了刺耳的报告声："实验体，2号。"

舒尔茨跑下去，把正在操作机器的年轻僧侣的手按在桌上，"停下来。"

高台上的僧侣仍目不转睛地盯着行星的正中央的轰炸点，机械地重复道："这是做不到的事。"仿佛他已经化身成为这装置的一部分。战舰四周的触手犹如蜘蛛足般抖动，在它们稳定下来前，整个战舰轻微地摇动了一下，好似成为那名僧侣身体的延伸。

屏幕上代表飞船的光点就要飞到最远离轰炸中心的位置，舒尔茨一把推开操作机器的僧侣，亲自按下了按钮。

密涅瓦号好像黑暗中的一滴露珠，飞掠过屏幕上精神污染覆盖区的边缘。它安全了吗？可是不到半分钟后，悬停在轨道上的运输补给舰队，却向仅在数百公里外的小船发射炮火。密涅瓦号中弹失控，笔直地弹了出去，像断线的风筝一般旋转、颠倒。

舒尔茨攥紧了拳头，"这是怎么回事？把我们的船驶近！"

僧侣说道："那个护航补给舰队里的人都已疯了，炮手消灭了那艘小船。我们若距离过近，也会成为它自卫射击的目标。"舒尔茨注意到，僧侣非常习惯地用"它"指代疯人。

舒尔茨心中想道：无论密涅瓦号中坐着的是不是薇拉，其轨迹显然在寻求与皇太子的运输补给舰队对接，这才导致两者距离过近，遭精神污染丧失心智的补给舰队击毁了这个朝自己飞来的"威胁物"。轨道上的舰队就要隐没在行星的另一边了，如果要去探查密涅瓦号上究竟是谁，再等几分钟便可以了。

舒尔茨身旁传来扑通一声，把他拉回了现实，刚刚站立在高台上的僧侣一头栽下，抽搐着瘫倒在地，两只眼珠上下左右地乱翻乱转，已经不能同步。看来发射这巨大的精神污染武器，需要一个祭品。

"现在，该做的都做了。你自由了。"舒尔茨对他说完这句话，走向舰尾，登上一艘小艇。小艇急速弹出，飞向密涅瓦号。两船对接后，舒尔茨一走进密涅瓦号就感到天旋地转。这艘飞船上的大多电子设备，包括它的虚拟重力场装置都失灵了，他看到薇拉悬浮在空中，到处都是血。

"温特，温特。"薇拉说，"你终于来了。对不起，对不起，我来这里，是因为我想救回最可爱的你，可是，最终却是你来救我。"

舒尔茨没有说话，他把飘浮着的薇拉固定在驾驶座上。

"把我们的照片拿给我吧,我自己的那张忘在家里了;把它放在我的眼前吧,说不定它能让我重见光明。"

舒尔茨猛然想起那张科赫忘在了医院病房,由护士托他转交给科赫的照片,它正好仍留在自己的口袋里,于是他找出照片递给薇拉。

薇拉刚接过照片,眼中就又有了明亮的光泽:"对,就是这一张,你的手捏着它太久,把它都捏弯了。温特,你瞧,照片上的你多么英俊呀。我过去说你长得傻乎乎的,都是骗你的。还记得吗,我们一起拍这张照片的下午。那一天我们一起走出校园。"

舒尔茨认得这是辉恒中学的校门,他把薇拉的头颅抵在自己胸口。他现在终于确定,薇拉就要死了。不是因为这洒满驾驶舱的血,不是因为她已经看不见了,而是因为她的眼中泛起的那种苍凉、坚定而又柔和的光泽,宇宙万物,此刻在这双眼睛里一视同仁了,但它又充盈着那么多、那么温柔的爱。舒尔茨已见过许许多多的死亡,他知道哪怕最勇敢的战士,在坦然归天的眼神中也会有犹疑与恐惧。他从未见到过这样的目光。

"好心的陌生人,你叫什么名字?虽然我看不见你,但谢谢你把温特还给我。"

舒尔茨起初仍旧没有说话,他借着奥厄星球上燃起的极光看着薇拉的眼睛。

"不过是宇宙的尘埃……"

薇拉听见这句话,眼中划过一缕流星般的、微弱的光,旋即熄灭了。舒尔茨浑身僵硬不能动弹,直到他听见自己的小艇中传来母舰的呼叫声,他握住薇拉的手,把她手中捏着的照片紧紧塞入她的手掌,狠狠推了一下身旁的墙,滑向返回的通道。

舒尔茨驾驶小艇回到骑士团的精神污染舰,刚走进舰桥,扑入眼帘的就是行星上空已蔓延开来的万丈极光,这火焰中有无数的灵魂在燃烧、湮灭。奇诡的光芒直泼而来,整个船舱比血更红,忽而又比蓝宝石更蓝,舒尔茨的脸上、军服上尽是五彩缤纷。他低头看自己的手掌上变幻的光彩,想起正是这双手推开执行轰炸的僧侣,亲手按下按钮,那时密涅瓦号正位于爆心最远点。当时他的这一动作几乎出自本能,但在此刻,他明白了自己为什么要亲手做这一切:如果薇拉仍然——无论是直接还是间接——遭遇横祸,那就是自己亲手杀死了她。只有这样他才能将薇拉的死解释为正是自己所要的,只有这样他才不是不幸的。

舒尔茨目不转睛地盯着极光笼罩下的星球,想道:这正是我的抉择,我清楚地知道,所有目击行星轰炸的人都必须死。尤其是这艘船上的同谋者们,在我掌权之后,他们是最要死的。倘若薇拉此时没有死去,又会如何呢?她一定会暴露这里的秘密,因此她必须死。所以,这和我亲手杀死她没有区别,那些疯人击毁了密涅瓦号,只是提前替我做了我接下来不得不做的事,而我却不知自己是否能够杀死她。看哪,这极光中燃烧着的行星,当我将一整个星球焚为灰烬,千万年后它又会重生;可是当我看着你的眼睛熄灭,我便知道,里面的那个宇宙再也不会点亮。然而这一切已经没有意义,因为我已经亲手杀死了她,亲手杀死了我的犹豫——既然我的皇冠,已要求了远远超出想象的代价,那么将来若再有任何牺牲,我也再不会有丝毫犹豫。

"殿下,此时,帝都的夜已经深了。"为首的僧人走过来,提醒舒尔茨是时候回去了。

舒尔茨一言不发，退出了舰桥。

第九节：归途

1.

温特利德行驶在返回帝国军营地的荒野，忽然狂风大作，满天遍布极光。他头痛欲裂，这令他想起那个梦。这一回，巨大的白墙幻景没有出现，而是极光无限地伸向黑暗的天空，要把这颗行星变成宇宙中斑斓的灯塔。温特利德从未见过如此崇高的极光，这是幻觉吗？周围的景物仍然真实，让他确信自己仍然清醒：我正驾驶侦察车，飞驰在奥厄的荒漠。他清晰地记得过去每一时刻的行动与所见，山谷里的每一处转弯，这些都犹如连续的长镜头的每一帧画面，没有可让梦境趁虚而入的间隙。然而这似曾相识的感觉仍然恐怖，他仔细听着，果然，那个遥远、高邈却又缓慢的声响又出现了，自极光之上飘下。世界中似乎有什么在微微变形、扭曲，但目光所及的一切，山丘、石砾和星辰都纹丝未变。

回到营地，温特利德见到了地狱：士兵们大多已丧失神智，瘫在地上悲惨地抽搐，另一些看见他的侦察车驶入，有气无力地求救。但他们都已认不出他，只是一个劲地呼喊。温特利德隔着车窗，也认不出窗外的人，因为疯狂已扭曲了他们的脸。这让他一瞬间怀疑，眼前的全世界都疯了，是否其实是自己疯了。在这种情况下，一个人想要确定自己是否精神正常是极为困难的，他只能用"我既然还能自我怀疑，说明理性尚存"暂时安慰自己，却又明白怀疑的深度不能佐证精神的正常。他忍着头痛驾驶侦察车一路闯入指挥部。刚进房间，就看见文件满地散落，各种仪器有的已被劈开，有的甚至冒着烟。皇太子米哈伊尔抱着脑袋晕倒在地。温特利德想起在剧院的地下乐池里，自己曾遭受过近距离的精神污染，恐怕是当时晕过去了才安然无恙。如今皇太子晕过去了，是否也能借此逃过一劫呢？

在四下的哀号中，他听见胡滕上将的声音，"科赫？是科赫回来了吗？"老将军仍然保持着最后一丝清醒。温特利德走过去。

"科赫。"

"在。"

"这一定是敌军干的，即将赶来的战列舰队指挥官瑟德尔子爵，是我的生死之交，你若见到他就说，他欠我的十二万就不用还了。要他替我们报仇！你带着所有能逃的兄弟撤退，把这里发生的一切传回穆罗梅茨堡，报仇！别管我了，别管我了，去吧……"

胡滕老将军在说这些话的时候眼珠乱翻，一双大手不自觉地在空气中乱抓，每说一个词都比前一个词更吃力。说完这些，他就哆嗦着拿起枪，打穿了自己的脑袋。温特利德没有阻拦他。

这是为什么呢？是因为不堪忍受痛苦，因为不愿丧失尊严而死，还是不想成为我的行动负担？恐怕三者皆有。就在昨天，温特利德还以为他只是个僵化死板的老人，但这最后的勇气仍令他钦佩。于是他朝着胡滕的尸体敬了个礼，才离开指挥室。

通信室内四下已无人。温特利德凭着记忆打开科伦坡幽灵的频道，信号非常差。他把功率加到最大，无人回答。他心中一冷，难道幽灵们也遭遇了同样的惨剧？隔壁那些疯狂的、令人不寒而栗的鬼哭神嚎此起彼伏。为了不暴露自己，他捡起脚边的一部电话，用它拨打贝尔纳那个只有少数几个人知道的号码，无人接听。难道都死了吗？温特利德的心皱紧了，挪不开脚步。这漫天的极光下，究竟发生了什么？他想到了一种可能性：难道精神污染武器的范围可以大到覆盖上千公里，甚至更广吗？

温特利德忽然想起自己放在侦察车后座的那朵花，便钻进车中把它取出。这里发生了如此恐怖而残酷的事件，他知道自己是无法把它带回给薇拉了。这朵来自地狱的花，绽放得多么残酷；一个战士可以带着花回家，屠宰场中的幸存者却不能。

2.

精神污染的风暴肆虐了五小时后，从驻防舰队调来的战列舰终于到达了奥厄行星上空。他们奉皇太子米哈伊尔之命，悬挂在高层同步轨道，静候指令。这支小型舰队一共只有十艘战列舰，却是由驻防舰队指挥官瑟德尔子爵亲自统率前来助战。

"该死，这场风暴太大了，什么都看不见！"

"报告，接收到一条陌生的军用密码通信，要求立即炮击敌军集结区域。"

"是地面发来的吗？"

"不是地面,而是来自一艘方位不明的友军舰船。"

瑟德尔心中蹊跷,请求与之通话,对方却拒绝了,坚持使用文字信息。皇太子的调遣令中并未提及一艘友军指挥舰,难道是他的疏漏?在最终确定之前还是稳妥为上。

"告诉它,我们接到的命令是:未有地面呼叫,不得擅自炮击。"

然而对方很快给出了答复:"在电磁风暴中已无法等待呼叫。这是延误战机、置皇位继承人生命于不顾。这种大范围干扰显然是恐怖分子为了遮蔽战舰的视线,并在进攻时制造混乱释放的。"

瑟德尔的眉头锁了起来。

"长官!我们接收到来自地面的信息!也是我军的军用码。"

"哦?"瑟德尔凑过去,他听到了一个不清晰的、不断重复的求救信号。

瑟德尔知道非同小可。他想降低战列舰的高度,以观察地面的情况,并吩咐联络那艘神秘的舰船,说行星表面恐怕情况有变。仅半分钟后,那艘舰船回复了:"小心,这肆虐的极光,或是敌人故意降低能见度,将舰队诱至低轨道的诡计。"

这一说法实难反驳。古今战史上的战舰火炮支援都会遭遇这样的两难:如果距离过远则收效不佳,无法掩护陆军,冒险靠近又会置舰队于险境,在视野被遮蔽的情况下更是如此。

这时,那艘神秘的舰船切断了联络,消失了。那正是舒尔茨乘坐的精神污染舰。骑士团的僧侣们想利用战列舰的常规轰炸,掩饰精神污染毁尸灭迹。他们若旁听到瑟德尔在战列舰内的对话,知道奥厄表面有人还活着,或许会再次劝说战列舰队进行行星轰炸以除后患。然而舒尔茨为掩护自己的身份,只允许打开文字通信,便没有能听到这些。地表上的温特利德差一点葬身火海,丝毫不知凶险的命运从他身侧滑过了。

"没办法,派一艘登陆艇下去,找到那个信号源,看看地表究竟发生了什么。行星表面情况怎么样?"瑟德尔转过身去问一名操作仪器的士兵。

"报告,机器似乎刚才受了太强的电磁暴,暂时故障了,难以进行探测。"

这"电磁暴"正是精神污染的伴生现象。只是那名士兵完全不敢想象其规模竟会覆盖整个星球,误将这覆盖全屏的电磁暴解释成了机器故障,才未能大胆做出正确推测。这艘战列舰就像一个直视最强烈的光芒的人,误将强光下的失明当作了黑夜。

战列舰向地表发出信号的坐标降下了一艘登陆艇。连续发了五个小时的求救信号后,温特利德得救了。又过了一小时,他带着昏迷中的皇太子米哈伊尔,乘着小艇飞回了赶来增援的战列舰上。在安顿好皇太子后,瑟德尔在指挥部见了温特利德。

"你是谁?"

"我是整个军团。"温特利德恢复了坚定,他已将那个疯狂的地狱甩在身后。他又回到了理智的世界,终于摆脱了那致命的怀疑,确信自己精神正常。在温特利德眼中,就连战列舰内部冷硬的白光也显得和煦宁静,犹如一个世界新生。他说完这句话,看见船舱内人们怀疑的眼神,知道他们不相信自己,于是补充道:"由于指挥部全灭,胡滕老将军在临死前任命我为新指挥官,让我把还活着的人带回去。"

科赫说到此处，觉得还是得拿出些证据来让他们相信自己，于是环顾四周后又说道，"他告诉我，让我转告瑟德尔子爵要替他报仇，欠他的十二万块钱不用还了……"

"什么？住口！"瑟德尔把手拍在桌子上，整个舱室内的人都转过脸来看着他。瑟德尔尴尬地嘟囔着，"真是毫无帝国军人的荣誉心……"

接下来，科赫详细报告了地面的惨况。瑟德尔见这年轻人的神色和声调悲愤却不惊慌，不像是从他描绘的地狱中逃出来的，便问把他救上船的士兵，科赫所说是否属实？可那两名士兵却已有些神志涣散，无法清楚地回答问题。温特利德说："这是癫狂的先兆，你们本当把登陆艇调成无人模式来接我的。"

瑟德尔立刻下令隔离了这两名士兵。

"请问科赫中校，您又是如何幸存的呢？"

温特利德本想说"我也不知道为什么只有我没事"，但话至嘴边又吞了回去。因为他猛然想起在剧院地下室里，近距直面精神污染炸弹爆炸仍保持神志的经历。温特利德的脑海里划过了一个几乎不可能的念头，为了这个看似荒诞的念头，他编了一句谎话：

"营地遭遇毁灭性污染时，我正外出执行侦察任务。"说着，他递上了从地表指挥部内收集来的文件中，证明他外出侦察的记录。

记录上确实写着，温特利德·科赫中校于昨日出发侦察敌情。这看起来确是一个解释，尽管它并不能解释其他事实：派出的其他侦察员都消失了，再没有回来。

瑟德尔说："好，你先去休息，这个仇帝国军一定会报！"

"是!"温特利德大声答道,尽管他声音中的悲痛,其实是为科伦坡幽灵们而发,"尽管胡滕将军将远征军的指挥权暂时交给我,命我指挥接下来的与恐怖分子的战斗。但他那时只以为是指挥部遭袭全灭,不知我军已全军覆没。现在,继续战斗已不可能。我认为当尽快撤退,沿途要小心敌人可能发动的截击。"

其实温特利德知道,科伦坡幽灵并无能力袭击帝国战列舰。

瑟德尔点了点头,就让他去休息了。

温特利德的精神稍稍放松,就立即被疲惫淹没。他被带到休息舱,倒下就睡着了。他梦见贝尔纳、米哈伊尔、舒拉密兹,还有其他的幽灵们和帝国军们,都赤条条地行走在一个昏暗的走廊里,头顶上飘浮着静止的钟表。当他认出这条走廊通向扶墙实验的那扇门时,门的另一侧竟响起了敲门声。温特利德惊醒了,才发现这敲门声是真实的。一名士兵走进来告知他,在行星轨道上发现了被击毁的补给舰残骸,请他立即过去辨认。他把藏在口袋里的表摸出来,才过去一刻钟而已,在梦中却像已过了无穷的时间。

到了指挥室,瑟德尔询问这些船是不是讨伐军的。温特利德点了点头。他这下知道,自己在地面苦苦发了几个小时的求救信号,轨道上的补给舰为何没有回音了。因为它早已被谋杀。对,这是谋杀。只有战舰的近距炮击才有一击歼灭它的火力,也只有友军的突袭才可能令它甚至来不及求救。

然而温特利德立刻决定利用这一状况追查幕后真凶。他说道:"很明显,我们情报严重不足,低估了叛匪。他们其实掌握了火力强大的战舰。"若是现在就提出帝国内部阴谋的观点,既没有真凭实据,而且可能会让调查一上来就无法进行。只有把罪责先推给恐怖分子，帝国军才会开始调查真相。

瑟德尔立即同意了这个貌似顺理成章的判断。

这时，战列舰的远程雷达上出现了一个微小的亮点，显示是一艘型号不明的小型舰艇。瑟德尔子爵问能否辨认，回答是否定的。温特利德心中顿时一激灵：这场屠灭整个行星的惨剧的幕后主使，一定会希望能从远处监视事件的后续，于是立即主张全速追击。

"既然无法辨识，那一定是叛匪的船只，不是吗？"其实温特利德知道，科伦坡幽灵根本没有这种小艇，它对于坚持不做海盗的幽灵们而言，既没有用，也太过奢侈。

小艇开始逃逸，可是速度不比军舰。就在双方距离拉近，即将能够辨认对方的时候，那艘小艇自爆了。

"看来您是对的。"瑟德尔子爵说，"那些恐怖分子一定有什么秘密，不让我们知道。"

"事情的复杂，恐怕远不仅如此。"温特利德说，"如果恐怖分子只是想保守秘密，他们的选择应当是火力全开冲撞我们的舰队，同样是死，至少死得像死士。然而这艘小艇却是眼看快要进入我舰的辨识距离时自爆的，说明它不仅有不能让我们知道的秘密，更有不能让我们知道的身份。"

瑟德尔诧异地看着这位年轻的临时指挥官。

"瑟德尔阁下，从这艘小艇发现我们发现了它开始，它的反应非常迅速，几乎立刻改变航向逃逸，而且是直到即将被我舰纳入辨识范围前的最后一刻才自爆的。"

"你的意思是……"

"对方知道本战列舰的有效辨识距离，且不是远程遥控的无人舰。因为远程操控的无人舰有信息传递时间，既做不到如此精确的反应，要自爆也无须等到最后一刻。"

不错。不到最后不甘心死，这是人的行为。瑟德尔微微吸了一口气，沉思片刻，他发觉面前这一双年轻的眼睛一直盯着自己，忽然问："你到底想说什么？"

温特利德沉默了两秒钟，说："没什么。"

然而周围几位军官的脑中，已不约而同闪过了一种可能性：是谁对战列舰性能如此了解呢？如果不是恐怖分子，谁又会在暴露身份之际，有如此强烈的赴死决意呢？这种狂热，难道是骑士团的舰艇吗？为防出现私兵军阀，帝国法律规定一切武装，哪怕是享有一定自决权的骑士团，也须尽数登记在案并与帝国军信息互联。没有人捅破这层纸，温特利德也一言不发。战列舰上的军官们觉得，特种作战部的人果然是政治上的行家，但这种事太复杂、太危险，还是不碰为妙。

3.

一刻钟后，就在战舰即将结束奥厄行星轨道附近的调查和搜索，准备传送离开这片星域时，他们遇上了第三艘不期而遇的飞船。

"报告长官，又发现了一艘小型飞船！"

"什么？把图像和位置传过来。"

"这艘飞船已经损坏，它的自动求救系统正在发送信号！"

当那艘小型飞船的图像被传到屏幕上,温特利德看到了密涅瓦号。她的外壳受损,动力熄灭,正在太空中漫无目的地漂流。他浑身颤抖,双手一下子撑在面前的桌台上,身旁的瑟德尔疑惑地看着这名年轻人:"难道这也是你们带来这里的船吗?"

"不,不是……"温特利德回答,"这是维谢格拉德家的一艘私人飞船。"

"哪个维谢格拉德?"

薇拉家里还有谁呢?她家其实是军人出身,可是温特利德谁都不认识,他只知道薇拉。他没有回答瑟德尔子爵的问题,而是说:"您必须救护它!"

"注意你的言辞,年轻人。"被打断的瑟德尔十分不满,拖长了音调,"即便你有胡縢老将军的遗命,这也不代表你就是他本人。'必须'这个词不是你能用的。"

"对不起,对不起,对不起!"温特利德面色惨白,他直觉到,这艘艇里的人很可能是薇拉,于是连声说道,"请您救救她!"

瑟德尔不明白这个年轻军官为何如此失措,听出温特利德用的是女性的"她",略感惊愕。救护船难当然是帝国军的航行义务之一,这本是不用说的。不过瑟德尔被这样请求,也就摆出了高姿态,"当然!立即派出一艘小艇前去和该飞船对接!"

温特利德想和他们一同上艇,但被拒绝了。他被要求在舰上等候,他们向他保证速去速回。温特利德觉得时间无比缓慢,无比难熬。他几次掏出珍藏在上衣内侧口袋里的一块表,看秒针以永恒的速度走过,把它小心翼翼地放回去后,过不了两分钟又拿出来。这是他入伍前一天薇拉送给他的，同样的表她自己也有一只。那天薇拉说，这两只表要过上亿年才会有一秒的误差；幸亏宇宙舰队和穆罗梅茨堡都通用辉恒时间，所以无论温特利德在宇宙的哪个角落，被派遣去往何方，他们的时间都永远被这两只表相连，只要看到自己手中的表，就能想象对方的生活。可是今天，指针在一丝不苟地走着，温特利德的心全乱了。

好不容易过了半个小时，小艇差不多该回来了，他又觉得时间太快了。他既盼望，又恐惧。温特利德站在一条近百米的走廊尽头，一动不动；头顶上悬着白晃晃的灯管，令他难以忍受，好像照亮了一条无尽的灰白的路。又过了五分钟，或是十五分钟，他听见身后的门外终于有了动静，赶忙起身让开。门开了，两名军医推着一辆担架车进来，上面躺着一个人，温特利德一眼就认出了她。

"薇拉！"温特利德在心底里叫喊，却发不出声音。两秒钟后他回过神来，连忙闪到一旁，怕在这狭窄的长廊里阻挡了担架通行。但军医们却没有动。

"快，快把她推到治疗室去啊！"

"中校……"一名军医把帽子摘下，"中校，已经迟了。"

"胡说八道，胡说八道……"温特利德心中已猜测到了这个结果，但正因为如此，他更是在极力地否认它，"在当今这个时代，在当代医学面前，有什么是迟的？还有什么是迟的！把她带回穆罗梅茨堡，请宫廷御医来治她！要不然……"

温特利德停住了，他从军医的眼睛里，知道自己所说只是在逃避。他半小时前就暗暗地知道，事情会是这样的。

"对不起。"军医闭上眼睛向他鞠了一躬,把担架车缓缓推进了长长的走廊。

"这位小姐的生命特征已近乎为零,脑部并无发生过紊乱的迹象。"医生拦住了温特利德的发问,继续说道:"教会的生命检测仪说,她还没有完全死去,然而从医学上讲,心脏和大脑都已停息。这真的是怪事。"

温特利德不信教会的那一套。他知道,薇拉死了。

她的脑部没有紊乱的痕迹,说明直到最后一刻仍然理智健全。温特利德不知道这是不幸中的幸运,还是更大的不幸。她总算没有受精神污染之苦,但这意味着她在座舱内,清醒着等待死亡步步逼近,等待涨潮的黑暗淹没她。他又懊恼自己不该有这样的念头:如果薇拉可以选择,她一定宁愿清醒着死去。他看见她手中捏着一张照片,那是几年前辉恒中学毕业那天的合影:薇拉在中间,温特在左边,伊法在右边。这张照片三人各有一张,而这一张是属于温特的——他时常把它带在身上,照片边缘都有点儿卷了。前几天收拾行李时发觉好像遗失了,不知为何却在薇拉身上,临终还把它捏在手中。温特颤抖着从她的指间拿过了它。

4.

瑟德尔子爵率领十艘战列舰于光复历476年1月22日抵达穆罗梅茨堡。这十多天里,瑟德尔把薇拉的遗体藏在停尸间,不让那个失魂落魄的年轻人去看望她——他就快要溺死了。温特利德把自己锁在房间里，一步都没有跨出舱门，甚至很少洗澡，只因怕在水气弥漫的镜子里瞥见自己的身体，这让他想起梦中，走向扶墙实验的那扇门的赤条条的人队，他觉得自己本来就该在那条长长的死者的行列里。

根据教会法，人的死亡必须经过神学和医学的双重鉴定。在极罕见的情形下，确有医学上已死却在神学上未死的人；反过来的情况则不存在，凡神学上被鉴定为死亡的人在医学上也都死了。在穆罗梅茨堡内城有一座湖中小岛，名为灵薄，岛上存放着那些仅在神学上未死的人的身体。有人说灵薄的底层正中央放置着一具器皿，里面躺着先皇阿列克谢的爱妃碧翠丝，也有人说岛上的地宫最初即是为她而建。

在一个傍晚，薇拉的身体被放在专门的器皿中，一叶小舟把她送上了灵薄岛。维谢格拉德家的人，以及薇拉生前的好友们都来告别，只有温特利德没能到场，因为他刚返回就接到半个月的监视隔离令，甚至在舰上与他有过接触的人也都如此。在此期间他家的窗子都被蒙上了一层布，遮蔽了白昼，只能透过朦胧的光明。在薇拉被送上岛的那一天，温特利德把她送给自己的那只表放在桌上，坐在桌前静静等待。他在昏暗的光线中看不清表盘上的指针，便不知载着薇拉的小舟，何时已渡过了那片湖水；一直枯坐到很晚，他才又在床上躺下。

在被封闭在宿舍的半个月里，温特利德几乎没有点亮过屋内的灯。他在黑暗中一天天、一夜夜地想同一个问题：薇拉为何要驾船飞来奥厄？会不会是她通过什么途径，知道了这项行动的危险，为救自己才遭此不幸？他隐隐猜到了真相。一想到薇拉曾与自己争执此次行动的不义，一想起她曾对他说"难道就不能不去吗？"，他就无法原谅自己。温特曾说过，他不喜欢那种骑士之爱，指责它有太多的封建气息；但这多半是因为这个时代的骑士之爱，已退化为一种空洞的礼仪和言不由衷的夸夸其谈，就像那些内心不信教的人在教堂举办的婚礼。然而，他却是在这种爱情尚未堕落成一种文化风尚之前的意义上，把薇拉当作自己的女主人，宇宙中唯一能够对他的整个存在下命令的人，也是他无论如何都要保护的人。可是今天，她却很可能是为了救我而死。

世界上有一种人，他们每到最幸福的时刻，意识的大海深处浮现的却是幸福的易逝。温特利德就是如此。由于他职业军人的身份，这份易逝常化作死别的阴影。因此，他总是把幸福当作命运的额外恩赐，就像朝露一般。与薇拉在一起的日子里，他总是带着额外的感激，仿佛没有资格获得这般幸福。薇拉曾多少次看着他的双眼，带着责备又自责的神情问他，为什么他与她在一起的时光里，眼神中常有哀伤的色彩？每一次，温特利德都不知如何作答，觉得说出"我想到了别离"会把忧思传染给她，若说"我想到我们都会死去"这样的蠢话，只会更惹她不开心。温特利德并不知道，当他与薇拉在一起时，已经说过多少蠢话；可是无论他说的话有多蠢，薇拉都会开心。温特利德每次执行任务，想的都是要活着回去见薇拉；却万万没有料到相反的状况：竟是自己在战舰上与再也醒不来的她永别。

对于舒尔茨来说，薇拉的死也让宇宙更为黑暗。这不仅是因为她消失了，更是因为正是他亲手按下了毁灭的按钮；即便没有亲自下手，他与希柏里尔教会合作定下的大计也会杀死她。薇拉是舒尔茨欣赏的极少数人之一，也是唯一在剑术决斗中击败过他的人。后一点尤其重要，正因为如此，她才令舒尔茨难以忘记。他自己没有意识到的是：或许因为科赫与薇拉的关系，或许因为科赫是奥厄的意外生还者而薇拉是意外死亡者，总之出于某些他自己未能察觉的原因，他对薇拉的敬意，已有一部分悄悄转移到了科赫身上。

第十节：审判

1.

舒尔茨在回穆罗梅茨堡的路上，给自己编了一串完整的失踪理由；回来之后没用上，因为大多数人并未注意到他这段时间曾离开帝都。这或是舒尔茨本就常年在外统率舰队的缘故，但同时也令他意识到自己离权力中心多么遥远：若是换了某个显要人物消失一个月，帝都早就谣言四起了。是他此刻的寂寞掩护了他的行动，可是他知道，一待皇太子死于奥厄的消息传开，自己立刻就会成为焦点。

就在舒尔茨回来的当晚，一名面色苍白的高瘦僧人前来拜访，告诉了他一件事：皇帝真的没有死，他现在正在教会的控制之下。

"皇帝出宫去剧院看戏是假的，那精神污染炸药，正是皇帝本人安排放置在那里的。"

"这怎么可能呢？"

"这千真万确。皇帝二十年来久居深宫，沉迷于精神科学，老了之后就产生了幻觉，以为自己就是精神污染的免疫者。所以，他自信不会受精神污染物的影响，便让教廷以这样的方式，一举消灭那些他认为会在他死后妨害帝国的显贵们。那天去剧院陪同的人员，也是皇帝本人挑选的。"

世界上能有这样的事吗？舒尔茨想道，或许是老年的昏聩，或许是经不起臣下的阿谀，阿列克谢真的以为自己能免疫于精神污染物吗？但这教士的最后一句倒是真的：若没了当时身在剧院的那批显贵，帝国的确能运行得更顺畅。当初我听说父皇没有选择让他唯一的亲生儿子陪同，还有些失落。可是现在，我却为自己通过关系买到了后排的票，他竟然没有刻意阻止我，而感到难过了。

你今天告诉我这些，有何用意呢？舒尔茨一言不发。他意识到：教皇遣人来告知他这些，其实与要他登船参与精神污染是一回事，都只是想用共同的罪孽绑死自己。有些事情一旦知道，就脱不开关系。倘若舒尔茨在成为他们在奥厄的共犯之前知道了皇帝的下落，则可能立刻反戈一击；也正因为如此，教皇拖到现在才把这秘密告诉他。

"皇帝从剧院回宫后，一意孤行，要杀死当日在场的大部分人，所以我们不得不把他控制起来。"那僧侣继续暗示道，"按理说，从精神污染现场回来的人，言行如此异常，是得召开宗教审判洗脱嫌疑的。可是宗教裁判所总不能把皇帝判为疯人吧？"

舒尔茨站起身来。他想反问，难道今后你们做什么见不得人的事，每件都要告诉我吗？就为了把我绑在你们的船上？太荒谬了。他知道自己眼下还不能反对教会，于是便决心不在这些事情上吐露一个字；自己的脖子已被套上了绳索，他亲口说出的每一句话，都会把这根无形的绞索勒得更紧。舒尔茨一声不响地离开，把僧侣留在厅里，那名僧侣也已完成了传达消息的任务，知趣地离开了。

僧侣离开后，舒尔茨想道：过去的一个多月里，我每天都会想，皇帝究竟是不是真的死了，剧院里的精神污染物究竟是谁放置的？如今答案貌似揭晓，但它是真的吗？此前我一直猜测，是教会嗅到了被皇帝清洗的危险，出于恐惧抢先下手。若是如此，教会当然会把剧院的罪责推给皇帝。然而，我真的在乎事实真相吗？就在昨天还困扰我的问题，今天忽然变得不重要了。真相不重要了。无论是皇帝、教廷还是什么幽灵组织做的，今后我都只有一条路可走。即便刚才那个僧侣所言句句是实，今天才知道这些，已经太迟了。对未来已无影响的过去，又有何意义？那么多人都声称要"真相"，不过是想满足自己的偏见罢了。世间真正在乎真相本身的又有几人？当日剧院乐池里的精神污染物的来历，或许将永远成谜，那就把真相交给未来历史学家的好奇心吧。

2.

温特利德·科赫两周的隔离监视期结束了。今天朝阳升起后，他终于被允许出门，发现已经有人在门外等他，是薇拉的侍女伊法。

"您要去哪里呢？"见温特垂着头，伊法有些担心地问。

"我只是想一个人走走。"

"请等一等！"伊法叫住他，从自己的口袋里掏出一块表，"温特，这是我在整理小姐的私人遗物时发现的，我没告诉维谢格拉德家的人。这只表和她几年前送给您的那只是一对，请收下吧。"

温特利德看着这只表，思绪万千。

"伊法,这只表,请您留着吧,我已经有她送给我的这一只了,"温特说着,从上衣内侧口袋掏出自己的表,"我明白您是有多么喜欢薇拉,可这几年来,我却时常把她从您的身边抢过来,对不起。"说完,他向伊法鞠了一躬。

按照伊法的性格,以往温特如此郑重其事地说话,定是要故作轻松取笑一番的。可是今天,她想到自己若还这样欺负温特,已经没有薇拉来保护他了。她也埋头鞠躬谢过温特,双手抱着那只表赶紧转身走了,不让他看见自己眼眶中的泪水。

像是被无形的绳索牵引着,温特利德去的第一个地方就是灵薄岛的对岸,薇拉就在对面那座小石岛上。她过去路过此处,曾说那座石岛多么美啊,就像古书所说,"高贵的单纯,静穆的伟大",如今他觉得那座石山就是薇拉。他回想起他们的最后一次见面,那时薇拉误会了他对科伦坡幽灵的态度,为此生气。他已经没有机会向她坦白自己的秘密。他曾经承诺告诉她一切,可是如今已经晚了。不仅因为薇拉的死,就连秘密本身也随着幽灵们的全军覆没而消失,今后它将永远深埋在温特利德的记忆里。

温特利德痛苦不已,泪水滑落,打在草尖儿上。他在岸边坐了不知多久,直到一个声音打断了他的思绪:

"您是唯一活着离开奥厄的人。"

这话音很柔和,温特利德却觉得一股寒意袭来。他回头一看,不知何时舒尔茨站在他的侧后方,于是立即起身:"并非仅我一人,还有皇太子殿下。"

"哦,是的。他活着,这不假;但说他是个活'人',就未必了。

我可怜的兄长。那么您又是如何避开精神污染的呢？"舒尔茨说着，心中想道：你两次在精神污染事件中安然无恙，难道还想装作事不关己吗？

舒尔茨的话令温特利德想起，在帝国法律里，疯人不算人。他听到提问，心中一惊，但仍面不改色："或许是因为敌军发动大规模精神污染时，我正在营地外执行侦察任务。"他这样说，是因为这也正是站在他的角度上能给出的最自然的推论。官方宣传这场灾难性的精神污染是恐怖分子发动的，舒尔茨若不明真相，就不会质疑这个理由；如果他知道真相，他也就与此事有关，也必不会戳破这一借口。这样说，自己至少暂时是安全的。

"哦……原来如此。"舒尔茨说。他当然明白这是假的。行星轰炸级别的精神污染是躲不过的。问题在于温特利德是否在故意说谎？他究竟是如何避开精神污染的，为什么要掩藏自己避开它的方法呢？

"殿下，请恕我冒昧：既然有人……我是说科伦坡幽灵们，已经致命地伤害了皇太子，您这样独自一人出门，难道不怕他们对您下手吗？"

"那些幽灵已经都已被消灭了，不是吗？"舒尔茨迅速地回答道，心中想：这么说你是知道，害死皇太子的幕后势力其实并非幽灵了。

温特利德从他的语速变化中直觉到了危险，这个问题最初让他想起，自己才是最后的幽灵。可是舒尔茨不可能猜到这个。于是他应付道："是的，幽灵组织已不存在了。"他发觉自己正处在一个可疑的位置上，舒尔茨或许仍在怀疑他这个唯一幸存者，其实是教会阴谋的执行者。

"虽然你已经过了精神污染的隔离观察期，但现在到处是流言，说你每晚梦游，像狼一样嚎叫，定是疯了。已有不少人认为应当把你交给宗教裁判所，进行精神审判。"

"是吗？这么有趣？"温特利德已经好些天没有与人交流过了，他刚出门就听说这些，尴尬地笑了笑。

他们只说了几句话就分别了。直到舒尔茨转身离去，温特利德突然想问，殿下您怎么也来这里散步？可是他没有问出口。因为他知道湖的对岸就是薇拉。

在回家的路上，温特利德起初觉得，舒尔茨所说的，只不过是他奇迹般地生还后，迷信之徒编出来的怪谈，但仔细一想，也有可能是有人想以精神失常为名，借相关法律陷害他。即便真的只是自发的谣言，也可能会引发相关调查。如果我在宗教裁判所受审，又该如何解释自己未受精神污染影响呢？

温特利德回到宿舍，伏在脸盆前，觉得命运就像水纹一样不定。恍惚之间，他在水中看见薇拉的脸，一闪就消失了。

"难道我真的精神失常了吗？"他自语道。与其相信是自己受到了精神污染，他宁可相信刚才那一瞬，真的看见了薇拉的灵魂。

可难道不正是教会才有这样的武器吗？我究竟是怎么了，害死薇拉的正是他们！而今宗教裁判所找上门来——正好！若不是他们要来毁灭我，我恐怕会因为薇拉的死，从此毁了我自己。然而既然害死薇拉的真凶要冲着我来，我又岂会坐以待毙。

翌日早晨，温特利德醒来后，已经恢复了斗志。他为薇拉复仇的意志，他作为正常人自由地生活在阳光下的渴望，和他对宗教法庭的蔑视，三者的合力把他从低沉的情绪中拉了出来。起床后他收听了新闻调查报告，说奥厄的精神污染范围覆盖了全行星，初步确定是恐怖分子所为，至于究竟是一意孤行同归于尽，还是操作不慎导致共同毁灭，尚待调查。总之此次事件，是恐怖分子绝望到丧心病狂的铁证，反过来证明了帝国的安定祥和、蒸蒸日上。

温特利德出门去，他路过共和派时常聚会的酒吧与号称自由派据点的咖啡馆，听见里面传出了悲悼的哀歌。这两派人过去曾相互憎恨，胜过憎恨共同的敌人，仅为了应当说"人民"还是"市民"就大打出手。如今科伦坡幽灵覆灭了，皇太子米哈伊尔也疯了，他们同时成了丧家之犬，彼此和解了。他们不曾为共同的事业而联合，如今却在共同的受害者身份中沉溺。看着他们，温特利德对自己说："才过了短短半个月，他们就已经在哀悼一个昨日的世界了。"他还留意到，本来监视这两处地点的密探都已撤去，因为这些人已经不值得监视了。

温特利德在奥厄失去的比他们多得多，然而正是这真实又具体的沉痛，刺激他迅速从软弱中站了起来。而那些靠读报刊媒体沉溺在想象中的人，反而让悲苦弥散至整个世界，再难摆脱。他在心中暗暗发誓：不，我经历的，绝不是一个关于昨日的世界如何陨落的故事。因为那样一个世界，在穆罗梅茨王朝从未有过，美化过去的自欺也只能出自顾影自怜。假如一个黑暗时代将临，我绝不会像你们一样，如无动于衷的绵羊般死去。如果你们的那些主义，只是为了在刑台上论证屠夫的罪恶，和自己作为受害者的无辜，它就没有任何意义。

面对目前流传的自己已经疯了、将被宗教裁判所审讯的流言，温特利德决定主动出击,把赌注押在舒尔茨身上。他前往拜访,管家说舒尔茨不在,要过一个钟头才会回来,他在厅里坐下静候。温特利德打量着这个房间,全无金银装饰,与大贵族家的奢华精致完全不同。这让他回想起皇太子府的古典主义简洁风格,而舒尔茨府邸却更像是一座僧院。等候中的温特利德被一尊戴盔的古代雕像吸引住了,雕像下刻着两行字:

我们以豪勇闯开通往每一片陆地与海洋的道路,
在四海八方都立下了友谊与敌意的纪念碑。

大约一刻钟后,舒尔茨的副官梅耶贝尔来到了这个房间,见温特利德正瞧着那尊雕像,便说道:"科赫中校,殿下已经回来了,几分钟后就可以接见您。"

"谢谢!"

"您喜欢这尊雕像吗?这是殿下让人放在这里的,据说是人类历史上第一位海军战略家。"

温特利德没有回答,甚至忘了问这像中人是谁。雕像下的句子把友谊与敌意并举,仿佛二者可以一视同仁。超越善恶,既伟大,又严酷。刚才听说舒尔茨已经回府时,温特利德已从椅子上站起来了,现在正对着那尊雕像。他起身后才听到,是自己反应过度了——还得等几分钟呢。可是他却被面前的雕像吸引住了,仿佛面对着舒尔茨本人;他站起来后就不愿再坐下,于是接下来几分钟内他就这样面对着它。在这雕像面前,他一言不发,可是敬畏的眼神已经说明了一切。

在来这里的路上,温特利德想,接下来请求舒尔茨的帮助时说的话将决定他的命运。然而这尊雕像和雕像下的那两行字,让他知道了怎样的语言才能赢得对方的重视。

"好雕塑啊。"

"您可以进去了。"梅耶贝尔说道。

3.

梅耶贝尔带着温特利德穿过一个走廊,来到一间宽敞的房间。窗帘半合着,阳光只在房间中央投下一长条笔直的光芒。舒尔茨就坐在这道光的另一边的阴影里。

"承蒙殿下昨日好意提醒,我才知道自己目前确实面临麻烦,但我此番前来,并非寻求庇护,而是要与您合作。我并不是要求什么特权,而是想请您保障我应有的权利。"温特利德说。他从刚才那间等候室的简朴风格和那尊雕像中感到,向舒尔茨寻求庇护毫无意义,只有以平等的姿态,才可能赢得他的尊重。

"那是什么呢?"

"如今谁都知道,我很可能会在宗教裁判所受审。我想请您帮我的,就是保障这场审判全程公开。"

舒尔茨说:"您说要与我合作,可是如果我帮你争取到了庭审公开,那对我有什么好处呢?"

"最近的两次精神污染事件说明,希柏里尔教会,或至少教皇,已经是比恐怖分子更大的威胁。"

"中校。"

"没有关系,"温特利德说,"我今日前来,并非自负到要给殿下什么建议,而只是向您说出您原本就知道的话。"

"告诉我,为什么我不会把你的这些叛逆言论交给他们?"

"因为殿下的野心,不是与教皇共治银河系。"

"何以见得呢?即便是如此,我也可以先和他们合作,在我成为皇帝的几十年间慢慢地削弱他们。"

"留给我的时间已经不多,但留给您的时间也一样。据我在特种作战部所知的情报,没有任何迹象显示恐怖分子有精神污染武器。因此我不仅认为奥厄的精神污染事件是教会所为,之前剧院里的恐怕也是。若真如此,他们的目的便是一举铲除帝国高层权力组织,好全面填补这个真空。殿下,皇帝死了,皇太子也疯了,如果您此时不先下手,或至少暂时遏制教皇的野心,那么您也会灰飞烟灭。"

舒尔茨听出,温特利德对这两次精神污染事件的动机判断,显然太粗糙了。这也许是他尚且年轻,缺乏政治经验的缘故。但这番话仍令舒尔茨惊讶。尤其是在听到"皇帝死了"的时候,舒尔茨的眼中还是闪过一丝光泽。陛下驾崩是不能说"死"的,唯一能合法地说"皇帝死了"的句子,须在后面紧跟一句"皇帝万岁"。因为根据帝国宪法,皇帝的政治身体是不死的、代代相传的。然而这个人却单说"皇帝死了"。听到提防教皇的建议,舒尔茨想起教皇邀请他做客,把他拖入奥厄行星轰炸的那一晚,教皇的话语是多么拐弯抹角;面前的这个年轻人却是如此直截了当。

"哦?可是你的诚意呢?"舒尔茨说道,"既然你声称自己面临宗教裁判所迫害,那就不妨谈谈这件事吧——我对你是如何两次躲过精神污染同样有兴趣。"

"我不知道。"

"哦?"

"这是真话,我不知道自己是怎么免于被精神污染的。尽管人类的基础科学已很久没有进步,仿佛到达了智慧所能企及的顶点,但这或许只是因为条件的限制,并不意味着那就是终极真理。难保世界上仍有高于人类既有知识的力量。再说……"说到这里,他下意识地停顿了,舒尔茨等待他说下去。

"再说……我隶属特种作战部,接触过一些精神污染物的资料。然而对于究竟是怎样的装置,能把污染功率放大到那么大,精神科学是如何与物理技术相结合到如此地步,完全超出想象。"

"确实。"舒尔茨若有所思,缓缓地点了点头。

"宗教裁判所要审判我,只要您争取到庭审公开,无论我能否躲过此劫,都能让宗教裁判所名誉扫地。这样,教会的两柄利剑就暂时折损了一把,只剩下骑士团了,而您手握帝国中央舰队,自不会将后者放在眼里。"

在进入特种作战部这样的机关三年后,温特利德当然明白这样说话的危险。但他看过舒尔茨官邸内的那尊雕塑后,认为值得以直率来冒险。舒尔茨确实毫不介意,甚至暗自颇为欣赏;只是对方的直截了当令他一时不知所措,将他逼到了不知如何回应的境地。他答应温特利德会帮他争取庭审公开,并借故说自己马上还要见别人,以时间不多为由送客了。

温特利德离开舒尔茨的府邸，走在回宿舍的路上。他想通了自己刚才说到究竟何种装置能够将精神污染的规模放大到"那么大"时，究竟为何停顿。舒尔茨会知道此事的真相吗？皇太子疯了，如果最大获益者就是头号嫌疑人，这不正是身为皇帝私生子的舒尔茨吗？然而他若知道真相，又何须在太子府试探我，怀疑我就是刺客呢？刚才舒尔茨坐在高椅上，他模糊的影子就像一只怪鸟挂在树影上。与这样的人结盟真的没有问题吗？但所谓政治联盟，本质上也只是互相利用。只要舒尔茨也有想利用我的地方，就暂且这么办吧。

舒尔茨在玻璃窗后看着温特利德远去的背影，按铃唤来了副官。

"停止散播关于他疯癫梦游的谣言。"

"那么已经散播出去的那些呢？是否需要做反向的澄清？"

"那些……"舒尔茨只停顿了两秒钟，"就让他自己对付吧。"

谣言正是舒尔茨散播的。然而温特利德去请求舒尔茨的帮助，其实并未改变后者的行动计划，他原本就主张公开庭审，科赫只是请求他做了他原本就会做的事。首先，舒尔茨怀疑科赫与教会的精神污染任务有关，便借谣言逼迫宗教裁判所动手，想看看两者相撞能否暴露出什么线索。可是今天科赫来访，他反教会的态度竟如此坚决，这令舒尔茨感到之前的猜想恐怕有所错漏。其次，他的意图不是借教会之手迫害科赫，而是借子虚乌有的案情制造宗教裁判所的分裂甚至丑闻，打击它的威望。在这个时间点上，科赫还既没有资格被设为敌人，也不值得去保护。直到一年多后，温特利德才猜到，自己当时寻求舒尔茨的帮助恐怕是多余的，他那时误以为此次求助改写了自己的命运，却不知他的命运位于众多海流之间的夹缝，被推来挤去，不能自主。然而他的大胆给舒尔茨留下了深刻的印象,或许这也是个人影响历史的另一种方式。

4.

在温特利德拜访舒尔茨的十日后,也就是2月20日,他要去宗教裁判所受审,庭审将全程公开。尽管这场审判举世瞩目,裁判所却未行拘押,而是让他住在自己家里。受审前一周,他的宿舍门口就站满了记者。起初温特利德每次走过窗前,都尴尬地朝他们行礼问好,于是记者们在报道中不忘赞许这位青年军官的"礼貌与教养",尽管两天后他就很随便了,对窗外的人爱理不理。挖不到更实质消息的媒体为了搪塞读者,便开始写他睡懒觉、熬夜、吃垃圾食品、生活方式如何不健康。后来,温特利德看到了其中一篇小报文章,说"不健康的生活方式或许说明了精神正常",心中虽然无奈但也十分满意。

在候审的日子里,他搜索了许多宗教裁判所的判例,却偶然翻到了教母年轻时在帝都的一则逸事。琼安修女当年曾视察精神病院,挨个询问病人的症状。问到其中一名病人时,僧侣回答:该病人每天盯着白墙几个钟头,时而傻笑、傻哭。

琼安修女问,难道就没有其他症状了吗?

那名僧侣回答,没有了。

教母很不满,说:"这当然没病,你想想自己每天盯着屏幕几个钟头吧。"

温特利德笑得差点喘不过气来。缓过气儿后,他心想,自己可不能还没被害死，先被宗教裁判所给笑死了，那可不划算。这让他又想起了教母。她是否听说了这次审判呢？幸好她老人家不问世事，北雪平修道院又很少与外界联系，所以很可能还不知道吧。

温特利德已找过未来皇位热门人选舒尔茨求援了。做完能做的一切后，他将大把时间花费在了思索怎样的死才是有尊严的、可接受的问题上。他不想被判为精神失常，被关进疯人院，但假如这个结果不可避免，他打定主意绝不屈辱地承受迫害。软禁十分宽松，到了审判日，裁判所也只派了一名士兵来接他。因为在穆罗梅茨堡内城，根本不可能藏匿或逃跑。一路上，温特利德数次抬头仰望苍天，温柔的阳光助他坚定了信念：万一情况不妙，我绝不作为消极、被动的受害者死去，我必须是帝都教廷的挑战者。在被冤为疯人的情况下，我一定不能向这个虚假的裁判所申诉冤屈，而要把宗教法庭的受审席转变成理性的审判席。

审判好像一场漫长的神学考试。九位大法官为了考验他是否已遭精神污染，向他连番询问。温特利德虽从小长在修道院，但中学时代神学就很少及格。舒尔茨不仅帮他争取到了公开庭审，还暗中凭借自己的关系提前与其中一位大法官打了招呼，另有一位大法官是他的教母琼安修女的旧交。舒尔茨料想科赫一定会找自己的教母帮忙，但他其实没有；这名青年宁可独自迎向命运，也不愿让教母知道此事，让她难过，或去低声下气地求人帮忙。舒尔茨本可以多加一把力，确保他获释，然而他要的是利用此案制造教会的分裂，即便只是一时，也足够让他们暂时无法腾出手来对付自己。至于科赫的命运，他并不放在心上。

审判持续了六个小时。九位大法官轮番讯问，先是关于原罪、神义、救赎，然后是上帝存在、灵魂不朽、意志自由。温特利德起初答得不错，他把自己既不能也不屑理解但人人都挂在嘴边的话照本宣科背了出来，一边背，一边想：如果几年前升学考试时自己不那么倔，也不至于落榜，我不用当兵，薇拉也就不会死。审判官把温特利德脸上露出的悔恨之色，误解成了对原罪的忏悔，于是对他很满意。温特利德敏感地捕捉到了这一点：宗教裁判所把悔愧、歉疚和自卑视作善，这加深了他的厌恶。他将这些消极情绪视作徒然的乏力，而审判官们却将"善"等同于自我弱化，而非生命力的增长壮大，或改造世界令其美好的意志，恶毒至极。只待精神稍一松懈，他就暴露了自己其实不明白"意志自由"中"自由"的意义，并认为它无关自由，仅相当于"作选择"的能力。

"你刚才说你相信，神的创世与神的隐匿是同一回事。那么难道你也相信：人的堕落与人的自由也是同一回事吗？"声音从大厅左侧角落传来，坐在最边上的那位面色严厉的大法官自审判开始就一言不发，如今一句话就将他逼到了墙角。

温特利德没有立即回答。另一位大法官以为他没听懂问题，提醒道："这里的'是'，指的是严格同一性的意思，而非具有某种属性的意思。"温特利德抬头看他的脸，在逆光下却看不清。他不知道这个补充解释是在帮自己，还是另一个逻辑陷阱。九位法官恐怕并非铁板一块，但表面的善意或许掩藏着更深的危险。他决定暂时不踏进去。

"不是的。您刚刚指出，我不懂'自由'这个词。"

"你自认为理解它吗？"

"关于自由是什么,我所知的只是我的无知。"温特利德说。他险些脱口而出,说其实你们也不理解"自由"这个概念在此的意义,只因缺乏反思而装作理解——这是对语言的狡诈扭曲,是蓄意制造并滥用歧义的诡辩,是踩着高跷的胡言乱语。

我会被判为疯人吗?很有可能。受审席上的温特利德下了狠心:一旦定罪已无法挽回,既然此案已经举世瞩目,而且争取到了公开庭审,又何惧把宗教审判变成席卷帝国的意识形态冲突。最坏不过就是个死,也胜过被送进疯人院。他知道,若把刚才脑中所想全说出来,自己一定会被判为疯人;他也知道,自己有两番抗住精神污染并立下功勋的传奇,若以此为资本在摄像机前公然挑战教会,军队对教会的轻蔑就会令他成为英雄——教士眼中的罪,在武士眼中往往是荣耀。数百年来,银河帝国的文化一直标榜歌德为人格理想,而穆罗梅茨王朝却立一派主张原罪说的宗教为国教,这两者绝不可能共存。在某个绝望的瞬间,他瞥了一眼坐在庭侧的那排记者和摄像机,觉得这样问答下去已无希望,必须先发制人主动攻击;把这可笑的宗教中所有暧昧和矛盾的主张,都通过逻辑彻底化,反向打回到这些扭曲的心灵中去。理性,多么崇高的词!理性绝不是什么善物,它既能把渴望自救的心灵从谬误的沼泽中拉上来,也会把已堕落到无药可救的灵魂从深渊旁推下去。你们企图用这套鬼话杀死我,我要你们看清楚:对于扭曲又阴暗的灵魂而言,理性的光明具有何等摧枯拉朽的杀伤力。他如炬的目光就要点燃,年轻的唇角几乎已能看出胜利的微笑。可是那一瞬,他想到了修道院的院长教母,心又软了一下,决定再忍耐片刻。

然而这一切终究没有发生,大法官们没有给他机会发表他心中酝酿已久、只为同归于尽的长篇演说。温特利德很幸运，在许多他自己早已想到的致命问题上，他们并未深究。人只应当信奉那些直到死前一刻都愿意相信的东西，要么就宁可什么都不信。那些他早在高中就在静夜里与自己辩论过无数个回合的教理，那些他曾经赌上过全部灵魂的命运的问题，法官们却熟视无睹。这令他觉得：他们对待信仰的态度，恐怕还不如他这个骨子里不信教的受审者严肃；却又让他隐约怀疑，大法官们其实明白某些问题若细究下去，会把整个教义炸得粉碎。审判结束了，以五比四的判决票，温特利德·科赫被判为正常。侥幸逃过一劫后，他面如死灰地走出裁判所的大门。在走进这扇门之前，他坚信自己是健康的；出门时，他感觉自己已遭受了精神污染。他想，自己若是在与九位大法官堂堂正正地辩论之后，被他们气急败坏地判为疯人，被押出门时一定昂首挺胸。

温特利德不知不觉走到了灵薄岛的对岸。只有在这儿，他才宁愿相信上帝存在、灵魂不朽，或存在另一套不同于医学的判别生死的神学标准。然而他不信这些，他知道薇拉永远醒不过来了。此刻他心中想起，刚才法官提问时说到过神的隐匿，觉得失乐园并非史前神话，而是生命个体的隐喻。尽管他相信在某种意义上她仍存在，存在于爱她的人们的回忆中，她却再也不会睁开双眼看这世界一眼了，今后的星辰，也要为了失去这双眼睛而黯淡。

"就在刚才，我经过了一场严苛的神学考试。"温特利德说，"我说了所有自己不相信的话，对不起。"

几分钟后，温特利德离开了，他自己也不知道，他究竟是在为自己多年前考大学时，不愿同样地委曲求全致使落榜，从而最终改变了两人的命运而悔恨，还是在为自己刚才的违心之言，而向薇拉道歉。在今后的岁月里，她成为常驻他心中的良知。

第十一节：血缘

1.

舒尔茨很满意判决结果。宗教裁判所在判定疯癫时出现罕见的五比四判决票，这极大地损害了其名誉和精神科学的权威性。教会一直标榜精神科学才是"严格的科学"，如今科赫案让他们丢了大脸。当晚的报纸上就出现了讽刺漫画：一个醉醺醺的赌徒口中念念有词"掷硬币作为严格的科学"（希柏里尔教视赌博为大罪，教义中有"上帝不掷骰子"）。在向来看教士们不顺眼的贵族圈子里，最高宗教法庭的分裂成了一时谈资。帝都教廷的势力在这权力更迭的关键时期被压制住了，虽然过一段时间仍会缓过来，舒尔茨也可以暂时安心。

皇帝、皇太子及其陆军、科伦坡幽灵、宗教裁判所，这些势力要么消失要么蛰伏了。剧变中的自由主义者、神权主义者、进步派、保守派都陷入了既绝望又激进的癫狂。后世历史学家却认为，真实权力的变化是悄然发生的：穆罗梅茨堡长久形同虚设的贵族议会重要了起来，他们自己却没有意识到这一点。贵族议会是封建制的象征，其历史可追溯至一千年前的殖民扩张时代，封建制就是从中应运而生的，它留给帝国的最大遗产即是帝国本身。在银河统一半个世纪后，封建主义话语在帝都早已死去,所以他们最安静。可是海面下的洋流仍然托起了一个浪尖,那就是乌尔里希·玛利亚·舒尔茨,地动山摇之际,这些古老的家族本能地将"舒尔茨"这个姓氏当作了自己的盟友,最先前来拜访并表达了支持。在外人看来,舒尔茨的地位迅速提升了。可是他自己心中清楚:托起他的这些低调而不显眼的人其实树大根深,他们的忠诚是不可靠的。

出乎舒尔茨预料的是,科赫被判为神智正常后,出现了另一传言:既然科赫没有疯,同样从奥厄被救回的皇太子米哈伊尔其实也没疯,理应继承皇位。还有人重提当年舒尔茨皇妃被赐死之罪,强调了舒尔茨的私生子身份。同时,因遭遇袭击和皇帝驾崩而暂时关闭的剧院重新开放了,上演的第一部戏却是古代悲剧《李尔王》,一份流传甚广的匿名剧评浓墨重彩地评论了剧中私生子谋害兄长、野心篡国的滔天大罪。这些舆论若是有人故意为之,编造者显然并不真的打算让确已疯癫的米哈伊尔继位,而只图给舒尔茨制造麻烦,暂且拖延罢了——就像舒尔茨利用科赫的审判,也只为暂时压制住教会而已。

舒尔茨本人不在乎。这些信息仍被有心的副官梅耶贝尔收集了起来,呈递给了他。

"关于你收集到的近期舆论,你是怎么看的呢?"舒尔茨问。

"殿下,只要米哈伊尔确是疯了,这些就不过是暂时搅局,过些时日自会云开雾散。宣传只是一时的,只要未造成不可挽回的损失,最终成败就仍取决于事实与实力。"

"你也认为这些舆论只是拖延而已吗?"

"是的,殿下。"

舒尔茨站起来，开始习惯性地来回踱步，他走到窗前。梅耶贝尔看着他的背影，便退下了。每当舒尔茨不愿别人看破他的心思，就会下意识地背过身去转向窗口。副官追随他数年，早已把这样的细节牢记于心。舒尔茨定是从这些拖延搅局的谣言中嗅到了危险。拖延的背后都藏着希望，希望时间的力量能改变局面。对方究竟在希望些什么呢？若只是绝望的米哈伊尔残党的挣扎，便不足为惧；若是暂时搅局反而可怕，这些貌似支持米哈伊尔的言论不必真是出自其残党之手，也不必真的实现，说不定只是为其他的某些计划争取时间。

回到帝都之后，舒尔茨还没有主动联系过教廷，毕竟他已经介入了教会在奥厄行星对百万人的大屠杀，其中包含四十万平民，如此"盟友"还是少见为妙。为了暗杀米哈伊尔一人，教皇偏要扩大到屠杀整个星球，其中缘故舒尔茨想不明白，但明显另有目的，拖我下水只是顺便而已。在这段时间里，舒尔茨几乎什么都不做，每天在家等各方贵族前来联络。这是靠祖上荫庇的人的行为策略，让凭战功打天下的行动派颇不自在。但他明白，越是在这样的大好时机，越要迟缓，因为他明白自己身为皇子，是唯一能让各方虽都不情愿但都可接受的皇位继承人。舒尔茨多年在外征战，在朝中并无党羽，因此在米哈伊尔还活着时无人愿意支持他；如今他成了最有希望的继承人，却也无人反对他。

可是时间已经拖得够长了、太长了。身为私生子，他从未叫过阿列克谢一声父亲，老皇帝死后他却要"守王座"百日。如今才过去一个多月。米哈伊尔的疯狂要经过神学和科学的双重鉴定，却引起了教廷与医学部之间争夺主审权的拉锯战。这是舒尔茨始料未及的。双方都知道,米哈伊尔肯定真的疯了;然而由谁来宣判这一结果,却事关意识形态路线斗争。精神科学家们与神经科学家们相持不下。最激烈的斗争常不存在于意见相反的双方,而存在于出自对立理由支持同一意见者之间,因为那些看似细微却无法弥合的分歧最深刻。于是,继位大典又被推迟了。

此时的舒尔茨什么都不能做:失去父兄的他有悲痛的义务,按照希柏里尔教的观点,悲悼是缺乏行动的。但什么时候悲痛竟然成了一项义务?仿佛不悲痛的人,受召于道德律令,也能悲痛起来一般。一个抛弃了儿子的父亲,能叫作父亲吗?一个没有血缘关系的兄长,他倒不介意:有这样的父亲,他还会在意血缘这种事吗?米哈伊尔在许多方面都是舒尔茨的反面,这让舒尔茨对他怀着一种敬畏与轻蔑并存的感情。米哈伊尔的血统并不高贵,因此不受保守贵族的待见,帝国官僚们对这种古老的血统论也是敬畏与轻蔑并存。舒尔茨不是血统主义者,他的政治资本来自多年征战在军中积累下的威望,可是他作为皇位继承人的大义却建立在血统上,他的家族血亲也即将找上门来。

2.

穆罗梅茨王朝的保守势力是朝野分明的。帝都的保守主义核心在于教会,但银河系内最大的保守派集团,却远在数千光年之外的舒尔茨家族封地。光复历476年3月1日,弗里德里希·海因里希·冯·舒尔茨伯爵来到帝都求见他即将继承皇位的外甥,已在前厅等候。

"舅舅?"舒尔茨略显疑惑,"他来做什么呢?我知道在家族封地确实有些亲戚，但我从未见过这位舅舅。我刚出生，帝都的亲人们就被赶回了老家，如今先皇刚去世，他们竟偷偷溜回来了。"

"您是要打发他走吗？"副官梅耶贝尔以为，舒尔茨是觉得此时应当避嫌。

"不，"舒尔茨叫住他，"既然来了，就让他进来吧。"

舒尔茨伯爵和他的女儿走进客厅。舒尔茨起身迎接，让父女俩坐下，却不知如何开口，因为他从未见过他们。"该死，快说点什么吧，我今天的嘴怎么变得这么笨？"舒尔茨心中对自己说道。舅舅身穿早就过时的长袍，他女儿穿着母亲那辈人才穿的繁复的裙子，难道他们就这样走过帝都街市吗？

我完全不认识这两个人，他们与我有何关系？

我们之间唯一的关系，是这个男人是我母亲的哥哥。

舒尔茨想到这里，瞬间明白了自己今日如此沉默的原因：因为他也从未认识过母亲。仿佛陌生的母亲站在两人之间，阻碍了他的语言。

舒尔茨一生从未经历过如此被动的谈话。早在高中时代，他就能在与老师的对话中掌握主动，但今天他只是听着舅舅滔滔不绝地说那些关于家族血统与封建权利的陈词滥调，若是换作别人，他早就送客了。舒尔茨忽然想起早年在军校听过的一则传闻，说舒尔茨伯爵自从被逐，就年复一年地写信上奏，恳请帝国恢复古老的封海法，每次都被惧怕这种涉及宪制的问题的交通部官员推给总参谋部，由那里的老人们直接否决。今日他终于领教了这种惊人的耐心。

舅舅一直在暗示：你是玛利亚·舒尔茨的儿子，是我们家的人。此话不能说出口，是因为另一半意思藏着叛逆的嫌疑：你不姓穆罗梅茨。这层隐含的意思看似简单，背后却是旧贵族长期以来的偏见，他们几十年来一直将穆罗梅茨王朝视作一个异族征服王朝。过了大半个小时，舒尔茨听得有些不耐烦了，老人仍想恢复封海法，但这早已不可能。

封海法不仅是诸侯割据时代的事物，它还定义了割据，在浩瀚的虚空中划出国界。诸侯各据广袤的领海，共同完成银河系的权力拼图。权力厌恶真空，它总是尽可能扩展自身，不留缝隙。自帝国统一以来，公海法取代了封海法，将行星领主的封地限制在了它的同步卫星轨道以内，从此广袤的深空皆属公海，实质上也就是帝都穆罗梅茨堡的领海。同时，丧失领海的封建贵族也就没有了守护一方的军事义务，其舰队规模也被削减，或并入帝国舰队。经过几十年的集权，银河帝国早已不是刚统一时的那个诸侯联盟。由于深空本是空无，大多数旧领主家族对公海法并无意见，唯有舒尔茨伯爵自从二十六年前被逐出帝都后，就一直主张恢复古老的封建法权。他曾在一篇日记中写道："我在如今这个时代主张裂土分封，人们会笑我的，但我相信三十年，或六十年后它终将实现，封建制是星际文明科技停滞后的常态，一切偏离都是暂时的，就像抛起的重物终有落地之时。"这也是伯爵留下的最广为后世历史学家引用的句子。起初人们确实把他当作笑话，然而久而久之，在他的身旁也聚集起了一些保守贵族势力，同时代的人中就有人称其为"东境封建集团"了。

舅舅一说到这个话题，便滔滔不绝起来，把封海法与奥托大公时代之前的帝国古代宪法相联系；可是在舒尔茨的印象中，没有任何一条哪怕最荒谬的法律不能与古代宪法相联系，例如舅舅正在讲的家谱中的"高贵血统"与繁复的继承权问题。

"按照您的说法,血统如此重要,可是我身上同样流着穆罗梅茨的血,而不仅仅是舒尔茨家的。"舒尔茨对舅舅说。这句话里的意思再明白不过:穆罗梅茨皇室出身农奴,算不算血统低贱呢?然而,我是作为穆罗梅茨的私生子,而非玛利亚·舒尔茨刚生下来就抛弃的孩子,坐在这个位子上的。血统的高低?在遍地贵族的穆罗梅茨堡内城,舒尔茨已经几年没听过一个活人唱这样陈腐的调子了。舒尔茨发现他女儿似乎为这样的词句面露尴尬,竟同情起这个女孩子来,在这样的父辈阴影下,她原本大好的青年时光一定备感煎熬吧。

说起封海法框出来的那片星域,也不过是一片连一颗恒星都没有的冰冷空无之所,并无实际意义。既然如此,为断绝舅舅的念想,舒尔茨故意答道:"我想你能明白,帝国的公海法无论如何都不会废除,旧封海法也无论如何都不会恢复。但如果我答应你,支持用行政命令赐予你们周边星域的管辖权和开发权,你们会支持我吗?无论在我登基之前还是之后?"舒尔茨说完,才注意到自己是用"你们"称呼舒尔茨家族的。

老舒尔茨没有想到,这位素未谋面的外甥说话风格如此直接。贵族世家不齿于以其特权作利益交换,然而这在政治中又是难免的,只是这种坦率的权力交易的作风让他措手不及。

"殿下,此事还需再三考虑。"

"不用考虑了,就这样吧——给予开发权,是可以的,当然得等我登基之后。恢复封海法,绝无可能。"舒尔茨说道,"接下来我还有些别的事要做,暂时不能陪二位了,请舅舅和表妹慢走。"

3.

两天后舅舅再次来访，带来了肯定的答复：他愿意放弃封海法，以换取海尔辛兰外围星域的开发权。这让舒尔茨大吃一惊，同时，他无法不注意到舅舅的变化：尽管衣着还与前天来访时一样，却仿佛已是另一个人。这一回他是独自前来的，整个人仿佛都苍老了，像一堆火焰的余烬。

"这么说……是什么让您放弃了几十年来恢复封海法的诉求呢？"舒尔茨有些不知所措。他之所以两天前承诺，只要放弃法理上的诉求，就支持他们对周边星域的管辖权和开发权，其实是因为他预料对方绝不可能放弃。他早就听说在舅舅的周围已经团聚了一批保守贵族，封海法已是他们的共同主张，此时放弃无异于背叛。

"因为作为一方领主，我已三十年没来过帝都了。就像一个人远离了大海，就不知道大海的模样。如今我来了，我看见了。这令我最终明白，帝都，不，银河帝国，已经再不是我年轻时熟悉的那个帝国了。不是因为制度和法律变化了，而是因为人变化了。就连语言，甚至打招呼和说再见的姿势和语调，我都已不认识了。"

舒尔茨想道，上一次他来访帝都穆罗梅茨堡，还是在母亲与她的第一任丈夫大婚时。后来整个舒尔茨家族都被逐出帝都赶回了老家。二十年前耶柔米当上教皇后的政教结合，还有近十年来帝都涌入了那么多地方贵族。一切又怎会一样呢？

舒尔茨问舅舅："您看要不这样吧，能不能等我登基为帝之后，找个机会撤销对家族的驱逐？如果您或者其他家族成员愿意的话，仍能够在帝都有一番作为。"

可是舒尔茨伯爵却拒绝了，他说自己已经很难再适应这个新帝都。他现在已同意放弃恢复封海法，只想要那片星域的开发权。他咬住外甥前日的承诺不放，这让舒尔茨心中叫苦，觉得自己自作聪明反而让他捡了个便宜。

送走舅舅之后，舒尔茨回到卧室，望向窗外。三月初的穆罗梅茨堡下起了最后一场雪，雪花落在老人的肩膀上，落在他走过的道路上。由于奥厄的灾难，帝都数万家庭失去了儿子或丈夫，内城尽挂白帆，在风雪中猎猎地飘。舒尔茨看着舅舅的背影，在白帆和雪花的笼罩下越走越远。

舅舅刚才的话，真的只是一个老人，在目睹了时代变迁之后的放弃吗？老人是最没有理由为现实利益放弃理想的，无数人把旧思想一同带进了棺材，舅舅会是个例外吗？他的感慨，他刚表现出的被时代抛弃的老人的形象，会不会也像这场人造雪一般，只是假象？抑或，这只是绝望。然而绝望中的人，并非只有妥协这一条路，对于贵族而言更是如此。舅舅为何要在这样的时候来见我呢？最近的访客们，多是为了巴结未来国君而来，这样的先入之见遮蔽了我的眼睛。他选择这一时刻，会不会并非因为我可能登基为帝，而是因为皇室和教会同时陷入瘫痪的此刻，正是贵族势力最强盛的窗口？加上陆军精锐在奥厄全军覆没，这正是穆罗梅茨堡最脆弱的时候，我舅舅和他身边的那一伙封建贵族，会不会在图谋些什么呢？危险的怀疑既然潜入了我的脑子，我的心再无安宁了。

舒尔茨站在窗前，看舅舅远去，转过街角消失了。他按下铃召来副官。

"您有什么吩咐？"

"温特利德·科赫。"

"殿下？"

"把这个人叫来，我要见他。"

4.

温特利德接到了舒尔茨府邸的邀请，虽非正式公文，但当然不能拒绝。一小时后，他再次来到前几天曾来过的这间办公室，窗帘仍半拉着，在房间正中洒下一道光，舒尔茨仍坐在屋子的另一头，在那道狭长光明的彼岸。

因为科赫在法庭上获释，舒尔茨轻松地开启了话题："如今您可是帝都名人了。听说小报记者们已经包围了你家？特种作战部的精兵打算怎么突围呢？"

"唉，唉，殿下真是幸灾乐祸，从他们的镜头前溜走，可比从弹雨中逃生更难呢！"

"那可不是。知道在这样的时候，你最需要什么吗？"舒尔茨故意问道。科赫这个人说话的腔调，与舒尔茨习惯的那种一丝不苟的军人调调完全不同，让他觉得颇有意思，什么样的人能在特种作战部那种地方待上四年，居然还没完全丧失幽默感呢？

"请您指教，殿下。"

"一份逃出帝都的闲差，只有这能把你救出来。"

"闲差？殿下，是什么闲差呢？"

舒尔茨告知科赫：他将派给科赫的任务，是作为朝廷的特派员，前去舒尔茨家族的封地海尔辛兰，"督导"他们开发附近星域。但实际上，是派他去暗中监视他舅舅。

然而舒尔茨没有告诉他的是，这样做的另一目的，是做出与这批顽固贵族合作的姿态，让他们放松戒备，同时悄悄整顿海尔辛兰附近几个星系的防御。从这个角度看，这是一个名副其实的装样子的闲差。科赫不是舒尔茨的人，派他去会较少被怀疑是他的眼线，但愿舅舅会在科赫面前放松警惕。舒尔茨在朝的盟友不多，在这关键时刻，要尽可能把自己人留在关键的位置上。然而，舒尔茨当时没有意识到，但后来渐渐觉得，或许这才是选他前去的真正原因：早在那时，他就暗暗觉得声名鹊起的科赫是个隐患，尽管还远未到需要刻意对付的程度，所以就打发到保守贵族的地盘去。科赫在任何地方、任何团体内部都是一个不确定的存在，与其让他待在帝都制造麻烦，不如把他派去别处，把这个潜在的麻烦甩给别人。

温特利德在舒尔茨的府邸接受了指派。起初，他误以为舒尔茨派自己去他舅舅处，是想让自己——这个不属于他的圈子的、看似中立的军官——暗中袒护他的亲戚。然而很快他就听出，舒尔茨对其舅舅存有很强的戒心，是要自己监视他。温特利德想道：或许也是出于这一目的，舒尔茨才选中了来自特种作战部的我吧。想到这里，他对自己特种作战部的出身又心生厌恶。在这种部门，迟早避不开这种尔虞我诈的权力斗争，躲不过被当棋子的命运。

"可是我并不懂行星开发方面的事呀。"温特利德说。

舒尔茨再次注意到他坦率的语气，觉得有些好笑："不，你不需要懂……这样吧，由于行星开发不会立即开始，正式的工作得等我登基之后，所以你只是先行官，再过些日子帝都会派出专业的技术员去帮你。"

温特利德大概领会了其中的意思，又问道："那么，有什么需要我留意的吗？"

"此行需要留意的，就是那个贵族圈子里，哪些人真正忠于帝国，哪些星系在爆发冲突时……我只是说以防万一……可能起到稳定局势的作用。我刚帮您摆脱了宗教裁判所的那帮疯子，可不要让我失望。科赫上校。"舒尔茨说出"疯子"这个词时，温特利德差点笑出来。

"我只是中校。"

"我想，此刻你在军部的档案已经是上校了，明天就会收到通知。虽然你莫名其妙地在奥厄幸存算不上什么功绩，但为了让军衔配得上使节身份，也就勉强当作功绩了。"

"是。"温特利德心知此次提拔大概也是舒尔茨的授意，况且前不久刚受恩于人，无法拒绝，于是敬了个礼，退出了这间办公室。

第二章 内乱的旋涡

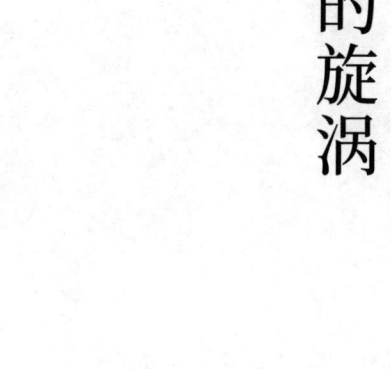

第一节 民歌
第二节 耳语
第三节 危机
第四节 部署
第五节 初战
第六节 王座
第七节 独行
第八节 执念
第九节 惩罚
第十节 疑兵
第十一节 围歼
第十二节 珍宝

第一节：民歌

1.

经过近一个月慢悠悠的旅行，温特利德·科赫于三月末到达海尔辛兰，舒尔茨家族的封地行星。抵达当日，舒尔茨伯爵亲率好几位贵族相迎，这阵势着实让他措手不及，他狼狈地解释，自己只是先行官，督导行星开发的技术官员还没来，恐怕无法立即开展工作。温特利德这么抱歉，是觉得自己在海尔辛兰白吃白住的每一天，都是欠当地人的。这种青年人崇尚节俭的愧疚，和下级军官中常见的效率至上思想，是一方大族无法领会的。听闻此言，舒尔茨伯爵愣了一下，心想：这个年轻人是怎么回事？谁都知道派你来是为刺探情报，难道你以为自己是被派来做"技术督导"的吗？伯爵立即答道："这是当然，不急，不急，哪有那么快呢？"但他刚才略微吃惊的表情让温特利德感觉似乎自己的反应不太对。他发现只有舒尔茨伯爵待自己如上宾，旁边几位贵族显得有些心不在焉，这反而让他安心，暗自想道：这几位或是被伯爵劝来的吧？他们不重视我反而是好事，倒是伯爵如此殷勤，不得不防。

温特利德并未说太多的话。告别伯爵后，他来到为自己准备的房子。不用说，肯定藏有窃听器。凭他的本领是一定能把它们找出来的，但他决定不打草惊蛇，于是装作不知，一进门倒头就睡。

几小时后，温特利德醒来，发觉自己眼角有一滴泪珠，自己刚才梦见了薇拉。

温特利德从床上怅然坐起，开始哼一首他们过去一同听过的歌。那是一首不知是用什么古代语言唱的歌。薇拉却说，正因为听不懂歌词，它才那么美。薇拉懂音乐，只听了一遍就把曲调用钢琴记录了下来；温特不懂，所以只好一遍遍哼唱，好把它塞进记忆深处。在温特从军后与薇拉分别的半年里，他以为回不了穆罗梅茨堡了；所以他拼命记住这首曲子，好像它是牵引自己的一缕光明。待到他调回帝都与薇拉重逢，才发觉记忆中的旋律早已跑调了。

薇拉要他永远凭着记忆记住它，让它在这条河流里慢慢变形，随着温特一起变老。她还说，要等他老了之后，听他哼出来的调子是什么样。

此时温特利德忽然想起，这个房间恐怕藏了窃听器。他起初满不在乎，继续哼下去，几分钟后还是觉得不好意思，于是从行李中翻出了小音箱，开始收听当地电台的歌曲。他把音量调小，一来以免打扰邻居，二来音量若太大，监听者会以为自己是在故意掩盖什么声音。

分明是处处设防,却得装出一副不设防的姿态。想到此处,温特利德又对自己的职业厌恶了一分。他斜卧着,忽然发现在这幢屋子里,懒散的姿态来得如此自然,大概是这里过于舒适了吧。太舒适就会让原本凝聚的精神涣散下来,温特利德不喜欢这样,他觉得还是穆罗梅茨堡那间简朴的小宿舍适合自己。可就在当晚,松弛困乏之际,他竟在当地电台听到了薇拉曾经弹奏过的那首歌。它是用古代语言唱出来的,温特起初竟没能辨认出这熟悉的旋律,却惊讶于每一个音符都恰好流入了心底的河床,直到一曲终了,回忆的闸门才打开。他躺在床上,眼泪浸湿了枕头。

2.

两天后,温特利德前去拜访舒尔茨伯爵。对于舒尔茨曾暗示他监视这位舅舅的事,他一点也不积极。他本就不是帝国的忠臣,并在来的路上就打定主意:绝不为无聊的门阀斗争牺牲自己的半分利益。最好的人生,是能为某个道德的目标工作,而在奥厄行星的惨剧之后,温特利德觉得与其为帝国工作,不如只为自己。见到舒尔茨伯爵后,他坦言自己虽是中央派遣来的,却对具体该做啥一窍不通;帝国政府一定要派人"督导"你们只是为了维护面子,选中我可能只是随便找人填这个闲职,或有讨厌我的人想把我打发走而已。他还说,自己向来工作懒散,不求有功但求无过,想必是因此被上司嫌弃。

舒尔茨伯爵听闻此言大笑,心底里却不信这番话。或者说,他选择宁可错怪面前的这位年轻人,也不可错信。

然而关于"工作懒散",温特利德并未说谎;这不是浪费时间,而是相反。他珍惜时间的习惯是中学时养成的。起初,他只是想以"哪怕神学考试也不写下自己不相信的答案"这种幼稚的方式向薇拉证明自己的名誉。可是很快,他就不再复习任何"伪知识科目"——既然不能写上考卷,就干脆不浪费一寸光阴,还给自己怕学拉丁语找理由:听学长们说,只要不做教士,不常用拉丁语,学了也会忘掉,于是他干脆一开始就不学。这让他在中学时代显得很"酷":在少年的心中,唯一比不学习更酷的,是对考试满不在乎。每到期末,唯一比这个偏科狂的自然科学分数更让全班的贵族少爷们惊羡的,就是他的神学不及格。渐渐地,温特利德形成了把长远的、有价值的事排在前面,把临时的、无意义的事排在后面,一切应付型的工作都尽可能马虎蒙混的性格。行为会改变性格和价值观,在一个含混模糊的时代,这让尊敬与轻蔑在他的生命中投下的光与影也越发分明。温特利德自己没有意识到的是:懒散蒙混弥补了不擅交际的缺陷,让他在许多事上不争不抢,才不至于树敌过多。

今天,他也是抱着这样的心态来舒尔茨伯爵府的,什么都没有准备,既没有礼物,也没有任何思想准备。伯爵见这个年轻人很随意,不免心想:帝都的风气真是太自由化了,但同时也感到轻松,便邀请他去城堡旁的花园散步。温特利德发觉,这里的道路不像辉恒那样笔直,植物也不像穆罗梅茨堡那样修剪得整齐。弯曲的小路和路旁的藤蔓古朴又自然,倒有些像北雪平修道院。

"您这里的布置真的很美,很像我过去曾生活过的一个地方。"

"银河广袤,当然还有别处与此地相似,请问是哪里呢?"

"北雪平修道院，在迈什塔行星。"

"啊，那里！"舒尔茨伯爵看着科赫的眼神变了，他说，那是个古老的修道院，接着说起了它的历史。温特利德发现，关于修道院的历史，舒尔茨伯爵知道的比他还多。在他的滔滔不绝中，温特利德第一次领教了封建契约关系的错综复杂。伯爵告诉他，舒尔茨家族也曾与北雪平修道院有过近两百年的契约，这份契约的档案就保存在市中心的图书馆里。

"伯爵大人，您总是在说历史。"

舒尔茨伯爵说："确实，我一直在说历史。法律是历史，宗教也是，一切都是。年轻人多对历史缺乏兴趣，因为历史都过去了，在年轻人眼中，世界是永新的。然而历史才是我们唯一能全面地理解人类的学问。所谓'人性'的边界，其实就是迄今历史的边界，它是被一点一点地拓展的；哪怕最伟大的人，穷其一生从历史中汲取、汇聚了全部力量，也只能在微小尺度上拓展它，只那么一点点。"

"如果一次拓展了很多呢？"

"那这种人将无法被理解，在世人眼中即不正常的人。"舒尔茨伯爵说，"他也不能理解自己，因为他的语言仍是历史中继承来的。我时常想，人类是通过历史'认识'了人性，还是通过把历史塑造成公共知识，'约定'了人性的诸可能。"

伯爵的每日散步时间结束了，他们沿着花园的小径，像钟表指针一般准时绕回了起点。在开始下午的工作之前，他吩咐仆人带科赫去刚才答允他参观的图书馆。

走进图书馆后，温特利德发现这里居然藏有一整屋的纸书。不出所料，其中绝大多数是历史类。他一眼就看到了一本最旧的关于封建制的书，取下翻开，里面充满了奇怪的地名，勃艮第、卢瓦尔河，读了几段才发觉讲的是地球往事。作者将被封臣、封君关系束缚的人称为"自由人"，温特利德心想，他一定是在一个早已远逝的奇特含义上使用"自由"这个词的。

图书馆的正面墙壁上绘着一幅巨大的舒尔茨家族封地全图，上面河流蜿蜒，道路曲折，杂乱地散布着零星的城市，旁边标注着建城年代。图上的圈圈点点，以及连接它们的线条，就像种子和树杈。一切都像是从时间中生长出来的，未曾经过理性的修剪，然而理性的痕迹正在其中。舒尔茨家虽只有四百年，并非源自殖民开拓期的"姓氏即封地"的古老贵族，但他们却如耕耘自己的姓氏一般耕耘这颗行星，极为珍视自己的历史。这与银河统一战争后，一些不知哪里冒出来的自称是千年门阀的继承者是极为不同的。

温特利德仔细观赏过地图上的细节后，为了整个儿看清如此巨大的东西，又退后到足够远的距离。他想起薇拉曾说过她学习历史的理由：门类的知识都是破碎的，只有历史学对待因果的态度是周全的，对待时间的态度是舒展的，它能把时代的一百道侧影连成一个完整的世界，也只有完整的知识才能增长智慧。然而舒尔茨伯爵与薇拉不同。薇拉学历史，是为自己；伯爵重视历史，却将自己变成了历史的仆人。在这堆满古书的图书馆内，温特利德看明白了，伯爵邀他来此，是让他看这历史中的条条道路。正是沿着它们，人类才走到了今天。可是温特利德却也看到了其他的：那路旁的原野和线条未及延伸之地。这地图上勾画的，是最珍贵的遗产，还是最沉重的重负？初民们曾面对的一望无际的莽原，和这纵横着条条延向远方的道路的地图，这两个世界中，哪一个更广阔？温特利德向高处望去，地图上方镌刻着银河的繁星，延伸至图书馆的天顶。星辰已成铜锈。

温特利德放轻脚步，退出了这个图书馆。

"多可惜，如果真的要打仗，凭这种力量是打不赢舒尔茨的。"温特利德在心里说道，"如果真有那一天，但愿舒尔茨对自己的祖先手下留情，不要焚毁这块封地上的建筑吧。"

3.

在与来自穆罗梅茨堡的温特利德·科赫一同散步之后，舒尔茨伯爵回到书房，见到了已经在等候他的帕彭海姆子爵。他正是来向他报告关于监听科赫的情况的。

"据安排监听他的士兵说，科赫在其住所没日没夜地播放音乐，有时就连出门也忘了关音箱，看来不过是个软弱、粗心、不知节制的小民罢了。伯爵大人，您何必为此等角色如此小心翼翼呢？"帕彭海姆说道，"您外甥派人来做常驻使者，正说明他畏惧您，想讨好您。"

"子爵先生，您有所不知，海尔辛兰风景壮美，所以我们性情节制，认为无度沉溺于音乐是德性软弱；但帝都的人并不这样想，因为要塞里狭窄的空间只容得下音乐这一种娱乐。在封建贵族们的眼中，向他人封地派遣常驻使节确有表示尊敬或示弱之意，以消除对方的猜忌；然而帝国方面却不理解贵族文化，腐化堕落的官僚早已经遗忘了她。在他们的词典里，常驻使节其实就是间谍的意思，须小心对付。"

帕彭海姆耸了耸肩。

"子爵先生，请您将我刚才说的话转告我们的人，多加提防吧。我也是阅人无数，但这个科赫不属于我曾遇到过的任何一类人，此人摸不透。"

"世界上有什么人的灵魂，深到了就连您都探不到底呢？"

"不，他的灵魂浅得就像镜子，我找不到下手之处。"

"啊！那我知道了，大人。"帕彭海姆答道，退了出去。

一周后，帕彭海姆子爵和克莱斯特男爵一同去观看马上决斗，两人争论披红衣与披蓝衣的骑士谁将获胜。这时，帕彭海姆看见科赫坐在对面的观众席上，便提醒同伴看谁来了。

"刚才我就看见了，不就是帝都派来的使节吗？"

"舒尔茨伯爵说，此人是个间谍。"帕彭海姆笑着说。

"我早就听说了，"克莱斯特说道，"但他不过是个游手好闲之徒，否则又怎会出现在这里呢？"

"哦？照这么说，你我岂不也是'游手好闲'？"

"哪里，哪里，他只是个平民。我们贵族就不一样了，赞助马上决斗是须尽的义务。"

两人交换了个眼神，相视大笑。那个每日在街头闲逛，每顿饭都要换餐馆，从不落下任何娱乐的使节，分明只是贪图享受之辈，怎会是刺探情报的间谍呢？

他们不知道，温特利德一向简朴，这些表象是故意做出来给他们看的；然而他在每家餐馆里读菜单时的笨拙，和在每处风景名胜的天真却是本色出演，帮他掩饰了这一点。

"他有什么言论没有？"子爵问道。

"一个妥妥的自由派，"克莱斯特说，"不止一次听人汇报说，他公开宣称皇太子米哈伊尔更适合做皇帝，比舒尔茨伯爵家的外甥好。"

"那就难怪了，自由派都意志薄弱，贪图享受，没有德性可言的。"帕彭海姆又问道，"他在女人的事上，也很'自由'吗？"

克莱斯特瞪圆了眼睛，面带诧异之色说道："我以为你要问，他在男人的事上是否'自由'的。"

"对，对，您可提醒我了，自由派都是同性恋！"帕彭海姆说道，"不过我们也不能放任不管，我安排监听他的士兵昨天被撤换了——那士兵每天听他要么播放、要么哼哼那些靡靡之音，也被腐蚀了。据说，他能同一首曲子连续哼上几个小时。"

"那士兵怎么了？"

"他被发现去嫖妓。"

"呸，下流的音乐！"克莱斯特说，"子爵先生，难道您还不采取些行动吗？这样的人在败坏我们最宝贵的武德！"

"要是我能行动，早就给他点颜色看看了。"子爵不满地说，"只是不知为何，舒尔茨伯爵上次与他一同散步后就很重视此人，在确认了他是个自由派之后，反而说此人有用，老狐狸一定又有什么诡计。"

4.

当晚，温特利德接到帕彭海姆子爵的邀请，问他后天中午是否有空一同骑马。初来乍到时，他不知舒尔茨要自己刺探什么情报、该怎么做。在特种作战部,他从未受过间谍训练;后者虽直接对总参谋部负责,却是由共荣学院,也即银河统一前的博涯外交学院,代为培训的。然而温特利德很快懂了,自己此来的真正任务就是社交,并从中听出这些贵族的政治意向。真正的难题由此开始:社交,天哪,他闯到怎样的泥沼里来了。社交是他最不擅长之事,这要区别于他不屑于做的事。他从中学起就被排挤在贵族子弟圈外,这不能归咎于少爷们对名中不带"冯"的少年的歧视,反而更多是他自己从修道院里带来的习惯造成的。至少一开始,贵族少年们并未排挤科赫,而是邀请他前来聚会,他每次都安静地坐着,偶尔思绪会飘到九霄云外——就像修道院的教母曾教过他的古诗,"身如入定僧,心似随风草"——这是他时常犯的毛病,每当沉入内心,周围的喧闹似乎都不存在,甚至地平线内皆空无一物。可是几次下来,贵族子弟们就在背后议论他,说他瞧不起他们。温特并未这样想过,他一直以白纸般的平等心对待所有人;可是他在听说了这些议论之后,就真的生出了轻蔑。后来,就开始了他与贵族子弟的长期冲突,对于少年温特而言,社交就是战争。薇拉曾想把他带到她的那个圈子里去,最终却是温特不知不觉地把她带了出来,他懂的远不如她多,甚至不如她的一些时髦的伙伴多。但她觉得只有和温特在一起时,语言才是充实的,与其他人的闲扯是多么空虚无聊。

　　温特利德与人交往,总试图把一切弄得简单明确,其中或许有军旅生涯养成的习惯,但更多是一个内心不属于他的时代的人,在以尽可能清晰的方式应对一切。然而这种策略在海尔辛兰行不通,因为贵族文化厌恶清晰;人人都在说些含含糊糊的话,他谨慎地听着,大部分时候是左耳进右耳出，不轻易发表意见。例外的只有笑得最快活的帕彭海姆子爵，这样的人通常是个胖子，事实也确是如此。这一天，帕彭海姆邀请他去骑马，温特利德欣然答应，反正也是闲着没事干。

与人造要塞和古都辉恒的居民不同，海尔辛兰人热爱自然。人工的痕迹、历史的意识尚未在他们的精神中占上风。这甚至体现于他们的语言：他们常把"自然"当作口头禅，仿佛任何事情冠上了这个词，就变得理所当然。他们对自然的热爱也体现于骑术上。温特利德从没骑过马，他在马背上显得十分笨拙。这成了他的有利条件，因为骑马时的笨拙只是技术性的，反而在一定程度上遮盖了他在人际交往中的笨拙。舒尔茨伯爵的圈子里充满了保守的风气和古旧的礼仪，然而正因为外人都不懂，他们从未怪罪过温特利德。这让他心中暗自庆幸，就像一个差生拿到了优等生也答不出的难题。他的坦率赢得了人们的宽容。

以上这些都是温特利德在两年后才逐渐领悟的，后来他还想到，那些被海尔辛兰人认为"自然"的事，尽管有些颇为可笑，却是某些更富创造力的古早时代的遗迹。然而他在帕彭海姆子爵处作客时，尚未意识到这些。那时的他只是觉得自己仿佛不是参与者，而是处于一个奇怪的观察者位置上，而自己同时也在被观察。在宴会上，他不会饮酒；在舞会上，他不会跳舞；在山坡上，他不会骑马。于是他瞎编了一套理由，"我女友告诉我，海尔辛兰的姑娘太漂亮了，不让我跳舞。""我女友告诉我，海尔辛兰的酒太醇美了，不让我多喝。"他每说一遍这样的恭维话，对方都会说："瞧这深情的小伙子！"这让温特利德感觉薇拉仿佛还活着一样，心中涌起幸福又凄凉的感情。如此拙劣的借口若是在帝都早就被看穿了，那里的男人都擅长做出惧内之态推掉不愿做的事，可是海尔辛兰人却对他的话表现出信以为真。唯独骑马时，温特利德找不到理由了；一想起薇拉在马背上的英姿，他便不能以她的名义推脱。于是他硬着头皮爬上马背，手脚紧张僵直，拼命抱着马脖子，生怕摔下来。海尔辛兰的贵族们简直不敢相信，如此笨拙的人竟也是辉恒中学培养出来的。他只喜欢玩棋，可是这个圈子里除舒尔茨伯爵之外没人会下棋，而伯爵又事务繁忙。

"温特利德，我们轮流唱歌吧！"

"我唱得不好，有人说我唱啥都像冬之歌，又老又重；现下正是秋高气爽，岂不煞风景。"

"哈哈哈！ Winterlied，难怪难怪！"

温特没有想到，薇拉拿他的名字取笑他唱歌的话，居然成功帮自己解了围。

温特利德虽不会唱歌，却有了"民歌爱好者"的名声。起因是他刚与几位本地贵族略微混熟，就迫不及待地打听他记忆中那首与薇拉一同听过的曲子的名称，问是不是海尔辛兰民歌。他厚着脸皮哼出来，而那几位贵族中，无人能从他跑调的哼唱中辨认出是什么歌曲，于是介绍他去当地电台，查阅当天的播放记录。在那里，温特利德听到了他梦寐以求的旋律，果然是用失传的古代语言写成的歌名。

"Auld——Lang——Syne，Auld Lang Syne"，温特利德一遍遍念着它，向电台人员连连道谢，"谢谢，多谢多谢！麻烦您了！"

他回到住处，就开始一遍遍地听这首歌。可是起初的激动很快被悲伤所淹没，他觉得这首歌怎么都比不上薇拉当初为记下乐谱弹奏的好听。

　　温特利德没有意识到的是,他是"民歌爱好者"的传闻无意间拉近了他与封建贵族的距离。分离主义势力自古多重视民歌与民俗,而统一后的银河帝国,也将音乐教育中的民歌换成了德奥古典音乐,对于采集和编纂民歌,虽无明文反对,却也暗中挤压。因此,只有在海尔辛兰这样的领地,民歌才保存得更完好。来自帝都的温特利德并未想到这些,然而海尔辛兰人却比他敏感得多。自从他造访过那家当地音乐电台后,电台里播放的民歌更多了;尽管这种做法只是一厢情愿,因为这位帝都来使其实只对那一首感兴趣。

　　这消息传到了舒尔茨伯爵的耳中,他眼睛都没有抬起来,就对来汇报情况的帕彭海姆子爵说道:"这种貌似有象征意义的事其实什么都不算,无论他热爱民歌是真是假,都无关政治。人是不会为了音乐而改变政治立场的。这些新闻就不用研究了,就像在风中转动的硬币,永远有解释不完的捕风捉影。等硬币落地之时,一切都清楚了。"

　　这些围绕着他的猜测,温特利德本人毫无察觉。他甚至几乎忘了自己的任务,只因从未将其真正挂在心上。他偶尔会想起舒尔茨说过,要给他派来技术人员,作为"督察"行星开发的助手;如今一个月过去了,他们怎么还没来呢?他忽然想到,恐怕这些人根本就不存在。舒尔茨伯爵那边也迟迟不谈行星开发。他们都在做些什么?我又在这里干什么呢?温特利德终于意识到,除了监视此地情况,自己最大的用处其实就是维持一个表面的存在,以显得帝国好像仍在与这帮贵族合作。可是既然需要作此表面文章,真实情况一定恰恰相反。他感到了危险。

温特利德很快厌倦了社交。如果局势一直这么下去，舒尔茨难道打算一直把我埋在海尔辛兰，当他的长期眼线吗？难道我的将来，或至少是宝贵的青春，就要这么荒度吗？我已经在这里度过一个月了，海尔辛兰虽风俗奇异，却与我的生命何干？它是不值得一个月的。温特利德从来无法理解那种把浮光掠影的旅行当作谈资的人。贵族社会的种种花样，只在第一眼看上去觉得是新奇的，但用不了一刻钟就会觉察出荒唐可笑来。多么空虚，可是这里的每个疲惫却强装精神的中年人，难道不都如我一样年轻过吗？昏昏白昼的无聊，到了夜深人静时，便化作虚度光阴的愧疚压上心头。这个圈子里恐怕只有帕彭海姆子爵还算个活人，但这或许只是因为他尚且年轻。也许这样已经是较可接受的状态，如果他们与帝国撕破脸，自己定会第一时间被捕。可下一分钟他又觉得，若要我一辈子活在这些社交场合中，日渐衰朽老去，还不如来一场战争！这一刻，他把自己的冲动投射到了贵族们的造反意图，觉得这或许不是因为不自量力。

中年人都是那么无聊，青年人都是那么愚蠢，只有舒尔茨伯爵是个例外。可是偏偏就在温特利德无聊松懈的时刻，这个危险的例外行动了。他发动了一次突然袭击，让温特利德措手不及。舒尔茨伯爵向他派出使者，把他一下子拉回到了政治中。

第二节：耳语

1.

在一次狩猎途中，帕彭海姆子爵忽然说到皇太子米哈伊尔。温特利德起初没在意，还是像前几天在宴会上一样，对皇太子的开明赞不绝口。然而所谓"开明"的美誉本身在贵族中就有相当大的争议。可是帕彭海姆并不在乎，他也做出一副开明派的样子，说他觉得米哈伊尔才该是银河帝国的主人。

温特利德回答道："真可惜，皇太子如今进精神病院了。"

帕彭海姆却神秘地说道："可是据那个精神病院传出的消息，皇太子是装疯，他一直在等待时机，要夺回他的帝国。"

这不是帝都前一阵子流传的谣言吗？在这数千光年之外的偏远之地，竟还有人当真？海尔辛兰的昼夜比穆罗梅茨堡的标准时间略长，树木更高，风更大，所以落叶也得多转悠几个圈儿才沉至地面。这里的一切都比帝都更慢，看来就连谣言的新鲜期都更久些。温特利德本想纠正帕彭海姆，却意识到皇太子"也"没疯的传闻，正是宗教裁判所判决自己神志正常之后出现的：既然科赫没疯，那与他一同回来的皇太子也没有。如果纠正了这个谣言，就又得回答"我何以躲过精神污染"的难题。所以他没有揭破事实，只是含糊地说："是吗？我后来一直被隔离，皇太子也是，所以不太清楚。"

帕彭海姆继续陈述道："听说，我只是听说，有一帮人，准备了一个相当周密的协助皇太子登上皇位的计划……"海尔辛兰的猎场小路上,他的声音压得很低,生怕被林间的风吹到远处的耳朵里去。

温特利德听懂了。他们的计划,是在舒尔茨登基之日接受军队的宣誓效忠时,利用米哈伊尔一党的残余陆军发动政变,宣称舒尔茨是弑君篡位,并拥立被囚于精神病院装疯的米哈伊尔为帝。

温特利德装出激动之状,说道:"这些人真乃忠勇义士!他们所做的,才是对帝国的真正忠诚,才是帝国昌盛的真正基石。怎奈承平日久,那些凭借阿谀奉承、趋炎附势、迎合庸众上位的小人,腐蚀了穆罗梅茨堡的德性,早就该清理掉了!真正的英雄,虽然在安享太平的年代会被遗忘,却总会在危难之际出现。"然后又加上了一大堆谴责那些逃入穆罗梅茨堡的贵族"腐化堕落"的话,说他们"放弃祖先的封地,毫无德性"。这些谴责之辞确是他的真实想法,不擅长说谎的温特利德演得毫无破绽,只不过在帕彭海姆这种坚守封地的贵族听起来尤其悦耳。此时温特利德忽然想到,自己表演得过于激动是否会让对方轻视自己,反而觉得他是个白痴,不可信任。于是他又故作沉思,装作想到了什么新的问题,尽管此刻他脑子里其实一片空白。

"您怎么了?想到了什么?"帕彭海姆问道。

"我只是想,举事者又能有几人呢?毕竟皇太子大势已去。"

"您不相信,有些人会只为报效忠义,不问顺逆成败,不计祸福生死吗?"

"我相信。"温特利德眉宇间的神情忽然凝重,正色道,"我当然相信,有的人哪怕全军覆没,只剩一人幸存,只要道义在此,他最终也是一定要杀回来的。"

"好,好。"帕彭海姆连声说道。

温特利德听到这两声"好",心中一惊,刚才自己所指岂是皇太子那覆灭的陆军,分明是科伦坡幽灵。是的,这难道不是我的心声吗?即便只剩一人,我也最终是要杀回去的。在对帕彭海姆的这句假模假样的回答中,温特利德听到了自己心中最真实的愿望。

帕彭海姆又见温特利德神色有变,追问道,"是否还有什么其他顾虑?"

"只是,作为一名军人,我觉得单凭宫廷政变无法控制国家,若没有宇宙舰队的参与,他们恐怕很难成事。"温特利德随口胡诌。

"这就不是您需要操心的了,"帕彭海姆意味深长地说,"据我所知,他们在这方面也早有准备。如今已是万事俱备,只欠东风了。"

居然如此。温特利德听到这个答案,心中一惊:舒尔茨派我来,果然就是为了这个。

帕彭海姆子爵接着说出这句话:"您就是那东风。"

2.

在与帕彭海姆子爵长谈后,温特利德约莫知道了他们的计划:这帮贵族之所以想拉我入伙,只因我是唯一与米哈伊尔一同撤出奥厄的人,需要我出面证明"米哈伊尔没有疯癫"。如今宗教裁判所刚出现分裂,信誉受损,就算判皇太子疯癫也难以服众。温特利德对此表现出了相当大的兴趣,却始终没有正式答应他加入,只说会很快联系。

两人告别后,在独自回住所的路上,温特利德看清了心中原本模糊的猜疑:这伙人的真正意图,绝不可能是恢复米哈伊尔的皇位,世人皆知他是宫廷中的自由派领袖，与守旧贵族的理念完全不合。因此他们要在舒尔茨登基之日政变，这肯定只是计划的一半。若依此计行事，自己连同参与其中的上万士兵，直到帮这个贵族集团夺取了大权，都一直被蒙在鼓里，还以为是在捍卫米哈伊尔的正统继承权。然而米哈伊尔确是疯了，当不了皇帝。若没猜错，他们接下来的计划该是这样：一旦大权在握，"正统继承权"就会被解释为封建法的一支，即可以此为名恢复封建法。

"一群封建主义贵族竟能利用支持米哈伊尔皇太子的自由派，确是偷天换日的高招。但这也是因为，米哈伊尔的存在本身就是个悖论：他确是宫廷中的自由派领袖，其权力却是基于封建法，即养子的正统权利，和舒尔茨作为私生子的无权利。"

温特利德又想到，恐怕自己最近在非正式场合的一些议论被报告了，或是过去赞扬米哈伊尔皇太子的言论被调查了，他们才会来试探自己。他早有心理准备，默认自己的一言一行皆在监视之下，因此并不害怕。舒尔茨果然早已料到他们有问题，我是否应当把我所知的如实上报呢？如此，一场血雨腥风便能消弭于无形。然而温特利德的脑中冒出了一个更大胆的念头：何不把他们的计划公之于众，让帝国中央与封建贵族成水火之势呢？这些贵族既然需要动用阴谋，想必在正面战场上，是难以战胜帝国军的。这样就能逼迫帝国抛弃一贯的混融含糊的辞藻，在意识形态上摒弃封建主义。

"但若这些贵族宁可赌一场战争呢？若是这样，或许又是上百万条人命。"温特利德在心中对自己说，"这一切都是空想，因为我手上没有证据。"想到这里，温特利德关掉了音箱，是时候让对方的监听员休息会儿了。他躺倒后,不一会儿就睡着了。

第二天,温特利德若无其事地参加了一个宴会,却没能套到任何其他信息。他们显然并不信任自己,据帕彭海姆说,自己的任务仅是说出皇太子米哈伊尔并未疯癫的"事实真相"罢了。他越想越觉得,如果把该消息传回帝都,舒尔茨很可能会把自己出卖给他舅舅。只要把我牺牲掉,双方便可在未公开撕破脸的情况下,暗地里达成妥协,因此为自身安全考虑,也不能把这伙人的阴谋报告给舒尔茨。

两天后的早晨,睡梦中的温特利德听见了敲门声,他迷迷糊糊地走向门口。来这里已经一个月了,这是他第一次听见敲门声后没有先问对方是谁就开了门。

门外出现了一个戴面具的人。

温特利德顿时心跳加速,睡意全无。

对方一动不动,温特利德也定了定神,心中暗骂:这已经什么时代了,非要用这么古典的方式吗?

"您好……"

戴面具的人一言不发,把一个袋子拿给他。温特利德看出里面是一些文件,那不是一个公文袋,而是一种当地上层社会女性常用的袋子。这时他才注意到对方虽然身高不矮,但宽大的罩袍下,身形仍可看出是女性。

"请问这是什么,要交给谁?"温特利德跨出门外,带上门,凑近低声问道。他怕被房间内的监听器听见。

对方本能地退避了一下,随即用藏在手套中的食指,指了指袋子,沉默着转身离去了。

温特利德本想把这袋文件拿回房间阅读,又怕房间里的窃听器能分辨翻阅纸张的声音,于是就在那面具怪人离开后不久也出去了。出门后才想起即便窃听器能听出他在翻阅纸张,又岂能知道纸上的内容呢?刚才那个黑衣面具人真令人紧张过度。但他仍觉得宁可在户外,也不能在自己的房间里读它。温特利德在附近公园里的无人处坐下,匆匆地阅读那份文件。第一张纸,是一封写给"吾兄乌尔里希·玛利亚·冯·舒尔茨"的手写信。

天哪,我这是在做什么?

此信出自舒尔茨的表妹格特鲁德·安内莉泽·舒尔茨之手,主要内容便是她在得知父亲准备发动一场政变甚至内战后,苦劝他放弃,但毫无结果。不得已之下,她偷出了一份行动计划,托温特利德·科赫上校转交给舒尔茨表兄,以挫败父亲,避免家族沦灭。

后面的十几页纸都是政变计划,还附有几张穆罗梅茨堡内城的地下通道图,密密麻麻地标注了那座球状要塞中的每一处物资运输通道、下水道、通风管。温特利德意识到这些图纸的重要性,决定收起来慢慢研究。政变计划书中少数参与者用的是真名,更多用的是代号。温特利德注意到其中一个代号叫"溪"的人,将负责在占领银河中央电台后,向全银河系公布奥厄行星的"真相":皇太子米哈伊尔并未疯癫。关于这位"溪"的最后一句话是:"处理方式待定。"这明显指的就是自己。他们最后会怎样"处理"我呢?

温特利德知道,现在他已经握着一个烫手山芋,不能再迟疑观望了。格特鲁德·舒尔茨的出现,让他意识到形势危险:她会是独自一人吗?不,这样的可能性很小。恐怕海尔辛兰贵族也不是团结一心,其中必定有一些暗中反对舒尔茨伯爵的计划,如今这帮人已把机密资料偷出来交给了我,想利用我挫败伯爵;我若答应加入叛乱阴谋,恐怕会第一时间被这些人除掉;如果拒绝,却又被伯爵知道了我手上已经掌握了他的全部计划,恐怕也会被灭口。他意识到自己如果不立即逃跑,接下来无论站在哪边,或拒绝选边,都有可能会死。

"惨了,这岂不是死定了。"温特利德自语道,"我做错了什么呢?我在这里,还什么都没做呀。"然而他很快想到,自己的这种处境,其实早已被他的两重身份注定:由于他是奥厄的幸存者,必定会被借皇太子之名政变的阴谋家们盯上,要他做同谋;由于他是来自帝都的使节甚至间谍,他又会被阴谋家们的敌人利用来挫败他们。双方都认为我可以利用,这意味着双方都不信任我,随时可能在觉得我倒向对面时下杀手。该死,真该死,我之前怎么没想到呢?唉,早知如此,我一开始就不会答应舒尔茨来这鬼地方。对了,舒尔茨也不可信,我若把这份计划交给他,他接下来的行动几乎必定会暴露我。当想到这一层时,温特利德便意识到,继续留在此地已无意义,已经没有比出逃更安全的选项了。

如果在阴谋的逻辑中,我已既无活路也无退路,那就不如找一家其他行星的媒体,公开这一切,这样就不存在什么阴谋了。他知道三百光年外有一颗名为米滕多夫的行星,不是任何封建贵族的领地,而是帝国直辖领。那里有一家米滕多夫广播公司(MRG),信誉不错。

这封信呢?若把她的信也一并寄给 MRG,效果一定更好。但温特利德没有这样做,他在回住所之前就撕烂了她写给表兄舒尔茨的信,小心地丢弃到了沿途三个垃圾桶中。为了自保,我必须辜负一个陌生人的信任，但我也从未承诺过她什么；如果把这份信任也出卖掉，就太过分了。

第二天，温特利德本想直接去邮局，把政变计划书和一张自己写的字条寄给MRG，但他考虑到若把穆罗梅茨堡的管道布线图也一并泄露，可能会被判泄露机密罪，所以就把它藏了起来准备带回帝都。在去寄信的路上，他忽然察觉到身后似有人跟踪，就在走过一个镜面橱窗时向身后瞥去，却未见可疑之人。他若无其事地闲逛，心知优先之事不是甩脱跟踪，而是不让对方发觉自己已察觉被跟踪，这样才更有希望逃出这颗星球。直到转过一个拐角，他迅速掏出那个大信封扔进了邮筒，这样身后的跟踪者便会有不到半分钟的丢失目标时间，看不到自己寄信。回宿舍后，他拿出了收拾好的简装背包，接下来就是直奔航空港。临走前他打开音箱，开始每天例行循环播放那首 Auld Lang Syne，音量比平时大，并定时到晚上睡前时间结束。这样，监听者也许当晚就会觉得有异样，但要到第二天才能肯定他已经逃离了。

离开之前，他在心中说道："再见啦，薇拉说过，她想让我仅凭对她的记忆一直记住这首歌，就算跑调也无所谓。所以我寻找到你，已经算是作弊了，今后就把你留在这里吧。"

奥厄的惨剧已过去将近四个月，温特利德的生活仿佛失去了方向和动力，他曾厌恶这样被掏空的自己，他不甘心，难道从此就在特种作战部做一个小职员，了此一生？可是现在，在此去航空港的路上，他在帝国与贵族之间的缝隙中，看到他的战斗还没有结束，哪怕将是孤独的战斗。

直到航空港，温特利德才看到，航班延误了，最早一趟去往帝都的高速大船在四小时后的傍晚时分才开船。但时间已不容再等，每等一个钟头都更加危险。他立即另补一张三小时后的船票，就近前往米滕多夫，并在那里等四个小时，转乘去往帝都的大船。航空港内的票务员是一位快退休的老奶奶，她见这年轻人连买两张大船船票，便好心提醒：第二张价格不菲的票是多余的，反正两条路线都要停留，在这里和在米滕多夫换乘时等待的总时间是一样的。

"不，我要买三小时后启航的这张票。"

"您可真怪，朝三暮四与朝四暮三，有什么分别呢？"

"有的，有的，经济学不是讲时间偏好嘛，宁可先享受也不推迟。"温特利德随口胡说道。

票务员的眼神难以置信，她完全不理解，怎样的"经济学"能让这个白痴甘愿多花一整张票价的钱，现在的年轻人都这么人傻钱多吗？

温特利德心中紧张，怕这票务员看穿了他的出逃计划，更怕她将自己的异常报告上去。但他仍然果断地坚持买了三小时后去往米滕多夫的船票。直到启航，一颗心才放了下来。他的心思又重新回到了对局势的思索。

如此一来，东境封建集团已被逼到了反叛边缘。他们若在武装上已有准备，就不可能束手就擒。每一样东西的存在，本身就诱惑着人们去用它，刀剑也不例外。这是离开海尔辛兰的飞船起飞之后，温特利德首先想到的。此前他们没派人跟踪我，恐怕是因为听说过我是特种作战部出身，不想用他们的戒备引起我的戒备；如今冒险派人跟踪我，说明其内部斗争的形势已将近图穷匕见，就算没有那封信的事，我也已不再安全。无论教会还是舒尔茨,帝国还是旧贵族,倘若他们中的某一方要为奥厄的灾难负责,就让这些大山相撞吧,看看地崩山摧之际,还会有多少见不得人的丑恶暴露出来。温特利德坐在一个靠窗的位置,望向舷窗外的银河,与从前不同的是,他无法从中感到幸福。因为他觉得这种战斗只是让他想击垮的恶互相消灭,其中却没有正义,没有善,没有积极的东西。

3.

光复历476年5月3日下午,一名陌生的访客前来拜访舒尔茨,舒尔茨一眼就认出了他高瘦的身形:他就是上次前来告诉自己父皇其实没有死,而是本想清洗帝国高层,却被教会控制软禁起来的僧侣。这一次来者无一句废话,只说:"事已了结。"还没坐下便匆匆离去。舒尔茨明白这句话的意思:皇帝终于死了。

皇帝的葬礼已于昨天举行过了。舒尔茨并不是作为抬棺人,而是作为军官代表之一位列人群之中。这正如他曾三次见到父亲,分别是在五年前、三年前和两年前出征归来后的庆功典礼上,每一次,舒尔茨也都站在几名军官之中,远远地看着王座上的父皇,和其他军官一样称他为"陛下"。被排挤到这个位置既令他不甘,又让他安心,因为他不悲伤。既然没有悲伤,那就不该去抬棺。舒尔茨看着双层棺被马车拉过皇宫前的长街,上层是皇帝的人像浮雕,下层是骷髅浮雕。马车行驶到大教堂后,双层棺被整个儿嵌入地下,只留上层的浮雕露在外面。地表上的威严卧像象征皇帝作为主权者的永恒,地下的骷髅浮雕象征皇帝作为个体的必朽，而最下层本应当安置皇帝遗体的棺盒里，其实空无一物。

"不仅当今王座是空的，就连先帝棺椁也是。这个王朝真是有意思。"舒尔茨昨天是一个人走回家的，路上只说了这么句话，他知道皇帝还没死，所以不仅不悲伤，甚至一点都没往生死的问题上想。今天，教会派人告诉他：皇帝终于死了。舒尔茨恍然回忆起，中学时的语文老师曾说过，直到父母都已逝世，才明白这么多年来，在自己与坟墓之间竟一直隔着父亲的身躯，是这个背影遮住了远方的坟墓，好像只要父母中有人还活着，自己生活的路就尚且不是通往死亡的路。如今他仿佛远远地直接站在了自己的坟墓面前，赤条条的，就像昨日看到的那尊骷髅。一切都是过眼云烟。当他想起昨日葬礼上的双层棺材，却觉得上层那庄严的卧像比下层那凄惨的骷髅更悲哀。

如今，他的父亲阿列克谢终于死了。舒尔茨想，他始终是要死的，自从教会趁他假死之际将他软禁，他就注定要死。因为他是绝不受人控制的，葬礼一旦如期举行就没有退路，他绝不能再露面了，哪怕是作为傀儡也绝不可能。况且，对于一个将死的老人，拿什么威胁、控制他呢？因此他必须死。问题反而在于为何教会居然这么长时间都没下手，直到最近才杀了他。难道还想从他身上得到什么其他好处，或从他口中听到什么秘密吗？舒尔茨想这些的时候，从没有认真想过"父亲"这个词。

话说回来，尽管舒尔茨从未催促过教会杀掉老皇帝，教会的人倒已经几次暗示他该早日除掉米哈伊尔了。舒尔茨想，这么说那些米哈伊尔尚未疯癫的流言，应当可以排除掉是教会刻意散播的可能性，然而我若在这谣言尚未澄清之前杀了他,岂不是死无对证?因此我不仅不能下手,还要保他周全;尽管留着米哈伊尔绝非长久之计,不知将来还会有什么人,借他的名字弄出什么事来。

这一夜,舒尔茨又梦见了米哈伊尔。自从行星轰炸后,舒尔茨几番在梦里遇见他。可是这个梦不一样:梦里的米哈伊尔背对舒尔茨,唱着疯人的歌;舒尔茨想恳求他的原谅,米哈伊尔就沉默了。舒尔茨梦见自己绕过去想看他的脸,可是米哈伊尔却不愿见他,于是舒尔茨怎么都绕不到他的正面——直到在镜子里,他看到面前的背影竟不是米哈伊尔,而是薇拉。

舒尔茨惊醒。他笔直地在床上,在漆黑中思索这个梦的意义。

就在这时,他的思绪被敲门声打断,打开门后发现是梅耶贝尔。

"什么要事?"

"是舒尔茨家出事了!"

"什么?"

"抱歉,我是说,您的舅舅、海尔辛兰的舒尔茨家族出事了!"

舒尔茨立刻让梅耶贝尔进来,后者把一份辉恒宇宙电台的新闻递给了他,是转载的米滕多夫广播公司的新闻,标题赫然写着"卧薪尝胆,同室操戈:海尔辛兰的政变阴谋"。

第三节：危机

1.

温特利德是磨磨蹭蹭花了大半个月来到海尔辛兰的，如今他飞一般地逃走，只用两周、只换三班星际航班赶回穆罗梅茨堡。他只乘坐那种一次运载数千人的又大又快的高级客船，因为米滕多夫广播公司一旦将他寄去的文件公布，舒尔茨伯爵的党羽很可能会拦截或击毁他乘坐的飞船。但若要屠杀数千人总要忌惮许多，况且这种高级客船里有不少显贵，他们再大胆也不敢直接炸船。

在船舱里，温特利德陷入了迷思：尽管他在理智上早已想明白，自己今日仓皇出逃的命运，很大程度上早在一个月前来海尔辛兰的路上就已注定。但他仍忍不住在脑海里问：如果我在某些时候的反应有所不同，结局会不会也不同？他不怨那些把他逼到走投无路的地步的人，只恨自己为何将自身置于如此危险的位置，要蹚这浑水。"为何我没有事先想到，为何我不够聪明？"只要他站在镜子前，他就能很快摆脱这种妄想；可是每当他躺下，这些思想又会悄悄地绕回耳畔。其实他不知道，正是这种思维方式，令他在危险刚露苗头之际就头也不回地逃离，稍有迟疑，恐怕就走不了了。

这些天来，温特利德不是在航船上就是在空港候机室，绝不冒险步行在任何星球表面，不给对方的狙击手机会；他也绝不入住任何旅店，这样就不会在狭长阴暗的客房走廊遭遇刺客。他在等待帝国政府派人来把他接回去。在他第二次换船，也就是行程已过三分之二时，终于有人露面了。

候机大厅内,温特利德正盯着屏幕上的新闻,上面说有一位 K 先生泄露了一份惊天密谋。三个人走到了他面前,说道:"您好,请问您是温特利德·科赫上校吗?我们是乌尔里希·玛利亚·冯·舒尔茨中将派来接您的。"

"哦?"温特利德立即听出这绝不是舒尔茨派来的亲信,若真是的话,就一定不会在介绍他时带上令他讨厌的"冯"字。

"您将要换乘的那艘回穆罗梅茨堡的航船不安全,刺客已经埋伏在乘客中了。"

温特利德并不相信。况且就算刺客已在上千乘客之中,只要不知道我的客舱门牌,又能如何?但他不动声色,跟着三人下楼。远远地,温特利德看到了一辆车,看来自己只要上了车,恐怕再无活路。

"我给你们猜个谜语:什么东西早晨四只脚,正午两只脚,黄昏三只脚?"

"人。"

"那,什么样的地位爬上去,就再也下不来了?"

"年龄。"

"不对。两个答案都不对。"温特利德故意说道。这两个谜语,在穆罗梅茨堡少有年轻人知晓,因为它们早在几十年前就被禁止谈论了。他们既然不知这个禁忌,八成不是帝都来的;还偏要冒充舒尔茨的属下,想必就是海尔辛兰派来的人了。

"两个都不对?那答案是什么——"

对方话音未落,温特利德就突然发力,一手制住他,另一手重重劈下。对方趔趄倒下之际,露出了外衣里面的领口,是一件教士服。教廷?为什么?对方的身份出乎意料,然而此时已来不及多想,温特利德腾空翻过栏杆,一头扎进了航空港的人海。

温特利德一路奔逃,却撞进了一个像仓库的地方,很快就被逼到了绝路。黑暗中对方的脚步声沉重如丧钟,每逼近一步,都像是在夺走原本属于他的生命的一年。来抓我的人不是那帮贵族,而是教廷——为什么?温特利德想起苍老的教皇,又想起自己刚才随口说的那两个谜语。教皇的年龄一直是一个谜,没人知道他的出生年月。温特利德也不知道自己生于何日,但他起码知道今年二十三岁。世界上可能有不知年龄的人吗?有人说,教皇是从黑洞里爬出来的、来自时间的深渊的鬼魅。后来,这方面的谣言越来越多,越来越离奇,教廷就兴起了文字狱。再后来,人们借着斯芬克斯的谜语,暗指那个没有年龄的老人,于是帝都教廷就连这个最古老的谜语也禁止谈论。

"究竟有几只脚?"从来者的脚步声中,他无法分辨是一个人,还是两个人。这逼近的脚步声怎么像是三只脚?温特利德又想起了那个谜。在这性命攸关的时刻,他的思绪竟回到了那个青春的早晨,薇拉拖着他逃到教学楼的后面,告诉他那个谜语中,会随时间变化,并在黄昏演化出第三只脚的动物是"人"。温特利德觉得这个谜语神秘又可怕。脚步声越来越近,他想,我恐怕是等不到那样拄着拐杖老去的黄昏了。

就在这时,外面的走廊上又响起了急促的脚步,然后是一声大喝:"谁在那儿?"温特利德不知是自己,还是教廷派来抓他的人被发现了,但几秒钟后他就确定是后者,他听见有两个人迅速地奔逃了。

趁着那两人逃离的空隙，温特利德从死路里溜了出来，他心脏狂跳，躲进一家衣帽店的最里面，拿起一顶大号帽子，像扣头盔一样扣在脑袋上，从一排衣服的缝隙中探出眼睛盯着门口，他此时最想要的是一具潜望镜。

售货员见有人在试帽，走过来说，先生，这顶帽子戴在您头上太大了。温特利德说，没事，没事。售货员说，真的太大了，您的头又不会变大。温特利德脑子里仍是刚才的惊险状况，随口说道，不，会的。可他刚说完，就觉得这话似乎不太对，头怎么会变大呢？他发觉售货员在偷笑，便窘迫地胡乱解释道，我的星球四季特别分明，每到夏天头都会变大，热胀冷缩嘛。售货员听后大笑起来，说，您可真有意思。这时，温特利德觉得自己大概已甩脱了对方，再这样下去只会惹人怀疑。于是他用大钞付款，售货员说，这里刷卡的客人多，零钱不够找。温特利德便说不用找了。他走出店铺时把帽檐压得很低，售货员用看警匪片的眼神目送他出门。

戴着大帽子的温特利德发现自己被几个穿警服的人包围时，已经来不及逃了。他们要求核对他的身份。"您就是温特利德·科赫上校先生吗？"面前的那名机场警察说道，他们拿着一张科赫的照片比对，"可总算找到您了，多亏刚才有一家商铺提供了线索。"

温特利德心想，肯定是衣帽店报警了。这些人笨拙地称我"上校先生"，还当着我的面拿照片比对，恐怕真的只是些当地的小警察。

"真不好意思，我们昨天刚接到上级命令，说今天有一名叫温特利德·科赫上校的旅客或将遭遇危险，特来保护您登上下一艘船，但是您刚下船，就神奇地消失了。"面前那名又高又胖的警察说道。

温特利德心想：我刚下船立刻就躲起来了，要是连你们都能跟上，岂不已经死了十回？他试探着问："那个，请问一下……你们知道是谁，或哪个部门让你们来保护我的吗？"

"我们机场警局的局长啊。"那名警察答道。

温特利德心想，这个人或许真的什么都不知道。既然如此，那我也什么都不说。"知道啦，谢谢！没事的，现在已经没事了，还有不到一小时就要登船了，我们过去吧。"温特利德明白此刻自己仍未完全脱险，但看到这名警察态度挺真诚，便友善地冲他笑了笑。

还有半小时登船。那名警官和两名警察陪同着他，一直在向他推荐当地小吃，温特利德也仿佛听得津津有味，但心里一直在想：本以为只有舒尔茨伯爵会派人来追捕，为何教会也想抓我？其中一名警察问他，你的家乡有什么好吃的？温特利德却不知道自己的家乡在哪里。是在自小长大的北雪平修道院吗？那里吃的都是最普遍的面包。见他陷入思索，警察又问，帝都有什么好吃的？他挠挠头说，似乎没有。然而另一人说出了某种菜名，据说是穆罗梅茨堡的特产。温特利德觉得很难想象，水土浅薄的钢铁要塞中还能有什么"特产"。他不好意思地承认没听说过，弄得那名警察以为是自己记错了；但实际上，凡是在涉及吃的知识上有不同意见，八成是温特利德的错。

三名警察信誓旦旦，下次休假有机会一定要去穆罗梅茨堡，温特利德应承着说到时候一定请他们大吃一顿。这三名警察都是饱食终日、言不及义之徒，却是他们的陪伴，让温特利德这危险的半个小时不至于太过难熬。然后，到了登船的时间，他朝这三人挥手，像是告别三位刚刚结交的朋友。

2.

最后,也是最危险的一段航程总算平安无事。温特利德回到了穆罗梅茨堡,此时已有舆论猜测那个泄露消息的 K 先生是否就是他了。舒尔茨知道他不信任自己,否则就不会以曝光的方式谋求自保,这是怕被灭口——秘密一经公开,再杀他就没有意义。杀掉知情者是灭口,杀掉泄密者是报复;舒尔茨可以为控制信息而杀人,却不会轻言报复。他没有报复欲,他曾复过的仇也多是在表演复仇,起震慑之用罢了。舒尔茨的眼中只有未来,而旧贵族只盯着过去,他们把万事都视为"事关荣誉",报复心极强,所以科赫在邮寄曝光其阴谋之后立刻逃离,如此大胆之举是没见识过旧贵族的蛮勇和偏执,低估了他们的一意孤行。而科赫又是值得救回来的,假如战争已经很难避免,只是时间和规模问题,一张可以说话的嘴,攥在自己手里总比死无对证强,掌握了科赫就掌握了对战争起因的解释权。

傍晚时分,舒尔茨邀请科赫来他府中晚餐。这一回,早在客人来之前半个小时,舒尔茨就换好了外衣。由于并非正式的场合,温特利德并未特意换上正式的军礼服。见到地位远高的舒尔茨穿着比自己更正式,他有些不知所措。

舒尔茨见温特利德这身着装,也意识到自己有些过度。晚餐上,两人起先只是聊些寻常话题,装作不知道为何此时见面。温特利德做好了准备,只等对方发问,就把自己编好了的一通真假参半的话背出来:就说海尔辛兰的那群贵族图谋绑架他,要他作米哈伊尔未疯的伪证,他是迫不得已才为求自保逃回帝都的。至于擅自曝光阴谋的事,就说是那帮贵族得知叛变阴谋失窃后已经下令，拦截盘查寄往穆罗梅茨堡的包裹，才把文件寄给米滕多夫广播公司的。可是舒尔茨迟迟没有问及此事。温特利德感谢了他在宗教审判之事上的帮助，又再三答谢了他出手相救，弄得舒尔茨也不清楚，此言所指为何，科赫究竟知不知道机场之事是自己授意当地警方保护他的。

难道你以为我邀请你，仅是为了让你为这些无聊小事道谢吗？舒尔茨心中想。他很快把话题转向了政治。温特利德知道军人不可议政，舒尔茨是皇子而自己不是。他觉得自己在海尔辛兰的倒霉事，一半是因为他对米哈伊尔的称赞惹出来的，所以决定吸取教训，不越雷池一步。

舒尔茨发现，温特利德不愿暴露自己的政治观点，而他选择将那份密谋资料寄给媒体而非交给自己，也是想与自己保持距离。于是舒尔茨也干脆不谈这些，他已准备好了另一些筹码，相信足以把温特利德拉拢过来。

"您可知道恐怖分子的天诛计划？以大贵族子嗣为刺杀对象，决意要把贵族制连根拔起。"

"我是知道的。"

"恐怖分子想出这样的法子并不奇怪，奇怪的是，根据奥厄行星搜得的文件，这一计谋是受一名神秘人的指导，他们才能屡屡得手。"

"哦？"温特利德心中吃惊，他作为科伦坡幽灵的幸存者，也曾听说过这位神秘人的存在，只是没想到竟是真实的，"那么，殿下，这个神秘人是谁呢？"

舒尔茨说，"他是谁不重要，幽灵被全灭之后，恐怕也很难得知了。重要的是,他代表哪些人的利益?试想当今帝国内部,哪些人既没有子嗣,又与贵族集团争夺权力呢?"

温特利德的神色陡然变了,如此明显的答案,我之前为何没有想到呢?教会,嫌疑最大的当然是教会!教会给幽灵提供信息,刺杀贵族子嗣,同时又趁皇帝驾崩之际,把开明派的皇太子和共和主义的幽灵们一网打尽。僧侣没有孩子,于是就杀死贵族的孩子来削弱他们,而奥厄就是这一连串谋杀中的最后一环。如此简单的答案,我过去为何竟没有想到呢?

想到奥厄,他又想起了薇拉。温特利德的脸色又变得沉重忧郁。他过去之所以没有想到这一点,是因为他从未认真考虑过这"天诛"究竟是谁的主意——谁能从中获利、幕后主谋是谁,又有何重要?他根本不在意专制集团内斗,将其视作无意义。舒尔茨见状,也猜到了他的心思,故意说道:"其实维谢格拉德小姐的死,也不一定是误杀。毕竟她的家族树大根深,维谢格拉德小姐志向远大,颇有人望。乱世之下,女人成就伟大的事业也并非不可能。"

温特利德心里咯噔一下,过去他只是觉得"天诛"策略的道义代价太大。假如其幕后策谋真的是教会,薇拉的死很可能也是其中的一部分,与其他那些被杀死的贵族没有两样。

"科赫上校,"舒尔茨这时才开始谈及正题,"您是特种作战部的人,我不知道您知道些什么,但就我目前掌握的情报,叛乱是可能发生的。至少有一个教会骑士团已经与这批谋反贵族秘密结盟了。那种武装僧团之间的关系错综复杂,有的可能偷藏精神污染物,有的据说被反教皇的教派渗透,毫无疑问的是,他们都或多或少知道些内幕,如果能一举收服，或许能把他们各自掌握的秘密都拿过来。你有没有兴趣？"

温特利德听明白了，绕了这么个大弯，舒尔茨仍是想把我拉入他的阵营，以便一旦与他舅舅开战，在战争的道义责任问题上，我作为帝国派驻海尔辛兰的官员，说出的"真相"符合他的需要。他的确开出了我无法拒绝的条件：精神污染、天诛、奥厄的真相可能就在其中。况且，事到如今已经由不得我拒绝，舒尔茨对我说这些，也许只是他比较有耐心罢了。

温特利德迟疑了几秒钟，回答道："当然有。"

"我想再打听一件事。"舒尔茨说，"您去海尔辛兰之前，我曾嘱咐您留意，哪些贵族真正忠于朝廷，哪些星系在可能的动荡中能起到稳定作用。在和他们相处之后，您有什么发现呢？"

舒尔茨并不指望那伙贵族中有谁能独立于圈子，忠于帝国；他只想知道舅舅一旦反叛，哪些星系的跟进不会坚决，会成为敌人中的弱点。然而温特利德早就把这件事给忘了。他知道那里有反对舒尔茨伯爵的势力，但不知道他们的身份；于是就说，他公布出去的文件是一个戴面具的人泄露给他的，不知那人是谁。

舒尔茨下意识地转过了眼珠，温特利德在特种作战部的课上听到过，这是半信半疑的表情。这很恰当，因为温特利德这些话确实半真半假。

"我还想问一个问题，"舒尔茨放下了手中酒杯，"我舅舅，他是怎样的一个人？"

"一个历史学家，一个收藏家，一个……难以看穿的人。"

这样的答案并未提供什么信息。舒尔茨说道："好。请您等军部的通知吧。"

温特利德离开舒尔茨府邸后，是由他的护卫开车送回住所的，并且房子四周也安排了保护。他坐在车中，疑云又浮上心头：按照舒尔茨的说法，难道教会举荐我去奥厄，只是要用精神污染杀掉我吗？究竟是不是教会给幽灵献的"天诛"计策，温特利德无法肯定。他敏锐地觉察到，舒尔茨的推测仍有无法解释的现象，且似乎高估了教会所辖的骑士团的野心与实力；可是他又想不出更好的替代解释，于是他又回到了此前的想法：悬置判断，把专制集团内斗视作无意义，两眼一闭，不去想它。

在温特利德的青年时代，对于因缺乏信息而无法推测之事，他常采取这种"两眼一闭"的态度。这与他身处的那片充满暗礁的政治旋涡极不相称，此种态度十分危险，却也减轻了他的心理负担。无端的忧思还未缠绕在他的心头，归根结底是因为，这一时期的温特利德仍只需对自己一人负责罢了。

3.

温特利德走后，当晚舒尔茨就接到另一则消息：他的舅舅舒尔茨伯爵等几位东境贵族，准备在从海尔辛兰面向贝岑施泰因的广大星域，进行一次打击"平等主义恐怖分子"的联合军演。大家心知肚明的是，封建主义者一直将帝国中央贬称为"平等主义官僚"。这些当然只是幌子，其真正目的，在于借准备军演为名进行战时动员，而贝岑施泰因则是通往古都辉恒必经的中转站，选此地点演习，意图昭然若揭。双方离战争只剩一层薄纸。

"他们对被泄露的谋反阴谋，有什么辩白没有？"舒尔茨问道。

"有过一份声明，只说了那份密谋计划是恶毒小人的陷害捏造，并强调了古代宪法中的封建权利不容侵犯，奸臣的诡诈不会得逞。"

"这是什么意思？他们没说别的吗？"

"他们只说是有人陷害，却强调封建权利，没有要求帝国政府仲裁的意思。看来是准备先把自己塑造成横遭威胁的受害者，为接下来的造反编造合理性了。在领教东境封建贵族的尚武之前，看来得先领教他们的傲慢。"梅耶贝尔回答。

舒尔茨想道：傲慢吗？或许吧。当贵族这样凡事诉诸封建权利的时候，其实已丧失了祖先的骄傲。贵族的伦理是征服者伦理，征服者伦理中根本没有什么好申辩的。因为征服者必须为自己和臣仆创造权利，而不能仅守护既有的权利；后者不过是取法乎中，得乎其下罢了。在我们舒尔茨家族发迹的古代，是绝对耻于以受害者身份投入战斗的。

舒尔茨让梅耶贝尔去通知宣传部门，义正词严地敦促他们放弃演习。梅耶贝尔问，措辞上有无需要注意之处？舒尔茨回答，就以惯常最呆板的官话谴责一通就行了，什么"切勿玩火自焚"之类。这是最好的选择，因为在如此看似敏感的事上采取例行公事的寻常态度，也能展示帝国的傲慢：根本不把你们这一小撮叛党当回事。

梅耶贝尔听到这一指示，便知道双方都不肯让哪怕一步，战争恐怕已难以避免。他领命之后没有离开。

"还有什么事吗？"

"殿下，您觉得他们会放弃演习和动员吗？"

"怎么可能？要是会就怪了。"舒尔茨说，"对了，此前我让你和军部打招呼，把齐默尔曼留在穆罗梅茨堡，他现在在哪里？"

"就在穆罗梅茨堡。"

"好，告诉他明天去军部报到，会有任务派遣给他。"

"殿下，难道是后勤方面的任务吗？"

"不是，我是要他在我无法抽身的时刻，替我暂时镇住帝国西部。这样的任务其实无须启动他的全部才能，却需要十二分的忠诚，所以必须由他去。"舒尔茨看着墙上挂着的银河帝国疆域图说道，"至于后勤方面，确实关键要紧，但不必刻意派人。我想直接交给总参谋部督办，只要不另立什么后勤组就行了。"

梅耶贝尔此时明白，舒尔茨殿下是铁了心要打一仗，他再次问道："殿下，我们不必安插人督办后勤吗？"

"不必。总参谋部的艾希霍恩、欣德米特两位元帅虽不是我的人，但更不是封建贵族的人，这就够了。官僚和贵族从来就是宿敌。"

"但是，总参谋部的态度有些暧昧不清，他们似乎对开战持保留意见。"

舒尔茨说："这很正常，就凭现在街巷里那么多人喊着要打，就足以让那里的老人们不愿和市井之徒一样。从去年冬天起，市民们都精神紧张半年了，只想尽早结束这悬而未决的一切，他们急需的只是一个释放口罢了，若不然就要被憋疯啦。"

"这倒是，有时候我也会想，要是来一场风暴，扫去这沉闷难熬的气氛，把历史加速冲破眼前的险阻就好了。然而总参谋部似乎不这样想，他们的判断是更正确的吗？"

"或许是对的，但他们是恪尽职守为帝国服务。"舒尔茨说道。梅耶贝尔听懂了其中没说出的后半句：舒尔茨必须为他自己而战，只有战争才能强化他的地位。

"有人说，正是欣德米特元帅认为眼下开战并非上策。"

"没关系的，欣德米特这个人，年轻时就反战。"

"什么？"梅耶贝尔吃惊得合不上嘴巴。帝国总参谋部的智囊年轻时是个反战分子？

"在本朝建立、攻打辉恒之前，人们都为将要到来的战争而狂热，欣德米特——他那时好像只是中校——反对战争。据说他一日坐在咖啡馆，这时冲进一帮'觉醒'青年演讲，他大概是嫌这帮人水平太低、太幼稚，便和他们说反战的坚实理由，应当是一旦与辉恒开战就无法结束，战争规模必将如滚雪球一样扩大。结果当场被宪兵逮捕。尽管一个月后便是穆罗梅茨堡血战，紧接着改朝换代，没来得及审判就放了出来。等到战争真如他所言，扩大成了银河统一战争，民意开始反战，甚至把他捧成军中的反战英雄时，他却坚决反对停战，认为尽管那场战争本不该开始，然而一旦开始就不能停下，半途而废的结果只会更坏。"

"没想到欣德米特元帅年轻时这么书生气。"

"他当年若不这样，今天也就不是欣德米特了。"舒尔茨说，"所以总参谋部当下关于战争该不该打的观点，是不会影响他们在战争爆发后的工作的。梅耶贝尔，你不能总抱着只信任自己人、只用自己人、总想把不相干的人变成自己人的想法，这样是做不了大事的。"

4.

翌日早晨，舒尔茨去往军部，要求调遣戈特弗里德·齐默尔曼上校，经海尔辛兰相反方向的阿尔策瑙-伊兰茨航线出使西、南境，沿途拜会数个封建领主把持的星系和帝国的地方驻军，好让自己能专心对付海尔辛兰可能爆发的叛乱，不必顾虑其余。就在舒尔茨要离开军部时，迎面撞见布鲁门塔尔将军。他神色匆匆，两人差点儿撞上。他见舒尔茨来了，立即说道："您来了！就在昨夜，舒尔茨伯爵动员了海尔辛兰的预备役和战时储备，并对当地的能源和粮食进行了管制。"

"这些我刚才已知道了。"舒尔茨冷静地说。他看着布鲁门塔尔，从前每次出征都要来军部找他办理手续，还从未见他这样过。官僚群体的一大特征，就是无论办什么事都要不慌不忙，不紧不慢，越是腹中空空，越得时刻装得老成持重；官方也鼓励这种风格，以显得帝国对任何事情都能泰然处之。这些短视之徒，平日里越是坐享太平，大事临头就越慌。

"如今正是皇位空缺期，你们打算怎么应对呢？"舒尔茨问。

布鲁门塔尔当然知道自己面前就是皇位继承人，赶忙道，"我们，我们一定谨遵您的意见……"

"少来了，"舒尔茨笑道，"哪一次不是我谨遵你们的意见？"

"岂敢，岂敢……"布鲁门塔尔额头冒汗，他知道舒尔茨指的是过去每次来军部办事，最常抱怨的就是条框太多，正事太少。

"我问你的话,你还没回答我:你们打算怎么应对?"

"军部……正在与总参谋部讨论。"布鲁门塔尔答道。

舒尔茨心想,那还好,好在还有些自知之明。

银河帝国政府发布公告,告诫舒尔茨伯爵等人,不要进行可能引起误解的行为,总参谋部也立即将贝岑施泰因星域附近的驻防戒备升为最高级。仅一天后,舒尔茨登上旗舰耶梦迦德号,率领一支两万艘规模的舰队,奔向与贝岑施泰因仅需两次空间跳跃的辉恒,如此迅速明显也是早有准备;只待对方有所动作,就立即反应。就在同一天,军部下达了科赫的调遣令,他奉命登舰同行。由于他没有舰队战经验,难以安排职位,就给了个参谋的虚职。

温特利德自知从海尔辛兰逃回来后,一定会在舒尔茨的监控之下,但没想到是以此种形式。他首次来到耶梦迦德号指挥部报到时,心知这里便是帝国中央舰队的指挥中枢,过去他只在新兵训练时登上过驱逐舰,没想到旗舰上的卫兵竟是如此庄重严肃,目光冷冽,这令他颇为忐忑。他跨进指挥部的舱门,便看见了过去在军校旁听海军战术课程时的老师,只是他们没认出自己来。舒尔茨正在对身旁的军官交代着些事,转头看见科赫,便让各位暂时停下手边的工作,把他介绍给了诸位将领。

"原来是来自特种作战部的参谋啊,幸会!以后我们就是同僚了!"

"各位,他可是帝都的风云人物。"舒尔茨笑道。

"不敢,不敢,我只是一名军人罢了。"温特利德赶忙答道。

"科赫上校不必过谦。当年特种作战部的创立者,福格尔上将,也是舰队指挥官出身,后来为弥补常规战争的不足,才创立了特种作战部嘛。"施文克准将说。

温特利德心想，我怎能与福格尔上将相比呢？他立即又说："不敢，不敢，与福格尔上将的雄才大略相比，我还远远不如。"

此言一出，在场众将竟一时无人接话。温特利德虽不解人情世故，却也并不迟钝，知道自己一定说错了什么，但他又不知该如何补救。这时舒尔茨说道："好了，好了，刚才说到哪里了？我们还有正事没商量完，科赫也是初来乍到，你们就放过他吧。"

于是温特利德便向舒尔茨敬了个礼，转身离开，回自己的房间去了。

"说什么'与福格尔上将的雄才大略相比，我还远远不如'，分明没把各位放在眼里嘛。"施文克准将慢悠悠地说道。众将领笑了出来。其实温特利德刚才只是顺着他的话，说自己与福格尔将军还差很远，不可相提并论。可是他不知道，银河统一战争结束后，福格尔离开舰队创立特种作战部，在特种兵们看来，证明了新战争形式在新时代的重要性；在帝国舰队的人看来，却是证明了特种作战部出自舰队，不过是常规部队的补充罢了。鉴于这一层身份区别，施文克的话中其实有欢迎特种部队军官"回归本源"的意思，但也暗藏优越感。而温特利德那句自认比不上当年福格尔上将的回答，便是说者无心听者有意，在众将领听来已有"但与你们相比，还是略胜一筹"的反击之意。

"别介意啦，年轻人不知天高地厚罢了，这也没什么不好。大家也很久没遇到狂妄的后辈了，今天的年轻人，一个个都像废物。"舒尔茨摆摆手说道。

"殿下，我们又何必带上他呢？他不是舰队里的人。"此时，站在舒尔茨身边的费尔特海姆准将问道。此人五年前仍是舒尔茨的上司，后来成为他的同僚，如今是他的部下，舒尔茨无论从何种角度都从未欣赏过他，哪怕一点点都没有。舒尔茨心中想：若不是因为此次战争规模可能超出你们的预计，我不想把你带上才是真的。

"他可是证人，当然要带上。"舒尔茨答道，心中却浮现了另一个答案，也是更真实的答案：科赫能两次幸存于精神污染，还能从海尔辛兰逃脱，绝非等闲之辈——这是当然的，否则维谢格拉德小姐怎会看得上他？过去是我低估了他，既然他敢不顾我交代的任务，把舅舅的阴谋闹到不可收拾的地步，我就不能把他留在穆罗梅茨堡，而得时刻拴在身边才放心。

第四节：部署

1.

舰队启航后的几天内，指挥部都在讨论可能爆发的战争，以确定战前布局。唯一的共识是：假如出于道义与战争责任的考虑，等对方先开第一枪，就算给三倍兵力也守不住以海尔辛兰为球心半径一百光年内，叛乱贵族可能袭击的所有重要目标。舒尔茨的战略是：为免邻近星系误以为帝国抛弃了他们，转而与叛乱者合作，不得不分兵防御；既然无法集中兵力守卫一地，就注定守不住；既然守不住，不如减少损失，待初战之后再聚集主力决战。这即是说，假如战争爆发，无论对方最先攻击何处，帝国军的初战都将是一场撤退战；在一切战术操作中，撤退战最艰难，低落的士气、难以维持的阵型，还有大量伤员与物资需要转移，追兵却随时可能扑上来。如此布局的好处是：无论对方的一地突袭多么凶猛，都无法对帝国军整体造成实质性伤害。这一战略得到了后方总参谋部的老人们的赞同，然而这一代将领们习惯了优势，也习惯了攻势优先的思想，他们讨厌撤退的念头，认为这样是无法打赢的。舒尔茨却说："我可以输掉每场战斗，只要能确保赢得战争。"

温特利德全程旁听，几乎一言未发。到了第四天下午，舒尔茨又召开了作战会议，就在一刻钟前传来消息，他的舅舅舒尔茨伯爵已经解散了在海尔辛兰的动员。

在场有几位将官觉得帝国东南幸免于战祸，另一些人却觉得错过了一举铲除隐患的机会。舒尔茨迟迟不说话。舅舅居然真的撤销了演习，这大大出乎他的预料。

"上午散会前我们正准备讨论，在强化海尔辛兰北向交通线的沿途防御的同时，是否应当增强银河腹地面向米滕多夫星区方向的，也就是米滕多夫以西的防御。现在看来是不用了。"施文克准将说道，他马上就要出发，带着分舰队去往施温肯多夫了，那里被认为是最不可能遭袭的地区。

舒尔茨知道他这样说，是以为万事大吉了，却问道："有不同意见吗？"

将官和参谋们知道，每当舒尔茨要集思广益，多半心中已有答案。于是没有人说话。只有新来的温特利德不明白这一点，第一次发表了自己的观点："我以为，只要我们在战略上仍然在防范假想敌北上，就没有理由不同样防范他们西进。猜度敌人'会'做出什么是靠不住的，我们的行动得基于敌人'能'做些什么。"

"有道理。"舒尔茨说道。他环视四周，似乎没有人想发言了，接着说道："但我更同意施文克的意见，米滕多夫通往银河腹地的那个方向，是不该设防的。"

参谋会议上的一众将官刚听到"有道理"时，心中颇为不快，因为在他们眼中科赫不过是个外行，他所说的也只是些谁都知道的一般准则，却刚来就抢风头。然而当他们又听到舒尔茨更同意施文克的意见时，心中便很得意：这乳臭未干的外行丢脸了，看来殿下也认为战争不会发生。

舒尔茨接着说道："我不主张在米滕多夫以西设防。如果在它背后设立防线，也就意味着我们不会死守它，随时准备将它抛弃。那么米滕多夫的驻军和轨道防御，可能会在面临敌军进攻时不战而降。"

"那您的意思，是在米滕多夫，或其东向设防？"另一名将军问道。科赫努力回想他的名字，却发现几天过去了，自己仍未记住。

"怎么可能。如果把大量兵力抽调到米滕多夫，西境的力量真空就太大、太明显了。我打算不设防，是因为我判断，敌人的进攻路线仍是北上。"

"海尔辛兰以北的那串远程传送门太重要了，肯定是敌军主攻方向。对方或许误以为我们将去增援防御贝岑施泰因，便知难而退了。"克莱因少将说道，一些人点头赞同。舒尔茨听到他得意扬扬地说"我们"时,心中想问这"我们"是谁。克莱因是从军部调派过来的,他常年混迹于帝都的社交圈子,已有好些年没登过舰了。在众军官中,只有科赫面无表情,没有表态。舒尔茨察觉了这一点,他问道:"科赫上校,您还有什么看法吗?"

温特利德实话实说:"对方放弃了动员,却并不意味着和平。按照常理,假定对方从海尔辛兰取道贝岑施泰因进攻辉恒、控制东部星域的交通线的话,放弃动员确实意味着放弃进攻。然而他们会不会绕道袭击施温肯多夫?那里的军港有我们三分之一的补给。这条路看似迂回绕远,却更隐蔽,敌方补给线也很稳固:他们唯一的障碍是必须途经国王堡骑士团,关于这个骑士团我们却不知底细。"

"地方上的骑士团,虽然近年来有亲贵族的迹象,却也不会真下血本帮他们吧。"说话的是费尔特海姆准将,此人几日来一直声如洪钟,可这句话却是慢悠悠的,科赫从语调里听出了轻视之意。

"国王堡骑士团不一定要派兵,仅仅是提供补给也是帮了敌人。战争尚未开始,帝国尚未向这帮贵族的领地施行禁运,因此即便这个骑士团允许他们通过并添购燃料,我们也没有法律理由施以惩罚。敌人的首战突袭只是战术性的,我军的战略进攻方向仍是海尔辛兰。因此点燃战火之后,遭波及的前线星系仍是贵族们的封地,这个骑士团反而可以防御姿态保存实力。"

"科赫上校,你始终在说,国王堡骑士团可能通过外交技术,既帮助了叛乱贵族,也避免了损失。可是他们能得到什么呢?为何要帮贵族们掀起战争呢?是能增加封地,还是能扩大权势呢?教会的力量已经稳固,此时动摇局面对他们而言显然是不明智的。"

温特利德怔住了，这个问题他也曾想过。的确，那些武装僧侣真的会加入叛乱吗？他们有何理由这样做呢？然而此时，舒尔茨的眼中闪过了一丝亮光。因为他知道，国王堡教团两百多年来一直与中央教廷不和，半世纪前银河统一，在分割地方权力的国策下，其舰队被调离故乡，驻扎于一万光年外的此地，其高级祭司和研究人员也被召进穆罗梅茨堡，二十多年前，这批人又被逐出帝都。因此，该骑士团若因不满本朝而倒向叛逆者，并非不可能。

"科赫上校，您似乎还没有指挥过一场战役吧，要知道，战争永远只是政治的延续。"费尔特海姆说道。

"是。"温特利德回应道。这一刻，他只是隐隐觉得不安。

"既然大家都认为科赫上校多虑了，我想会议可以到此结束。"舒尔茨说。他没有当面反驳温特利德，是在给他留面子吗？来参加会议的将官们、参谋们纷纷离开了，可是温特利德并没有被说服。

"殿下，"温特利德站在原地，"如果对方真的迂回攻击施温肯多夫呢？我们存在那里的补给物资太多了。"

会议室里还剩下的几名参谋抬起头瞧了他一眼，又一声不响地低头整理好自己的文件，也匆匆离开了。

舒尔茨迟疑了一下，只回答："我说过，我知道了。"

温特利德是最后一个走的。舒尔茨是个怎样的人呢？他明白分散保存兵力的重要性，却不知道分散补给物资的重要性吗？施温肯多夫并非绝对安全。难道他也不过是碌碌之辈，只是凭借出身和时运，浑浑噩噩地被推入历史，还未看清这宇宙就要倒下？抑或他此番能够侥幸得胜，我却逃脱不了要效忠这样的上司？温特利德心中悲哀，又想道：算了吧，反正这是帝国与贵族的一场无聊的内战，狗咬狗而已，我有何义务去帮其中任何一方呢？他觉得自己刚才好心提醒了舒尔茨，已经是身在其位的偏私了。

2.

在舒尔茨伯爵领地海尔辛兰行星的一座城堡内，齐聚着贵族联军的实力人物。他们已经就战争策略的细节争论了两整天。这场密谋远非一日之事，进军方略也早已拟定。所有人都认为，战前计划必须尽可能周密，提前预料到战况的所有可能变化。至于原因，他们心照不宣：首先，自古所有的联军，到了战场都难免各怀自保或抢功的心思，为了克服这一点，战前就得将策略制定得严密详细。其次，超出意料的例外需要随机应变，届时军队领导权必然落于一人之手，也就意味着新中央集权的危险，这是主张封建权利的诸贵族不愿看到的。舒尔茨伯爵明知面临突发事件时，独掌兵权的那个人必是自己，但他对封建制的热爱仍凌驾于对权力的追求，所以他也赞同一旦计划制定，就要尽可能执行，不到万不得已不可更改。

海尔辛兰的动员与放弃动员，都只是障眼法。通常而言，战前计划只有一套，哪怕其中蕴藏变数，因物资分布已成定局，难以临时转变成另一套行动方向相反的计划。但在舒尔茨伯爵的设计中，故意留下了反其道而行之的可能性。在外交危机时刻举行演习和动员，常被认为是宁可暴露战略方向也要提前把弓拉满；当伯爵撤销了演习，对方按照常理多半会将其解读成示弱。关键便在此处：在这一步，他既可以真的示弱求和，亦可利用帝国军的思维定式，悄悄在另一方向发动大迂回攻势。长途奔袭的成败关键，除为求保密，须在通信静默的情况下仅凭预定时间表行动之外，还在于舰队须在国王堡骑士团驻地中途补给，迅速补充能量。然后便可倾全力投入第一波攻击，摧毁帝国在此星域最大的、位于施温肯多夫军港的补给仓库。

"先生们，请容我打断一下：据最新探报，帝国军正在把更多的补给物资撤出各个前线据点，迁移到他们自认为安全的施温肯多夫。祝贺各位。"帕彭海姆子爵说道。

房间里响起了一片掌声。

舒尔茨伯爵示意大家静下来，说道："军事传统是我们的骄傲，好战滥杀却不是。先生们，手中有无利剑，和该不该使用利剑，是两个不同的问题。人应当利用外物达成目标，却不应当在制定目标时受外物的诱惑。我们刚撤销了演习，真的不考虑顺势示弱，寻求和平手段渡过这一危机了吗？"

在是否应当起兵的问题上，舒尔茨伯爵，这位纠集了东境贵族的核心人物，也是一手制定了全部战争计划的战略家，反而一再提醒他们：尚有和平选项。然而他却发现，自己身边的贵族们，尤其是青年们，多对胜利坚信不疑。信心在临阵对敌时总是好事，但在运筹帷幄时却不一定，它是士兵的兴奋剂，却是统帅的鸦片。年长者中，亦有人不对胜利怀有必然的信心，却认为越迟行动，成功机会越小；我方若不进攻，只会给帝国聚集压倒性的强大兵力来镇压的时间。

支持立即开战的声音盖过了反对声。舒尔茨伯爵提出：声音的大小会受情绪和激动的影响，不如用投票决定一切。可是贵族社会从没有投票箱和票，于是特罗伦哈根侯爵说道："那就用最简单的方式，凡是主张战斗的，都站到右边；主张维持和平的，都请站到左边。"

大多数贵族都站到了右边。但这其实是特罗伦哈根的伎俩：贵族文化向来重心志而轻智识，大胆的愚勇是可以原谅的过错，而胆小的审慎则会被嘲笑。所以公开挑明立场时，许多内心犹豫不决的人，会为顾及面子而选择支持战争。舒尔茨伯爵环视四周，果然，主张和谈或等待的人明显较少，尽管他们中不乏更勇敢的人。他立在原地。

"伯爵，您究竟持什么意见呢？"

见此情势，舒尔茨伯爵最终主张：一旦确定迂回攻势的补给线没有问题，就行动。这一刻，他自己也说不清究竟希望这条线上的国王堡骑士团传回肯定还是否定的答复。这个骑士团与那些新组建的武装僧团不同，它是最古老的，在封建时代就与教廷不和，银河统一之后他们被迁离故土驻于此处。

一小时后，一名中尉走入房间："国王堡骑士团已再次回复，确认补给没有问题。"

这已是半个月来的第三次联络。舒尔茨伯爵的谨慎，迫使他在战前最后一刻再度确认准备是否分毫不差。现在大家心知，再没有什么理由不立即行动了。

"我仍怕对方有人能够看出我们的计谋。"舒尔茨伯爵说。

"伯爵多虑了，我们的部署万无一失。不，不是我们的部署，恰恰是您早在战前，不，早在多年前就定下的局。"特罗伦哈根说道。

除了舒尔茨伯爵本人仍持弃权意见外，贵族们大多投了支持开战的票。多数的意见是：时间已经耽搁得太久，每拖延一刻钟，被帝国军先下手为强的概率就会大一分。军官们普遍相信：构筑轨道卫星炮台的时代已经过去，战争的规模化使得进攻方总是有优势的。帝国庞大而可畏的军事机器已经开始预热，因此时间就是一切，必须马上越过施温肯多夫星域防线，歼灭沉睡在港中的帝国舰队。"务必要将这一侧末梢延展至边缘，让排尾的战舰露出小行星带。"舒尔茨伯爵说道，"此战能获得多大的成功，关键在于此处边缘战舰密度和厚度能否震慑住对面临近防区的舰队，使之不敢冒进救援。负责那个驻防舰队的敌将是谁？"

"据间谍刚刚传回的消息，帝国军临时派了个没有作战经验的、乳臭未干的小子去。"

"他叫什么名字？"

"温特利德·科赫。"

与会的贵族中有不少是从其他星球来的，没有见过温特利德，只觉得这名字耳熟。经帕彭海姆子爵提醒，大家才记起正是这个人向全宇宙公开了他们密谋反叛的机密。"就是那个小偷儿吗？"会议室里响起了笑声。此时他们已经对温特利德泄露其政变预谋不再介怀，甚至有人声称：阴谋政变本就不够光彩，本就该在战场上堂堂正正地光复封建权利；平民的狡诈，岂能撼动贵族的气魄。

对于这种言论，舒尔茨伯爵皱了皱眉头，尽管他恢复古制的目的有理想主义色彩，然而他计算动员兵力，谋定首战地点，规划时间表，并明智地预防己方权力分裂的手段，却完全是现实主义的。他毕生厌恶华而不实的东西，只是不想打击这些人的士气，才暂时忍住。

舒尔茨伯爵的叛乱之念，早在当年玛利亚·舒尔茨被赐死，其家族被赶出宫廷的那一天起就已萌生，这一大胆的军事计划也是他一手制定，并在最近十年间随时代变化年复一年地修订的，处处针对帝国总参谋部年度修订的银河协防计划。

"伯爵，您破译帝国总参谋部的协防计划的工作实在了不起，不过我们还是好奇，您是怎么做到的呢？"帕彭海姆子爵问道。

这是舒尔茨伯爵的秘密，然而事已至此，眼下已过了严防机密外泄的时候，必须向身边的战友们交底了。于是他答道："这并不难，只要收集帝国交通和建设部门近三十年来被以'军事需要'为名无故否决的议案，就能反推出哪些星域或航线可能已被列为军事用途；从其中有违经济需求的部分，就能反观帝国为了维系统治所下的武力成本；这就像从影子的轮廓，便能看出活人的身形，至于更精确的细节，就无从知晓了。"

房间内的所有贵族都称赞伯爵的深谋远虑，有人喊道："必胜！"

"必胜！"众人跟着喊。

舒尔茨伯爵摆摆手，让人们安静下来，"让我们暂且存下胜利的呼喊，等攻入穆罗梅茨堡，再连本带利花掉吧！"言下之意，便是不要太早地乐观。初战的胜利是必然的，帝国军根本无法同时守住那么多方向上的要点；然而这同时昭示着帝国在空间上的可怖广袤，等我们的舰队迈过一千光年，面前还有一千光年，因此最终的胜利才最难。初战若非大胜，便是失败；一旦拖成长期战争，由于工业产能的显著差距，胜算仍是渺茫的。

对于铸剑人而言，再没有比试剑更大的诱惑。然而在是否起兵的问题上，舒尔茨伯爵还是弃权了，理由是开战与否是共同体的政治决定,他作为战争计划的设计者反而不应当过问;他宣布自己的私人意志属于共同体,并将服从本次会议的多数,与联军共进退,并愿担任一切被派遣的职位。

谁都知道总司令之职非舒尔茨伯爵莫属。贵族们认为,他是在用自己无关紧要的弃权,强调封建议会凌驾于军事权威之上,不愧为高风亮节。只有伯爵自己心中知道,自己这张弃权票恰应当从字面意思理解:他实在无法穿透浓雾看见未来,一切都太不确定了。

散会后已是深夜。此时的氛围与两小时前已有了变化,刚才还犹疑着反对轻启战端的人们,现在已经在希望着胜利了;温特利德·科赫透露给媒体的那份政变计划,会不会就是他们中的某个人泄露的呢?但这些都已是过去时了。

舒尔茨伯爵也受到了这气氛的感染,他的心被前所未有的使命感所激荡,这是他过去十年间谋划这一切的日日夜夜里从未有过的。可是待他回到卧室门前,推门走进去,却发现电灯坏了,赫然瞥见落地镜中悬着一把漆黑的长剑,转过身去,却只见窗棂在月光下的影子。陡峭的幻象!他的心中骤然升起一阵莫名的恐惧,紧紧攫住了他。

"卫兵!卫兵!"他在黑暗中高叫,"卫兵!"

"主人,您有什么吩咐?"

舒尔茨伯爵注意到自己的声音在颤抖,他清了清嗓子问道:"没事。现在几点了?"

"现在正是交界的时刻,旧日的二十四点,也是新的零点。"

在海尔辛兰的恒星历上,今天正是入冬第一天;不知不觉已越过了优柔的季节,来到了肃杀的时刻。这长剑般的影子在诱惑我,却不借我举起幻影的手臂。这让舒尔茨伯爵想起自己刚才的话：手中有没有剑和该不该用剑是两回事。可是如今路已经行了，便没有回头。从此刻起，即便这银河将沦为血海，也只有蹚过它走下去。

3.

尽管在公开讨论会上，温特利德关于对方可能迂回进攻的观点未被采纳，可是两天后，舒尔茨就给了他一个奇怪的任务，派他去W-77星际站督管军备。起初温特利德以自己并非后勤学出身推脱，舒尔茨却说已经给他找了个好助手，并强调此人已先一步抵达。这是让他放心，不会再像在海尔辛兰那样被放鸽子。其实温特利德推脱的真正原因在于：如果战争真的如自己构想的那样，以敌军迂回攻击施温肯多夫星系为开端，就很可能蔓延至W-77星际站，毕竟两地相距仅一次传送距离。在赴任的路上，温特利德觉得三天的航程无比漫长，唯恐对方在这段时间内发动进攻，自己未入营地就已经做了俘虏，直到双脚落地才松了一口气。他抵达后做的第一件事，就是把侦察巡逻的频次和半径都增加一倍。

一位名叫弗朗茨·格哈德·策林根的少校已经等候多时，他带来了一份清单。

"您就是策林根？殿下和我提起过您，说派您来协助我。我有些不太明白之处，还望说明：您从施温肯多夫带来了八万名刚完成训练的新兵、三百艘新式驱逐舰、一百五十艘护卫舰、一百二十艘运输船、二十艘刚服役的新型侦察舰、五十艘刚服役的新型巡洋舰，以及三百八十艘满载的补给舰来我这里？这是什么兵力配比？"

"这是殿下的意思。"策林根少校简要地答道。

"难道是这种'新式'巡洋舰需要消耗如此大的补给吗？"

"您真开玩笑，这当然不可能，"策林根答道，"这年头哪儿还有新技术？'新式'战舰不过是在攻击、防御、航速、续航等几个方面重新作些取舍而已，美其名曰适应当代战场，顺应未来趋势，不过是军需部假装工作骗经费的把戏。"

温特利德当然知道这些。但是他的疑惑仍在：要这么多补给舰和运输船做什么？他的脑中立刻闪过一个答案，忙问那名少校："殿下有没有让你转达给我的话？"

"没有。"

即便没带话来，这样一支比例奇怪的舰队已足够说明问题：它们根本不是用来打仗的。舒尔茨此前预先把刚训练完的新兵、新式战舰和大量补给送到正面战场之外的施温肯多夫，以免在敌军的首轮轰炸中被歼灭。然而在温特利德上次发言之后，舒尔茨恐怕也觉得这个所谓的后方也不保险，于是要将物资撤到更安全的地方。这种将失败代价减至最小的策略，也说明他已经准备好牺牲掉斯瓦洛夫斯基和施文克守卫的阵地。毕竟在计划中，首战失败在所难免。

这正是舒尔茨的意图。他知道，科赫不懂舰队战，把这批尚不能投入作战的军备交给他反而最放心。至于其他将领，说不定会出于军人的自尊心，在败局之中拿这批新兵和新装备迎战，因为他们无法对相邻阵地的友军见死不救。然而科赫不会，一来他是个外行，且有自知之明；二来他既不像个军人，也与其他将领没有私交，因此不会让义气干扰了理性。

几小时后，一条新消息确证了温特利德的猜想：十二光年外，施温肯多夫星系的整个正面防线，包括小行星炮台堡垒，全部后撤一光时。舒尔茨让阵线后撤，在姿态上退让隐忍，是为了避免小规模冲突，迫使对手若要开战，就必须大举攻击帝国军的正面阵地，将挑起战祸甚至不宣而战的道义负担明确无误地压在叛乱贵族肩上。

习惯了进攻的帝国军罕有此退守姿态。然而在当前的紧张局势下，全线后撤会造成短暂的防线松动，也不利于士气。温特利德想，舒尔茨一定是斟酌了很久，才在最后时刻作此抉择的吧。

这一情报被送至贵族联军的首脑，舒尔茨伯爵的桌前，已经又过了八个小时。

按照伯爵的计划，挑起战争的第一步是派遣两艘舰船，在施温肯多夫星系外围伪装成追击海盗以制造摩擦，如果帝国军隐忍不发，就出动另一艘战舰攻击之，并嫁祸对方，一举增兵攻陷该星系的防御体系。略带讽刺的是，在法理上，这正是利用了贵族们企图推翻的公海法作为战争理由。最后一次作战会议后的次日，众贵族已各率舰队出动，舒尔茨伯爵却接到了紧急情报：他的外甥正在将防线收缩后撤一光时，打算放弃整个星系的外围空间。这是在避战示弱吗？将前线全部后撤十分冒险：假如在撤退的半途，我军掩杀而至，战役可能当场就结束了；初战的大胜会引起滚雪球效应吗？从施温肯多夫乘胜追击的舰队可与国王堡骑士团从后、侧两个方向攻击贝岑施泰因，根本用不着从海尔辛兰方向正面强攻。一瞬间，舒尔茨伯爵仿佛看到了胜利女神的微笑。

然而舒尔茨伯爵生性谨慎：舰队尚未补给完毕，我该立即下令抢攻吗？时间一分一秒地流逝，他意识到自己正在眼睁睁地坐失良机；正是在我陷入思虑之时，时机已在这思虑中过去。他仔细计算了一番，两小时后最终得出结论：倘若两小时前当机立断的话，当能速战决胜。然而此时再改，为时已晚。启动后的时间表已不能改变：包括五路贵族军和两个骑士团在内的七路舰队已聚于此地，其中六路将于六小时二十分钟后，从多方向同时传送至施温肯多夫星系，在抵达之前他们之间不会有任何联系。考虑到两个贵族家族的世仇，舒尔茨伯爵安排其他舰队隔在了他们中间；为顾及两个骑士团之间的教义矛盾，国王堡骑士团被留作预备兵力。如此的七路协同进攻已极为困难，若要临时改变，恐怕只会陷入全军混乱。况且打破原定的时间表，意味着还未开战就赋予自己过大的权力，是否会造成个人与集团之间的紧张呢？舒尔茨伯爵原本打算在星系外围制造摩擦，将战争开端复杂化，等胜利之后，自然会有数不清的历史学家站在胜利者的立场上，把挑起摩擦的责任归咎于帝国军，如今这已不可能了。昨晚已经议定一切，现在战争理由没了，难道横下心来，干脆不要战争理由，不宣而战吗？许多贵族亦作此想：征服权利不需要其他理由，它本身就是一切权力的基础，远比帝国官僚制订的公海法更符合封建主义。

"伯爵大人，指挥部请您过去，我军六支舰队都已补充能量完毕。"

"好！我马上就过去。"舒尔茨伯爵从书桌前站起身来，台灯的光芒在他的额前投下阴影，他穿过走廊来到总旗舰北方女王号的指挥部，"按原计划，先分六路行进，约定时间一到，就从各方向同时传送至敌军阵前！祝愿诸君，攻必克，战必胜！至于防御，就让敌人去操心吧！让火焰焚尽施温肯多夫的军港！"

说到最后那句话时，伯爵的脑海中瞬间浮现的，是舒尔茨家那些海盗出身的遥远祖先，在大肆劫掠之后，纵情放火的可怖美景。他挂断了通信，一对直盯着前方的深黑瞳仁中映出了千百艘战舰引擎同时启动的炽焰，面庞仿佛已经笼罩在胜利的火光之中。

从这一刻起，六大舰队分别行动，历史已经不可撤销。北方女王号昂起舰首再度启航，她关闭了超光速瞬时通信，接下来将仅作为其中一支分舰队的旗舰，直到在战场上与另五路舰队会合。沉默中的北方女王，孤独得令人生畏，她是玛利亚·舒尔茨于二十七年前被赐死后获此命名的。

第五节：初战

1.

六小时二十分钟之后，温特利德被叫醒，此时他正裹着被子睡在W-77星际站指挥部隔壁的休息室。他睁开双眼的第一秒钟，就意识到战争或已开始，一下子从床上滚起来，尽管脑子还没完全苏醒，头重脚轻，却仍在二十秒内来到指挥部。侦察舰传回了施温肯多夫星域附近大批舰影的模糊图像。侦察员在报告此条消息时，声音微微地颤抖。温特利德听了个大概，和预想的差不多。他只说：知道了。

温特利德早已猜到这一切很可能来临，只是不知它会具体何时到来罢了。他悄悄将舰队隐藏在了星际站背面,这样在远处看起来仿佛尚未设防。分明早猜到会这样,还要装出无知无觉,只为能在敌军分出小股兵力来袭时能够出其不意施予一击,若大举攻来亦可以迅速逃走。叛军倾巢出动,是要首战决胜。可是当半小时后,施温肯多夫正面防御阵遭敌军突袭的战报传来,温特利德方知自己低估了舒尔茨伯爵:贵族联军居然没有集中兵力于一点,而是在横跨一光时的宽阔正面上,同时攻击了斯瓦洛夫斯基中将和施文克准将的六处防区。

"舒尔茨不仅在战略上,还在战术上也打破常规,分散兵力,是把牺牲局部保全主力的方针贯彻到底。没想到他舅舅居然也分散兵力,同时突袭已被分散的帝国舰队。这样削弱了以众击寡的局部战术优势,为扩大突袭效应采取多点协同进攻,不失为大胆魄。"

"您认为我们应当怎么做?"策林根少校问道。

温特利德手中这支新兵组成的舰队,正处在只需一次时空传送便可抵达战场的位置,但这样做明显愚蠢:"敌军已预料到了我们可能从这个方向救援,因此把这一侧布置得十分厚重,就算把你带来的那些新式战舰和新兵都砸进去,最多勉强撑住一翼,别想挽回大局。"温特利德说完后,又反问道,"司令部那边有什么指示吗?"

"还没有。"

那就是说,舒尔茨仍希望我保存这些物资和兵员。温特利德心想,这一方面是因为他送来的新战舰和新兵不该这样耗费掉,另一方面恐怕也是因为不信任我这个特种作战部来的外行、指挥学旁听生吧。

这时,从帝国军司令部传来了一条只有一句话的信息:"温特利德·科赫上校可根据自己的判断,以最有利的方式使用他统辖的兵力。"

这算是什么指示？温特利德想，八成是前线快要撑不住了，舒尔茨面临着比战前预想更大的压力，却也知道此时增援已是徒劳，所以才松口允许我介入这场战役。纷纷而来的战报都是同一个结果：此战叛军胜势已定。

"报告！来自施文克准将的求援通信！"通信兵喊道。

温特利德没有让他立即接通，他神色凝重，站起来说道："请接通司令部，我要与施文克和舒尔茨殿下进行三人会谈。"

信号接通了，三方通信开始。施文克准将请求舒尔茨下令科赫增援自己，仅凭小行星炮台、护盾增幅网这些防御设施撑不了几个小时，若无援兵，陷落只是时间问题。施温肯多夫军港不同于更前线的那些原本以为敌军会攻击的据点，这里存有不少物资，无法说撤就撤。

温特利德却说："我认为增援施文克准将的最好方法，是立即进攻敌人的后方星球，并且要声势浩大，让对方误以为我的舰队数量有其真实规模的五倍。"

"理由？"远距通信的那一端，舒尔茨问道。

"眼下我若去救援已是徒然。然而贵族军队的一大特征是勇于保卫家园，却恐惧长途奔袭。数百年来鲜有贵族军在远离故土的进攻战役中获胜，这就是为何诸侯割据的局面维持了数百年之久。封建军队的战力属于'防御优势'，贵族对平民造反有无法消除的恐惧，深知一旦率军远征，后方武力真空，人民重则趁机起义，轻则消极怠工影响补给。"

"这是什么歪理，你能从战史上找到这样的例子吗？"施文克准将说道。

"战史？"温特利德想道：这种例子还少吗？只是你们不往这方面想罢了！随即答道："自从最古老的时代，贵族制的斯巴达就因为忌惮国内的希洛人奴隶起义，很少远征，因此在扩张规模上输给了民主的雅典。双方开战后，雅典军在正面陷入守势，却绕道后方鼓动希洛人起义。"

"那都是原始人的事了！眼前的势头如何解释？"

眼前，眼前，这些人只看得见眼前。他们的思维从未超越过一时一地，而所有的行动，都只是在为应对面前的问题疲于奔命。我和你们绑在一艘船上，真是倒了大霉。科赫心中想着。他答道："这明显是因为敌军蓄谋已久，而我军缺乏准备。若无事先周密统一的计划，一大群封建主根本不可能有如此完美的协同作战；正因为对方计划周密，必定也事先想好了倘若我军从我这个方向增援，应当如何堵截。"

施文克准将说道："我从未听过此种歪理邪说，你只是个旁听生，没有真正进过指挥学院，还是不要觉得普天之下就自己最聪明！"

"我刚才说的理由，当然不可能见于教科书和官方发表的论文。"

温特利德刚说出这句话就后悔了。它在道理上是对的，但这个道理稍微会动脑筋的指挥官都知道。施文克其实早已自知理亏，只是拿专业来压制他的话语权。确实，帝国的教科书怎可能将贵族军忌惮后方平民起义这一软肋明明白白地写进去呢？但是不能写进教科书的东西，自然也不能说出口。只不过温特利德是那种将道理和语言同一的人，再加上不甘被当作"旁听生"轻视，也就顺口而出了。

施文克准将没料到科赫竟如此大胆，一时语塞，脸涨得通红，"身为军官，说这样的话，这是……这是……"

别说是军人,就算平民公开说出这样的话都是大逆。当温特利德意识到这一点,他的脑中闪过了一个念头,一个只在做梦时才有过的疯狂想法,那就是一旦面临逮捕,宁可切断与大本营的联络,掉转枪口立即造反。他没有亲信和同谋,贵族军也不会接受自己。以现有的兵力,夹在两股巨大的势力之间绝无生存的机会。然而鱼死网破总胜过束手就擒,温特利德一直认为后者是最可耻的死法;在作为科伦坡幽灵的卧底的几年间,他的这根弦一直暗暗地绷着。

这时施文克准将的屏幕那头传来了急促的呼叫声,前线又出现了紧急状况。于是舒尔茨立刻对他说:"你先退下吧,巩固自己的防区。我会让科赫上校以我们认为最好的方式营救你的部队。"

这令人煎熬的通话终于结束了,温特利德立正敬礼,准备结束通信。

"慢着。"

"殿下,您还有何吩咐?"

"没有,我刚才的指令已经很清楚了:照你认为最好的方法去做吧。我只是想称赞您对贵族政治的理解。"

2.

温特利德率领他所能集结的全部舰队驶出 W-77 星际站,经过间隔六小时的两次传送,来到特罗伦哈根行星附近。倘若被对方看出规模不够,就起不到牵一发而动全身之效;于是为求充数,他将运输船也都带上。他下令尽量与敌方侦察哨保持距离,在其有效侦察距离边缘试探,使其无法分辨详情,并让舰间通话频率提高三倍。然而温特利德知道，若要真的把前线的敌军拉回来，这些威胁仍然不够。

根据截获的电文中破译出的只言片语，特罗伦哈根的地面防御已活跃了起来，并频繁地与前线联络。温特利德知道，如果敌方主力立刻回援，他的这支脆弱的小舰队将在顷刻间灰飞烟灭，死无葬身之地。于是他三次要求全员作好撤退准备，三次与负责舰队编成与队形的参谋讨论了撤退的方略。后来，根据送来这批舰船与装备的策林根回忆，他从未遇到过战前如此谨慎地反复修订、确认逃跑计划万无一失的将领。

"报告！我军刚才未能预先发现轨道上的一处瞭望台，临时躲藏已来不及，敌军恐怕已发现了我们的大批补给舰！"

"什么？"温特利德大惊，心想，敌军若立刻猛扑上来掠夺补给，岂不非常危险？他要求全舰队做好随时逃离的准备。可是敌人的行星驻防舰队并未出击抢掠，反而退缩回去了。这是怎么回事？温特利德恍然大悟：贵族军是通过常理推断的，以为如此多的补给舰必定意味着主力舰队十分庞大，带上补给舰的行动也往往有远大的战略目的，所以不敢轻举妄动。

在叛乱贵族组成的联军中，论舰队实力，唯有特罗伦哈根侯爵与舒尔茨伯爵不相上下。他的母星遭遇侵略的消息搅动着前线指挥部的神经，却并未让战斗混乱，这是因为联军的作战计划是按照战前剧本上演的，即便指挥部产生争执，也不会立即影响当前的作战。整个联军就像一具不受支配的身体，就算脑子已经错乱，仍能机械地行动。

贵族军的大脑，舒尔茨伯爵，起初没有猜到温特利德的虚张声势，而是惊诧于帝国军竟能在短时间内组织反击。他反复要求通信员，仔细询问后方遭遇的帝国军规模，却得知两军并未真正交火。就在他开始隐约怀疑到其中有诈时，一名僧侣的发言改变了局势。

"我们花了七个小时才轰烂了敌人布置的静态、准静态防御体系，眼看就能一举攻入敌阵，岂能半途而废？后方的情况若是有诈，则不必理会，即便属实，这也意味着帝国军分出了太多的兵力反击，亦反过来说明他们的正面应当比我们想的更薄弱。即便现在回援，也为时已晚，不如长驱直入，扩大攻势的战果。"

这名僧侣的见解立刻遭到了贵族们的指责。

"后方受攻击的是特罗伦哈根侯爵的领地，而非贵教团的驻地。请问这位教士，如果是贵教团领地遭遇攻击，你是否会同样将它视作棋盘上的弃子呢？"

那名僧侣咬紧牙，肯定地点了点头。

"啊，当然了，你们做僧侣的可以从一座僧院跑到另一座，反正你们没有家室，也没有土地财产。"

这名贵族的话立刻激怒了在场的另一些僧侣。此次参加联军的两个教会骑士团，即国王堡骑士团与罗得骑士团其实不和，但希柏里尔教僧侣不齿于贵族们耀武扬威、挥霍奢靡的作风，倒是不分派系。贵族中也不乏有人轻蔑僧侣，认为他们都是些化怨毒为崇高的伪君子。原本贵族联军与武装僧团的联盟就只是因为存在共同敌人的权宜之计，二者之间的文化斗争，偏偏爆发在战局突现异数的关节，引燃了多年的积怨。

舒尔茨伯爵身为联军总指挥，深知那僧侣的意见是对的：倘若帝国军真的大举进攻我军后方，只能暴露出正面空虚，静态防御设施瘫痪后必能一举攻入。作为机动后备力量的国王堡骑士团也可腾出手去扩大战果，掠夺并破坏仅在十光年外的 W-77 星际站。他试图用兵法说服同僚们继续进攻，"宁可丢掉一省的土地，也不可分散赖以取胜之兵力"，这是古普鲁士贤王腓特烈二世的名言，而腓特烈的肖像数百年来一直高悬在军事学院的礼堂左侧，犹如神龛中的神灵。舒尔茨伯爵试图唤起贵族们的牺牲精神，然而特罗伦哈根侯爵完全听不进去，他的脑子已经全然被帝国军攻入老家、击溃守卫部队并引发农奴起义的可怕想象占据了。

远程会议上的贵族和教团代表们争执不下，如果情形继续僵持下去，舒尔茨伯爵是能够控制得住局面，稳住军心继续进攻的。然而此时一份新的军情急报传来，内容是说那支来袭的帝国舰队主力数量尚难确定，却有四百艘补给舰和两百多艘运输船暴露了出来。这着实让众人大吃一惊。根据这样的补给规模，可推算出帝国军来袭舰队起码在九千艘以上。特罗伦哈根的脸色越来越难看，他站起来说道："我绝不能让敌人占领我的行星。"

"请您放心，帝国军不会把您的人民怎么样的。"

"不是帝国军的问题，而是那些暴民……暴民自身才是问题！"特罗伦哈根侯爵咆哮了起来，这声音通过远程会议传到了各个舰队的指挥部。

"瞧啊，可想而知他平日里都做过怎样伤天害理的事，以至于恐惧自己的人民，甚于敌军的舰队。"在后方的国王堡骑士团指挥部，一名僧侣对他身旁的同门低声说道。

"所以，你确定我们该选择这样的盟友，介入这场战争吗？"他的同门低声反问。

刚才说话的那位僧侣面无表情,缓缓地摇了摇头。

远程会议桌上,特罗伦哈根侯爵的影像消失了,他挂断了会议信号。舒尔茨伯爵在北方女王号指挥部内,抬头朝着左上侧望去,在肉眼可见的远方,一支舰队已经开始后退,马上就要掉转方向返程了。

舒尔茨伯爵知道,继续进攻已不可能。他的战略建立在对施温肯多夫防线持续、全面的施压上,一处突然松懈可能导致全盘骤停。他不得不撤出一整条战线,然而这会导致相邻战线的侧面压力骤增,所以也得撤。以此类推,全线进攻必须转化为全线撤退。况且特罗伦哈根侯爵的兵力只有三千五百艘,约只有估算出的帝国军奇袭兵力的三分之一,为了不让这支舰队被吃掉,也得回去帮他。舒尔茨伯爵一直恐惧于帝国的军工生产力量,面对如此庞大的敌人,他必须尽量保存手中有限而宝贵的舰队。一分钟都不能再等了,他下令全军回撤,并不忘发动了最后一波火力覆盖。

施温肯多夫的静态防御已近崩溃,突遭猛烈轰炸,将士们便以为敌人终于要发动强攻。防线碎裂,再无力阻挡。在敌人杀奔而至之前,毁灭与屈辱的阴影先行笼罩了上来,可怕的命运即将降临在自己身上,最后的时间到了。在死亡将近之际,许多人想起了自己的出生,却仍想不明白母亲是为什么把自己生下来的,只觉得世界忽而变得如此近,忽而又那么远。

可是奇迹出现了,趁帝国军被火力与恐惧压制得不敢抬头,贵族联军庞大的舰队突然同步后退并掉转方向,在未遭任何阻碍或追击的情形下顺利撤出战场。舒尔茨伯爵坐镇北方女王号,指挥自己的舰队为大军殿后，惊魂未定的帝国军只是远远地目送他离去。他回望了一眼身后仍在燃烧的前线。就在半小时前，那还是胜利的火光，从这一刻起，却离他越来越远了。

3.

距特罗伦哈根行星十光秒的轨道上，科赫的舰队若隐若现，等待着十倍兵力的联军主力回扑。这支舰队中有一半是舒尔茨托付给他的运输舰和补给舰，统统被拉来充数。他把数十艘侦察舰全部派出，随时收集信息，可是几个小时过去了，整个恒星系死寂一般，迟迟没有动静。

"指挥官，敌军有没有可能不回援呢？"一名中尉忍不住有些紧张地问道。

策林根少校把头抬起来盯着他，舰队指挥部的问题下级军官无权过问。

然而温特利德显然并不介意，他干脆直接地回答道："理论上有这个可能，若这样，我的策略就失算了，好处是我们都能轻松地活着回去。"

"理论上？"那名情报官再次追问，他显然没有注意到一旁策林根的眼神。

"嗯，说是理论上，因为实际上不太可能。敌军八成会回来的。"温特利德看到他仍迷惑不解，继续解释道，"如果贵族军没有回援，说明他们对其统治下的人民的忠诚有相当大的信心，相信人民的服从是出于真心爱戴，而不仅是出自恐惧。如果贵族军回援了，说明他们心底里其实觉得，枷锁一旦被外力砸碎，仇恨的火焰就会烧向他们。被恐怖压制住的，总要以恐怖来偿还；我的计策能否成功，取决于这些贵族平日的德行。"

温特利德用讽刺的眼神扫了一眼面前的战区星域图："加紧侦察，他们也该来了。"

中尉这才回过神来，赶忙埋首继续工作。

"万一那些造反贵族真的平日里对人民很好呢？"一名年轻的参谋问道。

"那他们就可以无后顾之忧地无视我们这支舰队，一举攻陷施温肯多夫赢得初战决胜，说不定最后真能复辟他们热爱的封建古制了。"

参谋还想问什么，策林根向他递了个眼神，提醒他帝国军人不该讨论政治。指挥部静了下来，能听见钟表指针走动的声音。一片寂静中温特利德看清了自己心中幽冥的思想：这才是审判，这才是正义，世界历史才是世界上唯一真实的法庭。人为另设的审判席亦只是其中的一环，是对历史报应的模拟和补充。凡是被挥霍透支了的，最终都要数倍偿还。可这短命的动物无法承担真正的、完全的责任，于是祖先的罪孽便重击在儿孙的身上，父辈的暴行就变成子辈的负债，一时膨胀的胜利也会埋下后世惨败的阴影。从更长的时间尺度看，世界上遍布着无缘无故的苦难，却罕见没有代价的幸运。

温特利德听见了匆匆的脚步声，他睁开眼睛，是刚才那名中尉。

"报告！有情况了！"

星域图的外围成批出现了零散舰影。温特利德见此状况，便知是敌军匆忙赶到、未及列阵的前锋。一名参谋提议趁敌军脚跟未稳，先发制人。温特利德立刻否定了这个观点。敌军前锋来得如此凌乱，可见那些贵族听说家乡被侵略时心急火燎，大部队必然紧随其后。此时突袭虽能获得战术胜利，但若一刻钟内不能速战速决，就会被缠住；等敌军庞大的主力一到，这支脆弱的舰队必然全军覆没。既然牵制的任务已经完成，撤退已是上策。温特利德知道自己尚有时间给匆忙赶到的敌军再制造些麻烦。他下令为数不多的战列舰摧毁特洛伦哈根的行星司令部、军事基地、太空港、电站和兵工厂。

"您不主张轰炸敌军的储备粮基地吗？"策林根问道。

"不轰炸。"温特利德说。尽管严格地说，把储备粮付之一炬不一定引起饥荒，这仍让他想起史书上奥托大公的饥饿战术。温特利德心中拼命回忆：我在海尔辛兰见过特罗伦哈根侯爵吗？是那个说话小声的高个子，还是那个总坐在窗台前的沙发上、昏昏欲睡的男人呢？或许都不是，或许我根本没见过他。然而不管怎样，既然此人如此急切地回军救援，想必是很恐惧平民造反的，因此就不能指望他有能力与威信处理好粮食危机了。

尽管温特利德刻意叮嘱，切勿伤及周边民用设施，但仍然见识到了战列舰行星轰炸的可怖，这是他在奥厄并未真正见到的，同时他也真切地感觉到帝国的权力正是基于此。即便炮火误伤有限，他仍然为自己处于下令轰炸者，而非地表被轰炸者的位置略感震惊。随后，他率舰队直奔附近一处在星图上被标记为燃料仓库的小行星，准备放一次宇宙烟火再扬长而去。出乎意料的是，这个小行星的表面并不见任何球形储藏罐，不像是一个燃料库。几炮轰走了那里的守卫之后，温特利德决定用仅剩的一个多小时登陆查看这飘浮在黑暗中的大石块。他发现这里其实是一座小型监狱。

什么样的囚犯值得被费尽心思地藏在这里？这样的宇宙监狱断然不是为方便亲友探监，而是为了在让某些人消失的同时确保他们活着设计的。温特利德认定其中定有黑暗的秘密，然而追兵已近，来不及当即讯问，于是他下令把所有囚犯安置在三艘巡洋舰内带走。

这些囚犯中有几名是反对舒尔茨伯爵政变计划的贵族，他们想必是在叛乱开始前，就被关押于此。温特利德迎面看见一个女人，那女人直盯着他。他想起来了，她就是舒尔茨的表妹格特鲁德，那个曾戴着面具，一言不发给他送来她父亲谋反的计划书的人。可是他转手就爆料给了米滕多夫广播公司。她是为阻止这场战争才冒险把材料交给我的，我却促成了它。

她走过温特利德面前时，他轻声说："对不起。"这声音轻得就像那天他见到戴面具的她时，因为怕被窃听所以压低了的声音。

"您一直就用这么低下的声音说话吗？"格特鲁德·舒尔茨把目光转了过去。

温特利德率领这支比例失调的舰队，选择了一条最不可能的远路，来到帝国军位于辉恒的临时基地，他是所有舰队中最后一支抵达的。降落之后，迎接他的是舒尔茨的副官梅耶贝尔中校："您进攻特罗伦哈根侯爵老家胜利归来，想必带回了许多战利品吧？"

"惭愧，只有一些囚犯。"

"科赫上校真是会开玩笑。"

"不，确实只有一些囚犯。"

一小时后，科赫被领到辉恒地表上的指挥部。这里是白银宫旧址，它于半个世纪前的银河统一战争中，被穆罗梅茨堡主炮夷为平地，如今一片荒芜，只剩下残垣断壁和零星的尚未完全倒塌的建筑。舒尔茨故意选择此地征作军用，对这个临时营地颇为满意，"还是当年永恒之矛的烈焰烧出的这片荒漠最宽敞"。

温特利德在营地内见到了舒尔茨，提议立即调查自己救回的这批囚犯，并利用他们被隐秘囚禁一事谴责对方的非人道行径，发动道义上的宣传攻势。舒尔茨耐心地听完了建议，只说："你带回来的那几个贵族是不可能配合我们的，他们冒如此大的风险也要阻止我舅舅，是因为他们对自己的故乡，比我舅舅的那些同党更忠诚。既然你是特种作战部出身，其余犯人就交给你去审问吧。"

温特利德却没有立即离开。

"还有什么事吗？"

"殿下，我们还应当立即将整个战况向全宇宙发布，以澄清所有的谣言，稳定人心。"

"你听到了什么后方传来的谣言？这么快就传到了前线？"

"还没有，但那是必然存在的。"

"好，好。"舒尔茨连说了两遍"好"之后对他说，"你下去吧。"

温特利德退出了指挥部。

其实舒尔茨的抽屉里已有一份提早准备好的公告，本来只需修改、添加一些战事细节就能直接发布，可是其中后半部分由于温特利德出人意料的胜利，已经完全不能用了。

"看见那小子没有？"刚目睹了这一切的施文克准将说，"真是不知天高地厚，当好一个军官就行了，却偏要去掺和什么宣传上的事。"

两小时后，帝国军的高级军官餐厅里，费尔特海姆准将又对同桌共餐的两位将军说道："那小子当年在军事学院不过是个旁听生罢了，遇敌就知道逃，却靠着小聪明把诸位的功劳都抢了去，真是令人不忿啊。"

"不用担心，旁听生就只是旁听生罢了，真到了战场上还得靠我们。"

"正是，正是。"

这些议论很快传到了舒尔茨的耳中。

"小聪明？"舒尔茨自语道。他暗自思忖：这是怎样的一群盲人！科赫没有在短兵相接的战术上打败贵族军，却在战略上，不，是在政治上打败了贵族。莫不是他们所属的阶层让他们怯于承认眼前的真相？正是如此——理性上再愚钝的人，嗅觉也是敏锐的。正因为嗅到了科赫的战略中的平民主义气味，这些庸人更要将其贬低为战术上的不战而逃，用炮火中的豪勇掩盖思想上的怯懦罢了。

4.

当日，舒尔茨接到了来自一万光年之外帝国西部的齐默尔曼的消息。

"我让你出使西南，查探那些贵族的动向，并且从中周旋稳住他们，你难道发现了什么情况？"

"我这半个帝国倒没事，您那边却有。"

"哦？"

"就在您的背后,兰茨胡特的行星领主霍亨洛赫侯爵,最近有所异动。"

"什么异动？"

"他分批采购了大量的可用于军工的原料,日期可追溯至皇帝驾崩之后一周。"

"有这等事？"

"殿下,我们该怎么办？"

"我想听一听你的想法。"

"我已大略想过,最好的办法既非恐吓,也非安抚,而是无动于衷,并设法放出风去,让他知道我们其实已经掌握了他的添购清单。"

"我明白你的意思了。"舒尔茨说,"这样他便会以为,我们已有准备。如果我们现在恐吓他,他说不定会被恐惧所迫立即起兵,与我舅舅的叛军遥相呼应。如果我们安抚他,又会让即便没有离叛之念的各地贵族,妄图也通过表演出威胁来讹诈我们。如今内乱既起,这样想的人恐怕已有不少。"

"确实如此。是表演威胁来讹诈,还是真的谋反,二者的区别是很小的,很多事情一开始只是演戏,但演着演着就控制不住,弄假成真了。殿下既不能软弱也不能残暴,绝不能损害朋友的利益,来安抚反复无常的潜在敌人,若长此以往便无人愿意做您的朋友,都宁愿做您的敌人了。只是,我们对霍亨洛赫侯爵置之不理,仍有一隐忧。"

"什么隐忧？"

"能否问殿下,您估计需要多长时间平定叛乱？"

"本以为要打上更长的时间，如今看来，两个月足矣。"

"那就没问题了。"齐默尔曼说道，"两个月，凭兰茨胡特的工业产能，是不可能把行星舰队扩编到五千艘以上的。也就是说，等到他具有截断您的补给线的能力的时候，战争已经结束了。"

"说得好。"舒尔茨说道，"所以你不必再多担忧，唯一要做的只是暗中放出消息，让他知道我们已经掌握了他的动向就可以了。"

"暗中放出消息？通过什么渠道呢？"齐默尔曼问。

"你身在帝国西境，消息又是从哪里来的？就把我们想传给他的消息，顺着原路放回去吧。"

"遵命！"

通话结束后，舒尔茨沉思道：我本是准备打一场长期战争的。科赫横空杀出，大大减少了初战的损失，接下来的仗才轻松很多。若战事真按照原先计划发展，初战遭遇偷袭大败，霍亨洛赫侯爵却起兵切断帝国东、北交通线的联结点，当如何对付？舒尔茨顿觉科赫此番突出奇兵，意外中或许救了自己一回。霍亨洛赫既然进口原料，必定不会立即反叛，至少要半年后方可万事俱备，再掀起叛旗，坐收内战的渔人之利；但他算错了时间表，因为那时战事已经结束了。

以上就是舒尔茨回到指挥部之前所想的。可是他刚回去，就发觉那里的人们面色凝重。

"怎么了？有什么新消息吗？"

"殿下，我们损失了……一艘战舰。"

"一艘战舰？"舒尔茨环顾四周，看还有哪位将军没有回来，问道："是谁的旗舰？"这是某位将军的旗舰被击毁的死讯吗？斯瓦洛夫斯基和施文克都在火海中活下来了,还能是谁呢?

"是您的旗舰,殿下。"

"我的?"舒尔茨看了一眼窗外,黑色的耶梦迦德号仍停泊在远处,在这荒漠里投下漆黑的阴影。

"是停靠在辉恒附近的胜利女神号,殿下。就在施温肯多夫遭到攻击时,她被另一路叛军偷袭劫走了。负责那艘'庄严战舰'的官员深知罪过太大,故意隐瞒此事,直到他跑路之后,他的属下才报告了这一消息。"

舒尔茨意识到事情有些不妙。根据帝国宪法,胜利女神号的指挥席即是银河帝国的真正御座。这艘战舰在权力正统性上的政治意义,远不止一艘战舰那么简单。但他仍然沉着地说道:"没关系的,那就暂时拜托我舅舅替我保存一段时日吧,反正到最后,他的一切都是我的,他们的一切都是我们的。"

第六节:王座

1.

施温肯多夫星系的初战已结束了两天,战争爆发的消息才传遍银河。这一天终于来了,仿佛积压了半年之久的阴云终于裂开,光明从晴空中洒下,低气压下滞闷太久的人们,终于听见远方传来了雷鸣。那一天,人们变得更丰富,更慷慨,他的身体变得更像是动物,迫近的暴力令长久被遗忘的身体活过来了。对原因的沉思消解在了行动中，生命仿佛变得更合目的，更神圣。战争总是这样开始的，尽管少有相称的结局。在穆罗梅茨堡，这座因六十年前的那场血战而得名的城市，市民们眼中的每座建筑都变成了纪念碑。等车的陌生人之间原本很少交谈，可在这一天，人们纷纷与身旁的人交换消息，同时交换目光，仿佛人们重新拾回了彼此间的联结。各种消息飞遍了银河系，班次延误被说成是被征用去运送军队，天空中只要有连续几艘飞船留下的白色尾迹，都让仰望的人联想到物资调动。温特利德·科赫的战功再次让他成为瞩目的焦点，成为许多青年心目中的传奇。人们纷纷猜测前线的进程，有在施温肯多夫惨败的消息，也有在特罗伦哈根全胜的消息；有人说战争很快就会结束，也有人说双方已陷入了僵局。宣传部门慌了神，随便逮捕了几个私议战事的人，反而导致人们纷纷打听他们被抓前的言论，想必定是真相。事实上，他们不幸被选中不是因为他们的阴谋论最接近事实，而是因为最耸人听闻。舆论如洪水一般，根本控制不住。

　　教皇圣座第一时间发布了简短的声明，谴责叛乱，声明教会与帝国的双头鹰永远不可分割，尤其谴责了参与叛乱的罗得骑士团和为叛军提供补给的国王堡骑士团。这立刻赢得了人们的支持，尽管有老练的耳朵从中听出了含糊其词，有人指出：教皇嘴上谴责这些叛乱者，却不愿使用自己最强大的武器，对他们施以绝罚革除教籍。

　　乌尔里希·玛利亚·舒尔茨也亲自将叛军的突袭公告全宇宙，并且指出是"某些"教团导演了奥厄行星的精神污染，阴谋建立宗教政权，行迹败露之后便公然造反。公告还说，近年来"科伦坡幽灵"恐怖组织针对帝国贵族子嗣的暗杀也是"某些教团"暗中策谋，并出示了在恐怖分子营地缴获的秘信，该策略最初确是由一位神秘人献策。教士没有孩子，便怂恿恐怖分子暗杀贵族子嗣使其绝后。他们与无法无天、无君无父的共和派和无政府主义者狼狈为奸，相互利用，并最终背叛并屠杀了自己的同谋者。

舒尔茨本想以此镇住教会，提防教皇背后捅自己一刀；可是这份公告与教皇的谴责几乎同时发出，两者相加却意外造成了一种印象，将罗得骑士团的叛乱和奥厄的精神污染事件联系到了一起，令很多人相信他们就是奥厄事件的主谋，种种猜测与流言仿佛一下子澄清了，就连关于教会秘密研究精神污染物的流言也被证实。另外，公告也使得反叛贵族和罗得教团这对联盟，再无可能搁置原本就有的嫌隙。如果针对贵族阶层的"天诛"的幕后主谋真是教会，而这个教团背着盟友藏有精神污染武器，这是无论如何都不可接受的。虽无法得知效果如何，舒尔茨却自信效果一定是有的。

舒尔茨早就准备好了苦肉计宣传，尤其是公告中战况的开头部分，只需更换伤亡数据和战役细节。后面新加了科赫上校出人意料的反击，舒尔茨盼咐秘书抓住机会宣传胜利，嘲弄对手的卑鄙和无能；他还叮嘱秘书修改自己早已写好的前半部分，使之在文风上与后半部分相洽。然而秘书是一个谨小慎微的小公务员，不敢大刀阔斧地修改未来国君的文字，这使得前后衔接略有生硬，像是拼上去的。

在公告末尾，舒尔茨宣布了一个惊人的主张：他将暂缓继位，誓要先夺回辉恒军港中被窃的"庄严战舰"胜利女神号，再正式加冕。根据奥托大公时代流传下来的帝国宪法，加冕礼必须在胜利女神号上那法定的真实御座前举行。尽管这早已只是走过场，舒尔茨把它着重提了出来，却非心血来潮。他曾多次暗中就继承权之事私下请教宪法学家，其中最具盛名的三位博士都认为：法理上讲，私生子只有皇族血脉的"自然身体"，却不具备皇帝独有的那广大、丰富和不朽的"政治身体"。而在宪法解释中，皇帝的政治身体等同于帝国军的法定总旗舰胜利女神号——她不能充当任何一支舰队的战术旗舰，因为她时刻都是全体帝国军的总旗舰；她既在一时一地，却又同时无处不在。私生子舒尔茨，显然比米哈伊尔更加需要这艘古代战舰。

将皇帝的"政治身体"等同于帝国军法定总旗舰是奥托大公的发明。世人常记得奥托大公统一银河的武功，多忘记了他为了维持统一发明的"古代宪法"：将帝国宪法溯源至古普鲁士，将其塑造成由腓特烈二世用剑来奠定，由同时代的贤哲康德以笔来论述的。康德对他的国王满怀尊敬，认为道德准则的普遍性的最光辉体现，即是这位国王在每场战争中，身着普通士兵军服站立在前线，身怀毒药随时准备在被俘时自杀。然而所谓传统都是发明的，古代宪法的发明往往比宪制更晚近，且本身多是宪制危机的产物。奥托大公征服了四国，吞下了太多的东西，才不得不强化宪制，将其溯源自古普鲁士。既然如此，在宇宙战争的时代，就体现为帝王的"庄严战舰"须驾临前线，与最普通的士兵承担同样的死之风险，于是帝国军的总旗舰，就成为帝王身体的政治延伸。

舒尔茨咨询过的三博士中，有两人坚持古代宪法的效力，属于前溯的基础规范；另一人认为帝国宪法只能奠基于胜利女神号，只有征服权利具备现实性，它源自战争中的决断。这两个学派在思想史上相持不下。然而胜利女神号被盗之后,三位博士都建议:全银河有能力分辨这种问题的人极少,您大可不必因总旗舰的遭窃作任何现实政治上的改变。可是舒尔茨当即拒绝了这一出自权变的建议。他要求名正言顺,然而三位博士的建议是狡黠的,他们心中知道:康德虽曾为开明专制辩护,但其思想亦可成为共和主义的主张。舒尔茨不清楚这种二重性,他们也没有说穿这一点。

　　与其说是法理困难令舒尔茨推迟登基,不如说是他自己想这样。他原计划在遭遇偷袭损失惨重的关头登基,让这艘古老的战舰因他的力挽狂澜而重新焕发光芒。可是初战却因科赫的出现而逆转,预期的胜利时间被提前了,原计划中那场悲壮的、足以赋予他一切威望与权力的内战,很可能变成一场短期战争。于是他因势而变,宣布要从敌人手中夺回胜利女神号再行登基,以此振奋军心。这让本就很少出入帝都社交界的舒尔茨,在人们眼中成为一个自信有能力统治,却不渴望权力的人;他轻视权位虚荣,这说明他仅将权力视作工具而非目的、过程而非终点;这种人通常胸怀更远大的目标,或者比皇位更高的野心。梅耶贝尔将这些舆论报告给舒尔茨,这令他意识到,自己从拖延中得到的,要比迫不及待地坐上那把椅子得到的更多。

　　舒尔茨的宣言引起的另一反响,就是"宪法"这个几乎被遗忘了的存在,竟成了一个热词。在大学课堂,在街头巷尾,人们都在讨论它,随之而来还有"主权者"的身体可朽性等早就进了故纸堆的词汇与问题,例如胜利女神号在四百多年间历经无数次修补和改造后,还是不是当年同一艘船;而最荒谬的,是有人声称要为舒尔茨去地球寻找腓特烈二世当年那件深蓝色普鲁士军服。对于这种圣物情结,舒尔茨起初只是一笑置之，后来却模糊地觉得：胜利女神号与普鲁士军服之争，可能暗藏着舰队与陆军之争的种子。但这又有什么关系呢？奥厄惨剧之后的陆军，已经掀不起风浪了。

这种态势是舒尔茨本人没有料到的。人们带着久违的希望和喜悦，蹩脚地谈论这些陌生的词语，他们极认真地把时隔千年的概念杂糅起来。热情在传染着，这也是因为原本就已有传奇色彩的科赫，在特罗伦哈根的军事奇迹，给未来笼罩上了乐观的色彩。舒尔茨对梅耶贝尔说："谁在乎这些争论谁对谁错呢？重要的是希望与热情。"他已向世人发出明确的信号：新统治者与历代帝王不同，他不打算得过且过，而要求一种名正言顺的权力。已有多少年，人们习惯了活在含糊的阴影里，哪怕梦中都不曾想过这样的世界了呢？人们把仅有的力气用来哀叹和沮丧，而舒尔茨此刻才辨认出，这样的情绪下面埋藏着火山一般的渴望；许多人也是在此刻的激动中，才又一次辨认出了自己，就好像一阵风吹去了明镜上的灰尘。

四百多年前，奥托大公曾有过将宪法成文的努力，但至死未能将它稳定下来。在战场上被奥托击败的前南境王国宰相施莱谢尔子爵在战败之后，拒绝了奥托的邀请再未做官，临终留下一份被后世称为"施莱谢尔遗嘱"的仅四页的文件，露骨地指出：在帝国谋求宪法稳定性是徒劳的，这样做的后果，是给政教合一的神权政治铺路。这一预言起初被斥为谬论，却随着希柏里尔教会的壮大，越来越惹人注目。施莱谢尔是战场上的败者，但正因为如此，他说话毫无顾忌。历史上那些没有现实负担、不顾一切说真话的思想家，常能胜过那些需要对现状负责的思想家。

到了封建割据时代，由于诸侯名义上仍是皇帝的封臣，诸侯间、诸侯与各地教会间的契约也就无法区分于宪法，缺乏实际控制力的帝国中央只有追授承认的份。曾有法学家从地球时代的故纸堆里搜出了一个词，主张"不成文法"，这不过是掩耳盗铃。在狭小的古英格兰，宪法无须成文，是因为英格兰宪制的稳固；在庞大的银河帝国，宪法无法成文，却是因为无论怎么写都会被否决。宣布宪法无所不包，也就宣布了它的死亡。贵族议会的最初职能即宪法法院，但它已有将近三百年没判过任何行为违宪了。在漫长的封建割据时代，现实的国际关系反而多借教会法的权威解决。如今，人们重新谈论胜利女神号的宪法地位，这场内战让奥托大公时代的回忆，奇迹般地照在这个时代的地平线上。

2.

这份举世震惊的公告的另一作用，就是制造舆论，摆出一副持久战的架势（它本来就是为持久战而写的），掩盖舒尔茨在初战后决定发起的速战。发布公告后第三天，他就派遣斯瓦洛夫斯基中将率领刚刚休整完毕的八千艘战舰，去突袭罗得骑士团的那个依托于小行星的据点。斯瓦洛夫斯基驻守的防线初战即遭到罗得骑士团的重创，因此对这个报仇的机会心存感激，立刻调集人员准备启航了。

"如果罗得骑士团拿出了一次足以覆盖一个星球的精神污染武器，你当如何应战呢？"舰队临出发前，舒尔茨问道。由于他在宣言中指责了教会研发精神污染武器，觉得假如对方真的匿藏有这种武器的话，如今也该在贵族们的压力下拿出来了。

"殿下，他们若真有的话，早就首战突袭中就用上了吧。"

"也有道理。"舒尔茨含糊地答道。他也不确定，当初在直属教皇的圣殿骑士团中登上的那艘精神污染舰，是否真的仅此一艘，罗得骑士团手中会不会也有同样的一艘。

斯瓦洛夫斯基走后，舒尔茨看了看钟，差不多到时间了，动身前去辉恒白银宫的废墟，他约了科赫在那里见面。或许正因为如今全银河的舆论都聚焦于他们两人，舒尔茨才挑了那样一个冷清荒芜的地方。

温特利德早到了片刻。这里曾是银河帝国皇宫，却在数十年前毁于要塞主炮的火焰，只有那幸存的金王座，在夜色里焕发出光芒。当辉恒曾是宇宙的中心时，这里该有多么美轮美奂呀！可是温特利德却觉得，无论多么富丽堂皇的宫殿，都比不上眼前这月光下的废墟。他猜不出舒尔茨约自己到此处的目的。面对石砾中的金王座，温特利德自语道："如今您离至高的权位仅一步之遥，却暂搁皇位，令人佩服。此举换来的威望，是比这把椅子更真实的、生机勃勃的权力。然而为了赢得今日地位，您的部下们恐怕牺牲太重。您明知可能被偷袭，并临时把新兵和补给托付给持同样观点的我，不得不让人怀疑，施温肯多夫之败是否是故意为之。"

就在这时，温特利德看见舒尔茨沿着毁弃的长廊，从远处走来。明月把他的影子拖得很长，像一把挺拔的剑扫过右侧荒草丛生的废墟。

舒尔茨走到殿内，温特利德向他敬礼。

"我召你来，不是因为你在这场战役中功劳最大，相反，你的功劳最小。因为你打破了我的计划——我原本准备好，把最初的胜利暂时让给对方，把战争的道义永远留给自己。倒是你，在一处战场上打乱了敌军，奇袭后方迫使他们提前退兵，如今银河之内，谈论你的传奇的声浪，已经掩盖了谴责敌军的叛逆与暴行的。"

温特利德不知这是夸赞还是谴责，因此不知怎样回答。舒尔茨见状笑了笑："其实在战前会议上，你曾预测到国王堡骑士团可能倒向旧贵族，允许他们通过领地并就地补给，我当时就赞同你的判断。"

"殿下果然早已料到。"

"看来你也早就猜到了我的用意。从你当时的表情，我就知道你没有被说服。别管费尔特海姆，他只是嫉妒你年纪轻轻就爬上了只差他一级的军衔。他用'战争是政治的延续'教训你，那只是一把年纪的老人，爱在年轻人面前提些正确的废话罢了。"舒尔茨说，"那么现在，教会为何要帮反叛贵族，你想通了吗？"

"教士愿意为之而战的东西，是我们不能理解的。"温特利德停顿了一下，"我总觉得，这或许与另一件事有关：教皇虽措辞严厉地谴责了反叛的骑士团，却没有施以绝罚……这又是为什么呢？也许教皇有自己的恐惧，或有些什么不愿割舍的东西……"

舒尔茨的眼中闪过一丝欣喜的光芒，这让他的眼睛，在夜里好像深不见底的野兽的瞳孔。这令温特利德本能地感到危险，他不禁有些后悔，觉得不该把自己的想法暴露出来。舒尔茨想：这正与我猜的一模一样，我也注意到了教皇的退缩，这恐怕是因为他在奥厄行星的把柄，其实被反叛的骑士团知道了。而这些骑士团之所以反叛，会不会正是因为这个呢？此刻正站在我面前的这位年轻人，他的战略不限于战场，他的政治眼光不限于权力，他还如此年轻。这难道不正是他日掌权之后,我最需要的人吗?

"科赫!"舒尔茨忽然叫了他的名字。

"与我联手吧,科赫。"舒尔茨转向他,慢慢地说出这句话,"与我联手吧,只要我们足够强大,就能掌握这整个宇宙,这片星星汇成的海洋。我今日叫你来,是想告诉你:我根本不想要父亲的这个穆罗梅茨王朝,我要的是一个舒尔茨王朝。我要创造未来,以改写过去的意义。国家就像艺术一样,它的起源可以古老,就像古代宪法一样,却必须是一种时时新的东西!可是我一个人是不够的,当了皇帝也还不够!只要你肯与我联手,我就会给你机会,凭你的实力能爬上怎样的位置呢?是将军、大臣,还是宰相?"

舒尔茨报出以上三个官职时,他朝着温特利德走了三步,向他伸出手去。一时间,他忘记了自己和温特利德之间因薇拉的死而结下的无解的仇。

温特利德却下意识地后退了一步。确实,如今全银河都在谈论我立下的奇功。但我应当抓住这个机遇吗?这是一个机遇吗?他发觉自己后退了一步,这里究竟有什么不对呢?舒尔茨正向我伸出他的手,这双手在镜头前多么有力又迷人,可是它在月光下显得如此冰冷。如果将来我能平步青云,难道不是更能实现我的理想吗?可是那个理想,那个共和的梦想,岂不必然要背弃今天这个约定吗?我不愿这样做,也不愿在权力之路上耗尽我的一生,哪怕权力更可能完成我的梦想。温特利德说道:"感谢殿下能如此坦率,因此我也必须以坦率回应您。我只能拒绝您的邀请,不是因为故作清高,而只是因为我自知不适合这个角色,政治并非我有限的生命中甘愿为之付出一生的事业。殿下有此壮志，想必一定已经准备好，将眼下的内战打成'终结一切战争的战争'了吧。和平将至，到那时我宁愿身为一介平民，而不愿身居高位胆战心惊，毕竟贵族阶层中有太多我不习惯的东西。"

舒尔茨并不惊讶于温特利德会拒绝，却没料到他的理由。我的邀请是否过早了呢？不，不早，若是等我继位，或等他再立下大功后再邀请他，就恐怕只能换来服从，无法赢得忠诚了。但他仍怀疑这只是出身平民的年轻人在巨大的机遇面前不知所措，或是担心被试探，不愿暴露野心。于是他又说道，"没关系，没关系。做普通人固然有好处，贵族圈子也确有恶习。但是科赫，您不必介意那些短浅庸俗之辈，什么伯爵、子爵，他们的祖先也不过是些海盗。在当今，爵位的封赏不过是大笔一挥的事，当然，树大根深的老贵族们瞧不起有权无势的新贵，解决的方法也很简单，只需和一位贵族姑娘联姻就足矣。对了，你从监狱里救回的囚犯中有我的表妹，她是被她那个叛逆的父亲关进监狱的。你可要知道：在过去几百年间，政治权力只有两种稳固的来源，那就是征服与联姻。"

温特利德一想到那个戴面具的女人就心中打战。他又下意识地退后一步，说道："我万分感谢殿下的欣赏，却不得不拒绝；因为基于思想和理解的友谊是真正的友谊，政治上的友谊总意味着潜在的敌人。因为从政治关系上说，一切人都是一切人的潜在敌人。如此重大的好意对我而言，实在是过重的负担。"

这一番关于友谊和敌人的扼要之论，在言者说来，是直截了当的明哲保身之道。温特利德恐惧于权力的危险，但他确信以舒尔茨的气量，不会介意他直言这些道理；与这样的聪明人交往，最好的策略就是真诚。直到事后回想，温特利德才理清了自己当时感觉到，却没有想清晰的理由：舒尔茨就像一条迷宫中的蛇，极少坦诚待人，这也意味着他若以诚待我，我必须报以同样的坦诚。这种人可以接受顶撞和拒绝，却恐怕难以忍受自己的真诚只换来对方的礼貌和客套。

然而温特利德的话，在舒尔茨听来却大不一样，毕竟他自己知道，薇拉的死是他亲手造成，因而每一句"友谊"都犹如讽刺，每一句"敌人"都几近威胁。一瞬间，温特利德在舒尔茨的脸上捕捉到了奇异的变化，它仿佛凝固成了石像，又立刻恢复了正常。

"其实您不必今天就给我答复，或许可以再考虑些日子。"舒尔茨缓缓地说，"您可以退下了。"

温特利德行礼，因为一时紧张，或是这周遭寂静像极了修道院的氛围，他竟然行了当年在修道院中的礼。意识到自己做错时已经来不及纠正了，他退出了白银宫大殿的废墟。

会面结束，舒尔茨觉得是自己退下了。

这时从废墟的偏门走来一人，是舒尔茨的一名近侍。他曾是宫廷武官，姓阿克曼。他是一个寡言的人，沉默得像一口古井，如今他已是近侍中的最年长者，舒尔茨却仍把他留在身边。舒尔茨没有把自己的行踪告诉他，他却自己来到这片废墟，寻到了他的主人。

"您都听见了吗？"舒尔茨问。

"殿下，我听见了些。您是一位贵族，而那位先生不是，您想用联姻收服他，这对于任何贵族而言都是莫大的荣幸，但他不是贵族，他是个教士。贵族的天职就是结婚生子，而教士没有孩子，也不需要孩子。贵族的义务是去爱，去恨，去帮扶朋友，去战胜仇敌；而教士没有偏爱,没有憎恨,没有朋友,也没有敌人。"

舒尔茨静静地听完了他的话,没有点破他的错认,也让他退下了。

阿克曼走了,他的话却触动了舒尔茨。是什么让他误将科赫当成一个教士?仅是科赫行错了礼吗?这谬误中藏着真理,的确,他是在北雪平修道院长大的。但科赫却不像今天的教士,要说像,也更像是古代僧像活过来化成了人。这般坦率明亮,若不是千古难逢的傻瓜,就是不世出的英杰。他刚才那番话其实是说:他不是我的敌人——他没有敌人。阿克曼说的对,这样的人也没有朋友,就像一个绝缘体,在时间中溜走。可是一个王朝的心脏容得下这样的人吗?就像人类这充塞了污秽液体的内脏里,容得下一颗珍珠吗?古圣贤有云:在人性这根曲木上,绝然造不出笔直的东西来。星辰的光芒,如今却笔直地刺痛着我!刺进了这殿堂与王座的废墟,这生机勃勃的心脏!雷鸣般奔流的血液!这粒微光的背后,定有另一整片宇宙;时代生出这样的人来,是一抹余晖,还是一片朝霞?而我,我准备好迎接它了吗?

多少次,舒尔茨曾抱怨历史变化太过缓慢,太擅长折磨急性子的人;就在这一天,当他第一次捕捉到了时代的征兆,却战栗了。骑士团与贵族联军的汹汹气焰不曾让他战栗,可是他却在一个人面前对自己生出了怀疑,他已跃跃欲试,同时一无所傍。

第七节：独行

1.

第二天，舒尔茨一觉醒来后，首先询问有无斯瓦洛夫斯基中将的消息，结果仍无音讯。

斯瓦洛夫斯基已经出发十九个小时了。他战意旺盛志在必得，但若输赢能仅靠信念得来，我军早就被武装僧团杀得大败。舒尔茨越想越觉得必须另备一支舰队随时接应。昨晚，他想把科赫收入自己的势力，却遭到拒绝。这使得局面变得微妙起来：如果才智之士不能为己所用，那么最好也不要为任何势力所用。舒尔茨完全没有怪罪科赫的意思，因为他知道科赫的拒绝并不针对他个人。然而政治不是建立在意图上的差异，而是建立在未来可能性上的。科赫或许不明白这一点，但舒尔茨是明白的。

舒尔茨想，不妨先给他一个表面上的机会，悄悄在其中埋下考验。在初战中科赫已经证明了他的智谋，且让我再看一看他的胆魄，能否经得起真正的战场的淬炼。

舒尔茨打算提拔科赫为费尔特海姆分舰队的副将。如此一来，用不着自己暗示，费尔特海姆也会给他出难题的。或许我还可以在他面前赞许一下科赫的才能，更能火上浇油。至于主、副将不和是否会影响战果，舒尔茨根本不予考虑。只要贵族军没能在首战突袭中给我军以致命打击，双方在工业与人口上的差距，就是大局已定。长期战争有利于巩固并扩充自己的统治集团，打破原有滞固的势力，哪怕帝国军在战争之初屡战屡败，到了最终胜利之时，就连初期的失败也只会让最终的胜利更显荣耀。

调遣令发出后，舒尔茨只接到科赫符合一般程序的简短回复，看来他对此并无意见，即便有意见也不打算说。可是一个多小时后，舒尔茨却接到了费尔特海姆的通信。

"这么晚了，您来找我，想必是对我的人事任命有些看法吧。"

"属下不敢，"费尔特海姆说道，"只是……"

"只是这科赫上校，既不是军人世家，又不是指挥系出身，更何况他刚刚立下大功，年轻气盛，恐怕难以驾驭。"舒尔茨说道，"你想说的是这些吧？"

"属下确有这方面的顾虑……"

"不过，您可千万不要低估了这位年轻的副将，他的天赋足以弥补经验的不足。也许正因为他只旁听了战术指挥课程，他的思维才不会限于战场之内。我把他派给您做副将，这样一支军队有了新思想的锐气，又有您这样的稳健老将把持大局，定能克敌制胜。你们要随时做好准备，我想很快就会有任务要你们去执行。"

"殿下，其实我还有一事不明。"

"什么？"

"您把昨日刚刚到达的增援，即埃本塔尔军团也调配给我，我应当怎样使用呢？"

"你是想问，有什么政治上的顾虑吗？"

"是的，殿下，他们毕竟不属于帝国中央舰队，而是和叛军一样的地方武装。"

"不用顾虑。他们主动前来，必定就是想要战斗的，至于动机你不用管。而我把他们尽早投入战斗，是为了趁如今叛乱的贵族与骑士团已有裂痕，再利用同属地方武装的埃本塔尔军团，给敌人制造更大的麻烦。如果埃本塔尔军团死伤惨重，那么我舅舅的叛乱，就无法赢得更多地方贵族的同情了。"

费尔特海姆准将离去了。舒尔茨不禁懊恼起来，责怪自己不够成熟：自己原本只是想利用对科赫的赞美刺激他的自尊心，好挑拨他们之间原本就有的不和。可是自己刚才的话，竟是发自肺腑。的确，科赫的眼界和敏锐，比费尔特海姆之辈高出甚多，他的这些赞誉一点都没错。然而自己的这番话，万一反而让费尔特海姆觉得自己在给科赫撑腰，就会造成反面的效果。

"要做一条毒蛇，就要做一条彻头彻尾的毒蛇！既然定下了计策，让蜜糖发挥毒药的性能；却在执行的时候把毒药换回了蜜糖，这才可笑！"长久身在贵族社会的舒尔茨，早已熟悉了虚伪与权术，却又忍不住一再放弃它。

当夜，熟睡中的舒尔茨深夜三点被叫醒。斯瓦洛夫斯基舰队终于传回了消息，是最高等级军情要立即汇报。舒尔茨心知不妙，但这早就在预料之中，他套上军服来到瞬时通信室。

通信屏幕的另一边，是一名战列舰舰长，军衔上校。

"你是舰长？"舒尔茨问道。

"是的，殿下！"舰长埋首答道，不敢抬起头来面对舒尔茨。

"你的这艘战舰，是临时旗舰吗？"舒尔茨直截了当地问道，如果是，就说明原旗舰被摧毁了。

"不是的，殿下！"

"既然不是，那你们的指挥部为何不在旗舰上联络我？"舒尔茨感到不妙，他隐隐猜到了答案——

"因为指挥部已经全灭了！"那名舰长说道，"想必是因为密码被破译了，令我军行踪暴露，遭遇埋伏拦截。不知为何，我军大部分官兵突然像发疯一样，敌军趁乱攻杀过来！我们溃不成军，只有少量军舰逃回。"

接下来，舒尔茨赦他临阵脱逃无罪，并仔细听取了战场报告。那舰长起初讲得很凌乱，但后来情绪逐渐平复，理清了战况。舒尔茨断定那就是精神污染武器，罗得骑士团在用它轰击了帝国军阵列后，几乎同时发动了进攻；所以从外表看上去，只是斯瓦洛夫斯基所率的帝国军被莫名其妙地一击即溃而已。事实上，罗得骑士团在释放精神污染之后的猛攻，与其说是扩大战果，不如说是掩盖阴险的杀招。

舒尔茨意识到自己此前错判了局面。罗得骑士团真的有精神污染舰，只是初战时没亮出来而已！然而现在说什么都为时已晚，问题是如何弥补损失。他立刻要求这支返航舰队绕道而行，直接返回一处偏远的基地，且不得对外联络，以暂时封锁消息。然而舒尔茨明白没有不透风的墙，他的最佳策略，是在这可怖的消息泄露之前，就击毁这个威胁；赶在惑乱军心的流言传开之前，抢先把它打入过去时。

可是得胜的敌人是不会待在原地等我们去复仇的，如今侦察舰也跟丢了。他们将向哪里运动呢？作战之后的舰队必须补给，敌军将去往哪个补给站呢？正当他举棋不定时，一份情报传来，说他的舅舅舒尔茨伯爵护送大批补给舰从海尔辛兰出发了。舒尔茨立刻明白，双方的交汇点有很大概率就是罗得骑士团的补给地点。

时间紧迫,舒尔茨立即传召费尔特海姆准将与科赫上校,命令他们的舰队出战,去拦截敌军此时正在向海尔辛兰方向运动的一支舰队,并明确告诉他们两位:你们将要阻截的敌军拥有精神污染舰,务必小心谨慎。

温特利德听说精神污染舰的存在,想起了半年多前薇拉的死,他高声接受了这一任务。舒尔茨起初惊异于他罕有的高昂斗志,以为是自己几日前向他发出的邀请激励了他,但几分钟后等他离去,才意识到了他心中的动机。

费尔特海姆准将也注意到了这位副将的情绪,心中已盘算着,到时候或许可以利用他的满满干劲,找些只需顽强忍耐但缺乏技术含量的事,交给这个指挥学的旁听生去做。舒尔茨刚才与费尔特海姆准将谈话时,对科赫的褒扬之辞确实起到了反效果,让他误以为舒尔茨在庇护科赫,所以才没有把科赫往火坑里推。然而战争总是有牺牲的,平庸的指挥官常以此为借口将牺牲他人合理化;这也意味着,被置于危险境地者另有其人。

2.

在奔赴战场的途中,费尔特海姆对科赫说道:"据幸存士兵报告,精神污染武器虽然邪门,只要我们有了准备,就没什么可怕。它尽管能一次杀伤上千艘战舰内的士兵,但只发射了一次,这说明它要么是一次性的,要么发射间隔相当长。我打算让一些不太重要的部队先行冲击，然后趁间歇发动猛攻。"

"不太重要的部队？"

"比如刚到这里不久的埃本塔尔军团，我们可以试一试他们的忠诚与战力。"

埃本塔尔军团的统帅是埃本塔尔男爵。温特利德听到这个姓氏后，心想：银河帝国中姓氏同封地的贵族已经很少，也许他就像特罗伦哈根那样，是世代经营同一行星，从未丧失、离开或放弃过封地的，源自八百年前的大殖民时期的古老家族吧。

温特利德不知道，埃本塔尔男爵位其实是五百年前，徒有其名的帝国中央为缓解财政赤字卖出的"空爵位"。在奥托大公统一银河后针对贵族特权的改革中，无涉实际统治的空爵位反而也就没有负债，并随着银河统一得到了兑现。温特利德将封建社会等同于八百年前的大殖民时代的遗产，是受这一史学传统的影响："封建主义"的概念最初是在民族国家兴起的五国时代，作为对历史的回顾而被提出的。然而大殖民时期虽是封建制的起源，银河分裂数百年后，封建势力的代表已不再是姓氏同封地的古老贵族，而是后来兴起的诸侯豪强，例如舒尔茨伯爵。

温特利德不明白为什么埃本塔尔军团可以舍弃。但他知道，内定弃子想必是政治斗争之故，这样的想法让他恼火，但是毕竟自己身为副将，不便动怒。他并未想到，是舒尔茨主张将埃本塔尔军团置于承受最大伤害的战术位置，为的是让以封建主义为旗号的叛军的手，沾上其他封建贵族的血。费尔特海姆则把这一原则推到了极致：既然需要炮灰来吸引精神污染舰，他是不愿派出自己的手下去牺牲的。

费尔特海姆看出他的不悦,却什么都没有说明,只是说道:"科赫,等你打过几场仗之后就会明白,牺牲是难免的嘛。"

真正让温特利德不满的,不是要一部分部队牺牲这件事,而是军队高层将这种选择性的牺牲视作理所当然。自己与费尔特海姆并不熟,他在外人面前都如此毫无掩饰,不知在自己人的小圈子里,他们还干出过怎样卑鄙的勾当。

"如果一定要有敢死队去做炮灰的话,我想也该用更公平的方式来决定吧。"

"更公平的方式?"费尔特海姆用略带嘲弄的口吻说道,"比如呢?抽签吗?如果你想用抽签来决出谁率领第一波攻击,那当然也行。"

指挥部内有人笑了出来。

"科赫,您不知道吗?我们选炮灰的方式,从来都是比抽签更公平的。"

在帝国军中,抽签是被默认为作弊的,早已没人相信。与其徒增虚伪惹人憎恨,不如直截了当地挑个倒霉鬼。毕竟有谁敢违抗军令呢?

此时,温特利德孤零零地站在靠门的位置,他最初想转身走出去,但他没有。他反而转过身来对着所有人,一字一顿地说:"我明白了。"

然而还有一个信息,温特利德认为,费尔特海姆和这里的多数人恐怕都不知道。于是这位年轻人决定把它说出来再走,不是为了阻止他们已经决定了的事,而只为在几个月,甚至几年之后证明自己当下的正确。他在心中说:我是共和主义者,我不是忠臣,我根本不在乎这场狗咬狗的战争谁输谁赢。但我决定射出一支箭，它将划过漫长的时间扎向你们。温特利德的语调变得庄严："费尔特海姆准将，我必须郑重地说：您这样挥霍埃本塔尔人的生命，只为保存帝国舰队的实力。但据我所知，那是一个非常骄傲的民族，很难想象他们会忍气吞声。仅为了镇压海尔辛兰的叛乱，不值得制造另一个更危险的敌人。"

"是吗？但只要帝国舰队尽量保存了下来，埃本塔尔人要怨恨，又能怎么样呢？但如果帝国舰队被牺牲了，他们再感恩戴德，对我们又有什么好处呢？"

指挥部内又响起了些许笑声。

"您去过埃本塔尔吗？"一名参谋侧过身来问道。

"没有。"温特利德如实回答。

几名军官都摇了摇头。看来这位新来的副将只是个爱幻想的年轻人，信口开河罢了。

温特利德确实没有去过埃本塔尔，但他认识一个埃本塔尔人，那就是薇拉的伴读伊法。薇拉曾经陪她一同回到埃本塔尔，去参观当地最盛大的庆典，两年一度的赛马节。各个市镇都派出最优秀的骑手和良驹。该行星的风俗是：赛马过后，绝不能安慰获得第二名的骑手和来自获第二名的马队的城镇的观众，因为他们最遗憾，最不幸。自从听说了这个风俗，温特利德就觉得，埃本塔尔人是一个多么渴望胜利，多么骄傲的民族啊。

"您在想什么呢？"费尔特海姆准将见温特利德若有所思，便问道。

"啊，没什么。"温特利德敷衍着，"我只是想，埃本塔尔人没有加入叛军，而是相助平叛，已是十分忠诚了。"但他随即又想到，或许埃本塔尔男爵正因为固守封地，才受到穆罗梅茨堡宫廷的排挤；或许正因为这场叛乱以封建主义为旗，男爵身为最古老的贵族之一，为了避嫌才必须站队；这个夹缝中的人背叛自己的身份，恐怕是觉察到叛军一开始就是必败的吧。

费尔特海姆准将显然也不愿继续说下去了，他打断了这个陷入思考的青年："那可不一定，封建领主从来都不可靠，只是他暂时没问题而已。我们还有一天就要抵达预定战场了，你先去稍作休息，四小时后我就会给你指派任务。"

"是。"温特利德退下了，他几乎迫不及待。

3.

温特利德接到命令，费尔特海姆准将让他负责指挥一支无人舰队。尽管许多工作早已智能化，驱逐舰船员人数已降至百人左右，但完全无人的舰船仍多只是些高度自动化的、可切换至无人模式的护卫舰，因为无人模式下的舰队过于依赖通信畅通，一旦信息战处于劣势就会大打折扣，甚至可能失控，在双方舰船皆是帝国标准舰型时，这种危险尤其大。显然，费尔特海姆既不想把他留在指挥部，又一点也不信任他，不愿把有真正战斗力的舰队交给他。

温特利德耸耸肩，他当然明白这一点，却并不介意。他不是那种急于立战功、爬军阶的人，当然也从不把这种淡泊与别人说：自己年纪轻轻就有上校军衔，这话说给谁听都不会信的。

"科赫上校，您要带多少随行人员去呢？"

"在遥控距离内，无人舰队不是可以完全无人的吗？"科赫问道，"可是，为防万一，让我一个人去吧，这样就不怕敌人信息干扰了。没必要多浪费一兵一卒的。"

温特利德如此提议，其实有自己的一番计划。他的心中一直徘徊着一个疑惑：自己为何能在皇家剧院和奥厄两次撑过精神污染？奥厄行星上那疯狂、可怖的一幕，常出现在他的噩梦里。假如明天敌人使用了精神污染武器，而我保持了精神正常，身边空无一人也总比多出几个疯子好。他看着作战指挥室里的军官们，如果他们都变成疯人，这里将是何等地狱。

"就你一个人？"费尔特海姆准将诧异道，觉得就这样把科赫一人丢在无人舰队似有不妥，便道："那怎么行？长时间独自待在空旷太空，上万公里之内空无一人，是会发疯的。我是说，换成是我，一定要疯了。"

费尔特海姆所说的，是宇宙时代心理学中的"广袤压"理论。它认为来自"广袤"的心理压力会影响士气，士气又在阵亡率极高的太空战争中十分重要。据说二三十年前，教会的精神科学家们试图研制过消除"广袤压"的药物，后来不了了之，想必是失败了。彼时的人类习惯于把各种心理不适统统隐喻为"压力"。尽管真空中的"压力"其实为零，这个词语继承自地球时代潜艇战中的"深海压"，也被隐喻成了一种心理"压力"。

"放心，我不会的，我是……特种作战部训练出来的。"温特利德自信地说道，他本想说的是"我是修道院里长大的"。他心中明白，派他去指挥无人舰队，是费尔特海姆一伙人在排挤自己。然而自从中学时代开始,他在遭遇排挤时的反应,有时不是消除这个不公平的待遇,而是以更彻底的方式离开。这次也不例外,温特利德觉得既然费尔特海姆根本就不可能听从自己的任何建言,所以也不想待在指挥部;既然要走,就一个人也不带。

"一个随行人员都不要吗?"

"一个都不要。"

"好吧,随你的便。"费尔特海姆耸了耸肩。心想,真是没上过战场、不知天高地厚的年轻人!也罢,你很快就会体验到广袤的孤独与密集的炮火,若是在这双重压力下精神受了什么创伤——初上阵的新兵通常连炮火都忍受不了——也是自找的。我已经提醒过你了。

没有任何迟疑或等待,温特利德第一时间就乘交通艇登上无人舰队的指挥舰。他在特种作战部曾接受过运作无人舰的训练,只需预先设定好和主力舰队的距离和舰间距,整个舰队就能自动跟上。面对这无限的空寂,数小时后温特利德仍旧内心平静,既没有如费尔特海姆说的那样,遭受"广袤压"的折磨,也没有感到另一些人口述中的,那种几乎要被这无限空间吞噬的"存在论危机"。他想起年幼时,有一次在雪山脚下,仰望万米高的山巅,心中十分畏惧。院长教母告诉他:如果心中惧怕,就把自己想成山的一部分吧。当小温特利德使劲闭上眼,把自己想成了山上的一块石头,就像睡着在大山里。再睁开眼时,原本沉默着压迫过来的嶙峋山脊,一下子变得不再狰狞了,就像一头猛兽熟睡了。

此刻,温特利德独自看着星海,他的心像漫游漂泊的航船。不知过了多久,他看累了,想自己下厨做饭。在这个机器厨子早就淘汰了人类厨子的时代,做饭可是他在修道院里学来的失传绝活。因为他觉得为自己一人启动舰上的厨房是一种浪费。为培养团结精神,鼓励集体进餐,军用机器厨子被设置成一次最少烹调十人份的饭菜。可是他又觉得,说不定自己明天就会死去,这艘军舰也可能毁灭,况且为万恶的帝国节省军费有何意思呢?于是他还是启动了机器厨房。

离抵达预定战场还有大半天,温特利德把十份饭菜都端上了桌。他独坐桌前,这孤独而感伤的景象令他想起老战友们。他只参加过一次幽灵们的宴会,当时有十余位幽灵在场,一名退伍老兵说起帝国舰队的威力,他身旁的一名年轻人说,要是我们也有战舰就好了,幽灵应当是最自由的,却被束缚在大地上。回想起这一幕幕,昔日战友们仿佛真的化为幽灵坐在身旁。在舰上厨房煞白的冷光下,温特利德静静地吃完了自己的那一份餐。他永远不会忘记,在那张幽灵们曾经围坐的餐桌上,一切曾是多么温暖明亮。在往后的日子里,在那些生死未卜的时刻,在几番渡过的毁灭边缘,他都会想起彼时人们脸上焕发的,足以穿透现在、照亮未来的光明。温特利德不喝酒,但今天他从一排酒瓶里挑了个最好看的,费了些劲拧开,独自一杯接一杯地喝下去,只觉得味道好苦。忽然间,一大群幽灵闯进了餐厅,开始坐下大吃大喝,高声谈笑,所有人都很尽兴,所有人都酩酊大醉。人们开始争论,是一辈子从未生过热病的人幸福,还是生过热病却最终痊愈的人幸福。温特利德隐约觉得,双方的理由反而更能支持对方的观点;听到关键之处,他却记不清他们各自的理由了。后来,他就醒了。

第八节：执念

1.

舒尔茨伯爵不放心让罗得骑士团独自返程，他斟酌再三，决定率舰队和补给前去接应，并让最靠近的莱因斯多夫子爵先赶去会合。当莱因斯多夫在超光速通信中问，如此匆忙赶去，目的是什么？舒尔茨伯爵只是含糊其词地说："等到了，您就看到了，也知道了。"

现在，莱因斯多夫所率舰队与罗得骑士团会合了，僧侣们邀请他登上一艘战舰。他发现这艘船居然还保留着古老的舰桥结构，想必定是他们的旗舰。一旁的僧侣们见这位子爵形同游客，饶有兴致地左顾右盼，十分不悦。

"子爵大人，舒尔茨伯爵没有和您说，他让您来做什么吗？"

"没有，他说等我到了，我就看到了、知道了。"

"原来如此。"一位僧侣说道，"想必是伯爵太过谨慎，不愿在超光速通信中说出口，唯恐被窃听。"

"哦？"莱因斯多夫说，"我还以为只是为迎接诸位胜利归来呢。"

"那您认为，三天前，我们是如何轻松战胜斯瓦洛夫斯基的舰队的呢？"

"你们骑士团能击溃斯瓦洛夫斯基的舰队，还不是因为我们破译了帝国军通信码，才半路截杀，打了他们个措手不及？"莱因斯多夫说道，心想，这帮教士明明是依赖我们的情报才取胜，这不是明知故问吗？

"为了表达感谢,以显诚意,我们教团才允许您来参观这艘秘密战舰。"

莱因斯多夫抬起头看面前的僧侣,说道:"什么秘密战舰?"

僧侣直接说道:"还望您回去后,向舒尔茨伯爵如实转达我们的诚意。举事之前,我们大团长就说,他是为了消灭堕落腐化的教皇才与你们联合的。关于这一目标,我们并无半句假话,也不会变。我们保存这种精神污染武器,不过是为了击败同样有此武器的教皇,不会用作其他。"

莱因斯多夫听闻此言,心想,难道这帮僧侣要冒用精神污染物的名声,图谋什么谈判条件?于是他说道:"舒尔茨伯爵是听了他外甥的公告,怀疑你们私藏了精神污染物。但我是不信这一套的。他那个外甥诡计多端,挑拨离间,我是不会仅凭几句话就相信这么荒唐的事的。"

"那就多谢您的信任了。"

2.

费尔特海姆准将率领帝国军赶至预定战场,成功截下了行进中的敌军。二十光秒外,罗得骑士团和莱因斯多夫舰队匆忙调整阵型,可是由于采用的是行进编队,叛乱军分散太广,首尾足有十光秒,被突然出现的帝国军拦住了去路。由于缺乏统一有序的指挥,莱因斯多夫带来的舰队反而加剧了阵型混乱。温特利德注意到一艘孤零零的战舰,多半就是那艘精神污染舰,它被留出了一个广大的射击角,向四面张开八只巨大的长臂,就像盘踞在蛛网中央的蜘蛛。

费尔特海姆准将下达了进攻令,让埃本塔尔军团做先锋,其余各部听令随时跟上。这显然是要牺牲埃本塔尔军团,并趁着精神污染武器两次发射之间的时间差,一举冲入敌阵了。

可是埃本塔尔军团没有动静。

两分钟后,愤怒的费尔特海姆追加了第二道命令:"我已命令你即刻进攻!难道你要违抗军令吗?"

当埃本塔尔男爵接到这第二道命令时,他觉得自己脚下仿佛是开裂的冰面,他就要掉进深渊里去了。前日他得知自己被归入费尔特海姆麾下时,就预感凶多吉少;他早闻此人有勇无谋,却没想到竟然拿自己的舰队作炮灰。埃本塔尔男爵之所以前来帮助帝国军,是因为他预料到此番内战之后,很可能会进一步削弱地方贵族,他作为其中最典型者,得尽早站在帝国中央一边。只叹士兵们都是我的同乡,他们出于对我的尊敬而追随我,却因此遭到牵累。一个真正的军人,纵然直面死亡也绝不会退缩;然而正面冲击精神污染武器,却意味着比死更可怕的噩运:沦为疯人,飘浮在无边的黑暗宇宙,疯狂才是永恒的地狱,死亡只是一瞬的解脱。可是违抗命令拒不出战必是死罪,甚至全体士兵都会受到连带惩罚。

被逼入绝境的埃本塔尔男爵悄悄摸向手枪,这或许是将罪责与不幸归于自己一人,不至于牵连士卒的唯一办法。然而就在他下了决心的那一刻,意外发生了:己方舰队主力下方,一支不到千艘规模的小型舰队向着敌军阵列的正中央冲击。男爵意识到,有人替他执行了吸引第一波精神污染轰炸的任务。

费尔特海姆准将惊愕地看着这一幕，连问这是谁负责的舰队。

"那是您派给科赫上校的舰队。"身旁的副将提醒他。

"科赫？"费尔特海姆这才想起来，是舒尔茨把他塞给我的，所以我给他安排了最安全的位置，让他去管理那支根本派不上什么用的无人舰队，当然，至于立功也就别想了。可是他若战死，舒尔茨会不会怪罪我用人失当呢？他对在场众人说道，"你们都看见了，是他自己不听军令、擅自出动的。"

温特利德知道自己即将迎来精神污染的风暴，就像在奥厄行星那样。他也知道，如果自己几分钟后仍然神智正常，就能确定自己的免疫力。

精神污染舰上，僧侣看见屏幕上有一支舰队冲着自己的方向杀来，立即下令本舰后撤。

"对方来势虽猛，却只有不足千艘轻型舰。"莱因斯多夫说道，心中不免轻视：这些僧侣也太胆小了。

"我舰应当一边后撤拖延时间，一边准备精神污染轰炸。"

"精神污染？您这是认真的吗？"

"大人，您见过精神污染装置吗？"

"这种东西即便真有，我又怎么会见过？"莱因斯多夫心想：早就听人说，世界上存在精神污染物这种东西，还说得有板有眼：污染物有真有假，真的那份被教皇藏起来了。还有人说是什么影子教会研制的。现在全银河都在传说它，但这些谣言怎么能信呢？谁都知道科学技术已经停滞了五百年，至于所谓的"精神科学"，数百年来又有什么进展呢？

"您现在正站在它旁边,至于它的威力,您马上就能亲眼见到。可是点燃精神污染需要一刻钟,我们必须撑过这段时间。"

"没有关系。"莱因斯多夫子爵四下打量了这艘船的船舱,这真的就是精神污染舰吗?既然对方说是,就姑且信他们一回。于是他说道,"护卫舰马上就能赶到,他们必能撑过这一刻钟。"

温特利德见到敌舰队前来迎战,立刻指令全舰队向它扑去。他知道笨拙、程式化、缺乏次级指挥的无人舰队无法在常规的阵地战中获胜,因此必须立即猛攻。只要陷入了混战,不仅人类的一切巧智与诡谋都派不上用场,还会陷入对同归于尽的恐慌,而无人舰上的机器不会。

莱因斯多夫子爵登上精神污染舰后,就将舰队指挥权交给他的手下卡萨尔斯上校。卡萨尔斯匆匆赶来,没想到阵列尚未展开,就遭到强行冲击。温特利德这种寻死蛮干的打法其实不难化解,只是此种战术伤亡太大,在战史上都很罕见,所以刚刚赶到战场、尚未准备充分的卡萨尔斯一时慌了神,被温特利德揪住了。

莱因斯多夫看见一名僧侣站在了高台上,把瞳孔对准了一台仪器。

"他在做什么?"

"他正在准备牺牲,也就是启动精神污染。"僧侣用手指在屏幕上画了一个圈,把轰击范围画给莱因斯多夫看。

"停下!"

"仪式一旦开始,就不能停。"

"停下!你没看见两军已经缠斗在一处吗?这会误伤到我们自己的舰队!"

"很遗憾。"教士咬着牙说，"但也同样能杀伤敌军。"

莱因斯多夫子爵掏出手枪顶在教士的脑门上。

"你杀了我也没有用。"教士的语调仍旧冷静，"如果此时停下，精神污染的能量就会以此为球心向四面扩散，我们都得生不如死，半径两万公里之内的人会精神失常并死亡，十万公里之内的友军都会遭到不同程度的感染。"

高台上的教士身着礼袍，口中念念有词，不知是经文还是咒语。只看他忽然把双臂平伸双掌分开，电光石火的一瞬间，教士的眼中放射出深邃的白光，随即熄灭，整个身子变成了一堆抽搐的肉。

精神污染开始了。罩在战舰四周的无形护盾忽然变得肉眼可见，被染上了缤纷的色彩。这极光般燃烧的风暴，不时被双方战舰相互毁灭的光芒刺破，温特利德什么都看不见，什么都做不了。在这生死攸关的时刻他竟陷入了遐思，据说蝴蝶能看见比人类广得多的色谱，若有一只蝴蝶能穿过这风暴存活下来，说不定能见到灵魂燃烧的颜色；薇拉没有蝴蝶的眼睛，死亡的脸上却那么宁静，她临终之前看到了什么呢？这思绪片刻之后就被可怕的声音打断，原来对方的舰队前锋遭到了误伤。温特利德听到敌军中有人打开了全频道，起初是咒骂声，然后逐渐变成了惨叫声、狂笑声，还有鬼哭般的歌唱声。

温特利德想起奥厄行星荒野中，那地狱般的营地。如果教会军只有这一艘实验舰的话，它无疑就是害死薇拉、屠杀科伦坡幽灵的直接凶手。自己马上就能报仇了。至于幕后真凶，迟早会浮出水面，奥厄行星的血是永远无法彻底洗净的，凶器隐匿在黑暗的宇宙中，也只会把整个空间染上淡淡的暗红。

温特利德孤身一人坐在近千艘无人舰的阵列，和肆虐着的彩虹风暴的中央。宇宙风波诡谲，他却感到充沛而镇定，仿佛这空荡荡的无人舰队中，曾经并肩战斗的幽灵们此刻都与他同在。他回想起把他带入了幽灵组织的贝尔纳对他说过的话，勉励他无论遇到怎样的战斗，都要活下去，要活到帝制覆灭之日。当时温特利德回答，即便今生看不到那一天，后人也一定会看到。贝尔纳对他说，"我们中一定有人能改变世界"。可是他们都已死去，只剩我一人独活。

温特利德下定了决心。

3.

与这支无人舰队一同遭到精神污染的，是卡萨尔斯上校所率舰队的前锋。他看见前方战友被误杀，拳头重重地捶在桌板上，怒吼道："混蛋！等我回去一定要把那些不男不女的妖僧撕成碎片下油锅！"

精神污染舰仍然伸张着巨大的"触手"，傲然正对轰击的方向，如同一张庞大的蛛网，又像一个巨大的眼球。两名僧侣抬走了此次轰炸的祭品，刚才那强大的精神污染波，正是以他的意识点火的。

"您看那五彩的虹。待它散去之时，敌军的舰船就已全部成了疯人院。"

谁料话音刚落，在这斑斓的色彩中，竟冲出了深黑的舰影。钢铁巨舰在漆黑的宇宙中原本肉眼难见，可是在那深红、湛蓝、翠绿的色彩变幻的背景下，却史无前例地明显。在宇宙时代的战争中，人类再未见过如此景象：黑色的舰体挤开笼罩着它的云雾，席卷着五彩的泡沫直扑而来,就像金红的夕阳照耀下,船只劈开碧蓝的巨浪。

"看!敌军冲出来了!为什么不起作用?"莱因斯多夫厉声问道,"我早就不该相信你们!骗子,世界上根本就没有什么精神污染武器!"

"不,它起作用了。"僧侣咬着牙说道,"因为它确实误伤了友军。"

莱因斯多夫没有再回话,右脸的肌肉抽动了一下,直接抡起拳头捶在他脑袋上,又抬起穿着硬军靴的腿猛蹬向他的腹部。周围的僧侣们一拥而上,制住了他。

"如果精神污染真的只对敌人失效,那他们必定用的是无人舰,开启干扰!"莱因斯多夫在拦阻他的人缝间吼道。

"我骑士团创建以来,从未装备过干扰对抗舰——我指物理上的那种。"被他揍倒在地的僧侣咬着牙回答。

卡萨尔斯上校的主力舰队并未遭到精神污染,前锋的惨状却极大地震撼了他们。即便久经战阵的老兵,也从未见识此等地狱。若不是因为敌舰迅速逼近,脑血上涌的卡萨尔斯真的可能掉转炮口把身后的精神污染舰轰成齑粉,卡萨尔斯舰队的士兵不忍心向已遭精神污染的前锋部队开炮,投鼠忌器,温特利德趁此机会一举缩短了两军距离,近距贴上了对方的主力。

"漂亮!这无疑是无人舰的史上最佳战绩。"后方观战的舒尔茨拍案道。待命中的帝国军各分舰队的指挥部也都在紧张地关注着战况,他们还不知道精神污染物的存在,只觉得科赫的这次突击赢得过于轻松,简直有违常理。

舒尔茨大笑:"你们不是瞧不起他,说他只是指挥学院的旁听生吗?如此运用无人舰,真是个天才的旁听生啊。"

"确实……"通信窗口另一端的费尔特海姆准将尴尬地笑了笑,"特种作战部的人真是不按常理出牌啊。"

"让他放手去干,你也可以做些什么了。"

"遵命!"

舒尔茨知道这和特种作战部没有关系。科赫每一次都能利用不对等条件扭转劣势,这样的人若不能为我所用,就太遗憾,也太可怕了。费尔特海姆虽然平庸,但绝不至于看不出目前是打开战局的最好时机。精神污染舰非但没有起到效果,反而成了敌人无法舍弃的防御累赘,它的后撤牵动了整个阵型的不稳。胜局已定。只是舒尔茨毕竟曾目睹过奥厄行星的精神污染,当他看到诡异的彩虹光芒时,就知道它并未失灵;倘若温特利德再次神志正常地归来,他又是何以承受住精神污染的呢?

此刻的前线,埃本塔尔军团的两千艘战舰已经赶来,实际上埃本塔尔男爵一见敌军启动了精神污染轰炸,就以最快速度趁隙发动了冲锋。援军的来临使得帝国军的兵力局部凌驾于叛军之上。温特利德意识到自己面前是一支贵族叛军,并不受此次战役的主要对手罗得骑士团管辖,于是决定在进攻的同时通过公开频道招降。

叛军的将士们!

我是温特利德·科赫上校,你们正在与之战斗的舰队指挥官。你们已经看到,希柏里尔教会多年来秘密研发的精神武器多么惨无人道,而这邪术已经对我军丧失了作用;你们也已经看到,骑士团是如何背叛你们，让你们的战友生不如死；正如你们的贵族将帅在掀起叛乱的初战中，背叛了奋勇牺牲的士卒，只顾苟且私利仓皇回撤。归降吧！我们绝不歧视战俘，也不会迫害被裹挟着参加叛乱的下级军官。相反，如果你们聚集成团，与我军陷入混战，那些阴险的教士只会再度开启他们的精神武器，到时候被误伤毁灭的将是你们！"

这最后一句话，给卡萨尔斯出了一道难题：聚团迎敌尚有胜机，却容易被精神污染武器误伤消灭；分散后撤，就会立即遭到敌方的屠杀。他刚才就已经联系不上莱因斯多夫了，因此无法请示他的意见。在信任帝国军还是信任骑士团的僧侣之间，他选择了前者，因为后者已经屠杀了他的前锋。

卡萨尔斯上校做出投降的决定后，指挥室竟然一片如释重负的气氛。他见状心想，在目睹我军真的使用了如此邪恶的武器的那一刻，我就在心底知道，这次叛乱已经必败无疑了。想必很多战友也是这样想的吧。

科赫原本对劝降不抱太大希望，岂料对方竟立即答应，这反而让他措手不及。他意识到倘若暴露了"一人舰队"之事实，敌人恐将反悔，于是拒绝了直接通话。他经由公共频道要求降军"仍由卡萨尔斯上校暂代指挥官之职，去向我军指挥官费尔特海姆准将投降。今后各位就是我们的朋友。至于被精神污染滥杀的士兵们，我会替他们报仇"。

当温特利德说出"报仇"这个词时，心中想的是奥厄的仇。他看到那艘怪物般的舰船掉转方向准备撤离，而敌方增援正在赶来，果断选择了追击。他明白自己的无人舰队肯定不是骑士团的对手，可是他想，就算今天死在这里也要为薇拉，为科伦坡幽灵们，为所有死在奥厄的人报仇！然而他毕竟没有经历过战场，他低估了敌军的航速，十分钟后便眼看着要被拦截下来。幸亏及时赶来的埃本塔尔军团保护了他的侧翼，暂时击退了罗得骑士团的增援。据军团副将埃贡·莱纳·舍尔兴后来说，当时埃本塔尔男爵认为就算置身险境也要保护科赫的一翼，以报刚才他主动出击的救命大恩。温特利德本可以与埃本塔尔军团合兵一处，全身而退，可是他却没有减速，仍全速追了上去。另一支罗得骑士团分舰队从他正对面的右下方袭来，他再次面临选择，是不计损失地追击那一艘精神污染舰，还是暂时防御？现在他已孤军深入，再没有友军能掩护了，但他坚决地选择了前者。

"他真是不要命了，不要命了。"费尔特海姆看到这一幕，连声道。

"外行第一次上阵都这样。"一名参谋说道。

注视着战况发展的两军将领都被这种打法所震惊，他们中有人想起自己年轻时，头一回上阵也是不顾一切把能量打光，那种被恐惧与兴奋笼罩的战栗，那种冷彻与灼热相交织的痛苦，以及在照亮宇宙的死亡光焰中燃烧的感觉。只有舒尔茨意识到，温特利德这样做，不是因为值得用战术损耗去交换敌军的战略武器，也不是因为被精神污染或物理炮火震疯了，而是因为奥厄的执念。他必须把这种执念完全释放出去，否则他就无法重新开始。他只是不知道，这执念中除了薇拉，还有科伦坡幽灵。

待到温特利德明白自己低估了敌军增援的速度，已经没有退路。无人战舰在他的周围一艘接一艘地爆炸，他作好了死的准备。自己的舰队正在以惊人的速度消失，再过十分钟就会灰飞烟灭，荡然无存。十分钟，足够把面前这艘阴邪凶暴的舰船拖下地狱吗？数十公里的前方，又一艘战舰化作了耀目的白光，再给我十分钟！他盯着屏幕上那艘逃逸中的敌舰，认出其舰侧有一落叶图案，那正是精神污染物的标记。距离越来越近，哪怕再给五分钟！温特利德也如风暴中的落叶，只身飞过闪电的密林。他双眼直盯着屏幕上的敌舰，生怕一眨眼，它便躲进了魔镜里。这个有着死前要做之事的人，已经忘掉了死亡。

这时奇迹出现了：几个方向赶来的敌军都骤然停止了阻截作战，掉转方向逃离。就在温特利德要追上那艘精神污染舰时，它自爆了。同时，他的战舰被笼罩在暗红的光芒中。温特利德一瞬间以为自己死了，以为这便是通往冥府的道路，几秒钟后才反应过来，是精神污染舰最后释放出来的污染。

"为了不让此舰落入他人手中，这是在自毁之前，把污染扩散到整个空间吗？"温特利德想起奥厄行星屠杀之后，也遇到过一艘在即将被纳入辨识距离时自爆的神秘舰艇。

费尔特海姆准将的主力舰队是最后赶到的，等他到来时，敌军主力已经开始撤离。损失了撒手锏之后的骑士团为了规避消耗战，节省有限而宝贵的战力，立即选择了撤退。精神污染舰的自爆的污染范围其实不到半光秒，却把附近两光秒内的战舰都吓得四散，敌军刚刚勉强列阵的阵型中央，立即被炸出了一个大缺口。然而这个千载难逢的机会，却被费尔特海姆错过了。他姗姗来迟，是因为恐惧精神污染舰只是诈退，惧怕那要命的回马枪。然而费尔特海姆却以进攻勇猛著称，有悍将之名。敌军凭过去的名声，高估了他当前的迅猛，否则本可以先消灭温特利德的无人舰队再离去。双方都高估了对手的战意，都认为再打下去会对己方不利，所以此处的战役随着精神污染舰的毁灭而结束了。

舒尔茨立即命令施文克准将调整航向，去拦截舒尔茨伯爵的退路："我舅舅现在看到罗得骑士团失败，一定已经在折返海尔辛兰的路上了。"施文克此前接到的命令是守株待兔，如今接到新命令，便率领全体舰队一举传送到了中途的一个星系，准确地截住了掉头回撤的舒尔茨伯爵。

舒尔茨伯爵万没想到，他外甥刚得知另一条战线胜利的消息，还没来得及预先侦察，就猜中了自己可能的路线，一下子扑了过来。

"边打边撤，我一有机会就会下达命令，让各位分批脱离战场！在此之前，不许擅自脱离！"

舒尔茨伯爵没有惊慌失措，北方女王号屹立阵中，仍然坚不可摧。他沉着地指挥了这场撤退作战。帝国军在施文克的指挥下紧追不放，这种凶猛的打法迫使伯爵在连续牺牲了两个编队的驱逐舰后，终于尽可能多地把部下们活着带了回来。

"没有关系的，迄今发生的三场战役中，有两场我们都大获全胜，将来我们还会赢回来的。"特罗伦哈根说道，他看起来仍信心十足。

"不对，不对，"舒尔茨伯爵摇了摇头，"此前的两场胜利，都缺乏战略意义；这一战不仅是战术失败，而且损失了战略武器。接下来，敌人会越打越多，这只是我们的第一场失败而已。"

第九节：惩罚

1.

温特利德·科赫筋疲力尽，独坐在无人舰队的指挥舰内。敌军已经远去，自己的舰队仅剩不到三成，想起刚才从三个方向涌来的海啸般的炮火，热血迅速凝成了冷汗。精神污染舰自爆后的暗红暖光渐散，宇宙回到了冷硬的黑白二色，钢铁战舰整体化的轮廓构造出棱角分明的光与影。温特利德的心也冷却了下来。

亲眼看见精神污染舰被毁灭，只给了他最短暂的愉悦，还没咀嚼品味就已消失。死者再也不会返生，复仇的快感却又那么易逝，世间的痛苦与幸福是多么不对等呀！刚才自己只求同归于尽的三次猛攻又是为什么呢？这样做值得吗？是的，用再多无人舰交换敌军的一架战略武器也值得。可是这并非我的动机。仅为了一个理由，仅为了一个理由！大仇得报之后的空虚，也胜过无能复仇的苦恨。这才是我的精神污染：我若不能杀死那艘精神污染舰，它的存在就会杀死我的精神；我若一时胆怯让它逃离，就会有无尽的懊悔。宁可先做成一件事，在成功后称量它沉甸甸的代价；也不要因为惧怕代价，而悔恨当初没有去做。他不相信时间能治疗一切，因为时间只是磨灭了一切，事物一旦磨灭，反而再无法补偿。

身后，埃本塔尔军团慢慢地跟了上来，温特利德这才意识到，此前自己的连续冲锋竟然甩下了友军三光秒。头顶上醒目的黄灯亮起，总部传来了返航的信号。

在前线战况紧张的时刻，当舒尔茨得知费尔特海姆这边胜局已定，他的注意力就被牵扯到施文克准将的另一条战线上去了：从战略上说，舒尔茨猜中了舅舅返航的中转点；从战术上说，施文克断定敌方不敢恋战，轻松赢下了一场胜利。战事全部结束后，舒尔茨才回过头来读科赫劝降卡萨尔斯的演说，当读到科赫以宽待降军俘虏来劝降时，他皱了皱眉。

"帝国军法中有这样优待俘虏的承诺吗？"舒尔茨问身旁的副官梅耶贝尔。

"没有的，殿下，善待俘虏只限于主动投诚的敌军。"

"那该如何对待战败临阵来降的叛军呢？"

"十一抽杀法，殿下。"

"嗯。"舒尔茨接着看战役经过的汇报。

"埃本塔尔军团在受命出击时抗命不遵，又该如何处置呢？"

"指挥官罪当革职审判，殿下。"梅耶贝尔犹豫了一下。

"两番抗命呢？"

"指挥官处死，全军执行……十一抽杀法，殿下。"

舒尔茨当然明白这些残酷的法律，听到这里却还是犹豫了。他故意问副官这些问题，只是出于对科赫擅自越权把优待战俘作为谈判条件的不满。这个没经验的新人，竟把违背军法的招降当作一种战术手段。然而我应当纠正他吗？应当宣布他开出的条件是无效的吗？还是睁只眼闭只眼呢？舒尔茨拿不定主意。科赫的勇猛并未让此前嘲笑他只知逃跑的众将官对他有所改观，相反，他们如今把科赫首战的畏缩与第二战的蛮干并列，更加确证了这是个地地道道的走极端的外行。

他决定等科赫、费尔特海姆两人回来，让他们陈述了更具体的情况再说。

两天后他们都回来了，帝国军的全舰队再次汇合一处。

由于科赫的主动出击，这场战役以极小代价收获了胜利。费尔特海姆准将本想掩盖自己原本准备牺牲埃本塔尔军团的事，这样对所有人都有好处：埃本塔尔男爵不必因抗命不遵受审，自己的决断也会显得更英明。可是他的如意算盘落空了，舒尔茨早就知道了战斗的详细过程。在将费尔特海姆准将升为少将，科赫上校升为准将之后，没等前者报告战事经过，舒尔茨就开口了：

"费尔特海姆，此战大破敌军的精神污染舰，实在是一大胜利。不知中途可有危险？"

"没有的，殿下。"

舒尔茨手持酒杯离开座席，边走边说："胜利固然是好结果。有人认为，只要结果好，过程都不必计较。这样想的人疏忽了一件事，那就是最后的结果永远在未来。每一次胜利都不是终点，都必须被视作通往更高胜利的台阶。反过来说，一时成功的侥幸，不加反思，也会毁掉今后长远的胜利。"

费尔特海姆拿着酒杯的手僵住了，他想，舒尔茨一定已经知道了自己曾命令埃本塔尔军团出击之事。

果然，舒尔茨继续道："那些据说干脆利落的胜利，多是二流历史学家的重构。你我都是军人，我们都知道，其实没有一场战役不是充满不确定因素的。古今许多名将，在刚结束了昏天黑地的厮杀时，甚至不能立即看清谁输谁赢、输赢几何。所以，我还是想在胜利之后,请您多说一说战场上的危险与意外。"

"殿下!"费尔特海姆知道瞒不住了,赶忙禀告了埃本塔尔军团的事。但是他没说自己是派他们去做敢死队送死的,而只强调了埃本塔尔男爵抗命不遵。费尔特海姆自称用了帝国军最常规的战术,趁敌军半路被截、阵型未稳发动快攻。然而舒尔茨听出这不过是借口:难道自己不是在他们走之前,将精神污染舰的事告知他们了吗?他是知道精神污染舰的存在的。

"好了,我知道了,"舒尔茨有些不耐烦,加快了语速,"就算你让他们送死做炮灰,他们也应当义无反顾冲上去,让第二队踏过他们的尸体夺取胜利。否则如果人人惜命,仗就没法打了。对吧?"

费尔特海姆意识到,舒尔茨明显已经看出自己是把埃本塔尔军团当炮灰来用,识趣地闭上了嘴。与其在庆功之时说错话,还不如什么都不说来得保险。在座的诸位将领也都听出了其中的蹊跷,谁都不愿说话。

"既然大家都不说话,那么,"舒尔茨环视一周,目光落在了科赫身上,"科赫准将,这一次您主动出击,不仅救下了违抗军令的埃本塔尔军团,而且还招降了敌军兵将,你觉得当如何处置呢?"

"请宽恕埃本塔尔军团和来降的将士。"温特利德提出了他刚刚升至将官后的第一个请求。

"此言差矣。十一抽杀,军法如山。对违令者若不严加惩罚,那军令又有何意义?若不区别对待主动归顺的敌军和临阵投降的战俘,又怎能鼓励敌人尽早来降呢?"刚从另一条战线上得胜归来的施文克准将说道。

"如果使用了十一抽杀法，那么今后任何战前未降之敌，都必定会在战场上拼死抵抗。这又是否值得呢？施文克准将，我军此番得胜，您又俘虏了多少敌军呢？"

"既然已稳操胜券，又何必费招降俘虏的麻烦呢？我根本没有劝降。敌军要么被击毁，要么溃逃了。"施文克答道。

温特利德听他这么说，心中十分厌恶，降低战术损伤难道不是为将者必须做的吗？能因为"麻烦"就放弃吗？他不知道施文克那条战线上的情况：反叛军撤离战场时，其中一支受损最严重的担任正面防御的舰队送来了请降密信。施文克却认为，这只是诱使他降低火力，为大部队撤离拖延时间。于是他不予理会，继续猛攻，把敌人原本准备投降的舰队几乎屠杀殆尽。如今施文克先发制人，谴责温特利德心慈手软，当然也是为自己的残酷作辩解。

"请给这些人一次机会，以证明他们的忠诚。否则，严酷的法律在外交和宣传上会很不利。"温特利德看着舒尔茨说道。

"请注意你的言论，'外交上'是什么意思？难道你承认叛军是一个对等的国家吗？"施文克说道。

"外交不一定是国与国之间的，只要是政治团体之间都可以有外交，战争本身也可以理解为外交信号的一部分。"温特利德知道此番绝不能有丝毫退让，因为一旦在气势上被压下去，就会输掉争论，而为了数万人的性命他绝不能输。于是他不甘示弱地立刻反驳了回去，"只有以为'国家'是唯一权力实体，不顾外交应有的灵活性的民族主义者，才会问出这样粗劣的问题。"

在人类统一的时代，谁还瞧得起民族主义者，那些穷街陋巷的小民呢？在帝国的历史课本上，每一幕外交危机，每一场世界大战，每一次文明的衰败乃至人性的倒退，都是这帮人酿成的。然而，尽管是施文克先用"叛军是否是一个国家"的政治正确来压制自己，当温特利德利用帝国主义的政治正确反击，仍然略微令自己感到恶心。他这样也是做了一件很不正确的事：刚刚升任准将就立刻顶撞了，甚至嘲笑了仅十分钟前军衔仍高过自己的将官，引起了在场众人的侧目。这虽不是纪律上明文禁止的，却也极不妥当。一直以来温特利德都只与值得辩论的对手辩论，对逞一时口舌之利没兴趣。然而这次，他决意要据理力争，因为他在劝降时给出了善待俘虏的承诺，就已经押上了自己的个人名誉；至于帝国军的信誉，他倒并不真的在意。

这种坚决的态度令舒尔茨略感惊讶。他意识到，科赫是真的不能容忍自己在战场上救下的和劝降的士兵被十一抽杀。科赫是特种作战部训练出来的，他在那里没有学会冷酷与不择手段，反而学会了从政治，而不仅是军事视角看问题。可是舒尔茨也明白，施文克那一代人是信奉剑胜过笔、大炮胜过话语的一代人。在他们的眼中，军队就是国家，国家就是一切，至于道德上、体面上、审美观感上的事，向来无所谓；不，不仅无所谓，甚至只要符合军事"需要"，越是不顾体面和观感的行为就越要坚决执行，因为只有这样，才更令军队保持蛮武，免遭柔弱思想的侵蚀。舒尔茨明白这种遗留自银河统一战争时期的旧思想，同时也知道年轻的科赫不明白这些。

施文克准将正欲反驳，舒尔茨止住了他的话头："世界上能够维持的道德，是不会依赖短暂的情感发作的；真正的道义，往往不会违逆现实的动机。优待战俘的规则，究竟是仁爱的结果，还是一支军队为了软化对手的战争意志而必须保持的名誉,是说不清的。"

既然全军统帅已这样说,施文克也就不再争辩。

舒尔茨接着转向温特利德说道:"科赫准将,你听着:既然你请求一次机会,那就只有一次。权利不会无中生有,这次机会是你借走的,有借就必有还。命运是慷慨的,像你这样一无所有的年轻人,总能够向未来借债。然而命运也是残酷的:如若成功,他们将获赦免,如若失败,你就必须与埃本塔尔军团和投降的卡萨尔斯军团同赴十一抽杀法的刑场,由你个人,而非整个帝国军的名誉来承担损失。我军情报部门已经探知,败退的敌军计划转而攻击工业行星米滕多夫,目标是那里的大型军工厂。你要想让这两支部队将功补过,就率领他们去支援。"

舒尔茨知道这样做能够令各方满意。对于施文克来说,这是远比十一抽杀更重的惩罚,且让他们去打仗显然更符合"军事需要",无违于武夫的逻辑。对于科赫来说,这样就能让数万人不至于枉死,尽管他们中仍会有不止十分之一的兵员丧命在战场。最后,舒尔茨也不必施行十一抽杀法,不至于尚未登基就先有了刽子手的恶名。

"遵命!"温特利德简短地答道。他的干脆令在场的众将官觉得不知死活:来降的卡萨尔斯军团破碎不堪,即便并入埃本塔尔军团,总计也只有三千余艘战舰,而贵族联军虽在战略上连遭挫败,战术实力却未明显受损,仍有大约四倍兵力。这样的行动无异于以卵击石。

"哼,虽然你刚才对我出言不逊,但我不会和你这外行小子一般见识,我告诉你:这是自寻死路。"施文克准将说。

"谢谢,但我既不会放弃,也从来没有壮烈牺牲的愿望。"温特利德觉得施文克准将并无恶意，确是真的在提醒自己，一时心软又对他感激起来。

埃本塔尔军团终于免遭十一抽杀法，他们的统帅却没有这么幸运。埃本塔尔男爵仍被判死刑，罪名是临阵畏战，两度抗命不遵。舒尔茨要求全军高级将官和埃本塔尔军团全体军官一律观刑，不得借口推脱。

埃本塔尔军团的军官们知道自己的长官并非贪生怕死、临阵畏缩之辈，而是为保护他们不在精神污染轰炸之下枉死而抗命的。临刑前，男爵嘱咐一名下属同乡，把他的遗体葬在故乡的河流旁；他宣布因为有这些可爱的士兵，他度过了幸福的一生。在场许多追随他的军官纷纷哭泣，男爵却没有。观刑必须保持立正的姿势，所以没有人抹眼泪。男爵最后感谢了温特利德·科赫准将的仁德，他的进言拯救了数以万计的生命；又感谢了他的胆略，在战场上以无人舰队拯救了数十万人。在临刑的这番话里，他只字未提费尔特海姆的不公，尽管这已是全军上下心知肚明的事。

这一死亡的仪式将科赫置于瞩目的焦点。就在几小时前，他还因为施文克准将的一句提醒而在心里原谅了他。如今刑场上的气氛令他再次意识到了军官团的顽固和狭隘，知道自己必须胜利，尽管胜利之后一定会引起他们的嫉恨，但他宁可被嫉恨也绝不能被轻视，且此时他心中已有退敌之计。

2.

三小时后,科赫准将率领这支刚刚目睹了前任指挥官的死刑的舰队启程了。在他的要求下,原本要与埃本塔尔男爵一同问罪的副将埃贡·舍尔兴留住了性命,因为他需要一个足够熟悉该舰队的人从旁协助。

"我,以及我的数万名部下的性命是您救下来的,从此听凭您的差遣!"舰队启程后,舍尔兴对温特利德说道。

"不,不,千万别这样说。"温特利德赶忙回答,心想:封建军队的忠义,果然是习惯性地给予个人,而非国家的。不过,这又有何区别呢?对帝国的忠诚也不过是对皇帝一人的忠诚。

"您千万不要推辞,我们埃本塔尔人一定会报答您的大恩!"

温特利德连连摆手,退后一步:"不,不,如果您要报答我的话,还是永远忠于……"可是说到这里,他忽然想起皇帝驾崩了。人能够忠于一个不存在的东西吗?温特利德看清了自己飞转的念头:他想把对方试图效忠的对象从自己身上引开,以摆脱这令人尴尬的处境,却又因为对方的真诚,不愿说那些自己不相信的瞎话敷衍他。于是他说道:"您若真的想让我高兴,那就忠于自己的良知,而不是效忠于任何一个人。世界上每多一个这样的人,我都会更高兴,就像多了一个朋友。"

舍尔兴刚才看见科赫不停地摆手,以为他会说些"应当效忠皇帝陛下"之类的话,万万没有想到,他的回答竟如此特别。这位科赫准将,真的是一名帝国军人吗?即便在教堂里,舍尔兴也从没遇到过这样讲大道理的人。科赫刚刚拒绝他的效忠时，模样既木讷又腼腆，但他看似随便找出的理由，却是如此正大而自信。

在耶梦迦德号上的帝国军指挥部内，舒尔茨和施文克看着远去的舰队。

"殿下，如果科赫自知绝无可能战胜远比自己强大的对手，率部投靠叛军，这如何是好呢？"

"不可能的。不仅贵族们现在恨他入骨，他还毁了骑士团的精神污染舰，万一落到那个教团手里就更是生不如死。"说完此话，舒尔茨想：可是我只给他这么少的舰队，难道不是把他逼上死路吗？

"那科赫真是死定了，他以为自己从十一抽杀法中救下了数万名士兵，反而害死了数倍于这个数目的人，还把自己害死了。妇人之仁。"施文克说道。

"其实活下来并且保全舰队的办法是有的。"舒尔茨向他瞥了一眼，却没有说明是怎样的办法——只需将帝国军已经获悉敌军意图的情报泄露给对方，舅舅自然会取消行动。尽管这样赢不了，但也输不了。施文克只懂从战术角度想问题，当然想不到这一层；当他听舒尔茨说，这么少的舰队居然能活下来，自知又说了什么蠢话，知趣地闭嘴了。

舒尔茨是皇室私生子，身边的人却尽是武夫，他们偶尔流露出的政治主张，也都是把国家当作军营的管制主义。舒尔茨没有时间与朝中文官交往，他们本就迂腐不堪，在军队和希柏里尔教会的双重压迫下，早已退化为平日尸位素餐，一出问题就推卸责任的螺丝钉，不能指望有任何作为。科赫力主优待俘虏，正如他一贯把军事、内政、外交联系起来思考，然而正是这一点注定了他既不容于武人，也不容于文官。况且帝国文官个个都会用拉丁文诠释希柏里尔教教义，而据说科赫高考神学不及格，这是显然不行的。战争很快就会平定，将来的和平时代必须改革这局面，倘若科赫这次仍能成功阻止敌军进犯，就是不可多得的人才。

可是薇拉呢？她是舒尔茨心中的一根刺。一朝作恶的人，总是恐惧会有泄露之日。如果科赫不能为自己所用，就必须确保他在政治上死亡。他能够从奥厄逃回来，本是不必死的，正如薇拉本来也不必死；但既然有了这份仇，为免节外生枝他也须加提防。是的，这一切的前提是科赫不能为我所用，既然如此，何不再试一试呢？舒尔茨安排通信员再给科赫发一封信，起初他写了一长段话，后来修改为三行，在按下发送键之前，又删改为只剩最后一行。

科赫率领的舰队的通信兵立即收到了信息。

"祝旗开得胜，并期望科赫准将不要忘记那个提议。"

温特利德明白，舒尔茨此处所指，显然是希望自己日后与他联手的邀请。舰队时间已是深夜，他不知该如何回应，于是就没有回。尽管第二天醒来时就后悔了，因为他意识到即便拒绝舒尔茨，也不该把他晾在一边。他感到一股力量正在把自己推离舒尔茨集团，并且又一次对未来有了不祥的预感。

舒尔茨没有等到科赫的回应，便意识到失策了。自己虽发觉了他的才能，却仍太看轻了他；朋党政治的手段，无法拉拢一个把独立和自由看得高过一切的人，只会适得其反地把他推远。这是一个无法讨好的人，正如他当初面临宗教审判，急需我的帮助时，也不曾讨好过我，一丁点都没有过。每一个不愿卷入党派、不愿借助集体的力量的人，都必定在坚持着什么。科赫坚持的又是什么呢？

然而此刻的温特利德却不知道自己在坚持什么。他的舰队即将迎战四倍于己的敌军。在进军途中，他的灵魂却再次陷入怀疑：一个人能够只顾"这是我的工作"，不管它的效果吗？这场银河帝国与封建贵族的内战，谁胜谁败又有什么关系？世界上有多少事其实也是一样，例如某些部门的酒囊饭袋，难道不该全部流落街头饿死吗？我自己呢？我厌恶银河帝国。那么我为它工作、纳税是一种恶吗？如果这样想，多少人创造的价值注定要在更大的历史结构中毁灭，又有多少人做的事是有意义的？就在刚才，我救下了这两支舰队里的数万人，转眼间又要率领他们去杀人或被杀。救下他们时，我以为救下许多果实与种子，可是凡人又怎能臆测命运的季节？我又怎么知道，他们不是秋风中注定要坠落的枯叶？他想起一种古代酷刑，就是让囚犯用沙砌墙，永远砌不成；还有用砖砌墙，砌好了就被推倒再来。我怎么知道我做的事不是这样？

科伦坡幽灵已经不在了，共和的希望已经熄灭，不知要到何年才能重新点燃。人类以对待游戏的态度评价战争，把它视作一种技艺的竞赛。我即将指挥的杀戮，不过是荒诞大戏的一幕，一场数十万人为求生存，力争在自己被杀之前先杀死对手的残酷游戏。舒尔茨会是个好君主吗？他或许会比米哈伊尔更伟大，但不会更好。舒尔茨比米哈伊尔更聪明，更大胆，却同时更危险，更冷漠。

我正在从事的杀戮毫无意义，这场战争无所谓善恶。我即将做的事，其实只是在赢得更高的权位；死亡皆无意义，战功亦是虚无，最多只证明了技术的高超。我要做的，只是把自己置于这场战争的极少数受益者位置上。怀着这沮丧的想法，温特利德睡着了。他在梦里救护了一头受伤的母豹，醒来后心中更加失落，他知道那是薇拉。

三天之后，温特利德的舰队终于靠近了米滕多夫，他的心重新被急迫的现实占据：未来之路模糊不清，眼前的敌人却异常明了。他必须将几天前想好的应敌之策付诸实践。温特利德下令舰队藏匿在距米滕多夫行星只需一次空间跳跃的一个星系。

"难道我们不降落在米滕多夫补充能量，并构筑轨道、地表和舰队一体的防御吗？"

"没有用的，即便给我十年时间和无限的金钱，也无法构筑起能阻挡四倍之敌的防御体系。"

"那您打算如何呢？"

"我已与大本营取得了联系，我军将作为先锋第一个投入战斗，交火后，后续部队会从另一个方向切入战场。将这个消息用旧通信码送去米滕多夫行星，只要他们撑住敌军的第一波攻击，战勋簿上他们就有首功。"

"旧通信码？上一次的惨败，不是正说明，旧通信码已经被敌军破译了吗？"

"对，就用旧通信码。"

温特利德用已被敌军破译的旧通信码，当然是为了告诉舒尔茨伯爵：你的突袭计划已经败露，我军早有准备。他想以此迫使对方折返，避开一场战祸。叛军的通信兵果然没有让他失望。

"报告！我们截获了敌军的通信，说敌军将要全军出击，增援米滕多夫行星！"

"什么？"舒尔茨伯爵反问道，"敌军已经知晓我军的行动？"

"大人，是否取消行动？"一旁的帕彭海姆子爵紧张地问道。

"帕彭海姆，你先等等，我想问，这条消息从何而来？"

"这是一场内战，大人，稍加变通就能破译敌方密码。"通信兵回答。

"那也不可能这么快。难道你是说敌军仍在用两周前，斯瓦洛夫斯基用过的旧密码？"伯爵问道。

"是的，大人。"

舒尔茨伯爵心中奇怪，敌人上次遭伏，明显是信息泄露所致。此次居然仍使用已被破译的密码，实在不合常规。我那外甥大概是想借此机会吓阻我军。如果他真的打算在米滕多夫将我军一网打尽，就一定不会在通信上犯下如此低级的错误。伯爵心中推想，一定是帝国军出于某种原因暂时不能出战，或被什么其他因素牵制住了行动，才故意放出这样的消息，虚张声势罢了。

"无妨，继续前进。"舒尔茨伯爵下令继续向米滕多夫进发，不过转念一想，觉得既然对方已经得知我们的行动，再作隐蔽也已无用。况且帝国军说不定只是暂时动不了，所以兵贵神速，于是又改了命令："取消通信静默，提高航速，修改航线直扑米滕多夫！"

第十节：疑兵

1.

既然行踪已经暴露，舒尔茨伯爵下令取消舰队隐蔽，以最大航速直扑米滕多夫。这让温特利德可以清楚地看着他步步逼近。仅十八小时后，叛军舰队就已抵达，并与轨道防御交战。温特利德明白，若再不增援，不出半小时，米滕多夫行星就会投降。他手心冒汗，"再等等，再等等"。直到敌军已经传送了一半，友军的轨道炮台也已完全吸引住了对方的火力和注意力，他才命令舍尔兴让舰队分批次，以渐强态势传送至米滕多夫行星上空，伪装成经由单程传送增幅门逐渐传送而来之势。他三次嘱咐舍尔兴，不要管队形，抵达后立即对敌军后侧发动突袭，要大胆些，再大胆些。

叛军总旗舰北方女王号的指挥部内，响起了后上方有敌舰队来袭的警报。

"伯爵大人……"

"安静！安静！安静！我看见了！"舒尔茨伯爵盯着屏幕大喊，他的嗓音比周围人加起来还高。话音落下，指挥部如死一般寂静。伯爵心中念头飞转：难道帝国军之前的通信，不是故意泄露出来虚张声势，而确实就是准备在此将我们歼灭？此刻，他的最后一丝疑虑、最后一缕希望，竟来自对敌军，即舒尔茨带出来的这支帝国中央舰队的信任。按理说，他们怎么都不该愚蠢到明知密码已被破译，却仍然继续用它联络的地步。难道帝国军已经腐败不堪到如此境地了吗？帝国精锐毕竟也是人，也会失误。眼前的事实不容否认，他们的舰队确已杀到。看来这次真的是我想得太多了，误读了敌军原本简单的失误，聪明反被聪明误矣！

早在启航之前，舒尔茨伯爵就已经和众贵族预先拟定了若正面撞上敌军主力，如何全身而退的计划。伯爵仍想再停留五分钟，但是仅过了三分钟都不到，他就发现敌军传送过来的舰队越来越多，不得不当机立断，命令后续舰队停止向战场传送，并下达了撤退令。若再迟片刻，就会被优势敌军咬上，逃不掉了。

自始至终，舒尔茨伯爵都在"敌军的通信是假的"和"敌军的通信是真的"之间选择，即在帝国军全军来袭与按兵不动之间选择。他怎能料到，由于温特利德从十一抽杀法下救出了这两支舰队，才不得不违背常理，仅以三千战舰，来御四倍之敌。

温特利德分批投入兵力的过程将持续十分钟，起初贵族军的侧翼组织起了抵抗，这让他极为紧张，因为他知道自己兵力不足的真相很快就会露馅。但仅五分钟后，敌军阵型就发生了混乱。五个分舰队几乎同时开始撤退，然而刚刚传送到此的战舰需要等数小时后引擎冷却才能再次发动传送，所以只能把常规动力开到最大，争先恐后朝着相反方向逃去。此时仍有战舰刚刚传送至战场，他们本应当处于相对安全的后方，却尚未站稳脚跟，就迎面遇上扑来的敌人，一些舰船立刻成了俘虏，另一些瞬间被炸成了火球，零星的火光与残骸甚至穿过尚未闭合的空间裂缝，飞溅到了二十光年之外。空间裂缝的不稳定更加剧了战场的混乱。

"追击！追击！"温特利德下令道，"不要怕，敌军虽多但绝不敢回头，追击！"

战场上出现了罕见的情形，两千多艘战舰在四倍于己的优势敌军后面穷追不舍，亏得舍尔兴能毫无怯意地执行追击指令。温特利德反而紧张得满头大汗，直到如乱流般狂奔的敌舰队已逃出侦测范围，才松一口气。舒尔茨伯爵即便此时再想反攻也无力回头了，因为没有任何将领能拦得住这样一支溃军。由于刚才的战况过于混乱，难以统计敌军损失。只知此战击毁贵族联军的战舰数百，俘获四百余艘，而埃本塔尔军团仅损失四十九艘战舰。

"科赫准将，"舍尔兴问道，"我们大本营的后续部队呢？"

"在这里，"温特利德用手指了指自己的脑袋，"在想象中。"

"在想象中？"

"在你的想象中，在敌军的想象中，最初是在我的想象中。当人们共同想象出一支威武的军团，它的重压可能比现实的军团更让人喘不过气。我只需发动侧翼突袭，逐次投入渐强的兵力，就足以制造我军主力片刻将至的假象了。"

这时一名中尉走进来，说投降的敌军中军阶最高的一位胡梅尔上校要见我军指挥官。于是温特利德传唤了他。可是这名战俘却拒绝以降虏身份行礼，坚持要以"平等的人"的身份与他对话。温特利德觉得这样很不错，当即说，好，没问题。

"我们是您的俘虏，但这不是因为我们的无能，而是我的领主，特罗伦哈根的懦弱。在你们发动侧翼突袭时，他只顾自己逃命，竟忘了通知后续部队停止传送至前线，我们才会莫名其妙跳进你们的舰阵，刚抵达战场就被俘。"

温特利德听闻此言，才明白了刚才怎么会有那么多敌舰送上门来。特罗伦哈根？不就是初战中那位一听到母星遭袭就仓皇回撤的侯爵吗？在这场战争中，双方的策略一直在变化，胜败的时运也几经易手，只有此人的无能始终如一。于是他说道："您的这番话很有道理，像特罗伦哈根那样的主人，是不会有谁真正忠诚于他的，但您究竟想说什么呢？"

"我们不想做俘虏，这不该是我们德性所匹配的下场。历史的法庭毫无公正可言，一些人犯下恶行，却要另一些人来承受恶果，我们不服。"

"照这样说，您是希望在让'另一些人'得到他们'德性匹配的下场'的事情上，助我一臂之力了？"

"正是如此，请让我帮助您。"

"这是您一人的意见，还是数百被俘战舰上的士兵们的意见？"

"啊！您想知道他们的意见！"

"嗯。"

"可他们不过是些农民，没有爵位，也没有财产。"

"但他们一样有欲望，也有暴力。"

"我要与过去的主人为敌，这绝不是我背叛了我的老爷们，而是他们背叛了我。至于士兵们的意见，他们从未被老爷们背叛过，因为他们一上来就是被强迫和被剥夺的；主人不可能背叛奴隶，野狼也无法背叛羔羊。士兵们的意见？他们把降书解释成契约，歌颂顺服的美德；然而只要哪个天真的蠢蛋给了一线希望的光，这些平日里的懦弱者一定会扰乱天空的秩序，践踏大地的和谐，将银河倾覆于烈火。"

温特利德耐心地听他说完了这番话。

"现在您还认为他们有所谓意见吗？"胡梅尔问道。

"有的，有的。你回去告诉投降的士兵们，愿意加入我军与他们过去的爵爷战斗的，可以继续拿起武器，且每有三百人想回到旧主身边，我就派一艘运输船送回。"温特利德很想说，自愿选择留下的士兵才是他想要的。然而就在同时，他想道：唉，如今我又"需要"这些士兵做什么呢？若是在半年前，我或许已能暗中给幽灵们培养一支舰队。如今幽灵已经不在了，我一个人又能做什么呢？但他在思索这些时间面无表情，一句多余的话都没说。

胡梅尔听到这个安排，面露钦佩之色，却也未发一言。于是温特利德示意这位"高傲的胡梅尔"可以离开了，心中却觉得这是他此次出征以来，接触到的第一个有所共鸣的人。

2.

温特利德会见了米滕多夫行星的总督。在总督府门前，他看见欢迎的人群手中并举着舒尔茨和他的画像，这令他颇感不安。进入总督府后，他询问能否不要将欢迎的场面播出。在修道院里长大的温特利德本就不喜欢拍照，更别提画像了；何况身为军人，与未来国君的画像并列是极不合适的。总督却回答，这些画面早已由 MRG 向全银河系现场直播了，帝国已经将这场胜利宣传成了军事奇迹。温特利德的眉头皱了起来，这是年轻的他第一次担心自己名声太盛，会遭人嫉妒和提防，自己想要在战后退出军政事务也会更难。

在总督府内，温特利德见到了米滕多夫的最高军事长官瓦尔特·维尔纳·穆勒中将，他立即敬礼道："中将阁下，在刚才的防御战中，多亏您的轨道和地面防御体系先吸引住对方的火力，我军随后发动的袭击才吓跑了对方。"

穆勒赶紧说："这还客气什么？我们都是帝国军人，您能够不辜负我们行星轨道防线的牺牲，将其作最大利用，奇迹般地赶走敌军，已经很对得起我们了。如今大家都说，您是殿下的左膀右臂，帝国军未来的支柱。"

"岂敢，我只不过二十出头，军衔也只是准将而已。"

"哪里的话，如此年轻有为，就像当年本朝开国皇帝……"

话音刚落，穆勒中将立刻觉得不太对，老穆罗梅茨后来可是弑主自立的。他赶紧把话题岔开，转为讨论如何预防敌军接下来的第二波进攻。

"敌军应该不会再来进攻了。"温特利德说，"第一次进攻被击退后，他们一定知道自己的计划已经泄露，所以必定会选取其他的备用计划。"

"啊？"穆勒中将说，"这样说也有道理，那么您会率舰队离开吗？"

"不会，"温特利德本想说，我可不想这么早就回大本营复命。但话到嘴边，还是换了个较为冠冕堂皇的理由："我把舰队留在这里，自然能从这个位置对敌军构成威慑。"

"那您准备做什么呢？"

"什么都不做。"

"什么都不做？"

"对。舰队的存在就意味着在场,已足够对相当广大的空间辐射威慑。所以无论敌人逃去哪里,我们只需待在这里就足够帮到正面战场。如今叛军连番失败,士气必定低落,只待殿下率全军主力发动最后一击,便可班师回朝了。"

见过总督之后的第二天,那位胡梅尔就带回了消息。他把科赫给出的条件告诉了被俘的四百多艘战舰上的士兵们,结果几乎无人愿意回去。被俘之后又被无故释放,将面临漫长的审讯,甚至会牵连家人。况且此番战败后,大多数人都已看出贵族联军败局已定。于是他们宁可被当作战死了,这样家人尽管暂时伤心,却能领到一笔抚恤金;虽然很可能还没来得及发抚恤金,战争就结束了。于是他们都选择了与从前的老爷们战斗,温特利德将这四百艘战舰交还给胡梅尔上校指挥。

"科赫准将,您把我的部下们又还给了我,难道不怕我临阵叛变吗?"

"确实,你投降后说的那些话,没有一句是令人放心的。你当时是怎么想的呢?降将若只求活命,或想要重新谋个职位,大可以编些敌将爱听的话。"

"战场打输被你擒住,我是服气的。但若要我刻意讨好你,蒙受这种耻辱还不如死了。"

"其实打输被俘的将领,还有另一种活命的路子,那就是摆出大义凛然、忠于旧主的姿态。世俗的道德,常要求获胜的一方必须心胸宽广,于是我更不得不说些什么'忠臣难得''真忠义之士也'之类的话,放你一马以显仁德了。这在三百年的诸侯纷争中还少见吗?当然，双方都心照不宣，最终只是同演一出戏罢了。"

"哼！没有想到你也是这样的人，但老子是不会演戏的！"

"如果不演戏就会死呢？"

"那说不定还是会演的。"

"好！不过，要你演那种庸俗的戏，实在太委屈了。你上次投降时说的那些话，每一句都既不容于帝国，也不容于封建领主。甚至连自诩离经叛道的自由派、共和派都不会容你。那时我就知道，你一定是个有一说一、心直口快之人，你身上的荣誉和骄傲还没有被扭曲，我把你的部下交还给你，自然是相信你不会有阳奉阴违、临阵叛变的心思。"

温特利德将胡梅尔交给舍尔兴，将新归降的四百多艘战舰编入埃本塔尔军团，便让他退下了。这时后方传来了一份电讯，是关于半个多月前从那处偏僻"仓库"中救出的囚犯的调查报告。此番出征之前，他得知一名囚犯疯癫之后，与他同室的囚犯尽管已被转移到了另一间牢房，却也疯癫了。当时他就想到了一种可能性：难道精神污染有传染性吗？他立即要求将与他同室的另两名囚犯转移到了隔离囚室，并密切观察。

如今，电文从大本营传来，这两名囚犯真的也疯了。

温特利德确证了自己的猜想，他原本计划炸毁的"仓库"不仅不是仓库，甚至也不仅是秘密监狱，而是一处精神污染试验所：有人正在这里，以活人为试验品，研究某种传染性的精神污染。温特利德意识到事关重大，但他在把此事报告给舒尔茨之前犹豫了。舒尔茨会怎样利用这个信息呢？有些知识传承下去，还不如失传了更为妥当；如此黑暗的秘密，还是永远埋没在阴森的囚室里，不要为军政实权人物所知比较好。

3.

第二天，穆勒中将请科赫和舍尔兴前来，就重建行星防御咨询他们的意见。科赫看到轨道炮台和护盾增幅网的繁杂图纸，苦笑着摆摆手，把这些工作都推给了舍尔兴。舍尔兴也不懂工程学或防御战，但既然是长官的意思，就只好把图纸带回去研究，明天再给他答复。按照惯例，一颗行星的轨道防御是不该交给像舍尔兴这样的另一颗行星的舰队指挥官的，但既然如今埃本塔尔军团是作为帝国军的一部分参战，穆勒也就没有阻拦。

两人回到舰队，有一名军官在办公室门口等候已久。他报告了一个出人意料的消息：国王堡骑士团使者求见。

"国王堡骑士团？敌军此次奔袭米滕多夫，进军神速，我猜也是他们中途暗中补给。"

舍尔兴点点头，说道，"这个教团很狡猾，他们虽两度为叛军提供中转补给，其舰队却迄今未上过前线，更没有开过一炮。"

温特利德知道，单独接见敌军密使会惹上通敌嫌疑，幸好埃本塔尔军团的舍尔兴也在场。

"请他进来。"

一名身着灰袍、头发花白的僧人出现在面前。

"尊敬的温特利德·科赫将军阁下，在下只是国王堡教会骑士团内一名神父,我叫约阿斯。易变的历史和难测的命运把我们暂时效忠的对象分列于战祸的两端,然而我此次前来,却怀着比这场战争的胜负更远大的目标。"

"那究竟是何事呢?您是神职人员,在下只是一介武夫。"

这位约阿斯神父并未说话。温特利德看出,对方似乎不愿在有第三人在场的情形下吐露目的,但他决定佯装不知。

"接下来的话,我只能与科赫将军阁下一人说。"

温特利德听他两番称呼自己"将军"而非"准将",便猜想这是一位虔心的教士。在北雪平修道院的童年时光里,他早就熟悉了这样的心灵:在真正专注于信仰的人眼中,俗世的差别都变得琐屑而模糊,所有高级军官都是"将军",就像各色的莲花都是莲花。

"倘若你有诱我背叛投靠之意,你就回不去了。"

"绝无此意,相反,是我们教团想投靠您;只是归顺的理由,知情者还是越少越好。"

舍尔兴起身退出房间。温特利德想留住他,但舍尔兴说,他完全相信科赫指挥官。温特利德知道是因为自己救下了他们的舰队,所以他才这样报答自己。

舍尔兴离开后,约阿斯说话了:"在希柏里尔教中,我们国王堡教团一直在寻找能对抗精神污染的人。您在奥厄行星的幸存引起了我们的注意,而在上一次战役中,您孤身一人率无人舰队抗住了精神污染,则证实了这一点。"

"哦?那场战斗,分明是你们的精神污染武器失灵了,它也许只是个不成熟的试验品罢了。"

"那只是外人之见。"约阿斯说,"况且,那不是我们的精神污染武器——我们和私藏并使用它的罗得骑士团毫不相干,他们虽最近反叛教皇,却仍是我们的敌人。此番我们是各怀目的,与舒尔茨伯爵暂时结盟罢了。早在银河统一之前,在中央教廷还设在辉恒的时代,我们就开始了反对教皇派及其精神污染研究的斗争,因此一眼就能看出它绝没有失灵。您或许就是我们近几十年来一直在寻找的免疫者,我们的先知。"

"什么?我不信教的,"温特利德很是惊诧,立刻对这位神父说道,"我会去教堂,但那只是遵循习俗,我其实是个无神论者。"

"无妨,先知本人不必是教团的一员,教团不能限制先知。对先知的唯一要求,是您必须凭真诚信念对我们说话。这个前提非常重要,它是一切的基础。"

"可是我毕竟是帝国军人。"

"此前我们为了与邪恶的教皇派斗争,可以与各种势力结盟。就连科伦坡幽灵,这个恐怖组织,也最早源于我们改革宗被逐出帝都之后,几年内成立的一个分支。"

"啊!竟是这样,你们可真大胆!"温特利德叫了起来,心想这纯属胡说八道。然而从这位教士的眼神中看出,对方很可能真的相信自己所说的这番话。科伦坡幽灵确实是在国王堡教团被逐之后五年内出现的,但这就能说明二者的联系吗?不,科伦坡幽灵是翁布罗萨轰炸的产物,温特利德永远不会忘记这一点。

"至于先知本人……"约阿斯停顿了两秒钟,接着神情坚定地说,"如果您是真正的先知,如果您真的免疫于精神污染,那么您就绝不可能是真正的帝国军人。迷信的人执着于外表，然而一个人是军人、商人还是政客，都与演员没有分别，也与影子没有分别。"

听了这番话，温特利德不由得心中暗暗吃惊。扪心自问：我真的是帝国军人吗？不，我是最后的科伦坡幽灵！我也不信希柏里尔教，不，我不信。可是他的话却让我颤抖，研究精神污染的帝都教廷，和找寻免疫者的地下教派，其中隐藏着的秘密，既是关于教会的，也是关于我的——精神污染到底是怎么回事，我的免疫能力又是怎么回事？他们又是谁？

温特利德不动声色地把话题拉回了当下的局势："我们还是谈一谈，你们为何要卷入这场内战吧。"

"您有所不知，我们骑士团最初起源于一万光年外的国王堡，却在穆罗梅茨王朝统一银河之后，被迫迁徙至此。封建法若能复辟，将削弱帝国的中央集权，我们的教团也就能回到自己真正的故乡，教义上也不再受制于穆罗梅茨堡教皇了。"

"既然如此，你们为何来找我呢？无论在你们的眼中我是谁，至少目前我仍是帝国军的将领。不管你们要我帮忙做什么，我都很难做到。"

"我们来找您，是因为先知的存在比教团的世俗地位更重要，天上的法比地上的法更真实。我们可以舍弃后者成全前者，用自己的生命保护先知。教团不求先知做任何事，但我们愿意帮助先知完成他的使命与壮举。"

使命与壮举。温特利德想着，他自出生以来唯一有过的"壮志"，就是终结穆罗梅茨王朝——不，是银河帝国。这是早在中学时代，当一名优秀的同学说将来要做一名将军时，心中不屑的温特利德就如此暗暗对自己说的。然而，他从未想过要在其中扮演什么特殊角色。他青年时代的壮志，是与幽灵们的情义，和他对薇拉的誓言联系在一起的。他是一群志同道合者中的一员，而不是特殊的一个。多么幸福。在这个幸运儿的身上，远大的志向与亲切的感情达到了同一，令这个敏锐的青年能够承受宏大的思想，使它们不那么严酷。在奥厄的那场灾难夺走了他们之后，温特利德已准备在漫漫余生中把这份壮志埋藏在心底。哪怕以舒尔茨的慧眼邀请他，要重用他，他也无动于衷。偏偏就在这时，居然是一个教士又燃起了他的希望。

"我的壮举？"温特利德缓缓说道，"我确实曾有一个很大的志向，但那'不是教地上太平，乃是教地上动刀兵'。"

"这是地球时代的先人就已说过的话。"约阿斯眼中的意思是：即便如此也无妨。

温特利德停了下来，思考了一分钟，我该相信这种荒唐的事情吗？不，起码暂时不能。他们把我说成什么"先知"，八成是想给我灌迷汤，好让我在接收他们的投降时把他们当作自己人对待。你们口口声声说反对教皇的精神污染，我看这才是精神污染呢！但既然你这样说了，我何不利用这一点，要你们证明自己的诚意呢？于是温特利德说道："我想，动刀兵毕竟是不好的，这场无意义的战争打得越久，死人越多。战争的结局已经确定，想必你们也已看出来了，不要作无谓的牺牲了。两三日后我将进攻你们所在的 W-97 星际站，届时我会喊话劝降，你们就助我兵不血刃拿下它。能答应吗？"

"一切听凭吩咐，我回去之后，立刻安排。"

温特利德又与约阿斯神父仔细商量了一阵，就送走了他，然后便去找舍尔兴，告诉他舰队又要出发了。

"我们的机会来了，驻守 W-97 星际站的国王堡骑士团刚派来了使者，他们和另一个骑士团不和，想倒戈投靠我们，但需要我们做外应。我想这一定是他们看出叛军败局已定，想趁早弃暗投明。所以我们可趁机攻破 W-97 星际站这个据点，还能俘获一大批战舰。"

"指挥官，您答应他们了？"

"这个计划不是他，而是我提出的，所以应该没问题。"

"他们承诺什么了吗？"

"他们的承诺……十分奇怪……当然不可轻信。"温特利德低声说道，"但即便有诈，我们也能全身而退，不会有什么损失。"

第十一节：围歼

1.

舒尔茨坐在耶梦迦德号的卧室内，目光落在舱壁上挂着的星图上。这是一张少见的旧式二维纸图，是几年前他获得独立的舰队指挥权后，帝国总参谋长艾希霍恩元帅送给他的。自那时起，这张星图就成了舒尔茨时常凝望之物，每当舷窗外银河的皎白光明映照着纸上的星体，他便分不清哪一者更真实。夜夜如此的舒尔茨，逐渐将对星海的爱和战略思维混淆成了同一种东西。

舒尔茨的目光落在了从米滕多夫到海尔辛兰之间的那片空间。他知道，无论科赫增援米滕多夫的行动是胜是败，都已到了决战之时。一个半月前，他就料定舅舅若反叛，只有先发制人一条路可走。人们常相信历史书的论调，以为挑起战争的一方都是恃强凌弱，这是一个巨大的误解。发动战争的时常是弱者，因为道义门面对于弱者而言太过昂贵，他们为求胜利也通常更加不择手段。战略上的弱者多半依赖奇袭打开局面，且需要以连番速胜一鼓作气打到底，这条路自然凶险异常，一念之差，就会前功尽弃；一着不慎，便是满盘皆输。相反，帝国军在开战之初连败两场，就算一败再败，一退再退，只要未伤元气便仍稳据优势。弱者需要不断进攻，在初战中就押上全部的本钱，甚至与命运签下一旦失败就无法偿还的欠条，而强者只需调动部分力量消极防御，因为时间迟早会暴露出双方真实的实力对比。

舒尔茨一开始预想的就是长期战争：在遭遇偷袭前期失利之后，他将力挽危局，为自己奠定不可撼动的政治资本，并借危机中的战时体制重塑帝国的重心。然而科赫的出现大大缩短了战争，迫使他更改计划，干净利落地结束它。危局已不存在，胜利一旦停滞，人民将不再把战争造成的经济负担归咎于叛军，而会归咎于自己的无能。

帝国军两万三千艘主力舰队已随时准备出动，就像一张拉满的弓。待命状态已经持续了三天，舒尔茨明白它无法维持太久。他在等科赫的战报传回，无论胜败，都可预判出敌军回到海尔辛兰的时间，如此便能在叛军回去后数小时内，趁其传送引擎尚在冷却无法逃脱，立即发动进攻。最终决战必须发生在海尔辛兰。因为只有让臣民亲眼看到自己的领主被打败，亲眼看着他的舰队毁灭在天穹，才会视之为失败者而非英雄。在战争史上，国境之外的失败往往无关痛痒，人们习惯了为它寻找替罪羊；只有战火烧上国土，人们才会真正地反省。

米滕多夫行星的前线捷报和伤亡统计终于传回了大本营，舒尔茨立刻看明白了：科赫再次利用战场之外的资源，夺得了战场上的胜利。众将官看过之后，却只嘲笑敌军面对数量上少得多的我军，竟然逃得比野兔还快。这种反应是舒尔茨意料之中的。在他们眼中，科赫违背军事常识冒失地发动进攻，再次"偶然地"获得了敌人双手奉上的、莫名其妙的胜利。舒尔茨同时也想到：这次违背军事常识的其实是我，只分配给他如此少的兵力，难免让他认为有刁难之意。但他把这些暂时不重要的事抛诸脑后，重要的仅是，从时间上已能推算出舅舅的叛军如果全速回撤的话，将于大约三天二十小时后返回。

四小时后，帝国中央舰队向着海尔辛兰方向启航了。舒尔茨故意没有给科赫下达进一步的指示。科赫会怎么做呢？敌军攻占米滕多夫行星的计划遭到阻击，他应该能料想到不会再来第二次了；接下来，他是会回来与主力会合，还是从另一方向旁敲侧击呢？

直到舒尔茨的大军走了三分之二的航程，他接到的报告仍是科赫在米滕多夫按兵不动。将官们认为这是过于谨慎了，是在准备防御敌军对行星的第二次攻击，而舒尔茨坚持认为根本没有这种可能性，"他是认为自己的三千战舰没有把握攻下与叛军合作的国王堡骑士团的 W-97 星际站，所以只在侧翼起牵制作用，把正面强攻的任务全都踢还给我了。"这也是舒尔茨，以及他麾下众将心中暗自希望的，总不能把太多的战功都让一人抢去。况且，只要海尔辛兰的舒尔茨伯爵战败，迄今未开一炮的国王堡骑士团也会乖乖投降。

"那是否要催促他配合主力进攻呢?"

"不必,就让他停在那里,在侧翼维持住压力。目前我军的正面兵力已两倍于敌军,不需要更多舰队也能稳操胜券。"

2.

贵族联军被仅相当于己方四分之一的兵力吓退之后,仓皇回撤。目的地呢?各舰都理所当然地选择了原路返程,回到海尔辛兰的大本营。在舰队纷纷一百八十度转向的时刻,舒尔茨伯爵曾有一瞬的犹豫:此时返回故土真的明智吗?帝国军会不会兵分两路,另一半兵力已经藏在自己家门附近等着他了呢?孤星是无法久守的,即便回去,也必须在补给之后撤出,如果要更改目的地,就必须当机立断。伯爵望向漆黑浩渺的太空,除了那里,他还能回哪儿去呢?那是他这辈子,不论胜利还是失败都会回到的地方。一种迷信的思想缠住了他,仿佛在海尔辛兰补给,就能装载比在他处补给更多的能量。这是乡愁,多么可怕呀,他才离开不到一周!

伯爵想:如果此时有人指出遭敌军埋伏的可能性,提议不回海尔辛兰,我们就不回去。可是最终没有人提出更改目的地的意见。回程路上,陆续传来的情报逐渐揭开了科赫虚张声势的真相。一些青年贵族要求立即杀回去,舒尔茨伯爵严词拒绝了这种只图报复,却无战略价值的无理要求。这当然是正确的,因为原本突袭米滕多夫的计划是为掠夺和毁坏敌方战争资源,贵在出其不意,如今既然已经暴露,就再无折返之理。伯爵断定帝国军马上就要大举进攻。在作战会议上，他不仅反对报复米滕多夫，还准备把用来防御那个方向的敌军的 W-97 星际站的国王堡骑士团也撤回来。

舒尔茨伯爵再次提醒众贵族：分散兵力是不明智的。他要求撤回侧翼，只留下 W-97 星际站的静态防御体系，给科赫摆一出空城计，并将全部的机动舰队集中在正面一决生死。贵族军中有人认为此举过于大胆，如果科赫的舰队发动了进攻，将既不需要绕路，也无需担心后方，如入无人之境。可是一贯审慎的舒尔茨伯爵此时却坚持必须冒险，强调若非如此唯有死路一条。争论持续到了深夜，起初反对该计划的人渐渐被说服了，这或许是因为实在没有更好的退敌之策，但也许只是因为他们疲倦了。

最后的集结令已经连夜下达，六十光年之外，驻留在 W-97 星际站的国王堡骑士团舰队悄悄启航，朝着这里增援。而联军的主力舰队也已经在逐批向着海尔辛兰启动传送。伯爵闭上双眼，几秒钟后再度睁开，便看见了那颗熟悉的、碧蓝的行星。伯爵回到了他在北方女王号上的卧室，想起今日还没有写日记。在战争的最危急关头，这位老人又在想些什么呢？他当天的日记不长，最后一段是这样的：

比眼下的战争更久远之事：恢复封建权利的斗争一旦失败，帝国想必是要朝着平等主义的深渊滑去了。从宪法上说，皇帝只是众贵族的首领而非全民首领，贵族们的兵败无疑会把新皇帝推向全民首领的位置。这样的体制又能持续几日呢？僭主政治不过是从贵族制滑向民主制的过程中的不稳定过渡罢了。

这段广为后世历史学家的引用的话,便出自舒尔茨伯爵在这一时期的最后一篇日记,这一天是光复历 476 年 6 月 25 日。这一页翻过去后,就是连续数百页的空白,直到很久之后才又重新开始。

舒尔茨伯爵料想帝国军可能来袭,于是命令全军在轨道上补给,不得降落。若要离开,就必须在敌军到来之前启航;但敌军很可能在此之前杀到,并在母星上空攻击我们,届时绝不能不战而走。卫星炮台等准静态防御设施在过去十天内承受了巨大的压力,独自坚守这颗星球,如今舰队归来,得到的新命令却是继续保持最高警戒。伯爵已决心利用并牺牲这些静态防御,尽可能消耗敌人。可是以后呢?即便这次守住了故土,再次赢得了战术胜利,转机何在?是寄希望于帝国中央罢免损兵折将的舒尔茨?还是其他行星的伺机叛变?听说帝国东北的霍亨洛赫侯爵有所动作,他会是我们的盟友吗?

这些都只是无端的梦想。但舒尔茨伯爵也同时明白,仅为了这些捕风捉影的希望,此仗非打不可。

海尔辛兰上空会聚了万余艘战舰,从地表望去,仿佛今夜的繁星格外明亮。从北方女王号的舷窗俯瞰下方,地面也是点点灯光。多么可爱,这就是他为之而战的星球,民歌里歌唱的疆土。几分钟后,在恒星照亮的地平线上,他看见那些山脉就像高昂的头颅,冰川下流淌着静默的苦楚。

这大地上,有多少母亲以为她们的儿子回来了呢?可是今夜,我却不能放你们的孩子回去。也许这一战过后,活下来的人就能相聚。在预感到大战将临的最后时刻,舒尔茨伯爵怀揣着这些思想,难以入眠。他拧开床头灯,从抽屉里取出一本许久未翻过的诗集,第一页:

诸神赐给我们天国的火种，
也赐给我们神圣的痛苦，
因而就让它存在吧。我仿佛是
大地的一个儿子，生来有爱，也有痛苦。

伯爵把拇指夹在这第一页，掩卷沉思，不久就睡着了。然而他还是没有想到决战来得这么急，没有料到他的外甥把进攻时间掐得这么紧。他在梦中被警报声惊醒，一看钟表，才过了两小时。他知道命运来了。

他胡乱地套上衣服来到指挥部，有几名同僚已经早他一步。星图上显示帝国军的攻击规模比预想得要大，几乎所有的前线哨所都遭到了攻击。然而敌方意图尚不明了：如此全面的进攻，究竟是在试探我军的防御弱点，一旦找到就集中突破，还是一场包抄围剿呢？

大多数军官都认为，仅以两倍兵力想全包围我军，在宇宙战争中是极困难的，所以敌军的意图应当是寻找突破点。起初舒尔茨伯爵同意这个符合常识的判断，但他很快就改变了主意：倘若如此，帝国军的计划就只限于击溃对手，而非消灭对手。如果他的外甥只是一个军人，大概会这样做；然而此战之后，他就将是帝国的最高统治者，因此必须考虑到，击溃我军之后，对残余势力的漫长追剿，其成本会远高于短暂的正面战争。

舒尔茨伯爵正确地估计到了对手的意图，却仍不急于突围，是因时机未到。他问身边的一名参谋："国王堡骑士团还有多久抵达？"

"还有四个小时,大人!"

"好!保存实力,拖延时间。待援军一到,里应外合一举突围。"

帝国军旗舰耶梦迦德号的大本营里,舒尔茨已经在推演战争结局了。在他看来,敌军退守母星已是愚不可及,他们本应当干脆放弃行星基地,直接在广袤的宇宙中进行运动战。他明白,两倍兵力显然无法在宇宙战场形成合围,敌军迟早是要突围的;然而他之所以采取合围之势,其实是为了尽可能扩大两军接触面,打成一场消耗战:以我军的优势和近乎无限的后备力量,消耗敌军已处于劣势且不可再生的战力。所以攻势既不能过缓也不能过烈,过缓则会给敌军调动军队的余裕,过烈则会过早地把敌军逼得冒死突围。舒尔茨以双列轮替攻击不断地逼迫对方,这种战术不是为击溃敌军,而是以令对手疲乏,并尽可能增大双方伤亡为目标的。至于能消耗多少,取决于对方几时能正视这一不利并大举突围。只要把叛军主力消耗掉,即便有数百敌舰突围,战争也结束了,一般行星的自卫武装已可抵抗。但若只是撕裂了敌军防线,攻占了海尔辛兰的大本营,叛军却有两千艘以上的战舰逃逸,接下来的战争就会变成帝国军与"海盗贵族"之间一场猫捉老鼠的艰难游戏。

"您这样全线进攻,或许会被敌人误以为是试探弱点,这也是您故意制造的假象吗?"副官梅耶贝尔问道。

"故意与否不重要,关键在于对方很可能是这样想的,否则他们为何不突围呢?毕竟这是一场内战,对方也是帝国军事学院训练出来的,思维模式都一样。"然而舒尔茨不知道,对方尚未突围,是在等待国王堡骑士团援军的里应外合。他问道,"现在处在正面强攻位置的是施文克的舰队吧?"

"是的,殿下。"梅耶贝尔答道。

"这样的工作最适合他不过。"舒尔茨说道。

"施文克准将确实勇猛,他咬得很紧。"

"他这个人的执念很重,啃上硬仗就像狗咬上硬骨头,是不会放开的,所以最适合这样的战斗。一开始施温肯多夫军港遭袭时,换了别人也不见得能挺过七个小时。"

"如果不是科赫,他应当是此次内战的第一功臣。可惜的是,施温肯多夫虽挫败了敌人的战略图谋,但战术层面毕竟是一场败仗。"

"你倒是提醒我了,"舒尔茨说,"只要他这仗打得好,回去后,每人升一级军衔,但要给施文克升两级。"

梅耶贝尔听到此话,心想:那么功劳更大的科赫呢?但他没有问他的主人。他猜到舒尔茨想重视施文克,已有不愿让科赫太过显眼之意。此刻的舒尔茨,已经考虑过如何既不埋没了科赫的才能,又不至于让他的声望在这不稳定的时代对自己构成威胁了。

此刻,北方女王号指挥部内的舒尔茨伯爵焦急万分。他眼睁睁地看着己方兵力被一分一秒地消耗在宇宙中,几次想不等国王堡骑士团援军,单独突围。但他仍沉住了气,直到那个期盼已久的消息终于传来:

"报告!援军出现了!"侦察舰传回了预定方位的远距图像。

"好!"舒尔茨伯爵仔细看着被放大的图像,"确是骑士团的舰队,等等,他们为何没有发来预先约定的信号?"

舒尔茨伯爵的心头升起了疑虑,这是怎么回事?但箭在弦上已不得不发，他下令立即向着援军到来的方向突围。可是才过了一刻钟，又有新的报告传来：

"在骑士团援军后方发现大量不明舰影！尚无法分辨！"

"什么？"舒尔茨伯爵此刻只说出了这个疑问词。他顺着星轨望去，星球的轮廓笼罩在红色的光弧里，希望的朝霞染上了怀疑的暮色，一时间竟不知是黄昏还是黎明。难道他们这是溃逃而来的吗？可如今已无退路，突围令已经下达，联军的前锋已集中成了一把尖锥，向着背离恒星系的方向冲出，扎向帝国军堤坝般的包围。太阳被遮蔽在了海尔辛兰的另一侧，黑暗中只有舰体中弹燃烧的火光，萤火虫一般点亮了宇宙，转瞬间又被深黑的夜空吞噬。帝国军的封锁线正在被削弱，变薄，可是身后追兵将至！还差一点，还差一点！就能与援军会合了！

然而此时，一个全频道信息震惊了所有人："我是帝国军准将温特利德·科赫，原驻守于 W-97 星际站的国王堡骑士团已尽数归顺我军，叛军的全体将士们，请放弃抵抗速速投降。此前的例子已经证明了我军的宽大仁慈，绝不会无端迫害普通士兵和下级军官。"

温特利德的劝降对象，从来都是对方的士兵，而不单是敌将。这无疑更触怒了贵族叛军的统帅们，这是他们的立场所不能容忍的。然而，比恨科赫更甚的，是恨国王堡骑士团如此轻易地投降了敌军。有年轻的贵族高叫着，在自己化作灰烬之前，一定要先把眼前临阵叛敌的僧侣们轰成粉末。

3.

事情得从四十小时之前说起。温特利德送走了来访的神父，便立刻修改计划进军，里应外合攻破 W-97 星际站。他冥冥中已意识到自己名声太盛，且既然拒绝了舒尔茨拉他入伙的邀请，日后难免会有麻烦。然而温特利德不是韬光养晦之人。既然走到了这一步，那就不如去争取更多的胜利、更传奇的战功、更高的名誉，今后即便要急流勇退，也可以把它们都当作身外之物抛掉，抵去一些伤害。别人视世俗名利为最大的渴望，他却认为这种态度只会登得越高，跌得越惨，所以只把它们都当作日后用来挡箭的沙包。

温特利德原本准备在首轮轰炸之后劝降，让国王堡骑士团趁乱起义。可是轰炸之后 W-97 星际站居然毫无动静。他心中一紧，难道整个骑士团都被调走了？难道驻守在静态防御体系内的士兵，也纷纷逃散了？

温特利德让舰队继续前进，但为求谨慎，仍下令摧毁了所有炮台和瞭望站。果然，整个星际站已是空城，其中驻军已不见踪影！他们会是奔向何处了呢？此时派人登陆收集密谋者暗中留下的信息，已经太迟了。

"他们八成是增援海尔辛兰去了。"舍尔兴说。

"为什么呢？舒尔茨伯爵此时指不定在哪里飘荡着，贸然回去，很可能被逮个正着。"温特利德说。

"如果换作是我，我永远不可能抛下我的母星。"

"甚至不惜投入一场必败的战争吗？"

"是的。"

舍尔兴的回答让温特利德惊讶，同时也令他意识到，自己还不够了解这些地方主义者的本性。这可不妙，如果国王堡骑士团在决战中灰飞烟灭，这个神秘教派的秘密，以及教会研究精神污染的黑暗历史，就可能沦为陪葬。他立刻下令追击，终于在几小时后拦截到了骑士团的舰队。约阿斯本以为温特利德不会来，但骑士团本就与贵族叛军不是一条心，走得不情不愿，慢慢吞吞，眼下又失去了静态防御体系掩护，自然无法抗衡两倍于其数量的追兵。温特利德劝降之后，事先约定好的内应闻声而动，很快控制了舰队。

温特利德与几天前来密会他的约阿斯通话，接受了他的归降。

"我任命你暂代指挥官之职——不必担心，关于舰队运动我会亲自指示。接下来你们按原计划开往海尔辛兰，但是去镇压叛军。我将率舰队跟在你们后面。"保持一前一后的舰队位置，一来是想给舒尔茨伯爵一个援兵已至的错误信号，同时也是因为温特利德还不信任这个骑士团。他敬了个军礼。神父行了教会的合十礼，结束了通信。

于是五小时后，就出现了刚才那一幕：舒尔茨伯爵误以为援军赶到，即刻发动了突围，直至生的希望近在眼前，才认出那其实是死的厄运。

"突围！突围！"舒尔茨伯爵急令道，"我们没有退路，各指挥官，立即带领各舰队寻敌薄弱处突围，安全后在原先商定的地点会合！"

帝国军监听到了这样的信息后，报告给舒尔茨。"原先商定地点？这又会是哪里呢？"然而他的思路却被打断了——

在这片宇宙战场上，两军中凡是打开公开频道的战舰内，都突然闯入了嘹亮的号角,紧接着是凶猛的鼓点,还有一些不为人知的乐器,音色中透着说不尽的崇高庄严。舒尔茨伯爵终于派出了世袭军人组成的舰队,将其混编入了常规军。世袭军人仍保留着军乐队上战场的古老传统,乐队的成员多是志愿重返战舰的退伍老兵。伯爵的舰列顿时像是加了碳的生铁,被炼成了强韧的精钢。这项技艺的难度在于比例:掺入过少的常规部队则效果不大,过多的常规部队反而会把精锐带垮,舒尔茨伯爵拿捏得恰到好处。这有限的兵力建立起了坚强的防御,拼死抵住了归降帝国的国王堡骑士团的攻击。他们垂死挣扎的力量超出了温特利德的预料。世袭军人是封建武装中的最精锐者,他们不是参军后被训练出来,而是从小在生活的义务中生长起来的,是整个集团宝贵的中坚与核心,不到最危难关头不会压上消耗战的前线。一直在观察战局的舒尔茨看到舅舅终于舍得了家族的王牌,心中也难免震动。他终于敢肯定:一切就要结束了。

在接下来的一刻钟内,世袭军人的忠义得到了最好的证明:在必败的战场上,他们没有抛弃家族世代服务的主人。战况无比惨烈,贵族军的舰队被团团火球笼罩,然而每当烈焰散尽于虚空,总能看见刚刚被击毁的战舰的位置,已有身后的舰艇填上。据战后清理战场的帝国军调查员说,此处的叛军舰骸几乎尽数是被正面炮火击毁,几无侧面或背后中弹者。

温特利德对于这样的敌人既崇敬又惋惜,他通知约阿斯神父,让他下令稍稍后撤,只要不松开包围圈就行。

"特种作战部的人总想以巧取胜,软心肠是打不了硬仗的,"舒尔茨看着这一幕说道,"他不忍心让手下的士兵送死,换取擒杀叛军主谋的大功。不过这样也好，总不能整场战争的功劳都让他一人拿去。去提醒费尔特海姆一声：他正处在最佳攻击位置，却已经发了五分钟的呆了。"

两分钟后，费尔特海姆少将的舰队向舒尔茨伯爵的直属舰队发起冲锋，后者立即迎了上去，两军交错之后，有数百艘贵族联军的战舰逃出了包围圈之外。

"费尔特海姆在干什么！"舒尔茨从耶梦迦德号的指挥席上站了起来，"我让他展开攻击是消耗敌军，没让他冲锋！"

"前几日您自己才说过，他这种人除了喊'进攻！进攻！'之外什么都不会。"一旁的副官梅耶贝尔说道。

舒尔茨狠狠地转头瞪着他，又扭过头去，"是我的错，今后我一定把蠢材的存在考虑在计划以内。"

费尔特海姆之所以贸然进攻，正是误解了舒尔茨的提醒。此前在拦截罗得骑士团的战役中，精神污染舰自爆之后，他因过于谨慎未能快速追击，错过了歼敌机会，这些天来一直懊悔不已。再看到科赫在米滕多夫通过不顾一切的猛攻获得战功，他更怀疑自己是老了，在血气上输给了年轻人。这个凄惨的念头在他心中犹如诅咒挥之不去。于是这一次，舒尔茨刚提醒他正处在绝佳的攻击位置，就立即发动了攻势，证明了他的悍将之名。一半是大胆，一半是疯狂，他率部直接冲进了舒尔茨伯爵的精锐阵中，敌军军乐队的号角与鼓点仿佛都是为他而设。在付出了几乎同样惨痛的代价的同时，他大杀四方冲散了敌阵，却使得全歼敌军变得不可能了。

"费尔特海姆少将来电！"

"他还来电做什么？难道是来请功的吗？凭他的蠢脑子，说不定真以为自己立了功，来给我报告胜利的喜讯了！"

"殿下，那……您看怎么办？"

"切断与他的通信，如今已没必要再说什么了。"舒尔茨的语气恢复了平静。由于国王堡骑士团的归降，这场战役的成效高于他的预期。可是他如今却觉得，只差一步之遥便能全胜，竟是如此令人遗憾，甚至比原本设想中更欠一筹的结局更遗憾。

第十二节：珍宝

1.

帝国军对四散逃逸的叛军展开追击，然而由于敌军已然溃散，追击者也乱了章法。如此追击效率极低，直到能量耗去大半，仍没有确证击毁敌军总旗舰北方女王号的消息，帝国军不得不收兵返航。

"您认为，敌人还剩多少呢？"看着这支明显已经疲惫的舰队，温特利德问身边的舍尔兴。

"逃出的敌舰或许有五百艘？但肯定不到一千艘。"舍尔兴含糊地回答道，他的舰队战经验也只比温特利德稍多而已。

"或许吧。其实溃散后的敌舰数量已不重要，关键是能重新聚集的敌军。这次突围的时间窗口，是舒尔茨伯爵牺牲了他最精锐的世袭军人组成的舰队换来的，然而也只有这批人，会愿意在逃出生天之后继续效忠他。"

"在我们埃本塔尔,可没有这样的一支精锐。但如果换了是埃本塔尔男爵造反——我只是做个假设——我敢说会有一半,或至少三分之一的人愿意追随男爵,哪怕他已失败。"

温特利德转头看了一眼舍尔兴,知道他无疑将自己也算在其中,"你们的男爵真是一个幸福的人。"在他又转头正视前方的一瞬间,舍尔兴曾想说另一句话:假如温特利德·科赫有一天要造反,他也会跟随。但考虑到埃本塔尔军团乃是埃本塔尔人的军团,他不能拿同胞们的性命对一个外人做出这样的承诺,因此才没有说出口。

温特利德掏出了薇拉留给他的那块表,低头看时间,并做了一个决定:他把约阿斯神父从国王堡骑士团召唤到了自己舰上。他知道,返航之后就没有机会向这位神父请教这个教团的事了,于是他抓住了这仅有的两小时空隙,请神父来自己的房间详谈。由于时间紧迫,这次温特利德单刀直入,在大致弄清了些许背景之后,就提到了这个:

"你们为什么叫我先知呢?您从未说明过。"

"您是想问我们教团的理念?很难说了。我们骑士团是四十年前被调至此地的,只为了让我们远离国王堡老家,把我们连根拔起,杜绝反叛之心。中途我们中有些人去过帝都,可是又被逐出了。谁料得到呢?把整个骑士团调离故土,反而让我们卷入了这里的贵族叛乱。"

温特利德注意到,约阿斯再次避开了关于"先知"的问题。从特种作战部受的审讯训练告诉他,在这种情况下一味追问,得到的信息也不可靠。于是他放弃了这个话题。

"国王堡。"温特利德念着这个名字,"那是个很远的地方吗?"

"是的，很远，有上万光年。"

"你们想回去吗？"

约阿斯神父沉默了一阵，回答道："是呀，想呀，怎么能不想呢？我们愿意帮舒尔茨伯爵恢复封建主义，不就是为了这个吗？那里有我们的教堂和壁画，其中有些还没画完。那里埋葬着我们的老师，还有老师的老师。银河统一后，前教皇在穆罗梅茨堡兴建栓星台并邀请我们，我们才舍得离开国王堡的，如今想来，竟已不记得当初为什么要去。后来我们被逐出帝都，却又回不了家乡；我离开那里时还只是个少年，如今已经老了。有一句古话说，一个人青年时企望的，等老去时才获丰收。但我们教团这四十年又收获了什么呢？我们连一开始为何要离开国王堡，都已经遗忘了。"

"也许，一个人回到故事开始的地方，就能想起来呢。"

约阿斯听到这句话，抬头看温特利德的脸，这张脸仍然如此年轻呀，他意识到说出这句话的人，显然没有意识到它的意义，因为岁月是没有办法用聪慧来替代的。可是面前的脸上的表情是如此熟悉，老人恍惚间几乎将他错认成了自己年轻时的一位友人。正当他想吐露这一想法，温特利德又说话了："战争结束了。但我有一件重要的事想拜托您。"

"先知尽管吩咐。"约阿斯答道。

"请不要叫我先知啦。"温特利德不喜欢这个词，他急切地想摆脱这种身份和关系，"在此前的战斗中，我救下了一批被贵族囚禁的犯人，他们身上出现了精神污染症状，且貌似可传染。我即将随大军返回帝都，所以需要你接手几位感染的囚犯，贵教团是因反对精神污染而与正统教会决裂的，你们的知识或许能帮助我查明背后的真相。"

"我明白了，一定照办！"约阿斯的语气突然变得十分坚定。温特利德隐隐觉得，这位老人只凭自己刚才的几句描述，或许已经把真相猜出了个大概。

"还有，等调查有了结果，先不要公布，只告知我一人。"

"是！"

说完这些话后，温特利德就让约阿斯离开了。他关上灯，仍坐在黑暗中的椅子上，"虽然直接的凶手已经被我消灭，但我一定要把精神污染武器背后的秘密揭开，彻底毁掉它。"

2.

三十个小时之后，在一处偏僻的、散落着嶙峋巨石的行星表面，贵族联军最后仅存的二十三艘战舰集结于一座大山的阴影下，每艘都伤痕累累。山脉背后是一座深谷，谷中单独停着另一艘战舰，她舰首的金色胜利女神像一手持桂冠，另一手持利剑，在遥远的星光下焕发着光辉。

"如今只剩下我们，这区区二十三舰；当初起兵的高门大族，也只剩七家。"舒尔茨伯爵站起来，他神情坚毅，环视众人脸上哀愁的神色，"古人云：命运不会帮助不自助的人，上天也不会维护那决定要自我毁灭的事物。事到如今，我们虽一败涂地，领土尽失，但尚存一脉生机。危机中的生命或社会组织，若有可能，或许当试着回返其起源。因为在事物萌芽生长的阶段，一定既健康，又对外界少有依赖。那时它尚不够强大，却充满可能性；它孤独地成长，不自觉地走上了世界舞台。然后，它成了一个演员，迎来了辉煌的鼎盛，却也是堕落的开始。我们东部领主的祖先，多由海盗或雇佣兵起家，用鲜血换来殊荣。今日吾辈惨遭兵败，何不从哪里来，回哪里去？与其等待被捕的命运，不如做回海盗，以图再起。"

　　舒尔茨伯爵打开门，两辆小货车运来了一堆摆钟。它们的钟摆长短不一，钟盘上的指针有快有慢。在这惨淡的时刻，它们折射出柔和的金光，令在座的人们无不叹息。

　　"眼下的战争虽已结束，历史却不会就此停摆。宇宙的光阴快慢不均，只要愿意，总能从时间的缝隙里寻到机会。这是当初我们二十六家族商定大计之时，集中了象征诸星时辰的二十六座机械摆钟，各自的指针仍标示着母星的日升月落。它们是封建权利的象征，是我们全部家产中最神圣宝贵的东西；其余那些瑰丽的宝石、精致的烛台，不过是来去容易的装饰。为免这些摆钟毁于战祸，我提议将其掩埋在这个星球，不要带上路。百年之后，只要我们七家族之中有一家得以光复，便可来挖掘出这二十六座摆钟。"

　　说到这里，舒尔茨伯爵稍稍停顿了一下。

　　"至于胜利女神号战舰，根据帝国宪法，她的指挥席是银河帝国的真正御座，只要此舰尚存，皇帝的加冕礼就须在此处进行。原本此条宪法已有名无实，可是我那外甥如此自大，将它重新提出，立誓要从我们手中将其夺回然后继位。既然如此，我们就藏匿此舰，并放出宣传提醒他切莫食言。这样就能让帝国皇位长期空置，朝纲无法稳定，日久天长必生变故。"

"好计策!"克莱斯特男爵道,"这下私生子舒尔茨不仅没有名正言顺的权力,而且就连御座本身都消失不见了。"

其余六家都十分赞同舒尔茨伯爵的意见,然而献计的伯爵本人却眉头未展。舒尔茨是私生子吗?对于穆罗梅茨王朝而言是的,对于舒尔茨家族而言却不是——他是我妹妹的儿子,母系的血脉中没有私生子——他本是我最寄予厚望的外甥。

"您这一招确实高明,难道还有什么问题吗?"有人提醒了一下沉思中的伯爵。

伯爵从自己的思绪中挣脱出来,答道:"我刚刚兵败,诸位的称赞实在受之惭愧。况且若要匿藏胜利女神号仍有一难题,那就是将其藏于何处?今后帝国军定会大力搜寻,如何保证数十年内甚至更久都不会被找到呢?况且胜利女神号作为帝国象征,五百年间勤修不辍,舰上设备早已换了十几轮,因此在将来岁月中也需要定期检修,我们又如何维持呢?"

听到舒尔茨伯爵说到数十年的时间,还有漫长的岁月,众人明白,此次的失败已经输光了数百年来世代积累的本钱,接下来的事业,很可能有生之年都看不到希望。他这一问难倒了众人。有人说可以由七个家族轮流负责保养此舰,但很快就被否决,因为频繁的交接会让暴露的风险大增。况且还有一个理由,尽管无人说出但在场众人心中都有想到,那就是数十年后,这七个家族能否存在下去尚且是个问题。有人说,干脆把胜利女神号炸了,让舒尔茨和他的子子孙孙都永远无法名正言顺地登基。此言一出立即被否定,因为他们此次叛乱是打着护宪的旗号进行的,护宪贵族就算弑杀一位君主,也并非完全说不过去,但绝不能损毁胜利女神号,那才是皇帝的政治身体。

争论到最后,帕彭海姆子爵的弟弟,埃利亚斯·帕彭海姆眼睛一亮,喊道:"有了!"众人忙问有何计策,他环视四周,说此事过于重大,为防泄密,知情者越少越好,所以每家只能有一人知晓。于是七个家族各推举了一人出来。可正当他要说出计划时,其中一人指出帕彭海姆子爵和他同属一家,若每家只能有一人知晓,子爵就不能听。

这时,自从战败之后就一直沉默的子爵忽然大笑道:"什么贵族,就连改做海盗都要装模作样,我看还是算了吧,就凭这二十三舰,连规模稍大的海盗团都打不过呢。我不干了,我不干了!伯爵大人,您苦心谋划了十几年,却落到今天的下场。我不干了!你们听着,只要到了下一个有航船的城镇,我就下船,然后大家各走各路!"

接着,帕彭海姆便宣布,正式把他的子爵爵位让渡给他的弟弟。至于仪式上和教会见证的事情,都不重要了,这样的空头爵位谁爱拿就拿去吧。他说完这些,真的摘下了家族世代相传的戒指丢在桌上,独自回房间了。

有几位贵族想留住帕彭海姆,可是舒尔茨伯爵阻止了他们。然后,他让帕彭海姆的弟弟把自己的构想讲给凑过来的其余六家家长。他只说了半分钟,六人皆恍然大悟,赞叹不已。

这七人又走进北方女王号上的另一个房间密谈。有人提议如此重大之事,是否当三思而后行?可是周围的人都肯定地说:断然不会有更好的办法了。于是,七人便决定事不宜迟,当趁追兵未至,尽早依计行事。于是他们将二十六座摆钟搬上了胜利女神号,由舒尔茨伯爵与埃利亚斯·帕彭海姆共同负责将其藏匿,其余人便各奔自己原先想好的避难之地去了。

3.

海尔辛兰行星上,舒尔茨吩咐众将官于下午齐聚于其家族的一处宫殿,他自己却在上午就提前抵达了。宫殿里满是奇珍异宝,有的已代代相传了数百年。

"看见了吧,"舒尔茨抚摸着那水晶高背椅的金扶手,"只有在这样的时刻,这些平日里我根本不会瞧上一眼的珍宝,才显出它们的美丽。在如此金碧辉煌的宫殿里,只有当传来亏空、战败甚至革命的消息时,才更显腐败与荒谬。传世的珍宝,也只有在沦为他人的战利品时,才更显出盛大的空虚。只可惜,那座违反宪法私造的机械钟似乎不在这里,想必是被舅舅藏起来了。"

"少主人高见!"舒尔茨家的管家说道。

"我不是你家的少主人,我是你的征服者。"舒尔茨说。

这时有一队士兵搬运着一幅油画经过走廊。

"哦,殿下!您在让士兵们做什么哪!"

"我在抢劫你们的财物。"舒尔茨答道。

"啊,不,怎么会呢?如今一切都已是您的,您是在抢劫您自己的财物呀!"

搬运油画的士兵们立刻停下脚步,放下油画,就地立正。

"说得有理,有理,"舒尔茨笑答道,"我们舒尔茨家的祖先是海盗——我这么说可没有轻蔑祖先,海盗是一项要以流血换取自由的事业，远比空有权力、头衔和珍宝却一无所长的废物高贵。珍宝不过是追随着权力迁徙的候鸟。您身为管家，不可能不知道：这里的绝大多数珍宝，都不是用钱买来，而是抢夺来，或是被征服者出于畏惧主动奉上的。所以当我征服了你们，也必须抢劫一番，才不至于辱没了珍宝的价值。"

在场的人们听到这番言论，全都不知该说或该做些什么。

"还不继续抢？"舒尔茨见士兵们仍呆立不动，命令道。

"是！"士兵们听令，继续搬运油画。

舒尔茨心中想道：的确，人若是生在这样的家族，就必须在世界上冒险，这样或许才能够保住他本该继承得来的东西——唉，其实谁又不是呢？只是在某些命运里，诱惑与诅咒都格外明显罢了。好在无论成败，在冒险中得到的都会比继承来的宝贵得多。

下午，参加此次征讨平叛的将官们陆续到达，他们中多数从未见识过如此瑰丽的珍宝，不住地称赞舒尔茨家族世代经营的成就。舒尔茨笑了笑，他提议让部下们挑选战利品，人们面面相觑，不敢说话。起初有人说，这是舒尔茨家族的财产，理应归殿下您所有。但舒尔茨拒绝了，说，财富理应归胜利者所有，而在座各位都是胜利者。他的这句话已表明了自己是认真的，令在场的军官们感激不已。这些将领中有的已经追随舒尔茨征讨叛匪数年，也曾带着一半敬畏一半埋怨的情绪，私下说他军纪过于严明，截获的走私财物和海盗财产一律充公不私留分毫。今日是他们第一次得到如此丰厚的奖赏。正是因为这些珍宝本就是舒尔茨家族的财产，他才能理直气壮地这么做，不仅不怕遭人非议，若传出去更会显得宽宏大量。温特利德听出，这次散尽家珍的赏赐，本就是一个政治宣言：舒尔茨要的不是从贵族祖先那里继承来的东西。

"温特利德·科赫，您先来。这场战争中无人比您功劳更大，尽管您军衔不高，但可以破例先挑。"

"多谢殿下，可是这里没有一样东西是我特别想要的。"

"那您想要什么呢？"

"我想恳请殿下，在众将军挑选了心爱的宝物之后，将剩下的运回穆罗梅茨堡的帝国博物馆，这样我便可以随时前去观赏其中的任何一件奇珍，而非仅仅自己挑选的那一件了。"

"好！既然如此，那么书记官请记下：自今日起，温特利德·科赫有特权于任何时间免票进入所有公共博物馆和艺术馆的任何藏品区，无论是否对公众开放。"

众将领不得不纷纷称赞科赫的主张，心下却想，首功之臣都说愿意放弃自己的"一件"战利品，那我们岂不是最多也只能取一件了。本以为这回殿下难得开恩，大家能瓜分这里所有的财宝，这下好了，全被你的高风亮节搅没了。

"施文克准将，在初战遭敌偷袭时，您率部力抗敌军攻势最强之处，在围攻此行星的战役中，您负责攻打敌军防御最坚固之处。这第二功臣非您莫属，想要什么，但说无妨！"

在金光闪闪的珍宝中，施文克左顾右盼，件件爱不释手，最终挑中了一支烛台。这时，人群中站出一个身影，那是从穆罗梅茨堡专程前来恭贺得胜的雅科比主教。主教见他选中了烛台，便上前阻止，声称这是祭祀专用法器，俗人不可随意对待，并要求物归原主。

"这烛台是我们抢回来的,如果你想要,大可以从我手中抢去。"施文克向雅科比主教嘲弄般地说道。

"你!"雅科比主教说,"快快放下!不知天高地厚的匹夫,放下这烛台,否则报应就要降在你的头上!"

"哈哈哈哈!"施文克准将听到"报应"二字,大笑起来,"我身经百战,杀人如麻,岂还能信什么报应!哈哈哈哈!"

这时舒尔茨说话了:"既然这是教会的祭器,我们当然不便强占,就还给他们吧。"

施文克不快,"殿下!既已答应让我任选珍宝,又何故反悔!"

"还他。"舒尔茨再次说道。他想,施文克这个人打仗时执念很重,咬住硬骨头就不会放,看来这不仅体现在战场上。

施文克愤怒不已。原本舒尔茨让科赫先选战利品,就已经让这位军龄长得多的将军心中不快,如今又要把自己选中的仅有物件让给教会,更让他感到自己被当众轻视了。于是他举起烛台,砸在地上,当场把它摔成几截。

"捡起来。"舒尔茨上前一步,命令道。

从舒尔茨不温不火的语调中,施文克听出他已动怒;他虽心中不服,但恐惧仍战胜了骄傲,不得不服从命令。正当施文克弯腰去捡被摔碎的烛台时,舒尔茨抽剑猛然斩下了他的右手。顿时鲜血喷洒而出,惨白的断手在地上抽搐,仿佛一条死去的蛇,又好像竟是活物。施文克大叫一声,面色煞白,立即强忍痛苦单膝跪在舒尔茨面前:"殿下!"

"你的右手摔碎了它,就捡不起它;我斩下你的右手,正如它击碎这神具；我没有斩下你的头颅，是因为我不想斩断我自己的右手。"

"臣……知罪！"说这句话时他已满脸大汗淋漓。

"快去疗伤，去找耶梦迦德号的医疗队，做一副上好的机械臂。"

"是！"施文克用左手捡起地上的断手，起身朝门外奔去。这一切不过是短短数秒钟之内的事，房间内诸将官个个面有惧色，吃惊得不能动弹，仿佛被定住一般。

"雅科比主教，"舒尔茨把断了的烛台从地上捡起，缓缓转过身说道，"这烛台已经破碎了，您还要吗？对了，您看看，这里还有没有其他宝物原属于教会的？"

"不要了，恐怕没有了，没有了。"雅科比主教答道。

"那我就把烛台收起来，送给施文克将军了，毕竟这可是他用一只手换来的。"舒尔茨说，"您不仔细瞧瞧吗？如果这房间里还有贵教的东西，我想还是事先挑出来的好。"

"不，我想不用了。"

"好，既然如此，我们继续论功行赏。"

4.

众将领很快依次各挑了一件宝物，便告辞了。舒尔茨的慷慨与他的威严一样可畏。温特利德早就想离开，但他还是忍住，坚持到最后与大家一起走，所幸等待的时间并不长。就在他拐过一个弯，离开其他将领独自回去时，有脚步声从后方快速跟上。温特利德是特种作战部出身，立刻觉察到了。

"科赫准将！科赫准将！"

温特利德回头，见是一名侍卫，说道："您好，请问您是？有什么可以帮忙的吗？"

那名侍卫似乎为这个问句略感疑惑，又颇为感动。他答道："我只是一介士兵，不值得在将官面前报上大名，科赫准将对小兵如此平等相待，接下来的话，我更不得不说：阁下可知道，殿下为何要斩下施文克准将的右臂呢？"

"这等惩罚确实过重，但其中缘故，殿下不是已说过了吗？"

那士兵退后一步，向温特利德鞠了一躬说道："阁下心地纯良，不知宫廷险恶，我们看在眼里，却不能不直言。"

"哦？那你说，为何呢？"

"殿下在军功庆宴上斩功臣一臂，真意在于立威；然而我军既已得胜，又何须立威呢？是因为有人功劳太大，全军上下，不，甚至在这数万光年之银河，称赞他的声音已经盖过殿下了。"

温特利德心知，这说的只可能是自己，但如此状况却仍超出了他的想象："可是我并未听闻有此等事！"

"您身在指挥部，遭受同僚们的排挤，但您有所不知的是，在下级军官和普通士兵中，您的声望已经太高！您的将官同僚只懂排兵布阵，自然不关心此等事，可是舒尔茨并非一介武夫，他是储君，岂能不在意军心所向何处、民望所归何人呢？"

温特利德想起在米滕多夫行星上，欢迎的民众将自己与舒尔茨的画像并举的场面。

"在下级士卒中您受人敬爱，在高级将领中您受人嫉妒，在全军统帅面前您功高震主，若是换了庸常狭隘的君主，恐怕早已遭难。只因殿下雄才伟略，断不会仅出于以上原因就加害于将军。"

"嗯，我也如此想。殿下绝非庸俗狭小之辈，谢谢您的好意提醒，但恐怕是多虑了。"

"然而，将军在面对敌军时竟能轻松地劝降上千艘舰队，此举实在太过惊人，这就让您的情势变得凶险了！"

温特利德并非没有想过这一层，却未能思虑得如此深。当然，无论这名近侍还是舒尔茨都不知道他与国王堡教团的密谈。然而正因为此事绝不能让外人知晓，在不明底细者眼中，就看似自己仅凭个人声望便临阵收服了敌军，从政治号召力的层面说，确实过于可怕了。

"那么在您看来，我岂不危险？"

"若仅加上这一条，仍不至于。"士兵答道，"正如将军以赏罚统兵，帝王亦以赏罚统率诸将。只要将领有所喜好贪求，以银河之丰饶，满足区区一人穷奢极欲又有何难？然而，您在挑选战利品时，竟舍弃自己的份额，而求参观全世界博物馆内的展品，这是何意？"

"这……"温特利德仔细回想刚才的情形，惊觉似有不妥，却说不出道理来。

"阁下视稀世珍宝为身外物，舍一己奇珍而欲遍览天下珍宝，胸怀大志，无私无求，至纯粹，至坚强，这样的人，自古帝王无不恐惧啊！"

温特利德听闻此言，顿时想通了。岂止如此？他此前拒绝舒尔茨拉他入伙的邀请，不也是同样的道理？同时他也意识到，自己就算能够掩藏共和派的理念，也无法掩藏共和主义的心。近来有人说自己的作战方略是"平等派"的，原本他认为只是那些打不赢战争的蠢人的嫉妒之辞，如今想来，情势确实已是如履薄冰。

"那依您的意思，我又当如何呢？"

"我智慧贫弱，只因身为士卒得以知悉民情，又能出入上层得以察言观色，因而看见事情的两面，能觉察其中凶险。至于该当如何，实非我所能言。只是既然将军已要求将这批奇珍送至帝国博物馆，那还请多去几回，以证明将军的建议纯是出自热爱艺术之心，并无收买人心故作慷慨之意，也好稍缓殿下的疑虑。"

温特利德立即想到：军队的风气向来轻视艺术，视其为作风柔弱或玩物丧志，或许艺术与权欲确有此消彼长的关系，所以这名士兵的建议，也有韬光养晦之效。

"那是当然，我原本就想去多看几眼的。不过我去了，别人也不知道呀。"温特利德刚说完这句话，便意识到这想法恐怕天真了；他是特种作战部的人，深知帝国当局的暗中监视无处不在。那名侍卫只是笑了笑，说道："将军朴直善良，又兼聪明多谋，遇事定能逢凶化吉，只是今日之言，切莫与他人说。"

温特利德让他放心，一定不说，不说。

第三章 故国的远影

第一节 鹰巢
第二节 棋盘
第三节 矛盾
第四节 凤眼
第五节 教母
第六节 许愿
第七节 镜子
第八节 祖国
第九节 劫持
第十节 焰火

第一节：鹰巢

1.

帝国中央舰队班师回朝已是 7 月 10 日。他们于海尔辛兰之乱中折损了四成，其中过半葬送于斯瓦诺夫斯基中将的那场大败。然而指挥官既已殉职，也就没有追究责任的必要。施文克被砍断右手之后，执意没有装上机械臂，说是要牢记教训，永不居功自傲、得意忘形。他逢人就说这些，神情恳切，仿佛换了一个人。然而舒尔茨觉得施文克仍是施文克，这种表现正是他的固执的一部分。

返程之前，温特利德就将原埃本塔尔军团交给舍尔兴，回到旗舰耶梦迦德号。这样做即是清楚地表明，自己的舰队指挥权随着战争结束而终结。施文克因养伤也必须留在旗舰，几次在走廊或餐厅遇上，他的断臂都在提醒温特利德：这只手被斩断，间接与自己有关。政治是多么不公正呀！施文克的过错不应得到如此重的惩罚。与其过这样的人生，还是走了吧。为了权势功名，那么多人竟甘愿忍受这一切。多么可怜！再一次，温特利德有了退出的念头。他自问在许多事上都不是意志坚强的人，强烈的意志是需要有所热爱的。

在抵达穆罗梅茨堡之前几天，舰队指挥部里除了温特利德本人之外，其他人都知道他即将擢升少将，并将于下个月以二十三岁之龄调入帝国总参谋部。只有他首次在舰队担任指挥官，不知道帝国舰队的奖赏历来都是在归途中就已定好。他此刻心中装着其他东西，无心打听论功行赏之事。就要回到穆罗梅茨堡了。仅仅是再度接近这座要塞，薇拉的永眠之所，都扰动着他的心。他记起四年前，自己完成了新兵训练后被调至帝都，满心想的也是薇拉在这里。如今，我穿越传送站稀疏的银河腹地，穿越数千光年回到这座城——等等，为什么要说"回到"呢？这里分明已经没有我眷恋的东西。这令温特利德又想起那个神秘的国王堡骑士团，想起约阿斯神父所说的遥远的故乡。

"如果是一万光年之外的故乡，又有什么用呢？"温特利德看着面前那珍珠般反射出群星的光泽的穆罗梅茨堡自语道。在相当长的时间内，他都执拗地坚持说，自己是个骄傲的世界公民。后面的话，他只对薇拉与科伦坡幽灵们说过：哪里有自由，哪里就是他的祖国。

回到帝都之后，军部颁发了奖赏，宣布将在下个月初将科赫调入总参谋部。曾与他一同作战的费尔特海姆、施文克等将领都祝贺他"这么早就退休了"，语气中颇有幸灾乐祸之意，似乎是说总参谋部是个冷板凳。然而这在温特利德看来是件好事，打消了他的退役之念。然而他也明白，这恐怕是舒尔茨不想让他统领实战部队，更为了把他和重组后的埃本塔尔军团拆开，才给了这么个明升暗降之职。但他很高兴地接受了。这也意味着他在特种作战部的时间只剩下最后半个月。温特利德找上司卡什尼茨准将办理手续，他们已有好一阵子没有交谈过了。这一天，他却告诉温特利德，其实他早就预料到他会离开的。

"卡什尼茨准将，为什么呢？"温特利德问道。

"准将……你已经是少将了，看到自己的部下升军衔当然高兴，但你升得这么快，现在比我还高，心里真不爽啊！"卡什尼茨准将摸了摸自己的小胡子说道。

"哎呀！您快别这样说了。"温特利德没想到一向严肃的卡什尼茨居然也会说笑。

"我很早就看出你的潜力，却没有重用过你，是因为知道你不会喜欢我们特种作战部的某些工作，所以一些真正重要的事不能交给你办。可是你志在做事而不在做官，不愿认真做那些无意义的工作，所以服役到期后定会选择退伍走人。不过我怎么都想不到，你居然会成为战争英雄，被调入总参谋部。"

"我自己也没料到。"温特利德回答。

"得了便宜还卖乖。"卡什尼茨说，"科赫，总参谋部或许确实更适合你。我年轻时，军中还有个词叫'内政分子'，指那些关心内政胜过外战的军人，他们被认为是不稳因素，被盯得很紧。说来也怪：银河统一之后，哪还有什么内政与外战之分？想必这个词也是大战前的遗留。其实我知道，你也是这样的，所以之前很多任务都没有交给你，实非我不给你机会。"

"属下都明白！"

"我猜你也明白。科赫，你还是太过聪明了。但我想说，到了总参谋部，内政和外战就真的不分彼此。特种部队看问题，是精微细密；总参谋部的视角，则是高远广阔。我们是蛰伏在草丛的毒蛇，他们却是盘旋在天上的雄鹰。你不用怕，要相信你能进入那里，就一定能干得好。只是即便如你这般聪明的人，换了地方也还得从头学起，是不会轻松的。"

"是！属下谨记！"

"你还很年轻，和我们，也和大多数军人都不一样。在军队里待久了，人就会习惯于依赖，渐渐地就不知道如果离开了，还能去哪儿。可是你至今都还没有习惯，更没有依赖军队，就要被送进那个养老院了。说实话，我一开始觉得，这是不是我的管理问题？后来觉得，问题在于你其实很难习惯任何群体。说不定会有一天，你觉得无聊了，想走了，也不见得一辈子做军人。但我相信这两个部门分别教给你的东西，定能让你终身受益。"

"鹰的眼睛，与蛇的眼睛。"

"对。"

"多谢长官！"

只有到了科赫要被调走之前，卡什尼茨才对他说了这些多余的话，略微显露出自己人性的一面。这个官僚多年在特种作战部任职，早已习惯了以冷漠的距离感对待下属，这是该部门的职业习惯，甚至是生存的必要。这种冷漠是外行人瞧不出的，因为表面上看，同事之间仍会谈笑风生，可是处得久、进得深了，就会慢慢体会到一种隔膜，仿佛这里的一切都笼罩在雾中，而雾里行走的人们却从不会相撞。这一方面令就连不爱社交的温特利德都感到不舒服，另一方面却反而保护了他，使得他在科伦坡幽灵的秘密一直没有暴露。

这是温特利德回到穆罗梅茨堡的第三天。他辞别了卡什尼茨准将下班回家，却在半路上就发现自己被人跟踪监视，对方虽然手段巧妙，却仍被他识破。难道自己还没正式离开特种作战部，上面就来了命令，要同事盯住自己了吗？他想到监视令或许正是出自刚才谆谆告诫自己的卡什尼茨，抑或他很可能事先知道，心中不免悲哀，同时又为自己可以离开这个部门而庆幸宽慰。

从前，温特利德也曾经受命跟踪监视过一位高官，他那时只觉得"这就是政治吧"。如今换了自己被跟踪，感觉就完全不同。到家后，他想：如果我也像当初那名官员那样，对自己被跟踪之事无知无觉，那该多好。可是他立刻驱散了这个念头。我不能这样自我麻痹，我必须尽可能清楚地知道自己的处境。

可是温特利德很快觉得不太对劲，因为跟踪者时而高明时而拙劣。有一回，他觉得身后的人太笨了，于是两转三转闪进一条小巷，躲在暗处。对方居然不加思考地追了进来。他看清了，来者显然不是特种作战部的人，而是一位六十岁上下的老人，身着一件有些旧的军服，竟是少将军衔。他神色紧张，东张西望，好像在寻找自己，又像是在躲藏，似乎怕被发觉。老人后来在巷子里坐了下来，神情有些落寞，并在几分钟后离去。温特利德轻手轻脚地走出藏身的角落，反过来跟踪此人。这位少将毫无提防，一路闷着头走路，差点撞上路灯杆。最终温特利德一路跟到高级军官住宅区的一扇门前，他暗中记下了住址。

　　在此后的一周里，这个古怪的老将军三次出现，每次都被他发觉。这样古怪的跟踪者反而让他感到可怕。于是温特利德趁自己尚在特种作战部的最后几天，进入电脑系统调查了他的住址。原来这位少将姓莱因霍尔德，现为帝都卫戍舰队指挥官，资料却极为简略，只有一张军衔升迁履历表，甚至连因何功劳升官都未注明。

　　若不是他行为异常，温特利德通常会以为，档案上的缺漏是官僚疏懒所致。但结合他的怪异行为，老人的身影便在他的脑海中神秘了，他觉得此人的履历中有无法公开的机密。

　　很快，跟踪温特利德的另一路人明显也发觉了这个外行。一天，莱因霍尔德终于离他不到十米，温特利德也不想再忍下去，几乎就要转身向他摊牌，好杀他个措手不及，趁他惊慌失措之际套出些话。街角却突然闪出两个特工，把老将军推搡入了小巷。后来这个莱因霍尔德就再未出现在他的周围，他也逐渐忘了这事。至于另一组专业的跟踪人员，温特利德并不在意，因为出身特种作战部的他知道这很可能只是例行公事罢了。

2.

　　温特利德是在光复历476年8月1日首次走进总参谋部的大门的，他清楚地记得这个日期，因为这正巧也是乌尔里希·玛利亚·冯·舒尔茨当上护国主的日子。内战大大地抬高了舒尔茨的声望，银河之内支持他继位的声音极高，但他私下却说："声响是否巨大和权力是否稳固是两回事。"他趁封建势力暂时陷入低谷,向贵族议会要求护国主的头衔,成为帝国的实际统治者。这一举动在外界看来十分谨慎,在舒尔茨自己看来却已非常大胆,因为他认为,这虽非自己能索要的最大权力,却是在朝中并无党羽的自己能够操作的最大权力。后来他曾回忆道:"当时尽管胜利女神号失踪,我也并非不能强行继位为帝;但把力量延伸至极限,牺牲弹性和迂回空间总是不智。"当然,这已是后话了。

掌玺大臣建议舒尔茨在贵族议会宣誓就任护国主,他却反问是否还有其他选项。于是掌玺大臣问他,是否在广场前?舒尔茨当然明白其意义大有不同。他本想答允,却最终选择了在耶梦迦德号,这一仪式也暗示了这艘战舰作为帝国军执行总旗舰的地位:耶梦迦德号之于胜利女神号,犹如护国主之于皇帝。这一天,穆罗梅茨堡的人工气象部仍依照预定好的时间表安排晴雨。后来有人说,气象部门竟在护国主就职之日下雨,明显是不敬,舒尔茨立刻开除了这个进谗者。

舒尔茨当上护国主后并未新组内阁。穆罗梅茨堡的权力海流中的暗礁,对他而言远不如银河系的航路清晰,他谨慎地选择了不去主动改变既有秩序。这无疑是明智的,因为穆罗梅茨王朝的中央政治,究竟多大程度上以明面上的部门和派系划分,多大程度上依靠暗地里的家族和私人关系,就连拥有后见之明的历史学家们也至今争论不出个结果。内战爆发之前,舒尔茨本有战争一旦爆发,就让财政大臣施瓦茨伯爵组建战时内阁的想法,但该计划是为长期战争考虑。由于科赫屡建奇功,战争很快结束,所以战时内阁也就不再必要。既然战时都没有组阁,战后再重组内阁就只会徒增反感。况且舒尔茨在文官中并无党羽，日常政务用谁都差不多；至于重大决定那都得和总参谋部商量，那里的老人平时很少管事，每有关键决策却仍然无法撼动。

终于到了去总参谋部报到的日子。新工作地点离住处不算远，温特利德决定步行前往。途中看见一位披着雨衣的老人就要摔倒，温特利德便扶了他一把。没想到两人居然连拐三个街角都是同路，温特利德称他为"先生"，他们谈论了穆罗梅茨堡的好天气。两人最后竟然同路来到了总参谋部。

"先生，您也在这里工作吗？"

"是的，年轻人，我从没有见过您。"

"我是刚刚调来的温特利德·约瑟夫·科赫准将。"温特利德一时忘了前几日晋升军衔的事。

"原来是科赫少将，您的战绩我们早有耳闻！"老人脱掉雨衣露出了军装，"我是格奥尔格·欣德米特。"

"欣德米特元帅！"听到这个如雷贯耳的名字，温特利德立即向他敬礼。

"一个雨天行路的老人家而已。"欣德米特摆摆手，笑着说道。

欣德米特的平易近人给了温特利德极深的印象。在那个时代，随着穆罗梅茨堡贵族社会的膨胀，社会礼仪也日益夸张，上下级官员之间的举止和敬语愈发烦琐复杂，甚至有军官只因忘了扣上一枚纽扣即遭贬职。而特种作战部和总参谋部却正因接近真实的权力技术，反而仪式较为松弛。这无疑是温特利德的幸运，因为这个骨子里的共和主义者尽管能掩藏政见，却无法隐藏自己对一切矫揉虚浮之物的轻视，他甚至不愿在其上浪费一刻的光阴。

总参谋部里的将官们欢迎了这位从前线归来的传奇青年，其中两位，总参谋长奥托·马克西米利安·冯·艾希霍恩元帅和格奥尔格·卡尔·冯·欣德米特元帅最为德高望重，他们的热情令温特利德受宠若惊。一位年轻的军官，康斯坦丁·利伯曼中将与他握手，并告诉温特利德，内战期间这里最常谈论的就是他。

温特利德问："这是为什么呢？"

"因为即便没有你，叛党最终也是必败的……"

这样的理由让温特利德莫名其妙，他追问道："所以我没有改变战争结局呀？"

"但是你曾立下三次大功，每次都缩短了战争，这可关系重大。"利伯曼神秘地说。

"关系重大？"

"怎么，您不明白？"

温特利德正欲问下去，旁边一位中将军衔的中年人笑着走过来，说："人家第一天来，你就说这些，搞得我们像是一群阴谋家一样。我们总参谋部从来没有阴谋——从来没有，"他一边说，一边摊开双手，"喏，您瞧，从来没有。科赫少将，您可别被他吓着了，今后我们有的是时间慢慢回顾这场战争。"

在初来乍到的一个多月里，温特利德没有被安排任何工作，而是被要求去熟悉各星域驻防舰队的规模，以及相应的粮食与能源补给线。他向同事们学到了很多，这也让他很快意识到，自己未被安排任务不是出于优待，而是因为被嫌弃水平不够。这里多是些立了功，却被明升暗降排挤来的人，比帝国军的平均水准明显高一截。

战争既已结束,"下一场战争"的假想敌还未出现,总参谋部又恢复到了几近闲职的状态,成了交流、切磋兵法心得的场所,几乎成了一个研究院。这种状况起初令温特利德大感惊讶,但在研究了一个多月的银河诸战区布局后,他渐渐发现这是因为最要紧的布署十年前就已做完。艾希霍恩元帅主导设计的这套横跨银河的协防体系,据他自己说,源自一种古老的"力量之比例"的思想:世间所有的力量皆须成比例,不足或过度都必遭惩罚。这个说法给温特利德留下了极深的印象。承平日久,参谋们的工作也越来越像是一幢大厦的维修工,而不再是当初伟大的建造者。与之相伴的是另一个略显滑稽的现象:作为智囊部门,总参谋部的权威性和专业性常被其他部门借用。大多决策其实毫无技术难度,难的是宣传部门引导舆论常会激起反效果。这时候,交通或经济部门就会来总参谋部"请求建议",也只是想借总参谋部之口,说出那些根本无需智力也能得出的主张,让它显得更专业、更权威些。

一次,某位年轻的参谋正在替交通部撰写这样一份"建议",欣德米特元帅在路过桌前时看见了,便拍拍他的肩,对周围的人说:"不要把过多精力消耗在这些事上,总在解决笨问题的人,迟早会变笨的!"

众人大笑,那位参谋自己也笑了起来。

"不要笑我,不要笑我呀!年轻时的光阴最宝贵,过了三十就不值钱了!"欣德米特自己也笑着说道,两眼眯成一条缝。

在这阵笑声中,温特利德心中有隐约的感动。在军队里,已经很少有谁把部下当作人,而不仅是作战工具对待了。但这也让他明白了，舒尔茨为何觉得把自己安置于此，不会对他构成威胁。这里虽集中了军界最聪明的大脑，它的主要使命，却早在十年前就已完结了。

第二节：棋盘

1.

温特利德很快注意到，总参谋部与军队的其他部门不同，这里的人很重视理论，因为他们的工作更基础、更全局，也因此面对更多的可能性，更依赖推想。在战术舰队中常被当作理所当然的前提，在这里不再是无条件的。然而令他印象深刻的是，他们与同样重视理论的教士们不同。神学家把精致的理论当作目标本身，而总参谋部的将官们，却只把它视作一种辅助手段，甚至只是游戏，或是为维持健康而必要的锻炼，就像赛马和斗剑。

然而可能性比现实更难把捉，重视理论的代价是难免偶尔陷入幻想，尤其是人云亦云的幻想，这时就得有人将其消除。例如有一回，一位将官说到历史上伤及平民最多的战争多出自民主时代，封建战争就更有骑士精神，很少把平民卷进来。艾希霍恩元帅竟当场问"因果关联"何在，那名将官答不上来。艾希霍恩说，不是民主派爱搞征兵制、动员令、人海战，而是人海战争的时代较容易出现平等罢了，并坚持将银河帝国这一千年来的低战争动员率归结为宇宙战舰过于昂贵，而非什么"骑士精神"。这场谈话给温特利德印象极深，若是换了在别的部门，根本没人敢这样说。

于是，温特利德在这里接触到的第一种新思想，就是为何不应把平民卷进战争。官方答案是：这是有违骑士精神的，总体战是朝着民主堕落的第一步。若是换了薇拉，她定会直接说这是罪恶的。在这幢大楼里，人们却较少从道德上想问题，而是认为星际战争早就令人海战术过时了。温特利德觉得这种理由比道德的理由更真实，但也更危险。同时，他又觉得这种态度中寄托着一丝欣慰：即便在为抢先杀死对方不择手段的战场上，道德已经乏力，但只要理性仍在，战争就不会陷入疯狂的仇恨与杀戮。

温特利德不久就弄清了利伯曼那天说的，他立下的三次大功只是缩短了战争，却为何关系重大：因为这既让舒尔茨无法借长期战争独揽大权，也让封建主义还没来得及扩散和动员就迅速失败了。这驱散了温特利德心中长久徘徊的乌云：此前他一直觉得，帝国与贵族的战争无所谓谁更正义，自己当初泄露政变阴谋只为自保，打仗只是在利用战功获得升迁，和发战争财的商人没有区别。他觉得自己的工作若不能令世界更幸福，将官的薪资再高，也无异于领低保的那些人——甚至还不如他们，因为自己没病没灾，而地方福利财政是那么苛刻，他们占用的份额是那么可怜。但若战争本身缺乏善的目的，那么迅速地终结它，以免产生社会政治恶果，就已是上策。这是他在奥厄行星失去了所有同伴之后，第一次觉得自己的作为并非全无意义。他重新相信，哪怕在今天这种绝望的处境下，仍有值得做的事情。

总参谋部的清闲造成了一种风气，这里的将军们流行玩战术棋。这本是帝国军事学院用来模拟舰队战术的教具，身为旁听生的温特利德没有玩过。最初，他与三位将官对局三次，都是输，问题在于新手无法把握其中无形的士气因素。

到了第四次，温特利德竟抽到与欣德米特元帅对局。

"我还从来没有做过基础练习呢。"

"没关系的，没关系。我妻子是个钢琴家，但她从小就没弹过练习曲，一次也没有。"

"您认为，基础练习是不必要的吗？"

"科赫你有所不知，当年元帅在军事学院讲学，都快期末考了，上课还常让学生翻回第一页，你说何处是基础，何处是精深呢？至于基础练习，又是重要呢，还是不重要呢？"利伯曼中将笑着插话道。周围一些军官纷纷点头，他们都是那里教出来的，想必有亲身记忆。温特利德大惊，如何可能一学期才讲一页纸呢？

"基础练习只在帝国一统银河后，准确地说，是军事学院扩招之后才是必要的，"欣德米特接着刚才温特利德的问题答道，"它只是个教学资源的问题。"

温特利德顿觉惭愧：这位当今最伟大的兵法家，从未像舰队里的那帮庸俗之辈那样，嫌弃我并非帝国军事学院出身，愿意放下身份与我对弈。我应当感到光荣，更应当抓住学习的机会才是！怎么能畏怯推脱？别人没有瞧不起你，反而自己丧失了进取心。于是温特利德便在棋盘前坐下。开战之后，他想，既然我前三次都输在了士气上，这回就用最有利于士气的打法。况且欣德米特元帅这么厉害，我再怎么布阵都是比不上的，不如孤注一掷地蛮干。可是他刚开始这样做，欣德米特就叫停了。

"暂停一下。你这一步中央突破真是臭棋,一看就是斯皮格曼在军校里教的那套。"欣德米特元帅指责道。

"我在军校旁听课程时,确实选修过指挥学。"温特利德答道,尽管他记得当时战术学的课不是大名鼎鼎的斯皮格曼,而是由他的学生代上的。

"罢了罢了,快把他教你的那套呆板不化的东西忘掉!"

"那么先生的看法是?"

"所谓正面突破战术,其鼎盛在于诸侯时代,这是因为它在舰队规模有限时威力最大;因为规模有限,只要敌军反应稍迟缓就会被突破,并难以纵深弥补。在小国之间的战争中,以这种近乎赌博的方式赢下一场战术胜利,就可一战定乾坤了。然而,今日棋盘上模拟的战争规模,已是各据三万艘战舰的决战,纵然前阵被你突破了又能如何?自二十年前,军校中出现了一股歪风,片面强调攻势和中央突破。然而在大舰队战中,重要的是挤压敌人的空间。通过迂回包抄攻击或威胁敌军侧翼,要比正面突破更有效。"

温特利德点了点头。从欣德米特的语气中他听出了忿忿之意,便想到,他正是在二十年前离开军校并调入总参谋部的,恐怕也与那次军事思想的变革有关。道理上说,攻守兼备、奇正相倚自然是兵家正道,胜过一味强攻的偏见。可是关于这种偏见为何竟占据了学院,温特利德颇为疑惑。顾虑到或许老将军本人就是当年那场学院内派系斗争中的少数派,才被排挤出来,温特利德也没有再多问。

2.

初到总参谋部的日子里，温特利德惊叹于天外有天，人外有人。欣德米特、艾希霍恩两位老将经历过诸侯割据时代、银河统一战争与此后的大一统时代，他们目睹过种种形态各异的战争，史上罕有人能有此机会。两位老将军常谈论兵法之道，只言片语之间便有对古今战史的精辟解析。一整代指挥官都将某些舰队运动法则奉为金科玉律，但在他们眼中，规则就是用来打破的罢了。每一种战术的诞生，无不与当时的情势大有关联，后人却把战史只当作兵法手册，目光只限于方寸之间的厮杀，当然不明要领。温特利德回想自己在内战中只是凭借政治和心理因素，屡番以奇制胜；倘若正面遭逢高手，只求保命都未知可否。三年前选修指挥学时，他亦觉得帝国军事学院教的那套战术很是呆板，还独自钻研出了些变化、弥补或克制之法，年少气盛颇以为豪，如今再看尽是井底之蛙，全然不值一提。

一日下班后聚餐，席间众人先是谈论了前几日的一场演出，温特利德惊讶地发现总参谋部里有大批的交响乐爱好者。后来两位老元帅就和平与战时的经济问题辩论了起来，引来参谋们围观。虽然最后双方都未能说服对方，但在场旁听的青年军官们无不钦佩。在听这场辩论之前，大多数将官都有自己的立场，但在辩论结束之后，他们都觉得此事的复杂超出了原先的想象。温特利德忽然觉得，辩论的过程就像在一组乐器的演奏中，忽然闯入另一组乐器一样，最终无数的力量与因果都汇入了时间中更庞大的结构。他钦佩地说："听先生畅谈兵法，方知军事终究只是政治之一环，而政治不过是历史之一隅，难怪五百年前的科伦坡的笔记里也都写满了历史！"

艾希霍恩元帅停顿了几秒，看了一眼对面的欣德米特，说道："科赫，这不是你第一次提到科伦坡了，你对他有很高的评价。"

"是的，科伦坡是我生平第一崇敬的古人，是我作为一名军人的毕生榜样。"温特利德抑制不住激动脱口而出，全然忘了自己推崇他，有一半是因为他是共和主义者，而此地却是银河帝国的总参谋部。周围的军官们都感到不妥，氛围变得微妙了起来。好在总参谋部是帝国军中最看轻意识形态的部门，若是换了在地方部队，单凭这句话便可能遭到惩戒甚至降职，若是放在几十年前，甚至可能遭到开除。

艾希霍恩听闻此等大胆之言，微微一笑。老元帅只是答道："但是，科伦坡的才能，绝不仅在于他深谙历史；更在于他每每临阵对敌，都能忘掉它。"

欣德米特也在一旁点头赞同。

温特利德听了，想起刚进总参谋部时便听他说：战略家最常见的失误，便是他们总在准备上一场战争。有人请欣德米特写一本战略学的书，他却说战略学无法专门学习，也很难落于纸上，因为它不是一门技术，而是在熟悉了战术、经济、政治、社会并对人性有所了解后自然形成的。欣德米特对当今军校教育颇为不屑，认为日渐兴起的"学术细分主义"只能增加狭隘与偏执，迷失历史中诸力量之间的关联性与比例感。他们遗忘了教育的最终目的：就像一切无法化简为公式的艺术一样，战争艺术的精髓，亦在于那些忘记了毕生刻意所学之后剩下来的东西。温特利德心知，这"忘掉"历史、直取当下的能力，已非知识积累所能成就，先生对我说这些，自然是寄予厚望。只可惜我目前就连战史典故都未能熟悉,实在惭愧。

温特利德心思纯朴、天赋极高,此后一段时日,他勤于查阅老将军提到过的战役,顺着只言片语的点评,重读当年上学时曾读过的战史材料,已然换了一重天地。他带着欣喜与热情沉浸在传统中,却并未将其视作传统;就像许多青年一样,他欠缺历史意识,时常将过往的英灵误当作自己的同时代人。此外,温特利德还从图书馆借出两位老元帅过去的战史分析文章仔细研读,觉得他们在年轻时的见解就已是想落天外、独具慧眼,甚至已大致奠定了今日的思想框架;后来的岁月,更多是将早年那些不系统的想法,变得更精妙圆融。温特利德遇到读不懂的,就去问作者本人,却发生了两件趣事。

有一回,温特利德向欣德米特请教一个战术的解释,老先生起初竟也未能理解它,片刻之后他拍案道,这种观点虽然古怪别扭,但已留有后手。直至解释到一半才意识到,那是自己近三十年前写的一篇文章里的。欣德米特惊讶于自己竟没认出年轻时的作品。"从不同的角度看同一样东西,确是会认不出来的。当年我分析这个战例时,是从高山上看的,如今我又回到平原上来看它了。"温特利德记住了这句话。然而欣德米特立即提醒道,不必读他过去写的东西,尤其不要把他年轻时的胡诌当真。他说自己三十岁前所言,可删废八成;五十岁前所言,可留一半;五十岁后若仍有论述,想必当能作数,只是那时已不愿再写了。

还有一回,温特利德向艾希霍恩请教他年轻时参与的一场论争。当年银河统一战争刚结束,许多人主张建造星际站和传送增幅器,或将废弃的恢复使用,认为这两项工程对后勤必有革命性的提升。但艾希霍恩觉得一些人过于乐观了，指出由于它们瓦解了线性战争，模糊了前线和后方的界限，因此在降低后勤成本上的效应并不那么明显。老将军记得那场辩论，却把论敌的观点记成了自己的观点，把自己的观点记成了对方的。他全凭这错误的记忆给温特利德讲解了两种对立论点，引申出了各自背后不同的前设，并说其实双方各有道理。温特利德始终没有拆穿他的记忆错乱，只是更加敬佩老将军。

然而温特利德在翻阅战史论争时，发现了一件怪事，或与欣德米特当年辞去军事学院校长、调任总参谋部有关。档案记载，二十年前的一次贵族叛乱中，有一位 R 准将违背欣德米特的命令，以简单粗暴的正面强攻，居然轻而易举地撕开了叛军阵列。欣德米特将其胜利完全归于"运气"，要严惩他违背军令；R 不服，说战场上没有"运气"这回事。此战之后，攻势优先主义成为学院正统。欣德米特激烈地反对它，却又无法对这莫名其妙的胜利提出除"运气"之外的更好解释，无法服众。温特利德读至此处，觉得这恐怕是老人的一处心结，便没有用这场战例去打扰他。

在不成体系地阅读了一些战史分析之后，他请教艾希霍恩元帅，古今名将中谁最高明，他想系统地钻研一下。正巧欣德米特从门口进来，两位老将军都直接跳过近五百年的战史，认为奥托大公与科伦坡各有千秋。

艾希霍恩说道："可以说，奥托二世的遗产构成了整个帝国军事学术的基础，哪怕不学他，都已受其影响。研究奥托的战史家，往往会说不清最终究竟是认识了战争，还是认识了自己。作为后人，我们能想象一门没有过奥托的大舰队学吗？不能的，就像我们无法想象一个没有穆罗梅茨堡的银河帝国,一部没有歌德的帝国文化史,或一个没有地球前史的人类。科赫,你是不用专门学习他的,因为你身上已经有足够多他的痕迹。"

科赫听得连连点头:"那我还是去研究科伦坡吧。"

欣德米特却说道:"科伦坡用兵神出鬼没,他的舰队迂回确实堪称天才,然而天才也不是适合模仿的对象。天才们的思维太庞杂,可他们呈现出来的行动太简练。"

"那……先生您认为,如果要系统地学习,该从谁入手呢?"

"我以为,像科赫这么聪明的年轻人,大可不必从'谁'入手,而要从问题入手。在我自己做学生的年代,找到一个问题并独立完成研究是很平常的,导师也经常撒手不管。哪像今天,学生一个个胆小畏缩,老师们严防死守,生怕学生违逆自己?也就是最近二十年,才兴起了这股研究人物的风气,把战略学做成名将传记学,越做越琐碎迂腐,要不得的。"

"明白了!"温特利德大声答道。早在旁听帝国军事学院课程时,他就对这种风气非常不满,今日听到帝国军三大元帅之一的欣德米特如此抨击,心中顿觉畅快。

接下来的两个月,温特利德一有机会就泡在总参谋部的图书馆。这里的多数资料都对全体参谋公开,和特种作战部里那种细分科室、严排谨范的保密措施截然不同;然而在这浩如烟海的资料面前,个人有限的时间才是真正的障碍。他沉浸其中,不久便发觉历史上各个时代的问题意识大不相同:战术变革常是在解决此前时代的问题,然而每一种解决之道又会生出新问题。有时祖辈的疑难在父辈手中得到了解决，却同时造出了新困境，而后人解决新困境的方法，却令旧问题在孙辈身上复活了。只有极少数的伟大变革者，他们的注意力不会完全陷入时代聚焦的疑难，能觉察到潜在的问题，并成功地将其纳入更广大的体系。温特利德尤为感兴趣的，是兵法家们为何接受某些假定却质疑另一些，以及同时代的人为何接受或反对这些假定。人们不自知地受时代潮流支配，从更远的后世看去，其间源流正变、兴衰起伏却比每一个人的生涯更波澜壮阔。每过十日，温特利德都觉得此前所思疏漏太多。短短两个多月后，仿佛不仅自己的技术，甚至整个精神都蜕了几层皮。在棋盘上，他已经能偶尔与两位老将军打成平局了。

可是温特利德的精神气质毕竟与军队不合，这是无法改变的，更何况要一个二十三岁的年轻人戴上不露声色的面具，永远掩藏真实的想法，本就不可能。总参谋部较宽松的氛围也偶尔让他忘了自己身在何处。这里有每月一次的理论研讨，专门讨论一些更抽象一般的问题。有一回，艾希霍恩在发言中说道这样一句话："战争是政治的非常手段与例外状态，正如衡量常态是否合理的一个标准是它能否持恒，衡量例外状态的一个标准是它能否结束。"温特利德听罢，觉得这与过去常听的那套主张例外状态就是"不惜代价只为胜利"的口号多么不同啊。过去他和薇拉只是厌恶"不惜代价"的愚昧残忍，如今却意识到，这不过是灌输给基层官兵们迷思，高层决策者恰恰不是这样思维的。然而他感到的不是宽心，而是羞辱：凭什么这里的人能够预设其他人的愚昧，不配听到真实的道理，而只配被灌输呢？人们总是在想，信奉怎样的观念最有利于社会安定，而不在乎观点本身的真假对错。太多的人认为：要让人人充分运用理性是不可能的，对于

"下等人"而言，不讲理的宣教是必要的。但薇拉不这样想，她说，问题不在于有百分之几的人能够达到这一点，而在于无法预知他们是谁。人海茫茫，谁知道自己就不能呢？谁又甘心自己的世界观就只是被灌输的假话，即便是为了所谓的集体效益而编造的呢？

正当温特利德的思绪飘至九霄云外，却听到有人不知为何唤他："科赫？"

"对不起，我走神了。"他连忙起身道歉。恍惚间，会议室冰凉的白光撕开了笼罩着回忆的温暖光泽，就像那个白色的梦的一般。温特利德从遐想中被拉回了现实，这是他进总参谋部以来第一次猛烈地感到自己其实也不属于这里。

"你一直是很专心的，请问你想到了什么呢？"

"我只是在想，艾希霍恩元帅刚才那句，衡量战争，不，衡量一切政治例外状态的标准之一是它能否终结，此话太有道理了。"

艾希霍恩听到这句话，从椅背上直起身子道："但这是我十分钟之前说的，不值得发这么长时间呆的。"

"我想……我想应该把它告诉更多的人，至少写进军校教科书，让每一个基层军官都有机会学习才是。"温特利德说到此处，又不愿让人误会，便语气严肃地补充道，"我并非在奉承您，它确实比当今在社会上宣讲的那套……东西，高明得多，真实得多。"

在场的军官们听到这个奇怪的建议，面面相觑。但老辣的总参谋长听出了其中的潜在含义，把眉毛扬了一扬，摆摆手让这位房间里最年轻的参会者坐下，示意跳过这个问题，让讨论会继续进行。

3.

温特利德没有忘记他曾对约阿斯神父说过的话。在关于内战的报告中，他强调了国王堡骑士团虽在战争爆发时协助过叛军，但他们最后的贡献大过此前造成的损害。可是艾希霍恩认为，哪怕只有一秒钟曾经站在叛军那边，都必须惩罚，尽管不必过于严苛。总参谋部之所以没有在战争刚结束就裁撤他们，只是因为东境封建集团的势力被消灭后，暂时需要他们填补当地的武力真空。艾希霍恩原本打算一待时机成熟就直接解散这支舰队，但经过科赫的劝说，他打算把他们远程换防，至少不能再任由他们在曾经的叛乱地区活动。原则上讲，任何星域驻防舰队在一代人之后都应当调防，否则就有沦为地方封建武装的可能性。此次叛乱已经证明了这一点。

温特利德建议道："我在招降他们时，发现他们中有不少人仍然保留着国王堡的口音，我想，要不就把他们调回到过去的故乡吧。"

艾希霍恩把手中的资料摊在桌上："可是他们被调离国王堡才四十年。"

"是的，已经四十年了。"

"这也就是说，当年离开的青年僧侣，只是老了，还没有死。"

"您的意思是？"

"我以为，最好还是要等到五六十年。"

从艾希霍恩的这句话中，温特利德听懂了他数十年来布局的银河协防计划中，那未留在图纸上的部分。人们通常以为，银河协防计划是一幅详尽的星图，而地图总是关于空间的；此刻他意识到其中最深的秘密,是关于人的生命周期的那部分。年轻人会老,会死,下一代会出生,成长。

"科赫,科赫?"艾希霍恩见他陷入沉思,提醒道。

"啊,对不起,我竟然走神了。"他说道,"但我觉得十年应当不要紧,我不认为国王堡骑士团,还能把阔别四十年的故乡变回自己的根据地。"

科赫的话确实有理:国王堡骑士团中的大多数从未到过国王堡,只有代代相传的习惯和口音,仍与那遥远的行星惊人地相合。这样已足以保障一方面他们已与当地不再有具体的人际关系,另一方面又不至于被当作外人排斥。艾希霍恩最终接纳了科赫的建议,将国王堡骑士团调离东境,遣往远方——他们四十年前离开的国王堡附近的一处星际站,而非国王堡本土。

"我同意你的观点:这确实是最经济的安置方法。那么既然是你提议的,细节上就交给你去安排吧,这算是你在总参谋部,首次独立统筹驻军调防。"艾希霍恩说道。

几天后,温特利德提交了自己撰写的方案,艾希霍恩以总参谋长的身份签署了调遣令;但他没有撕掉已经起草了一半的解散国王堡骑士团的计划书,而是把它收进了抽屉。

温特利德想:能够在老年重归故里,想必约阿斯神父他们一定会很高兴吧。但他没过几天,便把这件事忘了。

然而国王堡骑士团的反应却超出了温特利德的预料。一个多月后,约阿斯神父来信了,信中难掩激动——背井离乡四十年,终于回去了。骑士团员们都认为,是他们的"先知"引导他们渡过了银河腹地的那片海，从帝国的东方迈过一万光年回到了西方，和那片几个世纪前，先祖们创立教团时所在的应许之地。约阿斯在信中说："我知道，您不愿意我把您叫作'先知'，然而当我们飞过少时熟悉的那片星海，用肉眼看到了曾经的故乡时，尽管它只是一个光点，我们全体都唱起了古歌《希望》。"

温特利德读完此信，不禁泪流满面，他从未想到自己在总参谋部的首次独立任务，对他们而言竟如此意义非凡。那一刻，国王堡似乎也成了他的家园。他更没有想到，故土对于他们而言不是乡愁，而是希望。温特利德立即回信，却没有提及艾希霍恩元帅其实只是出于现实考量才把他们调回去的事实。如果以色列人知道，是法老而非神祇分开了红海，该有多失望呢？他又想到，艾希霍恩命令他们驻扎在附近一个星际站，并没有把骑士团直接调回国王堡，不想让他们真的踏上故土，"可是这也许反而会让他们更加热情地思念故乡，因为教士的习惯就是仰望天上的星星"。

那一晚，温特利德做了一个美梦，在梦中回到了童年的北雪平修道院，醒来后嘴角仍挂着微笑。他想把国王堡教团的消息告诉教母，可是一想起教母深居修道院，向来信息闭塞，或许还不知道自己参与过内战，更不知如何向她解释自己调入总参谋部的事。教母一向不喜欢军人，若是听说我立下那么多战功，会不会反而不高兴呢？犹豫之后，他还是没有给教母写信。直到几年后，他在与国王堡教团的一位僧人的谈话中，得知了教母与他们的交情，才后悔当初没有这么做。

第三节：矛盾

1.

温特利德从总参谋部图书馆里借来的书越积越多，终于迫使他下决心整理书橱。这天晚上，他翻箱倒柜，看见薇拉留在这里的一本画册，捧起来轻轻翻开，扉页上有她亲笔摘抄的一句古人之言：人类历史由三本大书写就：行动之书、言辞之书、艺术之书。任何一者都须关联另两者方可理解，却是最后一者最可信。这熟悉的字迹，像一只无形的手把他从夜梦中推醒，让那一刻的夜格外深。温特利德蓦地站起来，呆立在灯下，不知是该把这画册放下，还是继续捧在手中。他的心脏猛烈跳动，在床边坐了不知多久，最终还是把画册小心地收进了抽屉。他继续整理书橱，心里却是一团乱麻，不知哪一本书该放在另一本的左或右。薇拉死后，我都做了些什么呢？那场内战，有什么意义呢？直到渐渐地，一个念头从她摘抄的那个句子中涌现，越来越清晰，他相信这是死去的薇拉在冥冥间为他指明道路：他一刻都不能再停留，想立刻去一趟艺术博物馆，去看一看从海尔辛兰缴获的艺术品，以及他曾经在战场上与之厮杀的究竟是怎样的人。只是漆黑夜色阻碍了这行动。这个想法就像一粒种子在他的脑中迅速长大，一夜之间便占据了他的全部脑际，到了第二天早晨，他便再也无法忍受它而不付诸行动了。

博物馆将反叛贵族珍藏的艺术品按年代排列，这让温特利德看出了此前在战利品堆中未能发觉的现象，仿佛整个历史成了一件伟大的艺术品。史书上总说，奥托二世统一银河后的一代人，是艺术的辉煌鼎盛，如今亲眼见证，才知此说绝无夸大之处；仿佛那些曾被战争和死亡激发的热情，都被倾注到了紧随其后的和平生活中去。在德性升起的时代，人们渴望胜利；在德性充盈的顶点，人们追求幸福。美的精神已经自觉，却没有流于柔靡；风俗已经变得宽容，却尚未沦至虚伪。温特利德早就听说过，那是一个宽容的时代；如今他却意识到，彼时的宽容出自强健与自信，而非如今人误解的那样，出自同病相怜的软弱。那时的作品，在塑造敌人时也盈溢着高尚化的本能，古人那崇高的敌意，在贫瘠的后世看来竟像是赞美。那些艺术品中没有恶，更没有罪，而最大的坏，也只是愚蠢和无能。在这些雕像的脸庞上，欢乐与悲痛的线条如此分明，仿佛只需一场大笑或恸哭就排尽了失意与痛苦；与之相比，今人的感觉已经耗竭衰朽，总是笼罩着模糊的阴影。温特利德虽从未修习艺术，却也注意到，越古老的展品，风格越朴实雄健，后来的艺术虽精细巧妙，却显得矫揉造作。直到最近的时代开始厌弃精致，转而追求粗犷，画面语言变得抽象，感情色彩亦变得晦暗，就像几百年前希柏里尔教兴起时代的宗教图像："人"不再是饱满的血肉之躯，又退回至扁平的二维抽象。三维透视法被放弃了，与之一并被丢弃的，是对立体人性的肯定与赞颂。我们的时代，与奥托大公的时代，差别在哪里呢？艺术中蕴含着对德性的表达。彼时人们推崇勇毅刚直，与那令生命健壮的一切；后来人们推崇谦恭自抑，与那令他人弱小，同时也更易原谅自己的一切。

温特利德想起薇拉曾经和他说过："艺术越抽象，世界越可怕。"怀着这样的思想，他第二天又去了档案馆，去阅读刚刚归档的叛乱贵族的私人藏书和日记。

这些藏书，尤其是日记，铺展出了一个怎样的世界呀！背信无情的父母，兄弟相残的惨剧，化名爱情的仇恨，怜悯背后的嫉妒，坐拥一切的虚无，傲慢者的自我轻蔑，博学者如针尖般的心胸，还有触目惊心的对生育女神为何让他降临人间的诅咒。如果日记是真诚的，那么写下它们的人，大多不曾觉察到这些自欺，但这一切在另一个时代的旁观者看来，是多么明显啊。这些温室里郁郁寡欢的人！他们不曾遭受过希柏里尔教的精神污染，可是症状之相似，令他不寒而栗。

温特利德不禁心头感叹：这是一群怎样的病人？这是怎样有病的时代？在健康的时代，限制人类幸福的应当只有物质因素，因此那些享有财富的人，理当是最幸福的鸟儿。可是这些权贵，他们的特权却没有带来幸福，而是活在忧郁和空虚中，就连肢体也因四体不勤变得和他们的心灵一样孱弱。如果说他们掌握了巨大的资源却不思善用，已是德性的亏缺；那么养尊处优却仍活在不幸中，就已经堕落得无以复加了。

2.

周一上班时，温特利德把他从艺术品、书籍和私人日记中看到的讲给欣德米特听。老元帅耐心地听完了年轻人的想法后，说道："科赫，我只是个军人，对艺术知之不多，对经济与社会却有所了解。你刚才说到了奥托大公死后的时代弥漫着虚无气息，据我所知，那确是一个崇拜金钱的时代。史书常认为是奥托大公削除贵族特权，导致了

'普遍平庸'。这种观点不见得正确，但毫无疑问，商业行会才是统一银河的最大受益者。"

"持这种观点的历史学家，好像叫托克维尔？"

欣德米特皱了皱眉头："那是地球时代的古人。"其实托克维尔不仅是古人，他的书还是禁书，不知道科赫是从哪里接触到这些叛逆思想的。

温特利德意识到自己又说漏了嘴，忙把话题岔回去："您说商人是银河统一的受益者？"

"商人的利益就在于统一的市场，是他们的商队托起了奥托时代三十年的辉煌。"欣德米特停顿了一下，接着道，"再后来就到了你所说的时代，经济陷入衰退，人们对社会和人性逐渐失望，不再追求幸福，而更倾向于优先规避痛苦，钱也就成了最重要的东西。科赫，你不用到我的年纪就会知道，钱是买不到幸福的，却能帮你挡住大多数的痛苦。"

"可是如此说来，喜欢钱并没有错，钱就是可能性，可能性就是自由啊。"

"对，你说得不错，"欣德米特说，"用钱来保卫生活的可能性、不被他人支配，和用钱来支配别人的劳动，这两种精神活动截然不同，但也仅在精神上不同；在社会机制和行为层面，它们是同一枚硬币的两面。因此这种理想只能独善其身。举个例子吧，据说当年拉法埃洛·科伦坡虽不缺钱，却不放过任何赚钱机会。然而帝国史学界对其'贪财拜金'评价其实有失公正。诚然，拜金确实是平等思想的荒谬变体，误以为生命体验没有高下，一切价值都可用数量来敉平，但科伦坡却不是这样。拜金之大恶在于虚无，它不是欲望的膨胀，而是不再有真正的欲望，只剩下对他人欲望的模仿和对他人幸福的恨意，'宁可要虚无，也不能什么都不要'，这与物质主义不同，后者是幼稚乐观的技术崇拜，而拜金者的世界却是一场残酷的零和游戏：他的痛苦是比别人穷，其幸福源自别人比自己穷。然而科伦坡并非虚无主义者。他爱钱，是因为他被政敌排挤，甚至逐出朝廷，必须靠钱才能在腐败的人际关系中坚守自己。可是这种态度是退守的而非进取的。共和派多对人性持乐观看法，然而科伦坡对人性和未来的期望，其实比同时代的奥托大公，也比其后世推崇者要灰暗得多。"

当欣德米特说到"科伦坡的后世推崇者"，温特利德隐约觉得暗指自己。这是在说我对人性的期望太乐观了吗？他很少在帝国军中听人主动说起科伦坡。然而欣德米特所言道理，无论是他自己，还是把科伦坡的故事介绍给他的薇拉都不曾想到。此时温特利德忽然明白：欣德米特并非共和派，却比我更懂科伦坡对政治的恶心，想来定是他纵然才冠当世、声望崇高，却不容于体制乃至学院，力图改革军队而屡屡受挫，不得已退居总参谋部任此闲职，所以感同身受吧。

他们聊到了金钱的特权。欣德米特早就觉察到了科赫危险的平等思想，语重心长地说："若要严格地理解'特权'一词，特权就是体验的落差。世上不存在无特权的社会，自地球时代起，历史已经用几个轮回证明了：削去贵族特权后，得来的不是平等，而是金钱的特权。许多人幻想在消除了一种特权，例如世袭统治权之后，仍将另一种特权，例如财产继承权保留，但历史证明这只是他们眼光不够长远。每一代人的心灵都被注意力塑造，而注意力就是时间，它最为稀缺；当憎恨的注意力转移到金钱的特权，子辈便又把父辈掀翻的政治特权迎回来了。由于特权的本质是社会体验的落差，曾有革命者主张，要改造特权群体的思想、让他们变得更革命，就得让他们体验底层的体验，于是就将城里人赶去贫苦的农村或偏远的矿场，其结果是对城乡经济的双重破坏。家教、美貌与健康也是特权，向来与政治经济资源相关。为抵消知识家庭的教育优势，曾有过在大学录取时歧视其子女的考试政策；为抵消美貌的优势，甚至有过征收'美貌税'的时代，可想而知，该国很快毁于膨胀的嫉妒、狭隘的肉欲和疯狂的拜金。历史正是这样一步步堕落的，对于注定要在庸碌中度过一生的人而言，名义上的平等只是加剧了怨恨，把自己失败的全部原因推给外界罢了。"

温特利德听出这是在劝导自己，不要对革命派抱有幻想。此番议论是针对以反对特权为由反对贵族制的人，欣德米特是在说：特权这个词的范围远超出一个时代的注意力，是反对不完的。这不仅比官方那套君权神授的陈词滥调大胆得多，其逻辑甚至比很多革命思想更彻底：那些无视资源的稀缺性，将某些特权说成"天赋"的"自然权利"因此就不是特权的思想，虽自诩革命，却无非只是改头换面的宗教。温特利德尊敬并信任欣德米特先生，他没有为躲避冲突而隐藏自己的观点，而是大胆地说道："您的意思是，消灭一切特权既不可能也不合理。我亦以为问题不在于'体验的落差'，而在于怎样的落差是理性的——何种制度，允许何种落差，才能增进而非减少幸福？如无必要，勿增特权，这句话总是对的。平等不是敉平差异，却是特权的剃刀。有的特权是因为积累下来的优势，它在一定程度内能鼓励人们重视积累，使资源日益丰厚。有的特权却不是增强自己，而是打压他人，这和您刚才说的那种只想着弱化他人的人，倒是一丘之貉。这种恶毒的特权也弱化了特权者自身，让他们因缺乏强劲的对手而变得愚蠢懦弱。这两类特权如何能一概而论呢？更重要的是，何以让权力持久地掌握在有足够智慧与品德的人们手中？毕竟社会的凋敝与没落，不能怪罪到无权者头上，一定是特权者的过失。先生您说是吗？"

欣德米特说："这些大道理虽不错，然而历史的运动却非出自设计。特权归根结底是一种体验，人类重体验而轻原则，因为前者简单又直接。最初以斗争追求公平者，仍知道什么是公平；然而体验着斗争成长起来的新一代，就会漠视公平，认为政治就是集团间的斗争。最初主张人人都有追求幸福之权利者，自是默认人人都知道何为幸福；而那些体验着斗争长大的人，很快就会忘了幸福的模样。不知幸福的人才会沉溺于比较，于是平等的意义，也从每个人的幸福都一样重要，变成谁都不可以比别人更幸福。常人对幸福的想象多是保守的，对免于痛苦的诉求则是进步的；那些强调消除痛苦优先于追求幸福的人，多只是不再知道和希望幸福的人，因此痛苦对他们而言更难忍受。曾经主张'第三等级也是人'的时代，不是出于同情，而是出于对人性的自信说这句话的。他们正处在历史的顶峰，因为这意味着大家都知道'什么是人'，知道这个词背后的尊严。普遍主义的时代往往是丰沛的时代，尽管当年的人不自知，后人失去了才明白。没有任何手段能消除体验的落差，革命也不能；社会若长期专注于此，如此氛围中长大的下一辈就会忘了'什么是人'，把'人'仅理解成社会关系的总和。人性若只剩下社会性，道德也就只以邻人为准绳了；

平等也被误解为同情，只要世上有人生病，就谁都无权享受健康。我前两天听见你在走廊上哼席勒的歌——不用紧张，我知道席勒的某些作品被禁了，但我也很喜欢——席勒比一切人更赞美欢乐、反对特权，但他明白欢乐是属己的，同情是无用的，他给无能欢乐的人的建议，就是偷偷去哭泣。古往今来的伟大文明都有一种技术，让病人和健康者各活各的，切断精神污染的感染途径，而不是总想去'拯救'病人。那些以为善就是去同情他人体验的人，常把自己无法同情的体验视作'待拯救的'，然后就陷入无力。这难道不愚蠢吗？同情不过是一种主观偏见，只能看见与自己类似的体验，人的善良越依赖同情，对其盲区就越残酷。"

温特利德是第一次听到这种代际衰退论，一时没想好如何回答。保守主义者总是觉得人常被情绪和体验所左右，理性是脆弱的。欣德米特则用这一观点，解释地球时代长达一个多世纪的革命，为何反而导致了理想的衰落：它拖得太长了，漫长到了令后人只记得斗争，忘了斗争的初衷。温特利德觉得这种历史并非不可避免，于是说道："然而这只是一种误解，您想说，后来那些人把平等误解成敉平，他们反对高贵，这也只是因为他们把高贵误解成了昂贵，高贵和平等当然不矛盾，但平等仍与昂贵的特权矛盾。人的自由也是如此，在一个特权横生的社会，自由又要打多少折扣呢？崇尚英雄轻视同情的希腊人，也鄙夷波斯大王荒唐的特权和奢侈，相信幸福就是'不缺必需品，没有奢侈品'，真正的自由，不为外物所制的幸福，还有平等的人的生活方式，都应当如此。"

"是的，是的，可是就算你正确理解了它们，你能说服那些打着这些旗号的人吗？他们才是大多数。高贵当然不是奢侈靡费、浮华矫饰、让吃不上面包的穷人去吃蛋糕；最高价值其实正是人之为人的最基本价值，是用来收获一切面包的小麦种子。伟大的民族重视种子胜过生命，古代战争中最严酷的莫过于围城战，曾有一座城池被围困两年半，饿殍遍地，却没有吃掉种子库里的一粒种子。这在投票中会出现吗？出于同情而扭曲原则，比为解决今年的饥荒吃掉明年的种子更短视。你刚说起帝国博物馆，历史上也有过一个帝国，其首都遭到轰炸之际，有人建议艺术博物馆暂时闭馆。馆长却说：'正因为在这样的时刻，更要向公众开放。'伟大的生命在危机中总是首先伸张它的最高价值，危机越紧迫，主张越坚决。这是因为他们把最高价值视作根茎，其余只是枝叶。奴隶则相反，他们把'适应'视作最大的善，因此奴隶心中的高贵就是社会达尔文主义；把'活着'视作高于一切，天气稍冷就烧掉书籍取暖，可笑的是奴隶心理学还试图把这种'需求层级论'科学化。伟大民族理解的教育，是希望与未来之路，仅对真理负责，大学理所当然地要求批评社会的权力，却拒绝为适应一时需要改变自身；小人眼中的教育首先是为'阶层流通'，用来给过大的贫富差距擦屁股，让文教为经济上的无能买单，考试内容也可为此方便权宜。奴隶们看不清世界的全貌，便把存在的根基视作可丢弃的装饰。最高、最真的从来都是最普遍地为每个人所需要的，它们占用物质资源极少，也无法转移或交换，却最为珍贵，毫厘都无法妥协。最伟大的民族不是宣布大屠杀之后再无诗歌的民族，而是在被炸成废墟的书店里读诗的民族，这样的民族说：'我们的帝国存续千年，但那才是我们最辉煌的时刻'。"

平等真的会抹杀一切伟大吗？真的会变成病人之间的平等吗？温特利德心中问道，不，原则上讲当然不会。相反，一切伟大的尺度，原则上都必然是平等的。那些把人格分等级的思想才是病态。欣德米特对平等和进步观念的批判，是建立在人类重体验、轻原则的前提上的，而温特利德怀疑这一点，或者说，他不愿相信这一点。凭什么人类一定是非理性的、只顾满足低级欲望的呢？为什么就不能用理性来建立一个社会呢？他从欣德米特最后这句话中，听出了老人罕见的激动。尽管如此，他却仍没有忘记今天的谈话主题本身就已犯禁，也就既没有提出反驳，也没有询问这个句子的起源。

欣德米特的声音平静了："最高价值被废黜后，众人自命为尺度，他所反对的特权，也就只是他体验到嫉妒的对象罢了。嫉妒是同情的反面，也只是一种偏见和情绪；嫉妒的注意力，也会随着世界的平等化而矮化。就举我们战略学的祖师修昔底德为例。很显然，在崇敬最强者的希腊城邦，最优秀者总是受人嫉妒；自从人类进入了平等社会，也就只懂得嫉妒比自己运气稍好的人了。"

温特利德觉得欣德米特关于嫉妒心的理论过于粗糙了，便说道："我倒觉得，今人的嫉妒和古人的没有多少区别。以为古人嫉妒优秀，今人嫉妒财富，这错估了人性。因为今人嫉妒的也是优秀，人们其实不会嫉妒空有财富的人。相反，那些穷人中的优秀者，才是嫉妒的受害者；在一个特权社会中，他们却无力保护自己。人们看似嫉妒富人，只是因为有钱意味着有更大的机会变得优秀、智慧、幸福。倘若一个富人徒然浪费了他的机会，一辈子活得卑鄙、愚蠢、痛苦，人们就只会投以可怜和轻蔑，不会有任何羡慕或嫉妒。总之，我不认为平等会导致嫉妒也被矮化,幸福之道是多么永恒,嫉妒也同样顽固,它不会那么轻易改变。"

欣德米特看着温特利德,他不得不在心里承认,这个青年的视角竟是就连自己也从未想过的:"您说人其实嫉妒的是优秀而非财富,只因财富能转化成优秀,它才遭人嫉妒。这固然折射出我们欲望中本真的一面,但却是经由扭曲的嫉妒之镜呈现出来的,因此同样也是人性的险恶。"

温特利德听到欣德米特改口用"您"称呼自己,受宠若惊。老人稍作停顿,接着说道:"然而,特权确实可能转化成幸福,由于这个可能性,嫉妒心的注意力还是会集中在显见的特权,而非难测的幸福。反对特权无非是出于自尊心和比较心,有的人反对特权,确是因为它有损人的尊严;另一些人,却是因为缺乏尊严观念。前者把自己和他人的人格看作同样高贵,后者却把任何人都看得与他们一样随便低贱。不是在自己遭遇不合理对待时据理力争,而是剥夺别人根据理性支配生活的权利。"

温特利德听到这里,忍不住反驳道:"若总是恐惧正确的主张被滥用,就不去主张它,岂不是把世界让给谬误?没有一场战争能仅凭等待赢下,也没有任何社会不去改革就会自动变好。欣德米特先生,您说得再有理,也只是证明了平等主义和民主共和可能产生扭曲和弊端,说明了其中的艰险,却既没能说明这种理念本身是错的,更没能说明同样有诸多弊端的帝国体制比它更好呢。总不能用理性的人组成的健康的帝国,来和堕落到民粹的民主对比,那样又怎么能算公平呢?况且,您刚才也说:重体验而轻原则是错误的。我们总不能因为惧怕这种趋势或苗头，就放弃原则吧。还有，欣德米特先生，您说的那些非理性行为，迟早会自食其果、难以为继。我相信历史的演化能够自净，不会允许这种思想长期主导。"

"不，这恰恰是理性的自利行为。"欣德米特当然不会怪罪年轻人这番大胆的言论，反而精神为之一振，但他也丝毫不打算让步，答道，"你说'迟早'会难以为继，那是多迟、多早？要想达到人人都有尊严的平等是很难的，即便碰上最好的时代，最理想的情况，也需要不止一代人。但若只想要谁都没有尊严的平等，却简单、迅速得多。某些激进的主张，确是对人性的崇高要求，需要持久的努力；另一些人却将'激进'等同于明天立即改变，因此只能带来毁坏和绝望。另外，荒诞不经的思想，正因为过于荒诞，才一直掌不了权，却正因此免于失败，一直存在于纸面上。那些宣传这些可能性的人一旦掌权，仍会被现实逼上他们过去反对的轨道。他们的善良只是无能罢了，无能者最擅长怨恨，那些'后某某主义''反某某主义'，你以为是今天才有的吗？两千年前的地球时代就有了，只不过统统被遗忘了。他们不是先肯定自己的理想，再进行否定和批判，而只是出于漫无边际的怨恨，就连命名的无能都折射出思想的无能。只有他们才会幻想一个没有政治和武力的世界，就像只有孱弱、病态的僧侣才会幻想没有身体的精神。平均主义、无政府主义，这些无法长远坚持的幻想，由于有代代新人加入，也能长期存在；它们的恶果却弥散于社会文化，由所有人承担。"

温特利德感受到了来自老人的思想的巨大压迫力，其中没有特别沉重的部分，却像是覆着一千层秋叶，这是他过去与任何人对话时都不曾体会到的。但他仍未被说服:"可是这样的人并不是某个阶层,而是广布于任何人群中的。自尊也好,理性也好,都无法用特权来培养,相反,特权炮制出虚假尊严和有碍理性的幻觉。近十年来,大批贵族涌入穆罗梅茨堡,这里的风气可没变好。"这些话是从薇拉那里听来的,说到这里,他又想起了薇拉;她是一个多么自尊的人,可是与她同阶级的另一些人,又是多么寡廉鲜耻。他们在精神上彻底依赖特权的拐杖,孱弱得无法支撑尊严了。他接着说:"对荣誉的最大伤害,从不来自否定和打击,而是来自伪造、冒充和偶像化,贵族特权就是这样,它无关原则上的高贵,只是虚荣的体验。非理性特权对高贵的腐蚀,与您刚才所说的同情道德对平等的腐蚀,是一样的。"

欣德米特注意到,温特利德有一种奇特的思维方式:无论在谈论特权、嫉妒还是自尊,他都在说如何分别处理或废除特权,分析嫉妒的原理和对象,或如何培育健康的自尊。这是一个改革者的思维,对于此,矢志于改革的欣德米特是何其熟悉。然而与他自己不同的是,温特利德对大多数人活在当下的"非理性"情绪视若无睹,这就像是正义女神的蒙眼布,一种为了摒除偏见的刻意为之。这种思维与那帮讨论"宇宙奇点上能站多少个天使"的僧侣惊人地暗合,却又截然相反。他并非不懂人性,但他对此的经验出自书本与推想,而非像自己这般,出自数十载的经历。这也是青年的真理与老年的真理的最大不同。欣德米特以为,这是因为年轻的思想尚未沾染过去的负担;然而这也是因为,薇拉成为了他永恒的过去。从薇拉的观点看,和从永恒的观点看,在温特利德心中是合一的。

老人微微地点了点头:"确实,自尊和特权并无直接关系。如你刚才说到，在贵族们的日记中，随处可见那种资源优渥却不图进取，沉溺在虚无中郁郁寡欢的权贵，根本就是德不配位。对特权的憎恨也是他们最先提出的，因为这些人除此之外一无所能；穷苦人尚能原谅自己的平庸，他们却被特权剥夺了自欺的借口。于是，无能的自己尚能愧疚，就成了他们唯一的骄傲。"

温特利德听到这里，忽然想到，这多么像希柏里尔教的教义：在对原罪的自卑中，藏着隐秘的骄傲。然而他没有再说什么。临别前，欣德米特推荐温特利德去读奥托大公削减贵族特权的改革史，并提醒他要注意：这场改革何以如此迅速而顺利，没有如历史上的许多改革那样激起反弹。其实这段历史，温特利德早就读过，但他从未思考过反动势力何以缺场的问题，毕竟那不存在的事物最难注意。欣德米特仅仅是提出问题，就已给了他莫大的启发，他立即谢过了老先生。

温特利德退出了欣德米特的办公室，穿过走廊，在走下台阶之前，又朝着那个方向望了一眼。他心中想道：谁说人类能够从历史中吸取的教训，就是人类从不吸取历史教训呢？悲哀的是，统治者从历史中吸取的教训，比被统治者多得多。

这一老一少之间的第一次，也是仅有的一次交锋，就这样小心翼翼地结束了。在往后的日子里，出于军人不议政的规矩，二人之间再也没有对相关的问题表露过看法。

第四节：风眼

1.

温特利德·科赫知道自己是最幸运的那类人，有幸在总参谋部遇到两位高人指点迷津，尽管别人并不因此而羡慕他，因为这让他远离了既凶险又激动人心的战场。然而他既不向往战舰生涯，更不相信帝国军队的正义性，所以一份闲差反而令他远离了道德上的困扰。但他毕竟是个青年，二十多岁的人终究很难耐受眼下的一切：悠哉的工作、无尽的时间，以及在老人们身上读到的历史之重。每逢上司夸奖，说这个刚入门三个月的新人已近战争之真道，他反而为自己感到悲哀：那接下来的余生又该如何度过呢？——我才二十三岁，竟要用"余生"这样的词形容自己了吗？他玩模拟战棋越发熟练，心中越生恐惧，他终于明白了这种游戏在总参谋部的用途：就像一个再无敌手的武士，为了保持武技只能与自己的影子打斗，它其实是达到了完美技艺之后与衰退作斗争的操练，却也暗示着盛极而衰的必然性。一个问题在他心中越来越清晰：然后呢？你然后要做什么呢？难道在一个静滞的时代虚度此生吗？他忽然想起自己离开特种作战部那天，卡什尼茨说的话："你说不定会有一天觉得无聊了，想走了，也不见得一辈子做军人。"在他的内心深处，危机渐生。

据他在总参谋部时最好的朋友利伯曼中将说：科赫时常孤身一人。这句话证明了利伯曼对他的理解，因为科赫其实并未明显地不合群。这名二十三岁的青年竟已学会用回忆去安抚内心的孤独，那些少年时在北雪平修道院和辉恒中学的经历，如今都像金子一样闪闪发光。唯一令他略感压抑的，是在帝都的特种作战部的四年；可那四年却因薇拉的存在，成了最美的季节。薇拉的遗体仍保存在灵薄岛，那是神学上判定未死、医学上判定已死者的世界，只有些僧侣偶尔驾舟出入，外人一概不得擅闯。闲暇时，温特利德常去陪伴她，偶尔坐在隔岸的草地上，一坐就是一两个小时。穆罗梅茨堡那琥珀色的秋天到来了，夏日的青草早已变黄，枝头的红叶被吹落，徘徊在湖面。阳光下，高大的建筑投下的阴影把湖水分成两半，就像幽冥之国的界河。久坐在这灵薄岛的对岸，温特利德忘记了苦闷，也忘记了恨。

可是当他起身走在回家的路上，脑际又升起了报仇的念头。那艘精神污染舰已被消灭，斯瓦洛夫斯基舰队的残兵却把小道消息传得满天飞，这是首次有亲历者言之凿凿地确证这种邪术的存在。教会面临重压，不得不着手调查除了已经败亡的罗得骑士团外，还有没有秘密研究和使用该武器的派系。然而温特利德对此并不关心，他知道那只是在找替罪羊罢了。

"温特利德！"他走到家门口时，听见邻居喊他的名字，"你看新闻了吗？教会已经抓捕了一批支持精神污染武器的异端分子了。"

在特种作战部时，由于时常能接触到更真实的信息，温特利德养成了不看新闻和报纸的习惯，那些都只是宣传、谎话、烟幕弹而已。在总参谋部，人们较少谈论新闻，因为这里的人将注意力投放在更基础也是更恒定的构架上，新闻对于他们来说多半是可忽略之事。所以自从调离特种作战部，他接收政治新闻的速度反而比一般人更迟缓，许多事都是这位整天守着电视机的邻居告诉他的，就像今天这样。

"看啦!"温特利德笑着答道,"好消息呀!"

内战中的教皇耶柔米站在了帝国中央这一边,在出现精神污染武器的传闻后,更是坚决主张这种邪器必须完全销毁,他坚决的立场使他在公众面前免去了嫌疑。然而温特利德把科伦坡幽灵和特种作战部的情报拼起来,便得出的结论,正是教皇一直在暗中推进精神污染研究。所以在听到研究精神污染的"异端"被捕时,他不仅丝毫没有高兴,反而觉得可怜:他们只是奉命行事,而被捕不过是由于并非教皇亲信。这种悲哀又被如下想法加强:羔羊明知要被旧主抛弃抹杀,都不敢拼死一搏反戈一击。若是俗人也就罢了,没有世俗牵挂的僧侣竟也如此懦弱,就再没有理由。

然而温特利德很快又听到了流言,是关于自己对精神污染的免疫力的。有人歪打正着地猜测:在他大破罗得骑士团的一战中,其实精神污染舰并未失灵。然而这种阴谋论却认为,温特利德有免疫力,是因为他注射了教会所谓"疫苗",还煞有介事地说:长期以来,在帝都教廷的背后还有一个"影子教会",一直在秘密研制精神污染的"抗体",言之凿凿,有板有眼。温特利德想,如今教皇派以追究此事为名排除异己,若非自己在战争中已立声威,恐怕已被抓走审判,甚至绑去做人体试验了。他想起奥厄行星大污染后,自己也遭遇过疯癫的流言,那时是舒尔茨插手保障了公开庭审,他才免遭宗教裁判所判罪。如今舒尔茨已在暗中防备自己,岂会再来助我?名望终有一天会冷却,人民会淡忘传奇式英雄,但那些执迷不悟的狂信徒不会。到那时,我岂不是非常危险?

温特利德意识到,自己眼下的安全,就像身处龙卷风宁静的风眼。只要局势变化,无论是舒尔茨还是教会,都可能容不下自己每天无所事事地待在总参谋部。至于是会再度重用,还是会抓捕加害,却非自己的力量所能左右。他思前想后,觉得须先秘密调查精神污染物,才能知道真相看清敌我。可惜自己被调离特种作战部后,这方面也难了许多。他又想起卡什尼茨准将在自己退出特种作战部前说过的话,心想在这类问题上,"鹰眼"还是比不上"蛇眼"管用。

另一个阻碍他行动的因素,是最近跟踪监视的人又多了起来,想展开调查也根本没有机会。一天下班后,温特利德刚从街角的饭馆走出,对面大楼的玻璃外墙上,映着明晃晃的夕阳,远处站着一个陌生的人影,刚才他走路步履稳健,挥臂有力,这些都是军人改不掉的习惯。此人早在两个转弯前就跟着自己了,却等他吃完一顿饭还没走——是教会、贵族残党,还是护国主呢?或许不止一方吧。算了,这也不尽然全是坏事,当跟踪者多起来,彼此之间也会相互牵制。然而他立即意识到这只是一种自欺,因为让诸方跟踪者相互牵制只是反跟踪战术层面的,而跟踪者数量的增多,意味着自己的政治处境越来越危险。

2.

埃本塔尔男爵被处死之后,未留子嗣,埃本塔尔行星陷入了权力真空。原先驻扎于本地的行星舰队,也因不遵军令之罪被调离。为防其他地方势力为控制该地区滋生争端,舒尔茨在与财政大臣施瓦茨伯爵以及总参谋长艾希霍恩元帅商议之后,宣布直接从帝都派遣总督。这个符合常识的决定是舒尔茨一早就想好的，但是按照字面上的法律，只有皇帝才能派遣总督，这让身为护国主的舒尔茨仍觉得需要和这两位打个招呼，请他们来，征求意见与支持。施瓦茨伯爵耐心地听完了他的主张，说了些客套的话，大意就是派遣总督的方案完全没有问题，一切由护国主安排就行了。艾希霍恩言简意赅地表达了肯定的意见，回到总参谋部之后，受到了欣德米特那句为人熟知的取笑："总在处理笨问题的人会变笨的。"

至于总督的人选，舒尔茨最初曾想过让温特利德·科赫去，因为他曾救下埃本塔尔上万士兵，想必在那里的威望不会低；但这个念头只持续了几分钟就消失了，正因为此更不能让他前去，放此人于帝国边陲，虽可解一时之疾，长此以往恐生大患。

舒尔茨决定派遣马丁·迈尔中将前去任总督。这位中将是舒尔茨在清剿星际海盗、叛匪的那几年中结识的，既实干又可靠。就能力而言，他算不上是顶好的人选；然而把过于软弱和过于强硬的人都否决掉后，堪用之人已所剩不多；更重要的是，舒尔茨从未怀疑过他对帝国的忠诚，这一点对于派去偏远地区的总督而言尤为重要。

内战结束后，埃本塔尔人听闻自己的亲人在战争中曾被当作炮灰，男爵则是为了保护数十万将士性命，才违背军令被处死，便从一开始就对帝国委任的总督抱有敌意。总督上任的那一天，天降大雨，埃本塔尔行星上家家户户门户紧闭，窗外悬挂男爵画像为旗。

"看来这里的封建势力不小。"

"总督阁下无须多虑，边陲小民只知有爵爷，不知有皇帝罢了。"

名义上说，总督是皇帝的代理人；然而今日之帝国没有皇帝，只有护国主。这让迈尔中将听了有些别扭,他只是答道:"叛党虽溃,其同类却未锄尽,不可不防。"

迈尔中将在坐车前往总督府的路上,就已经隔着雨幕,暗下决心绝不能姑息这种示威行为。

尽管作为行星领主,埃本塔尔家族对议会通过的一切议案有否决权,然而男爵生前并未真正动用过该项权利。他在管治行星内政上采取消极态度,认为贵族领主的真正义务在于提供军事保护,经济事务都可以交给议会里吵吵嚷嚷的"律师们和会计们"。在财政上他唯一关心的是军费,在政治上他唯一关心的是外交。而社会的庞大基础,却被以一种放任的态度让人们自行其是。然而新上任的迈尔总督并不知道这种不成文的习惯,他比过去常登上各种花边新闻的男爵要勤政得多,既认真又狐疑地审阅着每一份递送至他桌前的议案。

谁也没有想到,冲突很快就来了。新总督刚上任不到半个月的时间,就有一份关于长程轨道修建计划的议案呈递到他的桌前。议会经过投票,决定修建三座城际高速轨道,然而议案送到总督府后,迈尔总督意识到如此巨大的工程,意味着军港扩建工程会被延后。

"只顾商业利益是肯定不行的。"迈尔总督驳回了议案,"出于军事需要,连通军港的轨道必须如期建成。"可是他没有说明更具体的理由:帝国由于不信任,调走了埃本塔尔的本地舰队,而自己带来的舰队尚不够熟悉附近的航线,如果此时增加贸易,很容易成为海盗的猎物。可是这样的理由倘若公开言明,岂不是明着告诉附近的海盗如今有机可乘,自寻麻烦吗?军中的秘密主义和命令主义是一体的,在军队里无须给出理由即可下达命令,在一般民事中却不行。议案被无理由否决的消息掀起了轩然大波。埃本塔尔男爵的死，让他成为当地人遭受帝国压迫的象征，而他生前的开明更加反衬了帝国的专横。遭到舆论猛烈反弹后，总督不得不故作开明，命令记者上街采访民意。多数市民面对直播，都不敢说真话。这时旁边忽然有一衣着寒酸的青年抢入镜头，只说了如下两句话便被绑走：

"什么'军事需要'？扩建军港，不过是为了方便将来再有战争时，能够更高效地动员埃本塔尔人当炮灰罢了！"

直播采访立刻中断，但这两句话因此载入了史册。经查，该青年是轨道公司的员工，因原本几乎必定通过的议案被否决而失业。他入狱后拒不认错，被活活打死了。这一消息最终引发了埃本塔尔人的大规模对抗，抗议者将埃本塔尔男爵与该青年的画像并举。

消息传回穆罗梅茨堡后，舒尔茨立刻明白了这是怎么回事。此前迈尔中将在另一星系，曾让驻留舰队的指挥部直接领导交通部门，在改造交通时优先考虑军事效率，才最终算准了时间，一举剿灭了附近星域的海盗。此番他无视民意照搬了同一套政策，却点燃了埃本塔尔人原本就有的反感。

舒尔茨传唤了迈尔中将。在瞬时通信器的另一端，迈尔一板一眼地报告了骚乱的经过。这些舒尔茨早就知道了。他没有丝毫隐瞒，这证明了他的忠诚，但要赢得舒尔茨的信任，仅仅忠诚是不够的。

"那么，您打算如何应对呢？"

"小小骚乱，镇压下去便是。"

"骚乱？"舒尔茨反问道，"依您高见，这件事该如何定性呢？"

"属下惶恐……无非是封建主义的地方余孽，拒不服从帝国中央的权威……"

"愚蠢!"舒尔茨再也按捺不住,"你去看一看,他们举着的除了埃本塔尔男爵的之外,还有那个青年的画像!你看这像是封建主义'余孽'吗?这简直是革命的先兆!"

此时,舒尔茨难免想道,要是当初真派科赫去说不定反而好些,因为他不会犯下这样的错误。可是他随即想到,自己不愿把科赫派离帝都,不就是因为米滕多夫一战之后,欢迎的人群将他与自己的画像并举吗?不仅如此,此人的政治立场也捉摸不定。不是有传闻说他是平民主义者吗?就算不是平等主义者,也是个纯粹的、无法控制的人,这种人比最离经叛道的"主义"都更可怕。舒尔茨从来用人唯贤,却不得不忌惮于科赫给他的巨大的不确定感,这个事实给舒尔茨造成的懊恼,超过了给科赫造成的危机感。

3.

埃本塔尔的未来陷入了扑朔的迷雾,却未能影响帝都的氛围,仿佛这颗边陲行星上发生的一切,不过是湛蓝天空中一朵小小的乌云。然而温特利德曾救下埃本塔尔的士兵,自然更关心那里的情势。当他在总参谋部听说帝国军可能会派舰队前往,就意识到情况不妙;当他听同事们谈到帝国陆军自奥厄行星覆灭之后缺兵少将,便可以肯定,事情一定比新闻中的更糟,因为谁都知道意图出动陆军意味着什么。于是,他找了个机会,就帝国军可能采取的行动询问艾希霍恩元帅。

"如果陆军还在的话,我是会主张派一支陆军过去的。但在如今的情况下，科赫，你问我帝国军可能对埃本塔尔采取何种行动，我也说不准。不是我不愿如实相告，也不是我能力有限，而是因为'说不准'正是帝国军的政策。不到最后一刻，我们是没法下定论的。"

"帝国军的政策就是'说不准'？这……还请先生明示！"温特利德实在无法理解其中的意思，于是追问道。

"你已经对银河系的战略网络有了相当的了解。我问你，假如一地发生叛乱，你将如何预期其他地方贵族的行动呢？"

"一地叛乱，其他地方贵族趁机叛乱的可能性也会上升。"

"对。那你认为，帝国的舰队，就连在广袤的银河间追剿盗匪，也需要地方贵族武装配合，那我们有没有能力同时应对三处贵族叛乱呢？"

"我想即便有，也是很危险的。"温特利德回答得直截了当。

"很好。"艾希霍恩点了点头，"那也就是说，我们其实没有准确而有效地施行暴力的能力，对不对？也就是说，总要有一部分力量是借力打力，无法用严格、确定的法律系统来执行，否则统治成本就会高昂到帝国财政无法负担的地步。"

"我想是的。这不就是您主持制订银河协同防御计划的目的吗？"

"对，银河协防计划确是为了弥补疆域过广、兵力稀疏的问题。"艾希霍恩答道，"三十年前，帝国军有战舰二十二万艘，而后承平日久，裁军势在必行，如今只剩十万，之所以仍能镇得住各方贵族，无非是利用他们的猜忌与恐惧。既然可用兵力已经减少，无法准确、严格地执行确定的法律，那就只好诉诸暴力的不确定性和残酷性。科赫，记住这条统治的通则：越是在执法力量不足的国家，越多犯罪会漏过惩罚,因此越需要选择性地严惩一部分'倒霉的'罪犯来获得补偿,否则权威就会崩解。"

艾希霍恩说完这些,就接到一个电话,于是谈话就此结束。温特利德松了一口气,他不知道如果继续谈下去,会引向哪里。这是温特利德第一次听说,严刑峻法并不意味着帝国的强大,反而是国家软弱的标志,而且还出自帝国军的首脑、银河协防计划的创始者之口。埃本塔尔会成为那个"倒霉的"牺牲品吗?帝国会为了立威而施以沉重的惩罚吗?艾希霍恩说,这是"说不准"的。他随即想到:那臭名昭著的十一抽杀法呢?它选择杀人对象时也是随机的,不正是如此吗?还有二十多年前,翁布罗萨据说也是因为被疑有叛逆之举而惨遭行星轰炸,难道也是这样?他在总参谋部的历史档案中悄悄搜索了452年和453年的会议记录,却未找到相关内容。镇压翁布罗萨的相关资料呢?难道这么大的事也能绕过总参谋部,真的就随便决定吗?

不管怎样,艾希霍恩所说的以惩罚的残酷性和随机性来弥补其准确性的做法,让温特利德十分震惊。几亿人的命运,就如此随便地被改写甚至毁灭?以如此代价勉强维持的帝国,真的比此前诸侯相互征伐的分裂时代好吗?

人们宁可承认恶法为生活的必要代价,而战争则必须避免,这也许只是因为,当今的心灵已经瞌睡,或是人类社会在历史中衰老了。我们为秩序与和平支付的代价如此巨大,或许不是支付不起代价,而是承担不起选择与责任?艾希霍恩元帅的话,令温特利德第一次意识到了银河帝国的外强中干;他甚至想,从一种类似生命的现象上看,银河统一的权力整合不是历史的高潮,反而是一种或为应对生命力衰退而产生的权力硬化。这些怀疑在他的脑海中越长越大,其后果是这两位对话者都无法预料到的。

此时,另一个坏消息正向温特利德袭来。

第五节:教母

1.

坐落于迈什塔行星的北雪平修道院,是希柏里尔教最古老的修道院,却建成得较晚。在希柏里尔教刚刚起源、财势单薄之时,就选定在这偏僻的高山,修建一座预计三代人才能完工的修道院,"以保持教会的种子,使之不因世事变化而遭覆灭"。后来工程时断时续,前后共十代人才建成。它的建筑材料、方法和风格都受早期教会的蓝图所限,这令它与教会兴旺之后建造的那些十年就拔地而起的,也更恢宏壮观的新式教堂迥然相异。早在其建筑全部完工之前,就已投入使用,这又让它与其他同样较古老的教堂不同:那些教堂很快建好之后,人们就对建筑中蕴含的意义习以为常,很快就遗忘了。北雪平修道院却像一棵不断生长的古树,它的建筑者也是居住者,精神就像石壁上的藤蔓,其生长周期要漫长迟缓得多。

温特利德的整个童年都在北雪平修道院度过。在这里长大的孤儿多半会成为教士或修女,但是他的教母琼安修女,即院长,却及早认识到这孩子不适合从事圣职。温特利德到了十二岁,她就送他去了辉恒中学，去接受一套完全不同的教育。在中学老师们的身上，他见识了人文思想的力与美，瞩目于它的辉煌壮丽；宗教对于他而言，却越来越像是一道纯粹却苍白的月光，苍白得有时像虚弱的病容。然而院长教母的形象却丝毫没有蚀损，她在温特利德心中，反而随着他的成长变得更加博大深邃。每年放假回来，教母都说他又长大了；尽管他中学时神学成绩很差，但严厉的教母从未因此责备过他。

后来，温特利德落榜从军，不得不再次改变生活方式，去适应一种强调武德与服从、推崇力量与胜利的价值观。他从未见教母如此生气过。这倒无关政见，她厌恶的是政治本身，对政治新闻一直不耐烦。琼安修女相信，最重要的不是权力或制度，而是人的德性，政治好坏只能在德性高低允许的范围内波动。面对恶与腐朽，批判的武器与武器的批判都是舍本逐末，最根本的是要培育人心中的力量。她虔诚地信奉此种教义：黑暗并不存在，它只是光明的缺场，因此面对黑暗生出憎恨，或将愤怒掷向恶都属愚蠢，唯有创造光明才是正途。

如今，温特利德成了举世闻名的战争英雄，在声名鹊起的日子里，他时常想：教母大人在偏僻的北雪平会知道这些吗？他不敢写信回去，因为在他心中，她一个人的评价，比世上所有人加起来都重要。

在一个周一的早晨，温特利德刚出门，就收到了一条传自迈什塔行星的急信。看到这个地址，他心中既高兴又畏惧。他一边走路一边拆开信封，信很简短，让他速回北雪平修道院，院长大人病危了。

温特利德揣着一颗发慌的心来到总参谋部，立即请求本周休假。欣德米特元帅说："科赫，你曾说过，你没有母亲。如果教母病逝，就应当守灵十日，如果你敢提早返回工作，我们是不会原谅你的。"

当他听说温特利德的教母的身份时,却惊讶地看着他,接着扭头道:"艾希霍恩!听见没有,科赫的教母竟是琼安修女!"

艾希霍恩抬起头来,连声道:"难怪,难怪。"

温特利德从未听修道院里的人说起过,教母年轻时在帝都曾是怎样的人物,他也从没有问过,一种深深的崇敬阻止着他去询问。对他而言,教母的身影更像是存在于永恒中,而不是时间里。不过既然此刻说起,欣德米特就随口告诉了他一件曾经传遍帝都的趣事:"当年教廷动荡,你教母要离开帝都,去别处的修道院做派遣院长。皇帝问她想去哪里?她说去最富裕的修道院。皇帝便任由她选,她选中了北雪平。"

"可是在我的印象中,北雪平并不富裕,甚至可以说有些清苦。"

"事情的有趣正在这里,"欣德米特说,"你教母对'富裕'有着别样的理解,她还曾说过,国家富裕的最好体现是博物馆的珍藏。她的好友当了博物馆馆长,她就说:'你现在可富裕了。'这当然既不了解国家,也不了解财富,但这种误解背后有着一整套世界观。"

温特利德顿时怔住了,这种话绝对是教母说的,外人决计编不出来。

2.

温特利德简单地收拾了行李,经过三天的旅行,回到了迈什塔行星的北雪平。下船后,他一眼就看到了自己从小最熟悉的东西,那是他童年起每天仰望的灰蓝色的太阳。温特利德走下舷梯,踏上北雪平的土地时已热泪盈眶，这光明就像教母最后洒向他的爱。

自希罗多德以来，历史学家们时常论及自然气候与精神气候的关系，这在星际时代变得明显。然而若要问，在诸多条件迥异的行星上，何种自然条件最深刻地影响了人的宗教？那就没有什么比得上恒星的影响。古老的太阳崇拜仿佛深埋在血液中的本能，被带到了星际时代，不同的太阳下孕育出的精神也千差万别。辉恒的金色阳光多么灿烂，北雪平的太阳却宁静安详。这两轮太阳在温特利德的生命中争辉，尽管那泼洒向辉恒的光与热时常充塞了他整个心灵的天空，遮住了北雪平的一片和煦光明。然而，每当生命陷入低谷之时，这一轮灰蓝色的肃穆朝阳，就会在他的心中升起。

这个古老的星球上只有寥寥几座城镇，依山而建的北雪平便是其中之一。出城向北三十里才是那座著名的山中修道院，没有便捷的轨道直通城镇，封闭的环境本就是为了培养内部的团结互助精神。在琼安修女的时代，这里的氛围更平等了：她撤去了公共教堂里的长凳，来此礼拜的人们不再有固定的位置，而是每次身旁都站着不同的人。再没有前排与后排了，这种平等给想通过长凳座位的变化窥探社区阶层变迁的后世历史学家造成了麻烦。她改造了修道院的内院，使之更像一个隐修所。尽管根据她上任次年颁布的教皇谕令，教廷禁止了隐修生活，因为避世的隐修主义很难区分于政教分离派异端，而政教分离派异端又很难区分于自由主义邪说。自那之后，希柏里尔教会在渗入政治的同时，本身也被政治渗透，变得更像帝国官制的一部分。

然而北雪平修道院却几乎未遭打扰，安静地坚持着古老的生活方式。琼安修女提倡宽容，却并未导致教派纷争。她是一个对时代变化不敏感的人，这很难说是她天然的性格还是思想上的故意忽略：她甚至拒绝相信古人"未开化"或宽待其恶行，并认为古代蛮族的暴行与当代文明人的暴行必须同等审判；出于同样的理由，她也对今人不复有古人的心胸抱有轻蔑，并拒绝承认这是历史必然。我们不知道这种对变化的不敏感，是她如此执掌北雪平的原因，还是长期与世隔绝结果，但她的行事风格在这遍布暗礁的时代确是有惊无险。有人认为，是大山的阻隔保护了这座修道院；更多人情愿相信，这是因为帝都教廷仍对这座古老的修道院心存敬畏，默许它在琼安院长的指导下，继续过超脱政治的生活。但也有历史学家指出，那只是因为比北雪平更激进地持平等精神，或更顽固地坚持隐修的教会，都被教廷的骑士团铲平了，这种激进在相当程度上也正是弹压的产物。在军靴踢门的那一刻，守旧的僧侣们有的继续吟诵圣诗，也有的在最后关头自焚。此后，北雪平才作为幸存者，在后世记忆中成为代表性的象征，历史只记住了那个刚好站在悬崖边的人，崖下却是白骨累累。

延伸向大山的道路越来越泥泞难行，温特利德看着身后的车辙越来越深，仿佛压迫着他的心。他以最快的速度赶回了修道院，却仍然由于路况不好而晚到了两个小时。他抵达时，门口有一位修女在等候，见他终于到了，便迎上前说道："科赫兄弟好久不见，院长一直在坚持着等待您回来。"

温特利德认出这修女是从前修道院里的人，却因自己几年没有回来，竟一时记不起姓名了，见她神色凝重，心中很是愧疚，怪自己何不再早些。他匆匆行了个礼后，刚想跨进屋，却停住脚步，先把军装脱了下来，只穿一件单薄的衬衫进门。屋内的布置几年来没有丝毫变化。灯光昏暗，教母正躺在床上，医护守在室外。

温特利德向教母走过去，她的目光朝他缓缓移过来，忽然睁大了眼睛，"莫里斯！"她叫道，"好多年，好多年了！你怎么也来了！"

温特利德把手伸给她："教母！我是温特利德呀！"可是她没有明确的反应。他望向一旁的两位修女，她们摇摇头，这是说，教母已经神志不清，认不出人来了。可是教母仍然紧握着他的手，含含糊糊地说着难懂的话，还有些断断续续、含混不清的发音。她总是不断地重复同样的内容，已经记不得自己五分钟前说过的话。后来，仿佛是累了，她放开了温特利德的手，用疑惑的眼睛打量着他，轻声问："你不是布拉德利，你究竟是谁？"

温特利德想：一定是我这几年长大了，模样变了，教母竟没有认出来。

这一晚上就这样过去了，温特利德下楼去他曾住过的房间休息，他见到了阿尔弗雷多神父。几年未见，他的脸上又添了皱纹。

"神父！"

"温特！"

两人拥抱。温特利德感到神父老了，瘦了。小时候，阿尔弗雷多是多么强壮啊，他经常把他抱起，举上高高的窗台，远眺外面的大雪山。温特利德说话很晚，别的孩子最早学会的词"爸爸"和"妈妈"，他反而学会得最迟。他幼年时把所有的男子都叫作父亲，把所有的女子都叫作母亲，其中叫得最多的就是阿尔弗雷多。直到稍微长大了些，才学会了这两个词的正确用法。那一天，也是他的孤独的开始。

后来，阿尔弗雷多一年年老去，温特利德在辉恒中学受了人文主义的影响，也离他所寄予的那个长大后做个神父的希望越来越远。阿尔弗雷多不喜欢辉恒和穆罗梅茨堡，他说那里没有高山，因此那里的人不会有道德，不会懂得真正的崇高；一开始，温特利德只觉得这种说法很好玩儿，但自从他那少年的幼稚的心中有了薇拉之后，每次再听到就使劲摇头。温特利德的神学成绩让这位神父很不满，可是既然院长都没说什么，他也就一个人默默地失望；但是温特利德看出了这一点，于是老阿尔弗雷多越是不愿责骂自己，他每次放假回来，就越怕见到他。后来，温特利德成了军人，阿尔弗雷多原谅了他，"做不成神父，做个中尉也是可以的"，却轮到院长教母不高兴了。

夜逐渐深了，温特利德躺在熟悉的木床上，担心那最后的时刻随时都会来临。他从未如此留意过窗外的雪声和水声，从未如此盼望并畏惧着明日的黎明。刚有一丝睡意，他就听见了脚步声，阿尔弗雷多敲门进来，轻声说："院长大人清醒了，问起你现在穆罗梅茨堡，是否还好。"

温特利德赶忙爬下床，上楼来到教母的房间里。

3.

"温特利德！"教母睁开双眼，见到了几年未见的孩子。

他听见这句熟悉的呼唤，却感到这是教母的生命即将燃尽之前，最后一簇蹿升的焰苗。他伏在教母的床前，刚想说话，教母却用眼神制止了他。

"你来了。有一至关重要之事，必须在我死之前告诉你。"她盼咐道,"你去把书房里左起第三个柜子里的一个木匣拿来。"

温特利德由平日侍奉院长的修女带着爬上螺旋形楼梯,去院长的书房。他心想:教母是从不愿意别人侍奉她的,几年未见却接受了这一改变,恐怕是因为身体日渐衰弱,她却从未在信中对我提起过。温特利德在书房门口停住脚步,犹记得童年时可以自由地出入这里,长大后就丧失了这个特权,也就几乎没有来过。他对这书房的记忆仍停留在童年时代,印象中这是一间很高大宽敞的房间,今天驻足于门前,才知原来并非如此。

修女打开了左边数第三个柜子,拿出了里面的一个很旧的木盒,把它递给温特利德。

温特利德把这木盒捧到了教母的床前。

"这道锁是假的,打开它。"

他照做了,里面还有一个黑漆的盒子。

"上面的锁的七位密码是你的生日。"

他将盒子打开,里面是几张发黄的纸。

"这就是我要留给你看的东西。"

温特打开了叠起来的纸张,首页上赫然印着"翁布罗萨行星的最终解决"。

"这——"温特利德惊异万分,他曾经在特种作战部和总参谋部的资料库中找寻当年的真相,却遍寻不着,发现当年的大屠杀是绕开这两个机关秘密进行的。没想到竟在教母的书房里存有一份档案!

温特利德打开它,这是帝国军将以叛乱行星翁布罗萨为目标执行行星轰炸的会议决议。文件不算长,结尾是十余名帝国政府、教会及军方官员的签名,其中有几个名字似曾相识,只在童年的记忆中听过,其余就毫无印象了。这些人都不是什么大人物,这样的计划,一定出自更高层的授意。

教母忍不住地咳嗽,温特利德把水递给她,她轻轻推开了。

"对不起,我隐瞒了你这么久。"教母惨白的面容由于激动浮起了一丝血色,温特利德看见了她如释重负的神情。

"这或是仅存的一份档案,其余恐怕已被销毁。当年我从知情人手中看到它后,发现翁布罗萨的通信已被切断,于是找到一名我所信任的宫廷侍卫,他的妻子正在翁布罗萨,我们赶赴那颗行星,让居民们提前逃离。抵达当天,它的高空已飘满了奇异的极光,地面上那些高达数百米、绵延上千里的树木都被折弯了腰,东摇西摆。那名侍卫决定乘单人艇偷潜下去营救家人,大气圈内的风太猛,单人艇根本降不下去。可是他的船还是飞了出去,一进大气圈,就如风筝一样飘走了。他与我约定:假如一周后仍不见小船返程,就当他死了,而我作为该事件的见证人,必须悄悄离去,不能暴露。我的飞船在高轨道上隐蔽了一周,又拖了几日,就在我终于觉得他难以生还时,那艘小艇升上来了,可是座舱里已无人,只有椅子下面藏着一个婴儿。"

"你再打开这木匣的下层,里面是我留给你的一些东西。"

温特利德打开了下层,里面放着一个老式存储器,教母告诉他这是一些录影,没什么重要的,重要的是上面盖着的布。温特利德拿出来,看到布上有字迹,歪歪斜斜,涂涂抹抹。

吾儿

若有朝一日能读到此信,说明你不仅躲过此劫,更已长大成人,为人父者之幸福莫过于此。只可惜我不能一路陪伴,直到你成为一个男子汉。现在我们的面前是一条很宽的河流,河对面的山的背后就是逃离的飞船。可是风急浪高,为父一时无法背你渡河,在避风时在你的襁褓上写下这封信。

你于453年初出生于翁布罗萨,暴君阿列克谢以精神污染武器屠戮千万人性命,虽得琼安修女告知潜回故乡却仍来迟一步,未能救下你的母亲。彼时你尚在母腹,她紧握住最后的理智,支撑着抵挡席卷整个星球的精神污染风暴,在比预产期延迟了一个月后诞下了你。

我不能辜负你母亲拼尽全力保下的生命。在一路逃亡的路上你没有哭闹,没有被发现。勇敢的孩子,多么像你的母亲!将来的你一定会继承她所有的美好,也一定能抛掉你父亲的不足。像你的母亲一样,像一团温暖的火一样活下去。

现在风停了,信也写完了。我将你放在飞船的睡眠舱内,它会把你带回琼安修女身边,将你托付给她,是对你一生最好的祝福。

没有署名。在读这封信时,温特利德心脏直跳,双手颤抖,当他读到最后这句,才最终确证了刚开始读信时的猜想。他去看教母,她的眼神变了,几乎带着婴儿般的明澈与好奇。

"二十四年了,你也二十四岁吧?"

温特利德点点头,他感到喘不过气,脑际浮现了千万个问题,不是关于他自己的,而是关于更多,更多,可是喉咙里却发不出声音。

"真快啊,孩子长大了,我也老啦,要死了。"教母平静地说,"你是翁布罗萨行星轰炸的唯一幸存者。你父亲名叫莫里斯·布拉德利,你母亲名叫安妮·汤普森。至于你的姓氏科赫,原本属于另一婴儿。就在我将你抱回之后数日,不知为何走漏了风声,教皇追到此处,问我是否去过翁布罗萨,抱走一名婴儿。正巧那时我们收留的一个婴儿死去了,就把那死婴和你对调,送给了教会。教皇不疑,以为你最终没能免于精神污染,夭折了。后来,我为了掩人耳目,不能把你父亲的姓氏给你,至于你母亲的姓如今也已少见,且源自已经消亡了的英语,可能暴露你来自翁布罗萨——那里曾是西海旧都——所以为保平安还是让你冠德语姓。"

"我的母亲,她当年就死去了吗?"只因信中没有提及,温特利德仍问出了这句话,语气却已不像是问句。他亲历过奥厄行星的精神污染轰炸,明白那般地狱中绝无活人。

教母点了点头。

"教母可知,我生父如今是否在世?"

"在回程的路上,我听到消息说翁布罗萨出现了枪伤轰炸行动指挥官的刺客,被当场杀死,那便是你父亲。"

温特利德只觉手中那块布有千斤重,几乎要把他压垮在地。

"能否告诉我,教会、军方,他们为什么要这样做?当初通知您的那位知情人,他又是谁?"

教母却摇了摇头,说道:"不要执着于自己的对,不要执着于别人的错。你有世上最明辨是非的心,但也正因为如此,你比别人更容易执着于是非对错。在这一点上你看得太清楚：许多人觉得艰难遥远的路，恰恰最简单直接；他们误以为的捷径，不过是一时卷起的旋涡。但世人不知道，所以他们愚蠢，他们犯错，把难题留给后人。可是你要有能仁之心，要心地宽广。你的父亲是世上少有的智者，他远不是一个复仇心强的人。我一开始不明白他为何最后抛下你，一个人去做刺客。后来看着你一天天长大，我才渐渐懂得，他是为了让你放下包袱，让他的仇在自己身上解决。"

温特利德仔细地牢记教母说的关于父亲的每一个字。可是，既然明辨是非对错，又如何不执着于它呢？温特利德不懂得，他不明白。

教母的声音越来越低，越来越弱。温特利德俯下身去听她的话。

"我年轻时，曾有一位最聪明的友人，在临别之际告诉我，一个人不完成他的事，是不会死去的，要想活得久一些最好的办法，就是赋予自己伟大的使命；我最后的事完成了，死亡于我也已不再痛苦。"

她注视着温特利德，用目光向他告别，直到累了，就把双眼闭上了。温特利德、阿尔弗雷多、照料她的年轻修女，还有修道院里的医生围坐在床前，直到某个时刻，医生第一个站了起来，呆立不动。整个房间仿佛突然静了下来，温特利德忽然听到了窗外的流水声，潺潺不停息。

在过去的一天里，温特利德终于见到了三年未见的教母，又看着她去世。他终于知道了自己亲生父母的事，却是他们在自己刚出生后就双双死去。我对精神污染的免疫力，原是生母所赐。生命的诞生，那从无到有的"一瞬"中究竟发生了怎样的奇迹？精神污染武器针对的其实不是"人"，而是"意识"，它在无中生有的瞬间经历了怎样的火焰？是母亲的身体抵御了天降的烈火，她用最后的生命保护了我，那尚是无形游魂的我。

温特利德身为孤儿，中学时多受家世显赫的贵族子弟歧视，他因不知父母，却也不太在意；可是今天他知道了自己的父母，才真的摆脱了那种漂浮般的虚幻感，也才明白当初的不在意只是装的。他站立着，感到直至昨日，自己都从未真正将双脚踏在大地上。科伦坡幽灵是在翁布罗萨行星轰炸之后兴起的，我遇到他们，加入他们，岂非天意？温特利德在教母的遗体前拜了又拜，他牢牢记住了教母最后的话："一个人不完成他的事，是不会死去的。"他已在心中立下重誓，永不，永不，永不忘记这句话。

第六节：许愿

1.

北雪平的琼安院长去世后，穆罗梅茨堡教会按照她生前的教阶哀悼了这位故人。消息传到了附近的星系，这里几天之内就几乎成了教徒们的朝圣地，他们大多来自迈什塔行星，也有来自附近甚至更远的行星的人。北雪平的天气比人造要塞内的猛烈，昼夜与四季也比辉恒更分明，人们对待事物的态度也是如此。在过去二十年里，教廷不满于琼安修女退居修道院，无视她在迈什塔行星的宣教义务；北雪平修道院每年只有十天对外开放，如今她死了，前来祭奠的人却比那些一生宣教的教士死后多得多。在过去的封建割据时代，没人愿意听教士说话，他们就得在宣教时绞尽脑汁加入些抨击封建老爷的话，每到这时人们就会爆发出掌声。这种现象在耶柔米当上教皇之后不久就消失了。此后，琼安修女的沉默比其他人的言语获得了更多的尊敬，她的退隐比所有的宣教更有力。宗教裁判所担忧信众聚集生出事端，便派了一名执事去暗中监视。然而去过宗教裁判所受审的温特利德认出了他，并招手致意；这并非因为他是一个不记仇的人，而是因为他从不把账记在这些渺小的人身上，他的账本上记着更大的目标。于是对方只好尴尬地回礼。温特利德不了解中央教廷与北雪平修道院之间的微妙戒备，却暴露了来者的身份；修道院的人一听说他来自帝都教廷，都投去狐疑而警惕的眼神。执事被带领到琼安院长的遗像前，跪拜行礼。然后，他与北雪平的兄弟姐妹和好，在此作客，沉浸在此地虔诚的氛围中，一个月后离开时几乎已是另一个人。

在教母死去的床前，温特利德下了反叛的决心。他明白此路凶险，绝无余地。第二天，他在修道院外不知不觉走到一条岔路前——那是他几乎未走过的路，一条绝路，直通悬崖。温特利德想起曾有一回，教母带几个孩子一同散步，其他的孩子还在向前走，自己却走到这个岔路口就掉头了。教母说，这个孩子远远看见那是条走不通的路，就折回了；他太快地看到终结，所以往往难以开始。

这一回，温特利德沿着这条小径走到崖边，盯着悬崖下的河谷，下方那条童年起就熟悉的急流仿佛亦是他的卢比孔河。数千米高的峭壁巉崖之上，偶尔有白雪夹着黑石滑落，但无论是松软的雪还是坚硬的石，都在谷底砸得粉身碎骨，他不知这是否也将是自己的命运。

在一些多愁善感的后人眼中，琼安修女的死象征着一个时代的结束，尽管历史一分钟也没有停下。仅两天后，温特利德看到两则新闻。其一，胜利女神号战舰被发现出没于尼福尔海姆星云附近。视频只持续了半分钟，且由于距离过远，放大数千倍后仍画面模糊，却可识别出那艘外形古老的舰船，就是五百年前奥托大公设立的总旗舰。这是温特利德在历史课本外，首次看见这艘战舰。其二，在埃本塔尔行星，当地人民的抗议已升级成暴力对抗，流血事件已持续了近一个月，消息终于捂不住了。帝国舰队已经在轨道上包围了该行星，穆罗梅茨堡的帝国政府念及平民无辜，未开杀戒，望少数极端分子放弃幻想，回头是岸。

温特利德心中揣测，帝国会如何处理埃本塔尔行星，以及被调走的埃本塔尔军团？他想到自己可以请假大半个月再回穆罗梅茨堡，如今才过去五日，尚有行动的余地，心中便有了初步的计划。他去城镇时故意买了一张先反向而行，然后再中转返程穆罗梅茨堡的票，并发出电文提前通知了约阿斯神父。

"还有十天就是新年了，你不在这里住到年后吗？"阿尔弗雷多问道。

温特利德想起从前，每到新年大家都会聚在一起，年终晚餐总以在跨年时齐唱"原初之光"结束，人们彼此祝愿，让原初的光明照耀新年的时光。多么温暖的回忆呀！温特利德把每年的第一天当作自己的生日，他好想再在这修道院里过一回年，却想起那回忆中寄托了无限光明与祝福的歌"Urlicht"，竟也是护国主舒尔茨的名字。他又狠了狠心。

"不了,我还有些事没有办完。"

阿尔弗雷多没有挽留他,他觉得身居要职的少将一定事务繁多,于是鼓励年轻人不要顾念北雪平,教母去世后,就更不要挂念这里的人,要做一番事业。这让温特利德有些惭愧,他没把总参谋部是个养老院的真相告诉老人。但关于"做一番事业",他郑重地点了点头,答应了阿尔弗雷多。

"你这次回来,去礼堂许愿了没有?走之前别忘了。"

上一次许愿已是几年前了。在少年时代,温特利德每一次许愿,都会跪在教母身边,认真祈求宇宙的和平安宁。他想起自己那回许完了愿,说,许愿也没用,因为他许的愿望太大了。教母和阿尔弗雷多却说,越大的愿越有用。那时候他说,自己许下的是世界和平这个愿望,一定得非常非常多的人共有才行。

可是如今温特利德脑中已有了将银河推入战争的想法,这让他痛苦。但他没有拒绝阿尔弗雷多,只是沉默着点了点头。他来到礼堂,闭上双眼默默祈求宇宙和平。多么奇怪。温特利德在心中对自己说:难道我不该祈求胜利吗?不,推翻帝国是我的计划,但宇宙和平仍是我的愿望。如果我的计划与愿望相矛盾,成败就交托给神灵去裁决吧。他向着天国中的教母暗暗起誓,在将来的战争中不仅不能杀伤平民,甚至不能连累平民被敌军所害,一定要尽全力把战争的痛苦降低到最小。

第二天,温特利德离开迈什塔行星时,察觉到自己已与来时不同。从前,他的远大心志仿佛只是难平的冲动,总是随波逐流;如今这股发自天性的力量,犹如从一面高悬的镜子中照见了将要走的路,并认出了长久以来隐没的、令他心潮澎湃的真实想法。要么上升，要么跌落，他都再也无法安于像从前那样度日。

内战结束后，国王堡骑士团虽然归顺，初战中却间接协助过叛军，帝国始终不能信任。艾希霍恩元帅并未撕掉那份裁撤整个骑士团的草令，而只是把它暂时收起来了。后来，总参谋部的智囊们商议的结果，仍是在三个月至半年后逐步解散这批内战期间来降的部队。埃本塔尔男爵死后发生的行星动荡，让这支行星舰队的命运也陷入了危机。温特利德在内战中救下的这两支舰队同时面临解散的危险，既是巨大的打击，也是致命的诱惑。如果不趁现在立即行动，今后这样的机会将不复存在。

一周后，温特利德乘船抵达了国王堡附近的星际站。一路上，他不断地问自己，接下来要做的决断是否太过匆忙，可是每一次他都回答：不，这不是一时的念头，而是我人生的使命。他下船后，远远地看到约阿斯神父已在夜色中等候，随同的还有一名女性。

那女子比神父更早发现了远处走来的温特利德，她摘下帽子拿在手中朝这边挥舞。温特利德怔住了，不仅她手中的帽子，就连姿势都与薇拉如出一辙。他的心脏猛烈地跳动，犹如石化一般呆立在原地。

"温特！"她一边挥舞着帽子，一边蹦了一下。

温特利德认出了这声音和动作，原来是薇拉的侍女，伊法。

伊法是埃本塔尔人。她的幼年时代有母亲陪伴，据说她的生父是一个有钱人，但伊法从未见过他。在她很小的时候，母亲在一次船难中去世，她就进了希柏里尔教会的孤儿之家，取名"伊法"；她生父留给母女俩的一笔财产至今仍存在那里，母亲没有用过，所以伊法也一辈子没用过。那时候有贵族给自己的独生子女从孤儿中挑伴读的风气，一来让孩子不至孤单，二来为了制造竞争鞭策孩子。孤儿之家送来几个孩子给维谢格拉德家挑选，当时维谢格拉德夫人更喜欢另一个孩子，是年仅七岁的薇拉自己朝伊法走过去，选中了她。于是伊法自七岁起就寄养在维谢格拉德家，给同龄的薇拉小姐当伴读。

孤儿之家的人说，被挑中的伊法在这几个孩子中最聪明。对于此，薇拉一直很是得意，自夸慧眼识珠。维谢格拉德家平日里一直把伊法当女儿看待，薇拉死后，她的存在就像薇拉的影子，时时刻刻都在刺痛这一家人。伊法和薇拉在许多方面都太像了，她们有时会被家长们教训说太男子气（薇拉总说这是大将风度、先祖遗风）。伊法的一举一动因为透着薇拉的痕迹，如今虽不再受这些责备了，却更显得凄凉。伊法每次走过他们眼前，维谢格拉德家的人们都会想："如果薇拉还活着，此刻一定和她形影不离吧。"伊法每在他们面前微笑，他们都会想："如果薇拉还活着，也该和她一同微笑吧。"伊法不久就洞悉了这样的心情，于是向维谢格拉德夫人请了长假回到埃本塔尔，夫人立刻答应了，临行前嘱咐她：这次不妨多在外游历一段时间，但无论遇到什么困难都可以回来，他们家仍会把她当作女儿一样。

伊法答谢了夫人后，第二天就离开了。她在阔别多年的埃本塔尔居住了大半年，由于内战期间穆罗梅茨堡限制人员出入，她就没有回去。内战结束后，她刚想返回帝都，埃本塔尔行星却陷入动乱，通往穆罗梅茨堡方向的远程传送门被破坏，不得不曲折绕路。途遇宇宙海盗劫掠，多亏国王堡骑士团于附近巡弋的舰队相救她才幸免于难。后来，伊法无意中窥见这个教团对帝国军名将、教团的指路人温特利德·科赫十分尊敬,"那不就是薇拉的那个傻小子吗?"惊奇之余,她决定利用这一优势,于是向约阿斯神父表明了自己是温特的同学和好友的身份。伊法立刻受到了热情款待,这让她十分高兴。可是当她和约阿斯神父聊天时说到温特中学时的糗事,老神父立刻摆摆手表示没有什么兴趣,这又让她很不服气。

没想到,仅几天之后,温特利德本人竟然来了。

2.

约阿斯神父见到温特利德后做的第一件事,是高举手臂伸出食指,把国王堡所在行星指给他看。从这么近的距离看过去,那颗星在夜空中很是明亮。他不停地感谢教团"先知",几欲落泪。温特利德仍不习惯被这样对待,手足无措,只是一个劲地安慰约阿斯。

"我在米滕多夫时,就知道遇到先知一定是好兆头。"

"还是不要叫我先知啦,我只是科赫罢了。"温特利德说完这句话,忽然瞥见伊法在旁边偷笑,立刻窘了起来,"我们还是先进去,有话慢慢说吧。"

约阿斯神父把他领进星际站内的一个房间,温特利德注意到这里的装饰不仅朴素,甚至没有可供崇拜的神像或符号,与其他教会设施十分不同。神父拿来了水罐和果子,在场的还有另三位教士,他们看见温特利德,纷纷行礼,他赶紧回礼。对面三人见他行礼的动作,面露诧异之色,却又一言未发。温特利德觉察到了这一点,心想,一定是他们第一次见到一名身着军服的人行教会礼仪,才这样的吧。

两人坐下后，神父问道："您这次前来，莫非有什么事需要我们去做吗？"

"确实有，但我们先不急说那些。我先有一事想要询问：此前请您帮忙调查的那批恐遭精神污染的囚犯，如今有没有什么结果。"

"这正是我想与您说的！"刚刚坐定的神父又站了起来，拍案答道，说罢看了一眼身旁的一位与他年龄相仿的教士，"由于此事关系重大，绝不能以星际通信的方式联络，也不宜写成白纸黑字投寄。所以我本想让伊法返回穆罗梅茨堡时，顺道给您捎去消息，没想到您亲自来了，就省去了这些麻烦。"

神父和那名老年教士带着温特利德来到一个堆满纸质书的房间。有什么重要文件，需要印刷成纸本呢？那名教士径直走向第三列书架，准确地在两排封皮的书中抽出一本，随即翻到了第五十七页，递给温特利德。在他读这一页的内容时，老年教士便退出去了，温特利德没来得及问他的姓名。

这一页纸的内容，是关于精神污染物的保存技术：

实验证明，无论何种物理器皿和场束缚都不能贮存"精神"，因此所有的精神污染必须随时激发立即使用，就像发明电池之前的闪电。然而这个难题被塞缪尔神父解决了，与贮存问题一并解决掉的还有运输问题。

最初的方法是用人体来保存，精神污染的贮存与运输即是对感染者的运输。然而寻常人类即便只受少量感染，也会在十天后恶化，一个月后死去。在绝大多数情况下，人死后精神污染就消失了。所以塞缪尔神父设计了一种太空巡回监狱，载着死囚、流浪汉或孤儿，将其中一人感染，并在他死去前传染到第二人身上。这种活载体被统一称为"原木"……

后来，我教弟兄奥利金首次发现某些动物也能感染精神污染，却不呈现病兆。然而以动物作器皿的方法不够稳定，且正因为没有明显症状，所以不易观察，导致了数次实验失败。教会出现了分歧，有人主张以动物为器皿，另一些坚持认为，人才是精神的最佳器皿。

温特利德脊背发凉。难道我救出的囚犯中，就有用来装载精神污染的"原木"吗？这是怎样的邪恶，希柏里尔教会究竟堕落到了怎样的地步？他望向约阿斯神父，神父的眼神给出了肯定的答案。

"这个塞缪尔神父，他还在世吗？身在何处？"

"早就不在了。他先是神秘失踪，后来人们发现他时，只剩下一副枯骨，上面罩着他那件宽大的僧袍。"

"仅为贮存一剂精神污染二十年，前后需要把多少人残害到疯癫致死？"

"约三千人。"

"茫茫宇宙中不知还有多少这样悲惨的秘密。"温特利德说道。他想起刚从教母那里得知的翁布罗萨行星轰炸其实也是精神污染，觉得自己对希柏里尔教的黑暗，所知或许只是九牛一毛。

此时已是深夜，温特利德把那本小书借去看了一宿，印刷得很粗劣，插图像是手绘的，用笔很是狰狞。这本小册子甚至没有出版年，开头是一句古代拉丁文：Ex nihilo nihil fit（"万物不能无中生有"）。

然后便是些读不懂的话，斯宾诺莎、莱布尼茨、爱尔维修，温特利德记得在神学课本上见过这些名字，都是古代的大异端和大贤人。然后讨论了植物灵魂与动物灵魂、植物神经与动物神经，还有过去与未来——人类每一百年的动物文明，都需要一千年的植物文明。此页配有一张人体解剖图，温特利德认出是以达·芬奇画的那幅四肢张开以圆周为底的，叫什么什么人，不同之处在于此图将神经系统标记了出来。背面与之叠印的是"精神解剖图"，是一株树的模样。紧接着是希柏里尔教的教义：关于大宇宙与人体内小宇宙的和谐、物质与心灵的和谐。书页印刷得紧凑，让温特利德喘不过气来，页页随处可见"和谐"二字，他不禁看得打了个哆嗦，却不知为何而打，只觉悬在头顶上的那盏惨白的灯，甚是晦暗可怕。

不多时，温特利德便困倦了，睡着了，又梦见了那堵无限高的白墙，惊出了一身冷汗。

3.

第二天一早，温特利德就去图书室还了那本小书，刚好遇见神父，二人便一同吃早餐。神父看出他神色凝重，似乎有事要说，却没有主动去问。

"那批囚犯中，有个姓舒尔茨的，是当今护国主的表妹。"温特利德突然说道。

"确实曾有这么个人，但早就被帝国军带走了。"

"她还……正常吗？"

"她离开时没有精神污染症状。"

"那就好。"温特利德心头松了一口气。当初他在曝光那些谋反计划时,虽没有把她写给舒尔茨的信一并曝光,她却还是被关押在了这里。所以她若感染了精神污染,仍是自己间接害了她。

"您想见这个护国主的表妹吗?"

"不,不,只要此人没事就行了,见不到最好。"温特利德赶紧摇头,实在不愿再面对她,"我这次来,是要找您商量一件大事——如果您答应的话,在此之前就得先遣散这批囚犯中所有健康者,把病人转移走。我们不能带着他们上路。"

"好的。"

然而,那件所谓的"大事"已话到嘴边,温特利德却又沉默了。他慢吞吞地吃掉一片面包,又拿起另一片,又同样慢吞吞地蘸牛奶,吃完后拿了第三片。这一切,约阿斯神父都看在眼里,他耐心地等待着。他知道面前的这个年轻人,必定是在某个更重大的问题上下不了最后的决心。直到把眼前的面包都吃完了,温特利德才开始说话。

"神父,我必须告诉您,其实总参谋部将你们调至此地,只是临时举措。他们最终的目标,仍是在三个月至半年内将国王堡骑士团整个撤销。"

"整个编制都要撤销?"

温特利德点了点头。在沉默了一段时间后,他终于下决心开启正题:"关于埃本塔尔行星的局势,您怎么看?"

"帝国政府派去的总督马丁·迈尔做得不对。"

"嗯,这是当然。"温特利德继续问,"那你觉得,长此以往,形势会如何演变？"

"不知。我们做教士的，习惯于从道德，而非从历史趋势的角度看问题。"

"您觉得，会不会变成第二次翁布罗萨事件呢？"

"啊！"神父听闻此言，面色一变。温特利德看见他的反应，心想二十四年前，帝国军发动的那场灭绝全星的轰炸仍在老人们的记忆中；但又有一瞬间，他觉得神父的反应，仿佛知道翁布罗萨事件的真相一般。神父没有回答，而是反问道："难道您已有拯救这场劫难的良策？"

"有。"温特利德只说了这么一个词，但他望向神父的眼神已经表达了这个词背后的意思：这需要你们的帮忙。

"先知有命，我们必当遵从。"

"不，不，"温特利德摆摆手，他既不习惯，也不喜欢被盲目服从，"我确是为阻止此事而来。帝都有些强硬派已经在叫嚣行星轰炸，虽不见得是认真的，却有弄假成真的可能性。然而要救下埃本塔尔行星，单靠国王堡骑士团是不够的。我需要你们首先做的，是去游说驻扎在 W-86、W-118 这两处星际站的埃本塔尔军团加入你们。"

"这……"

"先别急，等我说完。你们和埃本塔尔军团都缺乏重火力舰，用这样的舰队攻打帝国舰队会很吃力的。你们得先拦截一小批战列舰。它们很可能会在未来两周之内途经这一带。"温特利德说着，拿起一支笔，在星图的边缘空白处写下了一个坐标，并用手大致指出了一个地点。

温特利德停下后，神父看着星图说道："您这是要我们……"

"是。你们愿意吗？"

"您有把握吗？"

"没有，"温特利德答道，然后又加了一句，"怎么可能有。"

温特利德仍然看着神父，等候他的答案。神父低头迟疑，温特利德仔细看着他，他在考虑什么呢？从他的神情与动作中，温特利德看出，他所想的绝非反抗帝国的战争会怎样进行的问题。欣德米特比约阿斯年长十岁，但每当欣德米特运筹帷幄，眼神与姿态中都没有一丝老态。温特利德明白了，约阿斯不是在思考，而是在准备，不是在想如何避开毁灭，而是在想如果毁灭降临，应当如何面对。

"愿意。"约阿斯说，"只是没想到，帝国会往埃本塔尔派驻如此多的军队，以至于合我们与埃本塔尔军团之力，都没有把握取胜。"

"不，若只为救下埃本塔尔，我有九成的胜算。"

"啊？那您刚才说，没有把握，指的是……"

"您认为我说的是什么？"

"我起初以为您说的，是连救下埃本塔尔行星的把握都没有，现在听了这句话，我便再无顾虑了。"

"可是，救下埃本塔尔，便要与整个帝国为敌，有无一成胜算都难说。"

"还有什么可犹豫的？您刚才告诉我，最多再过半年，我们骑士团就要被强令撤销了。我们教团的创立者，是躲避教皇的迫害来到这里的；他立下的第一条规定，就是永不放弃武装。也正因为此，银河一统之后，我们才宁可被调去一万光年之外，也不愿舰队被解散。"

"如果只是舰队被解散，僧团还是能存在下去的。"温特利德觉得这个理由不足以策动骑士团反叛，便追问道。

"若是其他的教团，确是可以的。但我们教团长期以来的另一个任务，精神科学研究，注定了这是不可能的。当年我们被逐出栓星台之后，研究也停止了，说不做就不做。可是教皇这么多年来，为何不敢找我们的麻烦呢？如果我们放弃了舰队，他必定要来抢夺我们的果实的。"

说到最后"果实"这个词，约阿斯抬头望向温特利德。他在神父的眼神中看到了一种极复杂的感情，却对此十分陌生，没能辨认出它背后的意义，因此没有说话。约阿斯继续道："如果僧团横竖要被解散，不少人可能会死，那么与其在解除武装后被耶柔米迫害，还不如在解救埃本塔尔的战役中死去，至少这样无愧于骑士团的历代先人。"

温特利德原本以为，只有军中的少壮军官，才会有这种把"死得有价值"看得高过一切的想法，没想到这个武装僧团的领导者也有。但是温特利德仍然感到此事过于重大，他不放心，于是再次问道："我们初次见面时，您曾说二十多年前科伦坡幽灵的成立，与国王堡教团当年被逐出帝都有关？"

"是的。"

"那你们教团，也是反帝国组织吗？"

"不算是。我们并不反帝国，我们反教皇。但真正重要的，永远不在于要反对谁，而是必须保护……必须保护……"约阿斯说道此处，欲言又止，情绪略显激动。温特利德心想，他所指的，一定是要保护他们教团这么多年来的研究成果，不被教皇窃走。

"教皇为了研究那什么精神污染物，杀了那么多人，但是他一定不会得逞。"温特利德说到此处，心中想起教母临终前告诉自己的翁布罗萨大屠杀的真相，他明白，这句话不单是为安慰老神父而说的。

"这是当然，这是当然！"神父答道。

"最后我还有个问题：您有把握，让教团中的其他人跟随您吗？"温特利德问出了这个问题。他明白，这是一切的关键。

"他们不见得会跟随我，但他们一定会跟随您，因为是您把我们带回了这里。您就是他们的先知，哪怕您不喜欢这个称呼，但在他们心中仍是一样的。"

温特利德便与约阿斯神父交头接耳了一阵，用笔在纸上写写画画。中途，约阿斯又叫来了几位教士，起初，他们脸上的神色起初既惊奇又疑惑，但几番讲解之后，这些人逐渐懂得了温特利德的意图。末了，他们都只说了一个词："遵命！"

"记住，我走后，计划就算是开始了，无法撤销。行动前务必要掩盖国王堡骑士团的标志，不可暴露身份。"温特利德再次叮嘱道。犹豫再三，他还是没有告诉神父当年翁布罗萨行星轰炸其实正是精神污染的真相。

第七节：镜子

1.

光复历 477 年 1 月 1 日，温特利德回到了穆罗梅茨堡，尽管他此次回来，只为准备最终的远离。一路上，他与同舱的一位古代史学家聊天。对方很健谈，而他由于心中装着将来的计划，大多时候只是静静地听。当乘坐的客船从环形超远程传送门中跃出，跳跃到了能够远望穆罗梅茨堡的位置，镜子般的球壳将星空呈现在他们面前。历史学家给温特利德讲了一件逸事，说腓特烈大王曾自比为镜子，不是成为他自己，而是反射出周围的世界。

"这个故事真的很有意思……"温特利德的眼睛亮了起来。

"是吗？我也觉得有意思，只是这么多年来，我一直说不清为什么。如果换作康德说自己是一面镜子，那就很平常了。可偏偏是腓特烈大王，不是吗？"

"是的，问题就在这里。"温特利德答道。是呀，在每一场战争中都争取主动大胆出击的腓特烈，为什么会做出如此的比喻？但这个比喻，偏偏用在他身上才如此神妙，或许是因为，镜子是世界上最具备纪律性的东西。

下船后，温特利德与历史学家一路交谈，两人驻足于穆罗梅茨堡的航空港内的一处轨道站台。临别前，历史学家略带惋惜地说道，我们的时代都没有腓特烈那样的英雄了。此时温特利德心中正在想着自己的反叛计划，听到对方这句话后，却一瞬间想到了舒尔茨。

历史学家要乘的车来了，温特利德挥手向旅伴告别，心中想道："唉，我还没有开始战斗，就先把敌人视作历史的主角了。"

温特利德明白，在他让约阿斯神父去联络埃本塔尔军团，以图共同解救埃本塔尔时，就已无回头之路。回到总参谋部后，他装作若无其事，却心事重重。他并不擅长伪装，别人之所以没有点破他，是以为他情绪低沉是因养母病故，却不知他回来的目的之一，是在帝国的档案中寻找当年翁布罗萨事件的幕后动机。

温特利德虽曾是科伦坡幽灵的一员，一直以来，却对翁布罗萨行星轰炸事件，以及它五百年前的旧称"西海"缺乏兴趣，他的共和思想更多出自推理，而非记忆。过去零星听说过的关于翁布罗萨行星轰炸的传闻，没有一个猜到是精神污染。今天温特利德知道了真相，才明白种种传闻是多么离谱。宣传家们拼凑事实与痛苦的动机如此强烈，如此不诚实，因为一遍遍讲述过去是他们仅有的武器。痛苦就像烙印一般，有增强记忆的巨大作用，而编造记忆的最佳方式就是强化痛苦。那些"光复主义"和"重新伟大"，混淆过去与未来的口号最能激动民意，而这些口号和它们掀起的激动都令他厌恶。那些无望达成的目标，只会臆造出漫长的痛苦。温特利德对历史的兴趣也与多数人不同，许多人读史只为寻找支持自己的政见的论据，满足并巩固原有的偏见；他反而避开自己的时代和国家，更多地将目光投向更遥远的地方。这也是受欣德米特和艾希霍恩所举史例的影响，两位老将借古谈今，实有政治避讳的缘故，却极大地拓宽了温特利德的眼界。

当历史变得真实而具体，痛苦反而减轻了。温特利德如今充满行动力。他知道了自己的身世起源，便想了解那里曾是怎样的世界，翁布罗萨人曾经怎样生活,尽管那个被遗忘了二十年的世界与今天再无关联。一些对人性理解肤浅的历史学家认为,温特利德·科赫是一个轻视过去的人。真相恐怕并非如此,就在他做出人生最重大的选择之际,他却首先想趁逗留帝都的最后一点点时间,去调查历史。温特利德把全部精力用作筹划未来,他厌恶沉溺于过去;可是每到"最后的时刻",他总想利用那一点点的间隙去看一看自己的过去、自己从哪里来,这在他今后的生涯中还将一再重演。他已确证了自己在亲历奥厄事件之后曾偶然生出的疯狂猜想:翁布罗萨当年遭遇的也是精神污染。这背后又有怎样的秘密?他在总参谋部调出了该星域的资料,却发现翁布罗萨的资料仅限于自然地理,丝毫没有提及历史。

毕竟,总参谋部的地图年年更新,而如今那已是一颗无人行星。

温特利德又去了帝国档案馆。他凭借自己的身份,得以查阅当年翁布罗萨事件的一些保密级别较低的资料,虽不全面,却仍捕获了不少信息:在精神污染轰炸前,驻该行星官员曾密报当地有人藐视宪法,私造机械钟表。皇帝遣人调查,并整肃、撤换了一大批当地官员。至于轰炸的决策经过却无记载,只说了是锁在帝都教廷的档案室。温特利德又查阅了翁布罗萨在本王朝建立前的历史,却发现它竟然是唯一没有任何诸侯势力的中立星球。

这真是一件奇事。他忽然想起中学时代学过的一则寓言,说那真正强大的,不是乘着乱流左冲右突的事物,而是能在乱流中纹丝不动的事物。"就像镜子一样",他的脑中突然冒出了这个比喻。他猜测:翁布罗萨能够在诸侯纷争的时代中立,一定不是因为与世无争,而必定本身已非常强大了。温特利德想起在总参谋部查阅到它丰富的自然矿产，便怀疑这官修史书通篇都是假的，帝国根本没有理由不在此设立一个封地，邻近的诸侯也不可能放过这个资源丰富的行星。总之，这颗行星的历史地位与它的位置和资源不相称。帝国高层之所以抹去了翁布罗萨在分裂时代的历史，多半是在掩藏一些更古老的秘密。

早在科伦坡幽灵组织中，温特利德就知道了翁布罗萨曾有过另一个名字：西海，当年西海联合王国的首都。于是他又想调阅关于西海的历史资料，却只能找到古老的英语资料——而英语已经衰落消失了。温特利德想：人们总说历史是由胜利者书写的，其实历史是由活下来的人书写的，也包括其中的失败者，只是失败者的历史很少被翻译出来罢了。

他想找些西海联合王国覆灭之后的史料，却被拒绝了。理由是旧史无关当下，即便总参谋部的人也无权调阅。温特利德又去了图书馆，想查阅相关著作，但帝国史学界早已没有相关方向的研究。图书管理员告诉他：凡是研究这一课题的史学论著皆不可公开发表，一经写出就保密归档。哪位学者愿意自己的心血被深锁柜中呢？秘密的知识也就成了不存在的知识，无人问津了。

温特利德心想：难怪大众早已不知西海是传说还是真实，它沦为了如"亚特兰蒂斯""特洛伊"一般的名字，更鲜有人知道它就是翁布罗萨，如今就连翁布罗萨这个名字也在一般的地图上被抹去了。

在离开档案馆前，温特利德终于忍不住搜索了"琼安修女"这个名字。他想知道教母年轻时在帝都是怎样的人，他就要离开这里踏上革命之路，这是最后的机会了。按下"检索"键后，他的心怦怦直跳。然而搜索结果尽是些重名者，这样的结果却让他如释重负。当晚,温特利德翻出教母留给他的那一盒遗物中,放在最下面的那份录影,却发现教母用的摄录机生产厂家在几十年前银河统一之后不久就倒闭了,这种标准的摄影机也只在几个星球流行过,且是教母的父母那一辈人才用的,已经不能被今天的电脑读取。但既然教母说其中没什么重要内容,暂时搁下应该也无妨。从此,温特利德一直带着它,直到很久以后。

2.

温特利德此番回到穆罗梅茨堡,还有更重要的事,不能花费太多时间研究历史。他根据最近送至总参谋部的、关于胜利女神号重现于尼福尔海姆星云的信息,草拟了一份从流亡贵族手中夺回这艘帝国军法定总旗舰的作战方案。

"什么?你要去帮舒尔茨夺回胜利女神号?"艾希霍恩说,他称呼当今护国主时直呼名讳,"区区一艘船,那是死的,兵法才是活的嘛。好久没和你下棋了,今天考考你,几周不见技艺退步了没有?"

"您可以找欣德米特元帅嘛。"

"和他下,那有什么意思?"

"嘿嘿!分明是下不过我!"欣德米特在一旁得意地说道。

"说什么!我们再来一盘!"

温特利德见这情形,想必艾希霍恩元帅定是昨日输了不服。这游戏有一种魔力,将这些白发苍苍、老成持重的将领,变得如同爱自吹自擂的年轻人。在平时的工作中,他们不仅是一个紧密的团体,而且正是总参谋部的人们把相隔数千光年的驻防舰队构成了一个整体。然而在游戏中,他们都互不相让,甚至有些好笑的迷信也探出头来。利伯曼中将曾经悄悄嘱咐温特利德,要他留意艾希霍恩每次去和欣德米特下棋时走的步子。温特利德发现,他从不踩到地板缝。

"这是为什么?"温特利德问利伯曼。

"我猜是因为地板缝不吉利!"利伯曼说。

至于欣德米特,则将自己迷信的一面掩藏得比较好,在其有生之年都没被发现。可是在他去世后,老男仆回忆起他时曾说过一件趣事:他有一天去上班后不久折回,说是忘了一样东西。那是一枚在一次爆炸中曾救过他一命的、上面有一道尖锐划痕的硬币。他把硬币放进胸前的口袋。男仆问,这是怎么回事?欣德米特说,今天要去和艾希霍恩下棋,不能忘了好运气。

今天,两位老将打开战争棋,温特利德在一旁观战。不多时,战况便胶着凶险起来。温特利德看着两人有来有回地支配着战区星盘上的舰队,心想这般熟练的舰队运动,是我这辈子都难以企及的吧。最后,双方杀得难解难分,便要温特利德来评高低。

被这两位绝顶高手邀来评判输赢,其实是对他的考验。然而温特利德并不怯场,说道,如果欣德米特元帅十分钟前不扬起他的左翼,而是把左翼故意留下破绽,并以己方的左翼混乱为代价把对方右下侧主力也拖入混乱,本可以打破僵局的。温特利德同时指出:欣德米特元帅之所以未能想到这一点,乃是因为他经验过于丰富,舰队运动的基本功过于扎实熟练,防守起来百密无一疏。而自己经验尚浅、凡事仍须想过,所以才看到了以乱打乱的机会。

"说得好！厉害啊！科赫，你有一种奇异的思维方式，总能用相当陌生的眼光看待已经熟悉的事物，这是非常难能可贵的。"艾希霍恩说道，"所以我们帝国军的智囊，今日也被你打败啦！"

"是先生们教导有方，我只是侥幸说中。"

"不必谦虚，其实你来后的这些日子，于我们也有所进益；过于熟练就容易形成积习，你们年轻人的冲劲，帮我们老人们疏活了许多沉寂已久的想法。"

"谢谢先生！"温特利德答道。

"舒尔茨把你排挤到这里来，明显是不想你实掌兵权，你还要带兵去帮他抢回战舰。"艾希霍恩又说道，"他日若于战场相遇，我们可打不过你咯！"

温特利德听罢心中虽有紧张，却更多是悲哀：真会有那一天吗？或许吧，因为他此番主动要求率军出要塞执行任务，其实就是为了挟持一批战列舰送给国王堡教团，图谋反叛。但他不知道，艾希霍恩为何如此寻常地谈论下一场战争，这是那个时代无人相信会发生的。正当温特利德想到将来可能要与自己尊敬的人作战，并为此难过时，欣德米特道："你真小气啊，你我这辈子以用兵之道为性命，难得能有传人，就算他将来在战场上把帝国军杀得丢盔弃甲，让这宏伟的帝国灰飞烟灭，你我难道会后悔今日教他兵法吗？"

温特利德心灵大受震动。

欣德米特看出年轻人听到这句话后，情绪似有反应，便安慰道："没事，没事，即便这种情况真的发生，也没什么大不了。战争只是历史的呼吸，它不见得是贪婪或残酷的结果，多只是情势变化的结果罢了。变革与存续是同一枚硬币的两面,自立与霸权之间亦没有明显的界线。你还年轻,你将来要走的路,与我们已走过的路一样长。所以,千万不要把过去五十年的和平当作常态。"

在老人的经验之眼里,万事都没什么大不了的。与这模糊不清的未来形成对比的,是温特利德心中的未来,它已经具体到了一张时间表。可是他仍觉得,这段话几乎就是某个更高的存在,借欣德米特之口说给此刻的自己听的。他感谢了元帅的教诲,向他敬礼,然后就离开了。

3.

翌日,舒尔茨的办公桌上,送来了一份作战计划。原本它是由温特利德送去军部,又由军部以"难以定夺"为名转呈过来的。

"科赫要去征剿在逃叛党,夺回胜利女神号?"舒尔茨抬头看了一眼送来的作战计划,心想:我一直以为科赫并非汲汲于功名之辈,难道是我看走眼了,他还嫌自己的功勋不够高吗?且让我看看他要带多少舰队……什么?一百艘而已,全部要战列舰?这样的舰型配比,违背常理,匪夷所思。新年刚开始就这么离谱。

"新年一开始就离谱,说不定是去年的离谱份额太早用光了,憋不住、等不及了。"梅耶贝尔笑着问道,"殿下是否应允?"

可是舒尔茨没有笑。他看着这短短一页纸——这根本就不算什么"作战计划"。科赫为何要这样写呢?这明显是故意的。舒尔茨想到了一个可能性:科赫也许是想用这种方式,让军部的人不知怎么办,迫使那些官僚直接把这张纸甩给我，由我定夺。他心中思忖：胜利女神号出现已经过去两周，此时行动已太迟，那些叛党怎么会还停留在同样的位置呢？然而科赫不可能考虑不到这一点。他若真能以一百艘战舰找到隐匿在茫茫星海间的叛党，甚至将其消灭，想必早有妙计。不如要他呈上作战计划，如若不能，则不放他走；他若真有良策，则更不能让他再建奇功。我当依其计策，令他人前往执行。

"应允？怎么可能。"舒尔茨说着，写上了回批："此舰队数量过少，恐难胜任；若有奇谋，请先呈上。"然后，他把这页纸交还给了梅耶贝尔。

第二天，温特利德刚写成的短短两页的作战计划又递到了舒尔茨的桌前。其中思路很简单：乱党所据的皆是隐匿的小型船坞，没有生产战列舰的能力，小型舰艇再多，也缺乏与帝国军正面作战的火力。此次派出百艘战列舰，且无驱逐舰护卫，只要在恰当时机泄露它们的坐标，乱党势必全军出动来劫持这些战列舰。到那时，就可及时呼叫附近的驻留舰队，将其一举消灭。

"原来如此，"舒尔茨自语道。在他的设想中，叛军残党的数量很可能不足以劫持这一百艘缺少护航的战列舰队，所以科赫多半是想把它们分批运作，引诱对方来各个击破。舒尔茨觉得这样做反正没什么损失，即便徒劳无功，这一误判也无损于我的名誉；可是如果成功的话，胜利女神号当然是我的。于是舒尔茨抱着碰运气的心态，回批道："科赫少将运筹帷幄，决胜千里。即刻准备战舰，由赫尔曼·伦茨中将率领前赴尼福尔海姆星云的周围航线巡弋，两日之内出发。此番成败在于行动能否绝对保密，须尽量保持信号缄默，减少联络，若走漏半点风声则绝无可能成功。"

然而舒尔茨又看了看这份仅两页的作战计划,觉得还是太简略了。科赫会不会以为,反正是自己担任指挥官,无须将其细节全部道明?舒尔茨不放心伦茨中将的能力:出动了一百艘战列舰,若无功而返也就罢了,倘若打草惊蛇,恐怕今后那些贵族叛党就不会轻易上钩。于是又添了一句:"请科赫少将在两日内提交一份更详细的作战计划。届时行动舰队已经启航,就发给直接指挥行动的伦茨中将,并与他建立联系。伦茨中将的通信须以保密为先,如遇特殊情况可联系总参谋部,科赫少将可随时指导其行动。"

温特利德在总参谋部收到此消息时,已是周五下午两点。他感到大事不妙,立即向军部申请随舰队一同出征。这一次军部却丝毫没有拖延,仅一小时后就给了回复:科赫少将既然归属总参谋部,就应当在总参谋部尽职。那帮以低效出名的官僚竟如此高效地拒绝了自己,让他意识到是舒尔茨不想让自己亲率舰队行动。温特利德没有料到会出现这种情况,早知道就不离开国王堡骑士团了。当时只觉得,如果缺少重火力舰,仗会很难打。他埋怨自己贪图这批战列舰是异想天开。舒尔茨不允许自己率舰队离开帝都执行任务,可是他与约阿斯神父谋定的计划已经启动,就只能走下去。如今教母已经去世,他举目无亲,短期内再无借口离开穆罗梅茨堡,看来必须设法自行逃走了。

温特利德向窗外望去。就像过去曾深深体会过的一样,他再次觉得穆罗梅茨堡的穹顶就是一座监狱。在总参谋部的这几个月里,他几乎忘记了这种压抑感,如今却又想起来了。这一天下班之前,他想向两位老元帅告别。可是今天艾希霍恩不在,他找了个借口去见欣德米特先生，却看见他正在图书室的一架高梯上，亲自寻找某本书。温特利德看着他的背影。

"先生，还是让我来替您找吧。"

"不用，不用，我还没老到爬不动呢。"

"先生，今后这样爬上爬下的活，还是让年轻人替您效劳吧。"

"我说你啊，今天怎么关心起我的老骨头了呢？"

"没什么，没什么，"温特利德答道，"先生今后一定要多保重。"

欣德米特没有听出什么端倪。直到温特利德最后离开，他都一直伏在梯子上，没有转过头来。温特利德站在他的正后方，因为梯子挡着，欣德米特即便侧过头来也看不见他；在这位饱经风霜的老人面前，他怕自己的神色暴露了离别的情绪。温特利德默想道：无论将来这银河变成什么样，无论我到了哪里，都会祝愿老将军平安的。

温特利德出门，走下台阶，来到总参谋部的前厅。那里有两尊胸像，左边的柱子上，正如许多帝国军的部门一样，是奥托大公的胸像；右边则是只有总参谋部才有的修昔底德的胸像。温特利德想起半年前自己刚来这里时，只以为是两位大战略家，没有细想其中的意义。如今他才第一次看懂了这一对青年和老年的雕塑。

在回家的路上，温特利德绕道驻足于灵薄岛的对岸。他怕再不能回到这里，此刻就是最后的告别。在与穆罗梅茨堡的一切人与事的告别中，这一次无疑最重要。他在草地上坐下，感觉到了冰冷坚硬的泥土。又到了冬草凋枯之季，薇拉去世已有一年，光阴是多么快呀。温特利德想起他们曾说过的激动人心的、倾注了青年时代的理想的句子，如今才过了一年，他就要把它们付诸行动，要亲手把它们都变成现实。他忽觉遗憾，觉得自己当年与薇拉在一起时是多么蠢呀，他怕薇拉在另一个世界，永远都只记得自己那些不愿回忆的愚蠢。薇拉会觉得我接下来要做的事也是愚蠢的吗？他不知道。"如果薇拉还在，我或许永远不会迈出这一步。"温特利德对自己说道。他想起自己过去总有些机密不得不瞒着她，想起了那时的焦灼与痛苦。如今他坐在这里，坐在她的面前，终于再没有一丝秘密。

第八节：祖国

1.

周五整晚，温特利德躺在床上思考该怎样离开这座堡垒。他不能确定，舒尔茨或军部高层不让自己率舰队出帝都执行任务，重点究竟是不让他率舰队呢，还是不让他出城？尽管更可能是前者，但后者的可能性同样存在。上次请假后立即去航空港，并未受阻拦，说明自己的行动自由并未受限。我若直接去航空港租船出逃，能行得通吗？不一定。我现在根本没有理由出帝都，如此行事定会引起怀疑。况且我已经被跟踪了，万一跟踪者在最后关头将我拦下，就全完了。问题不出在航空港放不放行，而出在跟踪者。有什么办法能甩掉他们呢？温特利德忽然想起当初出使海尔辛兰，当地贵族谋划在穆罗梅茨堡发动兵变，因此准备了要塞内城设计图，而另一些反对派把计划和图纸偷出来交给了他。由于这些图纸涉及机密，所以他没有捅给媒体，而是自己收起来了。他立即爬下床,翻箱倒柜把它们找出来,摊开图纸研究了一宿,终于找到了几条可行的逃离路线。

周六,他要先行去踩点。为了不让跟踪者意识到自己其实是在踩点,他在穆罗梅茨堡内城绕了一大圈,所以看起来今天的散步特别漫长。他在回宿舍的路上已经筋疲力尽,但更可怜的是两名跟踪者,他们由于很少能坐下歇息,所以几乎快要走不动路了。

温特利德心中想道:"如果我没有革命计划,只是想离开帝都去旅行,恐怕根本就不用这么麻烦。但是既然已经有了这样的计划,就再不复有平常心了。真正的战斗还没有开始,我就先变成了一个风声鹤唳、草木皆兵之人。"他明知道这或许只是心理作用,却不得不被那只怕万一的"或许"所困,惶惑不安。他宁可这一切准备都是多余的,宁可是自己患了受害妄想症。

周日清晨,温特利德背上包出门,包里装着要带离的东西,其中最重要的是薇拉留给他的表,和教母留给他的那盘还未打开的录影。只走了几百米,他就远远地瞥见身后有两人跟踪,就像往常一样,他们不是一伙儿的。为了让对方不起疑心,他并未加快步伐。温特利德转过两个街角,绕进帝国博物馆后门。今日博物馆闭馆,然而看门人知道他是极少数有特权在任何时候出入博物馆的人,恭敬地迎接。

温特利德一进馆,就在空荡荡的走廊上不由得加快了步伐。现在的每一秒都如此宝贵,他忍住没有跑起来,怕奔跑的脚步声暴露了自己。他已经很熟悉这座建筑,穿过面前的科奥瑟家族藏品馆,就是地下室的地球馆了。可是他却听见前面传来了脚步声,于是自己也放慢脚步,在一尊戴着古代军帽、颇为眼熟但不知是谁的雕像面前停了下来，装作聚精会神的样子。他的余光瞥见一个女人的身影出现在这藏品室内，那是馆长，施波尔侯爵夫人。

"科赫先生！今天这么冷，您却又趁没人的日子来看这些旧物了。"

"啊，是啊……"温特利德没想到，竟然在这里被拦了下来。

"我知道，随时进出所有的博物馆，是护国主颁给您的特权。当今军人中对艺术有兴趣的确实不多了呢。您瞧，创立这藏品馆的科奥瑟家族，虽是银行家出身，却收集了这么多的艺术品，他的家族中也曾将领辈出。"馆长看着温特利德面前的那尊雕像，那是拿破仑·波拿巴，"那个德性、美与光荣相合一的时代真是幸福，唉，还是别说过去啦，免得让如今这阴霾的年月更难捱。"

"馆长，我倒觉得，能在这愁云惨雾里看到它们，反而是我为数不多的慰藉。它们就像遥远的使者，透露着另一整个世界的幸福，也只有同等质量的幸福，才足以安慰这一整个世界的痛苦。每次来到这个房间，就觉得既然这一切也曾是人类的杰作，未来也就还有希望，还有可能，这些伟大的人性仍然可能回来。"

"但那是古人的可能性，我们今天的可能性在哪里呢？一个有趣的问题是，为什么人们赞颂古代艺术，批判当代，却仍然更关注最新的艺术呢？人们都说这个时代无法超越古人，可是我们为何没有停止创作呢？因为只有今人创造的艺术，才是活着的希望。因为艺术品是艺术家的产物，而艺术家又是时代的产物，于是艺术品也就是时代的精神产物了。'曾有人做到这一点'和'今人仍可能做到这一点'，两者是不同的。"

"馆长说得对。我刚才以为，每当我们经由艺术理解了古人的伟大,就唤醒了深埋在心中的人性,这种想法确实太偷懒。您指出所谓人性只是一种可能,它是要每一代人自己去证成的。"温特利德说到这里,想起了自己此行的使命。时间紧迫,他想快些摆脱这场讨论,却感到有些话必须当下就说出口,如果此刻不说,接下来的行动就仿佛不完整。于是他继续道:"既然艺术家的整个生命都是时代的产物,因此倒也不必用笔去描绘。这个展厅的主人科奥瑟曾留下的那部关于光复战争的回忆录,最终是奥托、科伦坡和莎莉丝特王后,是英雄们用行动写下的。科奥瑟是在帝国分崩离析之际,写下那个逝去时代的故事,正如那些巨人——马基雅维里是在共和国倾覆之后,重论李维的罗马史的;我们从小熟读的荷尔德林,也是在德意志分裂的痛苦中,回到希腊的诗的祖国,并将天国与故乡赋予了同样的含义。这些用笔而非用剑战斗的人,无不在其笔下的遥远异乡,倾注了对脚下的土地的愿望——如果笔下的国度,就是我的祖国;如果我的祖国,也能有这般的命运。"

温特利德说出这些话时略微有些因激动而颤抖,为他心中燃烧着的秘密,为那即将举起的旗帜与事业。他在激动中努力寻找镇静的声调,在见多识广的施波尔侯爵夫人听来,仿佛一个人正在试图扛起超出了他的力量的重物。她一边听,一边笑着不住地点头。等温特利德说完了,她说道:"真是豪言壮语呢!由一个拿剑而非拿笔的人说出来,那可更不得了。不过这些话,一听便知是出自年轻人之口,用生命和行动去创造活的艺术,也是你们年轻人的权利。只有青年们主张生活与艺术必须合一。今年已经三场雪了,到了灰白的隆冬,可是无论在怎样的季节,青年们都活在春天,你们唯一的姿态是进取的姿态——拆除艺术与生活之间的墙！前提自然是相信界限消除之后，生活能被提升至与艺术一样美好，而非让艺术跌落到如生活一般不堪。而把经验凝结为艺术，收藏于博物馆，将其从生活的无力与凄惨中区隔出来，保卫人类存在的最高证明，则是老人们的事业，也是秋天的事业。好了，好了，不说这些了——其实就像你们打仗一样，年轻人有力气，所以你们的姿态是进攻的；我们老了，没力气了，就只好转向防守了。"

时间不多了，温特利德向馆长鞠了一躬，以作告别，馆长也向他告别。他拐进了楼梯，前往位于地下室的地球时代展厅，这里埋藏着这个星际文明的史前史。温特利德的脚步走到哪里，周围的灯就自动点亮，黑暗中骤然浮现出狰狞的面具和魁梧的盔甲，当他走出一个房间，身后的灯光又熄灭了，那些展品也如森森鬼影般沉入黑暗。

馆长的话给他留下了极深的印象，只是她有一点说错了：进攻的姿态不见得是有力气的表现，相反也可能是弱者的放手一搏。年轻人将热情倾注于远大而渺茫的理想，或许不是因为力量充沛，反而是力量尚且贫弱，才让理想变得如此重要，一旦失去就再不能呼吸。我将要掀起的战争，也会面对数十倍的敌人。我除了希望之外，还有什么呢？没有了。我也是为一个遥远的理想而战的，在我尚未计划出第二步行动之前，就已经想好了最终决战的目标；我还没有成功逃离穆罗梅茨堡，就已想好若干年后怎样攻打回来了。青年人在启程前，要拼尽全力射出一支箭，然后用一生去追赶它——这也是因为不如此就走不下去，甚至迈不出第一步吗？刚才那位戴双角帽的古代将军的雕像多么坚毅啊，他是谁？不记得了。但愿我将来也能如他那样强大。

温特利德再次走下一层台阶,来到地下二层,径直走向尽头处的古埃及展览区。

2.

温特利德走进博物馆后,两名跟踪者也加快脚步,其中一人抢先跑到了博物馆后门口,另一人不得不停下,与他保持距离。

"我是科赫少将的随从。"

"随从?"看门人诧异地看了看他。

"正是。"

"少将常来我们博物馆,从没见过带什么随从。"看门人说,"即便是随从也不行,既然他特意挑选闭馆日前来,明显是想避开人群。您请回吧。"

后门重新关上时,也令他躲在远处的同行松了口气。最坏的情况不是自己丢失了目标,而是另一个来路不明的跟踪者跟上了目标,自己却没跟上。但是在博物馆里执行跟踪任务本就几乎不可能,因为平时人太多,今天闭馆日人又太少。要是这位莽撞的同行进去了,八成是要打草惊蛇的。

两名跟踪者并非一路人,他们隔着一条街的距离,远远地相互望了一眼。科赫近日并无异动,大概真的只是想独自沉浸在博物馆。既然他迟早要出馆,他们中的一人便守住正门那条街的街角,另一人见对方如此行动,便心领神会地守在后门那条街的街角。这样,无论科赫从哪里出来,其中必有一人能够看见。对方如果走了,自己便知道目标重新出现在另一侧的门口。于是,这两名跟踪者便在没有相互通气的情况下,默契地完成了对博物馆两扇门的合围监视。

天真冷,时间过得真慢。一上午过去了,科赫还没出来。两名监视者意识到,这种策略也把自己锁死在了街角的位置上:自己若向博物馆方向走动,另一名跟踪者必会误以为是温特利德出门了而跟上来,这就会暂时失去对另一扇门的监视。

穆罗梅茨堡的人造太阳爬过了穹顶,下午也过去了。两人不约而同地心生疑虑:帝国博物馆虽大,但绝没有流连忘返到日落之后的道理。况且在闭馆日,灯光全灭,太阳西沉,馆内光线昏黑,哪里还能继续参观呢?即便是自己上厕所的几分钟内,也留下了微型摄像机,录像显示无人出馆。事情恐已有变。难道科赫从博物馆的另一侧翻窗逃走了吗?不可能的,那一侧街道宽阔,车水马龙,翻窗一定会引起注意和怀疑。于是,正门的监视者决定上前与看门人交涉,想进馆一探究竟。他知道对面的另一名跟踪者此时一定以为目标出现了,朝自己这边走来;因此假如科赫此时从后门出来,他们将失去目标,但他愿意冒这几分钟的险。

博物馆的看门人早上就不让进,现在已是傍晚,就更不会让进了。看门人只是说:不记得科赫少将从正门走出过,这么晚了,一定早就从后门出去了,谁会在博物馆里过夜呢?

把守后门的监视者跑过这一街距离,看见他这位陌生的同行正在打电话。他不知出了什么事故,立即回到了自己的后门街角位置,也开始打电话。

半小时后,天色渐黑,博物馆前后两条街上分别驶来两辆载着士兵的车。前门那辆是宇宙舰队的宪兵队，后门那辆是帝都教廷直属骑士团的执法僧。"

"何人在此大声喧哗？"

这是馆长的声音。大门打开了，灯光从台阶上方射下。帝国博物馆第三十一任馆长，施波尔侯爵夫人站在门口。

"馆长大人，请恕冒昧，今日军方在四处寻找温特利德·科赫少将，有人看见他自今晨进入贵馆参观。我们担心闭馆日馆内空旷无人，万一他有什么闪失或损伤，也没有人帮助，贻误了送医的时辰，我们可就担待不起了。"

"你们每个人都带着枪，是想搜馆吗？"

"岂敢，岂敢，我们只是想稍作查探。"

"枪支弃地，口袋外翻，军靴脱掉，赤足进馆。"

那军官从未受过这等侮辱，气得脸色发青。他走上台阶，直冲着大门就要闯进去，几名士兵跟随在他身后，亦步亦趋地向前走。

"我看谁敢？！"施波尔馆长站立在大门口，在她头顶上方，十二胜利女神群像展翅屹立，她仿佛成为她们在地上的化身。众士兵眈眈相向，无人敢前踏一步。

一位负责跟踪科赫的监视者见情况不对劲，立即联络了他的上司。而他的上司平时根本就没把这种例行监视当回事，今天周末不在，是当值的副官接的电话。副官不敢承担下判断的责任，于是把消息直接上报至护国主那里。

舒尔茨听闻了这样的消息，觉得事情不妙。科赫逃了？如果是的话，他竟是利用我颁给他随时进出博物馆的特权，甩掉跟踪者逃走的。可是他为何要逃呢？难道教皇已经对这位"免疫者"下手了吗？我对此竟丝毫不知。我派去的监视者的另一个任务便是保护他，但他恐怕把所有跟踪者都当成了单纯的敌人，觉得各方都想谋害他。他若存心逃走，十二个小时已过，如今定已不在馆内。然而在这方圆二十公里的内城，又能躲到哪里去呢？莫不是已经逃出帝都了？但即便如此，他又能去哪儿呢？不管怎么说，此时搜馆，已属无用。馆长施波尔侯爵夫人，据说是他教母琼安修女的旧友。她会是科赫的同谋吗？她是出了名的硬骨头，就算是皇帝下令，也不会让穿军靴、带武器的士兵闯入馆中，更何况自己尚未登基。只有这些不知深浅的下级军官能想得出硬闯博物馆的主意来。

然而舒尔茨觉得，更大的可能性是他派去的跟踪者疏忽了，丢失目标后大惊小怪罢了。在整个事件中，科赫的逃离计划是始终按照微小的最坏可能性打算的，而舒尔茨却是按照较大可能性回应的；因为科赫只需为这一次关键行动付诸全力，而舒尔茨作为帝国的最高统治者，如果在所有小事上都用力过度，就无异于苛政了。他没有下令调查航空港的乘客记录，尽管他是有权力这样做的。再过十个小时天就亮了，情况究竟如何，明日周一也就揭晓了。他只是下令所有军人马上撤离博物馆，并调看馆内监控录像。

"是！"

宪兵队退去了。仅十分钟后，后门的执法僧也退去了。两名宪兵卸下手枪，存在了博物馆门口的存物处，随馆长去调查监控录像。结果令他们瞠目结舌：温特利德从后门入馆后就一路疾走，丝毫没有参观展品的兴致，中途遇见馆长稍作交谈之后，就直奔位于地下室的地球时代藏品馆,走进了一座从地球整个搬来的埃及神庙,十三个小时再没有出来。

这两名宪兵来到地球时代藏品馆内,那座被一砖一石地搬运复原的埃及神庙前,一人守在门口,另一人进去找人。馆长与宪兵一同进入,她担心士兵弄坏了珍贵的文物。可是神庙里一片漆黑。两人在柱子和石壁间呼叫科赫的名字,走了三个来回都没有任何发现。"他是被木乃伊劫持了吗?还是被法老诅咒了?"那名宪兵嘀咕着。在馆长的引导下,他找到了一个窄小的后门,门外相距两米便有一个管道的盖子。

"跑了!"

馆长看着这个管道,想起了温特利德今天上午和自己说过的话:书写历史并不一定需要用笔。

"馆长大人,刚才调阅的监控录像显示,科赫少将曾与您在楼上相遇并说过话。他当时有说过什么,明示或暗示过他的行踪吗?"

"那倒没有,我们只聊了一些……关于艺术与生活的一般理论。"馆长答道,轻轻叹了口气,心想,这个年轻人是琼安修女养大的,这也是我当初答应护国主,给予他随时进馆参观的特权的理由。你真的教出了个了不得的人物呢。

3.

温特利德在那张穆罗梅茨堡图纸上注意到的,只是在博物馆最底层的最内侧,有一处废弃的管道口;可是他却把它与另一些他曾在博物馆里见到的、正在使用的管道混淆起来了。当他来到地球馆的最内侧，看见面前的一整座古埃及神庙，才如梦初醒，意识到自己出逃的生命线可能被压在那粗壮的石柱和厚实的石板下。那一瞬，他的整个心也被压在了土黄色的巨石之下；当他踩着古老的石地板走进神庙，好像金字塔也成了他的坟墓。幸运的是，最终他还是在神庙的外侧找到了这个管道口。

温特利德钻进这废弃管道，数着步数前进，准备在第二条岔路右拐，再走大约五百米就爬上去。他前天研究了一宿穆罗梅茨堡内城图纸，从千百条管道中选了这一条。至于出口，昨天已经踩过点儿了，那是灵薄岛的巨石背后的一个公园，在那里爬出地表最不引人注意。他庆幸自己当初逃出海尔辛兰后，没把这几张图纸上交。特种作战部有一种训练，要求不依靠定位系统，凭双脚在脑海中走出一幅地图。如今下水道的黑暗无疑给他增添了难度，但他仍然做到了。半小时后，他找到了位于公园内的那个下水道口。

温特利德悄悄顶开下水道盖子，四下没有动静，他探出一个头，只有附近草丛中一只肥胖的松鼠慌张地跳开了。他迅速爬上地面，向公园出口走去。可是不久，他就意识到自己被跟踪了。

这怎么可能？谁还会跟踪到这里来？若是警察看到我爬出废弃的下水道，一定会当场盘问，不会费多余的力气。那又会是谁呢？我分明已经甩掉了两个跟踪者，是他们的同伙吗？现在还是上午，我进馆才一个小时，他们停在馆外等我出去的话，是不该有所怀疑的。

这种被人从背后盯着的感觉，令这个已经习惯了被跟踪的人心跳加速。温特利德几乎是用双肩发力镇住自己，才忍住没有转身回望。

四下无人，小径孤寂得可怕，身后那鞋子擦过草尖的声音忽远忽近。

温特利德连拐两个弯后迅速绕回来，躲进附近的一个亭子。对方一下子就暴露了，是莱因霍尔德少将！那个诡异的跟踪者，他怎么也在这个公园？这人跟着我到底是要做什么？几个月来，温特利德已经快把他给忘了，可如今这个鬼魅般的老人又出现在他身后。温特利德看见他在湖边徘徊、张望了一阵后，形单影只地原地坐下来，用手指拨弄水面，似乎在水上写字，反反复复地划着。看了几分钟后，温特利德自觉时间不多，得赶紧离开穆罗梅茨堡才是。正愁无法脱身时，莱因霍尔德起身离去了。

温特利德既没有立刻离开，也没有去追。他走到莱因霍尔德刚才坐着的水旁，水纹已经平复。这个人究竟写了些什么字呢？他明显与其他的跟踪者不同，不专业、笨拙，而且怀着心事。温特利德想起在特种作战部曾偷偷调出此人的档案，却发现其履历中，二十多年前连升二级却未注明理由。他究竟做过什么，难道与我有关，与翁布罗萨有关？温特利德心中忽然想：会不会我之前的逃避策略整个儿就错了，反而该主动和他接触？偏偏是在今天，必须抓紧一分一秒逃离穆罗梅茨堡的这一天，我才想到这种可能性，而我过去一直都躲着他！现在回去追，还来得及吗？抑或该按原计划去往机场？温特利德看着早已消逝的水纹，知道刚才这水上的字再也不会重现，只剩下自己模糊的倒影。他打开背包，看到了教母留给他的那份录影盒，感到自己挪不动脚步。他又看到了薇拉留给他的那块表，上面的银河标准时间一秒一秒地走过。已经迟了二十四年，追不回来了。他想起自己刚才在博物馆内和馆长交谈时，最后说的那段话，若非他终于说出了这段话，他觉得自己说不定是会回去追那个神秘的莱因霍尔德，追回当年的秘密的。但温特利德想起自己刚才的豪言壮语，把心一横，朝着机场的方向奔去了。

温特利德一到机场，就以总参谋部科赫少将之名雇下一艘小型民船，下午四时就出发。他一路未遇阻拦，机场的人听说过他的名字，更见他一掷千金，便以为一定是出自军费的公共开支，相信他此番雇用民船出行定是出于秘密军务。事实上，租船不仅耗尽了温特利德的全部存款，还透支了银行一笔钱。

从奥厄行星的灾难中幸存后，温特利德就过着比从前更简朴的生活。他尽可能把钱存进银行绝不花掉，美其名曰"买自由"，其实这一方面是因为他觉得自己不配消受好东西，另一方面是因为他想不通为何有些昂贵的需求是好的，而非蠢的。总参谋部的同事笑话他，说这种生活简直不道德；如果人人如此抠门，人人如你这般"自由"，经济早就崩溃了。温特利德却说这是马汉式策略：存起来的钱就是"存在的钱"。而今他确实把自己手中仅有的这支"存在舰队"一次性打光了。他庆幸自己平日的吝啬，若非如此，今天是跑不了的。

"革命还未开始，我就已经破产了。"座舱里只有温特利德一人，自言自语道，"欠帝国银行的钱，就让将来的共和国政府替我还吧。"

驾驶员和另两名船员面对突如其来的贵客，感到有些拘谨。

"不用紧张，"温特利德安慰他们说，"顺着这一航线，不多时就会追上一支刚出发的舰队，你们把我送上舰，就可以回去了。"

温特利德知道现在自己是安全的，可是赶上战列舰队并与之会合后，便又生死未卜。然而他必须赌一把。倘若拿不下这一百艘战列舰，仅靠国王堡骑士团和埃本塔尔军团里的中、轻型战舰，别说是抗衡中央舰队，就连他这半年内所学一半以上的战术都施展不了。所以就算重入虎穴，也得冒这个险，否则在将来漫长的战争中，等待他的只是漫长的失败与死亡，还不如现在就速死来得痛快。战列舰队不会全速航行，两三个小时就能赶上。那时已是夜晚了，但愿自己的失踪和出逃还未被发现。即便在穆罗梅茨堡被发现了，统率这支舰队的伦茨中将也多半不会知道，更不会在入眠的时间联系总部。

离开穆罗梅茨堡将近一个小时后，在飞船启动传送引擎之前，温特利德听到了最后的帝都晚间新闻：明天就是奥厄行星事件一周年了，教会将在密米尔圣泉大教堂主持悼念仪式。回忆潮水般地涌来，他想把额头贴在舷窗上回望，却又怕徒然瞧见身后那一无所有的虚空。最终，他还是无法克制这"只看最后一眼"的想法，忍不住朝窗外看去，穆罗梅茨堡只剩下一个小点，如镜子般在周围的黑暗中闪着光。温特利德忽然痛苦地发现，自己离那颗星海中的珍珠已经很远。但他没有想明白这阵痛苦的来由，其实这是因为他要逃离的地方，正是他的启明星，为了最终能抵达这里，他不得不远离。他想起几天前回帝都时刚好是1月1日，他的生日。二十四岁了，他的青年结束在了这一天。

第九节：劫持

1.

两小时后，温特利德遇上了那支由一百艘战列舰组成的舰队，自报姓名之后，指挥官伦茨中将立刻允准了对接。从对接口走进这支舰队的旗舰时，他首先看见走廊两侧各站着一排士兵，顿时心惊肉跳，等到他们一齐向他敬礼，他才意识到对方可能把自己当作了某种类似钦差密使的东西。毕竟在外人看来，自己无疑是舒尔茨的党羽：先是被他提拔上来，又被他送进总参谋部，更何况这次帮舒尔茨夺回胜利女神号的作战计划，也是我亲自起草的。

"科赫少将！"前来迎接的伦茨中将说道，"原来是您！您作为本次行动的设计者，不是在总参谋部远程指挥行动吗？"

"原本是如此的。但此番行动的最大重点在于保密，殿下担心，舰队若与总参谋部频繁通信，信号会被那伙流亡贵族截获，让他们给跑了。所以他最终还是让我亲自前来指挥。"

舒尔茨确实曾叮嘱伦茨，万事以保密为先，尽可能少联络。

"少将阁下，又何必乘民船来呢？"

"当然是殿下不想让人知道我已经出动了。"

"嗯……原来如此，那是当然……"伦茨中将胡乱地答应着，却脸色一变。

温特利德这才意识到自己说漏了嘴——这岂不是说怀疑军中有奸细？但既然已经到这一步了，就不得不把谎撒下去。他装作一副神秘的样子,"胜利女神号事关重大,须万事小心……许多事情,还是宁可信其有的好。"

听出了话外之音,伦茨的声音略微有些不自然:"请问,阁下还有何吩咐?"

"此次行动之成败关键,在于隐蔽本舰队的来源。我们不能让那些乱党侦测到本舰队的行动方向,而得装作只是一次普通的军力调动。"

"关于这一点,我也想到了,那具体要怎样做呢?"

"这正是殿下派我来的原因:在任务前半程,必须保持与穆罗梅茨堡的最低通信频率,例如每十天只通信一次。"

"每十天?"

"对。作为外域驻防舰队的通信频率,这已经算高了,只要无事发生,一般的舰队报告是每半个月一次。再高则难免让敌军生疑。"温特利德此时不禁庆幸,自己在总参谋部的这些日子,让他熟悉了帝国舰队的调动规律和程序。

"通过军方的超光速通信网联系大本营,又怎会被窃听呢……"伦茨中将话刚说一半,就又想到,科赫来此不正是怀疑穆罗梅茨堡有乱党吗?他看见科赫意味深长地点了点头。

"不但我认为有此可能,殿下也如此怀疑。别忘了,那些乱党本就是封建贵族,在帝都的贵族议会中盘根错节、树大根深。况且教皇也不希望殿下能夺回胜利女神号,在舰上举行登基大典。因为这等于是削弱了宗教在帝国宪法中的地位:想当年,在奥托大公时代,皇帝加冕可不需要涂油礼。"

"原来如此。"伦茨的头上已经冒出了些许冷汗。他此前接到这个任务时，只想是一件可以讨好护国主的美差，却未想到这些利害。

"伦茨中将，现在舒尔茨殿下不在舰队，被困于穆罗梅茨堡那遍地阴谋的巢穴。他能靠得住的、能信任的人，就只有你我了。"温特利德说完这句话，顿时感觉像是把自己说成了营救被困在囚笼般的皇宫中的公主的骑士，暗骂了一遍：好无耻！却又面不改色地继续装模作样，"但是，你和我是不同的。这次行动仍然要由你统率，我到来的消息，千万要保密。"

"是的，是的。"

"还有，等下一次空间传送之后，就不要重启超光速通信了。全舰队内部相连，关闭所有超光速通信与侦察，保持超距静默。"

"什么？"

"中将只管放心，无需多问。"

"请稍等。如此这般，我们在宇宙中岂不等于瞎子？"

"那就通过星海罗盘来定位。"

"天哪，"伦茨中将感叹道，"通过星星的位置来定位，这不是古代航海术吗？这会大大地降低定位精度。您这样做，难道是为了向我方侦察哨所掩藏行迹？"

"您觉得太过谨慎了吗？"

"啊，不敢不敢，您必有您的道理。"伦茨中将军衔虽高，但是一则有舒尔茨的命令让他接受科赫少将的指导，再则对方来自那令人生畏的总参谋部，更出身于不择手段的特种作战部，三则怀疑军内有内奸已经涉及政治，伦茨不敢过多顶撞。况且，既然舒尔茨派他亲自前来，功勋也好，责任也罢，想必多系于他，自己又何须多问？

直到两小时后,这一百艘战列舰再次启动传送引擎之前,例行关闭了超光速通信,仅通过内部网络彼此相连。

至此,温特利德才稍稍松了一口气,心想:此时帝都或已觉察到我的出逃,只不过教会和舒尔茨此时很可能尚在相互猜疑,都以为是对方把我捉了去,暂时想不到这里来。幸亏及时切断了通信,否则我的计划很可能会败露。

八日之后,这支由一百艘战列舰组成的舰队悄然传送至一片孤寂的虚空中,离最近的恒星也有三光年之远。

温特利德说:"按照计划,再过两天就不必隐匿行踪了,而需要适当地暴露行踪,吸引那些乱党前来。"

"原来如此,那定是能将乱党一网打尽了。"

"那是一定的。"温特利德说完这句话,便与伦茨中将道别,早早回去休息了。在躺下之前,他最后看了一眼时间:现在是辉恒—穆罗梅茨堡标准时间1月14日晚上十点,留给国王堡骑士团的时间不多了。至于埃本塔尔军团,在如今的局势下,他们一定早就想赶回母星去保护他们的亲人。但是他们会冒着造反的罪名这样做吗?舍尔兴曾经说过,埃本塔尔男爵死后,他打算效忠于我,而我那时拒绝了。这样的言语不过是一时的感激与冲动,不足以依凭的。但是他的另一句话给了温特利德信心。那就是在海尔辛兰战前,舍尔兴曾不假思索地说,若换作是他,永远不会弃母星于不顾。

温特利德拉开窗帘,看着灿烂的繁星,想起去年舒尔茨也曾在同一片繁星下,邀请自己加入他的党羽,与他共图舒尔茨王朝的大业。那时他只是凭直觉拒绝了舒尔茨,又怎能料到有今日呢?人类即便从大地升入太空，行走在永恒的星轨上，他们的命运仍是变幻无常。

2.

温特利德辗转难眠，越往后，越睡不着。时间多么难熬，如果约阿斯神父再不率舰队到来，等这批战列舰传送到下一个补给站，就很难神不知鬼不觉地劫持它们了。这个念头随着时间一分一秒过去，在脑中不断地胀大。他在被窝里，手中握着那块表，越来越频繁地低头看它，每次打开都觉得那指针越来越沉，时间的旋涡就要把他吞没了。直到温特利德躺下后四小时二十分钟，他终于听见了急促的敲门声。果然，一名士兵等候在门外，请他立即去指挥室。温特利德一边前往，一边在心中把预先编好的话又预演了一遍。

"科赫少将！出事了！前方出现了一艘标有教会骑士团标志的巡洋舰，说是奉教皇之令在此等候，指名道姓地说要见您。"

"啊，原来是这样。"温特利德说道。

"是怎样？我们该怎么办？"

"传送引擎注入能量完毕了没有？"

"没有。离临界值还需要再注入一个小时。"

一个小时。温特利德心中一阵后怕，暗自想道：我给你们留了六个多小时的空隙，你们偏偏在五个多小时的时间点上赶来。再晚来片刻，这支舰队就要飞走了。

"那怎么办？"

"我们得与他们谈。"

"可是对方不接通我们的信号,他们指明要你去他们的舰上。教皇恐怕是要逮捕您!"伦茨中将想起,去年宗教裁判所曾审判过科赫,便顺理成章地推出了这个结论。

"不会的,如果是那样,他们应该出动更多的骑士团舰队才是。如果这是他们唯一能接受的谈话方式,我去去也无妨;只需几句话,就能试出他们目的何在。"

"我们要不要让他们上我们的战舰?"

"既然他们先发出了邀请,我们这样做,就会让对方觉得我们不信任他们。不用担心,谅他们也不敢怎样。"温特利德对伦茨中将说道。

"那您看,是否要就此事请示帝都呢?毕竟能够对教会形成掣肘的,就只有护国主了,我相信殿下一定会保您周全的。"

"不必不必,"温特利德赶忙说道,"这么点小事就不必劳烦他了,否则显得我们畏首畏尾毫无主见,况且现在正是深夜。"

看着他在如此短的时间内恢复了自信,伦茨又不由得佩服起面前的年轻人。温特利德见他这样看重、信任自己,心中徒生内疚。他辞别了伦茨,登上交通艇去往对方的舰船。当他途经舰内走廊时,摸了摸左边口袋,碰到了薇拉给他的那块表,又摸了摸右边口袋,那里有教母给他的录影存储器。他刚才躺在床上时,曾想过在乘小艇离去之前千万不可因过于激动而暴露了自己。可现在,在通往交通艇的路上——这人生中最重要的两百米——他的心竟然异常平静。

当小艇脱离了帝国军舰队,温特利德回望了一眼身后的战舰,却觉得自己利用了伦茨中将。如果他是费了很大力气才从他身边逃出的,就不会这样想了;然而伦茨如此信任他,还关心他会不会被教会迫害，这不能不令温特利德沮丧。伦茨已年过半百，前几日得知他的家人都在穆罗梅茨堡，绝不可能参加自己即将掀起的革命；若打发他只身回帝都，去为弄丢了一百艘战列舰向军部请罪，难道不残忍吗？

在国王堡骑士团的这艘巡洋舰上，温特利德见到了舍尔兴，心想：我嘱咐约阿斯神父，以翁布罗萨的前车之鉴游说埃本塔尔的将士们，果然成功。

舍尔兴表示他清楚地知道，这次反叛不是去做宇宙海盗，而是要走上反抗整个帝国的不归路，但为了拯救埃本塔尔，他愿意去做。他赞誉了温特利德的坦率："历史上造反的人，为了募集兵员一般都会坑蒙拐骗，而你却把所有的危险和警告都提前告诉我，这就是我们愿意跟随你的另一个原因。"

"另一个？那第一个原因是什么呢？"

"最重要的原因，是我只有这样做，才算完全自觉自愿地忠实于自己的良知。"舍尔兴看着温特利德说道。温特利德听出，那是当日他要向自己效忠时，自己想要避开，而又说不出"效忠皇帝"这种冠冕堂皇却恶心至极的话来，就把他的效忠对象引到了"良知"这个抽象的概念上。如今他来帮我，不是出于对我当初救下他们的报恩，而是为了践行这句话。

温特利德看到胡梅尔也在场。自从平叛战争结束后，他和部下们就一直留在了埃本塔尔军团。这次国王堡骑士团的人派来使者，劝舍尔兴率舰队赶回埃本塔尔，最终便是在胡梅尔的极力主张之下，舍尔兴才最终下此决心的。

伊法也站在舍尔兴的身旁，原来她作为埃本塔尔人，正是约阿斯神父派去埃本塔尔军团的使者。第二天，温特利德问伊法是怎么说服他们的，伊法回答，她一五一十地告诉了他们埃本塔尔正面临的危险，也告诉了他们举兵造反可能会有的危险。温特利德心想，如果伊法一心只想把他们骗上贼船的话，或许反而不能成功吧。他想起自己在米滕多夫行星与胡梅尔的那一番对话，依胡梅尔的性格，他大概也是见伊法坦率诚实，才力主起兵的。伊法还告诉他，一开始舍尔兴担心，埃本塔尔舰队的介入岂不是坐实了行星叛乱的谣传？伊法却按照约阿斯神父嘱咐她的话说服了对方：如果放任不管，帝国中央那些尸位素餐、麻木不仁的官僚反而可能听任事件不断升级，最终酿成大祸；果断武力干预，反而会迫使护国主舒尔茨亲自介入，这样一个值得信任的对手，也许在正面战场会很难对付，却反而对平民会更好些。

"是的，正是如此。"温特利德说道。这些话，都是他在半个月前教给约阿斯神父的。而其中的道理，则是艾希霍恩元帅教给他的：帝国军肆意的恐怖，其实是实力不足的表现。那么反过来说，宁可与强者作战，因为强者不会把毁坏扩大到不可收拾的地步。

"科赫，既然您已经安全抵达了，我们就事不宜迟，夺下那一百艘战列舰，尽早赶到埃本塔尔行星吧。"

温特利德点了点头。他发出了开始行动的指令。

他们的四周出现大量的时空波纹，近千艘战舰从各个方向传送了过来，将帝国军的这一百艘战列舰团团围住。正当伦茨中将惊惧之际，从帝国军公开频道中出现了这样的声音：

"我们是帝国护法军，银河帝国法统的保护者。内战的挑起者，温特利德·科赫已束手被擒，剩下的舰队请立即投降！"这是胡梅尔的声音。

"护法军？"战列舰队的指挥部中没人听说过这么个旗号，但这分明是舒尔茨伯爵一党余孽！只是伦茨心中惊讶：他们竟然仍有近千艘规模的舰队。他觉得科赫是被将计就计了：原本计划用这一百艘战列舰为饵，引对方的舰队出来，没想到还没到预定地点就被这么多敌舰围住。在这么近的距离上，战列舰优势全无。这下完了。伦茨立即安排通信兵打开瞬时通信器，抢在真的打起来之前，把这一消息简要地传给了穆罗梅茨堡的军部。

"你们不用装什么护法军了，我要和舒尔茨伯爵说话。"伦茨回复道。

听到这个消息，温特利德吩咐胡梅尔："就说舒尔茨伯爵在胜利女神号战舰上，那里才是我军的主力。"

在胡梅尔将这个消息再次从公开频道喊出之后，伦茨大笑，并回敬道："演戏居然能演到这个份儿上，你们没有把胜利女神号抬出来，无非是怕我们战列舰的火力将其击毁，你们就没有能要挟护国主殿下的了。什么舰队主力，我想这已经是你们的全部兵力了吧？海尔辛兰一战之后，你们还能剩下这么多人，已属奇迹了。"

胡梅尔再次说道："不管怎么样，现在我们已经抓住了内战的元凶，剩下来的人的命已不重要。你们只有三分钟时间考虑，要么投降，要么被歼灭。"

伦茨听了这句话，做的第一件事就是下令各舰的瞬时通信装置启动自毁，以彻底删除其中的通信机密。"这些机器绝不能落入敌人手中，哪怕作为碎片与残骸也不行。"

士兵们沉默着执行了命令。指挥部中其他的军官们都心中颤抖,他们明白伦茨的意思是不惜全军覆灭也绝不投降。因为战死是全体的死,却是主将的光荣;投降是全体的被俘,却是主将的耻辱。

"中将阁下,您要不要……"情报组的一名上尉喘着气说道。

"住口!"伦茨拔出了腰间的手枪,指着他,"你只是一个小小的上尉,你怎么敢!怎么敢!"说完此句后,他又转向通信组,下令道:"回复对方,就说我们所有的瞬时通信器已经自毁了。"

"中将……"通信组的官兵知道,这句话的意思,就是我们已经做好了死的准备。瞬时通信器自毁是战列舰毁灭之前的最后一道程序。

"就这样回复他们!"伦茨吼道。

通信兵将这句话发送了出去,指挥部里一片死寂。

当科赫一党——我们现在已经可以这样称呼他们了——在国王堡骑士团的那艘巡洋舰上收到这样一个消息时,他们意识到自己低估了对手的决心。对方这是要凭借这一百艘战列舰,在毁灭之前换掉我们同等数量的驱逐舰。可是温特利德又立刻说道:"不,捣毁所有瞬时通信器,也可以理解为投降前的最后工序嘛。"

"尽管您这样说似乎也有道理,但一般来说不是这样理解的。"舍尔兴说。

"把剩下的战舰也传送过来,包围敌舰,填上所有的火力缝隙,务必做到能在半分钟内将敌军全部毁灭。"温特利德下令道,"事到如今,已没有必要演下去了。"

两分钟内,埃本塔尔军团的两千余艘战舰也陆续传送到了那一百艘战列舰周围。正当伦茨中将惊讶于战败后的舒尔茨伯爵何以有如此庞大的舰队时，对面传来了熟悉的声音："我是温特利德·科赫，在你们周围的，并不是什么舒尔茨伯爵的残余乱党，而是一支以推翻帝国为目标的革命军。既然你们已摧毁了所有的瞬时通信器，也就意味着你们已无法将这个秘密传播出去了。在这三千余艘战舰的包围中，哪怕战列舰的厚甲也撑不过三十秒。请不要做无谓的牺牲。"

　　直到这一刻，伦茨中将才意识到，科赫的整个计划就是一个骗局，心中明白大势已去。如果要在必死之战中以三换一，身为军人尚可欣然赴死，虽败犹荣；但如果是十不换一，又有谁会愿意如此轻贱自己的性命，又有哪一个指挥官能下这样的命令呢？他的目光扫过指挥部中的军官们，他看见了一张张绝望的脸。伦茨缓缓走出了指挥部，"做你们觉得应当做的吧。"

3.

　　伦茨中将带来的一百艘战列舰投降了，但伦茨本人并未正式投降，他躲在自己的房间里拒绝出来。科赫觉得这是一种幼稚的、孩子气的行为，他派了士兵守在其房间门外的走廊两端，嘱咐他们不要靠近或打扰他。

　　那些不愿加入的军官和士兵，温特利德本想放他们走，此时一名归降军官求见，他叫策林根。

　　"策林根！"温特利德想起了内战前夕，被舒尔茨派去将新兵和大批补给转移到自己驻地的少校。见面之后，果然是他。温特利德注意到他的肩章，他虽然跟随自己获得了一系列的胜利，军衔却仍是少校，并未得到晋升。

"你也在这支舰队中？我怎么不知道呢？"

"我一直在的，科赫少将，现在我是这个舰队的后勤负责人。"

原来如此。在整个航程中，只有旗舰上的少数人知道温特利德来了，所以策林根不知道他的到来。温特利德回答道："我现在已经不再是什么少将了。"

"您不能放走不愿加入革命的士兵，他们一旦重获自由，就会通风报信。"

关于这一点，温特利德并非没有想过，但他已经为那些不愿加入的敌军士兵准备了一艘没有超光速通信装置的战舰，已能保障他们无法赶在突袭埃本塔尔之前通知穆罗梅茨堡了。

"这样做是不够的，因为你不能保证他们中途不遇上其他舰队，不能通过其他方式获得超光速通信手段。"策林根说，"所以，我们必须带着这批战俘上路，必须等到初战之后……再另作打算。"

温特利德从策林根的犹豫中，感到了一丝不安。他想起策林根原本是后勤学专业的，便猜到了他的心思：战列舰上有少数岗位是驱逐舰所没有的，其操作员亦是宝贵的战争资源，不能放回去。但如果这些人宁死不愿投靠我军，又不能放回去，该怎么办呢？养着俘虏消耗补给吗？革命还没开始，就已经遇上了这种难题。

然而他很快就遇到了更紧迫的事。尽管大量通信记录已被销毁，但仍发现了来自军部的一则通信记录，命令招募不满一年、新训练出来的陆军开赴埃本塔尔行星。

温特利德明白这可能意味着什么。一个多月前埃本塔尔暴动刚爆发时,穆罗梅茨堡就有强硬派主张"彻底剿灭"。温特利德如今已经知道,二十四年前的翁布罗萨行星轰炸的罪魁祸首,并非当日封锁行星轨道的帝国军,而是教会的精神污染舰;然而这二十四年来帝国关于此事的强硬立场,反而将帝国牢牢绑在了这一原罪上。难保这不是教会策动翁布罗萨事件的目的之一:如果共同的利益不能令帝国和教会长久共处,那么共同的罪业便足以达成这一目的。转眼间,一代人的岁月已逝,人为塑造的记忆更变得面目全非。帝国的强大使其傲慢到了不屑澄清和自辩,当所有人都指责一个自恃强大者曾是魔鬼,他会不会一意孤行、最后真变成魔鬼呢?当年的翁布罗萨事件虽非帝国军直接造成,却令帝国军扭曲了自己的荣誉观,提高了对大规模屠杀的心理接受度。

只要这支新组建的陆军一登陆,对抗升级、失控和大规模平民伤亡的可能性就会大大增加。舒尔茨对这支新编成的陆军有控制力吗?不一定。温特利德又在心中想了一遍:宁愿与可怕的行家作战,也不与懦弱的新手作战,后者杀起人来是没有分寸的。

温特利德选定了埃本塔尔军团的旗舰法夫纳号作为旗舰。在奔袭埃本塔尔的路上,他让舰队尽可能地隐蔽行踪,并打定主意,万一遇到帝国军,一旦身份败露就必须立刻歼灭,不留活口。否则埃本塔尔的守军就能从己方的进军方向判断出其目的地,并早作防备。途中他们遇到了从埃本塔尔逃出的一艘商船,商人自称是行星被封锁之前逃出的最后一批人员,那里的气氛已经很令人恐慌,马丁·迈尔总督的舰队已降落在地表,陆战队的镇压随时可能开始,而轨道上则漂浮着刚刚来到的一批帝国舰队,不知道要做什么。

如此消息令温特利德忧虑，却也提供了关于敌军兵力部署的重要情报。他找来最熟悉埃本塔尔轨道空间的舍尔兴，开始制订一个能同时摧毁敌军在太空中的舰队，并压制地面尚未升空的舰队的作战方案，两人从对称战术谈到不对称战术，从几何学谈到时间差。他们追溯了十几起战例，最远甚至谈到了施里芬伯爵和山本五十六。两人既紧张又兴奋，连续几天废寝忘食。待到大计已定，精神松弛下来的舍尔兴笑他，不要总拿些终归失败的"名将"来举例嘛。温特利德心中一片惆怅，他想起出逃之前，在博物馆中与馆长的对话：青年人总是要在历史中寻找他们的前辈，就像寻找自己的命运。

九天后，温特利德率全军跃至埃本塔尔最大的卫星背面，根据舍尔兴提供的情报，这里或许会有二十三分钟暂时成为敌军的盲区。剩下的不确定因素，就只有敌方漂浮着的机动舰队的位置，幸运的是，它们与我军也确实在彼此的视野之外。为免夜长梦多，温特利德只给了十分钟整顿队形，然后关闭引擎依靠惯性滑过卫星黑暗的背面。

此时，舰队旗舰的侦听系统无意间撞入了一个频道，背景杂音中，有一位母亲推着摇篮给孩子唱歌。它的旋律是如此熟悉，歌词却是用埃本塔尔方言唱的。指挥部内，这微弱的声音缓缓地流淌。温特利德顿觉一阵孤寂，他听不懂它，不是说他不懂这门方言，而是因为他是一个没有方言的人。当他转身想去询问伊法时，却看见她的眼睛被点亮了，在星光下闪烁着，如同一片遥望见风暴的大海。伊法熟悉这首古老的埃本塔尔民歌，尽管传说早在人类定居埃本塔尔之前，就已经在传唱它。在历史上好几次战争期间它都被禁了，因为军方担心这过于温柔的旋律，会让战士们丧失刚强的斗志。

"关掉频道!"策林根又看了一眼屏幕上的时间,还有三分钟我军前锋就要跃出卫星的地平线,暴露在帝国军的侦察与火力中了。

伊法立即听懂了其中用意。策林根沉默寡言,脸上总挂着一副不苟言笑的神情,所以一路上只有温特利德常找他商量后勤方面的事,其他人鲜有机会和他说话,伊法也是如此。但她立即对这个人生出了厌恶,因为他令她想起,每逢战事军方都会做同样的事。

"不,且慢,"温特利德阻止了他,"把全舰队频道打开。"

"这会中止通信静默,会暴露我们的位置。"

"把全舰队频道打开。"

"您要向全军发表演说?"

"不,我要给他们听这首歌。"

"大战之前,难道给将士们听这女人唱的歌曲吗?"

"对!把它打开!"温特利德语气坚定,心中却十分激动:我要让全体将士们明白,他们要去保卫的行星上,有这样一对母子。

圆弧形的地平线汹涌地翻滚着,舰队在弥漫的黑暗中,迎着那一弧光明而去。歌声仿佛飘浮于深渊,又好似隐匿于大地。舰队将士中大多是埃本塔尔人,他们听见阔别许久的、用乡音唱出的民歌,便知道地平线的那一侧已是家园。一些军官背过身去,不忍在士兵们面前流下眼泪;倔强的年轻士兵强忍泪水攥紧拳头,好像能拧干这软弱的情感;有从军多年的老兵端坐在炮座上,就像故乡的山峦,只有他自己知道这歌声如火一般在他心底燃烧。

倒计时开始,舰队即将跃出卫星背面,离那决定性的时刻只剩下半分钟。温特利德手中捏着那块薇拉送给他的表,现在是银河标准时间,光复历477年1月24日,深夜两点三十二分。他准备发出进攻的信号,却临时想起,自己这一路上竟未能顾及预先商定好进攻的口令。他想喊"进攻"二字,却又觉得太过普通。最终他脱口而出的,却是这句口号:"埃本塔尔期待人人尽其义务!"

仿佛某种魔力,驱使这曾飘扬在特拉法加尔的海涛上的关于团结、勇气、信任与爱国精神的古老旗语,再次响彻在浩渺的宇宙间!全军三千余艘战舰同时启动引擎,冲出了卫星暗面的地平线,从阴影之地一跃而出,暴露在太阳的光明下。这场改变了全人类命运的战争开始了。

第十节:焰火

1.

埃本塔尔卫星瞭望台和轨道平台是十五年前为防御海盗开始建造的,那时随着军方与财政部主导的裁军计划的执行,海盗日增,直至五年前全部建成时,海盗其实已经大减,便日渐废弛。直到最近这位万事以军务为重的新总督来到,它们才被重新启用。随着地表上的对抗气氛越来越浓,一些预言家已经在说,帝国军会重演当年翁布罗萨的行星轰炸;后来又有传闻,说被调防至数千光年外的埃本塔尔军团失踪了,有人说被撤去了番号,也有人说已被镇压消灭。然而随着日子一天天推移,什么都没有发生,这些消息也都越来越像是捕风捉影，轨道平台上的驻军的精神也松弛了下来。

然而这一天却注定与所有的昨日不同。轨道瞭望台的监控室内，一位名叫若泽·爱德华多·塔瓦雷斯·席尔瓦的下士正在瞌睡，耳机里那规律又单调的太空背景音，对他而言就像一首催眠曲。可是在一个瞬间，他突然双目凝神，双手按住耳机，仔细听里面的声音，一边在屏幕上搜寻某个坐标。半分钟后，他摘下套在头上的耳机，起身冲进隔壁的站长室："报告！侦测到陌生的舰队信号！坐标在月亮的背面，内容是，是……"

"内容是什么？"他的长官睡得正香，被他推门吵醒，心中十分不悦。

"是有女人在哼歌。"

"你确定……是帝国军舰队的军用码？"

"已再三核实，千真万确。"

"荒谬，荒谬！"长官摆摆手，"快去检查出了什么问题，还是你的脑子有问题！下次要是再为这种事打扰我睡觉，我就把你送到精神矫正医院，让那些变态僧侣在你的脑子里插满电极！"

士兵哆嗦着，头也不敢抬就跑了回去。长官无精打采地瘫坐在座位上。

"报告！"仅两分钟后，下士席尔瓦又跑了进来，几乎跌倒在地。

"什么事？！"

"有，有数千艘战舰，冲着，冲着……"

"朝着哪里？"

"这里，直冲着这里来了！"

埃本塔尔舰队以月牙阵顺着卫星的地平线跃出，恒星炽烈的光芒扑来，将舰队披上了耀眼的金银。紧随其后的是国王堡骑士团。肉眼可见的远处，一座轨道瞭望台上燃起了红光，刺破了乌黑沉闷的太空，向着因视角所限尚未遇敌的其他瞭望台和地面信号站发出了警报。短短几秒之内，轨道烽火已把敌袭的消息传遍了整个星球。

此时摧毁轨道警报系统已属无用。温特利德下令舰队直扑轨道平台旁的军港。此战不仅要击溃敌军攻占星球，更要以尽可能少的伤亡达到目的，以保存实力应对日后的苦战。因此必须抓紧每一秒猛攻停泊在轨道上的帝国舰队，将其粉碎，然后掉转方向击溃尚未升空完毕的另一支舰队。否则待到地面舰队升空与之会合，己方虽仍能获胜，伤亡却会大得多。

埃本塔尔军不仅占有数量上和火力上的优势，更是士气极盛，士兵们为夺回故乡奋不顾身，无一迟疑，这情绪很快感染了并肩作战的国王堡骑士团。截获的百艘战列舰提供了强大的火力，就连庞大的轨道平台，也被巨炮轰断成几截。而轨道上的帝国舰队，起初还不知来者是敌是友，直到挨了轰炸才开始组织反抗。革命军占据着绝对上风，但很快也出现了己方战损，一艘接一艘。

在去年的内战中，温特利德每次作战都是倚仗不对称因素虚张声势。这一次他必须打这种以迅猛为第一要诀的硬仗。他只在总参谋部的战棋上发动过这样的杀戮，棋盘上的伤亡不过是数字，他眼都不眨一下就能把十万人送去死，只要他们能救活或换掉二十万。如今，他真实地感知到，数字背后都是人命，自己的一步错误会导致数千人徒然枉死，这重量真实地压迫着他。

仅过了五分钟，匆忙组织起来反击的帝国军舰队就已从混乱变成了崩溃。

"是否劝降？"舍尔兴觉得差不多是时候了。

温特利德拿起了通信器，然后闭上双眼沉思了几秒钟。

"只喊'停火不杀'。正式的劝降就算了，因为正式劝降需要暂时降低火力，让对方有做出投降举措的时机，可是我们没有时间冒这个风险。"温特利德说，"除先行停火、前来归顺者外，其余尽数歼灭。"

然而温特利德心中知道，以"停火不杀"劝降非常困难：凶猛的火力网大多不是针对某一敌舰，而只是针对敌舰密集处倾泻；即便对方有战舰停火以示投降，也有相当大的概率会被己方铺天盖地的火力误杀。想到此处，他的脸上又出现了痛苦的神色。

伊法看见了温特利德这样的神情，便知道他定是在为不得不平添杀戮而难过。这让她想起了过去和他以及薇拉在一起的时候，他们谈论过的那些人与事。无论处在何种境况之下，温特都没有变，小姐却已经不在了。

温特利德看着远方的敌舰化作一簇簇的火团，向身边的人们说道："我唯一担心的是，敌将据说是个好勇斗狠的武夫，我怕他会率领残余作自杀式反攻。若如此，他就能在自己灰飞烟灭之前，成功地消耗我军本就有限的兵力，而他的身后还有帝国军十万舰队。"

在埃本塔尔行星，马丁·迈尔总督已登舰，看见自己的舰队主力大部分仍停留在地表，急问道："我已下令，全舰队升空！为什么这么慢？"

"长官，地表电动力不足，每分钟只能升空不到二十艘战舰。"

"没关系,采用应急电力!"

所谓应急电力,就是暂时切断一切民用电力以供军用。这也是迈尔总督在上任后,在当地的供电设施中刚刚铺设好的双重线路。此时总督心中庆幸:没想到这么快就用上了。他却不知他的应急供电系统,成就了后世著名的"埃本塔尔焰火"。

半个埃本塔尔行星顿时陷入黑暗,住宅、商铺、路灯的光都在一瞬间齐刷刷地熄灭。悬浮电车坠停在轨道上,被困车厢的人们在黑暗中,不知发生了何事。一时间,街道上车与车相撞,人与人相抵。习惯了彻夜通明的城市生活的人类,骤然回到了远古的黑暗,他们抬头仰望繁星,却看见半个夜空在燃烧,珠状闪电般的白光、红光忽明忽暗,此起彼伏,烧向天际。有幸在场的历史学者们意识到自己正在亲历一个伟大的时刻,却更惊叹于当时夜空的色彩,纷纷将它记录下来,有一位研究远古陶器的学者说是红黑交织,如同众神的祭典;另一位研究早期影像学的学者说是黑白相间,犹如新纪元的黎明。

然而,当时正在升空的帝国舰队中的士兵们,却无暇观赏这罕见的美景。军港已超负荷运转,每分钟能升空三十余艘战舰了。还需二十分钟,停泊在地面的驱逐舰就能起飞完毕。迈尔总督的旗舰一经准备停当,就身先士卒朝着太空飞去。他明白必须赶在敌军消灭完轨道上的帝国军舰队之前升空完毕,否则必然大败。可是他还未脱离大气层,就发现敌军已调头扑过来了。

迈尔总督眼睁睁地看着,刚刚升空的舰队还未分散列阵成形,就被杀得七零八落,化作了一团团的火球。大气层中的爆炸与宇宙真空中不同,冲击波摇撼着邻近的战舰,接连的气浪中就连瞄准反击都很困难。一切来得太快,迈尔目瞪口呆地看着舷窗外的景象,知道大势已去。

"给我接通宇宙公共频道,我要与敌将直接通话。"

通信频道接通了,迈尔总督拿起通信器:"对面的将军用兵凶猛迅疾,佩服万分!今日相遇于阵前,我唯有一死,只是死前想知道事情的缘由:将军所率分明是帝国舰队,何故掀起叛乱呢?"

温特利德沉默不语,摇摇头示意拒不回答。没有想到,我也有一天会拒绝一个将死之人的最后愿望。

此时听到一声大喝:"来将可是温特利德·科赫少将!"

温特利德抬起头直视前方,仍然一句话都没说。

"来将可是帝国军总参谋部前几日失踪的温特利德·科赫少将!"又一声断喝,响彻整个战场上双方每一艘战舰。舷窗外不远处一艘战舰爆炸的火光,霎时把旗舰的整个舰桥映照得通红,温特利德站起身来,"请调至宇宙公共频道。"

频道调好了,下面便是温特利德说的话:

"我是温特利德·科赫,前来埃本塔尔行星阻止帝国军即将犯下的滔天大罪。然而,我们的目标却不限于阻止这一次非人道的灾难,这仅仅是一个起点。直到能够犯下翁布罗萨、奥厄,以及本来要发生的埃本塔尔的罪行的制度消失之前,我们的斗争都不会停止。"

"温特利德·科赫",这就是他对自己的简介。既不是前帝国军少将,也不是总参谋部智囊。他说出这句话时,伊法就在身旁。她明白,温特这是把过去在军队里的一切都统统抛下了。

帝国军没有再回话,一分钟后就放弃了抵抗,"科赫少将,我是银河帝国驻埃本塔尔军的参谋长卡尔·施罗德准将,我军统帅迈尔中将与副官刚刚杀身靖国,我愿率残部投降。"

温特利德当即下令停止炮击。

"我接受您的投降。"

2.

在询问了多名投降的军官之后,温特利德意外地得出结论,迈尔总督之所以将自己的舰队停在地面,是怕帝国的增援舰队来此是为执行行星轰炸,以此为由暂时阻挡。许多迈尔麾下的军官都相信,帝国军增派的部队也许正是来执行这一任务的。可是从增派的舰队的投降残部提供的信息看,他们却说自己正是护送陆军前来,不让迈尔总督"把事情闹到不可收拾的地步",而迈尔总督把舰队降落到地表,反而坐实了他们的怀疑。

"那从帝都来的陆军呢?他们什么时候抵达呢?"胡梅尔问道。这是舍尔兴叮嘱他一定要问出的关键信息。

"帝国中央陆军这次一共从穆罗梅茨堡派来十七万人,刚才那几个太空平台被炸断时,已被你们全部杀死了。"

胡梅尔将这一消息带回了指挥部。温特利德得知这一情况,颇为震惊,他缓缓对舍尔兴说道,"这下你可以放心了,埃本塔尔安全了。"

在总参谋部时,他就听欣德米特说过,穆罗梅茨王朝对陆军的重视根本没有军事意义,一半出于政治原因,一半是历史传统的遗留。当日又岂能想到,如今自己在不经意间,就以如此残酷的方式验证了这一点。仅战列舰上的几发主炮,十七万人就在太空平台分崩离析的瞬间,死去了。他不禁心有余悸,试想易地而处,死得如此不明不白,又怎能甘心。此事再次坚定了他原有的想法,那就是这场革命必须在太空中完成,而绝不能把战火烧向大地。

新生的革命军只损失了不到百艘舰船,却将总计两千余艘敌舰队大部歼灭,最后剩下约四百多艘战舰尽数投降。也正是由于迈尔总督在埃本塔尔行星上铺设的军事物资网络,革命军只用了不到两天时间,就将各地军用仓库的资源都搬上了舰队。

埃本塔尔行星的议会议长格奥尔格·摩根索先生听说,此番救下这颗行星的,正是在去年的内战中拯救了埃本塔尔军团的温特利德·科赫,两度请求与他商谈接管该星球的事宜,温特利德都回绝了。当他第三次亲自驱车前来请求商谈时,温特利德当面答复了他:

"此时占领和接管行星,对于你我都将是灭顶之灾。对于本舰队而言,这会给我们拴上了行星保护人的义务,帝国大军来袭时我们将不得不以卵击石,必败无疑。而对于埃本塔尔人民而言,你们一旦接受我们保护,由于银河帝国不承认存在任何'外国',在帝国看来就与大逆同罪,而非战争状态下对等的敌国居民。你懂我的意思了吗?"

"这……"

"昨日一役,仅是我军与帝国军之间,在你们星球上空发生的战斗。我军掠夺的物资,也只是帝国驻军仓库里的。这与你们星球全无关系。"

摩根索议长当即明白了温特利德的想法,便打消了原初的念头。临走之前,他想询问这位年轻人,"革命军"究竟持怎样的政治理念呢？可是话到嘴边又吞了回去。议长认为他既然至今只撤去了帝国军舰队的旗帜，却未打出自己的旗号，必有政治上的考虑。于是他离开了。在门外他遇到了伊法与当地人交谈，听见她会说埃本塔尔方言，便托她转告这位年轻的指挥官，感谢他第二次救助了埃本塔尔人，今后若有可用之处，定当相报。

温特利德听伊法转述了这样的感谢，只说了一句，"希望不要有那一天吧"。

"嗯？为什么呢？"

"因为我只会在一种情形下需要他们的帮助，那就是兵败而身未死，潜匿民间、苟活于世之时。"温特利德是坚定地看着伊法说出这句话的，但随后又垂下了目光，"在最终失败之前，无论如何我都不会把平民牵扯到战争中。"

在军事史上有许多利用一般百姓制造经济压力，甚至以鼓动平民暴动拖垮敌军的例子。在刚刚结束的初战中，温特利德以阻止帝国军的暴行为战争理由，因此在开战之初就建立了道义优势，并将帝国军置于道义上不利的位置。然而温特利德说，他只会在兵败之后接受平民的救助，可见他早已下了决心不打算卖掉哪怕一分的道义，去换取物质力量。

伊法看穿了这一点，略有担忧地看着温特利德。她明白，这个人不是一时气盛，而是真能做出这样的事。然而她觉得，以如此姿态面对数十倍于自己的帝国军，实在又是太过自信了。

"放心，我们马上就有足够三个月的军需了。"

"三个月？"伊法问，"可是刚才策林根说，他估算了从敌军缴获的物资，只够不到一个月；即便加上我们自己带来的物资，也只能支撑四十天。"

"对，他算得很仔细，"温特利德回答，"但马上就会有了。"

伊法看见温特利德笑了，不知他又有什么诡计。

一小时后，门外的士兵通报，伦茨中将求见。温特利德吩咐让他进来。伦茨走进来后，温特利德立即起立。

"科赫少将……"伦茨中将刚刚说出对方的军衔，就感到了其中的怪异，"阁下的谋略我十分佩服，也感谢您在过去半个月内对我们以战俘之礼相待，没有横加逼迫。此战过后，原先我带来的大部分士兵都准备归降了，其中少数是看到了您有胜利的希望，更多是恐惧军事法庭对疑似为敌军参战过的降兵的迫害。所以，您可以满意了。我最后的请求是把我留在埃本塔尔，我会买一张船票回穆罗梅茨堡，去给整件事做见证。当然，现在做什么都迟了，我这样做也没有什么现实意义，恐怕只能给未来历史学家留下些真相罢了。"

"如果您这样一个人回去，舒尔茨那边会很不好交代。"

"我可以输给你，却不能背叛。"

温特利德明白，再说什么也是无谓的，他知道伦茨中将一定会被充作替罪羊遭到严惩，因此对他充满内疚。他想帮他买好回穆罗梅茨堡的那张价格不菲的远航船票，但又想到接受叛乱军的资助，哪怕只是一张船票，都恐怕会罪加一等。他想说，自己对伦茨并无私人上的怨恨，却又觉得这样的话既多余也无力。于是在他离开前，温特利德最后向他敬了个军礼。

伦茨中将没有向叛乱军首领回礼。

一待物资搬运完毕，革命军就立刻启程，离开埃本塔尔。这时，舍尔兴向温特利德报告了占舰队中相当比例的埃本塔尔籍士兵们的担忧：如果他们留在母星，必将遭到随后前来的帝国军的镇压；但若就此离去，又担心帝国军对埃本塔尔行星的报复。

于是温特利德向各舰的舰长发表了演讲："如果我们被消灭在了宇宙中，帝国军确实可能有恃无恐、肆意妄为，就连未曾直接援助叛军的平民也一并屠杀。然而我们马上要做的，就是让帝国军明白自己的对手足够棘手，倘若屠杀那些未曾援助敌军的平民，就等于鼓励所有平民去援助敌军。命运赐给他们的容错率已经很低，不容犯下这样巨大的错误了。请大家信任你们的指挥官，我军越是胜利，那些民意上支持我们的星球，就越安全。"

温特利德嘱咐各舰舰长将此信息告知本舰的士兵，但他没有解释为何走得这么急。然而埃本塔尔的士兵们信任自己的指挥官，猜想他如此急促的行动，定有军事上急迫的理由。

"您为什么要舰长们传达呢？为什么不直接向所有的士兵讲话呢？"策林根问道。

"因为我不习惯。我还没有作好准备。"温特利德回答。在古今将领中，有的天生就具有领袖气质，只要站在人群中就有号召力。但是温特利德觉得自己不像这样的人，他习惯了总参谋部的战略会议，习惯了用冷静的计算去思考问题。他看了一眼策林根，他知道面前的这个人，其实也没有那种能力。

"科赫少将，我也没有那种演说家天赋，但是我不需要。然而您是需要它的。"策林根答道，他几乎看穿了温特利德的心思。

温特利德轻轻地点了点头。他明白，但他仍然没有把握。

革命军的舰队终于要再出发了，那一天的军港四周挤满了人，人们知道自己今日前来为革命军送行，若被有心小人拍摄到，很可能日后成为反帝国的罪证，或许会被发配到那些环境艰苦的资源行星的矿井。即便如此，前来送别者仍有百万人，可想而知，其中许多是舰上士兵的父母或家人，他们看不见自己的孩子或爱人，就朝着这一整个腾空的舰队挥手。舰上的埃本塔尔士兵们不到两天前刚刚解救了自己的家乡，却一个钟头的团聚都没有，他们在黑压压的人群中找不到熟悉的身影，就把地面上的每一个人都当作亲人告别。此情此景令国王堡骑士团中，那些誓言弃绝俗世的僧侣也为之动容。

这一幕未能以超光速通信扩散到宇宙的角落。然而埃本塔尔危机解除了，行星恢复了通航，这里的故事也随着星际旅行者们的行踪流传。有些偏僻之地的居民，要待到半年后，战火已经烧过了大半个银河，才得到这迟来的信息，追认到它在埃本塔尔的起源。温特利德公开说的话，只有他回答迈尔总督关于敌将身份的疑问时的阵前声明；其中并未提到"革命"二字，然而在官方称呼"叛乱军"之外，民间很快就出现了"反抗军"和"革命军"这两个称号。对于前者，温特利德只私下对伊法说过一次："我们不是反抗者，而是要做立法者；不是起义的奴隶，而是真正自由的主人。"对于后者，他既不承认也不否认。然而温特利德却让它止步于革命的门前，没有用战舰的炮火点燃社会动员与变革的烈火。革命通常意味着政治参与的急剧扩大，将一切卷入政治，其参与规模远大于革命后赢得的新秩序；温特利德却从一开始就决心打一场限于宇宙舰队之间的内战，他匆匆离开了埃本塔尔。后世的历史学家也经常用"内战"而非"革命"来谈论这场战争。

"科赫指挥官,我回来这里的路上,还以为我的故乡将是一场革命的开端。"舍尔兴在舷窗前,看着窗外的人山人海说。

"您这样想吗?"温特利德诧异地问道。

"您看,埃本塔尔人的反帝国情绪,其实已经积蓄半年了。"舍尔兴说道,"您原本的计划,是想用此战将帝国军的注意力从行星地表转移到宇宙太空。但我觉得今天的局势已经变化:帝国陆军一年前全军覆没,至今尚未恢复,就又被消灭了一次。这一回,他们恐怕就连重新训练的人才都没了,再练出来的新军不仅一两年内都不可能具备镇压行星的能力,其素质的劣化也将不可逆转,甚至永远无法恢复到奥厄事件之前的水准。穆罗梅茨王朝的立国之本就这样断了。"

"是的,可是,您究竟要说什么呢?"

"如果您允许的话,我可以即刻悄悄下船,在这颗行星上点燃反抗的火焰。"

"但我不打算对这股情绪加以利用。"温特利德说,"我认为无权利用它,和整个指挥部只有您主张利用它,有部分原因或是一致的:因为您是埃本塔尔人,而我不是。"

"原来如此。"舍尔兴明白了他的意思:由于我是埃本塔尔人,我下船并亲自在地面掀起反抗,在道义上是可以说得过去的。但温特利德却不是埃本塔尔人,他要带着舰队离去,此刻煽动埃本塔尔人便是慷他人之慨了。

然而在敬佩他的这种想法之余,舍尔兴却说道:"历史上的革命大多都伴随着大规模的战争动员的。"

"这些千万不能当真,都只是胡话罢了。"

"您是说,这都是帝国发明出来污蔑革命军的宣传吗?"

"不见得,所谓群众战争的胜利,更像是革命者自己发明出来的。"

"可是,您真的要仅靠宇宙舰队打败银河帝国吗?"

温特利德没有回答。后来,舍尔兴将他的沉默解释为不愿泄露过多的计划。但其实温特利德的沉默,是因为此刻他自己心中也没有底。然而,地表的任何武装,在舰队面前都不堪一击,这是宇宙战争的铁律,也是科伦坡幽灵无力正面挑战帝国的原因。把一般百姓牵扯进来,能获得的帮助太少,代价却可能很可怕。从舍尔兴的话中,温特利德听到了超限战的诱惑,他真切地感受到,这种诱惑对于弱者而言是多么致命。但他随即又想起在总参谋部里学到的:即便战争就是杀人与被杀,只要理性尚存,就不会陷入疯狂的地狱。

旗舰法夫纳号战列舰也升空了,飞越地平线来到夜的半球。温特利德站在舷窗前,俯瞰下方几十公里处,地表上一扇扇温暖的窗户汇聚成的融融灯光。他没想到,在恰当的距离上看这些人间烟火,竟然和宇宙战场上,远方敌阵中战舰爆炸后的熊熊光焰相似,也与辉恒星球上,那些朝生暮死的夏虫的萤光相似。他想把这些奇异的联想与教母说,与薇拉说,与欣德米特先生说,与博物馆里那位见多识广的馆长说。不管他们的回答是多么不同,这几位中的每一位都一定能向他揭示,或至少暗示出这背后隐藏着的真理。

半小时后,舰队已经离开埃本塔尔相当一段距离,行星地表的那些人造的光明,也早已消失不见。舰队作好了空间跳跃的准备。在这半小时内,无事可做的温特利德不时地看手中的表。为了躲避太空垃圾和避免干扰卫星，常规操作是舰队升空一小时后方可进行传送。但此次只待半小时一到，温特利德就下令全舰队立刻跃至十四光年外的一处传送增幅器，经此便可直赴四百光年外的 W-43 军需补给站，去收缴那里的战舰和物资。

第一次时空跳跃之后，他们来到了传送增幅器面前，这样的装置据功率不同，可将舰船传送距离扩大到数百光年，最大的甚至可达上千光年。温特利德又吩咐只待舰队主力的传送引擎的冷却之后，一旦可以重新启动，就立即进行远程跳跃，那些传送引擎充能间隔较长的舰型可以稍后跟上。从这不寻常的急行军中，他身边的人们已经看出，接下来的作战计划一定时间紧迫。

"可是埃本塔尔附近就有帝国军的其他星际站，为什么要舍近求远呢？"舍尔兴不解地问道。

"因为 W-43 物资充足，且静态防御体系薄弱。既然路途稍远让你觉得不合常理，这样做也会出乎敌军的意料。"原属帝国军后勤部门的策林根不用看星图就知道 W-43 的位置，回答道。

"不愧是策林根，被你说中了。"温特利德答道，"但还有另一个理由：我要告诉帝国军，这是一场前方和后方界限模糊的战争。如果他们舍不得炸毁这些传送增幅器——这些维持帝国统一的交通命脉——就得任由我们的活动范围从上百光年，扩大到上千光年。但我想舒尔茨也好，艾希霍恩元帅也好，是不会炸掉昂贵的传送增幅器的，因为一旦切断了这个网络，不仅经济会崩溃，地方贵族也会立刻变成事实上的诸侯，再严酷的法律、再多的舰队都镇不住。更何况银河帝国裁军多年，早已没有五十年前的大舰队了。"

第四章 希望的航船

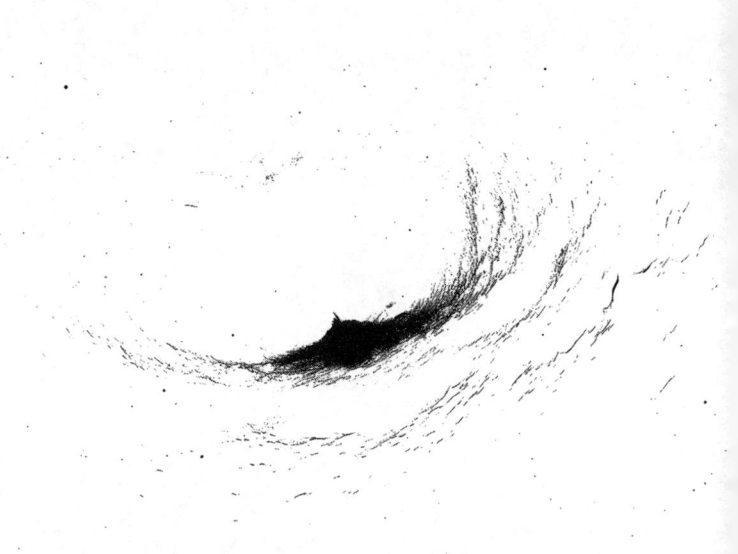

第一节　蓝图
第二节　命名
第三节　海盗
第四节　星门
第五节　理念
第六节　几何
第七节　凌越
第八节　得失
第九节　树冠
第十节　虚妄
第十一节　无人

第一节：蓝图

奥托·马克西米利安·冯·艾希霍恩元帅出身于银河系内最大的制图师行会领袖之家。他从小看着长辈们绘制一张又一张地图与星图，这让他在少年时就有了超出常人的比例感。他从军很晚，大学主修宇宙学，硕士却改修历史地理学，直到博士才申请了博涯军校（后来的帝国军事学院）研究战略学。如此求学经历，在人生轨迹固滞、行业高度分工的时代相当罕见。据他晚年回忆，自己当年只是循着兴趣四处乱换专业，正因为多半还得子承父业做制图师，从不考虑文凭之事，故能潜心读书。对于这样的人，学什么专业，甚至拿不拿学位都属次要，更没想过在军队里待一辈子。结果不巧，刚入军校就赶上银河统一战争。晚年功成名就之后，他常说实战是最好的学校，战场上的敌人是最好的老师，但无情的史料显示：他自己年轻时可没这样想，刚被卷入突然爆发的战争时，他是非常郁闷的。然而后来，他于大战中结识了欣德米特,还得到了老穆罗梅茨的赏识。毕业后,他奉旨组建总参谋部,主持打造银河协防计划,成为帝国的大制图师。因此,艾希霍恩常被说成是家族职业影响政治生涯的例子。另一个案例,是教会史上曾有两位教皇出自专门为教会、军队和贵族们制作服装的裁缝世家。裁缝世家里长大的孩子更看得清赤条条的人,深知穿上和脱下衣袍的人是多么不同。他们进入教会后,也将这一特长用来为希柏里尔教会编织无形的新衣。

如果说银河统一战争发端于征服辉恒这一事件,那么战后的银河协防计划,却起始于一个抽象的理念:克劳塞维茨的"顶点"——攻取的优势已至最大极限,此后当转为防御维持既得果实,将力量强行延伸过顶点则会陷入不利。战争越壮烈,它的结束在军人心中留下的虚影就越大;即便划时代的大战对人类社会的影响也仍有限,却定义了参战者的一生。当强敌死尽,再无人相抗,许多人反而不知何去何从。然而艾希霍恩并非一般军人,他的使命正始于此刻;从顶点出发的人,固然没有攀登的兴奋,却也不会有路已走尽之后的迷失。历史上的伟大人物通常成对出现,因为被历史选中者承担了某种超出个人生命的理念,而理念总是在否定性中运动,无论其器皿是否自觉。艾希霍恩制订银河协防计划时,眼里根本没有舒尔茨伯爵。后世历史学家却看出了两者的相似与相反。伯爵的日记为后世留下了一句话:"封建制是星际文明科技停滞后的常态,一切偏离都是暂时的,就像抛起的重物终有落地之时。"同时代的艾希霍恩也完全清楚这一分离趋向,正是为了预防帝国再度崩解,才有了银河协防计划。

该计划的具象呈现,就在帝国军总参谋部地下室正中央的圆形大会议室，只要打开立体投影，就会出现一个巨大的帝国全疆域模型，其上标有每一块大体积星云，每一片黑洞引力塌陷，每一处有人类居住的行星、舰队驻地和哨所、星际站和补给站、短程或长程传送增幅站，其中最重要的仍是修建于几百年前的分布于东、南、西、北的四条主干线，太空的方向也由此确立成规。查看每一个发光的小点，还会从星域司令部、宇宙资源部、商贸部、民政部的资料库中调来更详细的信息。这是银河帝国权力的真正架构。只有少数高级将官能随意进入这个房间，普通参谋在办公桌前每次能调阅的区域范围，不到全图的百分之一。这样既保障了每一位参谋都能查阅任何信息细节，又限制了他们总览全局的能力；正如一个盲人，即便分数百次摸遍大象的巨大躯体，也画不出大象的全貌。如此致广大、尽精微之战略绝非一日可成，它汇集了几位首脑的数年心血，其中一些人已经过世。和平时期总参谋部的主要任务，就是对这事关帝国支柱的大战略做年度修订，使之更高效、紧凑，并在每年第一天将微调过的区域防卫计划派发至诸防区。一旦发生叛乱，对于不知其中规律的叛军而言，想要破此大阵都是难如登天。

　　正因这份总战略的存在，帝国军能够以十万余艘战舰控制超过一万光年的空间，令地方豪强不敢有异心，而无须维持银河统一战争末年高达二十二万艘的战时水平，这既拯救了帝国的财政，但也让经济调整皆须顾及军事需要。在经年累月的修订之后，银河协防计划已与银河系的空间地理融为一体，精妙完美不留余裕，哪怕只改动一两条关键航线，都可能牵一发而动全身。长此以往，总参谋部便实际掌握了相关交通与经济事务的否决权；在可选项十分有限的情况下，否决权也就是决定权。久而久之，各部门逐渐不再尝试可能触及该体系的政策改动，而是将它视作银河本身的一部分；它守护着帝国，就像天上的星辰守护着皇帝陛下。

科赫逃离穆罗梅茨堡已有大半个月，当他叛变的消息传来，立即在总参谋部引起了震动。因为科赫在此任职期间，虽不可能记下整个银河协防图，却恐怕已将其中的关键熟记于心，况且他此前曾在特种作战部受过情报训练，他若有心，说不定真能将每次调阅的零碎部分拼凑成整体。这意味着战争自一开始，革命军就洞悉帝国军的布置，帝国军在这茫茫银河中捕捉革命军却如大海捞针。

总参谋部立即召开了紧急会议，舒尔茨也来了。两位元帅见到护国主，让他坐在中间主持会议。然而舒尔茨不肯，他坚持要德高望重的两位老将主持会议，自己坐在一旁，说只想旁听而已。

开会之前，有一名年轻的参谋说道："情报显示，叛军的战舰不过三千艘，我们只需从战区舰队集中六千艘就能一举消灭了。"

"真是不知事态严重！"欣德米特元帅说，"我们还不知道科赫对我军布防的了解程度，假设他能背下整幅银河协同防卫图——尽管这绝无可能——后果就不堪设想！"

欣德米特的怒气既是因科赫而起，也是朝自己发的，唯独与这位被骂的可怜军官无关。他早就看出温特利德是个平民主义者，因此并不责怪他举兵造反。然而他仍然生气——这个小伙子，当真要和我们老头子在战场见了！就在开会之前，艾希霍恩元帅私下取笑过他："当初不是你说，即便他要造反，把帝国军杀得片甲不留，也不后悔传他兵法吗？"

一旁的舒尔茨心中也不是滋味：自己正是为了剥夺科赫的实权，才把他调入总参谋部的。这下可好，未能阻止他造反，反而让他洞悉了帝国军的布防。可是他究竟为什么要这样做呢？舒尔茨不知道，欣德米特也不知道，没有人知道。

然而此时帝国军中的所有人，都低估了科赫对银河协防计划的掌握程度。因为这些身居高位者不知道策林根是谁。科赫的记性虽好，但仍然有限；策林根却有多年的后勤经验，对军需补给站和相关航线了如指掌。当银河协防计划的资料和后勤经验相结合，足以推想得出的信息，远不止二者拼凑的总和。

"我愿率领五千艘战舰，前去埃本塔尔行星剿灭叛军。"奥斯特瓦尔德中将说道。

"你为什么觉得他会留在埃本塔尔呢？"欣德米特的语调颇为诧异。

"叛军主力不就是埃本塔尔军团吗？母星能够提供更多的人力和物资，这样就能以逸待劳。如果我是科赫，就会这样做。"

"如果科赫是你，他也许会这样吧！"欣德米特答道。舒尔茨听到此处笑了出来，他记得亚历山大大帝曾说过同样的话。

欣德米特觉得这位奥斯特瓦尔德已经无可救药。母星能提供的那点资源，怎能抵挡帝国舰队的大军压境？若是承认某颗行星为"母星"，甚至接受了当地人的资源，也就将当地人置于资敌重罪之下；待到帝国军杀到，他若抛弃母星人民脱逃，信用破产的人还凭什么招募更多的兵士？

正当参谋们纷纷猜测科赫会不会仍在埃本塔尔附近活动，之后又会去往何方，一名尉官闯进门内。会议室内的人一下子停住了，没有人说话。

"温特利德·科赫所率叛军刚刚奔袭了 W-43 军需站,由于毫无防备,驻防舰队全军被俘,军需物资全数丧于敌手!"

"哈!已经开始了!"欣德米特两手一摊,"瞎猫捉耗子的游戏开始了!"

W-43 军需站并非交通要道,其驻军仅是为了抵御星际海盗而设。温特利德准确地选择劫掠这个星际站,说明他是凭借着对银河协防计划图的记忆制定策略的。欣德米特的担忧已成现实,会议室内的气氛一下子凝重起来。

舒尔茨从一旁的那把座椅上站了起来:"我想听一听,总参谋部应对此类情况,可有预案?"

"当协防计划泄露时,确有两套备用方案。其一是针对流窜的星际海盗的,其二是用来镇压造反的地方贵族的。"安海姆中将答道。

"那分别是怎样的呢?"舒尔茨追问道。听他的语气,似乎已猜出了个大概。

"由于海盗没有固定根据地,所以针对他们的计划,是将附近驻防舰队也分散成三百艘以下的小单位,分段护航主要航线。由于造反贵族的舰队规模较大,也有固定的行星基地,相应的策略,是以邻近星系或星际站为据点,集中兵力展开围攻。简而言之,对付海盗,我们会把网织得更细密而分散;对付叛乱贵族,我们会把它织得更结实而紧凑。"

舒尔茨说:"那您觉得哪一种,能用来对付这支叛军呢?"

"这……"安海姆中将一下子没有想出来。

"还是别'这''那'了，"舒尔茨接过话，"总参谋部精英荟萃，将才云集；然而你们所设计的两套替代方案，都未考虑到当前的情况。叛军的行踪虽与海盗同样飘忽不定，却比最大的海盗团伙还大十倍；他们的规模相当于假想的造反贵族，却没有占据任何行星固守。所以这两种方案，都不能用。"

"那……殿下您认为，应当怎样做呢？"

"这是我要请教各位的问题呢，"舒尔茨反问道，"立刻针对敌军特点，从头开始拟定新方案吗？"

在座的将官们都明白，将计划全盘推翻重来是不可能的，战争计划首先是一套动员和后勤时间表，其中的细节必须一一敲定，无法在短时间内重起炉灶。

对于这一点，最清楚的莫过于艾希霍恩元帅。二十多年前，帝国军仍有二十二万艘的舰队规模，笨拙而低效，却能轻易镇压这样的叛乱，恰是因为数量庞大而结构散乱，因此应变力强。而后在大一统和平年代成长起来的新一代人，将秩序的基础视作某种自然的东西，仿佛无须刻意维护，财政上不可能再维持高额军费。于是开始了大裁军，银河协防计划以结构弥补数量的能力才真正显露出来。然而，这也意味着在兵力上不留余裕，一旦出现超出预料的敌人，地方驻留舰队只够各守要害；可供抽调来主动征讨的机动兵力，就只有穆罗梅茨堡的帝国中央舰队。

"那么，靠近这一星域的贵族武装呢？在我军主力尚未抵达之前，应当派他们先缠住对方。"一位刚进入总参谋部不久的年轻将官说道。

"这是不可能的，"欣德米特说，"地方贵族的进攻性武备，也即高机动性战舰,大多已被销毁。我们裁军多年,裁的不就是这一部分吗?私藏高速舰队是犯禁忌的,难道会主动暴露出来吗?航速吃亏的舰队怎么可能捉得住敌人呢?他们能守卫自己的行星就不错了。"

欣德米特的话,正说出了总参谋部近年来裁军的要旨:让地方贵族继续保有防御和反击能力,却裁撤他们先发制人、靠突袭解除对手武装的攻击力。这样便可让他们安分守己。然而如此一来,一旦出现叛乱,地方贵族同样不会增援帝国军,而只能自保。去年的海尔辛兰之乱已经证明了这一点:舒尔茨伯爵造反后,附近未卷入叛乱的贵族武装也只是各守星球,无人主动出兵增援朝廷。

"殿下,"艾希霍恩元帅打破了沉默,"老臣非常赞同您所说的,确实,这两套方案都不能用。然而拟定新方案需要时间,调集军队和物资更要时间。所以我建议,当前暂时部分地采用预防贵族叛乱的计划,先更改星际巡航的兵力,把其中一部分整合成团,同时尽可能作一些局部调整。"

"好,正合我意,愿闻其详。"舒尔茨说。

"叛军如海盗一样行踪不定,不以任何行星为固定根据地,却又拥有相当于一方领主的兵力。如此不寻常的优势必有代价:在补给上迟早难以为继。我军最好的方式就是集中物资重兵把守,坚壁清野,寻找机会与敌决战,找不到就用饥饿把他们逼出来。但是这种战略的副作用,殿下,那就是会造成航线巡逻舰队空缺,海盗势必趁虚而入。一些偏僻稀松的航线是由签约的雇佣兵护航的,他们装备差、战力低,却仍须补给,因此在我军收缩后,也可能转变成海盗甚至投靠叛军。如此一来,贸易的风险和成本都会大大增加,而行星被迫寻求经济自足是孤立的先兆，也是我们一直不愿看到的；何况收缩兵力也会增加地方贵族的实权，不得不放任他们增兵自卫，日久必生内患。"

"说得好。"舒尔茨淡淡地说道。他其实刚才已想到了坚壁清野之策，却正是因为这些顾虑，没有提出。原本他指望有某位将军能提出这一战术，然后只管让他负责去做便是，毕竟军人其实没必要对这些负责。没想到艾希霍恩元帅一下子说破了它的全部代价，把舒尔茨置于必须背负抉择的责任的位置上。

然而舒尔茨绝不是那种惧怕做决断的人。

"就这样办。经济上的事不是你们操心的，衰退最多只是钱的问题，而叛军却是要帝国的命。况且战争结束后，因战争导致经济衰退的责任，总是失败方负担的。你们是军人，除军事之外不必有任何顾虑。至于您刚提到的地方贵族，尽管不得不暂时弱化对他们的控制，短期内应当不会出事。如若真有人蠢蠢欲动……"说到这里，舒尔茨扫视了一眼在场诸将，"我也有办法对付。"

艾希霍恩立即开始和参谋们修订区域布防，他决定将兵力收缩的范围限制在帝国全境的四分之一，这个范围已经很大。总参谋长对于自己亲手塑造的协防体系的弱点的洞见，不亚于对其力量的了解。平日里他就说过，有一些区域和航线是无论何种情况都要坚守的，而另一些，用他自己的话说，就是"只能在晴天里使用的遮阳伞，遇到暴风雨就撑不住了"。正因为此，针对科赫叛军的收缩调整，其实更真实地暴露了原先计划的坚硬骨架。总参谋部的一些将领，已习惯了从经济利益的角度看待星际争执，认为是经济缓和了宇宙战略难题；然而今天一些二十余年无人提及的问题又浮出了水面，它们平日里不被提及，只是因为过于棘手无法解决，才被搁置起来，经济上的合作才有可能。艾希霍恩的思路是将区域驻防舰队和补给站就近合并，重兵扼守少量的远程传送增幅门，坚壁清野严阵以待。

天色渐黑，舒尔茨仍坐在一旁的椅子上，没有要走的意思。他旁听众将领商讨此次出征的规模和行军路线，直到深夜才勉强拟定了一个粗糙的轮廓。舒尔茨说，不必想得太远，只需拟定找到敌军之前的行动步骤。因为他相信：再精妙的军事计划也只适用于遇到敌军主力之前，两军一旦交战，所谓"计划"就必须随战场情势而变化，甚至废弃。

在会议的最后，将官们询问舒尔茨，就此事该如何应对媒体。舒尔茨想了想说道："叛乱军由国王堡骑士团和埃本塔尔军团组成，前者原定下个月底就要裁撤，后者明年势必也要裁减。因裁军导致的叛兵成匪，过去二十年间并不鲜见。"

舒尔茨没说，那些叛匪最后都是他亲自率军镇压的。但在场的众将官都想到了这一点。他是想在公众宣传上，将这次叛乱定性为过去二十年间叛兵成匪的历史模式的延续，只不过规模大了些而已。这是一次故意的误解，却符合大多数人的思维定式。如此这般，便能一方面在军队内部紧锣密鼓，另一方面在公众舆论上稳定人心。

"殿下高明！"

"只是这样宣传，就可惜了。"舒尔茨说。

"可惜什么？"罗森鲍尔中将问道。

"可惜了温特利德·科赫。"舒尔茨说，"他若这样被我们剿灭，在未来人的史书上，就真的只和寻常叛匪一般。"

"啊,反正这与我们是无关的。"奥斯特瓦尔德中将又接过话说。

"怎会无关呢,"舒尔茨眉头轻皱,"如果我一举消灭了这支……叛军,那也只是在我人生中十余场剿匪战役中,再添一场罢了。"

此刻舒尔茨已经想到,接下来的敌人恐怕不仅是科赫。这支仅有三千舰船的叛军与其说是武力上的威胁,不如说是一个长期牵制:不足以掀翻帝国,却足够搅乱一切。艾希霍恩的战略是临时的不得已,然而久必生变。他深夜返回府邸,仆人中没有人敢去休息,而是列队于门廊两侧等待他回来。管家率领众仆从问候主人,舒尔茨并没有如往常那样回以致意,而是一言不发、目不斜视地径直走了过去。回到自己的房间后,他在记事本中写下这样的话:

假如帝国化作废墟,只要我的舰队消灭了一切敌人和潜在敌人的舰队,我就仍拥有全部。假如战争结束时,生活一切如常,丝毫未受影响,而科赫、造反贵族或任何其他敌人的舰队消灭了我的,我就一无所有。

宁可拥有毁灭,绝不一无所有。

第二节:命名

1.

温特利德·科赫早在总参谋部时,就比一般的参谋更留心记忆银河协防计划。尽管任职只有半年,他对图中信息的熟悉程度,却不亚于比他早来五年的将官。这样的习惯在同时代非常罕见,对记诵的重视是电脑发明之前的事,地球古人拥有不可思议的记忆力。温特利德在这方面的特长,后人猜测与其精神污染免疫力有关,但这只是一种懒惰的臆想。世界上没有一种天才不需要经验来发掘,温特利德的记忆力,亦是在北雪平修道院养成的习惯。他曾经说到过教母的惊人记性,并自愧不如。琼安修女一直主张:记诵得来的东西是切己的和为己的,敲键盘搜出的信息是陌生的,是为他人存在的;记诵之功用在于忘记了死记硬背的内容之后,留在自己身上的痕迹。越依赖电脑搜索信息,世界就越机械,人也越面目可憎。温特利德其实不爱背诵,甚至在离开北雪平后对此感到解脱,但他生在那样的环境中,也对此习以为常。这个青年在许多事上思想叛逆,但他身上有着比他自己所知更多的旧传统。有历史学家认为,他在反叛之后对银河协防计划了如指掌,这说明他早有预谋。这种解释不对,因为他其实是在不知不觉间记下了图上的许多信息。

最惊人的是,温特利德竟能凭记忆说出大多数星际站上是否有瞬时通信器,并选定其中信息闭塞的站点为攻击对象。

"这太不可思议了,就算是艾希霍恩本人,也不见得能记得这么清楚,您是刻意背下来的吗?"策林根问道。

"那倒不是。"温特利德轻轻摇了摇头。

策林根等待着温特利德说明,他是如何记住毫无规律的数百条信息的,但他一直沉默。其实,早在六年前入伍之初,接受下级军官训练时,他就暗暗记下了所有拥有通信前缀符的星际站编号。他那时只是想，如果受训完毕后能选择服役地点，一定要尽量去有瞬时通信器的站点，这样才能给穆罗梅茨堡的薇拉写信。只是没想到后来他被调回帝都，更想不到今日会派上这样的用场。

在将 W-43 军需站劫掠一空之后，温特利德为了抢时间，分兵同时突袭了周围几座防御薄弱、缺乏瞬时通信器的补给站。由于需要保持通信隧道稳定常开，超光速通信装置成本不菲、耗能极大、体积不小，通常只装配在战列舰上。一些小型补给站在内战前驻有一艘战列舰，但内战后就仅有二三十艘驱逐舰和护卫舰把守，暂时失去了超光速通信能力；半年多来全靠每个月士兵换防，带来外面的消息。一旦换防延误，被困补给站内的士兵就得忍受更长时间的与世隔绝。温特利德选择它们作为目标，正是看准了这一点，这样就能冒用自己帝国军名将的身份，兵不血刃骗得全部物资。

与此同时，舒尔茨伯爵领导的贵族叛乱失败后，其残余回到了"古老而光荣"的生活方式，重操海盗旧业。他们宣称自己战斗，是为了古老的自由：僭主的课税乃是奴役，而海盗赶走僭主的驻军，仅是为了抢劫。近两个月，他们连续抢劫了好几处帝国军仓库，在不小的范围内掀起了恐慌。由于帝国政府封锁了这方面的消息，这些信息的传递也只能靠商旅从一地带往另一地，借着以讹传讹的古老方式，在讲述者的绘声绘色与听者的浮想联翩之间，变戏法般演出了千奇百怪的贵族阴谋。

于是，当革命军冒充帝国军叩开补给站的大门时，那里的士兵坚信温特利德是来带他们走的，目的是坚壁清野以镇压贵族叛乱。直到自己被编入了革命军，才知所投的正是叛党。温特利德几日之内俘获了近三百艘战舰扬长而去，但他心知这样的机会窗口已经不长，帝国军的信使此刻大概已经在飞往各个岗哨的路上，广为布告自己已率众叛变的消息。帝国的反应是迟钝的，这给温特利德既增添了兴奋，又加深了恐惧，他深感渺小者仅有的力量全在于稍纵即逝的时机，而庞大者即便在静默迟滞中仍有千钧之势。这些星际站遇袭的消息传回穆罗梅茨堡后，自己记下的银河协防计划中的规律很快就会不再适用。接下来的短暂时光恐怕是能够利用信息优势，轻松攫取战术胜利的最后时限。果然，当他企图骗走该星域最后一个补给站的资源时，对方已事先获悉情报，让几十艘战舰全部逃走，只留下三百士兵，及时毁掉了全部仓储物资。

当这个补给站的站长弗朗索瓦·勒菲弗尔被带到科赫面前时，他昂首挺胸，尤其把下巴昂得很高，活像穆罗梅茨堡那些鼻孔朝天的皇宫卫兵。与卫兵不同的是，在讯问时，他全程保持了这个姿势。

"您其实可以换个不那么累的姿势的。"

"能打败传奇名将温特利德·科赫，是我的骄傲。"

"那真谢谢您了，敌人的评价是最好的评价。"

"你有三十多万人，而我只有三百人，就更光荣了。"

"嗯……这么说似乎也有道理。"说完这句话，温特利德忽然想到，他曾读到过类似的故事，于是撇撇嘴，挥挥手，让两名士兵带他下去了。他知道，这位勒菲弗尔必定已经通知了附近的其他军需补给站。如今即便马不停蹄转战临近的星域，也捡不到便宜了。

"没想到，我们也是波斯大军了。"刚才在门外等候的伊法走进来，第一句话便说道。就在昨日，温特利德才把自己这支少而精的部队比作希腊联军来给士兵们打气。

"咳，咳，有什么事吗？"

"士兵们问，缴获的'特殊物资'怎么处理？神父主张扔掉，策林根坚持要在黑市上卖掉。"

"特殊物资？"

"酒呀！"

温特利德立刻知道了伊法想做什么。在舰队指挥部中，伊法是一个特殊角色。她是埃本塔尔人，且熟悉国王堡骑士团，曾是约阿斯神父派去埃本塔尔军团的使节，再加上她比这里的任何人都更熟悉帝都的贵族社会，又是总指挥官所信任的同学和朋友，于是就被留在旗舰，尽管她不是指挥部的正式成员。约阿斯神父的思维属于道德家，策林根则像经济学家，温特利德常觉得这两者看似相反，却有着惊人的一致，他们都有苦行主义倾向，舍不得丝毫的挥霍和浪费。这两种思维都忽视了人性中的另一面。

温特利德对伊法说："骑士团的僧侣发过誓要捐弃一切世俗幸福，他们是不会饮酒的。"

"是有这样的誓言，可是没有人能做到的。"

"那可不一定。"

"我敢说，没有人能做到的。"

"你若是去问神父，恐怕要碰钉子的，"温特利德没有继续争论，转而建议道，"还是去问舍尔兴和胡梅尔主张怎么处理，只要他们同意就行。"

封建武人出身的舍尔兴与胡梅尔皆有豪侠气。他们听伊法说了这件事后,当即明白了温特利德把做决定的责任推给他们的意图。

"酒当然是要喝的了,每一事物都有它的目的。"舍尔兴说道。约阿斯神父当时就在旁边,他质问这是谁讲的歪理。伊法两眼一闭,说这是亚里士多德说的。众人大笑,只有神父气得不行。

既然原埃本塔尔军团的意见是把缴获的美酒喝掉,温特利德便宣布:今晚舰队里除值班人员外皆可饮酒,但是第二天就得把没喝完的全都倒进宇宙,从此全军禁酒。在帝国军中,美酒只供军官享用,如今一夜之间挥霍一空。不少刚加入的帝国原驻军,也打开自己前日还在负责守卫的酒桶痛饮。约阿斯神父看到这一幕,皱了皱眉头。

温特利德故意问他:"咱俩喝一杯如何?"

神父连忙摆手。

"哈哈哈哈!"温特利德知道教规不许饮酒,便不再勉强他。其实他自己也不会饮酒,若是神父答应喝上几杯,反而不知怎么办。正当温特利德仿佛还有事想与神父商量时,舍尔兴来走上前来,问他是否已经准备好了。

"准备好了,可以开始了。"

"大家静一静,静一静!"舍尔兴喊道,"科赫少将有话要说。"

人们停了下来,听他要说些什么。

"战友们。"温特利德说道,"大家今晚尽兴!我长话短说,只有两件事,第一,就是从今往后,我们都不再以帝国军中的军衔相称,把那些什么将、校、尉统统忘掉!今后,我既是你们的指挥官,也是你们的好兄弟!大家没事时叫我科赫便可以了,有军务时就叫我科赫指挥官吧!"

"好!"

"第二件事,是我想拜托各位,帮我给几艘将要担负旗舰角色的战列舰重新取名,什么法夫纳号、安德瓦里号,这些名字听到就不爽啊!把那些阴郁、灰暗、残酷的神祇与巨人统统忘掉!大家集思广益,最后把信息汇总给约阿斯神父。"

"取名?"一些士兵听说了这个消息,十分激动。的确,革命军的战舰怎能沿用帝国军的舰名呢?人群中又爆发出一片欢呼,当即就热烈地讨论了起来。

在众人最高兴的时刻,温特利德静悄悄地离开了。他把约阿斯神父唤到办公室,让他通过教团的关系,订购两万套军事学院里用于教学的模拟战棋。接着,温特利德又给他看了一份写了注脚的舰队指挥学教科书文件,吩咐给每个士兵宿舍都传一份,书上清楚写明每一战术的长处与弱点,更有常见情况下的破解之道。在军事学院里,这些内容多半即便是在师门之内、导师与弟子之间也不会倾囊相授,更从未出现于公开讲座。约阿斯神父有些怀疑这样做的用处。

"您是要在士兵中选拔军官吗?我不懂军事,但我知道,古往今来的任何正规军队中,培养士兵和军官都是两个完全不同的体系,就连接受的道德哲学都不同。教会派去军事学院的神父们,在高级军官的道德课上讲的是功利论,而军队基层接受的道德教育是义务论。"

"没有问题的,就这样办。"科赫坚持道,"军官和士兵确实会有区别,但这个区别在我军中要比在帝国军中小得多。您也说了,这是'正规'军队的一般特征,而我们现在还不够正规。这既是弱点,但也是塑造它的宝贵时间窗口。"

约阿斯怀着忠诚一丝不苟地照办了。

温特利德想：唉，我现在只有区区三千艘战舰，却已经想着选拔分舰队的将领了。不过人的成长要比钢铁巨舰慢得多，还须早作准备。至于这本教材，欣德米特先生是帝国军事学院的前校长，若发现自己被军校主流排挤的真知灼见，竟然在叛军中广为流传，不知会有何感想？想起两位老将军，他心中难过，他们一定不会原谅我吧。到了最后，我迟早是要与他们作战的！温特利德的眼神里有了愁苦的颜色，倒不是因为惧怕两位老将军的用兵之道精深高妙，而是觉得自己没有办法面对他们，哪怕隔着两军之间的火海也是一样。

"既然我从先生们那里学到了兵法，就得把它发挥到极致，我可以被他们恨，但绝不能让他们失望。这是我的秘密，我不会向任何人吐露。"只是他刚刚暗自在心里说完这句话，就羞愧地觉察到了自己的自欺：他明白那两位老人绝不会恨他。我怎么配被他们恨呢？真是太自大了。欣德米特曾说，战场上不仅不能有恐惧，也不能有恨意。仇恨是多么不堪、多么卑贱啊。在温特利德心目中，如果有人能不怀憎恨地走上生死的战场，如果有人在杀与被杀的一念之间，仍然能够不怀仇恨，一定就是他的那两位老师。

可是我呢？我曾经恨过研发精神污染物的教廷。我今天呢？仍然恨银河帝国吗？是他们屠杀了翁布罗萨。然而教母保护了我，让我远离了仇恨。在这件事上，我也不能让教母失望，这无关输赢，却关乎我以怎样的灵魂去战斗。

这时，伊法走了过来，说自己真的好高兴，她从未想过会与僧侣们并肩战斗。但是她还是不相信有人能遵守那样的誓言——至少其中最严苛的那些，根本没人能做到。温特利德知道她有些醉了。

"你知道吗？我最早怀疑那种苦行教义，是七岁时，薇拉和我已经认了些字，就去夫人的书桌上找经书读。在那本书里，我们找到了放弃一切尘世牵挂的字句。"

"嗯，你那时候就不相信了吗？"

"是小姐问夫人，她能不能做到？夫人只犹豫了一刹那，就回答说'能'。那时候我就知道，夫人在说谎，因为夫人绝对不可能放弃小姐，她太爱小姐了。"

伊法伏在桌上，慢慢地低声说完这些话。温特叫她，她没有回答，于是他让两名女兵把她送回宿舍去了。温特利德坐在桌前，他明白了伊法为什么不喜欢教士，更明白维谢格拉德夫人那样一个小心翼翼地保护着自己的家庭的人，在那个教廷动荡刚刚过去的年代，是不会告诉两个七岁的孩子自己会违背教义的。

2.

第二天，温特利德就忘记了这些沉重的念头。约阿斯神父送来一大摞信件，都是关于舰名提议。士兵们的热情让他备受鼓舞。温特利德阅读之后，发现舰名提议主要有两类，一类主张以历史上著名的、为自由而战的英雄们的姓名来命名；另一类主张以教会史典故，尤其是十二使徒的名字命名。温特利德立即意识到，重取舰名的提议其实惹出了祸事，因为革命军中有一部分本是国王堡骑士团的武装僧侣，若在这两个舰名系统中选其一，很可能引起世俗主义者和信徒之间的冲突，无论怎么选都会令另一方不满。

"唉，当初我怎么就没有想到会这样。"温特利德懊恼不已，这是他无法解决的难题。他抱着这些信件走回房间，路上迎面遇上了伊法。他闻到了一股酒气。

"伊法……你又喝酒了？"

伊法知道没法蒙混过关，便说道："前天你要倒掉所有没喝完的酒，多可惜啊！我就偷偷藏了一小瓶嘛。不过呢，酒已经在我肚子里了，你还是晚了一步，没收不走了。"伊法嘴角上扬，摆出了耍赖得逞的表情。

温特利德推开房间的门，把这些信件一下子摊在桌上。

"温特，有什么事令你这么烦恼呢？"

他把士兵们为舰船取名的建议给她看，把自己正面临的两难告诉了她。

"我猜你可能是更倾向于选用古代英雄的名字，而不是教会圣徒的吧？"

"只怕这样也会激起僧侣们的不满。"

"没关系，我们两个都不选，不就行了？"

"如果都不选，那选什么呢？"温特利德问道，"伊法，难道你有好主意？能够令绝大多数人都满意？"

"有的，不过我以为大家热情这么高，肯定有人说过类似的建议了，我才没提出来。"

"哦？"温特利德大喜过望，"快说，伊法，到底是什么？"

"用地名啊。"

"用古代地名作舰名,这我也想过,但总觉得还是狭隘了些,而且也无法与帝国军中诸如莱茵号、勃兰登堡号、萨克森号等以地名命名的战舰明确地相区分。"

"不,我说的不是这些名字,而是那些支配着大海的地名。"

"什么?"

"我们把未来分舰队的旗舰,取名为直布罗陀号、马耳他号、苏伊士号、马六甲号,还有……达达尼尔号,怎么样?至于万一旗舰损毁,所需的替补舰,就叫……我想就叫特拉法加尔号、亚克兴号、日德兰号吧!"

"好!"温特轻声叫了出来,"好主意!这些扼住了大海的咽喉的要冲,还有古代海战的战场,既不会有人因此不悦,更能振奋舰队的士气。那总旗舰呢?伊法,统率它们的总旗舰该选其中哪一个呢?"

伊法摇摇头,她一个都不选,而是拿过了一支笔,在温特利德面前飞速写下了这样一个地名:好望角。

对,我们的总旗舰,就叫"好望角号"。"我怎么没想到呢?我真笨,我怎么就想不到呢?"温特利德不停地说着,激动地在房间里来回走,环顾四周,自己正在"好望角号"的舰舱内。他太喜欢这个名字了。

伊法坐在桌子上,得意地笑了。这时,约阿斯神父刚好送来订购军事学院教学用的战争模拟棋的合同。他进门后看见伊法坐在桌上,什么都没说,直接把文件搁在了她身旁。伊法赶紧从桌上跳了下来,站在一旁。神父就像没看见她一样,一声不吭地离开了。

"哈哈哈!"温特利德大笑。

"你笑什么!"

"还是神父比较厉害!"

第二天,温特利德向全舰队转达了伊法的提议,起初人们既无异议但也缺乏热情,然而当他说到以"好望角号"命名总旗舰时,士兵们的眼中放出了光芒。为了这个充满希望的名字,他们接受了伊法以海角、海峡或海战场命名将来的分舰队旗舰的一整套方案。效果超出了温特利德的预料,他没有想到,这个名字就像被注入了魔力,引起了如此大的共鸣,一下子点燃了士兵们的热情。

"好望角号万岁!"胡梅尔带头喊道。

"好望角号万岁!"每一艘战舰上都爆发出了巨大的欢呼声。

这些呼喊震撼着温特利德的心灵。每日压迫在他心头的,是拥有十倍兵力的帝国中央舰队随时将至。然而士兵们却在同样的压力下,如此欢欣鼓舞。不,也许正是这种不知明日的命运,把人们的热情激发了出来。

"今后我们的每一道军令,以及——我是说在将来,我们向着全宇宙的宣言,都将署名'好望角号',多好呀。"温特利德情不自禁地对身边的人们说道。

"看来今后,士兵们都要效忠于好望角号这艘船,他们的心中已装不下其他的了。"舍尔兴答道。

"这倒也不错,总比效忠于个人来得强。"温特利德想起去年内战中,舍尔兴就曾经说过关于效忠的话,于是就这样回答。此时他没有意识到的是,在将来的征程中,这艘载满了希望的航船,不仅没有取代他身上的个人光环,反而强化了它。好望角号成了温特利德·科赫的另一个名字。然而这些都是后话。只过了两分钟,他突然又对舍尔兴说道:"不过,你知不知道,地球上的好望角,其实并不是非洲海岸的转折之地?若是刚过好望角就急不可待地北转,只会拐进一个叫作'错误湾'的地方。"

"错误湾?"舍尔兴完全没听说过这回事。

"对,那是个口袋陷阱。所以,过了好望角,仍要笔直东进,继续驶向无边的大海。"

3.

一个月后的一天,温特利德在走廊里偶遇神父,便询问他士兵们练习兵法的情况,这时伊法刚好路过,她看了一眼约阿斯神父,眉毛扬起,颇为得意地走了过去。

温特利德见那神态,心里便明白了大半,问神父道,"又输了吗?"

"输是输了……"约阿斯神父老老实实地回答,"不过,她明天要向我们教团里棋艺最高的兄弟挑战,这女人一定会输回来的!"

"哈哈哈!分明是你自己不行哦。"

"这女人明天肯定下不过我教兄弟的!"

"这女人,这女人,难道战舰还分公和母吗?要是有这样的思想,战场上迟早是要输给女将军的。"

"我是个神父,反正当不了将军嘛!"

听了这话,温特利德无可奈何地摆摆手。帝国军队从来以为女人和教士是不能打仗的,他倒好,不仅继承了前者,就连后者都一并照单全收。

第二天,温特利德忙完了自己的事,就亲自来观战。待他来到时,双方刚刚摆开阵势。伊法布下的,是教科书最后一章中的一个极复杂的阵法,温特利德没料到她的自学进度竟如此神速。

"伊法,你已经完全掌握这么复杂的阵型了?"

"还没有,然而若用已经熟练掌握的阵法,就浪费了一次进步的机会。"

"好!好!"温特利德心想,如此短的时间内她竟然自学完了整本书!从前凡事喜欢取巧的伊法,竟也有勇猛精进的一天。说罢再看那名僧侣帕特里克,他只布下了第一章中的一个基础阵型。

温特利德忍不住问他:"就用如此简单的阵型吗?"

"指挥官,我目前才刚刚自学到这里,我认为它已经很难了。"

温特利德听罢,心中暗暗吃惊。

两个宿舍的女兵都来给伊法助威,气势难挡。帕特里克安静腼腆,出手也略显笨拙。伊法全盘占着上风,但最后双方却打成了消耗战,被电脑判为平手。伊法从座位上弹起来,激动地向对方伸出手去。帕特里克愣了一下,赶紧起身与她握手。

温特利德说,两人中谁知道他为什么要用模拟教具训练他们,就算胜利的一方。

伊法没有说话,让对手先说。帕特里克谦让不过,于是双手合十向她行了个礼,然后说道:"这是因为将军想培养更多的统帅,在未来可能遇到的分舰队作战中能够独当一面。"

"不错。这是一个很明显的理由:我军目前将领匮乏,而帝国军却高手如云。为求最终胜利，我们将来必定需要一支数万艘规模的舰队，也会遇到不得不分兵作战的情境，若没有其他将领则必定要吃大亏。但我的理由不止这一个。"

"我想还有另一个理由，"伊法说，"帝国军选拔军官，门阀森严。革命军却让普通士兵研习兵法，意欲从中提拔未来的将领，也是为了在政治理念上和道义上压过对方。"

"对！"温特利德知道伊法之所以能想到这一层，或许和自己一样，也是受薇拉影响的缘故，"对于任何追求政治意义，而非仅满足于破坏或劫掠的武力集团而言，理念中的胜利都是现实胜利的前提，只有当我们坚信自己在理念世界的胜利，受热情牵引着的行动才会得到命运的眷顾。"

温特利德选出了十名模拟战棋中的最优秀者，要他们搬到旗舰好望角号上来，以便在随时可能到来的战斗中观战。他说，这是因为战棋仍有许多无法模拟的部分，尤其是战场变化对士气的影响仍然较为呆板，许多事必须临阵观战才能习得。在战争史上，躲在后方的指挥官总比不上亲临前线的。

"要按照真实的情况，而非战争'应当'有的情况作战。"

在开始的第一个月里，原属帝国军的策林根无疑是其中最优秀的，他底子好；原埃本塔尔军团的舍尔兴位居其次，温特利德说他下不过策林根，是因为他的一些步骤较为模糊，不够简单，并对他说："战术要复杂多变，但思路要清晰简单；复杂的思想出自多个简单的思想协调相加，模糊则是心里其实不清楚。"

一个月过后，伊法和帕特里克就能与策林根一较高低了。在伊法首次险胜他之后，她笑嘻嘻地问对方有没有压力。策林根说没有。

"不要逞强嘴硬哦。"

"我只是你们的陪练而已，我的任务又不是在前线拼杀。"策林根说，"二流的将领总是盯着战术问题，一流的却关注后勤补给。"

这倒不是在说大话，策林根是后勤学专业出身，也一直在帝国军后勤部门工作。他在这方面的细节功夫确实堪称一流，就连温特利德也几次说：这支军队缺了谁都能运转，唯独不能缺策林根的后勤工作。由于这个使命是独一无二的，策林根从来没有像伊法、舍尔兴等人那样暗中比试较劲。

"可怕。"伊法眨了眨眼，她知道自己没听错。最近一个多月来，她已经摸清了策林根的性格，他确实是对初学者和女性也毫不留情的。这倒是正合了她的意。

有一天，战术讨论会结束后，舍尔兴问温特利德，为何指挥学的教科书强调进攻，而您却跳过这一章，直接教后面的关于防守、包抄等部分，并在日常的阵列训练中恢复了数十年前的三列轮替战术？

温特利德如是回答："这一半是因为，我们很快就会遇到打不完的帝国舰队，主动进攻常意味着以消耗己方兵力为代价达到战略目的，帝国军可以这样蛮干，我们却耗不起。况且两军对攻可能导致舰列消解，陷入欲罢不能、同归于尽的绞杀。三列轮替战术爆发力疲弱，但韧性好，纠错力强，虽容易把战况拖长，却方便逃跑。"

听到最后的理由居然是"方便逃跑"，在场的前帝国军军官们，都不禁想起"平民军队不耻于逃跑"的说法。

"那另一半原因呢？"舍尔兴追问道。

"另一半是因为，教科书是错的……与其说错，不如说这本书太年轻了。我们时代的军事学说，不是为了提升个人能力，而是为了将庸才标准化，早已零落破碎，难以包罗变化。它并非对银河统一战争那样的真正战争的总结，而只是在大战结束后，从较弱的敌人身上得出的廉价单调的经验。编教材者以为，只要把平庸标准化，也能发明出真理的标准。然而，狭隘的理论却仍装出博大的模样，适用范围有限的技术却被混淆为普遍的基础。谁若接受了进攻方有士气优势、士气是宇宙战争的决胜因素这两条前设，就会把先下手为强视作金科玉律，即便战败也会陷入错误归因，将失败归于其他因素，而非进攻本身。当所有人都犯了同样的错，人们就看不见房间里的大象。等在战场上相遇时，我将给你们演示：军事学院里那套孤注一掷强调进攻、速度和火力的战术，不过是外强中干，貌似雷霆万钧，实则荒谬离谱。"

"难怪您在教科书的各种标准阵法旁，添加标注了弱点和击破的方法……"

"那倒不是，"温特利德摆摆手道，"这些破敌之法本身也有弱点，若孤立地看，并不比教科书更高明。我还没自负到以为自己一人的聪明胜过帝国全军的集体智谋的地步。书中阵型的弱点，想必水平较好的教授和将官们也懂，或至少能悟出其中的一半，只不过他们身在其位，出于私心藏着不说，或牵涉到帝国体制的弊端，不敢说。然而我既无权位可眷念，便能毫不吝惜地将其尽数破解，待到将来我军得胜之后，我还要将它们公之于世。"

"好了不起！科赫指挥官，您还如此年轻啊！"卡萨尔斯感叹道。

"啊，谢谢，但这没什么的，"温特利德连忙摆手，一边老老实实地说，"以上一些话，其实是我在总参谋部，听欣德米特和艾希霍恩这两位老将军说过的，我只是原封不动背出来而已，所以听起来不像是年轻人说的话。"

伊法听到此处，扑哧笑了出来，温特还是像以前一样可爱。她又想到，从刚才那些话中可以听出，温特不是那种仅满足于战场胜利的人，他同样关心理念的胜利，这是他与那些只会以胜败论英雄的武夫的一大不同。然而这也让伊法感到不安：如果在战场求胜之外多出了其他目标，会不会反而令人分心他顾呢？

说到往日的同僚，今日的敌人，温特利德又想起在去年的内战中，自己曾建议抓住封建贵族对平民叛乱的恐惧，攻敌老巢以救前线之危，却被施文克气急败坏地斥为毁谤贵族制。他补充道："个人能力固然重要，在需要多方配合的大战中，其策略不取决于各指挥官的私智，而取决于他们所能公开讨论、共同承认的策略。缺乏交流会导致友军之间缺乏信任，束缚自己的手脚，再无默契配合可言，最终变得消极刻板，丧失主动，不求有功但求无过，完全依赖于中央指挥系统，这会极大增加统帅部的负荷。"

"我们明白！"伊法立即听出了温特利德说这些话的用意，马上答道。

"谢谢！"温特利德朝她点头。

此后，温特利德给战友们讲解兵法时，便注意把自己的看法和欣德米特、艾希霍恩的区分开来。每当他说："这是我从总参谋部学来的"，总是信心满满，否则就会说："这只是我自己的看法。"温特利德总觉得自己还比不上两位老将军，但听他讲解兵法的战友们却听不出其中的区别。可是久而久之，他再看自己注解过的兵法手册，越翻越熟，熟练之余却觉察到了心中与日俱增的彷徨与空虚。他意识到，舰队战术的演化竞争必定是求快、求变、求巧，最终若走到眼花缭乱的地步，反而可能整个垮塌下来，不敌莽撞的强攻。渐渐地，即便是从总参谋部学来的那些，也不再能令自己信心满满。此时的温特利德尚未意识到，正是在这看似挫顿的过程中，他所敬仰的那个传统终于不是被他驮在肩上，而是流淌在他的血管里了。

第三节：海盗

1.

在埃本塔尔行星初战结束后的一个半月里，革命军劫掠了帝国军好几处星际站，规模扩大至近四千艘。在旗舰好望角号上，指挥部常驻人员却只有科赫、策林根、舍尔兴和约阿斯神父四人，另有可随时自由进出指挥部的人员，也仅胡梅尔、卡萨尔斯、伊法、帕特里克四人。从一开始，好望角号的指挥部就是高度精简的。与帝国军最为不同的是，他们没有参谋团，而是另有十名候补见习军官。这批人是在模拟战棋比赛中选拔出来的，科赫告诉他们：你们的战场在未来。

3月3日，好望角号的通信官报告，收到了附近船只的超光速瞬时求救信号，内容是遭遇海盗袭击。

"信号源离我们有多远?"

"求救信号的地点仅在七光年外的 HD10054 星系,第四颗行星近旁。"

"一颗气态行星,一次时空传送即可到达。"温特利德自语道。

"是的,指挥官。"

温特利德没有说话。

"您还考虑什么呢?我们不该立刻去救援吗?"舍尔兴急问道。

温特利德仍沉默着,眼中闪过一丝疑虑。

"科赫指挥官!"

"好,我同意你的主张,我们应当派几艘战舰,去赶走海盗。"温特利德说,但他的眉头并未舒展开。

"那就让我去吧。"舍尔兴继续说。

"好,你自己挑十二艘战舰吧,要有一艘能瞬时通信的……等等,你去营救商船时,伪装成帝国军赶走海盗就行了。"

"伪装成帝国军?那最后的功劳岂不是白送给敌人了?"

"我们总不能为了这一点口碑就暴露行踪吧。"策林根说道。

舍尔兴无奈地点了点头,他领命之后便离开了指挥部。在他出发后几分钟,温特利德突然走到了隔壁的通信室,对那里的士兵说:"若有舍尔兴的消息,要立刻报告。"

温特利德双唇紧闭,眉头微皱。从他的态度中,指挥部里其他几名成员都意识到似乎有些不对,只有帕特里克还满不在乎。

不一会儿,舍尔兴果然传来信息:海盗逃走了,舰队与遇袭民船对接,平民已经从两个通道接口转移到了己方战舰,但不久后传送来了一支三百艘的帝国军舰队。

"这么快?"温特利德问道。他看了下表,舍尔兴出发才二十八分钟,他快步走进通信室。

通信那一头的舍尔兴如实说明了情况,他的描述中,有一个细节让温特利德感到大事不妙。

"你确定,海盗逃走的方向,与帝国军赶到的方向是一致的?"

"我确定。"

"糟了,这批战舰根本不是被求救信号吸引而来,刚才那批海盗就是帝国军伪装的!"温特利德一开始就有的恐惧被验证了:帝国军伪装成海盗,故意击伤这几艘船,却没有炸毁它们,就是为了吸引周围星域的真海盗或革命军前来分一杯羹。如今帝国军大举杀回来了,说明他们已经通过核查发现,附近根本没有这么一支帝国军舰队。

"你回答敌军了没有?"

"还没有。"

"不能再沉默了,这样对方会起疑的。用激光通信器告诉他们,船上载满了平民!"

"那以什么身份告诉他们?继续硬着头皮冒充帝国军吗?"

"当然不行,你们暂时伪装成叛兵集团或海盗,不,你们应当伪装成'伪装成帝国军的海盗',一待被拆穿,就说船上载满了平民,其他什么话都别说。因为海盗们绝不会承认自己的身份。"温特利德又补充道,"在与敌军交涉时不能用超光速通信器,因为每个超光速通信器都是独一无二的,帝国军一收到信息,就能立即追踪到它的来源,暴露我们的行踪。"

温特利德心知，如果他们装作海盗去投降，就算奇迹般地没有露馅，也必死无疑。但是如果现在交火，这十二艘战船不仅会被击毁，还会连累上面的平民。他心中不知该怎么办。如果此时大部队出现，就暴露了位置，势必遭到围剿。若是为大局考虑，宁可牺牲这一支小股舰队，让他们去投降。只要他们不在被俘后立刻暴露自己的真实身份，如果能拖上一天或哪怕半天，大部队也足够转移。但是他能抛弃舍尔兴和那几艘战舰中的上千士兵吗？

可是仅五分钟后，意想不到的情况发生了。舍尔兴再次传回了情报：帝国军想必已经知道他们是冒充的，却不顾船上的平民，用猛烈的炮火轰向那十二艘战舰，顷刻间就有两艘被击毁。他目前正在全速逃窜。

"是对方识破了我们的真实身份吗？"

"不一定。"温特利德把手重重拍在桌上。

"对劫持了平民人质的海盗，他们也下这么重的手？"

"这就是帝国军！"他想起自己从前在特种作战部接受反恐训练时，就知道帝国军内部的准则：人质的死活不重要，但绑匪必须死。

2.

一分钟都没有迟疑，温特利德还未关闭与舍尔兴的通信，就转身向约阿斯下达了命令："神父，你带着原属骑士团的八百艘战舰去救下那些船只。"

"科赫指挥官，我不会指挥……"

"只要八百艘战舰被传送到了那里,对方以不足两百的兵力是不敢真的来打你的。真正的危险是对方也可能增兵。你在那颗气态行星周围的环状卫星带与舍尔兴会合,让对方探不清虚实。"温特利德转身向帕特里克说道,"你的战棋水平是最高的,如果对方也增兵且主动进攻,那就靠你击退敌人,尽可能多地救出舰队。"

"我?"帕特里克的眼神很是惶恐。

"帕特里克,你要想,如果不拦住帝国军,他们就要把这数千平民乘客屠杀光了。你是在救人,不是去杀人,知道吗?"伊法猜到帕特里克的战棋水平虽高,但他只是当作游戏,怕真的开炮杀人时下不了手,于是这样说道。

"好,我去。"

"舍尔兴,我们这边的谈话你都听见了吗?"

"听见了!"

"好。"温特利德向他敬了个礼,舍尔兴回礼。两人挂断了通信。

屏幕变成了一片漆黑,约阿斯和帕特里克也离开指挥部,集结教团弟兄们出发了。指挥部的八人中已经派出了三个,只剩下五人。温特利德在椅子上坐下,心中忽然静了下来。在这一刻,他看清了自己心中刚才还仍然模糊的构想:我究竟是在做什么呢?我为何要让约阿斯和帕特里克去营救舍尔兴呢?因为我要留着经验更丰富的卡萨尔斯和胡梅尔,有更需要勇敢果决的任务,要靠他们俩去完成。既然我已经猜到,这是舒尔茨的诱捕计划,我也不会仅满足于逃脱。既然面前的帝国军不过是穆罗梅茨堡牵动的木偶,那么我也必须把每一次行动当作整个战争的一环,而不仅是对眼前目标的临时应付。

三分钟后，温特利德说道："卡萨尔斯、胡梅尔，你们两人分别回战术旗舰，让你们的分舰队待命。把时空传送航标设定在 S-49 星际站，提前做好舰间协同编队，随时准备传送过去。"

"S-49 星际站？"卡萨尔斯和胡梅尔都不知这样做的意图。只有策林根的脑子里有一幅交通图，他知道 S-49 星际站是银河帝国的四个交通主干线之一上的关键枢纽，占领那里就等于占领了不远处的那座大功率空间传送门，掌握了向数个方向传送一千光年的通道，在更大范围上威胁帝国军，令其防不胜防。

"是，对方如果能在短时间内增派舰队，很可能会从那里抽调兵力，我们必须趁其防守空虚抢占它，才能逃出这一大片区域。"

"那如果对方不调兵增援呢？"

"这就说明对方的指挥官也在提防我们趁虚而入，是个不求有功但求无过的人，约阿斯神父他们也就可以安心撤退。"

卡萨尔斯与胡梅尔也领命离去。此时，原国王堡骑士团的八百艘战舰已经出发，去增援舍尔兴的那支微型舰队。温特利德看了一眼时间，此时是辉恒—穆罗梅茨堡时间晚上六时二十分，八百艘战舰的传送将在五分钟内结束。倘若敌军反应同样迅速，半小时内就会有援军抵达战场。好望角号的指挥部安静了。

伊法出门去洗手间了。此时，指挥部里只剩下科赫与策林根两个人，刚才一直不说话的策林根说话了："科赫指挥官，之前舍尔兴第一时间要求救援遭海盗攻击的民船时，您犹豫了一下，是已经料到那些海盗可能是帝国军伪装的吗？"

温特利德点了点头。

"也就是说，您当时已经料到可能会落入如今的境地了。"

"如今的境地？其实也还没那么糟吧。"

"不，"策林根说，"还有一种情况，难道您没有考虑到吗？您应当已经想到了——您能猜到海盗是帝国军的冒充，是否因为，这是特种作战部的惯用手法呢？如果是的话，那也就意味着，敌军的主力舰队就在附近；约阿斯神父和帕特里克即将遭遇的敌军援军，也许根本就不是从附近临时调出来的，而是专门前来围剿我们的。"

温特利德的眉头微微皱起来，他等策林根接着说下去。

"科赫指挥官，您刚才没有选择放弃舍尔兴和他那十艘战舰，这或许会把您逼上放弃约阿斯神父和整个原国王堡骑士团的境地。"

"策林根，这是更不可能的事。"

"科赫指挥官，但是您为何执着于救下每一艘战舰呢？"策林根说到此处，摇了摇头，"不，我的问题不是这个，我的真正想法是：难道您会幼稚到以为，军队的力量一定与其规模成正比吗？原埃本塔尔军团和原国王堡骑士团素无往来，他们的结盟只是因为您的存在。让他们协同作战半年、一年尚可，若能常胜不败倒也无妨。但无论是遭遇失败，还是胜利在望，双方都会产生冲突。我们目前尚未树立起旗帜，所以这种矛盾也还不明显。可是我们迟早是要宣布为何而战的。之前征集命名旗舰时，其实这种精神与思想层面的矛盾，已经体现出来了……"

"策林根，这是你刚才没有阻拦我派出原国王堡骑士团去营救舍尔兴的原因吗？"温特利德突然问道。

策林根没有回答。

双方静默了半分钟，伊法回来了。在她离开之前和回来之后，指挥部都一样安静，可是她敏感地觉察到气氛似有变化。温特利德没想到，策林根居然有这种想法，要将原国王堡骑士团的军队当消耗战部队拼掉，以把原埃本塔尔军团确立为军队的唯一凝结核。舍尔兴曾透露过利用民间情绪发动行星革命的念头，如今策林根又有视骑士团为内部不稳定因素的想法。两人之间就要发生的争执，因为伊法的重新出现，而被压下来了。

这时，前方约阿斯神父的舰队传回了消息：帝国军的追击部队见到有大规模的时空传送波动，立即停止了前进。神父按照嘱咐，已经接到了舍尔兴的小型舰队，现正躲在气态行星的卫星带里。

温特利德说："你们暂时就待在那里，敌人上来了，就轰回去，但不要出击。"

"万一帝国军调来援兵、强攻进来怎么办？"

"那你就把敌人传送来的舰队数量与方位报告给我。"

温特利德刚才让神父去营救舍尔兴的舰队，起初只是想，以八百艘对付对方不到两百艘战舰绰绰有余。但随即想到，这样可以增强原属教会骑士团和埃本塔尔军之间的团结。可是如果失败，舰队损失惨重呢？这难道不会加速这两个集团之间的相互指责吗？

"报告！约阿斯神父送回情报，敌军仍然从刚才那个方向，朝着HD10054星域继续增兵，规模已有近千艘，此刻仍在继续！"

敌军会怎样行动呢？如果对方继续增兵，约阿斯神父和帕特里克还得等待空间传送引擎冷却，才能够逃脱。这段时间他们将面临巨大的危险。

七分钟后，一份新的报告递到温特利德面前：敌军的增援停止了，截至目前在战场上的敌舰已超过两千艘。

"我明白了，这大概就是此次敌军所能调动的全部机动舰队。从增援抵达的方向判断，敌将暂时还不愿调用 S-49 星际站的兵力，不愿给我们可乘之机。敌方的战略仍是坚壁清野重点防御，但以其余力，也只够完成这样规模的调遣了。"温特利德说着站了起来，他已经摸到了对方的底。此刻他不知道敌将是谁，或许永远不会知道，但已经了解了他需要了解的一切。

"策林根，"温特利德刚想下达命令，但他随即改变了主意，"伊法，你带一千舰队，传送到气态行星的背面。只需用一艘战舰为中转，即可与位于行星正面的约阿斯神父联络。敌人一旦进攻，就让帕特里克指挥舰队回拉，你从背后夹击。"

策林根问道："科赫指挥官，按照您的部署，还剩下两千艘战舰，也就是一半兵力，又用来做什么呢？"

"敌人一旦遭到伏兵夹击，必定方寸大乱，以为我军已经尽出，所以也会调动 S-49 星际站的兵力前来。此时我们只需等待敌军前线一旦出现援军抵达，就立即传送至星际站，在敌人的传送开始了一半时截下后半段，前线必乱，无心恋战。所以，伊法，此战成败系于你从气态行星的大气层中杀出的突袭效果：你的根本目标不是杀伤敌军，而是通过火力在心理上压迫敌军指挥部，迫使敌将调动 S-49 星际站驻军。"

伊法接受了这个命令，就离去了。

3.

正如温特利德所料的那样,帝国军的行动,自始至终都是穆罗梅茨堡授意星域驻防舰队指挥官罗森鲍尔中将进行的。一小时前,舒尔茨在府邸中接到了己方冒充海盗的小舰队,被十余艘以帝国军军舰组成的、来历不明的舰队驱散的消息。他立即驱车来到总参谋部。

"不好意思,我又来了,给你们的工作增添了一点儿压力。"

"殿下真说笑了。"欣德米特答道。

"我已经接到报告了。这一次,对方只有十余艘战舰,说不定只是一般海盗,但也不能排除是科赫叛军的可能性,只要确认了不是他,我立刻就走。"舒尔茨说着拉开一张椅子,背靠墙壁坐下。他每次来到总参谋部,只要不是召开正式的作战会议,都习惯于这样,甚至有时在作战会议上也如此。久而久之那里的人们都背地里说他是"坐在墙角的护国主",他也听说过一次这个称呼,觉得不错。

舒尔茨看着窗外的树枝,穆罗梅茨堡已是冬去春来,旧枝上却还没有抽出新芽。树影仍是光秃秃的,你什么时候冒头呢?他耐心地等待着,果然不久就有新情报送来。欣德米特立即接过,迅速读完后,对舒尔茨说:"殿下,罗森鲍尔中将传回了报告,他在追击那支冒充帝国军的'海盗集团'的路上,发现敌人已大举增兵。由于藏在卫星带中,难以准确判断敌军规模,约有五百至一千艘。"

"五百至一千艘。"舒尔茨从椅子上站起来,重复了一遍这个数字,他和欣德米特对视了一眼,两人都明白这很可能就是科赫的叛军舰队。在他多年征剿海盗的生涯中,从未遇到如此规模的海盗团——

除非是两个以上的大型海盗团联合行动，但这样的概率太小了。

"那么，罗森鲍尔又是如何做的呢？"

"他把这次特遣行动调给他直接指挥的共两千艘战舰全都压上去了。"

舒尔茨点了点头，目前看来这样的策略并没有什么问题。这两千艘战舰虽不足以击败科赫，却已足以施加牵制。接下来就看对手如何回应了。

"殿下，您认为科赫会不会用这支舰队虚张声势，趁此机会打 S-49 星际站的主意呢？罗森鲍尔不熟悉科赫，恐会犯轻敌之过。我们是否应当提醒他一下？"

"确实有这个可能。"舒尔茨也说道，"但是至于是否要提醒他……容我再想一想。"

如果换作舒尔茨或欣德米特来指挥，在把能调集的机动舰队都集中到 HD10054 星系之后，都会选择等待更远方的增援，而非就近调用 S-49 星际站的驻军。因为当时间站在你这一边，等待拖延便是最好的战略，以静制动则是最好的战术。这样即便不能一举围堵重创科赫的整个舰队，也能把包围圈缩小一大截。这两位用兵高手深知，输赢不仅是看战损比；成功地压缩了对方的活动空间，就已经赢了一大步，甚至比一时的战术胜败更重要。可是舒尔茨考虑再三，由于自己身在穆罗梅茨堡，还是没有越过职权，把自己的判断强加在前线指挥官身上。

"不，就让罗森鲍尔按照他自己的判断去做。"舒尔茨说，"他没有调动 S-49 星际站的驻军，说明意识到了包围圈的重要性，也就无须再刻意提醒。或许他在前线，能知道一些我们在后方无法知道的微妙信息，垂钓者是凭借手感判断鱼儿有没有上钩的，这种感觉很难通过文字传达。我们还是不要干扰前线指挥官的判断。"

听到垂钓者的手感这个比喻，欣德米特点了点头，"那就按照殿下的意思，我们静观其变。"

第四节：星门

1.

伊法的一千艘战舰悄悄传送到了那颗编号为 HD10054-4 的气态行星的背后，落点紧贴大气表层。行星的巨大质量遮掩了这微小的重力场变化，在帝国军的侦测仪上只露出一截小小的波峰，像一颗投在大浪中的石子，溅起的涟漪迅速消失了。伊法命令一艘侦察舰上升跃出地平线，既充当整个舰队的潜望镜，又作为信号中转站，与约阿斯神父建立了联系。

"伊法，是科赫指挥官派您来增援的吗？他有什么计划？"

"他要你们吸引敌军的进攻，只待敌人进入了卫星带，我就在侧后方伏击。"

"好！"帕特里克双掌合十，这一拍手显得很有信心。

"帕特里克，到时候你只要稳固好防线，保护好你救下来的那些平民就行了，进攻的事交给我。"伊法记得帕特里克曾经说过，他在埃本塔尔战役中,几乎被我军猛烈的炮火吓住了,险些在大胜的优势下哭出来。伊法觉得他虽然战棋水平高超,却只是把它当作游戏。帕特里克心思单纯,心肠软,可能还没有适应战场,如果用"杀敌"这个凶神恶煞的词语要求他,或许反而会令他不自然,发挥不出应有的实力。但如果要用"保护平民"来鼓励他,效果会好得多。

"我知道,伊法是怕我不忍心下手才这样说的,不过没关系,我知道自己该做什么。"帕特里克居然这样回答,反而让伊法不知该说什么。通信那一头的帕特里克说道:"我马上就去把敌人引入卫星带,你那边可做好准备了?"

"嗯,早就准备好了。"伊法回答。

在帕特里克的指导下,原国王堡骑士团只派出了四百艘战舰,排出薄薄的阵型,一轮齐射之后立即退回了卫星环带。帝国军指挥官罗森鲍姆中将这次终于探明了敌军数量,只有四百艘!他心中思忖:这样规模的海盗团还是可能存在的。这真的只是个大号海盗团吗?他们为何主动挑衅呢——这不是找死吗?如果不是科赫的叛军舰队,仍是小题大做了。不过也好,最近我军收缩布防后,海盗团居然养到了这么肥,胆敢正面挑战帝国军也属罕见,那就顺路摧毁它们,在自己的功勋册上再添一笔吧!

"这群海盗大概才发现我方兵力是其五倍,吓破了胆逃回去了。追击!"

帝国军的两千艘战舰追着撤退的敌军,不料刚冲进了卫星带,侧翼就遭到了攻击;刚要调整方向回击,正面撤退中的敌舰队忽然回头,开始了第二轮炮击。

"不要慌！敌人有伏兵，看来这回捉住的真是科赫的叛军！但凭敌人的火力密度可知，他们数量不多，没有全部投入战斗！"

帝国舰队险些被交叉火力掀翻，可是毕竟有两千之众，在付出了些许代价后，还是扛过了危机，组织成为舰列并开始分头回击。他们不知道的是，伊法的舰队正在行星的大气里朝着这里潜行，疾行在气态行星的稀薄边缘，越过了地平线，从黑暗中驶入那颗遥远恒星洒落的黄昏，从帝国军的战区星域图上看，只有些许影影绰绰的荫翳。

伊法站在旗舰直布罗陀号的指挥部，疾驰在气态行星的大气层中。在她的周围，风暴推挤着云海的波涛，它的边缘如炽焰翻涌。每当穿透那些稀云薄雾，面前又是怎样的一片碧空呀！神圣的银白光芒，静照在轻盈的大气中，而正前上方，依稀已能看见火光在燃烧。

"指挥官，是否出击？"伊法身边有人忍耐不住问道。

"还没到。"伊法把手掌紧紧按在面前的案板上，好像要压住这支急不可耐的舰队。她的计划是先在大气层内潜行至一个比有效射程更近的位置，再一举杀出抢得先机。还不到五分钟，有人再次询问：
"我们已经离敌人很近了，是否出击？"

"再等等，还没到最佳攻击角！"

远处上方，已经能看见敌舰被击毁爆炸的此起彼伏的火光。伊法心想，若不是因为敌人遭遇埋伏后的慌乱，我这支舰队早就被发现了。但她决定再等半分钟。在这样的情况下，哪怕仅仅是多潜行半分钟，就能压缩对方十秒的反应时间，也会有神奇的效果。

伊法从兜里拿出薇拉留给她的那块表，看着指针滑过。这半分钟内，时间仿佛消失了，凝固了，宁静的光辉堆聚成时间的峰峦，整个宇宙都围绕这小小的指针旋转。她抬头望了一眼上方帝国军所在的方向,又低头去看表,十、九、八……三、二、一!薇拉,保佑温特,保佑我!

"上浮!出击!"

伊法一秒钟都没有提前或拖后。一千艘战舰昂起舰首,对准上方敌军冲出了大气层。

帝国军刚刚在追击半途遭遇伏击,勉强凭借优势兵力,在帕特里克发动的交叉火力下组织起防御,内部阵型仍有不少混乱,忽然惊觉下后方有舰队迅速逼近。伊法在冲出气团之前就将舰队速度加至最大,从翻涌的气团里钻出头来,看见了澄澈的太空,朝着帝国军猛扎过去。在帝国军看来,这支不知是从哪里冒出的舰队,刚刚浮现便以惊人的速度,顷刻间已咬住了自己的尾巴。帝国军的战舰总数此刻虽仍与对方持平,却陷入了被三面夹击的境地。

这种战术的巨大的威力,一半是因为帕特里克和伊法都是初次上阵,心中仍有紧张和恐惧,所以一旦确认时机已到,便采取了最大攻击效率,把每一根炮管都烧到通红。如此战法绝不可能持久,却反而达到了效果:连续两次将帝国军打入混乱,再精锐的敌人也难恢复正常了。

指挥战斗的罗森鲍尔在夹击之下,心理上遭遇了极大的压力。他下令:"立即联系离此最近的 S-49 星际站,请他们务必在半个小时内向这里派出援军!"

"中将阁下,由于卫星带的存在,我们暂时还没有估算出正面、背后两股敌军的真实数量。如果敌将,也就是温特利德·科赫没有派遣全部兵力,而我们却调走了 S-49 星际站的驻军,则会给敌军从这一片星域战略转移之机,甚至会同时威胁到帝国西境交通线上的十余个站点。"他的参谋提醒道。

"那你说,估算出敌军虚实,需要多久?"罗森鲍尔中将问道。

"属下以为,需要一刻钟……至少也要十分钟。"

"你也知道得要一刻钟!如果科赫是全军来袭,那时再求救也已经晚了!"罗森鲍尔中将的音量突然抬高了,"不要说了,现在的每一秒钟都是宝贵的,立即向 S-49 星际站请援兵!"

就在他们说话的关头,一艘距旗舰不远的战舰中弹爆炸,不知是毁于从前面、后面还是侧面射来的火力,那光焰把旗舰的指挥部照得惨白。

"是!"参谋回答道,心中却想:纯从战略全局考虑,宁可让这两千艘战舰都毁在这里,也不能轻率地松开 S-49 星际站的防御,因为附近的超远程传送增幅门一旦失守,将来再行围捕的代价必然更大。可是,就像罗森鲍尔一样,我自己也是这两千艘战舰中的一员。我已提醒过你,是你坚持要做此决定,如果你赌对了,则救了我们大家的命;如果你赌错了,松开防御网放走敌军的责任也是你一个人的。最终,人类的求生欲和官僚的习气,胜过了身为战略家的见识和军人自我牺牲的英雄气,他不再争辩。

2.

S-49 星际站内,施文克中将注意到了十八光年外的战况,命令舰队整装待命。他把他的独臂撑在桌上,等待可能传来的消息。

"将军,我们是要率舰队出击,还只是强化警戒与防御呢?"

"如果接到穆罗梅茨堡的指令,我们就立即出击。如果接到的是罗森鲍尔中将的求援……"施文克说,"那就得视情况而定。"

他并未等待太久。一切准备停当仅一刻钟后,他就接到了来自罗森鲍尔舰队的求援信,其中说,敌军已经从三面包围伏击了这支两千艘规模的帝国舰队。然而罗森鲍尔也许是因为慌乱和匆忙,也许是因为不愿承认自己的过失,他并未在求援的短信中说明敌军规模尚不确定,自己是因鲁莽才遭到三面围攻的。这使得施文克按照常理推断:若要三面合围,并在短短几分钟内把罗森鲍尔逼到如此境地,至少需要两倍数量的战舰,这已经超过了帝国军推断的温特利德·科赫的总兵力。如果罗森鲍尔说出了自己的过失,施文克也许反而会更小心地提防科赫的进攻,而不会去支援他了。但历史就因这一念之差而改变。

施文克中将做出了推断:叛军全军已传送至HD10054星系,在接下来时空传送引擎尚未冷却的数小时内将无法逃离战场。他看到了全歼叛军的希望。事不宜迟,只要立即行动,自己就能赢得大功;若再迟疑片刻,待到叛军以优势兵力将罗森鲍尔舰队消灭后,自己再率军跳过去就是送死了。生死荣辱的天差地别,本就没有给施文克迟疑的余地,更何况在他心中还有另一个愿望,那就是在战场上亲自打败科赫。去年的内战中,科赫这个军事学院的旁听生竟是唯一比他的功勋更高的将领,而且间接因为此人的缘故,自己还丢掉了一条手臂。施文克不敢怪罪斩断他手臂的舒尔茨,哪怕在心中私下想一想也不敢，于是他把恨意全都灌注在了科赫身上。战后，施文克被遣离帝都驻守 S-49 星际站，令他十分不忿；唯一的宽慰是科赫的下场也不咋样，被送进"养老院"去陪那帮老头子了。如果施文克只是守好了 S-49 星际站和旁边的超远程传送门，那也只是在围剿叛军的战争中堵死了一条去路；只有果断出击将其击溃，才能让他心中满足。我可是身经百战的帝国大将，怎能败在旁听生手下？他登舰下令："出发！全舰队朝着罗森鲍尔中将给的坐标传送！"

在求救信号发出后，罗森鲍尔的每一秒钟都几乎无限长。无论 S-49 星际站的驻防舰队来不来营救，为求保密都不会事先通知。施文克会抛弃我吗？他心中不停地想，但他知道想也没用。他眼睁睁地看着自己的舰队在前后夹击之下溃败，正当此时，附近的空域检测到了时空震荡。不用说，一定是星际站的驻军来了。

同时，约阿斯神父和帕特里克所在的原国王堡骑士团舰队也侦测到了时空震荡，他们立即把这一消息报告给了七光年外的科赫：敌人终于大举前来支援了，从规模和方向判断，都可以断定是 S-49 星际站的驻军。

科赫一秒钟都没有迟疑，下令向 S-49 星际站进行时空传送。因为只有此刻跳过去，才能卡在敌军兵力传送了一半的中途，掐准敌舰队的全部能量都注入传送引擎的最脆弱时刻。若是迟一分钟，效果都会大打折扣；若是敌军全部传送完毕，自己就会扑个空，而伊法、舍尔兴、约阿斯神父、帕特里克这四人连同其舰队更难免于覆没的命运。

帝国军在 S-49 星际站尚未传送过去的舰队立即侦测到了大规模的时空震荡，有一支两千艘规模的舰队正在传送到这座星际站周围。

对方来势很急，不惜冒时空波动共振的险同时传送两千艘战舰，明显是掐准了我军最脆弱的时刻杀来的。

施文克中将看着这惊人的一幕，心中明白一切都完了。自己镇守这座星际站刚刚半年就要失守，而且是要在一分钟内功亏一篑了。

"取消空间传送！"他下令道，"迎敌！"

"长官，不可！我们只有继续传送，此时迎敌只会全军被歼灭！"

"难道你要我白白把这座星际站送给敌人吗？"

"我们目前已经传送了四分之一，如果继续传送，尚有三分之二的战舰能活着抵达目的地，以图歼灭那里的敌军。如果现在取消传送，两个战区都将处于极大不利！"

"我绝不会让这座星际站，尤其是附近的远程传送门落入叛军之手！就算我们在这里全军覆没，也要先毁掉那座远程传送门！"

科赫、胡梅尔和卡萨尔斯的三个分舰队同时出现在距 S-49 星际站不到一光秒的周围，顾不上重整阵型就展开了猛攻。帝国军的驻防舰队正在以惊人的速度毁灭，有些军舰眼见叛军杀至，已来不及将能量重新注入武器和防御系统，便在慌乱之中提前开启传送，导致误差过大，传到了与目标战场相隔甚远的星域。在帝国的意识形态中，"帝国战士没有逃兵"，所以在档案中，走失的战舰全部被统计为战毁，这种自欺欺人的统计学只顾面子，视脱队生还者为耻辱。事实上在传送过程中迷途者，一旦归队即相当于逃兵，他们惧怕严酷的军法，有些成了自己追猎了半生的宇宙海盗，甚至有的在宇宙中飘荡许久之后，来到了他们最初仓皇逃离的革命军中。

停止传送的帝国军舰队，根本来不及重新填充能量进入战斗状态，一部分在革命军的炮火面前徒然地被击毁，剩下的争分夺秒打出投降信号。只有施文克中将带领的一小支舰队，朝着远处的传送站奔去。那是他最后要摧毁的东西。温特利德发现了他的企图，立刻将围歼和收缴附近敌舰的任务留给了卡萨尔斯和胡梅尔，亲率一支分舰队追去。可是双方都是帝国标准驱逐舰，航速相等，追了半个小时也没能缩短距离。

施文克真的会炸毁这道西境最关键的传送门吗？这样做无疑会导致交通线断裂，助长地方领主的分裂气焰。但他是施文克，不是别人，温特利德见识过此人旺盛的执念，这种永远只盯着眼前的单一目标的狭隘之辈，被逼急了真的什么都干得出来。

"我们慢一些。"温特利德突然说道。他已经有了计策。

减速后的革命军逐渐被全速逃逸的帝国军拉开了距离，可是当帝国军抵达远程传送门，奇迹却出现了，他们没有将其炸毁！此时温特利德立即下令全速追击，一下子又把两军的距离缩短，将帝国军捕捉入了射程之内。

"原来如此，您是想给对方一线生机，让他们误以为自己可能通过这扇传送门逃走。"策林根说道。

"是的，自毁传送门无异于自杀，只要给抱定必死之心的人一线生的希望，他们就舍不得炸毁它了。"

"但我想这可能还不够。您现在还得以他们全体的性命为要挟，以确保他们不炸毁这扇门。"策林根说，"就这样说吧：你们若炸毁了它，我军将不收战俘，屠杀殆尽。"

"你认为真的有必要这样做吗？"

"如果不这样做,敌人极可能会炸毁它,这是常识中的常识。"

"对。但若我们这样恐吓对方,对方仍炸毁了这座远程传送门再向我们投降,那该怎么办呢?真的杀光吗?"

"那就不得不真做,要言出必行。否则我们将既不再令人畏惧,也不再有信用。这样的军队将处于巨大的劣势。"

革命军已将远程传送门和它周围的帝国军团团围住,温特利德却犹豫不决。占领眼前的这座传送门,就能在多个方向上牵制西境过半的帝国驻军,这确是一个值得不择手段拿下的战略目标,可是万一失败呢?再没有比装腔作势的空洞威胁更软弱的了。刹那间,他的脑海中浮现了历史上那些残暴的人,他们的青铜巨像在后世投下巨大的阴影。可是此刻他却想,真实的他们也许只是些胆小的骗子,提前透支了太多,不得不兑现超出自己实力的信诺。

"敌军传来消息!"

"什么?"温特利德几乎从指挥席上跳起来,说道,"快,递来!"

"敌军指挥部来信:他们的官兵已经起义,强迫决意炸毁远程传送门并战至最后一兵一卒的施文克中将允许舰队投降。施文克中将只恳请,允许不愿投降者从这道传送门返回帝都。"

施文克为何会提出这样一个要求呢?科赫不明白,他无法进入对手的心灵。其实,施文克所说的那些不愿投降者,首先就是他自己。因为他无论如何都不能容忍自己以败军之将的身份面对科赫。而旗舰上的暴动又给了他借口返回穆罗梅茨堡,夸口自己到最后一刻宁死不降,把舰队下属投降的责任推给暴动者。

温特利德并未想明白这些,他只是以为,我军将敌人团团围住,仅仅是沉默造成的压力已经令对方内部组织自行崩溃了；只是刚才自己也面临压力，才没有意识到敌人面临生死抉择，压力其实比己方的要大得多。

"告诉他们，我们会很快答复。"策林根说道。他想，既然对方首先提出了投降要求，那么主动提出来的一方，在具体条件上应该还有让步的余地。

"刚才传来了约阿斯神父在HD10054星系前线的消息，他说那里的战事已经得胜，敌军的增援刚刚抵达就自乱阵脚，被帕特里克只用一次集中炮击和一次冲锋就击溃了。"

"好！"温特利德说。果然，舰队传送至一半，忽闻后续部队遇袭停止传送，孤零零地抵达战场的先头部队岂能不乱？不过，眼下最要紧的还是如何回复面前这支归降的帝国军。科赫说道："我认为可以接受施文克的要求，但须加个条件：既然有了快捷的远程传送，回程补给也就多余了，不愿投降者可以离去，只要留下除明日早餐之外的所有补给和大部分战舰，挤在少数船只上，使用这座远程传送门返回穆罗梅茨堡，毕竟，帝都军港也早就空位奇缺了。"

"确实合情合理。"策林根说。

"这样的抢粮行为，居然被你这个后勤部长夸奖，真不容易。"科赫现在精神稍稍放松了下来，打趣说道。

"您如果能一直抢到敌人的补给，我们就不需要后勤了。"

"开玩笑的，那怎么可能。"

消息传回之后，对方几乎立即答应了这个附加条件，交出了大部分的战舰和补给，在革命军的包围下，挨个通过了传送门。一些参与了刚才的暴动的士兵以及他们的支持者，或原本就对科赫这位传奇将领抱有期待的人，无论是出于恐惧还是希望，选择留了下来。科赫把整编这些人的工作交给了舍尔兴和策林根。

"科赫指挥官，您在敌人中拥有大把的崇拜者。"舍尔兴说道。

"算了吧，我和你说：这些人是不能重用的。他们可以为了活命而绑架施文克，也就能在我军濒临绝望的时刻背叛我。另一些人，他们加入我们，只不过是出于狂热，这种人不见得真的对未来有其所宣称的那么大的信心，更多只是想忘掉自己，摆脱过去，否则绝不会对敌将抱有如此大的信念。真正的信念无法诞生于失望或憎恨，而战斗力必须来自纪律而非狂热，等遇上舒尔茨一手带出来的帝国中央舰队，这些问题就会统统暴露。你的任务，是要把他们变成和埃本塔尔军团一样坚强的战士，而不能让这些人的情绪传染你的士兵。当你把两种不同品质的东西相互掺杂时，必须有意识地用高的提升低的，否则效果多半会是相反。"

"您这番话真有道理！"舍尔兴说。可是他又觉得这样的话不像是出自二十四岁的年轻人之口，便问道："这也是欣德米特元帅教您的吗？"

"不，这是舒尔茨伯爵在海尔辛兰的必败之战中教给我的。"温特利德答道。他想起了自己在内战中曾面对的劲敌，那支将昂扬的军乐吹响在宇宙的战场，带领着穷途末路的叛军慷慨赴死的精锐。

在接下来的半个月内，施文克率领拥挤在少数战舰的狭窄舰舱中的部下，犹如落魄的难民一般辗转数个星际站，一路乞讨粮食，并顺便散播科赫的叛军是如何残酷地夺走他们最后的面包。返回穆罗梅茨堡后，他又在总参谋部将同样的一番话陈述了一遍。欣德米特刚刚原谅了他允许部下投降，也未追究他最终被迫把粮食留给敌人，却在听完这番陈词后大怒，当着舒尔茨的面严厉斥责他对战略全局无知无觉，并主张将此人连降两级为准将，不适合再派遣执行独立作战任务。问题不在于他被迫放弃了军需补给，而是他过快地答应了叛军，且至今丝毫未意识到资敌行为的严重性：不在于我军的仓库有多么丰裕，而在于叛军的粮食是多么缺乏保障。总参谋部内，一众在场将官静悄悄地听着欣德米特痛斥施文克的无能，他曾跟随舒尔茨征战多年，可是护国主双唇紧闭，没说一句求情的话。

施文克单膝跪着，他已断一臂，用仅剩的一臂支撑着自己。他在欣德米特的训斥下抬不起头，忽然想起二十多年前做学生的时代，也挨过校长类似的骂。老校长的怒斥让施文克备感虚弱，额头渗出了粒粒汗珠，他恍然发觉自己这二十年的军旅生涯，立下大大小小的战功，爬上令人羡慕的军阶，尽是虚幻。一点都没有改变，一点都没长进。走出总参谋部的大楼，在去往军部接受处罚的路上，施文克看见枯枝上抽出了新芽，这几乎是他几年来第一次注意到它们。他感到整个穆罗梅茨堡——他在 S-49 星际站朝思暮想要回到的帝都——除了这些树木，其实与他都没有什么关系。

第五节：理念

1.

温特利德·科赫的主力部队刚刚占领 S-49 星际站，伊法的舰队就返航了，接着是约阿斯神父的原国王堡骑士团，还有舍尔兴最早带去驱逐海盗、营救乘客的几艘战舰，其中已损失了四艘。直到此时，被营救的平民才弄清了事件真相：救下他们的，竟是伪装成帝国军的叛军，而袭击他们的不是海盗，反而是伪装成海盗的帝国军。科赫告诉那几艘民船的船长，他的舰队很快就要离去，只能保护他们到这一步了；这个星际站可以作为他们暂时的住所，将来会有帝国军把他们接回家。

可是乘客们一听说袭击自己的"海盗"是帝国军假扮的，纷纷担心前来救援的帝国军会不会再次抢劫。温特利德安慰他们：帝国军之前那样做，只是把你们当诱饵，引我出来罢了；他们与你们无冤无仇，如今计划泡汤，自然不会再行伤害。人们得到满意的答复后散去了，心中怀着对原本应该保护航线，却反而不择手段地利用平民性命的帝国军的愤恨。

临时安置乘客的过程井然有序，是因为船员们得到了一名机场警官自告奋勇的协助。那名警官见到温特利德，朝他打招呼。温特利德一瞧，这不就是当初我逃离海尔辛兰后，在转航的空港遇到的那个警官吗？当时他还带着两名手下，保护我度过了危险的半个小时。他立刻朝对方挥手，走过去向他问好。

"真没想到,今日再见,已是兵匪殊途了!"

"啊,是呀,怎么都没有想到,你居然成了银河大匪首!"

温特利德皱皱眉头,问道:"如今人们都这样称呼我吗?"

"那倒没有。是我们打《宇宙大镖客》这款游戏时,都给匪首取名'温特利德·科赫'。"

"那你岂不是游戏中锄强扶弱的小行星警长了?"

"你现在太强了,我可锄不动。但别忘了,你还欠我和我的两个部下一顿帝都大餐。"

温特利德感觉自己没有一点匪首的威严,他反问道:"不是我想赖账,可是,你难道想让别人知道,你曾经和银河大匪首有过一饭之约吗?"

"那还是算了。"那名警察赶紧摆摆手说道。这样的通敌罪已经足够把他真的发配到矿井小行星去当警长了。

"等我哪天回到穆罗梅茨堡,一定还上那顿饭。"温特利德最后说道。他不知自己会不会回去,也不知是作为胜利者还是阶下囚,但如果能吃上大餐,一定是前者了。于是,温特利德将留给自己的祝福,绑在了对这一顿饭的愿望上。

这时,他看见策林根走了过来,知道此人从不说废话,一定是有正事,于是告别了那名警官。

"科赫指挥官,我想谈谈关于让这些人吃饭的事。"

科赫心想,我刚才也正在说类似的事情。接下来策林根提醒科赫,这些人的民船刚开战就被击毁了,上面的粮食也都没了,我们该给这些被困乘客留下够吃多久的粮食?科赫问他认为,帝国军还需多久才会来接他们走。策林根说，一周就会来，最多不会超过两周。科赫赞同了他的估算，说道，那就留下两周的粮食吧，其余都带走充作军饷。

"如果这样的话，我们从施文克那里搜刮来的就刚好全没了。"

"原来如此。那就把施文克给我们的那份，全都留给这些人吧。就当左手进右手出吧。"

"哇，那岂不是来也空空，去也空空！"帕特里克听见这句话，也凑过来说道。

"你们真是好兴致！"这时舍尔兴也走了过来，对策林根说道，"这就是你不懂的了：活下来的乘客有两千多人，他们中的许多都有亲属朋友死在了四艘被击毁的战舰上。等这批人回到家园，一定会把这场仗的是非善恶流传开来。"

"那是最好不过。"温特利德说道。他其实倒和帕特里克想到一处去了，只觉得忙到头来一场空，也挺有意思——当然，攻破 S-49 星际站的战略价值是无法估量的。

所有人都很高兴。让帕特里克开心的不是胜利，而是他被弟兄们抬起抛向空中又接住，因此开怀大笑。只有温特利德的脸上，喜悦的神色有些惨淡。每在胜利之后，他总是立即想到今后的困难。安顿被救下的平民、收编降军花去了大半天，当温特利德再次率军出发，已是十七个小时之后。滞留星际站内的乘客们挤在窗前，纷纷向离去的舰队挥手告别。这一幕又让舰上的人们想起了近两个月前，埃本塔尔人送别他们的子弟兵的动人场面。这些劫后余生、被困孤岛的人，分明失去了那么多，他们的脸上却洋溢着希望，仿佛聚成光明照耀着离港远去的好望角号。

片刻后,S-49星际站已被远远地抛在了船尾,只剩下一点融融的暖光。悬在好望角号正前方的,是在星光下映出金属冷色的巨型环状远程传送增幅器。

"这扇传送门可以把我们送至十四个地点。"策林根说。

温特利德当然明白它的重要性。然而让他凝望面前这个直径上百公里巨大环形装置的,是它背面的十四个目的地中,有一颗废弃的、被遗忘的无人行星。那里的大门一定敞开着,那颗六百光年外的行星,离他仅一步之遥。由于已经毫无战略或经济价值,那儿的传送门出口处,也一定不会有帝国守军埋伏。翁布罗萨。温特利德在心中默念着它的名字。

"我们哪扇门都不去。"温特利德最后说道,"十七个小时过去了,传送门的对面一定已经有敌人严阵以待。他们没有冲过来,只是相信我们也在门的这一侧严阵以待罢了。让胡梅尔带一百艘战舰留守此地,倘若有帝国战舰从传送门中跃出,必须赶在其传回信息之前零距离击毁灭口,使敌人摸不清我们的虚实。"

"或许正因为十七个小时过去了,对面的敌军会以为我们已经走了,也已经散去了。"策林根又说道。

温特利德还是摇了摇头。他抵制住了利用远程传送门省下两周时间和大量能量的诱惑,而每留守此地六个钟头,都无异于让帝国军的包围网缩紧二十光年。他放弃了得之不易的牵一发动全身之局面,改战略进攻为战略牵制:在帝国军重夺S-49星际站之前,整个帝国西境的兵力都会被牵制在这扇传送门对面的十四个出口。温特利德是那种极不情愿冒险的将领。昨日为救援遇袭乘客，分批投入兵力，其实已经拿全舰队的存亡冒过一次险，这已是一件极出格之事。当初在临机决断之时并无太大感觉，事后每每想起却觉得心惊肉跳。在总参谋部研究战史时，温特利德从不羡慕那些靠赌博取胜的名将；就像一个憎恶赌博却被推上赌桌的人，他在首赌赢钱之后果断地开溜了。

2.

罗森鲍尔率领残余舰队逃回帝国军的前哨基地，在这场撤退中，他展示了军人应有的纪律与沉着，尽管这一切已经太迟。他将战事失利的报告传回了穆罗梅茨堡。舒尔茨本想严惩他，但在读完战报后打消了这个念头。舒尔茨准备去总参谋部，找欣德米特、艾希霍恩两位元帅面谈。当他想见任何其他官员时，通常是派人传召。只有在见教皇和总参谋部的这两位老将军时，每次都亲自前去。

只有在见教皇时，舒尔茨会穿上衣柜里那些更庄严华贵的服饰；在去总参谋部时，他每次都穿旧军服。他的老仆人明白，这是因为他对后者有着真心的尊敬，而对前者只有假装的礼仪。然而老仆人仍然会劝主人，要顾及庸俗的大多数人的眼光，他们只认得衣服。舒尔茨每次都左耳进右耳出。今天他再次收到这样的忠告时，看了一眼衣柜，心中想：古代君主卖掉一堆衣服就能筹备一支军队。今天呢？我守着这堆虚荣的破布，就算全卖掉，也换不回毁在罗森鲍尔手中的半艘小艇。

护国主与皇帝的日常生活的最大差别，就是不需要把自己活成一出戏剧。先帝在位时，每年的皇室开支都是赤字。如今拨给护国主的专款只有皇室拨款的十分之一，舒尔茨却每月都用不完。科赫是花光了所有存款，还欠了银行一屁股债才得以租船逃走的，舒尔茨觉得这是一种理财的好策略，甚至羡慕科赫曾有这样一个时机：只有平日里最吝啬的人，才会在关键时刻，大胆地赌上全部的本钱。他理解他的对手。

到了总参谋部之后，舒尔茨对欣德米特说道："想必您已经读过前线战报了吧。惊人的大胆啊，科赫在营救那些民船时故意冒充我军，说明他知道这有暴露位置的危险，却仍然孤注一掷，佩服，佩服。"

"确实如此。其实罗森鲍尔率两百艘战舰折回，科赫是有更简单的方法可保主力部队安全无虞的：只需放弃那十几艘船和船上的人就行了，没想到却赌上了性命本钱。"

"然而，这种一味追求赢得高尚且漂亮的战术，通常只在占据绝对优势的情况下才会使用。战争道义看似公平，实际给弱势方造成的压力要大得多，因此弱者往往更不择手段，更倾向于采用残酷的超限战，较少顾及平民死活。只有确信自己不会输的人，才有余裕去追求冠冕堂皇的理由。所以科赫既然有此自信，不知还藏着什么尚未派上用场的计谋。"

欣德米特元帅若有所思，他想起了自己与科赫之间曾发生过的那场辩论，那个青年是多么坚持他对理性和人性的信念呀。老人忽然笑了起来。要说在舒尔茨面前发笑，全宇宙也没有几个人敢的。

"老将军为何发笑啊？"舒尔茨问道。

"殿下竟然对科赫的奇谋有如此高的评价。然而还有另一种情况，就是那些自认获胜机会本就渺茫的人，会以高尚的行动，确保自己的道义立场不会随着现实的失败而一同失败。这种策略或可是条件宽裕的结果，但在历史上同样常见于绝望的战士，只有这样的人最重视观念纯洁。"欣德米特停顿了一下，接着道："科赫如此看重道义，或许也有现实原因：他的兵源依靠志愿投奔来补充，这不仅要求他一直赢下去，还得赢得合乎道义。革命之路本就艰险重重，若早早地输掉了道德观感，也就牺牲了未来的兵源，一支越打越少的军队迟早会被我军剿灭；他与其缓慢地死去，不如冒着速死的风险搏一条生路。"

"精辟，精辟！"舒尔茨连声称赞，然而他的称赞只是觉得这种解释十分美妙，与欣德米特的猜测是否正确无关。事实上，温特利德本人当初做决断时，根本没有考虑到这一层。舒尔茨想了想，又补充道："他是在修道院里长大的，即便投身军旅，也难免有教士气，把观念胜利看得重于政治现实，把世间的战争只看作观念战争的影子。"

舒尔茨本想接着说，宗教和彼岸根本上就是现世失败者的幻想，但考虑到此处是公共场合，不宜公然诋毁整个希柏里尔教会，便没有说下去。

舒尔茨走后，两位老将军下了一盘棋。

"说不定是最后一盘喽，"艾希霍恩说，"一切很快就要忙活起来了，说不定有一天你我也要时隔多年再登战舰呢。"

棋下到一半，欣德米特把手攥紧，把拳头拍在暂停键上。

"愚蠢，愚蠢。"

艾希霍恩把眼睛眯成一条缝，看着他的老友。

"我说的不是科赫，而是他去迎合的那些蠢人——短视的人只看得到行动的观感,却不思考政治目标的道德属性。人类习惯于把人们为之战斗的目标,混同于战斗的手段。然而只要目标正义、明确、切实,一切手段都是可允许的。"

"好一个马基雅维利主义者,"艾希霍恩说,"如此精辟的道理,刚刚殿下在场时,怎么不说呢?"

这当然是在提醒欣德米特此番言论的危险。然而他立刻想出了应答:"殿下?那可是不同的!科赫那个小子,怎配与殿下相提并论呢?殿下胆略过人,从不需要别人的提醒。"

"你是说,在'马基雅维利主义'这方面?"

欣德米特感觉又被将了一军,摆摆手,"下棋下棋"。

3.

昨日的胜利已在身后,明日的重压随即漫上温特利德心头。帝国先遣部队的失败和西境驻军尽被牵制的局面,必将迫使舒尔茨亲自出动中央舰队前来镇压,如今自己这支脆弱的武装,无论在数量还是质量上,都难与之抗衡。温特利德回房间时路过餐厅,那里只有伊法独坐在桌前。两人相互打了招呼,他朝自己的房间继续走去。

"温特!"

温特利德听到伊法在身后叫他的名字,转过身去。他们中学时代就相识,即便今日他成了舰队的指挥官,她也会在私下里直呼其小名。

"温特,我能不能问您一件事?"

温特利德听到她说"您",便知道接下来她要问的事,自己须坦诚相告。因为这句话薇拉曾说过好几次，每一次都在她感觉温特有什么事瞒着她的时候。

"这一次，假如敌舰队没有被帕特里克吸引进卫星环带，如果敌军静待援军围剿我们，我们岂不会损失惨重，甚至可能无法逃出？"

"对。"

"您当时为什么肯定敌人一定不会如此做呢？"

"我不能肯定，"温特利德说，"我甚至没有七成的把握。"

"上一回您说过，观念上的胜利是争取现实中的政治胜利的前提。对不对。"

"对。"

"温特！"伊法轻轻地叫他，"但你其实还有别的想法，对不对。"

"伊法，"温特停顿了两秒钟，"你指的是什么呢？"

"今天的这种情况，你是不是觉得：共和主义者直到危急关头，宁可败亡也不会选择抛弃已经救上船的平民独自逃命，这一理念将会超越一支舰队的存亡，永远铭记在历史上？换句话说，所有的政治家都宣称道德大义，然而真正的大义是要用牺牲来证明的。"

"或是用甘冒牺牲的风险来证明。"温特利德补充道，"当然，两者在现实中不同，但在逻辑上是一回事，因为在另一个可能世界中，我们已经死了。然而可能性被保存了下来，终有一日会变成现实，会有其他人……"

"温特！"伊法说，"你从来都不是个哲学家！"

伊法沉默数秒，一下子抓住了温特的双手。温特利德心中升起一阵愧疚，他知道如果这艘战舰真的毁灭，这双有血有肉的、温暖的手也将不复存在。

"伊法,你是不是觉得我这样做……不对?"

"你做得对,但你的想法不对!"伊法说,"你要相信自己,要相信我们!我们会帮你,尽我们所有的力量帮你!不要想着即使兵败,也要让后人继承我们的理念,要相信今世就能把它变成现实!等待来者,等待后世,年轻人说'或许挨过这阵子就好了',中年人说'或许等到儿女长大就好了',人们被这样的希望支配,宁可每日沉溺于遥遥无期的未来,也不愿抓住这每一日!温特,你一定能活着看到那一天,一定能用这双手造就那一天的!"

温特利德睁大了眼,惊愕地看着她,嘴角不自觉地微微颤抖。

"温特!你知不知道你给了多少人希望,给了多少人勇气!多少人已觉得,这银河死气沉沉充满绝望,不值得去爱,不值得为它而战,甚至人类已是一个不值得存在下去的种族。既然如此,那么行星轰炸、精神污染又何错之有?人们嘲笑远方的灾难,漠视眼前的暴行,是因为当自己的生命已只剩下灰色,没有什么可失去,化为齑粉又有什么不可以?精神污染的秘密被捅破了,有人却说反正遍地都是精神病,都是破碎的灵魂,多几个又有什么关系?还记得吗,薇拉那次痛苦地说:她追求真相,是因为她珍视自己的尊严,因此推己及人尊重别人的理性;可是为何那么多人轻视自己,明知是谎话却甘心做它的工具?但是你出现了,让多少人看见了同时代的你,不是史书上那些遥远的英雄,你让人们明白伟大的戏剧已再度开演,自己不比任何生于和平富足的时代的人更不幸;人们开始觉得自己配得上幸福,配得上自由,配得上那些自己曾经嘲笑的东西。温特,你给这宇宙带来的最大改变，不是革命，甚至不是共和主义，而是让人类再次觉得自己是高贵的、有力量的！你树立了一个榜样，让这一代青年重新爱自己，敬重自己。这比一切都重要，比战争、国家、银河系都重要！"

伊法说到激动处，忽然停住，不自觉地悄悄退后一步。她凝视温特，却用略带难过的语调继续说道："你比你自己所知的更明亮，更耀眼。可是你，你的身上仍有太多的修道院气息，你仍然相信自己是在侍奉某个更高的原则，为它奉献牺牲，而不是创造，不是在把个人的与时代的命运融为一体。你本可以是太阳，却只愿做月亮。你不知道你的光明是你自己创造的，而非折射某个更高的光明。多可惜。"

温特利德一瞬间想起，自己反叛之前，曾在返回穆罗梅茨堡的航船上遇到的那个历史学者，他忽然懂得了将自己比作镜子的腓特烈大王。伊法说完这些后，慢慢地转身离开了，但她的每一句话都如锤子一般敲在他心里。温特利德想说，士兵们迄今最热烈的欢呼是献给你的，是你给"好望角号"取了个好名。可是伊法已经离开了。直到许久，他都仍然立在原地不得动弹。

那一晚，温特利德躺在床上，看着窗外的银河。从前他一想到面前的漫漫长路，就觉得胜算渺茫，所能做的唯有尽人事，知天命。如今他一想到有那么多人被自己所鼓舞，愿意帮助自己，又怎能让他们失望？他没有想到自己点燃了那么多人的希望，这是因为在他自己心中，一直是以近乎绝望的态度战斗的，却没有人知道——只有最接近和熟悉他的伊法看穿了这一点，只有上千光年之外的欣德米特猜到了这一点。当薇拉、科伦坡幽灵和教母都离他而去，他曾以为自己从此只剩下孤身一人，再没有什么可失去。今天他知道不是这样。温特利德又想到了他的对手，想起一年前，舒尔茨邀请自己与他合作，那一天他们也是对着这璀璨的银河说话。正是在那一刻，温特利德知道了舒尔茨是多么孤独的一个人；彼时他向自己伸来的手，是一双多么孤独的手。而伊法刚才握住自己的手，那是多么不同呀！

这一刻，温特利德知道自己有一样东西是舒尔茨没有的，那就是他与战友们在为共同的信念而战；可是舒尔茨，你又是为了什么而独自战斗呢？舒尔茨是那种即便迎面撞见死神，也一定会毫无畏怯地挺剑相向的人。和这样的对手作战，绝不仅是技术和智力上的较量，倘若在求胜的意志上就已输了，又哪里能有胜算。

第二天，温特利德很想找个机会，对伊法说声谢谢，可是她已经投入了新的工作，就像已把昨天的话忘了一样。于是这个机会就再也没有来。

第六节：几何

1.

正如艾希霍恩所料，在舒尔茨造访总参谋部的第二天，欣德米特就接到了秘密调遣令，让他作为参谋登上耶梦迦德号，随护国主一同出征。该调遣令指明让欣德米特的旗舰罗斯巴赫号停留在帝都军港。这既说明了舒尔茨多么重视科赫的反叛军，也说明了他不愿意公开承认这种重视。即便去年面对规模数倍的东境叛乱，他也没有起用这位老将。然而眼下战争的性质已经改变,整个西境的驻防兵力都因S-49星际站失守而被牵制,要想引出科赫,须有能以同等甚至更少的兵力击败他的将领。

"殿下暗中调你去,大概是不想另一些人知道此事的严重性吧。"艾希霍恩说。

"嗯,我想也是如此。所以那些地方豪强,还须你留在穆罗梅茨堡,多多留意。"欣德米特的这一回答是多余的,两人当然都明白,当下的关键仍是如何稳住地方贵族势力,稳住了这批人,他们在帝都的亲戚就掀不起什么风浪。

三十小时之后,穆罗梅茨堡城门大开,帝国中央舰队的将近八成,共计两万四千三百艘各式战舰,趁夜静悄悄地出港了。

"若非因为去年的东境叛乱,本来可出动的舰船该有三万六千艘的。"艾希霍恩看着最终拟定的出征表说道。

"欣德米特元帅一人能顶万艘战舰。"利伯曼中将答道。

"这些好话还是省了,"艾希霍恩答道,"无论将领如何,兵不厌多啊。"

四日后,温特利德在好望角号上的餐厅吃饭时,看到新闻上舒尔茨在穆罗梅茨堡出席宴会,心想舒尔茨这个人从来不愿参加这种活动,近几天却频频露面,护国主果然不好当呀。他起初并未在意,可是在一个偶然的时机,伊法也说起舒尔茨最近上了好几回电视。

"怎么,你也觉得不像他的行事吗?"温特利德问道。

"嗯,我一直以为舒尔茨学长是无所谓这些虚荣的。"

温特利德这才清楚地意识到,自己此前觉得不对劲的究竟是什么,他看出了危险:舒尔茨八成已经离开穆罗梅茨堡,率舰队奔向这里来了。这些新闻恐怕是提前录制的,是为了制造他仍在帝都的假象,演给我看而已!

温特利德猜中了舒尔茨的行动,却未想到对方的伪装有着双重意图,这些新闻并不仅仅是演给他看的,也是演给银河之内各地贵族们看的,他要尽可能长地把大军出动的消息封锁在穆罗梅茨堡那狭小的球壁之内。尽管他明白,这要塞铁壁绝非不透风的墙,他已控制了超光速通信,然而只要有人员出入流通,中央舰队出动的消息迟早还是会传开的。

科赫改换了战术,他进行空间传送的频率更低,侦察的频率却更高了;袭扰各地驻军的风险虽减少了,但成效在降低,从敌军那里掠夺的物资,有时甚至不能抵消补给消耗。然而科赫的警觉让舒尔茨屡次扑空。在纵横两千多光年的范围内,两支舰队在几十座传送门间飞来飞去。精锐的帝国中央舰队徒劳奔波了一个月后,眼看日历进入了四月,舒尔茨决定不能再如此下去。于是在一次会议上,他说出了自己近日来的想法:科赫的行踪虽然飘忽不定,但最近一周却在朝着几个被用作燃料中转站的行星而去,这说明他很可能在为远航做准备,也许会故技重施,企图打破南境或北境交通线。

"然而这样的计划,必须突破两条航线上各有拥有万余艘战舰的守军,目前估算叛军兵力只有七千多艘,达成该目标十分困难,即便勉强做到,代价也必沉重。所以,科赫或许还是会选择在银河的这一侧利用 S-49 传送门牵制一大批区域驻防舰队,并寻找机会?"这时,一位名叫施瓦岑贝格的少将问道。

舒尔茨认识他，这样的发言十分符合他的一贯作风：稳妥有余，进取不足，于是答道："如果科赫的野心，只限于在这片区域打游击，威胁小半个帝国的军事和财政，然后最终被捉住，在一次会战中被我军以压倒性优势消灭——如果他的动机，仅是仇恨旧世界，而不想建立新世界，也许会如你所说。然而科赫不是。按照你的做法，他确实能更稳妥地恶化帝国的状况。可是只要另大半个帝国的经济仍然正常运转，只要他没能抢夺或至少摧毁我们的军工生产基地和战略资源，就得不到最后的胜利。"

尽管将领中仍有不同意见，但欣德米特元帅站在舒尔茨这一边，两人一致相信：以科赫的远见，他必定知道无论如何都要进行战略转移，将战火蔓延开来，利用地方贵族的分离倾向，对帝国施压。这意味着此前他曲折的路线只是假象。舒尔茨派人向南、北境守军分别示警：叛乱军前些时日占领西境超远程传送门只是在牵制附近的驻军，他们真正的目标应当是你们所驻守的交通线。

既然认为科赫极有可能会选择转移，以下结论就是明显的：他至少要去尼德瓦尔德、特里森等几个行星之一补充能量。舒尔茨认为不可贸然分散兵力，因此决定全舰队迅速开赴可能性最大的尼德瓦尔德，希望能在那里截获叛军。三日后，帝国军抵达了那片区域。

在这个气态行星的表面，挂在气球下的浓缩机悬浮在大气中，不停地收集和制作聚变燃料。从宇宙中望下去，这些气球在呼号的风中轻轻飘动。

舒尔茨心想，会不会叛军已经去往南方交通线了呢？他命令舰队补充燃料之后，毁掉剩余带不走的核燃料罐，即刻出发。趁着逗留的时间，他布下大型侦察舰在恒星系内索敌，以防对手其实躲藏在某个角落里。搜索结果仍是没有发现任何敌军。

舒尔茨焦躁又略有沮丧地离开了尼德瓦尔德，率领舰队主力赶往特里森，若还没有逮住科赫，就直奔南境。同时，欣德米特率领四成舰队分道而行，去往附近一处星际站，两支舰队距离必须维持在一次传送即可会合的二十光年之内。然而启程四十八小时后，当舒尔茨布下的侦察舰也离开尼德瓦尔德，那颗行星在耶梦迦德号的航图上再次沉入未知的黑暗，就像无法看见自己的后脑勺的人一样，怀疑的阴影再次从这片黑暗中爬上了脑际。

面前的星图上绘有上千条蛛网般的航线，这些线条给了我们多少安慰。但对于航海者来说，它是多么不真实，因为这些漫长的航线上其实空无一物。银河帝国那么广阔，可是，人类涉足的区域仍是如此稀疏，而我们真正控制的枢纽，更是多么渺小啊。我们一次能够照亮的范围，不过是无边黑暗中的方寸虚空，这里有当下的足迹，这里有声响与呼吸，只待转身而过，便又回归了亘古的沉默。

"万一我不是过慢，而是过快了呢？万一我不是来得太晚，而是太早了呢？科赫会不会在我军离开后，去尼德瓦尔德行星补充燃料呢？"舒尔茨没有要折回去的意思，他知道倘若如此，即便暂时扑了个空也并无大碍。但若科赫已经在另一个行星装载了燃料并前往南境，就会成问题。于是他决定继续率军奔赴特里森行星，同时分出一支舰队返回尼德瓦尔德，一旦遇敌就不可让他逃脱。

舒尔茨再次召开了会议，将这个构想告知了诸位将领。这是一个冒险的决定，因为欣德米特已经带走了四成舰队，剩下的舰队已不到反叛军的两倍。

"殿下,这次就让我率部下回去吧!"主动请战的是于尔根·罗森鲍尔中将。

正是这位罗森鲍尔,前不久刚被科赫的分兵之策摆了一道,向S-49星际站求救,导致施文克的倾巢出动一败涂地。施文克被连降两级,罗森鲍尔却没有,这反而令他更加耿耿于怀。因为如果惩罚降在自己身上,他可以坦然接受,而自己的失误间接导致了别人受罚,他却难忍歉疚。想必此次,他一定要报那一箭之仇。此人虽无突出之处,但在帝国军众将官中也不算差,没有固定的作战风格,因此应变能力较强。舒尔茨想了想,觉得这种品质也算适合此番行动。

"你要带多少艘战舰前去?"

"仅我负责指挥的分舰队就已足够!"

"荒谬!"舒尔茨说,"你统辖的分舰队不过两千五百艘,如今的敌军或已有你的三倍,这样的劣势下我都撑不住,真是大言不惭!"

罗森鲍尔一听舒尔茨这样说,便知不可再强辩,立刻低下头说:"殿下恕罪!"

"我再给你一倍的兵力,"舒尔茨环视了众将官一眼,目光落在了其中一人身上,"施瓦岑贝格少将!"

"在!"

施瓦岑贝格在胡滕将军手下任职数年,却并未随他和皇太子一同前去奥厄行星,才幸免于难。他从未独立统率过一支舰队,因而养成了谨小慎微有余,冒险进取不足的行事风格。帝国军的规矩,便是胜利的光荣与失败的耻辱都属于独当一面的主将,做下属的只要不犯错就行了。舒尔茨多次痛斥这种习气,却无力改变;因为他发觉自己越是想要打破这种臣僚关系,就需要越大的权威;然而自己权威越重,臣僚们反而越谨小慎微,自己越得事无巨细亲力亲为,部下们就越依赖他。

然而这一次,舒尔茨反而准备利用这样的一个官僚,来约束罗森鲍尔的冲动。罗森鲍尔的复仇心,会越出他的资源所能达到的限度;施瓦岑贝格的谨慎,却通常不敢打那种需倾尽全力才能打赢的仗。舒尔茨干脆地下令道:"我任命你为副将,与罗森鲍尔同往。"

"是!"

舒尔茨叮嘱罗森鲍尔中将说:"记住,如果真找到了叛乱军,你的任务只是不近不远地盯住他们直到我到来,而不是迎敌。"

"遵命!"施瓦岑贝格少将答道,"那么……殿下,如果敌军主动进攻呢?"

"应当不会发生这种情况,科赫此时最不愿意做的就是消耗兵力。即便为了摆脱跟踪向你们发动突袭也不用怕,因为如今的情势下,他的进攻只可能是在吓唬你们,好趁你们惊惶未定时逃掉。"

"殿下高见!"罗森鲍尔中将鞠躬领命。一小时后,他就编成一支五千艘的舰队,回赴尼德瓦尔德行星了。

2.

从帝国军主力所在的位置返回尼德瓦尔德,全速行军只需一天。罗森鲍尔中将起初想尽快返回,又怕回去得过早,反而再次错过、吓跑了姗姗来迟的敌人，于是仍常速前进。在他离开帝国军主力二十八个小时之后，终于靠近了此行的目的地。

"报告！发……发现，发现革命军舰……舰队！"罗森鲍尔身旁的一名士兵忽然紧张地大喊，一时忘了要把敌人称作"叛乱军"的纪律。

"不用你说，我看到了。"

罗森鲍尔立刻下令："全舰队前进！"

"将军，是否回报大部队，并等待主力部队到达？"副将施瓦岑贝格提醒道。

"切勿等待，立刻前进！"罗森鲍尔坚持了自己的命令，"半个小时之后，我要么因为打败了银河第一智将而永垂史册，要么灰飞烟灭，供奉在穆罗梅茨堡的神武祠里。"

"将军，您忘了殿下曾嘱咐我们的话了吗？"施瓦岑贝格明确地指出，舒尔茨叮嘱他一旦发现敌军踪迹，就紧咬对手等待援军会合，不可轻启战端。

"可是殿下也说了，科赫此时最怕的就是虚耗兵力，难道我们不该努力促成敌军恐惧之事吗？"罗森鲍尔见副将似乎有话要说，就继续抢着把话说完，"殿下过于谨慎了，谨慎是政治家的德性，却会变成将领的牵累。他对科赫的奇谋评价极高，但科赫究竟是凭借什么条件施展奇谋的呢？那就是，他每次都处于主动进攻的一方，能够随心所欲地挑选开战的时机和地点。因此我要立即抢攻，既不给他施展谋略的机会，也不给他思考的时间！短兵相接，用战士的勇毅德性一决生死！"

仅一分钟后，革命军的舰队就侦察到了逼近中的帝国舰队，警报响起，温特利德闻讯立刻来到指挥部。

"敌军数量？"

"约五千艘！"

战区星图上的敌舰正在迅速逼近，不到一刻钟的时间两军便会相接。

"敌军的规模相比我军小了三成，竟然就这么不顾一切冲过来了？"温特利德自语道，"看来时至今日，我这个旁听生还是被你们小瞧了啊。"

温特利德并不知道，对方如此急切地发动进攻，迫不及待地让两军陷入交战，并非小瞧了他，反而是出于对其智谋的畏惧。自知智不如人，便干脆放弃思考，同时剥夺对手施展智力的机会，这种战术在人类历史上颇为常见，同时也说明较愚笨的一方尚存自知之明。罗森鲍尔中将看着战区星图，只要侧翼不存在伏兵，自己便可在十分钟后缠上对手，然后发动冲锋将两军陷入混战。到时候帝国军只需向全宇宙通用频道大喊"主力舰队就要到来！"以代替通常的冲锋口号，就能在心理上压垮孤立无援、缺乏后备力量的革命军。

温特利德见敌军来势汹汹，只下了一道命令：

"全舰队各舰寻最短路径撤退至行星另一侧，沿低轨道向两翼自然展开。"

罗森鲍尔中将看到敌军舰只纷纷散开，各自循最短路径朝行星的背面撤去，大声说道："别让他逃了！科赫无疑是明智的：他没有后备军，所以即便面对规模只有其七成之敌，也须避免无谓消耗。然而敌军逃离的理由，正是我军追击的理由！敌军这样做，只为多争取一分钟的逃离时间。立刻发动冲锋！让快速舰艇满速前进，不必等待较慢的主力舰！"

十二分钟后，科赫的舰队和罗森鲍尔中将的前锋快速舰队同时在雷达上捕捉到了对方。双方立刻交换了一轮火力。然而不到半分钟内，地平线的两侧就又浮现了更多的舰影，层层叠叠地朝着帝国军脆弱的前锋压来。由快速舰组成的前锋意识到自己陷入了半包围，而后方的舰队对此仍浑然不知，刚到战场也立刻陷入了三面的火力中。

"行星是一个球面，我让各舰自寻最短距离撤至行星背面，舰队自然会沿地平线散开成半包围的圆弧，还能多争取半分钟的列阵时间。"温特利德向身旁的战友们解释道，"敌将的球面几何学得太差，他把这么明显的舰队运动，理解成我军正在争分夺秒地逃离了。当然，后者也是一个可行的选项。"

"各舰注意！敌军主力就要到来，一待出现，立即集中火力击溃其前端。"

四分半钟后，罗森鲍尔舰队的各个梯队逐次跃出了地平线的光弧。温特利德立即下令："向敌舰队前端施加全部火力！"

帝国军舰队的前端立即在十余倍于己的火力下崩溃，后续的舰队顶替了上来，然而仅支撑了一分钟就再度被击溃。罗森鲍尔目瞪口呆地看着这一幕，他想把舰队停下，暂时后撤出半包围圈，可是由于每艘战舰的引擎都处于冲锋状态，前部的溃败和停滞已经引起了中部的混乱，后卫部队却仍处在地平线的那一侧，视野之内看不见前线状况，仍如扑火飞蛾一般，正向这死亡旋涡冲刺。

"是否应当收拢包围？"策林根问道。

"若完全不给敌军活路,他们反而可能抱定必死之心,为自己报仇。我军眼下的任务不是全歼敌军,而是保存战力。"说完这句,温特利德停顿了一下,"全舰队上浮一百公里,不要管那些已陷入混乱的敌舰,集中火力瓦解敌方一切有秩序的行动,优先袭击企图向上方逃逸的敌舰,尽可能歼灭有生力量。"这便是温特利德的最后一道指令,接下来十几分钟里他未发一言。

接下来的战争几乎变成了单方面的屠杀,帝国军挤在狭小的空间,陷入了完全的混乱。罗森鲍尔试图率军向天顶方向逃逸,最先上浮的舰艇却遭到了毁灭性的集中炮火,于是其他舰船也被压了回去,盲目地跟随身边的友舰左冲右突,试图在同伴的尸骸间寻觅出路。罗森鲍尔又试图集中残存兵力一举正面突破然后逃逸,却只有约三成战舰听从指挥。帝国舰队付出了惨重代价后,终于有一部分掉转方向,从半包围阵型的缺口向着来时的原路奔逃。

"指挥官,是否放剩下的敌军一条生路?"帕特里克问道。

"指挥官,我们不能这样做,今天放走的敌军明天就会杀回来,银河帝国有十万舰队,要想胜利就必须杀下去,一直杀到对方比我们少。"策林根反驳道,"这只是一个开始。"

温特利德仍然沉默,他看着如镰刀般前伸的两翼,知道此时只需将两把镰刀延展得更远些,就能多割走两百艘敌舰,他却并未下这样的命令;此时只需停止火力追击,就能多放过数万名敌军士兵,他也没有这样做。他只是看着己方的炮火将半数已看到生还希望的敌军,摧毁在生死逃亡最后关头,同时把另一半放走。在这一刻钟里,温特利德不停地问自己:这是一种伪善吗?在不敢确定怎样才算是善的时候，我就一动不动地坐看事情发生；帕特里克和策林根之间必有一方更正确，他们都坚持了自己的理由；而我不想做选择，是为了保证无论怎样都不至错得太远。温特利德看着敌舰一艘接一艘地炸成火球，在这黑暗的虚空中，谁将生还，谁将死灭呢？我在把责任推给某个"更高的存在"。我能够相信那种存在，相信它在人的尺度上是善意、公正的吗？不，我不信。我必须为我的抉择扛起全部责任。

一刻钟后，宇宙恢复了平静。远方的恒星将光辉泼洒在这刚刚宁息的战场，把生还的战舰与死灭的残骸镀上同一种颜色。数万铁铸的残片仿佛巨人的宇宙坟场，那些较完整的舰骸又像是远古文明的宏伟废墟。

温特利德站了起来。帝国军已来过这里，带走并烧毁了几乎全部燃料。我在此能补充的燃料非常有限，仅够一次传送。然而我来了又走，却需要两次传送，所以已经算亏了；接下来再去其他类似的中继站行星，也难免遭遇同样的情况。己方最有利的高点已过，逗留已无意义。他下令道："敌军主力随时可能到来，全舰队补充燃料后即刻启程，目标：阿尔策瑙星系。重复一遍：我们不去特里森了，当前目标是北向的阿尔策瑙星系。稍后把伤亡统计报给我。"

3.

舒尔茨于凌晨五时被梅耶贝尔叫醒，说是刚刚接到施瓦岑贝格少将来信：发现叛军。他立刻从床上爬起来，去往指挥部，下令全舰队折返尼德瓦尔德。五时一刻，他要求以超光速通信联络罗森鲍尔舰队,却没有收到回音。舒尔茨心中忐忑不安,看了看墙上的钟。

"距离刚才收到消息不到二十分钟。难道已经发生了什么变故?"

既然已经发现目标,舒尔茨直接联系了欣德米特,让他立即回来与行动较缓慢的大部队会合,自己亲率三千艘快速舰先行向尼德瓦尔德进发。他不祥的预感成真了:中途遇上了溃逃的罗森鲍尔舰队残部,仅剩七百余艘战舰,临时负责的最高军衔指挥官是一名中校。

舒尔茨听闻了罗森鲍尔中将主动进攻,并在短短半小时内葬送数千艘战舰的经过,勃然大怒。他平日治军虽严,却极少因败治罪,因为这样的先例只会给未来的战役徒增心理负担;何况败绩已是为将者最大的耻辱,命运已降下了与其才智和能力相配的惩罚,何须追加另一份耻辱。然而此次他不是恼怒于失败,而是恨他不听号令:"我要他一旦发现敌舰队就老老实实地等我,他却自作自受;蠢狗若是听话还有用处,不听话则死不足惜,还要拉上几十万士兵陪葬,实在可恨!告知军法部门:开除罗森鲍尔军籍,不得入神武祠供奉。"

在降下这最为严苛的惩罚的同时,舒尔茨同时宽赦了这些战败逃亡的将士,并将他们编入自己的舰队。此时舒尔茨身边的兵力仅有科赫的一半,然而他毫不畏惧地下令以最快速度开赴尼德瓦尔德行星,身为帝国的护国主和将来的皇帝,他的大胆和果决立刻提振了士气。

"殿下!敌军或已占领了尼德瓦尔德,并以优势兵力设下了埋伏。"梅耶贝尔劝阻道。

"无妨,继续全速前进。"

舒尔茨心中知道,此时前去多半已捉不到科赫的舰队;他也正因为能料到如此结局,才敢以这样少的舰队挥师直进,以挽救败军的士气。正如所料,当他的舰队抵达尼德瓦尔德上空,革命军逃离此地已将近一整天。科赫大大低估了罗森鲍尔率领的前锋与舒尔茨的主力之间的距离,所以一战得胜之后未敢久留,匆匆离去。

八小时后,欣德米特元帅率帝国中央舰队主力赶到。在听了多位幸存军官的证词,对昨日的战况进行了复盘推演后,两人意识到此战中科赫的舰队运动确实巧妙,舒尔茨也觉得自己对罗森鲍尔的死后处罚似乎重了些。然而惩罚已经颁布超过十二个小时了,已难以调整;朝令夕改必会有损军令本身的威信,幸亏之前的惩罚理由重点放在了他违背命令而非战败上,所以也不算冤枉。

"完美,完美。"欣德米特元帅喃喃说道,"运用球面几何学,把舰队散成半包围圆弧,埋伏于行星背面,争取了重新列阵的时间,并制造了正在撤离的假象,这一切仅用一道指令就同时完成。战争史上有两种胜利,一种如绞肉机那样残暴笨拙,另一种如几何学那样简洁优雅。这一战,可写入教科书了。"

"确实。"舒尔茨看着战报,"这一手,是您教他的吗?"

"没有,这是科赫自己的。说实话,换作我在当场,未必敢。"

"您是说,您其实也想到过这种战术,却不敢用出来?"

"不,我说的是,我未必敢想到这种战术。"

"啊!"舒尔茨轻轻叹了一口气,"然而,战争史上有过那么多次行星争夺战,为何我不记得曾有类似先例?难道这种程度的球面几何,竟真的从未有人想到过吗?"

"这或许就是天才吧。"

"老将军当真相信天才的存在吗?"

"科赫确是天才，殿下您的天才也不输于他啊。"

"老将军的恭维我受之有愧。您先退下吧，我想一个人再研究一遍这份战报。"

欣德米特走后，舒尔茨独自在他的船舱里来回踱步，心中的迷雾渐渐清明：这哪里是什么"天才"！宇宙战争已有近千年的战术积累，岂会轻易被个人天才打破。要施行这样的战术，意味着放弃指挥权长达十多分钟，让各舰自行循最短路径绕至行星背面。这道军令看似简单，然而无论是将帅不能完全信任下属，或下属不能信赖将帅，都可能导致混乱而自败。科赫虽以舰队战取胜，实际上仍利用了非军事资源：那就是他和部下们彼此绝对信任，甘愿同生共死，指挥官凭此方可大胆使用那些超出常规的战术。而罗森鲍尔贪功冒进，无端挥霍士卒的性命，这样的将军率领的舰队稍遇压力，怎能不一触即溃？至于欣德米特元帅刚才将科赫的胜利归于"天才"，恐怕也不是没想到这一层，而只是因为事关政治，身为军事技术官僚，不愿在我面前多言罢了。

尽管代价惨重，舒尔茨仍确证了自己的猜想：既然科赫来过尼德瓦尔德，毫无疑问，接下来要么北上要么南下，因为他若不利用南北两条交通线上的传送增幅门，而是横穿广阔的帝国腹地，很可能会燃料不继，死在那片贫瘠的荒漠。他很可能会急行军，希望在被察觉之前奇袭某个超远程传送门，一举跳过上千光年。一个多月以来，在这迷宫般的星海间，舒尔茨第一次看见了明晰的方向，燃烧的斗志冲淡了失败的懊恼，甚至觉得用四千艘战舰换取这个情报也不算太亏。

他立刻制订了计划：让南境总督奥伯豪森伯爵刻意削弱西面的侦察，

装作没有发现他的行踪，放温特利德接近那座传送门，然后由舒尔茨亲率大军堵上他的身后退路，与南境驻军以共计四倍兵力完成合围。

"殿下，难道不是还有另一种可能性？"欣德米特元帅冷不防地问道。

"是的，我打算直接把帝都要塞传送过去，有柯钦采夫在。"舒尔茨答道，就好像早就等着别人问出这个语焉不详的问题。但他想了想，又补充道："我只在调遣舰队时见过他几次，觉得他是很老练的人，靠得住。您对他的了解应当比我深。"

"老臣也觉得，如无意外，应当问题不大。"

第七节：凌越

1.

弗谢沃洛德·叶甫根尼·柯钦采夫元帅今年七十九岁，他坐镇穆罗梅茨堡司令部，掌管要塞防御与帝都卫戍舰队已有五十年。他是银河统一战争期间的老臣，出身寒微，凭着军功与先皇信任成为穆罗梅茨王朝的开国将领。当年王朝初建，三元帅中的欣德米特、艾希霍恩分别执掌军事学院与总参谋部，都被削去了兵权，唯有柯钦采夫被委以重任。起初让他当上这个要职的，是年轻时的忠诚，后来让他能一直当下去的，是年老后的沉稳。在此期间，帝都从未遭遇过入侵威胁，随着银河系承平日久，柯钦采夫也年岁渐老；他已习惯了不再瞭望遥远的星海,而是更关注要塞内的动向。在他的领导下,卫戍部队在数次宫内政变和党争中严守中立;然而如此军力是不可能真正中立的,所谓中立其实意味着不动声色地站在胜利者一方。近十年来,主动出击征剿叛匪的任务落在了舒尔茨肩上,帝都卫戍军的任务就更轻松了;可是老将军却愈发阴郁,老人最大的遗憾就是眼睁睁看着旧部凋零,青年人中合适的继任者迟迟未能出现,他的退休期也一拖再拖,但帝国已经给了最后承诺,让他在八十岁时告老还乡。

建造于近一千年前的穆罗梅茨堡(当时叫作博涯要塞)被视作工程奇迹,并不在于它的庞大。一些较大的星际站亦有其八分之一,甚至六分之一大小。在人类历史上,建筑的体积从来只是统治者好大喜功的表现,谈不上工艺技术的结晶;真正令人叹服的,其实只有那些凌空高邈、巧夺天工的塔尖。这座要塞,这宇宙的珍珠,它的奇迹在于它的超远程传送:那座能将这上百兆吨的铁球瞬移至五千光年外的装置,凝聚了人类最高的精密科学成就,它对重力场的稳定性和控制精度的要求,不亚于在飓风横扫的池塘里,不溅起一纳米高的水花。同时,要塞一旦迁移即意味着途经帝都的全部航线都得调整,因此需要提前十日普告环宇。就像扳过一组岔道,整套交通系统被切换到了一个备用方案,这亦是总参谋部的银河协防计划的一部分。此外,星际船只传送引擎的冷却时间,多在四至十二小时之间,要塞的传送引擎阵列的功率过于巨大,会耗尽要塞的全部储备能量,待补充完毕总共需要一整个月。因此要塞传送必须慎之又慎,每次传送后都会有两个月失去机动能力,此时若遭围攻则只能坚守无法逃逸,其他星域若爆发战事也无法驰援。然而总参谋部和要塞司令部都认为应当"挪一挪"要塞,只为把守住北境那一片传送门,能够在不炸毁它们的前提下令叛军无法使用。艾希霍恩是在和柯钦采夫下棋时提出这个建议的:他把小卒拱到了对手的底线。

"您本可提早四步棋把车堡移到底线去的。现在没能拦下这貌似卑微的小卒,让它过了线,变皇后了。"艾希霍恩说道。

"要塞迁移一次的经济成本,可百倍于封住叛军的行动范围对他们的消耗。"柯钦采夫说。

"没关系,历史上充满了用导弹炸草房的经济账。帝国支付得起这样的成本,叛军在短期内却很可能承受不起。"艾希霍恩答道。其实他这句话是多余的,柯钦采夫心中早已同意这样的战略。所谓战略学,就是在关键的时间和地点调集并投入优势力量的学问,至于用兵还是用钱,又有什么区别?钱比兵好。战场上的死亡总是触目惊心,而经济损失就算会导致更大的苦难,也是隐形的,万能的印钞机总能把损失摊薄到千亿人口头上。

这将是帝都要塞在银河统一战争结束后的首次传送。柯钦采夫和他的同辈人仍然记得,自己年轻时曾经目睹过同样的壮举。由于帝国政府提前十日公布了此次行动,包括革命军在内的所有航船都得到了消息,温特利德也完全明白了对方的用意。

"无论是真是假,既然他们说要塞北上,那舒尔茨果然南下了,"他说道,"我们和他玩了一个多月的捉迷藏,虽然有一次战术胜利,却在资源上斩获较少。光是帝国中央舰队的存在就已经极大地压缩了我们的活动空间。所以综合看来,我们在战略上其实亏了。帝国军损失四千艘战舰是能补回来的,但策林根刚才已给出了报告:我们盈亏相抵之后，仍损失了十一天的补给，说不定会被掐死在这里。早知如此，就该一个多月前北上的。"

光复历477年4月27日，辉恒—穆罗梅茨堡时间午夜零点十分，要塞司令部接到了一则令人震惊的侦察报告：温特利德·科赫的叛军出现。柯钦采夫长叹一声："终于来了。"早在一周前，穆罗梅茨堡就已从靠近帝国版图中央的星域，传送至北境交通线那座超远程传送门旁，相距不到三光秒。只要叛军舰队从门内穿出，就会迎面碰上要塞火力的近距离齐射，无论出来多少都会瞬间化为灰烬。

总参谋部制定的北境防卫的计划，是挑选了一些较重要的传送门，将舰队隐藏在附近，待叛军传送到一半时再杀出。为此必须把要塞调来弥补兵力。如今科赫来了，却没有从任何一处设下埋伏的传送门里穿出。相反，接下来的三天内，要塞司令部连续接到新消息：叛军神奇地避开了所有被设伏的传送门，走了一条之字形的弯路，利用那些未设伏的传送门逼近了。原来科赫早在半个月前就已下令侦察舰先行，将帝国军在那条交通线上的兵力配置摸了个大概。

艾希霍恩听说了这样的结果时，便对柯钦采夫说道："这是预料之中的，不必惊讶，能把他逼上这条曲路已算不错，其实科赫也不见得真的侦察到了每一处埋伏，他走对了路，多半是因为过于谨慎，跳过了所有可疑的传送点，甚至把两处我们其实没有设伏的传送门也跳过去了。"

5月9日，柯钦采夫收到了一则消息：叛军消失了两日之后，突然出现于只需最后一次传送便可抵达要塞的最后红线。

"科赫是个聪明的逃犯，知道我们在哪些站台上蹲满了警察，于是提前下车，徒步慢慢地走过来了。"柯钦采夫看到这样的情况，摸了摸胡子，"不过七千艘舰船的规模是无法攻破要塞防御的。传令，所有舰队停留港内，把炮台列车全都开到西半球，准备迎敌！"

七小时后，叛军再次空间传送，新落点离要塞不到三光分。

柯钦采夫元帅正坐在要塞司令官的座席上，望着大屏幕。前端侦察哨传回图像，那支陌生的舰队出现在了穆罗梅茨堡面前。

在这样的距离，好望角号也已经能通过光学望远镜观测这座宇宙间最宏伟的建筑。正如温特利德所料，要塞驻军选择了坚守不出，而旁边仅三光秒处就是那座巨大的环形传送门。

"指挥官，您真料事如神，起初我还以为敌人把全部兵力都分散在了较小的传送门上，怀疑这里会不会是摆空城计。想来真是后怕，如果我们从传送门里穿出来，早就迎头撞上要塞，灰飞烟灭了。"舍尔兴说道。

这是当然的，由四座超远程传送门为中心编织成的四条主干线，是五国时代遗留下来的大动脉，此后人类社会再无力建造这样的工程奇迹，充其量只是添加了一些毛细血管。科赫只想甩开舒尔茨的主力舰队越远越好，才选择反方向进军，他一开始就没有充分使用这条交通线的幻想。不过，帝国军居然真的把整个要塞从帝国腹地传送到了北部防区，如此兴师动众，虽是情理之中，却也是意料之外。如此一来，他想利用这超长程传送门的企图彻底泡汤了，能量与补给顿时紧张了起来。

"前进，六小时后到达距要塞一光分处停下。"

2.

整整六个小时过去了,要塞驻军仍坚守不出,这既让温特利德略感失望,也让他松了一口气。因为如果要塞驻军出击,则意味着只要战胜并缠住敌舰队,即可像冷兵器时代攻打城门那样,趁要塞开门撤回败军时一举攻入。帝国陆军已在短短一年之内被两度全灭,再也无法打半个世纪前那样的穆罗梅茨堡保卫战了。温特利德怕自己抵挡不住这诱惑。一路上舰队每次时空传送,越逼近穆罗梅茨堡,他就越是坐立不安。他的脑海里频繁地预演着,攻入要塞军港之后,如何最快地占领司令部,然后进入内圈——帝国电台、总参谋部、贵族议会、交通部、皇宫、教皇府都在那里,还有那判别了生与死、神学与科学的灵薄岛——薇拉也在那里。他深深地眷恋这里,只因为有她在;除此之外,这里的一切都是他的死敌。他想起奥厄沙漠中的花朵——与死寂的荒野相比,生命是多么微不足道!在这宇宙中,僵死的与富有生机的事物的量是多么不对等呀!可是幸福就算只是昙花一现,它也属于永恒,人们仍然愿意为了一朵花去爱整个世界。早在他逃出穆罗梅茨堡的当天,甚至在还未逃出之前,就已经想过如何攻回来了。纵然醒着时尽量不去想这些,这些场景又会在梦里潜回。然而温特利德理智上知道,以他的兵力即便侥幸攻下帝都,也必定损失惨重,不足以防卫它;所以当他看到要塞驻军坚守不出,心知绝无可能将这疯狂的计划付诸实施后,反而暗自庆幸,偷偷藏起了这个没有对任何人说过的念头。

这时他听到身旁一声轻轻的叹息,他微微侧过头去,看见是伊法。她也一定想起了和薇拉在这里一起长大的时光吧。

温特利德下达了命令:"全体战列舰听令:三点二十分零秒整,主炮齐射,要齐!"

一分半钟后,两百余艘战列舰的炮火向着遥远的穆罗梅茨堡飘去,其中一百艘还是四个月前从这座要塞里偷出来的。

"打开全舰队频道,我有话要对全体将士说。"

通信员打开了全舰队频道后,指挥部鸦雀无声,温特利德神情有些紧张和激动。

"全体将士们!前方就是穆罗梅茨堡,越过它,越过它旁边的超远程传送门,那些我们从小在历史课本上熟悉的星球:千年古都辉恒,还有人类起源的地球,都在那广袤而古老的东方。我知道本舰队的绝大多数人,例如埃本塔尔军团的成员们,都来自银河的西侧;更有许多人是第一次离家如此之远,甚至从未想过这辈子会去往东方。现在,我们就要踏上新的征途,不知何时才能回来。我们一起向家园告别吧!再见啦!"

"再见啦!埃本塔尔!"伊法第一个喊道。

"再见啦!埃本塔尔!"舰队里响起了此起彼伏的声音。

"再见啦!克赖尔斯海姆!"

"再见啦!埃尔福特!"

那些原国王堡骑士团的僧侣,他们向着国王堡的告别与俗人不同:"在高处相见吧!我的星辰!"他们中的许多年轻人,其实是在即将前往的帝国东部出生长大,半年前刚刚回到他们的精神故土国王堡,激动地喊出了这样的话。

温特利德接着说:"我们即将飞越穆罗梅茨堡,银河帝国的帝都。趁此良机,我们一起骂住在里面的那些吃饱了只会互捧互舔的贵族,那些趾高气扬欺下瞒上的宪兵,还有那些满嘴道德救赎、一肚子男盗女娼的主教,好不好!"

"好!"

温特利德吩咐全舰队的每一艘舰船随机任选一个频道,现在每艘舰里的声音,都将在一分钟后随着电磁波传至穆罗梅茨堡内的军用和民用电台。

"舒尔茨给你们屎味的巧克力!"温特利德大喊。

"舒尔茨给你们屎味的巧克力!"这带屎的句子振聋发聩,犹如山呼海啸。

"教皇给你们巧克力味的屎!"

"教皇给你们巧克力味的屎!"

"你们选吧!"

"你们选吧!"

"我们走啦!"

"我们走啦!"

温特利德没有喊出"打倒银河帝国"之类的口号,因为这不像一般的叛匪,太容易引起意识形态上的警觉,反而会把帝国和它的贵族们团结在一起。然而针对个人的粗俗谩骂就更符合"银河大匪首"的身份,也不易被辨认出革命色彩。

一片沸腾之后,温特利德示意将飞越要塞的指令传送到各舰。这些挑衅无异于虎口拔牙,是时候趁老虎还未被激怒逃开了。

在刚才的整个过程中，策林根一言未发。舍尔兴走到他身旁，"策林根，我们从来没有听你说过你的故乡，那是在哪里呢？"

"在银河的另一边，我们即将要去的地方。"策林根答道，"那不过是一个人口不足百万的小星球，寒冷又苦涩。故乡，祖国，这些词语又有什么用呢？据说在人类的政治组织刚演化出'国家'的时代，就出现了第一个没有祖国的人，叫伊拉斯谟。他没有祖国，但他并不为之痛苦。"

"或许吧，反正我也不知道伊拉……斯谟是谁。"舍尔兴说道，"但我想他一定是个伟大的人，因为我听说过一句话，说那些能够不因失去故乡而痛苦的人，心中一定有一个夺不走的家园；那些生来没有祖国的人，必须在孤独中创造出一个国度。"

"那是伊拉斯谟，并不是每个与他持相同态度的人都这样伟大。"策林根答道。接着他便再没有说一个字。

不远处，温特利德听见了两人的对话，静悄悄地走开了，他在一个僻静的角落坐下。

"再见了，宇宙的珍珠。"温特利德在心中自语。他看着窗外那个皎白的微小光点，在这微弱的光芒里他仿佛看见了薇拉的脸。一瞬间，不仅往日的人与物，就连那个死去了的昨日的自己，也复活在这回忆中。一个没有故乡的人应当怎样告别呢？就在刚才，人们向各自的母星道别时，他也没有能喊出一个故乡的名字。六七年来，温特利德关于故乡的梦里是她，关于流浪的梦里也是她。舰队即将进入空间传送，此去又是生死未卜。凄凉的情感攫住了他，就像深秋的风，温特利德觉得这恐怕是他最后一次如此接近薇拉。

伊法注意到了温特利德的神情,他仿佛又在另一个世界神游了;她认识温特已经太久,一下子猜中了他的心思。于是伊法悄悄走近他身后,轻轻咳嗽了一声。

温特的思绪又回到了现实中。他想到刚才伊法激动地与故乡告别时的样子,说道:"我们要离开你的家乡所在的这半个银河了。"

伊法轻轻摇了摇头,望着远方的穆罗梅茨堡说:"还记得吗?我们之前一起读古代小说时,薇拉说过,作为生长在狭窄的宇宙要塞中的孩子,她一想到'故乡'这个词,就想到书中那辽阔的俄罗斯。"

温特利德轻轻地点了点头。

"温特,可是你知道古代俄国人最渴望什么吗?他们被无边的土地困在了内陆,所以最渴望大海,他们把为祖国争得了大海的人,视作最伟大的君王。"伊法说道,"我们宇宙时代的人,都共有一片海,无论在什么时候,从哪个位置看过去,都是那么灿烂。"

伊法的话将覆盖在温特利德心头的枯叶吹散了。她也在心中感叹:这一年多来,一切的变化多么大呀,直到今日回忆起来,才发觉过去的时光那么美好,而最美好的,莫过于自己当时甚至感觉不到时间的存在,未来就像一条没有尽头的野花盛开的小路,或永不终结的歌曲,一曲将尽总能接至下一曲。你总是更有紧迫感的那一个,总是说什么 Carpe Diem,而今属于你的时间已经永远地停下了。伊法把手伸进口袋,触摸到了薇拉留下的那块表。

舰上传来了时空传送的倒计时声,几秒钟后,好望角号飞越穆罗梅茨堡,来到了银河的东方。

3.

要塞司令部内,柯钦采夫元帅瞥了一眼高倍光学观测仪的屏幕。数千艘战舰徐徐进逼,逐渐变大。他尽管六小时前就通过超光速通信得知了这一情报,仍难以相信科赫会以卵击石,直到目睹才瞪大了双眼。他自从掌管穆罗梅茨堡以来,从未遭到过如此挑衅。

"报告!正前方有一大波能量袭来!"

"哈哈!"柯钦采夫不敢相信有这样愚蠢的打法,"在如此远的距离朝我们射击,又有什么用呢?这个外行,把帝都的铁壁当成连战舰的能量护盾都不如的东西了。不过,如今的军官也都没有受过要塞攻防战训练。"

柯钦采夫看了一眼敌舰的位置,仍然位于要塞前方一光分。这个距离已超出了永恒之矛的最大射程,巨炮虽能伤及装甲较薄的敌舰,却无力造成实质性的损毁。但是无妨,科赫很快即会发现这种异想天开的超远程轰炸毫无用处,只待他再靠近些,就用永恒之矛将其一击重创!然后便可以派出那些自信满满请战多日的贵少爷去清理战场了。可是,这次的对手是科赫,那个就连舒尔茨殿下和总参谋部的首脑们都不敢小视的科赫,他又会想出怎样的奇谋呢?

此时,两百多艘战列舰的炮击同时抵达了穆罗梅茨堡。要塞表面有四分之三覆盖着惰性液体的沉沉大海,战列舰就算贴近猛轰也会化为波涛散去。现今如此遥远的轰击,却仍把短促剧烈的震动化作徘徊的巨浪。时间已是深夜,但睡眠不佳者仍感到了轻微的晃动,从梦中惊醒,以为是地震,转念一想,这座人造天体中是不存在地震的。他们躺在床上，仔细分辨自己的心跳、窗外的风声和每一声窸窸窣窣的响动。有退伍老兵忽然记起，半个世纪前要塞遭围攻时也曾有此震动，瞳孔中如有闪电划过。

柯钦采夫看着面前杯中的水漾起细纹，心中猜测对手接下来可能采用怎样的诡计，战区星图上却再次出现了奇怪的动向：敌舰队忽然消失了。要塞司令部的气氛瞬间紧张了起来。紧接着，侦察小组送来了最新报告：叛军舰队传送至穆罗梅茨堡东侧，现已在要塞背后二十二光年处！

不到两分钟后，指挥部里的通信兵报告说，刚刚接收到了几千份来自敌舰的公开通信，覆盖了全频道。

"几千份？"柯钦采夫问道，"都说了些什么？"

"内容……不堪入耳。"

柯钦采夫走到跟前，一把夺过监听耳机，按下了回放键。几秒钟后，他的脸色就气得通红。

"混蛋！"

4.

革命军凌越帝都的消息传至舒尔茨耳中时，他已在北上的半途。十天前他就得知科赫确实将去东方，所选之路却是北方航线。穆罗梅茨堡这座移动要塞的战略价值，除了镇压行星之外，还在于设立前进基地，把战争变成前线与后方相分离的准线性战争。在广袤空寂的宇宙中，要塞并非无法跳过，然而无视要塞深入敌境，意味着置后方与补给线于极大危险。科赫只有军队而没有国家，也就无所谓后方和补给线，所以可以直接越过它。

如此简单的问题，舒尔茨和总参谋部的智囊们当然不可能想不到，他们无须为此交换意见，就在出发之前将其考虑在内了。舒尔茨只带两万四千战舰，而未将帝都卫戍舰队一并带出围捕革命军，正是因为光杆要塞限制不住科赫，若要用到要塞的话，留守的中央舰队和卫戍舰队也足以挡住他，将其活动范围限制在帝国西境，确保大半个银河不受战乱干扰。况且又有柯钦采夫这位老将，能出什么问题呢？

然而偏偏问题就出在了柯钦采夫身上。他将整个守备舰队收缩回要塞，这是舒尔茨怎么也没料到的。得知此消息后，舒尔茨强压怒火，立即联络了柯钦采夫。

"听说温特利德·科赫给您送去了一顿炮击，是这样吗？"

"确有此事，殿下。不过，敌军不敢接近要塞，所以超远程炮击并未造成实质伤害。"

"并未造成实质伤害？"

"是的，殿下。"

"还有什么事要报告的吗？"

"没有了，殿下。"

"你的职责是什么！"

"坚守帝都，殿下。"

"你的任务是坚守要塞，而要塞的任务当然是阻挡敌军！你的前任明白这一点，你的前任的前任也明白这一点，五百年历史上，无论要塞在谁手中，历任司令官都清楚这一点！只有你不清楚！"

"可是先皇帝定都要塞以来……"

"先皇帝放弃陆地星球、定都穆罗梅茨堡的用意,就是将帝都卫戍部队两用化,攻守兼备。你却只顾坚守避战,把整条交通线余下的空间全部敞开,放任敌军通过!你守着自己的站台,却把铁路线让给敌人!你先退下吧,等候处分!"

挂断通信之后,舒尔茨余怒未消。可是就在一个小时后,他又收到了来自柯钦采夫的一条讯息:

乌尔里希·玛利亚·冯·舒尔茨殿下明鉴:

自十年前起,"科伦坡幽灵"的天诛暴行引起恐慌,地方贵族纷纷避至穆罗梅茨堡,其中一些加入了帝都卫戍舰队。这也造成了卫戍舰队官职日益贵族化,士卒渐为奢靡文化腐蚀。叛军屡屡得逞,气焰正嚣。若出师不利,敌军紧逼撤退中的我军闯入要塞,永恒之矛投鼠忌器、不敢杀伤,以致帝都失守,则王朝危在旦夕。故臣未敢轻举妄动,而是退守要塞,坚壁以待。

望殿下恕臣怯战之罪。

柯钦采夫元帅
穆罗梅茨堡防卫司令

从这封信中,舒尔茨听出了他未能在白纸黑字上言明的信息:如果舰队在近距离作战中失利,要塞不得开启城门回收舰队,否则乘胜追击的敌军也将鱼贯而入攻陷要塞。然而卫戍舰队的各级军官中有太多贵族子弟，这些人一旦战败，他若紧闭城门，眼睁睁看着他们在宇宙中被全歼，那些丧亲的贵族门阀又岂能放过他。

舒尔茨原本料想，科赫绝不可能轻易闯过穆罗梅茨堡，才全军南下支援，却没想到科赫竟如此大胆。他难道是已经料到了这一层，才敢走这一步的吗？

正在舒尔茨懊恼之际，欣德米特说道："科赫若用舰队贴身追击战术攻入穆罗梅茨堡，其实也并无新意，冷兵器时代的骑兵就是这样趁城门未关涌入敌城的。"

"是呀，可是我朝开国皇帝就是放敌军进城，然后关上城门将其绞杀殆尽的。"舒尔茨说至此处，目光与欣德米特相遇了，他在那一瞬间明白了老将军的深意：这样两败俱伤的战术，须以血勇撑到胜利，而近年来不仅陆军已两番损失殆尽，帝都卫戍舰队也日渐腐化，不堪一战。欣德米特二十年前就曾主张改革军队，其中一项便是将指挥系统去贵族化，可谓未雨绸缪；当初父皇若听他之言，又何尝有今日恶果。我长期只与将官打交道，科赫却曾在穆罗梅茨堡任下级军官，也更清楚军队的腐败，因此更懂得如何利用它的外强中干。这一战，看似是胆小怕事的柯钦采夫放走了敌人，实际上是我在体察军情上输给了科赫，更是日益贵族化的穆罗梅茨堡驻军输给了叛乱军。

"哎，这简直是共和主义乱党的思想。"舒尔茨自语道。既然自己都有了这样的想法，他就没有再降罪责罚柯钦采夫。

然而，两天之后舒尔茨收到了埃伯斯多夫伯爵为首的好几封联名信，每一封都有一长串署名，要求裁撤柯钦采夫，罪名是畏战利敌。

舒尔茨皱着眉头，把这些信件摊在了欣德米特面前。

"殿下，您两天前事发时，没有惩罚柯钦采夫。"欣德米特只说了这么一句话。

"对。"舒尔茨做了个拦阻的手势，示意老将军不必说下去了。他已经听懂欣德米特的意思：既然两天前没有惩罚他，今日若追加惩罚，就明显是在牺牲柯钦采夫向这群门阀贵族让步。这是无论如何都不行的。他们在军事上愚妄无知，在政治上也只会得寸进尺。对付这些人必须摆出强硬的原则，就算在施行他们赞同的政策时，都得特意提醒他们不要误会，这不是在讨好他们。舒尔茨决心不去讨好这群反复无常的小人，也绝不亏待柯钦采夫这种既有实力也有忠诚的人。哪怕前者有万千之众，后者只有一人；因为群氓随时可能从资产变成负资产，而只要有柯钦采夫坐镇帝都，舒尔茨就能无后顾之忧地驰骋在宇宙的疆场。

可是该怎么回应这些人呢？帝都卫戍舰队的日益腐化，是柯钦采夫避战的真实理由。然而这一层理由是不能明着说出的。舒尔茨决定置之不理，哪怕人们将这沉默理解为傲慢，也无所谓。这帮不知深浅的家伙根本不知道，正是柯钦采夫的退缩保住了他们的小命。

第八节：得失

1.

革命军的旗舰好望角号，率领共计七千四百余艘各型舰船，飞越了穆罗梅茨堡把守的北方超远程传送门，把近三倍于己的敌人和可畏的要塞甩在身后，来到帝国的东方，前路已是畅通无阻。然而，对手的阻挠与设防仍然取得了相当的效果，帝国总参谋长艾希霍恩明白，自己的逐点布防很难挡住科赫，却能压缩其空间和时间。革命军只是威胁并扰乱了北境交通网，却未能充分利用它。待到他们走出这条航线，直接威胁帝国东境，已是六月初。他们过去两个月中的最大敌人，是时间；如今时间已经临近，接下来的首要敌人，是饥饿。

在这段难得平静的路上，温特利德却越来越懊恼；在这片宁静的星海，航海者看清了自己过去与将来的路。在西境时，尽管于尼德瓦尔德会战中一举消灭了帝国军四千艘战舰，却在补给上亏损了十一天；在通过北方航线时，革命军虽然飞越帝都，一时风光，路途却比预计更曲折，因此也多消耗了一周的补给。表面上我军震动环宇声威鼎盛，实际上危机已近。如果当初在攻占 S-49 星际站之后，丢下舍尔兴所率的那几艘船和救下的那批平民，趁西境帝国军尚未封死所有传送门，抢先穿过超远程传送门北上，建立一个桥头堡，那么接下来的一切都没有时间发生，一定能比今日多省下一个多月的补给。我在总参谋部学到的最宝贵的法则，就是始终将补给、时间与空间置于首要考虑；轮到自己上阵，却当局者迷，追逐着一场又一场可见的胜利,把不可见的战略优势不知不觉拱手让人。

温特利德觉得一步错,步步错,待到察觉却已难挽回,而自己与艾希霍恩的差距,在于纸上得来的道理,冷眼旁观中的理论,离实战还有相当的距离。如果思想总是晚来一步,跟在行动的身后,又意义何在呢?

"我得到了什么呢?"温特利德看着新闻里对飞越帝都要塞事件的大肆渲染,一名记者正在采访所谓军事专家,听那耸人听闻语气,多么夸张可笑。他想起艾希霍恩元帅讥讽过,这帮专家都是"战略忽悠局"的。温特利德觉得自己像是个只为一时光鲜的戏子,所得尽是响声而已,气氛而已。

然而在帝国军那一边,舒尔茨也被失望的情绪所纠缠。他认为没能把这支叛军困在帝国西侧就已是失败。如今中央舰队正斜穿南境直往东北而去。他明白,对于新兴势力而言,势头是极重要的,如今叛军掀起的激动与恐惧,已经远超他们本身的实力。科赫飞越帝都并送来的那一顿炮击,虽未造成任何实质损害,造成的震动却超过尼德瓦尔德损失的四千艘战舰。舒尔茨从未想过,科赫本可以让出这些奇迹般的胜利,换取更大的战略空间,他所懊恼的,正是科赫此刻觉得空虚无用的东西。

革命军飞越帝都要塞十小时后,帝国下令在东境航线施行坚壁清野,命令从北方交通线向东,一直延伸到辉恒的所有驻军将警戒级别提至最高,同时放松西境的航线管制。这道命令引起了东方行星领主们的不满,可是仅一年前,他们中的最强者舒尔茨伯爵已经战败,所以料想即便有怨言也不会产生真实的威胁。至于在西境,四个月后再重启护航舰队,已无法将贸易恢复到从前的水平。一些企业的资金断了,早已关门,加上许多人认为叛军随时可能卷土重来,帝国随时可能再次为军事需要收缩战线,把漫长的航线让给凶残的海盗和贪婪的雇佣兵,所以对投资也缺乏信心。

舒尔茨明白,阻止敌军滚雪球般越滚越大的最佳方略无疑是找到敌军主力,在正面决战中将其击败,就算不能尽数歼灭,也能极大地挫其势头,动摇其追随者的信心。然而,科赫当然也明白这一点,不会给他决战的机会。

一天,舒尔茨问欣德米特:"您认为科赫现在该到哪儿了?"

欣德米特并未直接回答这个问题,而是若有所思地说道:"殿下,在北境、东境这两个大区之间,就是当年银河统一战争的起源地,兰茨胡特行星了。"

"霍亨洛赫侯爵领地。"舒尔茨道,心中想起去年舅舅掀起叛乱时,他似乎也有所蠢动。可是我分明是在问科赫的行踪,老元帅为何说起这颗行星呢?

兰茨胡特——北境之东南,东境之西北,腹地之边缘——位于两条交通主干线之间的三不管星域,在诸方势力的挤压之下,自古就是火药桶。半个世纪前,兰茨胡特与帕绍争夺比克堡的归属,年轻的欣德米特在博涯要塞反对开战,认为不应当涉足这种是非之地,否则战端一开将无法结束,后来果然应验。战后,当将领们和外交家们兴奋地总结银河统一战争时,欣德米特却写了一篇名为《1914年的巴尔干半岛》的古代史论文,成为史论课的经典名篇。

舒尔茨想道:所以欣德米特的意思,大概是想说科赫无论去哪里，都掀不起风浪；唯独在此地，可能有变数。

"我明白您的意思了。如果科赫进攻兰茨胡特，传闻霍亨洛赫家族世代有勇，所以定能抵挡一阵，但他无谋，所以最终一定挡不住，还得向我们求救。到时候我们两面夹攻，顺利的话便可就此剿灭反叛军，即便不成……"舒尔茨停顿了一下，"即便不成，或可名正言顺地将他的领地纳入帝国军保护。"

"殿下远见。"欣德米特鞠了一躬说道。

"老将军过奖。"

然而，当历史从影影绰绰的云雾之中显出线条明显的面庞，当脑中的骰子落在现实的赌桌上，当未来的可能性突然迎头撞入当下的事件，对于无论怎样理性的战略家而言，都意味着一种态度上的转变。舒尔茨的舰队北上途中，收到了兰茨胡特行星世袭领主霍亨洛赫侯爵的公开宣言。他自称兰茨胡特、比克堡与帕绍的保护人，将用自己的私人舰队保护他的星系和邻近星系，以御强寇。

"保护人？"舒尔茨略微提高了嗓门，"全银河的保护人只有一个，那就是我——帝国的护国主。偏安一隅的地方贵族，怎敢僭用如此名号？这个霍亨洛赫侯爵在去年封建主义掀起的叛乱中，就首鼠两端来回观望，这下又要趁平民主义者作乱，自立为王了吗？副官！"

"在！"梅耶贝尔答道。

"立刻调查这个侯爵领地内的兵员和战争资源，我倒要看看他有什么资本，能挡得住科赫。同时起草一份回信给他，问他怎敢擅自做出如此决定，就说：以你手下的区区地方治安武装，绝无可能战胜以前帝国军为主力的叛军。"

"殿下，是先调查他的实力，然后再回信吗？"

"当然是两件事同时做，你在不清楚对方的详细实力时，难道就不知道该怎样轻蔑他的孱弱吗？"

"是！"梅耶贝尔正欲退下，欣德米特却说话了："请稍等。殿下，霍亨洛赫说要自卫，关于这件事，您就算反对他也是不会停下的。您觉得应当怎样处理？"

舒尔茨听出这个问题中已经隐藏着答案，说道："您的意思是，既然即便我们反对也没用，不如准许他这样做？"

"正是。"

"对，老将军言之有理。"舒尔茨的语调冷静了下来，"那么，回信中就说，准许他进行自卫，却告诫他不可主动出击。"

"是！"梅耶贝尔答道。

"等等，"舒尔茨说道，"回信不以我的名义发出。"

"那以谁的名义呢？"

"欣德米特元帅，您觉得怎样？"舒尔茨转身，看着欣德米特。

"如果殿下以为合适，我没有意见。"欣德米特答道。这将是他随军出征后首次暴露自己的行踪。

2.

兰茨胡特行星上，霍亨洛赫侯爵府内，主要的臣僚都已到齐，侯爵端着酒杯坐在正中间的椅子上。

"大人，我们收到了来自帝国军中央舰队总旗舰耶梦迦德号的来信。"

"念！"

"霍亨洛赫侯爵，前帝国军少将科赫……"

"等等，我的头衔是什么？"

"侯爵。"

"就这一个？这么短？"

"是……"那名侍卫已经吓得头都不敢抬起来了。

"别念了，别念了，我自己看！"侯爵站起来，不耐烦地一把扯过信件，看到信纸的抬头上只写着他的爵位，完全没有把他的其他封建头衔，以及他自封的兰茨胡特、比克堡、帕绍的"保护人"写进去。信的内容很简短：

前帝国军少将科赫所率叛军乃前帝国军乙等舰队，虽不及甲等舰队骁勇善战，却也不是汝等乡勇所能匹敌。当年你的祖父归顺之时，曾与先皇帝立下契约，放弃独立主权并接受帝国的保护，帝国自有义务保你周全。帝国政府准你自卫御匪，但不可轻易出击。望切莫错判形势，轻举妄动。

署名栏上简明扼要地写着"格奥尔格·冯·欣德米特元帅"几个字。

读至此处，霍亨洛赫侯爵脸上先是浮起怒色，忽然大笑："舒尔茨这小子，想拿帝国舰队吓唬我，还搬出欣德米特的名号来。故作镇静，虚张声势！我就是得到情报，得知你为镇压区区叛乱，连这位老将都调出了穆罗梅茨堡，才敢举兵的！什么帝国'甲等'舰队，还不是被反贼搅得焦头烂额？我已有万艘战舰，坐拥两个星系的资源，又何须怕他？"

"侯爵大人，护国主并未否定您的自卫权，您的那份声明已达目的；然而他很明显不希望您有更进一步的行动。大人，您有万艘战舰，但这是瞒着帝国中央建造的，如果拿出来对付叛匪，可就暴露了。您拥有两个星系，却因此比不上叛匪神出鬼没。在战前，这两个星系是您宝贵的资产，您今日的舰队正是其中的兵工厂造出来的；然而到了战时，它们却会令我军无法集中兵力，说不定，反而会成为战略上的牵累。"

说此话的，是鲁普雷希特·弗里德里希·克林格曼将军。他曾服务于舒尔茨伯爵，却在伯爵发动叛变前不久离开了海尔辛兰，辗转最终来到此地。这在封建贵族看来是背弃主人，霍亨洛赫侯爵却收留了他。也有传闻说克林格曼是舒尔茨伯爵派往兰茨胡特的使节，任务是劝说霍亨洛赫共谋反叛，可是战争结束得太快，伯爵自己未能撑到霍亨洛赫家族准备好起兵的那一刻。

"说不定？你自己也说了，这是说不定的事。还望在真正开战之前，不要说这些有损士气却没有确凿根据的话。至于帝国军，也没什么可怕！我的这一万舰队，还多亏了将军您的训练，才有今日。"这时侯爵欲言又止，瞥了一眼站在他侧后方的、上任刚满半年的教区主教。

霍亨洛赫侯爵的军团确是克林格曼训练的。一年来，兰茨胡特的军力从数量到质量都提升极大，这在侯爵看来已是当世罕有敌手。然而克林格曼却深知这支部队的战力，仍难比旧主舒尔茨伯爵麾下精锐，更难与连番获胜、士气高昂的叛军相拼。

"报告!那支游荡的叛军占领了 S-154 补给站!"

"哦?驻守的帝国军呢?"

"已于数日前撤出。"

"哈哈哈!怎么样?看我料事如神!"霍亨洛赫侯爵大笑,对克林格曼说道,"看吧!如今帝国军尽是胆小鼠辈,叛军未到就已先行放弃阵地。这样也好!叛军的到来终于给了我一个光明正大的出兵理由,待我们收拾了反贼,把这补给站交还给帝国军。"

"侯爵大人,万万不可!"克林格曼立刻说道,"这恐怕会引起政治上的误会。"

"老将军,您多虑了。"此时说话的,是霍亨洛赫侯爵的次子康拉德,把"多虑"二字拖得老长,"舒尔茨'准许'我们自卫,只是不得已的妥协,足见他只是虚张声势、故弄玄虚。至于叛乱军,尽是些不知武德为何物的卑贱平民,没有贵族的军队就像没有脊梁骨的肉泥,站不起来的。我的兄长刚刚从军事院校毕业,如今正是展露拳脚之时,只需给他四千艘战舰,一轮冲锋即可让敌军望风而逃!"

"好!"侯爵拍手道,"说得好!就按你的意思,恩斯特,给你四千快舰,你可愿去替我拿下那个星际站?"

"大人!"克林格曼将军说道,"您的祖父是一位兵法家,他曾有一句格言:'要渴望胜利,但要把它奠基在我们的审慎精明,而不是寄托在敌人的无能愚蠢上。'在还未开战时,我们绝不能……"

"勿要多言!"侯爵粗暴地打断了他,"你自己也说了,我祖父的那句话开头便是:'要渴望胜利',不去打,又哪里会胜利呢?四千快舰就算全军覆没,也只需三个月就能补齐。此战若能得胜,则证明叛乱军甚至帝国军都不堪一击，便可趁机扩张地盘和兵力。此战若失利，我就依你所说，向帝国示好，并将此次出战说成是为帝国平叛略尽绵力，暂时放弃扩张的念头。"

在克林格曼将军与侯爵争辩的时候，站在一旁的长子恩斯特一直没有说话。见父亲主意已定，他就一声不吭地接受了这个命令。众人退出大厅后，克林格曼追上他的脚步。

"您刚才为何同意去征剿叛军呢？敌人的兵力是你的两倍，这样根本没有胜算。"

"当然没有。"恩斯特说道，"不过，这正是我的打算：弟弟无知，父亲骄横，我必须以一场较小的失败来证明他们的错误。我们不是叛军的主要敌人，只要撤退得及时，便可平安带回舰队的主力。然而如果我不去打这一仗，弟弟或父亲多半会自己去，到那时可就不是小败，而是要一败涂地了。"

"那万一敌人紧追不舍呢？"

"我想不会的吧。在穆罗梅茨堡时，我就听说过这个温特利德·科赫的大名，据说他是一个非常有智谋的将领，应该不会蠢到和我们无故结仇，把自己本就很窄的活路堵死的。"

然而恩斯特并不知道的是，他的弟弟康拉德其实根本就不是想让他去杀敌，而是想借叛乱军的手把他除掉，或起码吃一场败仗，以贬低他在兰茨胡特的声望。于是，他故意说让兄长带四千艘战舰前去，可是该行星上实际能出动的战舰只有三千三百艘。恩斯特听说这个情况后，眉头都没有皱一下。因为在他的打算中，即便把一万艘战舰的家底全给他，他也只会和叛军打个照面，随便开几炮就回来；带去的舰队越少，反而越不丢脸。他的父亲霍亨洛赫侯爵，将儿子的意图误解成了以寡敌众的英勇无畏，大为赞赏。而侯爵越是赞赏，他的儿子心中越漠然。

等到恩斯特登舰时，兰茨胡特行星上长期一直存在的反对冒险扩张的民意，奇迹般地在一日之内变成了为出征助威、期盼大军凯旋的人群，仿佛此前十余年的反战舆论从不存在。

"兰茨胡特人真是奇怪，他们一直知道父亲想拿他们的身家搞领土扩张的赌博，所以十多年来谨慎地攥紧自己的钱袋；但到了被绑上赌桌的时候，他们就盼着我们赢了。"

"是啊，既然已被绑上赌桌了，还能怎么样呢？总不能盼着输吧。"前来为他送行的克林格曼将军答道。

"别人以为历史是正剧、英雄剧，我却知道是讽刺剧。"说完这句，他就转身走向了旗舰。登舰之后，他只是很冷漠地向地面上送行的人们敬了个礼，就下令舰队启程了。

3.

革命军舰队来到 S-154 补给站时，发现这里已空无一人。驻守的帝国军已经撤出，搬不走的粮食多已被付之一炬，只因恐惧叛军随时来袭而逃离得仓促，才未能尽数毁灭。革命军的收获十分有限，食物已经不多，仅够支撑一个星期。温特利德知道，接下来补给会越来越难弄，舒尔茨是要逼自己出来正面决战。当年科伦坡因军粮不继兵败的古战场，就在距此不远的另一片星域。

温特利德宣布：全军即日起取消早餐，午餐和晚餐的分量减至三分之二，且由于我军尚在较安全的隐匿区，让未在岗的士兵都去休眠。这样便能再多撑五天，又不至于太过饥饿，影响状态。

但这样的命令立即引起了议论。刚过两小时，胡梅尔和伊法就闯进门来报告说：士兵们已经开始担心忧虑。

温特利德看了看钟，快到晚餐的时候了，便又特意附加了一条指挥部内部通知，规定每个人都必须去士兵食堂吃饭，且配额与普通士兵相同。其实如此规定非常不近人情，因为指挥部工作人员不可能拥有和普通士兵一样长的休眠。但大家都明白这是为了提振士气，所以没有异议。

晚餐时，伊法觉得温特一定吃不饱，就从自己碗里舀起一勺饭，对他说，"我现在不饿，你要不要多吃一点？"

温特立即紧张地摇了摇头，说："配给制绝不能松，谁都不能例外，一口都不能。"

伊法明白温特的用意，却仍看着他。温特与她对视了几秒，把目光移开了。就在这一瞬他的心中又涌起了悲凉的感情，想到：我若死了就死了吧，如果要伊法，还有成千上万追随我的人都陪我白白死在这里，我就真成大罪人了。

晚餐后，温特利德心绪低沉地回去了。伊法从他的脚步中看出了这一点，也隐约猜到了他的想法，但她没有打扰他。即便过去薇拉还在的时候，温特也更习惯于独自忍受真正沉重的负面情绪。那时候，每当薇拉看出他的低落，试图去安慰他，他都会更温柔地回应她的安慰，可是薇拉知道，自己其实没能帮他摆脱阴霾。在科赫的一生中，他时常被重担压得喘不过气,然而这一次最为严重,因为粮食一天天地被消耗,时钟上的秒针就像不祥的节拍,他的压力与日俱增。

舒尔茨的坚壁清野干净彻底,无懈可击。温特利德唯有企盼此时发生些什么突发事件,又觉得这样的念头太侥幸,太脆弱,太一厢情愿。然而就在此时,侦察舰发回了一份令他诧异的报告:霍亨洛赫侯爵的行星舰队已跃至此处,不到一小时就会与我军接触。

确实有突发事件发生了,听起来却不是什么好消息。

"敌军有多少?"

"三千三百艘。"

"才这么一点儿?"然而温特利德来不及思考这背后究竟是怎么回事,当即下令全舰队撤退,避免不必要的遭遇战。他完全没有想到霍亨洛赫家族会插上一脚,这令他感到费解:只需稍等半日,我军自然就会撤出,霍亨洛赫也就可以把战斗之险踢给帝国军。

除非是他们想借机出兵。这是想邀功,还是趁机扩张呢?温特利德心中暗自猜测:舒尔茨的坚壁清野战略的代价,是收缩集中的帝国军会留下大片的权力真空。那些野心勃勃的行星领主,若将此误解成帝国控制力的衰退,就更有可能经不起诱惑趁机扩张,这又会立刻触及封海法与公海法的敏感神经。

温特利德起初只是不想徒增消耗,才躲开了这支贵族军。然而他很快便意识到,自己刚才或许无意间走了一步好棋:未战先走会助长霍亨洛赫侯爵的气焰。他若此时掀起叛乱,那无疑是我军的救命稻草,地方贵族与帝国的罅隙,或能在这死局中撕开一线生机。自己起兵之初的节节胜利,是凭借对银河协防计划的了解;为了对付自己,帝国军被迫放弃了这个原本近乎完美的防御网，意味着针对各方豪强的控制力削弱了。

可是就在这样的情况下，温特利德仍不愿遣使与贵族密谈，更不用说订下公开的盟约。他曾考虑过，通过约阿斯神父的关系，去与兰茨胡特行星的主教府建立非正式的联络，但还是作罢了。

在第二天的指挥部作战会议上，舍尔兴、策林根、伊法、帕特里克等人都同意，贵族的异动不是一件灾祸，而是一个机遇。然而会议却是以温特利德的这番话结束的：

"在贵族没有找上我之前，我绝不去联络他们。"温特利德说，"即便在他们公然叛乱之后，这一原则仍旧成立：除非他们愿意给我们提供补给，否则即便找上我们，我也只通过非正式的渠道暗中给他们一些指导和建议。当然，是有利于我们的建议。同时，我会针对帝国军展开独立的、看似与贵族武装不相干的行动。"

指挥部的其他几位成员都有些怀疑，在军粮不足的情形下，我们才是等不起的一方，这样做是否明智。但此刻的温特利德却仍认为：革命军被迫屈尊先去联络贵族以求联盟，过于耻辱。伊法明白，温特自中学时代起的那种要命的清高又发作了。最后，经过她的劝告，温特利德同意暂作等待二十四小时，再决定是否主动联络霍亨洛赫侯爵。然而仅仅六小时后，通信官就递上了一份文件，是侯爵的公开宣言，说要以贵族的武德，担负起维护古老制度的重任，清剿本星域四周那些帝国军无力剿灭的平民叛匪。

这和舒尔茨伯爵主张的封海法根本没有区别。

既然如此，温特利德的心中就有了计策。

在兰茨胡特，未开一炮就凯旋的恩斯特受到了他的父亲，霍亨洛赫侯爵的欢迎。"这一切都不是我的功劳，这支舰队一出现，就吓跑了敌人。"然而，恩斯特其实并不高兴，因为他从父亲的表情中看出，他显然是把这当作了去年扩军政策的成就。

一名记者问道："自从叛军作乱以来，帝国军屡战屡败，您一出马，胜利就送上门来。能否说一说，我们兰茨胡特的舰队与您在穆罗梅茨堡见到的帝国舰队，在装备和训练等方面是否有所不同？"

恩斯特听到这样的问题，心想：我父亲的这支趁去年内战时扩编，迄今尚不满一年的舰队，如何可能与舒尔茨带着征战十年的舰队相提并论？这名记者这样问，大概是想从我口中听到些好听的话，例如我军如何威武之类。他只好说道："我们兰茨胡特的舰队与帝国军各有千秋，实难判断。"

"您太谦虚了。"那名记者笑着说。

"哪里，哪里。"恩斯特也笑答道，心中却在想：完了，看来这一下，什么兰茨胡特军神勇无敌，我恩斯特·霍亨洛赫不战而屈人之兵的泡沫就要吹起来了，可是面子上的泡沫，只是给实力雄厚者锦上添花的，对我们这般欠缺实力者，那可是致命的危险。

此时唯一心中愤恨的，是恩斯特的弟弟康拉德。他本想借叛军之手挫一挫兄长的威风，才举荐他统兵出征，结果却适得其反。"早知道叛军胆小如鼠，赢得如此轻松，我就该毛遂自荐的。"他对自己说着，越说越恨，"分明是我主张进攻叛军的，功劳却是你的。"他已经忘了自己当初是要陷害他，而非帮扶他的了。

第九节：树冠

1.

正如科赫每天在好望角号数着粮食过日子，舒尔茨每天也在耶梦迦德号上，数着日历过日子。六月已至，这场漫长的猎杀与一年前的内战多么不同呀。历史善于折磨急性子的人，本以为三个月前就能结束的，却拖到如今；以为上个月结束的，结果又拖了三星期。一切都太慢、太慢了。从前在史书上读到那些大战将临前的半个月，一星期，表面的平静之下，一切多么紧锣密鼓，而决定性的一连串动作，都在不间断加速中完成，直到天穹在伴随着巨响的闪电中燃烧，大地在黑夜的庄严中沉默。可是如今轮到自己等待命运，枯燥的等待却把时间挤压得近乎扁平，几乎无限长地压迫着人的神经。帝国音乐电台最近总在播放歌剧，在耶梦迦德号宽敞的卧室内，舒尔茨生平第一次忍受住了那冗长的宣叙调。

舒尔茨不停地告诉自己：反叛军已连续两个月没有成功劫掠到我军的补给，也该憋不住气浮出水面了。然而首先憋不住的，却是他自己。为了加速这一过程，舒尔茨抛出三个各五千艘规模的分舰队，充当诱饵把科赫引出来。可是他又担心属下重蹈罗森鲍尔在尼德瓦尔德的覆辙，于是追加叮嘱分舰队指挥官们：决战将近，倘若遇敌须切记三点：首先，不得遗落任何补给；其次，在保存己方有生力量的前提下只许败不可胜；再次，科赫局部获胜后很可能趁势发动决战，必须尽快与主力会合。难度在于第二点：以一支分舰队的劣势兵力对抗革命军本就输多胜少,还要在"故意"落败的同时不损失大量兵力,这就必须把保持距离放在最优先考虑。

策姆林斯基中将收到这样一份命令时,他的分舰队正在厄登堡行星周围搜敌。他刚刚读完舒尔茨的指示,雷达兵就叫了起来:"左上前方发现大批舰影,有四千,六千,不,共七千艘!"

"是何旗号?"

"没有旗号!"

"那就是叛乱军!"

"报告!敌军向各方向展开!"

"闭嘴!我看到了!"策姆林斯基立刻说,"这又是科赫最擅长的包围战,就像上一次那样!展开圆盾形防御!"

此时,帝国军旗舰的电子设备受到了轻微的干扰,舷窗外,前线一艘战舰已经化作一团火球。虽然两军的万余艘驱逐舰尚未互相进入射程,革命军占据优势的两百余艘战列舰已经开火。

"科赫竟然把战列舰放在最前线吗?"策姆林斯基意识到己方战列舰在后方,射程够不到敌军。再这样下去只有被动挨打,于是他硬着头皮下令全舰队前进。双方主力驱逐舰刚进入射程,就立刻展开了互射,尽管由于距离过远,命中率都很有限。六分钟后,他观察到对手悄悄地把战列舰撤至了舰队后方,并用机动力最高的舰队填上了前排的空缺。

"敌军要发动冲锋了!"策姆林斯基中将刚说完这句话,又看见革命军依靠兵力优势铺开的兵力正在聚拢,更坚定了他的这个想法,"撤退!"

帝国军的第一道防线虽受损伤，但远未到支撑不住的地步，听令立刻撤至后方。在几道防线上的驱逐舰火力的交互掩护下，帝国军很快就安全地撤离了厄登堡行星轨道。

温特利德看着这一幕，问道："我们的战损？"

"被击毁、重伤共二十九艘。"

"那敌军呢？"

"大约一百多艘。"

"这一仗，双方只是礼节性地互射了一阵，根本没有发生实质性的接触。就像两只开屏相争的孔雀，在尚未战斗之前就已经对输赢有了共识，较弱者立刻就做出了明智的选择。"

"理性地想，如果略居下风的一方不幻想战场上的运气因素，选择不战而退，对己对人都有益。"策林根补充道。

"没有想到，当今世上还会有如此古典的战法。"舍尔兴也感到惊奇。

"那么，您认为这样的遭遇战意味着什么呢？"帕特里克问道。

"既然在战术层面毫无意义，它就只能在战略层面，甚至更高的政治层面理解。"温特利德闭上眼思考了几秒钟，接着说道，"这或许是因为，舒尔茨无论如何都不想让我们截获任何补给，才安排了如此早的撤退。毕竟只要两军短兵相接，待到清理战场时，或多或少总会有些许补给落在胜利一方手中。"

温特利德只猜对了一半。帝国军分舰队的过早撤退，并非执行了舒尔茨的命令，而是过于谨慎以至于未能彻底奉行命令的结果。然而这已不重要，重要的是：侦察舰传回报告，说在行星地表发现了霍亨洛赫家族的开发基地。温特利德立刻意识到,逃出生天的机会来了。

2.

革命军击败帝国军并占据了厄登堡,并空降登陆艇掠夺那里的行星开发基地。消息第一时间传到了霍亨洛赫侯爵府。厄登堡是一个正在环境改造中的行星,目前只有工程队住在地表,目的是将这颗行星改造成人类宜居星球。唯一的问题是法律上的,自从银河统一之后,开拓封地就需要帝国中央政府的承认。哪怕先瞒着帝国政府开拓殖民地,也终须得到事后追认,这就会牵涉到经济问题,封建贵族总是想多把利益留给自己,最好一个子儿都不上缴。

"什么?叛军窜逃到了厄登堡?正好,正好!"侯爵喜形于色,心想,这次终于师出有名,我多年来想要吞并这颗行星的愿望终于可以实现了!只要驱逐叛军,保卫了厄登堡,帝国政府不追认我的开发权也是不行了!他当即说道:"快召克林格曼将军来!"

正在一旁的次子康拉德却说:"父亲,我看就不必了,您只需如同上次给哥哥一样,也给我三千艘战舰,想那叛军必定还是望风而逃啊!"

"不错!只是……"侯爵犹豫了一下,"但这是军机要事,不知会一声克林格曼,不太好吧?"

"父亲,谁都知道,克林格曼将军向来反对殖民厄登堡。然而他之所以反对,是因为取得厄登堡之后的利益与他无关,而取它的风险却要他一并担负。这是您的封地,取得之后的利益与您有关;这也是您的舰队，又岂须事事看那个流亡军官的脸色？他若有忠心，为何去年在舒尔茨伯爵举兵之前背弃了旧主呢？"

"不可胡言！"侯爵训斥了不尊长辈的小儿子，心中却为儿子的勇气而高兴。

"父亲！请您允许我为家族，为您承担这义务吧！"小儿子单膝跪地请求道。

"嗯。我这次也给你三千三百艘战舰，去赶走叛军，收复厄登堡！"侯爵说着，心中想的却是：上一回长子立了大功，军中名气太大，为了消一消他的气焰，我得让次子也立下对等的功勋才是。

康拉德领命之后便离去了。一小时后，克林格曼将军行色匆匆来到侯爵府。

"大人，听说您派兵去驱逐厄登堡的叛匪了吗？"

"是的。"

"大人！叛匪最多稍作停留就会走的，而厄登堡并非您的领地，如今越线剿匪，在帝国看来恐有趁机扩张之嫌。还是说，您其实一直没有放弃殖民厄登堡的计划？"

"是又怎样？那里的环境改造工程都已经进行了一半了。"

"大人！您的祖先，第四代霍亨洛赫侯爵，曾是一代名将，今日的封地，也是他当年巩固的。他曾说：不要去攻取你无法守住的东西。愚人和小人自以为占了一时便宜，智者和贤者却知道，那只会成为自己的负担。凭实力守不住的东西最终还是会失去，得而复失的痛苦远比遥远的羡慕更惨痛，只有前者能够毁掉一个人，一个家族，甚至一个民族。"

"我会守不住它吗？"霍亨洛赫听到什么"愚人和小人"，感觉受到了莫大侮辱，极为不快，说道，"我不是已经有了上万艘战舰了吗？如果是只为守卫我已有的两个星系，是不需要这么多武力的，实话告诉你：我扩军就是为了能够守住厄登堡及其与本土的两条航线，使其不受侵扰。"

"可是……"克林格曼想说，您扩充军力的主张是去年趁内战时临时拟定的，没有长远计划，只是临时投机，如今您把当初的一时投机，事后编成高瞻远瞩的计划，这是每日自吹自擂得太多，把自己也骗进去了，难道不愚蠢吗？您陶醉于强大，可是今日兰茨胡特的强大只是相较于昨日而言，而不是相较于帝国舰队而言的，这难道不是反而更危险了吗？然而他没来得及说出这些只会更令对方恼怒的话，就被打断了。

"不要可是、可是了，"霍亨洛赫不满地撇了撇嘴，"我知道你又要说，这样的扩张更会引起帝国的猜忌。所以我才决定，要趁着叛军作乱、帝国军无力分身顾及时拿下厄登堡。如今叛军占领了那里，如此百年一遇的出兵借口，岂能错过？你去做你该做的事吧，此事我意已决，不容再议！"

3.

革命军舰队根本就没有降落在行星地表，而是一直悬停在轨道，时刻准备撤离。温特利德吩咐部下，在轨道上略微布置些零散的导弹平台，每个点的弹药只需够一轮齐射，拖延对手半分钟的进攻，就能给我方充足的时间逃走。策姆林斯基撤离得干净漂亮,没遗落任何补给,而派往地表的劫掠队收获也十分有限——温特利德的意图不在物资,而在于引霍亨洛赫侯爵再派舰队前来。即便按照一日两顿计算,粮食也仅够四天半。温特利德听见舍尔兴和伊法在用埃本塔尔方言交谈,舍尔兴似乎在说,如果当初在埃本塔尔和舰队所到之星球发动革命,如今即便作战艰难,也不至于粮食不继。在此时刻,温特利德其实也想到了当初自己没有发动大革命,却反而想:幸好当初没有那样冒险,否则在失败的时刻,岂不是有太多的人会随我白白牺牲。

从温特的表情中,伊法看出了他的心思。他总是这样,每到这种关头就一个人躲起来,怕连累别人,怕对别人负责。温特怕的不是死,而是还不清,没法与这世界结清账单然后离去。可是当初举事之时,这里谁没有考虑过这种山穷水尽的可能性呢?伊法想:如果换了是薇拉,一定当头棒喝把他敲醒了。但是我不是薇拉,不知道如果换了我说同样的话,会不会起到反效果。

时间每过一刻钟,情势都更危险。温特利德的心越来越沉,每隔片刻就要瞥一眼时钟。舒尔茨现在一定每天数日历吧?我却已经开始数钟点了。如若霍亨洛赫侯爵不掉进这个圈套,或如果帝国舰队主力离此更近,比侯爵的舰队更早反扑过来,那这一分一秒,就是我们的死亡倒计时。他仿佛又回到小时候的钟楼,一步一步踏上那条向上盘旋着的越来越窄、越来越险的阶梯,向前、向后都是无尽的螺旋,一直延伸向黑暗。温特利德抬起头,看着指挥部内安静地坐成一圈的人们。难道一切就这样结束,难道我们真的要死在这里吗?他望向窗外的星空,所有的星辰都纹丝不动,他觉得自己就像一条奄奄一息的搁浅的鱼。大海啊,为什么还是没有动静呢?

他的目光落在了约阿斯神父身上。

"神父,我有一事想向您请教。"温特利德轻声说道。

神父用他一贯镇定的眼神看着他。

"我想知道,关于翁布罗萨的事。"

"可是我们已经讨论过那个事件,其中细节不是您告诉我的吗?"

"不是,我指的是翁布罗萨之前的历史,您一定知道,它的旧名叫作西海。"

"是的。"神父说道。

"我想知道,西海是如何变成翁布罗萨的?"

这个问题在温特利德心中滞存已久,他逃离穆罗梅茨堡之前,曾抓住最后的机会查阅相关史料,那段历史却是一片空白。神父不知道,为何在这样的时刻,他会对几百年前的历史感兴趣。然而伊法明白。她从这个问题中,听出温特利德已经做好了死的准备,不,是正在准备死。

"您为什么想知道这些呢?"神父疑惑地反问。

温特利德只是望着他,没有回答。

神父轻叹了一口气,清了清嗓子,仿佛要说一件十分庄重的事:"四百多年前,不到三十岁的奥托大公许诺,'在其有生之年'西海都将享有自治权。然而,这份年轻时的许诺在他老去之后成为巨大的不确定因素,政局上每有捕风捉影,都会危及商人对西海的信心。经济每况愈下,唤醒了原本就有的文化认同隔阂。奥托病逝之后爆发了反帝国的抗争,结果可想而知,被帝国军镇压了,自治权也被取消。"

"这些我也听说过，可是然后呢？"

"取消自治权引发了更大的问题：它必须给帝国中央交税了。帝国税制的基础是'太阳税'，它认为自然界绝大多数能量最终来自恒星，行星环境改造中也只有太阳不可改造，因此星际税当以每个星系太阳的宜人程度为准。西海的恒星条件极好，所以一旦成了帝国辖下的普通行星，即便不复有往日繁荣，税率却是最重。现实的经济问题引起了更长久的反抗、镇压与怨恨。"

"这样就连名字都要夺走吗？"

"改换名字，那是接下来的事了，"神父说，"帝国军最终将西海居民尽数逐出城市，并将城区夷为平地，禁止在此行星建造高过十米的人造建筑，意欲抑制其城市和工业，以削弱其经济和文化活力。然而流离失所的难民们，却在一座大峡谷内找到了一种高达数百米的巨树。起初，他们就在这树上，如鸟兽一般地生活，如神灵一般地生活。后来，他们把树的种子带出了风无法吹出的深谷，播种在辽阔的高原上，百年之后，那树林长成了他们的城市。帝国政府无法食言，默许了这座树上的城市存在，但条件是它必须重新取名。于是市民们不得不放弃了西海这个古老的名字，将这颗行星改名为翁布罗萨。"

温特利德怔怔地听完了这个故事，他的眼眶湿润了。神父察觉到了他的情绪，关切地问他怎么了。温特利德赶忙说，"没什么，没什么。"心中却涌起了羞惭：唉！我实在是太不成熟！这仅是我们革命军首次遭逢危机，我便想着要在临死前弄清翁布罗萨的来龙去脉，好死得瞑目。可是我的祖先们呢？翁布罗萨人呢？他们当年面对危机时，是多么勇敢坚强啊！他们知道树木的力量，能长成钢铁所不能建造的东西。

然而温特利德未能觉察到自己内心最深刻的变化：从那一天起，他不再是一个没有故乡的人。尽管这意味着故乡，或祖国，对他而言一开始就是一个永远回不去的地方，但她至少已不是一个虚幻的梦呓，她曾有大树一般结实的根与土。由于对西海及翁布罗萨的认同和共和主义信念是一致的，后者覆盖了前者；直到很久之后，温特利德才认清自己内心深处的这些想法，并将他的孤独感转化为幸福。

"真是个好故事啊，"舍尔兴十分高兴，"能在大战之前听到这样的故事，我已满足了！过一会儿，我也能像古代英雄一样死而无憾！科赫指挥官，您为何要哭泣呢？难道不是个好故事吗？"

"是，是好故事。我这是怎么了呢？我也不知道我怎么了。"温特利德有些语无伦次。

伊法知道温特不会因痛苦，只会因幸福流泪。她知道这个故事，已经在他那颗翻涌的心中战胜了所有悲观凄凉的念头。

"温特。"伊法看着他，她只是唤出了他的名字，这声音在温特利德听来，却如同远方的闷雷。他从周围几位战友的眼中，听懂了伊法没有说出口的话，想道：真是对不起！不是因为我或许会将你们带入绝境，而是我竟然以为你们会因此后悔，后悔参与这场革命。军队陷入绝境，我却想着若只有我一人去死，便可以没有负担地死去。这种想法太轻视了诸位。一直以来，我都以这种畏惧失败、惧怕成为拖累、不愿亏欠他人的态度处世，是你们教会了我还有更无悔的活法。

"我不会后悔的。"温特利德只说出了这么一句。但他知道只要这一句，对此刻在场的这几位战友而言，就已经足够了。

温特利德从指挥室的地板上爬起来,坐回椅子。他原本想就这样倚着墙壁,静静地等待霍亨洛赫舰队前来进攻。侯爵若不来,他就等待预定时间表上那个绝望的时刻——到那时,他必须赶在粮食耗尽之前,正面进攻帝国强大的主力舰队。然而现在他的心中已重新燃起了火焰,他的精神又再度焕发出光芒。从前,每当面临重大危机或被逼上绝路,例如在宗教裁判所里,或在施温肯多夫的防御战中,他都曾有鱼死网破的念头,但这次他不再感到自己是被迫发动同归于尽的反击,而是受到命运的召唤前赴决死的战场。从今以后,他也再没有过那些年轻而脆弱的想法。温特利德向全军宣布:我们已在这宇宙中犹疑徘徊了太久,最迟二十四小时后,我军就将启程,前去与敌军展开生死攸关的大战。他内心的光焰通过声音传递到了每一名士兵心中,点亮了他们的信念与希望,然而他没有说"敌军"究竟指哪一方。

那一晚,温特利德入眠时出奇地平静,但只过了四个小时就醒来了,再也睡不着。他躺在床上,等来了一阵敲门声,那是值班的舍尔兴,他的声音沉着冷静:"霍亨洛赫家族的舰队出现了。"温特利德看了一眼表,6月7日早上7时12分,距离刚才约阿斯神父讲述那个几百年前的故事,才过了八个小时,多么漫长,就像由死到生。

温特利德立刻从床上爬起来,一边奔向指挥部,一边下令全舰队回撤,仅以战列舰炮火作远程轰击,不准射中,要做到十发九空。

战列舰队的炮兵们忠诚地执行了这一奇怪的命令。

"我们布置的那些导弹阵地不经打,敌军马上就要攻过来了。"

"全舰队按计划撤离!"

几分钟后,革命军就消失在了厄登堡的轨道之外。待到确定敌人没有追上来后，温特利德又看了一眼时间，粮食仅够三天半。他已成功诱发了霍亨洛赫侯爵的实质叛乱，现在的问题是，帝国军会不会立即反击呢？只要舒尔茨拖上几天，我军的命运仍然是一样的，仍将不得不打一场以卵击石的决战。但温特利德现在已经不怕了，这场危机反而令指挥部更团结，每个人身上的信念与无畏都被激发了出来。在这最危险的时刻，指挥部内的气氛却像乌云散尽的晴空。约阿斯、伊法、策林根、舍尔兴、胡梅尔、帕特里克，这些人彼此是多么不一样啊，但他们无论出自怎样的理由，都是那种当毁灭的重压迫近，却能将精神的火焰燃烧得更高的人。

"等一切结束之后，"帕特里克忽然说道，"我们中还活着的人，就去那颗生长着高树的行星吧。"

伊法看了一眼帕特里克，记住了这句话，因为她心中也正有同样的想法。

第十节：虚妄

1.

康拉德·冯·霍亨洛赫所率舰队以可忽略不计的损失突破了革命军的防线，占领了厄登堡行星。他迫不及待地向正在帕绍的父亲传去了捷报。

"父亲！这次敌军布置的防线脆薄不堪、漏洞百出；战列舰火力更是差劲,什么帝国舰队,早已不复有数十年前的战力了!不仅数量缩水到了不足当年的一半,我看质量甚至下降得更厉害呢!"

"我的好儿子!上一回,你哥哥的三千舰队让敌人望风而逃;这一回,你与敌军正面对抗,以如此小的损伤打得他们落荒而逃!什么前帝国军名将,总参谋部的智囊?如此不堪一击!好儿子!你已目睹了中央帝国的弊端:只需一代人,就已腐朽不堪。我们封建贵族才有武德,我们才是天生的军事阶级!"

霍亨洛赫的这番话,非常言不符实。因为在半世纪前,他的家族是靠着打败仗,取得比克堡的统治权,并"征服"了他此刻所在的帕绍的。起初,帕绍人主张其殖民地比克堡的主权,然而比克堡离霍亨洛赫家族的封地兰茨胡特太近,只需一次传送即可抵达,严重威胁到了兰茨胡特的安全,于是老霍亨洛赫向博涯要塞求援,这就是银河统一战争的导火索。兰茨胡特在战场上败于帕绍,而博涯对辉恒的胜利挽救了他们;也只有在多方大战中,军事上的败者才可能靠着外交站队扳倒胜者。可是几十年过去,他们却把胜利的结果当作必然,把名号当作力量,把幸运的精明当作征服的史诗了。这其实也是受海尔辛兰的舒尔茨伯爵影响,因为这套"封建武德"的修辞,正是他那伙人从海尔辛兰大图书馆里发掘出来的;然而舒尔茨伯爵是一位战略家,他是先有了相当的实力才选择这套说法;而霍亨洛赫侯爵,却是先信奉了这些观念再去扩军的。

值得一提的是,半世纪前的老霍亨洛赫侯爵并不主张吞并帕绍,而是主张占领比克堡,削弱帕绍却不消灭它,将其当作面向北境诸国的战略缓冲。只是他没有想到自己点燃的战火最终统一了银河,均势主义时代的审慎野心,最终全滑落到了新帝国霸权的口袋里。封海法被公海法取代,行星周围数十光年的领海缩短至数光秒,也就无所谓战略缓冲区了,霍亨洛赫家族成为帕绍的新领主,取得了开战之初未曾梦想的果实,可是面对陌生的新世界,老霍亨洛赫晚年觉得自己的全部智慧尽归虚无,他所熟悉的一切精巧的规则与言辞都被夷平了。他是在一处修道院里去世的。

霍亨洛赫舰队占领厄登堡的消息,很快传到了耶梦迦德号。

"什么?"舒尔茨震惊地站了起来,"霍亨洛赫竟敢以剿逆为名,直接出兵占领了厄登堡?"

"殿下,我军与叛军决战将近,此时再生事端,恐怕会给科赫可乘之机……"梅耶贝尔说道。

"可是我们并不知道叛军究竟还存有多少补给,不是吗?"舒尔茨抢声道,"按照此前的推算,科赫此时应当已经成饿死鬼了,但他不是还躲在某处,活得好好的吗?如果他两周之内都不出现,我们是否要容忍霍亨洛赫的叛逆两周?如果科赫一个月不出来决战,我们难道也要忍一个月?是什么给了这白痴以自信,以为这场叛乱轮得到他来浑水摸鱼?若不果断惩戒,难保诸方豪强不会纷纷效仿。眼下屋子里尚且只有这一处冒烟,我们可以将它扑灭;等到四处着火的时候,就已经迟了!"

舒尔茨心中其实并不敢确定自己的想法。他先是瞥了一眼欣德米特,可是欣德米特一言不发,看来就连他也拿不准,究竟哪一方更急迫。舒尔茨把目光落在了策姆林斯基身上,事到如今只有分兵行动,不过帝国中央舰队实力雄厚,就算科赫与霍亨洛赫侯爵联合,也难敌我军。既然如此，我又有何所惧？我还盼不得他们两军合兵一处，正好可以让我省下时间一举歼灭！"

"策姆林斯基中将！"

"在！"

"我命你再领你的分舰队，去把厄登堡给我夺回来！我的舰队主力不会太远，随时都可支援，以防不测。记住，如果开战之前他立即归顺，就放他回去；两军一旦交火，在霍亨洛赫侯爵或他的笨蛋儿子下跪求饶之前，绝不要接受他们的投降！"

"如果他们提出交涉呢？"

"交涉？没有什么好交涉的，交涉的前提是实力，而你的任务就是告诉霍亨洛赫家族：他们唯一该做的，就是忘掉幻想，正视现实，把他们蠢破了穆罗梅茨堡十八层钢球的智力，一丝不剩地全部集中在思索如何避免毁灭上！半世纪前，帝国与霍亨洛赫家族立下的条约，是对弱者的保护而非限制；毁灭并非弱小的结果，而是实力与野心不匹配的结果！"

"是！"

舒尔茨命策姆林斯基中将带领五千艘战舰，杀奔回厄登堡行星，是因为不到三天前，正是他故意战败，把行星让给了科赫。可是帝国大军还没来得及赶到，科赫就又把这颗尚无价值的行星让给了霍亨洛赫侯爵。如今，策姆林斯基又奉命要从侯爵手中夺回它。他心中想，不知未来历史学家又会如何谈论这奇怪的战争呢。

2.

厄登堡行星表面，康拉德·冯·霍亨洛赫正在舰上，观赏舷窗外的风景，叹道："可惜呀，这颗行星的大气环境尚未改造完成，所以我们无缘踏上地表观光一番。"

"确是可惜。因为待到行星环境改造完毕，便不再有这奇异瑰丽的景象了。凡是适宜人类居住的星球，无论改造前是多么不同，最终结果都大同小异。"他身旁的一名参谋说道。

"所以我们这次也是不虚此行，趁着它尚未改造完毕，趁着还年轻，得以欣赏到如此美景。"

"是的，再过几十年，那时您已经继承爵位，这儿差不多也该改造完成了。"

"那是自然。"霍亨洛赫回答道，"但还是可惜啊，太慢了。"

参谋停顿了一下，他不知道康拉德是在说什么太慢了：是大气改造，还是继承爵位。正当气氛略显尴尬时，侦察舰传来了消息。

"报告！轨道上出现大批帝国军舰！"

"是叛乱军不甘心，于是回来了吗？"

"不，来袭舰队有帝国军旗标！"

"帝国军？"

霍亨洛赫心中咯噔一声，心想大事不好。帝国军怎会冲着这里来？啊！明白了，他们定是还不知道我已占领此星，大概是找叛军报一箭之仇来了。不错，我与帝国军无冤无仇，他们没理由针对我而来；我替他们赶走了叛匪，他们当感谢我才是。

"快,全舰队升空迎接!"

行星轨道上,策姆林斯基中将见霍亨洛赫家的舰队升空了,立即下令:"舰队占据有利攻击角。同时向对方发出通信,告诉他们,他们的舰队已经越出了合法自卫边界,非法闯入了帝国公海,必须立即退回封地,等候帝国议会的惩戒令……等等,最后再加一句:这样做符合我们双方的利益。"

"您认为,霍亨洛赫家的人会听我们的,撤回海尔辛兰吗?"一旁的副官问道。

"他撤不撤都无所谓,因为我们已经占据了有利位置,他们刚从大气层冒出来,想打的话,我乐意奉陪。"策姆林斯基两天半前刚刚在此按捺住战意,把眼前的行星让给了科赫,如今正摩拳擦掌。他是准备把此前为执行舒尔茨的诱敌命令而忍住的战斗欲,倾泻到可怜的贵族武装头上了。他看着通信官操作,当通信官试图联系对方旗舰时,他立即叫停。

"停下,停下!"策姆林斯基说,"谁让你联系对方旗舰的?我们只需把意思传达给对方全体将士就可以了。把勒令退兵的指令直接用公开频道,发给霍亨洛赫舰队的所有舰船。"

"公开频道,发给所有舰船?"

"是,就照我说的去做。"策姆林斯基坚持了这一意见,他明白这样做,等同于拒绝承认对方指挥部的权威。但这又能如何?反正对方现在根本不敢打。

康拉德·霍亨洛赫接收到了来自公开频道的威胁信,要求他们立即返航,听候帝国中央的惩戒。

"什么？退回老家，听候惩戒？还说什么，这符合双方的利益？"

"是的！"

"惩戒？什么惩戒！"康拉德完全没有想到，帝国军并不是把他的舰队误当作了叛军，而就是冲着自己来的，"岂有此理，我们帮帝国军赶走叛匪，保护了厄登堡，他们反而要惩戒？符合双方的利益，这是什么意思？我们受辱被逐，也算有利益吗？"

这样的话只是说出来蒙骗自己，并给指挥部的人们打打气的。因为他自己都不相信，他来此只为"驱逐叛军"，另无图谋。至于为何帝国军最后说，屈辱地服从他们才是符合利益之举，指挥部有人已经想明白了，手心冒汗，却不敢说出口。

"实在太过分了！"他的参谋习惯性地应声道，不过转念一想，似乎此时说这些讨好康拉德的话也不能解决问题，于是问道，"那您看，我们该如何回应？"

康拉德一时没了主意。舰队继续上升，渐近大气边缘。他见自己麾下无人脱离编队，便又有了信心："你们看，我们的舰队仍是忠实于霍亨洛赫家族的，帝国军企图直接在公开频道指挥我的部下们，简直是妄想！"

康拉德没有反过来想：自己刚才为何竟有一瞬间，怀疑敌将仅凭公开喊话就能剥夺他的指挥权？他也从未想过：假如他向帝国军发布公开命令，直接命令他们撤走，岂不荒谬？他其实心底里明白这种地位的不对等，但他寻求心理安慰的自欺本能阻止了他清晰地意识到这一点，却把己方将士并未听从敌将调遣这么普通的事，解释成他们的忠诚。

"好，我想好了，我们就这样，堂堂正正，对，要堂堂正正地升出大气层，然后……"说到"然后"二字时，他的声音小了，因为他也不知道之后该怎么做。难道就这样灰溜溜地回去，等候惩戒吗？不行的，敌军已经在公开频道发出了威胁，如果我服从了，岂不是在全军面前丢尽了脸？这样一来，我就永远赶不上刚立功的哥哥，这辈子就完了。

"保持舰列整齐！"康拉德想，在撤回去之前必须进行一次谈判，哪怕只是装模作样的谈判，才有挽回颜面的希望，"我们要在帝国军正面列阵，我必须首先与对方谈一谈！"

正当此时，康拉德再次收到了来自帝国舰队的公开指令："霍亨洛赫家族的舰队，立即停止运动！贵舰队当前的运动方向，正在对帝国舰队构成威胁！"

"难道一定要把所有要求都说给我的全体士兵听吗？"康拉德大骂道，"不，我绝不能按照他的指示做，否则就会成家族的笑柄了！保持航线，不许偏离，继续前进！相信我，只要我们不先开第一炮，帝国军也不会！"

"敌军没有停止前进！"帝国军的分舰队旗舰上，情报官直接用了"敌军"这个词，他刚想改口，策姆林斯基中将注意到了这一点，与副将和参谋交换了眼神，他们都是帝国军事学院出来的，都相信先发进攻为上，若攻敌侧翼，优势就更明显。霍亨洛赫舰队明显不打算听从指令，老老实实地返航，如果仅凭帝国军的实力就信任他们不会犯蠢，已有些冒险了。他们会不会趁如今叛军出没在这一星域铤而走险呢？

策姆林斯基说道："你说得没错，是敌军。这样的舰队轨迹，只要再过几分钟，就会穿过我军正面绕至侧翼。那时候，谁能保证他们不先下手为强呢？如果他们那时动手，我们就不再有必胜把握；即便最后得胜，也得付出相当代价。"

"发出炮击前警告，命令他们停下来。"策姆林斯基说。

"仍在公开频道吗？"

"不，这次就只发给对方的指挥部吧。"

策姆林斯基这回没有公开警告，是考虑到封建贵族或许不愿当着自己的士兵的面屈服；然而这一更改却被康拉德理解成了帝国军的意志动摇，他选择忽视炮击警告，料定对方不会真的开火。只要绕过这危险区域，就可以堂堂正正、不失颜面地返航了。

帝国军分舰队指挥部的战区星图上出现了危险的情形，副将说道："霍亨洛赫舰队即将绕过我军正面，并将于三分钟后抵达侧面，届时两军将呈对我军不利的斜形！"

策姆林斯基中将当然看到了这一点。霍亨洛赫家族真的会反叛吗？大概率不会。但无论敌人是否反叛，此时开火都不会受罚；因为我是再三先行警告之后开火的，舒尔茨绝不能惩罚我，否则若立下先例，今后的仗就没法打了。他不仅不能惩罚我，还必须站在我这一边。相反，若放走面前的舰队，万一对方反叛，我军将错失先机蒙受损失，事后我很可能受罚。况且舒尔茨在派遣我前来时，态度如此坚决，他会不会将我的犹豫视作软弱，甚至不听号令呢？几经权衡，策姆林斯基没有选择较大可能性，而是选择了自己不用担责的较小可能性，下达了攻击令："开火！"

行进中的霍亨洛赫舰队突然遭到来自左前上方的攻击，炮火猛烈而准确，把舰列炸得乱作一团。

"进攻！进攻！不要怕，帝国军不堪一击，昨天那群低能的叛匪，就曾是他们的精锐，把他们揍得晕头转向！"康拉德·霍亨洛赫心中计算着，前日叛匪把你们打得落荒而逃，而昨日我军进攻叛匪七千艘战舰，又把他们打得落荒而逃，今天打你，只需一鼓作气定能决胜！于是舰队刚刚勉强准备完毕，他就身先士卒率军发动了冲锋。

"大人，您可不能以身犯险呀，您的父亲和兄长会担心的。"

说到父亲，霍亨洛赫是满不在乎的。但是说到兄长，他心中便暗自思忖：我万一真战死了，岂不便宜了他？也好，那我就稍稍退后，让手下们去斩下敌人的头颅吧。总之功劳还是算在我头上的。

帝国军分舰队指挥部内，雷达兵报告说，敌军已朝着我军冲过来了。

"什么？他们没有逃跑，而是冲过来了？你确定没有看错吗？"策姆林斯基问道。

"是的，我已复查过了。"

"不可理喻！即便是愚笨如禽兽，面对比自己高大的野兽时也知道要逃，"策姆林斯基说，"好，我们就给这个低能儿上一课，全军四面散开，合围歼灭！"

帝国军的精锐行动整齐迅速，立即向八个方向散开，用立体交叉火力压迫霍亨洛赫舰队。后者的战舰一艘接着一艘地爆炸。谁都知道大势已去，只有康拉德·冯·霍亨洛赫仍拒绝相信眼前的事实。这时，参谋提醒道："我们已经败了，是否要接通对方的通信？"

"好吧……去吧……"他咬着牙命令道。

可是两分钟后,通信兵却报告说:"对方拒绝接受我们的通信,并表示他们只愿意在宇宙公开频道与大人您对话。"

"宇宙公开频道!"康拉德叫道,"难道要我在全宇宙面前向他们投降吗?"

"可是大人,我们已经别无选择了呀!"

宇宙公开频道接通了,此后的每一句话都能被两军全体将士听见,可能正因为考虑到这一点,起初双方都没有人说话,陷入了奇怪的死寂。策姆林斯基无法忍受这种气氛,就率先打破了这沉默:"你……您就是康拉德·冯·霍亨洛赫吗?我代表银河帝国护国主,舒尔茨殿下向你提出条件,你必须认罪投降,我将代殿下接受你的下跪认罪,并接受你的投降。"

"你说什么!"一团火在康拉德的胸腔里炸开了,"你敢再说一遍?"

策姆林斯基惊愕得目瞪口呆,几乎怀疑自己听错,他从未见过如此狂妄的败军之将。

"我说,您必须跪下投降,我将代替舒尔茨殿下接受您的下跪和投降。"策姆林斯基重复道。他是个执行起任务来一丝不苟的人,舒尔茨吩咐他要让对方"下跪"投降,他就照搬不误,不敢遗漏任何细节。每每事后回想,他也知道世上很少有人如他那般,严格按照字面意义理解语言;然而他在行动之时,通常还是会坚持这一习惯。

持久的沉默。策姆林斯基中将虽然古板却不迟钝,他感觉对方已经快要疯狂了。

"你们根本不知道你们面对的是什么,"康拉德的声音传遍两军阵前,"全军听令!所有火力集中至敌军旗舰,把他的人头给我拿下来!"

什么?策姆林斯基中将大惊,哪里有这样的战法?他只骂出了一个词:"猪!"就切断了通信,护卫舰队保卫指挥部以最大速度后撤,其余火力集中打击敌方前部。不一会儿,敌军残存的舰队停止了行动,传来信息说康拉德所乘战舰已经被击毁了。

3.

霍亨洛赫侯爵在帕绍城堡中,仍在为小儿子昨天的胜利而高兴,多年的夙愿已近实现,厄登堡就要成为囊中之物。这时一名侍卫奔入大厅,急道:"大人!大人!我军舰队在厄登堡行星遭遇帝国军袭击,战败了!"

"什么?怎么可能战败呢?你确定是帝国军?

"千真万确,是帝国军。"

"想不到帝国军居然如此卑鄙,暗施偷袭!"

"那是当然的!敌军以四倍兵力,哦不,五倍兵力,两万艘战舰,趁我方舰队还在地面时就不宣而战,狂轰滥炸,康拉德少爷顽强不屈,连续击溃敌军两个分舰队,但最终还是寡不敌众!"

"啊,那他现在何处?"

"侯爵大人!那舒尔茨不肯亲自与康拉德少爷通话,指示策姆林斯基发来通信:除非康拉德给他下跪,他代表舒尔茨接受跪拜之后,才肯受降。"

"那我儿子呢,我的儿子是怎么回应的呢?"

"少爷听了这话，非但不肯下跪，更不可能投降！"

"我的好儿子！"

"然后，帝国军就恼羞成怒，残忍地把他杀害了！"

"啊！那我儿的尸首，现在何处？"

"在荒寂的宇宙中，已无人能识得了。"

"我要，我要报仇！报仇！"

"报仇！报仇！"周围的一干人纷纷跟着喊道，还有人喊"忠魂不朽"云云。

"大人，此事事关重大，不宜激愤用事……"克林格曼将军一直在旁边听着，觉得此番战况描述过于违背常识，不得不提醒主人了。

"舒尔茨谋杀了我的儿子！我的儿子！不是你的儿子！"霍亨洛赫侯爵吼道，"闭嘴！我要立刻让这个私生子，这个自命护国主的僭越之徒知道，他犯下的罪孽有多么深重！"

第十一节：无人

1.

厄登堡之战后的第二天，一则新闻通过宇宙公开频道传播至银河的每个角落。正在好望角号餐厅的几名指挥部人员看了个开头简介，就已目瞪口呆。舍尔兴跳起来奔向走廊，一分钟后，他猛拍总指挥官的房门，不等他穿上鞋就把他拖了出来。温特利德起初以为是敌袭，跟跟跄跄跟着他走,舍尔兴却没把他带去指挥部,而是拖往生活区。他心中滑过一个念头:不好,难道是士兵们知道了粮食的储量,在绝望中哗变了?温特利德跟着他跑到餐厅,看到约阿斯神父和伊法、帕特里克等其他几名之前用战棋游戏选拔出来的候补军官,都目不转睛地盯着墙上的屏幕,除此之外还有些士兵在场。

新闻内容是一份审讯录像。犯人身穿囚服,精神略有恍惚,靠墙坐在一间灰暗的房间里。

"你加入科伦坡幽灵几年了?"

"记不清了,十年了吧。"

"是谁让你们行刺萨尔姆伯爵的儿子、君特子爵的儿子、埃伯斯多夫伯爵的儿子、胡贝图斯男爵的养子的?"

"没有人。"

"难道这一切都没有事先预谋,是你们各自的主张吗?"

"不,怎么会呢。"

"那是谁让你们刺杀银河帝国贵族家庭的子嗣的?"

"没有人。"

"你在戏弄我们?"

"不,我没有。真的是没有人。"

"你说什么?"

"对,就是没有人。"

这时,犯人抬起了他的脸。温特利德一眼就觉得这张脸似曾相识,仿佛正透过这屏幕望着自己。他怎么如此苍白憔悴?屏幕上的神情如此眼熟,当日在奥厄行星见过他吗?难道他不在场,躲过了那次轰炸？他又为何精神恍惚？半分钟后温特利德恍然想起，这是自己从那个有着无尽高墙的梦中醒过来后，在镜中看到的神情。

"神父，你觉得他像是受了精神污染吗？"温特利德关切地问道。

"有这方面的症状，但很轻微，不像是奥厄那个强度的。"

温特利德也知道这一点，因为行星轰炸级的污染，是不会有活人的。视频在继续：

"你能认出幕后主使的相貌吗？"

"不能，他从来都戴着面具。"

"那你能分辨出他的声音吗？"

"很难吧，声音相似者太多了。"

"这里有一盘录音，是从奥厄行星你们的基地里搜到的，想请你帮忙听一下，你能分辨'没有人'指导你们刺杀贵族子嗣的录音吗？"

"随便你。"

画面暂时被一个男人的背影遮住了，当他走开时，一个播放器放在了犯人面前，其中传出了一个声音："先生高明，众幽灵，以及银河系亿万平民百姓不会忘记。"

"这是你们的组织头目吗？"审讯者问道。

"是。他已经死了。"

"他称呼的'先生'是你所说的'没有人'吗？"

"是。"

随着啪嗒一声的开关打开，播放器里又传出了另一个陌生的声音："不用记得我，我只是一介无名之辈，宁可被忘记。"

温特利德听到这声音，不禁后退了一步。

屏幕上犯人的脸再次抬了起来,他的眼神里充满了不可思议的神采,"是他,是他!"

"你确定是'没有人'的声音吗?"

"确定,确定!这是他的声音,这是他的气味,这是他的脚步!你们杀死我有什么用?你们会死在他的手上!死!"

"我们都会死的。"审讯者说道,"接下来,我们想再请您配合,帮忙看一组录像,告诉我们你是否觉得这录像中也是他的声音,说不定你也就能看清他的脸了,难道你不想吗?"

画面切换至一出电视访谈,内容是几年前舒尔茨在端了一处宇宙海盗的老巢后,接受当地电视台采访。那时候,穆罗梅茨堡皇宫刚刚正式承认,他就是当年舒尔茨皇妃的孩子,主持人知道了他的皇室私生子身份,想让他聊一聊自己。屏幕上的舒尔茨却说:"我?我不重要。其实在当今世上,找不到一个人的个人生活是重要的——没有一个人的生命历程能够让诗人满意,为他写出一部史诗,这真是时代的悲哀。我们谁都不是,只是无名之辈。"

"哦,是的!听说您在辉恒中学时就爱读古代人的史诗,看来真不假呢。"

"您太客气了,我这点私人爱好也被您调查到了,实在惶恐。但我真的只是无名之辈而已。"

"您介意为我们背诵一段吗?"

电视屏幕的镜头前推,聚焦于舒尔茨的上身。他开始背诵一段古代史诗,那是奥德修斯化名"没有人",刺瞎独眼巨人后逃出洞穴。巨人的兄弟们问巨人,何故咆哮怒号?巨人回答:

没有人!没有人正在用诡计而非力量,谋杀我!

接着,舒尔茨的语调变得高亢,说出了奥德修斯的台词:

如果大地之上有任何人问你,是谁弄瞎了你的眼,如此羞辱于你——告诉他们,是回伊萨卡的路上的莱阿提斯之子奥德修斯,众多城市的劫掠者,是他挖出了你的眼珠!

屏幕画面定格在了舒尔茨的脸上,随后转换回到了审讯室。
"请问,这个人的声音,是你所说的幕后主使'没有人'的声音吗?"

被绑在椅子上的囚犯大笑起来,连笑了足足十分钟。这恐怖的笑令温特利德、伊法、舍尔兴皆心惊胆战。约阿斯神父不自觉地站了起来,仔细盯着屏幕,面露惊惧之色。猛然间囚犯怪叫了一声,不知是晕过去还是咽气了。一名医生和一名教士将他抬走。屏幕画面变成了一片灰白斑驳的光点,影像结束,开始了评论员夸张而离谱的解说。才听了半分钟,科赫就把音量调到了最低。太吵了。

确凿无疑,刚才录音里那句"我只是无名之辈",就是舒尔茨的声音,传说中十年前给科伦坡幽灵献"天诛"之策的神秘人竟是他。温特利德忽然想起,舒尔茨曾对他说:只有那些没有子嗣的僧侣,会想出将贵族之家绝后的战术。他一直觉得这个推断颇有道理,如今方才想到:其实在这方面,没有继承权的私生子也是一样。原来如此,私生子也就是"没有人"。他随即问道:"新闻的来源是哪里?"

"是从兰茨胡特行星来的。"

"霍亨洛赫侯爵的领地?"温特利德大概明白了这是怎么回事,"舒尔茨昨日把他的舰队杀得片甲不留,所以他就放出了自己掌握的秘密?"

"据说,霍亨洛赫侯爵的小儿子昨日阵亡了。"

"原来这是独眼巨人痛苦的、盲目的报复。"温特利德喃喃地说,"这份新闻既然我们能接收到,也就是说,已经传遍了全宇宙?"

"是这样。"

"包括穆罗梅茨堡里,那些孩子被共和主义者所杀的贵族父母。"温特利德继续说道,"接下来就是鱼死网破!舒尔茨这个皇帝,怕是难做成了。"

"科赫指挥官,我有一个请求:此战获胜之后,请允许由我们教团医治刚才屏幕上的这个青年人,因为据我判断,他的行为有精神污染的迹象。"约阿斯神父忽然插话道。

"好,我答应你。"温特利德在心中许诺自己,此战必定能够胜利。他又低头看了一眼手中的表,时间又过去了好几个小时,全军粮食只够最后两天。

2.

这段录像在帝国中央舰队也引发了地震。由于在帝国军的标准配备中,只有战列舰能接收超光速信号,所以起初只有战列舰上的军官看到了它。一些贵族军官冒着被以临战畏缩之罪名绑上军事法庭的危险,当即递交辞呈,并立刻得到了舒尔茨的批准。有出身大贵族的舰长得知杀死自己亲人的幕后主使竟是舰队统帅,便要率舰叛变,被舰上的下级军官们制服。舒尔茨有生以来第一次宽待了反叛者,只是剥夺了他们的指挥权,暂时监禁,待回到穆罗梅茨堡后再行发落。

在处理所有的辞职者和意图叛乱者的过程中,舒尔茨只主动问起了一个人的情况:"欣德米特——他现在在哪里?说过什么没有?"

"他没有任何动静。"梅耶贝尔答道。

这个回答令舒尔茨略有失望,他原本期望,一贯主张军队去封建化改革的欣德米特会站在自己这一边;转念一想,暗通科伦坡幽灵谋划"天诛"之事,道理上确实很难说得过去,而欣德米特是非常重道理的,他的沉默正说明了这一点。

于是舒尔茨答道:"好,无妨。我们不必要求他做出表态。这样的人,只要忠诚的对象是帝国就行,不必是我。"

梅耶贝尔想起去年内战之前,舒尔茨曾说过类似的话。

地基正在崩塌,这位护国主就要掉入深渊中去了。然而越是在这脆弱的一瞬,他越是展现出超凡的清醒和果断。现在是自己的权威最岌岌可危的时刻,他必须趁消息尚未传遍全舰队,立即进攻霍亨洛赫侯爵,以一场胜利巩固权力。不,这还不够,还必须有接连的胜利,并将侯爵抓获,让全银河系的人看见他的下场。只有这样,他才能回到穆罗梅茨堡,如今的护国主必须去做贵族阶级的征服者。

想到这里,舒尔茨心中升起了灼热的战意。确实,按照帝国古代宪法,皇帝是众贵族的首领,众贵族是皇帝的支撑;然而要我,舒尔茨，满足于做那帮庸庸碌碌之辈的首领？长此以往，我的人生真的会变得和他们一样平庸。奥德修斯暴露了真名，遭到了报复，现在我也面临同一命运：必须先击倒横在路上的敌人，再回到家乡镇压内乱，而录像中奥德修斯作为无名者杀死食人巨人的形象，本身也能被逆转成为一种政治象征。就在他长期倚靠的墙壁突然崩塌的时刻，舒尔茨用落空后的手，本能地抓向了自己真正想要的东西。他意识到一个世界历史时刻降临在自己的面前，一种抽象的力量即将压倒一种具体的力量，一具没有面庞的无形的身体将取代许许多多由血缘与家世编织成的身体。

霍亨洛赫侯爵向全宇宙放出这段费尽心机弄到的机密的同时，已决心投入决战。他认为现在是舒尔茨最脆弱的时候，其手下军官中肯定有动摇者，可以趁此机会一举为儿子报仇。这是一个致命的错误。诚然，他公布的信息确实严重地打击了舒尔茨，却只波及少数能够接收瞬时通信的战列舰，而战列舰由于在战场上承担的是远程火力任务，是所有舰种中承压最轻、最技术化、最不易动摇的，不像军心不稳就会溃散的前排抗冲击部队。如果霍亨洛赫侯爵在三个月前公布这段视频，舒尔茨说不定已被刺死在穆罗梅茨堡的广场或街头；如果他公布视频后采取等待与避战策略，用不了两天帝都和更广大的后方必然爆发危机，迫使舒尔茨未获胜利就班师回朝。可是霍亨洛赫却决定立即决战，这就如同用毒箭射中了敌人，却赶在毒性蔓延发作前与之决斗，效果就打了折扣。

霍亨洛赫侯爵作此判断，是因为他是按照封建军队的经验，来理解舒尔茨的帝国中央军的。封建的本质是契约关系，只要不被主人抛弃或背叛，就会保持极高的忠诚，若被背叛则有倒戈之险。然而帝国中央舰队却不是舒尔茨个人的私兵，虽然各舰长也多是贵族，但统帅权威因私怨受蚀损的可能性较小。霍亨洛赫以为，舒尔茨的军队此时必定濒临崩溃边缘，只需轻轻一推就会倒塌。于是他亲率舰队立即出击，直奔厄登堡。

可是霍亨洛赫仍然慢了一步，舰队尚未出动，侦察舰就传回情报：帝国中央舰队大军已在赶来帕绍的路上。舒尔茨在寻求速战。这已经在提醒侯爵：避战等待方为上策，时间站在他的这一边，舒尔茨越求战，越不能遂其心愿。敌人想要什么，就不能给他什么，这是许多智力平庸却有自知之明的将领，在面对明显比自己高明的敌人时的策略：信赖敌人的判断，而非自己的判断。然而霍亨洛赫显然不在此列，他立即下令修改计划，直接迎上。

然而正当此时，霍亨洛赫侯爵接到了数十光年外，来自兰茨胡特大本营的克林格曼将军的通信：

"大人，听说您已经率舰队启航迎敌了吗？"

"是。"

"大人万不该如此！舒尔茨的暴行已经公诸天下，常言道：罪恶通过迅猛的行动获得力量，而贤明通过拖延与耽搁获得力量。敌人就要自乱阵脚，此刻我们应当等待。"

"这是什么歪理，我已经重伤了舒尔茨，等待？难道等待他伤口愈合吗？还是说，你从那么遥远的地方，冒着通信泄露的危险联系我，就是为了说这些？"

克林格曼噎住了，一时没有说话。

"你还有什么要说的,就赶紧说!"

"温特利德·科赫的叛乱军正从后方杀奔兰茨胡特行星。我本来确实是想要与您商讨兰茨胡特的防御的,但是现在看来……大人,您必须做政治上的决定了。"

霍亨洛赫当然明白所谓"政治上的决定"指的是什么。他怒骂道:"大胆!你只是一介军人,给我摆清楚自己的位置,这样的事轮不到你管!"

"如果您迟迟不肯做出决定,"克林格曼继续说道,"我就投降并敞开防线,把兰茨胡特让给叛匪,这绝非背叛大人,而是我最后的忠心:我必须确保大人您的命落在科赫手上,而非舒尔茨手上!"

"你!"霍亨洛赫侯爵恼怒得面色铁青,额头上青筋暴起,"你给我听着:将兵力分层,死守防线迟滞敌人!我会先杀了舒尔茨,然后你这样的胆小鬼,爱投降就投降去吧!"

霍亨洛赫虽然无知,但尚未蠢到以为缺乏舰队的轨道静态防御能够撑过一小时。在他的计算中,如果分散兵力步步为营,每层防御都能坚持一个小时的话,总计就能拖上半天了。可是这不是明摆着让士兵去送死吗?这个把别人的牺牲视作理所当然的人,却不愿多想一步:倘若自己所在的孤军被指派驻守明显撑不过一小时的战线,他会不会直接投降呢?人的生命只有一次,谁又会用它去打一场必死的败仗呢?他明白,如今在两军夹攻之下,身边这支舰队,也就是他的全部家底,已是离弦之箭,有去无回。侯爵转过身自语道:"没有关系,没有关系,我还有王牌,我还有那永不动摇、永不背叛我的人!"

"我们誓死追随侯爵!"几名世代侍奉霍亨洛赫家族的骑士异口

同声地大声说道。

可是侯爵没有听见,他左顾右盼,仿佛在寻找谁,然后低声问道:"主教呢?他不是说有办法吗?"见没有回应,他又高声问了一声:"主教呢?"

"主教大人带着几名僧侣,天没亮就乘上一艘运输船,说是为您办理紧急公务去了。"

"背叛了!狡诈的老家伙,背叛了!就像他去年背叛特罗伦哈根一样,我一开始就不该收留这条丧家犬!"霍亨洛赫侯爵怪叫一声,眼中的愤怒变成了绝望,就像烛火熄灭。侯爵终于意识到,毁灭已不可避免。他现在唯一想做的是拉上舒尔茨陪葬。舰队从帕绍启航后,一路上侯爵没有问"帝国军在哪里?",而是问"耶梦迦德号在哪里?",仿佛只要赶在溃败之前击毁了耶梦迦德,他就没有输。

3.

"大人,我们真的要……造反吗?"站在侯爵身旁,一名在指挥部工作的士兵颤抖着问道,这或许是他第一次直接与侯爵说话。是什么让这名士兵问出"造反"这个词的,旁人无从知晓,却应验了"最好的问题是最笨的问题"这句话。

"造反?"霍亨洛赫侯爵愣了一下,"你说什么?"

"我们此去,真的是要对……国家……造反吗?我们,不也都是银河帝国的子民吗?"

霍亨洛赫抽出佩剑,砍断了横在他和那名士兵之间的一张椅子,

"国家?"他把这个词拉得老长,神情轻蔑而凶狠,说着把剑尖顶在士兵的胸口:"你给我听着:支配帝国舰队的人,控制要塞的人,决定财政预算的人,他们就是国家。唯独你不是国家,也不是它的一部分,国家是一头野兽,你甚至算不上它的毛发和指甲。"

未等侯爵说完这句话,士兵身旁的人就把他架走了。侯爵用力把剑插在地板上,剑身不住地颤动。士兵被带出指挥部时,脸上的惶惑胜过了惊恐。

是怎样神奇的力量,让这个在后世史书上受尽嘲笑的愚人,竟在疯狂的巅峰道出了这样的真相?是他儿子的死吗?还是他此刻已经冥冥中预感到了自己的死?他那双凶暴的要杀人的眼睛,仅仅是因为他蔑视这名士兵的愚顽低贱,还是因为儿子的死,让他意识到自己充其量也只能算得上是帝国的"毛发与指甲"?

十小时后,舒尔茨派出的侦察舰报告:霍亨洛赫舰队主力正迎面而来。他悬着的一颗心终于落地了:霍亨洛赫终究没有明智地选择避战。等到敌舰队陆续传送至战场,舒尔茨立即对全军发表演说,只字不提科伦坡幽灵的"天诛"之事,而是将当前的战争与去年的内战相连:

将士们!我是你们的统帅,乌尔里希·玛利亚·舒尔茨。自少年时代起,我便舍弃了这名字中间的"冯"字。关于这件事,在那个贵族圈子里多有传闻,就连叛军将领温特利德·科赫也可为此作证。

在去年的平叛战争中,我已经说明:如果帝国要存在下去,舒尔茨家族主张的那一套封建法权,就必须毁灭。

帝国的真正支柱是你们,而门阀贵族只是支柱上的蛀虫。那些舍弃封地、逃入要塞并保住小命的懦弱之辈,此刻正在帝都盼望我军战败的消息。这支舰队一旦毁灭,新的割据就会开始,相伴而来的当然是无尽的战乱和更严酷的等级。

敌人认为自己是在反抗帝国的暴政,是在"拿回"几十年前丧失了的独立。然而封建权利也曾有它古老而残酷的起源,我们今后的权利也将取决于今日的战果。

耶梦迦德号上,情报官提醒道:"敌舰队主力直冲着这边来了!殿下!"

"不退!"舒尔茨大声说。我已经失去了贵族的支持,而半数军官由贵族组成;现在,我若不能在烈火中证明自己,就迟早众叛亲离。只要我的意志有丝毫的松动,舰队中的贵族军官就可能哗变。

在舒尔茨因思索自己的命运而暂时分神的时候,欣德米特下达了命令:"各舰炮火集中轰击敌军前部!"

舒尔茨感激地看了一眼欣德米特,他知道这就是这位老元帅支持自己的方式。

霍亨洛赫舰队的前端顷刻即遭重创。然而后续舰艇跟至,一波又一波地越过同伴们的舰骸疾进。再过几分钟,便能将耶梦迦德纳入主炮射程。

"殿下!"

"不退!旗舰率亲卫队坚守阵地!"舒尔茨大声命令道。

疯狂,疯狂!孤注一掷的打法!这是以数千艘战舰为代价,只为

杀我一人。然而正因为看破了这一点,舒尔茨也立即有了瓦解敌军的策略。他打开了全宇宙频道,向交战双方的全体讲话:

现在正在发生的,是狭隘自私的封建贵族最残酷的暴行:他以数十万人的性命为代价,只为满足复仇的私欲。在他的心中,士兵的生命不过是家族的私产。这样的战术完全就是自杀,无论能否达到目的置我于死地,你们都必然会在宇宙中毁灭殆尽。难道这还不够判定这场战争的道义天平?放下武器,停火吧!不要忘了我们都是银河帝国的子民!

我们都是银河帝国的子民。当霍亨洛赫侯爵身旁的人们听到这句话,不知是否想起了几小时前,被带出门去的那名士兵?还有侯爵的回答:毛发与指甲而已。半分钟后,霍亨洛赫舰队也发出了宇宙频道通信,出乎意料的是,讲话者不是侯爵本人,而是一个陌生的声音:

舒尔茨,你这狗杂种!既然侯爵大人要用我们数十万条命去换你一人的命,我是必死无疑了;然而若死在你这野心家之手,岂不荒唐!既如此,在生命最后的几分钟里,我一定要做尽想做的事!那就是我宁可在死前以侯爵大人为榜样,把仇恨置于道义之上,也不要像你这样,死到临头还道貌岸然,简直恶心至极!我,一个恶人,预先为自己报仇了!

舒尔茨惊愕地听完这一串辱骂,不觉羞愤气恼,反而如醍醐灌顶！这是何人？他叫什么名字？舒尔茨立刻命令通信兵将这段骂声单独保存下来，心想，今日若能渡此死劫，来日必将此阵前叫骂收于官邸，供时刻警醒。可就在他还没来得及思索其中的意味，宇宙频道的另一头传来了枪击声和喊叫声，随后就挂断了。侯爵的旗舰上出了什么变故？

"敌舰已突入旗舰射程！"这时耶梦迦德号的舰长库格尔少将报告说。

"旗舰不退！消灭它们！"

耶梦迦德号的主炮最先射出了死亡的热流，旁边的十余艘战舰紧随其后，烧出一串熊熊的火球，连成团状，在舒尔茨的正前方炸开，爆炸产生的浓烟和热流遮蔽了舷窗外的视线，耶梦迦德号再次向着浓烟中一阵乱射。敌军舰队忽然陷入了奇怪的沉寂。半分钟后，宇宙频道再次打开了。

我军统帅霍亨洛赫侯爵刚刚被一名部下杀死。我是舰队副将埃斯波西托上校，暂代舰队最高负责人，现正式向帝国军投降，一切罪责由统帅部承担，目前尚存的两千余艘战舰上的官兵们不应受到牵累。

舒尔茨明白，最后一句"官兵们不应受到牵累"指的是免除军法中针对叛军的"十一抽杀法"。他只考虑了一分钟，就给出了肯定的答复。尽管在这个不稳的时期需要严厉的惩罚震慑藏有反心的贵族，但舒尔茨做此选择，一方面是因为贵族集团的压力紧迫，让他一定要尽可能宽宏地对待普通士兵，也出于另一层考虑：舒尔茨时刻没有忘记他还有另一个敌人,即科赫的反叛军。在去年的内战中,自己曾应科赫的请求赦免过叛军,此次若坚决执行严酷的古法,等于是让自己显得比科赫更严酷,不利于将来的战争。

就在这时,一份新的情报传至耶梦迦德号:主掌兰茨胡特行星军务的鲁普雷希特·克林格曼将军率部下向温特利德·科赫的反叛军投降,后者已兵不血刃地占领了霍亨洛赫侯爵的大本营。

"什么?他居然直接就投降了!"

"是的,殿下。"

"老狐狸!"舒尔茨把手掌猛拍在桌子上,他很早之前就听说过此人在海尔辛兰颇有声望,"也难怪,明智的将领能看出必败的残局,接下来战争的艺术就会变成投降的艺术。是霍亨洛赫的主动出击葬送了自己;如果他昨日选择留在兰茨胡特行星上,今天就能在仁慈的科赫手中讨回一条小命了。"

"我们现在怎么做?马上赶往兰茨胡特吗?"梅耶贝尔问道。

"不,我们回穆罗梅茨堡。"舒尔茨说,"即便我们暂时把叛乱军驱赶出那里,最多停留两天还得回帝都,却得比直接返航晚四天时间。可是只待我们一走,科赫还是能回来再度占领它的。我不如趁刚刚战胜,帝都贵族们暂时不敢妄动立即返回,以免夜长梦多。"

"那有没有可能留下三分之二的舰队,临时填补兰茨胡特的权力真空呢?"

"这是绝不可能的,"舒尔茨的语调忽然变得缓慢,"你清楚吗?"

"是,殿下!"梅耶贝尔意识到,这样的提议仅是出自战略考虑,却意味着让舒尔茨在贵族集团的支持崩塌之际,远离自己的舰队上千光年。

  在返程之前，舒尔茨叮嘱的最后一件事，就是命人调查阵前辱骂他的那位军官，正是他要"把仇恨置于道义之上"，"预先给自己报仇"，杀死了他的主君。然而有关这段话的所有史料都出自当时亲临战场者的复述，由于其态度极为不逊，所有细节一律不予披露，就连姓名也被抹去。事情一旦有了名字，就有了根。然而这无名军官的言与行，却随着时间流逝而广为流传。

银河的秋天

下册

巫怀宇 著

人民东方出版传媒
People's Oriental Publishing & Media
东方出版社
The Oriental Press

目 录

序章：光明的消逝　／ 001

第一章　宇宙的珍珠　／ 023

第二章　内乱的旋涡　／ 173

第三章　故国的远影　／ 343

第四章　希望的航船　／ 475

第五章　虚空的烈风　／ 629

第六章　精神的迷宫　／ 787

第七章　长弧的终点　／ 939

第八章　时间的涯岸　／ 1115

后记　／ 1279

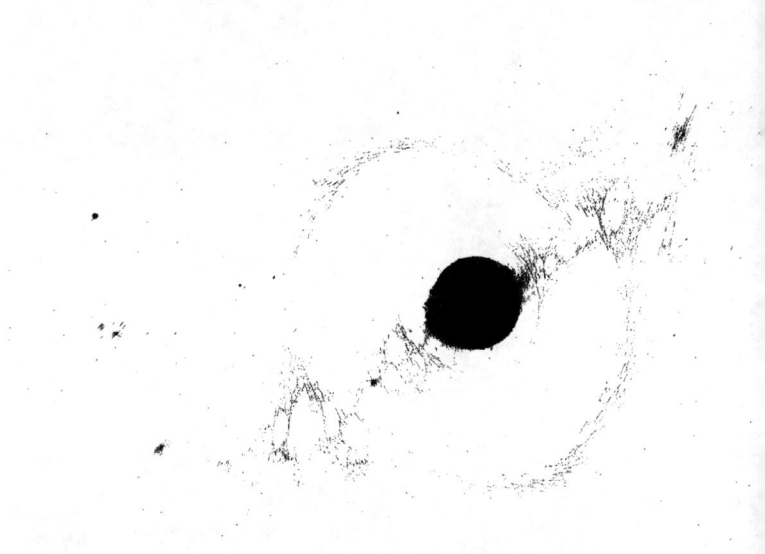

第五章 虚空的烈风

第一节　无旗
第二节　角斗
第三节　旧衣
第四节　进退
第五节　平行
第六节　浮影
第七节　低压
第八节　战云
第九节　女将
第十节　师徒
第十一节　光明

第一节：无旗

1.

革命军的舰队飘满了兰茨胡特的天空，好望角号上的人们却知道，眼下还未到欢呼胜利之时。科赫做的第一件事，就是派遣策林根去接管当地的军需粮库，他自己则带着其余的人现场查看这颗行星的轨道防御系统，看看有没有可能在此应对舒尔茨大军的攻击，毕竟帕绍附近的战役一旦结束，传送到这里也只需三十小时。若不能，则必须在帝国军攻来之前将这些防御系统炸毁，以便今后再攻取此地时不费吹灰之力。在临走前，他让伊法接见即将到来的投降方代表，接下他们的旗帜，象征成为"法定保护者"。这是数百年来任何舰队占领一颗行星之后必须做的事，否则就只相当于"事实征服者"，法律地位与海盗没有区别。

"那么，我们接下来的打算呢？"伊法问道。

"这得看舒尔茨。"科赫说道，"我们最短在这里只待一天，最长不会超过一个月。总之你要尽可能模糊，留出后路和余地。我们尽管可能只能担任一天的行星保护人，这样做也已将我们区别于海盗，然而我又在犹豫，觉得不该过早就引起政治上的注意。伊法，你是我们这里唯一有外交能力的人，舍尔兴太愚直，约阿斯太古板。只有你在帝都长大，四对舞跳得那么好，现在要对付一个投降贵族，还不绰绰有余！"温特利德清楚自己的笨拙，自知不擅长演说和谈判。在这方面，熟悉帝都社交界的伊法要比自己强太多了。

"哎哟，您这么会说话，怎么自己不去？"

这不，温特利德立刻被噎得说不出话来。不过一想起自己一年多前在海尔辛兰的社交遭遇，即便今日作为战胜者，他仍对另一个星球上等待着自己的贵族社会由衷地恐惧。

"好吧，我去。我知道你想的是什么：我在维谢格拉德家的身份，有助于在公开场合遮掩我们的共和主义色彩。要是换了埃本塔尔大将舍尔兴去，别人会猜中这是一场革命；若是换了国王堡的约阿斯神父去，别人会误会这是一场宗教战争。这样的话，那位护国主可就真的要成克伦威尔或华伦斯坦了。"

"是，是，伊法你给我上再多历史课，我也是很难在霍亨洛赫或什么当地贵族面前游刃有余的，要是我去，场面可能会比舍尔兴去更糟糕。"

"什么？你们在说些什么？"舍尔兴走了过来。

"啊，没什么，我们在夸赞您，比科赫指挥官强多了。"伊法说。

"我们埃本塔尔人是不会说谎的，从来不会把三角形说成四边形，"舍尔兴看了看伊法说道，"但是帝都长大的人，会把三角形说成三边形，所以，你们刚才一定在说，科赫指挥官的某些方面比我'更'糟糕。"

没想到居然被猜中了。

"不过这样也没什么，都糟糕就是都不糟糕，哈哈！"说着，舍尔兴走远了。这一天的时间异常紧迫，仅几分钟后科赫也离开了。

两个小时后，兰茨胡特政府前来正式投降的代表到了。

"是您？霍亨洛赫家族的人没有来吗？"伊法认出，这是之前发送消息来请求投降的将军，军事上和政治上的投降的意义是不同的。

"真的非常抱歉和遗憾，次子死了，侯爵也死了，长子逃匿了，就连主教也失踪了。"克林格曼回答。

"下面我们就移交旗帜吧。"

"这正是我想说的：更加不幸的是，我已经派人找遍了霍亨洛赫侯爵府，都没发现它，据我推断，是被失踪的长子恩斯特·霍亨洛赫一并带走了。"

伊法明白了，原来他们看准了我军不可能长期占领这颗行星，就只在军事上缴械，根本没有政治上投降的意思。如今，自己处在一个模糊尴尬的立场上了，对方已经如约前来移交旗帜，却没有把它真的带来。

"您所在的这支……舰队，"克林格曼继续说道，"据我所知，迄今还没有一面旗帜。你们是通过把原埃本塔尔军团和原国王堡骑士团的徽章抹去，以此辨别于帝国军的。"

"正是如此。"伊法说道。克林格曼明显是在给自己不愿交出旗帜找借口，但她此刻已经想到了如何将这一劣势转化成优势。她毫不退让地主张照常进行旗帜交接仪式，克林格曼既然找不到行星领主的旗，就必须手持一柄光杆旗杆，将它郑重地交给伊法，以此宣示政治上的投降，而不仅是军事上的缴械。

"光杆旗杆？"克林格曼听到这个要求，大笑起来，"好，好。"

在仪式开始前，克林格曼说在来的途中，注意到有一支舰队直扑粮仓的反常举动。伊法坦诚相告，革命军现存粮食刚好仅够最后一天。这令克林格曼不由得佩服，这群年轻人此前竟是如此沉得住气。当他看着天空中整齐的舰列，想到在军粮如此短缺之时他们仍能保持这样的纪律，心中的敬佩又多了几分。他对伊法感叹道："许多人说，你们不过是个大号海盗集团，一群靠抢劫和黑市为生的强盗，今日亲眼所见，你们没有旗帜，却比任何正规军都更有信念。"

"宇宙大镖客嘛。"伊法笑了起来，"如果帝国军这样轻敌，于我们而言再好不过；但如果人民也这样想，那可不妙。"

"你们没有发布过任何宣言，或什么主义、理想之类的东西，自然会被很多人当作叛兵成匪。只不过你们迄今抢的都是帝国军的补给，没有劫掠过民船，所以尚未激起民愤。"

"谢谢提醒，我们知道这一点，正因为此才宁死不去抢劫民粮。"

"宁死吗？"克林格曼说，"一般人说说这种话，是无所谓的，他们反正没有兑现诺言的机会。换作军人说，可就不同了。如果这一次，你们引诱侯爵与帝国军冲突的计划未能在预定时间内成功呢？"

"那就只好孤注一掷，去和舒尔茨决战。"

"如果没有猜错,你们是一群共和派吧。"克林格曼说道,"如果你们公开这一点,也许经济上会有更多的支援。"

"如果自称共和派,帝国军的镇压强度也会更大。"

"问题不在于实力对比,你们侥幸躲过此劫,不是因为你们强大,反而是因为你们兵力尚少,后勤压力不大罢了。等到你们舰队数量过万,就算真做海盗抢劫民粮也难以维持。"克林格曼说话的态度有理有据,不卑不亢,丝毫没有降将的落魄。

几分钟后,伊法从克林格曼手中接过了没有旗帜的旗杆。在两人的合影中,克林格曼颇为滑稽地手持光秃秃的旗杆,照片正中的伊法明显在忍着笑。她自始至终没有说出反叛军究竟是什么立场。事后,克林格曼在回忆时说,那是一个假面舞会上的女人,她看出这种模糊的姿态对双方都有利,于是他们就像舞会上相互保持距离的男女一样擦肩而过了:利用贵族牵制帝国舰队的三角游戏,在现实主义策略下会自动形成,然而一旦意识形态绑死了立场,就不复存在了。所以她无论如何都不会公然亮出意识形态,把贵族推向帝国军那一边,或给面临危机的舒尔茨一个大义借口。反叛军不用付出任何代价,便可收获名誉,将自己区别于海盗。他们之所以肯接受空旗杆,是因为这个滑稽的姿态反而最有利。而兰茨胡特方面,既获得了暂时的安全,有了不被劫掠的正式承诺;也用不着献上真正的旗帜,这就在将来帝国军卷土重来时免去了一大罪责。

2.

直至策林根收缴的粮食运到,温特利德才下令恢复三餐正常分量。这一天,他和指挥部的人员仍然来到士兵食堂,他第一次觉得不再为饥饿所迫已是一种幸福,怔怔地看着眼前满满的餐盘,自语道:"人类社会发展至今,产能已比农耕时代翻了千万倍,却仍然每天都有人死于饥饿。在我们将来的国家,一定不要再有任何人吃不饱饭。"

伊法将她与克林格曼的对话转告给温特。克林格曼,这位旁观者的警告,深深地肯定了他自己的想法:以盗匪武装之名,哪怕是"侠盗",也无论如何都不可能吸引到足够多的兵员,壮大到足以与帝国抗衡的地步。可是如果现在就竖起共和主义的旗帜,就正中舒尔茨的下怀,帮他树立了一个威胁,从危机中挽救了他。

温特利德记起在总参谋部时,艾希霍恩元帅说过:军队的本质是一套命令系统,再大、再复杂也只是一台机器。然而意识形态不是机器,而是一团膨胀的气体,一股奔流的液体,这种难以驾驭的力量必然会干扰机器的操控性能。若要在战争中获胜,除了硬实力要尽可能大,软负累也要尽可能小。然而,随着舰队规模扩大,我们已不能再装作与大号海盗没有区别。必须想出一个办法,再次向全宇宙强调我们是光明而高尚的战斗者,最好又不暴露出共和主义的底色,让那些看不透这一点,或装作看不透的帝国贵族们继续和舒尔茨作对。

这也太难了,该怎么办呢?

这支"反叛军"迄今没有旗帜。温特利德必须主张某个光辉的理念,以证明自己不是只图物质利益的海盗,但这面旗帜不能是共和主义,也不能以它为前提,而只能是比共和主义更基础的、却同时也能是一切光明的政治的前提的思想。因此它必须超越政治。他意识到自己必须立足于人类存在的基底,仅依凭最基础和最普遍的价值发力。

在确定了舒尔茨已率帝国舰队踏上返程穆罗梅茨堡的航线之后,温特利德才下令,全舰队降落停泊在兰茨胡特行星。舰队尚未落地,他又找到了伊法。

"你可记得,两个月前你曾说过的那些话。"

"哪些?"伊法问。

"就是那些……你当时告诉我,让人们觉得自己配得上幸福,配得上自由,觉得自己是高贵的和有力量的,比战争的胜败、国家的兴衰都重要。"

"嗯,记得。"伊法想,果然指的是自己一时激动说的那些鼓励的话,不禁脸有些发红。

"那么,"温特利德说,"现在我有一件事需要你去办,这样的事也只有交给你,我才放心。"

"什么?"

"我记得中学时,你的文学一向比我好,那时候在我少年的心灵里,你和薇拉简直无所不知无所不晓。"

"温特!我哪里能和小姐相提并论。"尽管伊法在面对压力时是非常坚强甚至悍勇的,但她一被表扬就会害羞,更怕人提起少时的愚蠢时光,便想赶紧阻止他说下去。

"伊法,所以我想请你帮忙做一件事,主持编订一本中学语文课本,以替换现有的。"

"啊……"伊法刚开心了几秒钟，顿时明白温特刚才夸自己是另有所图，"哦，原来你把我捧起来，又是想让我替你做事。"

"伊法，这样的事，难道你不乐意吗？"

伊法当然不仅不会生气，还会觉得这才是真正有意义的事情。事实上她正是这样想的。但她一想起这一整个星球的孩子，就觉得这样的责任太过重大，"不过，我有些怕自己难担重任"。

温特说："知识方面你可请教约阿斯神父，但教材最终怎么编，我需要你来拿主意。还有，务必在二十天之内编好，一个月内发到全星球所有学生手中。"

伊法明白，这是因为一个月后，他们将随时可能面临帝国军的进攻，不战而撤。她当天就开始工作，凭着记忆挑选文章，并找了两个助手负责检索和编排。她赞同温特的看法，也认为目前尚不到明晰政治立场的时候，于是把现有教材中关于忠君和等级秩序的文章都删了，却没有刻意加入共和主义或平等主义的内容。一名助手问她，是否要把原教材中的开卷第一篇，为弗朗索瓦大帝建造博涯要塞歌功颂德的《博涯赋》，替换成西海反抗帝国的斗争。伊法摇了摇头说，我们只需证明自己不是盗匪就行了。她将其替换成一篇古代文学，第一页便是："……荷马说，西西弗是终有一死的人类中最聪明最谨慎者。但另有传说，他屈从于强盗生涯。我看不出其中有何矛盾……"另一名助手提议，将古代史上的十二月党人起义编写入册，伊法起初拒绝了，但后来她说，十二月党人的妻子们在起义失败后追随丈夫们去流放地的故事，倒是可以的；因为自从皇帝阿列克谢二十多年前禁绝了情诗之后，孩子们已经太久没有读过这样的故事了。

3.

温特利德知道自己无力为这颗行星提供长期保护，便拒绝组建临时政府，这样就把自己的身份限制在法定保护者，而不必承担统治者义务。然而他仍然必须在兰茨胡特推行一场小规模的改革，不是为了统治或改变当地社会，而只是为了让舰队能够与之打交道。但这就已经要求废除贵族的法律特权，尽管并未干涉其他。至于贵族的私产，绝大多数也都给予了保护；此时没收产业必定触及盘根错节的利益，可能招致某些星际商团的联合制裁。况且贵族制积弊已深，全面改革绝不可能顺利展开，所以他暂时把改革限制在不会出错的层面。若另起炉灶建立政府，则须做出乐观许诺，这会让人们把许诺当作理所当然，将现实的困难与乌托邦的幻想相比；若只在现有框架下革除旧弊，人民则会拿新政与旧政对比。

温特利德委托伊法于此时编新版教材，恰是因为人文诗教乃百年之功，不涉一时一地的现实政治，不会触碰到错综复杂的权力暗礁。这就可以在不暴露立场、不引起仇恨与敌意的前提下，在全银河提升这支占领军的名誉。伊法也相信，法律和经济改革只对当下负责，且需要稳定的政治秩序；文教却是对未来负责，要等到一代人之后才会开花结果，不受时空环境所限，甚至对战争与和平一视同仁。此时不开始，何时？对教育的重视是最长期的眼光，足以与一般盗匪的短视形成对比。

伊法废寝忘食地工作。就在几天前，她还不知自己能否活过一星期，在九死一生的饥饿之下精神紧绷。可是如今，却是半年来第一次有了真正的宁静。命运多么神奇，多么慷慨。桌上台灯的融融的暖黄，在经历了生死危机之后就像生命本身一样美好；而那些自己曾熟悉的诗句，又显现出了怎样不同的色彩啊！

一周后，伊法把新编的教材篇目呈递给温特利德，他没有打开，当面把这份文件奉还给她，"我只是军队指挥官，涉及文教的事，我既然已经委托于你，就不方便再有任何意见，也不便打开翻阅。"

"好。"伊法点点头。但她还是迟疑着不想离开。

"伊法，还有什么事吗？"

"温特，昨天我与舍尔兴、胡梅尔聊天时，他们俩都觉得，哪怕兰茨胡特不久便会重新被帝国军夺回，但一个月的共和国也是具有历史意义的，也胜过没有。"

"伊法，我在总参谋部时认识的两位老先生，也有过改革军政体制的宏大构想，我曾问过为何未能施行，他们的理由是任何深入的改革，都须在相当长的时间内、整个社会的诸多方面协同执行，而他们的权力尚未达到那个地步。如果一方面大变而其他未变，则易产生不适，如果一地改了而其他地区没改，则会把自己孤立出去。挤破旧制度的脓疮，短期内定有阵痛，长期才能见效。如今帝国军的反攻却迫在眉睫。当改革无法持续，就只会刺激出团结保守派的虚像，把大批本来政治冷漠的保守派动员成积极的反动派，帝国宣传部门也会把短期痛苦归咎于我们。"

伊法叹了一口气，明明占领了一颗行星，可惜却不能立即施展政治主张——那些她、温特，还有薇拉三人自中学起，就曾怀着稚气讨论过、憧憬过的词语和行动。她想起薇拉有几次刚刚结束了剑术训练，就披甲带剑赶来参加他们的秘密读书会。那时候的三人中，谁能想到今天呢？

温特利德又补充道，"其实我们的政策无须完美，只要比舒尔茨的改革更亲民、更平等就可以了"。

"你也认为，他必定会改革？"

"他杀了那么多人，已经和大贵族彻底闹翻了，现在只剩一条路，就是更依赖下层贵族和平民——也就是军队。而我们却能比他更平民主义，因此就算被束缚了手脚，改革的空间仍比他大。另外，我们必须抢在舒尔茨之前宣布革除弊政的方案，这样人们便会以为，他是为了勉强跟上我们的步调，才被迫这样做的。"

伊法听到这些话，便知道了温特利德的用意。的确，面前的这个人已经不是当年那个单纯稚嫩的理想主义少年，他在为崇高的目标而战，但只要有机会，也会毫不犹豫地把道德用作武器。道德可以用作武器吗？一个道德纯洁的人，可以恃此攻击他的政敌吗？伊法想起中学时，他们曾讨论过这个问题，如今仍然没有答案。

4.

在经历了半年多的航行与战争之后，温特利德·科赫恐怕是全舰队最后一个双脚重新踏上土地的人；在那些生死未卜的时刻，在许多个渺茫的未来的起点，他曾以为自己会一直悬浮在太空中。如今舰队降落在了兰茨胡特，他仍坚持在舰上办公，很少下舰。他会见了行星民政长官，向他保证自己只占用该行星的军事物资、补给和军费预算，其余部分绝不干涉。民政长官答应了他的要求，递上了预算表。

就在他要退出办公室时，一旁的策林根看了一眼预算表，叫住了他："等一等，有一个问题。"

"大人，我们星球全年的财政都在这里了，真没别的了。"

"我不是问你有没有隐瞒，我是问，你们的军费为什么占比这么高？"策林根追问道。

"侯爵大人既然要造反，自然得多征税扩军备战了。"

"这种事是'自然'该如此的吗？"温特利德道，"这是你一个民政官该说的话吗？"

"大人宽恕！霍亨洛赫侯爵谋逆，罪该万死！"

"在君主制的真实逻辑中，谋逆本身不仅不是什么罪过，更比做什么忠臣要高贵百倍；但是为了造反而横征暴敛，难道不是无能又无耻吗？"

"是的！大人您高见哪！"那民政官已经吓得腿直哆嗦了。

"你等一下。"温特利德合上眼考虑了两分钟，"我将只取原先一半的军费，另一半请以占领军的名义，以退税的形式还给全体纳税人。另外，作为对霍亨洛赫侯爵的惩罚，他和他死去的小儿子名下的财产也要没收变卖，以占领军的名义，一半添入穷人的救济，另一半添入老人的退休金。半个月内务必执行完毕。"

"遵命！"民政官弯腰鞠躬，不敢抬起来，就这样撅着屁股往后退。就在他快要退出房间时，温特利德再次叫住了他。

"大人还有什么吩咐？"

他的每一声"大人"都让温特利德感到不舒服，但忍一忍就过去了。温特利德要他以民政部的名义,为军费退税之事写一封公开信。

"我一定会在这封感谢信里盛赞大人的!大人您的心中装着兰茨胡特人的……"

"你的任务是发钱,不是发关怀。"策林根打断了他,"我们只是让你照实写。你若有本事凭修辞把退税描绘成坏事,我也没意见。"

温特利德点了点头,在直接关系到钱的事上,老百姓从来都不傻;他若真在文字上搬弄是非颠倒黑白,受损失的也只是帝国公务员的名誉罢了。

民政官再次鞠躬,撅着屁股退出房间,撞上了门外的约阿斯神父,他已经等候许久了。

"神父,快请进来!您有何事?"

"确有一事。"约阿斯神父说道,他的眉头紧锁。

"什么事呢?"

"是关于那名科伦坡幽灵囚徒的事,"神父解释道,"之前我和您提过,从影像判断,他可能遭到了微量的精神污染,所以请您让我负责调查此事。"

"是的,然后呢,您找到他了吗?"

"没有。我得知,在开战之前,他似乎被兰茨胡特教区主教带走,逃离了这颗行星。我想去把他们追回来。"

温特利德注意到,当约阿斯说到"教区主教"时,眼中闪过一丝怀疑的眼神。他本想亲自过问此事,因为自己也曾是一名幽灵。可是教区主教皆为教皇亲自任命,传闻这名主教是去年东境内乱之际被调遣至此,说不定与精神污染物有关。他看着约阿斯神父的眼神,觉得其中可能牵涉到希柏里尔教会不为外人所知的信息，还是交给他们内部的人去查较好。于是温特利德嘱咐他一定要尽快找到，并好生照料那名囚犯。他感到神父的追踪可能比他亲口说出的情况更复杂，就准备给他一艘战列舰和两艘驱逐舰。

"不，不用了，战列舰太宝贵了，"约阿斯赶忙说道，"我只需租一艘装有瞬时通信装置的大型民船，再来一艘驱逐舰护航就行了。"

温特利德应允了，立即让策林根拨了一大笔钱给神父作路费，反正从兰茨胡特收缴来的军费根本花不完。可是老神父却说，太多了，太多了。他一辈子简朴，怎么都不肯多占用一分资源。

神父当天下午就去查阅了航空港的起降记录，搜寻前日离港的可疑船只，然后挑选了两艘舰船，没等第二天就连夜启程直追而去。温特利德虽觉蹊跷，但毕竟是教会的事，自己不便多问，况且神父此人向来重信诺，他既已答应找到囚犯后会照顾好他，自然放心得下。

温特利德让伊法把她编订的课本给约阿斯神父过目，她明白，这是因为怕自己选出些不利于团结国王堡教团的僧人的文章。当伊法把选编好的几册课本送去给神父，他离出发只剩两小时，于是答允她两日后读完必会回复。

伊法有些担心，自己选中的一首诗是否会引起他的不悦。可是神父却被整套书的内容打动了，也因此宽容了其中那首古诗，"我们爱人间，怎能不胜过爱天堂？"如果删去这首，这本书就仿佛不完整。希柏里尔教既是一种宗教，同时也是一种强调整体性的思想，对整体性的尊敬战胜了他的宗派主义。在伊法的选择里，约阿斯读到了与他的信仰相合的东西：人既是宇宙的一部分，与自然相和谐，其意志却又独立于自然。然而崇高、和谐的精神被她汇入了混沌与矛盾的力量,却也更充沛,更富生机。年轻人满腔热情,浑身是劲。第二天,神父在回信中毫无保留地肯定了伊法,"感谢你把选编的这些文字给我,也让我回想起许多美好的经历"。一路上,他趁着其他僧侣们不在的片刻,几次偷偷拿起伊法编的高年级课本,去读其中一段他年轻时曾经背诵过的话:

对那些极幸福的时代来说,星空就是可走和要走的诸条道路之地图,那些道路亦为星光所照亮。彼时的一切都是新鲜的,然而又是人们所熟悉的,既惊喜离奇,又是可以掌握的。世界广阔无垠,却又像自己的家园一样,因为心灵里燃烧的火,如群星一般有同一本性。世界与自我,光与火,它们明显有异,却又绝不会永远相互感到陌生,因为火是每一星光的心灵,而每一种火都披上星光的霓裳。

年迈的约阿斯在心中久久默念着它,他看见了自己此去的目的与此生的使命。不久后,神父和他的这两艘船,就像消失了一样,杳无音信了。

第二节：角斗

1.

舒尔茨击溃并杀死了霍亨洛赫侯爵之后，立即率舰队返程。刚打开宇宙公共频道，他就听到了各个星球上的宇宙电台对霍亨洛赫泄露出的影像的反应。其中有的这样称呼自己："杀人魔"，就像他们把科伦坡幽灵称作"恐怖分子"一样。难道我过去不也是这样称呼他们的吗？舒尔茨想道。一旦这样想，他就不觉得有何不妥了。

关于此刻弥漫全银河的情绪，温特利德·科赫是这样评价的："真实的民意不在于你问某人，觉得舒尔茨做得对不对；而是要问他，你觉得你的邻居或熟人会支持哪一边？"在约阿斯神父离开之前，他曾问，革命军是否也该发一份声明谴责舒尔茨？温特利德立即否定了这个主张："这只会削弱而非增强对舒尔茨的舆论声讨，况且我不想和那些贵族主义者混在一起。"

沉默片刻之后，温特利德又说："贵族一直习惯了被平民模仿。每当某种贵族习俗或口音被平民化之后，他们就会发明出新的习俗或口音，以保持和平民的距离。这次就把冒充人道谴责的角色让给贵族们去做吧，我们绝不模仿他们。"

"好！"舍尔兴、胡梅尔等人纷纷赞同这个说法。

"他们蜂拥而上冒充什么立场，我们就不屑于坚持。把这些谁都能做的活儿交给他们吧，还有更重要的、更伟大的、独一无二的事业等着我们。我们怎能和那些人一样。"

至于舒尔茨本人是如何看待"杀人魔"这样的称谓的，他根本不在意。因为言语是一回事，能否转化为行动是另一回事。他心中只想着穆罗梅茨堡的情况。正是由于他给科伦坡幽灵们献上的"天诛"之策，十年间那里已变成了贵族社会的大本营。果然，在赶回去的路上，舒尔茨接到了要塞司令柯钦采夫元帅的报告：帝都已经发生叛乱，叛乱者企图赶在舰队返回之前控制要塞，宣布成立新的贵族议会。经过短暂的交火，要塞驻军控制住了局面。时至深夜，舒尔茨又接到了柯钦采夫的消息：除少数几名自杀者与被击毙者外，已成功逮捕了全部参与其中的密谋者。此时舒尔茨才意识到，一个月前柯钦采夫避战不出，自己顶住众贵族的攻讦宽恕了他，是多么正确的决定。由于帝国中央陆军在过去一年半内连续两次主力被灭，现今要塞里只有刚招募的二十万新陆军。舒尔茨不想刺激贵族集团的反感，故未将其收入自己的势力。他不打算把每支军队都纳入麾下，只需保证他们不是任何人的私兵。然而这也意味着新陆军的立场并不可靠，即便他亲自坐镇穆罗梅茨堡，也不见得能稳住局面。柯钦采夫却能凭其一生威望将其镇住，叛乱者即便横行帝都内城，只要驻扎在穆罗梅茨堡外城的这支陆军按兵不动，防卫系统和大门仍在掌握，内城就是叛乱者的钢铁监狱，被困其中的乱党迟早不攻自破。

在这一事件中，居住在外城的平民拒绝加入贵族领导的"反抗暴君"的起义，他们服从了要塞司令部的戒严令，没有为贵族们打开内外两城之间的门。这上百道门起初是为限制平民进入内城而设，如今却起到了相反的作用，把贵族们锁死在了内城。

舒尔茨未及回到帝都，就公告授予柯钦采夫元帅"帝国之柱"称号,这是历来只颁给扶大厦于倾覆之危的忠臣的最高荣誉。在帝国军的三元帅中,唯有柯钦采夫是本朝开国皇帝的患难之交,因此绝不会背叛穆罗梅茨家族的血脉,哪怕他的姓氏已换成"舒尔茨"。从柯钦采夫的观点看,原本在朝中占绝大多数的冠德语姓氏的贵族集团已经够危险了,那些近年来举家迁入帝都的贵族更是祸患无穷。此前这些人更曾借柯钦采夫避战之事联名弹劾他,无论出于何种考量,他都铁定要站在舒尔茨这一边。

耶梦迦德号的舰长库格尔少将随口问了一句:"殿下打算如何处置这些背叛者呢?"

舒尔茨沉默着没有回答。

库格尔立刻意识到自己失言了,这毕竟不是一个舰长该问的。

三日之后,帝国舰队两万艘战舰出现在穆罗梅茨堡面前,这时舰长早已忘了几天前自己问的那个多余的问题。然而舒尔茨却没忘,他看着正前方的穆罗梅茨堡,暗自感叹:看哪,这是什么呀?一座直径一百公里的孤岛,政客们的圆形角斗场。里面的每个人都自以为离天只差一尺、一步,可是从太空看去,才知道这里每个人都是囚徒。这也是我厌恶这儿,总想乘上战舰邀游的原因。战场越狭促,越血腥残酷,手段也越阴暗;选择在此发动叛乱的人,想必也早已有了断绝退路的准备。

舰队回归要塞后,舒尔茨没有回府,而是直接在柯钦采夫元帅以及内城警察局长的陪同下前去总参谋部,这也是好几年来,帝国三元帅首次齐聚。平日里,在以光年为单位的总参谋部,和以米为单位的要塞司令部之间,不必要的接触是令人猜忌的。舒尔茨立即调阅了各区驻防舰队情况，连夜听取了几名将官的详细陈述，直到第二天上午才放他们离开，此时他已心中有数，能够确定在霍亨洛赫叛乱被果断镇压后，其他地方贵族暂无异动，各地驻军仍忠于自己。舒尔茨回家休息。他吩咐管家，若无重大消息不可打扰，因为自己得连续睡上十个小时，预备其后的工作。当管家小心翼翼地问，怎样的消息算"重大"时，他只说："例如反叛军的活动。"

舒尔茨一直睡到黄昏。梅耶贝尔忠诚地守在另一个房间，时刻监控着各方消息。舒尔茨醒来后，梅耶贝尔立即建议他尽早在屏幕上亮相，以绝护国主失踪的谣言。然而舒尔茨拒绝了，"上电视的事明天再说"。这让梅耶贝尔感到紧张，幸好这一天之内无事发生。舒尔茨吃了点东西就又休息了，教皇府派人求见，被梅耶贝尔挡了回去。可是这没能让舒尔茨睡个好觉——他梦见了奥厄行星的精神污染轰炸。教廷最大的错误，是一定要把舒尔茨牵扯进来，把他的手弄脏，却没想到他不仅不会因此受其控制，还会成为最可怕的敌人。谁要控制我，我就杀谁。舒尔茨宁可一路杀到地狱的尽头，也不会甘做任何人的傀儡。他心中清楚自己为何梦见了奥厄行星的毁灭：既然我的双手已经在血海里浸过，也不在乎再多几滴。他望向左手边挂着的剑，心中已想好了如何惩罚那些胆敢造反的贵族。

2.

舒尔茨回到帝都的第三天便是6月22日胜利节，那是他的祖父，帕维尔·谢尔盖耶维奇·穆罗梅茨在博涯要塞血战中力退六国联军的纪念日，也是穆罗梅茨王朝的开国之日。那天早晨，舒尔茨来到皇宫外西侧的一座大厅，五十七名叛乱贵族已被戴上镣铐带进来。这里曾是老穆罗梅茨任前朝禁卫军统帅时的练武场"豹厅"，也是他发动兵变夺下王位之地。鲜血曾经染红这里的地面，留下洗不去的淡淡印记，这些地砖被刻意留存下来，绝不更换。大厅正门上方挂着前朝禁卫军的豹行图徽，有人曾想把它拆掉，老穆罗梅茨也保留了它。图徽下方刻着一行古诗"围绕一个中心的力之舞"，这也是前朝的遗迹。

尽管自从老穆罗梅茨死后，这里就废弃不用，但仍有被铐住的贵族认出了这政变之地，用它来惩罚失败的政变者是再恰当不过。大门打开，舒尔茨走进来，立在那豹行图徽的正下方。

"叛徒！"有贵族立即朝他喊道，"你背叛了我们！"

"你没有权利审判我们！"埃伯斯多夫伯爵高声说，"贵族院成员即便犯罪，也只能由皇帝召集上议院审判，你没有这个资格！"

舒尔茨确实没有资格。根据帝国的古代宪法，银河帝国的主权者，严格地说并非皇帝本人，而是"在议会的皇帝"，况且舒尔茨还只是护国主，尚未正式登基。舒尔茨明白，自己若强行召开议会审判他们，不仅困难重重，还会让人觉得名不正言不顺。于是他将这些叛乱者带到了豹厅，这穆罗梅茨王朝的起源处。在来的路上，他对自己说：要在根源处发力，方能在深渊旁站稳。

面对埃伯斯多夫伯爵的指责，舒尔茨答道："你说得不错，但我既不是皇帝，也不想审判你们。"

"身为皇子，且不说背叛你的阶级，就拿最一般的道德来说：只要是大贵族家的男性，恐怖分子连少年都不放过，你和他们同流合污,还有丝毫的道德感吗?"

"道德?"舒尔茨慢慢地重复了一遍这个词,"是啊,道德,多么高尚,唯有头顶的星空能与之媲美。古普鲁士的贤哲认为,所谓道德的行为,皆须按照可普遍的准则去行动;人类每一有尊严的行动,皆须以普遍立法者姿态进行;唯有这样,他才不至于轻贱了人性的尊严,辱没了自己的人格,虚掷了天赐的禀赋。既然如此,那么在人类全部的政治史上,就再没有什么比为求权力,将自己的生命置于与对手同等险境更道德的了。没有算计,没有背叛,没有尔虞我诈,甚至连政治中最普遍的相互利用都不存在,让命运决定谁会活下来,继承这新生儿一般纯洁的、赤条条的权力。而你们抛弃封地、躲进要塞却不肯放弃贵族特权,你们逃避命运,对命运作弊。"

舒尔茨脱下上衣,露出胳膊上长长的疤痕,还有一道疤横贯腹部,"这两道疤,都是恐怖分子试图对我执行'天诛'时留下的。前后一共四次刺杀,都被我逃脱了;既然'天诛'是我建议的,我作为皇帝的儿子,也就是最醒目的目标,从未打算将自己排除在诛杀对象之外。我施加在你们身上的残酷,正是我成倍地施加在自己身上的,这岂能算作不道德呢?我对自己的残酷,也就是对你们的公正。而我与你们不同,当你们感到生命受到了威胁,就放弃了世代祖传的封地,躲进穆罗梅茨堡的铁壁内寻求庇护,把权力拱手让给皇室。而我甘愿受刺杀的危险,也要在这广袤的银河中战斗!"

"所以,我本可以用你们自己拱手相让的权力,把你们全部杀死。你们在恃强凌弱时,仅仅因为恐惧未来的对手,就会将其杀死在襁褓。但我是仁慈的舒尔茨,我不会这样做。我是道德的舒尔茨,我渴望的正是伟大的对手！你们总想着扼杀潜在的敌人，苟全那点儿私利，而我要将宇宙置于大争执中，让命运根据每个人的德性分配他应得的份额。你们懦弱，无力捍卫特权，所以反过来依赖特权，迫使更弱者臣服。而我不会这样，我爱那些能与我一战的敌人，胜过爱我的朋友。请你们放心，我一定会以普遍的立法者的身份，给你们一个公平的机会，做一个道德的人。"舒尔茨又扫视了一眼囚犯，"抬上来！"

门打开了，两名士兵推来一车的兵器。

"据你们说，帝国的古代宪法规定，皇帝的本意也只是 Primus inter pares，'众平等者中的首要者'，如此而已。我们本是平等的，然而你们那么多人却联合起来反对我一个人，这仿佛将我置于比你们更高贵的位置，而轻贱了你们自己的身份，这在贵族中是绝不能允许的。今天，我给你们平等的机会除掉我。再没有什么比决斗双方更平等，也再没有什么比牙齿与爪子的搏斗更接近政治的本质，"舒尔茨说，"请为埃伯斯多夫伯爵松开手铐！"

埃伯斯多夫扑通一声倒在地上。

"请选一把称手的武器。"

"殿下，殿下……"

"选！"舒尔茨上前一步，挺起胸膛正对着埃伯斯多夫伯爵，"古普鲁士的贤哲还说过，世上本没有主人和奴隶，也无所谓平等不平等。最初只有战斗到死的人，和乞降活命的人，这就是主人与奴隶的起源。于是，主人在战争中承担死的风险，并享受奴仆的服务；奴仆以服务换取主人的保护，并免于对暴死的恐惧。你刚才还口口声声以贵族权利的名义谴责我，想必当是主人了。"舒尔茨盯着埃伯斯多夫，喊道:"卫兵!"

"在!"

"将我所持宝剑借给埃伯斯多夫伯爵!"

卫兵接过舒尔茨自己的利剑,把它双手捧给伯爵,可是伯爵却向后退却了,士兵上前一步,他再度后退。舒尔茨使了个眼色,士兵把剑硬塞进了伯爵颤抖的双手。舒尔茨从那堆武器中随便抽出了另一把剑,掂量了一下,把那剑尖在空气中画了个圈,一步一步逼了过去。

"饶命,饶命——啊!"

舒尔茨已冲上前去,一剑刺穿了他的心脏。

"埃伯斯多夫伯爵在战斗中死去了,他至死没有轻贱过自己的身份。"舒尔茨向在场的人宣布。他抽出利剑,喷涌而出的血染遍了他的右半身;鲜血洒来之际,舒尔茨的眼皮都没有眨一下。

两名士兵上前,把伯爵的尸体拖了出去,像拖着一条狗的尸体。

"下一个。"舒尔茨的目光停留在了施泰因子爵身上。

士兵解开了施泰因子爵的手铐,他捡起埃伯斯多夫丢在血泊里的剑,拉开架势。

舒尔茨挥剑向对手致意。

五秒钟后,双方的剑刃撞击在一起,舒尔茨把对手的剑击落在地,紧接着又一剑刺穿了他的胸腹。

连杀五人之后,乌芬海姆站了出来。他是一位骑士,是舒尔茨当年在皇家卫队学剑时的一位老师。几年未见,脸上已有了皱纹,颅上已有了白发。

舒尔茨说:"看到您也在这样的行列里,我感到惊讶。"

"是的，殿下，我自己有时也有这样的感觉，时代的变化已超出了我的想象。就在二十年前，贵族间的决斗仍是合法的，如今却已不合法了。从前，人们相信伟大的民族必须在战斗中得到锻炼，而和平则常通往荒废堕落。且不说贵族们，就连整个帝国军，都只占人类总人口的五千分之一，贵族战争才是贵族制的基础，它就像一种高贵的，虽也是致命的游戏，不是吗？"

乌芬海姆的这番话，确是在为贵族们反帝国的叛逆辩护，然而正是同样的理由，也在为这场决斗正名。

"不错。"舒尔茨点点头，"您还认得此剑吗？"

"这是您的老师，我的长官，前卫队长萨夫罗诺夫的佩剑。"乌芬海姆捡起剑，这时窗外又响起了乌鸦的叫声，他继续道，"真遗憾，决斗中一方倒下后，腾起的不该是白鸽吗？"

舒尔茨听明白了他的意思：他将这场主人之间关于统治权的厮杀，解释成了仪式化的决斗。决斗是一场游戏，它必须见血，否则将是可耻的，却不必然要置人于死地，一味杀戮只会毁灭文明的游戏，就像残酷的总体战那样。

乌芬海姆捡起了地上的剑，向舒尔茨致意，舒尔茨回礼。

十余个回合之后，舒尔茨直刺入对方的右肩，撕开了一道长长的口子，血流如注。乌芬海姆手中的剑应声坠落，"好剑，好剑。"

舒尔茨盯着他的眼睛，说："我已满意。"

然而舒尔茨并没有将剩下的人全部放过，他们中有近半的人仍被一剑毙命，或受了致命伤，死在了穆罗梅茨堡的豹厅。

3.

一连串的决斗持续了十个小时，舒尔茨一边打，一边休息，和他要杀的人聊天。这一切直到穆罗梅茨堡的人造太阳落山才结束。五十七名叛乱贵族中有二十八人受重伤，但活了下来。有的人想一开始就俯首称臣，退出决斗，却仍死于剑下。决斗不见得要杀人，但至少必须流血，以鲜血凝成的疤痕将痛苦与记忆相连，把人的身体变成活的契约：征服者就是在敌人身上留下印记的人，臣服者就是被留下印记的人。奉行这种残酷习俗的人说，它源自比帝国古代宪法更古老的"不可追忆之过去"，至少一定比希柏里尔教更古老。古代人更残忍，他们的痛苦也更真实；后来的人变得更温和，他们的痛苦更精神化，也更聪明，于是记忆也变得更自欺。

舒尔茨感到自己体内，一个曾经熟悉，却早已陌生的声音觉醒了，就像野狼听见了月光的召唤。在回府邸的路上，他想起了人生的第一场决斗；在那场决斗中，他认识了曾经的挚友阿尔布雷希特·普里特维茨。决斗的起因已无从得知，舒尔茨本人后来只提起过一次，只说是"年轻时的愚蠢"。舒尔茨非常尊敬被自己重伤的对手。然而军校其实对这两个年轻人的决斗完全知情，并以开除为要挟，让普里特维茨暗中监视并保护舒尔茨。在毕业前的舰队实习期，舒尔茨曾一度想逃离军队，和一位名叫伊丽莎白的姑娘私奔。普里特维茨知道这项密谋，却没有报告给上级。最终密谋被姑娘的家人察觉，女方被送进了修道院，舒尔茨却只是被暂时关押，这样的安排让他痛苦不堪。更令他难过的是，好友竟是被安插在自己身边的眼线，却仍义无反顾地选择给他自由；普里特维茨必须受罚，宪兵部门考虑到舒尔茨身份特殊，既然不能惩罚男方，就把他的过错算在好友的隐瞒不报上。两人当年私下决斗的事被翻旧账，一并追究，普里特维茨被处决，舒尔茨被要求到场观刑，行刑日被故意选定在伊丽莎白被送入修道院的那一天。舒尔茨跪倒痛哭道："请原谅我，原谅我。"他的挚友在刑场上，成了第一个称呼这位皇室私生子为"殿下"的人，他接着说："我不后悔我的抉择，让我回去一千次，我也会一千次放你走。"

从那一天起，舒尔茨被越来越多的人称为"殿下"；也正是从那一天起，他成为一位统治者。

舒尔茨向全银河系以超光速通信直播了这场杀戮的全过程。每一个星球上的人，即便当地时间是深夜，即便那行星上的夜有二十个小时长，都看了这场血淋淋的戏剧。年轻的母亲们捂住孩子的双眼，把他们带离电视机闪烁的屏幕；那些无人照看的孩子目不转睛地看着屏幕上的男人，一次次向对手鞠躬致意，挺身冲刺，挥剑斩落，雪白的剑光像那银河旋臂。

就在前几日，媒体界还小心翼翼地保持中立，今日都争先恐后地颂扬舒尔茨，有的赞誉他武功盖世以一敌众，力战数十人而不停歇，无愧于当年银河第一剑士的称号；还有哲学教授在接受访谈时，称赞他精通古普鲁士经典，对主人与奴隶的理解精湛深刻，实乃"战舰上的世界精神"；更有法学家赞颂他精熟律法，以习惯法的决斗裁判平息祸乱，而造反贵族不自量力，意图复古，却死在封建时代的律法之下，真所谓求仁得仁、自作孽不可活。

媒体的戏剧性倒戈原因何在呢？如果舒尔茨强行召开审判，绝不会收到如此效果。人类憎恶法律的扭曲，却宽容赤裸的暴力。因为当法律遭到扭曲，人们会认为公正的尺度遭到了扭曲。可是在决斗中，人们只会看到优胜者和失败者，力量本身成为尺度。

舒尔茨听说这些后，狂笑不止，"真是放屁！"尽管如此，心中却有一股酣畅淋漓，原来凭刀剑夺来的权力，比用权术得来的要痛快百倍；尽管这些阿谀之辞，令他心头涌起了空虚。原来令整个宇宙臣服的滋味就是这样？就像一座孤岛般无聊。舒尔茨觉得，这怎么都比不上压服他们的过程；权力只有在关联于争得它的斗争时，才是一种享受。一些人想要掩藏自己的恐惧，但恐惧却在他们的掩饰中流露得更明显，因为最难表演的就是自然。这也让舒尔茨看见了一个不祥的事实：用极端的暴力夺取的权力，是无法通过贤明与宽和来维持的，至少在一段时间内不可能。

叛乱被镇压后，总参谋部恢复了工作。智囊机构由于没有实权，所以在叛乱中并未受到严重的冲击。留守穆罗梅茨堡的艾希霍恩元帅及众将官拒绝向叛乱贵族投降，也并未因此遭到迫害。在舒尔茨大开杀戒的次日，正是总参谋部举行每月一度的理论研讨的日子，按日程轮到欣德米特主讲。有人提议：眼下镇压霍亨洛赫侯爵的大战刚刚结束，帝都又刚逢叛乱人心未定，理论研究是否可以暂缓，多做些更务实的工作，并尽早做出必要的政治表态。欣德米特拒绝了："正是在这一时刻，才更必须坚持理论研究。"

然而欣德米特刚从前线归来，没来得及准备讲稿。在第二天的研讨会上，他作了一次即兴讲座，主题是作为原政治的战争。

"克劳塞维茨的经典命题是：一切战争都是政治行为，战争无非是政治通过另一种手段的延续。而霍布斯的洞见却是：一切政治都是人与人之间引而不发的战争，战争状态是政治的原形态，一切和平的政治保障本质上都依靠均势。"

在接下来的演讲中，欣德米特谈到了契约论、封建法、封君与封臣义务的渊源，并指出权责对等与人格平等无关，毫不避讳地点明了它们的非道德性。这位老人就是以如此方式，超脱且坚决地评判了帝国中央的这场血雨腥风。演讲完毕后，室内鸦雀无声。

"大家有什么问题要提问的吗？"讲座完毕后，艾希霍恩元帅照常从前排站起来，问在场的军官们。总参谋部确是帝国最轻视意识形态的部门，这样的姿态，放在任何其他部门都是不可能的。

"要是温特利德·科赫还在就好了，从前都是他包揽了大部分的提问环节。"不止一人产生了这样的念头。然而这次研讨会，最终因没有一人提问而提早散会了。

第三节：旧衣

1.

全银河都在谈论舒尔茨在豹厅的杀戮，而最后一个目睹它的人，恐怕就是革命军统帅温特利德·科赫了。舒尔茨在帝都要塞的晨曦中开始大开杀戒时，兰茨胡特行星正值黄昏，温特利德刚离开办公室，却没有回宿舍，而是走下战舰来到街头散步。街上的人比前几日少了些，可是他并未在意。他走进公园，躺在一张长椅上，静静地看着苍翠的树木。微风吹来倦意，他竟这样睡着了。

当日，留守好望角号的只有卡萨尔斯和帕特里克。策林根在补给舰，而舍尔兴和胡梅尔去了当地的一家剑术俱乐部，他们是在那里的电视上看了舒尔茨的连番决斗，俱乐部里的人们兴奋不已，几乎忘了这是个政治事件。卡萨尔斯看到来自穆罗梅茨堡的直播，立即派人寻找科赫，一小时后还没找到。于是他打电话给伊法。伊法起初想反问：科赫不见了，找我做什么？但她只说，她马上下舰去找。当她最后在长椅上看到熟睡中的温特，就不忍心叫醒他了。温特利德睡得特别沉，醒来时太阳早已落山，那时公园里已只有树叶的沙沙声。

温特利德发觉自己竟然睡了这么久，又看见伊法在身边，很不好意思。于是他陪同她回去，一路上两人只说了些别的，那些在辉恒中学的日子，小伊法总是捉弄小温特，可如今伊法一概不认；温特又说到薇拉有时保护他，有时和伊法联合起来捉弄他，伊法就立刻承认这些都确有其事。但是伊法立刻又指控温特，说那时他们俩之间的冲突看似多由她挑起，实则是温特故意在闹别扭，只为引起薇拉的注意。温特仿佛立刻看见了当年那个笨拙的自己，赶紧想岔开话题，可是这样却让伊法更开心；她说，其实早就看出了温特每次和薇拉说话时的忐忑。温特问她，那难道薇拉也早就看出来了吗？这样笨的问题，又让伊法大笑了一会儿，过后她不依不饶继续回忆道：后来温特终于向薇拉表白，薇拉问他爱自己什么？温特竟对一年轻姑娘说，最爱她"衰老脸上痛苦的皱纹"。温特没想到薇拉竟把这件糗事告诉过伊法，顿时更加无地自容，忙解释说，那只是一时紧张口误，心中想的当然是"朝圣者的灵魂"。可是温特解释得越认真,伊法笑得越欢。她又说,自己以前总是故意扯住薇拉,不把她让给温特,可是薇拉这人根本就是重色轻友。急得温特连连否认:才没有这回事呢!最后他们却得出了个不太厚道的结论:薇拉从小就有平衡外交的天才。兰茨胡特行星那令人难眠的辉煌的月亮今夜正是满月,夜风不时送来远方的轰鸣,那是涨潮的涛声。伊法告诉他,卡萨尔斯正在找他。温特利德只是很含糊地应了两声。

晚上回到舰上的女兵宿舍区后,伊法才看了新闻。她本以为在温特利德给士兵们放假期间不会出事,舒尔茨的行动着实让她吃惊。可是仔细一想,又觉得这正是那个舒尔茨学长。屏幕上,他与一个又一个人决斗,把他们接连杀死。这帮贵族中有几个是伊法认识的,尽管他们不认识她。他们剑术很差,战意全无,这让舒尔茨毫不费力。伊法莫名地想起了薇拉。薇拉是一个共和派,但一举一动都有着比她自觉到更多的贵族气。这一矛盾长期以来都令伊法感到既困惑又迷人。然而今天她想通了,这是因为公民战士与主人道德同出一源。这既是舒尔茨敬佩薇拉的原因,也是薇拉当年不喜欢温特去参军的原因。因为军队的本质就是用纪律代替武德,用命令与惩罚取代自由人的共同行动。

温特利德回到好望角号,穿过生活区的时候只听见食堂里吵吵嚷嚷,"好剑!好剑!"的叫喊此起彼伏,士兵们聚成堆在看电视上的什么剑术比赛。他回房间后不久就睡了。第二天早晨,才想起昨晚伊法叮嘱说,卡萨尔斯在找自己。打开电话留言,果然传出了他的声音,让自己赶紧看新闻。可是温特利德是从来不看新闻的,他立刻前去指挥部，人们已经在那里等候他了。

"科赫指挥官！"舍尔兴叫他，"您昨晚后来看了吗？我和胡梅尔是在剑术俱乐部里看的。"

"没有，那是什么？我错过了什么重要的事吗？"

"重要，重要！"舍尔兴一下子抓住他，把他带到一个大屏幕前。屏幕上的新闻正在讨论舒尔茨昨日的杀戮，评论员的声音略微带着颤抖，大意是说，这些贵族意图反叛帝国最高统治者是背信弃义、自取灭亡，等等。温特利德记得，就在一周前，这位评论员还将舒尔茨串通共和主义分子"天诛"贵族门阀子嗣之事，说成不仅是最耸人听闻的犯罪，还是帝国史上最严峻的宪法危机。

弄清情况之后，温特利德意识到，舒尔茨刻意选择在豹厅杀死反叛贵族，其实是在说：他不是开启了一场新的战争，而是在继续半个世纪前的银河统一战争。数十年来，穆罗梅茨王朝越是削弱封建权利，越会把桀骜不驯的贵族逼上反叛之路，因为既然越迟动手成功概率越小，迟做就不如早做。然而在过去的一年里，帝国军已连续击垮两次地方贵族叛乱。如今帝都之内的反对集团也遭覆灭，意味着银河帝国中已经没有什么能阻挡舒尔茨了。他虽尚未称帝，却已是一头挣脱了锁链的野兽；他在豹厅内的这番杀戮，就像一头猎豹逃出了囚牢。将来的战争必定会更加艰难。

2.

当天下午，温特利德召来了临时统管兰茨胡特的最高行政长官克林格曼将军。

"我之前问过你一次，今天再确定一遍：如果兰茨胡特的两个基地满负荷生产，一个月内还能造出多少战舰？"

"我也已经告诉过阁下：您是在本行星的军工产能顶峰接管它的，一个月内将完工的战舰大约有一千四百艘。"

"好，如果把那些进度上不能在一个半月内完成的舰船全部停工，将全部生产力集中到能完工的战舰上来呢？"

"这样的话，或许一个月内就能有两千艘吧，但从长远看效率更低。"克林格曼将军粗略地心算了一下答道。他很清楚：一个月后这支军队必会离开，科赫可不想把没造完的军舰留给帝国军，"您认为舒尔茨这么快就会来攻打吗？"

"一个月的时间，够他处理完穆罗梅茨堡的事了。"温特利德说，"我们打行星攻防战，是必败无疑的。"

"为什么呢？"克林格曼漫不经心地问道。他心知这个判断是正确的，却根本没有详加考虑过。反叛军和帝国军谁胜出，甚至究竟是霍亨洛赫家族，还是别的什么势力做这颗星球的主人，又关他什么事呢？毕竟克林格曼来到这里还不到两年。

温特利德也猜透了他的想法。既然如此，也无妨直言："与舒尔茨这头野兽一并被松绑的是穆罗梅茨堡移动要塞，如今距它上一次传送，已经过去两个月，马上就能再次传送了，而要塞在行星攻防战中是无敌的，永恒之矛仅一击便可将直径上千公里的土地化作焦土。如今舒尔茨镇压了穆罗梅茨堡内部的反对势力，也就能将这座巨大的人造城市的功能，重新由帝都转化成移动要塞。"

听了这话，克林格曼面色严肃了起来："您认为，舒尔茨真的会动用穆罗梅茨堡进攻兰茨胡特吗？"无论怎么说，他现在是这颗行星的临时行政长官，一颗行星若是在自己的手中遭受永恒之矛的轰击，这罪责可就大了。

"有时候事情的开端是难测的，但结局是明显的；如果我们坚守此地，这必定是他的最后一招。"

"那您打算怎么办呢？"

"当然是去……"温特利德说了一半停住了，然而几秒钟后，他觉得这些想法告诉克林格曼，也许还能给他吃一颗定心丸，好让他在接下来不到一个月内尽可能配合自己，于是答道："去更远的地方，远到穆罗梅茨堡负担不起连续时空跳跃能耗的地方。"

克林格曼心知，兰茨胡特的安全再次有了保障。尽管这支革命军就像一群过路狼，走之前非得把当地军事资源割得干干净净，他仍庆幸自己落在了还算理性可靠的对手手中，退出了科赫的办公室。

科赫当然明白，若要在战争中真正动用穆罗梅茨堡，仅航线调整就是一项多么困难的工程。这座要塞至今仍在北境航线，以此为初始位置最多只能跃至兰茨胡特。过于巨大的优势只会把敌军吓跑，而笨拙的要塞无法追击。这也是一年多前，舒尔茨平定海尔辛兰的贵族叛军时，没有动用它的原因之一。当年一战成名的温特利德不明白其中缘故，只有被调入总参谋部、看懂了银河协同防御计划后，他才理解了这座移动要塞的可怕力量及其限度。幸好帝都局势未稳，舒尔茨不可能此时再生事端，才给了革命军在兰茨胡特喘息之机。

两天后，温特利德正在舰上打盹儿，听见伊法敲门。他已经能分辨出好几个人的敲门声了，神父的敲门声轻，伊法的敲门声急。

"请进。"

"温特，你看！这个星球上居然还有这种手工制作的糖果！"伊法激动地拿出两袋糖果说，"还记得吗？我们十年前买过的，后来就没见到过，我还以为它失传了！"

"啊！"温特利德看着糖果，若有所思地接着说，"我这些年来都没有想起过它。看来一门技艺失传时，人们甚至忘记了它已失传，直到有人将它重现才唤回了当年的记忆。"

伊法分给温特利德一袋，问他要不要一边吃糖果一边玩舰队战模拟棋。温特利德感谢了这份仿佛来自少年时代的礼物，很高兴地应允了，他也想看一看伊法最近进步如何。几分钟后，温特利德一口吃完了自己剩下的最后一颗。

"要是糖果资源也能变成舰队的话，你已经输了哦。"伊法说着，指了指自己手边剩下的好几颗糖。

"哇！你连糖果都不放过，这么穷兵黩武，简直是军国主义总体战了！"温特利德随口说道，忽然话锋一转，"我曾听欣德米特元帅说过，早在帝国一统之前，有人便说穆罗梅茨王朝'不是一个国家拥有一支军队，而是一支军队拥有一个国家'，你觉得怎样？"

"精准！"伊法两眼一亮，立即答道。

"我当初听到也是这个反应，就是觉得太准了。欣德米特先生说，此话早有流传，起初是反对者引用来批判穆罗梅茨王朝的，只因银河统一之后，稍显尖锐的批判全遭禁止，年轻一辈才从未耳闻。"

"确实如此，禁了它们，反对者也就看不穿帝国体制的根本；科伦坡幽灵直击贵族制要害的'天诛'计划，到头来竟是为舒尔茨作嫁衣，这本身就足够讽刺。"伊法一边慢慢地剥糖果，一边继续道，"只是骗人者总有一天会把自己也骗进去，如今的帝国各部，还不是到处充满把宣传当作目标，把目标当作现实的官僚。"

"对。"

"温特，你是不是想说，前几天他在穆罗梅茨堡上演那出血腥戏剧后，会激进地改变当前的军政体系，使它向着王朝初年那种更军国化的方向发展？"

"其实从前年开始，这个国家的本色就被逐步唤醒了。内战确是重新军国化的开始；舒尔茨虽没能借内战获得无上的权威，却由于丢了胜利女神号，无法加冕，更强化了对军队的倚仗。我目前仍不能看清这一进程的速度。可是伊法，只有战场才是一件几何学的事情，就像我们面前这训练用的棋盘一样；然而我在总参谋部中受益最深的，就是意识到整个战争其实是一件时间表的事情。"

说到这里，温特利德欲言又止。他从自己的思绪中挣脱了出来，又一次谢谢伊法给他带来了糖果。

伊法说道："你是不是又在操心战舰生产的进度了？"

"是。帝国那些闲置的军工厂已经启动，半年后就能每月生产上万艘驱逐舰，这是我军无论如何都无法抗衡的。"温特利德一边思索，一边缓缓道："这场战争对舒尔茨而言，其实仍是一场平叛内战，他被帝都的权力斗争所迫，亟需以不间断的战争巩固对军队的控制，逐次将战争动员的规模扩大。他无法按兵不动积聚绝对优势，这反而给了我们一线生机。"

伊法低下头，没有说话。

"怎么了？"温特问道。

"自从舒尔茨在豹厅大开杀戒，我就在想，那里真的是我熟悉的穆罗梅茨堡吗？刚听你说了这些，我更加觉得，我们过去所熟悉的那座城市，已经不见了。但也许就像你说的，它只是回到了它的本来面目——它本就是一座要塞。刚才说到，人们大多遗忘了银河帝国的本色，但谁不是这样呢？我们过去，还不是以为那种沉闷的和平会永远持续。"

"是啊。"温特轻轻地说。伊法从小是在穆罗梅茨堡和薇拉一起长大的，她对那里的感情一定非常深。这是他这个外来人，无论如何都难以体会的吧。

3.

革命军率先在兰茨胡特施行的改革是有限而具体的，他们显然是平民派，却从未公开引用共和主义或任何一种意识形态，改革的范围不大，涉之处却坚决彻底。"好望角号"的这些改革也让这艘船的名字首次在连通帝国的瞬时通信网中传遍银河。舒尔茨看出，这不是为求长治久安，而只是为了和当地社会打交道而临时设计的。他评论道："这和殖民没有区别，只不过这一回殖民军是平民派，而被殖民的当地社会是贵族体制，骨子里仍是殖民者嫌弃被殖民者的落后，要求治外法权，只是阶级颠倒了，大家没认出来罢了。"

与这种只作具体而有限的改变，回避意识形态立场的做法不同，一周后帝都传来消息,舒尔茨以护国主的名义发布了"复古令"。他强调古代宪法的正统性,恰恰是为了在名义上虚掩其改革的激进。这一政令的法理根据,由奥托时代的宪法、封臣义务论、教会法下的主权者理论混合而成。对于这三个系统之间的尖锐矛盾,舒尔茨毫不在意。人民并不是傻瓜,他们立刻嗅到了这些庞杂的、用来绕过法律的话语背后,谁才是真正的受益者。在众多呐喊助威、歌功颂德的文章中,舒尔茨本人唯独喜欢一篇略带讽刺之味的评论,名为《皇帝的旧衣》。借复古之名以维新,即便被拆穿了,又有何不可呢?

与革命军彻底废除贵族特权的方式不同,"复古令"以军衔官职赎买贵族特权。该政策的唯一受损群体是大贵族,因为即便再高的爵位,被赎买之后也不能换取将官军衔。而下层贵族与世家大族间原本遥不可及的差距,如今只需两次军功就能追上,这无疑激励了前者的报效之心。对舒尔茨而言,这既削弱了权贵门阀,又为军队吸收了新血液并洗牌了一部分异己,更能把傲慢不羁的青年贵族们控制于军队的森严体制之内,还跟上了革命军在兰茨胡特的改革步调,不至于在争夺人心上显出明显的劣势。另外,改革多是要花钱的,而以军衔赎买特权的政策却不会增加财政负担。

护国主的政策在革命军中也引起了不少议论。消息传来的那天,在好望角号的餐厅中,指挥部的几个成员正在一起吃饭。

帕特里克左手拿着鸡腿在空气中挥了挥,右手叉起一截胡萝卜,两眼发直地瞪着。

胡梅尔摸了摸他的脑袋,问道,"嗨!你又在想什么?"

帕特里克说:"先抡大棒,再给胡萝卜!如果舒尔茨先颁布改革方案，再去和那些反叛贵族决斗，会怎样呢？我本以为他会把这些被抓获的大贵族们关押起来，要挟控制住他们在银河系内的亲属。"

"那他就死定了。"策林根说道，"先杀人，再通过改革削弱对手，剩下的对手会感激他的宽大；先改革，那就是示弱求和了。至于那些留在封地的亲属，说不定巴不得他们在穆罗梅茨堡的亲戚死掉。"

在座众人皆默默点头，却又不约而同地想，帕特里克也许只是在玩儿，根本就没认真想这个问题，是策林根非得在和帕特里克的对话中也动真格的。

策林根继续说道："舒尔茨的改革，讽刺地说，其实得益于他的姓氏：他随母姓而非父姓，是因私生子身份。然而正因为他姓'舒尔茨'，人们才会不自觉地将他当作贵族的一员，而非皇族的一员，他才更能够团结下层贵族。穆罗梅茨皇室三代之前仍是奴隶，其姓氏在名中带'冯'、讲德语的贵族眼中既低贱，又带有外来征服者意味。舒尔茨要把帝国变得更平民化、更军事化，他会以这样的方式争取下层贵族，也合乎逻辑。"

"你是说，舒尔茨想利用……嗯，资产阶级的力量吗？"舍尔兴问道。

这是什么问题？策林根完全没有考虑过。他犹豫着，不知怎样回答。

"不，"这时温特利德答道，"所谓'资产阶级'只不过是个历史名词罢了。银河帝国不存在真正意义上的资产阶级。在这些下层贵族中，或许一代人后，其中没有消亡的那些能演变为资产阶级，但前提得是我们赢了；若让舒尔茨赢了，他们就永远只是下层贵族。"

温特利德这句直截了当的断言，成为他被后世历史学家引用最多的话。尤其是每当有学者试图将这场内战定性为资产阶级革命时，另一些学者就会以这句"银河帝国不存在真正意义上的资产阶级"来反驳。然而温特利德并没有说明其判断依据。确实存在着数量庞大的商人集团，维系着革命军的经济运作，但他们大多唯利是图，政治立场淡漠，经他们的手卖给帝国军的资源要比卖给科赫的多得多。

温特利德喃喃自语，说出了此刻他关心的问题："可是舒尔茨究竟想要的是怎样的一种权力呢？"

"指挥官，舒尔茨这样下去，会被历史的潮流推上怎样的位置，您或许可以窥见一二，至于他想要的是怎样的权力，恐怕他自己也不清楚。"平时话少的帕特里克说道。

"为什么呢？"

"舒尔茨在豹厅大开杀戒时，曾经引用古普鲁士哲学，谈到战斗的主人与乞降的奴隶：前者承担死的风险，后者承受生的重担。他还说到，扼杀新生力量是弱者所为，强者渴望伟大的对手。"

"不错，这两处也令我印象深刻。"

"问题在于，在主人和奴隶之间，其实主人才是那个悲剧性的角色。因为主人只能被来自另一个主人的承认满足。然而主人却要么杀死其他主人，要么被杀，他渴望被承认，可是能够活着承认他的人，却被他贬为卑贱的奴隶。主人的悲剧，在于渴望在被自己否定的对象中，获得自我肯定。直到历史孕育出平等精神之前，这个矛盾都是无解的。所以主人最大的渴望，就是渴望伟大的对手。"帕特里克停顿了一下，继续道，"所以舒尔茨只能爱战争，而非爱权力；他和别的权贵不同，他无法忍受卑下者向他跪拜，因为那种享受也是一种奴隶意识。对完全、彻底的主人而言，权力是一种孤独又荒凉的东西。"

"帕特里克，我之前从未听您说起过这些！前一阵子我才发现您在兵法上有天赋，没想到还是个哲学家呢！"

"没有什么，只是从前都是约阿斯神父承担了讲道理的责任，我们就用不着说了。"

"什么？"温特利德愕然了几秒钟，"你们教团，总是这样把讲道理的责任推给某一个人吗？只要这个人在场，其他人即便懂，也不开口吗？"

"同样的道理，在不同的人讲出来，由一人还是多人讲出来，又有何不同呢？"

温特利德眉头紧锁，显然陷入了思考。足足过了几分钟，大家都没说话，待到人们都已经忘了这个问题时，他忽然反问道："难道没有不同吗？"

旁听了全程对话的伊法大笑了起来："哈哈哈！温特的超慢反射弧！大家不要见怪，他中学时就总是这样！"

伊法的话令气氛一下子欢乐了起来。

"有旧熟人真是不幸啊，连重新做人的机会都没了，科赫指挥官的黑历史那么多。"舍尔兴的声音里满是幸灾乐祸。

"太不公平了，伊法，我可从来没有说过你的黑历史……"温特装作不开心的样子嘟囔道。

"不管，你们男人就不可以说！"伊法已经乐得合不拢嘴了。

"我看今天伊法这么开心，一定是因为我们这里少了某个人。"温特说。

"嗯，嗯！"舍尔兴立刻明白了他的意思。

"什么？少了谁？什么意思？"伊法问道。

"这里有一条众所周知的真理，那就是在这个舰队里，士兵们怕军官，军官怕科赫指挥官，科赫怕伊法，伊法怕神父。现在神父不在了，所有伊法就没有了天敌。"舍尔兴说。

"唉，瞧你们这样儿，还怕我？分明是我怕你们全体才是。"温特利德丧气地摇摇头，表示拿这帮部下真没办法，"我之前在等级森严的帝国军中，受军衔更高的将官的气；现在到了自由平等的革命军中，又要受下属们的气。命运真不公平啊。"

"这就是历史，温特只能怪自己，处在倒霉的断层上。"

就连一向不爱谈笑的策林根也被这气氛感染，笑了起来。

晚餐结束前，温特利德叮嘱各位提前整顿军备，因为过不了多久舒尔茨必然要亲率大军来攻。他特地询问了伊法，新编语文课本是否已发放？伊法说，这次除了电子版外，还用了传统的印刷本，是为了在我们走后不至于被轻易收缴，第一批已运往各地发放了。温特利德说道，好，好，自起兵至今，我们所做的无非是打仗，此番总算有了一点成果。

第四节：进退

1.

舒尔茨收拾了穆罗梅茨堡的残局，重组了因叛乱损失了近三分之一成员的贵族议会，他知道剩下的人中仍有不少反对者，但既然他们当日没有加入叛乱，便可置之不理。如果这些人在一个月前的大好机会中都没有勇气，今后也再不会有。

随后，舒尔茨立即组织了对兰茨胡特的进军。策姆林斯基中将忍不住问："殿下只带一万七千舰队吗？是否考虑将整个穆罗梅茨堡传送过去？"

舒尔茨回答："如果敌将是个庸才，我就得带更多的舰队，甚至动用要塞。但对付科赫不用。他明白，与我打行星攻防战，从长远看必输无疑，所以一定会一上来就弃星而走。"

在奔袭的途中，舒尔茨催促诸将大可以加速行军，不必沿途步步为营，并说叛军必然已经逃走。

"殿下，可是我们迄今并未接收到来自兰茨胡特的信号，叛军很可能还控制着它。"

"不会的，我想八成是科赫临走之前，把当地的瞬时通信装置都毁了。"

众将半信半疑，在舒尔茨三番五次的催促下来到兰茨胡特，果然应验，均佩服不已。一名青年参谋请教他：是依据何种兵法作此推断？舒尔茨便解释：兰茨胡特在穆罗梅茨堡的一次传送距离之内，孤星难守,即便叛军一时获得战术胜利,从战略上看也只是无谓损耗。叛军并未在此建立政府,只以占领军身份有限地介入当地事务,显然是不愿背负执政义务,而只需履行行星保卫者义务,只待我军一来,就可以名正言顺地开溜,而不是自缚手脚进退不得。

"在战场上杀死霍亨洛赫侯爵的是我们,而非科赫的叛军。因此,让兰茨胡特行星政权更迭的其实是我们,法理上对它负有责任的也是我们。科赫只是暂时接管了权力真空,只要不组建新政府,就不具备任何政治意义。如果我是他,我也会很快溜走的。"

众将听闻此番解析,又赞叹护国主洞悉先机。舒尔茨却心想,这分明是你们的问题!他并非心胸狭窄之辈,然而心的"宽窄"只是一种别扭的隐喻,相对于不同事物而言也会不同:能容得下贤能与批评的人,常容不下蠢材与阿谀,这些赞美反而令他心中厌恶,正欲挥手遣离这些眼界狭隘、大惊小怪的下属,转念一想,觉得这也怪不得他们。银河帝国的军事院校从不教政治学,只教些忠君报国的政治伦理课程,专业课程只培养战场指挥技术人员。这自然是为了让军人不识政、不问政,好抑制离叛之念。

舒尔茨抵达兰茨胡特行星的同时,就发布了一周前就让人写好的夸耀己方胜利、嘲笑反叛军不战而逃的公告。发布之后才觉得这是否太快了,显然是提前写好的,不过即便如此也无妨。

在兰茨胡特的轨道军港迎接舒尔茨的,是克林格曼将军。

舒尔茨问道:"科赫居然就这样任由你留下了?"

"是的,我对他说,您的军队既不需要我,也无法信任我,但兰茨胡特人仍然需要我,他就允许我离开了。"然而克林格曼接着告诉舒尔茨：他不能代表当地贵族，这些贵族对他弃守兰茨胡特十分不满，于是就让他去迎接舒尔茨，好让护国主惩罚这个迎接叛军的人。

"世界上没有比这样对待自己的救命恩人更愚蠢的了。"舒尔茨说道。这是在说，他知道如果当日克林格曼死守兰茨胡特，这颗行星将是怎样的下场。但其实这句话言不由衷。因为舒尔茨完全明白，如果克林格曼在轨道防御失守后，硬是躲在地下掩体里不投降，科赫是不太可能主张行星轰炸的。

舒尔茨面对的贵族代表，是恩斯特·冯·霍亨洛赫。他在克林格曼向科赫投降之后就失踪了，如今再度出现；随他一同出现的，当然还有其家族代代相传的旗帜——正红底色的旗面上，那条盘起的黄金蛇看上去又威风凛凛了。舒尔茨犹豫了一下，不知是否该接受它。

"如果没有帝国的支持，革命的种子就要发芽了。"霍亨洛赫说。

舒尔茨听懂了。恩斯特是在以自己的崩盘来要挟帝国的支持。"革命的种子"与其说是科赫一伙人留下的，不如说是已死的霍亨洛赫侯爵丢下的烂摊子。反叛失败的兰茨胡特在军事和财政上完全依赖于帝国，反而在谈判中将此弱势变成了优势：恩斯特大可以坐在自己的烂摊子上，说，"你不支援我，我就崩溃"，言下之意当然暗指断航、难民和革命，而帝国这一边，却无法对已经濒临崩溃的谈判对手再造成任何实质性的伤害。

在接见了当地贵族的代表后，舒尔茨并未恢复他们被革命军剥夺的法律特权，而是按照帝国统一的标准，赐予这些贵族以军衔，让他们自行选择隶属部队。

恩斯特·霍亨洛赫离开耶梦迦德号，降回地表之后，去见了克林格曼。

"您瞧，我也从战舰上回来了。上一次您给反叛军统帅准备的酒店，直到这次还是没用上。如今这些军人，宁可住在战舰上，也不愿接受我们的款待。不过话说回来，那个科赫难道最后没有把你当作俘虏，要求你和他一起离开吗？"

"在科赫离开时，我告诉他，兰茨胡特需要我，而他不需要。我也曾答应他，将来若有朝一日他的势力占据明显的上风，我们会站在他的那一边。如今，您又有了舒尔茨殿下的支持，事情总算有了一个新的开始。"

"您真是大胆。"恩斯特说道，"这样的承诺，留下证据了没有？"

"当然没有。"克林格曼说，"这不过是承诺做墙头草罢了，符合自身利益的事，自然不需要预防违约。"

恩斯特点了点头，继续道，"当初您去投降叛军前，把我藏了起来，说将领可以投降，但未来的侯爵不能，否则将永远失去统治的资格。我真得由衷感谢您的进言。如今，我失去了父亲拥有的一切，包括他曾有的野心。一个月前，我们遭到两面夹击，而今却得到了双方或明或暗的支持。但我想还是不要轻举妄动，以免失足卷入这些巨人之间的争执较好。"

2.

"科赫在此地发起的变革虽不大，却编订了一套新的中学课本。关于此事，有一位校长正在外面等候您的接见。"耶梦迦德号旗舰的办公室内,梅耶贝尔说道。

"什么?中学课本?"舒尔茨听了,觉得很是惊奇,科赫为什么要做这些呢?他立刻请那位校长进来。

校长是一位中年人,他走进来时还有些东倒西歪,明显是不习惯宇宙航船上的标准人造重力场。他呈上叛乱军窜改过的课本,舒尔茨随手翻阅着。

"这些书,您怎么看?"舒尔茨故意问这校长。

"殿下,新课本删去的都是道德伦理的经典,收录的尽是荒谬狂悖的文章。您瞧,这第一课,就把歌颂穆罗梅茨堡的历史伟绩的文章,替换成了'荒谬哲学'。我已经从学生们手中收了上来,烧了。"

"什么?"舒尔茨的语气稍稍严厉了些,心中想道:只道这是个阿谀小人,没想到居然如此下作。

那校长本是来邀功的,却被这一声轻飘飘的"什么"吓得跌倒在地。他忽然想起,啊!面前的舒尔茨,可是杀人不眨眼的魔王!就在一个月前,半日之内连斩数十人,杀,杀……"我,我,我……"这一串结巴还未说完,他就昏了过去。

舒尔茨厌恶地挥挥手,示意把他抬出去。

舒尔茨听说课本"荒谬狂悖",立即把每一册都翻了一遍。书中并无共和思想,也没有任何革命宣传。科赫是个不可救药的人文主义者!舒尔茨意识到,人文主义看似超越政治,一半贵族气一半市民气,却兼具二者最好的部分,这种立场没有树敌,却赢得了尊敬。所选课文每篇舒尔茨都喜欢,比起当年在辉恒中学读过的毫不逊色,却更朴实自然。哪里"荒谬狂悖"?失望之余,舒尔茨更觉那名校长庸俗不堪，立即招来传令官，直接让那校长辞职。在场的梅耶贝尔一时愣住了，问道："让传令官以军人身份去管教育单位的人事任命，是否……"

"他只需给那校长带个信，暗示这个愿望，那种人不敢违抗的。"

果然，当传令官来到那名校长的寓所，委婉地表达了关怀他的老迈身体的意思后，校长立刻听懂了言外之意，第二天就辞职了。

"殿下要撤掉这个校长，是因为他蔑视这种人；他达到这一目的手段，却又在毫不犹豫地利用对方身上他所轻蔑的弱点。"梅耶贝尔心想，"虽然这是一种高效的手腕，也让每个人都获得了自己匹配的下场，但谁又能全无弱点呢？"

舒尔茨只在兰茨胡特停留了两天，准确地说是在它的轨道上空飘了两天，就连宇宙标准时间都没有换成当地时间，甚至靴子都没有沾上行星的泥土，就返航穆罗梅茨堡了。他不想离巢穴太远或太久。临行前，他把最后一道命令留给那套由"好望角号"编纂的课本：他不知这课本是伊法所编，误以为科赫竟有这样的文学修养，是自己从前低估了他。尽管心中暗自赞赏，他却不会放过谴责对手的机会，便公开宣布：叛乱军强迫学校用他们编写的课本，暴露了所谓"自由"的虚伪；各校应有权自行选择课本，帝国政府不会作硬性规定。

"我未经他们同意就擅自作这样的决定，帝都的那些官僚有什么意见吗？"第二天，已在返程途中的舒尔茨问梅耶贝尔。

"他们当然不满意了，主流的意见是：这份课本中虽没有明着宣传叛逆思想，但毕竟是反叛军的作品，他们觉得您这样允许它流通，太鲁莽草率了。"

"没关系,"舒尔茨说,"如果要做一个主人,起码不能被你的敌人定义,不能让判断力被对手扭曲。谁若落魄到无论敌人支持什么,自己就非得反对什么,还是去做奴隶好了。"

离开兰茨胡特后,在浩渺的星辰中,舒尔茨想通了科赫为何要在紧迫的时间里,做这与战局无关之事。这不仅是因为他想借由教育传播理念,也是正因为他的实力,他只能采取彻底的政治现实主义,步步为营,一脚踏空就会再难翻身,他才必须掩藏自己的共和理念,不得不在打造反叛军的形象时,退缩到人文主义中去。正因为彻底的现实主义和彻底的浪漫主义是割裂的,后者才恰好成为前者遥远的慰藉与呼应,而不会造成当下的不利局面。正因为他此时没有力量真正地统治并改变一颗行星,他才不得不借用比政治更长远的教育事业,升起更遥远的星辰。

接下来的半天,舒尔茨面色平静,内心却为这样的思想而激动。他知道,如果不把这些想法朝另一个人倾倒出来,他是很长时间都摆脱不了它的。于是晚饭后他去敲梅耶贝尔的门。

梅耶贝尔见他面色凝重,起初以为是帝都出了什么事;听完这番见解,恍然大悟地道:"科赫编这套教材,竟出自这样的双重目的……殿下,这倒让我回忆起,当年校长编的战略学讲义,我是说,开头引用的那句古话。"

"没有什么比思想更活跃,因为它在整个宇宙中穿行;没有什么比必要性更强大,因为万事万物皆服从于它。"舒尔茨立即把多年前在军校里读到过的那句话背了出来,"确实如此。"

关于此事,总参谋部的人另有看法。老谋深算的艾希霍恩长期以来暗暗惧怕的,反而是科赫在获得一定实力之后,利用皇帝、太子接连失踪和疯癫时自己在场的事实,打出匡扶帝国正统的旗号,把战争变成了货真价实的帝国内战。在模糊了大义名分的内战中,忠诚最难保障,士兵的自由远比将军的更大。如果科赫自称帝国护法军,接下来的战争几乎必将陷入旷日持久的泥潭。如今科赫非但没有这样做,反而在羽翼渐丰之后以人文主义者的模糊面目示人,这让总参谋长终于认定,这名青年的心中果然有着比帝国正统更远大的政治宏图。

舒尔茨准许中学自行选择课本的开明之举赢得了欢呼,没有人想到叛军会关注教育,更无人想到护国主竟如此宽宏。敌对双方竟在教育上相互配合,一时间传为佳话。那一年舒尔茨不到三十岁,科赫甚至未满二十五岁,他们让那个时代的青年们看到了希望的火焰。年轻人总是比他们的父辈更敏锐,他们在这两个同辈人的身上找到了自己。

事情能有这样的结局,也令好望角号上的人们感到惊异。伊法对温特利德说,"看来我们这位学长,倒也不失为开明君主"。

"舒尔茨允许你编的课本继续流通,说明他根本不考虑二三十年后的事。"温特利德说,"在一国的诸多事务中,以军事最急,教育最缓。教育的影响非得一代人后方会显现,但其力量不弱于战场输赢。放弃控制教育,便是只图在短期内迅速赢取名声威望,所谓'开明专制'本就是个自相悖谬的概念,而逻辑上的悖谬常意味着时间上不可持续:开明专制能在短期内释放国力提振信心,塑造英雄式的帝王,长远地看却会威胁到专制本身。"

"确实如此,他不在乎长远。"一旁的策林根开口了,"贵族的婚龄通常较平民更早,舒尔茨身为帝国的最高统治者,虽已年近三十,却没有娶妻生子的迹象。"

众人纷纷点头。

舒尔茨给人的印象就像是一团火,他燃烧的速度远大于帝国所依赖的贵族社会的成长。为了加速中央集权化,他不惜利用恐怖分子诛杀贵族子嗣;为了显得比革命军更尊重自由,他给予教育界自选课本的权力。这团剧烈燃烧的火与革命之火共同点亮了宇宙,使其焕发出壮丽的景象。后世的文化史家常带着羡慕之情说,彼时人类虽身处战乱,精神却十分乐观。敌对双方都锐意变革,都宣称人类的未来在自己的这一边。无论支持哪一方的人,都真心相信自己支持的势力将开辟一个更美好的未来,而不仅是在躲避一个更凄惨的前景。这种压力之下的乐观精神,聚起了熊熊的火焰。这便是生在那个时代的幸运。

3.

科赫率领叛军离开了兰茨胡特。他会去往哪里呢?帝国军上下都在猜测着,舒尔茨心中却已有答案。为此,他在耶梦迦德号的瞬时通信室内,与帝都总参谋部的众将官召开了远程会议。他提早十分钟来到屏幕前,却发现将官们已到齐恭候了。

"请大家放松些,这次会议不会对战局产生实质影响。毕竟无论讨论的结果是什么,都得把科赫可能入侵的所有星球的警戒级别提到最高。我们始终要按照敌人能够做什么,而不是假设他会做什么,来指导己方的行动。不是吗?"

"是,殿下。"总参谋长艾希霍恩答道。

"那么，各位的意见呢？"

"殿下，我们商量过了。我们认为，叛军是挡不住的。"

"挡不住的？他此去想必是要南下，沿途那么多的行星，都挡不住吗？"

"殿下真是说笑了，您当然明白：东境的传送门航线由于靠近古都辉恒，本来就铺展得更散乱，也更难控制。附近的地方领主不会愿意虚耗自己的战力围堵叛军，他们已经在去年的内战中被严重削弱，而我们也没有手段驱策他们团结起来阻击叛军。如果您舅舅，舒尔茨伯爵还在的话，说不定可以办到，但如今已全无可能了。"

最后这句话可是犯忌的，但艾希霍恩却是直言不讳，舒尔茨也并不介意。

"既然无法在半路截击，也就只好在科赫准备进攻的终点死守了。你们认为将会是哪里呢？"

"大多数将官都以为，科赫的下一个目标很可能是去年叛乱的海尔辛兰。"欣德米特说道。

"哦？理由呢？您也这样想吗？"舒尔茨问。

"理由是显而易见的：去年叛乱被镇压后，海尔辛兰行星被解除了武装，它的防御最为薄弱，不费吹灰之力即可攻占。但是，臣并不这样想。"

舒尔茨说："我也不。您认为，科赫会去哪里呢？"

"臣以为，他会去米滕多夫。"

"您的理由呢？"

"海尔辛兰人去年战败之后，就算不恨殿下您，至少也是憎恨科赫的。他如果占领那颗行星，当地人必定会抓住一切机会给他使绊子。而在内战中，科赫曾以一场近乎奇迹的胜利救了米滕多夫军民，他在那里的声望非常高。"

"正是如此，我也这样想。"舒尔茨点点头，"我知道海尔辛兰人，他们是不可能接受外来征服者的。就算那颗行星被解除了武装，可以轻易征服，却仍是难以统治的。米滕多夫就不同了，那里的人向着他。内战中，米滕多夫的防御体系受损严重，后来还是科赫那伙人帮忙规划重建的，况且它的工业产能十分诱人，否则当初我舅舅也不会想去袭击它。"

艾希霍恩说道："所以，正如您刚才所说，其实在会议之前，我们已给十多个科赫可能入侵的目标，发出了将警戒级别提升至最高的命令，并对米滕多夫行星下了'比最高更高'级的战备令。"

"那倒是十分迅速。但什么是'比最高更高'？"

"殿下，我们想不出更高的词了。"

"那倒也是，总不能说'最最高'吧。"既然总参谋部已发出了最高警戒令，舒尔茨觉得已没什么需要说的了，便结束了会议。他不知道的是，此后总参谋部里的一些青年军官便背地里叫他"最最高护国主"，还调侃说是尊称。

为说服舒尔茨相信米滕多夫面临的危险，欣德米特和艾希霍恩本来准备了第二个理由，但既然他这么快就同意了关于科赫最可能去米滕多夫的意见，这个理由便显得多余了：东南境以舒尔茨家族盘踞的海尔辛兰为中心，也只是银河统一战争前不久的事。此前两百年间，米滕多夫凭借中转港的位置以及周边资源发展出了雄厚的工业实力，一直是更大的潜在霸权。于是在那个割据和分裂的时代，诸行星都更支持舒尔茨家族，而舒尔茨家也与一些博涯贵族有深厚的交情，唯有如此方能维持帝国东南境的均势。直到最早殖民米滕多夫的家族血脉断绝，行星陷入了政治混乱，舒尔茨家族才成为这一片星域的首领。只是舒尔茨尚且年轻，他固然知道自己的家族与博涯贵族的久远联系，却未必知道米滕多夫曾是旧日劲敌。

4.

然而帝国中央舰队尚未返航，就听到消息说位于 W-84 空间站的军工厂发生了聚变炉大爆炸，死伤数万。舒尔茨决定绕道前去查探。

为建造镇压革命军所需的舰队，许多废弃一二十年之久的军工厂陆续重启。这座军工厂却因年久失修，在开工后仅两周就发生聚变炉爆炸。在医院探查伤病时，舒尔茨想到，这座工厂一舰未造，就已有了堪比一场战役的伤员，深感重启帝国庞大的军事遗产绝非易事。一旁随行的宣传部官员见他面色凝重，便在新闻解说中说：殿下忧民爱民，为逝者伤者心痛不已。

然而就在两个小时后，穆罗梅茨堡传来急电。超光速通信那一头，竟是总参谋长艾希霍恩元帅。

舒尔茨立即向他行军礼，老将军还礼。

"殿下，我们在一小时前刚刚确认，叛乱军已兵分三路，分别控制了米滕多夫、因采尔和滕内克行星。"

"什么？"舒尔茨叫道，"我们尚未听到沿途遭遇战的消息，科赫就已经到那里了!"

"是的,东境航线松散极易穿透,沿途行星领主兵力薄弱,在叛军靠近之际都收缩战力不出,任其经过,即便最大胆的,也只是派舰队尾随,恭送叛乱军离开而已。"

失望之余,舒尔茨对这个情况并不意外。他只问了这么一句话:"那镇守米滕多夫的穆勒中将呢?"

"中了科赫的计策,被调虎离山了。当时科赫用一支分舰队在东部超远程传送门四周徘徊,假意准备进攻,主力却另寻他路疾奔米滕多夫。穆勒中将认为,东境超远程传送门一旦失守,他的舰队就时刻处于牵制和威胁之下,为免重蹈几个月前 S-49 星际站和西境传送门失守的覆辙,便率军增援,却迟迟不见敌军进攻。等后方传来消息,再杀奔回去,革命军已夺取了行星的静态防御系统;穆勒中将不顾己方兵力劣势,想趁对方未立稳脚跟抢攻,却被以逸待劳的敌军一举击溃,折损近半。"

"叛乱军方面的损失呢?"

"他们以静态防御炮台为诱饵吸引我军火力,所以叛乱军本身损伤甚微,据他说,估计只有数百艘。"

此时再生气已属无用。舒尔茨只是想:既然穆勒中将战败后自称消灭了数百敌舰,那么对方的真实伤亡恐怕还要小得多。他与艾希霍恩议定,让穆勒舰队残部返回超远程传送门附近一处基地驻守,维持舰队的存在以牵制敌军,但不得擅自出战。接下来由艾希霍恩元帅主持大局,并约定于舒尔茨回到穆罗梅茨堡后召开军事会议。

待舒尔茨从超光速通信室里走出来,刚才那名主管宣传的官员仍毕恭毕敬地候在门口,接着问道:这场爆炸是否是叛军所为?舒尔茨冷冷答道,你这是说,叛乱军同时现身两地,是否嫌他们还不够神出鬼没?那宣传部官员见护国主眼神中有怒气,便不敢再言,回家后赶忙把自己预先写好用来栽赃给反叛军的新闻稿撕了,撕了后仍觉得不放心,还点火烧了。

舒尔茨并非没有觉察到,他对那官员的怒气,实是对自己为何未能想出破敌之策而发。重启工厂、建造战舰、征募士兵,帝国的战略优势得大半年后方能转化为战力。难道真要暂时停战,等待拖成长期战争吗?尽管科赫应当比我更惧怕长期战争,一再拖延会不会夜长梦多?科赫的劣势是产能上的,我的劣势是政治上的:避战难道不会让那些怀恨于我的贵族趁机发难吗?

在从 W-84 星际站事故现场返回穆罗梅茨堡的途中,舒尔茨所思所虑尽是征讨革命军的战略,他每晚对着船舱里的墙,目光久久盯着那张纸图上革命军盘踞的米滕多夫、因采尔、滕内克三颗行星周围的星域。可是眼前只有空荡荡的宇宙,毫无头绪。

在人类殖民的星球中,富含稀有矿藏的土质多不适合建立粮食工厂,反之亦然,极少有星球二者兼备。科赫攻取这三颗相邻星系的行星,明显是为了因采尔的稀有金属和滕内克的粮食基地,他急需这两颗行星的资源来供给米滕多夫的城市人口和工业,勉强构筑一个自足的体系。毕竟叛军每到一处,帝国都可能对其颁布贸易禁令。然而米滕多夫的自给能力使得即便遭到封锁,收效也会大打折扣。况且封锁航线是需要舰队来执行的,要同时封锁附近的所有传送门,被牵制兵力的代价太大,得不偿失。

即便理解了对手的意图，舒尔茨仍无破敌之策。可就在他疲惫松懈、即将入梦之时，脑海犹如被一道闪电照亮，他突然间有了无须等待更久，即可凭现有兵力一举制胜之法。

舒尔茨的倦意一扫而空，他重新感到血液从心脏中搏出。看着自己的佩剑，他心想身为剑士，若要等待对手体力不支，再以力取胜，如此得来的胜利将是何等无聊。何不在这茫茫的漆黑的大海上，一击了结这令人辗转的煎熬与万般的焦灼，纵是生死未卜也欣然愿往。舒尔茨把困倦打盹儿的通信员叫醒，通信员听见他的声音，吓得以为自己要因为打瞌睡而被严惩，他却只是让他再次致电总参谋部，提醒将官们作好准备，他回去当天就要召开作战会议。可是刚发送完这条消息，舒尔茨的热情就冷却了，心中埋怨自己道：我也太冲动了，一时的念头再妙，说不定过不了一个小时，自己就能想出破绽来。稳妥之策，还是不能放弃利用等待工业产能转化为战略优势的长期策略。

第五节：平行

1.

回到穆罗梅茨堡后，舒尔茨未及回府就前往总参谋部。由于收到了他提前发出的命令，一众将官已经在大会议室内恭候。可是会议还没开始，在来的路上他就听说，由于科赫选择了靠近舒尔茨家族封地海尔辛兰的航线攻击米滕多夫，而海尔辛兰却丝毫未受损，有人将此事与之前舒尔茨允许叛军所编课本流传的事混为一谈,说护国主平叛无功,实有通敌之嫌。其根据,竟然是一年前科赫率军在米滕多夫阻击他舅舅的叛军后,当地人将他与舒尔茨的画像并举的影像。

"科赫如此近地掠过海尔辛兰,却未加掠夺破坏,难道也是把这种舆论计算在内了?无非是利用我现在地位尚不稳固,但也同时说明,他的个人威望在反叛军中,足以打消同样的怀疑。"舒尔茨想到此处,不免心生羡慕。他是在很长时间后才想到另一层的:科赫制造这种舆论压力的目的,亦是促使舒尔茨为了证明自己并无通敌,必须连番奔波不停作战,而无法采用暂时避战,等半年后用工业优势压倒他的战略。这是势单力孤的革命军真正的恐惧,当然,他对此并不抱什么希望,因为军事行动是不会被区区舆论改变的,即便在将领本人是一位政治家时,也很少例外。

在总参谋部里,舒尔茨要他们呈报近期值得注意的军情。艾希霍恩元帅起身说道:"殿下,三天前老臣以帝国军大本营的名义,下令埃尔斯多夫自治行星舰队前去增援穆勒中将的星域驻留舰队残部,想让两军合兵一处,前去轮流袭扰叛军控制下的三个星球,不求取胜,但务必使叛军精神紧绷、坐卧不宁。总不能只有我军四处奔走,敌人却以逸待劳。"

"好。"

"可是埃尔斯多夫行星领主以数十年前银河统一战争时期,先皇御赐的中立权为由,拒绝出兵。"

"哦?"

"该行星的军事实力有限,仅千余艘战舰,殿下,我们是否应当前去讨伐？"

"不。"舒尔茨说，"他之所以敢这样做，自有他的道理：我们若全力进攻叛军，这区区千余艘战舰绝不敢支援叛军；但若我们进攻该行星，科赫要么前来夹击，要么乘机破坏我军的其他部署，两种情况都于我方不利。所以我们若一定要此时进攻，就宁可直接进攻叛军。"

"可是，如果不立即施以惩罚，恐怕在叛军占领区附近，中立观望的行星会越来越多。依臣之见，我军当暂避决战，将重点放在持续压制有离叛倾向的行星上，以稳住局面，等待帝国军工所带来的战略优势期。"

"老将军用的是费边战略，这固然是当前局势下的正理，但我们本可以现在就给科赫制造些麻烦，把双方的物力差距拉得更大。况且，您主张做费边，等于是逼科赫去做汉尼拔，他一定不会乖乖地待在米滕多夫，每天眼睁睁看着经济新闻里重工业指数暴涨的。"舒尔茨说道。然而这番话并未说出全部理由，他此处也暗指费边的拖延避战虽在军事上明智，却被罗马的政敌以怯战之名攻讦的事。

艾希霍恩听闻此言，问道："殿下是否已有计划？"

"倒也不是没有。"舒尔茨说道，"我军目前能用来远征的，只有两万多艘战舰，而叛军掠夺了兰茨胡特和米滕多夫的军火库，增强了实力，因此我们的硬件优势，恐怕已不是绝对的；然而我们却另有一样优势，是叛军无法比拟的。"

"请殿下明示！"

"这优势就是你们，就是在座的诸位。我军将领如云，而敌军中堪称将领者，仅科赫一人。倘若双方合兵一处进行决战，这一优势尚不明显；倘若我军兵分数路，同时进攻多处要害，科赫纵然能分兵守卫，他自己又岂有分身之术呢？倘若他不分兵，而是统率全军，企图将我逐个击破，那我军遇敌主力的一路只需撤退，另两路便可轻取胜利果实：米滕多夫的工业基地、因采尔的矿场、滕内克的粮食工厂，三者必毁其二。然后我们再颁布贸易禁令，只有先打破了他的自给自足，禁令才能构成致命打击。"

听至此处，在座的将领们都明白了，对于此次作战，舒尔茨已成竹在胸。安海姆中将却问道："可是殿下，当前穆罗梅茨堡仍在北境，这固然可以直接借用家门口的超远程传送门缩短补给线，但同时也意味着，前往那片星域只有一条主干航线行军最快、补给最稳，那也就是我们进军的必经之路。倘若我是科赫，定会在这条路的末端出口处集结大军。到时候，我军岂不还是得集中全部兵力与之决战？"

舒尔茨摇摇头说道："科赫占据了这三个行星，这正好可以允许我们从三个方向进发。一路从此地出发，从东部主干线直扑米滕多夫；另一路反向西行，再绕道经南方交通线迂回进军，从后方攻击因采尔，为确保三路兵力同时抵达，让对方没有打时间差的可能，这路程较远的一路要先走。"

"殿下，那第三路呢？"

舒尔茨转向艾希霍恩说道："我的耶梦迦德号船舱内的一面墙上，覆着一幅巨大的纸版帝国疆域星图，是您送给我的。您出身于银河之内最好的制图师家族，想必您的亲友为那一张精美的星图，也耗费了不少心血。"

"老臣当年的薄礼，殿下竟悬挂于旗舰船舱内，不胜荣幸。"

"纸图的好处，在于它们一旦绘制完成，就无法改动，而通用的标准地图，却要不断增添新航路，删除废弃的航道。那些旧图，也只在你们总参谋部和交通部有全套存档。"

"是的，殿下。"艾希霍恩说道。他立刻让门口的一名士兵去准备自穆罗梅茨王朝建立以来的历年银河系投影，"我们需要去那个房间，看协防计划图吗？"

"就在这里吧，我想用不着的。"舒尔茨说道，"如果您当年赠送给我的纸图是根据十年前的数据绘制的，那时的档案就够了。"

会议室里的投影打开了，屏幕上出现了十年前的米滕多夫周边星域图。舒尔茨在上面寻找了一阵，说道："再往前倒退一年。"

屏幕上又出现了十一年前的星域图。他接着说："再倒。"

当屏幕上打出十二年前的星域图时，舒尔茨立刻伸出手，指着粮食基地滕内克附近的一片区域，"看，就是这里。这是一条十二年前就已标注'废弃'，但理论上可以让我们通过长程空间传送于三周内到达滕内克行星的航道，将航程缩短五天，并节省大量传送能量。它的终端其实并非通往滕内克，而是通往一颗叫'涅尔琴'的流浪行星，上面的设施恐怕废弃得更早，所以不存在于一般的星图。十二年前，就连这条支线传送通道也一并删去了。反过来说，叛军战舰上的星图仍是帝国军的标准图，上面也不会标注，因此我们不必担心半途暴露行踪。"

在场的众将找到了那个名叫"涅尔琴"的流浪行星，无人知晓它为何被删去。就连艾希霍恩元帅也走上前来查看星图，这是很不寻常的，因为对于大多数地名，他不用看图就知道在哪里。利伯曼中将问艾希霍恩元帅,您知道这里是哪儿吗?艾希霍恩皱着眉头说他也记不清了,似乎依稀有些印象吧。这是老元帅第一回说自己"记不清"图上的星球。

"不过是一处废弃的流浪行星罢了,在地图上删了也没什么。"舒尔茨说道,"就连艾希霍恩元帅都记不清的东西,一定是不重要的。"

众将官笑了起来,这句话绝对是真理。

"哎,哎,是我老了。"艾希霍恩苦笑一声,摆了摆手。

下一步就是选择指挥官。舒尔茨仍然让艾希霍恩元帅坐镇穆罗梅茨堡,并请欣德米特元帅与自己分别率领两个舰队进攻叛军的两个据点。他觉得政局尚未完全恢复稳定,自己应当尽可能多留在帝都,不该去走那条绕远的、需提前先行的路。他决定自己较后出发,攻击滕内克行星,得胜之后迅速返回。这样就能把离开帝都的时间压缩在一个半月。经由东境主干线正面进军米滕多夫的任务,就交托给了老练的欣德米特。然而,在选择第三个舰队的指挥官的问题上,大家一时没了主意。

舒尔茨先是要来驻穆罗梅茨堡的将官名册,看了十来分钟,又要来帝国舰队的全体将官名册,一言不发地看了二十分钟,反复翻了两遍。然后他终于打破了这令人难熬的沉默,问道:"我记得帝国舰队中有一个叫戈特弗里德·齐默尔曼的人,你们是不是漏了他?"

"齐默尔曼?"利伯曼说道,"殿下,这是个常见的姓氏。"

"全名是戈特弗里德·约翰尼斯·齐默尔曼,难道没有人知道吗?"

"我记得有这么个人,他怎么会没有名列其中呢?"欣德米特倒是知道他。

"把他的资料给我拿来！"舒尔茨说。

两分钟后，齐默尔曼上校的资料被调了出来。

"上校？"舒尔茨问，"这个人到现在还只是上校吗？"

"是的，殿下。"

"就他吧，"舒尔茨问，"你们有什么意见吗？"

艾希霍恩元帅微微一笑，眼睛眯成了一条缝。舒尔茨注意到了这个表情，心中想：偏要把破格任用舰队指挥官的事留给我来做，我越来越像那帮仇恨我的贵族所说的大僭主了。

在场的将官们虽然心中错愕，但无人敢反驳舒尔茨的意见。

"那就这样吧，立即通知他早作准备。会议暂时中止，两天后继续，到时候让齐默尔曼上校也来。最后，以上所说只是一个草案，一个构想。我至今仍认为，它并不比我们之前达成共识的，等到半年后凭借工业优势压倒敌人的拖延方略更有效，前提是——假如这种拖延能够完全达成的话。所以，再强调一遍：我今天只是来向诸位提出一个B方案，原来的那套长期战争策略仍是A方案。"

众将明白，所谓"拖延能够完全达成"指的是科赫在接下来半年内，不主动袭击帝国周边的星域，但这根本就不可能吧？过去一个星期内困扰着他们的，不就是这个问题吗？

散会后，艾希霍恩对欣德米特说道，"这位护国主，果然是舒尔茨家的。"

"为什么？"

"舒尔茨家族在海尔辛兰有一座大图书馆，正面墙上覆满了一幅海尔辛兰地图，也是现存除博物馆收藏之外的最古老的地图之一，你猜是用什么做成的？"

"那就不太可能是纸了，难道是石板吗？"

"是青铜。那张图一直延伸到天顶，而天顶上铭刻着的已经锈蚀的星辰，是舒尔茨家族刚刚来到海尔辛兰时的星空。"

2.

舒尔茨离开总参谋部后，便让司机直奔军部，并于一刻钟后来到布鲁门塔尔中将面前："您好呀，我又来拜访您了。"

"殿下！"布鲁门塔尔立刻从桌后起立，笨拙地敬礼，"是什么事，劳烦您亲自来呢？为殿下效劳，属下万分荣幸！"

舒尔茨上一回来这里已是许久之前，自从当上护国主，就不必亲自和这帮人打交道了。半年未见，布鲁门塔尔的肚皮似乎又圆了些，态度上的变化可就不用说了。两人交谈几句后，舒尔茨想起自己来的路上，心中一直在嫌弃这个庸俗的官僚，然而也许是许久未见的缘故，真的见面之后倒也没有刚才凭空想象得那么厌恶，只是觉得比从前更滑稽了。

舒尔茨很快就进入了正题："听说，教会法学家约阿希姆副主教，是您的叔叔？"

"是的，殿下！"布鲁门塔尔心中惶恐不安。

"那好，请您转告他，我有事想拜访，明天陪同我去见他一面吧。"

"好的，我马上告知他……殿下，明天几点去您的官邸？"

"不是我的官邸，我是要你陪我一同去他的住处。"舒尔茨正色道。

"是，明白了。"布鲁门塔尔立即点头回答。

回到护国主府，待梅耶贝尔将明日行程安排妥当后，舒尔茨忽然问他，知不知道为何自己一定要亲自去见那名法学家，还要他的侄子去引见。

"您一定是想示以尊敬。"

"这是自然，但为什么是对他呢？"舒尔茨说，"其实我刚才在军部做此决定时，自己也不清楚这是为什么。现在想通了。"

"殿下，那是什么呢？"

"梅耶贝尔，在一个国家中，只有两种人是最重要的：那些甘愿为某种价值而死的人，也就是武士，他们是天然的贵族。另外就是掌握知识的人，他们是天然的管理者，这种人是不可能容忍外行——哪怕是护国主或皇帝——对他们指手画脚的。他们与权力的矛盾，从不在于'谁得到什么'，而在于'谁说了算'，越甘守清贫的人越是如此。曾有许多统治者以为只要赏以重金便可让这些寒酸之士听命，这非常不智。你我都是武人，这让我们难以洞察学者的心灵，但忽视这种差异的代价极大。例如我们都知道，现代物理学的开端是用德语写成的；但在历史上，却是英美占得了先机。"

"这怎么可能呢？"

"就是因为，那时的德国被一群只相信蛮力的流氓占领了，智者们就逃到了英美。"

翌日，舒尔茨在布鲁门塔尔的陪同下，造访帝国最负盛名的教会法学家，约阿希姆副主教，向他请教教会法中，非主权国家之间的停战条约的相关条件与限制。由于银河帝国在原则上坚持"银河之内莫非王土",从不承认"主权国家"这回事,因此国际法早已被弃之不用、束之高阁。实质上的外交谈判,须借教会法之名进行。

在来的路上,布鲁门塔尔一声不吭,刚进屋就选了个离他叔叔最远的角落坐下了。舒尔茨想,这个人可能很惧怕他的这位叔叔吧。他一眼就看明白了,这叔侄俩绝对不是一路人。

"殿下想与叛军达成停战?我教在神学上谴责所有的战争,但'永久和平'须教皇本人降下。"约阿希姆副主教说道,"剩下的便是有期限的暂时和约,然而即便如此,我在教会中职位低微,也最好由一位主教来负责订立。"

"只要您说法学上没有问题就行了,什么主教不主教,统统不必。"舒尔茨答道,"能否拜托副主教起草一份和约,不需要什么永久和平,我只要一年为限到期再续的那种,转交帝国政府,我签字之后会将其发送给叛乱军首领温特利德·科赫。"

"如今教会也很久没有宣示这种临时和约了,那都是封建时代的事。教会法作为宪法替代品的作用,亦是旧时代的遗留。从神学上讲本不该这样——只是在割据争霸的时代,谁还顾得上神学呢?所以才一直沿用下来。统一之后,希柏里尔教成了国教,你们这些政治家,便以为用了几百年的教会法可以凑合用下去,一直无人想要改变这种蹩脚的现状罢了。"

"竟然是这样,那请问,在神学上有什么问题吗?"

"那可就说来话长了。"约阿希姆说道,"我教早期历史上曾有两名教士,一人叫彼得,另一人叫约翰。殿下可曾听说过?"

"那个约翰,略有耳闻;至于彼得,则不了解。"

"奥托大公一统银河之际，彼得认为政治本质上是行动，他瞩目于奥托大公的壮举，认为在行动的面前，'政治哲学已经死了'，主张宗教完全撤出政治。战后的那一代人多是这样想的。然而，晚一辈的人，约翰教士却生活在帝国分裂的隐忧中，危机中的人不得不捡起宗教与政治的勾连。他主张宪法不必采取普世主义形式，只需尊重诸星的习惯法，以求重叠共识。这正是奥托最终选择的策略，也是以教会法充当国际关系法的起源。"

"原来如此。"舒尔茨点了点头。他没有想到，这种几百年间司空见惯的现象背后，竟还有这样的渊源。

"然而约翰忽略了一点：只有普遍主义，才能将灵魂救赎与政治正义结成一体两面，让世俗权柄成为天理道德的手段，宪法的本质即所谓'公意'，也即普遍意志，本就是为对抗'众意'而生。因此，放弃普遍主义是饮鸩止渴，当人类扭曲教义来暂时弥合分裂的宇宙，为时代的需要透支永恒的原则，虽可借得一时的支撑，从长远看却会败坏整个文明的心智。普遍主义的力量在于超越性，弱点在于无法顾及多元的意识形态。相比之下，重叠共识主义更接地气，更多同情，对人性要求更低。然而一旦放弃普遍主义，'人'还剩下什么？浮沫而已。约翰希望用诸习惯法的重叠共识作替代品，却看不到，只需再过一代人，认同撕裂就会再无共识可言。凡最初想透支灵魂的完整来磨合政治的分裂的，最终都会将政治的撕裂连带成灵魂的撕裂。历史整体上是平衡的，欠债总要还，无非是周期有时会长过个人的生命，有可见与无形的代价罢了。约翰是最后一辈企图塑造共识的人，但他的短视，只保障了自己直到临死，都不用目睹银河系的崩裂而已。"

舒尔茨对这些并无兴趣，但他仍然怀着尊重听完了这长篇大论。可是面前这位老年教士却猜到了舒尔茨的想法。

"殿下或许觉得，老朽说了这么多，似与您来找我要办的事无关。但殿下您沉住了气，不像很多年轻人，哪怕我的学生，片刻等不及。"

"请先生接着讲。"舒尔茨见自己被看穿了，心中觉得此人绝非浪得虚名。

"亚里士多德曾指出：如果形而上学不再是第一哲学，政治学就会占据这个位置。这句话反过来也一样成立——您瞧，二者并行不悖的那个天道与人事合一的时代，多么短暂啊！所以，银河帝国的宪法，本质上就是希柏里尔教的约翰主义。真正将银河系整合成一个帝国的，不再是舰队，而是宗教。这也即是为何，在我们教会史上并无地位的约翰教士，却在你们的帝国宪法史上极为重要。这一切，根本上是因为随着和平年代到来，政治的权柄软弱了，于是信仰就接过了那个坚强的位置，成为新的权柄。然而这一切自约翰开始就错了。彼得是对的，宗教根本不该介入政治。一个靠宗教黏合起来的帝国，还不如分裂成为众多小邦。无论在政治上你怎么看，在信仰上总是一件好事。你们银河帝国，对于我们希柏里尔教，根本就是个累赘。如果帝国不倚仗教会，贵族们说不定反而能振作起来；如果教会坚持不屈服于一时的政治需要，它也本可以更好地服务于人的灵魂。教会，或者说教会中的某些人，之所以腐败到今天的地步，正是因为和你们纠缠过深。"

约阿希姆副主教义正词严地说完这番话，他知道面前这个人有着杀人魔王的名声，但仍然正色道："您有什么理由，说服我为您起草这份文件呢？"

舒尔茨这才明白约阿希姆刚才要说那么一大段历史的理由，他对这位老人敢在自己面前直斥政治家与神职人员的相互利用十分钦佩。

"所以，您不愿起草这份文件，而要我去请教皇颁布永久和平的停战谕令吗？"

"那又有什么不可以？"约阿希姆反问道。

"您不是真心这样想的，一定不是。"舒尔茨说道，"您要我去找教皇，找那个耶柔米，这是我做不到的。从政治的观点看，我不会允许这个教皇借此机会赢得更大的政治话语权。我对宪法的看法与教皇派大不相同。您一定知道：我要恢复早就名存实亡的宪法，我要寻回胜利女神号，再正式登基。"

"对。"约阿希姆只说了这么一个词。

"您刚才说，是奥托二世死后，政治的权柄软弱了，才令教会成为更坚强的、维持银河统一的组织。我远不敢质疑您的史学见解，但如果您说的就是这五百年来的真实，那我也只有一条路可走，就是要与这五百年都不同。权力的源泉应当是威望，而非迷信。战争有两种，一种是漫长而痛苦的，另一种是短促的。我主张的和平，是为了在一年之后，能够集中力量一举了结战争。而我的另一个目的，是击败内部的掣肘，赢得推动改革的大权。教皇曾经找我密谋过，为的是加深政教结合。然而这正是我不愿去找教皇的原因！我要将胜利女神号重新确立为帝国宪法的基础，正是因为我对这个国家的构想，以及我对贵教的看法，和您是一样的：它不该是帝国的一部分，帝国根本不该设立国教。这不仅是我的信念，也是贵教唯一的退路。否则，只要把教会的命运绑在了帝国的国运上，就会一再出现你所说那种为政治需要扭曲教义的事。银河帝国必须摆脱教会的拐杖，凭自己的力量站立起来。相反，如果温特利德·科赫的反叛军赢了，建立了新国家，您有把握他能做到这一点吗？"

舒尔茨只要强调叛军最初就是一支改革宗的骑士团，就能很轻易地暗示科赫一旦得胜，会和教皇没什么分别。毕竟在历史上，神权共和国也多有先例。可是舒尔茨没有这样说，他不愿利用扭曲的虚像来诓骗面前这位老人。科赫不介意以原国王堡骑士团的部队起家，是因为他有自信超越宗教，而不是利用它。

"原来如此。"约阿希姆略有惊愕地看着他，他怎么都没想到，面前这位年轻的护国主竟然是一位政教分离派——也许正因为他年轻，才会有如此的勇气。

一旁的布鲁门塔尔中将觉得劝说的时机可能到了，他说，"叔叔，我看……"

"布鲁门塔尔，不要打断副主教的思考。"舒尔茨说，"我必须为之前的想法道歉，我在听您刚才一席话之前，只想着利用您。如今我不这样想了，因为您是一个值得尊敬的人——现在您有两个选择：要么助我以最小代价结束战争，而我会贯彻政教分离的主张。要么，您也可以选择守着'绝不介入政治'的教条，而错过这个机会。简言之，您的手段正与您的目的相悖，该如何选择，全看您自己：是守住心志与信念置身事外，还是承担起更大的对信仰的责任；是在此刻践行您的政教分离信念，还是助我一臂之力，在将来建立一个政教分离的世界。我的话已说完，我既不愿，也不会再对您施加任何影响，请您仅出于良知做出判断,但我相信,良知有大小之分。"

约阿希姆心中惊愕,这个在豹厅大开杀戒的人,竟说出这样的话。但他没有把惊愕表现出来,答道:"我还要再考虑一下。请殿下等我明天的回复吧,我会告诉布鲁门塔尔,让他转告您。"

舒尔茨原本想恳请约阿希姆直接回复自己,可是心中想到,对于这样的人,还是不要违逆他的习惯,或给他过多的压力。

在与布鲁门塔尔中将一同回去的路上,舒尔茨给他讲了一个故事,相传那是希柏里尔教正式成为国教之前的事:诸侯时代曾有一位国王,某夜受梦魇困扰,从此每晚心生恐惧,夜不能寐,他请来希柏里尔教的祭司解梦。祭司问是什么梦?国王说:"一个可怕的梦,我已忘却",并说他要祭司来不是为了解释梦,而是为了找回梦。

"竟有这等事?那梦中究竟是什么呢?"布鲁门塔尔问道。

只有舒尔茨自己知道,噩梦中是奥厄的精神污染,因为那是他自己的梦。教皇正是凭此牢牢地束缚他,不让舒尔茨甩开教廷。正因为如此,他更需要用胜利女神号来重新解释宪法。

"这种传说当然是假的。"舒尔茨回答。然而他借用这个追忆梦境的故事,想表达的其实是:约阿希姆确实说出了他心中某些一直模糊地感觉到,却从未清楚地认识的东西。只是布鲁门塔尔从头到尾什么都没能听懂罢了。

第二天,舒尔茨接到军部的电话,布鲁门塔尔说,他的叔叔,约阿希姆副主教已经答应从教会法的角度,起草一份为期一年的停战和约了,老副主教托他转告舒尔茨,他愿意帮助他,是因为"这是我的立场,我别无选择"。舒尔茨听到这句话,眼中放出了光芒,他放下电话后,抽剑向前刺去,剑尖钉在了墙上地图上米滕多夫的位置。

"殿下?这是?"梅耶贝尔问道。

"战书已下。"舒尔茨回答。

至于布鲁门塔尔,他从前不愿与人提起约阿希姆叔叔,而在今后的好长时间内,他逢人就吹嘘,说自己的叔叔是一位多么了不起的教会法学家,他又在那次造访中起到了多么关键的中间人作用。

第六节:浮影

1.

去年东境内战爆发前,舒尔茨派遣齐默尔曼去稳住另外半个银河,两人一别之后便不曾见面。齐默尔曼以一人之力稳住了后方,功劳甚大。可是他由于防患于未然,未能上阵,所以寸功未立,所以战争结束后也未受提拔。科赫在西境起兵之初,仅因听舒尔茨提及过此人,就避开了他曾出使的星域,而帝国军部却未将此星域的安宁归功于他。所以他至今仍只是上校。

齐默尔曼刚接到将作为一支舰队统帅出征的命令,就和家中的妻子通了电话。正好她的父母也在家里,他略微迟疑了一下,把出征的事也告诉了他们。

"竟然是舒尔茨殿下的钦点啊!那你可得好好表现,好好表现!"

"当初他们结婚时我就说吧,戈特弗里德是会出人头地的!"

齐默尔曼上校过去因任务推迟回穆罗梅茨堡时，岳父岳母总没有什么好脸色。这一次他要上战场了，将有一个多月断绝与外界一切联系，他们反而高兴起来。妻子正在梳妆台前打扮，说她约了克夫拉赫伯爵夫人家的女仆，一会儿要一同去学校接孩子。她听说丈夫要率舰队去征剿帝国东南境的叛军，便要他顺路带些当地的好东西回来，方便以后送人用。

"放心，不会忘的。"齐默尔曼上校就像每次换驻地时那样回答道。

两天后，在第二次作战会议上，舒尔茨见到了久别的齐默尔曼。两人握手，舒尔茨让他坐在自己右侧，让欣德米特元帅坐在左侧。会议气氛已大不一样。两天前，舒尔茨在开会之前和会场间隙，还是按照他的习惯坐在墙边的椅子上；今日他早早地来到，坐在了会议室的正中间。人们纷纷猜想，历史的车轮看似是在敞亮的白昼接着转动的，但其实它在其间的夜晚已经转过一整圈了。

人已到齐，舒尔茨起身向众将宣布："就在半小时前，我已将由约阿希姆副主教起草的停战和约发送给叛乱军首领温特利德·科赫。此前我们说过，依靠产能优势压垮敌军的 A 方案，需要稳住科赫让他暂时无法动弹，今天我将给诸位带来答案。"

"既然殿下已经主张以暂时停战稳住他，我们又为何要商议征讨之事呢？"

"不，我没说停战和约本身将是答案。"舒尔茨说道，"而是说，分兵三路进攻的 B 方案本身就是用来稳住敌人的。而这份和约，必然会被拒绝。"

"您是说，发出的这份停战和约，就是被拒绝吗？"

"正是如此。科赫完全清楚，以帝国军目前的兵力，不足以在所有方向封锁其行动。我们尚不知他在米滕多夫计划停留多久，但只要他受停战条约的诱惑，打算偏安于区区三颗行星，一年后我们就胜券在握。他不可能这么愚蠢，所以一定会拒绝这份为期一年的和约。"

接下来，艾希霍恩元帅拿出了他和几位参谋拟定的动员表，战舰数详细到艘，物资详细到吨，并清晰地标注了各个舰队会合、行军、沿途补给的时间，最终三路舰队将同时对叛乱军控制下的三颗星球构成威胁。值得注意的是，此次出动了帝国留驻帝都几大舰队的约五成兵力，一万七千零四十艘战舰，另加禁卫舰队的一千八百三十二艘战舰。这让一些将官不禁觉得，三路攻势的另一目的，其实是舒尔茨为了将禁卫军编入自己麾下。禁卫军虽然规模较小，在正面战场上微不足道，却有进入内城的特权。舒尔茨控制了他们，便是完全掌握帝都要塞的最后一步。

然后便是三路舰队的任命。舒尔茨看过艾希霍恩拟定的出征人员列表后，问左右两位，是否有更改部下人选的需要？两人都回答没有。舒尔茨说，不必顾忌，但说无妨。

欣德米特元帅答道："这些人都是我当年做校长时的学生，我了解他们每个人的脾性，无论是谁都会成为我的助力。"

齐默尔曼上校答道："诸位将官我皆不熟悉，因此随便调配何人供我指挥，都是一样的。"

欣德米特的话让舒尔茨深为安心，齐默尔曼的答复更令他顿时精神一振。从这自信甚至狂妄的语气中，舒尔茨再次听到了旧友久违的脾气。齐默尔曼自负才高，不善交际，但这绝非天性驽钝、不解人情，而只是不愿、不屑在这方面花费半点心思。真到了战场上，他定能以其智谋远见压服众将。舒尔茨当即批准了这两路的将官调遣，在自己这一路的将官名册上，舒尔茨却把禁卫舰队统帅米尔巴赫侯爵换成了格拉弗瑙子爵。

禁卫军统帅的撤换本是需要正规程序的大事，然而在座诸将都对此举不感意外，因此无人反对这一人事更替。这一任命与其说是看中了年轻的格拉弗瑙的才能，不如说只是为了把垂垂老矣的米尔巴赫撤掉。人们多以为，他被撤职是因涉嫌参与一个月前的穆罗梅茨堡内城贵族叛乱，但真正的原因，反而是此人事前与谋反贵族交往密切，却在关键时刻明哲保身，没有帮助他的朋友们。舒尔茨觉得，这样的人无论如何都不能掌管禁卫舰队，他私下对梅耶贝尔说过："对朋友的忠诚和对主君的忠诚是同一种忠诚，一个眼看时势不对抛下朋友的人，绝不会在危境中保护主君。"

末了，舒尔茨还宣布给齐默尔曼上校分派了新旗舰芬里尔号，那是一艘通体漆黑的庞然大物，外形与耶梦迦德号十分相似，就连颜色也一模一样。会议结束后，舒尔茨陪同齐默尔曼去军港看那艘战舰。

"这就是芬里尔号，就像耶梦迦德号的影子。还记得当年在舰队重逢时，你说的话吗？"

"记得。"

齐默尔曼与舒尔茨结识于军校，却在不同的舰队实习。后来，舒尔茨的挚友普里特维茨受命暗中监视舒尔茨，却因袒护他而被处死。舒尔茨也被调走，没想到竟被调至齐默尔曼所在的舰队。当学生时代的好友在舰队重逢，齐默尔曼却第一时间告诉舒尔茨："我有一个新任务,就是像影子一样监视你。"

那一天,舒尔茨向他承诺,自己已没有什么可监视的。然而齐默尔曼仍然成为他的影子,在他担任一个驱逐舰分队的指挥官的一年期间,成为形影不离的战友,需要配合行动时,舒尔茨每次都甘愿承担那些更危险的战斗;齐默尔曼知道好友那颗永不满足的心,从未阻拦过他,他每次都要求被安排在那些较不显眼,却在重要性上其实不亚于主战场的位置。关于此,齐默尔曼在舒尔茨面前,一直坚持说是因为他已成家,所以不能像"愚蠢的青年"一样为了战功不要命。

陪同好友绕着舰体散步一周后,舒尔茨离开了。他看见朋友的眼睛里,反射出军港上空高吊着的探照灯。在这光明笼罩之下,时间仿佛静止,舰体显得非真实,似是梦中的沉默的巨兽。舒尔茨知道他此刻或许看见了这些年来,他在宇宙的深处曾遇见的一轮轮太阳。

齐默尔曼打算只带一个手提箱的私人物品,提前住进去。

由于通信屏蔽的原因,登舰后就无法用私人手机和家里联络。他在这艘战舰高大的影子下给妻子打了电话。妻子说,等到出征仪式上一定会去给他送行。这个电话结束得很匆忙,克夫拉赫伯爵夫人刚刚邀请她赴宴,旧礼服几年不穿,款式早已过时,她得赶紧买一套新的才行,如果没有什么重要的事就以后再说吧。

舰上官兵都是新调集来的,两天后才会到齐。这一晚,偌大的芬里尔号内只有齐默尔曼一人。他坐在空荡荡的指挥室里。多少年来,他梦寐以求这样一艘战舰,如今的幸福却又令他感到孤独。齐默尔曼哼着自己最爱的歌曲,连绵的音符与这昏暗的灯光一样既温柔又有力,他就这样一遍又一遍,哼了一个晚上。

2.

革命军舰队共计已有一万三千艘,停泊在米滕多夫行星轨道上。温特利德一年多前曾在这里打过一仗,以三千艘战舰吓走了四倍于己的叛乱军,而今他自己继承了"叛军匪首"的称号。去年那场战役之后,米滕多夫行星的轨道防御体系是舍尔兴亲自布置重建的,他照搬了自己唯一熟悉的埃本塔尔的轨道防御布局,而经历过埃本塔尔一战的革命军,对这种卫星阵列和轨道平台再熟悉不过,所以拿下这颗行星的过程才会如此顺利。

攻占米滕多夫之后,温特利德才知道,镇守此地的穆勒中将并非没有预料到自己或将绕道来袭,早已在米滕多夫的工业基地内的核燃料仓库装了炸弹,引爆器就在负责留守轨道防御的指挥官手中。可是炸弹却被当地工人发现并拆卸。穆勒为了不留下工业资源,宁可将上千万人置于核泄漏污染中,这在当地引起了舆论哗然,导致米滕多夫原本就倾向于科赫的民意,更加倒向了他这一边。

当地的高级官员大多在一年半前曾经见过科赫,彼时在去往总督府的路上,温特利德看见夹道欢迎的人们将他和舒尔茨的头像并举。舒尔茨对自己的提防,也就是从那时开始的。当初谁能想到,如今他与总督再见,时局竟已是如此。

总督安德烈亚斯·费舍尔向科赫移交了行星资料,并说他将于当天宣布辞职,将权力移交给占领军接下来将要组建的临时政府。但是正如在埃本塔尔和兰茨胡特所做的那样,科赫再次拒绝了。

"如果您坚持要辞职,我只有尊重您的选择。但我还是会从您的旧部署中找人接替您,而不会有什么临时政府。因为坦率地和你说:如果我要建立政府,那只可能是个共和政府,这也意味着将主权者责任推给全体公民。"

这是科赫首次对一位行星长官透露自己的政治倾向。费舍尔听懂了:科赫所说的是他若战败,单纯被叛军占领地区的人民不必背负叛乱的法律责任,但如果出现了共和政府就不同了。他感谢了科赫对米滕多夫居民的体恤,却仍不愿为一个被叛军占领的星球组织经济乃至军工生产,坚持辞职,并说:"我的部下一定也不会接受的。"

"这不难,我只要找您部下的部下就行了。"温特利德理解了他的立场,并承诺一定会另觅一个称职的代理总督。革命军来这里,只是想要此地的军工基地——尤其是目前那几个船坞里已经造了一大半的那批军舰——至于民间生活,一概不予干涉。

其实温特利德原本无须向费舍尔说这些的,但他仍然做出了保证。费舍尔虽不理解他的共和主义立场,但他仍感谢了对方为本星球曾做过的一切。

温特利德原先的计划,是逃至帝国东境与南境之间的这篇星域,攻占工业重镇米滕多夫之后,掠夺其军火库,并等待一批战舰建造完毕,收割掉就立刻离去。因为米滕多夫也只比兰茨胡特远两周路程而已,固守任何行星,与帝国军拼消耗都是必败。然而舒尔茨的出招超出了他的预料,十天后的傍晚,温特利德收到了由教会起草、由帝国政府发出的停战倡议。

这份文件用拉丁文写成。温特利德不好意思让部下知道自己当年拉丁文不及格,偷偷找伊法帮忙。伊法听说是拉丁文,脸都要僵住了，忙说自己还有饭没做，还有衣服没洗，又饿又困，赶紧跑开了。温特利德可从未听说过伊法会自己做饭，心中暗骂这也太不够意思了！他不得不硬着头皮去找到军中的教士，让他们帮忙翻译一份。

停战倡议后还附有一封舒尔茨写给他的公开短信，是用德语写成的，这就无须劳烦翻译了：

温特利德·科赫将军！

难道以您的仁慈宽厚，竟忍心因你我二人的相争之心，让众多行星上的居民饱尝战祸吗？接受我的橄榄枝吧！我们和我们麾下的士兵们，本不该生死相搏！

乌尔里希·玛利亚·舒尔茨

这也太虚伪了！温特利德赶紧把这张纸折起来扔到一边。他能想象舒尔茨写下这行句子时的表情——肯定已经笑坏了。

一个多小时后，教士们拿着翻译好的文件给温特利德。当他读完这份一年为限、到期再续的停战倡议，便已意识到大战不可避免。一年后，凭着帝国动员起来的军工产能，其舰队规模将是我军的三至五倍；舒尔茨明知我绝不可能答应一年为限的停战，却仍要倡议，是要为自己树立和平使者的形象，把我逼到战争策动者的不利位置上去。

温特利德想当即拒绝它，但他顾虑到自己只是舰队的总指挥官，革命军中尚未设立正式的政治和外交部门，所以将军事上的权威用在外交上似有不妥，虽然目前无害，却可能损伤未来的建政事宜。于是他召集指挥部全体成员，把这份倡议给他们看，并请各抒己见。

"这是什么副主教写的？真是又臭又长！最奇怪的是这份停战倡议，还一年有效，到期再续？"舍尔兴说。

"约阿希姆副主教，我听约阿斯神父说过，他是一位水平非常高的神学家。"帕特里克说。

"我不管什么神学水平，反正这就是说，帝国政府不打算正式承认我们，而只是暂时停战？这样做有什么意义呢？要我说，如果迟早要打，与其一年到头心中时刻提防处处算计，不如干脆早打！"

"嘿！听你这样说，别人还以为革命军杀人如麻，简直和那舒尔茨没什么区别了！"

"舍尔兴，请冷静一点，"伊法说，"我想帝国军这样做定有缘故，或许他们目前遇到了某些困难，暂时抽不出身来对付我们，所以才这样作缓兵之计，也可能是帝国军认为长期战争对他们更有利，毕竟银河帝国的经济总量和军工产能比我们高太多。"

人们你一言我一语地说着，温特利德本人却眉头紧锁，尚未发表意见。于是伊法悄悄使了个眼色，让大家安静下来。思考中的温特利德忽然发觉众人的目光聚集在了自己身上，让他思考不下去了。他便说道："如果拒绝舒尔茨的停战协议，恐怕我们会背上拒绝和平的道义负担。"

"那么，您主张接受这样的停战了？"

温特利德摇摇头："这会把政治问题变成法律问题。"

"可是一切政治问题总是法律问题。"帕特里克说道。

"嗯……这样说也对，但请容我想一想，一会儿就好。"温特利德紧锁眉头沉默片刻，努力理清自己的思路后说道："人类历史上的所谓条约，大致可分为两种，一种是稳定的，即订约各方都有实力和动机去维护的；另一种不过就是寻求短暂的和平，却给将来的战争预埋下堂皇的伏笔。世界上不存在毫无漏洞或歧义的条约。若签了条约，对是否'合条约'的解释就会取代直接的道德判断。一年期满之后，靠工业产能获得兵力优势的舒尔茨定能鸡蛋里挑骨头，找出理由重启战端；到那时人们的注意力就会被转移，新的战争也将变成对条约的不同解释之间的战争，战争道义就会变成法律技术问题。"

温特利德的这一番话，已经给出了战略上和道义上的双重理由。他见大家有些疲惫，觉得再耗下去也讨论不出个方案来，于是宣布散会，明日再说。

如果拒绝停战，当以何种理由？若以某种义理上的"不共戴天"为由，势必加剧己方经济上的孤立，经济压力的加剧也意味着进一步压缩革命的续航力，更得尽快与敌军决战。温特利德沉思了几个小时，终于下了决心：既然无论怎么看，接着打都比暂时停战更有利，那就干脆亮明立场吧。舒尔茨若真想迷惑麻痹我军，大概会请教皇来宣布"永久和平"，等时机成熟再撕毁便是。然而他却只要求为期一年、期满再续的停战条约，不得不说已是诚实。既然他都这么诚实了，我又怎能不诚实呢？

我军主张政教分离，不承认教会的法律特权，因此不会回应所谓教会法框架下的提议。暂时休战期间积蓄的力量，只会在重启战端后造成更大伤亡。帝国军名托休战一年，实欲苟延其日暮西山的压迫统治，不惜将短期战争拖长，置亿万民生于不顾，暴戾无道，罪无可赦。我们所热爱的和平，将在这一切都被消灭之后来临。

温特利德写完这段话后就躺下了。他想道：战争是任何一方都能凭一己志愿随时挑起，却不是谁都能随时终结的。相比于宣战，终战才是强者的特权。我军虽比帝国军弱，可是只要未来的形势比现在更危险，我就不能接受和平。

第二天，他将写着这段话的纸拿去指挥部商议。唯一令他犹豫的是：这会把主张共存的和平主义者推到舒尔茨的那边，这些人长期被帝国官方打压，原本大多同情共和制。温特利德说明了他的忧虑。

"既然是和平主义者，他们无论多么赞同或反对我们，都不会加入我军或敌军。"策林根说道，"若仅是得罪和平主义者，那就没什么得罪不起；相反，即便得到了他们的支持，也没什么用处。"

"我们难道真的只依靠那些将正义看得比和平更高的人作战吗？"伊法说，"这样的人少之又少，且是一个更广大的民意基础上生长成的。我担心，若拒绝和约近期开战，会造成将来志愿兵源不足。"

温特利德点点头："舒尔茨好战，正是他的魅力所在；我们若看起来也好战，恐怕会令许多支持者难以原谅。毕竟你越是道德，人们就越是苛求你；对于舒尔茨那种'我就是杀人魔王'的态度，人们反而宽容得多。"

"但是兵源不会不足，"策林根坚持说，"人海战争的时代早已过去，宇宙战争中宝贵的是战舰而不是兵员，而兵员，也必须是那种甘冒死亡的风险，愿意一试自身力量极限的人，我们道义仅仅是在终极目的上'为一切人而战'，至于具体的手段和过程，我们永远不必在乎那些生于渺小，死于卑微的人的所谓意见。"

讨论又持续到了深夜，尽管指挥部成员们都清楚地意识到拒绝停战的可能后果，然而最终大多数人都同意：不仅得拒绝舒尔茨的停战协议，而且还要尽可能刺激敌军现在就出击。因此必须以普世主义的名义拒绝议和，让帝国政府无法装作革命军只是一隅"叛匪"，而不得不为了捍卫帝国的唯一正统性，在准备尚不充分之际立即出兵征讨。这时候，科赫这一伙人当然不知道舒尔茨早已有三路齐进的计划，否则他们本不必以如此激进的方式刺激对方。然而他们仍达成了一项策略性的共识：可以拖延几天再拒绝舒尔茨，这样米滕多夫的这一批即将完工的战舰，或许就能赶在帝国军来袭之前投入战斗了。

散会前，策林根又怀着忧虑指出，如果明确表示不打算偏安此地，今后战事可能会更惨烈。他提到了克劳塞维茨的论断：一切战争都介于两种类型之间，那些只图强占一方土地或有限利益的战争，是无法与以彻底征服为目标的战争相比的。关于此，其实在座大多数人已经心知肚明。此前，好望角号一直以尽可能低调的形象出现在舆论中，一旦拒绝和约就意味着放弃这种姿态。只是此时夜已深了，紧张了一整天的精神稍稍涣散，人们便互相道别，各自回房休息去了。

第七节：低压

1.

约阿斯神父曾不止一次说，人类分成两种，一种是冷头脑，一种是柔心肠，前者以逻辑为准绳，后者以直觉为导引。他对温特利德·科赫的评价，是他身上有着比他自知更多的后者，他之所以看起来更像前者，只是因为他还年轻。然而此时身为将帅的温特利德无疑是前者，尽管他意识到了拒绝停战和约的舆论后果，但是军事上速战的需要压过了其他一切考虑。他将自己写的简短的回绝信略加修改，拖延了几日就发出了。

这封毫无妥协、分庭抗礼的回信立即在帝国高层引发了政治地震，那些迄今轻视革命的贵族终于失势了。大半年来，他们半心半意地说着："不过是一群流寇罢了"，"只是个大号海盗团"，而这些轻描淡写，究其根本是因为在他们眼中，借内战独揽军政大权的舒尔茨才是最大的威胁。舒尔茨懊恼不已，因为最初将这场革命定性为"不过是又一场叛兵成匪"的正是他自己；当初他是为了稳住人心才这样说的，但是这却成了贵族集团制约自己的理由；只要革命军一日不正式建立政权，他们就能坚持这个借口。这帮人的美梦，是让平民主义分子和僭主舒尔茨斗得一死一伤，好让自己这群秃鹰般的老人收拾残局；其中一些人真的幻想这只是一场叛乱，目的是建立一个新王朝，如今科赫明确说出了反教权、反帝国的理念，也把这种念想给断了。

科赫没有建立一地的政权，没有接受一时的和平，这意味着他的战争不由地缘或经济动机驱动，而是被思想驱动的。只有思想的力量拒绝受限于时空。舒尔茨抓住机会，给带头反对他的贵族们罗织了个怠惰轻敌的罪名，解职回家。主张大军镇压、尽早扼杀革命的主战派得势后，却也给他造成了出征的压力。就像一艘在两个巨浪间保持平衡的船，当一侧的浪忽然消失，他就被抛向了另一边。旧贵族们的仇恨仍威胁着舒尔茨：他不是皇帝只是护国主，除了军队的支持之外几无朝堂根基。他在飞驰，却也几乎要失去重心而跌倒；他必须不停地战斗，好把他的个人命运与历史的命运捆绑在一起。然而，这光荣与凶险并存的生活恰合其意：是战争本身，而非胜利之后的和平，最令他激动不已。一切皆在预料之中：科赫根本不可能同意停战，如此一来，毁坏和平的责任就被踢到了革命军那一边。舒尔茨想立即宣布讨伐叛军，但艾希霍恩元帅提醒，这样做会令他此前的和平倡议显得虚伪，不妨稍等一等。于是舒尔茨不得不在空虚与烦闷中忍受将近一周，待到革命军拒绝停战和约的消息已经在舆论上充分发酵了，再顺水推舟地宣布讨伐的意图。

温特利德拒绝和平的消息一经发布，果然引起了和平主义者的愤怒：他们原本越是同情革命，如今就越是激烈地谴责他。媒体上出现了评论文章："要警惕那种为照亮自己的路不惜点燃整片森林的人。"温特利德看了后，不在乎地耸耸肩道："再多的掌声都比不上多造一艘战舰来得重要，再多的谩骂也比不上敌军的一艘战舰来得可怕。"他心中只惦记着战舰生产的事。伊法读了后，只说了一句话："可是这是火焰，这里有道路。没有这些，森林沉默而昏黑，它什么都不是。"这句话在好望角号指挥部赢得了最高的欢呼。

可是到了第二天,伊法仍气不过,奋笔疾书了一篇针锋相对的匿名文章《什么是和平主义》。此文先嘲笑了那些仅为掩饰自己的懦弱而自命为和平主义者的人,说他们是在让风险累积,把更大的难题留给儿女辈罢了,这种人与那些能够看清并坚持善恶的原则,且正因为如此不愿介入任何恶与恶、愚蠢与愚蠢之间的无意义争斗的人有天壤之别,后者才是真正的和平主义者,他们持守正义的秩序,而不是在乱世中自欺。和平主义者不会为区区小事妄动干戈,不是因为他们容易妥协,而是因为他们的原则足够稳定,不会受一时的诱惑或煽动偏离目标;但这样的人仍会在迟早避不开的战场上,为不可妥协的原则奋力一战。

伊法匿名撰文本是为免除自己身份的影响,却被公众误传是科赫亲自撰写,引起了更大的舆论反弹。伊法本来自信于自己的说服力,却痛苦地发觉,她越是有理,论敌攻击她的态度就越激烈。一些自由派知识分子也倒戈了,将此文作者比作五十年前自毁于荒唐的帝国野心的辉恒疯王。这恐怕是科赫一生名声最差的日子,但他一概不作解释,全心扑在战舰的生产和新兵的招募数量上,一旦确认了自己拒绝和平的强硬姿态,并未减少前来投奔的士兵,反而让志愿兵的数量略有增加之后,他就说:"没关系!战争马上就要来了,一场胜利就能让他们全部闭嘴。"

他想到,其实伊法才是那个因为文章而被骂成"疯王"的人,于是对她说:"辉恒疯王的盲目好战完全是错误的,是因为他尚有真实的外交和平途径。但是我们没有长久和平的选项,休战一年只会让实力对比更悬殊。"历史上的许多战争,是由时间不站在自己一边的那一方发动的；但是这样的理由却不能公开说，因为这会造成对士气的致命打击。

伊法当然明白这些，她正在为自己的文章给温特招来的骂名而苦恼，没想到温特却来安慰自己，心中很高兴。她问道："你真的没事吗？"

"没事没事，我反正脸皮厚。"温特利德不好意思地笑了。

伊法也笑了，这句"脸皮厚"是中学时，为怂恿温特去替她和薇拉做些什么她们不好意思做的事时编的。如今看来这明显是胡说八道，温特并不是脸皮厚，他只是比较纯直，或在许多方面有些迟钝罢了。

然后，他们一同去餐厅，在吃饭时谈到了将来可能面临的重重危险。在各回卧室之前的那条走廊上，温特利德忽然边走边说："伊法，在战争结束前，千万不要建立政府。只要军队，不要政府，军事和外交本是一体，把外交权分给政府会要了军队的命。如果现在的米滕多夫存在一个共和政府，我敢说，政客们一定会顾及民意，接受舒尔茨的和平条件。敌强我弱，要想不踏错一步，就得保持灵活。当年老穆罗梅茨攻陷辉恒之后，次日即受教皇加冕，这可怜的王朝自诞生的一刻起，就被绑上了巨大的意识形态负担。民主制与帝国意识形态在外交上几乎同等僵硬，我们在打完仗之前绝不能这样。"

伊法知道，温特忽然强调军事上的灵活性，或是预感到未来的艰难，也是由于这些政治不太正确的话没人能说，才只把心里话对她说。她为此感到开心。一段时间之后，她才逐渐想到，温特之所以这样做，更是出自她本该担心的理由，那就是他其实有交代后事的意思，他已经在为随时可能降临的死亡作准备了。

温特利德·科赫公开拒绝和平倡议的一周后,帝国政府发布了一份措辞强硬的公告,其中提到"必须坚决施以惩戒"。直到这时,许多人才纷纷意识到终战的幻想破灭了,在此之前,那些和平主义者还幻想帝国的求和是在示弱,因此即便革命军拒绝和平倡议,只要不实际挑起争端,帝国也不会主动进攻。对于温特利德而言,这种幻想一开始就不存在,但他也是直到此刻才意识到一件事,于是在指挥部里说:"我本以为舒尔茨送来的停战和约,只是为了把战争推迟到一年后。如今想来,这份征讨宣言,恐怕是舒尔茨等了很久,才趁此时机说出来的,我估计早在抛出停战和约之前,他就想好进军路线了。"

帕特里克自语道:"真是厉害啊,我觉得比科赫指挥官还厉害!"

"我也这样想。"温特利德说道,"但这句话可不能在士兵们面前说。"

"为什么呢?"

"军心不利……"

"分明是要面子!"

温特利德想起之前的讨论,接着他的话说:"你曾说舒尔茨真正醉心的是战斗,而非权力,现在形势也在推动着他打下去。我们的危险来了:当一个人的内在热情与外部形势相契合,他能发挥出的力量是惊人的。"

在穆罗梅茨堡,那份举世震惊的公告发出时,舒尔茨正在总参谋部与众将商讨三路进军的细节,并布署沿途的后勤补给。然而紧锣密鼓的工作却被一则出人意料的消息打断。帝国特种作战部派去米滕多夫的间谍送回了简短的情报,其中提到:早在半年前,科赫就已经开始在反叛军内培养舰队指挥人才了。舒尔茨读完之后，把这两张纸递给欣德米特。

欣德米特读完了这份情报，起初面色阴沉。帝国军的三路共时进攻计划，预期对手必然会合兵一处，但如今科赫手下已有将领，他难道会选择分兵御敌吗？不祥的阴影第一次笼罩在了面前的星图上。可是仅半分钟后，欣德米特就说道："无妨。科赫的兵法是我们教的，他能与我们一较高下，是因为他熟悉我们。他的学生的兵法是他教的，只能熟悉他。相互陌生的将领对阵之时，真才实学上的差距才会暴露出来。"

2.

在穆罗梅茨堡传来战书后的第四天，温特利德和伊法去了趟米滕多夫最大的一处船坞，这已是他占领该工业行星不到一个月内，第三次造访此地。两至三周后，新一批战舰即可完工。革命军早就下令停止了巡洋舰和战列舰的慢工细活，继续建造驱逐舰，并把建造大型战舰的产能调配去建造护卫舰（反之则在技术上不可能）。这是因为他们起初并不敢肯定，自己是否会在此地待上超过一个月，而大型军舰的生产和训练周期太长。帝国标准护卫舰建造迅速，且各部门分工单调、容易上手、新兵训练期短，可迅速投入实战，其不足在于维修、医疗和通信，这也恰好因革命军中技师与医生严重紧缺，反而免去了硬件上的浪费。伊法猜到，这也是因为反正长期战争打不过帝国，不如把所有资源投入短期战争中去。温特利德示意她不要泄露这个意图,并要求船坞工程人员对集中建造中、轻型舰的事保密。

"这里的工人成千上万,怎么可能保密呢?"一名领头的工程师问道。

"你们不需要永远瞒下去,只要尽量瞒过一个月就够了。"嘱咐完保密事宜后,温特利德就离开了。

刚走出船坞大门,伊法就问:"护卫舰其实就是少炮门、短续航的驱逐舰,可是信息和探测能力差,在恶劣的实战中,可能需要高级舰种提供上级中枢,这个问题怎么解决呢?"

"只好用我起义之初,从穆罗梅茨堡带出来的那批战列舰来担此任务。"

"幸亏如此。"伊法说,"你不会当初就想到这一层了吧?"

"怎么可能。"温特利德答道,"我出逃时只是想顺便骗几门远程大炮而已。"

正说到这里,伊法的电话响了。她一看,是舍尔兴打来的。

"你们在哪里?科赫指挥官的电话为什么打不通?"

"我们在造船厂……温特,你的电话怎么回事?"

温特利德从口袋里掏出手机,居然不知何时手机因太久没有充电自动关闭了。

"他手机没电了,您有什么急事吗?"

"有,请速回好望角号指挥部详谈。"

在回来的路上,伊法心里想,为什么这些人每次有重要消息却找不到温特,就会打我的电话呢?上回在兰茨胡特也是。伊法偷偷瞄了一眼温特,发现他正看着自己,赶紧又把目光瞥过去了。

志愿帮助革命军的情报员从帝都传回了更具体的消息：帝国中央舰队即将兵分三路，进攻他们控制的三个星球。其实舒尔茨本就不打算隐藏这个情报，就算让你们知道了又如何？温特利德听取了这三线进攻的战略，便猜到空间上的分兵，定是为了时间上的共时性。他一分钟都没有迟疑，立即通知米滕多夫行星的农业部门，要他们临时扩建该星的粮食基地。该基地在和平时期仅能用来自给自足，任何星际出口都意味着亏损。然而，滕内克行星的粮食工厂一旦遭到轰炸，由于矿产行星因采尔的土地金属含量过高完全无法产粮，米滕多夫将被迫用它不够肥沃的土地勉强供粮给三颗行星。可是，两小时之后，才收到行星政府的回音。

"报告指挥官，米滕多夫政府回复了，他们问有什么必要和理由这样做？"

如果地表上的行星政府两小时前立刻回复的话，温特利德说不定会将理由全盘托出，以此说服他们。然而，在刚才等待的两小时里，他已经想得很清楚：绝不能冒险把舒尔茨的三路来袭计划告诉米滕多夫政府。如果他们判断我军无法同时挡住三路敌军，很可能会选择出卖自己，以和我军经济不合作为条件，请舒尔茨放弃毁坏经济生产的战略，转而率军前来收复失地。这样，米滕多夫便可以保全其工业和农业基地。到那时，温特利德将既不能发动镇压，也无法在补给困难的情形下迎战。究其原因，无非是温特利德的仁慈和舒尔茨的恶名，人们通常宁可得罪前者，也不敢得罪后者。

如今温特利德已很少因将他人想作与自己一样而误判人性，然而过去相当长的时间内，他总是会把别人往好处想。直到进入特种作战部,上司多次提醒他:以己度人是人类最深刻的本能,亦是最常见的错误,它无处不在。后来,他渐渐改变了这个习惯,这并没有让他更快乐,却救了他好几次,基本上都是在他自己不知道的时候。

"这颗行星上的粮食储备只够三个月,你若不想在一个月后搞配给制,两个月后用十倍价格从海盗处购粮,三个月后爆发饥荒,就照我说的做。植物的生长是缓慢的,所以要立即开始,半天都不能拖延!"这便是温特利德的回话。他知道占领军不是政府,无权直接插手无关军事的民生经济。于是他在联系农业部长时,摆出尽可能紧急和恳切的姿态,这样才能在不泄露军事信息的前提下迫使他下令扩建粮食基地。他省去了所有繁文缛节,这种直截了当本身就说明了形势的严峻。农业部部长埃德蒙德·格奈瑟瑙虽不知具体情报,却也大概猜出背后一定有某种理由,他出于为米滕多夫行星考虑,同意了温特利德的计划。

根据穆罗梅茨堡传来的情报,帝国军此次出征舰队规模约占全部舰队的半数。这个数量符合温特利德的推断,因为三路敌军来袭不是为了围歼我军,而只为摧毁行星产能。舒尔茨定是考虑到,他就算压上全力,只要革命军聚集全部兵力于一处,一路帝国军仍必然落于下风;再考虑到补给负担和帝都防卫,更不必倾巢尽出。然而科赫仍然低估了来袭的敌军,因为来自帝都的消息并未提到禁卫军一同出征。如果科赫知道这个消息,正确估计了敌方兵力,他或许根本没有勇气打这一仗,而是会等这一批战舰建造完毕就立即逃走,继续他的劫掠战术了。但不完整的信息让他估计,此次三路敌军只有一万七千艘战舰,而非真实数量的一万九千艘,他认为决战获胜的机会可能到来了。

"舒尔茨这一招的确狠,我军必须三路全部挡住才能免遭战略损失。他算准了我只能防守一路,便可毁坏另两个星球上的资源,进一步在生产上甩开我们。他若得逞,情势就会越发不利。舒尔茨明显是想欺我军中无将,分兵乏术。然而我们的胜算也在这里:他一定不知道,我们早就训练出了能够独当一面的将领。"

在这一点上,温特利德确实猜中了对方的误区:舒尔茨也是刚刚知道,早在半年前革命军初建时,就开始培训将领了,只因没有军衔,造成了缺乏将领的假象。革命军尚不需要军衔,正如宇宙海盗不需要它。军衔制类似于神职人员的教阶制,都是对官阶的模仿,是为方便统制跨体系"平级"人员而产生的。既然革命军尚未组建政府,当然也就无须军衔制了。约阿斯神父带来的原国王堡骑士团的主要成员是改革宗教团,也比帝都教廷更平等,其中只有神父,连主教都没有。在没有军衔的军队中,唯一的上下级关系即指挥权,因此军中的人际关系也较为平等。

正是这种无军衔的平等状态,使得革命军不存在"破格"提拔的问题。许多后世历史学家认为,科赫在革命军中的权力反而大于舒尔茨在帝国军中的。为了选出分兵御敌的将领,他把那十名在模拟战棋中胜率最高的候补军官召集到了好望角号的指挥部。

"今天我要从在座诸位中,选出两人来统率另两支分舰队。"

众人心中大约都有了答案,大概是帕特里克和伊法吧,毕竟他们在模拟对抗中胜率明显更高。然而帕特里克是教士,而伊法是女人,以如此身份担任前线最高指挥官,确实少见。

"在讨论我军的将领之前,我们先看一看敌军的将帅人选:不仅有舒尔茨本人,还有欣德米特元帅这位大师,至于第三位齐默尔曼上校,我曾听舒尔茨提到过他。据说他当年的军校毕业成绩是第一名,至今军衔只是上校,多因早年言行狂狷,遭人排挤。能力高超却仕途失意的人,通常有令人生畏的品格,此人必不是世家纨绔子弟,要小心对付。"温特利德停顿了一下,又补充道,"更令我在意的是,舒尔茨不仅能打破惯例让老将重新出马,更能将那么多将官弃置不用,破格起用这名校官,可见他对军队已有说一不二的绝对掌握。"

"那么这次敌军来犯,岂不是很难应对?"

"倒也未必。他们若以为我此次分兵迎战是一个错误决定,生出轻慢之心,而实际上我方却能选出与之匹敌的将领,便反而占了出其不意的先机。"

"可是敌军会不会轻敌,我们既无从知道,也无法支配呀。"

"不,其实是可以影响的。"温特利德说,"我建议这次另两个舰队的指挥官,就由伊法和帕特里克来担任,你们觉得如何?"

见没有人说话,温特利德便继续道:"他们两人在指挥学上的战绩确实是最好的,但同时,由僧人和女人出战,正可以利用帝国军的偏见与恶习,他们原本就误以为我军中无人,如此更仿佛验证了这种幻觉。"

温特利德把对僧人和女性的偏见说成是"帝国军的恶习",相应地,"革命军的美德"中自然不能包括这些腐朽思想,堵住了想以此为由反对这一人事任命的人的嘴。

"科赫指挥官,"这时伊法说道,"然而这次我们的对手是舒尔茨,他本身就是个不按常理出牌的人,所以即便您不按常理出牌,他恐怕也不会掉以轻心。"

"确实如此，但帝国军的军心却也不是舒尔茨一个人说了算的。"

"是啊，如果帝国军都是舒尔茨那样的人，那可是人间地狱了。"舍尔兴说着，做了个表示可怕的表情。

"倒也不一定，说不定反而会是个很好的世界。"策林根说。

"我想会是地狱吧，"温特利德说，"策林根的意思是，舒尔茨其实是个伟大的人，他的壮举出自他的本性，而暴行其实只是对恶劣环境的反应。但我仍认为，设想全人类都是同一种人，是很悲惨的。因为无论多么伟大的人，总有缺点要靠别人来补足。如果全人类都一个样，社会就会像一只长板非常长、短板极其短的木桶，是盛不了水的。不过，我们以后有的是时间讨论这些复杂的问题，在不远的将来，我们就快要与舒尔茨最长的长板一比高低了。"

第八节：战云

1.

好望角号指挥部同意了温特利德的主张。首先，他将所有原国王堡骑士团和原埃本塔尔军团的士兵们全员提为士官，要求从这批人中分散出一半，去新兵战舰组建指挥系统，以支撑起基层战力。他们半年前就开始读舰队战术手册，接受模拟战棋训练，可以算半个战术军官了。在反叛之初温特利德就说过，训练普通士兵的战术素质，是为了在军队规模扩大后可以将老兵迅速变成基层军官,如今这一天终于到来。在座的人们心想:若非早作布局,我们虽然能在敌军来袭前拼凑出一万五千余艘战舰,真正能打的兵也只能填满其中一半罢了。

至于三支舰队的编成,第一支以原国王堡骑士团为核心,由帕特里克担任指挥官,沿用原骑士团的指挥系统,同时将那些慕国王堡僧团之名而来的人也编入其中。第二支由科赫自己担任指挥官。第三支以原埃本塔尔军团为核心,由伊法担任指挥官,舍尔兴为副将,两人都是埃本塔尔人。舍尔兴觉得这是一个好安排,因为他当了太久的副将,已经习惯了这个岗位需要处理的一切;主帅需要的是谋略,而副将需要的是经验。

至于另两支舰队各自的迎敌战术,科赫什么都没有说,全权交给分舰队的战术指挥官处理。

第二天,伊法与舍尔兴去了海边的战舰总装配基地,那里已是新兵的临时训练场。半路上,伊法开玩笑地问:"你昨天是想说,不是你当不了主帅,而是我没经验,当不了副将,对吧?"

"哎呀呀,我可没这个意思。"舍尔兴忙摆摆手答道。

抵达训练基地后,他们来回巡视了几个小时,最后来到海边的一座山坡。刚建造完毕的一排排战舰漂浮在大海上,测试升力系统。在那些尚未整体组装完毕的战舰部件旁,原埃本塔尔军团的老兵正在给新兵讲解舰体知识,让新投奔来的志愿兵们尽快熟悉战舰构造。从远处看去,只见新兵坐成几排,时不时发出兴奋的呼声,伊法觉得这就像是钢铁巨兽解剖课。

"科赫认为,按照三路帝国军中最远一路的航线计算,他们将在一个月后同时杀到，你觉得这些人能打吗？"伊法问身旁的舍尔兴。这时，两人下方二十米处，一名正在熟悉引擎室手动操作的士兵按错了按钮，刺耳的警报响了起来，一旁的老兵迅速把它关掉了。

"他们能在运动中控制好舰间距就不错了。"

"那是很难的，你不能这样要求新手。"伊法说，"但是科赫是认为能打赢的，否则他就该决定带上这批新战舰逃跑了。"

舍尔兴看到伊法充满自信的样子，问道："难道你已经有破敌之策了吗？"

"不能说没有。"伊法看了看，尽管周围没人，但她还是用身体遮住双手的动作，一边用手指在空气中比画，一边低声对舍尔兴说了几句。

"啊……这样能行吗？"舍尔兴听罢，诧异地问道。

"可是，我想恐怕已经没有更扬长避短的办法了。"伊法皱起眉头，似乎也不敢完全肯定，一边说着话，一边望向海岸。米滕多夫的夕阳就要沉落在大海的尽头，新战舰漂浮在海面，金色的波光与黑色的舰影交替着，绵延上百里。

伊法又从口袋里拿出了那块薇拉留下的显示宇宙标准时间的表，"现在，穆罗梅茨堡已是深夜了。"

"好望角号上也是。"舍尔兴回答，"我们该回去了。"

2.

回到好望角号的宿舍，已是次日凌晨六点。伊法想来想去，还是觉得有的想法必须尽早说。于是她又等了两个小时，一过八点，就前去找温特利德。走到门前，她吸了一口气，敲了敲他的办公室的门。

"请进。"

伊法推门进去时，温特没想到会是她，心中思忖，怎么今天伊法敲门的节奏与往常不同了？

"指挥官！"伊法开门见山地说，"我有一个请求，请尽可能把舰队中，那些女性官兵占多数的舰只编入我的分舰队！"

这样的气势起初让温特利德略微吃了一惊，但他立刻明白了伊法的用意。军队是最为大男子主义的组织，虽然伊法自己不说，但想必对此不会没有体会。需要说明的是，在那个年代的史料中几乎从未出现过女人不能打仗之类的话，有些愚蠢的历史学者便得出结论，说帝国军中不存在歧视，但这其实是因为它被当作天经地义，根本不需要去主张罢了。

"伊法，我在任命你为分舰队指挥官时，就已经想过是否应当这样做：因为女兵不会不信任你，而帝国军却可能犯下轻敌之忌。"

"其实我这样要求，还有另一个理由。"伊法说。

"你是想借这次战役证明，女性在战争中不只是受保护的弱者，或战场上的拖累。未来共和国中的女性地位，也将取决于此战的成败，对不对？但是赌注越大，赢了自然好，但若输了……"

"我明白。"

"我们军中的女兵，都是后来投奔来的新兵，而非从埃本塔尔军团和国王堡骑士团里带出来的老兵。"

"我明白，"伊法说，"也谢谢您明白我的用意。"

"你这么有信心？"

"有！"

看着伊法的眼睛，温特利德知道只要答应了她，她一定会将此战视作生命中最重要的战斗；如果拒绝，反而会挫伤她。伊法恐怕早已等待着这样一个时刻，弓弦绷紧得过久就会疲惫，是时候让她如离弦的箭一般飞出去了。

"好，我答应你。"

"温特，我有一件事想问你。"伊法说。

"难道你自己心中还有疑虑吗？"温特利德反问道。

"不，没有。是另一件事。"伊法回答，"那就是，倘若为实现某种目标，却须尽可能地利用敌人在这方面的缺陷，因此敌军越是愚顽，你的胜算就越高，反而为此而高兴。这样的心态对不对呢？"

伊法问的完全不是一个将领该想的问题。这让温特想起了过去他们三人彼此分享、讨论这些疑惑的时光。在六年的军人生涯之后，温特已经很少想这类问题了。是我麻木了吗？我已经成了一个只求胜利的人，一个狭隘的军人了吗？为了做成一件事，人能够在多大程度上改变自己呀！伊法参与战争刚刚半年多，所以她仍时常用非战争状态下的、更博大的道义观看问题。伊法与自己同龄，却晚五年接触战争，所以在她心中胜败如此清晰地区别于善恶。历史上一些大器晚成的政治家，在青年时代也是不问政治，正因为如此，他们的纯直才不至于过早被狡诈所淹没。当她学习战争是怎样，只是在学习一种客观的知识；但在思考战争应当怎样时，她是向自己的内心寻求答案的。

温特利德觉得自己没有资格回答这样的问题，却想到了另一个人，于是说道，"伊法，你还记得我的教母吗？"

"记得，是北雪平修道院的琼安院长。"

"其实她一向不赞同我参军。我从军后第一次放假回修道院看望她，心中战战兢兢，怕被她责备。但她只是拍了拍我身上的军服说，道德信仰只求止于至善，而军政事务却离不开杀伐与算计，两者对人的心性影响相悖，但为政者缺一不可。因此唯有心胸广大、善念坚强的人，才能驾驭更强的武力与更高的巧智，而不被这些力量吞噬。"

伊法听了这话眼前一亮，"谢谢你，温特！"

温特说："别，别谢我，要谢就谢我的教母吧。"

"谢谢温特的教母！"

温特利德笑了笑。忽然他又想起一件事，怕自己过一会儿忘了，赶忙说："伊法，你现在是一支分舰队的指挥官了，可以选一名勤务员。"

"哦？可以随便选吗？"

"对。"温特利德刚给出回答就后悔了，因为按照伊法的性格，她很可能会说，"那你就当我的随从吧！"可是如果抢先否定掉这个选项，她肯定又会说，"我才不会选你呢！"

可是伊法没有，她眼珠子转了一圈，点了点头。温特利德心想，看来一定有人选了。但是她没有继续说下去，而是把话题拉回了温特的教母："记得中学时，你曾邀请薇拉和我去北雪平修道院，我见过你的教母一面，她祥和、镇定的泰然风度深深地印在了我的脑海中。在相当长的时间里，我都想，等我老了也要如她那样。"

温特看着伊法，想不出她老了会是什么样子，却把藏在心里的一个想法脱口而出："伊法，你不仅能力全面，而且思虑周密，我心中能托以重任的人正是你。所以这一战,你务必……"温特利德还没说完,看到伊法略有惊讶的神情,意识到了自己话题转得太突然了。他停顿了一下,补充道:"此话你不可在他人面前提起,以免遭到非议和嫉妒。"

面对这两句来得太突然的话,伊法不知该如何回答。就在此时,门外的士兵敲门送来了文件。于是温特利德示意让伊法出去了。

"祥和镇定,泰然风度。"温特利德重复着伊法对教母大人的描述,可是谁知道她当年是怎样目睹翁布罗萨行星轰炸,在轨道上空救下我,严守秘密把我养大的呢?她是带着何种信念临终坚持等我回去,并亲口告诉我当年真相的呢?作为修道院院长,教母大人确实给外人以宁静宽和的印象,然而,她于斗室之内,却几十年如一日经历着斗争,这些斗争发生在另一个世界:那个由概念筑造而成的世界比星辰更遥远,其间的规则也比星轨更确定。而她身上那种宁静的崇高,皆是这些斗争的痕迹。

温特利德又想到自己的斗争,更下定了全力以赴的决心。然而没过多久,他反而更加焦躁难安,暂时的空闲更加剧了这种莫名的紧张。他故意提早去吃了晚饭,避开了战友们,不愿在他们面前显得患得患失。回宿舍后,他一眼看见桌下放着一个小音箱,那是薇拉送给他的,它与穆罗梅茨堡的电脑绑定在一起,如今断开了,也无法重新设置。温特利德惊讶于自己这几月来,居然都没有看见它。

他试着按下上面的按钮,刚听到几个音,就触电一般地关掉了它。静思片刻后,他再次按下了播放键。

那是薇拉还活着时,他们一起听的最后一首歌曲。音箱早已与几千光年外帝都宿舍中的电脑断开了，最后这首播放了一半的歌曲却一直在它的内存里。今天的我，究竟是走上了当初未曾自觉却终究要走的路，还是已经失去了过往的一切？他又想起伊法的提问，我究竟已经变了多少——而改变了我的，是战争还是责任呢？这些都是我自己主动选择的。从今天看来，我当初迈出那一步，不是为了改变世界或改变自己，而是为了不愿在一个没有薇拉的世界上，被日渐消磨改变。

确实，再没有比集合了过熟的智慧与悠闲的生活的总参谋部，更能消磨年轻的意志了。如果不是当初的那一跃，自己又会多么快地老去呢？他想到了欣德米特，这位可敬的老人即将亲率大军前来征讨，然而此刻温特利德却是头一回想到：也许早在很久之前，自己就在潜意识里将他当作了生命中必须反叛的人。

由于每艘帝国标准驱逐舰、标准护卫舰本就一模一样，而战舰同时有宿舍的用途，原本就男女分住，单纯的舰间互换并非难事。只用了一天，那些女性作战员为主的舰船就被调换给了伊法，这使得她手下的女兵比例高达近四成。负责人员调动的策林根或许猜到了伊法的计策，却没有多问，只是执行了这一指令。但他在布置好一切后，前来科赫的办公室报告了两件事。其一，调动士兵时发现了帝国军间谍的一份通信记录。其二，在调动名单中有一个叫亚历山大·帕彭海姆的人。温特利德接过名单一看，果然是当初海尔辛兰的帕彭海姆子爵。

温特利德问："间谍本人抓到了没有？"

策林根说："没有。"

温特利德想了想，说道："我们的兵源都是志愿兵，必然有人会混进来的，如果只抓到一个，和没有抓到也没区别。"

"那这个帕彭海姆会不会是……"

"不,帕彭海姆若是混进士兵的间谍,不愿被发现,就不会用这个名字;若用这个名字做间谍,定会来找我,企图打入我军高层。"温特利德说道,"这个人就不用管他了。"

帕彭海姆是海尔辛兰最像活人的人,在那无聊又危险的一个多月里,与这个胖子为伴已可算是少见的欢乐时光。尽管当初他是舒尔茨伯爵派来刺探自己的,但温特利德对他并无厌憎。不知为何,他对帕彭海姆的友谊多于敌意,尽管他清楚,那只是一层薄薄的友谊,帕彭海姆的欢乐,其实是因为他是一个没有责任心、随时可能作弄别人的幸灾乐祸者。与温特利德在一起时,他总是变着花样讲海尔辛兰其他贵族的笑话,想必自己不在场时,他在别人面前只会更辛辣地嘲笑自己。对于从事政治的人而言,这种性格把他的其他优点缩小到了十分之一,把危险放大了百倍。也许因为隔着一年半的光阴,而这一年半里又发生了太多的事,如今回想已是恍若隔世。温特利德忘掉了他的坏处,只记得他的欢乐。东境贵族们战败后,他怎么流落到我们革命军中来了?一定是败光了手头的钱,无处可去了吧。或许他是出于自尊,既不愿更名改姓,也不愿求助于我。温特利德最终决定,既然如此自己也不便去找他,便不再去想这件事。

3.

伊法为了提振士气,想在出征之前做一个舰队誓师大会。正好温特利德说有要事,让她立即来好望角号总指挥部。伊法到来后,说了关于誓师大会的想法。温特脸上却有掩藏不住的高兴。他听伊法说完之后，递给她一份文件，原来是帝国军间谍的通信记录。

依靠志愿兵源的革命军中难免有奸细，然而革命军机构精简不易渗透，温特利德又经常将计划仅保存在自己脑中——这是他作为科伦坡幽灵在特种作战部潜伏三年留下的习惯，令敌军的间谍工作难上加难。温特利德会预先把一些细节对主管后勤且沉默寡言的策林根说，他需要一把客观甚至无情的尺子来丈量脚下的路；他有时也会把一些较深远的想法对伊法说，就像说着地平线另一边的霞光。至于对其他人，他一概不说。因此，虽然发现了奸细，他仍放心地留着。既然被发现的间谍定只是其中一小部分，且反正无法刺探到真正有价值的情报，贸然除去反而会在基层士兵中扩散猜疑、有损团结。

"这是敌军间谍的通信记录，你刚才说要举行一个誓师大会？那你可以好好地利用它了。"温特利德说道。

伊法一开始有些紧张，生怕敌人已经洞悉了我军的计划。可是她很快就发现，间谍所报告的不过是一些基层士兵们都知道的事。伊法读完了这份通信记录，心中有了主意。

一周后，从穆罗梅茨堡内再次传来情报：帝国军的第三支舰队终于出动了。这一定是路程最短的一支，全速行军的话，只需三周就可到达米滕多夫附近星域。科赫立即下令，即日起三支分舰队指挥部分离，也就是把伊法、舍尔兴和帕特里克等人从好望角号上赶去了他们自己的旗舰，随时准备开赴预定需要防卫的行星。

又过了一周，伊法分舰队的誓师大会举行，这是她第一次站在数量如此庞大的人群面前公开演讲。在上台之前，她紧张得手心冒汗，但一走上演讲台，就镇定了下来，努力减慢语速，尽可能让自己的声音听起来有力量。不一会儿，她就说到了那份间谍通信记录：

"前日，我们截获了一名帝国军间谍的信息，他向大本营报告说，'科赫将舰队一分为三，并将其中两个舰队的女兵排挤到了第三个舰队中去'。今日凌晨，帝国军情报部门给这名间谍的回信中说：'这或是要以第三支舰队为佯动，以提升另两个舰队的战斗力，确保大局胜利'，并要求该名间谍'密切监视前两支舰队的一举一动，至于那支女人组成的舰队，若条件不允许可暂时置之不理'。这就是帝国军对我军的战前评价。"

"他们胡说！"人群中依稀有人喊道。

"可惜的是，我们却没能找出这名间谍。"

人群中响起了一阵骚动，伊法摆摆手，示意大家安静下来，"但我有一个办法，仍然能够惩罚他，那就是让他留在我们军中，见证帝国军的傲慢和愚蠢！无论这名间谍是谁，他都将亲眼看到自己主人的战败。我们革命军光明正大，不玩那些卑下的诡计，想必这位间谍先生，也苦恼于此地没什么值得刺探的情报吧？"

台下响起了一阵笑声。

"腐败的人以为胜败取决于诡诈，所以他们依赖间谍。可是我们相信，最终的胜利取决于历史大势，不是巧计或情报所能扭转！你们的科赫指挥官，他出身于帝国特种作战部，但只要立了战功，就离开了那个充满阴谋诡计的地方。可是总参谋部呢？那里的智谋不可谓不深远，可是即便如此，他还是选择了起义——因为他早已看出，那些巧智计谋，不过是衰弱的帝国的拐杖罢了！"

"好!"台下的声声呐喊震耳欲聋,伊法听了便知,此番大事已成了一半。

站在一旁的舍尔兴理解了伊法这样做的目的:军中出现间谍却不屑找出,反而任由其继续活动,伊法的自信犹如太阳,单凭她的光芒就将那些恐惧阳光的虫子逼回了阴沟里。她正是要用这样惊人的自信去鼓舞她的士兵们。她坦然承认军中已有间谍,不仅没有滋长怀疑,反而增强了军队的团结。然而舍尔兴心中明白,伊法敢放任间谍不管,并非因为革命军真的不依靠计谋,而只是因为军队结构简单,知晓机密者太少。简单的事物没有缝隙。

待人们的情绪平息,伊法继续说道:"可是我要告诉诸位!此次人员调动,是我请求科赫将军的!我以女性的名义说,由我管理女兵会更有经验;然而科赫指挥官一开始还不愿意呢!"

台下响起了问"为什么不愿意?"的声音,伊法从中听出了些许的不满。

"你们问他为什么不愿意?"伊法说道,"志愿来投的士兵们,看一看你们自己,你们中的许多人连一身军服都没有,还有人是穿着祖辈老旧的军服来加入我军,上面还绣着帝国统一之前,各个行星的不同徽章。至于女兵们,你们的军服更是不存在的;要在历史中找上一个女性服兵役的国家,可能得回到一千年前。而各位即将面对的,是帝国军的精锐,他们穿上军服,行动起来整齐划一,千万人就像是一个人,一堵前进的墙。帝国军的军服胸前,有每一名士兵的银色编号,自从受训的第一天起,编号就取代了姓名,那是纪律的象征,纪律中有可怕的力量;而你们衣服上的作战编号,还是身旁的战友们相互用笔，甚至用手指涂抹上去的，就连墨水的颜色都深浅不一。"

"那又怎么样？没有军服又能说明什么？"台下有人喊道。

"这当然能说明问题了，"伊法说道，"这就是我们与帝国军的区别。帝国军的理想，是把血肉之躯，变成钢铁战舰的一个零件；再把千万艘战舰，变成一个阵列。我们的理想，是舰上的每一名士兵，都要因身边战友的信任而无所畏惧，这信任来自每一个活生生的人，这个约翰，那个汉斯，这个玛丽，那个安娜，我们每个人都有名字，这是独一无二的标记。我们的队伍，是每一个人汇聚而成；而帝国舰队中的每一个人，都只是一部庞大机器的千万分之一。我们即将前往宇宙深处战斗，多么荒凉，多么孤独。倘若死在那里，又是多么不幸！自从有宇宙战争以来，这一直是最大的难题。帝国军为了剪除士兵心中的恐惧，便通过长期的训练，剪除了人的感情。而我们呢？我们是那少数幸福的人，我们正是要用这幸福，去汇聚成照亮无边宇宙中的一盏光明。"

台下一片沉寂，伊法不知道自己的演讲有没有达到预想的效果。她努力压制住紧张的情绪，继续说道："你们问，科赫指挥官为何起初不愿把女兵都调给我？当然是因为，没有一位将军情愿把自己最优秀的士兵们让给别的部队，他是这样对我说的：能在今天投身革命军的男人，已是百里挑一的勇士，而能够蔑视庸俗的偏见加入的女人，更是千里无一的人杰！他还说，原本有这些部下，舒尔茨的手段固然可怕，他也不会畏惧，欣德米特的智谋纵然深远，他也有胜利的信心。如今我要把最精锐的部分带走，岂不降低了他的胜算。"

"我们在您的指挥下也是一样的！"

"请转告指挥官，我们一定会做到的！"

"我们不会辜负指挥官！"

这潮水一般涌起的回应，让伊法激动不已，"好！全军登舰，准备出发！"她见目的已经达到，时机已经成熟，终于下了这道命令，转身登上自己的旗舰直布罗陀号。两小时后，她的分舰队启航了，前去因采尔附近星域，守住那颗工业矿产行星。温特利德站在好望角号的窗前，目送那一片燃烧的轨迹划过天穹。当他得知伊法那鼓舞人心的演说内容后，起初有些惊愕，但随即笑起来。

"好演讲啊，精彩！不过没想到，她竟然把我说成是因为厌恶阴谋诡计才离开特种作战部，把起义说成是看穿了总参谋部的谋略，还说我不愿把最优秀的士兵拨给她——不过无所谓了，就当是这样吧。"温特利德赞叹地说，"将来她一定会是个优秀的政治家。"

一旁的帕特里克眨了眨眼睛，高兴地说道："我一定把您的这句话转告伊法指挥官。"

"千万不要，我知道你在想什么：你肯定想把'政治家'当讽刺语来说吧？我可没那个意思。"

"哎呀！被看穿了！"帕特里克说着挠了挠头。

这时，他收到了新闻，米滕多夫行星的农业部门已经开始临时扩建本土粮食基地，工程预计两周结束。

"你的舰队也快要出发了吧。"温特利德对帕特里克说道。

"是的，还有两个小时。放心吧，我会保护好滕内克的粮仓的。"

"不知这次，谁会遇到舒尔茨呢。"

"谁遇到都一样吧。"帕特里克说。

温特利德知道，帕特里克在下模拟战棋时，无论遇到怎样弱的对手都从不松懈，一定会聚精会神一招都不相让地把对方杀得大败，因此伊法笑他是"恐怖的帕特里克"。反过来，无论遇到怎样强的对手他也从不畏惧。他与温特利德对战几乎没赢过，却每次都能以一颗不动的心坚持打到最后。每次输掉后，他只要喊一声"哎呀！打输了！"然后挠挠头，就立刻忘掉了失败。这是因为帕特里克对战争没有执念。他在自己喜欢的事上就不一样，例如前些日子，他在街头和一群少年比赛玩球，输了后就不开心。

"快到时间了，舰队在等我，我得去了。"帕特里克说道。

温特利德向他敬礼，帕特里克回了个国王堡教团的礼，转身离去，前往他此次行动的旗舰马六甲号。温特利德看着他的背影想道：也许只有这样的人，不惧怕在生死相搏的战场上遇到舒尔茨这样的强敌。

几个小时之后，温特利德也登上好望角号，亲自率领这支舰队启航了。米滕多夫的大气层中飘着漫天大雪，风力猛劲，摇撼着数万吨的战舰。举目尽是白茫茫，甚至看不清舰首，只有靠雷达来保持舰距。几分钟后，好望角号一跃而出，脱离了大气层动荡不息的底部，抬首皆是一片澄澈的太空，满天繁星组成了一幅壮丽的图画。温特利德心中一阵激动，刚才还觉得前路诡谲，生死未卜，但这又怎样呢？我此生要走和将走的道路，不在那大地上，而在这星轨间。这些由永恒的璀璨光明勾连成的线索，也会照亮每一片土地上，那些人们用双脚走过的、更为泥泞和曲折的路。

他想起了教母的话：人如果不能活在永恒的尺度下，就无法坚定地活在时代的浪潮里。那时，年少的温特利德曾激动地和教母说那些他从薇拉那里听来的政治观点，而教母却用这句话告诫他，不要在容易激动的年龄过多地关注政治，因为激动仍是力量不够的表现；人生很长，这些恼人的甚至危险的事迟早会遇到，而个人能否坚定心智战胜它们，却全凭少年时的训练。如今置身湍流的温特利德反而理解了教母多年前的话，心中由衷地感激。昨晚，他彻夜难眠：接下来会遇到谁呢？是舒尔茨，是齐默尔曼，还是欣德米特先生？现在他已经不再想这些了，他作好了全副准备，去迎战最危险的敌人。

第九节：女将

1.

光复历477年10月5日宇宙标准时间14时17分，戈特弗里德·齐默尔曼上校接到了舰队前方远处发现反叛军的消息，离开自己的房间来到指挥部，这是他今天第一回来这里。在行军途中，他常把自己一个人锁在房间，很少与副将和参谋们交流。两名将官立即向他敬军礼，齐默尔曼回礼。尽管按照军衔高低，理当齐默尔曼先向他们敬礼。

"阁下可撞上了好运，据情报所述，比对舰队数量和类型，前方的叛军就是那支由女将统率、女兵组成的舰队。胜利已经是您的囊中之物了。"克莱因少将说道。

"承蒙吉言，但我没有临阵轻敌的习惯，以及不要称我'阁下'，我还不是将官。"

帝国文化一向重视阶级，却有故意抬高称谓的习惯。齐默尔曼身为校官，每次被越级称为"阁下"时都要纠正对方。刚刚称他为"阁下"的那名将官显得有些窘迫，齐默尔曼这样的举动，也是他在社交界混不开的原因。

"上校，您看，我们是否应当将这一消息传递给士兵，以鼓舞士气呢？大多数士兵都作好了与温特利德·科赫一决生死的准备，但畏惧的情绪也是有的。现在告诉他们对手不过是女人，而非可怕的传奇将领科赫，可以坚定必胜的信念。"

"不，这样只会散播轻敌懈怠的情绪。我要求我的部下，即便敌军只是一群婴儿也要全力以赴，以尽可能少的代价将其击败。让士兵们不知自己的对手是谁，乃是最好的，因为只有这样，人才能拿出战胜自己的勇气去战胜敌人。"齐默尔曼停顿了一下，"所以，你刚才其实也不必告诉我对方是谁。"

齐默尔曼心中一阵惘然失落。尽管他早就知道，自己有三分之二的概率遇不到温特利德·科赫，但他一路上把自己关进房间，在脑海中、星图上一遍遍构想的所有作战计划，都是针对这个令人敬畏的对手设计的，招招谨慎、步步为营。如今没有遇上他，取胜确是容易了些，却错过了这千载难逢的机会。的确，只要胜利就能加官晋爵，想必妻子和岳父岳母定会满意。然而与这位传奇将领失之交臂，又是多么令人遗憾！科赫这样的人，足以令敌人因能够与他一战而自感幸运，令生活在和平年代的后人自恨生不逢时。

齐默尔曼所率的舰队在数量上略多于对手，而且都是老兵。但他仍按照之前几天的战术准备，摆出一个稳健的阵型。

革命军分舰队的旗舰直布罗陀号上，伊法的手掌心微微有汗。两军皆已进入对方的侦察视野，一刻钟后即将相遇。敌舰队数量有六千，只比我军略多。关键在于对方的指挥官，会是舒尔茨吗？会是温特常提到的那位深不可测的欣德米特先生吗？还是那个被舒尔茨破格任命的上校呢？

这时，侦察舰在敌军后排战列舰中锁定了旗舰，回报："耶梦迦德号！已发现耶梦迦德号！是帝国护国主舒尔茨的舰队！"

这一信息误报，乃是因为侦察员缺乏经验，慌里慌张地把外形相似的芬里尔号看成了耶梦迦德号。芬里尔号是帝国军最新的战舰，而革命军用的还是一年前的资料库，他便将外形几乎一样的两艘军舰看成了同一艘。这句误报引起了不小的骚动。仅是"耶梦迦德"这个名字，就立刻给舰内的空气加了千钧的重量。

伊法打开全舰队通信频道，高声宣布："此次我们分舰队万分幸运，能够与政治上的大敌，帝国护国主舒尔茨正面决战。人类的历史在看着我们。请众将士全神贯注，听我号令！圆盾阵！"她感到自己不是对着远方的数千艘敌舰，也不像是对着面前空旷的宇宙，而像是面对着世界巨蛇高昂的、冰冷的头颅说话。

"好！"许多士兵高喊了一声。阵型开始变化，很快就排列成了中部微微凸起的圆形。这样的舰列变换在舰队中的原埃本塔尔军团老兵看来，实在平平无奇，但在很多初上战场的新兵看来，却是他们首次操作战舰准备御敌，气氛一下子变得紧张又激动。他们双眼紧盯着自己负责的设备，连眨眼都不敢。

舍尔兴听见这一齐声"好",心想,这些士气满满的新兵太可爱了;只是若被对面久经战阵的帝国军听到,一定会笑我们的,但是,要笑就笑吧。

"切!圆盾阵!"芬里尔号旗舰指挥部内,齐默尔曼看着叛乱军舰队结成了防守力最强的阵型,不免心中愤懑。

伊法与齐默尔曼的战斗开始得异常保守,双方所使战术,都是针对智谋上高出自己的假想敌而设。然而齐默尔曼此刻已知道对面并非科赫,伊法却误以为对手真的是舒尔茨。一刻钟后,齐默尔曼命令将攻击点逐渐集中到一侧。伊法注意到了战场上的变化,立刻下令加厚那一侧的盾身,并集中轰炸敌军正在集中的区域。齐默尔曼再施一计,依靠略有优势的兵力延展至一侧,而对角线的另一侧只作牵制,以图侵蚀敌军一翼。

"斜形作战,"伊法及时看出了对方的意图,"舒尔茨什么时候成了一个古典主义者!"她立即令这一侧稍作后退,并将刚才的增兵向外侧稍作延展,抗住了局部优势火力的攻击。

齐默尔曼并非轻敌之人,他当然不会指望靠如此基础的经典战术打败对手,因为对手哪怕只是科赫的学生,也令人不敢轻视。斜形作战只是在试探敌将的能耐和倾向。看到伊法的对策,他心中明白了:在对付斜形作战的几种策略中,敌将选择了最为保守有序的。看来这一仗很难打了。这也正是伊法的意图:她手下新兵太多,一旦局面灵活起来,相比于久经战阵的敌军更容易陷入混乱和慌张,所以她也只能选择保守而有序的战术。

"我要的每两分钟一次的战损统计呢?怎么还没有来?"伊法问道。

一分钟后,传来了右翼的三名战损统计员分别所在的三艘战舰均已被击毁的消息。伊法知道,这下只能凭两军的交火状况,也就是凭本能估计右翼的损耗了。如果此时齐默尔曼持续攻击右翼,伊法说不定会选择撤退。可是他不知道这一点,他见对方右翼顽强,就没有选择把赌注增高,而是将舰队撤离了交火射程,以免发展成消耗战。

"看见了吧,帝国中央舰队没什么可怕!刚才我们已经成功地击退了敌军的几番进攻,大家不可松懈。另外,既然对面是舒尔茨亲率帝国精锐,远道而来征讨我军,那么只要我军能在战术上稳立不败,就是胜利!"

"宣传上的胜利吗?"伊法关闭公开频道后,舍尔兴问道。

伊法点点头。她早已想到,既然帝国的军队文化蔑视女性,自己的性别也会反过来构成对其士气的打击。德不配位的傲慢就像偏斜的阳光,如影随形必有那自寻的耻辱。只要双方在战场上打成平手,在战场之外的宣传上就会大胜。然而伊法同时却觉察到了一种巨大的危险:刚才的火力交换中,双方伤亡几乎持平,但我方将士中毕竟多有新兵,依靠士气极盛的超水平发挥才够到了敌军的日常水准,帝国军的精锐确实名不虚传。然而敌军的军事素养不会随时间消退,我军的士气却会。新兵们缺乏经验,长跑刚开始就用上了冲刺的力气,如果战争被拖成低强度持久战,我军是绝不可能始终保持最高精神投入的,所幸对方尚未看穿这一点。

伊法此时仍然以为敌舰队将领就是舒尔茨,尽管"护国主就在前方,一旦战胜或能提前终结战争"的冒险在诱惑着她,但也正是忌惮于舒尔茨用兵诡诈多变、神鬼莫测的威名,在连续考虑过两种主动进攻的方案后,他还是没有轻举妄动。

"伊法指挥官,您仍然坚持防御阵型,是断定敌军会主动进攻吗?"舍尔兴问道。

"我以为会。"

"可是为什么呢?"她身旁的一名女兵小声问道。

这位女兵名叫尤季娜·安德烈耶夫娜·科斯托娃,是伊法选定的勤务员。两个月前的一天,伊法抱着一摞很重的文件在走廊上走着,中途放下它们稍作休息。这时她才发现身后跟着一个怯生生的女兵,询问之下,才知道原来她一直想帮自己搬这些文件,可是正因听说过伊法的大名而犹犹豫豫。这让伊法想起了小时候的自己,想帮助薇拉时,却慑服于小女主人从小就有的气势而不敢上前。交谈之后,伊法打心底里喜欢尤季娜,于是当温特利德说伊法可以自选一名勤务员时,她心里立刻就有了人选。

大战在即,尤季娜又紧张又激动,再也没心思去做那些杂务了。伊法看出了她的愿望,准许她一同来到指挥部。

"据科赫指挥官说,帝国军有一种崇拜进攻、轻视防御的风气,认为进攻是有男子气概的,而防御是女人气的。"说到这里,伊法看了一眼尤季娜。

"什么?"尤季娜想不到竟是这么无聊的理由,扭过头去瞧着曾在埃本塔尔军团中担任副将的舍尔兴。

"帝国军中确实有这种风气……别用这样的眼神看我啊,我们埃本塔尔军团可不是这样。"舍尔兴摆摆手。

帝国军迟迟不行动。在这战事稍缓的间歇,伊法的心思飘回到了过去。薇拉当初学剑,是因为她羡慕武士。她发现温特与人争辩时总是吃诚实的亏,对此深为厌恶。在一次观看比武后,薇拉羡慕地对伊法说道:"武士的胜败既庄严又诚实,言辞的胜利却通常属于把话说得天花乱坠、含混不清的一方。文人为了一时讨好读者,啥都敢乱说;而在武士的世界里,如此乱来是必败的。宣传家就像三流男人,总是慷慨许诺,一到兑现时就捉襟见肘。"

对于薇拉当初的话,伊法此刻有了切身体会。意识形态就是欠债。什么进攻才有男子气概,防御是女人气?文人利用意识形态时,不知已透支了德性,签下了天价的欠条;到了要货真价实兑现的战场上,这些幻想统统成了负资产。国家权力是文人与武士共同组成,前者用墨欠下的债,到了战场上就得用后者的血补偿;在观念的世界里透支的债务,总要在刀剑的法庭上兑现。

"尤季娜,战场上生死悬于一线,纵然全力以赴还唯恐不胜;谁若还带这些幻想进来,是一定会输的。"

"可是敌将是舒尔茨,他这样的名将,也会这样想吗?"

"舒尔茨确实不会,他虽然目中无人,却并非一个瞧不起女性的人。"伊法说到这里,忽然觉察到这两者之间似乎不是转折,而是因果的关系。她微微皱起了眉头,"然而他身为护国主,须顾及宣传效果,或许会受迫于舆论,被逼着这样做——但如果他真的这样,也就只是个屈服于潮流,向偏见俯首称臣的弱者罢了。"

2.

与此同时,帝国军的旗舰芬里尔号上,指挥官和参谋们见伊法采取了极端的防御阵型,都在思索对策。

克莱因少将不满地说:"上校,您为何停止进攻了呢?您的麾下是帝国军的精锐,而对方不过是女人带的女兵;若换作由尊夫人带领这支舰队,纵然就此退兵返航,把士兵们带回家去,也无损于一介主妇的德行;但你若赢不了对方,就会成为帝国军史上的奇耻大辱。"

"可是你也看见了,对面那个保守的女人根本不想赢,而是满足于用这种难以输掉的战术不让我赢。"齐默尔曼坐在指挥席上,"还是说,你有什么好计策吗?"

"啊,我贫弱的智慧岂能比得上您呢?也正因为如此,殿下才慧眼识英雄,选择让您作为这一战的主帅。"

齐默尔曼连瞅他一眼都觉得恶心。可是虽然堵住了他的嘴,但是问题仍然摆在面前:自己确是受舒尔茨的赏识破格任命为指挥官的,不仅负责帝国最精锐的军团,还被赐予了耶梦迦德号的姊妹舰芬里尔号作为旗舰。有多少小人盼着我无功而返呢?数不过来了。若真的无功而返,又有多少蠢材会后悔过早地巴结我呢?原谅他们吧。出征之前,妻子和家人根本没有意识到战场意味着什么,他们只知是建功立业的机遇;可是假如我一无所获,却厚着脸皮活着回去呢?

想到这里,齐默尔曼闭上了眼睛。澄澈的宇宙一下子变得幽冥了。

厚着脸皮……我能够厚着脸皮活在这世上吗?军人的悲惨,在于失败者仅活着就已是厚颜;而军人的幸运,在于他们能逃过怯懦的谴责，因为有的是比自杀更光荣的死法。光荣，光荣？光荣能来得如此轻巧吗？我可以现在就发动同归于尽的强攻，这样就能在神武祠中接受蠢材的供奉；可是唯一懂得我的人，舒尔茨，他一定会看穿我的狡计吧。

他想起了十年前与舒尔茨纵论兵法的岁月，那时他刚二十出头，而跳级生舒尔茨甚至不到二十，却已不约而同地看出军事学院里的主流学说破绽极多。时代的平庸给了这两个聪明的年轻人狂傲的资本，尽管每每回想，齐默尔曼都觉得，当年的狂傲也是因为年轻的自己尚未理解这些平庸的成因。

难道当年那些高谈阔论的时刻，就是为了如今被困死在这里吗？

仿佛猛然醒来一般，齐默尔曼从椅子上站了起来。据一名指挥部的人回忆，他曾有一瞬间就像站在一座悲哀的绝壁上，这印象给了在场的人不祥的预感；然而这种感觉几秒钟就消失了，齐默尔曼将右臂伸向前方："全舰队各部组成以百艘为单位的小队，轮次轰炸，把战列舰，包括本旗舰在内，统统压上前线！"

世界上不存在永不出错的防御。敌军为了片面强化防御，放弃了主动求胜的可能性；只要持续轰炸，迟早会创造出攻破对方防线的机会。这便是齐默尔曼的构想。他只为提高炮火效率，就冒险将负责远程火力的战列舰前压，因为他猜出伊法根本不会主动出击进攻自己的战列舰队。

一刻钟后，伊法注意到中部偏右下的位置再次被敌军轰出了一个小缺口，她意识到自己的部下们确实比不上帝国军的精锐。在持久而有序的轰炸面前，我军即便有战至最后一兵一卒的士气，也必定会在伤亡比上输掉战役。于是伊法决定不再补上这个缺口，反而任由它扩大，以引诱敌军主动进攻。

这样的战局变化自然瞒不过齐默尔曼的眼睛。但他谨慎的性格使他在心中问道：这是敌军撑不住了，还是在故意诱我进攻呢？他又陷入了沉思，的确，敌军能支撑下来已经不易，双方的战损也已开始向我军倾斜，但仍然无法完全排除敌军有意为之的可能性。

"上校，您看，对面那女人有破绽了！"克莱因少将突然兴奋地说道。

蠢材，这个破绽三分钟之前就出现了，还需要你告诉我吗？齐默尔曼在心中暗骂道。可是敌将是个女人，这一事实再次揪住了他。战舰分公和母吗？当然不。然而这个肥头大耳的少将——他的军衔比我高两级，智力却低得像头猪；他把败给女人视作奇耻大辱，可是猪打不赢人岂非再正常不过吗？若非因为我也出身平民，他此时定在用类似的口吻说，输给平民是何等的耻辱吧。正因为帝国军被这种庸人把持着，才滋生出这些无聊的偏见，来满足低能儿们的自尊心；然而帝国军确是被这帮庸人把持着！就算舒尔茨殿下知我识我，又能怎样？如果我没有胜过对面的女将军，他们对我的出身的轻蔑，恐怕要变本加厉地砸在我身上了。

齐默尔曼盯着战区星图上，敌军前线这个一点一点正在扩大的缺口；如此迟滞木讷，这真的是敌军的精神力已经见底了吗？或是敌将已经不知所措了吗？

"诸位有什么看法呢？"

指挥室内一片沉默。确实，此战的功过荣辱只关系齐默尔曼一人，参谋们肩上的压力要小得多。这沉默让上校自责起来：我和这班人有什么好说的呢？齐默尔曼啊，齐默尔曼，你怎能如此犹豫不决！刚才强化轰炸力度，不就是为了制造进攻的机会吗？现在机会来了，倘若错失良机，恐怕这场战役会变成一场残酷的消耗战，即便胜利也必然代价惨重。

就在此时，终于有一名参谋发言了："我认为现在必须进攻，否则此战将成为本军团的耻辱。"

一旁的其他参谋立即随声附和。

齐默尔曼就像没有听见一样，他从指挥席上站了起来，用冰冷的目光扫过他们。这些人的眼神中，全都把我的谨慎当作了懦弱。他终于下令："全军以锥形攻势，向敌军右下侧发起冲锋，成败在此一举！"

有一位将官小声提醒他："锥形直攻确实不错，但带上弧度是否更好一些？"

"你说得对，但就按我的命令去办。"

帝国军的阵列并未演变成一个锥形，而是受迫于革命军中部的强大火力，在运动过程中被扭曲成了弯刀形。这正是齐默尔曼计算之内的事：他预估到了会产生这样的弧度，好用这把弯刀切开革命军的圆盾，将其右翼分割击溃。假如刚才的命令是以弯刀阵型切入，那么在敌军的火力之下恐怕就会变成弧度过大的镰刀形了；镰刀是用来横摆包抄的，而不是用来直击破敌的。

能够如此精准地预计到敌方火力对己方阵型的扭曲，这一手着实技惊四座，在场的将官们不禁意识到，此人虽然态度傲慢，不好打交道，但确有过人本领。

"您是如何修正轨迹的呢？"有人问道。

"我根本没有修正，"齐默尔曼回答，"敌军的火力与士兵的恐惧，当然就是舰队运动的一部分，而不是什么后来外加的东西。那种先按'理想的'阵型预判战局，再添加修正变数的方法，再愚蠢不过。"

这样的说法和态度都简直令人难以置信。然而在军队中，毕竟本事是最重要的，它意味着能否活下来，所以大家便不再作声。

直布罗陀号的指挥部内，伊法见过了五分钟敌军仍然没有中计，想必怀疑到了自己是在诱敌。她正在考虑是否继续留此破绽，因为长期暴露薄弱环节恐怕会弄假成真，反而真的有撕裂防线的危险。正当她犹豫不决时，却眼见敌方终于开始进攻，上钩了。伊法见帝国军面临强大的火力，仍能如此高效地排列成一把弯刀尖儿直插过来，心中也是暗自佩服。若非自己早有准备，恐难应对如此快的一击；然而既然这正是预设的圈套，敌军如此漂亮的手段，也就要付诸东流，反把自己埋葬了。

"收缩右臂，让左臂大力挥舞镰刀！左、上侧所有战舰，不必顾及队形，以最快速度抢进，占领敌军侧面攻击位！"

随着右翼后撤，左翼连带着中部快速抢进，战舰的航速差造成了化横为纵的效果，又掉转方向，朝着战场中央齐头并进地横扫而去。新兵们士气有余而经验不足，但在执行这种放手蛮干的战术动作时，反而丝毫不亚于经验丰富、队形严整的老兵；他们至今以为对手就是护国主舒尔茨，能与世间罕有的强敌作战，这种隐隐渗有畏惧的激动，更令这些初生牛犊战意奋扬。

齐默尔曼站在指挥席前，看到这一幕，便知已经太迟，此时转向迎敌已来不及。更要命的是，己方在进攻中的弯刀阵型，其刀背弧度恰恰导致了侧面受压不均，还不如朴素的尖锥突防，虽然在进攻中笨拙，但在遭到侧面打击时能够减少损失。齐默尔曼脱下了军帽。

几秒钟后，猛烈的炮火从侧翼扫射而来，革命军的攻击正面几乎覆盖了帝国军的一侧，顷刻间便将半截帝国舰队置于火海。在接下来的一刻钟内，阵型上处于极大不利的帝国军战死、逃散者无数，损失了接近半数的舰队。

"那女人，那女人……"克莱因少将结巴地说着，他已说不出什么话来了。

齐默尔曼如恶魔般狂笑起来，因为身旁这只肥猪在临死前的几分钟内，将遭受比自己大得多的精神耻辱，这让他高兴。败局已定，接下来继续抵抗只会徒增双方伤亡，不会改变结果。无需什么才能，此时也已经能做出最终的判断，他身边那些不敢这么快就做出判断的同僚，也因为他的大笑而确证了自己的猜想。

"我军剩余兵力若全体玉碎，亦可在尽数毁灭之前，杀伤半数敌人！只要死战突围，敌军由于在总兵力、预备兵员和军工生产上皆居于劣势，敌将不见得敢拼消耗围堵！"一名参谋说道。

齐默尔曼摇了摇头，下达了全舰停火的命令。

见帝国军放弃了抵抗，伊法也立即宣布停火，她从椅子上站了起来。直到此时，她还一直误以为对面的舰队司令就是舒尔茨本人。她按捺住自己因激动而猛跳的心，心思已经全在接下来可能要处理的外交问题上了。整场战争会就此结束吗？

"长官！我们接到了敌方旗舰消息！"

"念出来!"

伊法指挥官阁下,
　　对于您在军事上和政治上、在战场上和战场之外的谋略,我都深感敬佩。

帝国中央军第三舰队指挥官
齐默尔曼上校

不是舒尔茨。伊法的心中忽然失落。她见对方已提到了"政治上"和"战场之外"的谋略,想必看穿了自己利用帝国军的偏见来赢得宣传上的胜利,并迫使他冒然进攻的计策。她立即给对方回了信:

齐默尔曼上校,
　　今日之败非将军之过,却因我方全军将士皆是我的拐杖,将军所在之帝国却是将军的掣肘。以一人独战一军,焉能不败?若肯弃暗投明,我全军上下自当奉将军为上宾。

革命军第一分舰队指挥官
伊法

齐默尔曼收到这封劝降的回信后,沉默了片刻。没有想到,在这生死相拼的战场上,唯一理解自己处境的竟是这位初出茅庐的敌将。

但既然她能想到这一点，恐怕也不会对此番劝降抱有太大希望。齐默尔曼是不可能投降的，他必须顾及尚在穆罗梅茨堡的妻儿，也不能有负于舒尔茨的知遇之恩。

"太迟了，太迟了，太迟了。"齐默尔曼低声道。

"什么？"克莱因少将觉得自己仿佛听错了。接到这样的劝降书，无论拒绝还是接受都无所谓迟不迟的。克莱因只想让指挥官快些做出决定，好把投降的责任推卸给他。齐默尔曼到了最后却没能合他的意，他突然拔出手枪，朝着自己的脑袋扣动了扳机。

可是，齐默尔曼为什么要说"太迟了"呢？他没有回答，也无人知晓。后世诗人们对这句话的兴趣超过了历史学家的。这或许恰恰是因为这句话的意义超越了所有的解释，从古至今，每一个在了结自己的生命之前说出"太迟了"的人，其中的意义恐怕都大同小异。

齐默尔曼死得突然，未指派继任指挥官。在生命的最后时刻，他完全抛弃了指挥官的责任。一个人的内心深处有多么虚无，也许只有到了这样的时刻才会赤裸裸地呈现。安海姆中将军衔最高，便担当了这一职位。舒尔茨考虑到齐默尔曼只有上校军衔，不便分配军衔太高的人协助他，然而凭着对安海姆中将的印象，知道他是个很豁达的人，不会介意这些。然而安海姆的豁达不会介意军衔高低，同时也就不会介意投降。就接下来是战是降的问题，他先是询问了诸将的意见，但众人都含糊其词。他叹了口气，命令通信兵回复革命军统帅，表示愿意投降。此时，帝国军分舰队尚存约三千艘各型战舰，这批珍贵的装备弥补了革命军的战损还尚且有余。

第十节：师徒

1.

温特利德的舰队经过最后一次空间传送，终于赶到阻击中路帝国军的预定战场，四下尚无动静。他让官兵们稍作放松，以逸待劳。他已将前埃本塔尔军团扩编的舰队给了伊法，又将前国王堡骑士团扩编的舰队给了帕特里克，在三路舰队中，他手下的军官经验最少。于是他将作战单元规模从六百艘降至二百艘，以减轻这批缺乏经验的军官的指挥压力，同时也能让更多的青年军官在实战中迅速学习。然而这也意味着将指挥压力上移至中央指挥部：他将需要协调二十七个分舰队，而非原来的九个。

三小时后，侦察舰发现了远处的空间波动，有大批不明战舰正在向本舰队左前方二十三光秒的位置传送。

这种两军迎头撞上的情况，出乎所有人的意料。温特利德从好望角号的指挥席上陡然坐起，大声向各舰下令进入战斗状态，全速向敌军压过去。然而正在传送过程中的帝国军并未慌乱，而是立即将有限的先头战力分列为多股交替的防线，护住正在传送的那些脆弱的后续部队。这些防线巧妙地运用了当前的所有兵力，而每跃来一批战舰，却又能平滑地接入原有的防线，使其更加厚实。待到温特利德的舰队逼近五光秒的火力临界距离时，帝国军已全部传送完毕，最后一批抵达的舰船立刻就近填上了一个无伤大雅的空缺。

看到眼前这令人惊叹的一幕，温特利德明白，对面舰队的指挥官必定是欣德米特元帅。在迫在眉睫的威胁面前完成如此老练、精妙、有条不紊的布阵，必定出自岁月的手笔，已超越了年轻的才华所能成就的极限。温特利德命令全舰队停止前进，两军于彼此射程之外仅一光秒处对峙。

"敌军旗舰确认，是罗斯巴赫号！"

罗斯巴赫号是由普通战列舰改装而成的，却是欣德米特在当年银河统一战争中的旗舰。由于这个原因，它的名字比它的性能更重要，因此直到欣德米特升任元帅，都没有换成性能更佳的旗舰。它已经数十年没有驶出穆罗梅茨堡的军港，只存在于资料库里，年轻一辈中少有人见过它。罗斯巴赫号看上去是那么朴素，却有一个如此辉煌的名字，说明当年尚且只是一名年轻的舰队指挥官的欣德米特，就有了比肩古代英雄的雄心。这些思绪让温特利德又想起自己在博物馆曾对馆长说的那番豪言壮语，还有伊法给这艘战舰取名"好望角号"。罗斯巴赫不是历史，它也是青年时代的欣德米特借历史投向未来的光明。

温特利德曾多次设想过，在战场上与欣德米特相遇的情形；每当那样想时，愧疚就压迫着他的心。但当这一刻真正来临，温特利德的心中竟然只有欢欣，仿佛只是要与老朋友见面一样。他命令通信官呼叫罗斯巴赫号旗舰。半分钟后信号接通了，屏幕上出现了欣德米特元帅的影像，背景是他的私人办公室。温特利德一时不知该说些什么，欲言又止。

"温特利德！好久不见了！"

这句问候把温特利德这几天积郁在心中的不快都扫除了。

"欣德米特先生，好久不见！"

这一老一少对视了几秒钟。温特利德打破了沉默，说道："先生！我想郑重地请求您：和我们一同战斗吧！银河帝国如今，不，是一直以来！不是五十年来，而是一千年来——自从它建立的那一天起犯下的那么多罪孽，难道您没有看在眼里吗？如今宇宙的命运捏在您的手中，只要您愿意，我们就一定能战胜它，开辟一个新的时代！"

"可是温特利德，先告诉我：你要我归顺的，是一支怎样的军队呢？你们为何抹去了战舰上的所有旗标？帝国政府把这支叛军称作'无旗者'，说你们是一群没有信念的虚无主义者，一群没有原则的盗匪，一群无政府主义妄人，你们却反而一度以'无旗军'自称，这又是为何呢？"

"先生曾说过，战争总是由信念驱动的，然而信念有时又会构成施展兵法的障碍。为将者既须有明确的政治目标，又不可在战场上视之为仪式或偶像。我们是为了建立共和而战斗的，共和主义是一种理性而非宗教，是一种认识而非信仰，因此不需要仪式。"

"可是在我看来，你们之所以没有旗帜，甚至没有正式的军衔制度，却能在战场上屡次得手，皆不是因为你们的强大，反而是因为你们尚且弱小。事物在它刚刚兴起时，没有什么可失去的，也没有顾虑和拖累。你们虽弱小却年轻、灵活变通、勇猛精进、朝气蓬勃。如今你们终于有了自己的地盘，不再那么弱小，但也就不再灵活。这一仗，你选择分兵三路保护既得的行星，可以说是第一次以对等方式与帝国军交战了。"

这一席话正是说中了温特利德近日来的所思所虑。他却说道："欣德米特先生，您是否记得，您曾经推荐我去读奥托大公改革的历史，要我注意为何那场改革中没有出现强大的反对派。我想我已明白了您的用意。他的改革之所以成功，是因为他此前隐瞒了自己的意图，且通过饥饿战术迅速结束了战争。这一切来得既快又突然，社会各方根本来不及动员文化舆论力量，他就已经削除了很多贵族特权。一旦拖延下去，待到全社会形成对抗与撕裂之势，改革就必然失败：要么成为激进革命的前奏，要么被顽固的保守派扑灭。欣德米特先生，我说得对不对？"

"好，说得好。"

"是先生提点得好。这也正是我暂时不立旗帜、不愿把星宇间的内战扩大成大地上的社会革命的原因。若现在就这样做，即便我们几年后最终得胜，赢得的也是一个意识形态撕裂的宇宙，甚至一片片燃烧着仇恨的焦土，令胜利之后的任何改革都寸步难行。革命的性质取决于第二天做了什么，它要到战争结束后才开始。"

"温特利德，既然你刚才说到，是奥托二世的光复战争的迅速胜利，确保了反对派来不及动员社会文化势力阻挠改革。那我再问你最后一个问题：奥托二世用饥饿战术提前结束了战争，这是正义的吗？"

温特利德万万没有想到，在这阵前对垒的时刻，自己竟遭遇了如此严重的问题。这也正是两年前，自己临别之前没有想清楚，没来得及回答薇拉的问题，如今它竟以这样的方式回到自己的面前。难道是死去的薇拉，冥冥中又给我一次回答的机会？作为一名科伦坡幽灵，温特利德没有怀疑过这个名称背后的正义。难道为了缩短战争，就能任由平民在饥荒中饿死吗？这样或许能降低总死亡人数，可是一个平民被屠杀，和一个军人的战死，是道德上等价的吗？一位母亲怀抱着孩子饿死，和两名战士在互射中死去——今日我和欣德米特或许也将如此——前者难道不更令人痛苦和愤慨吗？死亡难道只有数量，没有意义吗？只要生命不是只有数量、没有意义的存在，死亡也不是。

但是，如果不能提前结束战争，奥托二世的改革就会失败呢？当温特利德意识到，五百年前那场光复战争，一旦拖成长期战争的危险比原本想得更大时，他不得不重新考虑对奥托的饥饿战术的历史评价。短暂的思考后，温特利德给出了他的答案：

"这仍是不正义的。站在后见之明的视角上，固然可以说这是更大的正义，但站在那个时间点上，却很难料到这一层关系。事实上，奥托采取自由贸易改革、削弱封建特权的举措是因为他必须维持帝国统一，然而奥托发动战争是出于恐惧而非野心，银河的统一并非那场战争的最初目标，而只是它的事后结果。因此，以饥饿战术缩短战争，在后世史学家的眼中确实是顺利改革的原因，却不能为当时的决断开脱。"

没有等欣德米特回话，温特利德就将话题转回了当下："幸运的是，我们今天并没有这样的问题，您如果愿意投靠我们，无须以上百万的饿殍为代价。"温特利德说到此处停下了，在短暂的沉默之后，他忽然道："您若愿意加入革命队伍，我愿将这统帅之位让给先生！"

欣德米特知道，温特利德正在用他一生想要的东西来诱惑他，这不仅仅是银河帝国不可能给予他的权力。只要他此刻点一下头，他曾经的改革抱负，就能在组织更加明晰的共和制框架下实现，这些条件是盘根错节的帝国体制无法提供的。关于这两种体制的差别，早在他三十岁前就已经想得很清楚了，当时他已达一生权力的顶峰，然而时代的慷慨不是无限的，施与的只有这么多。此后的岁月中也曾有过改革的良机，他几次以为只有一步之遥，这一步却是难过登天。如今这位老人已经放下了这个梦想，可是为何，竟是自己晚年认识的这个年轻人，要开创一个新的世界，一个能够让他实现毕生愿望的世界呢？他已经年近八十。是怎样的力量，要让他在垂暮的岁月看见朝霞的光明？这希望不仅是科赫用行动创造的，也是整个时代借由科赫的话语对他说出的。

以上的全部思绪，是在不到半分钟内完成的。然后欣德米特给出了他的回答："温特利德，很多事情是你们年轻人不会明白的，我活了这么一把岁数了，在穆罗梅茨王朝的舰队历经大小十余场战役，是没有办法再改变的。"

"可是先生！我不愿……"

欣德米特摆摆手示意温特利德停下，然后接着说，"你执意叫我先生，可是我却一天都没有正式做过你的老师呢。你可知道，二十年前我执掌军事学院的那会儿，最难的考试是什么吗？就是给老师出题！你已经完美地回答了我所有的问题，可是提一个好问题，要比找到一个问题的正确答案难多了。"

温特利德听了此话，心中既感激又痛苦。他明白这是先生让自己放手一搏，用出兵法的最高水平来。他更是惭愧，此前居然担心先生憎恨自己，担心他们之间的忘年交不容于战场，实是低估了先生的胸怀。然而既然话已至此，温特利德也就明白，绝无可能劝他共投革命了。不是因为欣德米特作为开国元帅对穆罗梅茨王朝的忠心，也不全是他对自己一辈子所属军队的归属感，温特利德意识到，他执意打这一仗的另一个隐秘理由，或许是这位曾抱怨自己教出了无数庸才、苦无传人的老师，想用生死来考验自己晚年的最后一个学生。

然而温特利德尚且不能完全理解欣德米特。老人心中更重要的想法，是他认为温特利德一定能做得比他更好，因为老年有的是经验，而变革之路却更需要创造力。我今日的成就，是我年轻时代的创造力的结果，当年我怀抱着改革的雄心，可是这创造力如今却减弱了。而今温特利德的创造力正处于鼎盛时期。变革之路只能由青年来走，这是一个老年人才能懂得的道理。温特利德目前还不明白它。

"棋早已下完，来吧。"欣德米特说完这句话，又凝视了温特利德几秒钟，就挂断了通信。

2.

两军开始不紧不慢地逼近对方。当温特利德还在总参谋部时，他与欣德米特之间的模拟战棋多以此开局。多么熟悉！这迫使他提醒自己：现在是真正的战场，这里死去的每一个人都是真实的生命。两分钟后，双方几乎同时判断到了发动炮击的合适距离，于是两军不约而同地射出了第一轮火力。

温特利德想起欣德米特曾教过他一句古代兵家名言：知己知彼，百战不殆。敌将之间的彼此相知莫过于此。可是就在这一当下，温特利德却忽然心惊于自己是否了解自己。他隐隐约约觉得自己突然想通了什么，眼前的第一轮炮火却又让他来不及细想了。

在以往的战斗中，温特利德每次临阵对敌，都会对指挥部中的人讲解自己或敌方一举一动的意图与长短,以便让这批学员尽快成为能够独当一面的将领。然而此次对阵,他全然无暇分心他顾。欣德米特即便一击不成,总能顺势变化出另一击,既能保持攻势连绵不绝,又能让各部均不至于疲劳。虽然欣德米特的每一舰队运动都是指挥学教科书上有的,平凡又朴素;可是在他手中却首尾相贯,互相弥补。多条战线之间的衔接毫不生硬,一列舰列的侧翼总是隐没在另一舰列之中。温特利德对此佩服万分,因此也全神贯注,力求在敌舰队刚开始变化队形时就预先防住它可能采取的运动。

欣德米特改变了战术,将下部的舰队收缩,并将中部往上挤压,同时上部延伸盖住了革命军的上部。这一收一放之间,帝国军的上部如巨浪腾空,雷霆万钧地朝对手压去。温特利德从未见过如此宽广的攻击扇面,换作其他将领绝没有如此胆魄;细看之下,这翻江倒海之势却是由众多舰队运动细节支撑,浩荡而笃定,磅礴且均衡,自己若将广阔误解为空疏,一头扎进去就必败无疑。温特利德想起欣德米特曾提起过,他曾想推行的军事改革中的一环,就是将单位编队变小,使配合更紧凑。如今在战场上得见如此绝技,温特利德心头一震。他又想起先生曾说过,要操作这般繁杂的舰队变化,只需将阵型拆成几个较稀疏的阵型交叠互渗;只要主帅一声令下,相隔很远、看似无关的一些战舰便能协同而动。

温特利德一边佩服着敌将的技艺,一边苦思对策。他的第一反应是将己方上部摊成以不变应万变的防御阵,并用后方兵力支撑这一防御。然而这样虽能抗住对方的攻击,却可能遭到敌军收缩回去的下方兵力的钳形攻击;尽管一般的将领很难完成这样的舰队运动,但不排除欣德米特有这么一招。可是若不能用这惯常的战术，那又当如何应付？时间一秒一秒地流逝，再不当机立断就要受对方所制，而一旦被欣德米特捉住，又怎能逃脱得掉？温特利德急中生智，决定镜像复制敌军的战术：收缩上部，并将中部的舰队向下方挤压，同时下方延伸出去的部分兜住了敌方舰队的下部。

帝国军分舰队旗舰罗斯巴赫号上，奥斯特瓦尔德中将看到这一幕，皱起眉头说道："元帅！这小子太卑鄙了，居然无耻地抄袭您的战术！"

"无妨，无妨！他能抄袭得了我，说明一瞬间就看懂了我的布阵，然后迅速组织改编自己的部队，真是悟性惊人！若换了平庸之辈来抄，抄得有形无实，会立刻被我击溃。还有，千万不可有那种耻于模仿敌将战术的思想。我也不是那种抱残守缺、生怕自己穷酸的一招半式被抄走的人，有本事的尽可以来抄，我是不会介意的。"

老人容光焕发。奥斯特瓦尔德中将听闻此言，顿时想起自己的学生时代，欣德米特任帝国军事学院校长时的风范，不禁精神为之一振；自从他被调离校长职位后，军界日渐呆板狭促，再无此大度之风，忙鞠躬应答道："校长教训得是！"

其实温特利德之所以能如此快地回应，亦是因为早在出发之前，他就已将这支舰队的作战编队细化，因此在编队结构上刚好能模仿欣德米特的战术。于是双方的阵型再次获得了平衡与对称，然而却由开战时的稳定对称，变成了一种不稳定对称。双方向敌军施压的部分，恰是对方收缩的部分。整个战场开始如同轮子一般缓慢地翻转起来。

银河宽阔而璀璨，如遮蔽天穹的白纱帐在舷窗前一遍遍升起，往复不断,每一次都如排山倒海。温特利德已记不清,双方总计近一万两千艘战舰已在银河里翻滚了多少回合,就像两个嵌在一起的半球,因受力不均衡而滚动着。这种形势一旦发生就无法停下,因为强行用中部舰队支援后方的一方,极可能会在掉转舰首的瞬间被打断两截。双方的处理方法,都只能进一步收缩后部的防线,并向前部增加进攻火力。如此一来,却更加速了这个过程,于是舰队翻滚的速度也逐渐加快;机动性较差的舰只生怕落后,被追击的敌军吞没,不得不抄近路走内圈,而机动性较强的舰只逐渐因速度过大,不知不觉间已被甩在了外圈。

在这种濒临混乱的战况中,温特利德有些手忙脚乱。唯一的好消息是帝国军的表现也不比革命军更好。很明显,欣德米特是在来此的路上对这支舰队进行临时编队的,他的部下们还尚未完全适应新战术,因此威力打了折扣。温特利德好几回事后惊觉,假如敌军数分钟前行动稍快,自己现在已经战败了。欣德米特对偶尔发生的疏漏的补救也令他大为惊叹。温特利德已经很熟悉对手,所以在对方临场发挥的时刻,得以窥见老人关于战争最深刻的理解,乃至轻重缓急、牵连呼应:哪些是宁可承受损失也绝不能动的,哪些是可以变化的;那些绝不能动的支点,却又在情势演变之后成了可以变化的。哪些作战动作看似强硬尖锐,但打出去其实只是为了缩回来;另一些兵力布置看似收缩,却是真正的威胁。哪些舰队运动是欣德米特故意为之,哪些则是火力挤压、拉扯下的自然结果,也并非表面看上去那样。

温特利德立即将同样的原理运用在自己的指挥中。革命军虽训练不足,却也没有积习,在运用新战术时与帝国军的表现并无明显差距。双方的阵型滚动几圈过后,都已比刚接触时疏松了许多,很快就被对方拉扯、延展,突破了极限。然而两位指挥官都只能勉力维持队伍而不能停下重整它,因为此时一方若胆怯收手,定会被后发制人一举击破。双方情势均已危如累卵,只盼敌军阵列先行支撑不住轰然倒塌,自己才可趁势掩杀,方能化解危机。

温特利德心想:我军若都是有经验的士兵,恐怕早就被现在双方的阵型吓傻了;我手下这批刚训练完毕,初上战场的新兵,竟不知自己身处何等险境,反而没有崩溃。这场战役已经从兵法的比试,变成了意志力的决斗,胜利将属于苦撑得更久的那一方。温特利德让通信员打开了全宇宙频道,面朝敌阵喊道:

帝国军的将士们!我是温特利德·科赫。与视人命为草芥、以十一抽杀法对待俘虏的作风不同,我们是仁义之师,其中多有前帝国军成员。凡归顺者可在我军中继续服役,不必遭到歧视,凡不愿为我军效力,意图回乡者我军也会放行。

"天真的蠢货!"奥斯特瓦尔德中将骂道,"这时候还劝降,真是异想天开!给我接通宇宙频道的连线!我要当面教训他!"

"不用了。"欣德米特阻止了他,"什么都别说了,命令全军除本旗舰外,截断公开频道的通信。"

"元帅!"奥斯特瓦尔德中将再次恳求他。

"截断通信!"

欣德米特当然也明白此时劝降已属无用:两军已经绞成一团,

任何一方都既无法有秩序地投降，也无法暂停火力给对方投降的时间。这一番话当然不是用来劝降的，而是说给两军士兵们听的：一方面提醒帝国军，自己曾为帝国军效力时，就因坚决反对十一抽杀法有了仁将之名，因此即便最后被俘也是不幸中的幸运；另一方面说给自己人听，则是提醒他们帝国军的残酷法律，坚定他们的决心。

原本两军皆已被置之死地。温特利德的这番话，给了对方一线生机，而让自己的部下死得更彻底。

温特利德发现敌军的宇宙通信都被截断了，立刻下令道："再把十分钟前退下来的那批舰队轮替上去，强化火力五分钟，我要用这五分钟在心理上击垮敌军。"

温特利德下完这道命令后，仿佛恢复了往日一边指挥作战，一边给身旁的军官们讲解的习惯。这场战役已经开始了两个小时，温特利德第一次对身边的军官们讲解："兵法的目标是胜利，生死亦可当作求胜的工具；因此它不仅是一门教人死的艺术，也可以是教人活的艺术——只要后者更能实现胜利。"

可是这一阵优势火力并未起到明显效果。温特利德决定将前部稍稍收回，等待下一轮高强度进攻的时机。可是他未能等到那个机会，欣德米特用有限的兵力尽量补上了漏洞，然而就在这时，帝国军的舰队阵型开始出现了混乱，崩塌并不始于遭受最密集火力攻击的部位，而是相邻的阵列。

"不要乱！不要乱！"欣德米特朝他的部队喊话，"保持阵型，不要乱！"

然而温特利德看到了这个机会，立刻用集中的炮火阻止了对方重整秩序的努力。崩塌在继续,很快,原本就已延展到极限的帝国舰列中出现了更大的混乱。战役至此胜负已分。

"元帅!我军舰列已经破碎!"

欣德米特盯着战区图,他说,知道,知道。

"元帅!下部和左侧已全线溃败,奥得号、美因号均被毁!"

这一句报告,让他下了决心去呼叫温特利德的旗舰。

3.

温特利德接到了来自帝国军的呼叫,是罗斯巴赫号呼叫"法夫纳号",后者是好望角号战舰改名之前,在帝国军中服役时的旧名。

温特利德没有片刻犹豫,立即接通了通信。画面一打开,只见欣德米特元帅端坐在旗舰的指挥席上。温特利德当即从椅子上站了起来。此时他才发觉,自己的腰和腿已经因连续两个小时过于紧张而僵直,刚才坐下时没有感觉,这才放松了不到一刻钟,重新起立时便险些跌倒。温特利德用双手撑住了桌子的边沿。

"与先生作战,真是耗尽了我所有的体力和精神力。"

"不愧是温特利德,不愧是温特利德!"元帅凛然道,"刚才我给你出的题,你都完美地答出来了;而你给我出的那一道题,我实在是应付不了。"

"这是因为真正重要的题,不在战术上,而在政治上。先生如愿与我共举废帝制、拥共和之大事,我仍不改战前提出的条件,愿意奉先生为首领!"

"指挥官！"左右诸军官皆大惊。刚才战前温特利德说，若欣德米特来投，则让出统帅之位，他们都未当真。如今已经击败了对手，又怎有请败军之将出任本军统帅的道理？胡梅尔说道："敌将毕竟是帝国军总参谋部的重臣，我们如何能信得过他！"

"胡说！欣德米特先生是全银河军人的楷模，一旦允诺，怎会背信弃义？如果能得到他的指导，革命何愁不成！况且，你们说信不过帝国军总参谋部的人，我不也一样曾是那里的人？"

科赫的这一提议，在帝国军旗舰内也引起了同样大的争议。

"元帅！科赫背叛过我军，我们怎知他不会再背叛刚才的许诺呢？我们应当立即突围，杀出去，回到穆罗梅茨堡从长计议！千军易得一将难求，只要您保全了下来，纵然投入此战的我军尽数毁灭，对于帝国军而言，损失就没有大到不可弥补的地步。"

"科赫！阁下兵法神奇，我等自愧不如。但你若还念与元帅阁下的昔日恩义，请放老将军回去！我等帝国军将官愿就地自刎！"一名帝国军将官大声说道，抽出他那把从未真正用于杀人的银色佩剑，横于颈上。他身旁的另两位将官随即效仿，"只需你点一下头，我等立即自刎！"

温特利德认出那是奥斯特瓦尔德中将，过去他从未把身为旁听生的自己放在眼里，自己也对此等平庸之辈并无兴趣。然而万万想不到，今日他竟然对敌将许下生死信诺，大义凛然着实令人刮目相看；可惜此辈中人从未懂得过欣德米特的兵法，他们慷慨赴死的理由，只是一个自己从未理解的空名，这不得不令温特利德既震动又怜悯。

他闭上眼睛，心想，倘若老先生真的宁死不愿投降，我又如何真忍心杀害？

但他随即又睁开了双眼，直视面前的老人说道："对不起，先生的兵法明显高于我，我此番得胜实属侥幸，要再来一次几无可能，绝不敢有欲擒先纵、放虎归山的狂妄之想。先生只需点一下头，我革命军全军上下今后定当听从先生指导。"

"你们不要争了。温特利德，我还有最后一件事，请一定要帮我。"

"先生！"

"听我说完，"欣德米特说，"请代为复盘此战的全部经过，并发送给坐镇穆罗梅茨堡的艾希霍恩元帅一份。真是一场好仗。"

温特利德听到"一场好仗"，便知他的死意已是坚决。老人的眼睛让温特利德想起，他曾经正是怀着同样的眼神，向年轻人描绘他故乡的夕阳下，最后一道金浪涌入大海的美景。老人也曾说过，尽管他执掌过军事学院和总参谋部，但那些点亮了他的生命的时刻，都在早年的战场，如果可以选择，与其老死于病榻，还是宁可死在棋逢对手痛快淋漓的战斗中。此番重登阔别多年的战舰，他应当是幸福的吧。

欣德米特那边切断了通信。好望角号指挥部的空气也突然变得沉滞，温特利德想再次呼叫敌军旗舰，一旁的胡梅尔朝他摇了摇头。时间一分一秒过去，每过一秒钟都加深了温特利德不祥的预感。片刻之后，敌舰队旗舰来电，画面上出现的是刚才站在一旁的一名他不认识的将官。

"遵照欣德米特元帅阁下最后的命令，我率领帝国军残部向您投降。"说罢，他向科赫敬礼。

温特利德这次没有回礼，他把帽子摘下了。

后来温特利德才知道，这名率部队投降的将官并非副将。因为副将不甘执行遗命，在老将军自杀之后也当即自杀，投降的任务就落了他的肩上。此次投降的帝国军舰船近三千艘，虽多有损伤，但修理之后大多仍可使用；至于归降的约四十万名士兵，温特利德兑现了他的承诺，告诉他们可以离去，绝不阻拦。然而由于惧怕帝国军曾对降敌者采用过的流放政策，大多数士兵，尤其是那些尚未成家的年轻人，多选择了留下。后来经舒尔茨同意，他们所有人的档案都被标记为阵亡，给家属发放抚恤。其实人们知道他们中的许多还活着，也从来没有放弃过等待他们回来的希望。

温特利德虽然胜了，欣德米特先生的死却让他无法高兴起来。他收到了伊法的通信，她的战线也取得了胜利。伊法兴奋地报告了战况，温特对自己刚打完的仗却没说太多。

"温特，你终于做到了。"末了，伊法说道。

温特利德明白，这指的是自己终于战胜了他所崇敬的欣德米特元帅。他悲喜交加，一瞬间莫名地想要她答应自己，有一天一定要"超过我。"然而他没有说出口，因为他和伊法是平辈而非师徒。"如果你要超过我……"，欣德米特过去教导自己时，常以此句开始。若要问是什么联结着这两位政见相左的老年与青年，那便是他们都相信万物生长、壮大即是最大的善；二人的政治分歧并未遮蔽这一共同点，反而凸显了它。

与伊法的通话结束后，温特利德补充了一次燃料后就立即启程，赶往滕内克星域支援帕特里克对阵舒尔茨的战场。此时他心中方才后怕：倘若伊法的侦察舰没有误判敌将，与她对敌的真是舒尔茨，她利用性别偏见的策略恐怕不见得能奏效，因为舒尔茨是只求战果、蔑视舆论的，也正是这种特质，令他成为最可怕的对手——这使得他不会受旁人的偏见左右，这样的将领，其用兵之道也往往最非道德。不到两年前，在海尔辛兰的行星轨道上，温特利德目睹过他以尽可能增大双方伤亡的战术来消耗敌军、确保胜利。

"帕特里克，怎么还没有你的消息呢？"

局势已经明朗。最后那条战线即便失败，舒尔茨的战略目标也已大打折扣。帕特里克只要拖到另两路援军抵达便万事大吉。

在赶去支援帕特里克舰队的途中，温特利德为了趁记忆尚且清晰总结经验，也为履行对欣德米特先生的承诺，立即开始写战役复盘。一想到刚才两军互相施压、生死悬于一线，他仍心有余悸。直到此时，他才意识到欣德米特所用战术的真正难度：它不仅考验将领，还考验士兵。常规兵法多将彼此靠近的舰队编为作战单元，而不会将相距甚远却功能上相近或互补者编为一组，是因为并肩作战的集团能够相互鼓舞、生死与共。可是欣德米特的打法需要拆散基于空间的集团编队，才能建立大范围的编组联动，这意味着让每一分队都直接对全局负责，而非对邻近的友军负责，以此提高舰只的使用效率。温特利德又想到，将招募自同一星球的部队编成集团，交给分舰队长官，这是几百年来的标准编队，原因不在于军事而在于政治：帝国军起源于封建贵族联军。而欣德米特主张的军事改革要拆散这种组织形式，其实是帝国军内部的"去封建化"，在守旧势力面前遭遇阻力也就不足为奇。如果每个分队都是在对全局无知的情形下，盲目服从他们所不理解的命令，这就非常考验士卒的信念。换句话说，帝国军之所以能执行这样的战术，其实是因为士兵们对其将领的盲信。

可是我军刚才不也使用了同一战术吗？温特利德想，这里何尝没有对我的绝对信任。他也意识到，新兵众多的我军之所以在采用这种新战术时，能接近帝国军精锐的水准，反而是因为我军本无编制和积习的历史负担。在欣德米特的这种战术改革中，温特利德看到了革命军未来应走的路。

第十一节：光明

1.

帝国军旗舰耶梦迦德号上，舒尔茨是在听老仆说一个王子讨逆的故事时，连续收到了另两路战败的消息。故事戛然而止。事已至此，眼下这一战就算胜了，亦难挽回全局。参谋团刚才还在嘲笑对手是一个和尚，能打什么仗？仅仅两个小时后，他们已经不敢这样说了。舒尔茨看出，这帮人只差选出一个大胆的、不怕触怒自己的人来主张撤退了。然而他仍坚持要打下去，即便知悉另两路已经获胜的敌军多半会采取拖延策略，这意味着恐怕已无时间攻击滕内克的粮食工厂。因此，舒尔茨改变了战役目标：他现在要在敌方援军到来之前，尽可能多地杀伤敌军，迫使对方纵然获取了全局胜利，也会因伤亡过大而必须停下重整队伍，无法乘胜追击，否则革命军若立即战略反攻，则后果不堪设想。

当战役目标从攻略行星变成了杀人，当杀人从手段变成了目的本身，尸山血海便浮现在脑际。以消灭敌军有生力量为目的的战役并不罕见，在古往今来的统帅中，舒尔茨也算不上心地慈悲，但这并不意味着他残忍麻木。舒尔茨知道自己必须引出敌军，可是对方显然也已收到了伊法、科赫两路取胜的消息，无论如何都不会贸然进攻。舒尔茨明白，自己必须在一定时限之内胜利，而对手只需熬过这段时间，不失败就行了。

帕特里克自然也懂这些道理。只需再周旋两天，科赫的援军就会赶到，这一路的胜利也就唾手可得。于是他在恒星系内频繁更换阵地，使舒尔茨一时摸不清行踪。旗舰马六甲号上的一名部下说，这难免会被人说成是您畏惧帝国军。可是帕特里克说："你也看到了，敌军剩下的第三路主帅必定是舒尔茨，好厉害的，我可打不过。"

部下不敢相信自己的耳朵，哪里有军队统帅如此坦率地承认自己畏惧敌将的？

然而帕特里克还没完，接着说："即便敌将不是舒尔茨，我也会执行拖延避战策略。能靠拖延得胜的，就不要靠打仗得胜。"他说这些话时，一直在指挥席上盘腿而坐，以这个姿势出现在这个座位上甚是奇特。在出征前，帕特里克就不在乎对手将是谁，因为他无论面对怎样的对手都没有区别，他只是依照兵法作战，不在意个人的差别。他与陌生人作战，犹如与自己作战。

帕特里克的以上心境，是舒尔茨此刻万不可能具备的。舒尔茨意识到必须释放信号引蛇出洞。应当编造怎样的假消息，用什么频道，才能让对方立即相信值得为之冒险呢？时间一分一秒地流逝，舒尔茨已经来回踱步了一个多小时。陷阱若被看穿，想再施计谋对方就不会上钩。所以诱饵必须是对方认为值得冒险，却稍纵即逝的东西——时间紧迫感尤其重要，且要以可靠的渠道放出来。

对方据说是一名教士，有什么会是他想要的呢？

舒尔茨闭上眼，告诉自己：我是一名教士，一名流亡多年的教士。

我是教士。

我想要，想要……

舒尔茨将双掌合十，置于胸前，开始祈祷。他这辈子从来没有如此虔诚地祈祷过。他的脑海里涌起了万千的欲望：金钱、权力、名望、胜利、爱，伴随而来是芸芸的形象：商人、政客、演员、武士、情人，可是它们都如影子一般散去了，在这所有的欲望中，舒尔茨找不到僧人的欲望。

舒尔茨睁开眼，映入满眼的璀璨银河，就像神启一般横贯在眼前，他心想：有了。

"立即让通信官去查，希柏里尔教会'栓星台'的专用通信频道。"

"栓星台？"

"对，以栓星台专用频道发送信息，内容是：'试验体4号已降落在涅尔琴'。至于信息发送地点……"舒尔茨看了看星图，找到了刚才途经的那颗没有恒星的行星，指着它，"把信号坐标伪造在这里。"

"涅尔琴？试验品？"通信官不明白其中的意思。

"照我说的去做，其余的事你不必管。"舒尔茨当然不能告诉他，"试验体N号"这个编号，是他在奥厄行星的灾难中听来的。通信官心中大致猜到这也许与教会有关，便不再问。

两分钟后，这条古怪的信息被以超光速通信发出。

紧接着，舒尔茨立即下令，全舰队开赴涅尔琴行星。六千余艘舰队开始传送，舒尔茨让一个分舰队的指挥官带队先行，自己的旗舰耶梦迦德号殿后，以便监视敌军动向直至最后一刻。就在它开始传送前不到半分钟，侦察员传来消息：敌军出动了。

2.

"成了！"舒尔茨心中自语，紧接着，耶梦迦德号进入了时空隧道。待它再度回到正常空间时，已在流浪行星涅尔琴的轨道。敌军将至。航路官早就预判好了敌舰队可能来袭的大致方向，舒尔茨依此设下埋伏，下令全舰队关闭引擎和通信，所有人员撤回舰体内圈，降温外圈舱室以降低舰体热辐射。这一套放弃舰体外壁的局部温控装置，最早是用来尽可能延长故障舰船的供能，后来以此为基础，研发出了用于将舰体伪装成冰冷的自然陨石的伏击装置。六千余艘战舰顿时沉寂了，切入行星轨道后开始如卫星般运动。舰队下方，流浪行星那没有恒星照耀的地表漆黑一片，只有地平线上方有点点星光。这颗孤单的行星，仿佛宇宙中的一口深井。飞翔在这冰冷黑暗的深渊上方，舒尔茨竟感到身心与它异常亲近。可是大战在即不容分心，他又把全副精神集中到了战区星图上。

不多时，战区星图上就出现了敌军的踪迹，一批又一批的战舰跃至此地。革命军显然没有发现滑翔在黑夜中，与之融为一体的帝国舰队。第三分舰队旗舰马六甲号上，帕特里克疑惑于帝国军明知自己已经出动，为何没有追来。

帕特里克既是被"栓星台"的通信频道，也是被"涅尔琴"这个名字吸引来的。约阿斯神父曾说，二十多年前，教会尚未正式分裂时，栓星台曾是教会的最高知识中心。自从正教徒被逐出帝都、教皇派异端堕入精神污染的邪道之后，两个教派就再无交流，因此也可说，栓星台是最后一个汇集全人类最高知识的机构。而被逐的国王堡教会，于十年前听到传闻，据说他们教会多年前撤离穆罗梅茨堡时遗失的一样东西，其实在一个叫涅尔琴的地方，可是在星图上却找不到这个地名，帕特里克也不知道那究竟是什么东西。而今，当二十年没有响起过的栓星台专用频道传来"试验品4号降落在涅尔琴"的信息，帕特里克心中陡然一阵激灵——难道与精神污染有关吗？他立即去查看星图，却发现星图上那里是空无一物的空间。这着实让他吃了一惊。有此机会一探真相，岂能轻易放过。

然而舒尔茨在伪造信息时，其实并不知晓涅尔琴的神秘背景。他只是想用栓星台的频道和精神污染试验体的编号，把他的僧侣对手引出来罢了。舒尔茨不知道自己无意中说出的这个名字，对希柏里尔教会而言是多么重要，至少比他布下的精神污染诱饵更重要。

其实帕特里克也想过，偏偏在这个节骨眼儿上碰上这么重要的事，多半没这么巧，这或许只是舒尔茨为了引我出来放出的假消息。但是即便如此，也只是把战局拉回了起点，大不了不借助另两路已经取胜的援军，与敌人公平地一决胜负罢了。当帕特里克率领第三分舰队传送到发出信号的坐标附近，才发现这里竟然有一颗荒凉的行星，并非空无一物！原来，这就是在星图上消失了的涅尔琴的真面目。

"指挥官!经地表扫描显示,这颗流浪行星上有人类活动过的痕迹,要派人搜查吗?"

"不急。即便帝国军现在未到,马上也会到了,先打发走敌人再说。"帕特里克说道,"各舰关闭引擎和通信,沿行星轨道绕行,准备伏击敌军。"

这道命令若晚一分钟下达,他的舰队就会正好经过舒尔茨的舰队的前方,并遭遇伏击。然而这一下,舒尔茨眼睁睁地看着目标越来越模糊,消失在了夜幕中。

于是形势变成了双方舰队在各自的轨道上绕行这颗流浪行星,谁先沉不住气暴露自己,谁就会被对方先发制人。舒尔茨心中暗想:这次你死定了,因为我知道你的存在,而你恐怕还以为我尚未到达,一定是你先暴露出来的。

可是两个多小时后,行星轨道上仍毫无动静。舒尔茨越来越焦急,他忽然想起对手是一名僧人,比智谋和勇力,舒尔茨都不会把这些穿灰袍的教士放在眼里,唯独比耐性,他自知远不如这些斋戒念经的僧侣。在漆黑而沉默的宇宙里,舒尔茨的脑际念头飞转,可是心念转得越快,时间就过得越慢;时间越是缺乏行动,孤寂的思想越是可怕地轰鸣——他尤其迫切地想知道,此时敌将又会在想什么呢?

"阿克曼。"舒尔茨忽然叫他身边的一名老仆。

"殿下。"

"你昨日说的那个故事,最后王军和叛军谁胜了?"

"王军胜了,殿下。"

"那反叛的英雄呢?他在殊死决战的战场上,又是怎样想的呢?"

"殿下，他与王子在战场上当面决斗而死，临终说：思想是生命的奴隶，生命是时间的弄臣，时间巡游寰宇，终有尽头。"

舒尔茨面无表情，心中却大受震动，尽管他觉得这应当不会是僧侣的思想——但这会是我的思想吗？

在马六甲号舰桥上，几名军官已经十分焦灼。"帝国军到现在还没来，他们究竟在耍什么把戏？"

帕特里克不言语，他端坐在指挥席上，眼前的流浪行星漆黑一片，如一座深渊托住了整个舰队，而自己所乘的钢铁战舰也如轻舟，在这无风的海上滑行。帕特里克独对这片空旷的纯黑之地，如同往日在修道院里面壁，心底升起了一团光明。

这两个舰队围着涅尔琴绕行转圈，已有数次交错。由于周围一团漆黑寂静，双方皆浑然不知，只有仪表室里的引力检测仪偶尔显示，有万吨级的巨大不明物体高速掠过，瞬息即逝。

"长官，这是小行星吗？"革命军舰队一艘战列舰的监控室里，一名新兵问道。

"像是，但这已经是第二次了。"老兵疑惑地回答。

数分钟后，那名新兵一下子跳了起来，"不好！"

"怎么了？"

"小行星！撞过来了！"

引力检测仪显示，本舰将于十几秒钟之后与一颗百万吨质量的小行星相撞。

这种情形在开启雷达时是无论如何都不会发生的，但如今一切都晚了。老兵立刻按下了直通舰桥的紧急呼叫按钮，声嘶力竭地喊道：

"要撞上了!加速!"

为了逃过一劫,引擎室的士兵立刻手动打开了全部的七座聚变引擎,汹涌的冷却剂同时泼入,只需几秒便将功率加至人体内脏所能承受的力学上限,在人造重力场装置尚未来得及反应的一瞬间,整船的人都感到了重压。然而小行星还是撞上了舰身后半截的动力部。原本这块横行宇宙的顽石是要把战舰斩成两段,却因战舰的加速逃逸,正中了靠近舰尾的已经直逼临界值的聚变炉。

爆炸起初如同闪电刺穿夜幕,瞬间把周围数百艘战舰照得彻亮,把这颗在黑暗中沉寂了几十亿年的流浪行星照得惨白,山脉遍布荒脊纵横,像老人那满是皱纹的脸;强光又将下方数十艘战舰长方形的巨大舰影,投在了行星表面,如同上百口棺材阴森森爬满了行星的地表。紧接着白光消散,一团火球喷涌而出,在这片漆黑的宇宙中就像一把火炬。

3.

黑暗中的舒尔茨用肉眼看见了这一幕,敌军距自己竟不到五千公里。他立即下令左转调整角度,仍然保持关闭雷达,对准暴露的敌舰凭光学捕捉发动炮击。短短十秒钟内,革命军就有近百艘战舰被击中,燃起了更多的火球,照亮了它们近旁的友舰,给帝国军的下一波炮击提供了更多的目标。

在帝国军调整方向的一瞬间,革命军侦测到了身后大量的舰影,但短短数秒后就再次沉没在了黑暗中。

"敌军方位?"

"散布于我军右侧偏后约二十至三十度之间。"

"更精确些?"

"无法通过雷达信号逆向捕捉!"

帕特里克明白了,敌舰是用光学成像捕捉目标的方式进行炮击的,这种古老的作战方式只有在很近的距离才能派上用场。传送引擎尚未冷却,无法立即逃逸,更不用说两军相距如此近,一旦能量注入传送引擎,敌军也将无须隐蔽打开雷达,己方不待传送完毕就会被消灭。为今之计,唯有拼死一搏。

"全舰队右转!朝向敌舰,以最大速度冲锋!"

在他下达这道命令时,已明白此战必败无疑。己方不仅被对手抓住了先机,更要被迫发动进攻,承受中途敌军倾泻过来的火力。

舒尔茨看见,远处的地平线上空,出现了数千艘战舰的引擎一瞬间点亮的壮观景象,从深黑的背景下一跃而出。舒尔茨知道这是不甘坐以待毙的革命军不惜暴露全军位置,即将发动总攻,接下来的将是一场短促而猛烈的拼杀。

"各舰加强火力,不必节省弹药和能量,把敌军消灭在一千公里之外!"

革命军舰队不到半分钟就到达了满速,但就在这短短的时间内,已经在敌军的近距火力下,损失了近千艘战舰。一到满速,帕特里克就立刻下令施放照明弹,使整个舰队笼罩在一片白光之中。

舒尔茨一瞬间被强光刺得几乎目盲,敌将竟想出此等方法,来降低光学成像准确率。他不等视觉恢复,便紧闭双眼叫道,"好!好!"

帕特里克闭上双眼，仍然能感受到舷窗外的强光，自语道："无论是在绝对的光明下，还是在绝对的黑暗中，人都是看不见任何东西的。"

帕特里克的舰队驾着这十万盏光明，朝隐匿在黑暗中的敌舰列直冲过去。帝国军遭受强光干扰，火力准度立减一半，但仍杀伤力巨大。十分钟后，革命军前锋杀至离帝国军仅一千公里处时，舰队已损失近半。帕特里克将最后剩下的照明弹全部射出，一瞬间又是数万颗火流星拖着明晃晃的尾迹向前飞去，光芒所到之处，已能隐约照见远方的舰影。

帝国军旗舰耶梦迦德号内，库格尔舰长见到如此情形，赶紧向舒尔茨请示："殿下，敌军就要猛攻过来，请允许将旗舰撤至后方。"

"后方？"舒尔茨心中火起，恼的不是他没有看出敌军已经用了同归于尽的战术，而是恼怒于这个人在战争史上最为壮丽璀璨的景象面前，竟只想着一己安危。我的耶梦迦德号的舰长，竟如此窝囊？他当即骂道，"哪里还有什么后方？敌军用的是同归于尽的混战绞杀，此时士气是唯一能影响胜败的因素，旗舰岂能畏缩退后！"

这句话的意思，在场的各位战争专家都听懂了。舒尔茨所率六千余艘战舰中，只有四千五百艘是多年追随他的帝国中央军，另有一千八百艘来自禁卫舰队。这种两支舰队联合作战的情况，极易被敌军的猛攻打出裂缝，所以当务之急是将全舰队拧成一股绳。新任禁卫军指挥官格拉弗瑙子爵是否靠得住呢？舒尔茨其实心中没底，当初他任用这个青年，只是为了换掉老奸巨猾的米尔巴赫侯爵罢了。尽管如此，舒尔茨此时心中真正所想，还有另一句未说出口的话：既然敌军已视死如归，我若不全力迎战，岂非对这些壮士不敬。

舒尔茨命令打开全舰队频道。关闭通信十多个小时以来，他对全舰队说出了第一句话，这声音传到了每艘战舰上每一间昏暗的船舱：

"将士们！我们在黑暗中已等待了太久。"

接着，舒尔茨喊道，"全舰队打开引擎！进攻！"

关闭了全舰队通信频道后，此次从总参谋部被调来，随护国主这一路出征的利伯曼中将说道："殿下！这样我军会损失一千五百艘战舰。"

"是的，可是敌军会全军覆没。"舒尔茨说，"事到如今，我军即便列阵防守，敌人也已经无法知难而退；我军唯有同样发动攻势，才能维持住士气。士兵的生命就是拿来换敌军的生命的。士兵们在乎的，不是自己会不会死，而是敌人是否死得更多，以及统帅有没有与他们一同承担死的风险！"

舒尔茨的双眼在燃烧。利伯曼目瞪口呆地听完了护国主的战争哲学，略带紧张地瞥了一眼舰队公开频道，幸好是关闭的。他觉得如果这番话公开播出，起到的不见得是鼓舞士气的效果。有多少士兵会赞同这样的思想呢？毕竟对于大多数人而言，就算在阵亡前杀了再多的敌人为自己报仇，就算国王和将军身先士卒，甚至比自己先死——只要自己死了，这些又有什么意义呢？死了，就再没有明天，也再回不去了。然而若这样说，死，难道都一样吗？难道毫无意义吗……

这便是利伯曼听到舒尔茨的话之后，在短短十秒内想到的。是我沉溺于总参谋部那悠闲的气氛太久，习惯了从技术角度考虑战争，忘记了死亡的气味吗？以至于真正重归战场后，竟然思考起生存与毁灭的问题来。然而,眼下已是行动的时刻,早过了玄想的时间。无数徜徉着度过宽裕的时光,从未思考过这些问题的人,在生死关头却撞见了它们;也有少数哲人毕生追问这样的问题,在大限将至之日却发现,自己用生命给出的答案,竟与平时想得不一样。也许这样的问题根本没有答案,寻常的思想亦是徒然,只有当被逼到了最后的时刻,人才能选择他的命运。

然而舒尔茨更相信,是命运选择了人。帝国军六千艘战舰点燃了引擎,迎头向革命军冲去。双方就像长枪比武的骑士,驾着飞奔的坐骑迎向风驰电掣的一击。如此情势下,帝国军尽管已有三比一的兵力优势,仍无法阻止革命军冲向耶梦迦德号。

"旗舰退避!"库格尔舰长下令道。

"不退!"舒尔茨立即否决了他的指令,"打开全舰队频道,告诉将士们,旗舰会和他们一并战斗到底!"

"殿下,敌将只是个青年僧人,您没有必要拿您宝贵的性命与他的贱命对赌!"

"你给我听着,给我永远记着,这个世界上只有一种平等,那就是两个堂堂正正一决生死的人之间的平等。此地,此刻,无论是我身侧的战友,还是在迎面扑来的敌军,哪怕这个人将被永远遗忘在这宇宙冰冷的角落,就像从来没有过姓名,都没有关系!"

就在舒尔茨说这句话之前,通信兵刚遵照命令打开全舰队频道。从耶梦迦德号传出的这两句话,如同巨蛇的吐息,在两军舰列中回响。革命军的战舰亦是帝国标准舰型,所以同样收到了这一经由公开频道传出的声音。一直沉默的梅耶贝尔说道:"殿下刚才的话激发了我军的血勇，但也同样激发了敌军的。"

舒尔茨答道："没关系，我的心脏里奔流着太多的血，分一点给敌军也无所谓。"

两军迅速相互逼近，炮火的准确率极大地提高了，库格尔舰长道："殿下！请至少准备救生艇吧！"

退路已断。在如此近的距离之内，双方的火力都会百发百中，因此战斗两分钟内就会结束。两分钟，这连全员登上救生船弃舰的时间都不够。

一队革命军舰船冲着耶梦迦德号的方向直扑过来。

"殿下！"

舒尔茨知道现在已经来不及下达任何指令，他把目光从屏幕移开，望向正前方那闪耀着十万盏光明的太空。

4.

就在此时，禁卫舰队未经命令，擅自挡在了敌舰队与旗舰耶梦迦德号之间，新上任的指挥官格拉弗瑙子爵打开全舰队频道，喊出了攻击令——准确地说，它不是帝国军通用的攻击令，但这个句子一经喊出，他的部下们就听懂了它——"皇帝万岁！"

这句年代久远的口号，离上一次响彻在宇宙的战场，已过去了多少年？在漫长的诸侯纷争年代，曾有不止一个家族篡位称帝，却从未有一人敢将此句用作战场的号角。因为这句话每出现在战场上，总会让人想起，当年拒绝称帝的奥托大公曾在这山呼海啸之中，大破里希特霍芬的南境王国军。这句口号,让数百年不曾亲驾战场的辉恒皇室自惭形秽,也会让人们想起那被遗忘的帝国宪法:皇帝的真正御座不在宫殿里,而在庄严战舰胜利女神号的指挥席上;帝国的行宫再富丽堂皇,也只是星辰间的胜利女神号投在大地上的影子。如今舒尔茨因尚未寻找到胜利女神号,同样推迟正式继承帝位,这句口号却降临在了他的身上。

"皇帝万岁!"禁卫军将士齐声高喊,迎敌直冲过去,誓要用火力和自己的舰体护住旗舰。可是即便如此,耶梦迦德号还是遭到了近距离炮击。

剧烈的震动把全员掀倒,指挥部失去照明,沦入黑暗。舒尔茨倒伏在地,看着窗外被战火照亮的流浪行星,漫天的死亡之光是唯一的光芒。他心中一阵苍凉,难道就这样完了吗?我这样的人,选中这块孤寂的巨石作坟墓,也是死得其所。一瞬间,舒尔茨惊觉每一个人的生命,冥冥中都有与他最相配的死亡。死在这流浪行星上,对自己而言竟比皇陵更亲近,也比海尔辛兰故土的墓园更适合。

半分钟后黑暗中传来监控室的声音,说本舰虽然中弹,部分机能受损,却无爆炸危险。惊魂未定的舒尔茨心中后怕,觉得刚才本该听从舰长的进言,稍稍后撤旗舰。可是舰体尚未恢复平衡,他就看见舷窗外,千万照明弹呼啸而过的光辉撕去了一切阴影,禁卫军正在"皇帝万岁"的呼号中,迎向扑来的敌军。舒尔茨顿时感到一股热流从脚底直涌上颅顶,仿佛一道闪电贯穿了全身的细胞,下一瞬间他面红耳赤,羞愤于自己刚才软弱的念头。舒尔茨眼前所见、双耳所闻的一切都如同九位女武神同时驾临,为他指明了熠熠生辉的道路。对面的将领不过是一名青年僧侣，却统率着视死如归的大军，用万丈光芒照亮了自己注定毁灭的坟墓；我的新任禁卫军长官，一个流连于音乐与舞会的初临战阵的青年，却在死亡的阴影割扫的战场上，挺起胸膛主动挑衅命运。而身经数十战的经验，却将我的心灵笼罩上灰色的迷雾，使我在胆魄上输给了更稚嫩的后辈！我若只顾一己安全而后撤，在这无限广大的宇宙战场上，哪怕仅后退一寸，也已经后退了无穷远。

此时，舰体再次中弹，灯光剧烈地闪了两下，却又熄灭，犹如死亡的黑翼再次笼罩了耶梦迦德。舒尔茨却想：如果要死，我非得站在指挥席前死不可！于是他强握住扶手，没让整个身子倒下去。

帝国军和革命军的舰队掠过彼此的间隙，如同古代海战一样互射，有的最近时相距仅十公里；交错之际，强光逆着敌舰横拽而过，硬生生将其斩成两半，瞬息之间又将对方远远甩在身后。短短几秒后，革命军已仅剩三百余舰，由于仍保持着进攻的极高航速，一下子拉开了距离。此时帝国军倘若原地转向回射，仍能在最后一击中全歼敌军。但舒尔茨没有下令，而是任由残存的敌人走远了。

这时，舒尔茨忽然感到胳膊疼痛，恐怕是刚才握住扶手时就已扭伤了。

这阵痛苦将他因与死亡搏斗而生的战栗与胜利之后的狂喜冷却了下来。指挥部的电路修理好了，灯光重新点亮，一切都变得宁静，白光既柔和又冷清，令刚才在黑暗中与死神擦肩而过的感觉，更像是一场梦。舒尔茨又回到了战略家的全局视角：另两条战线上的失败，连同两位将军的死，令他再次痛苦地意识到，自己的胜利不能挽回整场远征的失败，科赫此时一定已集结了两路优势兵力朝这边来。于是他下令准备撤离战场。

"殿下，是否考虑按原计划立即进军滕内克，炸毁那里的粮食工厂？这一战略目标若能实现，仍能够极大地扰乱敌军！眼下我军士气极为高昂，即便敌军另两路援军到来，也可逐一击破！"

舒尔茨心中思忖：敌军两路战胜，尤其是打败了欣德米特，想必也情绪高昂。传送至滕内克后，我们得等传送引擎冷却才能回程，一进一退得花去十多个小时，容易被截断退路，于是他说："我现在必须做的是把这支舰队安全地带回去。另外，告诉格拉弗瑙子爵，我要重赏他和禁卫军。但是回程之后，谁也不准再提'皇帝万岁'这句话。"

"是。"

他只留出一小时清理战场，将双方为数不多的幸存者移上帝国军的舰船后，未等把战俘关押完毕，就下达了全舰队返航的命令。

第六章 精神的迷宫

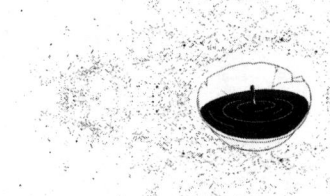

第一节 祭典
第二节 旧地
第三节 神火
第四节 托付
第五节 果实
第六节 落叶
第七节 囚徒
第八节 洞穴
第九节 绝境
第十节 死寂
第十一节 蚁群

第一节：祭典

1.

在回穆罗梅茨堡的路上，舒尔茨经过东境交通枢纽施温肯多夫，想起一年半前，内战正是爆发于此。那时的他曾对众将领说："我可以输掉每场战斗，只要能确保赢得战争。"如今，他虽赢得了一场战役，战略上却失败了。舒尔茨一次又一次地想起在涅尔琴向自己发动决死冲锋的僧团。他曾经见识过各式各样的勇敢，却不认识这一种。在空寂无垠的宇宙战场上，勇敢坚定的心是胜利的关键因素，这样的士兵又是从哪里来的呢？他亲手带出来的这支帝国中央舰队，依靠严明的纪律克服了恐惧；海尔辛兰的舒尔茨家族的那支世袭军团，是靠忠诚与骄傲而生的武德。可是他从不认识这一种，乘着万盏光明扑向死亡与寂灭的无畏。许多社会心理学家研究过教会与军队的相似性，尽管银河帝国的这两个支柱从来瞧不起彼此。如今这种相似在生死相搏后让舒尔茨惊叹。

半途中，耶梦迦德号接到了来自西路分舰队在投降之前逃出的残部的报告，其中详述了战斗经过。

"齐默尔曼在敌军出现破绽之后犹豫了十分钟，说明他知道有可能是陷阱，却执意冒险一搏，如此贪功冒进不像他的风格。"舒尔茨想了想，自语道，"也许正是因为我此次对他施了大恩，他才觉得必须以胜利报答；抑或是我把他推上了舆论的风口浪尖，才迫使他不得不立下功勋来证明自己。到头来，这场失败中也有我的过错。"

舒尔茨并未意识到，是帝国军内部轻蔑女性的思想，令齐默尔曼在面对女将军时有了巨大的压力，做出了反常的冒险决定，而伊法却能反向利用这种偏见赢得胜利。当年舒尔茨与薇拉比剑输掉后，一直坦率承认此事，而他贵为皇子，别人巴结还来不及，又岂敢嘲笑他。他没有意识到齐默尔曼所属的阶级，受此种偏见的影响要大得多。

就在舒尔茨的舰队抵达穆罗梅茨堡之前两天，他又接到了总参谋部发来的，关于欣德米特舰队覆灭一役的详报。舒尔茨没有立即做出任何评论，而是在返回后造访了总参谋部。

"这份战役复盘我已读过，不仅说明了每一步骤，分析了取舍决断的利弊得失，甚至说明了假如当时双方没有这样做，还有何其他可能。军中竟有如此人才，我至今不知，真的太失察了。然而，这也正是令我不解之处：欣德米特的舰队非死即降，这份未署名的战役复盘又是谁写的呢？"

"殿下，这并非我军将士所写，而是叛军那边发过来的，想必是出自温特利德·科赫之手。"

"原来如此,原来如此。"舒尔茨点了点头,"作者的口吻是完全中立的、技术性的,甚至连'我军''敌军'这样的词都没有用到。不过他用这种中立的笔调,写科赫利用自己的仁慈之名和帝国军的严刑峻法,软化我军的战意,并将叛军置之死地而后生,倒也有趣。您怎么看?"

"在'知己知彼'中,较难的当然是知己。能否做到知己,不仅取决于知识多寡,因为统率某些军队所需的知识,比统率另一些军队更少。科赫与他的部下之间的相互信任,确是我们无法做到的。老臣以为,仅这一战而言,十一抽杀法确实起到了打破两军平衡的奇效,当时双方都濒临崩溃,而这就是先压垮帝国军的最后一根稻草。"

"您也认为,诸如十一抽杀法这样的军法过于严苛,以至于对军心反而有所不利?"

"这虽不假,然而战场上的道义优势作为'最后一根稻草',必须建立在硬实力相差不大的前提上。倘若两军兵力或战术水平相差较大,便根本没有发挥软优势的机会。对付叛乱部队的十一抽杀法,确有防叛逆于未然的作用;然而叛乱一旦发生,两军既已交火,就反而会强化对方的战意。凡是以恫吓来预阻犯罪的严酷法律,也会鼓励已经违法的人一条路走到黑,自古如此,无一例外。科赫向来擅长利用战场之外的因素影响战局,早已不是第一次;此战他若未能想到这一招,反而才奇怪。"

"确实如此,请您接着讲。"

"殿下,其实我军屡遭不顺的最根本原因,在于我军的部署、制度、军法皆是银河统一战争结束后制定的,尽管后来有些许变化,但终究仍是为预防地方豪强造反。例如这'十一抽杀法'便是如此。然而叛军的全套战略,却诞生于与我军的对抗,是针对我军设计。银河帝国纵横上万光年,本朝至今也已有半个世纪的历史,不能仅因一支叛军就全盘变革制度。很多事情已成长久范例,很多规则也与其他规则相互嵌套,此时更改,只会让人无所适从。"

"就像你们过去制定的银河诸战区协防计划,对吧。"舒尔茨说,"若非科赫洞悉了这个计划的弱点,我们本不该放弃它,以至引发了霍亨洛赫侯爵的叛乱。"

艾希霍恩没有回答,他向舒尔茨鞠了一躬。

2.

三日后,帝国政府为舒尔茨的胜利举行庆典,为欣德米特元帅和齐默尔曼上校的捐躯举行悼念。在过去许多次庆功会上,舒尔茨都神色淡然,这些仪式只让他感到乏累,他甚至私下对梅耶贝尔说过,但愿此刻过度的荣耀能填平将来失败的不幸。今天是舒尔茨首次直面帝国军的失败。在演说中,他没有采用宣传部门含糊其词的建议,而是坦言此战"损兵折将,失败而归",因为如此明显的事实根本无法矫饰遮掩。舒尔茨向来蔑视宣传,在他眼中,帝都近年来随着越来越多的贵族聚集而兴起的"公关业"只是供小人谋职的卑鄙之事;然而在需要依靠宣传挽救自己的时刻,他本能地超越了所有一辈子从事宣传工作的官僚。舒尔茨抓住了蕴含在坦率与诚实中的力量,丢弃了欺骗性修辞和官样废话的虚弱；只有在真诚的基础上，他才能将失败转化成英雄的牺牲。

舒尔茨很少发表演说，但每次亲自演讲都简洁坦率，人们在其中听见了对他们的信任，这迅速打动了久溺于空洞无耻的辞令的帝国军民。他凭一己之力拆了整个宣传部门的台，撕碎了所有粉饰，非但没有激起舆论危机，反而让他的威望达到了顶点。他没有强调涅尔琴之战的战术胜利，而是直面整体战略的失败，这却令他从一个不会失败的人，变成了一个不惧失败的人。在胜者的庆典上，舒尔茨强调这是全体将士的功绩，非自己一人之功；在败者的葬礼上，他又强调了两位将军宁死不降、绝不用舰队换取一己性命的个人德行。

没有什么比欣德米特的死，在帝国军中激起的悲剧情绪更深。那些最深切地悼念他的人中，许多是他昔日的对手。例如曾跟踪温特利德的那位神秘的莱因霍尔德少将便是如此。他在军事学院时对欣德米特抱有强烈的嫉妒，曾用各种蹩脚的理论，反驳过校长几乎所有的见解。欣德米特却不介意，一直把他留在学院，一视同仁地将兵法心得倾囊相告。后来，莱因霍尔德几乎成了一个颠倒了的欣德米特：他用尽了从校长那里学来的巧妙战术，去弥补那些欣德米特一上来就全盘抛弃的战略谬误。他完全被自己所怨恨的人定义了，这反而令他在军事学说日渐呆板的时代，变得与欣德米特一样特立独行，一样被主流排挤。欣德米特死后，他的悲痛比其他所有人的更深。

舒尔茨在追悼会上发表纪念演说时，注意到坐在台下的莱因霍尔德少将始终饱含眼泪。演讲结束后，他对身边的副官梅耶贝尔说，这个人看着眼熟，却记不起是谁了。梅耶贝尔凑近耳语了几句。

"啊，我想起来了，原来就是那个主张攻势优先主义、推进军队与教会协作的教授。我听过他几节课，他不属于寻常的蠢驴类型，而属于疯子。据说就是他当年不听号令，以强攻取胜，把欣德米特从学院里逼走了。在他今日的泪水里，恐怕有自己的一生吧。"

黄昏时分，两位将军的灵位被抬进神武祠，纪念仪式结束了。跟在两队漫长的仪式行列最后的，是一小队古怪的教士，抬着一口寒碜的棺材。舒尔茨问周围的人，这是谁的葬礼弥撒？周围的人也都不知道。后来疑惑者越来越多，有人开始质问，是什么人如此大胆，敢将丧葬队跟在国葬的庄严行列之后。

一名年长的将军答道，这是温特利德·科赫的葬礼弥撒。

"科赫的弥撒？"舒尔茨听罢起初一愣，随即笑了出来。他早就听说过有人把阴间的祝福用作阳世的诅咒，却是第一次亲眼见识这样的怪诞场景，没想到堂堂帝都教会竟还保留着如此迷信的仪式。然而舒尔茨很快意识到，诅咒只是弱者和无能者的报复，便想吩咐下去，在播出时掐掉最后这段可笑又可怜的场景，可是转念一想，又觉得反正这套仪式都是教会组织的，丢的也是教皇的脸罢了。

此时舒尔茨接到了一个报告，说温特利德·科赫以个人名义向"欣德米特先生"致以悼念。呈上悼文的是独臂的施文克，舒尔茨见他脸色发青，心想，难道科赫会做出辱没他人死后名声的事吗？

"我这就看一看，来自那口棺材的悼念。"舒尔茨说着，瞥了一眼正经过他面前的科赫的葬礼弥撒队伍。

悼文全文称欣德米特为"先生"，没有提到他的元帅军衔和在总参谋部的要职，却未忘记他二十年前曾是军事学院校长；科赫说，自己的才能相比于欣德米特先生望尘莫及，只可惜帝国军所谓精锐不堪一击，才侥幸得胜。这样一份悼词，一半是发自真心，另一半则是贬斥帝国体制不得人心，严刑峻法暴戾无道，导致军人无意以死报效。科赫极力颂扬欣德米特先生作为兵法家在战史上的不朽地位，却被排挤在主流之外，鲜有追随者；言下之意，当然是嘲讽帝国军界有眼无珠，数十年尽出庸人蠢材。

最后，科赫笔锋一转，补充道：

欣德米特的将才举世公认，然而老先生晚年对自己一生的总结却是失败的。人们羡慕他，只因常人的心胸，无法度量伟大的愿望。他的改革夙愿实为医治帝国在政治上，而不仅是军事上的痼疾；他的智慧，却使他更清醒地看着时代愈发崩坏，扭转乾坤的可能性愈发渺茫，英雄暮年竟落得岁月蹉跎，壮志难酬！如今先生魂归星海，其旷古烁今之才，通天彻地之能，终成绝响。

舒尔茨读完了这篇满纸借欣德米特元帅批判帝国的悼文，心中非但不恨，竟大呼痛快！但碍于在场的诸位将官，也只把它揣进口袋。待诸将散去，舒尔茨独自乘车回府，在后座上又把这份悼词拿出来读，"写得好，写得好啊！"

3.

舒尔茨回府后，管家报告，有一位名叫阿图尔的教士已在等候。他心想，定是教皇那边想趁着我军失利，捞得些什么好处。但他并未因此拒绝接见这名僧侣，还是把他请进来了。

"对不起呀，我帝国军出师不利铩羽而归，让您见笑了。"

"欣德米特元帅大智大勇，竟然失利，绝非兵法上的原因，而是士气上的因素罢了。"

"哦？你这僧人，也懂打仗的事吗？"

"战争我自是不懂，但战争所用的技术，无不是科学的产物，故也略知一二。"那僧人答道，"殿下，我此次来，是想向您介绍一种武器，能够让您在战场上无坚不摧。"

"武器？"舒尔茨问道，他觉得僧人的嗓音似乎变了，与窗外乌鸦的叫声十分相合。舒尔茨虽不懂科学，却也知道物理学早已停滞了近千年，其应用也已穷竭了各种可能性。发明家的时代早已过去，战争机器已剔去一切不够经济的部分，达到技术上的最优解。这僧侣所指的，恐怕又是精神污染之类的邪门武器。

仿佛看出了舒尔茨的心思，僧人阿图尔说道："殿下请放心，我所说的，绝非精神污染等邪术。那不过是心灵实验失败的残次品，岂能与真正的科学相提并论。"

"真正的科学？"舒尔茨问道。

"真正的科学，理当服务于令人心正直、坚强、勇毅、无私，不是吗？精神污染却令人心迷狂、疯癫、残破、失智，当然只能算残次品。两者相比，犹如秋日的硕果与落叶。"

在这穆罗梅茨堡的十月末，缀满金黄叶片的树枝轻轻刮着窗玻璃。舒尔茨忽然想起了教廷的精神污染物的标志，正是落叶图案。

"哦？那你们的硕果又是怎样的呢？难道就像圣愚派那样吗？"舒尔茨话中带刺。圣愚派是教会史上长期存在、屡禁不绝的一个崇拜圣愚、蔑视知识的极端教派，主张知识乃身外之物、知识越多越腐朽。要论心智蛮勇、顽固，这帮愚人倒是首屈一指的。

"当然不是，圣愚异端早已被革除教籍。我今日带来的，也只是这一科学研究过程中的一项副产品罢了。"

"那又是什么呢？"

"殿下，刚才我说，欣德米特元帅的舰队并非败在装备、规模或兵法上，而是败在士气上。请问我的这一点外行陋见，是否成立呢？"

"这一点当然不错，敌军已经利用它大肆宣传，说帝制下的士兵不会为权贵卖命了。"

"殿下想不想让帝国士兵都能拼死战斗到最后一人一舰，保卫帝国胜过保卫自己的生命？"

"你不会要告诉我，这就是你想给我提供的技术吧。"

"确实如此，这门技术便是能让人改变性格，使用了它的人，都从此解脱了，再没有困惑、怀疑与恐惧。"

"哈哈哈哈！"舒尔茨大笑，心想这还不是和圣愚派一样？于是便不再兜圈子，转而厉声道："你真当我会相信，世间存在操控人心的技术吗？贵教的科学纵然玄妙，这种谎言还是拿去骗些无知小儿吧！"

"小僧怎敢欺骗殿下呢？这只改变人的性格和情绪，不会将新思想写入大脑，所以不算操控人心。从心理学和脑科学上改造人性的工作，早在地球时代就古已有之，又岂是伪科学呢？古时候就曾有个说法叫'人类灵魂的工程师'，科学理论上无法解释的事情，工程技术上却可以应用，这也并不奇怪呀。"阿图尔道，他见舒尔茨的神情仍是将信将疑，便接着解释，"人心中的万千恐惧、万千种'怕'，都奠基于一种最深的'畏'之上。'怕'都是具体的，取决于欲望与爱恨；而'畏'乃无中生有，是托起所有'怕'的深渊。'畏'本身无涉价值观，所以我们用药物阻断它、抑制它，并不会改变人的思想，却能改变人的情绪。"

这还能叫勇敢吗？岂不是如同行尸？舒尔茨心中大为不悦：帝国军刚刚战败，你就献上这样的邪门武器，难道不是藐视于我军？银河之内这样想的人不知还有多少，我要堂堂正正地证明给你们看，士气与无畏岂是精神邪术。

这一刻，舒尔茨的脑海中浮现出涅尔琴上空敌军抛来的万盏光明。其实，就连纵横战场的他也想不清楚，是什么让人战胜死亡的恐怖，却觉得这力量正源于最深的敬畏，这与遗忘自我的癫狂决然不同。恰恰相反，每当身处真正的险境，他心中反而会闪过那些只在夜深人静时自语的思绪；也因为军人生涯赋予了他这样的体验，如舒尔茨这般野心勃勃的人，在静夜里也时常会想，即便入眠之后再不醒来也已经度过了还不错的一生。

"我以为教会只对传教有兴趣，没想到还对这种手段有兴趣。"舒尔茨言语之间仍不动声色。

"殿下您取笑了。我们研究这种药，起初只为克制教皇派异端，他们堕入了精神污染的邪道。正如我刚才所说，它的军事运用只是副产品而已。"

克制教皇派异端？难道你不是教皇派来的吗？不，舒尔茨不相信。他觉得很可能是教皇让那个伴侣这样说的，是用来让舒尔茨放松戒备的诡计。然而舒尔茨听说有克制精神污染的药，立刻有了兴趣：

科赫不是因为某种奇怪的缘由,免疫于精神污染吗?难道他与此有关?于是他对那僧侣说:"请讲。"

"使用了它的人,无论多强的精神污染都能抵抗。"

"难道是相当于'疫苗'的东西吗?"

"确实如此。"

"这'疫苗'只有贵教的研究人员知道吗?"

"还有殿下您,以及叛将温特利德·科赫知道。"

"什么?"舒尔茨不禁抬高了声调,果真与科赫的抗精神污染能力有关?忙问:"他是怎么与这种疫苗扯上关系的?"

"我的一名师弟,已经把另一份疫苗送给他了。"

舒尔茨听闻此言,便知自己猜错了,说道:"你们好大的胆子,居然把同一种武器两头贩卖!"

"岂敢,岂敢,我们不是贩卖,我们不收一分钱。无论是如殿下您这样富可敌国,还是如科赫那样一贫如洗,真正有信仰的教派都会一视同仁。"

舒尔茨这才明白,为何这名僧侣在他面前竟如此神气。他是在利用科赫的革命军威胁自己:如果自己不用这种技术,对方也可能用。然而想到这里,舒尔茨反而暗暗松了一口气。温特利德·科赫,那个人怎可能用这样的技术呢?如果你刚才的话是对科赫说的,恐怕要么被轰出门外,要么已被关押起来拷问了。舒尔茨觉得已经没有必要演这种戏,他直截了当地问道:"你既然敢这样坦诚相告,想必也已准备好让我不得不听你的理由了。"

"岂敢,岂敢,小僧不过是想凭有限的智力,助殿下平定宇宙罢了。世界上有些秘密,是连教皇也不知道的。"

果然如此。若杀了这僧侣,恐怕精神污染"疫苗"及其秘密将永不复得。可是舒尔茨生平讨厌受人恩惠,先前这僧侣欲帮助他却不要赏赐,已经犯了这条忌讳;他更恨受人所制,再加上这一点,更令他起了杀心。可是舒尔茨仍不动声色,问道:"贵教有多少疫苗,能供给多少士兵使用呢?精神污染武器一击便可覆盖一个星球,你的疫苗足够吗?"

"我目前只存有一份疫苗,只需一人感染,却足够百万人使用。"

此时,舒尔茨想起在奥厄的精神污染舰上,听过的一个传说:世界上能够存放化学药剂的,有千万种器皿;可是能够存放精神污染的,只有一种器皿,那就是活人。精神污染舰上那名自祭"点火"的僧侣,需要事先接受污染,而整艘战舰的作用,不过是物理增幅罢了。

"这种所谓的疫苗,也是靠类似传染的方式来传递给其他人的吗?"

"殿下英明,正是如此。"阿图尔注意到,舒尔茨话中带着一个"也"字。

"你说吧,你要什么条件?"舒尔茨问道,他打定主意:此事必须秘密行事,假如对方要得太多以至代价过大或必然暴露的话,那就立即回绝。

"我所要的条件微不足道,只需殿下答应三件易事:其一,让我进入先帝创立的长生不老研究所,我刚来的路上发现那里已经上锁了。其二,让我从您此次出征带回的战俘中,选出三名最合适的来做试验品。其三,请允许我从军中挑选三名士兵来验证它。"

"为什么要进入那个……什么研究所?"

"因为里面有我想要的东西。"僧侣答道，微微一笑，"殿下，您只要撤去卫兵、打开它僻静的后门便可，我会从那里单独进出，绝不会让人发现。'帝国政府重启长生不老计划'这样愚蠢的新闻绝不会出现在媒体上。"

"那三名战俘又是用来做什么的？"

"听说这批战俘，皆是国王堡僧团的人。精神科学要内外兼修，所以最好选择信仰特别坚定的人——他们是试验品，而试验品可能会死。按照帝国的作风似乎该用死囚，然而死囚毕竟有档案，战俘暂时还未录入档案。"

"哼，你倒是替我想得周到。"舒尔茨冷笑一声。

"小僧为殿下做事，自然要为殿下着想。"

"那你需要三名士兵来向我演示疫苗的效力？"

"是的，准确地说，这三人才是重点，那三名战俘不过是对照组。我相信军中符合条件者很多，找出几个够格的志愿者还是没问题的，前提是我亲自挑选的信仰坚定者，这一点至关重要。当然，我保证绝不会有'帝国军强迫军人进行活体实验'这样的消息泄露。"

"您一直强调疫苗受体要'信仰坚定'，这是为什么呢？"

"我们希柏里尔教会的精神科学，有两个方向，一条路从物理影响心灵，另一条由心灵支配物理。无神论者以为后者只是幻想，但至少拥有某种心灵状态的人，确实能筛选出相对应的物理状态……再说下去就太复杂了，总之，人们常用拱门来比喻精神科学：心灵与物理是两条支柱，要想交汇在那顶点的拱心石，仅靠一侧的廊柱是行不通的。所以，疫苗的实验与运用，也只能用在我们为您挑选出的信仰坚定者身上。"

"随你的便。"舒尔茨不相信这些话,听得不太耐烦,他按了隔壁的铃。

梅耶贝尔推门走进办公室,他斜过眼珠瞥了一眼这名僧侣。

"你还有什么资金或物质条件上的要求,就向他说吧。"舒尔茨说。

"多谢殿下。"

舒尔茨挥挥手让他出去了。梅耶贝尔办事细致谨慎,这种事可以放心交给他去办。如果这僧人的计划有疑点,他一定会禀告舒尔茨的。

第二节:旧地

1.

两周之后,也就是11月7日,阿图尔通过梅耶贝尔,邀请舒尔茨在一处空置的陆军营地见面,考察疫苗效果。这个地点也是梅耶贝尔选定的,半年前驻扎于此的帝国中央陆军再度被全灭之后,新召兵员不足以填补空缺,所以有大量设施暂时闲置。他们来到一处离营地外墙最远的大厅,风从窗外吹入的落叶,由于无人清扫,反而比外面的空地积得更多。在大厅的正中央,站立着阿图尔挑选出来的两名士兵。

舒尔茨刚想问,你不是要了三名士兵吗?还有一人呢?可是他未及开口,阿图尔就高声说道:"孩子们,接下来,你们将接受帝国最高统治者的检阅。"

"是!"

僧侣一挥手,两名士兵开始相互打斗。舒尔茨立即看出了怪异:他们身体僵硬,几乎没有下意识规避,也没有因恐惧或顾忌发生动作上的扭曲变形,因此每一拳、每一脚都以标准动作大力打出。一名士兵腹部被踢中,按理说应当剧痛难忍,却丝毫未影响反击力度。疼痛只让他们愈战愈勇,即便是明显落败者也不认输,直到倒地不起,对手仍全力扑过来。

舒尔茨见状,拔剑前跃,刺入他的小臂,那士兵竟然朝护国主攻来。

舒尔茨应战。由于对方根本不知闪躲,舒尔茨有许多机会可以杀掉对方却未下手,这反而把自己逼得险象环生。他本能地用剑架在对手的脖子上,可是即便如此,对方仍没有停止攻击。

"停!"舒尔茨下令。

紧绷的拳头在舒尔茨的面前止住。倘若这一声命令来迟半秒,他的脸就要开花了。

"打这堵墙!"

"是!"面前的士兵立即转身,把拳头用最大的力气朝着墙壁抢去,一下子便是关节碎裂的声音,有血飞溅到一旁舒尔茨的脸上。

这一下,把久经战阵的舒尔茨看得心惊肉跳,他终于明白了阿图尔所说"再没有怀疑或畏惧"是何意思,心想,这哪里是什么抗精神污染的疫苗,分明是邪门不下于精神污染的妖法。舒尔茨的余光瞥见僧侣正在一旁欣赏眼前的一幕,神情颇为得意。

"给我打这个人!"舒尔茨举起剑来,指着阿图尔僧侣。

阿图尔弱不禁风,只需三拳两脚就会要命,又岂能经得起这般殴打?可这僧人却面无惊慌之色。士兵的神情有了变化,舒尔茨感到他的愤怒就像一阵热风,向着自己吹来,他攥紧了手中的剑。

士兵没有听从舒尔茨殴打阿图尔僧侣的命令,而是朝他攻过来。舒尔茨身子一斜躲过一拳,一跃跳到了阿图尔身旁,剑尖戳住了他的脊柱。

"我已见识到了成效,可以收手了。"

阿图尔抬起手,示意士兵停下,缓缓转过头说道:"殿下,有一件事忘了和您说:疫苗不能改变已有的思想,只能把原有的执念变得更强悍、更难改,因为它能让人们遗忘了它最初的理由。殿下,您可知道,怎样的欲望最难消除吗?就是那些遗忘了理由的欲望。这也是为何我要用士兵,而非战俘来训练——若是战俘的心智被如此强化,他们会不顾一切地杀死您。"

"原来如此。"舒尔茨冷冷地说道,手中利剑不曾移开对方的背脊,把那层薄薄的僧袍刺破了。他心想,此话若假,说明这些士兵的怪异行为背后,有你尚未告诉我的秘密;我身为帝国的最高统治者,那不能告诉我的秘密,即便不对我有害,也必对帝国有害。此话若真,说明你培养抗精神污染的士兵为假,把军队变成教会才是真。因此无论是真是假,我最终都非杀你不可。

"可惜的是,"阿图尔说道,"如今帝国军信仰状况堪忧,符合精神条件的士兵太少。如果有一支军队,本身就由信仰坚定者组成,那就好了。"

这时舒尔茨隐约捕捉到了一丝言外之意,莫非他指的是圣殿骑士团?这是当今仅存的一支武装僧团了。想至此处,舒尔茨觉得此人果然是教皇派来的;转念一想,却又觉得有些说不通:教皇若想在自己的骑士团中做实验,又何必告知于我?难道还有什么需要借我一臂之力的地方?他想起在奥厄,教皇明明可以凭一己之力屠尽米哈伊尔和他掌管的陆军,却偏要拉上我,试图用这罪业控制我。这一次他趁我军兵败,向我兜售这种精神药物,恐怕也是类似的陷阱。

这个叫阿图尔的僧人,究竟与教皇有无关系?舒尔茨宁可信其有。于是在后来的对话中,只要阿图尔有把话题引向疫苗的军事运用或教皇的圣殿骑士团的苗头,舒尔茨就含混地应付过去,拒绝给出任何有实质内容的答复,更不用说什么承诺。

告别阿图尔之后,舒尔茨坐车回家,途中想道:即便只是一个小小的僧侣,当我意识到他可能是教皇暗中派来的人的时候——仅仅是这种可能性,就令我心有戚戚。耶柔米教皇就像阴险的毒蛇,总是在人最脆弱、最易受诱惑的时候出现。在热爱舰队生涯却不习惯狭小的帝都要塞的舒尔茨看来,这是比战场上的叛军更大的威胁。

2.

舒尔茨回府后做的第一件事,就是让梅耶贝尔的情报人员报告跟踪监视阿图尔的记录。监视者报告:此人未和军部有过任何来往。这原本会让舒尔茨大感意外的消息,此刻却确证了他的猜想:僧人的士兵根本就不是根据军人名册上的信息挑选的,而是另有一套什么"信仰坚定"之类的筛选标准。

阿图尔僧侣在那个"长生不老研究所"里究竟做些什么呢？舒尔茨记得，科赫所属的特种部队曾经守卫过它。于是他让梅耶贝尔派人今夜潜入那里，查他动过些什么东西，调用过什么档案。

结果是令人失望的，那里的监控录像早已停用。电脑确实被用过，一些文件被清除了。显然僧侣不想让后来者看到其中的某些内容。负责调查此事的，是特种作战部的卡什尼茨准将，科赫当年的上司。梅耶贝尔问他是否知道这个研究所的事，他也不知这个研究所究竟是做什么的，只知奉命严加看守。

梅耶贝尔再问：当年为何选择科赫去守卫这个研究所？

卡什尼茨说出了一个惊人的事实：当年选择科赫看守"长生不老药研究所"，其实是按照教会的要求，根据"阿里阿德涅计划"中得分排名，选择最高者派去的。

"阿里阿德涅计划？"梅耶贝尔想起，这是一个主要面向军队的精神测试，受测者被催眠并置于幼年梦境，这些梦境千奇百怪，唯一的共同点是都有一堵无限高、无限长的墙。而测试的指标，就是哪些人在"幼童梦境"中能否不扶墙壁直立行走。因此这个精神测试也被受测者们神秘地称为"扶墙测试"。

梅耶贝尔心中断定，这个研究所，以及所谓扶墙测试背后定有更深的秘密。可是无论如何追问，卡什尼茨也说不出什么新内容了。梅耶贝尔心想，他知道的大概只有这么多。接下来就要找当年的相关者。科赫是找不到了，那就把曾参与其中的科学家找回来吧。梅耶贝尔仍将此事交给卡什尼茨去做，并嘱咐一定要快。卡什尼茨匆忙地鞠了三次躬，低着头退出了办公室。

出乎梅耶贝尔意料的是，第二天，卡什尼茨早早地来到舒尔茨的府邸，要求面见护国主当面陈述其中的秘密，不肯对梅耶贝尔说一个字。

"这么快？"舒尔茨问，"那个研究所里的人都找到了？"

"没有，殿下，没有。"

"难道是出了什么变故？"

"是的，殿下，是的。"卡什尼茨说，"他们都已经死了。"

"死了？"

"是的，参与'长生不老药'研发工程的所有科学家，都陆续病逝了。"

"确定是病逝吗？"

"确定，他们不是被谋杀的，而是病逝的。"

"您可是特种作战部的人！"舒尔茨问道，"一两年之内全部病逝，这可能吗？"

"按概率说，确实不可能；可是我连夜组织了一个小组，挨个排查过他们的档案，都毫无破绽。"卡什尼茨说道，"也就是说，他们应该不是研究所解散之后被暗杀的，或许是在里面工作时就已染上了什么怪病。只因各返行星后，寻常人无事不会以超光速通信互通消息，这种集体死亡才未被发觉。"

报告暂告一段落。卡什尼茨回去后，调出了研究所的病假记录，更奇怪的事出现了：该研究所自设立起，十多年间无一名研究员因病请假一日。难道这上百人都从不生病吗？若真如此，又何以在出站后两年内尽数病逝呢？他还注意到，该研究所其实并无长期驻站人员，所有研究员都是从宇宙各方的其他教团派遣的神职人员，任期多是一年，有的甚至仅半年。难道这是一种精神污染吗？感染了精神污染的疯人，根据强度不同，只剩几小时至几个月寿命；但若他们真的被精神污染了，为何又没有疯癫？

这时，另一些被指派去检查研究所监控录像的人也看出了之前被忽略的异常：当年这些研究员看上去是在日复一日地试验研究，但实际上他们每日的行为，都只是循环机械的重复罢了。同样的实验，有的每隔七日，有的每隔十日就要再做一次。调查员虽不懂科学，但也知道绝不正常，于是将这一情况报告给了卡什尼茨，而卡什尼茨立即转报给了舒尔茨。

"长生不老药研究所"，舒尔茨念着这荒唐的名字，一瞬间觉得阴森森的，"难道其中的人都体验不到时间流逝吗？"他想起古代史诗中，主人公被女神囚禁七年，许诺不老不死，最后幸得逃脱返乡。还有古老的航海传奇，主人公就像我们宇宙时代的人一样，从大海上的一座岛屿漂到另一座；其中一座岛上住着不死的人，衰朽之后无法死去，终日活在悲苦、嫉妒与妄念中。

"殿下，您还有何吩咐？"卡什尼茨的话打断了舒尔茨的思绪。

"前日您说到过，是教会要求派扶墙测试的最高分者负责此研究所，而温特利德·科赫正是特种作战部中以最高分通过扶墙测试的人，对吧。"

"是的，殿下。"

舒尔茨问他："告诉我，温特利德·科赫在特种作战部时，是一个怎样的人？"

卡什尼茨准将努力地回忆着，科赫究竟是一个怎样的人？他想不出来。因为科赫在特种作战部时留给他的印象唯有勤奋好学，至于其他方面，他那僻静又模糊的面孔，与如今大张旗鼓的公然反叛对比鲜明。卡什尼茨不知道，科赫当年那种绝不放松的警惕与戒备，只因身为科伦坡幽灵，沉重的秘密过早地压迫着他青年的心。他也没有意识到，正是科赫在自己手下形成的这种性格，让他把一切计划的关键都藏在脑中，反而让自己派去革命军内的间谍无法刺探到任何有价值的情报。

"我想我知道的并不比您多，殿下，您这个问题太困难了。"

舒尔茨缓缓点了点头，只道："我想也是。"

3.

帕特里克身在战俘营，却是无忧无虑，觉得这种什么事都做不了，因此也不必多想的牢房生活反倒悠闲。他就是那种当问题反正无法解决，就等于没有问题的人。直到他听说舒尔茨要挑选战俘，便想自己可不能暴露。他不知道前来挑选战俘的其实是一位僧侣，却仍猜对了一半：阿图尔要找的正是他，就连选出三名士兵的事，也是为掩护搜寻帕特里克而放出的烟幕弹。他对舒尔茨说：三名战俘只是三名士兵的试验对照组，其实真相恰恰相反。半个月前，当阿图尔在新闻上看到"被俘敌军指挥官帕特里克"的照片时，就知道那人是假冒的；之所以有人冒充他、保护他，当然是因为真正的帕特里克就活在战俘营。

帕特里克之所以能隐瞒身份,是因为国王堡教团不照相。他们坚守的教义认为,照片以浅薄的方式描画灵魂,以虚假的方式凝固时间。这既在帝国军的监押下隐藏了他的身份,也给阿图尔寻找他制造了困难。没有照片,难道搜遍战俘营吗?这样根本没用,谁都能轻易地躲藏起来。然而阿图尔自有办法。他命令战俘们逐次通过一扇写有标示牌的门,而他自己则坐在一个走廊的尽头,等待他的弟兄。

最终走到这里的只有一人。

"帕特里克弟兄,好久不见。"

"阿图尔?"帕特里克惊讶地叫出了对方的名字。

阿图尔点了点头,让帕特里克上车,两人来到长生不老研究所的后门。下车时,阿图尔见帕特里克仍戴着镣铐,说道:"只可惜我无法解开它,不过,我想,在帕特里克弟兄看来,人行走在世上,有镣铐还是无镣铐,也无太大分别。你一定好奇我是怎么找到你的,为什么别人过了这扇门后都不见了,唯有你继续向前直走。"

帕特里克没有回答,他知道阿图尔一定会告诉他答案。两人走进研究所后,在一处靠近建筑中部的、无窗的房间里坐下。阿图尔前几天进来之后,无法一个人打扫这么大的空间,所以地上仍满是灰尘。

"我用亮度完全相同的颜色写了指示转弯的方向和禁止直走的路牌,其他人都看得到,唯有你看不到,便径直走到我这里来了。"

"帝国军知道你在找一个全色盲吗?"

"怎么会?医学史上已有近千年没有色盲了,这种古老的疾病早就被消灭了。真可笑,圣人与贤者常具有与众不同的视觉:幻视或失明，甚至两者兼备。古经有云：'五色令人目盲'，为什么色盲的世界不能更接近真理呢？"

"你不是在今年初，也就是起义前，跟随雅宁斯师父离开了教团吗？"

"是，但后来不知为何，约阿斯神父又来找到我们。可是他那个蠢货，没发觉自己被跟踪了，引来一群教皇的追兵，把他们都抓走了，只有我逃了出来。"

"什么？"帕特里克本想质问他，怎么可以叫约阿斯神父"蠢货"呢？但他听到这个消息，竟顾不得这么多了，紧张地站了起来，"竟然如此？你所说的这件事，损失如此巨大，以至于我在涅尔琴葬送的整个骑士团，与之相比都算不上什么了。"

"是啊，被一网打尽了。当初约阿斯起义之前，让教团的大部分研究员离开。革命就是赌博，但科学不能因输掉政治赌局而一并夭折。还记得他当时说的话吗？"

"记得：一个阿基米德比十座叙拉古更珍贵。"

"唯一幸运的是，我把它带出来了。"阿图尔说着，拿出了一个黑色小瓶。

"疫苗鱼？"帕特里克说，"老师给你的？"

"他怎么可能把鱼交给我？幸亏我在最后关头擅自将它盗出，否则如今它已落入教皇手中。我差点忘了，疫苗鱼不正是您的发明吗？"

"鱼不是发明，只是一次意外。我甚至都不是正式的研究员。"

"您太谦虚了，确实是意外——多么伟大的意外啊！"阿图尔说道，"我在这个研究所里查阅了阿里阿德涅计划的记录，果然不出所料，高分者多被教皇编入了他的骑士团。我已经和舒尔茨说，疫苗只能用在'信仰坚定'者身上，也就是用在圣殿骑士团那帮人身上。"

"你是想做什么呢？"

"我想使教皇的整个骑士团都感染疫苗。只可惜我错判了一件事：我原本以为，奥厄行星事件是舒尔茨和教皇合谋的，他们该是相互利用的关系，所以我才去找他，拐弯抹角地告诉他，这种抗精神污染疫苗能让士兵免除疑惑与恐惧，期望能让我用在教皇的直属骑士团身上，让他们去与叛军作战，这样也能填补帝国军兵力折损后的空缺。可是，他似乎对教皇戒备颇深，不愿这样做。我每次向他暗示此事，都似乎反而加固了他的抵触。但是无论怎么说，他允许我进入旧研究所，还让我找到了你，这已是帮了大忙。"

阿图尔一直没明白，舒尔茨不仅提防教皇，而且还怀疑他是教皇派来的；舒尔茨也没有看清，阿图尔的真正意图是想用疫苗毁灭教皇的骑士团，而非帮助教皇算计自己。如果阿图尔坦率地告诉舒尔茨一切，反而可能直接达到他的目的。

"你为什么不直接找教皇呢？"帕特里克问道。

"你问的是什么傻话？教皇也是当年栓星台的人，他知道疫苗的副作用。"阿图尔说，"你知道这个研究所，为什么最后废弃了吗？"

"为什么？"

"因为这里的研究员都是流动的，他们出站后都死了。教皇没做成疫苗，其副作用倒是实现了——它不过是把精神污染的迅速衰竭，延长到了一年半载而已。"

"啊！"帕特里克不禁叫了出来，面露可怖之色，问道，"阿图尔弟兄,你在与舒尔茨合作吗?但我在革命军做指挥官,又怎能服务于舒尔茨呢?"

"你错了!我们国王堡教团的使命是什么?是对抗教皇派和他的精神污染邪术!帕特里克,无论是利用谁,难道不都一样吗?我们是希柏里尔教僧人,僧人没有国家,只有浩渺星辰是我们永恒的归宿。"

"你把我的事告诉舒尔茨了?"

"哼,当然没有。你还是这么瞧不起我?我再不济也不至于连这一点都分不清:纵然是护国主,他也只不过是一介俗人。"僧侣说道,"我确实是想再做一次疫苗实验,难道你就不想知道自己究竟是怎么回事吗?"

"我没有瞧不起你。"帕特里克说,"你是正式的研究员,我不是。我也知道,你是永远不会真正与任何人结盟的。"

"罢了。"僧侣说,"事情已经和你说明了,我们现在不正在旧研究所里吗?你知道,从这个研究所,可以去那个地方……那里有雅宁斯师父留下的全套档案。"

"舒尔茨知道雅宁斯师父的事?"

"他当然不知道。"

"对了,你刚才说到奥厄行星精神污染轰炸,舒尔茨真的是幕后主使吗?"

"这个我们不知道,但也不重要,因为这只是一个关于过去的问题,而未来不能受制于过去。他若不是,自然没有问题;他若是,就更有充分的动机消灭精神污染武器,他的敌人就是我们的敌人,更不会有问题。所以无论他过去做没做过,对我们而言,都可以借助他的力量。"

"你不是已经有疫苗鱼了吗,又何必找我呢。"

阿图尔本想说,既然借刀杀人不成,无法利用舒尔茨的权力让教皇的骑士团感染疫苗,我就只有亲自下手了。但他觉得自己若以此为由,帕特里克肯定不会帮他,于是便说:"只有你知道通往灵薄岛的入口密码,只有我知道它的位置。"

"你要去那里做什么?"帕特里克问道,"那个地方,我一次都没去过。"

"现在它就在你的身旁。"

"你说什么?"

"它就在你的身旁。"阿图尔说完,打开了研究所房间墙壁上的一排开关中的三个,墙壁上出现了一扇门,"师父只告诉了我大门的位置,只告诉了你进门的密码,现在我们联手吧,它就在这里,就在你面前。难道你不想去那里看一看吗?"

4.

正如在战场上听到舒尔茨以栓星台频道发出的信息时一样,帕特里克无法抵抗这诱惑,他犹豫了片刻,还是解开了密码。两人走进了长长的地下通道,上坡、下坡、左转、右转,走了约半个钟头,通过几扇厚厚的隔离门,爬上一段长长的台阶,来到另一扇门前。

"这已是第四道,也是最后一道门了吧。"阿图尔在帕特里克身后说道。

"是的，前面就是灵薄岛地宫了。"

帕特里克解开最后一道门的密码、推开它的一瞬间，只觉得后脑勺上一阵剧痛，他挨了重重一击，失去知觉倒在了地上。

阿图尔站在伏倒的帕特里克身后，垂下眼睛看了他一眼，就又抬起眼睛平视前方。他终于来到了这座地宫。二十年前，这里曾有一个更伟大的名字：栓星台。他来到一处控制室，从怀中取出一个黑色小瓶，瓶中装着一条小鱼。鱼儿似乎感觉到瓶壁被人握着，在黑暗的瓶中游动。他打开瓶盖，把它举到一处水箱的上方。

"你就要自由了呀。"阿图尔喃喃说道。

这鱼儿便是精神污染疫苗的载体，它即将把疫苗以水为介质扩散到整个灵薄岛。灵薄岛地宫是教皇派的修炼场，又名"锻炉"，它被注入微量的精神污染，经过筛选的圣殿骑士僧侣们每日在此念诵经文，有的用记忆对抗环境中的精神污染，有的用遗忘。这种循序渐进的修炼，虽能将精神污染抗力提升到高于常人的水平，但终究不能与免疫者相提并论。

阿图尔闭上双眼，倾倒手中黑瓶，疫苗鱼"扑通"一声落入水中。疫苗反应不同于一般的精神污染，不会被污染检测计检测到；他们将浑然不觉地把疫苗带回到军营，将其扩散传染。如此便能用疫苗污染整个圣殿骑士团，把教皇逼至丧失全部武力的境地，看看他还能做出什么来。

教会已堕落了太久，她沉迷于武士的虚荣和知识的欲望，忘记了诞生之初的使命。她已经从起初那个受难者和罪人的宗教，变成了征服者的宗教、胜利的宗教、学者的宗教。教廷庞大的高层组织看似盛极一时,其实只是权力的空虚和精神的没落。教皇通过狡猾的手段,在罗得骑士团参与叛乱而遭裁撤之际,保住了自己的圣殿骑士团和这座灵薄岛——它是在当年栓星台的原址上建成的,我的老师也是从这里出来的。这条小鱼能给这批修行僧染上疫苗,再由他们回去传给整个骑士团,他们的身体一年内就会凋枯。教廷必须毁灭,信仰才能新生。我的老师,您当年在栓星台研制出这疫苗,却不愿将其投入应用;您说精神科学是一条不归邪路,行动上却不够彻底,您苦心保存的疫苗,就是栓星台的结晶。如今,它将给教皇派播下毁灭的种子。

阿图尔听见楼上有人走动,便想从来时的通道回去,走至门前,却发现不知何时,那扇门已悄无声息地自动合上。被他打晕在地的帕特里克倒伏在门的另一边。

"不知道密码,我回不去了。"

阿图尔听见楼上的脚步声越来越多,还有水声,然后是诵经声。看来僧侣们起床了,开始了一天的进修。我怎样才能逃出去呢?阿图尔钻进货运电梯,按下了最高楼层的按钮。电梯穿过几层地宫和地上的石质建筑,来到一个平台。

"谁在那里?是什么人?"

阿图尔听见有人在冲着他喊。暴露了。他慌忙跑向崖边,那里有一个小瀑布。他双眼紧闭从十几米的高处跳进灵薄岛前的小湖,脑中只想着自己刚才凌空一跃时,看见的崖边石缝里的一株小草。他不知道自己为何此时拼命地想着这株草,却知道自己心中最恐惧的,正是几分钟前刚刚放入供水系统的那条小鱼,因为灵薄岛的供水与这个浅湖相连。但愿贮存在小鱼儿体内的精神污染疫苗,不至于扩散得这么快。他认准对岸的一片树林，扎进湖底拼命地潜游。上岸后，阿图尔朝对岸望去，看见灵薄岛上出现了骚动，有人朝这边张望。他拧了拧衣袍，拦下一辆无人出租车回到住所。下车前，他细心地擦拭了车内的水迹，确保精神污染疫苗不会感染下一名乘客，否则一旦在内城扩散就完了。

阿图尔擦拭完水迹后，按下结束行程按钮，出租车便驶远了。他心想：湖水里的污染只需两周就会沉淀，这正是灵薄岛前那片小湖的用途；然而地宫内的污染会常驻不散，这也正是地宫的设计宗旨。岛上那些骑士团僧侣，一周后就会离开帝都返回驻地，传染给他们的战友。时机把握得分毫不差。刚才我在湖水里被疫苗感染了吗？即便有也应当是微量的，得起码两周后才知晓。就算这已是最后的时间，我也必须保持完全的理智，因为还有最后一件事尚未做完。阿图尔想了想，觉得尽管早做会有被舒尔茨突击搜查到的危险，但还是迟做不如早做。他把一张老师二十年前从栓星台带出来的、略微发黄的纸在面前展平，左手执笔，稍作思考之后，换成了自己用不惯的、无力的右手，开始从每个单词的最后一个字母开始，倒着写一封信。写完后，他把信塞进了自己从老师那里拿来的、同样是二十年前从栓星台带出来的旧信封，连说三遍："十天后寄出，十天后寄出，十天后寄出。"然后，他又拿出一个最普通的信封，开始用右手写另一封信，写完封好后，连说三遍："十二天后寄出，十二天后寄出，十二天后寄出。"他仿佛要把这句话刻在脑中，生怕忘记。

第三节：神火

1.

　　十一天后，已是秋去冬来。穆罗梅茨堡教皇府内，耶柔米手中捏着一封今日刚收到的手写匿名信，笔迹犹如习字幼童，经鉴定很可能是一个左撇子用右手逐个字母从尾到头倒着写的，明显是为了躲避帝国警局强大的笔迹库比对。来信人用的是废弃二十多年的栓星台的旧信纸和旧信封，这才是真正的身份，让署名或匿名变得不再重要。在信息高度依赖电子媒介的时代，纸张往往供特殊用途，信纸大多有所属单位的标记。如果说银河帝国是建立在超光速瞬时通信网上的，行星组织是建立在两千多年前发明的电磁波信号上的，那么帝国各单位之间的壁垒，就是建立在古老的信纸上的。

　　信中的内容是：舒尔茨已用精神污染物给当今仅存的最后一支骑士团，也是唯一听命于他的圣殿骑士团下了毒，很快就会传染开来，下一步就要镇压这三十万名感染者，并收缴骑士团的舰队武备。类似来历不明的恐吓和挑拨，教皇并非第一次遇到。然而这封信却值得认真对待，一来信纸特殊，二来当下形势也与以往不同：舒尔茨有更充分的动机这样做，不仅是因为君主都厌恶独立武装，也是因为帝国军前不久刚损失了近一万三千艘战舰，急需补充。教皇原本以为按照舒尔茨的性格，他该不会使用精神污染剂这种手段才是，然而他若想毫发无损地夺走这批战舰，而不是在战斗中炸毁它们，如此手段便不得不用了。一旦朝这个方向想下去，教皇便又推翻了起初对其性格的判断：舒尔茨对奥厄事件怀恨在心，如果他故意使用精神污染物报复自己，倒也颇符合这位护国主的对等报应美学，就像在豹厅那个反叛之地以决斗对付那些反叛他的贵族一样。

耶柔米教皇立刻派人询问圣殿骑士团舰队的近况，两小时后报告传来：骑士团内出现了疑似精神污染。

"是就是，不是就不是，'疑似'是什么意思？"

"大人，情况确实很难判断。起初我们觉得这些人只是精神亢奋，还以为是好事，以为他们的修炼就要打破关节，至大通神境界，没想到异常者逐渐增多，检测后发现有类似精神污染的反应，却又明显不是精神污染。再次检测后，仍是这样奇怪的结果，且贮藏室内的精神污染剂并没有泄漏。所以我们来向您禀报。"

待到更详细的报告传来后，教皇心中骇然。他断定，这不是精神污染，而是二十年前栓星台研制出的疫苗。他也知道，当年的疫苗之所以在研发成功后不久就被埋藏，无法投入使用，是因为它会将人的寿命缩短至一年左右。

"找到感染源没有？感染人数呢？"

"源头是从灵薄岛回来的最新一批士兵，据其中不止一人回忆，此前似乎曾有外人潜入岛内。如今出现症状的人数已有百分之一。"

教皇心想大事不妙，这说明穆罗梅茨堡有人通过这批士兵，有计划地感染我的骑士团。否则失传了二十年的疫苗，绝不会无缘无故重现。那批士兵回来已有一周，今日发作，已经能根据感染的潜伏周期逆推出它的稀释度和传播效率：感染者或许已有百分之十，且混于人群难以分辨。现在施行隔离已经晚了，即便能降低传染率，一年之后仍会有三成士兵离奇死亡，骑士团同样会遭解散。

"教宗大人！"正当此时，又有一名僧侣慌忙地前来报告。

"什么事？"

"就在刚才，舰队港那边传来消息，特种作战部的卡什尼茨准将率领一个调查团，去圣殿骑士团的驻地了！"

这会是受命于舒尔茨，去调查骑士团的精神污染吗？消息不可能泄露得如此之快——哪里有人刚刚毒发，本该待在医院里的医生就冲进家门的事？若真有这般情况，显然就是医生下的毒。于是教皇相信，这次感染本就是他们策谋，目标是以此为名铲除骑士团，并夺取全部的战舰；至于两者之中哪个目的更主要，前者是否仅是达成后者的手段，又有何区别呢？时间已容不得多想了，教皇立即下令：圣殿骑士团全员出动。

"大人，在如今这种异常情况下吗？"

"当然。如果你不想坐等被解散，舰船全都落到舒尔茨手里的话。"

"大人，去往哪里？"

"去一个前日存在，昨日不存在，今日再度存在的地方。不要问，先按我说的做。"

教皇耶柔米想到的那个地方，正是他当年初建此骑士团时，将其命名为"圣殿"之所。他还想到了一位国王堡教团的故交，前些时日据说被骑士团抓获，自己还没来得及去探望；此人当年离开栓星台之前带走了仅有的疫苗，还带走了唯独一份尚在实验阶段的疫苗解药，能令使用者延长寿命，不至于一年即死。这既是长生不老研究所的目的，也是希柏里尔教失落的圣杯。只要带着他去那个地方，找到那个人遗落的解药,说不定就能起死回生。

教皇一边沉思,一边对身旁一位神父缓缓说道:"你也去与他们会合,他们会先往科赫的叛军占据的米滕多夫方向走,我随后会到。待时机到来,我自然会告诉你们目的地。"

"是的,大人。"

"先别走,"教皇招了招手,他说这句话时脸色阴沉,"还有一事要你去办。"

接着教皇让这名神父凑近,在他耳边低声耳语了几句。

"可是大人,您也在穆罗梅茨堡呀!难道您要牺牲自己,同归于尽吗?"

"无须担心,我自有神恩佑护。"

教皇的计划是这样的:既然舒尔茨想利用精神污染吞并我的骑士团,那么以其人之道还治其人之身,就是最公正不过了。他下了决心,出动仅剩的最后一艘精神污染舰轰炸穆罗梅茨堡。只要成功,我就能吞并整个帝都要塞的硬件设备,建立一个神权帝国。但若不成功,又当如何呢?此计只有一次机会,若不能将帝国高层一网打尽,必然反遭清算。教皇想到这里,觉得前路异常凶险。

教皇前思后想,想出了一个两全之策:派遣小股舰队护送精神污染舰前去穆罗梅茨堡,若能成功避开帝国军的耳目,就对穆罗梅茨堡施行轰炸,然后立即派兵以平乱为名抢下帝都要塞。只要有了要塞巨炮永恒之矛,就不怕其余的帝国军或革命军前来围攻。但若此次行动半途被拦截,就说从反叛的国王堡僧团中缴获了精神污染装置,主动上缴给帝国中央政府;如若被问起为何不提前通报,就说为避免通信被窃听，让凶险的杀器在半途被劫，才未通报。

为了把戏做足，教皇立即动笔，亲手写了一封给舒尔茨的信件，让这支远征队的指挥官随身携带，一旦行踪暴露就交给帝国军。"愿天上的国永佑地上的国。"他写完后捧起信纸，把信通读了一遍，又把这最后一句读了三遍，觉得以此句结尾诚恳极了。接着他与自己的心腹，圣殿骑士团的利奥大团长进行了瞬时通信。

"大人，您这封信写得真好。"大团长隔着屏幕之后，由衷赞美道。

"这信自然是写得好，但用不上才更好；你要派人小心行军，万事以避开帝国军耳目为最优先，我会派人在中途把它递去。"通信挂断后，他便让信使带着这封信急赴穆罗梅茨堡港口，去与精神污染舰会合了。

2.

正当教皇在紧迫中开始行动，舒尔茨也收到了一封匿名怪信，经笔迹检验，是一名左撇子用右手倒着写下的，信中说直属教皇的圣殿骑士团近日或有异动。于是舒尔茨没有经过帝都卫戍舰队，而是调动自己的中央舰队暗中增派了对那个方向的航线侦察，果然不久接到情报：有三艘圣殿骑士团战舰正往穆罗梅茨堡方向来。他又追问了一遍，此前可接到过来自教皇的消息？通信员说没有。舒尔茨想：据惯例，只要有超过四艘规模的船队通过传送门，就要提前通报；只派三艘，明显是刻意隐瞒。舒尔茨下令继续严密监视骑士团，结果第二天又有情报，说有第二批三艘骑士团战舰朝此方向驶来。那封匿名信上的话居然应验。这区区几艘战舰，令舒尔茨想到了奥厄。其中若有精神污染舰的话，已可将帝都变成一座疯人院，然后就可以仅凭这六艘战舰中仅千余人的兵力控制整个要塞的硬件。

舒尔茨立即下令派两艘战舰前去拦截。他知道双方一旦交火，就会引来附近巡弋的守备部队。

"可是这样的话，对方会不会有什么……出乎意料的反应？"梅耶贝尔也隐隐觉察到了其中模糊的危险。

"你是不是觉得，圣殿骑士团尽管只派了三艘舰船，但万一有精神污染舰怎么办？其实我派人去拦截，就是逼对方要么投降，要么在不惊动周围的巡弋舰队的情况下摧毁之，也就是逼他们启用杀人于无形的精神污染，不是吗？"

"是。"梅耶贝尔明白了，舒尔茨是想以此为由彻底铲除教皇骑士团。可是他仍没有离开。

"怎么，还有什么问题吗？"

"殿下，派谁去送……指挥这两艘船呢？"

"这个我已经想好了，就派帝都卫戍军的莱因霍尔德少将吧。"

"莱因霍尔德少将？"

"就是在欣德米特的追悼会上最悲痛的那个。"舒尔茨说，"既然他生前一直主张先发制人、速度制胜，又主张军队与教会结合，让他去就再合适不过了。如果他的抢攻能快得过教会的精神污染武器，就能活下来；如果慢了，也就遂了他与教会结合的心愿吧。"

梅耶贝尔没有说话，他明白，这种人在舒尔茨眼里是可以随便牺牲的。他甚至可能是故意想牺牲掉这名将官，为中层军官的晋升扫清障碍，那才是最忠于他的军官团。旧的不去新的不来。随着生产的开动，帝国军的中央舰队的数量半年后就会翻倍，舒尔茨也想借此机会重塑整个指挥系统，清洗教会的影响，同时替换掉这种无能之辈。可是让他退休不也一样能达到目的吗？为何一定要他死呢？殿下或许是觉得，既然必须有人去死，就让这个曾经力主教会介入军务的人死在教会手中，也算是冥冥中的报应。

"对了，还有，把那个教士给我叫来。事不宜迟，你快去吧。"舒尔茨说。

"是！"梅耶贝尔立即传达了这一命令。不久，阿图尔就被传唤来了，舒尔茨已在官邸门口等他。

"小僧竟让殿下久等，实在惶恐。"

"没关系，我们走，去看这场戏是否真的按照你写的剧本上演。"舒尔茨这句简简单单的话让阿图尔额头渗出了汗珠，他硬着头皮坐上了舒尔茨的车。

四十分钟后，舒尔茨来到要塞司令部，柯钦采夫元帅已召集了全部下属人员等候。

"殿下，您今天怎么到这里来了？"

"元帅，我刚才下令让莱因霍尔德少将乘一艘军舰，协同一艘僚舰去迎接一批来自教皇骑士团的客人，估计一会儿就要出发了，还请打开要塞大门放行。"

"岂需如此麻烦呢？凭殿下一封手令就可以……"柯钦采夫话已至此方觉不对，心想，既然是舒尔茨亲自来口述开城门的指令，那么定是极为重要，且不愿写在白纸黑字的事。我还是少问、少知道为妙。

舒尔茨见他欲言又止，心知他已经领悟了其中蹊跷，于是说道："所以又劳烦老将军为帝国操心了。"

"哪里，哪里。"柯钦采夫赶紧说道，他立即将舒尔茨的指令传递给了负责要塞大门的军官，要他们在莱因霍尔德少将率领两艘战舰出航时，无须上报立即放行，然后又强调了一遍：无须上报。

"殿下，我是否该让无关的下属们回去？"柯钦采夫凑近了问道，他觉得护国主亲自驾到，必定事关重大。

"不，不需要，您做得很好，把他们留在这里，为将要发生的事作个见证。"舒尔茨立即答道。他不打算说出自己特意派遣战舰去阻截教皇骑士团的意图，但接下来骑士团很可能会丧心病狂地再度动用精神污染武器，这必须被公之于世，也必须载入史册。

这位护国主又拉来了一张凳子，靠墙坐下，精神渐渐松弛。要塞司令部的人对这位墙边的护国主心存敬畏，他们进进出出，都小心地绕开他面前那条窄窄的过道，走另一侧。几个小时过去了，午夜已至。

"发现骑士团的来船！莱因霍尔德少将所率战舰已接近！"负责监控整个行动的梅耶贝尔终于快步走到舒尔茨跟前，说出了这句他等了很久的话。

"把教士从隔壁叫过来吧，时候到了。"

在传回的图像上，舒尔茨看到前来的三艘舰船中，其中一艘加装了他曾见过的网状"触手"。没错，那就是精神污染装置。要塞指挥部的众多官兵，包括柯钦采夫元帅，都从未见过此物，它丑陋可怖的影像投在大荧幕上，引起一阵议论。

网状触手缓缓向四方伸展，待它完全展开，想必会非常巨大。看到这一幕,阿图尔双腿颤抖,他给圣殿骑士团下了疫苗鱼,本意是消灭他们,以为最坏只会激起反叛,然后被帝国军消灭。这样,国王堡教团和教皇派就都没有武装了。阿图尔料定骑士团必有异动,却没想到教皇孤注一掷派来了精神污染舰,而且成功地穿过了帝都要塞周围的层层巡查。他更想不到的是,这是舒尔茨故意放它靠近的。

"殿下,这,这……"阿图尔知道那艘怪船有多么危险,然而身边这一房间的军官们却不知道。他不知道自己是否该说出这个秘密。

"切断与莱因霍尔德的通信。"舒尔茨说。

"殿下!请不要切断通信,请下令立即消灭那艘舰船!"阿图尔说道。

在舰队指挥系统中,通信切断意味着行动自由。切断通信之后,司令部的屏幕上显示,莱因霍尔德少将的坐舰突然加速冲刺,急速侧向移动后加速,其僚舰以相反方向几乎镜面般地执行了同样动作。舒尔茨读懂了这一左右夹攻,这是垂死一搏,他实践了自己关于先发制人的战术信条,想用极限的战舰运动绕过精神污染武器的杀伤范围。这说明,他也认出了精神污染舰张开"蛛网"的发射前准备动作。

只不过是区区两艘战舰,已能看出莱因霍尔德的舰队运动确有欣德米特的遗风,尽管是以一种怪异扭曲的方式呈现的,一味偏重速度和攻击角而牺牲其余的。如果他手中不是只有两艘而是有两千艘战舰,如果不是因为对方有更邪门的杀器,这快过闪电攻击是极难抵挡的。旁人虽看不懂,但在久经战阵的舒尔茨眼中,舰队运动早已犹如活物,仿佛这些钢铁巨兽亦有欲望和恐惧。从这垂死挣扎之中,他看出了赌徒押上毕生所学的最后一击,尽管早已决意牺牲掉莱因霍尔德，心中仍感到震撼。

在这震撼之余，一个念头闪过舒尔茨的脑际：为何莱因霍尔德见到精神污染舰张开网状天线，竟能认出它，并立即进行规避呢？由于去年海尔辛兰内战结束后，就封锁了精神污染武器的消息，在这要塞司令部里，无人认出这神秘战舰的真面目。莱因霍尔德竟然认识。从他的急速舰队运动中，就能看出他的绝望——他或许深深地知道精神污染舰的威力，甚至知道凭舰队运动的速度是无法逃离其照射范围的。他不过是区区一名帝都卫戍舰队指挥官，又是从何处得知这些机密的呢？考虑到莱因霍尔德当年曾顽固地支持教会介入军队，并反对欣德米特的兵法，难道也与这种足以改写战争规则的可怖武器有关？

舒尔茨已无暇去想这些。两艘战舰的护盾忽然变得肉眼可见，泛起了彩虹色波纹。要塞司令部的人们惊异地看着这奇景。通信切断后，满舰官兵已沦为疯人之事无法被传回要塞。只有舒尔茨认出了它，这熟悉的光泽。

"僧侣，我有一问，还想请教。"舒尔茨对身边的阿图尔说。

"请教不敢，殿下请讲。"

"我想问的是，这些士兵能否抗得住笼罩天宇的神火？"

"这种邪术，怎称得上是神火？"

"哦，您会错意了。"舒尔茨说，"是我不好，未说清楚：双方的士兵，能否抗得住永恒之矛？"

"永恒之矛？"

"嗯，敌军武器威力可怖，我欲以永恒之矛，与之一较高低。"舒尔茨笑了笑，喊道，"永恒之矛，准备！"

负责永恒之矛的是一名中校，他战战兢兢地问道，"可是，殿下，这样会误伤到莱因霍尔德少将的两艘战舰。"听了刚才舒尔茨和僧侣的对话，要塞司令部内已有人猜到了精神污染舰的真相，然而这位中校到现在还不清楚状况，不知道那艘战舰上，已经尽是半死不活的疯人。

舒尔茨说道："是的，但我军只有两艘，敌军有三艘。永恒之矛轰击敌舰！"

中校下令他的三名下属，分别开启了支配这门巨炮的旋钮。能量迅速地积聚，永恒之矛炮口洞开。它上一次发射，还是在数十年前，穆罗梅茨堡驾临辉恒城的天顶，将古都焚为灰烬的那一天。

"永恒之矛已经开始充能，百分之五、十、十五、二十……"

舒尔茨其实没必要等待充能完毕，要消灭这区区数艘战舰，只需将炮火夹角调小，哪怕百分之十的功率也足以在这样的射程上将其击毁。巨炮满功率发射的成本，二十倍于这两艘驱逐舰的造价。

然而舒尔茨执意要等到巨炮完全充能。

"永恒之矛已充能百分之百！"中校喊道。

"发射！"舒尔茨下令。

柱状的炽焰从要塞深深的炮口喷射而出，从远方看去，无限深广的漆黑天穹被灼伤了一道痕。光芒照耀在有"宇宙的珍珠"之称的穆罗梅茨堡的外壁，此刻人们又重新认出了它，不是光洁、宁静的珍珠，而是辉煌而璀璨的珍珠；不是反映出宇宙的群星，而是喷射出炽烈的光芒。要塞表面传来的影像被白光吞没，只有借由远处环绕着的卫星传回的图像，一窥这壮丽的奇景：半个要塞被笼罩在白昼之中，而另一半仍身处黑夜，接缝处的褶皱反射出的齿纹，仿佛阳界与阴间在撕扯这个球体。那精神污染舰的八爪天线如同狂风中的蛛网，刹那间就被扯断，湮没在光的洪流里。白光扫过之处，不到两秒钟，几艘驱逐舰就如脆薄的枯叶般烧成了灰，在这短暂的瞬间，它们的影子被炽热的白光拖得无限长，顺着磅礴的能量流，在虚空中印上了细密的黑白纹路，又很快消失，再无踪迹了。

这才是穆罗梅茨堡的真正面目，舒尔茨想道。一瞬间，他想要纵身跃入这天火中，被毁灭。

十秒钟后，巨炮的能量流完全散去，宇宙恢复了宁静，仿佛一切都不曾发生，那被清洗过的太空也比此前更澄明清澈。要塞司令部内从未如此安静，不仅无人说话，也无人走动，或哪怕只是翻动纸张。

舒尔茨首先打破了这安静："贵教那些夺人心神的法门，我是不懂的；但是对于永恒之矛的威力，我却有十分把握。精神的奇诡，终究不如物质的蛮力可靠。"他虽然没有转过头去，但显然是说给身旁不远处的僧人听的。

阿图尔想叫"殿下"，却恐惧得说不出话。他自知死期已至，也明白在舒尔茨这样的人面前，乞求怜悯和宽恕根本无用。

"在涅尔琴，我曾经遇到过类似的崇高景象。"舒尔茨说，"那是贵教的一位僧侣，在数万颗照明弹的光芒下，率领舰队发动必死的冲锋。"

"是的，殿下，那很崇高。"阿图尔附和着说道，他听出这说的是帕特里克。

舒尔茨却只在他的声音中听出了求生欲，他太怕死了。

"那么，贵教是如何理解'崇高'的呢？"

僧侣赶忙改口道："殿下，我教的教义，不太关注这个问题。我们不相信人能够正确地理解崇高，因为人自身不是崇高的。我们相信人是有罪的。"

"原来如此，也罢。"舒尔茨说，"我听说，古代哲人认为，崇高是当面对凌驾于自己的可怕力量时，意识到了自我保存的人与之相抗的快感。"

"是的，殿下，这是康德的学说。"

"这是胡说八道。因为充沛的、可怕的力量带来的快感，根本无须用自我保存来解释，是力量解释了生命，而生命——活着、繁衍——却无法解释力量。"舒尔茨停顿了一下，望着要塞司令部的大屏幕上，那片刚刚被荡涤过的空间，他不知道为何自己刚才要启动全功率的要塞炮，"你听过这样一句话吗？力量的过剩才是力量的证明。"

僧侣仍然不说话。

舒尔茨大笑起来："你以为你故意引起我对教皇的骑士团的怀疑，让卡什尼茨去调查他的骑士团，好刺激教皇先下手为强，我会不知道吗？无论教皇有什么见不得人的秘密——你以为那封匿名信，我会不知道是谁写的吗？"

"岂敢，岂敢，殿下聪明绝顶，智谋过人，我从头至尾都未有过低估殿下的想法。"阿图尔说着，便由两名士兵押走了。他一声不吭地接受了这个命运，然而待到被关进牢房，他却独自说了这样一句话："但是智慧和愚蠢的区别，不在于知道什么，而在于人要知道自己还不知道什么啊。"

3.

走出要塞司令部后,舒尔茨做的第一件事,就是向柯钦采夫借了几卡车的亲信部队兵围教皇府。教皇的亲卫队拦住了他,说圣座身体微恙,舒尔茨便请教皇府总管通传,就说护国主在门外等候。可是那总管进入许久方才出来,仍说,教皇身体不适不便接待贵客。

舒尔茨冷笑一声,心想,你既然派出精神污染舰来威胁穆罗梅茨堡,又岂会身在此处?于是分开众人径直闯入。

亲卫队的队长上前拦住了他。

"让开。"

"请恕卑职冒犯,教皇大人身体不适……"

舒尔茨怒不可遏,未等对方说完,便拔剑将其削翻在地,胸口鲜血直流。他再抬起头来时,双目已如红眼野兽,燃烧着难以名状的狂暴。

"谁敢拦我!"

众卫兵恐惧忌惮,纷纷后退散开。

舒尔茨带领半数士兵冲入府内,下令立即封锁所有档案,不得挪动一寸。

士兵们四处都搜不到教皇本人。果然不出所料,教皇跑了。他定是策谋以精神污染舰轰炸穆罗梅茨堡,所以早就逃了。舒尔茨回头瞪向教皇府内一名主管,一步步逼了过去,手上的剑仍染着血红,一滴一滴地落在地砖上。

"说!耶柔米是何时离开的!"

"禀殿下，教皇大人今日凌晨三点起床，天没亮就离开了。嘱咐我们说，若有人来访，就称病不见。"

"可曾说过几时回来？"

"殿下，教皇大人说……说……"

"不要吞吞吐吐。"

"教皇大人说，说……等辉恒大钟上的时间到了零点，就会回来。"

"辉恒大钟的时间？哈哈哈哈！"舒尔茨大笑，"谁人不知，辉恒大钟早已于数十年前被永恒之矛袭作齑粉。辉恒大钟的时间，也就是五千光年之外的时间，等它自然传到此地，岂不是要五千年！"

"哎呀！"该主管当初只觉得教皇这句"辉恒大钟"颇为奇怪，却以为指的是辉恒－穆罗梅茨堡时间，也就是宇宙标准时间。如今他恍然大悟，失声大叫。

舒尔茨此时意识到，事已至此，声讨教皇已是必然。过去一年半里，他们两人凭着对手之间的默契，心照不宣暂且相安无事。此时天平已经失衡，我若不除掉教皇，他为求自保，也一定会纠集势力反叛我。阿图尔利用我除掉教皇的计划仍然成功了。舒尔茨意识到自己最终仍被利用了，却不介意，只问道："你刚才所言，可愿当众作证？"

总管神情慌乱。舒尔茨把垂下的剑尖微微抬起了三寸，一滴红血落在了他的白袍上。

"殿下饶命！我愿当众作证！"

"好。"舒尔茨将一叠纸扔在他面前，"立即如实写下供词，签名后交给我。"

就在教皇府总管战战兢兢地从地上捡起那堆纸时，一名士兵前来报告:"殿下,我们已经控制住了教皇府内的档案室,刚才有人想放火将其烧毁,已被当场击毙。"

舒尔茨让身旁两名士兵看住这个总管,自己去了档案室。这个房间不大,三整面墙都是抽屉格子。其中两个格子引起了舒尔茨的注意,其一写着"翁布罗萨事件",其二写着"耶柔米教皇档案"。

可是当舒尔茨将其打开,并拿出文件查看,却发现这些绝密档案中封存的文件,内容居然多半是从中学历史读本中摘录拼凑的。满眼尽是故意侮辱人类智力和尊严、训练睁眼说瞎话的能力、为选拔厚颜无耻之徒而编造的"真相",粗制滥造得就连图像资料都和课本插图一模一样。更可笑的是,翁布罗萨事件根本就是史学禁区,档案中的句子都是从别处摘来的官话和套话,居然也能拼凑成一篇叙述。

"原来根本不存在所谓'机密',真相的线索恐怕早已全数毁灭。教皇大概是等着后人打开这些抽屉的吧。真是恶毒的玩笑。"舒尔茨意识到了自己的天真,他以为再爱撒谎的人都会渴望在某个隐秘的角落里,保存一份真实。他以为谎言皆只是权力的外围工具,而人必然要为某种更实在的东西而存在。当他窥见教皇灵魂中最深的虚无,才意识到,这可怕的深渊超出了他的理解。

教皇府主管此时已写好供状,其中列举了足以置教皇于死地的罪证,却在称呼上对教皇仍毕恭毕敬。舒尔茨读后,觉得此人若不是个奴性十足的奴才,就是个骨子里恨透了旧主,却要做戏做到最后一幕,甚至谢幕之后的虚伪之辈。他继而又想,今日你有用,所以不会重罚你,但来日为绝后患,绝不能任由这种人如此靠近权力中心。

舒尔茨读完之后又读一遍,说了声"好",便走了。他坐在回府的车上，寻思着应当如何声讨教皇。只要彻底扳倒了教会，那么不仅他所主张的改革就能再前进一步，更有大量财产可没收充公。但是他又觉得，与其主动讨伐，不如刺激教皇让他进一步犯错，后发制人更能置其于死地，毕竟教皇虽已不在了，但他的骑士团还在。然而这些想法都在他下车遇到梅耶贝尔后消散了。卡什尼茨传回的新消息再次出乎舒尔茨的意料：整个圣殿骑士团三天前就悄悄离开驻地，沿着东境交通线往南去了，消失在了宇宙中。

第四节：托付

1.

时间回到一个半月前。革命军成功抵御了帝国军的三线共时进攻，回到米滕多夫。尽管这是一场战略上的胜利，却折损了原国王堡骑士团九成以上舰队。此前农业部门临时扩建粮食基地的举措，引起了数不清的流言，许多人以为帝国军可能会封锁行星，甚至执行行星轰炸，导致许多居民外逃；而后革命军的胜利，反而让负责管理新来的志愿兵员的胡梅尔和统筹后勤的策林根都快忙不过来了，于是他们把此刻舰队里最闲的人，也就是最高指挥官借走了一天半，在新兵训练营接见了众多的投奔者。

当晚，温特利德就在胡梅尔的房间搭了张临时床铺，睡在了新兵营地。关灯后，他忽然说："如果只是到营房里招招手，就能增加新兵的战斗技能,我就比教皇还厉害了,他还得用手触碰病人的额头。"

"您这样说倒也不是没道理!要是将来失败了,指挥官至少也能发明个宗教什么的。"

"战争打输之后是最不适合思想的时候,那时诞生的思想都是有毒的。"

不可否认的是,革命军由于缺乏军衔制,再加上高层指挥部的分工不够正式,所以胜利的荣誉不成比例地聚焦在了科赫一个人身上。科赫是一个非常冷静和理性的人,特种作战部的经历又让他行事言谈具有保密主义倾向,不喜欢这种克里斯马英雄光环。然而,他的个性与革命军精简的指挥部互为表里,因此正是这种性格,反而把他逼向自己不擅长应付的角色。在熟悉的人,例如伊法的眼中,温特反而比从前更不灵活,在时代需要他迈向台前的时候,他变得更加抽离了。

科赫自己从未想通这一点,甚至很少觉察到自己的变化。好望角号接到胡梅尔发自新兵营的例行通信,其中说总指挥官又在抱怨。晚餐后,舍尔兴和策林根在聊天时,两人不约而同说到了指挥部的精简与总指挥官的个性之间的关联。他们较熟悉帝国军的人事制度,才能通过对比发现革命军的特点。然而两人一致同意:正因为指挥官本人对这种近乎个人崇拜的现象表现出抵触,这种情绪暂时不会有危险。

就在科赫离开好望角号的一天半的时间里,一艘远道而来的船没有停泊在民用港口,而是打出了使节信号要求对接,面见革命军指挥官。伊法询问来者的身份,通传的士兵说是一艘海盗船,上面载着一名重伤昏迷的僧侣。

"海盗船?带着僧侣?"

"那海盗头目说,是僧侣承诺了重金,托他一定要把自己带到米滕多夫的科赫面前。"

今天科赫不在。他若在的话,伊法也许会采取更谨慎的举措。她立刻命令附近一艘巡洋舰与之对接,亲自前去探望那名僧侣。拿到酬金之后,海盗们就离开了,僧侣被安置在舰上的医务室。伊法召来了国王堡教团的残部,其中有人认出了僧侣,说他是在起义之前就离开了舰队的一名科学家,是约阿斯神父担心革命失败,提前埋下的"种子"中的一员。不久,那名青年僧侣醒了过来。

"我是帕特里克弟兄的朋友,我有一名弟兄去找他了,而我来找你们。"

"帕特里克!他还活在世上?"伊法忙问。她想起当自己赶到涅尔琴附近,已是舰骸遍布,从残骸的速度和方位判断,都是在高速冲锋中被击毁的。据幸存者报告,战斗只持续了不到一刻钟,可我军伤亡高达九成半。在这样惨烈的战斗中,帕特里克真的可能还活着吗?

那僧人无力地点了点头,说道:"他若是死了……定会托梦给我。"

"什么?"伊法不敢相信自己的耳朵。

"如果帕特里克弟兄的梦结束了,他定会托梦普告弟兄功德圆满,走进下一场梦。他八成是被俘了。不过科赫将军,您不用担心——帕特里克是不会这么快从这场梦中醒来,回到真实世界中去的……"

伊法听见他叫自己科赫,便知此人已神志不清,连眼前是男是女都已认不出。

僧侣继续说道:"我此番前来,是要告诉您,教皇或许仍保有精神污染装置,对付他要小心;您的对手,护国主,也得到了精神污染疫苗。"

"什么？疫苗？"

"对……你们没有……收到过吗？"

伊法看了看国王堡教团的那几名僧侣。他们说，前几日的确收到过一份写着"精神污染疫苗"的包裹，他们恐惧是什么有毒物质，就拿去检验了。

僧侣接下来语无伦次，让周围的人摸不着头脑。伊法想起早在特种作战部时科赫就说过：那些较为混乱的话才不像是编出来骗人的，因为骗子都会精心准备一套谎言，务必要求一开口就让人相信，绝不会这样令人云里雾里。医生和病房里的其他人都想让他休息，然而僧人不顾阻拦，一定要继续说完。此事既关系到精神污染又关系到舒尔茨，伊法就没有理由不继续听下去。

"你不要急，慢些说，不要急。"

"将军，很多事起源久远，我也不清楚。我确知的，只是教皇派不甘心舍弃精神污染邪术。我师兄要我与他合作，由他带其中一瓶疫苗去找护国主舒尔茨，另一瓶由我带给您。我不同意，他便偷走了两瓶疫苗，我想其中另一瓶，可能是寄给您了。"

伊法问道："你师兄是何人？照这样说，他其实不在乎借谁的手，只是想打败教皇派，对不对？"

那僧人的回答仍然驴唇不对马嘴："不对，不对，我是认为这样的科学最好不为世人所知，才赶来见您的。"

僧侣的声音低了下去，渐渐衰弱了。正当伊法以为他要睡过去时，他却睁开双眼，用茫然的目光望向天花板，说道："科赫将军！

我师父说，那瓶疫苗，是我教团数十年的研究结晶，要妥善保管，但千万不能使用！至于解药，不在栓星台，而在涅尔琴。拿到解药之后，就让一切结束吧……"

"什么解药？"

"就是'长生不老药'。"

伊法听到这个词，心想，这样荒谬的代号绝非外人所能编造。当她想去追问时，那名僧侣昏睡了过去。接着，他的生命迹象越来越弱。等到夜里，医生就说此人已没有希望救活。

回到宿舍躺下后不久，伊法便沉入梦乡，她梦见帕特里克孤零零站在流浪行星涅尔琴荒芜的土地上。惊醒后，她再次去看望那名重伤的僧侣，他已经死去了。海盗们早已远去，没有人知道他是怎么受伤，又是如何一路撑到这里的。

伊法回想他最后的话，想起温特在特种作战部时曾负责看守过"长生不老研究所"，难道也关乎国王堡教团的秘密？难道当年挑选他去看守那个研究所，也与他的精神污染免疫力有关？照这样说，特种作战部或希柏里尔教会，其实早就注意到了温特。他却还私下说过，他能有今天，全要感谢尸位素餐的官僚们有眼无珠，否则即便不被一早拔除，也一定会被压在底层。但也许我们的敌人对他的了解，比他自己更多。

僧侣临终透露出的关于涅尔琴的信息，让伊法觉得帕特里克其实早就知道这颗星图上没有标记的行星。他是为了流浪行星上与教会相关的秘密，才被舒尔茨引诱去那里的。她事后把此事告诉了刚从新兵营回来的温特，他们找来了国王堡教团残存的最高阶的僧侣，询问有

没有听说过涅尔琴这个地方,却从他口中听到了惊人的消息:

"近几年来,我们才知道在一个叫涅尔琴的地方,遗落了一样东西,却无人知道它位于何处,有何特征,甚至有人以为它其实不是星,而是个废弃的星际站,或是一团雾海星云,或一个传送距离达上万光年的巨型传送增幅门。甚至有人说,它是个只在理论上可能存在的天然虫洞,通往银河之外的其他星系。"

"那你们遗失的,又是什么东西呢?"温特利德问道。然而他没有问这几名僧侣,为何没有在涅尔琴一役后告诉他这件事?因为他理解,这可能事关教团内部的秘密。

"真相也只有极少数人知道。至于传闻,有人说是一瓶液体,有人说是一本经书,当然流传最多的说,那是一件有神力的祭祀法器,而今密米尔圣泉大教堂里的法器,是教皇派伪造的赝品。"

温特利德觉得,当今教会剩下的人位阶都不高,恐怕其中很难有人知道更多信息。于是他让伊法暗中派遣一支侦察巡逻舰队,轮替监视数十光年外的流浪行星涅尔琴。一有动静就马上汇报。伊法立即去安排了。她心中知道,这个秘密对于温特而言,有着更切己的意义。

仅三日之后,伊法带着几张照片来到温特的办公室,神情严肃地说:"你看,谁来了。"

"谁?"

"是神父,离开兰茨胡特去追踪你那位遭受精神污染的被捕战友的约阿斯神父。"伊法说道,手指着照片上的四艘模糊的舰船。她把第一张照片拿开,第二张照片上,已经能看出其中三艘是帝国标准驱逐舰。伊法又把第二张照片拿开,第三张照片上,已能辨别出另一艘民船，正是约阿斯神父当初离开时所乘的那艘。

2.

伊法说，约阿斯神父既然离我们这么近，只需一次空间传送就能抵达，恐怕不久就会回来了。但是她见温特沉默着皱起了眉头，便觉得事情没有这么简单。他此时心中已生疑窦：涅尔琴的坐标经由那场战役暴露出来后，约阿斯神父不和我打招呼就独自前去，这是为什么呢？它如此靠近我军控制区域，他为何不向我军请求更多人手呢？

"温特，温特，"伊法问道，"你在想些什么？"

"我只是在想，约阿斯神父怎么到这里来了。"

"我们要不要派两艘船去接应他？"

"不要。"温特立刻答道，"伊法，这颗行星似乎牵涉到关于精神污染的某个秘密，但究竟是什么，我也不太清楚。约阿斯神父想做什么，就让他一个人去吧。只是我不清楚这周围的几艘护航舰的来历——我记得，当初他走时，只带了一艘驱逐舰护航。"

伊法听了这话，心中只嘀咕道：希柏里尔教会自诩光明普照，却在这黑暗的流浪行星上藏有秘密，难怪会弄出什么精神污染武器。

"那我们怎么做呢？"

"派遣两倍，不，三倍的侦察舰在远处轮流监视这颗行星。"

"您认为会有什么事发生？"

"也可能不会发生任何事，毕竟宗教徒看重的东西，或许只在他们心中有某些特殊意义罢了。但即便如此，还是值得派几艘侦察舰去，以防万一。"

伊法执行了这个命令，她知道此事关乎机密，所以没有告诉任何人。仅过了一周，她拿着一沓照片来找温特，把它们摊在桌上。照片上有两艘船来到了这里，放大后可看出是教会骑士团的特有舰型。

"什么？骑士团？"温特利德感到困惑，"骑士团不是在两年前的东境内乱之后，就已被取缔了吗？"

"我一开始也这样想，但其实没有完全取缔。"伊法答道，"你记得吗？教皇还有一个直属于他的圣殿骑士团。"

"哎呀！"温特轻声叫道，"的确，内战中教皇站在帝国政府，而非贵族叛军一边，所以唯有他的直属骑士团未被取缔。可是教皇派人来这里做什么呢？伊法，他们登陆了没有？"

"其中一艘登陆了，另一艘挂在轨道上。"

温特利德觉得信息太少了，凭空臆想毫无意义，于是吩咐道："对涅尔琴的侦察已经饱和了，你再派几艘侦察舰去距其最近的几个行星或星际站，监视航道。"

"是！"

此后大半个月内，伊法再没有收到过关于这颗行星的其他情报。然而约阿斯神父却没有从那颗行星上发回任何消息，那几艘教会的战舰也没有离去。这种寂静让她觉得不寻常。神父到底在那漆黑一片的行星上做什么呢？这些直属教皇的战舰又有何目的？终于，侦察舰传回的影像再次有了变化：又有四艘船来到了这颗行星，其中一艘从外形上可看出是大型私人民船，另三艘则是护航的驱逐舰。他们来到行星轨道上之后，那艘民船就降落了下去，而三艘驱逐舰则同样停留在了行星上空。

伊法赶紧把它们拿去给温特利德看。

"我记得几个月前舒尔茨颁布的改革令中,已大幅裁剪了贵族和官员出行的护卫舰队,当今教会之内能调动驱逐舰预先布置,且配备三艘驱逐舰护航的,恐怕唯有一人。"

"您是说,教皇耶柔米本人?"

"嗯,这艘民船如此巨大、豪华,教皇本人会在上面吗?"温特利德眉头又皱了起来,"伊法,你如何看呢?"

"很明显,教皇无论有没有亲自来,都是想要在这颗行星上获得某种东西或信息,而且想独占它,所以才在自己尚未抵达之前,就预先布下几艘驱逐舰控制该行星的轨道。这同时说明:教皇提防的那些与他同样对这颗行星感兴趣的人,既非帝国政府也非我们,甚至不是那些拥有数十艘轻型舰艇的星际海盗团,而是些没有武装的人,否则仅靠这几艘军舰是不够的。可见教皇所要之物,很可能真的只是他们教会内部的某些物件。"

"完全同意,和我想的一模一样。那么你觉得应当如何应对呢?"

"哦!原来你也早就想到了,是在考我!我还以为是真的询问我的意见呢!"伊法突然说道,脸上的五官揪成了一团儿。

"没有,没有……"温特赶忙摆手,"我是想,你或许能想到我疏漏了的一些东西,没想到我们对此的分析一模一样。"

伊法别过脸去,不理他。温特看出她是在装作气恼的样子,于是笑着说道,"我既然能想到的事,伊法这么聪明,又怎会想不到呢?"

"要我说呢,分明是温特自己没有想到,等我先说出口了,他就说些'英雄所见略同'之类的话，装作和我一样聪明才是！"

"对，对！"温特赶紧说，"那么聪明的伊法，我们现在当如何应对教皇的行动呢？"

"最稳妥的方案，是现在就击毁那区区几艘教会骑士团的驱逐舰。然而若这样做，万一对方冒死逃逸，这颗行星背后的秘密很可能就无从得知了。不过呢……"

"不过什么？"

"对教皇有价值的东西，对我们或许毫无用处。但即便如此……"

"即便如此？"

"就算我们不想要，也不能让他得到。"

"哇，好可怕！"温特这么短的一句话还没有说完，伊法就拍中了他的脑袋。她想了想问道："温特，你是不是想派遣一支陆战队，潜入涅尔琴行星并监视教皇的行动？"

"我确实是这样想的。"

"确实，只有这样才可能接触到教皇在乎的秘密。"伊法点点头说，"可是派谁去呢？我们这里所有人，都没有陆战经验，更没有特种任务的……"说到这里，伊法忽然看着温特，她明白过来，是他自己想去这颗黑暗的星球上一探究竟。的确，在革命军的领导集团中，只有他接受过陆战训练，更只有他一人懂得跟踪、侦察、反侦察等特种作战。伊法一瞬间明白了温特的心思，原来他是拐弯抹角地把话引到这里，好让我说出他想要的结论！

"那就让策林根去吧。"伊法故意说。

"他是要管后勤的，每天就数他最忙。"

"那就让舍尔兴去?"

"还是让我去吧。"温特看出伊法是不会说出让他去的想法的,只好自己说道。

"可是总指挥官亲自冒险前往,万一遭遇不测,我们岂不是前功尽弃?"

温特站了起来,在房间里慢慢地走来走去,来来回回。难道就这样任由这秘密从我眼皮子底下溜走吗?精神污染,还有"疫苗",它们究竟是什么?这颗星球上当真有教会的秘密,而且这秘密恐怕是约阿斯神父也瞒着我的。说到约阿斯,他为何坚持说我具备抗精神污染能力,是教团的"先知"呢?这颗行星为什么会在星图上被抹去,又是为什么,帕特里克会被敌军短短一句话吸引过去呢?我的父母死于行星轰炸级的精神污染,薇拉也是如此。况且一直有些神神叨叨的阴谋论,说奥厄行星的精神污染是舒尔茨与教会合谋的。这会是真的吗?如果我再不行动,等这批教皇派的飞船离开,就再难得知真相。

3.

伊法等了一会儿,觉得稍有疲惫,就倚在了墙上。温特见状,让她坐下歇息。可是革命军总指挥官的办公室里并未放置第二把椅子。

"不行的,我不能坐那里。"

"坐吧,你和我客气什么。"

温特是个实用主义者,他眼中的椅子只是用来休息的,从未把它视作权位的象征。这或许和他小时候,北雪平修道院撤去了教堂中的长椅,从此没有了根据社会地位区别的前排和后排有关。可是伊法是在贵族家庭做伴读长大的,觉得有点不妥,她竖起耳朵听了一下门外的动静,才在温特的椅子上坐了下来。温特仍在她面前走来走去。相当长的一段时间后,他说:"我必须去,伊法,我必须去。你能否答应我,在我不在的这段之间内,暂代革命军总指挥官的职位?"

"我?"伊法问。

"除了你,还能有谁?"温特说着,"其实我这样安排,也是考虑到我军目前虽已有能与帝国军一战的规模,制度上却不正规。我们目前仍只是一支军队,而非一个国家,所以暂时没什么大问题,反而会在与庞大的帝国的斗争中显得灵活。然而,问题在于假如我死了,接下来这支部队怎么办?我相信将士们的信念,但恐怕目前没有第二个人能凭其威望服众。所以我想趁此机会,让你暂代最高指挥官之职,熟悉统领全局的工作,这样未来我一旦意外死亡,你可以立刻补上。"

伊法想起,在帝国军兵分三路来袭之前,温特也曾对自己透露过这样的想法。但她还没有回答,温特就接着说道:"舒尔茨也一定意识到了这一点,在将来的战争中,他一定会以猎杀我为重点目标。如果你担心我此去会有危险,那就当是一次演练:以一次较小的危险,换来培养你这个替补指挥官的时机。这就像疫苗,让革命军这个机体遭遇一次较小的疾病,培养出免疫力,以便在将来真正的危局来临之际不会崩溃。"

"温特,事关重大,让我再考虑一下。"

"伊法,你有一点和我很像,或者说,是我们俩都和薇拉很像——那就是我们都重道理而轻权威。你其实从未出于对权威的服从而服从我,你只是在道理上赞同我的方略。每当你不赞同我,哪一次不是直接找我来质问?试想我死之后,你又怎可能服从那些无法说服你的人,甚至那些你觉得不如你的头脑呢?"

"可是我,在许多方面,都还比不上其他几位。"

"比如呢?"

"比如说,在管理舰队的日常事务上,我肯定比不上舍尔兴;与基层打交道,比不上胡梅尔。"

"那你把这些事交给他们管好了。"

"再比如说,在后勤与航路规划上,策林根的能力比我强很多。"

"后勤当然重要,但他会帮你的。你也有他们都不具备的东西,就是政治能力。他们——包括我在内——其实都没有。这正是我们这些人欠缺的,已经很难补回来了。只有你在这方面的能力,能够比得上……"

"政治能力?"

"对。"

"那你说,我能比得上的人是谁呢?约阿斯神父吗?"伊法知道神父是一位卓越的领导者。她感到温特将自己与即将归来的神父相提并论,太高抬自己了。

"不,我说的不是神父!"

"那是……薇拉小姐吗?"伊法小心翼翼地问出这个名字。

"不,不是,"温特摇了摇头,"我说的那个人,就是银河帝国的护国主,乌尔里希·玛利亚·舒尔茨!"

"啊!"

"伊法，难道你没有看见？在欣德米特和齐默尔曼的祭典上，他以怎样坦率的言辞，将危机变成了光荣？我厌恶帝国的宣传辞令，是因为它仍然支配着众多的心灵；可是舒尔茨蔑视那套宣传，是因为他凭借本能就远远超越了它。太惊人了，太惊人了，这是常人毕生无法企及的。而我，就连去新兵营问候新兵们，都在他们的热情面前无法放松自如。"温特利德尽管之前也并未吝啬过对他的敌人的赞誉，却从未在谁面前说过这样的话。

"温特，舒尔茨比你年长几岁，而人生在这几年成长是很大的。所以在你看来是他的天才的东西，也许只是他经历得更多而已。"

"不，不是的，我和他的生命是在不同的轨迹上，用不同的材料做成的。在他擅长的方面，我永远到不了他的水平。"

关于科赫要去涅尔琴查明埋藏在那里的秘密，问伊法能否暂代指挥官一职之事，伊法深知这背后事关重大。她拿不定主意，要求召开一个小规模的会议，至少要把舍尔兴和策林根叫来商议。温特说，这是当然的，否则你口说无凭，他们怎会轻易相信你呢？所以会议就定在了一小时后。

与会者只有四人。一来由于事关约阿斯神父抵达涅尔琴的事，二来原国王堡教团在涅尔琴一战中几乎全灭，温特利德没有请教团的人来。在会议上，策林根听说科赫想要带一小队人去涅尔琴，当即反对，还责怪伊法，怎么可以连这么不顾大局的事都答应下来。可是策林根的指责却起到了反效果，原本伊法其实没有答应暂代指挥官之职，却反而因为讨厌策林根要求的"顾全大局"，觉得温特应当有去查明真相的权利，毕竟精神污染的事对温特而言意义不同寻常。策林根是军人，在他看来舰队总指挥官擅离职守，去调查教会的秘密简直是玩笑，即便帝国军在缓过气来之前无力再来进攻，惯例上也不能允许。可是伊法不是军人，她只觉得既然短期内不会有战事，还不让他去探明对他而言重要的秘密，真没有道理。

"伊法，我问你，如果科赫指挥官在涅尔琴遇险，你负责吗？"

"如果情况有异，我立刻去把他救回来。"

"如果救不回来呢？"策林根继续问道，他这句话中已有另一层意思：如果救不回科赫指挥官，谁能代替他？你能吗？

"若救不回来，我也留在那块石头上不回来。"

温特利德忽然起身说道："这不行。我若长时间回不来，真遇到了危险，你们随便派个人去把我拎回来就行了。"说到"拎"这个字，他还用手比画了一下，就像提着一根木偶线，要把一个微缩版的自己从桌面上提起来一般。"若情况真的有变，大不了派几千艘战舰接我回去吧，因为涅尔琴反正离滕内克太近了，只需一次时空传送即可到达，在附近星域没什么势力能与我军相抗，所以大家不必担心。"

最后，舍尔兴和策林根都点了头。他们也知道，自己必须对总指挥官离开好望角号的事秘而不宣；更重要的是，一旦最坏的情况发生，他们必须为今日的会议作见证。

于是第二天，温特利德就离开了好望角号，换乘特拉法加尔号向着那颗孤独的流浪行星出发了。临行前他对伊法说："我们对涅尔琴知之甚少，对教会的秘密更一无所知，万一我此去不回，营救无望，你必须承担起继续带领革命军的重任。"可是伊法摇了摇头，她沉默的坚决的眼神，让温特想起之前她说过的那句话——如果真有什么意外，她也留在那块石头上不回来——这不是一句玩笑。那一瞬，伊法的眼睛竟是那般古老而又令人敬畏，其中传达出的不是悲哀或不舍，这种难以名状的态度较凡间的一切都要冷硬。温特利德猛然间觉得：薇拉从没有过这样的神情，就连她所敬仰的教母大人生前也没有过，但她是多么像她们呀！或许在那个神秘而陌生的性别的最深处，这样的力量是共通的。她比薇拉还要更像薇拉。

第五节：果实

1.

战列舰特拉法加尔号不久便抵达了涅尔琴不远处。再往前，就会被停留在轨道上的几艘教会骑士团的驱逐舰发现。为了在不惊动他们的前提下降落下去，温特利德决定利用两个月前发生在行星上空的大战留下的大量舰骸。他带着十八名士兵搭载救生艇飞出，让小艇以较小的角度切入这颗行星几乎全由氢构成的大气层，关闭动力，伪装成一颗坠落的舰骸，滑坠向漆黑的行星表面唯一闪烁着微萤光明之地，那里必定有人活动。

救生艇降落在一个冰湖旁，平整的冰面将附近一处洞穴中的灯光反射向太空，才让太空来船找到了这里。温特利德将十八名士兵分成两队，自己带领十二人前去侦查，留下六人在着陆点待命。

尽管外间温度约是零下一百摄氏度，但是刚接近洞口，就明显有了变化，上升至零下六十摄氏度，进去后立刻上蹿至零下三十摄氏度。他们看见一座古旧的升降机，旁边有一条陡峭的螺旋式楼梯直通地底。温特利德不知这升降机还能不能用，也不知它会将人送去何处，于是决定走楼梯。但为防敌人乘电梯，他在电梯钢索上粘了炸药，准备随时使其瘫痪。进洞前，他们提前换上了带有软垫的消声鞋，十三人行走在狭窄的井道中亦是寂静无声。深井中岔道很少，上下通信依靠主井中的电缆。每到分支岔路，温特利德就在下方的电缆粘上一种遥控刀片切割器，设置好信号。两小时后，他们到达地下近两千米，发现四周墙壁不再是坚冰，而成了岩石，温度上升至二十二摄氏度，氧含量也上升至两成，氢含量下降至不到百分之三。温特利德让士兵们脱去了头罩。再往下不到两百米，气温已升至二十七摄氏度，氧含量达到两成半。

脱下头盔后，一名士兵立刻听到了熟悉声音，小声说道："水声！液态水！"

其实戴上头盔也能听到外部环境的声音，只是全副武装者的注意力遗漏了水声罢了。

没有数十年的深掘，断不可能完成此等工程，造就这样的地底人工环境。然而建造者又是何人？是教会吗？但这里不像是宗教场所，更像是个矿井。温特利德询问一名来自矿藏行星的士兵，那士兵说，这样的地下建筑百分之百是矿井，不会有错。

如果只是矿井，教会又为何如此重视它呢？

正当温特利德感到迷惑，螺旋式楼梯下方传来了人声。温特利德做了个暂停行动的手势。渐渐人声远去，他又试探着下了二十米的台阶，隐约又有人声。温特利德只用了几秒钟就做出了决定：他命令十二名士兵继续原路返回，在洞外埋伏接应自己；他孤身往深处走，去探个究竟。

"指挥官，您不该这样以身犯险。"

温特利德拍了拍他的肩，让士兵们放心："记住，一定要守在门口不远处。我一旦暴露就会立刻炸掉电缆，敌人若走楼梯，只要不穿助力的战斗服就一定追不上我。他们追上我的唯一方法是乘电梯堵截——我已经安装了炸药。"

士兵们从不怀疑指挥官，他们得了命令，便向上返回了。温特利德的脑中，却闪过这样的念头：万一我死了，有舍尔兴和策林根他们帮忙，伊法也能继续统率舰队；若在这个暂不会有敌袭的时间里退出，比在战争中突然阵亡，我军来不及准备要好一些。

温特利德望了望脚下的深井，小心翼翼地前行，不多时已到达井底。循着人声，他蹑手蹑脚地转过一个弯，看见三个穿着教袍的人影映在墙上、地上。温特利德已不敢再往前，于是就侧耳细听。

"圣殿何所在？圣杯之所在也。我的骑士们请诸位来此找些东西，你们不肯。如今我亲自来了，老朋友们，看在往日好时光的分儿上，今天我最后再来看各位一次，也该说出它的下落了。"温特利德听出这是教皇的声音，只是这声音与他公开布道时的略有不同，听上去阴森森的。

他似乎在等待对方的回答，等来的却只有沉默。

"你们还是那么固执。你，若不是当年你触怒陛下，希柏里尔教又岂能如今天这般，我又何必劳师动众来到此地，去找这位大师当年弄丢的圣杯。"教皇接着说道，"而你，当年可是栓星台首座，竟把本教最高的秘密交托给一个海淫海盗的诗人，以至失落了二十年！"

"住口！就算毁掉它，都不会留给你！当年我刚研制成功解药，你就进入栓星台，说是要斋戒百日做大功课。你以为我不知你的居心？而后你没有拿到解药，就丧心病狂，把精神污染物理增幅，变为武器，不惜用行星轰炸的方式轰击出免疫者。"

"此言差矣。目的能否证成手段，我不知道，但结果总是能证成手段的。翁布罗萨轰击不是成功了吗？这还多亏您当年算出了那个物理增幅为'无穷大'的公式。若不是为了找到这个值，翁布罗萨实验怕是做不成的。"

"是啊，是我，是我算出来的。"那人说道，"你有本事就去革命军的大本营吧！他就在那里，你去呀？"

温特利德听到此处，心想，当年翁布罗萨事件究竟是什么呢？难道不是帝国军的镇压，而是教会的实验吗？也许两者都是。他心知，刚才那人说的在革命军大本营里的人，恐怕就是自己。那我又是什么呢，一场实验的意外吗？他屏住呼吸，接着听下去。

"两位，请勿争吵。"这正是约阿斯神父的声音！温特利德赶紧把耳朵贴上墙壁，神父继续说道，"雅宁斯兄弟，屠宰已经发生，我只是尽可能回收利用翁布罗萨的牺牲罢了。"

那名为雅宁斯的教士却骂道："他去做行星轰炸的勾当，你竟然就去夺占那轰炸成果！还说要奉精神污染免疫者为'先知'，其实还不是为了观察实验！"

温特利德听了，心中十分震惊：难道自己的抗精神污染能力不是意外，正是翁布罗萨大轰炸意图制造的结果？如果"解药"的意思就是精神污染免疫力，难道教会在二十多年前就已研制成功，却被人遗落于此地？国王堡教团被逐出帝都，耶柔米不甘心丢失解药，就在当上教皇后用精神污染"轰击"出抗污染能力？难怪我的免疫力一暴露，宗教裁判所就来查我。只是后来教会时刻处于舒尔茨的威胁之下，而我屡立战功过于引人注目，才暂未对我下手。

"你问她到哪里去做什么？"教皇突然反问道。

温特利德莫名其妙，刚才这些人都没有说话，更没有人提到过任何一个女人。

又一阵奇怪的沉默。然后约阿斯神父说道："确实，我们三人今日在这矿井底重逢，只少了狄奥提玛一人。我们一直没有告诉你，她已经去世一年了。"

狄奥提玛？这个女人是谁？

接着房间里的三人沉默了，没有声音。

"你的孩子？你的孩子如今可了不得！"耶柔米教皇突然说道，"约阿斯主教，不对，现在是神父——你最清楚他那孩子的事情，不是吗？"

温特利德逐渐发现一件怪事：这三人偶尔会暂停对话，每每暂停之后，便会前言不搭后语。他推断出房间内一定还有第四个人，他悄无声息，或是通过写字与这三人交流的，可能是个哑巴，却不是聋人。

"怎么？难道你们还没把他那孩子的光辉功绩告诉他？"教皇再次说道，"你们不仅编出什么'先知'来独占'果实'，对他也隐瞒消息，于心何忍？哈哈哈哈！"

温特利德又听不明白了，此时只听教皇的声音变得低沉："我刚才接到情报，说终于有人要来了，我是不会让你们中的任何一人被他俘虏的。所有今天在这里的人，都必须死；在死之前，让我们一起面对真相。"

教皇的话音刚落，房间里就闪过了一道蓝光，接着是一声惨叫，是刚才那个声音，"你居然敢对我，对我……"

"我为什么不敢？莫说是你，纵然你师父当年对我有再造之恩，他若在此，我也一并杀了！在血流干之前，好好想一想吧。"教皇并未开第二枪，而是走出房间。温特利德本想扑出去擒住他，但转念一想，地底肯定都是教皇的人，这样恐怕并不明智。

教皇退出房间，脸上露出了诡异的笑容。他对房间内的人说道："几小时前，有一艘帝国军的小艇落在本星，想必是护国主追派的杀手到了，我不杀你，但也该暂时避一避了。那艘登陆艇已被击毁，他们若能找到这儿，你们就在这里最后聊聊吧，反正你知道你们最后都会死的。雅宁斯啊，赶在死亡之前，你是否愿意把那瓶药交出来呢？无论你现在脑中装有多少知识，再过几小时，就什么都没了！"

对于学者而言，没有比毕生心血失传更可怕的命运。教皇见以生杀性命相逼不能令对方屈服，就以此相要挟。可是房间里的人明显不愿顺从他。两分钟后，教皇一个大步跨上了台阶，消失在黑暗中不见了。

温特利德从黑暗中出来，进入房间，只见房间的另一头有一块显示屏，上面有一行字："你是谁？"

直到此时，温特利德才看出，那遍寻不着的第四人，竟然是一口缸，缸里盛放着一个大脑，连接着一台从未见过的机器，上面有一个显示屏。这个人一定有着极为灵敏的传感器，能在自己进门前，就听见自己穿上了静音靴的脚步声。

墙角躺着一人，他的小腿被枪击中，血流了一地。温特利德立即帮他包扎，他看出教皇刚才那一枪并不是要杀死他，而是意在让他丧失行走能力。约阿斯神父就在他身旁。

"温特利德·科赫？"那人看着他的脸，问道。

2.

温特利德听出，就是这位僧侣刚才怒骂教皇，心想他应当不是教皇一派的恶徒，于是问道，"你们是谁，刚才谈论的，到底是怎么回事？"

"我的生命随时可能结束，万幸你来了，太好了，我先给你这个。"他从自己的袖口扯下一块布，"回去后，扫描我袍子上的这个细密纹饰，就能将编织它的一针一线转译成一份笔记。好好保存它，但不能给不信任的人看。在我告诉你一切的真相之前，必须先把它托付给你，以防我随时死去。"

"您并未伤及要害，只是暂时不能移动。"温特利德检查了他的伤口后说道。

一旁的约阿斯神父连连点头："拿去吧，但其中的内容千万要保密。"

温特利德接过那块布，藏进了口袋。他又替约阿斯神父松了绑，这才发现他的双腿也受伤了。

"我原本以为，无法在死前把这些秘密托人告诉你，现在没有遗憾了。"那僧侣用衰弱的眼神看着温特利德，接下来，开始了他的讲述：

"我叫雅宁斯，是国王堡教团当年在栓星台的一名研究员。"

"是栓星台首座，银河之内最伟大的科学家。"旁边的约阿斯神父补充道。

雅宁斯轻轻摇了摇头，继续说道："二十多年前，先皇妃碧翠丝死后，皇帝屠戮教会，把给她占卜过的祭司都杀了。耶柔米谎称能将她复活，诓骗皇帝，独揽教内大权。他声称复活的条件，是地上的每一条人命，都要用天上的一颗星辰来换；只有牺牲连接着她的生命的故乡翁布罗萨，灵魂才会降回身体。他抢夺了两百婴儿放在罐中献祭：半数埋入翁布罗萨的大地，半数置于卫星轨道。死者复生当然是胡扯。然而耶柔米当年也是栓星台的人，或许就是在那里，他窥得了一项机密：对胎儿的精神污染有极小概率，能产生你这样的免疫者。"

"天哪！教会之中就没有其他人阻拦他吗？"

"教会？教会中早就有人想以大规模精神污染实验，测定它的物理增幅公式中的'无穷大'了。耶柔米支持了他们，却隐藏了自己制造免疫者的真实目的。"

这时，约阿斯插话道："这个增幅公式就是他年轻时算出来的，他以为这样便断绝了研究，毕竟无穷大既没有意义，也极度危险。他当年掌管栓星台的时候，邪徒们不敢造次，我们国王堡教团被驱逐后，没想到他们竟真的拿一整颗行星做实验。"

温特利德又问："那除了教会，还有皇帝呢？他就允许他们动用军队吗?"

"事发后,我们也不理解皇帝何以昏聩至此,因爱妃之死迁怒滥杀。但是后来,在漫长的流亡中,我们渐渐明白,恐怕正是皇帝故意要这样做,就连此前降旨流放我们,也怕是如此。"

雅宁斯说到此处,只听约阿斯神父连声叹气。

"本朝皇室出身奴隶,微末低贱,一朝凌驾于世家大族,自然难有安全感。从开国直到先皇执政之初,皇帝都面对着一个难驯的贵族集团,因此任用教士和军人加以钳制。然而时过境迁,希柏里尔教会一手遮天,总参谋部的协防计划也已建成,皇权亦受其所制。碧翠丝案发后,皇帝血洗教廷高层,可以说是因爱妃之死丧失心神,也可以说是借这非常手段来震散日益滞固的官僚系统,恢复皇帝的独断权威。至于耶柔米提出的精神污染整个翁布罗萨的计划,无论皇帝信不信他能复活爱妃的妄言,都能以此罪业,将教会牢牢捏在手中。在被牵扯进这一事件后,原本跋扈的军方也变得更加残酷粗暴。"

雅宁斯说罢,约阿斯神父又叹了一口气。温特利德听罢心想:原来竟是这样!可是,翁布罗萨人究竟是作为后宫皇妃的祭品,还是权力斗争的牺牲品,或教会实验的牺牲品,对于死者而言又有什么区别呢?这些死亡统统毫无意义。在雅宁斯喘息的间歇,温特利德又想到:照这样说,军队的种种野蛮残忍作风,恐怕不仅是半世纪前银河统一战争的遗留,也是二十年前犯下罪业后的变本加厉。欣德米特先生说过,攻势优先主义的愚蠢思想,恰是在二十多年前得势的。它会不会是某种可怖战术的徒有其表的遗骸?若先用精神污染舰将敌军轰成疯人,接下来的猛攻就不是战斗,而是毁尸灭迹罢了。去年那场内战中，帝国军也已领教过这一招。若真如此，当年的军队与教会之间或曾有隐秘的勾兑，直到后来教廷打倒了政教分离派，公开介入军政事务并组织了圣殿、罗得两骑士团后，才没把这种武器装备军队，而是留给了自己的骑士团。不知早年黑幕的军界，却继承了对攻势的崇拜，便用"军人血气""男子气概"作为其愚蠢和残酷的借口，如此荒谬，我看也和精神污染差不多了。

只休息了几分钟，雅宁斯就坚持着说下去："可是轰炸翁布罗萨的事，不知被谁泄露给了琼安修女。她将消息告知近卫队的一名军官，你的父亲。他们二人赶回翁布罗萨，未能救下你母亲，只救下了刚出生的你。你的整个生命孕育、诞生于与精神污染的斗争，因此有免疫力。"

温特利德想到，刚才教皇说，狄奥提玛去世一年多了——时间刚好，难道是教母曾用名？我在帝国档案馆曾搜索教母的档案，却找不到"琼安修女"的事迹，想必是因为她当年根本不叫这个名字，于是问道："刚才教皇说的那位狄奥提玛，莫非就是……"

雅宁斯点了点头："狄奥提玛是一个尊称，历代肩负这个称号的修女都不能使用自己的名字。你教母离开穆罗梅茨堡后，就舍弃了它。"

"后来又发生了什么呢？"温特利德问道。

"然后，你父亲就去刺杀执行精神污染轰炸的指挥官，在行刺时受伤失去意识，反而阻止了体内精神污染的蔓延。耶柔米得知有人竟然活着进出翁布罗萨，立即上奏皇帝：皇妃未能复活，定是因为该行星有灵魂逃脱。我教团一位兄弟冒着生命危险，以转移伤员的借口把你父亲送出了舰队，让我治他的伤。可是你父亲不仅伤势重，精神污染更使神经重建无法顺利进行，唯有给他重造一副身体方能保住性命。"雅宁斯用目光指向房间尽头的那盛放在机器中的脑，"科赫先生，他就是你的父亲。"

温特利德胸口如遭锤击，喘不过气。他望向那架机器，还有那被困于机器中的缸中的脑，这冰凉的金属也曾有一具身体。他想起教母临终前给他的那封生父写在襁褓上的信。在过去的这一年里，他每次想起那封信，脑中都会出现北雪平的病床前那融融的暖光。温特利德从未见过自己的父母，他此刻惊觉，其实是教母的光明留在了生父的那封信上。如今他看着面前这架机器，便知道这背后的事，一定不是如他在北雪平修道院感到的那样，血淋淋的沉痛让他说不出话来。

显示屏上缓缓打出一行字："请雅宁斯告诉他一切。时间不多，你要仔细听。"

"父亲……"温特利德颤抖着伸出手去。

父亲的显示屏上没有反应，他仍然坚持这句话。

这冰冷的字体，与那封信的笔迹多么不一样呀，它将温特利德拉回了现实。"什么时间不多？"他忽然想起教皇临走前说，很快这里的人都会死，他有不祥的预感。

"你放心，你不会有事的。"雅宁斯只答了这么一句，就继续道："耶柔米发现了琼安修女的飞船踪迹，觉察到你的存在，一路追至北雪平修道院，向她要人。你教母命人抱出修道院刚刚收养的三名婴儿，放在金、银、灰三色的襁褓中，问耶柔米要找的究竟是哪一位？"

温特利德问道："那我究竟穿的是哪一件襁褓呢？耶柔米选的是哪一个呢？"

"耶柔米起初以为，琼安修女定是故意诱他选灰褴褛，却把你放在金褴褛中；可是又怕她反其道而行之，偏偏要用最简单的寓言故事来戏弄他。他无法选择，便横下心来，不惜得罪享有古老声誉的北雪平修道院，命人抢走了全部的三个孩子，但他没料到你教母一生诚实正直，却在此事上耍了诈：你根本不在其中。"

温特利德听至此处，心中想起教母去世前告诉自己，当年她是用一名死婴冒充我交给了教皇，而不是三名婴儿。她临终时要我放下仇恨，恐怕她这样说，也是为了不让我有负担。"那教皇为何要捉我，教母大人又为何一定要保住我呢？"

"因为精神污染的免疫力事关希柏里尔教，乃至人类的未来。约三百年前，银河四分五裂，信仰岌岌可危。辉恒教廷为提纯人类之德行，保存谦卑、宽容、忍耐、勤勉、慷慨、节制与贞洁，开启了以精神科学提升人类的研究，历经百余年却无进展。然而种瓜得豆，其副产品，精神污染却出现了。教会中有人激烈地反对它，坚持者却认为它只是通往完美的精神装置的半成品，只要坚持，定能突破这一瓶颈。七十年前，我老师的老师阿尔伯特副主教从理论上证明：绝缘于精神污染的人是可能存在的。于是我们就开始了等待和寻找那秋日果实的长路。有些人却不满足于消极等待或小概率事件，他们相信这种能力虽然在原理上是神秘的，但一旦出现，就可通过样本研究来复制它；只要有了第一个精神污染免疫者，就能造出千万个来。即便物理学无法描述心灵的奥秘，也能用工程技术复制完美的心灵。知其然，不必知其所以然。这一计划代号为'秋'，只要收获一颗果实，便能提出'春'的千万种子。"

温特利德听到这里，想起教廷的精神污染物是以落叶为图标的；当初只觉得其中定有含义，却没想到是秋天里零落的东西。

"你其实并不是'先知'，免疫者的真正代号是'果实'。'秋'计划的图标像一颗苹果，那是智慧树上的果，想必你也见过，那就是你。至于约阿斯——"雅宁斯说着，侧过头去看他的同伴，"他说你是先知，只是想方便保护你，同时观察你罢了。"

温特利德望向约阿斯神父，约阿斯点了点头，表示雅宁斯所说皆是事实。温特利德想，原来神父居然向我隐瞒了这么多。可是另一个问题让他感到紧张：会不会就连养育我的教母也和他们一样？我不怪约阿斯隐瞒这些，他既无恶意，且站在他的角度上想也很正常。但我怕教母也这样对我。于是温特利德问道："那我教母呢？她也是这个计划中的人吗？"

"你教母是个古老的二元论者，根本不相信'秋'计划，她坚持认为，这只是技术主义和体验至上主义异端，斥责它轻原理而重技术、轻实在而重体验。在她看来教皇杀了那么多人，全是徒然作孽；不仅如此，她更认为制造'完美心灵'的计划整个就是有罪的。"

"二元论？"温特利德问道，"这不是希柏里尔教的正统思想吗？"

"所谓正统思想也只是给一般信众灌输的思想，在高层研究机构中，二元论反而是少数派。"雅宁斯说到此处，又连喘几口气，"总之，你教母不肯把你交出去，因为她不知道教皇一旦得到了你，为了'发掘'你的免疫力，又会杀多少人，做多少伤天害理、神鬼不容的事。"

"您反对教皇，那您也是二元论者吗？"温特利德问。

"我不是,但我不相信工程学能仿造一切。"雅宁斯说,"此事说来话长。辉恒教廷、国王堡教团、北雪平修道院的三种神学,最早都可追溯至地球。两千多年前,在人类刚刚登上月球、还未踏上火星的时代,曾有过三位先贤:彭罗斯、斯托亚、查莫斯。彭罗斯以为,人类能够凭技术方法找到脑中的意识器官,这便是教皇派的前身;斯托亚认为,意识随附于物质,但其随附对象或许过于广大,以至无法对象化或被技术制作,这也是我的结论;查莫斯认为,任何旨在从物理上解释心灵内在体验的理论都是徒劳,这便是你的教母所相信的。"

温特利德未曾想到过这样的历史轨迹,一直以来他都以为,那些翻来覆去的神学争论,不过是政治的一件又一件新衣罢了。

"可是'秋'计划,注定要失败。"雅宁斯轻叹道。他的眼中流露出的与其说是遗憾或悔恨,不如说是一种冷若死灰的悲凉。冰川融化成的地下水一滴一滴地打在身旁。他看着温特利德,眼神中又忽然闪现出不甘。最终也许是这水滴的节奏提醒了他,时间不多了,他继续讲述"秋"计划的来龙去脉。

第六节:落叶

1.

"人是一种怎样的造物?我们凭借理性与科学的力量跨越了上万光年,自诩为星辰的主人,然而,温特利德·科赫,免疫者啊!你可曾想过，在蚂蚁的体内，仍保存着我们微末的出身？秋计划便始于研究一种拥有集体智力的变异蚂蚁。每一只蚂蚁的智能都极有限，它们团结成群的智力，却远远超出昆虫的等级。每个蚂蚁都像一个神经元，蚁群就像一整个脑。人类理解生命的顺序是双向的：一方面，我们将高级生命的特征，投射到低级生命中去，在每一种低级活动中，看见了高级的目的，只可惜人类尚不完美，不知道在我们之上还有怎样的目的。另一方面，研究始于简单事物，由于人类的基因与蚂蚁仍有大量相同之处，教会便雄心勃勃，企图重新模拟一遍物种进化，从蚂蚁一步一步攀升至人类。"

温特利德心想，这与他过去接受的正统神学多么不一样呀！

仿佛看穿了温特利德的想法，雅宁斯说道："当然有人反对这样的研究，认为演化的只是基因与躯壳，智能则是神造的，这就是心物二元论在神创论与演化论中的体现。生物界的智能演化极其缓慢，而人类智能的历史如此短暂，犹如一夜发迹的暴发户，总是要掩盖自己的出身。"

说到这里，雅宁斯的眼中流露出了一种深沉而复杂的感情。

"教廷研究这种蚂蚁，试图解开意识与物质之间的关联奥秘。这秘密终于被军队知晓，'智能蚂蚁'也引起了军方的兴趣，因为它们在集群作战时演化出了复杂的军事策略，而且由于蚂蚁个体仍然愚笨，没有恐惧，不会溃散，所以它们以极端形式演示了人类战争中不可能出现的理想模型。某些策略，例如以猛攻切断对方阵线的战术，变得强大无比，因为这等于破坏了敌人的'集体脑'。这也是你们帝国军事学院委托的机密研究之一。"

"难道世界上真的有'集体心灵'这种东西吗？"温特利德大为惊骇。

"怎么可能。这不过是因为蚂蚁的个体太过简单罢了。帝国军方想把它用于人类，纯属妄想。"雅宁斯犹豫了一下，喃喃说道，"可是后来……"

"后来？"

"后来，教会意外发现了能让蚂蚁既保持集群行动，却犹如'疯狂'或'错乱'的方法。这就是说，精神污染似乎是可控的。辉恒教廷的一些才智之士，坚持认为穿过疯狂的密林，必能达至澄明的旷野。于是，教廷一代代在越来越高等的生命体上实验，直到人。"雅宁斯停了下来，"多么堕落，不是吗？多么堕落。于是就有人开始秘密研究克制它的东西：回到蚂蚁，研究如何让蚁群免疫于精神污染。同时，古老的'圣愚崇拜'异端复活了，他们认为人的本质是非理性，疯狂是神圣的祝福，迫害精神污染免疫学的研究者。在宗教裁判所内，我教马丁神父故意被判疯癫，流放到疯人村，才没被判为理性主义者烧死。也只有在'圣愚崇拜'那十年，疯人才被安置在村落而非精神病院。郁结之下，他竟然真的精神出了问题——失忆了。可是人就算忘掉了具体的知识与人，也忘不掉思想的习惯和方法。遗忘了几千年历史的马丁神父，竟把我教的思想方法运用到了通融无碍的境界。他真的成了村里的圣愚。疯人村里当然还有其他遭迫害的科学家，都是装疯，叫作疯人村不过是为了利用恐惧吓阻外人。他们合力出逃，一直到帝国西境才建立了国王堡教团；待教团第二代发展壮大后，便谨遵创始人马丁神父关于武装自卫的遗命，改为国王堡骑士团。"

"国王堡。"温特利德重复了一遍这个名字。

约阿斯道:"据说马丁神父失忆后,连康德是谁都全无印象。教团命名为国王堡,也是因为他失忆后误以为传说中的'哥尼斯堡圣人'是十二使徒之一。"

"那后来,你们教团成功地克制了精神污染没有?"温特利德问道。

"起初,实验进行得颇顺利。但越是用到高等动物身上,行为越呆板,脑损伤越明显,这个研究方向就受阻了。许多年后,栓星台里有人觉得,这恰好能满足军方的需求:把个体士兵变成不知恐惧只遵守命令的杀人工具。为了不让它落在这些堕落分子手里,我当年被逐出帝都之前,污染了我老师和我自己留下的所有样品,只带出了仅有的一份。"

雅宁斯仰起头,看着头顶上方白惨惨的灯光:"用错误的办法,是无法改正另一个错误的。这就是我们的教训。"这一字一句,就像身旁滴落的凉水,滴在温特利德的心里。他想起之前说到的,自己被教母救走并瞒过教皇,收入修道院的事,于是继续问道:"那我的身世呢?教皇发现那三个孩子不具备抗污染免疫力后,就此罢休了吗?"

"他执迷不悟,岂肯罢手?为了在茫茫人海中寻找你,他启动了阿里阿德涅计划,也就是你经历过的'扶墙实验',目的之一就是选出精神污染抗性高的人群,以缩小范围。在梦境中,被催眠回到两岁却仍能够直立行走、不去扶那堵墙的人,就是抗精神污染能力强的人。至于另一重目的就古老得多,无非还是想挑选出心智真正坚定的人,为其所用。"

"心智坚定?"温特利德一直觉得,这种描写心理状态的词语其实都很粗糙。因为坚强或软弱的理由千差万别，充满渴望的人和无欲则刚的人截然相反，却都很坚强，都能承受巨大的磨难。他在心中嘲笑：如果教会的所谓"精神科学"还把情绪当成实在的东西，那几百年来寸步未进也是必然的。

雅宁斯教士见他神情迷惑，便稍作解释："历史上一直有类似的筛选，例如曾有行星领主以考试分类选拔少年，题目是'人终有一死'。凡是认为人终有一死意味着价值虚无、令人软弱的，都被送去教会，培养成教士；认为人终有的死亡不是否定生命而是赋予生命以意义的，则被送去军校，培养成军官。但没过几年，考生们就摸清了规律，考试也就丧失了效用。阿里阿德涅计划则利用梦境的诚实。当然，这只是计划的次要目的，如此雕虫小技与抗精神污染的强大能力相比，实在微不足道。"

温特利德倒吸一口凉气，轻声把这个名字重念了一遍："阿里阿德涅。"

雅宁斯解释道："传说古代的克里特岛上，有一座无人能走出的地下迷宫，黑暗中住着一头怪物。阿里阿德涅却只用一根线团，就破解了迷宫——无论迷宫是多么复杂曲折，只要手中的线仍是同一根，起点与终点就是同一的。每一个人的精神深处都有一头野兽，精神污染就是那难解的迷宫，是迷宫制造了怪物，令它丧失了语言。这无疑是人性的悲哀，而精神污染的免疫者，就是那手持线团的人。"

温特利德点了点头，表示自己听说过这个传说。

雅宁斯说道："关键就是'线团'应当如何植入，既不能太易捕捉，也不能无法挣脱。否则对于受测者就没有区分度了。耶柔米最初想在梦中植入的是花衣吹笛人：用催眠将人变回儿童的精神状态，再以笛声引诱，看谁能挣脱笛声，谁的手中就握着那无形的线团。但是他很快就失败了。"

温特利德脸色煞白，浑身一阵寒战，他猛然想起，那个梦境里确实是笛声吸引着他走入有着巨大白墙的房间的。

"因为笛声虽好，但花衣吹笛人却不够强，于是，耶柔米就要用孩童心中最强大的形象来代替，并再次压低催眠梦境中的年龄，把儿童变成幼儿，直逼那无法逾越的、婴儿学会语言的临界点。"雅宁斯稍作停顿，面露疑惑之色问道："可是我至今仍有一事不明：在阿里阿德涅实验中，在那个梦里，'母亲'是什么样的？我可能活不过今天了，希望你能告诉我。"

温特利德回答："她背对着我。"

"原来如此！如此简单！"雅宁斯教士仰起头，"其实耶柔米很早就和我说起过这个实验计划，我直截了当地告诉他，想要在梦境中伪造并植入每个人的母亲，这比制造出一个花衣吹笛人要难千万倍，因为一支魔笛就能带走所有的孩子，每个人的母亲却不相同。就算当今社会教孩子走路的方式都已经'科学'了，千篇一律了，但母亲们的爱仍然是她们自身的；她冲着幼儿的每一次微笑、每一个眼神，都是从生命最深处绽放出来的，都是独一无二的、技术上无法逐个伪造的。耶柔米以为人在梦境里的判断力也许会迟钝些，能被骗过去。我警告他：恰恰相反，梦中人在这方面的判断更敏锐，更难欺骗。只是我没想到，耶柔米会让母亲背对着受测者，隐去她的脸庞、她的神情。把爱的母亲变成神秘的母亲，这么简单，就绕过了技术上不可能的难题。"

温特利德继续问道:"那教皇和你们几位又为何来到这颗星球呢?难道也与当年有关吗?"

"这都怪我,我离开兰茨胡特后不久就被盯上了,还连累了教团的其他人——他们是我在起义之前事先派出去的。圣殿骑士团顺藤摸瓜,把我们都捉了去,直到涅尔琴战役之后,这颗行星的位置终于暴露在世人面前,圣殿骑士团的人就把我们押来这里,强迫我们帮他们找一样东西。"约阿斯神父说。

"什么东西?"

"一瓶药剂。"

"什么药剂?"

"长生不老药。"雅宁斯说道。

"什么?"温特利德怔住了,"世界上怎么可能有这种东西?"

"当然不是真的长生不老,而是选择性地减缓某些代谢,以延缓某些方面的衰老。然而人的衰老是一个全方位过程,很多方面无法延缓,一旦慢下来就会速死,甚至生不如死。因此这药对于正常人而言,只能延长五至十年寿命。"

温特利德听了此话后,面对两位教士说道:"若只是贪图十年寿命,贵教团又何必执着呢?其实无论医学如何进步,把人类的寿命延长多久,哪怕一百年、两百年,一旦把多出的时间当作了理所当然,并重新设计社会规则,把这漫长的时光压榨、消磨干净——明天,再多的明天,也只是灰蒙蒙的地平线,人类也不会更幸福。"

"好!不愧是免疫者,说得好!"雅宁斯眼中闪过一丝欣慰,与约阿斯对视了一眼，剧烈地咳了几声，"但你只知其一，不知其二，这药物虽对正常人作用不大，却能显著提升接种疫苗者的寿命，把它导致的衰竭死亡过程，从一两年延缓至四五十年，并消除疫苗导致的行为僵硬化现象。"

"这也与'疫苗'有关？"温特利德问道。

"疫苗是基于一种特殊的轻度污染研制而成，使用者会寿命大减，且随机呈现出思维僵硬化。但若配合这种药物使用，则无问题。因此，两者相加便能人工模拟出抗精神污染的效果。"雅宁斯说到此处，眼中闪出喜悦的光，"是我的一位诗人朋友，在参观我的试验品时，从数十个蚁群中找出了其中有效果的。你知道他是怎么做到的吗？他在我的实验室里哼歌，敲桌子打节拍，其中一个蚁群居然闻声排列成了柔软波动的线条。如果不是他，我必定以为疫苗解药的实验仍是失败的。其实早已成功了，我却不知道；我们僧侣一心想发明某种语言和蚁群交流，蚁群沉默以对，却没有一人想到音乐。你说，我们蠢不蠢？那位诗人后来好几次带着琴来到我的实验室，架在实验桌上弹给那个蚁群听。蚁群完全听懂了音乐。"

温特利德听得入神，几乎屏住了呼吸。

"后来，我们两人将蚁群的形状和音符相对应，我的诗人朋友还发明了一种新乐谱。"他说至此处，眼中流露出憧憬，就像凝望着一个无限美好的东西，"你知道吗？正因为音乐超越语言，它才是宇宙的语言；乐谱上的音符，才是描绘意识的图像。"

多么美妙！物质与精神、科学与艺术、宇宙的音乐与生命的颤动，这些对峙的事物，曾经在一名僧侣和一位诗人的见证下奇迹般地汇聚。温特利德知道，希柏里尔教的整个精神科学，都是为了寻找这双柱交汇的拱心石，人们却一直以为，这终极的真理会是一条公式，或一种介质，它必须简洁优雅，同时包含无穷变化。可是谁能料到呢？宇宙之神灵决意不让凡人直视她的面庞，音乐，最后只有音乐，是她透明的羽翼，落在我们的心灵中。

2.

"那时的我站在一扇门前，我的老师、老师的老师，几代人才走到这里。那一刻，我相信，人类科学的未来，甚至我的灵魂的全部命运，就取决于接下来这一次实验的结果。"说到此处，雅宁斯的神色瞬间变得肃穆凝重，两颊的线条变得坚毅，可是这样的神态只维持了短短几秒钟，他那苍老的脸很快又垂了下来。

"结果是：一切都是徒劳。因为疫苗只是对污染的逆向刺激，只能用来对抗精神污染武器，无法如天然免疫者那样，让精神活动达到澄明无碍的境界。做不到这一点，整件事又有何意义？只是用来克制精神污染武器的另一种武器罢了。如今精神科学的各种副产品，已经远超几百年前刚起步时的预想，可是最初的难题，'哥本哈根幽灵'，仍悬而未决。物质与意识间究竟是何关系？人类恐怕永远不会有答案吧。你父亲的身体就是明证：若非因为材料不足，身体部件都可重造。然而人类造不出真正的机器脑。我为精神科学投入了毕生心血，到头来反而确证了它的无意义。我越是追求清晰，这种无意义就越清晰地呈现在我面前。到最后，清晰得只有一道跨不过去的鸿沟。"

温特利德看着雅宁斯的眼睛，这是一种悲凉之后又坦然接受的眼神，这背后又是怎样的一生啊。

"然而，栓星台内有人不甘心舍弃毕生心血，拼命想要从中挖掘出什么来。他们怀疑我私藏了实验数据，就把诗人留给我的乐谱偷走了，还当是什么密码。可是人类何曾有过，用那么轻扬飘逸的线条绘成的密码？这些人不是以将来的功用衡量事物的价值，而是以过去倾注了多少精力来衡量的。亏他们也是从小熟读经文的教士，却执迷如此之深；他们舍不得自己的作品，就像父母舍不得已养大的孩子，而支持他们的，就是耶柔米。"

"所以他们坚持继续研究吗？"

"到了那一步，路已经走完，只是他们不愿承认罢了。刚开始，我和他们争执，然后就逐渐被孤立了。我被逐出穆罗梅茨堡之前，向他们讨回乐谱，他们不肯。于是我一怒之下污染了所有疫苗样品，只带出一份；至于那份能消除疫苗副作用的解药，我不想和疫苗放在一起，于是没有带在身边，而是交给了它的发现者——我的诗人朋友。"

温特利德听了这句，心中想道：这位僧侣是在见证了科学的绝望之后，才离开他的研究所和自己毕生心血的，所以也不算是巨大的不幸。那些留在帝都的执迷不悟者，放不下必然幻灭的自欺，才更痛苦吧，也难怪教皇派的人都心理变态了。于是他问道："那后来，教皇和那些研究员，就善罢甘休了吗？"

"耶柔米当时还没当教皇。他以为带着那帮人，有了我留下来的仪器，就能重复我老师和我曾走过的路，重新研制出疫苗和抑制其副作用的解药。他们懂什么？听说后来还搞出什么长生不老研究所。"

雅宁斯说此话时，语气变得十分厌烦。

温特利德忽然想起，自己当初负责那个莫名其妙的研究所的安全时，曾听说所里前人留下的仪器出故障了，都没人敢拆开修理。心想，莫非就是眼前的这位僧人留下的？

雅宁斯接着说道："科学对清晰性的追求，和对事物之间差异的重视是分不开的。一旦习惯了这种思维，你就会首先重视：是怎样的原理区分了这个与那个现象？是怎样的哲学区分了这条与那条原理？久而久之，你也将你自己从他人中区分了出来。回想往事，越老就越觉得琼安修女的生活方式才是对的。年轻时，我觉得她游山玩水是不思上进，后来帝都的氛围渐渐变了，她退居修道院，我那时候心中怪过她，以她的威望，却不愿留下守护教会的正义，与耶柔米一党邪徒斗争。但如今想来，她那样度过一生才是无悔的。"

教母从来没有说过她在穆罗梅茨堡的生活。如今，温特利德也不知究竟是因为过去的美好，还是过去的痛苦，才令她不愿说起。想到这里，温特利德问道："教母当年离开穆罗梅茨堡，难道也和您所说的精神科学走到了尽头有关？"

这时，约阿斯神父笑了笑，说道："她才不会这样。她当年被逼走，原因可低级了；她那么要脸面，怕是不会在后辈面前说的。要打败最一流的人，也只能用最下等的手段。耶柔米为了打压她，就一再鼓噪，说教会是软弱者和愚拙者的教会，那强大的和智慧的皆是教会之敌，针对的是谁呢？无非就是她罢了。可是耶柔米高估了自己的影响，他的极限也只是掀起一场关于'真理在受苦者的口中'和'真理在旁观者的眼中'这两句经文的辩论。失败之后，他知道凭常规手段难以撼动正统,就主张政教合一,把神学辩论拖入政治运动的泥潭。许多人退隐了,后来耶柔米当上教皇都不放过他们,追捕隐修派的事想必你也听过。你教母心高气傲,见山雨欲来,就离开了帝都教廷,要皇帝遣她去'最富裕的'修道院。"

雅宁斯听到这里,也笑了笑:"至于科学的未来,琼安修女从不关心。许多人听说精神科学恐怕已快要走到尽头,觉得自己难有创新突破,便离开了。琼安修女反而正因为如此,才来学习这门学问。她当初在栓星台就以偷懒出名,压根儿没想过为研究出力,只想占着近水楼台,好博览别人的成果罢了。我们当初都说,这样的行为简直就是浪费栓星台的宝贵名额,她可是从来都摆出一副'那又怎样'的态度的。总之,她纯粹是为自己,而非为人类来学科学的。你教母很幸灾乐祸的,离开帝都前临走还说:倘若精神与物质之间的关联难题最终无解,她就最开心了;因为她每天都在玩,你们再勤奋也是一场空,大家就都一样了。"

温特利德没有料到,威严的教母大人年轻时居然也会说这样的话,不禁笑了出来:"她老人家一定不是认真的。"

这时,一旁的约阿斯神父又说道:"你教母年轻时固然爱玩,却是极认真的。那是一种古老的理想:游戏也是严肃,严肃的学问中也有游戏。只不过到了我们这一代,二者早已分裂,只剩下板着脸的科学家和装神弄鬼的江湖骗子。更要命的是,知识的高度其实也是人的精神支撑起来的,丧失乐趣之后,人心变得偏狭,学问也就浅薄了。她那样想,是因为她那一派认为教义之书不鼓励人类去探索自然之书的奥秘。我们教派是不能赞同的。人类对教义的理解,除了自然这本大书之外，还有什么依凭呢？"

"那后来，第三派，也就是教皇那派又何以大权独揽呢？"

约阿斯答道："耶柔米的门徒日渐增多，他们的学说往往被正义之士斥为歪门邪道，可是这些邪道确实击中了那些正人君子的缺陷。简言之，你教母那一派人构造出的，是一个完整却狭小的世界；而耶柔米那一派的，则是无限却破碎的世界。"

"照您这样说，似乎谁也不比谁更优胜。最好的，当然是一个既完整又广阔的世界。"

"你是不是想问：既然两种神学各有长短，前者何以衰落，后者又何以兴起呢？"雅宁斯接过了话，"我年轻时，总是从学术上想，但后来醒悟，这样想根本就是徒然，因为原因乃是政治的：从封建割据到大一统的剧变中，希柏里尔教会和穆罗梅茨王朝一样，短时间内吞下了太多无法消化的东西。试想，沐浴在蓝色阳光下的人类、仰望红色太阳的人类、住在恒久的极光下的人类，岂会用同样的方式理解神呢？随着世界变得广阔，体验难免变得破碎。耶柔米总是在许诺，所以他有煽动性；琼安修女从不许诺，她只是维持。耶柔米当上教皇后，当然明白许诺根本无法兑现，过去拿来反对你教母的鬼话，也成了对自己的威胁，于是便要毕其功于一役，加紧寻找免疫者。但我们都走了，还有什么科研？帝国统一之初，栓星台汇聚各派成就，确是精神科学的鼎盛。可是扩张后的帝国越来越依赖宗教，政教合一派独大，就连大学的功能也变化了，从超脱时势的象牙塔，变成了面向大众的宣教班，新神学越来越'直接'服务于当下的需要，而非永恒的真理。胡乱拼贴，鼠目寸光，看似包罗万象，实则单调肤浅。今日教会的水平，莫说与栓星台相比，也莫说与当年我们国王堡教团相比，就连相比于银河统一之前我们从来瞧不起的辉恒教廷，都尚且不如。"

温特利德听闻此言，心想，难怪我从中学就觉得，什么神学，通篇尽是荒唐废话，简直就是神经病学问！没想到背后原因竟是如此。国王堡教团和辉恒教廷的积怨那么深，雅宁斯居然说政教合一派的学术水准连辉恒都不如，可见必是极为不堪了。

"而我离开帝都之前刚收的小徒阿图尔，对数十年前栓星台内的研究一无所知，他这辈人，只见过零碎浅陋的当代学术，便把精神污染与疫苗这些副产品当作伟大成就。他执迷不悟，几个月前，我们行踪泄露，恐将被教皇派抓捕，他就偷走了一条在实验中意外感染了疫苗的鱼，献给舒尔茨，大概以为这样能为国王堡教团报仇吧？我猜他会把原来那瓶疫苗献给你，并向你隐瞒其副作用。于是我立即让另一名徒弟找你，将副作用悉数告知。我们要保证疫苗的安全，也不能让你堕入邪道。"

温特利德立即向他保证，自己绝不会用它。雅宁斯欣慰地点了点头，反过来向他道歉，说是自己多心了，不该不信任免疫者的心灵。

"可是我还有一事不明：你们要找的解药，怎会遗落在这颗荒凉偏僻的行星上呢？"

雅宁斯听到这一问，眼中又有了悲哀。他长叹一声，说道："今日我们很可能会死在这里，但你是有希望逃生的，所以我要把其中的原委告诉你……"然而就在说此话时，雅宁斯和约阿斯神父不约而同地用手抱住了头。

温特利德大骇，这是精神污染！难道这颗星球上也有污染源吗？

他想起自己的父亲就在身边的缸中，心中一紧，朝他望去，只见显示屏上写道："你来之前，教皇以为是舒尔茨追杀他到了这里，于是设定在这个星球上就地引爆最后一批精神污染物，与舒尔茨同归于尽，摧毁这里的所有人。"

"约阿斯！"温特利德叫道。

"那份笔记，要好好保存！"约阿斯话音未落，就从怀中掏出了一枚藏着的针管，扎进了自己的心窝。他身旁的雅宁斯看着他，也颤抖着掏出了自己的针管。

温特利德咬着牙，他双手撑地，十指紧紧扣在岩石上，却没有阻止雅宁斯。因为他明白现在雅宁斯一定生不如死。他们这样做，是在用最后的理智自行了断，因为不知下一秒，自己还有没有这样的能力。温特利德心中恐惧自己刚刚与父亲重逢，就又要死别，猛然转头望向父亲的机器身体，只见他的显示屏上排列出一行字："我没事。我也是免疫者。"

第七节：囚徒

1.

在刚才的不到一小时内，雅宁斯尽可能说出了他所知的一切。现在，只一根针，就已经要了他和约阿斯神父的命。显示屏上又打出了这样的字："孩子，你过来，靠近我这里。"

温特利德走了过去，面对着那口缸坐下。这是他下井底以来，第一次仔细端详浸泡在缸中的那颗大脑。在这具身体尚未被这台冰冷的机器取代的时候，又会是什么模样呢？在我出生的那年，父亲应当比我今日大不了几岁，会不会也与我身材相貌相似呢？

"孩子，你长大了。"

"父亲！"温特利德伸出手去抚摸那只缸，这冷硬的金属触摸感令他更加痛苦，他觉得自己的手停留在一座囚牢上。他想起教母曾说，身体本应是你的大地，不应当是你的囚笼。如今，这个比喻令他痛苦不已。

"不必难过，机械并未让我更痛苦。雅宁斯为了重制我的身体，已尽全力。怎奈若要将精神污染尽数导出大脑，转移至下级神经，就必须连同四肢协调能力一并牺牲。重建身体的手术不仅材料昂贵难寻，更因耽误了时间，即便成功，不对着镜子甚至没有摸自己鼻子的能力，走路时每迈一步都必须先有意识地思考。如此四肢犹如外物，只会徒增照顾者的负担。所以我那时就决定以营养液为生。至于进食、排泄、冷热甚至呼吸，我已几乎忘了是怎么回事。"

温特利德听了这话，凝视着这口缸，告诉他："父亲，琼安修女，我的教母，她把您当年写在襁褓上的那封信给我看了。"

那显示屏沉默许久，缓缓打出一段话：

"可惜，我们启程太晚，翁布罗萨的精神污染已经开始，没能提前救出你母亲。那一年我本可以在她的预产期申请休假，带她回娘家的那颗行星生产。但宫中说，之前舒尔茨皇妃大案株连太多，人手空缺，是一生难遇的升迁机会。只要我愿暂留宫中帮忙就能破格晋升，我应允了，才未能成行。"

接着是另一行字："二十年来，悔恨至极。"

"父亲！"温特利德当即说道，"您不必过于自责，今日我们若能死里逃生，将来定要把希柏里尔教教廷连同王室一并彻底铲平！"

那显示屏上没有变化。温特利德心想：确实，纵然大仇得报，又有何用？

许久，显示屏上出现了这样一行字："现在，全星球已经只剩我们两人，其余人已非疯即死。他们的时间短，我们的时间长。可是即便如此，为防不测，我还是首先把雅宁斯刚才没说完的事讲完。我讲得要比他慢些，你要认真看。"

温特利德刚才就注意到，屏幕是如打字机一般，一个字母一个字母地显示过来的，确实比人说话的语速慢。这也许是正如雅宁斯刚才所说，机器不能理解语言的意义，于是思想难以准确翻译为句子，只能逐个对应为字母吧。

"当年阿列克谢皇帝召百位诗人进宫，给皇妃碧翠丝写诗，其中一名诗人却不以此为光荣，反而故意写得每首都不被选中。那便是雅宁斯的至交好友。诗人与教士自古水火不容，但他们两人却成了无话不谈的知己，相见恨晚，惺惺相惜。那诗人狂放，一日酒后与约阿斯主教争执，主教轻蔑诗人，说他们不过是玩弄文字的轻浮浪人，在皇室面前只是毫无尊严的奴才，那诗人不甘示弱，嘲笑希柏里尔教众祭司，为求赏赐争相占卜碧翠丝腹中孩子。约阿斯主教觉得万分丢脸，第二天便进宫为孩子占卜未来，只说，'我只知道，这孩子将来定是有死的'，惹得皇帝大怒。"

"就在第二天,你教母离开帝都,启程去北雪平,约阿斯主教、雅宁斯、诗人还有我,四人聚会为她送行。约阿斯主教把自己惹怒皇帝的事告诉了大家,诗人大赞主教英勇气概,并为前日的言行道歉,说:教会中有您一人在,便尚未沦亡。其友雅宁斯听闻此话,觉得自己被轻视了,于是第二天被召进宫去占卜时,也说'只知这腹中婴儿,将来定是有死的',此举或许只是想向诗人朋友证明自己的勇敢不输于任何人。可是皇帝听后,却认为国王堡教团内部沆瀣一气反对他,就将全体教士逐出了帝都。"

温特利德心想,原来教母大人当年不仅与父亲,也与这几位教士交情匪浅,只是从未听她提起过。教母离开帝都,与那桩后宫案竟是同时发生,当年的氛围一定非常紧张吧。

"雅宁斯告诉诗人,自己离开栓星台便再不能做研究,但好在现阶段已有成果,并把一瓶药剂私下交给了诗人,托他千万藏好。不久后,皇帝误会宠妃碧翠丝,以为她欺骗自己,于是迁怒于自己请来的诗人,从此禁绝情诗,把这一百名诗人统统发配到这流浪行星上的矿井,暗无天日地劳作。想必诗人也把那瓶药一并带来了。"

"那名诗人叫什么名字?今日在何处?"

"名字我已经忘了,也许只有雅宁斯一人记得,可是他死后,便无人知晓了。我只记得那时,我们都叫他'歌尔德蒙'。"

"那你们这些日子找到那瓶药没有?"

"教皇派来的人在一个矿洞里找到了诗人的骸骨和遗物,一把剑,一本诗稿,但没有那瓶药。诗人留下了他采编矿工诗作的一本手写稿,扉页是献给'我亲爱的纳尔齐斯',说有一句矿工之间流传千年

的古诗,仿佛在写他的一位旧友:

> 我或将如孤独的矿石
> 穿过群山,进入坚硬的矿脉
> 在此深处,我看不见尽头,看不见距离
> 近旁的一切化作岩石

你说,那些矿工,和科学家是不是很像?在这不见天日的黑暗里,挖呀,挖呀,他们用挖掘诉说虔诚。是这部矿工诗集让雅宁斯最终敢确定,面前的骷髅就是挚友的骷髅。他当场跪地长哭,我从未见过他这样。"

温特利德没有想到,这里竟发生过这样的故事。

"雅宁斯与那位诗人皆是绝世清才,性情天真,但这样的人对环境要求苛刻,非得生在一个更好的时代,才能够活得幸福。"

看到这段话,温特利德忽然想起了、懂得了教母临终之前对他说的那些当时尚未明白的话,什么明辨是非对错之人不可执着于对错,须能超越是非心,还有很多其他的,在这一刻他都懂了。他还想起了教母当时所说的关于父亲的话,说他冒死行刺当时执行轰炸的指挥官,并不是要报仇,而是为了让仇恨截止在他自己身上。

"我已经连续运转了二十个小时,要暂时关闭一些次要功能,转入休眠了。"显示屏上出现这样一行字,"只需拍我一下,我就会醒来。"

温特利德想再与父亲多说些话,他还有好多好多的问题,却不知从何问起。他的脑中闪过这样的想法,觉得今日父子重逢已是幸运,又何必再贪求多一分、多一秒。于是温特利德也要睡去了，他的精神松弛下来，自下矿井以来，他第一次感到饥肠辘辘。精神污染肆虐着整个行星，可是这里没有太阳，想必那彩虹极光，也会被吞没在黑暗的底色中吧。这颗行星上没有食物，且精神污染阻断了救援。温特利德想到了死。然而一想到死，他就想起自己对伊法保证过，一旦遇到危险就放弃行动、立即返回。不料遭逢如此意外，恐怕整个小队已经全军覆没，自己也难回去了。可是就在他即将沉入梦乡时，却忽然想起一件非常重要的事；他抬起头，拍了一下父亲的那口缸。

"爸爸，你的显示屏能显出图画吗？"温特利德轻轻地问道。

"不能，孩子。"显示器上出现了这样的字，"你想看什么？"

"我想看一看妈妈的模样。"

"对不起。"显示屏上打出了这样的字，过了片刻又继续道："我那时觉得，它显示的脑中浮现的形象始终不像，总是如同面目模糊的印象绘画，就让雅宁斯干脆删除了这个功能，简化结构，减少故障。"

父亲宁可什么都不要，也不愿要某种扭曲的结果：累赘的身体不如没有身体，扭曲的图像不如没有图像。刚才父亲的那些话中，有的令温特利德痛苦得心跳几乎要停下，另一些又令它激动地跳个不停。他疲倦了，再次闭上了眼睛。

2.

穆罗梅茨堡虽无严格的地上与地下之分，却有三座宏伟的井状建筑，其中最深的是永恒之矛巨炮的能量束缚室，外侧有三个供人员与设备进出的同样深的井；规模最大的是栓星台地宫旧址，如今掩藏在灵薄岛的湖水下；最令人畏惧的是精神病监狱的地牢，它的守卫设施全部朝向内侧，因为外部根本无人敢靠近。后两者都是为了以曲折迂回的空间阻隔精神污染而设计。如今不仅教皇失踪，就连整个圣殿骑士团都沿着东境交通线南下了。既是南下，舒尔茨就并不太在意：如果遇到科赫一伙打起来，无论战果，政治上都对他有利。他只关心教皇的行踪，可是十天后仍无消息，于是来到这里，准备审问阿图尔，希望能从他口中得到一些情报。

监狱长见是护国主驾临，立刻出来迎接。舒尔茨只问，十天前送来的那个犯人在哪里？监狱长说，遵照殿下吩咐，仍关押在单人隔离牢房。舒尔茨便让他带路去看。一路降到地下七层，监狱长说，就在最左侧的那条走廊的尽头。

走廊深处一团漆黑。

"为什么不开灯照明？我只要你将其单独关押，没让你虐待犯人。"

"殿下！不能开灯，不能开灯。"

"不能开灯？是何道理？"

"一开灯，那犯人就要发作了。"

"哦？"舒尔茨疑惑道，他望向前方黑洞洞的走廊，"可是不开灯，我看不见啊。"

监狱长只好下令开灯。走廊的尽头顿时传来了鬼哭狼嚎，舒尔茨仍听得出是阿图尔僧侣的声音，却已不像是人类的。纵然是与死神打过许多次照面的舒尔茨，也不由得下意识地去摸腰间的佩剑，却发现自己没有带来。

我这是怎么了，不过就是个僧人罢了，况且还有隔离囚室的玻璃墙罩着。

舒尔茨大步走进走廊，惊心动魄的叫声越来越近。他见监狱长心中恐惧，便吩咐他跟在自己身后。

舒尔茨走到长廊尽头的囚室前，只见阿图尔在里面上蹿下跳，不停跺脚。他一会儿退缩到墙角，一会儿拍打玻璃。他看见舒尔茨，把眼睛瞪得滚圆，两只眼珠几乎爆裂而出。几秒钟后，舒尔茨发现他似乎不是在看自己，而是在看自己身后，便不自觉地向身后的墙壁靠去。可是当他靠到了墙上，囚徒的目光就变得呆滞了。阿图尔又一下子跳回了床上，周而复始，紧贴着墙根蹑手蹑脚地走。

舒尔茨问身旁的监狱长："他这样已经多久了？"

"一周了，而且越来越严重，一开灯就发疯，所以我就吩咐狱卒把他的灯关了。"

"关灯。"舒尔茨命令道。

光明退去了，走廊尽头一片漆黑。囚室里一下子恢复了安静，可是这漆黑的寂静令舒尔茨心生恐惧。他一瞬间觉得阿图尔几乎就要穿过坚硬的厚玻璃朝自己扑来。但他控制住了自己，纹丝不动地站着，希望能够在这黑暗中听到什么。

谁知这时，僧侣说话了："外面的人是谁？"

怎么？难道他不记得刚才看见我站在囚室外了吗？

"是我。"舒尔茨答道。

"嘿嘿嘿。"阿图尔笑了起来，半响不说话。不久，囚室里传出一声"哼"，随后便是他在床上躺下的声音。

"不知最近过得可好啊?"舒尔茨试着问道。

床上有翻身的声音,阿图尔不理睬他。

"开灯!"舒尔茨心中恼怒,下令道。

灯一打开,囚室里的僧侣腾的一下从床上跳起来,把被子蒙在头上,裹在身上,在地上打滚儿,最后他再次回到了刚才的那个动作,蹑手蹑脚地靠墙走,边走边四处张望,仿佛前后上下都埋藏着巨大的危险。就在他低下头去的一瞬间,舒尔茨忽然明白了这诡异的疯癫背后的意义。

舒尔茨目不转睛地盯着囚室里的人,轻声道:"他在躲自己的影子!"

"殿下!我们已看到了不该看的东西!"监狱长哆嗦着说。

"收起你的软弱!"舒尔茨厉声道,"我马上要回去了,但明天会再来。你要在二十小时之内,布置好一间四面皆有光源的房间,不得有误!"

"是!殿下!"监狱长跪倒在地。他抬头时,舒尔茨已经走了,只见阿图尔僧侣疯狂的眼睛盯着他跪在地上的影子。他忽地站起来,囚徒仍旧盯着他拉长了的影子。监狱长吓得连退三步,赶紧绕过墙角一路跑出了走廊。

第二天舒尔茨再来时,那间四面都是光源的无影室已经准备好了。阿图尔被蒙着双眼带了进来。点亮灯光后,才把蒙住双眼的布摘掉,他看到舒尔茨坐在自己的正对面。

"你是谁?"

"我是舒尔茨。"

"那舒尔茨又是何人?"

"银河帝国护国主。"

"那只是你的衣服。"

"帝国中央舰队司令。"

"那只是另一件。"僧人接着道,"你不是别人,你是你父亲的儿子!"

"我是我父亲的儿子?"

"假如你不是你父亲的儿子,你的天赋根本得不到培育,才华也根本无法施展,这些可能性都只会寄居在一具卑微的肉体中,不为人知,甚至你自己都不会意识到你本可以成为什么,你也不会是你。"

"哈哈哈哈!"舒尔茨大笑,"原来你要与我说的就是这些。是啊,你说的都对,然而我已经是我了呀!自童年起,我就对你们教会每逢新年前后要做的两件事印象深刻,一是给吾等帝王贵胄涂油祝圣,并论证王族的天赋权利云云;二是严禁赌博,把赌博的百姓都革除教籍。长大后,我便明白这两件事同出一理:正因为赌运与神意是难分的,它才必须被禁止;贵教将随机偶然视作恶,才更急迫地要把'合法的'运气归为神圣。可是你们却不知,早在人类历史上最早的王朝诞生之前,就已经有了骰子。现在,伟大的骰子已经掷出,乘着时间那不可逆的飞箭,可能性已经变成了现实。"

"我想说的不是这些,我想说的是:你的父皇其实没有死。"

舒尔茨的笑停了下来。的确,自从前年的剧院行刺事件之后,阿列克谢就再也没有露过面,人们都说皇帝已死,自己也指令帝国政府发了公文,说是希柏里尔教会中的叛党把父皇害死的。可是又有谁亲眼证实了呢？他的尸骸至今未能找到。尽管街头巷尾曾有皇帝尚在人间的流言，但随着接连两场战争，这些流言也都无人关注了。万一阿列克谢真的没有死呢？世人也许都已不再在意，舒尔茨却不能不在意；每当他提到"先皇"时，都能觉察到自己心中残存的一丝疑虑。

"你的父皇已被教皇手下的邪徒折磨得血肉毁灭，他如今只剩一个脑，被盛放在一口缸里，通过一台机器与外界交流。如果你想见到他，就带我去一个地方。"

"什么地方？"

"难道舒尔茨也有害怕的时候，也有不敢去的地方？"僧侣说。

"人都有怕的时候，但这世上没有我不敢去的地方。"舒尔茨说，"到底在哪里？"

"我已忘了具体的位置，但是您知道，因为您去过那里。"

"什么意思？"

"而且教皇也知道。他逃走了，对不对？教皇无论走到哪里，一定会带上先皇。殿下，您只要跟着他，就能找到您的父亲。"阿图尔见舒尔茨不回答，继续道，"难道殿下不知道教皇要去哪里吗？这不难，我想，此刻他的骑士团一定也出动了。顺着他们的航向，就能发现教皇的踪迹。"

舒尔茨听出，阿图尔仍然在试图以父皇为诱饵，利用他去杀掉教皇。为了这个目的，他还把什么"缸中的父皇"编得有模有样。我一旦知道教皇的行踪，是必然要让卡什尼茨派出最好的杀手杀掉他的；但既然是如此情况，虽不知真假，却也值得亲自去一趟了。

3.

温特出发前去涅尔琴已经五天了,这几天伊法是数着日历度过的。她越来越不安,即便半年前,全军的粮食只剩几天时,她也没有这样焦灼过。然而她仍不后悔让温特去涅尔琴。今天,一份报告摆在她面前:特拉法加尔号战舰与行星表面的小艇失去了联系,涅尔琴那稀薄的大气中出现了灰暗的色彩,似乎是行星级精神污染。

在这个时间点上,就算帝国军有再多的舰队驾临,伊法也是不怕的,此等消息却大大出乎意料。她不知道那里发生了什么事,但她知道温特能抵抗精神污染。可是事情的严重性在于:如果整颗行星上的人都死去,只剩温特一人,小艇又被毁,他如何回来呢?仅靠温特的随身补给,很可能撑不到精神污染消散。若不尽快救援,他虽不至于在疯癫中惨死,却可能被困住活活饿死。

正当此时,半年前埋在兰茨胡特的情报员传来消息,帝国军有舰队途经那颗行星,向着这个方向来了。按常理推断,帝国军是不会只出动一支舰队的,很可能在其他方向上已有另外的舰队即将出动,甚至已在路上。难道敌人知道科赫指挥官离开好望角号的事吗?迫近的战争威胁终于让伊法下决心,必须尽快把温特找回来。

然而在此之前,尚有足够的时间布置一些行动。伊法做的第一件事,就是把舍尔兴和策林根找来。她让舍尔兴率军进攻位于海尔辛兰与兰茨胡特之间的伊斯皮卡行星,以稍稍拖延敌军。

舍尔兴接到命令后问道:"请问此次行动,有什么需要我特别注意的吗?"

伊法说道："战术上没有，因为以你的兵力应该能不战而迫其投降。然后，不要降落到地表，也不必贪图敌军的武备物资，因为帝国军很可能修改航线朝你扑过去。到时候你只要立即撤回来，任务就完成了。"

然后，伊法把军务暂时托付给了策林根，说自己去涅尔琴设法把温特救回来。由于本来温特的行动就只有指挥部内一小群高级军官知晓，所以伊法此番去寻找，也没法告诉更多的人，既然如此，就只好与舍尔兴和策林根两人商议此事。舍尔兴立即表示反对，说如果要去救人，请派他去。伊法却说，这是她一个人的决定。

在这句话之后，策林根便一言不发，只留下舍尔兴一人与她争执。策林根最后只说，他会在科赫与伊法离开期间管好这里的一切。

舍尔兴与策林根一同走出指挥部。在走廊上，舍尔兴不满地问道："你刚才为什么不劝阻她呢？是因为她之前和你打的赌吗？"舍尔兴所指的，是当初伊法允许科赫去往涅尔琴。策林根质问她，万一科赫回不来怎么办？伊法说她亲自把他救回来，救不回来的话她自己也不回来。

"当然不是，那种赌毫无意义，只有帕特里克那样的小孩子才会当真。我不劝阻她，是因为科赫之于伊法，有着比对我们而言更深的意义。"策林根冷静地答道，仿佛在回答一个后勤学专业问题。

"就算如此，这么危险的事也该是我们男人去做才对……不过，你也这样看吗？我是说科赫与伊法的事，我以为你从不考虑私人感情的事。"舍尔兴说道，"关于他们俩，你敢肯定吗？"

"当然。难道你看不出来？"

"我不敢肯定。"

"你真是木头。"

"什么？我？"舍尔兴没想到自己竟然会被策林根说成是"木头"。在整个革命军中，策林根才是以不讲人情著称的。此时，舍尔兴意识到自己误解了策林根，他并不是真的轻视人的感情，只是从不主动谈起罢了。

"问题不在于战争进行到了哪一步，胜算有几分，当前条件是否宽裕到了允许谈论一生的未来，也就是说——不在于我们什么时候可能会死。真正的问题，在于他们自己是否对自己的心承认这一点。但不得不说，如果他们俩暂时想不通的话，或许是有好处的。"

"为什么？这怎么可能有好处？我最讨厌这样！"

"我想是有好处的，至于道理，或许和科赫一直坚持不向全宇宙挑明我们是共和派有所相似。"策林根斜过眼睛看了舍尔兴一眼，似乎在确认他是否听懂了自己的话，"不过，我们还是不要继续八卦下去了，待会儿新战舰的生产进度要送来了。一会儿我还有事要忙，就拜托你看一看吧。"

回到自己的办公室后，策林根立刻接通了伊法即将乘坐的直布罗陀号的舰长。

"您有什么吩咐吗？"

"吩咐不敢当。我是你们的后勤部长，没有资格直接对你下命令的。"

"但是您若有吩咐，我一定照办。"

"伊法指挥官要乘你那艘船去涅尔琴。一到那里，你就立刻选出几名士兵,说他们自愿执行此次任务。"

"嗯,我知道,但那是什么任务呢?"

"我不能说。"策林根不能泄露科赫已经离开总指挥部的事实,"照我说的做吧,伊法会告诉你们任务——我想,她会的。"可是策林根说到此处,觉得最后这句话其实是说给自己听的,而他对自己说这句话,恰恰是因为已经想到了另一种可能性。根据科赫从前说过的奥厄的经历,在精神污染部分散去之后,降落到行星上的人虽不会立即发疯死去,但也命不久矣。伊法是知道这个秘密的,她会让士兵为救指挥官而去送死吗?换了任何其他军人,都一定会的。但是伊法呢?可是她刚才离开的时候,丝毫没有自己去死的意思,一个二十多岁的人是不可能把牺牲的念头完美掩藏起来的。

第八节:洞穴

1.

伊法乘坐直布罗陀号来到涅尔琴附近,已经又过去了四天。革命军虽只出动了二十艘战舰,却足以让周围区区几艘圣殿骑士团驱逐舰望风而逃。温特利德降落在这颗流浪行星上已有七天,行星表面的精神污染已经减弱,但长时间暴露在其中仍足以致死,或至少致疯——两者难说孰轻孰重。当直布罗陀号上有几名士兵突然自愿"执行任务"时,伊法问他们,是否知道将要执行什么任务?他们不知道。

这些士兵不知道精神污染物的危险，于是伊法将情况大致告诉了他们。然而士兵们还不知道人类理智的脆弱，信誓旦旦地说，换作自己一定不会疯掉。

"你们凭什么这样肯定呢？"

"我从小到大从未生过病。"其中一名士兵说道。

"我老家闹过瘟疫，那时我们全家都没打疫苗，照样挺过来了。"另一名士兵说道。

当伊法听到其中一人说自己是"完全自愿前来报名"时，便猜到八成是策林根的主意，于是把他们赶出了办公室。她拿出了那瓶被称为"疫苗"的暗褐色小瓶，那名海盗送来的僧侣临终前说过，这瓶疫苗是他们国王堡教团的研究结晶，要仔细收藏，但不能使用。这种说辞让她将信将疑。然而，伊法宁可自己冒险，也不愿让士兵替她冒险。它会有副作用吗？抑或那僧侣只是因国王堡教团尽毁，由于不信任自己才故意这样说的呢？下方的精神污染反而能够保护我：除了温特之外，没有人能活到现在。既然如此，就不必惧怕遭遇任何战斗，只需我一人就能救他出来。

伊法觉得，那名僧侣来访，并在临终前告知了她疫苗的事，是冥冥中的命运。她有一些激动：只有我能把他救出来了。

伊法读了药瓶上的简易说明书，揭开瓶盖后悄悄吞了一口。这个决定是她几天前在指挥部时就暗自做出了的。吞下疫苗后，她仔细地观察自己和周围世界的微小变化，也许是心中仍隐隐恐惧那僧人临终那句"不可使用"，但也许只是好奇——这就是免疫者的世界！我一直觉得，温特的世界和我的世界是不同的，如今我终于跨过这条深深的沟壑，来到世界的这一岸了。

伊法感到了虚弱，她试图不去想这虚弱，以保持力量。她把全部注意力集中在观察自己的身体变化上。仅仅十分钟后，她就觉察到了视觉衰退，半小时后就看不见了。是不是吞入的剂量太大了？她曾听一个失明过的人说，失明后的世界是漆黑的。可是她面前只有一片白，这就是免除了精神污染后的世界吗？一片白茫茫。

按照说明书，视觉是最先损失的，但会在丧失听觉和味觉之后恢复。而听觉与味觉，则会在身体的其余部分僵化之后恢复。待到全身上下历经洗练又恢复正常后，她就能涉过精神污染的风暴，救出温特了。

然而，即便知道这些，伊法仍只是在用意志力强撑。当她发现自己也听不见了的时候，瞬间陷入了深不见底的恐惧，全身直冒冷汗，双手紧紧把住了床沿。人的听觉是从母腹中开始的，比整个生命还要长。这是她第一次面对绝对的寂静，时间被拉得无限长，视力怎么还没有恢复？伊法脑际翻腾着各种念头，就像一团火在燃烧。可是当她在这没有时间的寂静雪原中，看见了温特的身影，便不再惧怕了。

终于，白雪渐渐淡成了雾色，一点一点地散开，伊法看见了墙上的钟表。才过去六个小时，她却无法分辨是六天还是六周。她想从口袋里拿出自己的表，以确证墙上的钟点没有差错，可是自己的手已经略微僵化了。她放弃了，躺在床上静静地等待身体被这疫苗吞没，再逐渐恢复，像是在等待一个巨浪或一阵狂风横扫而过。

伊法独自在房间内待了三十多个小时，一待身体又活动自如，她就要立刻出发。尤季娜关心她，本想劝她多休息一日，却见伊法神情严峻，还是遵从了她的意愿。临走前伊法嘱咐她：她不在的这几天内，千万不可进入房间。

伊法钻入登陆艇座舱时，想到两年前，薇拉也曾驾着小型飞船去往奥厄。

"所以，薇拉，如果换作是您，今天也会这样做的，对不对？"伊法在心里说着，按下了登陆艇的发射钮。小艇立刻从战列舰的腹部脱落了，在微微泛着极光的大气中急剧下降。尤季娜从舷窗上看着它拖着长长的、淡淡的尾迹，时不时被吹得东飞西窜。她知道，这肆虐的风暴是绝不适合空降的，但这风暴也正是伊法决意要降落下去的原因。尤季娜在舷窗前，看着伊法的小艇变小了，很快消失在下方的微光里。

2.

如果伊法真的多恢复了一天体力才降落的话，历史就要改写了。因为就在第二天，连续穿过北境、东境两座超远程传送门的耶梦迦德号率领一支不到百艘的快速舰队，赶到了涅尔琴的上空。就像几个月前在此发生过的那场战役中的双方一样，他们没有发现已进入低耗能潜伏状态的、悬挂在卫星轨道上的直布罗陀号，后者曾有机会在暗处突袭摧毁帝国军旗舰。可是舰上的官兵想到，一旦引发战斗，己方两位指挥官也必将死在这行星上。为免战争双方的最高统帅同归于尽，宇宙陷入全然混乱，他们没有这样做。

"我教有一种测量精神污染强度的检测仪，只要超过人体能短期承受的浓度，就会使劲叫唤。可是我没有带来。"阿图尔告诉舒尔茨。

"是吗？"舒尔茨说，"听说精神污染还有一个属性，那就是凡是已遭污染的人，会与环境中的污染物发生共鸣现象，是无法入睡的。"

"殿下，您在这方面的学识令我刮目相看。"关于这一传闻，阿图尔自己也是在一个月前潜入灵薄岛地宫时才确定的。修行者在地宫内修炼精神污染抗力之法，就是练习入睡——古经有云，"长夜难安，心念纷飞"便是有障。如能慑服心神，到了能够熟睡的地步，方可入下一层。

"谬赞了，"舒尔茨道，"既然如此，我们这里不是有一个现成的检测仪吗？阿图尔，您该不会认为，用活人做实验有什么不道德的吧？"

"什么？"阿图尔起初一瞬间有所不解，但他想起自己一个多月前，正是在选出的三名士兵身上进行疫苗实验的，恍然大悟。

"把这个人绑起来，塞进一艘小艇，扔下去。"

阿图尔被绑在了最小的单人小艇的舱内，从耶梦迦德号的舰腹被掷向了涅尔琴。待小艇进入了行星的大气层，通信员就开始检测他的各项生命数据，接下来相当长的时间内，他都将无法入睡，什么时候能够睡着，行星表面的精神污染也就消散得差不多了。

从这一刻起，耶梦迦德号的通信室，负责与阿图尔的小艇联络的通信员的耳机内，就弥漫着痛苦的号叫，他们不得不把轮班时间从六小时降低到三小时，又再降到两小时。直到过了一周时间才安静下来，绑在僧人身上的生命检测仪器终于出现了熟睡的迹象。

"你确定他只是睡着了，没有死去吗？人类不休不眠地号叫一个星期，不该早就死了吗？"

"没有，殿下，我们猜测或许之前他的某些叫喊，其实已是梦中的。毕竟对疯人而言，梦境与现实本来就不分明。"

利用阿图尔做人体浮标，舒尔茨测得行星大气的污染浓度已降至人体短期承受的标准。他登陆时只带了一个小队的陆战队，想法和伊法一样：既然此地精神污染刚刚消散，自然不会有人。在他们去往矿井的途中，遇到了温特利德此前登陆时乘坐的小艇的残骸，那是被耶柔米的骑士团炸毁的；见是帝国军标准舰型，舒尔茨便以为定是教皇骑士团的小艇。又走了一段路，小队的先行侦察员报告说前方发现了不知来历的小股兵力，正在四处游荡。

"有多少人？"

"不到十人。"

舒尔茨手下有二十人，他立即部署了包抄作战。那些士兵是温特利德带来的，早已沦为疯人。教皇埋下的污染物达不到行星轰炸的强度，他们中有人尚未死去。遭到射击后，这些人并未还击，而是四散奔逃，几秒钟内就被四面射来的火力歼灭了。这些尸体身着帝国军标准装备，舒尔茨仍无法确认其身份，也以为是圣殿骑士团的人。

舒尔茨带领陆战队员们继续前行，不多时便到了矿井口。一名陆战队员看见电梯，想到这流浪行星上反正不会有活人，便按下了按钮。

"谁让你碰它的？"舒尔茨斥责道，"这里的东西都不要乱碰，我们走楼梯。"

3.

在井底的这些天，温特利德查探了附近的十几个洞穴，里面要么空无一人,要么只有跟随教皇到来的教士的尸体。他把约阿斯神父和雅宁斯的遗体搬到隔壁。温特利德早已吃完了自己携带的补给,倚靠在墙边,每到醒来就和父亲交换各自的故事。起初是父亲说得多,后来渐渐越说越少。

"一个人要讲述过去,必须首先记住它;记忆要保持鲜活,必须与今日有所关联。我的前半生在宫中做军官,身体是我的一切,而后半生却不再有身体。二十多年来,我已经忘了如何挥动手臂,如何抬脚走路;我的视觉早已习惯了比人类更广的摄像角,听觉也远比人类更灵敏。因此我已很难将旧印象纳入到新世界,我依稀记得那时的旧事,但即便记得,也仿佛是梦一般,就像是另一个人的过去。"

几天后,就只剩温特利德一个人说自己的事,从北雪平说到辉恒,再说到穆罗梅茨堡;从科伦坡幽灵说到总参谋部,再说到革命军;从薇拉说到舒尔茨,又说到欣德米特和艾希霍恩,说到了好望角号。温特利德对这些过去的人与事,都带着复杂的感情,幸福与哀痛、尊敬与惋惜交织在一起。唯有每次说到好望角号,他眼中都满是单纯的憧憬。

"谢谢你,我虽不能陪着我的孩子长大,却听到了这一切。这是一个充满希望的故事,我很幸福。"显示屏上机械的光斑,静静地、缓缓地打出了这句话。接着是下一句:"但是,你该回到你的战友们身边了。"

"我听见教皇说,我的登陆艇已被误当作帝国军派来的,炸毁了。"

"可是机会来了,上方有脚步声,必定是乘船来的。"

"说不定是我们的人终于来了。"温特利德高兴起来,他已十分虚弱,哪怕仅仅是一阵兴奋也引起了心悸。

"你们革命军中,有免疫者吗?"

"没有。"

"那就不会是。更可能是教皇派的人,据说圣殿骑士团中的精锐,免疫力是得到过锻炼的。已经过去这些天了,或许污染浓度已经降到了他们能够承受的地步。"

"可是父亲,我不想走,登陆艇已经不在了。"

"雅宁斯很喜欢一个寓言,说从前有一个国王,有一座宏伟的城堡,后来山体塌方后,只剩下半座。大臣们建议,将只剩一半的城堡用墙体封闭起来。可是国王不允许。国王说,只要这墙壁没有封起来,每一截残垣断壁都延伸向曾经的方向,它就仍是完整的;一旦封闭起来,就真的只是半座城堡了。"

"真像他,真像是他会喜欢的故事。"

"你有一个更伟大的使命,那才是你的城堡。它也许永远无法完成,但是你必须回去。如果你待在这里,死在这洞穴里,就永远把自己封在了坟墓里。你比故事里的国王幸运,你仍然有希望夺下来者的船,驾驶它离开这里。这里的一切都只是过去,只是一座迷宫,忘掉它们,回到你自己的世界,那里是你的未来。没有身体的人,就像我,还有那些苦行僧,都容易受这座迷宫诱惑,在没有身体的精神中,仿佛时间也静止了,便再不想走出去。"

温特利德已经十天没有吃任何东西了。他头昏眼花,思想陷入了低谷,可是靠缸中的能量液维持生命的父亲仍然清醒,他坚决要求儿子走出这口深井,哪怕只为了最渺茫的希望,也要回到地表。否则,等矿井里的人来到了井底，革命军的指挥官就只有束手就擒。

"你很累了，但你还不能闭上眼休息，还不能。"

温特利德缓慢地，足足用了十秒钟才站起来，"我把你搬到电梯上。"

"你上去是要夺下那艘小艇，是要战斗的，带着我做什么？"紧接着，父亲的显示屏上打出了这样一行字："我没有身体，也没有身份，我可以是任何人。"

温特利德告别了父亲，几乎是爬着出门，有气无力地往左边蹒跚而去。可是不知为何，他还没来得及按下按钮，电梯却自动启动了。他被带了上去。

"父亲……"他轻声说道，抬头望去，电梯顶层的指示灯亮着，仅仅是这渺小的灯光也让他头晕目眩。他以为电梯出故障了，却不知道这是舒尔茨来了。然而舒尔茨也不知道，自己的士兵莽撞按下电梯按钮，其实已经捉住了革命军的统帅，然而他认为井下万一有人，必定已被电梯的异动所警示，于是率领部下从楼梯走了下去。只有从双方事后的回述中，后世历史学家才拼凑出了这阴差阳错的惊险一幕。

4.

十分钟后，有一个人走进了矿井底层的这间房间，一个穿着宇航战甲的女人。

"你是谁？为什么竟能来到这里？"显示屏早早打出了这两个问句。

来人正是伊法。她的降落点距离矿井口较远，把小艇藏在了一座隐蔽的山谷中。伊法搜索矿井的方法也与温特利德不同,她既没有在特种作战部受过训练,也没有熟悉矿井结构的士兵做向导,所以采取了近乎穷举的策略,尽可能搜遍所有岔路。然而这座两千多米深的矿井远比她预想的要庞大得多,她足足用了七天才到达井底,来时背着的一整袋食物,也近乎消耗一空。她显然被面前的这口缸、缸中的脑以及一旁的显示屏吓了一跳,但很快镇定下来。她没有回答对方的问题,而是说道:"我来找人,你能听见我吗?"

"找谁?"

"温特利德·科赫,"她想了想,却似乎不愿解释自己是何以穿过铺满了整颗行星的精神污染的,反而追问了两句,"您见过他吗?若见过,可否告知他在何处?"

沉默了好一会儿之后,那显示屏又说:"我知道。"

"那他还活着吗?他在哪儿?"她急忙问。

"你有何事?"

"他是我们的指挥官。"

那缸中的怪脑不再回答。

伊法先是小声地"喂,喂"了几声,见对方没有反应,便轻轻拍了拍那架机器外壳,仍然没有反应,心中生急的伊法就加重了力道。

那显示屏突然亮了起来:"我可以带你去找他,但行动不便,你背得动我吗?"

"行!"

于是伊法把那只缸背在背后,开始一级一级地爬上台阶。缸连同相关器械加起来足足有上百公斤重,但伊法穿着增加四肢力量的宇航甲，仍能背着如此重物向上爬。爬至几百级台阶，抬头已能看见冰层的淡白色光芒。

她回头看了一眼那口缸，却发现他用来交流的显示器上不知何时已经显示出一行字：

"你是谁？"

伊法不知对方已经等了多久，但是这样的句子仍让她犹豫再三。这矿井也不知是什么地方，井下竟有这么一个缸中怪人，我已经不得已告诉他我此来是为了找温特利德·科赫，若再告诉他，我也是革命军的重要人物，他若是教皇那一边的人可怎么办？于是伊法只含糊地说了一句："我不是什么人。"

"你是'没有人'？"

伊法顿时记起舒尔茨也曾从古代史诗中，借用过同一句戏谑般的代号，脸色陡然变了。这一切都被那缸中怪人的摄像机捕捉在眼里，可是伊法却猜不透这没有面孔的心灵。她不知道对方问到"没有人"，正是温特在被困的这些天里，和他谈到舒尔茨时说过的，而对方也是用此话试探伊法的反应，看她会不会是帝国军那一边的人。

伊法再次问他，是否真的知道温特利德·科赫的下落。缸中的怪人道："向上数十米，身后有一个走廊。"

伊法照做了。可是走到尽头，她却发现那里只是一个储藏室，花了好一阵工夫撬开门，里面几乎什么都没有。

"可能是我记错了。"显示屏上机械的字体掩盖了其中的情绪。

伊法怀疑这个人是故意带着她兜圈子，拖延时间。可是这行星上空无一人，除了求助于他，别无他法。伊法再问他，能否记得温特利德到底去了哪里？显示屏一开始不回答，几分钟后忽然打出这样的一行字："向上三十米处，往左走进一条过道。"

伊法照做了，她背着怪人走过一座窄桥，来到一个洞穴内，把他的整个装置放在地面。

"这里竟然有几具骸骨……"

显示屏却说："不要说话。"

伊法停住了。几秒钟后屏上出现了一行字："有人来了。"几秒钟后又是另一行："脚步声有二十余人。"

伊法仔细听，却听不到任何声音，想必这怪人失去了身体之后，一定被装上了某种极敏锐的传感器，因此能比常人更敏锐地感知振动。伊法心中喜悦，心想这可能是精神污染散去后，直布罗陀号又派人来寻找。然而显示屏上却打出这一行字："步履沉重而稳健，有金属剐蹭冰壁声，是帝国陆战队。"

"该死。"伊法虽不知这缸中的怪人何以听得如此清晰，竟然熟悉帝国陆战队特有的铠甲发出的声音，却知道接下来只有自己保护这怪人，才能找到温特。可是这里的空气氢含量很高，一遇热能武器就会爆炸。伊法环顾四周，瞥见地上的白骨旁有一把剑，就捡起了它。

"你会用剑？"那显示屏问道。

伊法点点头。

"那再好不过。你守住门外那座险桥，陆战队装甲笨重，不敢冲过来。"

伊法捡起剑后掂量了一下，才知是平生未见的好剑！薇拉曾有过两柄宝剑，都不如它。伊法当年只是薇拉的陪练，并不精通此道，心想若是二流与三流之间的差异，自己恐怕识别不出；既然是连我都能一眼识得的好剑，定是万中无一。只是剑柄上结了化不开的冰，伊法把它攥在手中，顿觉手掌心火辣灼热，同时又有一股阴寒刺骨的激流直冲心脏。她不由得深吸一口气，提剑正要出门，忽然止步，回去戴上头盔，放下了遮住面部的单向玻璃。

舒尔茨带领陆战队员行至一处分岔，就让两名士兵守住楼梯，自己带着其他人走向岔路深处，拐了两个弯就看见走廊的尽头有亮光，上前便发现面前横断着一座深谷，凌越其上的是一条仅一米多宽的小桥，对面是一个冰窟，洞门大开，洞内隐约有微光闪烁。这座桥正不断地向两侧和下方排出热流，将峡谷内周围的气温提高到了人体勉强能够承受的水平，也激起了混乱的气流和呼啸的风声。

一人披甲蒙面独守在门口，手上有一把剑。

这里的空气成分是洞内的氧气和峡谷中的氢气相混合，舒尔茨急令士兵们放下枪械。陆战队长下令全员上刺刀，但他们的请战被舒尔茨拒绝了。在这窄桥上，笨重的战甲无疑会占尽劣势。

"你是何人？"陆战队长高声问道。

对方不答，只是走上窄桥，拉开阵势。冰层中透出的照明光源将其黑影映在两侧的冰崖，伊法虽在女子中身材较高，相比于男子仍身形偏小，在这光影之下却显得高大如鬼魅。舒尔茨知道此地不可以多取胜，于是抽出长剑，向对手致礼。

对面戴头盔的人也举剑向舒尔茨行礼。

两剑相接数个回合，舒尔茨心中暗暗吃惊，这人镇定自若，剑路不疾不徐；纵然已处绝境，竟既无死之将至的悲哀心，亦没有舍身杀敌的急进心。舒尔茨生平曾与不下百人斗剑,更不止一次在刺客手中死里逃生,对世间所有狠辣杀招司空见惯,也深知那些敌手无一不是败死于自己的歹毒心念。然而面前之人攻守有度,动静自若,一进一退如风似影。十余招过后,舒尔茨已觉察这蒙面人的剑术似较自己稍欠一筹,却异常胆大沉稳,数次双脚已触及崖边却无丝毫慌乱。

此时伊法也觉察到了自己超乎寻常的镇定,心中暗暗吃惊,难道这与精神污染疫苗有关?同时亦隐隐不安,因为她知道长此下去恐难坚持。这时她瞥见洞内那怪人的显示屏闪着光,微微侧首,看见洞内镜面般的冰壁上有一行字:"快招攻其要害,他不敢硬碰。"

伊法遵照了这条指示,数招过后就明白了其中缘由:由于此处空气中氢、氧比例皆高,舒尔茨无法大力挡回、震退伊法的剑。两人均不敢大力拼斗,唯恐剑刃摩擦时撕出火花,玉石俱焚。双方都试图在招式和速度,而非力量上战胜对方。这正合了伊法的意,因为她一来力量处于下风,二来手中利剑轻巧,速度有余而力道不足。一时间,两片白光上下横飞,舒尔茨身后的士兵只见两条身影投在万仞冰壁上,仿佛漆黑的深崖下腾起的两只黑色凤凰。

对方应当知道自己是何人。此人若是革命军,面对帝国最高统治者,怎可能毫无杀心?若不是革命军,又是何人?更重要的是,这怪人是如何在精神污染中存活下来的?又为何要守着身后的门?

舒尔茨又一剑朝对方咽喉攻去,刺得对方避无可避。谁知那人却丝毫没有慌乱,硬是准确地把这一剑顶了回去,若失之纤毫都会血溅身死。舒尔茨心知对手这一招若非将生死全然置之度外,以至毫无杂念,任凭剑术再高也断然使不出,不禁佩服之至。这时对方已错开剑锋，自上而下直攻过来。

舒尔茨见此剑招，一瞬间把面前之人误看成了当年手持长剑的薇拉——那一年，薇拉也曾用过同样的招式。在这精神恍惚的刹那，对手的剑锋已汹涌而至，直逼眼前。那剑刃把冰层中的冷光反射回万丈冰面，化作灿烂光芒把自己罩在其中，舒尔茨的脑海中又闪现出几个月前，就在这流浪行星的上空，革命军在十万盏照明弹的掩护下发动的死战。待他回过神来，已不及格挡，只能尽量退避，连退数步仍被轻轻刺伤左肩，被逼回了窄桥的这一端。

伊法并不追赶，而是两三步便退回了桥的中央最窄处，摆好了攻守兼备的姿态。她屏息凝视，稳握剑柄，剑身既轻且硬，横在空中纹丝不动。伊法心知论剑术，自己不是舒尔茨的对手，此刻绝不能露出半点怯意或破绽。

舒尔茨侧身拉开架势。深谷中寒风簌簌，上下左右气流乱窜，从漆黑中来，往虚空里去，洞口与桥上的白光拢集着一圈光明，对面的蒙面人就如立在深渊上的一尊石像。

顺着对方的剑尖，舒尔茨望向那人身后的影子，见那剑影在冰面上没有丝毫游移，心想对手立于孤绝之境，独对帝国军陆战精锐，却能心静如止水，即便再攻，一时也恐难取胜。此流浪星球上竟有一矿井，井下竟有如此怪人，怪人又守着一扇闪烁着奇异微光的门，甚是诡异！我当速速查明教皇在这里做了什么，父皇是否真的尚在人世，然后立即离去，莫要节外生枝。于是舒尔茨命令队长，带两名装甲步兵守在桥头，对方若攻来就合三人之力擒拿，但不可攻上窄桥，自己则亲率剩下的人，向着地下更深处去。

第九节：绝境

1.

伊法见舒尔茨离去，亦徐徐退至桥的一侧，心想只凭对面三人还不敢攻过来，于是返回洞中。这时她才感觉到手掌火辣辣地疼，低头一看，剑柄上结的冰已被融化，自己的手心也被冰碴划出几道伤口，鲜血一滴一滴地流下。伊法将宝剑放回枯骨旁。好剑啊好剑，难道是我刚才忘了向你的主人借你一用，你便要伤我。

就在这时，那显示屏上出现了一段话：

"起初我疑心你是教会派来害人的，所以给你胡乱引路。现在我信你了，你刚才与门外的将军斗剑，一心只想阻止他们进此洞穴，无半点杀敌争胜之心，诚见你此来确是想救人，并无他意。我行动不便，承蒙你代为保护，万分感激。"

伊法见这缸中怪人竟能通过观剑猜到自己心中所思，刚才危急之际也给过自己提示，想必在他失去身体之前，定是一位剑术超绝的高人。

"您果真知道我要找的那人在何处吗？"

那显示屏没有回答。几秒钟的沉默之后，显示出一行字："你还得先回答我一些问题。"然后又是另一行："你可是专程从精神污染的风暴中降落，来寻找他的？"

"是。"

"你可知精神污染，生不如死？"

伊法吸了一口气："我知道。我用了一种疫苗。"

显示屏上出现了一句话："精神污染绝无疫苗。"紧接着又是一行字："你知不知道，你要救的人为何不怕精神污染？"

"不知道，先生，莫非您知道？"

"因为他的整个生命，他的第一缕意识，在母腹的屏障内初成时，就锻造于与精神污染的对抗。理论上，这是唯一真正的疫苗。"紧接着是另一行字："你身上的所谓疫苗是假的，逆理而行有强大的副作用，你知不知道它是什么？"

"果然如此。"

"它会把人的寿命缩短到一年左右。"

"什么？"伊法不敢相信眼前所见，可是显示屏上这残酷的句子纹丝不动。

伊法的脑中，其实已经预想过更坏的命运，如今得知真相，倒是松了一口气。仿佛知道了其中原因，一切就更能接受了。那一刻，伊法几乎没有什么感觉，她甚至惊讶于自己的镇定。

"你觉得值得吗？"

伊法沉默着，把头低了下去。最后，她轻轻地点了点头，又突然大喊道："请让我值得吧！请让我找回我们的指挥官！"

面前的显示屏仍然沉默。伊法知道，这缸中之脑仍信不过自己。就算我帮他挡住了舒尔茨，也只是在帮我自己罢了，他是没那么容易相信我的。伊法瘫坐在地。

"真是愚蠢。"显示屏再度陷入了沉默。接着出现了另一行字："他是你的什么人？"

伊法没有争辩，也没有回答。在几分钟的漫长沉默之后，显示屏上出现了一行字："世间竟还有如此愚痴的年轻人。"

伊法从小最讨厌人说她愚蠢，立即争辩道："我要救的是一个很好的人，这样的人不是每个时代都有，但是愿意牺牲自己去救活别人的人，却是代代都有，算不上愚蠢。我要救的人也曾对我说过，他的父亲就是在一次行星轰炸级的精神污染中，降落在行星地表要救出他怀孕的妻子，却只救下了刚出世的他。"

那显示屏又是一阵沉默，半晌才打出一句话："那你知不知道，他父亲后来怎样了。"

伊法摇摇头。

屏幕上又陆续打出一段话来："刚才你拿剑时随口问了一句，这冰窟中的骸骨是何人，我不相信你，所以没有相告。这几位都是二十余年前，被皇帝逐出帝都的诗人。皇帝把他们召进帝都，每日为宠妃写情诗，后来发生了一些事，总之皇帝误以为宠妃欺骗了他，下旨把银河系内的情诗统统焚毁，并把这一百名诗人发配到了这黑暗的流浪行星做矿工。"

"此事我也听过传闻。"

"传闻。竟然只是传闻。"

伊法想，这缸中怪人与世隔绝，定不知道二十多年来，帝国与教会已经把历史抹得干干净净。

"不过这也没什么。"屏上出现了这样的句子。伊法不明其意，缸中怪人看出了她的困惑，解释道："阿列克谢自以为当了皇帝就能顺之者昌逆之者亡，但就算他把全宇宙的情诗都禁绝了，又能怎样？二十多年了,还不是有傻瓜穿过精神污染的风暴降落下来。"

伊法看见显示屏上的这段话,知道这缸中怪人定以为自己是来救情人的,就像温特说他的父亲当年冒着精神污染去救怀着他的母亲一样。真是可恶,刚才我拼死和舒尔茨大战保你性命,你却一再说我傻。不过我真的傻呀,刚才从头顶黑暗的天空中降落下来时,还以为自己是在替薇拉做完她没有做完的事,救出她没有在奥厄救出的人。多蠢呀,我根本就是为自己做的。我降落到这行星上来,不是因为我想成为薇拉小姐,而是因为我是我自己。

就在刚才,伊法还在告诉自己,反正自从起义爆发的那一天,她就作好了只能活到下个月,甚至明天的心理准备。宇宙战争的死亡率太高了。刚才知晓疫苗会缩短寿命时,她还用"我反正不知哪天就死了"来安慰自己,"可是温特不能死,至少今天不能!"——然而,当伊法想到她是为自己才来到这里的,一瞬间,就像在山路上转过了一道弯,看见了山的另一面遥遥肃立的死神。隔着一年的光阴,她与死神照面了,它就站在自己脚下这条路的尽头,它的身后再没有路。她顿时知道了自己之前的想法多么自欺,也领悟了两者的区别:固然下个月可能会死,明天可能会死,但可能性无穷无尽,明天之后还有后天。可是从此刻起,她的死期就已经确定了,接下来的每一分钟,都是无法弥补的。

"皇帝是误以为被爱妃所骗,因爱生恨,就禁了全部的情诗?"伊法问道,心中非常轻蔑,这样的人其实一开始就什么都不配得到。

"你一定在想:世界上竟有如此懦弱的皇帝?对不对?"接着,显示屏上打出了下面这段话:"我一开始也这样想。但后来我意识到,这只是运动的起源,事情的起源和让它持续下去的力量是不同的;单凭这么幼稚的起源,是无法变成席卷银河的大运动的。"

那显示屏接着说:"禁绝情诗的运动发起后,很快就上升到批判自由思想。当年最著名的一篇评论,便是从古诗中挖出了一篇三流作品,什么'生命可贵啊,爱情更贵啊,自由最贵啊',大加挞伐,说这根本不是诗。但其实皇帝给宠妃选诗的品味还不是一样拙劣?批判它,无非是因为哪里歌颂爱情,哪里就有真正的青年,哪里就有自由的种子罢了。"

伊法忽然想起,薇拉也曾说过类似的话。此时,她看见那缸的内侧四壁,原本平静的光芒变得闪烁不定,这颗缸中的大脑仿佛陷入了巨大的激动。

伊法关心地问:"您没事吧?"

"没事,喜极而已。"

接着,缸中怪人便告诉伊法,科赫乘电梯上去了,但他已经体力严重不支,再不及时救助恐有性命之虞。那缸中怪人让伊法趁那三名士兵倦怠,独力杀出,去电梯顶层附近找他,他绝对不会跑远,若是被刚才与你比剑的将军抢先找到就危险了。

伊法得知温特的行踪,心中既燃起了希望,又充满焦急。她立即谢过了这位缸中怪人,又朝着那具已化作白骨的尸首鞠了一躬,捡起地上的剑就欲离去。可是她走到门口忽然折回来,问道:"您刚才提到那位与我斗剑的'将军'?您真的不认识他吗?"

"银河帝国那么多将军中,五十岁以下者我一概不认识。"

"您的大恩我无以为报。所以在我走之前,得告诉您一些事,因为他很可能会再回来找您。此人不是将军，而是当今银河帝国的护国主，阿列克谢皇帝失踪后，他虽未继位，权势却不下于皇帝，他叫乌尔里希·玛利亚·冯·舒尔茨。"

"竟然是舒尔茨皇妃的那个孩子。"那缸中怪人立即答道。

伊法还想向他简要介绍些关于舒尔茨的信息，缸中怪人却说已知此人是谁，并让她赶紧启程去寻找科赫，一分钟都不该再耽搁了。伊法再次道谢，便头也不回地跑了出去。

伊法来到桥头，见留守的三名士兵中两人坐着，另一人正躺着休息。她立即持剑冲杀过去，看似要一剑取那名躺在地上的士兵性命，另两名同伴急忙来救时，她用左手从背后掏出一把匕首，刺穿了另一名士兵的小腹。

"卑鄙！"

"以三对一，又怎能说对手卑鄙呢？我保证，再用卑鄙手段杀一人，就和剩下那个堂堂正正一决生死。"

两名士兵这才第一次听见伊法的声音，方知对方竟是女人。伊法也意识到了这一点，心想大事不好，万一对方凭借力量优势取胜，该如何应付？这时两名士兵举枪狠命冲来，伊法手中快剑无法挡御，连连后退至身后桥上。两名士兵一齐进攻，伊法突然虚晃一招，那士兵见自己身旁已是悬崖，便往他的同伴身上躲去。伊法顺势再向前一刺，另一侧的士兵为躲避这一剑，半个身子即刻掉下悬崖，只有双手攀住桥的边缘。

第三名士兵这才想起舒尔茨吩咐过不可攻上桥去，自知中计，欲退出桥头，可是他看见同伴正悬挂在桥沿上苦苦挣扎，自己后退则同伴势必要被这卑鄙的女人踢下深渊。

"哈哈哈哈！"伊法笑道，"你怎么不后退？要知道他现在命悬一线，全是你造成的，若不是你刚才挤他那一下，他又怎会掉下去呢？所以他还是死了好，免得将来在舒尔茨面前告你的状。"

"住口！我们三人论勇力论智谋都甘拜下风，但要我抛弃同伴自顾逃命，是万万不能！你刚说过，使诈杀两人之后就会与第三人公平决斗，那来吧！"

身着笨重的铠甲，武器只是上了刺刀的枪，在窄桥上本就不是手持快剑的伊法的对手，更何况还要保护吊在桥边的同伴，再笨的人也知道这几乎就是送死。从对方脸上露出的部分，伊法看出他只是一名青年，心中有了恻隐，便说道："你让我过去，我保证不伤你们。"

"当真？"那年轻士兵看了一眼挂在桥边的同伴，明知自己打不过，但是他心中仍憋着一股气，不想让开。

"强者行其所行，弱者忍其需忍。这没有什么丢脸的。"

"不要听她的，如果你放走了她，殿下会杀了我们。你快开枪，点燃周围氢氧混合的空气，大家同归于尽！"挂在桥下的同伴喊道。

伊法心下害怕，却丝毫没有慌乱，立即答道："舒尔茨不会惩罚你，因为他不会苛求一名士兵，去打败他自己未能打败的人。你最好赶快后撤，让我通过，再迟他可就坚持不住，要坠入深渊了。"

眼见没有什么选择，那名士兵小心翼翼地后退，让出了路。

伊法立刻飞奔过去，消失在了通道里，紧接着就传来她顺着楼梯向上攀去的脚步声，那名士兵才松了一口气，俯身救起他的同伴。

2.

温特利德勉强爬出电梯,发现自己带来的几名士兵已不见踪影,想必是遭受精神污染,在这漆黑死寂的流浪行星上,一行疯人不知游荡去了哪里。他走了许久,都没有找到其他人的小艇。温特利德不知道伊法和舒尔茨都来到了这里。舒尔茨的小艇在相反的方向,且有人看守,而伊法的小艇藏在更远、更隐蔽的地方。他的思维已经迟钝,身体却凭借宇航装甲的助力,仍漫无目的地游走。一瞬间,面前有金属镜面的光泽闪耀,多么美啊!他向着那个方向走去,却撞见了自己那艘已被炸毁的小艇的残骸。来时的路那么短,可是回去的路却走了那么久。手中的照明筒掉落了,敲击在坚硬的冰层,山谷间响起了沉闷的回声,随即熄灭。黑暗突然降临,他意识到自己回不去了。

那一刻,温特利德想到的却不是未来,而是过去。在这宇宙中,如果我消失了,不存在了,革命仍会继续;可是我在这矿井下得知的秘密,连同我所有的回忆,也都消失了。他感到痛苦,他不甘心。

然而他的饥饿和虚弱已经无力承载这种痛苦。温特利德又昏睡过去。他醒来,又睡去,逐渐两者难辨。困意浮涌而至,又在即将入梦的时刻落空,好像一座无垠的海岸上的漫长潮汐,用一千年爬上来,一千年落下去。他记不起自己多久没吃过东西,睁开眼睛勉强看了一眼他的那块表,有两周了。薇拉将它送给他时曾说过,这块表要上亿年才有一秒的误差。如今在这流浪行星上,微弱的星光足以补充它的能量,它将一直走下去。直到它代表的辉恒时间不再是宇宙的标尺,直到整个银河的文明之光都化为这流浪行星般的死寂,直到人类毁灭，它都会继续走下去。正因为如此，它的指针不再有意义。温特利德抬头望向天空，精神污染已经散净。在这漆黑一片，没有朝阳与落日的星球上，时间的流逝本身就毫无意义。

在这荒凉岑寂的流浪行星上，温特利德想到了死亡。在许多个筹划战事的日日夜夜，他已悄悄地把自己的死计算在内；可是迄今为止，他的肉身还没有真正地触摸过死亡，还不曾熟悉死神那枯叶般冷漠的指尖。他只是在神学课上听教士借着概念谈到它，在教母的葬礼上听修女们以抽泣谈论它，在精神污染轰炸的屠宰场听到过那极光般的哀歌，在无数勇士被烧为灰烬的宇宙中直视过它的光芒，可是他还没有亲身触摸过死亡。如今，温特利德终于感到死神那冰冷的手已经穿过头盔，抚上自己的额头，催他入眠。他努力地想要回想起什么，却什么都想不起来。他开始惧怕睡着，自己这样一次次睡去又醒来，很快就会有一次，是睡过去就醒不来了。据说睡神是死神的兄弟，温特利德如今方知这句话的意义，但在这朦朦胧胧中，正是这无梦的长眠让他不再恐惧。

多么安详。温特利德的脑中，一扇似梦非梦的门悄悄开启，远方传来小时候的修道院里，每日响彻大地的古老钟声。原来自摇篮起的每一次酣睡，都在铺展向这最终的黑暗，那报时的钟声，竟已是为每个人，亦是为我而敲的庄严丧钟。温特利德忽然痛苦地想，自己究竟是谁，可是他的精神已无法捉住任何念头，便由着那钟声飘远了。

他的视力已经模糊，不久又隐约看见黯淡的星光下有鬼影浮动，心想，我的时候到了。恍惚之间，他看见了一张女人的脸，那是伊法。可是她的脸也一点一点地模糊了。

再多一秒，再多一秒，我最后所看到的，原来是你的面庞。温特利德的心中升起了一盏光明，原来死亡竟会化作这般幻象；这与在他的眼幕前飘展过的生命的幻象一样。

3.

二十天前，耶柔米教皇离开矿井底层，回到自己的幽深住处。其实科赫的小艇登陆后不久，就被圣殿骑士团发现了，然而教皇误以为是舒尔茨派来的追兵，便下令炸毁了小艇，并设定引爆这颗行星上的精神污染定时炸弹。时间一到，精神污染弥漫开来，他的随行僧人立即疯癫，纷纷倒地抽搐而死。然而耶柔米没有，他活了下来，因为他是免疫者。他对为他殉死的门徒说：不要害怕，教皇会在死的路上为他们打开天国的路。如今，那些门徒得独自上路了。教皇独占了够他吃三个月的粮食。科赫虽然也能抗精神污染，在一颗被精神污染封锁的行星上，唯一结局就是饿死。

在精神污染风暴散去之前，不会有人下来救援。在等待的日子里，教皇通过监视录像辨认出来者竟是科赫，而非舒尔茨。他想得最多的就是：我原本以为是舒尔茨来了，才以大规模精神污染制造一个假死现场，结果却不得不把这珍贵的免疫者饿死。每想到此处，他都喃喃道："可惜，可惜，可惜了啊！"

后来，耶柔米觉得约定好接他回去的舰队即将开到，但他还想再回底层看一看科赫死了没有。于是他往下走了数百米，却只在隔壁发现了雅宁斯和约阿斯的尸首，科赫和他的父亲都已不见了。

耶柔米想：只要他们还在这颗行星上，又能逃到哪去？无非是不愿枯死于深井之底，想最后再看一眼满天星斗罢了。耶柔米来到雅宁斯和约阿斯的尸体前，想道：当年你们二人和琼安修女一直反对我，被逐近三十年后还借助叛军威胁着我，如今终于只剩我一人活着了。就让这流浪行星的矿井成为你们的墓穴吧。在这寂静偏僻的世界角落，有两个人死去了，轻得就像秋叶飘摇落于大地。

"从永恒的观点看，"耶柔米先说出了这句拉丁文，想了想又继续道，"你确实已做到了前无古人，后无来者。只有经由理性，个人才可能与永恒的观点合一。可是你当年却不明白，理性既可以是最令人安心的东西，也可以是最令人绝望的东西。当初不是我的煽动，而是你揭示的真相，激起了栓星台内科学家们的反叛——他们越是热爱真理，就越不能承认你那绝望的发现。不知这二十年来，你是否已明白这个道理？仅仅是这一句'后无来者'，就足够把一代人逼疯。"

说到此处，耶柔米在雅宁斯的骸骨前席地而坐，就像当年他们在栓星台一样。

"可是谁又知道呢？谁又明白呢？这是一个世界陨落了。你走后，栓星台等同虚设。十年、二十年后，我偶然翻阅你留下的论文，尽管你我观点、主张皆不相同，仍感叹那是上一个时代的结晶；当年无人料到剧变已迫在眉睫，人们宽裕、从容、没有紧迫感，仿佛时间有无限长。后来教中也出现过与你一样聪明的后辈，但都已没有旧时的心境。再也不会有了。再后来，那些见过你当年怎么做研究的人也不在了，后来一辈为了骗取皇室拨款，利用当年碧翠丝皇妃死后我对皇帝许下的承诺，逼着我去组建长生不老研究所，好重制你带走的那份疫苗解药。这样的人留着有什么用？于是我把旧研究所翻新重建成一个实验皿，把那些实验员全都当作蚂蚁——我不知道，你是用什么办法，只用蚂蚁就证明了疫苗是无法达到天然免疫的效果的。但我用了无数活人实验，确实证明了你是对的。"

教皇抬起头来，忽然间，他也不清楚自己为何要对着一具尸骸说这些话。他起身掸了掸衣服上的灰尘，回到矿井上层一处隐蔽的洞穴，准备日期一到就离开。门外的走廊尽头传来一队装甲步兵哐啷哐啷经过的声音，引起了他的警觉，这会是舒尔茨派来的吗？还是革命军前来寻找他们的指挥官呢？无论是谁，只要在我的骑士团舰队赶到之前，未能发现我这隐秘的藏身之所，我都是安全的。

第十节：死寂

1.

当舒尔茨返回他当初留下三名士兵的那座桥头，发现队长已死。另两人跪倒在地，报告了战斗经过。舒尔茨起初想质问他们为何无视自己的命令，走上窄桥与敌相斗，可是当得知这名士兵宁死不愿抛弃战友后，就免去惩罚，并许诺回穆罗梅茨堡后另有嘉奖。对于那名侥幸被救的士兵，舒尔茨只要他牢牢记住，自己已是死过一次的人。

"那你们后来进入过这洞窟没有？"

"没有。"

"好,"舒尔茨说,"现在我们进去。"

舒尔茨走过窄桥,进入对面的洞穴。他看见一口盛放着一个大脑的缸,缸外连接着一台机器。

"你终于来了,我的孩子。"机器上的显示屏显示出这样的字符。

"孩子?"舒尔茨说,"你是一个人,还是一台机器?"

"既是人,又是机器。两者的区别没有那么大。"显示屏说道,紧接着这行字消失了,打出了另一行字:"我是阿列克谢·穆罗梅茨。"

舒尔茨沉默着,盯着这个名字。他来这里是为了追踪教皇,并未把阿图尔关于父皇已失去身体且活在一口缸中的话当真,没想到竟然真的遇上了这么一个人。

"两年前,我在剧院遭遇行刺后,被教皇的医疗组残害至此,他们为了不让外人认出我来,剥去了我的身体。"

舒尔茨仍然一言不发。

"我的孩子,难道你要我向你证明吗?"

"证明给我看。"舒尔茨把手按在了剑上。

"你的这把剑,是我在你尚未出生时,赐给萨夫罗诺夫的。"

确实,萨夫罗诺夫前卫队长是舒尔茨的剑术老师,这把剑也是老师送给他的。然而就连老师也没有说过此剑乃是御赐。舒尔茨只记得,在拜师的第一天,老师就让他用自己的这把剑;在辞别的那一天,老师说这把剑本就该属于他。他想:看来我身上来自父亲的部分,比我所知的更多。

然而,舒尔茨并没有把手从剑柄上松开。

那屏幕上又打出这样的一行字:"你出生后,你舅舅舒尔茨伯爵曾想把你带回去，我没有答允，而是安排把你送给了一户同样姓舒尔茨的小贵族。"

这确是实话。舒尔茨十二岁之前都以为他们是自己的父母，直到上中学后，他们就搬走了，从此没有回来，"他们后来怎样了？"

"对不起，孩子，我不知道。"那块屏幕答道。

原本就快要相信他的舒尔茨，顿时又怀疑这个缸中大脑是不是他的父皇。不是因为他不知道他养父母后来怎样了，而是因为阿列克谢·穆罗梅茨那样冷酷的人，不会为夺走亲生孩子的养父母，让我在孤独中度过少年时代感到任何歉意，更不会说"对不起"。但舒尔茨转念一想，会不会是他被希柏里尔教囚禁的这两年也饱尝了孤独，所以在失去身体之后，变得脆弱的他，反而理解了常人的感情？

也许是见舒尔茨不敢下判断，缸中怪人继续道："你还记得吧，在皇宫西侧的走廊里有一幅画，画上是一名跪倒的儿子和拥抱他的父亲。父亲的面庞被光明笼罩，眼神低垂，若有所思。儿子的侧脸隐没在阴影中，回头浪子犹如死而复生、失而复得。"

从这些描述中，舒尔茨见到了一位深深牵挂着远方儿子的父亲，也许他们数十年未能谋面。或许是儿子出走，或许是父亲狠心地抛下孩子，把他送给别人，让他在无边的世界上流浪，但父亲心中一刻都不曾忘记他。他读出了面前这个缸中怪人自己的故事，甚至猜出了画家的生涯，他或许痛失爱子，日夜期盼他归来，才画出这人性中最幽微的形象。舒尔茨甚至隐约感觉到了他所描述的画中，那未表露出来的部分：这位父亲对孩子母亲的深沉的爱。

但正是在这段话中，舒尔茨断定这个被夺去身体的人，绝不是他的父皇。因为皇宫早就拆了那面墙,也早就不存在那幅画。或许它曾经在那里——它想必存在过,真想回去看一看啊——但皇宫早在二十年前就大修过了。面前的这个怪人,想必二十多年前定是宫中旧人,后来不知因何被剥夺了身体沦落至此。他却仍然牵挂着自己的孩子,把全部的父爱投射在了旧时宫墙的那幅画上。

如果确证了面前的怪人真的就是阿列克谢·穆罗梅茨,舒尔茨说不定会矢口否认,连缸带脑一剑劈成两半。他刚才已做好了弑父弑君的心理准备。但当他察觉到这位假冒者的真挚感情,却把手从剑柄上松开了。他什么都没说,转身做了个手势,示意士兵们抬起这口缸,把它一并运回舰上。士兵们默默地服从了命令,不敢多问。

"且慢。"那显示屏写道,"你们先不用管我。向下走不到一百米,有一个房间,把我害成这样的人就躲藏在那里。"

"谁?"

"教皇耶柔米。"

"好,我一定替你报仇。"舒尔茨缓缓说道,微微一笑走了出去。

2.

循着缸中怪人的指示,舒尔茨率领士兵们向下走,在一处隐蔽的矿洞中找到了耶柔米。教皇刚看见舒尔茨时,心想:他若早来几日,就可用精神污染一并收拾掉了;若晚来几日,就算我寻不到那瓶克制疫苗的药,也能全身而退;可他偏偏此时来了,我岂不是凶多吉少。

"殿下,您怎么来了?"教皇问道。

舒尔茨没有回答。

"逆贼！是皇帝陛下告诉我们你在这里的。"一名军官说道。

"什么？皇帝？"

"就是被你夺去身体，浸在缸里的皇帝！我们已经找到他了。"

"什么？你们把他叫作皇帝？"教皇大笑起来，"皇帝？"

这时，舒尔茨说话了："有何不可呢？我们也一样称您为教皇。"

教皇明白，周围都是舒尔茨的卫兵，自己再怎么在这个问题上纠缠，都是没有用的。

"殿下，这个山洞太狭小了，我们不妨去外面看一看吧。"

于是舒尔茨和教皇来到了山洞口。再往前走，氧含量就不足了。教皇垂下目光，看着脚下这颗流浪行星。

"看这荒凉的石块。这死寂的、未觉醒的宇宙，它的意义在于产生生命，生命的意义在于孕育智慧，智慧的意义在于认识宇宙，最终认识它自己。世间每一个物种，哪怕卑微如蝼蚁，都在伟大的存在之链中占据一席之地，万物皆是通往更高存在的桥，既是目的，又是手段。人类呢？浅薄的人文主义者强调：人是目的。他们忘了：如果人不再是更高者的手段，他就会失去命运。人类在宇宙中诞生，是为了提炼出精神污染免疫者。人是什么？宇宙意识纯化自身的器皿。"

舒尔茨不知道教皇为何突然和自己说这些。这是他第一次听说这等思想，便没有作声。他觉得反正这样的想法都不重要，那些既不重要又有趣的念头，想说多久都没关系。

"您一定想知道我为何能免疫于精神污染吧？"教皇说，"人活着时，细胞功能高度分化，生命整体为了正常工作，必须抑制细胞的各别潜能。人死之后，抑制撤去，一些被抑制了一辈子的细胞开始生长和分裂，只不过会因能量和材料不足而很快终止。可是，在相当苛刻的条件下，那些死后开始分裂的细胞能持续繁殖下去。殿下，您知道我的年龄吗？教皇的年龄是教廷的最大秘密，因为我根本无所谓年龄：我不是从女人的子宫里，而是从尸体的脑颅内培育出来的。我的前身，也即宿主，是史上首个免疫者，他的母亲是一位在实验室工作的修女，怀孕期间不幸遭到精神污染物泄漏，在疯癫中生下了他，赋予了他免疫力。说来也是神意，正是在那一年，九位大法官依据精神科学的新成果，推翻了基于陈旧的胚胎生物学的堕胎权，否则这个人间奇迹就无法降生了。修女疯癫，怀孕生子，这样的双重丑闻当然被掩盖。孩子被送去了孤儿院，长大，衰老，死去，度过了平凡安泰的一生，未遇到任何施展异能的机会，然而他能于百年前的乱世躲过所有灾厄，这或许已是思维异能的体现——你们年轻人往往把能力理解为战胜困境的智谋，认为那就是能力，其实真正的判断力，是从不让自己陷入困境。教会遗忘了他，直到他在医学上死亡后，在神学上被判定未死，调查档案才发现他就是当年那名疯修女的孩子。他的遗体被秘密进行试验，从那未死的脑组织里，长出了我。"

"然后呢？"舒尔茨问。

"凡是知道这个秘密的人，都很快死了。"教皇阴森森地露出一丝笑容："我死后，还会再变成下一个我。"

"真是无聊。"

"再然后，当精神污染免疫者足够多，便可进入下一步。"

舒尔茨笑了起来。

可是教皇没有笑，他继续说道："你们统治者也应当适当地关注科学，这对人类社会大有裨益。你们从小被灌输：是科学停滞导致了技术停滞，人类社会不再扩张，并导致了经济停滞。然而实际上，早已不是物质的有限，而是精神的有限阻碍着人类：例如两千年来，所有政府都打压人工智能的全面应用，说什么机器人会'觉醒'——这在我教研究心物关系的科学家看来纯属无稽之谈——那又为何要限制人工智能呢？就是因为当机器全盘取代人类，贫瘠软弱的人性将无力忍受闲暇的空虚；正因为如此，就业率才比高福利更重要，哪怕机器干得比人更好，也要让人类忙活起来。亚里士多德曾指出：从消遣中获得幸福，比在劳作中获得幸福更难。每当轮到哲学家去强调某项事情，它都是最难的。到了更衰败的年代，自由就成了难以肩负的重担，桶中犬儒派就在奴隶市场上出售自己，问谁愿意买一个主人。人类误以为自己渴望享受，但最深的渴望永远是创造，是渴望生存的意义与价值，至于娱乐和享受，不过是为无力创造意义的人准备的虚拟体验。几千年来，人类把'幸福'视作至善，但隐藏在这个抽象概念背后的真相从来都是：丰饶者有丰饶的幸福，贫瘠者有贫瘠的娱乐。关于这一点，宗教界向来比你们政客和你们的经济学家幕僚们看得清楚。当今社会衰败的原因很多，解决之道却恒久不变：获得永不熄灭的精神力量，以忍受历史停滞后的无聊。而宗教最深刻的秘密，就在于揭示了一种致命的区分，即乐园中的人与堕落后的人的区分，人本是神的摹本，却成为罪的载体，但他仍被许诺终将回归极北净土。在古老的黄金时代，幸福无须依靠'进步''未来''创新'这些迷幻与刺激。然而自从瓦特发明了蒸汽机——如此卑微原始的机器——两千年的技术革新已令人类上瘾。我教将'上瘾'视作首罪，正是因为'上瘾'几乎无处不在。"

"宗教也是？"舒尔茨冷不防地问道。

"对，宗教也是。"教皇毫不犹豫，"然而，我不会上瘾，料想科赫也不会。我研究精神科学却从不执念于知识本身，科赫打仗也不是因为爱战争，他不像您。"

"所以这就是贵教的真正使命？"

"不错。前任教皇之所以要借穆罗梅茨王朝之手一统银河，为的就是统一教会，将辉恒和国王堡这两个对立教团的精神科学成就合一。国王堡教团处处针对我们，但前教皇正是看中了这一点，期望两者的碰撞能够产生真正的精神科学，就像古代相对论与量子论的碰撞，最终统一为万有物理学一样。我们造出了精神污染，而国王堡教团发明了疫苗，许多人将二者视作锤与砧，相信反复捶打，终能锻造出真正的免疫者。他不计前嫌，为邀请往日异端中的高人，建造了栓星台。可是后来，国王堡的雅宁斯却以其天才证明了，这一切都是徒劳。'锻炉计划'终告失败，前任教皇也郁郁而终。"

"所以你当了教皇后，是为了造出免疫者，才以精神污染轰炸了翁布罗萨？"

"正是。因为别的研究者都只是在理论上推论出，只有我是切身体验到：对腹中胎儿照射精神污染，可能轰击出免疫者——那个人就是温特利德·科赫。其实他一进入辉恒中学，当日出席开学典礼的一位主教就注意到了他的身世：来自北雪平修道院的孤儿，且从年龄推算，很可能就是当年翁布罗萨的幸存婴儿。但我们没有过早干涉他的成长，而是在他考试落榜并入伍后，暗中把他收入特种作战部。"

"科赫就是你们的科学成果吗？"

"不，不，仅此而已仍算不上科学，翁布罗萨轰击的结果只能算是随机事件，毕竟把猴子放在电脑前足够长的时间，也能打出我教的经文。科学必须是可重复验证的。"

"那你为何没有直接收他入教廷的骑士团呢？"

"当时圣殿骑士团刚组建不久，有几分能耐本事，您是军人，比我清楚。"教皇毫不掩饰骑士团战力低下的事实，"科赫若真是精神污染免疫者，自然得进最强的军队受训。当他从剧院的精神污染炸弹下幸存后，我终于确定了他的免疫力。但我还需在不暴露自己的前提下，说服更多同僚——因此必须有第二次实验，来验证给他们看。于是我安排他去奥厄，他经受住了第二次行星轰炸级的污染考验。在他归来的那一刻，我们知道实验成功了。而我知道：他和我是一样的。"

舒尔茨终于听到了他几年来苦思不得的答案。当初若只是为杀米哈伊尔，有的是寻常的行刺途径，根本无须以牺牲一个行星为代价。他冷冷地问道："你们一样？"

"对，世间林林总总的精神污染各有各的荒谬，可是免疫者都是一样的。一样不信神，一样虚无。"教皇高声说道。

"您错了，你们不一样。"舒尔茨带着一种超然的口吻说道，"我们还是别说这些啦。你听过一个古老的传说吗？曾有一位征服世界的帝王，抓获了十名衣不蔽体的苦行僧，他给他们出谜语，答不上来的人就会死。"

"依稀记得些，您说的好像是亚历山大，他问其中一人如何受人爱戴，苦行僧回答：强大且不让人恐惧者受人爱戴。"

"对，您说得对，我应当记住这句话。"舒尔茨回答，心想自己本以为此话是马基雅维利所说，莫非记错了？不过是谁所说，又有何要紧？他便接着说："还有一个问题，什么样的动物最狡猾？"

"那还未被发现的动物。"教皇答道。一瞬间，舒尔茨觉得他的脸模糊了，整个人几乎都要隐没在黑暗里。教皇又说道："若不是您记得谜面，我是怎么都想不起谜底的。"

舒尔茨说："是吗？那我还记得一问：生命和死亡，孰强？"

"是的，我想起来了！殿下，答案是生命强大，因为生命承载了那么多疾病。"

两人又问答了接下来的几个问题后，舒尔茨问道："死者多还是生者多？"

"生者多，因为死者已不存在。"

"一个人活多久最好？"

"人应当活下去，直到他不再认为死亡比生命更好。"教皇的回答越来越快，他的语速中透着兴奋。

"现在，十个问题问完了。"舒尔茨突然说道。

"什么？"教皇问道，然而几秒钟后，他那张因惊奇而扭曲的脸随即平静了，"我明白了，你终于要杀我了。愚蠢啊，只有我，能让你活着离开……"

"单说这一点，你和科赫确是一样；将来有一天，我也会在战场上杀了他。但是，你的死是现在时，而他的死是将来时。"舒尔茨说着，抽出了剑，"我想知道的，现在都已经知道了。"

他把剑尖刺进了教皇的胸膛,像挑一块破布一样把他的身子挑起来,扔下了悬崖。他的身体被一根冰刺扎穿,挂在了崖壁上。

"现在,这个从尸体上长出的人,这个企图成为不朽的人,终于变成了一具永不腐朽的尸体。在这死寂的涅尔琴,甚至没有一只秃鹫,或一只乌鸦,能为我代劳将他埋入土地。"

3.

舒尔茨准备把那缸中怪人带回穆罗梅茨堡,便能从基因库中比对出他究竟是谁,这具奇怪的机器身体的背后藏着怎样的秘密。他行走在盘旋的楼梯上,心中觉得刚才教皇似乎知道他必会杀死自己,才在临死之前说出那些话,好让这个杀掉自己的人,继承自己的秘密。

可是当舒尔茨行至那座窄桥,却看见他吩咐守在洞口的两名士兵,只剩一名跪在桥头,不敢抬起头来。

"又怎么了?"舒尔茨问道。

那名士兵哆嗦着不回答。舒尔茨走进洞穴,看见那个缸中怪人的机器已被破坏,缸里尽是被血水染红的液体。

"是谁干的?"

"是我们,不,是他。他吩咐我们,说他每过一段时间就会发痒,需要吸收药物,他要我们按下几个按钮。"

"按钮?"

士兵指了指机器下方的一排按钮。

"你们按下了这些按钮,就成了这样?"

"是的。"士兵脸色惨白地答道。

舒尔茨见状，知道这士兵定是以为自己犯下了弑君大罪。缸中怪人趁我刚才不在，骗这两名士兵杀了自己。他为何不早这样做呢？恐怕是为了先借我的手杀掉教皇，教皇死了，他便能死得瞑目。他料定教皇会拆穿他冒充皇帝的谎言，然而他知道我即便发觉被骗，仍会杀掉教皇，尽管自己也难逃比死更可怕的命运。所以，无论出现怎样的情况，对他而言此时死去都已是最好的选择。

舒尔茨继续问道："另一名留守的士兵呢？"

"已经逃上去了，逃到地面上那覆盖冰层的荒地去了。"

舒尔茨看了看这名士兵的装甲，高压氧已经所剩不多，说道："到了地表，他自带的生命维持系统撑不过一天。"

"是的，不够一天。他原本和我一起跪着等候发落，却突然头也不回地跑出去了。"

从洞口外两段峭壁间的夹缝，舒尔茨抬头仰望上方。这么说，那名士兵是注定要死了。竟然逃向永恒黑夜下的冰原。这又是为什么呢？只为逃避一个不存在的罪名？即便真犯下弑君大罪，在审判并处决之前，他至少能戴着镣铐活上半个月。镣铐有多重？不过一斤重。临刑前还会有一顿佳肴。但他逃走了，宁可把生命缩短到最后一天，并在饥肠辘辘的孤独中度过它。远方那空无一物的荒山里，有什么吸引着他？什么都没有，却有的是寂静，数十亿年的寂静。那里只有无边的自由，因为无边，所以一无所有。来时我便注意到了：透过这流浪行星稀薄的大气，从这流放地看到的银河，是多么不同啊，多么璀璨，多么肃穆。

人在这里，会觉得仿佛时间都不存在。舒尔茨感到，自己在这块荒凉黑暗的巨石上的事已经办完，要杀的人已经杀掉，想找的人果然子虚乌有。是时候回去了。他带领部下们走上地表的这一路上，强忍着加快步伐逃离这里的冲动；他觉得若再不离开，自己也会变成这冰层下的一块石头。

第十一节：蚁群

1.

登陆艇喷出长长的尾焰，离开了涅尔琴坚冰覆盖的地面。半小时后，它回到了耶梦迦德号的舰腹，在巨舰上等候的梅耶贝尔已准备停当，随时可以启程离去。可是这时，雷达上却浮现出大批的舰影。

"三千余艘……这是叛军专程来捉拿我的吗？"舒尔茨问道。他想，这里离革命军占领的粮食基地滕内克最近。"策姆林斯基率领的前来接应我的舰队现在哪里？"

"已经快要到了，只需最后一次时空传送即可抵达。"

"通知策姆林斯基，让他把坐标设在来袭舰队的火力死角，即行星背面。随时待命！"舒尔茨这样做，便是决意要用自己这一艘旗舰暂时吸引敌军的全部注意力，给支援舰队创造突袭的机会。

"殿下，来者不是叛军，是教皇直属的骑士团！在截获的通信中，不断出现'这就是圣殿''终于找到圣殿了'之类的句子。"

"原来是最后的教会骑士团。"

"殿下，对方请求通信。"通信员报告道。

舒尔茨明白，圣殿骑士团虽然战力低下，但敌视自己的程度不亚于革命军。如今教皇死于我手，他们若是知道了，是一定要杀我的。

"接过来。"

"殿下，我们前来圣……我们来到这颗流浪行星，是为保护教皇大人！请问他在您的旗舰上吗？"

"不，他在下面。"舒尔茨自知无法装作教皇就在舰上，与其说一个很快就要被拆穿的谎，不如不说。尽管他身边的人觉得即便"教皇在舰上"这个谎言十分钟后就会被拆穿识破，这十分钟或许也能救自己的命，但是舒尔茨不肯。

"殿下在涅尔琴见到了教皇大人吗？"

"何止见到？我们还在下面喝了茶。"

通信屏对面的教士一言不发。耶梦迦德号和它不足百艘的护卫舰队悬停在宇宙中，面对缓缓逼近的骑士团数千艘战舰，纹丝不动。这交谈中的短暂沉默，立刻使得指挥部内的气氛充满了压迫感。

舒尔茨打破了这沉重的寂静："难道您不相信吗？这行星上有一间茶舍，比帝都的'日本家'更干净，比那家'英国佬'更温暖。"

"教皇大人从不喝茶。"

"哦，不，我没说喝的是茶。茶舍里也供应牛奶，漆黑的行星上产出的黑牛奶。您别不信呀！流浪的涅尔琴没有太阳。所以清晨的黑牛奶我们傍晚喝，我们正午喝早上喝，我们夜里喝，我们喝呀喝。"

"这是魔鬼的诗。"教士的音量高了起来，"教皇大人现在何处？"

"在一座空中的坟墓,那里不拥挤。"

"你是说教皇他……"对面的教士犹豫了一下,问道,"您是在暗示,我们最仁慈、最智慧、最为神恩庇佑的神在世间的代理人及穆罗梅茨堡主教及普世教会的唯一领袖升天了吗?"

"他被挂在了崖边的冰柱上,像地狱里的穿刺刑;他将万年不朽,他已如愿以偿。"

"我们的教皇大人已经在天堂了。"那名教士对身旁的人说道。他们垂首祷告。

"根据贵教的教义,地狱最深的深渊之底,是一片冰湖结成的囚牢,他就在那里。"

舒尔茨干脆地说出了真相,他知道对方根本不关心是谁杀了教皇,就算不是自己杀的,教皇派的人也一定会借机栽赃到他的头上。就算教皇还活着,只要他不出现在这艘战舰上,对方就会向耶梦迦德号发动攻击。

"难道是您谋杀了教皇大人吗?"对面的教士突然单刀直入地问。这份坦率倒是舒尔茨没料到的,他本以为这帮人会多绕几个圈子。

"不错。"于是舒尔茨也用最言简意赅的词语回答了他,同时瞥了一眼雷达屏幕:骑士团舰队正在不紧不慢地朝着自己逼近,只要他们再以这样的速度向前两光秒,就是自己召唤传送援军、从行星背面绕到侧翼将其一举击溃的最佳时机。

库格尔舰长望向舒尔茨,从他的眼神里,舒尔茨明白他是在问:难道还不后退吗?

舒尔茨移开了他的目光,直盯着通信屏对面的教士。他不后退。

通信屏对面的教士起先愣住了,他不敢相信有人会这样轻松地、无所谓地公开承认自己杀了教皇,仿佛这无上的荣耀冠冕在此人眼中贱如蝼蚁。然而舒尔茨在战场上已累计杀死过几百万令他尊敬的勇士,宇宙战争的超高死亡率、孤独感和昂贵的战舰,使得每一名士兵都是最勇敢的人。对舒尔茨而言,耶柔米区区一条腐朽残命,确实不值得浪费哪怕一秒。教士像发狂了一样,冲着屏幕这一头的舒尔茨怪叫道:"杀了他!冲啊!"紧接着,通信那一端响起了野兽般的嚎叫,这群平日文绉绉的僧侣脑中有某个开关突然打开了。舒尔茨的脸上露出了怪异的神情,就像是观赏动物园里的猴子。通信断了,屏幕上一片漆黑;雷达屏幕上,教皇骑士团的队形产生了奇异的变化。

骑士团的作战方式非常特别,旗舰一马当先,身后跟着几艘战舰,然后是越来越多的战舰跟在后面,就像一只锥子。舒尔茨看着屏幕上显示的敌军阵型,每一艘都紧跟前方舰船,并将上、下、左、右的舰距控制在一个恒定的值。这确是保证队形永不散乱的最简单方法。他治军多年,深知没有任何军队能够如此整齐划一,更何况教会骑士团的操练水准尚在帝国军之下。他想起了阿图尔僧侣的话,难道他真的成功地污染了整个教会骑士团吗?舒尔茨后悔当初只把他的话当作了狂言。这样整齐的阵型只有接种了抗精神污染的"疫苗"后的偏执狂能做到,他们在两军对垒时,能够在字面意义上奉行"战至最后一舰",承受其物理上允许的极限压力而永不崩溃。

"殿下,策姆林斯基的支援舰队来的信息,说他们已经准备就绪,随时可以传送至此地发动突袭。"通信员报告道。

"不行,绝不能这样做。告诉援军,暂缓行动。"

"殿下？"库格尔舰长不解地问道。

"即便策姆林斯基赶到，也打不过这种军队。"舒尔茨立即说道，"快！掉转舰头，全速逃逸！"

这是耶梦迦德号第一次在战斗中逃跑，它的身后是一整个骑士团的追兵。舒尔茨傲慢却不愚妄；这种傲慢并非自满或自大，而是习惯了与时代保持距离。所以尽管他刚刚还在故意挑衅，一旦形势不对，却也知道要果断地转身就逃。几分钟后，随行的百艘战舰就已全灭。舒尔茨想测试一下，骑士团到底是不是全都感染了疫苗，以至于行动如此机械呆板。他让舰长躲进附近的一片由几个月前大战后留下的舰骸组成的太空废墟场。果然，敌军旗舰也率军杀入，跟在后面的战舰中有不少竟然不知避让，迎头撞毁在这片宇宙坟场。

"阿图尔居然真的成功了。"舒尔茨想，"这个疯子，真的让一整支舰队传染了疫苗。"

在数十艘军舰撞毁后，敌军不得不稍稍放缓速度，并拉开舰间距。趁此关头，舒尔茨下令以最快速度翻转舰身，主炮瞄准冲在最前方的敌军，仅一击就远距离贯穿了位于敌军最前端的旗舰。这下，最后的骑士团也已群龙无首。可是旗舰身后紧紧跟随的舰队却没有停下，而是继续前赴后继地朝着自己这边冲过来。

"僵尸舰队。"舒尔茨倒吸一口凉气，"快，掉转舰头！快逃！"

旗舰炸毁后，已经再没有人能对这支舰队下命令了，他们将一直遵循最后的追击令直到耗尽补给，直到生命死亡，直到钢铁蚀锈。

耶梦迦德号的巨大舰体在涅尔琴的高层轨道上高速奔逃，已经绕行了两整圈，身后是数不清的敌舰，怎么都甩不掉。骑士团的舰炮偶尔砸在耶梦迦德的护盾上,但因距离过远而无法构成实质性伤害。此时,舒尔茨却在前方看见了敌军绕成长蛇的尾巴,心中有了计策。

"把战舰贴近对方队列末端的战舰。"

"如果对方掉转舰头,我们岂不……"

"不会。"舒尔茨说,"这是我们活命的唯一机会,靠过去。"

库格尔舰长服从了指令。耶梦迦德号的引擎功率被加到最大,逼近敌舰队的排尾。身后的敌军舰队排头也加大航速追了上来。

"就在接触敌舰群之前,直线飞出涅尔琴的轨道,"舒尔茨说,"只有一次机会。"

库格尔的额头渗出了汗珠。屏幕上,敌军的队尾越来越近,待到还剩下十五秒就会混入敌群时,他下令放弃向心偏转修正。偏转引擎停止了工作,把全部能量注入主引擎。耶梦迦德号昂起舰首,沿切线笔直地脱离了这颗流浪行星,向宇宙深空飞去。身后追击的敌舰队的排头战舰,一下子接上了己方排尾。紧接着,奇事发生了:他们竟然跟上队伍的末端,继续绕行在涅尔琴的轨道上,数千艘骑士团的战舰,形成了一个首尾回连、转动不息的钢铁巨环。

在逃逸过程中,舒尔茨一直屏息凝视敌舰有没有跟上来,现在他终于松了一口气。

"天哪,这是什么!"库格尔舰长在确认脱离之后心有余悸,仿佛为掩盖自己的紧张,他看着这诡异的一幕问,"他们在做什么?"

"他们在保持舰列阵型,紧跟前排的友军战舰。"舒尔茨说,"每一个将军,都幻想能让维持阵列的纪律,压倒人类求生畏死的本能。于是希柏里尔教的疯狂教徒,就研制出这种令人具有'完美德行'的药物，让某种心理需要永远凌驾于其他的一切。当然，他们没有幼稚到以为存在什么普遍的道德律令，于是为不同的人准备了不同的律令：把平民改造成'永不暴力'的心理偏执者；对于军人，则是'永不掉队'。这些盘成一个环，咬住自己尾巴保持队形的人，以为自己正在奉行真理。"

此刻，舒尔茨想起阿图尔向他介绍"疫苗"功效时说的话：尽管哲学家费尽心思讨论什么是真理，却忘了大多数人判定真理的标准，不过就是体验的强度而已。

"殿下，他们会这样一直转下去吗？"

"我敢说，他们在低能源警报响起前会一直转下去。到那时即便醒来，也已经晚了。"

"天哪，史上前所未有。"

舒尔茨却说："我倒觉得，这种盲目的旋涡，历史上早已有过许多次。"

每当舒尔茨说这样的话，他身旁的将军们总是答不上来，他们明白这正是舒尔茨与他们的真正差别。如果舒尔茨不是皇子，他的思维方式只会让大多数人疏远他，最终可能令他因其孤独而一事无成。然而他是皇子，这种心智差别，却大到了足以让人们忘记他们之间的地位尊卑。

舒尔茨遥望涅尔琴，目送这颗孤独的行星远去，觉得涅尔琴也在看着自己。一分钟后，原本就色泽黯淡的流浪行星，只剩下一圈模糊的轮廓，几乎淹没在永夜里。舒尔茨想起了那名逃向荒山的士兵。

"我们现在可以召唤援军了吗？"

"不必了,让这最后的骑士团绕下去吧,用整个帝国舰队清理他们是在浪费能源。多派些战列舰来,既然它们的队列这么整齐,那轰击起来也一定很容易。这样就不会便宜那些总爱白捡军备的革命党了。"舒尔茨说,"我们先与援军大部队会合,然后就回去。"

流浪行星涅尔琴和环绕它的太空废墟,以及即将成为新的废墟的骑士团舰队,已被远远甩在身后。舒尔茨向舰长示意开始时空传送。接下来,他的时间感消失了,等到恢复时,面前已是前来接应的帝国舰队。从他们那里,他首先听到的是叛军攻占伊斯皮卡的消息。

"伊斯皮卡?我知道那里……您觉得他们去那儿做什么?"

"属下也想不通。"策姆林斯基答道。

"您没去管那颗行星是对的,这大概只是革命军为吸引我军而作的佯动。"舒尔茨很快看破了伊法的意图,只不过是暂时牵制帝国军而已。既然是佯动,自然是为了掩护另一些任务,那又是什么呢?

"我们应当如何应对呢?"

"暂时不管他们。伊斯皮卡就让给科赫吧,那地方不值得损失一艘护卫舰来保卫。我们回穆罗梅茨堡。"

当晚,舒尔茨回到卧室后,在日记本上写下这样一段话:

少年时我曾在生物课上学到过:行军蚁没有视力,行军时每一只蚂蚁都紧跟前一只蚂蚁分泌的气味。一旦排头兵迷失方向,或误返至自己带领的队伍,蚁群就会原地打转。所有蚂蚁都紧跟前一只,拼命抓住某种方向,却不知已陷入了无可救药的盲目,会一直走到力竭而亡。这种宏观现象早已有微观解释,其化学原理并不新奇。然而人类只会在人类社会事务上克制自己，在研究自然时常暴露出残忍的兴趣。如今我明白了：人类对这种盲目而残酷的现象的兴趣，多大程度上是因为我们隐隐知道，在自身的历史中其实存在相似的命运？

2.

尽管舒尔茨猜到了革命军此时必定另有行动，但他没有想到，此刻昏迷的科赫正躺在涅尔琴一处隐蔽的山谷中的一艘小艇的睡眠箱里。睡眠箱只能延缓其生命的流逝。伊法必须蛰伏，直到头顶上的舰队离去，才能与处于潜行状态的直布罗陀号联系。天空上，是什么舰队在周而复始地升落？从地平线的这一侧到另一侧，上千盏舰队灯急速划过天穹。从伊法所在的位置，能够看得到远方那巨大的冰湖，这环绕行星的舰队将灯光倒映在冰面上，仿佛冰下深海里有发光的鱼群。一瞬间不禁让她遐想，在这颗行星被抛入极寒的深空之前，自己脚下的冻土是否曾是一片海洋，这片死寂之中是否也曾孕育生命。

伊法明白，如果不能在科赫的生命耗尽之前返回母舰，自己付出的一切都将是徒劳。正是这天穹上、冰湖中看似生命之光的景象，封死了她的返程之路。这时，红外摄像仪发现一个影子从登陆艇前方经过，朝着远方的荒山去了。怎么会有人独自跑到这里？伊法把前灯一下子打开，强光照得对方立刻举起双臂挡住眼睛。

伊法走下小艇："你是谁？你往哪儿去？"

"是您！"对面的人影叫道，"没有想到，没有想到！我在这个世界上，最后见到人的竟然是您！"

"我？我们见过吗？"

"我记得您的声音！我们昨天才在洞穴前的窄桥上碰过面，您差点要了我的命。"

伊法也想起来了，这是被她放走的那名青年士兵。

"皇帝是在我按了那个按钮后死去的，是陛下要我按它的！可是这又怎样？回到帝都，舒尔茨还不是会拿我顶罪吗？我只想在这里孤独地死去，让我在最后的时刻，享受绝对的自由，可是偏偏还得遇上您。真是可恶！您如果是来抓我回去的，我这次一定会打到底。我知道了，您是皇家卫队的人，而我只是一个陆战队员，但让这些都见鬼去吧！我再也不会因为这些而服从谁了！就算我本该昨天就死了，能活到今天都是欠您的，我也不会束手就擒。"

伊法对他所说的"皇帝"莫名其妙，也不知道他怎么会以为自己是皇家卫队的人。就因为我用的是剑，且只有皇家卫队还保留这种古旧的武器吗？伊法问，究竟是怎么回事。

士兵几句话就说完了事情的始末，伊法勉强听懂，他把自己昨天保护的那个洞窟里的缸中怪人当作了皇帝。那个人是谁？伊法也不知道，但她知道那个人可能是任何人，却唯独不可能是皇帝。

"总之，我是不会跟你回去的。我要死，就死在这大山里。"

"你刚才说，你想要的是自由吗？"伊法问道。

"什么？"

"回答我，你想要的是自由吗？"

士兵心中恐惧，我刚才这样说了吗？皇家卫队的人用这个词拷问我。也许吧，自由，是又怎样？反正我已经豁出去了，不顾一切了！

可是他还没来得及回答,头顶上空骤然闪耀的光明就打断了他。永恒的黑夜被连珠闪电般的光芒刺破,夜空中燃起了一串火球。伊法辨认出,这是战列舰的炮火。这种大炮威力极大,在贯穿了一艘装甲脆薄的轻型战舰之后,还能击穿位于正后方跟随着的另几艘,只是在寻常战场上不会出现这种极规则的队列,让战列舰的炮火每一发都能击毁一串。这支奇怪的舰队竟不还击,仍继续作绕行运动;仿佛越过地平线就能完成当下这个动作,前路却永无尽头。成串的火球接连炸开,犹如夜幕被疾刃划出条条血路,很快整个天空中布满了条条炽焰连成的线条。此起彼伏的各色光焰,划破了笼罩这颗行星亿万年的死寂。

伊法跑上几米外的一个小坡,一言不发,向着天空张开双臂,明暗浮沉的夜空在她的面甲上显出了倒影。士兵看着她巍峨的影子,天空中伟大的光辉吸引着她,就像这荒山吸引着自己。

"是,是!我要的就是自由!"抬头看天的士兵突然高喊道,"多么美啊!多么美啊!"

第七章 长弧的终点

第一节 新生
第二节 激流
第三节 猜疑
第四节 解脱
第五节 谋定
第六节 远帆
第七节 秋日
第八节 神正
第九节 火海
第十节 奇迹
第十一节 凤凰
第十二节 黑盾
第十三节 寂灭

第一节：新生

1.

"我……这是在……哪里？"他在心中问道。四下寂静，在纯白的光明中，他只看见一堵横贯天宇的白墙——他曾无数次梦见过的墙。远处有一个女人，背对他站立着。那是谁？是母亲吗？

他等待着那句话。可是这一回，女人没有对他说，"孩子，小心跌倒，扶着那堵墙。"

她没有再说这句话，而是转过身来。他曾经许多次梦见她，这是她第一次转过她的脸。女人微微抬起手臂，分不清是在打招呼，还是在道别。他想走上前去，看清她的面庞，她却融化在身后的白光中。一股致命的哀伤揪住了他的心，他忽然明白：这将是他最后一次在梦里遇见她。

"阿里阿德涅。"他的心中闪过了这样一个名字。

"他就要醒来了！"他听到一个熟悉的声音。

"我是温特利德·科赫。"他记起了自己的名字。周围的一切急速下坠，世界在滑向一个奇点。名字就像一根长长的、望不见尽头的绳索，把他拉出那高墙下雪白的雾之国。温特利德睁开眼睛，头顶上灯光温暖和煦，灯下坐着伊法。他又朝四周望去，看见好望角号上的佩雷拉医生，他的助手，一名护士，还有自己的勤务兵奥利佛，刚才那声"他就要醒来了"就是他激动的声音。半年多来，温特利德一直客气地对待他，其中也有习惯性的戒备，他还从没有对他说过任何私人的想法，更未透露过半点未来的计划。温特利德从来不忘给抽屉上锁，尽管记在纸上的内容本身就少得可怜，且难以解读。这种戒备让温特利德觉得自己与同龄的奥利佛相比，看起来更老气横秋。

温特利德看见了墙上的宇宙时钟：一月三日。已是新的一年了。

"我二十五岁了。"他还是像往常一样，找了一个看似轻松的话题。

伊法朝他点点头。

"听说，二十岁之前的每一个生日都是快乐的，二十五岁后的每一个生日都是悲惨的。所以这样的生日，在昏睡中度过，倒也不错。"

伊法想说，反正你从小就不肯过生日！但她没有说出口，因为她觉得温特已经猜到她会说这句话。温特的眼中泛着泪光，那是一种悲喜交加的神秘感情。伊法也流出了眼泪。

温特利德躺在病床上，向伊法、卡萨尔斯和佩雷拉医生等人告知了约阿斯神父的死讯，并坚持要立即把他在矿井下听到的一切告诉他们。他知道自己仍然极度虚弱，但争辩说：正因为我尚未脱离危险，才必须现在就说。温特利德挂着点滴，花了将近一个小时讲述了二十年前一个漫长的故事，一个关于欲望与知识、疯狂与理智、毁灭与拯救、脆弱与不朽、执迷与解脱的故事。温特利德的声音越来越弱，但他的话一直清楚明白。待他讲完已十分疲惫，几乎立刻昏昏沉沉地睡去了，旁人分辨不出究竟是话已说完，还是困倦淹没了他。伊法相信一定是前者。

在整个过程中，伊法都没有告诉他，是自己把他从涅尔琴捞回来的。她戴着手套，几天前在矿井下和舒尔茨斗剑时，被剑柄上的碎冰划破手掌，留下了一道浓重的黑纹，挤压就会隐隐发痛。直到此刻，她才知道，那缸中怪人竟然就是温特的父亲。回想当初在洞窟内他对自己说的话，伊法不禁感慨万千。

温特入睡后，伊法回到隔壁的办公室，让尤季娜把自己从涅尔琴的荒山里救回的那名帝国陆战队员叫来。她觉得是时候告诉他那缸中怪人绝不是银河帝国的皇帝了。

"那他究竟是什么人呢？"

"这个我们也无法确定。"

"一个没有名字、没有身体的人死在那么孤独的地方，想来真的好凄凉，是不是皇帝也不重要了。当日，我向着荒山走去，一心要死在那里。中途我只停下过一次，就是在自己的宇航装甲上涂写姓名，还反复检查了有没有拼写正确。"

伊法忽然发觉，她竟已忘了他前些天在涅尔琴告知自己的名字，那是一个古怪的古代语言姓氏，就连那古代语言叫作什么也已忘记。

"那现在呢？"她问道。

"现在？我再不会那样想了，现在我是全星球、全舰队——不，全宇宙最不可能自杀寻死的人了。因为我曾真正地凌空跃入死亡的深谷，是您，就像天空中垂下的金线，把我拉上来了。我已尝过那向着深渊下坠的滋味，从今天起，就算是让我永远孤独地活在漆黑的矿井底，就算剥夺我的身体，把我变成一个缸中怪人，我也不要死。就算要在那样的黑暗中挨过几百年才能重见天日，只要有一丝回到阳光下的希望，我也一定愿意。可是人总是要死的。如果一定要死，不如把这条命还给那个曾救过我的人。"

"是呀，活着多好呀。"伊法怔怔地说，若有所思。接着她又问道，"你是为了报答我，才加入我军的吗？"

"您在登陆艇里，不也说是为了报答你们指挥官，说感谢他带您走上这条道路，才甘愿使用疫苗去救他的吗？"

伊法立刻张望了一下，尤季娜在办公室的另一侧，紧紧抿着嘴唇，但嘴角还是露出一丝笑容。

"我……"伊法顿时觉得自己在下属面前没有了威严（其实本来就没有多少），很快终止了对话。可是直到士兵走后，她才想起，当初并未告诉过他自己使用了疫苗，才降落在那颗行星上的。此事在革命军内只有区区几人知晓，他是如何推断出来的呢？难道帝国军内部有相关的信息吗？这又令她想起疫苗的副作用，自己的寿命只剩一年，她想起刚才那名士兵说的话——活下去，活下去是多么美好——心中痛苦不已。

2.

温特利德第二次醒来,已经又过了十二小时,勤务兵立即叫来正守在隔壁的伊法和卡萨尔斯。温特利德看见他们,又说:原来我还活着。我要把我在矿井底下听到的事全部告诉你们,事关重大,请把策林根、胡梅尔和舍尔兴也叫来,你等五人可作见证。

伊法轻声告诉他,十几个小时之前,他已经说过一遍了。

"原来如此,我竟不记得了。"温特利德不好意思地说道,"伊法,能否麻烦你,把我所说的内容写下来,然后……"

"嗯?"伊法抬起头望着他。

"我若死了,就把其中的信息立即向全宇宙发布。我若没死……就先拿给我看,今后再作决定。"

伊法刚听到"死"这个字,就想拒绝这个任务,并告诉他是自己好不容易救他回来的,她救回来的是一个活人,而不是一段尘封多年的旧事。她根本不在乎这些王朝和教会秘史,她只想温特不要死去。但是伊法听到后半句,便知道他已经在思考怎样最大限度地利用这份情报,且再一次把自己死亡的可能性考虑了进去。在刚才停顿犹豫的一瞬,他已经又变回了革命军的指挥官。他是多么冷静,多么坚强啊。她点了点头,领命之后,便退出病房开始工作,告诉门口的勤务兵自己就在隔壁,有事随时叫她。

"你们也都去吧,这里留下医生就行了,我现在只是个病人。你们就当没有我的存在,凡事各担其职,自行决断吧——除非有紧急军情,否则不要打扰。"

伊法在隔壁，凭着记忆开始写温特刚才说的那个二十年前的故事，其内容与她自己在矿井下听到的完全吻合。我在写什么呢？我是为了救回温特才使用疫苗的，如果这就是他在涅尔琴的唯一收获，难道这也是我用如此沉痛的代价换回的东西吗？想到这里，伊法的心头不免悲哀。但她最记挂的仍是温特的病情，时间一分一秒过去，此时没有消息就是好消息，每过去一刻钟，好望角号就离那颗荒芜死寂的行星更远，他的生命也就离死亡更远了。

"伊法指挥官！"勤务兵奥利佛突然走进办公室。

伊法立刻站了起来。

"科赫指挥官发高热了，医生说有情况。"

伊法立刻丢下笔，来到病房，看见医生正拿着他的胸腔照片，和护士说着些什么。

"肺部出现了感染，可能是流浪行星矿井下变异的病毒。"医生转过身来说道，"我想恐怕是因为科赫指挥官的身体太虚弱，所以一点儿病毒就会导致感染。这种病毒虽新奇但并不可怕，换作常人本不该有症状。然而对于如此虚弱的身体，仍可能要命。"

这时温特利德醒来了，他把目光投向伊法。伊法走过去，把耳朵俯在他身旁。

"我都听见了。伊法，你还记得我教母留给我的那份录影吗？请把它拿来吧。"

"温特，请你多休息吧！"

"我不看那个录影就睡不着。因为我的灵魂翻腾着，它渴望着藏在那里面的秘密。其实我早就寻到了能读取其中数据的机器，然而自发动革命后,我一直不敢看它,因为革命要为众人创造一个未来,它不能受我的个人回忆的牵绊。我不能让情感左右理智,我越是想看它,就越怕看它。"温特的声音很低,语调缓慢而平静,"但是,我今天必须看,我必须知道。"

"温特!"伊法关切地望着他。

可是温特摇了摇头,不肯听她的劝告。

"把他要的东西都搬来。"伊法把头埋在床前,对勤务兵说道。

"伊法指挥官!病人的要求完全是无理的,您可不能这样纵容他!"医生阻止道。

"都搬来,照他的心愿去做。"伊法再次吩咐。

"难道您已经放弃科赫指挥官了吗?"医生的语气急了。

"谁说放弃了?"伊法抬起头来反驳道,"对这种新病毒,既然你们做医生的都束手无策,难道还有更好的办法吗?"

医生妥协了。温特利德没能坚持清醒多久,勤务兵刚离开病房,他就又昏睡了过去。等他再次醒来,面前已经架好了他要的屏幕。他点点头,伊法把他的教母留给他的存储器插入了一台不知从哪里找来的旧型号电脑。

"麻烦你们暂时出去,好不好?"

"我们不能把尚未脱离危险的病人独自留在房里。"医生坚持。

"伊法,请你留下来吧,好不好?中学时,我曾邀请你们来修道院做客,你见过我的教母,所以不算外人。"温特利德说,"如果我病情恶化,她会立即通知各位的。"

除伊法外的其他人都退出了病房,灯光暗了下来,屏幕上出现了一片苍翠的色彩。画面聚焦起始有些模糊，但在它呈现出具象之前，这一片抖动的墨绿就已经打动了温特利德的心——多么美，与流浪行星那漆黑的荒山多么不同呀！对这个刚刚苏醒的人而言，在涅尔琴度过的二十天，仍是片刻前的回忆。仅是这一刹那的强烈对比，就让他几欲流泪。

正如教母临终告诉温特利德的，这盘录影中没有什么重要内容，都是她年轻时代的生活琐碎，与朋友郊游呀，练钢琴呀，带小孩做游戏呀。温特利德在她拍摄的友人中认出了雅宁斯和约阿斯神父，那时他们都还是腼腆的青年教士，画面中还有一个牵着马的男人，画面外举着摄像机的教母称呼他为莫里斯。

温特利德听到这个名字，心脏怦怦直跳，那是他的生父的名字。他曾有一具身体，他曾是多么英俊啊，温特利德不由得自惭形秽。他身旁的马背上坐着一个女人，她翻身下马朝着镜头招手。温特利德注视着她，他从未怀着如此深沉的感情注视过一个女性，也从未如此虔诚地注目于教堂里的圣母，可是她的脸庞却被宽大的草帽遮在了荫翳里。关于他们两人的影像只持续了十几秒钟，然后一阵大风吹过，拿摄像机的教母就中止了对他们的拍摄。

整个录影中，人的形象只占十多分钟。其余大部分都留给了各个星球上，那些挺拔的树木、枝杈间投下的光斑、雪山顶流溢的光辉、翱翔的群鸟、波浪起伏的草地、变幻莫测的白云、火红的朝阳、金色的大海。在温特利德的印象中，严肃的教母一直活在一个由大理石般的观念建筑成的世界，而她年轻时却是如此地热爱大自然。然而他又立刻明白，在教母日复一日主持修道院的岁月中，在她年复一年的静修和功课中，这些动人的光明从未远离过她。

放映结束后，温特利德想回放这份录影，可是他找来的那台古旧的机器却发出了刺耳的声音。等伊法费力地打开它时，发现存储器已经过热损坏，无法再播放第二遍了。

"把它交给我吧，我去找人修复它。"伊法说。

"如果修不好也不必勉强。"温特却说，"如果命运只让我看一遍，我也已经满足。"

温特的声音很轻，他的身体仍然虚弱，但是在整个放映过程中，他的状态出奇地好。伊法感到教母留给他的那些影像，连同其中所有的希望与热情，都已吹进了他的灵魂。从那一刻起，她相信温特一定能挺过这一关。

3.

革命军的情报组送回了圣殿骑士团大举驾临涅尔琴，最终离奇地被帝国军消灭的消息。伊法想到温特说疫苗的副作用除了缩短寿命，还有相当大的概率会强化某些执念。她猜到，这或许就是骑士团如此机械的舰队运动的原因。这令她不寒而栗。而自己吞下疫苗后降落在那颗孤独的流浪行星上，没有传染给别人，竟是不幸中的万幸。

"原来这是舒尔茨为了不让我军缴获这批战舰而做的。"她想起涅尔琴上空那场连珠闪电般的杀戮，一时不知这样屠杀丧失神志的人，究竟是仁慈还是残忍。至此，两年前仍令人敬畏的圣殿、国王堡、罗得三大骑士团，如今都已尽毁。但她没有用这件事打扰温特休息。

温特利德昏睡的时间逐渐减少,清醒的时候越来越长。他有时想问有无军情,却克制住了这个念头。他觉得这是好望角号指挥部的一个锻炼的机会,让他们演习一个没有自己的指挥中心。当他独自卧床,就把雅宁斯给他的那块编码的布条纹饰拿去解码,其中有一些是他的日记。但即便在日记里,也很少有他自己的生活,尽是关于科学与世界的思索,仿佛这就是他的全部生命。有些内容他已在井下说过,细节上却有微小的出入。屏幕上的笔记版本更详细致密;他在井底讲述的故事是从细碎的源头开始的,研究笔记却开篇便是"精神的统一性",仿佛是在倒叙。可是温特利德想,这并不代表他临终前口述的那个版本不如它真实。

"他怀疑得越细,信得就越深。"温特利德觉得雅宁斯是个极特别的人。

逻辑和理论当然算不上灵魂本身,只是思想的路标。可思想之路亦是从灵魂深处延伸出来的。雅宁斯心中的某些东西,恐怕早已因离这条路太远,长久得不到养分而枯死了。然而灵魂却顺着道路生长,把全部养分集中在了他允许自己生长的方向。其实谁都是这样的,可是从雅宁斯的灵魂中延伸出来的道路太直,铺展得太远,直通向没有路的荒野——把那些已铺好的路远远抛在了身后。在那些纠缠、弯曲的灵魂看来,或许反而像个怪人。

雅宁斯被逐,是因为他的刚直触怒了皇帝;教母退隐,也是因为她的清高。可以说,正是这两人优秀的一面逼走了他们。剩下些不学无术、信念不坚者,改宗易帜做教皇派毫无成本——那些把话说成一团糨糊的人,有时连说谎都谈不上。神学理论本就矛盾重重,在各个时代人们因势取舍,选择性地对这些或那些矛盾装聋作哑罢了。这也是温特利德鄙视神学家的原因。但雅宁斯不这样,他的理论太完整了,不容改动分毫。久而久之,这种刚硬就成了他的灵魂的质地。

穆罗梅茨堡的帝国新闻终于公开承认教皇失踪。如果他们不宣布此事,温特利德会觉得或许教皇的行踪迄今未知。但既然公开了教皇失踪的讯息,那他说不定已被舒尔茨杀了。因为这一公告语气极为生硬,毫不顾及信徒们的感情。这是舒尔茨给全宇宙的一个信号:他根本不在意教皇的死活。只要没有人敢反抗他,他就再次赢得了胜利。

舒尔茨与教皇过去的对手都不同。如果耶柔米用他对付国王堡教团或教母的办法对付舒尔茨,结局一定是舒尔茨杀了他。舒尔茨也会利用人的弱点,但他不会把人的德行与高尚当作弱点来利用,也正是在这一点上他与教皇不同,狡诈却不卑鄙,令人畏惧却不令人蔑视。所以,教皇与舒尔茨的斗争从一开始就注定必败,因为教士的巧诈只能让人病弱,如果做不到这一点,那终究无法抵抗武士的蛮勇。

第二节:激流

1.

近一个月前,伊法听闻穆罗梅茨堡有帝国舰队出动。为确保有充裕的时间把温特从涅尔琴救回来,她命令舍尔兴率舰队奔袭伊斯皮卡行星,以暂时吸引帝国舰队。她选择那里,只因沿途帝国诸侯势力薄弱，方便进退。因此这是一场一开始就打算撤回来的进攻。然而当她救回温特，才知道帝国军居然丝毫不为所动，任由一颗行星被叛军占领，什么都没做就返航了。伊法猜到，这批舰队大概是专程来把舒尔茨从涅尔琴接回去的。

然而舍尔兴从新占领的伊斯皮卡传回消息：那里民怨沸腾，要求处死贵族并没收财产。伊法回复他，要以该行星审判平民的法律，一视同仁地审判贵族过去的罪行，没收相应数量的财产以赔偿受害者、填补财政亏缺，但不得株连家人或抄没家产。两小时后，伊法仍不放心，追加了一条消息叮嘱舍尔兴：我们的身份是占领军，不是政府，因此行为切不可越界。

"早就拦不住了。伊斯皮卡的工人们已经捣毁了宝石加工厂，销毁了他们亲手加工的所有宝石，把它们都倒进了高温切割机里。"

"毁掉了？"

"对，他们没有哄抢，而是销毁了那些宝石。天知道这是为什么。"

"原来如此。那就注意不要让骚乱侵扰到更必需的产业。至于宝石，没就没了吧，反正不是你做的，我们不管。"

伊法仿佛陷入了沉思。在几年前的一次宴会上，年迈的贵妃赐给十位贵族少女每人一颗宝石，薇拉觉得"挺漂亮"，身旁的人却笑她只知漂亮，满怀羡慕地告诉她：伊斯皮卡宝石是宇宙中最坚硬的东西，还是纯天然、手工打磨的，每一粒都要耗费数百小时。工匠们每在强光下完成一粒，眼睛就要休息几天——这可不是那些更漂亮的人工便宜货，那些最完美的人工宝石最便宜，连瑕疵都没有。薇拉后来再也没有佩戴过它。伊法当然懂，在薇拉看来，宝石是为了美丽而存在的；那种徒然抬高劳动成本、将占有别人的艰辛当作荣耀的价值观，真是既残酷又愚蠢。薇拉也喜欢璀璨发光的东西，就像鸟儿喜欢玻璃和宝石。伊法记得，她对伊斯皮卡宝石的看法是："你们人类的愚蠢观念，我们自由的飞鸟是从来没有的。"

"伊法指挥官？"在通信屏幕的另一头，舍尔兴见伊法若有所思，便叫了她一声。

"啊，对不起，我只是想，既然工人毁掉了，而非抢走了宝石，那定是一个燃烧着复仇欲、却尚未腐化堕落的人民。这样的人民必须小心对待。"

无论是舍尔兴还是伊法，都已经感觉到，销毁宝石只是一场浩大的运动的开端。伊法原本只想以佯攻拖延帝国军，根本没想长期占据这颗并无战略价值的行星。然而帝国军竟对领土被侵占置之不理，几个最大的贵族家族也要么逃离，要么躲藏了起来。当地人召开会议，宣布剥夺他们重返行星的权利。事已至此，革命军已经无法轻易离去。从这颗行星上缴获的战舰不满千艘，若要防卫它，却须分散相当多的兵力，并从米滕多夫延伸出一条两百多光年的交通线，实在是得不偿失。更重要的是：军队中出现了不满，一些来自伊斯皮卡的士兵们联名上书，要求根据真正的民主原则，顺应民意严惩贵族，并查抄其全部财产："他们的后代只因没有直接参与父辈的恶行，就仍可继续坐拥父辈们剥削来的私人财产，这难道有正义可言吗？"

在听了士兵代表的质询之后，伊法大概明白了：这颗行星上的贵族领主疯狂地贩卖该星丰富的自然资源，并用获利组建陆军，残酷压迫赤贫的平民，强迫他们做矿工。革命军中竟有百分之五的士兵来自这区区一颗星球，十倍于它在银河系总人口中的所占比例。于是，舍尔兴的舰队刚刚驾临该行星的天空，大地上就呈现出炎炎之势。然而伊法却拒绝以占领军的名义干涉司法。

其中一名士兵代表忿忿地说："我们绝没有赞美专制、蔑视法制的意思，但若换作杀人狂舒尔茨，恐怕那些贵族早就人头落地了。"

策林根立即喝止了这名大胆的士兵。伊法做了个手势制止了策林根，对那名士兵道谢，谢谢他说出了内心真实的想法，并重申革命原则：必须允许基层士兵表达自己的意见，就让士兵代表们回去了。

这件事引起了伊法的忧虑。因为温特利德过去的政策是：一方面，较少地直接插手行星日常事务，因为频繁介入当地事务意味着需要组建临时政府，而在己方军力明显弱于帝国军时背上包袱并不明智。另一方面，由于既没有帝国宪制等正统性包袱，也没有帝都和地方的各种阻力集团，即便不组建政府，我们仅仅作为军事殖民者，改革的尺度照样能够超过舒尔茨在帝国内部进行的困难重重的改革。

然而如今出现了一个例外：如果舒尔茨占领了这颗行星，这位护国主是一定会顺应民意大开杀戒的。如果这批投身革命的士兵心中，对旧主的恨多于对自由的爱，那么在同样的机会面前，他们就可能更乐意追随更能帮他们报仇的舒尔茨。尽管政治理性总是着眼于未来与共存，人类最深的执念却总是关于过去。未来属于想象力的王国，而过去却是现成、具体、触目惊心的。这比战争更令伊法痛苦，因为它植根于人性深处。在今天之前，尽管内战已经开始了一年，年仅二十五岁的伊法还没有模糊地推想过一场真正的革命，星海间的内战尽管残酷，却是犹如几何学一般明晰，远不及大地上的革命那样混沌。

可是当伊法又想起她的故乡埃本塔尔，心境就发生了变化。既然埃本塔尔子爵的死反而令他成为英雄，伊斯皮卡那些大大小小的领主，也该被扔给他的人民处置。他们若有埃本塔尔子爵一半的良心，也不至于沦落到这个下场，给我出这么个难题。

伊法来到温特利德的病房，见他仍在昏睡，询问医生，指挥官状况如何？医生说，已度过了最危险的时期。伊法想了想，再次嘱咐医生，一旦指挥官醒来就立即通知自己。

不久后，伊法再次接到了来自伊斯皮卡的舍尔兴的通信。

"情况有变吗？发生什么事了吗？"

"事还没有发生，但确实有这种可能。伊法指挥官，我是想说，我们何不放任伊斯皮卡行星的人民发动革命呢？这一颗行星的革命，将团结我军的军心，也将给全宇宙被压迫的人发送一个积极的信号。"

伊法记得，舍尔兴在埃本塔尔就曾建议，利用行星上的民愤发动大革命。如今面对类似的局势，温特伤重昏迷，他恐怕也自知难以说服温特，才趁我主持大局时重提旧议。

"科赫指挥官之前拒绝过这样的建议吧。"

"是的。然而，此一时，彼一时也。"

"那么，科赫是以何种理由拒绝您的呢？"

"他那时大概是说：还没到那一步。"

这句模棱两可的话，在舍尔兴和伊法心中有着不同的解释。舍尔兴以为，科赫此前拒绝发动行星革命，是因为民意尚未沸腾。伊法却觉得，他指的应该是我方舰队还未强大到保卫所有的行星，因为这需要足以在帝国军挑选的任何一处战场上正面迎战的实力。

"不行,行星革命事关重大,我必须问过温特再回答你。"伊法说完这句话,觉得有些不对,改口道,"我会要求科赫指挥官把他的意见口述给你。"

"等待您的回音!"舍尔兴答道,向伊法敬了个礼,挂断了通信。

尽管舍尔兴一直觉得民众的火焰可以利用,他仍然忠实地执行了命令,尽可能安抚而非利用或煽动局势;伊法担心来自民众的怒火烧得太快,我军来不及在各地局面不可收拾之前战胜帝国舰队。她神色凝重地回到办公室,行星革命一旦广泛爆发,选择顺应形势放弃特权的贵族,多半是条件允许他们放弃特权的,但下场会怎样呢?那些更恶劣,并选择强硬镇压的贵族呢?倘若最终舒尔茨赢了,他想效仿历史上的改革君主,就必须比他们残暴百倍。如果我们赢了呢?

伊法觉得那个世界是无法设想的。她伏在桌前,想起中学时他们曾共同读过的一本古代小说,书中有两位革命者,分别是刀剑与理念的化身。当奉行铁腕政策的老师不得不杀死自己最爱的学生,他问后者在想什么?学生说:"未来。"她无法想象温特,或她自己,成为那样一个世界的领导者。那太苦涩、太可怕了。在一年前的埃本塔尔,这支舰队第一次被人们称为"革命军"时,当她把这艘战舰命名为好望角号时,都没有想过这些。如今她真切地感受到,古往今来人们为何将历史比作巨兽,并为自己和战友们可能唤醒的巨兽暗暗吃惊。

2.

温特利德一醒来,伊法就将伊斯皮卡行星的局势告诉了他。

"行星革命?"温特利德口齿含糊,眉毛轻轻皱了起来,陷入了思考。伊法知道,这样的时候不能打断他的思维,所以耐心地等待,可是今天温特的思索比往常更长。五分钟后,他说的第一句话是:"我知道,我们在太空的节节胜利,越是能引来更多人的投奔,也就越可能引起那些行星地面上形势紧张。但难道已经到这一步了吗?看来时间不多了。"

温特利德慢慢地告诉伊法,她做得对。伊斯皮卡并无战略价值,我们是外人,过深介入当地事务容易瞎打误撞,甚至被拖入泥潭;况且因父辈的错误株连家族少年,总是不对的。弱小的科伦坡幽灵因"天诛"被举世认作恐怖分子,以我军今日实力,更不能再用这种恐怖策略。"银河帝国太庞大了,我们要杀掉这头巨兽,却不能让它垂死挣扎横冲直撞,引发一场浩劫。我们不需要贵族的帮助,但也不能把他们逼去帮舒尔茨。若要以较小代价,不激起强烈反抗就夺其权力,就得保护他们的财产,留出退路。"

"我明白。"伊法语气十分肯定地说道。

"再说,舒尔茨大军必会来攻,我们若已深度介入当地事务,到那时再放弃,就会很难堪。如果我们支持伊斯皮卡革命,这一先例就会引发其他行星上的革命;而以我们目前有限的兵力,是无法保护它们的。"

"但这一点,对于舒尔茨而言也是一样的:他若真就这么把它拱手让给我们,也会给其他星球造成示范效应。所以这对他而言同样是个棘手的难题。"伊法也轻声说道。

"把伊斯皮卡的事交给舍尔兴处理吧。"温特利德最后说道,"尽管你没有说,但我想一定是你从涅尔琴把我救回来的。你一定已经见识过那个极寒的世界,在那里,舍尔兴这样的人一刻钟也待不下去——他总是想把双脚踏在土地上,就连让他待在宇宙战舰里,都不自在呢。教士的美德是慎思明辨,于枯寂中见珍宝,只有他们会将涅尔琴那样的荒地视作圣殿;军人的美德是大胆进取,因此革命者是一切军人中最优秀的,我们才能屡次以弱胜强。你曾说过,我身上尚有太多的修道院气息,在涅尔琴的矿井底,我终于明白了这句话的含义——那是另一种美德。然而教士的美德,即是军人的恶习。请相信你的同胞,相信舍尔兴吧,他会找到平衡的。因为你们埃本塔尔人太幸福,太美了,所以你们既热情又节制——你还记得你曾说过的赛马节吗?我相信舍尔兴一定能摸到命运的缰绳,并牢牢抓住它的。"

房间内充满了宁静。伊法感到他不仅语速变慢,望向自己的眼神也温柔了,不知是因为大病后的身体困倦,还是因为舰队事务由伊法主持,他的精神暂时得到放松。伊法此前从未见到过温特完全松弛下来的样子,即便在游戏玩耍,或仰卧在草地上时,他的精神也时常由一条无形的、紧绷的线索牵引着。而现在,周遭的一切似乎在时间里化开了。她明白,他是真的决定把伊斯皮卡放手给舍尔兴了。

"伊法,当我在涅尔琴,在濒临死亡的时刻,曾经看到过你。"

伊法不知道温特所说的,究竟是自己找到他时的回忆,还是他脑中的幻象。她说:"你重病初愈,多休息吧,别说话了。"可是她心里充满温暖,她想,当日我若晚去一时半刻,说不定便救不回你;但若早去一会儿,那时你神志清醒,怕是只会责怪我擅离职守,永远不会和我说这样的话。她看着温特闭上了眼睛,又想到是怎样的命运让我们共同降生在这个时代。自己若早生几十年,或晚生几十年,该是多么遗憾呀。

窗外的浮云飘走了,阳光重新照进房间,这朝露般短暂的时刻也就被吹散了。

3.

在伊法离开指挥部去探望温特的时候,策林根继续他的工作。在此期间,好望角号再次接到了舍尔兴的来电,他就接听了。

"在你开始报告之前,我先要确认一件事:伊斯皮卡地表发生的一切,你都已经封锁消息,不会传到帝都那里去吧?"

"当然,这是我出发之前,您就已经叮嘱了的。"

接着,舍尔兴报告了最新状况:人民要求没收贵族所有资产,甚至有人要把逃跑了的前领主的庄园全都烧掉。舍尔兴强调了舒尔茨即将反攻的可能性,告诫当地居民,一旦帝国军重夺伊斯皮卡,占有或毁坏前贵族财产的人恐怕会遭清算。这样的预测合乎情理:就算当今护国主凭一己高兴杀掉贵族,对方也只好当是被闪电劈死;可是舒尔茨仍没有夺走其财产的权力,生命只属于个人,产业却意味着错综复杂的契约关系,后者远比前者更接近封建主义的本质。于是,舍尔兴试图利用紧迫的局势,将人民对领主的憎恨引向对帝国的憎恨,告诉他们：仅解放一颗行星，就等于什么都没有解放；只有打倒了帝国，他们才是安全的。

"凭你说的这些大道理，伊斯皮卡人就听从了劝阻？"

"这怎么可能？我根本控制不了局面，是当地一名卓有声望的绅士，他挺身而出，拦下激愤的队伍，告诫他的同胞不可仅凭一己心志行事，而要问自己，是否认真对待了我刚才所说的可能后果，并愿意对这些后果承担责任。"

"这个人是贵族派吗？"

"不，不是的，因为他告诉他的同胞们，他们面临的历史时刻比他们眼见的更伟大，伊斯皮卡的命运也应当比压迫与复仇的故事更光荣，在此时刻，他们应当责无旁贷地支持我们的革命，服从我们。"

"这个人叫什么名字？"

"我只听到有人喊'马克斯'，已经派人去问了。"

"这是个伟大的人。"策林根感叹道，"将来伊斯皮卡的自治政府，一定要这样的人来组建——如果他愿意的话。可是，我还是更关心眼前的问题：他这样就说服他的同乡们了？"

"收效不大，人们并没有转身回去，或加入我们的行列。然而有另一件事阻止了人们去放火烧毁贵族的庄园和厂房。"

"那又是什么呢？"

"因为就在人们犹豫的当口，人群中有人朝着这位马克斯开了一枪，是那种古老的土制火药枪，现在他正躺在医院的抢救室里。不过，也正是这次枪击，使得更多的人暂时听从了他的规劝。"

"原来如此，但愿没有性命之危。"策林根说道。看来伊法此前的担忧并未就此消去。行星革命后果难测，事情似乎到了某个交叉路口，悬于一线。策林根也曾想过，温特利德将战争手段限制在宇宙舰队战的总战略是否明智，但他权衡利弊，难以得出一致的结论。

"那你又是如何处理凶手的呢？"策林根又问道。

"我没有处理。"

"为什么？如此法令不行……"

"如果说在场的人们没有因这次枪击而感到耻辱，我是会逮捕并严惩枪击者的。但是他们的反应出乎我的意料，所以惩罚就免了，交给他们自行处置。"

"你的哲学真是奇怪，不依据犯罪事实制定惩戒，而是依据其他人的德行。"

"这有何奇怪？同样的罪恶，若发生在德行低劣的社会就必须严惩，但在德行高尚的社会就可以从轻发落，这才是常理嘛。我们埃本塔尔的法律就是很轻的。"舍尔兴说完后，颇为得意地看着屏幕那一头的策林根，"您的家乡呢？——不说我也猜得到，在能长出宇宙第一马基雅维利主义苗子的土地上，一定非得用严刑峻法……"

策林根知道舍尔兴是在开玩笑，便没有回答，他也从未说起过自己的家乡在何处。见舍尔兴并没有结束通话的意思，他问道："还有什么事吗？"

"伊法指挥官还在照顾科赫指挥官吗？"

"是的，否则怎么会是我呢。"

"我猜就是。本来以为能见到埃本塔尔美女，结果却在屏幕上看到你这张脸，真是有些不爽啊。"

策林根没有回答，他知道舍尔兴已经在没话找话了，于是想挂断。

"你说他们会不会结婚呢？"舍尔兴忽然问道。

"不会吧。"策林根当然听出这指的是谁，很快答道。

"为什么不会呢？我瞧准会。你上回不是也说他们是一对吗？"

策林根眼中划过了犹豫的神色，他欲言又止，半晌不说话。过了一会儿，舍尔兴以为他要挂断了，策林根却突然开口："曾经有人说过：永远不要结婚——在你能够对你自己说，我已做完了我所要做的、能做的事之前，不要结婚。我想这句话可能尤其适用于我们的两位指挥官吧。"

"这话真有道理！它是谁说的？"

"安德烈·博尔孔斯基公爵。"

"帝国贵族中居然也有这样的人！我本以为，他们都是些胸无大志的酒囊饭袋。可是这位什么'斯基'，听名字像是穆罗梅茨王朝的新贵，和那些名里带'冯'的不是同一拨，将来在战场上一定要和他好好较量。"舍尔兴一边说，一边兴奋地挥了下拳头。

策林根抬头望了一眼舍尔兴，没有答话。

"好了，好了，用昂贵的瞬时通信八卦指挥官的私事，似乎有违我们共和主义的美德。那我先走了，再见啦。"舍尔兴说完，就挂断了通信。

策林根在心中问自己：他们两人的事，真的是私事吗？

不久后，舍尔兴就将明白策林根刚才为何犹豫，而这句看上去可对一切人说的话，对温特利德与伊法而言有何特殊意义。

第三节：猜疑

1.

除了暂代统管舰队事务之外，伊法其余的心思都系着温特的安危。在思想上，她明白这是两件事；但在行动上，这两件事却几乎不分彼此。伊法的理性与善感和谐一致，她对温特的感情和她愿为革命奉献的感情，两者彼此促进。然而这两件事占据了她的全副精力，使她看不见另一些变化。此前要求严惩贵族的声浪只是貌似平息了，来自伊斯皮卡的士兵们并未被真正说服。他们崇敬科赫指挥官，便把在他们看来对旧贵族过于宽大的"妇人之仁"怪罪在伊法身上。

军中出现了议论。开始有传言说，这支军队根本不是真正的革命军，如今我军已占领三颗行星数个月，击退了帝国军的三路来袭，统帅部却丝毫没有组建共和政府之意。再加上科赫前一阵子神秘失踪，把大军托付给伊法；传闻伊法却弃大军于不顾，甘冒危险去救他，如今还日夕亲自照顾。这两人虽不是贵族出身，却是从小在贵族圈子里长大，说不定士兵们只是在为未来新帝国的皇帝、皇后战斗而已。流言的起源难以追溯，很可能源自帝国埋在革命军内的奸细；但它能够散播开来，也是因为温特利德这套有军队而无政府，迟迟不立国的策略。它们在普通士兵之间流传着，往往到了他们的直接指挥官一级就被止住了，伊法本人根本听不到这些话。

直到有一天，这种表面的平静破裂了，四艘军舰内同时发生了反叛。这在宇宙舰队中极罕见，因为舰队有两级命令系统，其一是舰内官兵,其二是舰队指挥,前者是一支封闭在铁壳中的队伍,而非统一的个体;况且战舰之间的真空就像绝缘体一样,使得不同战舰上士兵们的情绪也更难传染。占领一艘战舰发起反叛,要比陆军中一名士兵的反叛难得多。

四艘战舰上的叛兵均未能一举夺下战舰,最终双方各占据舰船的一部分,陷入了僵持。叛乱者自知已经无望取得胜利,突然不约而同地指名道姓要求见伊法指挥官,以避免自相残杀的流血。

消息传至好望角号,策林根认为对待叛变理当零容忍,一切必须以无条件缴械投降为前提,如果对方想要"对话",也只能发生在军事法庭的审判席上。可是伊法认为,正因为宇宙战舰上的叛变极难成功,这批士兵一定早已抱定了必死信念;他们如此一致地要求见我,背后一定有明确的原因。于是她决定亲自前去见那些士兵。策林根不放心,便一同跟随去了。他与其说是不放心伊法的安全,不如说是不放心她会过于仁慈;他心中想道,如果伊法太过宽纵,自己也一定要坚决地严惩那些反叛者。

他们来到其中一艘发生叛乱的舰上,刚走到双方对峙的长廊,对面的叛乱者就垂下枪支走了过来。

尤季娜立即挡在了伊法身前,大声呵斥:"你们想做什么!"

伊法见对方枪口垂下,并无行凶之意,就制止了尤季娜,上前一步:"请问你们今天要见我,有什么非如此不可的理由吗?"

"有。"为首的一名基层军官说道。

"是什么呢?"

"我们要求更彻底地清算我军统治区内贵族的家族罪恶,并正式成立共和制国家。"

"关于前一点，我们上次已经拒绝了。看来你们今天是想来听理由的。"随伊法一同来到这里的策林根冷冷地说道，"我就不谈什么冠冕堂皇的道德大义了，原因有二：首先，当今帝国贵族们之所以还抱有最后的犹豫，没有全面倒向舒尔茨，正是因为我们没有把整个贵族阶级设定为清算对象。其次，星际工商业与家族利益有千丝万缕的关联，我军占领区的经济运作，恰恰是凭帝国尚不能全盘掌握的贵族私产，尤其是其中最腐败、最不透明，甚至与海盗勾连的产业支撑。舒尔茨对腐败的清洗，其实也有在物资上挤压我军之意图，如果我们在战争结束前就全面清算，是经济上的自杀行为。"

"您就是策林根吧？您在我们士兵中也是大名鼎鼎！不愧是传说中的马基雅维利主义分子，你是打算统一银河之后，再把利用完了的贵族和海盗一脚踢开吗？这种阴险的伎俩配得上我们共和主义革命军的光明磊落吗？"

"我从不在乎我在别人口中的形象，我只做正确的事，如果正确的事让你们觉得可怕，那我也不介意正确得可怕。至于到时候是否有必要做到那一步，尚且难说，但现在就能肯定的是：你不太明白什么是战争与军队。"

"你！"那名军官被噎住了，说不出话来。

"至于第二个要求，为什么也必须拒绝，还请伊法指挥官与你们说。"策林根说罢让开了。

"伊法指挥官，您能解释为何迟迟不成立共和制国家吗？"刚才那名军官又问。

"因为共和制国家的成立与维持，都需以全民意志的名义，这等于给予帝国军无差别打击的理由。我们一直只充当占领军，这样在法理上，我们控制下的人民就只是'被迫'与我们合作，他们反而能有更大的自由——既能免除他们的忧虑，也能给我们提供更多便利。"

"我们还想请问，指挥部迟迟不愿成立民主制国家，真的仅是出于这个理由吗？"

"你这句话是什么意思？"尤季娜立刻反问道。

然而那名青年军官不打算退缩，他进一步问道："伊法指挥官，我可以斗胆让您发誓，说自己绝无对科赫指挥官的私人感情，且你们绝不会因私人缘故变成一个权力集团吗？"

尽管伊法刚才隐约感到了这方面的威胁，但没有料到事情真会演变到如此地步。

"你到底要我发哪一个誓？前一个还是后一个？"

"两个。"对方坚定地说。

"对不起，前一个誓，我不能发。"伊法坦然答道。她从未对任何人，包括温特利德在内，表露过她的感情，然而既然被当众如此质问，她就不愿说谎。从小到大，即便是在维谢格拉德家当伴读时，也从没有人如此粗暴地干涉她的私事。如果为了共和理想，就能这样限制个人自由，又与贵族之家那种政治联姻有什么区别？伊法心中火起，这根本不是自己到底有多喜欢温特的问题，而是就算我压根儿没有那方面的想法，也绝不能就此妥协。

"我们知道，这是在干涉您的私人自由，但难道您不该把革命事业放在更重要的位置上吗？如果像您刚才所说的那样，因策略所需，暂时不能向全宇宙公开主张共和主义，我们又岂能完全信赖呢？"

士兵的这些话，把已经决意为一己尊严决不妥协的伊法拉回到了指挥官身份。她告诉自己：我已经不是从前寄居在薇拉家的我了，我现在是需要对更多的人负责的人。这使得伊法决定尽可能用其他的办法让士兵们相信自己。

"我知道你在担心什么。毕竟，对领导者的不信任，是共和主义之根本，这种理想对同道情义有多么重视，就对领导者有多少怀疑。私事永远是私事，我不会接受你们的干涉，但我另有办法让你相信：我绝不会和科赫指挥官同谋你所担心的未来，我的任何私人感情，都不可能有政治影响。"

接着，伊法平静地说出了这句话："因为我的寿命仅剩下一年。"
人群中响起一片低声的议论纷纷，人们用狐疑的眼神看着她。
"您这么说是什么意思？"
伊法缓缓抬起右手，脱下手套亮出手掌，一条黑痕蔓延至手腕根部。在场的人中只有尤季娜看到过她发黑的手，其余的人都震惊不已，就连策林根也完全没有料到会是这样。

她环视四周，稍作停顿，继续说道，"你们知道科赫指挥官最近生病，却还不知道他的病是因何而生吧？前些日子，他去往涅尔琴亲自执行一项绝密任务，教皇在那里启动了精神污染，杀死了整个星球的人，炸毁了他逃生用的船只。所以我待精神污染稍弱，就降落下去救回了科赫。可是代价却是活不过一年。我和科赫一起长大，他对于我和对于你们而言不一样。若非为此，我不会以折损寿命为代价去救他。我知道，这支军队中一定有人愿意替他去死，但是我不会允许让你们这样做，我想做的，只能我自己去做。"

伊法在讲述此事时，隐去了所有关于疫苗的关键秘密。待她举着右手说完这些话，四下一片安静。前来质询的士兵们怔怔地看着她，胸中的愧疚和恼怒恨不得朝自己身上发去。

"我有一个请求：请大家替我严守秘密，刚才我说的话……不仅不可以让科赫指挥官听到，也请不要再谈论此事。"伊法环视四周，只有十多个人。从长远看，任何超过三个人知道的秘密都终会泄露；然而伊法不需要无限期地瞒过所有人，只需在未来几个月内瞒过温特一人就行了。此事若逐渐在士兵们之间传开，甚至有利于稳定军心。她停顿了一下，垂下头看自己发黑的右掌，心中想，等到瞒不住他的时候，我自然有坦白的办法。

伊法没有想到，自己只剩下一年寿命，这个令她痛苦不已的事实，反而化解了军队中的信任危机。

"慢着，哗变之罪不能就这么算了。"策林根见大家似乎松了一口气，伊法似乎有放过的意思，便提醒道。

为首的那位下级军官立即跪下："甘愿接受一切惩罚！"

策林根望向伊法，他眼神中的意思是，该由你宣布对他的惩罚。

伊法却不忍心了。若是换作其他人的事，她早就坚决地惩戒了这些士兵，但这次是她自己的事，这反而令她觉得如果因为自己而令人受到惩罚，有些过意不去。她说道："这些士兵并无恶意，能否让他们将来将功补过？"

"不行，"策林根立刻反驳道，"将功补过，或功过相抵，这一套全都是帝国军从骑士阶级中继承来的陋习。军纪严明必须赏罚分明。

况且他还没有功劳，即便有，也必须先行奖赏，再另行惩罚。"

"可是我们还没有惩罚条例，也没有过先例。"伊法说，"我军甚至连从帝国军那里继承来的正式的宪兵都废除了。"

"那就必须有。我们早已不是举事之初，那个流浪在宇宙中的大号浪人集团了。眼下要做的第一件事，就是惩罚这些人。"

那十余名士兵纷纷跪下，表示愿意接受惩罚。

策林根补充道："伊法指挥官，请您秉公行事，一定不要有所顾虑。此次事件，也可以当作建立宪兵制度的开始。"

"我们要宪兵做什么呢？一般的犯罪，可以移交给所驻行星的当地法院。"伊法说道。

"宪兵的另一作用，就是保卫军队的性质不变质腐化，像今天这种事，绝不能再发生第二次。"策林根回答。

伊法心中已有了主意，"你们自己说，你们该判怎样的刑罚呢？"

为首的军官说道："我是前帝国军人，这样的行为在帝国军……不，在人类有史以来的几乎所有军队中，都当判死罪。"

"说得不错，只是……"伊法停顿了一下，"只是如果你被判了死罪，我们又从哪里找来另一个同样竭尽忠诚于共和理想、不畏权威而且绝不徇私的人，替我去组建宪兵队呢？"

那名军官伏在地上的那只拳头攥得更紧了。

"你叫什么名字？"

"弗朗索瓦·勒菲弗尔。"

"好。勒菲弗尔，今日所有参与哗变者，都禁闭一个月。就由你负责——你怎么把他们带来这里的，就怎么把他们送去禁闭室，包括你自己。"伊法说道,"其余的事,一个月后再说。"

返回好望角号后,又过了几小时,办公室里终于只剩伊法和她的助手尤季娜两人。

"伊法指挥官,您真的要让那个人组建宪兵队吗?"

"或许吧,怎么了?"

"我刚开始觉得这个人莽撞,但最后,倒也光明磊落、是非分明。"尤季娜说,"您真的太厉害了,把大胆的信任和仁慈的宽赦合为一举。刚才我注意到,就连策林根的眼神中都流露出佩服呢。"

"如果真的要组建宪兵队,此人确是个好人选。只是,关于是否组建……还是看科赫的意见。到时候他若有什么我未能想到的顾虑,否决了这个建议,那也没办法。"

"是,是。"尤季娜说着,又想起伊法刚才因不肯在发誓时说谎,第一次说出了自己对科赫的感情,也想到了她的生命或许只剩一年。尤季娜每在伊法身边一天,就更加尊敬她,处处以她为榜样。可是这个照亮了她的生命的人或将不久于人世,这令她不禁黯然神伤。

人类的永恒现象,就是婚姻与死亡。在帝国体制下,皇帝常与大贵族联姻,倘若有贤明的配偶,那无疑是帝国的幸运。然而在共和民主制下,权力集团顶层人物之间过密的私人关系,却总是令人猜忌,伊法舍生忘死地在涅尔琴救下温特利德,竟险些导致哗变。

婚姻的问题被死亡盖过了。自古君主一旦身患疾病都须佯装无碍,因为大限将至的猜测会导致部下们另立权力核心,引发危机与动荡。曾有讳疾忌医的诸侯,硬是让原本可治之症把自己拖死;也有帝王选择坦白身患绝症之时,已是他们下决心杀功臣之日,一个钟头都不提前。然而在共和主义者中，伊法公开自己的死期，却完美地担保了她为人类的未来而战，其中却不包含自己的未来，打消了众人的顾虑。共和军中的将死之人，成了绝对无私的人；至少她的私事，再不会威胁到公共利益。

然而，对于身患绝症者本人来说，这些政治效应都不如一个简单的事实重要：她是要死了。伊法今年年仅二十五岁，若真的只有一年寿命，意味着二十六岁就要死去。对早逝的哀叹更多是属于爱她、敬她的人们的，而她自己的痛苦，却得在剩下的一年间眼睁睁看着自己一点一点地衰竭。伊法隔着手套握了握右手，手心微微灼痛，却又像是冻伤的痛苦，它是来自涅尔琴的极寒与死亡。

2.

光复历478年1月10日，舒尔茨的旗舰耶梦迦德号，在策姆林斯基舰队的护送下回到了穆罗梅茨堡。帝都无人知晓在涅尔琴发生的事，人们都在讨论伊斯皮卡行星被攻陷长达半个月，帝国军毫无作为的丑闻。舒尔茨不得不前来总参谋部商讨对策。

会议刚开始，艾希霍恩元帅就把两手一摊，直言最佳策略显然是什么都不做。那颗行星既没有战略重要性，其资源也无关军事工业，根本不值得守卫，把它甩给革命军反而能牵制敌人。舒尔茨没想到真有人说出这个建议，他答道：我军不能真的什么都不做，因为这会损伤帝国的颜面。艾希霍恩当然明白这一点，他只是把这个面子上的理由，让给舒尔茨说出来而已。

舒尔茨提出找些附近星域的驻防舰队与贵族武装协同反击。利伯曼进言：帝国驻防舰队和地方贵族武装长期对立，再加上一年半前刚在东境打过一场贵族叛乱的内战，双方恐难建立信任，真上了战场多半只会各自为战、相互拖累，难以协同取胜。

舒尔茨听完他的发言之后，问道，"在座诸位，有谁赞同他？"由于利伯曼的观点反驳了护国主本人，况且此等言论触及帝国中央与封建贵族之间尽人皆知却不便挑明的矛盾，将官们大多不作声。只有三名不到四十岁的年轻将官赞同了利伯曼的意见。

舒尔茨褒奖了那几位敢于批评自己的作战计划的将官，指出他们的批评意见是正确的，却接着说道："但这正是我要的效果。多疑总胜过莽撞，我本就没指望过他们胜利，只求能拖住叛乱军的三成兵力，把战争打成呆板的低强度消耗战，既能长久地吸引人民的注意力，让帝都的主战派闭嘴，又不会再给科赫白送装备和补给，就已是物尽其用、人尽其才了。两个月后，帝国西境的工业基地重开之后产出的第一批驱逐舰就可投入战斗，之后我们的战舰会越打越多，那才是与科赫决战的时机。眼下不过是一场拖延战，唯一目的不过是用这些杂牌军，去拖住叛乱军从米滕多夫通往伊斯皮卡的这两百多光年的补给线，让科赫在最近两个月内无法动弹。战事结束后，我方协作的两军仍将在这一星域相互对立，因此两军的理性选择都是保存实力，唯恐消耗过大，反而更能达成我的目的。"

舒尔茨说完，又不留情面地道："刚刚在座将官中的大多数都没有赞同利伯曼的进言，而是赞同了本人的计划。如果没有想到这一层，只是出于盲目服从而赞同我，就是连错两次才得到了正确的结论。"

这次作战会议很快就结束了，舒尔茨说无论此战结果如何，真正的决战都已迫近，请大家多把心力放在那上面，务必全力以赴。有人问舒尔茨为何作此判断，舒尔茨说自己前几日接到间谍的情报，说革命军占领的全部船坞都在赶造护卫舰，且第一批已近完成。科赫的意图明显是抓住护卫舰造舰时间更短、兵员训练更快的时间差，很快就会倾全力大举进攻。有将官问，帝国军是否也需要做出调整，尽快造出些护卫舰来？但这样的问题明显是愚蠢的，因为现在调整已经晚了。舒尔茨只说了一句："革命军的对手只是我们，我们的潜在敌人却不止革命军。"对方知趣地止住了问题。

这时又一将官问道，应当预设伊斯皮卡前哨战的何种结果，来计划将至的决战？舒尔茨干脆地答道："以我方两军共计只剩一千艘战舰、叛军只损失一千艘战舰的战败可能性为预设。"

在讨论行动的命名时，舒尔茨只说这是文人的事，随便拟个名字便是，就离开了总参谋部。会议室中诸将官面面相觑，说不出一个合适的代号。这时不知哪位将官说："听殿下的意思，分明就是把两个废物作最大回收利用，但总不能叫作'变废为宝'或'废物利用'作战计划吧？"

总参谋部的会议室内立刻响起了哄堂大笑。自从科赫叛逃，这里的笑声就减少了一半；欣德米特老将军战死之后，更是很久没有过这样的笑声了。

3.

几日后,好望角号收到情报,帝国军最终没有派遣中央舰队来收复伊斯皮卡,而是派来了贝岑施泰因的行星武装和施温肯多夫的驻留舰队。这支拼凑起来的舰队来得不情不愿,舒尔茨显然只是在作些虚张声势的反击。在战略上,他保存自己的精锐,同时用次等军团和贵族武装来拖住并消耗革命军。此战帝国根本无须胜利,只要没有惨败,就已经达到了目的。

伊法拿着这份情报来到温特利德的病房,正巧碰上他醒来。

"伊法。"温特利德见到她,微笑起来。

"温特,你的气色好多了。"

温特高兴地点点头。

"舒尔茨果然还是派舰队来伊斯皮卡了。"

温特接过情报,只觉得打印出来的字迹密密麻麻,只看了几行就头晕眼花。伊法赶忙扶起他,拿过情报文件一句一句读给他听。

"从贝岑施泰因和施温肯多夫来的,一支贵族军,一支驻防舰队?"温特利德听完后笑着说。

"是的。"

"好,好,我已知道如何对付他们了。"温特利德说,"你先让人散布两条谣言,其一,就说舒尔茨是想借此机会让贵族军与革命军互相厮杀,再用帝国军把两者都歼灭。其二,就说是贵族军想趁此机会中途背叛帝国驻留舰队,以挣脱帝国设在其星域的枷锁。然后联络帝国驻留舰队,就说只需把贵族军引至某地,我军便可以一举歼灭之,接下来这片星域即可太平；并联络贵族军，告诉他们舒尔茨企图鸟尽弓藏、兔死狗烹，他们只有与革命军联合制敌才能自保。这样，来犯两军必相互猜疑。"

伊法听了此计，想了想问道："是秘密联络他们，还是明着联络，让另一方也知道？"

"当然得明着'秘密地'联络，务必让另一方也听到，却要尽可能装作是被他们无意窃得的信息。"

伊法心想，既然是明着联络，让第三方也预先得知我军的密谋，就不太可能真的策反成功了。然而，真正策反成功的机会虽小，把盟友或将背叛的消息散播出去，却能激起很大的恐惧：帝国区域驻留舰队本就为镇住地方贵族而设，双方已经做了多年的假想敌。这就加深了猜疑，令其将领不敢尽力拼杀，唯恐被友军出卖。于是她立即向舍尔兴传达了这一计策。一小时后，她觉得科赫在智谋上的名声可能会令敌方心生怀疑，所以又叮嘱舍尔兴，只需以他的前线指挥官名义行事，不必带上"好望角号"这个令敌人疑惧的署名。

然而伊法却不知道，这正是舒尔茨如此安排的原因：他料想这两支舰队在考验战术能力的速战速决中绝非敌军对手，因此本就是想利用他们的相互猜忌，把战争打成最呆板的、旷日持久的低强度消耗战。如果战局真的按照舒尔茨和伊法不谋而合的构想发展，革命军虽能在战损上占得便宜，帝国军却已达到了牵制与消耗的战略目的。舒尔茨准备再一次践行他的格言：把每一场战斗的输赢让给敌人，把全局的胜利留给自己。然而，接下来发生的事，却超出了双方的意料，把历史从这短暂而令人困乏的平衡点中，推向了动荡与不确定。

第四节：解脱

1.

正在伊斯皮卡的舍尔兴得知有两支共约四千艘的舰队逼近，便立刻意识到，这正好能挽救地面上的危局。他把帝国军将临的消息传播给当地不满的人民，此前关于帝国军可能会反扑的警告立刻成真。如果没有帝国的反攻，伊斯皮卡或许会爆发革命，以舍尔兴的立场既不能支持也不能反对它。一颗行星的世界是狭小的，如果革命的浪潮在此来回激荡，缺乏现实具体目标和对手，就只有混淆思想上与现实中的敌人一路狂奔了，后浪将扑过前浪，让革命压垮自身。然而帝国军来了，这使得愤怒的矛头没有如历史上众多的革命那样指向温和派，而是导向了外部。原本可能走向失控自败的运动，却在干涉的威胁下坚强地站稳了脚跟。

如果舒尔茨了解伊斯皮卡的局势，他或许会选择等待，让当地愤怒的人民逼迫科赫公开挑明政治立场，这样就用一种意识形态绑死了他的行动，并将帝国贵族最终推向自己这边。然而策林根一直强调封锁行星地表信息，这就封锁了舒尔茨的信息来源。策林根本人无法预料到这一点，这更体现出了他行事之缜密与严格的纪律性，这种性格让他能够对许多危险防患于未然。

"不要总想预判别人的攻击，而要把自己变得无懈可击。"这是策林根的座右铭。

舒尔茨担心叛军会在自己撤回穆罗梅茨堡后主动撤离伊斯皮卡，

因此必须尽快进攻，才能将其拴在那里，这也是他就近选择这两支东境舰队联合征讨的原因之一。革命军的脆弱在于实力不强，一次得而复失，就会让人们觉得他们已是强弩之末。帝国军可以连战连败，只需一次决胜就可以最终胜利；革命军相反，他们依凭的是借自未来的希望，因此必须连战连胜，胜利的脚步一旦停下，失败的阴云就会立刻笼罩在头顶。

按照好望角号的指示，舍尔兴散布了关于舒尔茨想借革命军消灭贝岑施泰因军团，而后者或将中途背叛的两条谣言。这些谣言就像长了翅膀，在这两支舰队还在半途中你推我让、磨磨蹭蹭时，就已经开始发酵了。

舒尔茨在帝都听到这样的传言，心中思忖：这会是对方故意散布出来的吗？很可能的。他知道，自己安排的战略确实有这方面的弱点。舒尔茨在革命军中安插的间谍，近几个月来一直在散布关于科赫迟迟不立共和国，是在为建立新王朝留下后路的谣言，就在前一天他们终于传回了一份简要的报告，说发生了一起小型兵变，却被平息下去了。正如舒尔茨抓住了科赫在意识形态模糊性上的弱点，对方也抓住了帝国与地方贵族间的嫌隙，并加以利用。

"永远不要怪敌人攻击你的死角，而要怪自己为何留有易受攻击的角度。"这是他从剑术老师，前卫队长萨夫罗诺夫那里学来的。

然而舒尔茨并不担心。敌方加重我军内部的互不信任，反而会让两支舰队都更谨慎，也会把战局拖得更僵化呆板，而这正是他想要的效果。直到第二天，舒尔茨思前想后仍觉不妥，还是联络了这两支舰队的指挥官，召开了三方远程会议。此次行动的主帅是齐奥尔科夫斯基少将，他在前年曾经参加过施温肯多夫防御战，是在内战中阵亡的斯瓦洛夫斯基最信任的部下。联合出征的副将是贝岑施泰因伯爵，但是舒尔茨看出他似乎对打仗并不在行，似乎一切都是他手下的将军在做。舒尔茨本想质问他为何不直接让负责军事的官员来联络，可是又想到，这样做的效果也许适得其反，反而增加他们主仆之间的猜忌。在简要地再度确认了补给线路之后，舒尔茨把谣言的事告诉了他们，最后说道："你们应该能判断出，这些都是敌军散布的谣言吧。"

"是。"超光速通信仪的另两端，两人异口同声地答道，不约而同把头埋了下去。

"你们的敌人非常聪明，万事都要小心谨慎。"舒尔茨不失时机地敲打他们，提醒他们要以尽肯可能稳妥的方式作战。

"是。"

面对只会说"是，是"的部下，舒尔茨也说不出什么来。况且严格地说，贝岑施泰因伯爵还不是他的部下，不好以命令的态度指导其行为。他此番不情不愿地拿出自己的兵力征讨叛军，表面上看是因为舒尔茨在前年的内战中为他的行星提供过保护，因此欠了帝国军一个天大的人情，实际上是因为常年与他对峙的施温肯多夫驻军出动之后，他也必须贡献出自己的力量，否则这片区域的力量将会失衡。为消除帝国的戒备，他不得不如此。

这次远程通话就这么结束了。然而舒尔茨不知道的是，贝岑施泰因与齐奥尔科夫斯基之所以一直没话说，其实另有原因。贝岑施泰因刚接到来自革命军驻伊斯皮卡行星的前线司令部密讯，说舒尔茨准备兔死狗烹，想与之商讨联手之事宜，时间紧迫，请速回复。然而他不知道,这一信息"不小心"已被帝国驻防舰队窃得。正当此时,他们二人被远在帝都的舒尔茨唤来开会,一时没有心理准备,于是各怀着不想让对方知道的心思,只知一个劲儿"是,是"。

通信结束后不久,齐奥尔科夫斯基感到此事事关重大,他宁愿被责骂,也要单独再与舒尔茨联系一次。可是就在这时,他也接到了革命军的密讯:声称舒尔茨派他来,其实就是为了消灭贝岑施泰因的贵族武装,就像当年利用恐怖分子削弱贵族世家一样,只是不便明说而已。这符合革命军的利益。不如一待战争爆发,就趁贵族武装在前方进攻革命军时,帝国军从后夹击,这样对双方都有利。

"对护国主有利的,怎么会对你们也有利呢?"齐奥尔科夫斯基用密电回问。

他很快就收到了革命军的回复:"因为贝岑施泰因势力的消灭,护国主认为对他有利,我们却认为对我们有利。但无论对谁有利,一定对您有利。"

齐奥尔科夫斯基立即删除了密信。他思前想后,觉得信中所说并非没有道理,尽管革命军确有夸大之嫌。舒尔茨的意图,恐怕不是消灭贵族军,而是无论贵族军还是革命军中哪一支受挫,他都会满意。最好的结果就是让他们互斗消耗,唯独自己麾下的地方驻留舰队,应当保存实力。于是,他以此次作战的总指挥官的身份,拟了一份命令,要求一到阵前,身为副指挥官的贝岑施泰因伯爵先行攻击。万一他拒绝服从呢?齐奥尔科夫斯基想,那便是违抗军令。这又意味着什么呢?他想到了此前截获的革命军送给伯爵邀他谋反的密信。十年来,贝岑施泰因家族不是一直视我为眼中钉吗?他们本就不比舒尔茨伯爵那伙反贼好。

然而齐奥尔科夫斯基不知道的是,这封密信"不小心"让贝岑施泰因截获了。当后者看到信中内容时,心想:看来革命军邀我结盟,不过是备选方案之一,他们要我"速回复",而我没有,于是他们就去找帝国军,意图合力消灭我了。他明白,这是革命军在拼命挑拨我军内部的关系。然而,他却不能肯定帝国军能经得起这种挑拨:在银河协防计划中,施温肯多夫驻军的主要假想敌之一不就是我吗?在海尔辛兰的舒尔茨家族战败后,施温肯多夫驻防舰队存在的全部战略目的,更是只剩下防范我、削弱我了。恐惧涌上了他的心头。于是,贝岑施泰因伯爵决定不回应革命军的策反,但同时采用最保险的策略,永远在帝国军的后方或侧旁作战,无论何时都绝不处于帝国军与革命军之间的位置,以防有变。

这两支舰队尽管都没有回应舍尔兴的策反,却也没有与战友交换过信息。怀疑与戒备的种子总是在沉默的黑夜里布下的,待到人们在阳光下看见它时,它已经长出了有毒的根茎,再难拔除了。

2.

温特利德·科赫的身体逐渐康复,越来越多地走下病床。伊法觉得舍尔兴一定能击退这样两支军队,决心只要温特不主动问起,就不用前线军情扰其心神。然而在这几天内,温特还真一个字都没有问过。温特利德让人把舰队内存储的所有历史星图都调出来,放大后贴在他的房间的四壁。四壁不够贴了,就贴在天花板上,一睁眼就能看见。别人问为什么要这样做,他每次都回答:"我怕宇宙中还有其他像涅尔琴那样的地方。"

奥利佛把包含伊斯皮卡行星的那幅东境航线图放置在正中央,方便他查看。可是温特利德很少去看它,而是时常在那些大片大片的空白处,漫无目的地找呀,找呀。那里什么都没有,尽是以光年计的漫长真空。

两百光年之外的舍尔兴每天传来报告,语气越来越焦急。一周过去了,即便按照最慢航速推算,敌军的双舰队也该抵近了,可是他们却比最慢的行军速度还慢。两支舰队一前一后隔着二十光年,直到飞抵伊斯皮卡星域的最后一程,才第一次完成共时协同传送。

当天,好望角号指挥部收到了前线的第二条消息:来自贝岑施泰因的贵族军与施温肯多夫的驻防舰队刚一接触就爆发了冲突。舍尔兴见机不可失,已经倾巢出击,去扩大战果了。

"什么?对方竟然自相攻伐起来了?"伊法大惊,当她要求立刻联络舍尔兴时,对面告诉她,舍尔兴已经开打了。伊法知道这两支敌军不和,但完全没有想到,温特设计散布的谣言竟有如此威力。

伊法立即将情况告诉温特利德。他说:"居然比我预想得要夸张,但也在情理之中。"接下来,他告诉了伊法他们自相残杀的原因:

"当年我在总参谋部时,曾听欣德米特痛斥当今军事院校,一味迷信进攻方的主动权和士气优势。而在前年的内战期间我就得知,今天自相残杀的这两位帝国军将领,都曾在军校里工作过,对自己所教的这套攻势优先论深信不疑。因此当他们听说对方准备背叛自己时,情形就变得凶险:如果双方将领都重视防御,盟友的背叛通常意味着在危难时刻按兵不动、见死不救；然而此二人皆强调进攻，且都知道对方在猜忌自己，这种思想就会鼓励双方出于自卫而抢先下手。这时，只要有一个导火索——它是什么并不重要，或许我们也永远不会知道——就可能引爆双方长久的积怨。只是我原本以为，舒尔茨布下了一场持久战的局，我们只好等他们从旧仇恨中产生新摩擦；敌人一天不内乱，我也只好等下去，却没想到内乱来得这么快。"

"你前几天都不闻不问，我还以为你早就料定一切呢！"

"哪可能呢，我只是想多给舍尔兴一些自由罢了。如果这也能预料，我岂不成妖怪——比教皇还像妖怪了。"

伊法若有所思地说道："此前我一直不理解，帝国军为何无限强调进攻与士气，但自从见识到教会势力对军队渗透之深，便明白了：士气也就是精神力，是宗教喜欢的。"

"想必是这样！"温特利德说，"其实所谓'攻势优先'这套理论本身就和宗教教条没什么区别。兵法当然要随机应变，一味霸道强悍、僵化呆板的信念皆不足取。对进攻的迷恋和恐惧，更会极大地压缩以交流解决信任危机的余地。"

伊法发现，最近温特越来越喜欢在分析战局时，长篇大论些一般的道理，他越来越急切地想把他领悟的一切教给指挥部的战友们。伊法为此隐隐不安，以她对温特的了解，她认为这是在为自己的阵亡作打算。他一直是带着"下个月就会死"这样近乎绝望的想法战斗的，但自从他在涅尔琴体验过一次死亡之后，这种想法似乎更强烈了。这不能不让伊法担心，因为她自己也只剩下一年寿命，而这一点却又不能让温特知道。

不到三小时，前线又传来了新消息。舍尔兴趁着敌军内乱将其一举击败，敌人只反抗了三分钟就知大势已去，大部分都溃逃了，还有不少成了俘虏。然而温特利德只对俘虏的战舰数量表示出了兴趣，就立即下令让舍尔兴回撤。

"该赚的都赚到了，见好不收，后果难料。"

难道时间真的不站在我们这一边吗？伊法在心里问自己。一名士兵递上战报，己方损失不足百艘，俘获敌舰却达九百余艘。尽管前线大获全胜，她的眉头还是舒展不开。

根据好望角号的命令，舍尔兴很快率舰队返回了米滕多夫。如果不趁胜利之后伊斯皮卡行星局势缓和之际回来，不知舒尔茨还会想出什么法子来牵制。十万名战俘也被一并运回，如此大比例的俘虏在宇宙战争中很是罕见。伊法让策林根调查他们，找出两军内战的原因。然而被俘的两军兵将都把责任推给对方。帝国军士兵说，他们怀疑封建贵族势力暗通叛党，于是拦截其补给船登船检查，对方拒绝，才引发了冲突。贵族军的士兵却说，舒尔茨假借平叛之名，要把东境最有实力的贝岑施泰因星球舰队拉去做炮灰，他们不得已才反抗。然而其中一名士兵的供词却令伊法不安：他自称认识那名在两军对垒一触即发之际最先开火射击的战友，他最近几天的精神状态越来越不正常。

伊法想到：若真如此，或与精神污染有关。她想要找到士兵口中那名最初挑起两军厮杀的战友，但是他所在的战舰毁灭了，士兵是仅有的几名幸存者之一。线索中断了。考虑到精神污染的可能性无法确证，且温特还没有完全康复，伊法暂时没有把这件事告诉他。情绪不稳的青年新兵因过度紧张而做出极端行为，这也是很有可能的。

"您不认为这是轻度精神污染吗?"尤季娜问道。

"大概率不是吧,人类社会中的精神失常者,比接触污染的人多千百倍,在历史上最虚无颓靡的时代,甚至曾有三成的青少年有精神疾患。总不能把一切反常行为都联想到精神污染上去,都以为是教皇派的阴谋吧。"伊法说着,瞥了一眼自己的右手。

"三成青少年有精神疾患?"尤季娜对这个比例感到难以置信,"那是什么时代,后来怎么样了呢?"

"大概是什么罗马帝国末期、中世纪黑暗之类的吧。那种时代后来怎样,谁会记得呢?"

3.

伊斯皮卡之役大败的消息两天后才传到穆罗梅茨堡。就像所有的历史一样,两份报告均是由两支舰队的幸存者书写的,双方都指责对方先挑起了战斗。然而与历史上的其他冲突不同的是,这起冲突的源头真的消失在了宇宙中,就连最重要的人证和物证都毁灭了。双方的幸存者默契地隐瞒了大批士兵投降自保的情形,都把他们写成"战死"。可是派去的两支舰队初战即溃,只在开赴战场的路上牵制了敌人一个星期,这铁板钉钉的事实是无法隐瞒的。舒尔茨起初不敢相信,确认之后震怒不已。他尽管原本就知道必败无疑,却期望他们至少能拖住对手一个多月的。

"这怎么可能?我知道他们两人都是心胸狭隘之辈,但也不至于大敌当前却相互攻伐吧!"舒尔茨在给总参谋部的电话里说道,"太有违常理了，有违常理！"

"殿下，臣以为必定是温特利德·科赫从中使诈，令双方相互猜疑到了不可收拾的地步，才至于此。"艾希霍恩在电话那一头答道。

"这是显然的，科赫当然会利用他们的弱点，"舒尔茨说着，眼睛转了过去，他已经不愿再为这两个废物多浪费丝毫的心绪了，他问艾希霍恩，"特种作战部把米滕多夫的生产情报送去给你们了没有？"

"殿下，已经送来了。米滕多夫的一批护卫舰刚刚完工，在接下来的一个多月内，科赫将拥有与我们中央舰队相当的兵力。"

"如今，他还获得了行动自由。"舒尔茨补充道。

这一刻，舒尔茨觉察到，自己愤怒的真正原因，并非这些属下的卑鄙狭隘超出了自己的预料，而是科赫的巧谋诡诈超出了自己的想象。但他却没有料到：导致两军自相攻伐的，其实是被一整代军人奉为金科玉律的攻势优先主义思想。舒尔茨本人不信这种教条，却也未能意识到它才是将猜疑转化为恐惧的关键。然而，这一切都已不重要。五十天后，帝国西境重启的军工产能就将开始源源不断地输送战舰，正因为如此，这五十天才成了最危险的时期。舒尔茨既不知道如何度过这漫长的五十天，也不知道如何让自己停下不去想它。

第五节：谋定

1.

如果后人查看光复历478年一月底的人类世界全图，会发现银河帝国控制着百分之九十九的星域和百分之九十五的生产力，即便封闭了东境，其余区域的战舰产能仍是叛军占领区的七倍。温特利德·科赫所倚仗的不过是一支孤军，盘踞的不过是区区一隅，然而在穆罗梅茨堡的政客们眼中，这个叛将的形象已经犹如神魔，就算只剩他独自一人，也足以令一支大军望而却步。在叛军撤离伊斯皮卡回到米滕多夫之后，他们竟然没有要求舒尔茨再次出击，仿佛只要这可怕的敌人不主动进攻，就不愿再去刺激他。

就在帝国军积蓄力量的同时，温特利德的身体状况也在好转。他仍然面色发黄，说话声音也不如从前，却已进入了一种部下们前所未见的状态。他把自己锁在贴满近几十年的历史星图的房间，不让人们打扰他，就连勤务兵奥利佛也被放了假，让他多去地面走走，去享受洁净的空气与美丽的阳光。温特利德钻进房间，仿佛仍留在那座矿井底下，在纸堆里挖呀，挖呀。他的桌上开始堆满旧书，修昔底德和李维，还有帝国总参谋长艾希霍恩年轻时的一篇论文《汉尼拔从何时起注定失败？》。有一回伊法看见这几张纸，瞄了几眼，温特便说，这篇文章她也可以读一读。当晚，伊法通读了它，文中铺展出了一条越走越窄的路，汉尼拔的每一场胜利，都是走向最终兵败的一环，直到不知不觉越过那不可逆的节点。

伊法出现在他面前的时间越来越少。她手掌上的黑纹已经蔓延至小臂，半个月来，她即便戴着手套，也只以手背示人。然而如今几条黑纹已翻过拇指，爬上手背来了。伊法每触碰到它就会有一丝火辣感，她想，大概等它蔓延至心脏，时间也就到尽头了吧。伊法既想和温特多说几句话，可是一看见自己的右手，就又按捺下这种心情。

这段日子里，另一件令伊法难过的事，是她手上的黑纹既可怕又丑陋，她觉得比死更可怕的，是自己将作为一个丑女人死去，这是她从小到大从未想过的。伊法并不像薇拉那样美丽，但她分享了薇拉的专注。生来美丽的人拥有的最大特权，不是如水仙花那样顾影自怜；反而是没有外貌上的不满需要分心，更能专心于热爱的事。美只在并不意识到它的时候才会成为助力而非负累。当一个人将与生俱来的天赋视作如空气一般自然，便能视之为无物，倾尽心力去追随内心听到的那些独一的、只属于自己的远大召唤。在这一点上，伊法和薇拉是一样的，她也从未受过外貌的困扰。这是那些沉迷于比较，被优越感或嫉妒心支配的人望尘莫及的；这样专注的灵魂每每在场，总是焕发出美的光芒。

如今，伊法自青春期有了对身体的美丑观念以来，第一次为自己的身体忧烦。她每日扣紧长袖的袖口，又用白手套把手裹严实，无论如何都不愿让温特看到那些黑纹。

一直跟随伊法左右的尤季娜见她这样，便也戴上了白手套，并悄悄请求其他女兵也这样做。因为这样一来，假如科赫指挥官问起伊法指挥官为何这般装束，后者便可以说，这是当前流行的穿戴，尽管伊法这个人从没有追逐过流行，但重要的是科赫这个人是绝不会在这方面怀疑或反驳什么的。然而温特利德从未这样问过,他觉得询问他人的装束有些冒犯,而伊法无论怎样打扮都很好看。伊法心中也渐渐松了一口气,同时将其解释为温特的愚钝。

一日,温特利德遇到伊法,他们说到将临的战争。

"我们必须在两三个月内赢得决战,若不成,胜算就会越来越小。"温特利德说道。

伊法点点头,她想,三个月足够了。

"那时或许会有一场大规模会战,很可能需要你再次独立带领一整支舰队。"

伊法又点点头。

"伊法,你有什么事吗?"温特问道,"我总感觉你最近心事重重的样子。"

伊法摇摇头。

"我昨天看你一个人跑去山上舞剑,把一棵树都劈倒了……"温特小心翼翼地说。

伊法心中痛苦却不能说,这下可被逼急了,汹汹地反问:"温特,你身为司令官,不该更重视军工厂的生产和士兵的训练吗?偷看我舞剑做什么?"

温特没有想到她的反应这么大,心想,难道时至今日军中还有人怀疑她、惹她生气吗?于是又说道:"其实现在大家都很拥戴你,这么多男人中已经没人不服你了,前几日舍尔兴得胜归来,一直在自吹自擂;可是他一提到你的名字,连眼神和语气都变了。将来有一天我若不幸战死了,你一定能继续带领这支队伍的。"

每当她把"死"联系到接下来的战争,伊法反而不会难过,因为她知道自己的一年余生对于这场战争而言已经足够。然而她还是看着他,郑重地说道:"温特,如果你真的将我视作这事业的继承人,如果你真的这样想,那就千万,千万不能死。"

"为什么?"温特利德觉得伊法话中另有缘故。

"没什么,只是……"伊法别过脸,不去看温特利德的眼睛,"只是你若死了,我怕我会难以担负这样的重任……因为那样太难过了。"

"如果我们失败……"

"温特,我们不能想,'如果我们失败'。"伊法突然摇头,坚决地看着他说道,"我们不能再这样想了。世界上有两种人,一种人说'我本来可以',然后在漫漫余生中不停地重复这句话。另一种人说'我做了''我完成了',然后就忘掉自己做完了的事,才会有新的生活。我们只能是后一种,温特,你知道的,我们只能是后一种。"

温特利德的心灵被震荡着。他看着伊法,但她的眼神里却并未闪耀出他曾熟悉的、令人鼓舞的神采,她说着新的生活,神情却犹如石像。他敏锐地感觉到了异样,不禁心中一紧,抓住了伊法的双手。

伊法连忙低头看自己火辣的右手,温特抓着她的白手套。伊法几乎要跳起来,触电般地想把手从他的手中抽出,但她拼命遏止了这个念头。她就这样将手放在温特的手掌心里,强令这只灼痛的、紧张的右手渐渐舒缓下来,然后徐徐地抽回这只手。

"伊法,我想请您答应,"温特利德说道,"从今往后,直到决战之前,我若有软弱的时候,您一定要毫不留情地提醒我,好不好?"

伊法听到温特用"您"来称呼她,知道他一定是想了很久才小心地提出了这样的请求。她点了点头,回答道:"那如果我有软弱的时候,您也一定要敲打我。"

"好,一言为定。"温特看着伊法的眼中充满了感激和幸福,"我们两个一起,没有什么是不能克服的。"

"嗯。"伊法点了点头,她没有想到,居然是温特对自己说出这样的话,她本以为那个承受不住重压的人会是自己。温特这句原本会让她备感压力的话,却让她心中暗喜:她趁机狡猾地提出了对等的要求,没有暴露自己的脆弱。更重要的是:原来即便是温特这样的人,在决战将至的重压下也会需要他人,这是她从未料到的。在这些天的某些时刻,伊法感到自己的整个存在都皱缩了,她感到时间的飞逝,还有致命的如冬天般的苍老。可是今天,由于温特的这个请求,伊法幸福地感到自己是被需要的,温特需要自己,不仅是作为一名部下,还有情感上的支持,这对于自知只剩一年寿命的她而言太重要了。

2.

接下来的几天里,温特对待伊法的态度也忽远忽近,令她捉摸不定。她感觉到温特心事重重,就像当年那样,那时薇拉总为无法理解温特的内心而苦恼。如今,这样的折磨又加在了伊法身上。

当晚伊法是戴着手套睡觉的,夜半从梦中醒来,她梦见了二十年前的那位皇妃碧翠丝。这个不知不觉间改写了历史的女人,当得知自己仅剩一年寿命,便谎称怀孕,好让皇帝在这一年中,日日夜夜陪伴于身旁。在黑暗中,伊法的眉头皱了起来,我是革命军的指挥官,怎能羡慕先皇的皇妃呢？她摸索着拿出相册，里面存着的每一张照片都散发出莹莹白光。她很快就翻到了毕业那天拍的照片：薇拉站在中间，温特在左边，自己在右边。

伊法瞧着照片上的温特，躲在被子里偷偷笑了出来。平心而论，那时的温特已经是一个俊俏的少年了，可是在薇拉的衬托下，却还像只丑小鸭似的。

我最初是怎么认识温特的？想起来了，那时我作为薇拉的伴读入校，被发了一套区别于正式学生的校服。薇拉便找到校长理论，要求给我一套同样的校服，否则她就拒绝穿自己的那件。那时大家都还不认识，一个男生却帮薇拉说话。校长因忌惮维谢格拉德家的权势，没有惩罚薇拉，却让温特刚入学就被严厉地教训了一顿。

伊法又翻到他们三人刚刚组建读书会时的照片。那一天，她和薇拉看见一位高年级学长一个人面对一群纨绔子弟，挡在一只受伤的小狗前面。学长被逼到了墙角，眼看保护不了那条狗，就如野兽般扑上去，每一拳都要置人于死地。这种打架不顾人命的行为让那位学长一度被称为"疯狗"，但小狗还是死了。她们看见温特独自埋葬了它。他说，舒尔茨学长虽然凶，但本性不坏。那一天，薇拉邀请他来参加她的秘密读书会，这便是他们三人友谊的开始。

伊法的眼泪掉了出来，尽管卧室里只有自己一人，她还是躲进被子，生怕被人发觉。多年来，伊法习惯了深藏自己所有软弱的情感，这已经成了她的本能。她在被子里看着那张毕业时的照片，薇拉无疑是这三人组中最光彩夺目的那一个。我该怎么办呢？薇拉，请告诉我吧，薇拉！

伊法着了魔一般地躲在被子里翻旧相册，却惊恐地发现有些事她已记不清，有些人的名字更是张冠李戴。她又立即打开日记本，发现自己上任指挥官以来，日记越来越潦草了，偶有记录，除了打仗的事，也多是关于温特的。那些更早的事，竟有许多无法回忆起来。她看着日记中的自己，就像注视着一位久别的友人；她摩挲着自己过去的字迹，就像考古学家正在辨认一个远逝的文明。这日记本是高中老师发下来的，第一页上记着老师鼓励他们写日记时说的话："日记仅存在于高级的文化中，是个人精神与自我意识发展到较高阶段的产物，它是个体洞悉了终将到来的死亡，与回忆中的裂痕与自欺，试图通过反思将整个生命把握为一个整体的努力。"

这样冷静而有学究气的句子如今却扎着伊法的心，她比以往任何时候都更深地体验到了死亡的迫近。越是想着自己只剩一年寿命，伊法越是想要记起所有的点滴。她想起自己在涅尔琴与舒尔茨斗剑时曾惊讶于自身的冷静，会不会精神污染疫苗也会影响精神，甚至有损记忆？难道记忆也将随着身体而衰竭，就像时间的大海抹去沙滩上的一张面庞？

我可以死，但我不能在死前遗忘了自己。伊法被这股沉痛的感情揪住了心。那一刻，她几乎无限地渴望回辉恒中学去看一眼，哪怕只待上几分钟，也定能找回当年的记忆。那几年里她受了许多贵族子弟的歧视，但因为薇拉和温特的存在，却是她生命中最幸福的几年。她着了魔一般想求温特陪自己悄悄回去，再回来打最后一仗。她连鞋子都没顾得上穿，穿着睡衣朝温特的房间跌跌撞撞地走去。

可是当伊法走近那扇门，却听见温特在说话，内容模模糊糊，只能隐约听见一个又一个星球代号,一连四五个。难道他正在计划一场如此庞大的行动吗?她想起几天前他对自己说,决战之日将近。一切终于到最后了吗?伊法想到自己可能会死于将临的决战,心中反而感到一阵轻松。她的心情稍稍平复,就这样赤脚站在他的房门口,房间里没有别人,原来他是在自言自语。温特并未发现伊法的存在,他面向墙上的星域图,用双手比画着什么。伊法不忍心打扰他,就站在他身后静静地看着;可是她忽然听见走廊的另一头传来了脚步声,于是赶忙跑了回去。

这是伊法最后一次几乎要暴露出自己的脆弱。待到第二天太阳升起,她换上军装,把相册和日记本锁进了抽屉深处,又锁上门,前往作战指挥部。自这一天起,伊法在她仅剩一年的生命中,在被终将到来的死亡杀死之前,先杀死了脆弱和恐惧。

3.

到了指挥部后,温特利德让她坐下稍等片刻,他已通知舍尔兴、策林根和胡梅尔等指挥部全体人员放下各自手中的工作前来。他说,马上会有要事宣布。

伊法知道,最后的决战终于要来了。

待人员到齐,温特利德起立说道:"帝国军自从上次三路来犯,铩羽而归之后,就再没有挑起战端。其意图非常明显:舒尔茨所恃,是帝国庞大的经济和军工生产。按照驱逐舰的生产周期计算,再过不到两个月,重启的西境各造船厂的第一批战舰就可出厂,三个月后,就可完成军士训练并正式服役。此后敌军将源源不绝，我军将再无胜算，因此须尽早与帝国军主力决战。今天我就想与各位商讨此事。我们目前最大的困难，是敌军精锐要么驻于穆罗梅茨堡，要么驻于这座移动要塞一次传送便可抵达的范围内。胜利的前提是速战，而速战的前提是将帝国舰队诱离要塞。因此，我军须攻敌之不得不守。"

策林根显然也想到了这一点，他接过话说："只是舒尔茨坚壁清野，已将距我军较近的造舰厂都关闭了，这使得我们就算在这片区域占据优势，也难以找到有足够重要的目标，迫使敌军出动。"

温特利德点点头，"的确，如果我军盲目扩张，即便占领了三分之一个银河系，舒尔茨也只需等待另半个银河系的军工生产完成，就能率领大军收复失地，并将我们歼灭。因此顺理成章的推论，就是我们不能北上扩张席卷东境，而得南下，然后西进。"

伊法听到这里，舒了口气，她心中一直有同样大胆的计划。难道这就是汉尼拔的远征？迄今尚未投入战斗的南境守卫军，已经在这一年间积蓄了相当的实力，交错的南境航线无疑将比阿尔卑斯山更难通过。若是在从前，伊法说不定会提出这个建议，但如今她自知寿命不长，便觉得以将死之人的立场，没法主张如此大的牺牲。她想，若不是抱着在战争中本就很可能活不长的念头，我恐怕无力承受这残酷的命运。战争的死冲淡了绝症的死，一个人必须死一次，也只能死一次，这个事实抚慰着她。

"伊法？"

伊法被温特的声音唤醒了，她意识到自己居然在作战会议上走神，赶忙连声道歉，"对不起，对不起。"

"你……有什么事吗?"

"没什么,我只是想到死……我是说,如果强攻南境,得有多少人死去……"伊法低声说道。

舍尔兴点点头,忧虑地说:"在过去几个月里,南境驻军已增兵至共计两万舰队,相当于我军的七成,这意味着在与帝国中央舰队决战之前,我们要先进行一场恶战。接下来,就算打通了南境、西境并破坏了敌军后方生产基地,我们仍须以巨大劣势迎战舒尔茨。"

"你是不是想说,这仍是必败之局。"温特利德问道,舍尔兴没有回答。于是温特利德接着说道:"这确实是舒尔茨的用意:利用地方驻留舰队预先消耗我军,再亲率大军征剿。然而有一件事他不知道,今日请各位前来,便是要将此事告知各位。"

温特利德环视四周,房间里共有六个人。

"在涅尔琴行星上,我得到了一份笔记。前几天我在病床上读了其内容,部分是希柏里尔教的教会史,说到曾有一个'圣愚派'异端,这帮人本身没有什么好关心的,但令我注意的是他们的一座五百年前的科学遗迹。"

"就是那个反对天文学、反对宇宙航行,认为人的双脚必须站在大地上的圣愚派?"胡梅尔问道。

"正是。"

"那个主张托勒密地心说、迫害哥白尼和伽利略的圣愚派?他们不是科学的敌人吗?又能有什么科学遗迹呢?"

"这些中学历史课本怎么能信呢?在伽利略的时代哪有什么希柏里尔教?统统只是些觉得'越古老就越好'的僵尸脑袋编出来的鬼话

罢了。"温特利德这些话是从薇拉那里听来的。他记得课本上说，希柏里尔教相信地球并非宇宙中心，而是群星的一员，这提升而非降低了它的地位，牛顿学说也是从希柏里尔教取消了地球的特殊地位，主张"天上地下皆循一理"开始的。如今想来实在荒谬。

温特利德摇摇头，接着说道："言归正传。就在帝国东境、南境这两片交通线之间，也就是此地向南不远处，有某处空无一物的荒芜空间，藏着一座孤零零的空间传送门。在五百年前的五国时代，南境王国军曾有一个大战略：他们恐惧东部帝国与北星盟的联盟，想建造一条数千光年的传送增幅线，图谋从东部帝国不设防的背后奇袭，迂回包抄整个敌军前线，赶在北星盟的援军抵达之前将其歼灭。然而南境王国自身缺乏这等工程技术实力，便与圣愚派合作建设此项工程，后者选中了位于东部帝国腹地的地球——那是人类的故乡，可是辉恒才是人类星际殖民史的爆发点。圣愚派利用了南境王国的野心与地球人的怨恨，并将二者相连。他们提供了一种精密技术，建成了一次可传送近万光年的增幅门，直接连接了南境王国与地球。然而竣工后不久，奥托二世就统一了银河，它也成了深埋于历史的秘密。"

"那地球人难道就信任南境侵略军，能帮他们重振地球吗？"胡梅尔再次怀疑地问道，因为这显然是不太可能的。

"能否重振自我，对他们而言是无所谓的，怨恨者只要看到更伟大的事物被毁灭，就足以让他们高兴了。"

"那个一次传送近万光年的增幅门，听起来总觉得不太可信。"

"这我也不太明白，按理说，五百年前的技术不应当比今日高那么多。但雅宁斯的笔记中说他亲自寻访过那里，大加称赞那是思路精巧的惊世杰作，还说出站点就设在那颗古老的月球背面。雅宁斯的话，再不可思议也总有八分可信。"温特利德说，"我的计划，就是佯攻南境，诱出舒尔茨和中央舰队主力前来夹击，实则利用这道传送门，一步跳跃上万光年，完成大迂回，烧光帝国舰队回穆罗梅茨堡的沿途补给站，迫使敌军与我决战。"

会议室中另外三人都眼前一亮，温特利德注意到伊法的眼中却出现了疑虑。

"伊法，你想到了什么？"

伊法略有迟疑地问道："可是如果当帝国军发觉我军已身在其后，却未如您所愿立即回援，而是与南境守军汇合成一支五万艘的大舰队前来征剿，我军满打满算也才三万艘，又如何正面与之抗衡呢？难道……"

"难道什么？"温特利德追问道。

"难道把他们甩在身后，头也不回地强攻穆罗梅茨堡吗？"

一旁的胡梅尔听了这句话，立即说道："好！我们就这样干吧！若能攻入帝都，就算最终兵败身死也无憾了！"

温特利德摆摆手示意他不要激动，又转向伊法，"请你放心，我的计划绝非甩脱了帝国军主力后去强攻穆罗梅茨堡，且不说能否抢在帝国援军赶来之前取胜，即便成功也是自杀性质的。接下来是计划的关键，需要由你来完成。"

温特利德走到了墙上的一张星图前。

"我们的全体舰队传送至地球之后，我将率领三成兵力，主要由护卫舰和驱逐舰编成，途经辉恒，沿着这条线进军。"他用手在星图上画了一道弧,"这里地处后方,不在舒尔茨的坚壁清野战略范围内,所以我能一路抢掠敌军的星际补给站,最终目标是穆斯贝尔海姆,一颗红超巨星。"温特利德说到这里,抬头看了一眼在场的各位,"到此为止,有问题没有?"

"没有。"

"好。与此同时,伊法,你率领七成兵力,包括几乎所有重型战舰,沿着这条与我几乎平行的路,从这里、这里,然后再到这里的一串恒星系逐次进军。我之前一路抢掠敌人的星际站,同时也会顺带着摧毁两处关键的侦察哨。但为免敌军生疑,我不能过于明显地辟出一条盲区,更不能在时间紧迫的情况下还专门时空传送去,仅为袭击敌方侦察哨。幸好我们只需戳瞎其中两处,就能为你另辟一条狭道,足以避开敌军耳目,悄悄抵达穆斯贝尔海姆。但是你不能行军过急,得等我的信号,确认此处侦察哨已被摧毁后才能走出这关键一步。"

"我明白了,类比成盗匪片呢,就是科赫指挥官先大张旗鼓地撞过去,装作顺手为伊法拔掉两根无法避开的警报射线,让她神不知鬼不觉地绕进来。这样警卫就以为来者只有一个人,而想不到会有两个人了。因为迅猛的行动通常会倾其全力迅猛,而隐蔽的动作也会尽可能全部隐蔽,舒尔茨定想不到我军一半的迅猛,只为隐蔽另一半。如此用兵,根本不符合人的心理规律。"

"对,"温特利德说道,"伊法,你的任务就是避开剩下的警报网。"

"可是刚才的问题仍在:如果舒尔茨不急着回援,而是与南方交通线驻军会合,然后大举杀回来,我们怎能抵挡呢?"伊法问道。

"如果舒尔茨真这样做,我们就失败了。"温特利德坐了下来,但他还有没说完的话。如果战略上已经注定失败，然后呢？立刻投降吗？从理性上想确实应当尽早投降，以换取尽可能好的条件。但这有多么不甘心呀。科赫没有回答这个问题。稍作停顿之后，他接着道，"但我以为，他不会这样做。只要你的进军避开了人类出没的区域，就可保机密万无一失。因此舒尔茨所知的情报，只是我亲率轻型舰队正在疯狂抢劫他的后方补给，主力舰队却藏起来了。他不知道那台超远程传送门的存在，定会以为我军主力仍埋伏在南方交通网附近伺机入侵，因此绝无可能调走驻防南境的兵力，而是只会率领帝国中央舰队回援，待他发现迎头遇上我军主力时，已经晚了。"

"可是两军遭遇之后，假如舒尔茨宁可打一场被动的撤退战，吃些战术上的小亏，牺牲几千艘后卫军，仍是能够撤回穆罗梅茨堡的，然后他又可以继续执行龟缩封锁战略。数千驱逐舰只需再多等待一个月就可补足，他还是能依靠产能优势压垮我们。"伊法再次问道。

"你的问题都是合乎逻辑的。"温特利德坚定地说，"但他不会这样做，因为我军主力也只是与他兵力相当罢了，临阵相遇，乌尔里希·玛利亚·舒尔茨绝不可能后退。"

伊法听罢此言，便意识到：冒险战斗是武士的习惯，就像在那冰崖边的窄桥边，舒尔茨也没有命令陆战队拼足蛮力冲向自己。舒尔茨的计划本是积攒力量一举歼灭我们，可是如果真的以对等的兵力迎面遇上，他还是会迎战的。

"我们何日启动这个计划？"

"再拖两个月，帝国恢复战时生产动员的首批驱逐舰就要交付了。事不宜迟，只待两日后这批新兵训练结束，最新造好的四千艘护卫舰正式编列,就立即启航。所以,胡梅尔和策林根,你们要忙起来了。请各位备足能源和补给,让士兵们好好休息两天,准备远征。"

当天傍晚,"好好休息两天"的命令下达到了基层,一些敏感的士兵便知道决战将至。毕竟这样的流言已经流传了一个多月。超过半数的士兵都参与过去年对抗帝国军三路来袭的战役,目睹过生命的脆弱。所有的思想与情感、回忆与希望,在强光束下一瞬间便会化作灰烬。他们经历过漆黑与惨白交织而成的宇宙战场,所以格外珍惜这五彩缤纷的世界,许多人在这两天里来到米滕多夫著名的喷泉广场,什么都不做,只是晒太阳。恒星的耀眼光辉,经大气层散射后是多么和煦!正是它从这冰冷的宇宙中给养着生命!晴朗的天空忽又下起了雨,更多的士兵走下战舰,在这太阳雨中转圈,跳故乡的舞。

温特利德站在好望角号的舷窗前,深深地看懂了这一切。一想到接下来将面临的恶战,沉重而巨大的责任又压上了他的心。只有当他告诉自己,这将是"终结一切战争的战争",才能够稍稍宽慰自己;可是这句话又令他不安,毕竟历史上误以为是最后一战,却最终陷入痛苦而漫长的战争泥潭的先例太多了。

四天后,革命军主力舰队在夕阳下起飞,从翻滚的白云、黑云与交界处的红云间升入星空。他们告别停留了五个月的三颗行星,南向而去,开始了这场大迁回。

第六节：远帆

1.

光复历478年2月8日，革命军全军开拔离开米滕多夫，这一天距他们的埃本塔尔初战仅仅一年。同一天凌晨，舒尔茨已提前接到特种作战部送来的情报：革命军正在做总动员。他立刻赶往总参谋部，心知如果对方全军离开米滕多夫，一定是去南方交通线。来到总参谋部后，他见到了艾希霍恩，两人意见一致。

这时，一位新加入总参谋部的将官问道："可是，如果科赫还像不依赖超远程传送门渡过北境交通线那样，慢慢避开我军守卫南境传送门的舰队通过呢？上次柯钦采夫元帅知道，论舰队战，穆罗梅茨堡守军不敌叛军，所以就没有拦截或追击。这次，南境驻军只有两万，同样居于劣势的奥伯豪森伯爵会不会也放他走呢？"

艾希霍恩回答："就算奥伯豪森故意放他走，也已不可能。问题不在于谁的舰队强，而在于科赫此次绝无可能再撑过这么长的距离。一年前他过北境交通线时，只有七千艘战舰，如今估计已近三万。数量的增长意味着战力变强了，但也意味着补给变脆弱了。庞大的军队就像大象，每多耗一天都更容易被自己的体重压垮。无论粮食还是燃料，科赫都绝无可能有如此多的补给。"

"我也这样想，"舒尔茨说，"他必须攻占南境，只有在那里，他才能补充快速消耗中的补给。除此之外，这次他还必须通过那座传送距离达上千光年的超远程传送门。"

"我们是否考虑让奥伯豪森把那座传送门毁掉?"

听到这样的建议,在座的其他人面面相觑。艾希霍恩看出舒尔茨已不愿解释,便说道:"南境在本朝开国时就有自治权了,他们要自治权做什么?还不是为了交通上的特权?你要求南境人自己炸毁交通线上最重要的一环,他们不投敌加入叛军就算好了。"

只要艾希霍恩与舒尔茨同时在场,关于战略布局的讨论总是能很快结束。因为他们两人总能很快达成一致,甚至在开始讨论之前就已经达成了。

一经议定,舒尔茨便将穆罗梅茨堡早已准备停当的两万艘帝国舰队倾巢派出,并让驻扎于兰茨胡特和辉恒附近的守卫舰队出发,前往施温肯多夫军港补给,然后直下南境。既然穆罗梅茨堡已不剩半支机动舰队,舒尔茨让艾希霍恩元帅一同出征。这样的大师若是留在一座无兵将可调遣的要塞中,是巨大的浪费。

"若要论最简单的打法,无论从战略还是战术上说,目标其实只是温特利德·科赫一人而已。"

"殿下为何这样想呢?"

"因为据间谍的报告,叛军至今没有军衔,军队中相当平等……"舒尔茨说到这里,看了一眼艾希霍恩,"老将军不会连这一层都想不到吧,我就不在您面前班门弄斧了。"

"岂敢,岂敢。"

舒尔茨的思路是:革命军不设军衔,军队却不可能真的平等。这意味着科赫是以个人威望支撑着命令与服从的秩序。在缺乏等级制的地方,要么没有权威,若有则必然极为集中。不设军衔的平等结构反而将科赫一人的裁量权扩至极大——至少比我这个银河帝国护国主更大。所以若能在战场上杀死科赫，剩下缺乏建制的革命军必生内乱。

"那我们就再提醒一次奥伯豪森方面：他们的任务只是尽可能迟滞对手，等我到来再一举合力歼灭。"舒尔茨说道。早在一个多月前，他就已派人命令南境守军以逸待劳，时刻监控最靠近米滕多夫的几座传送门。今天，他再次给奥伯豪森伯爵下达了命令：

大战将至，当速速整顿军备，提高警戒，不可有丝毫懈怠。叛军除进攻南方交通线外，绝无第二条路可选。以敌军现有兵力，攻南境必然大伤元气，但不攻南境就是坐以待毙。你当布置防御，层层阻击。务必拖延其行进，损耗其战力，挫伤其锐气，直到我率军抵达。

2.

奥伯豪森伯爵等待这第二封命令已经很久了。一个月前，他谨遵帝国中央的指令，提前进行了部分动员。正因为南境享有自治权，他才不敢提前太早全力开动军工生产。帝国中央的猜疑比叛军的威胁更可怕，否则他如今也该手握三万艘战舰，不弱于叛军了。当敌舰队离南方交通线几处入口仍有一百二十光年距离时，他就命令各地总计两万两千余艘战舰倾巢出动，在四处较重要的传送门口附近列阵守候。只待前哨侦察舰一旦发现敌军就迎头阻击，并且其他三路也可随时增援。时间一小时一小时地过去，渐渐地，每一刻钟的等待对他而言都变成了煎熬。

"叛军究竟会攻击哪个入口呢？他们的行军速度也太慢了，"奥伯豪森又看了一眼钟，不耐烦地说，"兵贵神速，他们若不能抢在帝国援军到达之前击穿我军防线，就会遭到夹击而彻底失败。"

奥伯豪森这么想着，不禁同情起敌人来了：那位温特利德·科赫也曾是纵横上万光年的英雄，就连欣德米特元帅都败于其手下，如今竟要耗死在我这铁桶般的防御面前，实是令人扼腕叹息！啊，凡人总是有死的！

然而又过了三个小时，仍没有叛军的消息。奥伯豪森伯爵坐不住了，他起身来回踱步。

"大人，我想我能猜到科赫为何迟迟不进兵。"南境驻军参谋长赫尔穆特·冯·古特曼中将说道。

"哦？请讲。"

"敌方的优势在于兵力，而我方的优势在于交通线。敌军庞大，不太可能排着长队依次通过单一的传送门，那得花上几个小时，被阻击的风险太高。所以敌军必须同时拿下几处传送门。我们的策略只能是后发制人，创造局部优势分而击破。科赫乃名将，必定自知一头撞进南境交通网内胜算不大，就故意按兵不动诱您出去，只要我们离开这四通八达的交通线，自己放弃在兵力调遣上的速度优势，便可以其兵力优势击垮我们。"

"好一个诡计多端！"

"大人，您过奖了。"

"哪里，哪里，我有您这样优秀的参谋，何愁守不住这区区南方交通线？"奥伯豪森伯爵说道，"我们也在此按兵不动，且看当其他的路尽是死路,他还敢不敢闯一闯这条渺茫的生路。"

又过了两个小时,到了该睡觉的时候。士兵们开始困倦,心情紧绷了一整天的奥伯豪森也打起哈欠。这难道不正是最危险的时候吗?他心中一个激灵:温特利德·科赫智谋过人,说不定会专挑敌军困乏的时刻进攻。于是他强打精神,勒令所有士兵继续坚守岗位。可就在这时,侦察舰发回了情报:敌军三万艘规模的大舰队早就逼近了南境航路网东侧,但不仅没有入侵,反而神秘地消失了。

奥伯豪森伯爵心中的失望胜过了恐惧,生怕精心谋划了一个月的防御计划是白忙一场。他的家族镇守南方已有三代,银河统一战争期间,老穆罗梅茨怕奥伯豪森家族会将整个交通线炸毁,故许诺让其家族代代继承此职,换取他祖父的归附。前年的东境叛乱战争中,他镇守南方交通线并拒绝加入舒尔茨伯爵的叛军,让西境已有反意的贵族皆不敢妄动。如今面对这支革命军和他们的传奇将领,奥伯豪森伯爵摩拳擦掌,敌人却不见了。

古特曼说道:"大人,我建议四路分舰队立即同步前压,并派出更多的侦察舰打探敌军下落。反叛军有三万艘之众,绝不可能在顷刻间消失得无影无踪。如果我们过于畏怯,或将在战略上处于被动。"

奥伯豪森伯爵抬起手,止住了古特曼的话,示意让自己细细思量。他来回踱步,整个指挥部里只有他的脚步声和挂钟的嘀嗒作响。一刻钟后,他宣布继续坚守南方交通线的几个前沿要点,因为我军的真正使命不是歼敌,而是确保交通线不失。如果温特利德·科赫畏难而退不愿强攻,那就让他守着米滕多夫那一亩三分地慢慢等死吧;如果他从头到尾只是佯动,目的是引出舒尔茨决战,就先让舒尔茨与之交火,我们再伺机杀入,亦可保万无一失。"

参谋仍想说什么,伯爵还是制止了他,并强调此次作战以确保南方交通线不失为第一要务,其余目标皆属次要。

3.

正当南境守军严阵以待,温特利德却已率领三万艘战舰急速回撤。他折回了米滕多夫以南四百光年的一处浩渺荒芜的宇宙空间。几天前,一支侦察舰队已先行找到了那台隐匿了五百年的传送增幅器。六面八方数十光年内渺无人迹,难怪它迄今都未被发现。

"策林根的补给还没到吗?"

"是我们早到了一个多小时。"

为了能让大部队早一天启程,并能让补给多撑一天,满载粮食与燃料的补给舰队是最后出发的。在主力抵达预定地点仅一小时后,策林根亲自押送的最后一批从米滕多夫出发的补给舰也赶到了,也只有他能如此准确地执行时间表。

面前这个直径数十公里的金属环,即是人类迄今建造的唯一传送距离达上万光年的增幅器。

伊法看见这巨大的金属环,说道:"温特,你记不记得我们曾讨论过,那些建筑工程奇迹,多与神权政治相关。"

"我刚好也想到这个。金字塔啦,大教堂啦。"

只有圣愚崇拜这种极端思想,才会不惜代价地把资源投入这样一个工程,将技术逼至理论上允许的极限。但是这仍然令人难以置信:

上万光年的传送距离，已经远超那四座最远程的传送门，无疑是一个不亚于穆罗梅茨堡的超远程传送引擎的技术奇迹。当年的人又是怎样建造它的？

为了测试这条古老的通道是否真的能用，科赫决定让一艘载有瞬时通信器的战列舰驶入传送门。几分钟后若无信息发回，就说明雅宁斯的笔记中那些言之凿凿只是虚言。

然而这也意味着需要用一艘战列舰上的官兵的性命做实验。

温特利德认为自己有义务身先士卒，想亲自带领一艘战列舰前去，却被其他指挥官一致阻止了。因为此举太过危险。策林根说："万一你去而不返，革命军因你一人的死亡而蒙受的损失将不亚于折损万艘战舰。"

"你们切不可有如此想法。"科赫郑重地回答。

"但现实就是如此。"

几十艘战列舰自告奋勇，他们为光荣而鼓舞，而不因危险而犹疑。最后各舰舰长以抽签选出了担此重任的那一艘：麦哲伦号。随着它靠近巨大的金属环，环的四周亮起了光，为舰船指引方向。金属环上的白光组合成了一句格言："神创造了何等奇迹。"温特利德读懂了这句话：人类创造了如此高妙的技术，却是神创造了人。

下一个瞬间，麦哲伦号消失在了金属环的另一侧。三分钟、五分钟过去了，没有消息。

温特利德心中没底。如果取道地球的大迂回战略无法施行，他就得立即掉转方向强攻南方交通线。在来的路上，他将这个备选方案在脑中预演了多次，但无论采取何种战术，只要敌军顽强死守，都不得不付出近五成的伤亡率；这相当于把己方的兵力和敌方的动员时间表又拖回半年前，虽不失为绝境中的一线生机，但我们将丧失辛苦积累得来的与帝国军决战的战力，短期战争会拖成长期战争。行星革命也将很难避免，我不愿将一般民众拖入这场战争，形势却必将演变至那个地步。只有等到共和国统一了除穆罗梅茨堡之外的整个银河，才可能强攻要塞。在此之前会有多少人死去呢？一亿，还是两亿？还需要多少年呢？五年，还是十年？这样一场依靠广泛动员的长期战争，又将把整个社会撕裂成什么样呢？有多少家庭和学校将会变成战场，多少亲人和友人又会反目成仇？

温特利德又想起此前作战会议上，伊法问过的那个问题："如果强攻南境，要死多少人呢？"其实那些当场阵亡的人，或许只是走南境的战略代价的百分之一。反过来，若是眼前的这个传送增幅器运转良好，大迂回战略成功的话，接下来很可能就是决战了。

钟表显示十分钟过去了，还没有消息，这不正常。难道时空隧道里的时间，也会随着跨越距离变长而延长吗？

帝国舰队主力正在全速南下增援，倘若面前这座古老的增幅器出故障了，我军就必须立即掉头。否则时间每过一刻钟，我军遭受两面夹击的可能性都会变得更大。

三万两千艘各型战舰一片寂静，每一分钟压在温特利德心头的重量都比前一分钟更重。他想起半年多前，当这支革命军因粮食不继而被逼入绝境，自己也曾一小时一小时地等待过渺茫的转机。如今这样的感觉又来了，时间的煎熬仿佛被拖得无限漫长。

又过了两分钟，好望角号探测到了前方存在剧烈的时空波动，波动源相当于一整个月球的质量。正当人们惊疑不定，好望角号接到了来自地球轨道的麦哲伦号的瞬时通信："我们已顺利抵达地球附近，现正在月球背面的增幅传送门出口。"

指挥部被欢呼声淹没，人们相互拥抱。只有温特一人，仍一动不动地坐在指挥席上。

"温特！"伊法激动地从后方搂住他的脖子，"我太高兴了！"

可是温特利德却只是缓缓抬起头去看她。

"你难道不高兴吗？"

"高兴，高兴。"温特冲着伊法微笑。

伊法俯下头看他的脸，那一瞬，却忽然觉得他仿佛离她很遥远。她没有多想，因为温特从少年时代开始，就一直这样平静地对待所有喜讯。

待大家稍稍安静，温特利德从指挥席上站了起来，下令全舰队通过这扇古老的巨门。然后他叮嘱伊法、策林根、舍尔兴等人：不要忘了，决战之前还会有一次作战会议，但他只会以远程通信的形式出席。策林根提醒他，为提防敌军窃听，最后一次作战会议还是亲自抵达为好。温特利德却说：来回一趟加上开会需要十个小时，如果帝国军此时进攻他率领的那支轻型舰队，后果将不堪设想，因此坚持用瞬时通信进行会议。

伊法私下问他："万一帝国军真的窃听了我们的作战会议呢？"

"那也没关系，不用在乎。"这就是温特利德的答复。

4.

在这增幅器打开的时空隧道内,温特利德明白了五百年前的人是如何建成它,而麦哲伦号又是为何过那么久才发回瞬时通信。这是因为好望角号的记录仪,显示本舰其实经历了连续十二次跳跃,每一跳的落点,都直接命中下一跳的折跃点。这不是一座传送增幅门,而是十二座门串联;启动面前的第一座增幅门时,就已经同时启动了埋藏在宇宙中的另十一座。这必须做到每一座增幅门的相对位置在几百年间纹丝不动,才能准确地从数百光年外,把一艘船"投中"下一个跳跃点。温特利德猜想,这中途的十一座传送门一定都设在极空旷的深空,那里的引力场应当几乎是平的,以方便位移修正。十二道门串成上万光年的阵列,整体上其实是被锁死的,无法调整方向,更不可能设立支线。

难怪雅宁斯说这是常人难有的奇思异想。确实,只有圣愚派的狭隘心灵,才会对在广阔的宇宙中建立网状交通毫无兴趣,并想出这种点子,集中全部资源建造单纯迅捷的串联线。那些人生只有一个目的地的单向人,当他们路过十二座沿途站台,既不会下车换乘,也不需要再启动。

革命军全体传送完毕,用了足足五个小时。温特利德知道,舰队重新集结后,自己就将按计划率领一支轻型舰队与主力分道扬镳。在诸分舰队指挥官们各赴旗舰,清点各分舰队兵力之前,温特利德更改了兵力分配,将原定自己率领的三成兵力降至二成,将伊法统率的七成兵力提高到八成,并且将几乎全部的补给都给了她。这样一来,温特利德直接指挥的就只剩下五千两百艘中、轻型战舰。

伊法隐隐觉得不妥,但温特利德说服了她:假如舒尔茨发觉我军分舰队兵力过强,则可能不会以为这是一支袭扰后方的孤军,而会猜到我们一明一暗的意图。我把补给都给你,是因为你所率主力必须潜行,而我却能沿途抢劫敌人的星际站,所以需要担心的反而是你。

调整完成后,各分舰队的指挥官已各回旗舰,温特利德也将去往他的新旗舰特拉法加尔号,只留伊法在总旗舰好望角号上。

"我想在这里,在这好望角号上再待一会儿,等我的那支舰队整编完毕,然后再过去,不知可不可以?"温特问道。

伊法略带惊诧地点了点头,"这里是旗舰,您是总指挥官,当然没有问题。"

然而她刚说出这句话,便意识到自己心中所想分明是:你想在我这里停留多久,都是可以的。

行军的路线已经全部制订好了,各种可能遭遇的意外也事先有了准备,伊法这一路虽不能保证万无一失,却也没什么可嘱咐的了。按照约定的计划,此次离别之后,接下来伊法所率舰队必须保持绝对静默,神不知鬼不觉地抵达预定地点,然后只进行一次作战会议,就要投入生死未卜的决战。

他们都知道这或许是留给他们最后的时间了。尽管是温特利德提出想要多留一会儿的,但他起初却有些坐立不安。伊法看出温特向来冷静的眼眸中,从来没有过这般复杂的情感,似有千言万语。他尽管穿起军服已颇有大将风范,伊法却看到那只是一个笨拙的、二十多岁的青年的胸腔,仿佛因为充塞了太多的话,反而一句都说不出来了。

伊法心中有点激动，也有些忐忑，决战的时间虽定在数周后，当前却已是在那之前她与温特独处的最后的几个小时。她本以为温特可能会说些什么以"如果此次决战后，我们俩都活了下来"开头的话，但他最终还是没有说。这小小的遗憾，反而使她松了口气，因为伊法至今没有把自己使用过疫苗、只剩不到一年寿命的秘密告诉他；如果温特真的请求她与自己共度和平之后的岁月，她还不知如何回应。

他们说到了曾经共度的青春，说到了个人的存在与死亡，文明的生机与磨灭，说到了人类的命运，究竟是可规划的有目的的运动，亦或永远只是波涛中随波逐流的航船。就像往常一样，他们仍没有能完全说服彼此，但都更加理解了对方的思想；因为他们都承认，许多问题的答案超出了短暂的人生，甚至迄今的历史。古人早已明白，有限的理性不能回答这样的问题；今天这两位对话者承认，就算是免疫者也不能。然而人类正是在如是发问之时，才看见了自己的有限，也看见了自我的整体。他们遥望地球表面仅存的人造物，那金字塔，说到了时间与纪念碑。他说到了爱，这一次语气中没有一丝羞涩，这个词语仿佛在金字塔顶熠熠生辉；他又说到了比爱更汹涌、更有力的、最终也会将那金字塔磨灭的洪流。

他们说到了过去与将来，伊法却觉得温特所说的将来中，唯独没有他自己，她觉得这样的生活有些悲哀，却又惊觉于自己刚才诉说的那些何尝不是如此。她一瞬间很想摘下手套，向他坦白一切，唯恐此番诀别后，再没有这样的机会，却又担心这会在此关键时刻影响他的心绪，于是又把这秘密压了下来。他们聊到地球的气候，人类的母星上一年之内四季分明。伊法心中涌起了渴望：如果能在地球上度过自己仅剩的一年，与草木一同经历萌芽、繁茂、萧瑟，最后在肃杀中死去，那该有多好。这念头像故乡的海涛，拍击着她的心，但她一想到此时自己绝不能脆弱，就还是什么都没说。

好望角号已越过了好望角。那一轮古老的、曾经照耀过他们的祖先数千年的太阳，隐没在了地球的轮廓背后。不知不觉已到了该走的时间。温特问伊法："你是否还记得，一年前你曾说过：你本可以是太阳，却只甘愿做月亮，不愿把个人与历史的命运结合为一体，总以为自己是在奉行或反射出某个更高的理念或秩序。多么可惜。"

她当然记得。那是她曾经鼓励他的话，可如今温特重述它的语气，却像是在对她说的。她知道温特并不是把这些话，如月光一般反射回来。他曾经从她那里借去一片光明，如今终于自己发出了同样的光明照亮她。伊法沉默着点点头。

"你要记得你自己曾说过的话。"温特说道。

温特最后说，抵达目的地后还有一次战前会议，到时候还能再见。然而伊法忽然觉得舍不得，几乎要落泪；她在每一次别离中，都看见了最后那一次。

就在温特要迈出舱门之前，他转回身来。

"伊法！"他大声叫她的名字，从上衣内侧口袋里拿出一块表。

伊法认出了这块表，是薇拉送给他的。她从兜里掏出了自己身边那块一样的表。

"伊法，我想请求您！"温特利德的语气有些激动，"既然舰队通用辉恒时间，我们每天都准点一同唱歌，好不好？这样，即便你的舰队必须关闭通信，无论我们相隔多少光年，在这宇宙中，只要我知道你在此时此刻，与我唱着同样的歌，我无论身处何地，都不会孤独。"

"好。"伊法按捺着激动，"你说，我们唱什么？"

"*Auld Lang Syne*，我们就唱那首歌吧，每天晚上十点，好不好？"

"好，好。谢谢你，谢谢你。"伊法喜悦地答应着。那一刻，她觉得自己听到这句话已经满足。飘行在地球的上空，时间也变得古老；然而无论这无尽的时间对她而言还剩几天，凭着对此刻的回忆，她知道自己一定既不会再恐惧，也不会有遗憾。

第七节：秋日

1.

S-92 补给站被叛军洗劫的消息传到了帝国中央舰队旗舰耶梦迦德号。舒尔茨起初不敢相信，他再次询问：既然报告中称来袭敌舰是大规模中、轻型舰船混编，是否可能是该区域的海盗团伙趁我军主力出征集体出动，冒叛军之名只为逃避报复。然而不到一小时后，又传来编号为 S-173 的另一补给站被劫的消息，这时舒尔茨才凭其多年清剿海盗的经验确定：就算最强的海盗集团，也既没有实力，更不会有意愿同时攻击两处帝国军补给站。这样做的只会是叛军。

不仅如此，科赫还亲自站在被劫掠的仓库前，向全宇宙发送影像，宣布要将身后堆积如山的资源大部分空投给附近星球的居民，要求驻守当地的帝国机关不要阻挠这一人道善举，否则将自取灭亡。他不仅不遮掩自己的行踪，反而故意发出信号：我来了。舒尔茨问艾希霍恩，对此有何看法。

"殿下，臣有一点想不明白，就是叛乱军中的巡洋舰和战列舰都到哪里去了？科赫为何只带着中、轻型战舰四处劫掠，却把主力舰隐藏起来了？"

"我也正是想不通这一点，"舒尔茨说，"若要趁我军不及反应的几个小时内，突袭劫掠这一星域，最佳策略当然是倾巢尽出分头行动，同时拿下八个补给站是不成问题的，但他只同时攻击了两处，说明他能够动用的只有这数千艘战舰，其主力舰队必定躲起来了。"

老谋深算的总参谋长当然也想到了这一步。科赫究竟会把主力藏在哪里呢？他的双眼盯着面前的桌子，仿佛桌上有一张无形的、只有他一人能看见的星图。不久他便有了想法："臣以为有两种可能，其一，科赫早就料到我们会长途驰援南境，于是他一开始就兵分两路，以吸引我们的兵力。这样做虽然削弱了强攻南境的兵力，但叛军本来就是轻型舰船比例畸高，所以他亲率多余的轻型战舰吸引我军，以免去在南境腹背受敌的危险，为主力进攻争取时间。"

"那第二种可能呢？"舒尔茨问道。

"这第二种可能，就是他兵逼南境只是佯动，意在引我们出来，现在他又袭扰我军后方，其实是怕在南方交通线附近与我军决战会被南境驻军夹攻。若真如此，他的主力舰队必已在全速与这支分舰队会合的路上。他是想把我军吸引回去，诱入他们预定的战场。"

"照这样说，无论他的攻击目标是我军，还是南境驻军，这支轻型舰队的意图都是将这两军分离。"

"正是如此。"

"老将军说得在理。无论是哪种情况,后院着火都不得不救,且分兵都是不智之举。"舒尔茨沉思了几分钟后,眉头紧锁道,"不得不承认,科赫试图分开我军与南境守军的意图已经成功了:假设我军坚持与南境守军会合,然后若回援,则敌军主力或可兵不血刃突破南方交通线;若合守南境,则敌军能扫荡我军后方补给,还是会逼迫我军回援。现在我军去往南境的航程已走了一半,而据奥伯豪森那边的情报,敌军主力已神秘消失五十个小时了,我们应当立即修改航线折回,截断敌军使其不能会合,并命令他死守南方交通线,叛军很可能仍潜伏在附近。"

"殿下英明,老臣也是刚想到这一点。"

"能与老将军不谋而合,是我的荣幸。"舒尔茨虽一贯目中无人,但是在艾希霍恩元帅面前也是谦恭有礼。在第一时间宣布了全舰队折返的命令后,舒尔茨又问:"您刚才提出了科赫作此行动的两种可能性,那么您觉得他更有可能是想通过南境,还是与我军决战呢?"

"殿下觉得呢?"

舒尔茨刚想说出自己的看法,可是他看出艾希霍恩明明自己有主意却不愿说,便故意说道:"何种可能性更大……我也猜不透呀。"

"以殿下对他的了解,难道还猜不出吗?"艾希霍恩元帅说道,"不如我们各持一枚硬币,正面的先皇头像代表南境驻军,反面的双头鹰代表我们中央舰队,科赫更可能以谁为目标,且看我们的猜想是否相同?"

"好!"舒尔茨说罢掏出两枚硬币,递给艾希霍恩一枚,各自握住。当这两只手掌同时松开时,掌心中都是双头鹰。两人相视而笑。

"确实!科赫一直强调道义,多半不会选择穿越南境攻击我方的军工生产,将短期战争拖为长期的。这正合我意,科赫只是反叛者,而我是统治者,焦土作战只会造成更长远的麻烦。"舒尔茨想了想,又补充道,"但为防万一,还是照样嘱咐南境守军不得松懈,只恐他正欲利用你我对他的了解,故意反其道而行之。兵法虚实相间,真假难分,不可不防。"

在舒尔茨沿东境交通线向北折返的途中,又传来另两座星际站被洗劫的消息,尽管其守军已在销毁了大半物资后撤离。舒尔茨再次通过革命军公开发出的影像得知了对手的位置。他把这两次施袭的位置相连,延伸出去,那条线截断了我军回归穆罗梅茨堡的路。要塞中的舰队已经倾巢尽出,防卫空虚,但缺乏战列舰的敌军无法撼动要塞分毫。因此,这个方向上所能延伸到的最远的有意义的目标,是靠近帝国腹地的红超巨星穆斯贝尔海姆附近的补给站。

三小时后,艾希霍恩就拟定了围捕的草案:把三万艘战舰分为四支,每一支都均衡地配备了各型战舰以保障数量和质量的双重优势,全线压进。如牧羊犬一般驱赶敌人。科赫绝不敢以脆弱的兵力与其中任何一支开战,因为他只有轻型战舰,缺乏重火力,指挥官战术水平再高超亦无用武之地。艾希霍恩认为仅凭这一点无法在空旷的宇宙中捉住敌军,所以他有生以来第一次决定在必要时可以炸毁"较次要"的传送增幅门,并在星图上将敌军一旦靠近即可炸毁的传送门标记了出来,这个选择在银河系内只有他一人能做。该计划还考虑到科赫可能趁穆罗梅茨堡已无机动舰队,故伎重施直接跳过要塞转战银河西侧,所以在北境沿途与西境集结了万余艘战舰随时待命。

舒尔茨读着这一草案,心中反复想自己若是科赫,如何突围?他越这样想,却越是陷入缠斗的迷宫不能自拔,惊觉艾希霍恩元帅织网恢宏,收网细密,可谓天衣无缝,密不透风。那些可能要被炸毁的传送增幅门,正是他自己当初设计的银河协防计划的一环。老将军是不惜血本要把科赫逼入墙角了。

2.

为了确保能吸引舒尔茨的大军主力,温特利德分兵劫掠了几处补给站后,计划合兵一处攻陷防卫空虚的古都辉恒。此前,另一路舰队说在劫掠补给站时花费了太多时间,要迟到十六个小时。温特利德决定不等待,让他们不必赶来,直扑下一个目标,自己率领已集结的力量攻入辉恒。

在这个时代,辉恒已不复有当年荣光,只作为旧时代的影子存在于银河间。古都的历史让辉恒人习惯了自视为宇宙中心,在数百年的诸侯分裂时代,愚蠢地背上了光复银河帝国的意识形态负担。与之一体两面的是,辉恒宫廷贵族众多,历史负担巨大,在诸侯间奉行现实政治外交的时代吃了不少亏。五十年前,辉恒城毁于永恒之矛,更加速了这颗行星的凋敝。如今它只有旧时古迹和几座上千年历史的大学支撑着旅游和教育行业。

温特利德未发一枪就俘获了八百艘舰船,这支渺小、老旧、型号不一的行星自卫舰队,静静地躺在弗朗索瓦大帝时代可容纳三万艘战舰的军港中，就像一个婴儿套着巨人的宽大衣袍。他少年时代在辉恒上学时，由于军事设施门口设有卫兵，没能来过这里。如今他看见了，在宏伟的混凝土方柱间，唯有阳光投下千万道沉默的阴影，大风绕过巨柱，呼呼作响。

"如此规模的军港，在辉恒竟然还有两处。"温特利德置身于这空荡荡的庞大建筑群，深为震撼。他想起了十天前在地球轨道上空，与伊法一同看到的金字塔；只是这里的每一个巨大的空穴，都比金字塔更像是时间的墓葬。

帝国中央舰队的追兵已越来越近，温特利德来不及招降或征集兵员，便下令把缴获的舰船调整为无人舰模式带走。原本革命军就人手紧缺，大多战斗岗位都没有轮替的预备兵员，更难以分派人手去操作新增的舰队。在这空闲的一天时间内，寂寥的心绪攫住了他，他想回到七年未曾回去的辉恒中学看一看。

在计划进军路线时，他曾想：要是伊法也能途经辉恒，和他一同回来就好了，她不是几次说到怀念中学时的日子吗？可是除了伊法之外，无人能担负她将要担负的重任；除了他自己，帝国军的主力也很难被第二个人吸引过来。

温特利德并不知道，伊法只有一年的寿命；更不知道她也有同样的梦，也想让温特陪她回辉恒看一看，而所剩不多的生命让这个愿望更加强烈。如果他知道这一切，他的作战计划人选会不会有什么不同，人类的历史又会不会因此改写呢？"对不起，最后，还是我一个人偷偷地回来了。"温特利德自语道，仿佛是对伊法说的。但是他立刻意识到，如果伊法真的在身边，他绝不可能对她说出"最后"这样的字眼儿。

一小时后,温特利德乘坐登陆艇悄悄来到南半球,他的双脚又踏上那条亲切熟悉的路。当他的目光顺着延向远方的林荫道向前铺展,就连这目光也舒畅了,仿佛河水找到了河床。温特利德转身,吩咐随行士兵们不要再跟着他。这给保卫工作带来了一些麻烦,士兵们不得不躲在百米外,远远地跟着。

在路过学校后门外的一个小书店时,温特利德的步子变得缓慢了。这就是他中学时代最喜欢的地方。那时他尽可能省下钱,只为从那里买书,遇到舍不得买的,就在这没有座椅的书店里蹲上一个下午,甚至连蹲上几个下午读完。在温特利德驻足的几秒钟里,店主从屋里瞧见了他,朝他招手,点头微笑。

老店主姓丁,是个古老的中国姓氏,薇拉曾说那是铃声的意思。当年温特利德见过他亲笔写下这个汉字,惊叹于这一横一竖竟如此简洁。店主的笑容和挥手的动作,说明他认出了那个蹲在角落里看书的少年,却没有认出新闻里那个凶悍的叛军匪首。这让温特利德几欲流泪。他隔着门也冲他微笑,便挥手告别了。

由于行星遭到入侵,学生都已被疏散。从大门望去,校园里空荡荡的,只留下看门人。温特利德一眼认出了他,他老去了,变成了老人的他已认不出当年的温特利德。

"你曾是这里的学生?"

"是的。"

看门人打量了温特利德一眼,觉得面前这位青年,怎么都不像是位名字里带"冯"的少爷。

"哪年的？我没见过你啊？"

温特利德不作声，心想：我总不能告诉你，我就是当年那个曾翻墙被你捉住过的少年、今日把银河系搅得天翻地覆的叛军首领吧？他望了望校园的墙，多高呀。那时候为了在薇拉面前逞英雄，他可真是什么都敢做。

温特利德站在校门外向里望去，白云在大地上投下阴影，扫过操场和走廊，高大的、缀满黄叶的银杏树在风中哗哗作响。辉恒的秋日比古诗中的更加高藐丰盛。能看到这些，我也该心满意足，没有遗憾了吧。

正当温特利德要转身离去，一名老师走出来，向他招手，并示意看门人这是他过去的学生。

"格雷科老师！"温特利德一眼认出了他。

老师没有当众叫他的名字，只是把他带进了校园。

"温特利德今年有二十三岁了吧？"

"已经二十五岁了呢。"

"是吗？这么快，学生长大了，老师也老了。"

一阵秋风卷起地上的黄叶，好像把它们吹进了温特利德的心灵。

"你成了帝国军的传奇名将后，校史馆里还挂过你的画像，校长屡次要学弟们以你为楷模；你造反后就撤去了，自从那一天起，学校里就禁止谈论你的名字，但老师们私下最常提起的也就是你，当然，还有舒尔茨。"

"那老师们是怎么说的呢？"温特利德问，他想不出，究竟是像新闻里那样穷凶极恶的匪首，还是相反的传闻中反抗帝国的英雄。

"大多教过你的老师都觉得,你不去研究科学太可惜了;可是你的物理老师罗斯小姐觉得,你没有当教士太可惜了。但没有一个老师觉得当年的你适合做一个军人或政治家。"

温特利德听到这句话,心中非常感动,他说:"过去的日子,就像一条明确的航标指示的道路,自从我公开造反之后……不,早在我决意要与这腐朽的帝国战斗到底之后,这种沉静的感觉就永远离我远去。今天回到校园,它似乎又回来了。"

"好啊,这是好事,即便目标变了,也是好事。"格雷科老师说道。

温特利德想了想,接着说道:"在我们人生旅程的中途,我发现自己陷入黑暗的森林,因为笔直的道路已然消隐。"

"哎?你还记得这句!"老师又惊又喜,简直不敢相信。

"只记得这一句了。"温特利德不好意思地笑了笑,心想一定是自己当年古典文学太差,背诵出一句来竟让老师惊讶不已,若换作是伊法,老师定不会是这个反应。他又补充道,"很多您曾经讲过的篇章,我都是最近两年回想起来才逐渐懂得。是许多艰难的时刻,把它们在我的胃里磨碎了;也正因为有它们,我才能够坚持挺过那些时日。谢谢老师。"

师生二人坐在湖边的草地上,他们谈论科学与艺术的关联与分野、宗教与理性主义,还有审美教育,唯独没有谈到眼下的战争。

格雷科老师再次说道:历史上的自由主义,其实只是人类高速发展期的意识形态。如今科技进步与星际殖民皆已停滞,可能性已近穷尽,在这样的时代,共和国的自由对德行要求极高。人性贪图方便,就像生产率更高的机器,反而使工人堕落为机器的附庸,丧失了手艺人的自尊;当一种规则充分利用并肯定了人的私利,几代人后,公民也容易忘掉为什么要创立规则,堕落为合规则的投机者。温特利德默默地点了点头,他第一次听懂了老师多年前曾说过的这些话,那时年仅十五岁的自己曾激烈地反对过这种思想。

温特利德仍坚持,这不能成为不去追求共和国的理由。

"我从没有劝阻你的意思。"格雷科老师回答,"因为宁可先实现一个壮美的梦,即便在时过境迁之后破碎,也胜过从未实现过。"

他们又谈到了多年之前曾经争执过的话题。两人都认同议会当是首要的,许多法律特权皆应废除;公民的理想,并不一定比英雄和圣人的理想更逊色。最后,就是否应当在形式上也取消世袭贵族,就像多年前那样,两人今天仍未说服彼此。

格雷科老师说:"荣誉的观念对于任何社会都至关重要,贵族是制衡金钱至上的力量。物质主义者看到贫穷约束着人类的自由发展,却不知道,只在有荣誉的社会中,物质才能得到较公正的分配。在历史上那些没有荣誉的社会,人们更贪婪,使用金钱的方式也更残酷,甚至会嘲笑那些不贪婪、不残酷的人。"

温特利德同意荣誉的重要性,却认为无论祖上多么荣耀的门庭,过不了两代人,往日的荣誉就只剩下今日的尴尬。贵族家史里书写的光荣,不过是选择性遗忘其中的庸碌堕落之辈,"那些被祖先光环笼罩的可怜虫看似幸运,但从另一个角度看反而不幸,他们的幸运只在享受上,不幸在于光环也是负担,足以窒息创造力。任何东西若没有及时消亡和遗忘,被当成昨日的偶像刻意保存下来,就只剩下绝望。而出身平凡的事物即便尚且渺小,却没有负担,也有伟大的可能。"

格雷科惊讶于学生的见识，温特利德已经再不是当年的稚拙少年。他不知道这七年来，温特利德经历了什么，遇到过哪些人。然而也像多年前那样，他们尊重了对方的意见。说到这些话题，他们不约而同地想起当年争论的起源。

"我还记得，我借来的禁书被您发现后，您帮我们隐瞒了此事。"

"似乎确有此事。禁书？是从维谢格拉德，就是那位剑术冠军那里借的吗？"

"是的，是从薇拉那里借来的。"温特利德心中一阵酸楚。

"哎！对，是叫这个名字。"

他们说到了过去的同学。温特利德毕业后就与他们断了联系。今日才从老师口中得知，当年的许多同学，都在去年以军职赎特权的改革中从了军，现正于帝国军各舰队担任下级军官。毕竟辉恒中学里都是贵族子弟，想来这也是预料之中的事。

温特利德的中学时代，几乎是在与他们的斗智斗勇中度过，同学中就只有薇拉和伊法不嫌弃我的出身。他想起自己曾发誓，将来定要让这班人统统在自己面前颤抖；如今忽然记起年少时的誓言，却惶恐于这样凶狠的念头。

"那些游手好闲的人竟被削去特权，被迫登上战舰，日子一定很难熬吧。"温特利德说道，他对昔日的对头们生出了怜悯。

"温特利德！这才是刻薄呢！"格雷科老师大笑起来。

直到远方的恒星迫近了地平线，森林中传来了熟悉的猫头鹰的叫声，温特利德才对老师说，他得回去了。

"我们听说你的军队来辉恒了，是要打仗了吗？"

"嗯，是的，和舒尔茨学长打仗。"

"哈！好好教训那个小子！"

"或许是最后一仗了。"温特利德告诉了老师一个好消息，但他仍坚持了自己的立场，"若是我打赢了，辉恒中学也许将不复存在，因为或许不会再有世袭爵位了。"

"只要你相信这样不会湮没博大的精神，而能把它传递给更多的少年，就没关系的！"格雷科老师此时正站在智慧女神的青铜雕像旁，恍惚间，温特利德竟觉得这话是由这座矗立了数百年的雕像所说出的。格雷科老师接着说道："你已经长高、长大了，身体上、心智上都超越了你的老师。温特利德！如果你要把我们过去教给你的，完全地揉碎、整个儿地变成你自己的一部分，再发扬出去，那就要忘掉你的老师。如今我能告诉你的最后的话，就是今后要坚持以无须后悔的方式去生活，无论你做什么！"

温特利德被这句话击中，似有千言万语哽在喉中。他又一次去看那长空中的云朵，夕阳为白云镶上淡淡的金边。太阳即将垂落，看上去却是如此充满希望；云朵是那样自由自在，他的眼中满是羡慕，却又怀着超然的肃穆。格雷科想起，自从中学时代起，温特利德就有这种喜忧难分的神情，仿佛在他心中，至大的幸福和最深的痛苦总是被一根神秘的线索相连。格雷科此刻觉得温特利德仿佛忽然离他很远，他耐心地等，等学生就像过去那样倾诉出心中所想。可是最终，往日的学生什么话都没说，只是握紧了拳头，向智慧女神雕像下的格雷科老师鞠了一躬，离开了这个他度过了最快乐的少年时光的地方。

第八节：神正

1.

伊法所率的主力舰队严格遵循预定航线行进，保持超光速通信静默，避开了所有帝国哨所，小心翼翼，步步为营。然而半个月后，她遇到了一个难关：温特利德给她的路线是根据回忆中的银河协防计划拟定的，可是自内战爆发以来，帝国军已增强了警戒。现在，伊法的两万五千艘舰船须避开两个方向的远瞭站前进，而非原计划中的一个。为达成这一极其困难的目的，她制定了一个大胆的计划：利用HD4796星系的第四颗行星及其卫星的阴影避开侦察，趁其卫星与一处远瞭站三点一线，将全舰队传送至行星上空，并迅速潜至大气层内，将行迹隐藏于浓云厚雾，驶过那最危险的一段路程。然而，在大气层内开启传送十分危险，出了大气层又会暴露自己。她必须算准时间，在卫星凌越另一哨所视角下的行星地平线时飞出大气层，再进行传送，飞越这片单次传送无法跳过的、遍布警戒的星域。

舰队潜入行星的大气层后就按照预定时间表慢速行驶了。伊法暂时空闲下来，她回到自己的房间。窗外白茫茫的雪花纷飞，辉恒和埃本塔尔都从未有过这般大雪。此地仿佛没有太阳，只有透过雪的缝隙才能见到阳光。大地灰蒙蒙的，某一瞬间却又如碎镜般明亮耀眼。透过浓雾一般的雪幕，下方几公里处，那层层叠叠铺向远方的山脊时隐时现。群山不断地被抛在身后，远方目力所及之处又浮现出新的、鬼魅般的山峦，犹如岩石排列成的波涛。

房间里只有她和勤务兵尤季娜,半年来,两人的关系已很亲近。若不是尤季娜在场,这冰雪下的群山也许会让伊法想起死亡——这真是理想的长眠之地。然而,在比自己小两岁的尤季娜面前,伊法从没有过消极的想法,其中并无半点刻意强装,而是因为伊法在不自觉中,把尤季娜当作了两年前的自己,把自己放在了当年薇拉的角色上。

"啊!这山脉,多么壮丽,多么巍峨啊!"尤季娜不禁轻声感叹。

"是呀。"伊法说,"人类还未踏足过这颗行星,这里的气候对于人的身体而言,太过恶劣了。"

"这狂风暴雪对于人而言,确实不那么友好呢!然而对于那些更坚强、更崇高的存在,就像对这群山而言,终年的暴风雪却是再适合不过。还是就这样好,让这大山永远沉睡在雪幕中吧!我们今天侥幸看过她一眼,就够了。不要再有人类来打扰她了,永远不要有!人类到了哪里,就会把那儿变得特别狭小。因为人类太狭小了!"

伊法听完了尤季娜的感叹,心想:是呀,就连这场战争,与它争执的战利品相比,也是一样渺小。我们与帝国军争夺这银河系,但是其中绝大多数的行星,人类都永远不会踏足。"银河帝国"这个称号多么自吹自擂呀,分明只殖民了其中亿分之一的类地行星。对于其余的天体,这场战争,连同整个人类历史,都整个儿不存在。帝国军正从两个方向监控着这片广大荒芜的星域,却从未派遣哪怕一个人来到这儿,来看一看这雪中的山峰。我已经见过地球了,我们的身体仍是地球人的身体。如果有某种只能生存在与地球截然不同的环境中的、习惯于如此严寒的智慧生命,如果他们将人类殖民星全都视为环境过于恶劣而不屑一顾,就算他们也殖民了全银河亿分之一的行星,人类或许也永远不会与之相遇。即便如此,战争仍在继续,因为就像尤季娜说的那样:我们狭小。自然的事物无论多么庞大,都各有轨道,而在观念的世界中,共和与帝制绝不能共存;这些矛盾的理念的相互毁灭,反之亦是理念的范围与威力绝对广大的证明。

从窗上淡淡的倒影中,尤季娜看见伊法再次面露既凝重又超然的神色,猜到她一定又想到了将临的战事,突然问道:"指挥官,这场战役,我们能赢吗?"

"必定能。"

"是科赫指挥官有什么妙策吗?"话刚出口,她就意识到此问似有不妥。毕竟身为一介勤务兵,不该问这样涉及机密的事。

伊法听她这样问,心想,温特确实没有留下任何破敌制胜的计策,他只是一再叮嘱最后还会有一次作战会议。然而伊法凭直觉认为温特不会在会议上讨论具体战术。事实上温特也不止一次说过:所谓作战计划,不过是将兵力调遣至预定地点的时间表;再精密详尽的计划,都须在初遇敌军主力之际立即修改甚至抛弃,接下来的一切都是审时度势、随机应变。

那我又凭什么觉得此战必胜呢?伊法问自己。

"不是妙策,而是因为,温特利德到了那个……境界。"

"境界?"尤季娜不明白。

"你是否记得,我曾和你说到过,我过去侍奉过一位女主人,叫薇拉。"

"记得,您伴她读书、练剑。"

"是的,就是她,"伊法若有所思地说,"教我们剑术的师父,是皇家卫队的一名退役军官。他曾说，剑术的最高境界，是要忘我无我，人剑合一，仿佛剑就是身体的一部分，身体的每一机能亦充分调动，与剑的运动协同一致，整个人都是为了手中的剑而存在。"

尤季娜原本就处处把伊法视作榜样，现在眼神中更是充满崇敬。

"只是我疏于练习，未能练至那等成就。薇拉小姐曾挑战当时的冠军舒尔茨，发起挑战后，我亲眼见识了她的状态：她偏不服贵族圈子里的风气，誓要打败他，让那些阿谀谄媚之徒丢脸。"

"原来薇拉小姐这么可爱，那她后来让那些小人丢脸了没有？"

"让小人们丢脸？没有的。开始备战后，薇拉很快就忘了她一开始要挑战舒尔茨的这些目的。她沉浸在剑术里，就连吃饭时拿刀叉的眼神也像是在与高手决斗。"伊法说这些时，一直看着窗外纷飞的大雪，"一个多月前，我军尚未出发，温特利德的状态就已经和当年的薇拉一样，整个身心沉浸在了将临的战役中。一天晚上，我曾站在他身后的门旁，他竟浑然不觉，面对墙上的星图，展开双臂在空气中比画，一手游移，一手横摆，就像那时的薇拉，就像……"

说着，伊法也伸出手掌比画了一下。

"就像什么？"尤季娜接着问道。

"像雪片般寂静无声，也像雪瀑般势不可当。尤季娜——做任何事的终极境界，都是把自己的整个生命变成它的容器。就像母亲要调动全部的身体机能，才能孕育生命的奇迹；武士只有把自身当作兵刃的一部分，才能够战胜一切忧惧；任何事情，只有在其中注入了全部的灵魂，它才是活的。"

尤季娜听到此处，心中忽然明白，伊法说的又何尝不是她自己。

她把目光从伊法发热的红彤彤的脸上移开，转向窗外的大雪。两人许久没有答话，但伊法的信心已经传递给了尤季娜。不久后，又是一阵莫名的倦意涌来，伊法就早早地睡了。

尤季娜离开后，在走廊上遇到了她的几名伙伴，她们问她今天怎么如此容光焕发，眼睛里像是有星辰一样？尤季娜心想，自己刚才看到的是多么壮丽的事情，可是她摇摇头说自己不能说。确实，尤季娜对伊法的敬爱已不亚于爱情的庄严神圣，尽管伊法只比她大两岁，却已在许多方面远超出了年龄的限制。军中的许多人，尤其是女兵们，都处处以伊法为自己的榜样，也对尤季娜能幸运地成为她的勤务兵而备感羡慕。

可是第二天，直到上午九点多，伊法仍没有出门，这比正常时间迟了一个多小时。尤季娜小心翼翼地敲了敲门。

伊法醒来了，感觉自己的脑袋昏昏沉沉的。

"我生病了……"伊法自言自语。但她立刻意识到，这样说不过是在安慰自己，因为这恐怕不是生病了，而是病发了。伊法看了一眼从右手心蔓延出的黑纹，它已经又顺着小臂向上爬了一截。

不是说，还有大半年的吗？

几分钟后，伊法迈出门去。她走在好望角号的走廊上，心中祈求命运：再给我一个月，只一个月，不要让我过早地离开人世，或虚弱到无法战斗！过去几个月里，她对温特的爱和她对革命的信念是合一的。今天，她与死亡相抗争的生命力，与她对胜利的渴望是合一的。此刻她相信：人能够获得的最高公正，就是让这本来无缘无故的存在，死在自己的命运里。她又向时间之神祈祷，祈求让这公正的时刻切莫来得过早,不要追赶上自己的使命;出于一种对神明残酷或万物平衡的神秘信念,她在祈祷中押上了等量的牺牲,同时祈祷那一天不要来得过迟。鼓点般的战争时间表,与死神的沉闷脚步声,同时在伊法的心中越来越响,越来越近;然而,这两种令凡夫俗子们战栗的声音相互混合,却让她的生命之火燃烧得更充分。决战将临的压力,给予了她置生死于度外的力量;这越来越短促的生命,也让她把自己变成一支一去不返的飞箭。

2.

尽管伊法在HD4796星系多逗留了将近一整天,她仍然赶在约定的时间点,开启最后一次传送,来到了计划中的会合地:穆斯贝尔海姆星系。绝大多数将士是第一次亲眼看见红超巨星;在这样远的距离,这个通红膨胀的球体仍如此巨大,充满压迫感,像一个年老的暴君。伊法看着红超巨星,觉得它命不久矣,想必很痛苦。她觉得与它相比自己是幸运的,因为她没有用吞噬一切的愤怒面对命运。

辉恒标准时间上午八时,好望角号指挥部成员到齐了。远方接来了超光速瞬时通信信号,温特利德·科赫的影像出现在了屏幕上。

"在会议开始之前,我还是想说,即便敌军没有破译我们的密码,这样做仍然危险。指挥官,您执意要冒险召开这次远程作战会议,究竟要说些什么呢?我们的作战计划又是什么呢?"舍尔兴问道。

"本次作战会议,不是战前准备的一部分,而就是战役本身的一部分,并且事关战后的安排。"温特利德说,"我草拟了一份文件,不是我们即将要做的舰队调动，而是我们此战胜利之后要建立的国家宪法中的一些基础规则，想请大家参阅，若有疑问，还请立即提出，修改定稿之后，我将向全宇宙发布。"

一份不满三页的文件传到了每个人的面前。伊法读到第一页上前两行字时，就明白了温特利德的意图：

1. 人是有语言的动物，也是有身体的理智。政治是有语言的暴力。
2. 国家是法的集成，而非人群或空间的总和。法是对暴力的预期。
3. 道德是诸价值之间的优先权，经济是对稀缺资源的用法的取舍。

她读到此处，抬头望了一眼屏幕那一边的温特，又继续读下去：

4. 国家的存在是为了某个道德目的，政治经济主张皆依赖暴力或暴力威慑。
4.1 在一切道德预设中，平等主义遭遇的政治阻力最小，因为它能最大限度地利用顽固的人性，符合绝大多数人的长远需要。
4.2 平等意味着每个人的幸福同等重要，而非人人同样幸福。如无必要，勿增特权。平等不是社会的秋平，而是社会的剃刀。
4.3 制度须把运气不同的众多个体纳入博弈，并分化每一轮博弈的胜者，给败者在下一轮博弈中胜出的机会。

接下来是一些更具体的想法，例如星际文明的特征更适合联邦制，议会应当垄断紧急状态和宣战权，有权驳回和解聘首脑，而首脑无权驳回或解散议会。再例如为抑制门阀，可限制要害部门首席长官的直系亲属从政；为抑制财阀，最富有的十万分之一人群不得竞选议员或首脑。以及对权力设置时限，既能遏制垄断集团，也能让潜在的野心家选择等待而非冒险反叛。他还主张，联邦政府只能有舰队，不得维持常备陆军；宇宙舰队不得进入有平民定居的行星轨道，其使命是维持平衡而非压服地方，其规模应当限于这一目的。

温特利德想在决战之前将它发布出去。只用了大约十分钟，这份文件就在指挥部一致通过。当时，策林根、舍尔兴、胡梅尔和卡萨尔斯等几位指挥官更多地考虑的，是在决战前向全宇宙发表这一宣告的政治效应和对两军士气的影响。只有伊法想道：温特为这简短的三页纸，已经等待了太久；他曾和我说到过逃出穆罗梅茨堡的那天，最后在博物馆与馆长说出的那些话。当年他必须说出那样的豪言壮语，是因为他一无所有，否则就无法迈出第一步；如今他已经站在了决胜的最后关头，不再需要激动人心的词句。在伊法眼中，温特从来都不仅是现在的他，而一直是那个从过去的时间里生长过来的人，这是她确定自己爱他的证据。从这份文件冷峻而自律的语言中，她仿佛看到一条曾经奔涌的河流，在几年的左冲右突之后终于找到了汇入大海的河口，也找到了平静。可是这个比喻隐隐令伊法不安，因为她仿佛看到一个人走完了他的命运，还有那对人畜草木一视同仁的死。

"科赫指挥官，关于作战，您……没有什么要说的吗？"卡萨尔斯的声音打破了伊法的沉思。至今都没有看到详细的作战计划，他有些焦虑。

"我已经另派一名信使，正在驶向你们那里的途中。"温特利德做了个手势，示意他不要谈论这方面的事，唯恐被监听。

在场的大多数人都觉得，这样不与任何人商量作战计划，将它留到最后一刻的做法太神秘了。然而这正是温特利德防范帝国军间谍渗透的方法。出于对指挥官的信赖，没有人提出异议。

会议结束后，几位指挥官决定留在指挥部，等待信使到来。伊法又拿起他起草的那份文件，它越冷静，就越庄严。可是思维稍缓下来的伊法立即感到头晕。或许是刚才高度聚焦的注意力没有让她感觉到不适，而高强度的精神活动让她稍稍放松便备感疲惫，就先行告辞了。

伊法回到宿舍，看见尤季娜正在对着镜子打量自己的军服。她见指挥官回来了，马上立正敬礼，像做坏事被捉住的小孩儿一样。伊法微微笑了笑，只说自己有些累，先去休息了，若有要紧的消息立刻把她叫起来。

尤季娜离开房间，关上房门之前又和躺在床上的伊法打了招呼。伊法再次冲她笑了笑。伊法想到，在温特利德的未来国家原则中，由于放弃了常备陆军，也就免除了宇宙战争中唯一仍依赖体力的兵种。温特的筹划，是否已考虑到了兵制与文化的关联呢？她想起薇拉曾激动地对她念过的古人的话：如果鲜血也只是一种哺儿育女的液体，它绝不会被赋予比奶水更高的价值。女性身上的最险恶的诅咒，就是被隔绝于战争般的冒险。人类超越动物，不是依靠代代相传的繁衍生息，而是凭着出生入死的一无所惧。

伊法的脑袋昏昏沉沉的，在心里念着念着她就睡着了。但即便如此，她的耳畔仍回响着薇拉的声音，直到梦里还是那么清晰。

三小时后，伊法一觉醒来，立刻知道自己又发烧了。"出生入死，

"一无所惧",这是她醒来前脑海中的最后几个字,她笔直地坐起来,好像体内盈余的热力不是在烧毁她,而是在支撑着她。舷窗外红超巨星的赤红染遍了整个房间,也映照着她原本就发热的脸,这使得尤季娜没有察觉到她的病情。她见伊法醒来,立即报告:科赫指挥官送回了一支舰队,有三千多艘驱逐舰和护卫舰,不仅包括最近劫掠的核燃料,还载着满员的轮替士兵和补给。

不是说只有一名信使吗?怎么会是一整支舰队呢?这占了他统率舰队总数的三分之二。伊法顿觉天旋地转,眼前发黑。她吞了一片药镇住高热,立即走向指挥部。舍尔兴、策林根和胡梅尔都在那里。

"这是什么意思?"伊法问道,"科赫给我们送来能源也就罢了,因为我军确实一路上多次时空跳跃,却未能补充能量。但他还把大部分兵员也送回来,这是打算做什么?凭他手上仅剩的两千艘护卫舰,当无人舰使用吗?"

"我们也都不知道……或许如此吧。"

"无人舰队除了执行僵硬呆板的预定命令,还能做什么?它们根本抗不过信号干扰!"伊法的语气中隐隐有了急切,"你们刚才为什么不把我叫起来?"

"我们见您身体不适,不忍打扰;大战在即,能休息的时间不多了。"

"你!"伊法气得双手发抖,脸色忽然变得煞白,胸口又是一阵喘不过气。她从小在迷宫般的贵族圈子里长大,共和主义者说谎的技术太拙劣了。她听出,真正的原因是舍尔兴信赖温特利德的智谋已经近乎盲目,明知这样做有危险,也决定服从;另一方面,一旁站着的策林根也嗅到了其中的危险,却不信任她,觉得她会徇私破坏全局安排。温特曾说过,操作无人舰是特种作战部的训练科目之一,在两年前的内战中他已熟悉了无人舰队的性能。但是他又想去做什么呢?

伊法的感觉非常不好,她要求立即联络科赫的舰队。可是策林根却告诉她,总指挥官嘱咐过:直到战前,他都会让旗舰特拉法加尔号的瞬时通信装置始终打开宇宙公共频道,保持能被帝国军侦察到的状态,以吸引敌军。因此任何通信都会被窃听。伊法的头立刻又痛了起来,如果不是因为这几天越来越频繁的发热,她本是能够更早猜出温特利德的意图的:他这样做是在以自己为诱饵,以极端不对称的兵力配比压倒对手。

尽管头痛难忍,伊法仍然当即下达了清晰明确的指令:"提高警戒,一旦发现敌军侦察舰,立即用远程火力拦截,勿放一舰靠近。"她要在穆斯贝尔海姆红超巨星的这个方向上,制造出一个信息黑洞,只有这样,才能隐瞒住温特利德所率舰队已只剩两千艘的真相。事到如今,我只有这样保护你了。伊法的右手不由自主地握成了拳。

"是!"负责调配战列舰远程火力的军官敬礼道,他知道这道命令非同小可。

3.

艾希霍恩所布置的四路追兵中的两路,于3月19日上午准时集合于W-79补给站。驻守的士兵报告,叛军已于二十小时前离去。这里距离穆斯贝尔海姆附近的一座补给站仅一次时空跳跃,敌人已经劫掠或毁坏了中央舰队返回穆罗梅茨堡沿途区域，只剩最后一座。

耶梦迦德号的走廊上响起了急促的脚步声，几秒钟后，负责监听宇宙公开通信的情报官略显慌张地推开了指挥部的门，"报告！叛军首领温特利德·科赫向全宇宙发表了公开信，内容是一份名为《国家的基本原则》的文件。"

舒尔茨取过信，内容一半是谴责和挑衅，一半是表明决战必胜的信念。他又翻阅了那份政治纲领，读完开头的前三句后，他下意识地看了一眼墙上挂着的剑。读完三页纸后，他只说了一句话："这一看就知是他写的。"

舒尔茨抬头望去，屋顶吊灯的白光明澈。他完全理解了这份莫名其妙的文件的地位：它既不是一篇哲学论述，也不是一个宪法草案。银河帝国没有成文宪法，帝国的古代宪法只是历史积累下来的一系列条约、成文法或判例。无论怎样改革，最终都须以胜利女神号这个具体物件来为帝国宪法奠基。那艘古代战舰其实就是宪法的心脏，是皇帝的政治身体。科赫的这几页纸，就像胜利女神号，是比具体的条文和判例更基础的核心；它是在历史中形成的，却又是超越历史的。

在这一刻，舒尔茨本能地想到的竟是自己身处当下，对历史、对后世的责任。他同时也惊讶于自己的这些念头，因为这种思想是他从未有过的。他想：这一仗必须全力以赴，务必要打得永垂战史，好让这场战役配得上这三页纸，仿佛铁与血都只是影子，只是被从真实世界垂下的无形线索牵引的木偶。

无论接下来的战役孰胜孰败，历史都将不一样了。

舒尔茨登上战舰已有十余年，如今他第一次找到了战争的目的与意义，看见了历史长河中辉流耀射的瞬间，他就像被推上了一座伟大的舞台，一时间，竟忘了自己似乎扮演着反派角色；他只是懊恼地想：如果我能有胜利女神号就好了，那才是一场对等的战争。

"殿下，您认为该如何应对呢？"艾希霍恩提醒了舒尔茨，把他从玄想中拉回了现实。这时，舒尔茨才发觉自己忘了问科赫发出公告的地点，忙问敌军的宇宙坐标分析出来没有。

"在穆斯贝尔海姆恒星系，靠近那颗红超巨星。"

"果然如此。可是他的信件如此有挑衅意味，这个坐标是他故意暴露出来的吗？"舒尔茨和艾希霍恩互望了一眼。他们不约而同想起，这颗红超巨星曾是有史以来最惨烈战役的古战场，当年奥托与科伦坡皆倾其所有，双方共投入十万艘战舰、上千万兵力厮杀，在战争史上迄今仍是超大规模舰队战的孤例。那也是奥托二世统一银河的关键之战，自那天起，穆斯贝尔海姆的火红的海，就像是双方士兵们的血染成的。

"速速派侦察舰去，摸清敌军的行动！"

"已经派去了，可是失去了联络。"

"哦？"

"就在刚刚，途经穆斯贝尔海姆的小行星带的几艘侦察舰中，有些被击毁了，另一些在庞大的恒星表面一无所获。"

"我可能明白了。"舒尔茨道，"科赫这样做，大概是故意引诱我们到穆斯贝尔海姆，按照舰队运动的常规，一般都会先传送到小行星群设立临时阵地。待我军到来，早已埋伏好的敌军却突然杀出，以逸待劳痛击我军。"

"殿下，您也觉得，敌军已经抢先占据了那里吗？"艾希霍恩问道。

"是的。"舒尔茨回答。

"老臣也这样想。"

"现在的问题是，我们的侦察舰摸不清科赫到底是如何分配兵力的。如果不知对方分配兵力的方案，我们也难以分配我军的兵力。"舒尔茨说到此处，不由自主地站了起来，在房间里慢慢地来回走。

"殿下，其实温特利德选择此时抛出他的政治理论，已提供了宝贵的信息：军人是以行动代替语言的人，在什么时候会执念于立下文字？他这样做，是自知此战可能败北，所以必须在最坏的情况发生之前，将自己为之而战的理念全盘抛出，让理念不至于随着舰队的覆灭而失败。也就是说他已意识到这一战的危险。"

"您的意思是？"舒尔茨似乎察觉到了什么，赶忙问道。

"我想，假如敌军主力到达，温特利德也不会与之会合。他最大的可能，是想以自己为诱饵，吸引我军的进攻，以主力舰队设伏。"

艾希霍恩仅凭极少的信息，就大致猜出了温特利德的计划。伊法为遮掩它而截击帝国军侦察舰，然而在高手眼中，掩饰同样是一种暴露。只不过已经没有更好的办法，伊法至少掩蔽了温特利德再次抽调大部分兵力给舰队主力这件事。

"定是如此！"舒尔茨转过身来，"既然他以自己为诱饵，我们就没有理由放过他。不如将计就计：革命军所倚仗的，不过是他一人的智谋与威望，只要能生擒或杀死他，就等于瓦解了对方的核心。"

"臣也这样想。敌军建制松散，亦无历史负担，这是他们迄今得以灵活调度，数次在与我军对决时获胜的原因，而这灵活性，全靠温特利德·科赫一人之力维系。他若死了，敌军轻则兵源无以为继，重则内乱自败。"艾希霍恩元帅说，"那么殿下打算派遣多少兵力剿灭他那有五千艘舰艇的轻型舰队呢？"

就在艾希霍恩说出"五千"这个数字时，两人交换了一下眼神，心中都不敢肯定。然而由于派去的侦察舰都被击毁，他们也只能如此猜测。艾希霍恩想道，温特利德说不定会采取更极端的兵力配比，把更多兵力集中在主力舰队。他之所以猜到这一点，是超一流的兵法家之间的默契；倘若他此时说出了这个毫无根据的猜测，历史恐怕会因此改写。但是他没有，因为他觉得既然本次作战只针对科赫一人，就宁可高估他直接指挥的兵力。

此刻，舒尔茨心中闪过了同样的猜测，但他也没有说出来。难道此时还能后退吗？不能。敌军已经拦住了通往穆罗梅茨堡的路，我就算此时绕道回撤，也可能被半途捉住，一旦陷入被动就会损失惨重，如果要打就必须占领先机。舒尔茨答道："需要两倍兵力。"

"是的，殿下，我这就去安排。"

"慢着……"舒尔茨示意他停下，"三倍。"

"三倍？"艾希霍恩意识到，抽调出三倍于五千艘的兵力，即一万五千艘，这意味着将我军均分为二。万一温特利德采取极端不对称的兵力配比，决意牺牲自己怎么办？无妨，这样就能很快解决掉他，再回援友军也来得及。

"两倍的兵力定能击溃他，但需三倍方能确保捉住或歼灭他，且须是有战列舰和巡洋舰的常规编制。"

"遵命。"

艾希霍恩元帅从中央舰队分出了半数战舰，预备分别使用两处传送门，直接飞至穆斯贝尔海姆红超巨星附近。两条战线之间距离，对于空间传送而言过短了，对方已能侦察预判己方的跃出点，若在无优势兵力的情况下贸然传送，可能会吃大亏。然而若凭常规动力，又至少需要十多个小时才能抵达，这时另一条战线的战事早已结束了。

在由谁指挥捕杀温特利德·科赫的问题上，舒尔茨和艾希霍恩都想把这危险的任务留给自己；其危险不在于围捕，而在围捕结束回援主力时，很容易被敌军抓住机会重创。两人都想让对方率领另一半兵力，去该恒星系尚未被这红超巨星吞没的小行星带，拖住埋伏在那里的革命军主力，阻拦他们救援指挥官的企图。舒尔茨和艾希霍恩都信任对方，能在一倍半规模的敌军进攻下坚持数小时，给自己充足的时间捕杀科赫。正当二人为两线作战的任务分配相持不下，艾希霍恩说出了一个舒尔茨无法反驳的理由：

"殿下，假如由您去捕杀科赫的分舰队，当您完成任务后传送来增援我，阵脚未稳却遭到敌军密集火力袭击，我当如何呢？"

"老将军一定会来救援我。"

"殿下，可是如果我去救援您，说不定会把我自己也扯进去，反而导致我们双方均被击破。"

"我明白您的意思了，您是想……"

"如果由我来捕杀科赫，任务结束后赶来增援殿下时，若不幸被敌军咬住，殿下一定要见死不救，趁机在旁侧多多杀伤敌军。只要能坚决执行这个计划，此战即可立于不败。"

舒尔茨听闻此言，便知道正如科赫恐怕是决意牺牲自己，来换取帝国军在开战之初的兵力分散；艾希霍恩为了应对这种局面，也已经将自身性命置于险境。舒尔茨知道，他宁可自己冒险也不让我冒险，不仅是出自忠诚，也是因为他的理性超越了一己之私；他的存在只有军事上的意义，我的存在却有政治意义。这样的忠诚不是盲目的，因此令舒尔茨倍加珍惜。尽管知道牺牲艾希霍恩保全自己是完全理性的，但是当意识到自己的命或要由一个他所尊敬的人的性命去换，纵然是杀人无数的舒尔茨亦不能无动于衷；当他意识到科赫豁出性命的计划，竟需要艾希霍恩赌上老命以死相搏，他不禁心中感叹，命运的平衡是多么残酷，如果这样的两个人同时死去，群星的光辉又要黯淡几分。可是，当舒尔茨想起欣德米特的死，他改变了看法——虽然他的死引起了短暂的悲悼，时间渐远之后，却让这银河更加璀璨，因为他已升入了群星。他触电般地想：这就是公正，属于众神的公正。它与人类的公正多么不同啊！但历史之神正是以这样的尺度行动，并挥霍他的珍宝的：在每一份伟大灵魂的对立面，放置上等量的灵魂。在那片古老的、燃烧了五百年的古战场，又一场决战即将到来——奥托大公与科伦坡，艾希霍恩与科赫，都在这里决定世界历史。万物的联系是多么奇妙！这定是冥冥中的神意。历史的巅峰是多么璀璨，而它亦是由整个前史汇聚而成。舒尔茨想起一个自己从未相信过的学说：现实世界虽然充满苦难，却已是一切可能世界中最好的那个。他想道：多么荒唐，多么愚蠢！但是提出这样的学说的人，一定生活在最幸福的时代，就像此刻差点甘愿相信存在着更高的正义的自己一样。

第九节：火海

1.

温特利德·科赫手中只剩两千艘无人护卫舰，他将这支舰队停挂在穆斯贝尔海姆星的近轨。舰腹下方尽是红色的火海。他独坐在特拉法加尔号的指挥席，眼神垂在雷达屏幕上。

屏幕上有了反应，亮点越来越多。

帝国军的到来，比他预料的最早时间还提早了四个多小时。在兵分四路追逼之后，能如此迅速地集结兵力进攻，把时间统筹得分毫不差，这定是艾希霍恩元帅的杰作。

这一刻终于到来了，温特利德讶异于自己的平静。他启动无人舰队，朝着敌舰来袭的反方向逃走，尽可能贴近穆斯贝尔海姆的表面铺展开来，两千艘战舰在这个平面上占据的面积，看起来有万余艘那么多，在红超巨星的通红的背景下，仍然只有极小的一块。

尽管护盾场隔绝了大部分的热辐射，舱内温度仍在升高，温特利德把预先备好的二十罐制冷剂拧开了一罐。

在这红超巨星近旁战斗，犹如古代海战，脚下是火红的大海，头顶是漆黑的星空。帝国舰队分成几个方向攻来，却因为恒星背景的干扰，命中率极低。他们不得不略微靠近这颗红超巨星，但也只是稍稍提高了火力效率。温特利德发现，无论自己如何躲闪，对方都能够预判他的几种可能路径，并预先对该区域实施轰炸。见到如此无懈可击的细节，他心中明白，此番对手定是艾希霍恩，而非舒尔茨。在两年前的海尔辛兰围攻战中,他已见识过帝国军对逃窜的叛军轨迹做的火力封堵;如今艾希霍恩虽受炽热的背景干扰,出手准度却不亚于当时,对轰炸的节奏与间隙的控制,也比那时的帝国众将高明十倍。

温特利德想起艾希霍恩说过,战列舰是常规军备中最接近战略武器的,只是今天的军官中善用者已经很少。他自语道:"真不愧是银河第一战略家,能把重炮用得如此出神入化。"

上方的猛烈炮火,让这支无人舰队险象环生。温特利德心想,如果是因为老元帅熟悉我的习惯才能准确地实施火力封堵,那最好的应对,就是让无人舰队循随机航线运动。人的思维总难摆脱秩序感,电脑生成的方向则全无意义。于是温特利德把舰队变成了无头苍蝇,就连他自己都不知道何时会突然转弯;如此编队毫无战斗力可言,却能在高手的精准轰炸下存活最久。舰队忽左忽右、忽快忽慢地乱窜起来,窗外景象也摇摆不定,天旋地转,完全不知下一秒会怎样。特拉法加尔号舰内的人造重力场仍然完好,温特利德坐在椅子上,却为求"平衡"不由自主地倾斜身体,像醉酒的人一般东倒西歪。在这逼近死亡的时刻,他忽然觉得人生大抵也是如此,咧嘴笑了起来。

温特利德的舰队更贴近穆斯贝尔海姆了,第一罐制冷剂消耗得越来越快,他拧开了第二罐。舰外的光海溢进舱内的白雾,柔和的玫瑰色光辉令他如登天国。这颗红超巨星的表面虽比一般恒星冷,却仍有两千摄氏度的高温,辐射至舰队所在位置仍有上千摄氏度,已接近金属熔点。温特利德关闭了除自己的活动区外全舰队的人造引力、温控、气体循环等系统,把百分之九十九的能量都用在防御护盾上,以隔绝热流保护舰体。

温特利德估计得完全正确，此刻他头顶上的帝国军舰队旗舰，正是艾希霍恩元帅的洛伊滕号。半小时前，在捕捉到敌军之后，艾希霍恩问的第一个问题就是："这支叛军究竟有多少舰队？"

"元帅阁下，我们无法探明敌军数量，因为恒星的辐射模糊了背景。"

艾希霍恩心想：我心头的疑虑无法消除了。敌舰队会不会不到五千艘呢？温特利德会不会为了对付舒尔茨殿下，极不对称地分配两个战场的兵力呢？他根据模糊的影像，仍然精准地指挥了封锁轰炸。不久后，侦察员报告道：

"敌军在继续向恒星移动！"

"元帅，我怀疑科赫用的是无人舰。"一个月前刚刚升任上将的策姆林斯基说道。

"这是很可能的，否则他无法抽调那么多能量来维持舰内温度。"艾希霍恩若有所思地说，"只要他一直把能量用来维持防护罩，我们就无法对这些无人舰实施信号干扰。他把所有能量都用在护盾上，以抵御恒星的烈焰，根本就不打算还击，只要一还手，就会顷刻葬身火海。既然如此，我们就放弃防御，把能量尽数灌注在炮火上，把他给我赶出来！"

"是！"

帝国军的火力瞬间提高了三成。

"元帅阁下，敌军仍在向恒星移动！背景过于明亮，我军就要失去目标了！"

艾希霍恩命令舰队靠近穆斯贝尔海姆，可是很快官兵们就燥热难当，不得不撤回来。眼见敌舰队在炽烈的背景中越来越模糊，他亲自指挥了对其可能位置的火力覆盖，却发现敌舰队的运动变得缺乏规律。艾希霍恩心中顿生疑窦：在这样强辐射的环境下，他又如何指挥自己的舰队呢？难道温特利德根本就放弃了指挥，让每艘战舰机械地执行预设程序命令？"电脑在创制目标时是弱智，选择目标时是庸才，却是执行单一目标的天才。"他想起自己当初和温特利德说过的这句话。就在这时，通信官急匆匆地走了过来。

"元帅，我军收到一封来自敌舰队的信函，是通过超光速通信发送的公开信息。"

"拿来我看！"

帝国军总参谋长
艾希霍恩元帅阁下：

当年在总参谋部中，承蒙先生教诲"兵不厌诈"，感激不尽。然而吾辈共和主义者向来以道义为先，即便今日两军交锋、兵戎相见，又岂能不念旧恩，以诈术相欺？故将我军的兵力分布诚实相告：

您正在面对的，是共和主义革命军的两千艘无人护卫舰，占我军总战力不到百分之五；为了对付这渺小的舰队，帝国军最高统帅部竟动用了十倍战力，更派遣老将军您亲自坐镇指挥，在下荣幸之至。

这封公开信，是我舰队在沉入穆斯贝尔海姆的热圈之前，向宇宙发出的最后信息。在一亿公里外的小行星带，舒尔茨已陷入了面对近两倍兵力的苦战，您若此时驰援，已是远水救不了近火。凭您的智谋与经验，定不会冒险率军跃至战场，因为那将使您的舰队在传送并集结完成之前成为活靶。

我军主力定能在我因能量不支而被恒星烈焰吞没之前，先拿下舒尔茨的人头。倘若先生此时撤去部分兵力回援，就无法封锁这颗巨大的红超巨星，围捕我的计划也将前功尽弃。

您一定在想：即便舰体的钢筋铁骨凭能量盾可抵御高热，我的肉体凡胎也无法承受。但我还是要诚实地告诉您：我已在本舰指挥部和控制室内放满了一百罐制冷剂，并备足了食物和水，足以撑过三天。

此战的最好结局，是共和军主力消灭帝国军主力，且及时救我出火海。而最坏结局，不过是以我一人之性命，换取革命的决定性胜利。

共和革命军司令官

温特利德·科赫

艾希霍恩注意到，这是温特利德第一次将自己的队伍称为"共和军"。

"好，好！道义为先，诚实相告！"艾希霍恩元帅读完此信，把它重重拍在桌上。

"这个小子！居然这样！"策姆林斯基叫道。

"他为什么不能这样？"艾希霍恩反问，"这才是温特利德。"

策姆林斯基注意到，艾希霍恩一直用"温特利德"而非更正式的

"科赫"称呼敌将。他不知道,这正是在总参谋部时他们之间的称呼。

"报告!敌舰队即将沉入穆斯贝尔海姆的热圈,我军失去目标!"

艾希霍恩一动不动地盯着屏幕,敌舰队的黑点越来越少,越来越稀疏,直到最终消失在了那片火红的海洋中。他若有所思,低头重读温特利德刚刚发来的信。

信中所说确实多是实话。尽管所谓"一百罐制冷剂"其实没什么用,因为即便能量全用在护盾上也撑不了三天,而只能坚持不到一天。本已猜到温特利德是以自己为诱饵,却未料到他竟真的采用了极端不均衡的兵力配比。这封信是由超光速瞬时通信发出的,此时舒尔茨那边的战场上,双方也必已收到了同样的消息。这无疑将大大提振敌军的士气,消息一旦传开也将挫伤我军。

艾希霍恩意识到必须立即采取行动,绝不能在这火海边蹲守下去。他将舰队分为八份,勉强封锁住火海上空的八个方位,并嘱咐留守指挥官策姆林斯基上将:敌舰一旦开始突围,别管无人舰,盯着战列舰打;温特利德既然能发出超光速通信,必然在上面。

安排妥当后,艾希霍恩命令自己的旗舰洛伊滕号的舰长传送去增援舒尔茨殿下。

"元帅阁下,您还没有点兵,我们带多少舰队去?"

"仅此一艘。"

舰长手中的笔惊掉在了地板上。

艾希霍恩捡起这支笔还给他:"传送中的舰队非常脆弱,若引起了敌军的注意,再多人去也是送死,只此一艘才最安全。"

一位参谋建议道:"元帅,请您换乘一艘驱逐舰前去吧,洛伊滕号太显眼了,驱逐舰目标则小得多。"

"不,必须是这艘。"艾希霍恩坚持道。

2.

从小行星带望去,穆斯贝尔海姆仍是视野中的庞然大物;尽管在这个距离上,红超巨星已不是一片略带弧度的光热之海,而是呈现出了球形轮廓。共和革命军的主力舰队埋伏于小行星带的最稠密段。然而直到进入这一区域,才发现这片反常地密集的小行星,竟有许多是宇宙战舰的残骸。当年的光复战争中,那场决定了后世五百年历史的史上最大规模战役正是在此落幕。数万艘战舰化为无数金属碎片,其中一部分被引力俘获,五百年后仍环绕在这庞大的红超巨星的轨道上。

穆斯贝尔海姆的红光一视同仁,泼洒在古老的残骸与新生的革命军的舰船上,将它们镀上了血与火的颜色,仿佛那场惨烈厮杀就在昨日,让注目于舷窗外的古战场的士兵们,想起将临的决战。

伊法的病情比昨日更加严重,但她坚持此时必须寸步不离指挥部。不知是因为情绪高涨还是高烧不退,她脸色通红,但这火烧般的颜色被红超巨星的光芒遮盖了。整个宇宙都将这艘战舰视作科赫的化身,"好望角号"几乎成了他的第二个,也是更响亮的名字;今日,舰上的人们看见伊法正坐于指挥席上,仿佛她也已成为这艘战舰的灵魂。她摘下手套,露出爬满黑纹的手,现在终于没有什么需要遮掩的了。她感谢了诸位将士替她保守秘密,不仅没有让温特利德知道她死期不远的事,还帮她隐瞒了最近的病情。伊法要求,假如她在这场战役中死去,请诸位代她告知温特利德全部的真相。她说出这句请求时语气依旧威严。

在场的将士们无不动容。但刚刚上任、手下尚无一兵一卒的宪兵长弗朗索瓦·勒菲弗尔当即表示,这是私事而非军令,因此拒绝服从。勒菲弗尔补充道:如果伊法指挥官要他杀入九死一生的险境,只为在胜利之后,好让她能够亲口把一切都说出来,好让她为之默默付出的一切不至于没有意义,他定会慷慨前往,求之不得。但私事毕竟是私事,必须由她活下来,然后亲自去说。

伊法在众人的目光中知道,这也是他们的想法。她忍住眼泪起身,鞠躬谢过诸位,又一言不发地坐下。好望角号的舰桥上恢复了安静,每个人都专注于自己负责监控的区域。漫长的等待让伊法的病体更加疲惫,她焦躁地起身来回走动,却走不了几步就双腿发软,不得不再次坐下。

就在这时,一名通信员送来侦察情报,大批舰船出现在我军左后下侧方位,确认是帝国军主力舰队,并已捕捉到了耶梦迦德号在漫天血光下的暗红舰影。

"敌舰总数约一万六千艘!"

好望角号内的几位指挥官交换了个眼神,他们有三万艘,胜算极大。

与此同时,在耶梦迦德号上,舒尔茨的侦察舰终于找到了小行星群间的革命军。

"报告!殿下,右前方发现敌军大批舰队!总数近四万艘!"

"什么?!"舒尔茨从椅子上站了起来,"你再说一遍?有多少?"

"四万艘！"

舒尔茨心中惊疑，科赫难道合兵一处了吗？否则哪会有这么庞大的舰队？绝无可能！他立即要求密电艾希霍恩元帅，询问他是否捕捉到了"凤凰"。为防止对方截获信息，舒尔茨附上了一句话："是或否。"

两分钟后，艾希霍恩的答案传回来了："是。"

这就怪了。舒尔茨心想，只要科赫手中还有数千艘战舰，此时的革命军绝不可能拥有四万多艘的总兵力。于是他断定是侦察出了问题。十分钟后，第二份侦察情报证实了他的怀疑：那四万艘舰影中，有相当一部分或是近五百年前穆斯贝尔海姆大会战的残骸。只因呈现出同样的金属装甲反应，它们才被误以为是敌舰。

"原来不是活着的共和军，而是共和主义者的幽灵船。"

"敌军阵型正在调整，他们已经发现了我军！"

"全军停止前进。"舒尔茨下令道。

"殿下，您是要以逸待劳？"梅耶贝尔问道。

"我们不急，急的是他们。"

此前，革命军侦测到穆斯贝尔海姆恒星近旁出现大量帝国军，科赫的分舰队已经遇敌。这一消息确证了伊法一直担心的事：帝国军没有以小行星群为掩护，作最后一次空间传送的跳板，而是大胆地从极远处直接跳了过去；这样的冒险常需要巨大的兵力优势，以应对各种未知状况；何况是在红超巨星近旁施展，就更是险上加险。因此可以判断：除了自己面对的敌军之外，其余敌军已经倾巢前去围剿温特利德了，而他只有两千艘无人舰；横在自己面前的一万六千艘帝国军战舰不急着发动进攻，是因为他们的目标只是拖住我军，不让我们去救援温特罢了。

伊法没有料到，舒尔茨的踌躇犹豫是因为他的情报有误，高估了革命军舰队数量所致。但她意识到了最严峻的事实：时间站在对方那一边。她立即下令舰队驶出小行星带的掩护，争分夺秒发动进攻。

庞大的舰队一开动，帝国军的侦察舰立即估算出了它的正确规模。

"三万艘。"舒尔茨说，这仍然比他之前预估的两万四千艘高出许多！尽管此前已接到情报，说温特利德为图速战取消了大型战舰的建造，将他占领的几个星球上的军工厂全都改为建造护卫舰，但他哪来那么多兵员呢？或许革命军根本没有预备兵员，这意味着他们的士兵得不到休息；正巧，我的任务只是拖住而非歼灭敌军，因此只需打出低强度、长时间的消耗战，就可一举两得。

"敌军即将进入战列舰射程！"

一分钟后，两军前锋皆已进入对方战列舰射程。为何敌将还没有下令开火呢？舒尔茨在心中问道。然而两军的距离仍在继续拉近，这种形势不能再继续下去了，否则过近的距离将不利于我们拖延时间，而有利于敌军速战速决。

"远程火力齐射！"舒尔茨终于首先下达了这道命令。

十秒钟后，一轮同样猛烈的火力从敌阵中轰了回来。

3.

双方的舰阵在对方的重炮轰击下逐渐靠近。帝国军虽配备战列舰较多，但由于分出了一半给艾希霍恩，所以并未占到便宜。不多时，一份意外的瞬时信息同时送到了好望角号和耶梦迦德号。那是温特利德在沉入穆斯贝尔海姆的热圈之前，最后发出的那封公开信。他们知道自己面对的敌人，此时定也在读同一封信。

伊法读到信末"最坏结局，不过是以我一人之性命，换取革命的决定性胜利"时，证实了此前的不安：一直以来，她都感觉温特似乎对自己隐瞒了什么，就像她隐瞒了病情一样。温特是真的要这样做了。你为什么擅自作这样的决定，不和我商量呢？这样做有没有想过别人呢？你把舰队托付给我，却根本不知道，真正快要死的人其实是我，我才是那个没有未来的人！自从涅尔琴回来之后，我多少次想过把战死者的光荣加在自己身上，将活下去的辛苦留给你。这一回，我拼了命也要再把你救出来，好好骂你一顿再去死！

"全舰队向各方向展开，包抄敌军。"伊法下令。她知道自己的舰队数量庞大，但轻型战舰居多，且训练仓促，质量不济。因此需要在尽可能多的点同时进攻，方能以多胜少。

舒尔茨读罢科赫发布的公开信，明白了为何面前的敌军数量远超预料，原来他使用了极端不对称的兵力配比。"好一个两线作战，一人比三百万人！"

舒尔茨做的第一件事是下令己方舰队关闭宇宙公共频道，因为可以预料，敌方将领必定会利用这封信来提振他们的士气，并打击我军士气。目前只有装备了瞬时通信装置的战列舰收到了它，但战列舰毕竟是少数，所以损失还不大。

果然，伊法在下令进攻的同时，就把温特利德的信送去了通信室，指令播放给每一艘战舰。全军上下听闻己方目前的兵力优势，竟是指挥官决意牺牲自己换来的，那些原本胆怯的新兵，无不为自己的念头而惭愧；那些天性骄傲的战士，无不以这数百万雄壮之师，竟要让一人为之牺牲而羞愤。革命军中的许多士兵是仰慕科赫的大名投奔而来，都燃起了无上的斗志，那些曾经不满于他迟迟不愿建立共和国的将士，更发誓要用敌人的血，将过去的误解全部洗净。这在士气上产生了惊人的效果，革命军在远方那火红的巨大球体的背景下，朝着帝国军直扑而来。

耶梦迦德号上的雷达兵从未见过这样的阵势，他紧张又激动地大喊："敌军在上、下、左、右各方位皆越出我军正面！他们正在快速靠近，还有两分钟进入前锋射程！"

这是怎样的景象啊！舒尔茨忽然想道，为什么科赫会那样敬仰五百年前战败于此的科伦坡？直到今天，此刻，直到自己也置身于这火海之畔，同样面对两倍于己的敌人，我才明白了科伦坡的伟大。阵阵红焰迎面吹来，像是为敌军鼓足了帆，远方的舰群仿佛来自地狱。这是一种怎样的压迫力，面对这万钧之势，又需要多么巨大的坚毅。

再一次，舒尔茨从伟大的敌人身上，找到了令自己屹立不倒的力量。他从耶梦迦德号的指挥席上站了起来，让通信官打开全舰队频道：

"奥托大公庇佑！"

"奥托大公庇佑！"士兵们跟着齐声高喊。他们在当年的胜利者，以及大权在握却拒绝称帝的奥托身上，看见了自己誓死追随的舒尔茨的影子。

"让血红的穆斯贝尔海姆，再度成为共和主义者的墓场！"

第十节：奇迹

1.

光复历478年3月21日，辉恒－穆罗梅茨堡时间上午6点22分，共和革命军主力于穆斯贝尔海姆附近向一分为二的帝国中央舰队发起攻击。舒尔茨立即看出敌阵虽庞大，却不对称，左上部冲得太快，且刚到理论上的最大射程就开始射击。他想，这定是敌军的士气过于暴涨，以至于竟然自乱了阵型。

"我要给这些叛军上一课：纪律胜过狂热。"

舒尔茨下令将最猛烈的炮火朝敌军突出的部分倾泻，帝国军的纵深阵型层叠交错，行动却整齐划一，数千艘战舰的炮手如同一个人那样有序，中、远程火力交叉于一点，顷刻间就对这支热血过了头的革命军造成了相当的伤亡，迫使其向周边空间散开。然而未等帝国军抓住这个薄弱的空当，革命军坚强的中部、右翼和下部已经攻上。舒尔茨再次下令，全军前排各部自行防御，后排战列舰集中远程火力，轰炸敌军略突出的一支不足千艘的小舰队。

"是舒尔茨。"伊法说道，她确证了刚才温特利德的判断：守在穆斯贝尔海姆近旁的是艾希霍恩，自己对面的敌将必是舒尔茨。这连续两阵密集炮火如此干脆利落，如同他最拿手的长剑刺击一样准确、果断又凶猛，看似平实无奇，却贵在握机成势，一击制敌。革命军新兵较多、训练仓促的问题暴露了出来，他们难以保持三万艘的大舰队速度一致，若全速进攻则必然阵型参差。远方敌军的舰列整齐得令人敬畏，黑暗中不时齐刷刷地闪过密集的金红光点，又很快消失，那是舒尔茨历经十年亲手带出来的帝国精锐在调整舰阵角度。舒尔茨连续两度集中炮火猛轰敌军前端，意在枪打出头鸟。革命军虽有接近二比一的数量优势，却无一舰敢全速猛扑上去。这使得帝国军能够边撤边打，保持距离不被追上，稳住了倾覆之局。尽管这无法倒转劣势，若再拖上几个小时，帝国军仍不可避免地会被耗尽在广阔无垠的太空。

一刻钟后，梅耶贝尔坐不住了，他对舒尔茨说道："殿下！我们不能这样撑下去了，必须反攻击溃敌军，或至少制造混乱，否则随着时间推移，我军的兵力劣势会越来越大！"

"没有人能对我说'必须'，"舒尔茨答道，接着他说明了理由，"现在敌军士气仍然旺盛，未到反击之时，我们还需暂且忍耐。"

这时，帝国军舰列附近的空间出现裂纹，一艘大型飞船被传送了过来。两军指挥部都收到了这一情报，但人们心中闪过的第一个念头多是：只有一艘，难道是民用航船的传送坐标失误，导致误闯战区？即便是战舰，也不值得为此分兵理睬。胡梅尔站了起来，不知是在问谁："这会不会是特拉法加尔号？"伊法没有回答，但她心中知道绝无可能。待到那艘飞船传送完毕，大家才发现是艾希霍恩元帅的旗舰洛伊滕号。伊法后悔刚才没有分兵去捕捉它，就算暂时露出一个缺口也是值得的。

洛伊滕号的出现令伊法心生疑惑：那边的战局究竟如何？如果胜败已分，他应当全军回援。如果胜败未分，指挥官又怎会孤身擅离呢？总之，不遇到极特殊的情况，将领绝不会离开自己的士兵。可是她的脑中旋即闪过一个念头：温特不也是这样做的吗？

就在所有人都仍惊异之时，艾希霍恩元帅开启了公共频道，向此刻战场上两军共四万五千艘军舰公开发送信息："我军已摧毁温特利德·科赫的旗舰，现正在剿灭预先编好行动的敌无人舰队，预计一刻钟后就会前来支援；由于歼灭一支无人舰队无须复杂的指挥，老臣先行前来协助殿下。"

这样的声音，对于正在承受着空前压力的帝国舰队，无异于穿透黑云的光芒。有士兵不禁唱起每逢节日，集体晚餐前必须合唱的《洛伊滕赞美歌》，这沉闷的曲调竟然第一次如此充满希望。即便面对两倍的敌人，在那片古老的原野上，胜利不仍是可能的吗？战舰上越来越多的士兵加入了合唱，尽管他们大多不知道这首歌背后的故事，但无限的想象超越了有限的史实，反而让歌词更显庄严神圣，让洛伊滕号在火红的光明中焕发出奇迹般的光彩。

"梅耶贝尔，你相信吗？当事物被赋予了名字，就注定了命运。许多人受自己名字的暗示，会越来越像它。"舒尔茨看着驶近的洛伊滕号说道。多么惊人的巧合！银河帝国奉古普鲁士为古代宪法源头，在它生死存亡的战役中，腓特烈大王的胜利之歌再次响彻在这无垠的太空！

十分钟后，艾希霍恩已从洛伊滕号来到了耶梦迦德号指挥部。

舒尔茨说："科赫刚才给您的公开信中，声称要在他所尊敬的帝国总参谋长将他困死之前，先在这条战线拿下万恶的舒尔茨的人头。我在想，如果换作我去穆斯贝尔海姆的火圈近旁，您率军在此拖住敌人的话，他给我写的这封信中语气是否会颠倒过来？"

艾希霍恩答道："我想大概不会吧，他大概还是会说'舒尔茨的狗头'之类的。"

"行了，我知道的。别说了。"自战役开始后，舒尔茨第一次笑了出来。

2.

由于两军的标准战舰使用的是同一公开频道，革命军全军亦收听到了同样的信息。在此条信息结束后的背景杂音中，隐约听得见帝国军的歌声。一瞬间，置身于炮火中的伊法感到时空都已凝滞。这是真的吗？这会是真的吗！她头痛欲裂。肉身的痛苦反而将心灵从重击下拉回了现实：无论真假，都必须先打赢面前的敌人再去确证。刚才没有关闭全舰队公共频道实属失策：她不怕舒尔茨散布这样的信息，那只会被将士们嘲笑为黔驴技穷的宣传；却未料到艾希霍恩元帅亲临战场说出这样的话，这难免会令不少士兵将信将疑，士气必已受挫。

"这不过是一艘战舰罢了！曾经参加过保卫米滕多夫的战役的士兵们！那一天，罗斯巴赫号没有能挽救帝国军，如今洛伊滕号也不能！"舍尔兴朝着舰队通信喊道。可是他的话没有激起回音，不知有没有达到预想的效果。眼前的屏幕上，敌人已改变阵型开始聚集。策林根立即意识到，眼下敌军士气高涨，缩回这一拳恐怕不是受我军挤压所致，很可能是伺机反击。他立即下达指示："敌军可能马上发动反攻，请做好防御准备！"

"不行！"伊法直起身子一下子喝止了他，"全军听令，继续进攻，敌军一旦停止后撤，立即打开所有炮门猛冲过去！"

策林根听到这样违背常理的作战方略，起初愣住了，但立刻就想通了其中的缘由。

"伊法指挥官……"舍尔兴惊讶得说不出话。

伊法已经又躺回了指挥席，"没错，敌军确实很可能马上反击。但以我军的训练水平，根本无法在两分钟内将三万艘战舰协调一致地改为防御，只会徒增混乱。科赫常说，总参谋部的两位老元帅深不可测，若不幸与之阵前相遇，绝不能指望料敌先机、以智取胜，而应当尽可能把战场变成双方都无法发挥智谋的混战。以攻对攻。"

帝国军果然停止了后撤，迅速凝聚成反击之势。舍尔兴见状，立即执行了伊法的指令，下令全军发动冲锋。可是帝国军却没有反击，而是只与革命军交换了一轮猛烈的火力之后，打断了对方的冲锋，又全速后撤了。趁着革命军冲锋、减速之后引擎无法立即发动二次冲锋的空当，再次把两军之间的距离拉远了一光秒。

"一连串打击和逃逸恰到好处，时机拿捏得分秒不差，不愧是温特倍加推崇的人物。"

伊法瞥了一眼挂钟，将近半小时过去了，仍不见帝国军的另一支舰队前来支援，看来艾希霍恩所说温特那一路已被剿灭果然是假消息，她也舒了一口气，心想，这本是非常明显的事，自己刚才怎就不敢断定呢？艾希霍恩只用了区区一句话，就成功拖延了半个小时。她的精神稍稍放松，眼前又泛起了浓重的黑影，浑身灼热犹如身临火海。此时温特是否也在穆斯贝尔海姆的表面，忍受同样的热流呢？

"舍尔兴，快让舰队追上去咬住帝国军，尽量缩短距离，但切勿孤军深入；如果敌军拖延消耗，就进逼迫使其加速后撤；如果敌军企图分批次逃逸,就趁其火力薄弱一举掩杀。"伊法两眼前已是一片昏黑,几乎不能视物。但她坚持平静地睁着双眼,不让同伴为她担忧。

"如果敌军再度反攻呢?"

"刚才帝国军选择了拖延而非反攻,就已错过了时机,因此几无可能。若真如此,那就求之不得。"伊法的双目平静了下来,精神仿佛已脱离了肉体,飘荡在无垠的虚空;她已经什么都看不见了,但黑暗中浮现了舒尔茨挺剑兀立的身形,她补充道,"另外,舒尔茨这个人,如果他请降,记住那一定是战术诈降,你绝不能有分毫手软。"

她的精神力量早已越过了身体的极限,思维依旧清晰,声音却细若游丝,舍尔兴需要俯身才能听清楚,"接下来,你接替我指挥"。

舍尔兴凑近了仔细听她说的话,她接下来却没有话了。在这样近的距离,他看见她脸上最后浮现出的是隐约的微笑——像是挑衅死亡的微笑,又像是在迎向它。未等舍尔兴答应,伊法就昏睡了过去。

虽然伊法自己没有清晰地意识到自己的想法,但她对指挥权的安排,已经有政治遗嘱的意味。如果温特和她都在这一战中死去,革命军又将由谁统领?她没有选择更聪明,却也更马基雅维利主义的策林根,而是选择了性情更为豪爽宽厚的舍尔兴。这一点,舍尔兴自己也没有意识到。然而策林根却意识到了,作为一个了解自己的人,他从来都明白自己的角色,因此内心深处也认同伊法的判断;即便伊法选择了策林根,他也会让给舍尔兴,以纠正这一错误,因为将马基雅维利主义者明推到前台,这种做法本身不够马基雅维利主义。

3.

昏睡中的伊法冒出虚脱的冷汗，尤季娜已经三次给她的脑门更换冰袋，可怕的高热仍然不退，好像远方那庞大的火球在灼烧着她。正当军医不知所措，她的体温却很快降了下来，随后，伊法惊醒了。

"我做了一个梦，一个好梦。"

伊法梦见了薇拉，梦见她对自己说："我们永远与你同在。"女主人最后说道："你的事还没有做完，现在还没有到你能死去的时候。"

刚才的梦境太过真实，伊法为之心有余悸。她低头看自己的手掌，那黑纹竟然明显变浅了，一摸额头，高烧已退，这让她既高兴又害怕。梦中薇拉说的"我们永远与你同在"，这"我们"是谁？伊法忽然感到一阵冰冷的孤独，她赶紧去看钟，只是一个很短的梦，却已过去了两个多小时！

伊法擦去脸上的汗珠，她不知道自己的身体何以奇迹般地恢复，此刻也来不及去分神关心这件事。她站起来看那战场星图，舍尔兴忠实地执行了此前的命令，他一丝不苟地咬紧且战且退的帝国军，与之不近不远地拼消耗，这个距离既不会放跑敌人，又能将战术限制在较呆板的层面。见伊法醒来，舍尔兴立即汇报了过去两小时内的战果："经估算，我军已经消灭了敌军约七千艘战舰，己方战损亦有四千余艘。目前双方兵力比超过五比二。"

伊法心想，帝国中央舰队当真顽强，开战时九比五的兵力比已是败定之局，居然三个多小时了仍能坚持不溃。现在每过一分钟，兵力对比都更加倾斜。用不了半小时，即便训练不足的我军，也将拥有足以全面进攻，直接压垮敌军的优势。于是她下令加大力度，等双方兵力比接近三比一就全速掩杀上去，届时敌军就算有天大本事也得全军覆没，然后就去穆斯贝尔海姆近层轨道解救科赫指挥官。

可就在此时，帝国军的阵型发生了变化，尚存的近万艘战舰分成了二十个分舰队，逐次交替射击，火力连绵不绝。战列舰也不再于后排编成坚强的炮阵，而是分散穿插在舰群中。革命军暂时丢失了敌军旗舰耶梦迦德号的目标位置。

伊法见此变化，大感不解：将重火力舰分散使用，这是早在数百年前就否定了的错误。敌军为何要在此时作如此安排？两分钟后，她突然站了起来：“不好！”

"指挥官？"舍尔兴见伊法神色不对，连忙问道。

"敌军要逃！"伊法迅速说道。

话音刚落，帝国军的炮火喑哑了，又在几秒钟后万炮齐发，对革命军前部构成了巨大的瞬时压力，其中一些战舰被迫减速，舰列发生了轻度混乱。帝国军却全体转身，掉转舰头。

"趁机冲上去！敌军就要分散逃跑，全军的五个分舰队，分别追击朝着上、下、左、右、中各方向逃逸的敌舰！"

革命军趁着帝国军掉转方向的时间，一鼓作气将距离拉近到了原来的三分之二。不出伊法所料，帝国军这二十支分舰队，果然开始向四面八方奔逃。那些分散到驱逐舰队中的战列舰，起到的不是火力舰的作用，而是用来维系超光速通信的航标，将四散远隔的敌军联结成一个整体。伊法当即下令五个方向的分舰队指挥官们继续将兵力细分，保证每一支敌军舰队都不漏过。

"假如我军分头追击,追上并歼灭敌军需要多久?"

一名技术员紧张地把双方策略输入电脑,他报告说:"计算机预测,由于奔逃中的敌军无法还击,他们需要耗费能量在防护罩上,而我们不需要,我军需要超过两个小时五十分钟才能分头歼灭百分之八十五的敌军。"

"三个小时!那时再集结我军分散的舰队,岂不需要更久!"伊法的脸上出现了紧张的神色,在场众人也立即明白了真正的危机所在。

"可是科赫指挥官在信中说过,他准备了足够的补给和制冷剂,能在红超巨星表面撑过两三天……"

"他的这种话是不能信的!"伊法立即打断了舍尔兴,扭过头去盯着他。

"伊法指挥官,您认为我们该怎么做?"策林根问道。

伊法沉默了几秒钟。

策林根上前一步,继续说道:"现在不是犹豫不决的时候,每一秒钟都非常宝贵;一艘驱逐舰上有百余名船员,现在的一分钟起码值十艘驱逐舰,而决战中的十艘驱逐舰可以值一个小星球。"

这时候,好望角号收到了帝国军的来信:

你们的温特利德·科赫的性命绝对无法再撑三个小时。若不立刻前往救援,他必死无疑。阁下在刚才的战斗中表现出了惊人的谨慎、果断和勇气,我已下令留守穆斯贝尔海姆红超巨星的舰队严阵以待,在他们被彻底消灭之前,一定会优先打击从恒星表面逃逸的每一艘战舰。期待那将是一场好仗。

"我们若去救科赫，则会错失这仅有的歼灭帝国军、诛杀护国主的机会；帝国军大半年前重启的西境军工厂，应当也快要到爆发性产出期了。"策林根说道。

"你在说什么？"舍尔兴的双臂微微扬起，几乎要冲上去打他。一起出生入死这么久，无论别人多么不理解他，舍尔兴却是最熟悉策林根的人，但他此时仍怒火难遏。

"无论我说不说，这都是事实。如果我们现在去追击敌军，可能会救不了科赫指挥官。如果两头都想要，则会两头落空：若分兵救援，不仅无法追击此地逃逸的敌军，救援舰队也可能被守在穆斯贝尔海姆近轨道上的帝国军击溃。"策林根继续用冷静的声音说道，但这冷静中压抑着难以名状的复杂感情，"帝国军从一开始就且战且退，以战损换时间；当打到兵力对比无法支撑舰列，就采取这种极端方式，以逃逸换时间。他们的整个行动，皆为擒杀科赫指挥官一人而已。然而敌军却算不到：科赫指挥官深谋远虑，反向利用了他们的执念，以区区两千无人舰为代价，将己方另一战线兵力最大化，为我们换来了同样的擒杀舒尔茨和艾希霍恩元帅的机会。"

"伊法！不要管这些，去做你自己想做的事！难道你不想把科赫指挥官救下来吗？"

"我明白，我明白，我想，我想。"

"那还犹豫什么呢？"

"我想，我想……"伊法的声音颤抖。

"伊法指挥官！"

"我当然想救他！"伊法无法忍受舍尔兴的自作主张，她大喊道。

这让他们都吃了一惊,不再说话。舍尔兴羞愧地意识到,自己没有资格冲着策林根叫喊,更没有资格在伊法面前,如此情绪化地要求她去营救科赫——策林根看似冷漠,但舍尔兴没有真的把拳头抡向他,恰是因为他明白,策林根对科赫的敬重绝不亚于自己;伊法在这件事上最沉默,可是谁都知道,这沉默的痛苦最深。也正因为如此,伊法的心中始终盘踞着一个问题:可是,温特,他会希望我怎么做呢?

4.

分头追击开始后,伊法便焦急地来回走动。指挥部内的人们都惊奇于她的病症神奇地痊愈了,她自己却已经忘了这一点。尤季娜两次提醒她坐下,可是过不了几分钟,她就又不自觉地站了起来。

"指挥官,您的病情只是稍有好转,这样坐立不安,也帮不上什么忙呀。"

伊法又坐回了指挥席。的确,如今双方已无任何可能调整队型或创造变数。只要帝国军不投降,革命军就只能硬着头皮追击下去。

"伊法指挥官,是否要对敌军再次劝降呢?"

"没用的,敌军的驱逐舰已经关闭了公共信号,且以劝降打击士气也没有用:逃逸中的军队不同于处于战斗状态,无论士气高低都会尽力奔逃的。"

这时候敌军指挥官又会在想些什么呢?舒尔茨心高气傲,如此作战,恐怕是艾希霍恩元帅的主意。现在,敌军旗舰的指挥部一定和我军一样,绝望于无力做出改变吧。但伊法仍不放弃希望,她努力地想：如果我是舒尔茨，我这时会希望什么、恐惧什么呢？

忽然之间，她蓦地站立起来："有了！"

伊法立即要求以战列舰上超光速瞬时通信器发送了这样的信息：

被迫至绝境的帝国军将士们！

即便你们成功逃离仍已战败，战败总要有人负责。难道你们以为，舒尔茨会承认战败责任在他吗？难道他能承认这一点，而不遭到那些被他镇压的贵族势力的颠覆吗？舒尔茨的权威建立在军功上，军功神话一旦破灭，就什么都完了。因此，他的唯一选择是把此次战败的责任推卸给下属，而四散逃逸的分舰队，是显然的替罪羊。帝国军法中，逃兵是死罪。所以明智的选择，不是企图以逃兵的身份逃回穆罗梅茨堡，而是停下并投降我军！

革命军指挥官

伊法

这一招是温特曾经用过的，利用帝国的严刑峻法来打击敌方士气。可是通信兵却报告："伊法指挥官！信发不过去，敌军暂时关闭了通信！"

"居然为阻绝信息做到了这一步！"伊法说，"不要紧，你以每秒一次的频率不停地发，他们不可能真的任由这二十支舰队各自为战，总要定时打开频道确定彼此的存在与位置。"

三分钟后,伊法庆幸敌军关闭了通信,没有收到这封信。她让通信兵删去自己的名字,把署名改成了"好望角号指挥部"。她解释道:"到目前为止,敌军仍不知道我军指挥官是谁,那就让他们再多猜一会儿吧。这艘战舰的名字是我取的,但她比我的名字更大。"

十分钟后,通信兵报告:信息发送成功了。

"好望角号指挥部?"耶梦迦德号的指挥部内,舒尔茨见到这个署名,忙问道,"艾希霍恩元帅,您是否确定,温特利德·科赫已被困锁在穆斯贝尔海姆的热圈内?"

"老臣百分之百地确定这一点。"

"您是否确定,恒星的热圈因辐射过强,是无法对外联络的?"

"当然,殿下。"

"确实,确实,这本是常识。但这一招劝降,利用敌军的政治弱点来瓦解其军事计划,实在太像他了。"舒尔茨看着那份劝降书上的署名,狐疑地自语。他仿佛看见科赫的影子投射到了阵前,难道是他的肉身已在火海化为灰烬,鬼魂却仍在指导着他的战友?

"事到如今,只有……"舒尔茨欲言又止。如果我承担责任,那么帝都的大贵族们会怎样呢?我只要一回去,他们就会立即反对我。

艾希霍恩元帅沉默不语。他与舒尔茨都明白一件事:这个以撤退拖时间的计划,虽实用却毫不体面。既然是艾希霍恩想出来的,那么舒尔茨事后若不追究则罢了,可是现在革命军已经把他们架在了火上,就不得不问罪。这一招确实凶狠,等于是逼迫帝国军提前清算战败责任,以此在分舰队指挥官、艾希霍恩和舒尔茨三方之间制造不信任。其实这三方早已分别想到了这一点,却只要无人说破,就可以心照不宣蒙混过关；可是革命军却迫使三方共同面对它，便可能出现极凶险的结果。

"事到如今，唯有稳住军心，然后……"舒尔茨说，"然后我自有办法。"

舒尔茨口述了一份公开发布的信件：

各分舰队的指挥官们！

诸位在此地的苦撑，是我军在另一战场上获胜的首因。此战结束之后，请活下来的各位骄傲地庆祝吧！现在却是生死未卜的关键时刻，你们的司令官将与你们共同承担这危险，直到最后。

让我们在庆功宴上再见。

银河帝国护国主

帝国中央舰队司令

乌尔里希·玛利亚·舒尔茨

"殿下！"艾希霍恩元帅的前额与后背渗出了汗。

"老将军不必担心，我已说过，自有办法。这场仗还没完，或许下一战才是关键，还需老将军奋力献策。"舒尔茨说道，他心中暗下决心：既然艾希霍恩在战前曾经宁愿牺牲自己也要承担围捕科赫然后回援的危险任务，我无论如何也不能在战败之际抛弃他。

艾希霍恩元帅听闻此言，心中思忖：我军已折损过半，若集结兵力再战岂有胜机？舒尔茨已经公开担保赦免了分舰队的指挥官，战败责任就只有我和他两人担负了，而他又怎能冒着被大贵族们推翻的风险降罪于己？但他既然这样说，难道真的有起死回生的办法？下一战若不能胜，我还是要承担战败责任的；只是倘若再败，就不知还有没有银河帝国了。

此刻艾希霍恩意识到，舒尔茨用来稳住战术上的危局的方法，可能会导致将战术的风险推延到更深远的战略中去：万一捕杀科赫的计划失败，就意味着未能达成预定的战略目的。按照舒尔茨的说法，就很可能要在此战之后继续作战反败为胜，那时我军将处于极大的不利。届时，我宁可主动请罪担责，也不能眼睁睁看着我的军队犯下这样的战略错误。

无论是追击者还是被追击者都从未见过这样的场面：双方各将舰队分为二十队，一方四散逃逸，另一方紧追其后。每两支分舰队之间已相距一光分之远，逃逸者的舰队内任意两艘舰船的间距也拉大到了上千公里；这种稀疏的队形根本没有任何反击的可能，但极大地摊薄了追击者的火力，一个多小时后，被追击的一方仍损失近半。革命军若在追击中耗尽了宝贵的时间和能量，他们将无法杀回穆斯贝尔海姆解救他们的指挥官。

"伊法指挥官，敌军大部分驱逐舰已被消灭，剩下的大型战舰装甲较厚，击毁它们恐怕需要更长时间，我军的能量也已不多，若继续追击，恐将难以在传送后立即投入作战。"舍尔兴说道，"可是另一方面，耶梦迦德号与洛伊滕号仍在。"

"我明白。"伊法说道。如果要救温特，就不得不放走舒尔茨，但她显然是愿意这样做的，舍尔兴的提醒也证明了认为时机已到的人不止她一个。

"全舰队掉转方向，向着穆斯贝尔海姆附近的预定坐标传送！"

革命军全军停下来了，转身向着来时的方向，纷纷开启传送。

帝国军旗舰耶梦迦德号的舰桥上，侦察兵激动地喊道："殿下！敌军停止了！他们开始了大规模传送！"

舒尔茨只是点了点头。

艾希霍恩元帅立刻下令："快联系驻守穆斯贝尔海姆的策姆林斯基，告诉他敌军仍有两万五千艘军舰，优势尚存，已经来不及重新集结八方兵力，更不可与之正面交锋，而要沿火海表面维持兵力铺展，避免短兵相接，并准备拦截温特利德·科赫，他马上就要逃逸了！"

第十一节：凤凰

1.

被困于火海的温特利德几乎无须控制舰队行动，他的思绪已飞驰在另一个世界。头顶上不时有帝国舰队飞过，盲目而稀疏地投下聚变弹。由于恒星热圈内的物质极稀薄，它们造成的冲击波很弱。偶尔有几次近距离爆炸，震撼着特拉法加尔号的能量护盾。他觉得这是地狱火河的炎浪推着他的棺材，却又像是母亲的手推着摇篮。

生命，从诞生到死亡，走过了多么长的路啊——其实也只有二十五年。在我来之前,这片火海早已燃烧过百亿年,我死之后,它也将燃烧下去。但这短暂的一瞬已是我的全部。

我军主力能够速战速决打败舒尔茨,及时赶来救援吗?一切都还不一定,不一定。他自语道:"明明已经准备好死了,这时候怎么又盼着奇迹发生,侥幸得救呢?"

温特利德兀自独坐,想起两年前,自己也曾一个人率领无人舰队,大破精神污染舰。他想起科伦坡幽灵们的死,想起薇拉的死;他想起他们死去时,自己没能在他们身边。自从奥厄行星轰炸那一天起,他的每一天都是偷生;借自死者的力量支撑着他,如今终于可以归还他们。他想起教母,直到临终才告知他的身世与翁布罗萨轰炸的秘密;他想起了矿井底下的约阿斯神父和高深莫测的雅宁斯,还有失去身体的父亲和那个只存在于他的寥寥数语中的遥远的母亲。

我是在精神污染轰炸下诞生,或许早该与他们一同死去。他的思想被困扰在过去,直到想到伊法,才想到了未来。确实,我和那些已死的和今天马上就要死的人一样,都只属于过去,而你属于未来,属于今后的世界。

回忆充塞、挤压在此刻,交织成既温柔又浓烈的光,在它的笼罩下温特利德呼吸急促,过去汹涌地涌来,他不知该先拾起哪一片浪花。眼前的红超巨星表面看不出弧度,它的大小远超出人类的视觉。热焰遮蔽了我的视线,因为我离它太近了。他想道:正是出于类似的原因,我也没有办法在这样的时刻,看清我的一生。我越是拼命想要在死之前认清自己,就越是注定了要在谜团中死去。

温特利德拿出口袋里的表,原来在这火海中,已经过去了六个多小时。他痛悔不已，觉得自己默默地告别伊法是一个错误。我曾经想过，还要和她一起活六十年呢？啊，我真是贪得无厌！但是，给我六分钟吧，哪怕只有六分钟也是好的。

通信被强大的辐射完全屏蔽，温特利德不仅无法联络友军，常规的电磁信号甚至无法联络到较远的无人舰。能量就要见底，用不了一个小时，防护盾就将抵挡不住恒星的高热，我身上的原子，也会被吹散在这焰风中。

"我是要被困死在这里啦。"温特利德下了决心，即便不能作为一个洞悉自身灵魂的人死去，也要保持坚强果断。

半小时后，红超巨星稀薄的气态边缘被急促的能量流搅动，半分钟内就到达了极高的密度。光雾朦胧中的温特利德立即明白，上方的空间一定爆发了激战。是伊法来救我了。这是你第二次来救我，上一次是在冰冷黑暗的流浪行星，这一次是在红超巨星的炽焰火海。温特利德原本已经放弃了，此刻却又燃起了斗志，为了拼了命在努力救回自己的伊法，他决心无论如何都要活下去。他刚才还在想：如果半个月前，他们在地球轨道上一同俯瞰金字塔，就是两人最后的道别，那也足够美好了。但几分钟后，他不顾一切地想要再见到她，就算再次见面时被她狠狠地责骂也要再见到她。温特利德懊悔，我多么自以为是啊！就像一个刚刚醒悟的人，他发誓只要这次能活下来，将来无论发生什么事，无论走到哪里，无论面对的是失败还是死亡，他都再不会丢下她，自己一个人擅作主张。

温特利德只能依靠邻舰通信勉强指挥这支舰队：每一艘战舰将信息传递给邻近的几艘，当整个舰队排成长条形，一道命令需要三至五秒钟才能传遍整个舰队；即便聚成团状，也要一秒多钟才能把命令传递到最外层的战舰。整个舰队像一张以特拉法加尔号为中心的网，由旗舰拉扯着将波动传递到边缘处的战舰。

如果此时再不趁乱冲出去，能量恐怕就不够了。

温特利德发出指令，两千艘无人护卫舰列成数个庞大的、相互交叠的雁形阵，排头的舰船在光与热的海洋中劈开了波浪，从火海中急速上浮。这支舰队刚升离火海，就循次张开了巨大的太阳帆，乘着恒星表面吹来的上涌的风，直冲向天空中一大片璀璨的密集光点。温特利德为了提防敌军对无人舰进行通信入侵，所以至今仍关闭通信，但他知道，那一定是刚传送过来的革命军舰队。

面前出现了一支两千余艘的帝国军舰队，截断了他与革命军主力舰队会合的航道。温特利德自始至终都没有降下能量护盾，这意味着他必须忍受炮轰而不能还手；待到稍稍逼近，便把所携不多的导弹一批次全射了出去，想要炸出一条通道。同时，他看见友军已经发现了自己，正在往这边接应。

"传送来的叛军从两侧同时冲上来，围攻位于六点钟的分舰队！"

"受攻击的分舰队原地自守，其余七支分舰队都不要管敌军主力，全力轰击企图与之会合的敌舰！"策姆林斯基忠实地执行了艾希霍恩留下的命令。

"长官！敌人全压过去了，那条战线撑不住了！"

"下死命令，再支撑半分钟，就能拿下温特利德·科赫的头了！"

仅十几秒后，六点钟方向的火海上空就燃起了接二连三的火球。策姆林斯基想，难道只差一点，却要功败垂成吗？

然而，温特利德所在的特拉法加尔号周围也是如此。帝国军很快摸清了他的旗舰位置，把全部火力泼向此处。特拉法加尔号在这半分钟内连中数弹，只是幸好没有立即炸毁。

终于还是要死去吗？

温特利德向无人舰群下达了最后一道指令：以最大速度冲刺，既不拐弯，也不躲避，正面遇敌就撞上去，同时两千艘护卫舰放出全部六千艘救生艇。他放弃了指挥，转身直奔救生艇而去。

2.

刚到战场的革命军主力舰队，把所有火力倾泻到那支正在阻击科赫的帝国军分舰队上，顾不得侧翼正暴露在敌军的威胁下。帝国军八支分舰队中的另一支向他们发动了一轮齐射，在好望角号的右下方炸开了花。指挥部不得不临时分出八百艘战舰，掉转舰头抵挡，"只要挡住半分钟就可以了，其余所有兵力仍优先消灭前方敌军！"

然而帝国军的侧翼火力，仍为友军争得了宝贵的半分钟。

一阵猛烈的火力之后，革命军无人舰队的中央部尽数被毁。帝国军还没有来得及确定是否击毙了此战的目标温特利德·科赫，却看见数千艘救生艇从已沦为火海的无人舰队中飞出，散向四面八方。

六千艘白色救生艇飘散在穆斯贝尔海姆红超巨星的上空，像火海之上凌空飞散的雪花，雪白的外壳上映出了金红的光泽。它们没有目的，只是奔向漆黑的宇宙深处。两军共四万艘战舰上的五百万将士见证了这一幕。有的士兵看着救生艇从自己舷窗外飞驰而过，一瞬间忘记了自己正在战斗；也有帝国军士兵发现有救生艇冲着自己的战舰直撞过来，竟忘了将其击毁，而只是匆忙扭转舰身规避。虽然从教会到世俗的所有法律都禁止攻击救生艇，但是这批空救生艇显然是敌军奇策的一环，此时攻击也说得过去。然而当时在场的大多数帝国军舰上的士兵却没有这样做。几年之后，根据很多在战争中幸存下来的士兵的回忆，当时他们没有朝着这些小艇射击，只是因为它们太美了。

尚未完全卷入战团的另七支舰队的士兵意识到，歼灭这数千艘救生艇是不可能的。无论刚才的炮击有没有杀死温特利德·科赫，他们都已既无法补上第二枪，也无法确证是否已达战果。因此策姆林斯基上将当即下令全军分散，各行撤退，这样他就只会损失八分之一的战舰，而不至于与己方一倍半数量的革命军拼到血本无归。按照艾希霍恩元帅预先拟定的计划，帝国军从各个方位撤离了穆斯贝尔海姆，并于预定地点与舒尔茨所率舰队残部会合。

伊法见敌军分兵退去，每一路都走得迅速而稳健，章法有度，无隙可乘，心中佩服。但这样完美的撤退方略实在白费了艾希霍恩的才能，因为她原本就不打算追击。伊法下令全舰队原地布置守卫，等待科赫乘坐的那艘救生船返程，并让所有战舰在此间歇期撑开又大又薄的太阳能帆，缓慢地补充能量。战舰的太阳能帆只能维持生命系统和日常运作，就算在近恒星轨道连续吸一个月的光，还不够撑起一小时的能量护盾或一次时空传送。伊法这样做，更多的是让士兵们看着穆斯贝尔海姆火海的上空飘满了水母般的伞状物，精神能稍稍得到放松。她把六成的侦察舰派出，追踪那批救生艇的轨迹；另三成也被派去附近的各个战略要地，依次排查帝国军可能的集结点；只留下最后十几艘侦察舰,为本舰队提供警戒视野。

然而五个小时过去了,两批侦察舰都一无所获。指挥部内的气氛逐渐凝重起来,人们开始意识到他们最担心的事或许已经发生:按照太空战争的常理推断,温特利德·科赫很可能已经死了。更糟糕的是,舒尔茨已经逃脱,他只要回到穆罗梅茨堡,帝国军就能重整旗鼓。帝国损失的舰队可以再建造,但科赫如果永远回不来了,那将是无法弥补的重创。

第一个直言此事的是策林根,他说道:"科赫指挥官或许死了,或许没有,这确实影响重大;然而历史事件的意义,不是由已经发生的事,而是由后续发生的事决定的。事情的重要性,取决于我们接下来的作为。科赫指挥官无论死活,我们都已做不了什么;但帝国军逃逸中的舰队,却必须消灭;如果他现在此处,也一定会如此判断。"

"如果他不在了呢?"胡梅尔问道。

"如果他不在了,那我们更该立即侦察、阻截并歼灭敌军,好不辜负他的死。"

伊法垂下双眼,把脸微微地侧过去,点了点头。她任命舍尔兴暂时负责指挥接下来的行动,直到找到帝国军再来通知她,并同时让这短暂的空闲中最无事可做的胡梅尔负责继续搜寻科赫的下落。策林根的意见,其实伊法也已想到,只是明智的意见总是关于未来的,此刻伊法的思绪却纠缠于过去:尽管事实已经很明显,但她还是不停地回想,想从温特过去的言行中找到蛛丝马迹,确认他自从何时就已瞒着她定下了以一人换一支舰队的计谋。哪怕无人舰队运动也需要至少一名驾驶员,他绝不能容许让某个部下冒充他、替他去死,即便赴死者是出于自愿，以他的性格也绝不会允许。

然而在一件事上，伊法无法原谅温特：不仅她已经看出，甚至每个旁人都看出他们两个相爱着，他却宁可把这个秘密带入坟墓。在死亡逼近伊法的时候，她曾经最深切地感受到，其实只要在她的一生中，听到过温特对她说出那一句话，她此生的个人愿望就全部满足了。温特一定是觉得，如果今天的幸福注定要变成明日的痛苦，就宁愿不要开始。抑或他想赌一次，若能侥幸在穆斯贝尔海姆活下来就向她表白，若活不下来就当一切都没有发生过。这种想法真是混蛋！

可是就在伊法猜透了温特的心思的同时，她也意识到自己何以能这么快猜透他。这是因为自己责怪温特的部分，也正是令她自责的：我不也是自以为必死无疑，于是瞒着温特，宁愿一切就此无声无息地结束，不想给他再增添痛苦吗？他已经失去过薇拉了，如果第二次失去爱人，岂不太苦了吗？伊法惊觉到自己在这方面其实与温特一样，也就不再埋怨温特的软弱。她的心头生出了悔恨。

伊法借口头痛回到房间躺下，手上捧着薇拉留下的那只表，在星光下泛着微弱的银光。在古老的地球上空，在最后的临别时刻，温特曾和她约定，每晚十点一同唱歌，如今你在哪里呢？时间到了，昏暗的房间里，伊法又开始哼那首她每晚此时都要哼唱的旋律。可今天的音符仿佛摔在墙壁上，有气无力地掉落了。没有回音，她第一次感到了落寞空虚。

伊法离开指挥部后，舍尔兴也不再避讳那个可怕的"死"字。他说道："科赫指挥官如果死了，这场战争还有什么意思呢？我过去一直以为，正如科赫要求我做到的那样：我是为了我们的理念而战斗的。可是直到他走了，我才知道，我或许是为理念而战，可是点燃这理念的热情，却全部是被伟大的领导者激发出来的。"

刚才伊法离去时，策林根有十分的把握，她不久就会回来；然而此刻，他意识到了一种危险，那就是舍尔兴这个人，绝不是那种仅凭理念就能把自己活成一支军队的人。离开了热情的鼓舞，策林根仍有全副的力量，伊法仍是大半个伊法，而舍尔兴就什么都不剩了。他的性格多少有些孩子气，他渴慕的其实是伟大，而不是正义。他非常有自知之明地说过，自己更适合埃本塔尔的赛马场，而不是宇宙舰队，这一点几乎所有人都同意。舍尔兴的身上有太多埃本塔尔式的豪侠气，但缺乏军人的纪律性；对于这样的人而言，热情一旦被浇灭，就无异于最平庸的将领。在这样的节骨眼儿上，他除了担负第二指挥官的任务，更重要的是必须在内部全力支持伊法，他绝不能灰心。

然而，策林根并没有指责他，而是说道："伟大的将领已死，但伟大的敌人仍在。"

"对，即便伟大的朋友已死，但伟大的敌人仍在。护国主舒尔茨，还有那位艾希霍恩元帅吗？他们太可怕了，只有科赫指挥官才能对付，我是无法与他们较量的。"舍尔兴又摇了摇头，"策林根，你可记得你曾提到过一位叫什么斯基的公爵？说过一句什么伟大的话？我说，他是一个了不起的人物，他也在这场战场上吗？"

策林根想起来了，说道："博尔孔斯基吗？"

"对，就是他。"

路过这里的尤季娜听到这个名字，驻足看了策林根一眼。舍尔兴瞥见了，说道："原来你也知道他，大概是伊法指挥官说的吧？看来果然是穆罗梅茨堡的贵族。要是他在的话,我倒是愿意与他较量。"

策林根缓缓说道:"这位博尔孔斯基,确是帝国贵族中的佼佼者。他不是出于对帝国的忠诚,而是出于对虚浮颓靡的上流社会的厌弃,才主动要求出征的,不是因为憎恨革命,相反,是因为渴望与自己最崇敬的人一决生死——他对革命军统帅的敬仰,丝毫不亚于你。就在帝国元帅战败的那场战役中,他直到昏迷,都还紧握着骄傲的军旗。"

"欣德米特有这样的部下,实是幸事,足以死而无憾!那你是怎么知道这些的呢?他被俘了吗?"

"他重伤昏迷后,被以为死去。他听见自己所崇敬的革命军的统帅说,紧握着军旗杆的他'死得光荣',他便被当作重伤没救的人,送还了帝国军。可是他事后却说,在濒临死亡的那一刻,当他最仰慕的敌将站在自己面前,忽然觉得纵然是最传奇的天才、最伟大的革命者,与浩渺的宇宙相比,也是那般渺小,微不足道。他心中疑惑,自己从前为何没有看到过那样崇高的星空。"

舍尔兴忽然站了起来,沉默着不再说话,昂起头看窗外的宇宙。策林根也静悄悄地离开了,留下他一人。

"是呀,是呀。这位公爵,至死都没有忘记自己的军旗。我怎么没有这样想呢?埃本塔尔男爵死去了,我追随科赫指挥官;如今科赫也很可能死去了,可是他从不希望别人把他当作追随的对象。在帝国军中也有崇敬科赫指挥官的人物,这毫不奇怪。但是,此人对这场战争,对这正在发生的历史的理解,却远超过我;他对我一直追逐的'伟大'的理解,也远比我更深。"

从这一刻起,舍尔兴的心灵不仅重新燃烧起来,还变得坚定。他说不清，究竟是自己也找到了那无限广袤、超越于一切个人的崇高星空；还是在与这位伟大敌人的对峙中，他再次确信这场战争的意义。就像无数与遥远的鬼魂战斗的人一样，正因为舍尔兴将那古老的英灵误当作了他的同时代人，他们的幻影才会在他心中如此辉煌。如果此时告诉他，博尔孔斯基只是一个不存在的公爵，这位埃本塔尔的马背上的英雄，大概也会如那冲向风车的骑士一般，说："你对冒险尚且一无所知。"

这时，一名通信兵慌张地从通信室走出来，"报告：帝国，帝国那边……"

"找到帝国军了？"

"没有。"

"那有线索了吗？"

"没有。"

"他们回穆罗梅茨堡了？"

"这不好说。"

"什么叫'不好说'？"舍尔兴反问，"舰队归港之前，帝都军港必有动作，我们在那里安排了几名情报员，不可能不知道。"

"我要报告的正是这件事：穆罗梅茨堡已经联络不上了。"

"谁联络不上了？"

"所有的情报员，全都联络不上了。"

从前，情报工作向来是科赫亲自负责的。如今他刚消失就出了这样的怪事，整个指挥部都没了办法。人们甚至怀疑，是不是他临走前忘了留下什么口令，但通信兵否认了这一点。此时，革命军中还没有人意识到这究竟意味着什么。

3.

按照艾希霍恩元帅预定的计划，帝国军在一处气态流浪行星轨道上合兵一处。策姆林斯基上将赶到耶梦迦德号，一五一十地报告了穆斯贝尔海姆火海上空的战斗，他损失了两千艘战舰规模的分舰队，只消灭了敌军两千艘无人护卫舰。

舒尔茨对这样的战损失利并不在意。然而当他听到科赫居然同时释放数千救生艇，并乘坐其中一艘逃离火海时，他抬起双眼，望向窗外的茫茫星海。科赫消失了，再一次，就像变戏法一般，他消失在这无垠的宇宙中。

"您做得很好，您已经尽力了。"舒尔茨缓缓说道，"现在，由我来汇报我这条战线的战况：帝国军本部仅剩刚刚召集完毕的不足千艘战舰，且大多受到不同程度的损伤，因重型战舰装甲较厚才得以幸存。"

策姆林斯基惊愕得说不出话来。

舒尔茨继续补充道，"根据你刚才的数据，我军合兵一处，共约一万四千八百艘。"

"可是我们的敌人，此时应当仍有两万五千艘。"策姆林斯基说。

艾希霍恩说道："不错，两万五千艘，的确不少。然而更关键的问题是：温特利德·科赫到底是死是活？他若死了，敌军的损失将无可估量。至于战舰数量，那不是问题，我们只需回到穆罗梅茨堡，两个月内就能补足一万艘驱逐舰。"

策姆林斯基低下头。没人知道科赫的情况，他就像在舰队覆灭的最后时刻放出的数千艘救生艇一样，消失了。三人意识到：这才是问题所在。在无法确认这一点的情况下返回穆罗梅茨堡，还是会陷入内有贵族造反，外有敌军围城的腹背受敌之境。

"您说得对，除一件事以外。"舒尔茨说，"我们不回穆罗梅茨堡。"

"不回穆罗梅茨堡，那么……"艾希霍恩不明白其中的意思。

"如果我们回帝都，就等于承认阶段性失败，那些大贵族就会以此为由反对我，我们中就得有人出来担负责任，届时敌军乘胜追击，我军士气将极为不利。"舒尔茨说道，"但是，不回帝都不代表不能利用它的永恒之矛。请您安排一下，把整个要塞传送至战场。"

艾希霍恩立刻明白了舒尔茨的用意：由于生产的时间表不站在对方那一边，敌人即便面对可怖的要塞，也只能硬着头皮打。我们与其被追击，不如主动迎上。

舒尔茨说："请您放心，下一场会战的地点，我已心中有数。"

当晚，耶梦迦德号上举行了一次小规模的酒会。这是舒尔茨过去获得胜利时，从未在舰上举办过的。他的理由是：相比于胜利，劫后余生才更值得庆祝。

席间私下交谈时，艾希霍恩说起了一个欣德米特多年前告诉他的故事：据说欣德米特在帝国军事学院当校长时，他最有天赋的战略学学生，出身于哲学系。您别听那些哲学家，整天批判直觉主义，但真正的哲学家对于哪些点是可防御的、哪些无法防御，哪些线走得通、哪些走不通，有着最好的直觉。

"后来呢？"舒尔茨对这个人饶有兴趣。

"后来欣德米特想把这名学生推荐给我,进总参谋部。可是该学生犯了忌讳:他固执地认为,穆罗梅茨王朝的银河统一战争其实本是一场必败的战争。后来此事被压下来了,这名学生并未因言获罪,却离开了他从未进入过的军界。所幸他继承了一笔家产,据说一直在投资他认为帝国一旦崩解反而会增值的地区和产业,结果大多破产了。他如今也该老了。"

酒会结束之后,梅耶贝尔问舒尔茨,艾希霍恩元帅的那个故事,究竟是什么意思?他认为帝国会崩溃吗?

"我想,他指的是穆罗梅茨堡。"舒尔茨说,"不直接统治要塞外壁之外的土地,是博涯要塞数百年的首要战略。半世纪前,辉恒的毁灭令博涯要塞的武力重新成为问题,而非解决了这个问题;教皇对老穆罗梅茨的加冕,则让要塞成为自身战功的俘虏,被迫去一统银河。至于那个来自哲学系的学生,老元帅大概是想说,哲学家们只讨论永恒与必然,宿命与终结,却看不见曲折的过程和所需的时间。"

"被迫去统一?"梅耶贝尔从未听说过这样的观点。

"对于你这样的新一代人而言,人类社会的统一是一件理所当然的必需之事。但是对于比这个王朝更老的老人而言,它本身值不值得,其实是可争议的。"舒尔茨说道。他忘了自己也不到三十岁。

"这怎么可能呢?"

"梅耶贝尔,你觉得不可能,只是因为你无法回想银河统一之前的世界。对于对那个世界有着具体回忆的人而言,当然是可设想的。在另一个平行宇宙中,你无法想象为何银河统一是可能的,更不会认为它是必需的。"

"原来如此。"梅耶贝尔说道。

"从要塞本身的利益看,艾希霍恩,或讲这个故事的欣德米特,都认为如果当初仅仅击碎帕绍-辉恒联盟,而非进攻辉恒并引发银河统一战争,是更好的选择。而他今天说出这个故事的意思,就是——如今要塞需要对帝国负责,而不仅仅是对它自身负责,也是当初种下的因果。"

梅耶贝尔看着面前的舒尔茨,想道:如果这样,他的母亲,玛利亚·舒尔茨恐怕也不会嫁入穆罗梅茨堡,那么这个人,从一开始也就不会存在。与其说舒尔茨是皇帝阿列克谢的私生子,不如说是穆罗梅茨堡与封建贵族的私生子——如果二者五十年前就不该结合的话。这时,舒尔茨的一句喃喃低语,打断了梅耶贝尔的思路:"最好的,便是从未出生。"

舒尔茨知道自己不能回穆罗梅茨堡,但却可以把整个要塞传送过来;如果运动与静止都是相对的概念,那么二者本无区别;然而就帝国的军事调动而言,前者算作回程,后者却是进兵,二者的政治意义大不相同。

下一战的战场选在何处呢?宇宙虽然空旷,却并非全无地形要素。要塞最不利的,就是在孤绝的空间遭到十面围攻,在此情况下其防御面积是它的全部表面积。原本穆斯贝尔海姆会是一个较理想的地点,因为红超巨星的火海构成了一个平面,一下子省去了要塞三分之一的受攻击面。可是如今那里已被革命军占据,我军是断然无法建立防御阵型了。

舒尔茨与艾希霍恩不约而同地想到了一个地点:黑洞边缘。黑洞的光速逃逸半径虽小，相对于战舰航速的临界半径却极大，舰队无法冲着黑洞方向发动俯冲攻击。这样一来，要塞的受攻击面就减少了很多，火力也可更为集中。于是二人议定，将帝都要塞传送至金伦加黑洞附近，然后切入黑洞轨道。

在此次行动之前，舒尔茨做了一个梦，梦中他看见了自己的后脑勺，还看见过去向着当下涌来。他在梦中游历了那无人去过的黑洞光速轨道边缘。醒来后，舒尔茨十分怀念那个笼罩着淡黄暖光的梦，梦里是多么宁静，多么安详啊。他当然明白：没有一个跨过这条光之回环的人能够归来，时间的界限亦是存在的界限。世界上所有的凡人，以及他们建造的一切都不会如命运那样有力，然而，哪怕只为了让这巨大的差别在历史中呈现，为了让人造的一切在更高的存在面前暴露它的渺小、它的短暂易逝，凡人仍然会用尽全力，建造有史以来最伟大的建筑——从大地之上最伟大的金字塔，到建筑了自己的大地的宇宙要塞。几天后，穆罗梅茨堡，不，是穆罗梅茨王朝，将不惜置身于死亡的边缘，以证明它仍然活着。

第十二节：黑盾

1.

随着巨大的引力场波动，穆罗梅茨堡瞬间出现在了帝国舰队不远处，驶入了黑洞轨道。要塞表面被惰性液体覆盖的区域涨起了汹涌的潮汐，控制室立即调整人造引力场将其稳定住。帝都之内的人们此刻仍在梦乡，那一夜，他们中的许多人都做了那个从高处坠落的古老的梦。风平浪静之后，海面第一次映出了那空洞可畏、吞噬一切的漆黑倒影，而它背向黑洞的另一面，仍是璀璨银河的满天繁星。

要塞大门打开了。舒尔茨让受损程度一般的战舰先行进港抢修，然后才是受损严重的，至于损伤轻微的战舰则不予入港，在外面就地补给和维修，以免革命军突然杀到，全军被困死在狭窄的城门内。

梅耶贝尔看到远方的要塞，竟第一次感到它的强大，"殿下，此番有要塞相助，我们必定不会失败！"

"你为何这样想呢？"舒尔茨问道。

"几个月前，当我在要塞司令部目睹了永恒之矛发射的壮丽景象，就明白了：何以八百年间要塞历经数次大修，唯独它从未被拆卸重装——从未更改过，也从未失败过，它是永恒的胜利者的利矛。"

"可是巨炮威力虽大，却更擅长进攻而非防御。镇压行星的利矛，在舰队战中射速慢、杀伤有限，不一定保护得了自己。"

"还有炮台和火炮列车，它们都被埋在极厚的外壁下，炮窗闭合时，除战列舰外都无法伤及分毫。火炮列车在真空隧道里绕行这金属球体，才让它成为刺猬一般的要塞。"

"此话有理。可是刺猬的防御虽强，也只能自保，炮台的防御虽厚，威力却比舰炮略有不足。"

"殿下，您是说，要塞只是防御坚固，但火力不足，难以帮上我们的忙？"

从舒尔茨的神情中，梅耶贝尔看出这不是他的想法。

舒尔茨说道:"梅耶贝尔,你有没有听过这样一个故事:据说从前有一个铁匠,传给三个儿子一座锻炉。老大用它打造了一柄绝世利矛,能刺穿一切盔甲;老二打造了一副最坚固的铠甲,能抵御一切攻击;老三用这锻炉打造了一面盾牌。老大和老二都将自己的名字雕刻在武器上,以作炫耀,而老三的盾牌表面光滑如镜,没有雕刻任何花纹或文字。"

"没有听过,后来呢?"

"后来,老大和老二都觊觎这一整套武备,两人渴望这矛、这盔甲、这坚盾如此之深,竟宁愿死亡也要得到它们。终于有一天,两人约好了第二天去森林里决斗。"

"那是长矛赢了,还是盔甲赢了呢?"

"长矛赢了。因为老大提起长矛只需一秒钟,而老二穿好盔甲却需要十分钟。所以老大趁着他的兄弟没有准备好,就先下手杀死了他,抢走了盔甲。"

"那他披甲持矛,一定也抢走了三弟的盾牌了。"

"可是三弟和他的盾牌都消失了。只缺一块盾牌的老大,却比此前缺少两样装备时更不满足,他终日失魂落魄,游荡在家的附近,最终掉进河里却不愿脱掉盔甲、丢弃利矛,于是淹死了。这时,老三从盾牌后面走了出来,他的盾牌如镜子一般平整,从稍远处看,只会看见反射出的周围景象。这便是他一直没有被找到的原因。"

梅耶贝尔忽然觉得这故事中的利矛和盔甲,正是自己刚才所说的永恒之矛和防御炮台。那光滑如镜的坚盾究竟又指什么呢?这时,耶梦迦德号已经驶近主城门,周围的惰性液体映出了弯曲的倒影,他看见了伤痕累累的舰身。梅耶贝尔惊觉：难道故事里的盾牌就是指覆满要塞八成表面积的大海吗？

舒尔茨的思绪已经离开了那个故事。这是他数十次出征以来，第一次看到在要塞表面，映出耶梦迦德号倒影上的累累创痕，心中想道：人们只道穆罗梅茨堡是宇宙的珍珠，它更像是不朽的镜子，让胜利归来的照见英武的姿态，让饱经弹雨的照见破碎的躯壳。可是世间能否有这样的魔镜，在辉煌的光晕里照出落魄的警示，在失意的归途中显现出希望的光明？同样的人，生在不同的时代或位置上，命运又将何其不同？不，还是就这样好，不存在另一种可能性。伟大的个人不是为了给时代带来偶然变数，相反，他们比那些浑浑噩噩之辈承载了更多的必然性，因为他们的根更古老；历史赋予伟大者的任务甚至不是胜利，而是时代一旦偶然选出了他们，就会借他们将力量伸展到极限，将胜利与失败都变成命运。

在为舰队补充能量时，财政部来信说，启动建造第三批战舰的法案已经拟好，只等护国主前来审阅签字。但舒尔茨疑心有诈，便回复说战役尚未结束，舰队不可片刻无统帅，一切政务都可暂且押后。在修整旗舰的几个小时里，他自始至终没有下船踏入要塞一步。

2.

革命军侦察舰发现传送至黑洞边缘的敌军主力和帝都要塞，已是三十个小时后的事了。这艘侦察舰原本只是扫过黑洞，却在一瞬间捕捉到了引力透镜偏折出的扭曲影像：一个哈哈镜中的、仿佛扁成了一张纸的穆罗梅茨堡。待侦察兵揉揉眼睛,再次聚焦时,影像已经消失了。然而侦察舰仍忠实地记录下了一闪而过的要塞——它就在那黑洞背后的某个方位。

"能把要塞的位置标定得更精确些吗?"策林根问情报官。

"抱歉,不能,我们只能划出一个大致的范围。"

策林根接过那张扭曲的要塞照片,不仅辨认出了要塞的正面,还连同看见了它的后背。他自语道:"有句古话:上帝把地球造成圆的,是为了让我们无法顺着脚下的路看得太远。原来在宇宙中也一样。"他决定去找伊法。

此时革命军中已充满了愤怒和怀疑的气氛。一些士兵相信,科赫指挥官已经死去,要求指挥部公开所有真相。可是当这些请求传到伊法耳中,她全都否定了。按照宇宙战争中"失踪即死亡"的常规,温特利德确实可被判为已死。然而伊法不愿放弃最后一线希望,她坚持只要一日不见尸首,就一日不宣布死讯。策林根暗自赞同这一决定,他认为暂时隐瞒可稳住军心;但伊法的行为更像是在感情用事,她还有更重大的事必须做。为此,策林根决定自己去找她。在整个指挥部,只有策林根保持了完全理性的判断,相信科赫已经死去,也只有他最充分地意识到,伊法、舍尔兴和他自己,这三人现在必须如三根柱子一样撑住局面,任何一人的软弱都可能会有灾难性的后果。

策林根敲了敲伊法房间的门,门没有锁,但里面的灯是黑着的,他就站在门口,没有把它点亮。

"不能再拖延了,我军可能面临崩解的危险。"策林根站在门口说道,"伊法指挥官,无论您怎样想,现在都得站出来说几句话,否则士兵们会以为您也死了。军中已有不少人知道您的病，但只有少数人知道您神奇地痊愈了。就算您现在宣布科赫指挥官已经牺牲，也比什么都不做强；他若没有死，回来了，那就当作喜讯再宣布一遍便是。"

伊法知道，这最后一句只是勉强添上去的。她没有答话。

策林根继续说道："科赫指挥官统领革命军时，并未留下确定的制度，而是依靠我们所组成的总指挥部来打仗的；人员虽有分工，却也都不成文。因此这样一个集团的凝聚力极度依赖科赫一人的威望。您此时若不能当机立断，接过他的位置，我军将失去重心；出现离队者是必然的，甚至分崩离析也并非不可能。"

"你为什么不能呢？"

"请不要再说这样无谓的话了。如果我有自信能令绝大多数士兵服从我，我是不会犹豫的。"策林根毫不退让，"但是我不能，除了你之外没有人能，你必须站出来。否则科赫指挥官迄今赢得的胜利将前功尽弃，他的牺牲也将是枉死。"

策林根是故意一定要选择使用这个"死"字。伊法忽然坐起来，在黑暗中盯着他。策林根说的道理简单清晰，无法反驳。其实不用他说，只在他刚刚出现在门口时，伊法就猜到他定是为这事而来。哪怕他不来，伊法也同样会在两个小时后整理起自己的情绪，担负起重任。然而策林根这个人，就是连两个小时都不愿宽限。

策林根把藏在黑洞背后的帝都要塞照片递给了她。伊法打开灯，一眼就辨认出那扭曲的影像——她生活了二十年的穆罗梅茨堡。她看着黑洞，只说了这样一句话："这是绝境。"

两面为难的舒尔茨已经做了选择：宁愿再上浩瀚无垠的正面战

场，决不回到阴暗扭曲的宫廷回廊。几天前，他若选择在集合了残存兵力之后返回帝都，他要面对的反对势力不会比上一次政变更强。然而他拒绝这样做，反而召来移动要塞继续战斗，这在团结了帝国军的同时，也团结了危机中的革命军。假如舒尔茨知道科赫失踪了、很可能已经死了，他是会选择回到穆罗梅茨堡的。首先，失去了传奇人物的革命军，即便渡过内部崩溃的危机，从长远看来也不足为患；其次，只要这一目标达成了，来自帝都内的政治压力也会大大减少，上万艘的战损也是可接受的；最后，对于舒尔茨而言，科赫若不在了，战火的光芒也会因此黯淡下去，不再那么可怕、伟大、摄人心魄了。

可是舒尔茨不知道这个关键信息。穆斯贝尔海姆会战其实已经达成了战略目的，他却不知道这一点，所以他召来了整座要塞。当革命军侦察到要塞在引力透镜中的怪影，整座穆罗梅茨堡传送至战场的消息，反而化解了革命军内部的危机，这意味着战役尚未结束。根据科赫最后的"直至战役结束"的命令，伊法继续担任总指挥官。但是她心中明白，穆罗梅茨堡拥有宇宙中最强的利矛和盾甲，接下来的战斗的性质将完全不同，也将相当不同于温特此前教给过她的任何东西。

光复历478年3月12日晚，革命军在补充了能量和补给后，只留下几艘侦察舰在穆斯贝尔海姆继续怀着渺茫的希望等候科赫，其余全体传送至金伦加黑洞附近星域。经过半天的航行，他们再次远远望见了穆罗梅茨堡，那深黑背景下的夺目珍珠。这一天距他们上回飞越这座城池还不满一年，许多士兵仍记得当初自己如何告别西境的故乡。伊法下令全舰队沿着与穆罗梅茨堡平行的同方向切入轨道，并与要塞保持相同航速。

革命军的舰队刚刚出现，柯钦采夫当即下令，按护国主和总参谋长预定的作战计划启动要塞的二十四组引擎中的十二组，将要塞推向更靠近黑洞的轨道，将速度加到更大。同时港内除两百余艘动力部受损严重、无法维持正常航速的战舰外，其余倾巢尽出准备战斗。

革命军舰队不远不近地逼迫着穆罗梅茨堡，不断逼向黑洞的更低轨道。在接下来的几个小时内，双方士兵们看着那从未有过一束光线逃逸的深渊不断迫近，在视野中越来越大，这片漆黑令他们从心底生出前所未有的恐惧，生怕不知不觉间跨过了无法回头的视界，尽管他们离那可怖的黑盾半径其实仍然遥远。直到要塞停了下来，不再后退，因为再退就有出不来的风险。革命军一旦将帝国军逼到了这一步，也就意味着无法发动冲锋，犹如一只猛虎越是将对手逼向崖边，越不敢猛扑向背靠悬崖的敌人。伊法让舰队凌驾于要塞的黑洞轨道外圈，与之并排行走。

此时正是辉恒－穆罗梅茨堡时间，也即银河标准时间早晨六点十七分，要塞内壁上的人造太阳从地平线上准时升起，照在穆罗梅茨堡内城的最高建筑物，密米尔圣泉大教堂的金色塔顶。晨祷刚刚结束，僧侣们回到静修室，开始一天的功课。信众们聚集在大教堂门前，等待赎罪节典礼开始。人们翘首盼望消失了几个月的教皇露面，主持仪式并将他的戒指抛进河流，象征哪怕深缚于人性的罪恶也终将随着流水逝去。"神啊，赦免罪人！"每年的这一天，人们以这句话相互致意；也仅在这一天，人们变成了善人，决心不再犯过去一年里犯过的那些有意的、无意的或身不由己的罪。几分钟后，人们发觉脚下的大地微颤，盛放圣水的盆钵漾起了水纹。紧接着，天空中的那一轮太阳黯淡下来，忽亮忽暗，明灭不定，好似天堂震怒，不再施舍宽恕。这在等待赎罪日庆典的人群中造成了恐慌。此时，高空飘下的是要塞司令部的声音，宣布穆罗梅茨堡遭到了炮击。金伦加黑洞之战，又称赎罪日之战，已经开始了。

3.

穆罗梅茨堡的惰性液体外壁上映出了浩瀚的舰影。革命军将舰队分成五支，从不同角度轮番进攻，并相互掩护以防敌军各个击破。伊法的策略是对要塞炮台置之不理，将所有火力专注于消灭环绕在旁边的帝国军机动舰队。

"炮台的威力仅相当于护卫舰的主炮，因此即便把它们全加上，只要留意避开敌军的永恒之矛，我们就仍然稳占火力上的上风；然而要塞外壁太厚，炮台目标小、易维修、难消灭。因此最稳妥的打法，就是集中火力消灭敌军舰队。"

然而，帝国军以前所未见的密集阵，将大量舰艇隐藏在穆罗梅茨堡背后的黑影中，甚至停泊在惰性液体的海面，大大降低了革命军炮火的准确率。伊法的这一招并未占到便宜。

这时，负责右翼的策林根传回了通信："伊法指挥官，我有一法，可以顷刻之间打破目前的僵局。"

"哦？请说。"

"几个月来，我们缴获自帝国军的驱逐舰上都载有聚变弹，若此时扔出去，让它们在要塞同一侧的海洋中爆炸，虽不能击穿外壁，却也能掀飞上千万吨的惰性液体，暂时淹没岸边的炮台，并震撼要塞内敌军的斗志；同时造成的冲击波还能把整个要塞推向它背后的黑洞，迫使要塞分出能量用于维持轨道，削弱对我军的攻击。"

"核轰炸战术在要塞攻防战中确实早已有过，"伊法的眉头皱了起来，"但是帝国军还没有对我们使用永恒之矛，对不对？"

"您的意思是……"

"我是说，敌军之所以把要塞的能量都放在炮台上，而将永恒之矛弃之不用，确实有后者在舰队战中效率不高的原因，但即便如此，炮台的威力仍不足以替代永恒之矛，可见对方放弃永恒之矛必定另有原因。"伊法对策林根说道，"巨炮充能发射时，防御炮台将静息，到那时我军投掷聚变弹的命中率将大大提升。如果现在投弹，在炮台的火力网下命中率恐怕只有百分之一。换句话说，敌军不用永恒之矛，是不想以要塞受创为代价杀伤我军。"

"我明白您的意思了，您和舒尔茨都不愿把战争升级得更残酷，因为那样只会增加不确定因素；双方都没有把握认为，更残酷的局势……是对己方更有利的局势。"策林根说。

伊法从他的语气中仍听出一丝顾虑，于是问道："是否还有其他什么问题？"

"但愿舒尔茨本人也这样想。"

说完此话，策林根便敬礼，挂断了通信。的确，舒尔茨既称不上仁慈，更是一个有冒险家性格的人。她当即想道：舒尔茨这个人不按常理出牌，他若真启动永恒之矛，我们就立即动用核武轰炸要塞表面。

可是伊法心中随即又想：如果温特幸存归来，却发现穆罗梅茨堡被炸得满目疮痍，即便我军最后获胜恐怕他也高兴不起来吧。

帝国舰队宛如两头蛇，一端暴露于要塞左侧，一端在右侧，中部蛇身紧密盘踞于穆罗梅茨堡与黑洞之间的阴影下。成半包围之势的革命军看不清帝国军中部的变化，加上忌惮永恒之矛的威力，都不敢贸然进攻。凭借要塞的阴影，帝国军完成了一倍半兵力才能完成的布阵。

耶梦迦德号内，舒尔茨接到了来自穆罗梅茨堡要塞司令部的坐标信息：革命军旗舰好望角号被锁定于敌军左侧阵列。

当舒尔茨看到好望角号舰侧的帆状标志时，他感到胸腔内血流翻腾。科赫就在上面吗？他站了起来。前天、昨天，他一直觉得自己有什么不对劲，现在他明白了，是关于科赫或许已死的猜测，让他失去了旺盛的战意。世界古蛇刚打了个哈欠，此刻又昂起了它的头颅。

两头蛇的一只头缩进了阴影里，它的庞大身躯忽然从另一侧冲出，闪电般向革命军的左翼扑去。帝国军残存的战列舰数量本就比例较高，它们从阴影中喷出炮火，尽数打在革命军左翼脆弱的前锋上。

未等伊法在中央指挥部发出指令，策林根就已将右翼兵力压了上去，以作牵制，不让他们继续施压左翼。艾希霍恩让他指挥下的三千余艘战舰把火力集中在革命军右翼的最右侧，迫使敌舰队向中部移动，同时命令穆罗梅茨堡的炮台暂停射击。

这一令人费解的命令立即在要塞司令部内引起了困惑，但柯钦采夫决定信任艾希霍恩。答案马上就来了：要塞外壁上的炮台骤然停止射击，竟在革命军中引起了混乱，他们以为，敌军的炮火是在将他们驱赶至靠近中部的位置，炮台的静息则是发动永恒之矛的前奏，革命军刚刚在密集炮火中奋勇拼杀，不落下风，此刻却被这反常的寂静逼得纷纷四散后退。

"我正在躲避什么呢？"策林根问自己。他的正前方已没有敌军，监视屏上拉近的敌军影像，只有自己的右翼舰队在穆罗梅茨堡的表面照出的倒影。

伊法亦被敌军炮台的骤然静默吓住了，难道永恒之矛就要来了吗？这一代人中，无人亲眼见识过它发射。正因为如此，想象的力量将它变得尤其恐怖。只待要塞表面侦测到丝毫的能量积蓄，她就必须当机立断，下令全速撤离并丢出核弹群。然而她不知道的是，穆罗梅茨堡的炮台正在堤岸隧道里迅速移动，向她亲自指挥的中部调集，半分钟后射出了猛烈的炮火。伊法下令还击。就这样，艾希霍恩成功地吓退了革命军的右翼，并吸引住了其中部的火力。

耶梦迦德号一马当先，亲率禁卫军直冲过去，将一万两千艘战舰组成的大军抛在身后。革命军的左翼一来被这毫无预兆的攻击打了个措手不及，二来面对庞大的黑洞他们心生恐惧，不敢迎头反攻，纷纷后退，损伤惨重。帝国军如巨蟒横扫而过，直扑旗舰，坐在它的指挥部内的是舍尔兴。

伊法赶紧分出了半数的中部舰队去援助左翼，却已挡不住帝国军的气势。战斗仅持续了不到五分钟，左翼旗舰就已中弹。伊法远远地看着帝国军斩杀旗舰后又冒着己方火力回撤，像极了舒尔茨最拿手的拔剑式，利剑出鞘，杀招，回鞘仅在电光火石之间。幸亏自己中途预判到舒尔茨的长臂已至极限，必然要回缩，并调集火力杀伤了回撤中的帝国军，才不至于既输了气势又输了战损。

"马六甲号被击毁！舍尔兴指挥官生死不明！"

此条信息震惊了好望角号的指挥部，紧接着传来的是马六甲号的最后一条消息：

"我从不曾见过如此瑰丽的黑暗。"

伊法抬头望去，舍尔兴！这是你面对黑洞的遗言吗？

很快舍尔兴就被确认仍然活着。他于战舰爆炸之前的九死一生之际弃舰，幸免于难。但舒尔茨的机动兵力仅有对方的一半，却能于万军丛中直取敌将首级，单凭这一点足以令革命军诸将领心生惊惧。这也多亏了艾希霍恩在另一侧虚实相间、布防严密，为他的进攻创造了条件；比穆罗梅茨堡那亮彻寰宇的要塞炮更可怕的，竟是它朝向黑洞一侧的模糊阴影。

在要塞背面的阴影中，舒尔茨正密切监视着由要塞传送来的战况。

"报告！殿下！"

"什么？"

"在敌军右翼发现好望角号，现已锁定追踪！"

"怎么回事？"舒尔茨问道，"你可看清楚了？"

"千真万确！"

舒尔茨明白了：刚才他所摧毁的，恐怕只是假的旗舰。难道这艘就是真的吗？科赫究竟在玩什么把戏？他立即下令，悄悄将盘踞在穆罗梅茨堡背后的舰队再次调整成进攻的阵型，接着又对革命军的右翼发动了同样猛烈的一击。革命军的左翼正在恢复编队阵型，未能及时向前增压；位于中部的主力突然遭到炮台的满负荷火力进攻，伊法不得不暂时后退，但就在这时，她意识到了战线的脆弱，立即将中部的舰队向两翼延展以提供掩护。这在绝大多数的战场上都会造成中部断裂。然而此战中,敌军中央部不是舰队主力,而是笨重的要塞,断无可能突进截断我军,因此伊法才能打破常规,裂开己方的中央部,保住右翼未受重创。帝国军在被逼退之前,仍然用凶猛的火力击毁了右翼的旗舰达达尼尔号。

"策林根呢?"伊法要求立即确认这位后勤部长的下落。在过去的一年里,若没有他的统筹,每一战都是最后一战。

她的担心并未持续很久。仅半分钟后,策林根就从另一艘战列舰上发回报告:他一开始就没有把指挥部设在涂上了好望角号帆形图标的达达尼尔号上。

"这个人真是狡猾。"伊法大笑起来。她同时也看懂了:舒尔茨是把穆罗梅茨堡当作他的盾,而不是剑。他每一击之后都会迅速回撤至要塞背后,要塞不仅保护了他的舰队,还遮挡了舰队运动的端倪,让我军看不见敌军的转向、启动与加速,犹如用盾牌遮住持剑的手臂,让对手看不见自己发力的征兆。她在战前将五个分舰队的旗舰都涂上了好望角号的涂装,既是想提振己方的士气,亦是出于掩盖事实的考虑:既然科赫指挥官已经不在,就干脆宣称他无处不在。这样,每一艘旗舰上的士兵们,都会以为科赫总指挥官在其他某一艘舰船上;如今这个计策却起到了诱饵的作用,遭到了舒尔茨的优先打击。

就在一瞬间,伊法洞悉了舒尔茨灵魂深处的秘密:正如温特从未将这场战争视作单纯的军事较量,而是视作两种政治的较量;舒尔茨也未将它理解为单纯的军事较量,而是将其理解为决斗场。在温特看来,战争只是历史洋流在海面上激起的波涛。他曾不止一次说过:

无论战舰多么威力无穷，坐于其中，都如扁舟乘于骇浪。相反，舒尔茨是一个天生的武士，他要把每一场战役都视作一次决斗，把每一战都视作通往未来战场的前哨战，将自己的全部生命活成面对命运的一整个战略性胜利。伊法觉得，如今被逼到了深渊边缘的舒尔茨，比曾经屡次站在胜利的巅峰的舒尔茨更令人敬重。这亦是当日曾参加过、目睹过此战的人们——无论是帝国军还是革命军——在回忆起战场上如黑色闪电般的耶梦迦德号时的共同印象。

第十三节：寂灭

1.

两度于左、右翼击毁敌军分舰队旗舰之后，耶梦迦德号撤回了穆罗梅茨堡面向黑洞的阴影，这里已成了它的蛇穴。可是仅一刻钟后，要塞再次来讯：敌军上部的分舰队中，发现旗舰好望角号的身影。

"什么？"舒尔茨回过头去，拉近的影像中，遥望可见敌舰涂着那满帆的图徽。我已在刚才那一击之上，押注了整个宇宙的分量！难道仍是捕风捉影吗？就像面对着无尽的海涛，我每击碎了一排白浪，一堵汹涌的水墙，它们却又在别处汇聚起来了。

"殿下！前两次我军出其不意攻其不备，若再用同一手法进攻恐难奏效，且战力恐怕难以支撑战线！"策姆林斯基说道。数年来谨言慎行的他一直恪守下属的本分，这是他第一次对舒尔茨直言进谏。

"通知要塞司令部，把正在修理的那批受损最严重的战舰全都派出来！"舒尔茨命令道。

"这……"

"照我说的去做！"

穆罗梅茨堡的大门敞开，正在舰队港中抢修的两百艘损伤最严重的战舰开了出来。他们被告知战况进入了紧要关头，此时投入战场的每一名援兵，都是决定历史的关键。然而这些斗志昂扬的士兵没有被告知的是，他们之所以关键，不是因为能够夺取胜利，而是能以自杀攻击的方式暂时打乱敌军部署。革命军确实被吓了一跳，无人能想到在如此近的距离上，居然冲出了这样一支微小的舰队，完全暴露在己方的大军与敌军的要塞之间。他们立即遭到了各个方向的炮击，两百艘战舰只赢得了一分钟的时间。但就在这一分钟内，舒尔茨掉转了舰队，扑向又一艘涂着满帆图徽的敌舰。

"放出飞弹！"

"飞弹？在如此远的距离上？"一名参谋几乎不敢相信自己的耳朵。

"怎么，你怀疑我吗？放出飞弹！"舒尔茨语气很硬。

"是！殿下！"

上万枚飞弹朝着遥远的敌军射去。此时传来了要塞司令部的通信，屏幕上的柯钦采夫报告道："殿下！我们刚派出去的舰队已被击溃！残部正在四散奔逃！"

"我知道，让他们逃吧。"舒尔茨说着，抬头瞧了一眼那炸成火团的舰队。

"殿……殿下？"

那上万人的性命，加起来也有数十万年之久，比地球智人的历史还要长，就在刚刚的一分钟内烧成了灰烬。分明是我的责任。我此时把他们放出来，分明就是让他们送死。难道明知要死的人，没有逃走的理由吗？

"在这支残破的舰队中，凡是活过了刚刚那一分钟火狱的逃兵，都不追责。"舒尔茨说罢，挥了挥手，示意柯钦采夫退下了。前方的敌军分舰队已经在朝这边转向，刚才射出的那批导弹也已逼近目标，现在到了证明士兵们不曾枉死的时候。他抓住了敌军转向途中步调不一的片刻，下令全舰队撤下防御，把所有能量灌注于主炮猛轰。

革命军刚刚集中火力消灭了从穆罗梅茨堡出来的帝国小股舰队，正在转向迎敌，却横遭炮击，立刻更显混乱。此时刚才提早射出的飞弹已至，拦截准确率大大降低。这一切，两分钟前舒尔茨就已算到。革命军上部面对舒尔茨与之相当兵力的突击，却几乎要在短短一分钟内被打到战线崩溃。

此刻坐在革命军上方这艘假的"好望角号"上的是胡梅尔。

"可恨，我们中了刚才那两百艘战舰的诱饵了！"

"您不必自责，当时我们并不知道，敌舰竟然真的只有两百艘。"参谋说道，"我刚刚也以为，那是帝国军埋伏在要塞内的奇兵，两百艘战舰不过是其前锋；没想到竟无一兵一卒的后续兵力，纯是送死的。"

"舒尔茨真是残暴的兵法家啊。"

"兵法家都残暴。"

"好！"胡梅尔大喝一声，拿起话筒，打开全舰队频道，"弟兄们！面前就是帝国中央军的最后残余，战争就要结束了！接下来的十分钟，是你们拥有合法杀人特权的最后期限，把所有导弹扔出去！打开全部炮门，把所有能量在十分钟内射光！"

整个战场上的双方兵将都惊愕了。要在十分钟内射光聚变炉的全部能量是绝无可能的。但是投奔革命军的人中，有不少与帝国有切身仇恨，他们知道无论胜败这恐怕是最后一战，如今更是意识到此刻不复仇，今后将再无机会。

"杀！同归于尽！"

"同归于尽！"

"伊法太仁慈了，帝国狗只要肯投降，她是不忍心虐待俘虏的！我们先杀！"胡梅尔再次喊道。

"杀！"

伊法正在率领五千艘战舰来救援的路上，听到此处倒吸一口凉气，又听到远方舰队舱内杂音，那是震天的呼号声："杀帝国狗！"

"伊法？"舒尔茨也听到了敌军的通信，并注意到了这个名字，这不是那个击败了齐默尔曼的女将军吗？——这么说，科赫果然是死了吗？

伊法也意识到了这一点，温特很可能已死的消息绝不能泄露。她急中生智，也打开了全宇宙频道："杀敌之事请众指挥官操劳，法律是我的职责所在，请不要僭越！否则科赫总指挥官断然不会轻饶！"

舒尔茨听罢此言，心想，原来是这么回事。但他已经没有时间想这些了，革命军的整个上部刚才还面临危机，此刻竟不顾一切地如海啸般猛扑过来。两军近在咫尺。

帝国军仍然忠实地执行了几分钟前的指令:优先消灭敌军旗舰。尽管此时舒尔茨已经听到,这艘旗舰里坐着的不是科赫本人。

胡梅尔的旗舰中弹,他右脚一跺,"主炮发射!与帝国狗同归于尽!"

这艘伪装成好望角号的旗舰射出最后一轮炮击后,化作了一团火球。

然而,失去旗舰的这支分舰队并未停下,而是像一个陷入狂暴的无头巨人,笔直地冲向敌阵。他们速度参差不齐,阵型已经崩解,却未陷入溃散,如此庞大的乱流势必要造成双方欲退不能、同归于尽的大绞杀。革命军上部所有战舰都打开了公开频道,不再有巧谋,不再有技术,只凭着"杀帝国狗!"的呼啸声把士气点燃到了顶点。甚至有人情绪积于胸中无处发泄,当场高唱起不知名的歌曲。士兵们听不懂意大利语歌词,只觉歌声深沉浑厚,响彻在空寂的宇宙中。

舒尔茨在对面涌来的千万喊杀声中,也依稀辨别出了这歌声,它就像洪波之上的飞鸟,虽然微弱却分外夺目。舒尔茨早已熟悉这歌曲,那是一名武士痛失爱人的故事,然而他却从未在歌剧院里听到过如此痛彻心扉、悲怆不屈的演绎。

"殿下,您听见了没有,这是什么战歌?"梅耶贝尔不禁问道。

"不是战歌,是情歌。"舒尔茨答道,眼中闪烁着热情的光芒,"来,我要给这伟大的音乐助兴!"

如果刚才震天的喊杀声还不能令他下决心,这穿透战场的歌声也已让他明白,炮台密雨针芒般的火力无法阻挡这股莽流,战列舰的炮阵也不行。如果在这里和敌人拼光了,同归于尽了,科赫再把后备军压上来就全完了。科赫不相信攻势优先主义,但他的部下们,无论是此时此地,还是上次在涅尔琴,在必死关头却都能将杀己伤敌的极端进攻思想发挥到极致。然而舒尔茨知道自己还没输,因为他手上仍掌握着更蛮横、更狂暴的力量,足以压服敌方的蛮力。只有永恒之矛才能冲散这股疯狂的洪流。这宇宙中独一无二的巨矛,只要凌空大力挥下,阻滞、冲散陷入疯狂的敌军,我就能驯服这头野兽!

"通知穆罗梅茨堡,来!上永恒之矛!"舒尔茨高声道。

"可是舰队运动灵活,永恒之矛恐怕杀伤有限……"

"没有关系,告诉他们准备发射!敌人会躲开,但这有什么关系?没有关系!"舒尔茨喊道。

随着要塞炮积蓄能量时的磁束缚越来越强,炮口周围的惰性液体被灌注了强大的电流,上下翻涌不息,又将波浪排向远处。短短几秒钟之内,整个要塞表面的大海仿佛活了过来,居住在要塞最外圈的人们,听见了厚壁外传来低沉的怒号,犹如利维坦在海面下苏醒。正对着永恒之矛炮口的那批革命军舰队惊惶四散,冲在最前面的小股舰队甩开炽焰,将辉煌的光柱抛在身后,却失去了后续舰队的掩护,随即被敌军炮火狙击消灭。

一分钟后,第二道永恒之矛的炽焰在真正的好望角号侧旁不到五十公里处横贯而过,舰内的人纷纷赶紧闭上眼睛。伊法猜到这定是冲着自己的旗舰来的。

2.

好望角号迅速偏离了那灼热的光柱,信号仪器严重受损,然而仅凭肉眼,伊法却看见远方的天空中划过成百上千的流星撞向穆罗梅茨堡,她立即意识到那是核弹群。两小时前自己曾与策林根商定:假如舒尔茨使用永恒之矛,我军就趁炮台静息的机会,发射核弹群轰炸要塞表面的海洋。

看来策林根已经在第一时间毫不犹豫地执行了这个作战计划。

第一波撞在穆罗梅茨堡海面的聚变弹掀起了巨浪,后来者大多还未引爆,就已被隆起的浪尖掀飞,在深空中化作耀眼的火花,未能造成伤害。若非如此,纵然是两百米深的惰性液体,也无法承受数百枚聚变弹的冲击;高速飞弹撞上表面一触即炸,未能深入海底,且它们是在不同地点先后爆炸,而非聚于一点引爆,否则穆罗梅茨堡的外壳再坚固也无力抵挡。

核爆将数十亿吨计的惰性液体抛入深空,整个帝都皆感到了接连而至的冲力,一浪强过一浪。

伊法无暇分心去关心这座城市的命运,她未等刚被永恒之矛冲散的舰队重新编队,就下令直接去增援上部,并命令半数兵力盯住要塞下部、左翼和右翼,从每个角度封死敌军可能出现的奇兵。半分钟后,暂时被淹没的堤岸内的隧道炮台即可再次投入战斗,这半分钟对她而言是多么宝贵!面前就是舒尔茨亲自率领的舰队,此时舒尔茨也一定想着:正面的敌军貌似士气极盛,其实已陷入疯狂;若不能在另一支敌军前来支援之前将其击溃,大势将去。

舒尔茨听到革命军上部并未被永恒之矛击溃，其公开频道内的杂音仍是"同归于尽！"的呼喊，心中不仅不畏怯，反而大呼痛快！"好！好！这才配做我舒尔茨的对手！"然而即便此时，他仍未丧失一名兵法家的冷静，他深知对面敌军的士气是以丧失理智为代价换来的，他们本不是杀人杀己的魔王，这样的精神能量已经超出了理智所能容纳的极限，人类变成了狂怒的兽群，正朝自己奔来。

舒尔茨立即指挥全舰队全速向穆罗梅茨堡边缘退去。一旁的梅耶贝尔询问，退却途中是否间断性地以主炮回击？这正是舒尔茨最拿手的战术，本就轮不到旁人提醒。舒尔茨断然否定了这个建议。撤退中的间断炮击本质上不是为了杀伤敌军，而是为了吓阻拖延；可是面对已经杀红了眼的疯子，这样做根本就是徒劳。

舒尔茨的舰队尚未撤至穆罗梅茨堡近旁，就已被追上，双方短兵相接。在如此近的距离内，防护盾几乎不起作用，所以双方都干脆撤去一切防御，唯有在被杀之前杀敌才能活命。正当此时，穆罗梅茨堡的外壁炮台开火了，革命军本就在狂奔追击中失去了队型，这一下舰侧方向遭遇炮击，顷刻间死伤惨重，就在这一瞬，狂热变成了惊惧，热血凝成了冷汗。舒尔茨知道是反击的时候了。

"殿下，您何时调遣了要塞炮台相助？"

"这自然是柯钦采夫的手笔，他是何等人物，岂需明令调遣？"舒尔茨说，"传令，全军主炮齐射敌军左侧最脆弱处！然后立即发动冲锋！"

伊法的舰队还需一分多钟才能赶到，她远远地看到这一幕，心知自己恐怕已赶不及。敌军炮台与舰队配合得如此默契，如同一个人的两臂。伊法不禁感叹：柯钦采夫真不愧其"帝国之柱"称号，穆罗梅茨王朝有如此将领，是帝王之大幸，共和主义之大患。但她并未因此心生畏惧，而是随即想道：如果连这样完美的战术配合都无法挽救银河帝国，它的覆灭才是命中注定的。

然而只有半数岸基炮台射出了第二轮火力，另一半再次被排山倒海的巨浪遮蔽。这是因为指挥共和军右翼的策林根，趁隧道炮台被调去阻击友军，再次投下千余枚核聚变弹；尽管留守右翼的固定炮台足以拦截九成的来袭飞弹，仍有上百枚砸中要塞，掀起了海啸。刚才的第一波上千枚核聚变弹毁掉了一侧的引擎，就已经造成了要塞自转，现在这来自同一方向的爆炸更加速了它。

穆罗梅茨堡内圈天穹上的白昼系统不在要塞内，而在辉恒的旧皇家天文台，银河标准时间是根据辉恒的太阳方位设定的。此刻，要塞陷入自转，穹顶上映射出的辉恒的太阳开始了逆行：从正午的顶点向着它升起的方向飞去，又在不到一分钟后拉长了万物的影子，消失在东方的黄昏；紧接着，天幕上投影出要塞之外璀璨的恒星天，天象却被黑洞扭曲，显得光怪陆离，又在短短三分钟内，被自西升起的朝霞吞没。人们跪倒祈求神的宽恕，保佑穆罗梅茨堡度过这赎罪的一日。

"策林根……"伊法在右方照来的强光中说道，"再多的核弹也炸不穿要塞外壁，他是硬要用海浪把要塞推到黑洞里去吗？"

伊法这样想，是因为她看不到穆罗梅茨堡背面的情况。刚才第一轮核轰炸后，策林根就发现了一个意外效果：惰性液体的大海掀起的巨浪，把艾希霍恩藏在穆罗梅茨堡背后的那支舰队逼出了海面，甚至逼远了要塞，以防相撞。策林根见效果不错，就再次进行了核轰炸。躲藏在穆罗梅茨堡阴影下的帝国舰队原本十分密集，现在陷入了混乱，艾希霍恩不得不一边还击，一边分散自己的舰队。幸亏他及时预料到了核轰炸将造成的震荡，让整个舰队及时起飞疏散，否则半数都要撞毁在波涛中。然而帝国军密集的阵型原本是依赖要塞占得优势的，当他们不得不远离要塞的荫蔽，优势立刻变成了劣势。

"元帅阁下！舰队伤亡过大，快要撑不住了！"

"如果我们失守，殿下就腹背受敌了。"艾希霍恩这位首屈一指的战略家首先想到的仍是大局，"传令下去，不许后退，一边散开阵型一边还击。"

众将领都明白，此时已无他法，只能尽力拖延，期盼穆罗梅茨堡另一面的舒尔茨能有转机。可是半个小时过去，帝国军的舰列已经被大大消耗，要塞表面却仍是惊涛骇浪，这意味着无论是岸基炮台还是隧道中的炮台列车，都仍被接连的巨浪淹没，无法正常启用。伊法为了延长抑制时间，分六批投下一千八百枚核弹，把穆罗梅茨堡的惰性液体装甲炸得一波未平一波又起，除了坐等风平浪静之外别无他法。

"诸君，"艾希霍恩有话要对身边的几位副将和参谋说，可是沉思几秒钟后，他说出的是这样一句话："世界历史的新纪元从此时此地开始，他日你们可说'那时我曾在此'。"

当将领们听到艾希霍恩说出这句名言时，才真正确定大势已去。这是目睹普鲁士陆军被法兰西革命军击败时，歌德说过的话。它以一种奇怪的方式展示了败者的泰然与崇高：这个文化试图超脱于胜败甚至立场，以旁观者而非行动者的淡漠，看待世界历史大戏中的生死。

穆罗梅茨堡对于艾希霍恩而言意义非同寻常，它是老人一手编织的银河协防计划的中心，是将人类星际文明织成一体的构造核心，是他的意志与思想。这位老人竟以如此姿态面对一生心血的毁灭，仿佛他此刻已身处那永恒的宁静之上。

平衡已被打破。帝国军的后卫舰队尽管顽强，却免不了最终在一比三的数量差距下被粉碎。局势不可逆转地向着革命军倾斜。策林根仍是一秒都不敢放松，再三命令舰队维持不远不近的安全距离，对敌军施以最大的压迫。策林根是那种在逆境中常有大胆奇谋，却越临近胜利越小心谨慎的人，此刻更是唯恐艾希霍恩这位伟大的兵法家神出鬼没的手段。然而他却不知道，这份恐惧已属多余，现今的局势哪怕神灵也无法挽救帝国军败亡的命运。

"指挥官，我们是否劝降？"

"不。"策林根只简要地说了这一个字，两眼仍紧盯着前方。科赫指挥官生前与艾希霍恩元帅私交很好，劝降的事必当由他亲自去做，因此我若去劝降，等于提前公布科赫指挥官已经死了。

"可是既然已经胜利了……"

"还没有！"策林根用这短促的句子打断了他的话。

不仅不劝降，策林根还加强了火力，不给对方停火投降的间歇与机会。直到敌军旗舰被击毁，舰列全线崩溃的报告传来，他才摘下了帽子。指挥部被欢呼声淹没，他喝止了下属，下令以最快速度整顿编队，绕过穆罗梅茨堡背面，从后方夹击舒尔茨的舰队。在接下来的空余时间内，他对周围的人说了这样一句话：

"你们今后切勿以科赫指挥官或艾希霍恩元帅为榜样，宁可以我为榜样。"

他身旁的军官们一瞬间都怀疑自己听错了，策林根一向沉默寡言，怎么今日刚刚得胜，就如此得意忘形？紧接着策林根就说出了理由："与他们两位相比，我不过是个二流角色；与伊法指挥官相比，我也尚有不足。二流人物可以作为榜样学习，天才却无法仿效。我明白一流人物的存在能给敌军造成的心理压力，因此决不泄露科赫指挥官下落不明的秘密。而今日我有机会独当一面，与艾希霍恩元帅交战，荣幸之至，一旦侥幸占得上风，就万万不可放过。"

与此同时，帝国军旗舰耶梦迦德号上，有人喊出了舒尔茨自开战起就一直担心的噩耗："洛伊滕号被击毁，艾希霍恩元帅阵亡！"一并传来的，是屏幕上显示出背后成片出现的敌舰舰影。

3.

绝境终于到来了。然而舒尔茨不会甘愿束手就擒。既然炮台和火炮列车已经淹没于巨浪之间，他下令干脆放弃给防御系统供能，将全部能量供给永恒之矛。他要轰穿敌军的包围，杀出去。要塞司令部的回答是：由于要塞陷入自转，永恒之矛无法瞄准。

"不要紧！轰出去！"

永恒之矛再次开始积蓄能量。大海在电磁场下激荡，形成海流，与此同时，核爆在要塞表面掀起巨浪，把更多的惰性液体抛向太空，犹如碎镜将千百太阳一般耀眼的光明散向八方。要塞陷入自转，永恒之矛刚刚发射就偏转了角度，甩出一道微弯的、白茫茫的光弧。它不再是一支能在敌舰队上刺出个大窟窿的笔直的利矛,而是化作斩去的长刀,其攻击范围扩大了数倍,革命军陷入了巨大的混乱。

"疯狂的战斗!"柯钦采夫在要塞作战指挥部,看着这空前绝后的场面,"醉了的永恒之矛,威力竟更胜瞄准的永恒之矛!"

对革命军而言,所幸穆罗梅茨堡的自转是被轰炸出来的,无法控制扫射轨迹,且很容易根据要塞的自转速度预判。然而舒尔茨的目标不是歼灭,而是混乱,目前的永恒之矛无疑达成了这一目的。能量流横扫而过的空域,革命军完全被截断、挤压到一旁。

"就是现在!冲过去!"舒尔茨一跺脚,把手重重地拍在桌板上,"冲!"

"前方是……是永恒之矛!"

"顺着能量流,贴着它突破敌军!不要怕,它会偏离我们的路线!"舒尔茨再次下令,"让永恒之矛开路,直冲过去!"

耶梦迦德号率领已被截断包围的两千余艘战舰,几乎贴着永恒之矛的光柱飞去。一道白刃直劈下来,在前方扫净了一大片虚空。附近的敌舰慌忙躲避这可怕的死亡炽焰,谁也没注意到,一支帝国舰队竟然驾着它迅速逼近。待到要塞炮的能量流停息之后,革命军的电子系统恢复正常,才发现耶梦迦德号已几乎杀入了阵型中央决堤的缺口。

伊法看到这一幕,便知此时围堵已经迟了。当今宇宙中能用出如此大胆战术的,恐怕仅舒尔茨一人。然而现在不是佩服敌将的时候,她立即下令用火力追截逃逸的这支小股舰队。

"敌军不还击,他们冲破包围后分成了几支!"

伊法看见帝国军在永恒之矛劈开的道路上,确实已开始分散逃亡。这么短时间内是无法重新捕捉耶梦迦德号的,她不知道舒尔茨究竟在哪里,会去往何方。

"指挥官!其中一支敌舰队竟不转向或减速,而是全速朝着黑洞的方向去了!"

"我明白了,那是舒尔茨唯一的、渺茫的活路。"伊法回答,眼前盯着下方的黑洞,"不用管别的四散逃亡的敌人——他们只是诱饵!用火力压迫这支舰队,把他往黑洞里赶!"

这批紧跟着护国主冲出的舰队中,有的轻型舰船因能量耗竭动力不够,抗拒不了黑洞的引力,被缓慢地拖了下去,它们的挣扎就像溺水的人。近旁舰船上的将士们目睹了这一幕,心生恐惧,向上偏航,却被上方的火力打得粉身碎骨。只有很少的一部分舰只躲过了这两种命运,在混乱中逃离或投降了。

曾经强大无比的帝国中央舰队已不复存在。然而伊法此时的目标已经不是创伤敌军,而是只有一个。

"舒尔茨!"伊法发出了最后的指令,"把他轰出来!"

炮火越接近黑洞就越失准,在这扭曲的时空中,犹如箭矢遭遇了狂风。借助黑洞轨道势能,耶梦迦德号被加速到不可思议的地步,在它的天顶和身后,革命军的炮火鞭长莫及。

"下沉,下沉!"舒尔茨继续喊道。可下方就是绝对的黑暗,数十亿年间不曾有一缕光明。头顶上方,密集的炮火一次次划过,偶尔打在耶梦迦德号的护盾上偏折出去,化作一道弧,滑入黑洞四周那辉煌的光圈里。

"殿下!空间曲率的逃逸速度已逼近本舰航速!"

舷窗旁又擦过三道亮弧，坠向深渊里去了。震荡引起的波动把耶梦迦德号向反方向猛推了一把。

"我们要被吸进去了！"一名士兵绝望地喊道。在帕绍、在涅尔琴、在穆斯贝尔海姆，耶梦迦德号都遭遇过更暴烈的弹雨和更凶险的危机，可是只有这深渊，能让他的部下们如此恐惧。

"不要紧，再下沉一点！再快一点！加速，加速！"舒尔茨坚持刚才的命令。他两眼盯着黑洞：那里有什么呢？下一秒，他就赶紧抛掉了这致命的念头。他看着舰体中弹燃烧的火光，那火焰也受到吸引，喷出的光雾偏折了，沉降，沉降，再看不见了。耶梦迦德仍在下沉，肉眼可见的近旁不时有舰骸坠落，黑洞旁的战斗是不会留下遗骸的。

此时，好望角号接到了来自策林根的通信，"伊法指挥官，我们的能量快要告急了"。

伊法知道再追下去已无意义，舒尔茨如今只剩下他自己一个人，耶梦迦德号的能量估计也快见底了——它能逃得出黑洞吗？这是很可疑的。黑洞才是宇宙中盘踞的巨蟒，让"耶梦迦德"被它吞噬，也算是死得其所。即便它还有能量爬出重力井，也断然再无法发动一次时空传送，去往别的星球了。

伊法抬头向高处瞥去，她看见在天穹上状如残月的穆罗梅茨堡，它面朝黑洞的一面沉没在了黑暗里。远远看去，它是那么小，却折射出与满天恒星不同的光泽。

"穆斯贝尔海姆有消息没有？"伊法忽然问了这样一个问题。

"没有。"

仍然没有温特的消息。伊法不愿相信他已死去，每每想到就心头一阵痛楚。攻入空无一舰的穆罗梅茨堡已只是时间问题，但接下来，革命军指挥官温特利德·科赫失踪的消息该怎么办呢？

"伊法指挥官，眼下的问题是，我们的能量快要见底了。"策林根再次提醒道，"帝国军的失败已经说明，过分执着于狙杀敌军首领，无论成败都会代价高昂。"

策林根所说的，也正是伊法心中的想法。

"停止追击！我们去穆罗梅茨堡！"

革命军结束了这场上万艘战舰追击一艘敌舰的战斗，昂头向上飞去。尽管此刻他们的舰队仍处在安全的位置，但追击一旦停止，宇宙恢复了寂静，下方那片巨大的黑色球体立刻显出了它的恐怖。胜利的欢呼变成了深渊旁的沉默，每艘战舰都争先恐后地向上，唯恐被甩在队尾，否则仿佛在自己与那亘古的黑暗之间，就再无间隔。只有火控屏幕上依然追踪着愈行愈远的耶梦迦德号。只剩这最后一艘了，多么孤独的黑色战舰；它用轨迹抛出了一道长长的弧线，头也不回地走下更加黑暗的终点。

第八章 时间的涯岸

第一节　方舟
第二节　复活
第三节　大地
第四节　还乡
第五节　回声
第六节　命运
第七节　英雄
第八节　皇帝
第九节　告别

第一节：方舟

1.

  穆罗梅茨堡已是这黑洞近旁的唯一参照物，革命军舰队飞上比它更高的轨道，才摆脱了被吞没的恐惧。他们将它团团围住，却发现要塞关闭了所有炮台，那扇遍是新伤旧痕的大门缓缓打开，这座城市所有惨烈与光荣的传说苏醒了过来。许多将士想起，半世纪前老穆罗梅茨开城迎敌，并以巷战取胜的历史——那场死战一直打到人造太阳熄灭，人们在上百小时的黑暗中厮杀，用咆哮的电与火，甚至匕首的寒光照亮那通往英雄或死亡的腥红血路；魂飞魄散的士兵盲目地迷失在城区，犹如瑟缩在绝望的黑洞，只有趁炮火撕开黑暗的瞬间，依靠大教堂高耸的金顶的光辉确认自己的方位。待到太阳重新升起，胜利后的城市已遍地是废墟与尸骸、寡妇与孤儿。如今在许多士兵眼中，这道城门竟比它背后的黑洞更教人胆寒,凡人的历史竟比自然的伟力更令人敬畏。两万舰船未收到指令,竟不约而同地在要塞外停下了。

"为何不前进?"伊法问道,但周围没有人回答。

"这是穆罗梅茨堡……"有人轻声说道。

伊法随即想通了其中的缘由,她答道,"但此地已经不是博涯"。

在这里长大的伊法知道,当年博涯不过是一个小邦,却有足够多的精强之士赢得壮烈的死战;如今作为纵横上万光年的帝国之都,穆罗梅茨堡的风气却已靡弱不堪,绝无可能再现当日的立国神话。于是她下令派遣两艘护卫舰、两艘侦察舰先行进入。这支先遣队小心翼翼地前行,不放过一片可疑的阴影,却发现这里确实已是一座不设防的城市。消息传回后,伊法下令进城。革命军鱼贯而入,新征募不到一年的陆军果然未作抵抗;要塞司令部也已是空荡荡,只剩最后一批维持日常运转的技术人员。

数名士兵围住了坐在要塞司令官席位上的一位老人。伊法心知,这大概就是柯钦采夫元帅了。只是舰队资料中他的照片是十多年前的,伊法也不熟悉,才没能一眼辨认出来。所以她仍然问道:"请问您是谁?"

"我是帝国的支柱。"柯钦采夫元帅说道。

伊法向他敬礼,柯钦采夫回礼。

"现在请您立即投降,将穆罗梅茨堡交付我军。"

"投降?交付?"柯钦采夫说着,扫了一眼空旷的要塞司令部,"全都没有意义了。"

"不,这里是银河帝国的帝都,它的意义远不止一座要塞。所以,请您正式投降！"

"无论是帝都，还是要塞，都没有意义了。穆罗梅茨堡的轨道已被你们用三千枚核弹炸得偏斜，二十四座引擎也被炸毁了十五座，动力不足以完全修正轨迹。现在我们离黑洞还有些距离，但过不了多久，它就会滑入黑洞。"柯钦采夫说，"我把部下们都放走了，我要留在这里，与要塞共存亡。"

伊法的属下立即验证了他的说法：穆罗梅茨堡确实正在缓慢地靠近黑洞，其速度和引擎推力皆不足以维持轨道。四日后将越过帝国标准驱逐舰的逃逸临界点。

"到现在已经半天时间过去了，你们都没有公布信息吗？"

"此处是黑洞边缘，没有既定的航道，而帝都有三百四十万非战斗员。"柯钦采夫说。他的意思再明显不过：如果提早公布这个消息，只会引起混乱。接着他又说道："你们已经占领了帝都，这回是一如既往地作为占领军，还是作为'共和政府'下达命令？你们的最高负责人，温特利德·科赫在哪里？"

伊法明白了，刚才要塞不放一枪就开门投降，不是因为帝国军已经兵败，不再做无谓的抵抗；而是因为如今自己剩下的不到两万艘战舰，已成了穆罗梅茨堡三百多万人的救命船。每击毁一艘，就意味着有上百人无法撤离；每拖延一刻，就意味着少了一刻钟的准备时间。

"科赫呢？"柯钦采夫再次问道。

"科赫指挥官仍在舰上，以防有援军来袭。现在我可以负责与您交接这座要塞。"

"哦？"柯钦采夫惊异地打量着面前的女人，"刚才那两下永恒之矛没能把你们杀掉,实在是遗憾。然而,我仍然要求你在接下来的三天的救援行动中,听从我的意见,让你的士兵服从我的指派,因为在全宇宙中,没有人比我更了解这座要塞。"

"好。"伊法只想了不到一分钟,就给出了回答。

"但我有一个条件。"

"什么?"

"我的救援方案是平等的,这应当也是你们的宗旨。我会一视同仁地救援所有人,无论某些贵族在你们看来多么罪大恶极,我也会把他们救出来。另外,最后如果舰船不够,这意味着有人会留下,被黑洞吞没。在这种情况下,我会按穆罗梅茨堡的人口比例,每留下一个贵族就留下三十个平民。"

其实柯钦采夫对内城那些空有爵位的权贵的蔑视,不亚于伊法或革命军中的任何人。人与人之间的蔑视从来都无关敌对关系,仅关乎距离,而他刚好处在那不近不远的距离上。然而正因为如此,他必须绝对公正,因为无论革命军还是贵族派,都很容易把他在营救人员时的比例失调归咎于狭隘偏私或存心报复。此时,柯钦采夫已经决心要和要塞一同沉入黑洞,他说:"按照军部的文件,下个月我终于可以从这个位子上退休了,所以更得不偏不倚。身为要塞司令,我已经打了败仗,然而能与舒尔茨、科赫、艾希霍恩这些人物同台演出,我不觉得有什么丢人。但我不能容忍,未来的历史学家在德行上对我有所谴责;更不能忍受因为我,连带着让这场我们刚刚经历的战争也变得渺小。"

伊法立即同意了这一提议,因为该方案尚可接受,且时间紧迫,很难讨价还价。她离开要塞司令部后，就听到了帝都贵族的集体声明：这些俘虏迅速组织起来，声称绝不投降，更不会让渡贵族特权。舒尔茨只是护国主，不是皇帝，因此战败只是他个人的失败，不是已有千年国祚的银河帝国的失败；贵族议会没有义务效忠于一个未按照古代宪法在胜利女神号上登基的人，也没有理由把自己的命运和他的命运绑在一起。伊法对他们的组织力量感到惊讶，这是她两年前在此生活时从未预料到的。此时伊法才后悔，刚才没有在救援的比例上和柯钦采夫讨价还价——我原本是可以挟船自重，逼这些贵族交出权力的。

"或许他们早就结成了秘密联盟，准备在舒尔茨剿灭我们之后对付他，现在却用于对付我们了，"策林根说道，"他们料定我们不敢拿他们怎么样，否则他们封地星球上的其他家族成员就会宣布独立。"

"不错，你有没有什么办法呢？"

"只需把我们现在的处境告诉他们就行了。"

"好，那你去做吧，别忘了：撤离的舰船很可能不够。"

"当然不会忘。"

伊法把与贵族集团谈判的工作交给了策林根和舍尔兴。对方的十名谈判代表中，有好几位是社交界名流，虽不认识伊法，伊法却认识他们。她觉得让完全的陌生人来和他们谈判，社交的压力会消失，实力的悬殊才能得到最大的利用。

当贵族们听说要塞即将滑入黑洞，眼下只有革命军能救自己时，他们中有的人起初咬着牙坚持宁可死在这里，也不放弃特权。可是他们却被告知：在革命军的舰船不够撤离所有人的情况下，若是执意优先救走一些，留下另一些，甚至不用承担屠杀的罪名。

策林根对这些贵族代表说："只要你们宣布放弃特权，承认贵族和平民的法律地位完全平等，并在各自的封地实行这一改革，我们就会按照穆罗梅茨堡的人口比例平等分配舱位，每救走三十个平民就救走一个贵族。否则，我提醒你们：'诸阶级各有诸特权'可是帝国宪法上的话；'贵族流血不流汗，平民流汗不流血'也是你们五分钟前刚说过的。"

然而策林根并未告诉他们，革命军已经将组织救援的工作交由要塞司令负责，而等比例地撤走所有人已是他的政策。

自古以来的贵族主义者们在为特权辩护时，向来慷慨主张诸阶级皆享有古老特权，军事阶级的特权和生产阶级不同。诸特权在尘世是不平等的，只有死后在神的面前才人人平等。即便在和平时代，贵族们亦不吝啬小恩小惠，制造出某些平民专享的小权，来捍卫自己的政治经济大权。然而今日，他们被告知这一实质不平等的逻辑将会导致自己的死亡，想要活下来，就必须承认人人皆有的普世平等权利。

"科赫指挥官说过：如无必要，勿增特权，平等不是社会的救平，却是社会的剃刀。现在是我们实践这句话的时候了。"策林根走出谈判的房间后说。

"可是这帮人会妥协吗？"刚才在谈判中未发一言的舍尔兴问道。

"这批贵族和你过去追随的埃本塔尔男爵不一样，他们没几个源自本地，多是最近二十年间，因恐惧'天诛'而离弃了家族封地躲入要塞的。"策林根说道，"为了活命才来到这里的人，也会为了活命离开她的。"

2.

在把谈判的事交给策林根之后,伊法来到总参谋部;将军们都不见了,只剩勤务人员。这就是温特多次提起的他工作过的地方。与其说是工作,不如说是跟随两位老元帅学习。温特一直对这两位老人怀有歉意,因为他们虽没有承认过,却视他为自己晚年最好的学生,而他要推翻银河帝国,就必须打倒这两位帝国的支柱。然而温特仍然用尽全力与他们相搏,一来是因为公义胜于私交,二来是因为面对不世出的兵法家,唯有如此才是真正的尊敬。

伊法在地下室里见到了温特常说起的"银河诸战区协防总图"。它仍然完好地保存在这里,令她感到一丝惊奇。据留下的勤务人员说,这是因为如果穆罗梅茨堡要沉入黑洞,那么协防计划也就像一张没有蜘蛛的蛛网,徒留虚影。曾在这里工作过的人们不忍心让它和要塞一同毁灭,被遗忘在那个没有历史的深渊,才将它留了下来。

此时,作为胜利者的伊法面对战败者的遗作,却如临大阵;该图确是总参谋部日积月累的精华,从天体的引力与辐射,到物产、经济与人口,乃至诸侯之间的猜忌无不为其所用。区域驻防舰队的布置和配比,乍看之下有的莫名其妙,细读之间却是杀机横生。伊法的目光随着条条航线前行,有时直到终点才领悟到中途的些许安排;当目光顺着线索继续走,她才知自己刚才的理解仍属片面。一些布局看似朴实简单,但只需将其与另一些因素相连,便是想落天外,别有深意,欲更改一条航线却是难过登天。

"它是真实地存在过的,可是又有几人曾经真正完整地理解过它呢?"

想必温特在此处任职期间,也必定为如此极广大、尽精微之杰作所震撼,它的许多关键细节,也深深印在了他的脑中。若非如此,我们这支渺小的革命军,恐怕起事之初就被一条又一条无形的绳索绞灭了。伊法心知此图是集帝国军一整代智囊所成,其中奥妙远非凭一己私智于片刻之间所能洞悉,便吩咐随行士兵把这张图传到的旗舰好望角号的电脑,以便日后仔细研究。

从总参谋部出来后,伊法乘车路过维谢格拉德家的宅邸。庭院四周的树墙遮蔽了来自大街上的目光,她向宅子里望去,什么都看不到。伊法想起两年前薇拉小姐去世后,自己离开穆罗梅茨堡那天,曾与老夫人道别。老夫人告诉她,游历一番之后,随时都可回来,她仍会把伊法当作女儿对待。伊法很想在这里住上最后一晚,但是她今日的身份只会引来尴尬,更不知该以何面目见老夫人,便任由车子驶远了。

可是小车不久后又被迫停下,尤季娜下车询问了拥堵的原因,是前方的监狱内发生了惨案:一名狱卒在得知要塞即将沉入黑洞后,大肆屠杀狱中死囚,理由是死囚必须被处死,既不能被卷入黑洞,也不能被营救出去。

屠杀者被几名士兵绑起来带至伊法的面前。伊法问他为什么要这样做,他却说这是古普鲁士贤哲康德的主张:哪怕社会解体,世界毁灭,也必须先杀掉最后一名死囚,才算履行了义务,才是尊重了死囚的人性。刽子手面色严峻,句句必谈"人性尊严"。当伊法的目光与他冰冷的眼神相遇,她顿时不寒而栗。

一个被按照法律押上刑场只剩最后一刻的人，和一个被疯狂的食人部落抓住，马上就要杀掉的人，两人的感觉有何不同呢？不知是因为逼近黑洞，还是因为刚从与舒尔茨这样的人厮杀的战场上归来，伊法的心中生出了这虚无的念头。

伊法让穆罗梅茨堡的全体囚犯登船，考虑到其中确有亡命之徒，不能让他们群聚一处，便把政治犯当场释放，刑事犯分派在各舰的禁闭室，并吩咐士兵不得歧视。

在以上的行动中，伊法派出了她身边所有的士兵，只剩尤季娜一人。她们来到了伊法必须去的最后一个地点：灵薄岛。她要最后见一见薇拉。

渡口的小船已无人把守，她撑过这浅浅的湖泊，便让尤季娜在岸边等她，自己孤身走进灵薄岛那巨石垒砌的神殿。可是尤季娜觉得这个岛屿安静得可怕，不让她一个人下去。

"我看你其实是怕一个人待在这岸边吧？"

"休想再用这种激将法！"

"你无论如何都不能进来。"伊法说，"我一定会回来的，但如果你跟进来了，我留在迷宫外面的线头就没了。"

趁着尤季娜感动的时候，伊法走进了灵薄岛的石门。她忽然明白了温特去年为何执意要去涅尔琴，去找寻精神污染的真相。如今她也是人工免疫者了，同样的声音在诱惑着她，仿佛弄清楚它的来龙去脉便是理解了自己的命运。

地宫内的石壁与石阶光滑冰冷，却焕发出柔和而纯洁的光泽。顺着甬道拾级而下，在巨石垒砌的下方是一个巨大的圆形墓室，伊法在那里见到了薇拉。

薇拉的遗体被保存在其中一个透明的棺材里,她美丽的面庞一点都没有变化,如雕像般肃穆,又活跃着生机。看上去她只是睡着了,仿佛下一秒钟就会醒来。然而伊法知道,只要打开这透明棺盖,她的身体就会迅速腐朽,化作尘埃。

伊法想道:如果薇拉生前有机会立下遗嘱,她一定不会同意这样对待自己的遗体。她大概会更希望被长埋地下,然后化作土壤的一部分,长成树木吧。

"薇拉,对不起,我没能带温特一起来看您。"伊法轻声说着,她蹲下来,靠在冰凉又光滑的石块上,把额头枕在手臂里。尽管近日她时常后悔,不该让温特一个人去穆斯贝尔海姆,却从未如现在这样深地悔恨。她觉得这一年来和温特相处的日子,好像是从薇拉那里偷来的,而今竟以这样的方式把温特还给了她,薇拉一定不会原谅自己了。

在这间墓室里还有其他十几口棺材,环绕着中间的那副。在正中的透明棺材里躺着一个女人,伊法一眼就认出了她:尽管这个女人在她出生前就已死去,她的故事被禁止谈论,却流传至今。在她死后,自私的皇帝不让别人念出她的名字,封存了她所有的画像,以为这样就能永远独占她;然而她在画中的形象却被广为流传,那些不敢谈论她姓名的人,便把那画中人称作"银河中最美丽的女人",一代人过去之后,这美丽的形象便真的遗忘了姓名。今天伊法看见了她,一下子就把那个名字和眼前的形象联系了起来。她一定就是碧翠丝。她三十年前的那个谎言,能算作这段历史的原因吗?伊法不知道。但她至少仍是这一切的契机。如果她没有从翁布罗萨的树上,嫁入穆罗梅茨堡的皇宫，就不会有温特这个人，也不会有国王堡教团的被逐和栓星台的失落。碧翠丝的面庞上仍然带着从容的微笑，这个死后改变了历史轨迹的人，在生前的最后时刻是多么幸福。

这时候，墓室另一侧的走廊上响起了脚步声，伊法听出那只有一个人，警觉地拿出了手枪。门开了，伊法怎么也没有想到竟然是他——

"帕特里克！"

3.

门口站着的是帕特里克。他看见伊法，眼中也充满惊讶。帕特里克于四个月前醒来后，发现地宫里竟空无一人，图书室内却堆满了几十年前的研究结果，其中正有他们国王堡教团遗失的作品，于是他干脆在里面住下来，每日钻研。伊法发现他对外面的一切竟浑然不知：要塞虽遭到数千枚核弹狂轰滥炸，可是一来要塞装甲太厚，二来栓星台这种顶尖研究所的消震能力太好，这里的一切都纹丝未动。

伊法简略地告诉了他此前的战争。

"原来科赫指挥官失踪了。"帕特里克喃喃地说道，"你是说，我们正位于黑洞旁边？几天之后，这里的一切都要坠入黑洞吗？"

"恐怕是的。"

"可惜……但也没什么可惜的。"帕特里克紧锁眉头，突然又道，"伊法，你有时间吗？我想把这里发生过的事，简略地告诉你。"

伊法原本想让他和自己一块儿回舰上慢慢说，可是看见他诚挚的眼神,还是答应了。

于是,帕特里克开始了他的讲述。

"你看,这里有十几具尸体,他们之所以在科学上被判定为死亡,是因为他们真的死了;他们在神学上被判定为未死,却是因为从他们身上检测出了精神反应。然而这只是误判,因为精神反应不是在他们身上发生的,而是附着在他们身上的另一些物质在起变化。"

"这种物质是什么呢?"

"不清楚,但根据教皇派留下的档案,是一种被称为'火'的东西。它的一大功效是加速脑的思维速度。"帕特里克继续解释道,"其实人类的理智是建立在缓慢的思维上的,理智意味着清晰地建立思想图像。然而,心念闪烁的速度比这种清晰的思维方式快得多。有假说认为,人的理智程度,反而取决于思维是否缓慢到了足够'看清'自己的过程。然而教皇派却主张提高思维速度,认为只要突破瓶颈,就能使人达到超凡的智能。所以他们以'火'加速脑活动。几千年来,人类一直无法证明脑就是意识发生的'器官'或'场所',但无疑,脑至少是思维的能量补给线。"

"他们成功了吗?"

"没有。'火'造成了精神污染。高速活动的精神无法被捕捉为清楚的思想图像,会导致疯癫。这一现象引起了教会的分裂。在诸侯时代,国王堡教团就半公开地与教廷决裂了。后来,我教出现了一位天才人物,雅宁斯。他研制出了一种药剂,将它与'火'同时使用,就能够使得'火'处于空烧状态。"

"空烧?"

"对，就像你面前，这些死者身上残存的火。"帕特里克说，"只要加上那种药剂，就能让'火'误以为宿主已经死去，并烧尽自己。这个过程至少需要两年。被火烧过的精神，就有了免疫力。"

"啊！"伊法叫了出来。

"然而这种药剂有巨大的副作用，会抑制大脑的另一些活动，在这两年期间他们会呈现出偏执症。况且人类大脑绝不可能持续被抑制两年，通常只需一年就会死去。"

伊法刚才就猜到了这个结果。

"可见，问题在于人是会死的。"帕特里克说道，"由于人是会死的，所以凡超出人类寿命的现象，都无从观察。然而这些现象，在灵薄岛上的死者身上如此明显。在他们身上持续地出现精神污染的感染和消退，不得不说是一个奇迹。这周期超出了人类的寿命，人们就以为精神污染无药可救。然而从理论上说，精神污染是可以自愈的，却需要三百年寿命。精神污染疫苗导致的副作用也是有解的，排解它需要两年时间，可是感染了疫苗的人却会在一年内恶化致死。"

"然而天才的雅宁斯，他在被逐出穆罗梅茨堡之前，秘密研制出了能够将疫苗对身体的损害降至最低的方法：通常的做法是拖延它，雅宁斯却逆其道而行之，加速它，使得它在短短三个月内剧烈地反应，让疫苗在体内燃烧的速度越来越快，最终超过它汲取能量的能力，以此降低它对身体的伤害。"

伊法听闻此言，立即联想到自己这三个月来的病症，又想起几天前神奇的痊愈。她看着手上的黑色疤痕。难道是在与舒尔茨斗剑时，被剑柄上的碎冰划破手掌，反而救了自己？她把自己手心上的黑痕给帕特里克看，并简要地告诉了他事情的原委。他大为惊讶，仔细查看后仍不敢做出判断，"没人知道雅宁斯的加速剂究竟是什么样、如何使用，若真如你所说，那么你就是第一例成功的后天免疫者。如果能够消除疫苗副作用的加速剂，竟然是剑柄上的碎冰，看来那瓶传说中的药物，早就被打碎在冰冷的涅尔琴的地底了"。

"你身边的人没有被你传染吗？"帕特里克突然紧张地问道。

"没有啊，疫苗果真也会传染吗？"

"按理说是会的……"帕特里克想了想，"我知道了，这样说吧，可能是在加速剂的作用下，'火'过快地烧掉了你的脑子……我是说重组了你的脑子……以至于不断地有真空在产生和消灭，是这些'空穴'，不断地吸引住了疫苗的流动方向。因为有这些空穴吸住了精神污染，你的脑子才没有被烧掉。"

帕特里克一边费力地说着些什么"烧掉脑子"的胡话，一边用手比画来比画去。伊法觉得，尽管经历了这么多，他还是一点都没变。

"温特利德，他是先天免疫吗？"

"对。一百年前，我教的先辈从理论上推出了先天免疫的可能性：只要婴儿的第一缕意识诞生在对抗精神污染的风暴中，便可能在今后免疫于污染。然而预估成功率极低，只有千万分之一至百万分之一数量级。当年这一理论出现后，知情人意识到利用人造子宫可能进行大规模实验，将会导致上亿胎儿批量死去。正巧，教会内的保守派也一直要求禁止人造子宫技术，他们认为这在根本上改变了母性。这些知情人为了掩藏秘密，就假借保守派的理由，推动立法禁掉了人造子宫，阻止教皇做大规模的精神污染实验。只是万万没有想到，到了耶柔米这一代,他宁可屠杀一整颗星球,也要把实验进行下去。"

"那您又是如何得知这些的呢?"伊法问道。

"跟我来,我带你去一个地方。"帕特里克说着走下了楼梯,一直走到灵薄岛的底层,然后从一个门内走进了一个地下甬道。

"什么地方?"

"长生不老研究所。"

那不就是温特利德曾经奉命看守的那个研究所?难道与这灵薄岛竟有密道相连?伊法感到一切都要串起来了,真相就在前方。帕特里克对她讲述了自己在涅尔琴战败被俘后的经历:他被过去的一位同门师兄弟利用,从这条密道进入了灵薄岛,在轻量的精神污染下,他的双眼反而逐渐恢复了辨别色彩的能力。

"你从前是个色盲吗?"

"是的,"帕特里克说道,"这一点我一直没告诉你们,是约阿斯神父让我保守秘密的。我曾遭遇一次实验事故,但奇怪的是我没有任何精神异常,却色盲了。由于这次事件,我们教会内部便开始怀疑精神污染及其疫苗的机制与视觉系统有关。"

伊法想起一个宫廷传说:当年阿列克谢身为皇叔摄政,便是将精神污染液滴进了他那尚不会说话的皇帝侄儿的瞳孔,致其疯癫,篡位称帝。只是薇拉当年听到这个故事时,曾嘲笑道:疯癫总是与语言的正确意义相对立,幼儿尚不会说话,又何以证明疯癫呢?所以她们才当作阴谋论一笑置之。如今想来,未必为假。只是想起当日薇拉的神气,又想到刚才见到的死去的薇拉,伊法的心头又涌起一阵痛楚。

在长生不老研究所,帕特里克与伊法说着这里进行着的实验:

整个研究所是一个大型的实验场，真正的试验品是那些科学家。

伊法说，这些温特都已经告诉过她了。

帕特里克很惊讶，忙问，他是怎么知道的？

伊法便把温特在流浪行星涅尔琴上经历的一切，简要地转述给他听。帕特里克听完后，看着自己手中捧着的文件，只说了一句话："没有想到，老师已经死去了。"

伊法和帕特里克从研究所出来时，收到柯钦采夫的讯息，报告已有半数人口登舰。其实他很早之前就预定好了一份应急预案，一旦要塞发生危险就动用帝国中央舰队协助撤离。如今只是用敌人的舰队来替换业已无存的中央舰队罢了，所以才布置得这么快。

尤季娜见伊法迟迟未从灵薄岛出来，已经联系了宪兵队长勒菲弗尔——尽管他仍然是光杆司令——让他找来了人进去搜寻。现在收到伊法的讯息，便赶紧开车来研究所门口接她。见到她身旁竟是帕特里克，刚刚还忧心忡忡的尤季娜不禁喜极而泣。

在这三人回舰队的路上，帕特里克坐在伊法旁边，一路上都在专心地看窗外的风景，看那些枝头上的嫩叶和花朵，"穆罗梅茨堡的春天，多么充满希望呀"。

伊法觉得国王堡教团覆灭、约阿斯和雅宁斯死去后，如果栓星台也沉入黑洞，那么他失去的其实比谁都多。也许在很远的将来，从足够远的距离上看，几个世纪的精神科学终结于今日，这一事件的重要性将不亚于穆罗梅茨王朝的终结。帕特里克并不感到失落，反而是伊法心中为此深深遗憾。

行至半路，伊法让尤季娜停下。前面不远处就是奥托大公为科伦坡建造的墓。官修史书为了将他塑造成光复者奥托的挚友与劲敌，坚持把他葬在博涯，以供后世军人凭吊；帝国政府数百年来都没有同意将其遗体迁回故乡，以免旧时代的回忆成为共和主义或分离势力的象征。两百年前，施旺二世开始的要塞大改造中，这座墓周围的建筑都被拆了，唯独留下它，孤零零地在那里。从小诸侯到大帝国，近五百年间，没有一届昏庸的市政厅敢迁走它，也没有一个暴戾的君主敢拆毁它。

"我的心中只有我的祖国，而他的心更为广大。"尤季娜读着当年奥托大公刻在科伦坡墓前的词句，哭了出来。伊法抚摸着她的头。

"我在想，科赫指挥官却没有一个墓地。"尤季娜说。

此时的伊法已经逐渐接受了这个事实：温特或许已死在了穆斯贝尔海姆，不会回来了。但谁知道呢？人们仍然会传说，科赫没有死，他在最后一战中，乘坐逸出的六千艘救生艇中的一艘离开了。伊法太了解温特，这样的谢幕最适合他不过，因为他对故乡的渴望，与对天空的渴望是一致的。舒尔茨要把你埋葬在穆斯贝尔海姆的火海，让恒星的烈焰抹去你存在的痕迹；他却不知道，这只会让整个星海，都成为世界上最辽阔的纪念碑。

再过几天，科伦坡的墓葬，也将被黑洞吞没。

"你知不知道，这座要塞有一个外号。"

"宇宙的珍珠？"

"嗯，是的。温特曾告诉过我一个住在这里的贵族都不知道的秘密：'宇宙的珍珠'其实最早并非出自官方，而是来自民间的反对者。它是四百多年前，东部帝国的共和派在战败后对这科伦坡的陵墓的称呼。这一起源被帝国史书删去，从此不为人知，只留下它的美。然而，在此后的漫长岁月中，每当他们的精神后人路过，都会注目这森严的要塞，因为在它如明镜般倒映出整个宇宙的大海之下，科伦坡就沉睡在某处。"

当晚，伊法躺在床上，久久不能入睡。帕特里克的话在她脑中挥之不去。只要时间足够长，精神污染其实可以自愈；但在这寿命短暂的物种身上，它便无药可解。其中蕴含着更普遍的道理：人都会死，这是人类陷入短视、渴望用猛药推动社会变革的因由。如果温和平稳的手段要过两代人才收效明显，又有几人会支持呢？明天，有千年国祚的银河帝国将不复存在，当年废共和、建帝政，亦是源自人性的脆弱与短视。对于贷款严重透支了未来的人，在动荡的大殖民时期何以抵抗野心家的诱惑呢？有谁当初想到，自己支持的"权宜之计"会延续一千年，永远地改变了人类？历史评断善恶的标准，取决于对长远福祉的影响；大多数人的行动，却只为眼下的目标。对于将死的老人而言，即便实现了年轻时的梦想，又有什么意义，对个人而言又有何价值？伊法想起自己年轻时——不，是仅几年前读过的一个故事：主人公最终来到了，他年轻时只在梦中游历过的那座璀璨的、能满足他所有欲望的城市，唯一的不同是，来到此地时他已是老年。

这对于个人而言无疑是悲剧性的，但对于人类社会而言却是必需的。想必温特也是这样想的吧，他在穆斯贝尔海姆把最后一支舰队分给我的时候，就已经知道自己看不到胜利了。可是我多么想你能看见这胜利，哪怕只是作为一个老人看见它呀。

4.

第二天，起初坚持不肯放弃特权的贵族们大多屈服了，这让少数死硬派也不得不放弃，因为孤独地反抗是无谓的。最先投降的贵族自愿充当了说客，格外积极地劝说自己的亲朋，只有大家最终都投降了，他们苟且偷生才不那么丢脸。最先投降的那些贵族，后来都说，自己内心深处其实早就是最最开明的平等主义者了；而最后投降的那批贵族中，有一些在安全离开穆罗梅茨堡之后，余生中每说起当日情形，都要强调自己本来宁死不愿受叛军恩惠，是被他的朋友某某男爵，或"忠心过度"的仆人们厚着脸皮推进逃难的队伍。至于事实是否如此，没有人知道。

"上万个贵族家族舍弃世代承袭的特权，换来逃生机会，真是世界上最贵的船票啊。"伊法感叹道，"不费吹灰之力，而且就在帝国宪法的框架内，我们消除了大半个银河的贵族制。这胜利来得太快了。"

刚说出这句话，伊法已经隐隐意识到了暗藏的危机：今天这批放弃特权的贵族，其支配力不一定真能贯彻到封地。他们中的一些已在帝都居住了十多年，对其封地只有名义上的权力。温特曾说过：通过招安地方势力首领进入帝都来控制地方，只能维持到他们在其封地的余威耗尽之时；这意味着每隔十几年就得再招安，以此往复持续不断，直至数代人后才能真正驯服一方豪强。舒尔茨利用科伦坡幽灵，以"天诛"斩断贵族血脉，实质上是以极端手段把地方贵族驱赶向帝都，加速这一权力循环。前年东境封建集团叛乱，也与力量失衡后引起的恐惧有关。

策林根答道:"是啊,胜利来得太快了,迅速的胜利多是不彻底的胜利,况且它也来得过于巧妙了。我们明明答应了柯钦采夫,不会区别对待贵族和平民;可是在威胁贵族们放弃特权时,却隐瞒了这一信息。我们凭借着倒计时的急迫取得了效果,却不免担心它只是从时机中借来的,总会随时间流逝,因为它超出了我们的实力所能持久巩固的范围。"

"就像一条无法长久维持的战线吗?"伊法说。

"是的,我刚想用这个比喻。"

曾经困扰银河帝国的地方封建势力问题,如今困扰着刚刚攻入帝都的革命者。然而伊法看着周围的人们在疲惫的胜利之后,欢欣洋溢的笑脸,她决定暂不让这些隐忧打扰他们。

策林根继续说道:"如今回想起来,我在用核弹猛轰要塞外壁时,若再多投下一波,或再损坏要塞的一座引擎,救援工作就来不及了。您刚才说,我们是在帝国宪法的框架内废除了贵族制,其实再过三天,帝都就会成为空城,然后消失在黑洞;那时就再无帝国宪法,只有旧帝国宪法了。"

伊法知道这是在提醒她,新的联邦共和制国家的宪法,也须尽快拟定了。温特在穆斯贝尔海姆战前向全宇宙公布的新国家草案,当时没有一家媒体敢公开评论,今日在全银河的各大媒体中,已变成了胜利者的意志。

然而理念的对错与战争的胜败是两回事,伊法想到此处,明白了温特抢在战前公布这个草案的全部用意:不仅因为他意识到了面临的凶险,不愿这理念随着战败而消失,同时也是不希望它借战场上的胜利而获胜。他不愿以胜者或败者的身份提出这些理念，因为这是他无论胜败都甘愿为之而战的理由。战场上的输赢只是历史中的一瞬，而理念和原则却有永恒的意义。面对艾希霍恩和舒尔茨，温特并无必胜把握；然而他是为使命而战，而非仅仅为胜利而战的。

次日，街上的人又少了许多，疏散即将完成。柯钦采夫元帅坚持要留下来，伊法尊重了他的意愿。在这个老人身上，她仿佛看到了穆罗梅茨堡扩建为帝都前的历史：仅作为要塞的历史，一部更尚武、更粗粝，也更诚实的历史。在柯钦采夫自己的时代，他被那些比他更具天才光芒的人遮蔽了；然而，随着岁月流逝，越是在遥远的距离上回望，他越是成为穆罗梅茨王朝的象征。

直到离好望角号启航只剩最后几个小时，伊法才把最后的工作交给舍尔兴，说自己要去办一件私事。她要去维谢格拉德家族府邸找一把剑、一副击剑面罩和一件甲衣。在过去的一天内，她只要身处内城，就会不停地想到，十公里外就是自己和薇拉曾有的家。她不想让薇拉的遗物与穆罗梅茨堡一同埋葬在黑洞里。出于自己也不明白的原因，她在这件事上始终犹豫不决，直等到最后，才下决心要把它们取来。她独自一人驾车飞驰在空旷的大街上，维谢格拉德家已经人去楼空，门却没有锁。在客厅中央的桌上，伊法看见一个信封，信封上写着她的名字。

如果你回来，这个家已经没有你容身的地方。我们是如何把你当作女儿待，可是你的叛逆让我们伤透了心！但是，这里是薇拉的房间的钥匙，如果你有什么东西落在她那儿，你就去取吧。我给你写这封信,绝不代表我原谅了你,只是我知道薇拉不会怪你。就算我不让你进家门,薇拉若还在世,她也会允许你进她的房间。

伊法认出这是维谢格拉德夫人的笔迹。她果然不会原谅我,但是她对女儿的爱,使得她代替薇拉包容了我。

薇拉卧室里的布置丝毫未变,且依旧一尘不染。她的家人把这个房间凝固在了时间中。伊法看着眼前熟悉的一切,觉得宛如上一个时代的回忆。

伊法取出薇拉的剑、面罩与甲衣,走出门时,忽觉身后似有一阵风吹来熟悉的气息,仿佛下一秒钟薇拉就要从身后用双手蒙住她的双眼。"薇拉!"伊法想回头去寻,却怕自己如果此时回头,便再也离不开了。她懂得了柯钦采夫为何宁愿留在这座要塞里,与他毕生的回忆一同埋葬在这时间的深渊。

伊法怀抱着三件遗物离去了,她还年轻。然而一路上她都没敢回头,她怕自己如果回头朝那幢房子的方向望上一眼,也会变成盐柱。

一个多小时后,穆罗梅茨堡港内共计两万三千艘各型军民舰船,载着三百多万人,陆续启航。每一艘船穿过弹痕累累的大门时,人们不约而同地注目于它。"多么美的城门呀!"有人轻声说,仿佛看见了传说中八百年前要塞建成之初,在辉恒的太阳照耀下的那道焕发金光的博涯大门。

伊法与策林根并排站在窗前,望着远去的穆罗梅茨堡,深黑的背景衬托得它前所未有地晶莹明亮。

这一城的人们挤在舷窗前,向穆罗梅茨堡告别。此起彼伏的声浪让伊法想起，上一回凌越这座古老的要塞时，自己曾与战友们一同向故乡道别。那时是我带头第一个喊：再见了，埃本塔尔！当时的我已经下了永别的决心，却并无悲伤。如今这迟到的离愁撞向我，我却如鲠在喉，无法像他们一样说出告别的句子。

"伊法指挥官，您坚持不搬到总指挥部旁的新办公室吗？"策林根小心地问。

伊法摇头，她想把总指挥官办公室永远留给温特，无论生还与否。

静默片刻之后，策林根忽然说道："其实促使科赫指挥官最后决定孤身前去穆斯贝尔海姆的，与其说是他的孤独，不如说是他的羞惭。"

"什么？"伊法听了这句话，心中暗暗吃了一惊。

"因为科赫指挥官其实并不属于这个群体，或者说，他不属于任何群体。他或许始终觉得，他的生命注定与教会的精神污染相纠缠，他的知识亦是师承总参谋部的军国蓝图，而他却要将这一切尽数毁去。科赫属于过去，而您拥有未来。点亮了光明的人，不一定是那个能沐浴在阳光下的人。"

伊法一时不知说什么好，所以没有回答。

策林根觉得自己仿佛失言了，于是他微微鞠了一躬，转身离开。

在伊法的印象中，这是策林根第一次说出对他人的私人看法。然而，这也是最后一次。伊法记住了他的话，尽管她无法确定，这句话在多大程度上是在说温特，多大程度上其实说的是他自己，或是他在温特身上看到的自己的影子。

第二节：复活

1.

在悬于黑洞高层轨道的穆罗梅茨堡，人们度过了它最后的三天。这座要塞曾被认作永恒的天城——在它之上，一切都永恒不变；在它之下，万物皆易变可朽。今天告别它的人们感到时间如白驹过隙。在更迫近黑洞的耶梦迦德号上，那里的时间才走过三个多小时。孤独地悬挂在低轨道上的舒尔茨，心中竟一时忘记了失败，想到了比胜败更伟大的永恒。显示宇宙标准时间的钟失灵了，刚刚耶梦迦德号急速下沉逃逸时，它越转越快，过了某个极限后，它停下了，不再变化。

时间静止了。就在刚才，敌军的炮火还犹如万千道闪电怒号，可是现在——指挥部内、走廊上一片宁静，灯光和煦。下方是浮动的光海，远方事件视界的漆黑弧线之上，密布着弯曲的群星。世界静谧安宁，犹如新生。在舒尔茨的印象中，黑洞一直像是一个暴君，横扫宇宙，吞噬一切。然而此刻的黑洞，却犹如一位神秘的母亲。

舒尔茨打破了宁静，他叫了一名侍从的名字："阿克曼。"

"属下在。"一位老人走到了他的跟前。

舒尔茨示意老人坐下，问道："你还记得吗？两年前，在辉恒旧皇宫废墟的金王座旁，你曾经将科赫误认作教会骑士团的僧侣，谁又能想到今日呢。"

阿克曼答道："殿下，其实有件事我们都弄错了：那个废墟中的金王座，并非半个世纪前在永恒之矛下幸存下来的，而是后来人悄悄重造的，只不过手法高明，将新物染上了古色，我们才没有看出来，可是说不定科赫是知道这件事的。"

"原来如此。不过即便是真王座，我想，科赫站在它面前，也不会做帝国的忠臣。"舒尔茨稍作停顿，说道，"你是否知道，我为什么要把你留在身边呢？就在离我最近的位置？"

"属下不知道，殿下。"那位名叫阿克曼的年迈军官答道。

"因为我知道，你是最后见到我母亲的人。"舒尔茨说，"你就是当年赐死玛利亚·舒尔茨的那名宫廷武官。"

"是的，正是属下。"

"你知道我为什么一直把你安排在离我最近的地方吗？"

"属下不知，还望殿下明示。"他的声音中并无惶恐或疑惑。这位老人多年来一直等待着他的主人问这个问题。舒尔茨今年已二十九岁，而阿克曼已用了二十九年来准备面对舒尔茨家族的后人。

"多么遗憾，原来你也不知道这个问题的答案。其实我不是在考验你，而的确是在向你请教这个问题，因为我自己也不知道答案。"舒尔茨低声说。他原来指望对方这么多年来，一定用了全部的精力去思索它，必定能想出些什么。

过了半晌，他仿佛没话找话般地问道："你信教吗？"

老人沉默着点了点头。

"不，我不该这样问，宫里的人都是注册教徒。"舒尔茨摇了摇头，随即望向舷窗外，目光直指向那巨大的黑洞，"你信教吗？"

"我不信。"

"好，我也不信。"舒尔茨微笑着说，他注意到阿克曼刚才一直以

"属下"自称,现在他终于说"我"。

"所有的宗教都崇拜光明,然而这璀璨银河正与黑洞相伴相生,光明与黑暗,就像阿波罗与狄奥尼索斯。据说,如果我们掉进黑洞,在极慢的时间中能看到宇宙终结:整个宇宙中的所有物质,最后都免不了步我们的后尘,被黑洞吞没,被抹去历史与记忆。然后,就连这永恒的深渊,也会在更漫长的死寂中蒸发消亡。再然后呢?世界会重新凝聚吗?就像垂至最低点的钟摆重新扬起?在宇宙的诞生、成长、衰朽与死亡的过程中,适合创造出生命的这百亿年时间窗口,占宇宙总寿命的比例,犹如一艘船相比于一个黑洞。这不免让我们想到,如果宇宙是一位母亲,人类的全部历史,在她看来,是否仅是一个微不足道的误会。"

老人没有答话,于是舒尔茨接着说道:

"一位名为'寒鸦'的古代诗人说过:他不曾如他的妈妈本应得到的那样,或他本应能爱的那样爱他的妈妈,是因为被语言拖累。德语中的 Mutter,无意间同时暗指了基督的辉煌与基督的冷漠。"

这时候,老人说话了。他把三十年前那一天发生的事讲给舒尔茨听:皇帝是如何震怒,而你的母亲又是如何像一头母狼般地死去。她最后的笑容中有那么多的骄傲,又有那么多的母性。她在递出刀子时,将胜败视若无物,在呼出最后一口气时,对生死一视同仁。老人诚实地告诉舒尔茨:先皇妃并不是传说中的绝世美女,贵妇的画像也从来不能作数;但若不是曾见到她可怕而美丽的笑,他的宫廷武官生涯将一无所获。

舒尔茨留心地听着每一个字,字字句句皆惊心动魄。他听完之后，却一句话、一个字都没有说。这是此前三十年间从未有人向舒尔茨提到过的，他更不曾问过任何人；从那以后，他们之间也再没有说起过这件事。

耶梦迦德号的食物只够支撑十余天。舒尔茨宣布，如果一周之内没有逃出黑洞的办法，他就不得不用所剩不多的燃料尽力爬出这引力旋涡。余下的能量肯定不够开启空间传送，届时他将向宇宙发送公开信号求救，如果招来的是革命军，他就自杀。但是他无论如何都不会拖累一船战友，在这黑洞边缘荒唐地给他陪葬。

"皇帝万岁！"一名老兵眼噙泪水喊道。

"我不是皇帝。"舒尔茨一如既往地纠正了这过于盛大的称号。当年他还只是校官时，有人称他为将军，他每次都要做出纠正；当有人称其为银河第一剑士，他也会如此。此时能听到这句话令他感动不已，胜过在帝都接受千万次效忠，但这更坚定了他绝不拖累部下们的决心。

接下来几天，工兵们费尽努力想临时改造耶梦迦德号的引擎，却始终无计可施。其余的人无所事事，他们聚在一起游戏，喝酒。平日里颇有距离感的舒尔茨，如今高声谈笑，放浪形骸，甚至与一般士兵勾肩搭背。士兵们唱歌，他就用佩剑随意打拍子，然而当他的目光偶然垂落于剑鞘上，若有所思的眉目之间，却又能隐隐瞧出当日于豹厅连杀数十人的霸悍。

起先，他们轮流讲故事。有的故事很好，尽管士兵们大多嘴笨，不擅讲述，却仍令舒尔茨印象深刻。因为这些故事的力量在其本身，而不在于呈现它的人。士兵们所说的那些传说大多也是关于战士的，有在最后的归途中，一路与死神对弈的骑士；还有一群被迫为敌军造桥的战俘，坚持要造一座长久屹立的真正的大桥，并在桥头骄傲地刻上自己部队编号，却最终炸毁了它。令人们印象最深的是一名军乐队小号手，讲了一个他曾认识的一辈子没下过船的小提琴家的故事。有人问这是真的吗？那小号手说，千真万确！可是有人却说，这故事早在地球时代就有了，古代故事里说的是一个钢琴家。小号手面红耳赤，偏说是真的。

舒尔茨说："不管它是否是地球时代的传说，只要人类仍在航行，它就永远是真的。"但当士兵们问他，钢琴家是否该下船时，他显然没有想好，也没有回答。

除了故事之外，他们还讲那些军中禁止的粗鲁且政治不正确的笑话。这些笑话在普通士兵中流传已久，在不同的时代有不同身份的主角。近年来教会越是禁止它们，笑话的主角就越是和僧侣有关。其中大多却是舒尔茨初次听到，令他大笑不止；两天后他就举一反三、青出于蓝了，他编的故事尤其政治不正确。

"殿下……"一名士兵刚想说什么，就被打断了。

"说了几遍了，叫我舒尔茨。"

"舒尔茨，"士兵显然并不习惯，"希柏里尔教会真有这么淫乱吗？您讲的故事里，全都是好色的神父和淫荡的修女！"

舒尔茨说，这些故事其实是一本古代出现瘟疫时写下的故事集里的，但今天的教会可比那时更糟糕，他们都已经厌腻了女色，改好男童了；如果不是同性恋，是断然进不了穆罗梅茨堡中央教廷的。

众人大笑。一名舷窗前的士兵拿起空酒瓶，对着瞳孔远望。舒尔茨看着他，想起了人类第一次向着夜空举起望远镜的时代。如今我们已在黑洞的引力透镜之内，但遥望星辰的姿态竟然还和两千多年前的人一样。

这时候，那名士兵忽然从地上滚了起来，他揉揉眼睛，再次用酒瓶对准右眼。

"船！船！"

人们听到这个词，都立即清醒过来，朝着头顶上方望去，问他在什么方向。那名士兵叫道："不在上面，在下面，在下面！"

另一名士兵拿起地上的另一个酒瓶望去，他身旁的长官立即把酒瓶夺下，指着雷达说，"你的岗位在那边！"

"船！舒尔茨！看哪，船！"士兵捕捉到了下方的船只，激动地喊道，但他立刻从旁人的眼神中意识到了自己的失言，"殿……殿下……"

是怎样的船，能在比耶梦迦德号更贴近黑洞的位置生存？舒尔茨缓缓站了起来，他看见了，在屏幕正中央有一个小小的亮点，那是一个人造物。放大，再放大之后，尽管光路受到黑洞引力场的扭曲，但仍清晰可见是一艘造型特殊的战舰，宇宙中现存最古老、最美丽的战舰。在她所属的古代，诸神不是善的，而是既美丽又残酷。

那是胜利女神号。

2.

真是命运的嘲弄！

舒尔茨曾立誓遵照帝国宪法，要在总旗舰胜利女神号上名正言顺地加冕。然而当他坐拥整个帝国，调度十万艘战舰之时，这艘舰船隐匿了踪影；如今他丧失一切，舰队倾覆，帝都沦陷，自己被困于黑洞边缘，这不朽的王座却来到他面前。如果他能早几个月找到这艘战舰，名正言顺继位，他面对贵族议会的压力就要小得多，也无必要打这无把握的最后一仗。一瞬间，舒尔茨的心中涌起了欲将其一炮击毁的愤恨，如果这就是命运之神用来玩弄我的道具，我便宁可自我毁灭也绝不愿配合演下去。

这时，耶梦迦德号的舰长库格尔的一个建议打断了他滑向深渊的思绪，他提议尽快与胜利女神号对接，因为她若要逃脱黑洞边缘，就必然存有大量燃料和补给。舒尔茨意识到，这是不通过向外求援逃离黑洞的唯一途径，立即批准了行动。

那艘古代战舰现在耶梦迦德号下方不远处，浮游于黑洞近旁的低层轨道。均匀而柔和的光明洒向她，好似时间也不能在她身上留下痕迹。若非耶梦迦德号为躲避炮火，逃至这时空曲率巨大的地带，是断然不会遇上她的。胜利女神号被人加速至极大速度，悬挂在这深渊的边缘。耶梦迦德号渐渐靠近，小心翼翼地与之对接。

"慢些，再慢些，轻些，再轻些。"舒尔茨几番叮嘱负责两船对接的船员，仿佛只需伸出手臂轻轻一推，这艘古代战舰就会坠入黑洞，万劫不复。

两舰对接原本用不了五分钟，在黑洞近旁却足足费了一个多小时。等到对接成功，通道绿灯亮起时，人们都松了一口气。在胜利女神号上发现了充足的燃料和补给，足够两艘船使用。工兵们立即将其中的一半输送至耶梦迦德号。在这空余的两个小时内,舒尔茨让每一名士兵都登上胜利女神号看一看,他对他们说,你们跟随我一路战斗至此,应当有特权登上我们帝国军真正的总旗舰。胜利女神号从设计到装饰保持了五百年前的风格,一廊一柱都更加高大宽绰,仿佛不是为凡人的身躯,而是为半神的身体而设。这令习惯了现代战舰上更优化、更紧凑的狭小空间的士兵们惊叹不已,昨日还放声大笑的他们此刻亦轻手轻脚、轻言轻语,唯恐惊动了先人的英灵。一名老兵情不自禁昂起头,张开双臂踮起脚尖丈量走廊的宽与高,他从未在战舰上如此舒展过自己的肢体。舒尔茨想道:在某些时代,人类的目光会看得更高远,迈步的姿势也会比另一些时代更阔大些。

舒尔茨让库格尔升任胜利女神号的临时舰长,可是他却说,这不存在"升任",能留在耶梦迦德号上是他最大的光荣。于是舒尔茨允许他任意指派人员担任这一职务,循规蹈矩的库格尔没有做任何别出心裁的选择,他派去了他的大副。

待到补充完能量,明天就又将启程。当晚,舒尔茨侧卧在床,看着窗外反射着和煦的金色光辉的战舰,心中想起一个古老的问题:胜利女神号是五百年前莎莉丝特王后的座舰,其零件早已被逐次替代,舰内技术也已逐步更新,早已不剩一个原子是当年留下的了。那么这艘船还是奥托大公时代的那艘吗?

"这么个哲学问题,曾在宪法学界掀起过大争论,据说关系到帝国宪法的连续性、征服权利与普通法谁先于谁的问题。倘若古代的英灵再世,他们只怕会笑吧。是不是五百年前的同一艘其实不重要,胜利女神号的意义,正在于它永远迎向未来,背对过去。"舒尔茨这样想着，心情颇为激动，仿佛回到了自己尚且一无所有，却为了将来心潮澎湃的年轻时代的那些夜晚。

第二天，已在黑洞边缘停留了将近十天的耶梦迦德号补充完燃料，准备与胜利女神号一并重新启航。在这样时空扭曲的地点无法直接进行空间传送，它们需要先用一天时间挣脱出黑洞周围的强引力场。就在启程之前，他们看见了加速坠向黑洞的穆罗梅茨堡。

"你也会坠落吗？"舒尔茨自言自语道。他让全舰官兵向穆罗梅茨堡最后一次敬礼。

如一颗流星，那宇宙的珍珠向左侧天际线的方向滑落。

并行的两艘战舰上，共计二十五座聚变引擎全部开至最大，惊人的力量将它们推离了黑洞。黑洞的视界划出的纯黑的圆的四周，那环绕的光圈弧度越来越大，五小时后，就由微弯的弧线变成了半圆。又过了十多个小时，他们已经与黑洞有足够的距离。这时，舰长库格尔提议在旗舰礼堂降下半旗。

"为什么？"舒尔茨问道。

"雷达上的穆罗梅茨堡已只剩下静止的残影，"舰长说道，"它陨落了。"

"我知道了，不要降半旗。因为胜利女神号仍在。"

然而，穆罗梅茨堡并非这两艘战舰在驶离黑洞的途中遇到的唯一人造物。他们还遇到了一艘孤零零的帝国标准驱逐舰。舒尔茨立刻惊疑起来。是谁的战舰，会在这黑洞的边缘巡弋至今还未离去呢？像一匹受伤的野兽，他从风中嗅到了追猎者的气味。

出于保密考虑，舰长建议直接在其视距之外击毁它。梅耶贝尔反对这一意见：驱逐舰上没有瞬时通信器，而附近又无第二艘船，它已无法将信息传递出去，不如询问它为何逗留在此，或能斩获些许情报。于是舒尔茨权衡之后，决定用普通的定向信号与之联络，询问他们是谁，并让两艘巨舰保持在这艘驱逐舰的辨识范围之外。

在接下来的十分钟内，舒尔茨想：换作是我，在这黑洞附近收到来自黑洞方向的一份不知来源的神秘来信，询问我是谁，我又会怎样回答？他想不出来。十分钟后，对方终于回信了，那份简短的回复只有一行字：

"你又是谁？"

舒尔茨不知如何回答这个问题，于是他指令耶梦迦德号驶近至对方的侦察范围，立即收到了一封语气不同的求救信，原来是帝国军舰。舒尔茨与该舰舰长直接对话。

"我们的战舰本来燃料就未加满，所以仅是逃离战场就耗尽了全力，已经没有足够的能量发动传送了。"

"那又是哪位将军，让你们在能量不满的情况下投入战斗的？"舒尔茨问道。

"是您，殿下。我们是受损最严重的两百艘战舰之一，是您在战事最激烈的时刻，让我们从要塞大门直冲出去的。"

"你们承受了敌军最猛烈的炮火，逃跑也是情有可原的。"舒尔茨此次分外宽宏。

可是那名舰长却继续说道："殿下，我并不是在冲出城门后，遭遇猛烈炮击时才临阵脱逃的，而是一听到您要让这批受损最严重的战舰出城参战，就觉得战局已必败无疑，再打下去已无意义。那些据说需要动员最后的老弱才能打赢的仗，当然是必败的。结果报应来了：我们要被困死在这里了。您如果要处决逃兵，击毁我们的舰船，我们心甘情愿。如果您以宽恕之名将我们遗弃于此，才更残忍些。"

舒尔茨听了这些话，不仅不动怒，反而称赞对方说得有理。

通信终止后，舒尔茨心想：只是这名舰长并不知道，我当时不是要他们这些受损严重的舰队去战斗，而只是要他们牵制对方两分钟，也就是说，是要他们去死。他没有猜中过程，却猜到了结局，这似乎更能说明这是躲不过的命运。如今回想，那时自己只想耗尽全部力量去拼命，本就是大势已去时的徒然挣扎。

这艘驱逐舰早在穆斯贝尔海姆就已受重创，能在穆罗梅茨堡城门外死里逃生更是奇迹，但如今已无论如何无法带着一同上路了，否则会显著拖慢另两艘战舰的航速。正巧耶梦迦德的轮替士兵被分去了胜利女神号，两艘船的人手都很吃紧。舒尔茨靠近了这艘驱逐舰，将这百余名士兵接了过来，分别编入这两艘船的兵员。

3.

耶梦迦德号与胜利女神号航行了一整天，逐渐脱离了黑洞边缘。超光速通信装置恢复正常的一瞬，舰上欢声雷动。舒尔茨看了一下日期，此时已是辉恒标准时间479年1月23日下午四点半。他在强引力场下度过了十天，外面的世界已过去了十个月。

舒尔茨不知道这十个月中发生了什么。唯一可以肯定的是变化本身：革命军不可能停留在十个月前的胜利上等待；我却在这时间的灵薄中，在这冬眠的耶梦迦德的腹内，错过了银河历史上最关键的十个月。令他稍感宽慰的是：十个月后，宇宙时间仍然存在统一的标准，它仍是辉恒时间。

舒尔茨的目光扫过指挥部，中途与阿克曼相遇了。据说我没有在母亲的腹中待满十个月——我是还未到生产的季节，就被她从肚子里剖出来的；如今命运以此方式，阴差阳错补完了这等待的时间。从此刻起，我当对待自己犹如对待新生。就在刚才驶离黑洞的过程中，他曾想过不知外面已是何年月，这银河是否还值得为之而战。但此刻，看见欢呼的部下们和那璀璨的宇宙投影，舒尔茨有生以来第一次决意相信，如果把世界视作一个整体，它全部的价值是永不蚀损的。

舒尔茨看了一眼在星光下焕发着光辉的胜利女神号，心想：我过去的灾厄，归根结底是由于受困于与权力相伴的负担，不敢大胆行动，而科赫却始于一无所有，无所顾忌，得以将全部才能发挥到淋漓尽致。如今我已经没有什么可失去，全宇宙也再没有能限制我的了。

这时，舰长库格尔问，下一个目的地是何处？舒尔茨说，既然我们已经等了十个月，不妨再等几天，就在这里，哪儿也不去，听一听这十个月来发生了什么事。

接下来的几天内，凭借公开新闻，舒尔茨逐渐摸清了眼下的局势：

十天前，不，是十个月前，革命军胜利之后控制了大半个银河，在其控制的所有星球上选出了行星自治议会——他们居然成功地镇住了大多数的大贵族——这是怎么做到的？这大大出乎舒尔茨的预料。几天后他才逐渐明白，穆罗梅茨堡坠入黑洞时，那些贵族为换取搭乘革命军的舰队逃生的平等机会，被迫放弃了封建权利。

然而贵族们并未全数屈服，因为新的凝结核——他的舅舅，也即两年前战败失踪的舒尔茨伯爵又出现了，并又一次被推举为贵族联军的参谋长。只是他自感两年前过错巨大，坚决不担任总司令一职。

"真是奇怪。我的舅舅是二流指挥官中的最优秀者，但他既不乏战略头脑，也是个有自知之明的人。我不认为他会愚蠢到以为自己率领这帮乌合之众，能打败科赫的得胜之师。"

各星域的前帝国驻军都已军阀化，其中少部分明确选择了共和军或贵族联盟，这些人要么是为空间远近的因素所迫，要么是对自身判断力过于自信的赌徒，抢先下注以便在战后分得更大的利益。更多的人不求有功但求无过，他们的策略是等别人先选，自己好最后投靠胜算更大的一方。共和军接管了帝国大部分的军工遗产，去年启动生产后，新造的驱逐舰大部分已归其所有。公开的新闻中当然不可能出现详细的军事数据，然而舒尔茨对军事生产进度了如指掌，立刻估算出共和军的舰队规模应当在四万至四万七千艘之间。为确保自己没有算错，他让梅耶贝尔独立计算一遍。

两人得出的数据相近。梅耶贝尔很是困惑："革命军在半年前应当就已经获得了这等兵力，按理说在如此武力的压制下，贵族们应当根本没有机会组织起来。除非革命军眼睁睁地看着他们扩张，却不加干涉。况且既然双方势不两立，又为何没有立即爆发战争呢？"

接下来的新闻解释了这个疑惑。内容是一名希柏里尔教教士，坚信目光是精神污染的传播途径，不敢与人对视，因神态可疑而被抓，最后被判定为疯癫。九个月前，也就是他遁入黑洞边缘后不久，多个星球出现了传染性的精神污染，感染者有的就此疯癫，有的暂失感官知觉，还有些留下了长期的偏执后遗症。虽然防疫学家们判定精神污染是接触传染，却正如精神科学中的大多数结论一样，无法被最终证明。这场精神污染横扫了整个银河，没有一个星球幸免，却使共和军受损最严重。据说最初的污染者，就是共和军从穆罗梅茨堡大撤离行动中带出来囚犯。

舒尔茨听到此处，便猜是中央教廷用囚徒做实验研究精神污染与"疫苗"。定是这场传染，迫使双方军队处于隔离防疫状态，谁都不敢集结兵力，行军一个月发动进攻，否则可能战火未燃，进攻方就已自败于疫病。为了维持各自统治区的秩序，双方都动员了预备役；经过半年多的努力，目前精神污染已经得到控制，双方却仍因为对方的兵力动员而不敢解除己方动员。

然而，舒尔茨很快得知了更令他瞠目结舌的消息：那些举兵抵抗共和军的封建贵族以为他死了，竟然把他视作帝国的精神象征供奉了起来，理由是舒尔茨遵守帝国宪法，没有在丢失胜利女神号之后强行登基，他至死都是帝国的护国主，而不愿仅凭军事实力去做一个僭主。

他们是把我塑造成捍卫帝制、恪守帝国宪法的精神象征了。舒尔茨心中冷笑：真可笑，我一生只是做我想做的，说我想说的，但愿被人憎恨着死去，从未打算过遵守任何东西。他对身旁的人们说道："如果我一直活着，他们只会恨我胜过恨革命，在自己被革命分子套上绞索之前，一定要先把我掐死。"

舒尔茨的这番推断完全正确，尽管他不知道，封建贵族们把他捧上天的这套说辞，是最近一个多月才逐渐定下来的。此前的半年里，乌尔里希·玛利亚·舒尔茨在他们内部一直是一个充满争议的名字。贵族们的态度是慢慢改变的，身处其中者逐渐习惯了它，有的人甚至信誓旦旦地说，自己早就认为舒尔茨不是封建主义的"真正"敌人，过去的冲突都只是些暂时的误会。而在舒尔茨看来，这些转变都突如其来、不可思议。这同时提醒了他：黑洞旁的十天已经隔开了现在与过去，他必须尽可能少地将过往成见带入对新局面的认知。没有永恒的朋友与敌人，只有永恒的利益。这句现实主义政治的格言说起来简单，做起来难；因为过去的记忆生动又具体，而未来只是些可能性。

一日将尽，舒尔茨已听到了关于自己的消息，却还没有科赫的消息。正当此时，新闻中出现了"自从共和军的科赫指挥官于九个月前消失在公共视野中"这样的说法。这句旧闻只是轻描淡写，却是今天一切新闻的前提。

这条新闻暗示科赫很可能感染了精神污染，因此被隔离了。然而舒尔茨知道，他可能是死在了穆斯贝尔海姆的火海，也可能死在黑洞旁的赎罪日之战，但按理说应当不可能被精神污染——除非"疫苗"的机制有所不同。

第二天，终于传来南境的消息。内容是几个月前爆发的共和主义抗议的组织者受审，这说明南境在法理上仍处于帝国宪法下。更重要的是这则信息的态度：可以听出，南境并未投靠任何一边。然而以南境驻军的实力，是不可能真正中立的。驻守南方交通线的两万艘规模的舰队至今完好无损，虽不足以与共和军抗衡，但共和军要想吞并它也须付出相当的代价，不利于此后与贵族联军的作战。换句话说，南境正是在利用贵族联军的存在，保住了自己的中立地位；反过来说，南境的事实中立，也在客观上也保全了处于劣势的贵族联军。

既然如此，奥伯豪森伯爵为何不直接与贵族联军结成联盟呢？

舒尔茨又思考了一会儿，才想明白：在双方即便结成联盟也无必胜把握的条件下，南境的中立，与其说是策略最优化的结果，不如说是奥伯豪森宁可不行动，也不愿采取主动；与其说是他选择不屈居于任何一方，不如说是为了在局势不明之际，以尽可能少的行动和尽可能模糊的立场，逃避对整个人类社会的历史责任。奥伯豪森家族世代镇守南方交通线，兴衰荣辱全系于此。数十年前的银河统一战争期间，他的祖先归附之后继续被封为南境总督，并以世袭方式将这一要职传给了他，想必他今日采取的亦是同一策略：以放弃争雄银河系的资格，换取未来胜利者的信任，延续自己家族在南境的势力。奥伯豪森家族世代经营南境，只有在这里他们才树大根深；银河对于他们而言，是一个过于壮丽恢宏，又过于空气稀薄的舞台。

理解奥伯豪森的这个立场，对于舒尔茨而言并非易事，因为这意味着去理解与自己截然相反的类型的人。但他最终仍准确把握了他们的思维与心理。

舒尔茨心中思量：眼下我手中无一舰可用，我所倚仗的仅是护国主的威名和胜利女神号。因此我应当先去在大义名分上不稳定，却手握重兵的南境，因为他们比贵族联盟更需要旗帜与名义。获得南境的军事资源之后，再去统一贵族势力就不难了。但舒尔茨没有立即行动，他又等了一天半的时间，仔细地收集飘荡在宇宙中的消息。

第三节：大地

1.

脱离黑洞边缘三日后，舒尔茨确信他已经理解了当前局势，便下令耶梦迦德号与胜利女神号向南境进发。若不是考虑到粮食补给有限，他原本是想再等两日的。"双方的新闻很大程度上都只是些宣传而已，但是字里行间透露出的背景信息已经足够。"

为了神不知鬼不觉地穿过广袤的东境，这两艘战舰不能走主干线上的中、长程传送增幅门，他们的航线是由较偏僻的短程传送门拼凑起来的，也只有在航路错综复杂的东境才有这种缝隙中的可能。然而正因为如此，时间被拖得格外长，逃出生天的舒尔茨的心一旦又回到政治上，迟到的痛苦就汹涌地向他袭来。十二天过去了，他们才刚刚穿过共和军与贵族军之间那条模糊的势力边界；在这十二天里，舒尔茨越发后悔自己没有死在最后的战场。那些未完成的可能性总是诱惑着人类去误解自身，而未完成的死，也会像来自另一个世界的磁石，将孤独中的思想引向深渊。然而舒尔茨在指挥部时，还是保持了护国主的气度，他的斗志和信心鼓励着士兵们。

以这样慢的行进速度，他是绝对无法在粮食耗尽之前抵达南境的。舒尔茨既不能靠近沿途的补给站，更没法像科赫那样一路靠抢——总不能驾着耶梦迦德和胜利女神去抢劫吧，那就立刻暴露行踪了。但他只有两艘战舰、人员六百，所以补给方法也更灵活。舒尔茨不确定十个月前的帝国法币是否还在流通，但他判断在一些权力夹缝地带,旧币的信用即便已经折损,也有很大概率能花得出去。于是舒尔茨决定在一个人烟稀少的星球上补充食物。为了不引起注意,他让船员们脱下军服,穿便装去分散采购,规定每个人必须买回够自己吃两个月的量,还故意对一个胖子强调:食量大的人必须买得更多。

"遵命!我们胖子扛得也更多!"士兵响亮地回答。

梅耶贝尔起初不想让舒尔茨亲自去,但他坚持要去,或许只是在战舰上待了太久,想把双脚站立在土地上而已。于是梅耶贝尔就担负起保镖的责任一同出发了。

登陆艇降落在一个乡村旁的隐蔽山谷里,他们搬出折叠电动自行车,沿着林间小路骑行。树的间隙中吹来山风,多么自由,多么快活!失败的痛苦立即被吹散了。舒尔茨想到身后的梅耶贝尔,想起他这些年来一直跟随自己,也已经许久没有双脚踏上过行星的土地,心中难免有一丝难过。如今亲身来到这里,才回忆起真正的泥土和真正的森林,那风带来的气味,是钢铁要塞内的人造树林永远无法相比的。这一刻,他觉得就连那座钢铁要塞的陨落,对于整个人类社会而言,也并非不可承受的损失。

两人骑了很远,才在一个村落租到车,去往最近的物资销售点。可是天色已晚,开租车店的夫妇告诉他们,这颗行星上昼夜温差大,挽留两人住下。梅耶贝尔立即确证情况属实,他早在降落前就仔细研究过了这里的气候。舒尔茨应允了,夫妇二人为他们布置好了房间。晚上,店主请两人来客厅里,围着炉子一起烤火。

"你们不是这个星球的人吧?"租车店老板说道。

"您是怎么知道的呢?"舒尔茨反问。

"刚才这位先生准确地说出，这里昼夜温差有四十四摄氏度。"

"这又为何说明我们不是本地人呢？"

"因为本地人不会知道得这么清楚，咱只知道'温差很大'而已。"

"言之有理，有理。"舒尔茨将手悬在火堆旁，"想不到，这里还用烤火来取暖。"

"自从战争开始后就经常供电不足，只好如此啦。"租车店主说，"您说，难道不是吗？革命党、护国主，他们都打什么呢？"

"到头来，还是得生活在贵族之下吗？"舒尔茨想摸清这里的政治状况，试探着问道。

"贵族之下？那是昨天的事了。如今这里早就是无人管地带，被剿灭的盗匪又全都冒出来了。只要战争的威胁不散去，没有哪位老爷愿意再管这片土地的。"

"是啊，他们打什么呢？"舒尔茨说着，缓缓起身走到窗前，背对着他们望向窗外。梅耶贝尔认出了这个动作，当他不愿意别人看穿他时总会这样。

"先生！"那间屋子的女主人忽然叫道。

"怎么了？"舒尔茨停下，转向她。

"对不起，我只是看花了眼，刚才一瞬间，您在墙上的影子——我是说那侧影，就像是护国主舒尔茨。"

"您一定是醉了。"

"啊哈，我可没那么容易醉，"女主人笑道，"自从战争爆发，咱这儿就只能喝到海盗走私来的烈酒，如今我一个人就能喝倒一打男人。"

舒尔茨也大笑起来，举杯向女主人敬酒，就像在宴会上向贵妇人敬酒一样。他奇怪的姿势也让老板娘笑得更快活。

这时,男主人说道:"是啊,海盗们。自从两年前,护国主把帝国舰队合并、调走,搞什么坚壁清野之后,咱这日子就只有依赖海盗了。本来海盗是我们的灾星,如今快成这里的救星了。你说那些大人物在打仗,关我们什么事呢?护国主、革命党,他们只顾着掐死对方,首先放弃的就是边远地区的人民,谁又真正关心过我们呢?"

这颗行星既没有物产,也没有战略价值,它有人居住纯粹只因气候勉强允许。正因为它不重要,被双方放弃,舒尔茨才敢冒着暴露的危险来到这里。

舒尔茨听着男主人这些漫不经心的话,再次背过身去,看着自己打在墙上的影子,比他本人更高大。他像是护国主吗?我以为脱去了军装,就连将军们都不会认得今天的我,没想到旅店的老板娘比我的将军们更聪明。我只在那黑洞边缘待了十天,却好像老了十年,人们都已不再认识我,但他们认出了你,这墙上的黑影,这海浪退潮后的水痕。舒尔茨觉得,这黑影比他更像自己,也更早地看穿了自己。

第二天,舒尔茨和梅耶贝尔采购了满满四大箱食物,把它们搬上租来的车,在一路驶回登陆艇降落地点的路上,舒尔茨坚持要自己开车。他一边开一边"啦啦啦"地哼起了曲子。归程中的他们再次来到昨日卷起裤腿、扛着自行车走过的一条溪流边,舒尔茨加足马力冲了过去,溅起高大的水花。梅耶贝尔想,或许他那些古老的祖先也曾骑着骏马,飞驰过这样的激流。待到他们在登陆艇旁卸货完毕,舒尔茨又不知疲倦地亲自去租车店还车,似有使不完的劲儿。山路颠簸,午后的阳光令人昏昏欲睡,梅耶贝尔坐在副座,有一个瞬间他的脑海中出现了错觉：这个在战舰上度过了整个青年时代的人，似乎也在这个世界上安顿下来了。

2.

待到两艘旗舰上的船员们都添补了食物，他们再度出发。在地表逗留两日后，舒尔茨已经精神饱满，不少士兵们也是如此。梅耶贝尔此时懂得了舒尔茨为何前日执意亲自下船：他刚刚经历了一场搏斗，因为他需要一场搏斗来恢复生命力。无论他是否意识到这一点，但他的精神就像传说中每当双脚接触大地，就能恢复全部力量的巨人。一定是一股无形的饥饿将他吸引到了那片茂密的森林中和那租车店里夜晚的火炉旁。

尽管舰长库格尔选择了人烟最稀少的航线，他们仍在半途冷不防遭遇了一艘怪船。这两艘举世最强的战舰都没能提前发现它，也因此未能及早规避。它就这么突然出现了。

"那是艘驱逐舰上挂着的救生艇，但附近没有战舰或舰骸。"侦察组报告说。原来是因为小艇的体积比一般航船要小得多，才没有被及时发觉。

"这就怪了，在如此偏僻的空间怎会有救生艇？"

"殿下，难道是，难道是……"一名士兵声音打战。

"难道是什么？"

"温特利德·科赫的鬼魂？"

"给我清醒点，"舒尔茨说，"科赫逃逸的救生艇在穆斯贝尔海姆，飞到此处要几亿年。"

"是!"那名士兵埋头不敢再说话。

"给我接通那艘救生艇的通信。"舒尔茨刚说完,为免自己还活着的消息泄露,立刻补了一句,"不要影像,只要声音。"

对方没有丝毫犹豫,通信一下子就接通了。从那救生艇中传来歌声《万岁,胜利者的桂冠》,舒尔茨心头惊疑,难不成自己的行踪已经暴露?可是他很快就发现对方既无法回答他的问题,也兴奋得无法停下唱歌。一曲终了后,对方的船舱陷入了短暂的混乱,但很快就统一调子,换成了民歌《大雁》,声音沙哑粗犷。

"我明白了……据说遭受精神污染的人,反而能记得常人早已忘却的幼年的事。定是附近的某颗行星,将这些受污染的病人装上救生艇放置在太空,却不慎让某个会驾驶飞船的囚犯进了驾驶室,于是它便流浪到了此处。"

"原来如此!"舰长惊讶地说。

"这是我逃出黑洞后首次遭遇船只,就听到了疯人齐唱'万岁,胜利者的桂冠',这难道不是好兆头吗?"舒尔茨说完大笑。一众军官听到这令人心惊肉跳的话,谁也不敢作答。

舒尔茨听着疯人声嘶力竭的歌声,也在心中跟着默默唱起了《大雁》。就在这时,仿佛远处救生艇上的疯人们竟听见了他内心的歌,调整航向从后面跟了过来。舒尔茨的心中一阵激灵。

舰长问道:"我们的行踪已经暴露,是否要击毁它?"

舒尔茨立刻制止道:"不必,不必。"

满载着疯人的救生艇,就这样跟在耶梦迦德号与胜利女神号身后,像一只小雁,跟着两只大雁,行了好长一段路,足有数千万公里。预定时间到了,船长提醒舒尔茨,能够再启动空间跳跃了。舒尔茨却说:"再等等,看这艘跟着我们的疯人船,将往哪里去。这恐怕是人类有史以来,一艘孤独的救生艇所飞过的最远航程了。"

"是啊,"舰长说,"这样的航程,这样的方向,绝不是脑子正常的人能走过的。"

梅耶贝尔听懂了舒尔茨的意思:这太不可思议了,世界上多少伟大的壮举,也都始于类似的疯狂呢?有多少人一头扎进了只属于自己的黑夜,只因看见过只属于自己的黎明?

没过多久,那艘救生艇的引擎熄灭了。看来是燃料已尽。

舒尔茨吩咐船长,调准方向驶出预定航线,准备下一阶段的空间跳跃。小艇依旧循着原航线向前滑去,它与这两艘巨舰分岔别离之时,疯人们正在齐唱一首古歌《在时间这大海的浅滩上》。不多久,它就越来越小,在望远镜里只剩下一个微弱的白点,然后就消失在无边的黑暗中。

"是时候走了。"舒尔茨只说了这么一句话,便独自一人离开指挥部,穿过长长的走廊,回到了自己的房间。在黑暗中他怀抱着这首歌睡着了,在梦里还听见了它。

翌日早晨,舒尔茨在洗漱时听到了一份从共和军的好望角号指挥部发出的公告。内容是近来发生了多起载有精神污染患者的救生艇失踪事件,发言人请求各方摒弃政治对立,尽可能找到每一艘走失的救生艇。一个女性的声音说道:

"……在这次精神污染的大传染中,许多星球都调用了军方的救生艇来隔离病人。无论各方的军舰存在的目的是多么不同,在每一个时代,在所有的国度,在各异的政体下,救生艇的使命都是同样的……"

就像共和军的所有文件一样,这份公告只有"好望角号指挥部"这个署名。舒尔茨既不能辨识伊法的声音,也至今对她并无太多了解,所以对这位女性发言人是谁并未太在意。但他心中却想道:十个多月前,科赫也是乘着一艘救生艇逃出穆斯贝尔海姆火海的。舒尔茨本能地将这两件事关联了起来,但理智却告诉他这只是一种表面的相似,"我这是怎么了……我是为了统治宇宙,而不是为了和温特利德·科赫一决高低,才走出那黑洞的。"

3.

对于舒尔茨,黑洞边缘的战败仅过了一个月;在上万光年外的好望角号上,那已是十个月前的事了。人们仍没有忘记温特利德·科赫,却只有指挥部高层知道他失踪的确切时间。世人都以为,赎罪日之战的胜利必是出自这位传奇将领之手,而伊法也不愿纠正它,她将这一误会视作对自己才能的最终肯定,从此她面对再强大的敌人都将无所畏惧;每当听到人们以"金伦加黑洞的胜利者"的称号谈论温特,她都感到他们终于是无法分离的了。

伊法向着全宇宙念完了这份关于救生艇的公告后,她瞥见尤季娜眼圈发红,便在回答了几个记者提问后,就回到了宿舍。回去后,她试探着问尤季娜怎么了。尤季娜赶忙否认。伊法走过去,轻声问她到底出了什么事。她却哭了出来。

"伊法指挥官，我明白您。您呼吁各方搜救走失的救生艇，固然是出于人道精神，但也是因为科赫指挥官是乘着一艘小船走的，您就想救下全宇宙所有同样的小船；科赫指挥官走丢了，您不知道他在其中哪一艘，于是就想把每一艘都当作他的那艘。可是我真丢人，心中受苦的分明是您，却反而要您来关心、安慰我。"

"傻呀，傻呀！"伊法还想继续笑她，早知道你这么爱胡思乱想，就不给你看那些刚刚解禁的爱情小说了。可是尤季娜确实说出了她隐隐感觉到的东西，至今每次当她说到救生艇计划，心中仍会想起温特。最早乘坐救生艇消失的那个人，不是精神污染者，而是改变了历史的免疫者。此刻伊法想到，也许正因为三十年前，皇帝阿列克谢禁掉了所有爱情小说和诗歌，如今解禁之后，新一代的青年才那么痴迷其中；他们就像处在历史的原点，没有经验，但满载着憧憬和想象，把文艺复兴时期的古人误当作自己同时代的人。

在这大半年内，伊法闲下来时，常去研究从穆罗梅茨堡带出来的银河协防计划图。凭借此图，她明白了温特过去所说的，那些自己未能完全理解的话，并逐渐意识到：只有在科学与社会都陷入停滞的大一统帝国，才可能出现这样周密的全盘计划。直到穆罗梅茨王朝建立三十年后，星际局势日趋稳定，其总体布局才最终沉淀定型，而该计划又在无意间抑制了新变革。如果银河帝国未能统一人类社会，它只会使国家在国际竞争中僵化衰落。温特曾提起过，这张协防图是为镇住诸侯设计；而镇压平民的任务，则是利用贵族和平民的天然矛盾交给了诸侯。半世纪前，统一战争结束，帝国高层知道和平将至，人的欲望、价值的尺度、资本的流向也将在岁月中变化，财政上绝无可能长期维持高达二十万艘规模的常备舰队,于是建此大阵,要抢在一代人之内,在自己实力最强的时间窗口奠定统治的基础。其中最关键的第一步,就是定都穆罗梅茨堡,而今蛛网的重心已经无存,整张网也就烟消云散了。

根据共和军防疫总部的命令,一旦确定为精神污染者就不可接触,医护和亲属也不例外。医院等公共设施根本不够用,因此征用了大量救生艇,感染者被送入艇中时大多神志尚且清醒,但进去后就再也出不来。既然精神污染无药可救,那么与其冒着传染的危险给予临终关怀,不如让亲友们提早十几天与必死无疑却神志尚存的病人体面地永别。不在已无药可救者身上浪费资源,而要尽可能防止健康者被传染。这个硬心肠的命令是由策林根提出,也是指挥部讨论了一个小时后,伊法亲自同意的。之所以如此快地通过,是因为策林根强调他们正在与时间赛跑,感染人数每时每刻都在指数级上升。实施之后,果然遭到了舆论的反弹,策林根自作主张揽下了一切,等到伊法发觉的时候,他已成为众矢之的:"这种人为了所谓更多人的幸福,从来都不在乎抛弃少数不幸者的",他却把这一批评当作了褒奖。这亦是前帝国军军官出身的策林根的思维方式中广大却冷漠的一面。后来,这样的人越来越少,人类变得人性了,就像秋天深了,果实熟了。

就在伊法发表演讲的这一天,她接到消息,她托人寻找的穆罗梅茨堡的维谢格拉德家的人已经找到:丈夫已经死去,妻子也不幸感染了精神污染,神志不清。伊法心知老夫人将不久于人世,便不顾自己颁布的禁令,给自己开了后门,每天都抽空去探望,独自陪伴在她身边。这个精神错乱的女人一直没能认出伊法,时常会问她:"你也是一只鹿吗？"

维谢格拉德夫人每问一次，伊法都点点头。这反而让伊法松了一口气。否则她不知道，一辈子生活在贵族社会中的老夫人若认出身为"叛军首领"还葬送了穆罗梅茨堡的伊法，会不会动怒将她赶走。直到临终的那一刻，伊法看见她望向自己的眼中又泛起了光明，就像自己童年时第一次被领回家时那样。

"我的女儿。"

伊法不敢应答，仍然点了点头。她不知道，夫人临终前看见的究竟是谁，应该不会是自己吧。但这句话却如闪电一般劈中了她的心，在那里刻上烈火炙烧的痕。

4.

三周后，舒尔茨的两艘战舰终于抵达南方交通线入口，稍作休息后迅速前进，以最快速度飞抵南境的中央超远程传送门。在最后也是最关键的一次传送中，舒尔茨命令两舰直冲入大气层内的港口，他打赌南境军一旦辨认出这两艘战舰，断然不敢将其击毁。果然，耶梦迦德与胜利女神这两位不速之客突然驾临，守卫队知道事关重大，立刻封锁了整个区域，并将消息上报。奥伯豪森伯爵闻讯赶到，他在港口看见货真价实的胜利女神号，又在耶梦迦德号上见到了舒尔茨本人，马上向他宣誓效忠。

令舒尔茨略感不安的是：奥伯豪森临走前，邀请舒尔茨明天去伯爵府做客，详谈具体事宜。舒尔茨立即主张："此言差矣，伯爵府只能谈南境事务,帝国军旗舰耶梦迦德号或总旗舰胜利女神号才是商谈银河系事务的场所,您应当明天再来一趟。"

奥伯豪森起初仿佛没想通这句话中的含义,只是不知所以地说"是",待到几秒钟后仿佛明白过来,脸色陡变,立即鞠躬说道:"是,我明天一定亲自再来。"

就像在赎罪日之战前夕,面临贵族集团的巨大政治压力时,舒尔茨坚持不下舰登陆。这一回,他再次小心地奉行了这一策略。两艘巨舰停泊在伯爵府所在首府正上方的大气层内,单凭舰载武力足以瞬间毁灭下方的整座城市。因此只要舒尔茨本人不出战舰,纵然身处南境全军包围之中也应当是安全的。

然而奥伯豪森走后没有立即撤去封锁,至今这两艘战舰的驾临仍是秘密。这意味着他的效忠可能只是一种假象:他完全可以做到,如果舒尔茨能够合作,就真正地效忠于他;如果舒尔茨不能按照他所想要的方式合作,就封锁消息并将他就地软禁。

第二天,等到奥伯豪森伯爵再次来到耶梦迦德号,舒尔茨便向他透露了自己的计划:首先,尽管南境驻军与东境封建集团都有相互联合的倾向,且二者要求的势力范围并无冲突,却谁也不会服谁,甚至谁也不愿主动发起结盟谈判,只有他舒尔茨能够整合双方,抵抗共和军。其次,南境的共和主义活动只是暂时被精神污染的传染压下去而已,随着精神污染的传播渐少,必会死灰复燃,届时你还是得求助于帝国宪法正统。说这句话时,舒尔茨望向了舷窗外的胜利女神号。再次,舒尔茨开出了一个诱人的条件:现在穆罗梅茨堡已经毁灭,他打算将胜利后的新帝国首都设在南境。在穆罗梅茨堡作为帝都的时代,奥伯豪森只是一方诸侯，今后也将变成帝都的管理者与卫戍司令。

奥伯豪森没有任何犹豫，当即答应了这一条件；并说如此厚待他皆是多余，为殿下效劳是臣子的本分。尽管在舒尔茨听来，此话绝不能当真。奥伯豪森想立即将护国主舒尔茨和胜利女神号降临南境的消息公之于世，好让舒尔茨信任他的诚意。舒尔茨却阻止了他，"如果我们现在就公布这一消息，那些怀着虚情假意赞颂我的贵族就有时间改口。我必须杀他们一个措手不及，才能整合你的部队与贵族联军。"

舒尔茨不急于将自己驾临南境的消息公布出去，彰显了他对奥伯豪森的信任，后者也不再生疑。奥伯豪森却不知道，舒尔茨确实计划在胜利之后定都南境，并让他继续管理这伟大的星球，却是为了把他控制在自己的眼皮底下，将帝都卫戍军与南方驻军合二为一。

两人密谈了数小时，末了，奥伯豪森却说道："殿下，南境大军的主力是不能离开南方交通线的，否则共和军极有可能趁虚而入，所以，如果要去招揽东境贵族联盟，恐怕殿下您只能带少量部队前去。"

"这有何难？"舒尔茨说，"我不需借你一兵一卒，只要你给我一封亲笔公文，凭我带来的这两艘战舰，定能收服他们。"

奥伯豪森听闻此言，既钦佩又惊异，心想，不愧是护国主，竟如此自信！他立即请舒尔茨拟定了一份草稿，自己回去就亲笔誊抄，并盖上公章。

然而，在奥伯豪森离开后，梅耶贝尔问舒尔茨："您真的有十足的把握能够收服您的舅舅吗？"

"哪里可能有这样的把握。"舒尔茨道，"我只是宁可冒死也要一试罢了。那帮封建贵族把我说成法统保卫者已有时日，我的名字在他们口中已经只剩一个抽象符号；但愿他们真的见到我这张脸时，不要想起过去的旧恨。等奥伯豪森的信送来，我们就可以开始行动了。"

第四节：还乡

1.

在海尔辛兰，舒尔茨伯爵的庄园又成了一群封建贵族的社交中心。今天聚集于此的除了本星的名流，还有从附近行星来的人物。庄园外的空地上，宴会正到了最热闹的时候。其中有人记得，上一回这批人齐聚于此举办宴会，还是为欢迎帝国派驻海尔辛兰的特使温特利德·科赫。只不过相比于三年前，一些人已经永别，多少事面目全非，多少人再难相认了呀！那些约好要每年相见的人，时隔三年再次见到之时，纷纷自责未守信约的自己，却又大度地宽容了对方。这里曾经充满了虚情假意的奉承，只有在这一个重逢的日子里，他们身上那个久被埋藏的自我被唤醒了。如果科赫在场的话，他一定也会为之感动，尽管免不了会怀疑，这样的真挚热情又能维持多久，人性的朽败能否经由一次劫难就被洗净。

宴会主人舒尔茨伯爵回到室内，几名贵族正等候他，询问一件要事。

"伯爵阁下，帕彭海姆去寻回胜利女神号和那二十六座摆钟，已出发两个月了，银河系内没有任何星球是五十天内到达不了的，无论是否找到，都该有消息了。"刚刚继承爵位没几年的特罗伦哈根侯爵问道。

"请您少安毋躁，帕彭海姆最后发回的消息是：第一回未能在有限时间内找到目标，准备补充燃料后再去一回。"

"这一次又得多少时间？"

"两个月吧。"

"两个月！什么地方去一趟就得两个月？"

"要两个月，我上回就说过了，其间不能联络。至于是谁先找到这艘船，谁来做这个统帅，我并不介意。因为我只会是这支军队的参谋长。"

"哼，真是神秘。我担心的是，如果派去的船已被对方截获，逼供出了胜利女神的下落呢？你不肯把它的匿藏位置告诉我们，说不定现在已经被共和主义分子知道了。"

"这是不可能的，帕彭海姆子爵绝不会背叛。"

"那可说不定，他哥哥在三年前战败后就放弃了爵位，是个孬种，或许弟弟也一样。"

"如果您父亲在世的话，他一定不会这样评价帕彭海姆家的人。"舒尔茨伯爵坚持说。

特罗伦哈根不服气地哼了一声。

两年前，舒尔茨伯爵与继承了兄长爵位的帕彭海姆子爵将胜利女神号藏匿在黑洞近旁，这无疑是宇宙中最隐蔽的地点。那里绝无人迹，且度月如日，减少了需要维护的次数。由于舒尔茨伯爵必须坐镇海尔辛兰主持军政大局，所以他让帕彭海姆前去寻回她。可是，两个多月后，却传来了寻找未果的消息，帕彭海姆必须加满燃料，再潜入黑洞近旁的低层轨道。按照银河标准时间推算，还得有一个月，飞船才能重新逃逸出黑洞的重力井并再次联络。也只有到那时，他才能公布藏匿地点的秘密。

伯爵说道："请诸位少安毋躁，再耐心等上些时日，胜利女神号所在之地，还需一个多月才能到达，拿到之后还得两个多月才能返程。"

"这不可能！谁都知道，根本不存在这么遥远的地方！"

"难道你们是把它藏在了银河系外吗？那里根本没有航路坐标！"

"岂敢，我们当然不会冒着丢掉胜利女神号的风险，把它放到银河系外去。"

就在这时，门口的侍从进来汇报，一位自称是您亲戚派来的信使，说有要事求见。

"我的什么亲戚？"

"他没有说。那是一个商人装扮的人，问如果他找到了胜利女神号，您愿意付多高的价钱。"

舒尔茨望了望围坐的几位贵族，心想如果我不见这位神秘来客，他们或许会怀疑我有什么阴谋背着他们。于是他让这名信使进来。

走进来的是一名商旅打扮的年轻人，这令在场其余几位生出了轻视之心；但是从他的步伐中，舒尔茨伯爵立即辨认出这是一名军人。

"舒尔茨伯爵阁下，您之前说，贵族联军群龙无首，任何有贵族血统者只要能找到胜利女神号，还有那二十六座摆钟，就有资格作为首领统率我们吗？"

"这是我们早在半年前就商定的,你是谁?"

"我只是想知道帝国贵族是否信守诺言。"

"自然一诺千金!就像我外甥,信守许诺,没有寻回胜利女神号,就绝不正式登基。"

"好。"那名信使答道,"我家主人已经找到了这艘船,正在赶往此地的路上。"

"请问你家主人是谁?"

"我家主人是舒尔茨。"

"舒尔茨伯爵,你又在搞什么鬼?"特罗伦哈根又不满地问道。

"对不起,先生们,我从不认识这个人。"

众人的目光再次聚集在这个陌生人身上,他说道,"我并没有说是您,伯爵大人。我家主人是乌尔里希·玛利亚·冯·舒尔茨,曾经的银河帝国护国主,现在的胜利女神号的主人,将来的全人类统治者。"

这句话让在场的众人不约而同地站了起来:难道他没有死在金伦加黑洞之战吗?

只有舒尔茨伯爵轻轻点了点头,因为他多日来的预感终于应验了:帕彭海姆之所以找不到胜利女神号战舰,是因为那个人不仅没死在黑洞,而且还机缘巧合遇上了她,把她也带出来了。

来者将一个存储卡递给了舒尔茨伯爵,并告诉他里面有他的外甥给他的一段录像。画面上出现了乌尔里希·玛利亚·舒尔茨的影像。他的身后不是双头鹰,而是一只鹰——五百年前的旧旗帜上,还没有代表希柏里尔教会的另一只鹰首。在今天,整个银河系中只有一艘战舰上悬挂着这面战旗。他正站在胜利女神号的舰桥上。

当场看到这一幕的人的心中，都不约而同想到这样一个问题：这难道不是僭越吗？除了皇帝本人，有谁能够站在这面旗帜下说话呢？但是半分钟过去了，一分钟过去了，没有人指出这个问题。他是谁？是先皇的血脉，还是帝国的护国主？是三年前击溃他们的人，还是古代宪法的守护者？这个人的身上汇聚了所有这些身份，但他不是其中任何一个。在当今宇宙中，也找不到另一个人，能站在这个位置上。

三年前贵族联军兵败后，仅剩的七个家族中各有一人知晓藏匿胜利女神号的计划。今日其中有数人在场，见到这一幕，便知道舒尔茨果然是从黑洞边缘找到了这艘战舰。

"我现在正在帝国军法定总旗舰胜利女神号上，我的身后是银河帝国的真实御座，而这二十六座摆钟，我帮你们找回来了。"屏幕上舒尔茨话音刚落，两辆运载小车驶入了屏幕，上面摆满了象征诸行星的封建法权的机械钟。这些快慢不一的钟表也被放置在胜利女神号上，在那时间的深渊旁。

仅凭这段影像，舒尔茨伯爵就无法拒绝他的外甥的要求。但他提出舒尔茨必须亲自前来海尔辛兰，与他们商讨此事。信使似乎早就料到会有这个要求，当即答应下来，临走前递上了奥伯豪森写给他们的声明支持舒尔茨将两军联合的信函。

2.

舒尔茨两天前就已躲在附近城市的一个小酒馆里，只待派去的信使,也就是梅耶贝尔一有回复,就杀舅舅一个措手不及,不能给他们时间冷静地商量如何对付自己。在这两天里,他为了避免被认出,寸步不出房门。他几度听见酒馆楼下有异常熟悉的歌舞声,却又记不清何时曾经听过,但可以肯定帝都内城万不会有此种音乐。舒尔茨想:当年母亲离开家乡,选择了一条邻里亲朋们很少走的路,这就是一切的开始。如果我就在这里出生、长大、生活,如今会是怎样的一个人?我会是楼下那个唱歌的人吗?这歌声多么熟悉呀。他并未想到若真如此,宇宙或人类的命运又会以何种方式改写。

梅耶贝尔从舒尔茨伯爵府邸返回,带回了消息。第二天,趁着宾客们还未散去,舒尔茨就再次走进这座庄园的大门;上一次来到这里是在三年前海尔辛兰战役之后,帝国军诸将领在此分配战利品。他回想起科赫没有要其中任何一件,而是要求了全银河所有博物馆的终生免费门票;施文克固执地争夺一件属于教会的烛台,被他砍下一臂。

侍者为舒尔茨打开厅门,当他出现在门口时,他从众人的沉默中觉察到了怀疑与危险。

"舒尔茨,"克莱斯特男爵不知该如何称呼这位往日的敌人,于是干脆直呼其名。在短暂的尴尬之后,他接着说道,"我记得就在这里,就在这个大厅里,三年前您的观点是:权力不是既得的战利品,而是能够争得并持续保有战利品的能力。"

"没想到我当初在抢夺战利品时说的话,居然传为美谈。"

"那您可就言行不一了。如今您找到了帝国的王座和二十六座摆钟,这些战利品固然珍贵,却是您丢掉了整个舰队甚至穆罗梅茨堡换来的。您输光了赌本,身后已无一兵一卒,却要我们把舰队借给您,好再去和共和主义分子赌一次，可是您自己却无法为它贡献力量。"

"我不是要借你们的舰队，而是要统率你们，"舒尔茨说，"至于我能提供多少兵力，我只想说，我是唯一能够让你们与驻守南境的奥伯豪森伯爵联合起来的人。你们两派至今没有联合，是因为谁也不服谁。但是我来了，我已经驯服了奥伯豪森。因为他不缺少听命于他的数百万士兵，却缺少一个可以服从的主人。这里谁需要一个主人？你们也不缺封地和封臣，但缺乏一位封主。"

在场的贵族们立刻听出，他是在提醒他们：尽管封建组织的诞生往往是自下而上，但是从法理上说，封建只能是自上而下，它的大义不是臣仆拱卫君王，而只能是君王保护臣仆。然而这也意味着舒尔茨在暗示：如今他可以接受封建主义。这一层意思在贵族中引起了一阵交头接耳。

尽管这批贵族已将舒尔茨抬到了古代宪法守护者的位置，但是当真人出现在面前，还是让他们想起了三年前的战争，当年起兵的二十六家族中有十五家贡献出了舰队与统帅，其中八位在海尔辛兰行星突围战中旗舰被毁。贵族世家往往相互联姻，对于其中不少人而言，与舒尔茨联盟意味着背叛三年前死去的远亲。

"在我们给出答复之前，我想问一个问题，"舒尔茨伯爵说，"三年前的那场战争，假如我军获胜，帝国将恢复封建法，温特利德·科赫会迅速被历史遗忘，接下来的内战也根本不会发生。您仍然认为，当年拒绝我恢复封建法的倡议，举兵镇压我们是正确的吗？"

"从结果上讲，无论怎么看，似乎当初我同意你的封建主义理念，都是历史的捷径。"舒尔茨说，"然而我的回答仍然是肯定的：是。时至今日，我仍然认为当初举兵镇压你们是正确的。"

"那又是为什么呢？"

"在我给出理由之前，请诸位告诉我，你们又为何直到穆罗梅茨堡被卷入黑洞之后才重新起兵呢？"舒尔茨反问，停顿几秒环视四周，继续道，"那是因为你们心中明白，只要穆罗梅茨堡存在，帝国的银河协防计划就存在，凭你们的力量就无法成事。我三年前镇压你们的道理是一样的：只要穆罗梅茨堡存在，封建主义就是一句空谈，然而毁灭它的代价太大了，正常人连想都不敢想。两次银河统一战争——五百年前的那次和五十年前的那次，都是由这座要塞发起的。你们怪我的祖父穆罗梅茨利用它吞没了银河系，但其实坐在要塞里的人是谁——是穆罗梅茨还是舒尔茨——不重要；重要的是这移动要塞，让银河系成了可统治的。换句话说，舅舅，三年前你所设想的那个宇宙，根本就不可能是封建制，最多只能把穆罗梅茨堡换个主人。如果当初你们的叛乱得胜，你就必须进入穆罗梅茨堡，成为下一个我。直到几个月前，你们对机遇的感觉才是对的：因为革命军替你们扫去了强大的帝都要塞。事实上，我很怀疑他们是否是故意这样做的，这对于他们而言恐怕也只是一个意外结果。"

"您是说，共和主义者也需要要塞来统治吗？缺了这座要塞，他们也会最终难以统治整个星际社会吗？"舒尔茨伯爵问他的外甥。

"这个我还没想好，或许不一定吧，毕竟联邦制的机理不同，我们不能低估了对手。"舒尔茨说，"我的意思是，如果要毁灭人类最伟大的城市来换取胜利，即便值得也过于痛苦了。"

在场的数十人都觉得舒尔茨说得有理。可是，这与过去的回忆是多么相悖！那些三年前的叛乱者，更加感到一时难以扭转想法。他们请舒尔茨暂且回避，讨论了半个多小时之后，都觉得在理智上已找不到理由不接受他的条件，这意味着，接下来就是回忆这一关了。于是他们把舒尔茨又请了进来。

"然而还有一事未完。"克莱斯特男爵道，"既然我们要对三年前的内战不计前嫌，就首先必须是平等的人。只有平等的人之间才能有嫌隙、战斗、和解。"

"是的，就算是胜利女神号的主人，帝国的皇帝，也只是众平等者中的首要者。"舒尔茨听见此话，凛然答道。

"好，说得好。"克莱斯特说道，"可是平等并不是生来就有的，过去我们或许曾是平等的，是你毁掉了它。你应当凭自己的力量把它赢回来，而不是希望用我们借给你的舰队去赢回它。"

气氛骤然变得紧张了起来。舒尔茨看着面前的这个人，说："正合我意。"

"既然如此，乌尔里希·玛利亚·冯·舒尔茨，您带剑来了没有？"

"没有。"舒尔茨一直以政治思维来设想自己来这里的结果：要么被承认为统帅，要么被囚禁或杀死。他却没想到，贵族社会对他的要求竟是一场决斗，因为和解之前必须有复仇的较量。由于未料到会出现如此情况，他在来此前将剑留在了耶梦迦德号上；即便自己死在这里，这把伴随他一生的恩师所赐之剑，也不至于落入他人之手。如果我一去不回，我该让阿克曼怎样处理它呢？关于这个问题，舒尔茨没有想好。据说他的母亲也曾在临死前递给他一把尖刀。他决定再一次，将一个没有答案的问题推给阿克曼；但愿这一回，老人的智慧能够胜过青年的野心。

"您居然会不带剑。不过无妨,这里有许多兵刃可以相借。"

当日他在穆罗梅茨堡豹厅连杀数十人之前,也曾对将杀之人说出过同样的话。如今那座要塞已坠入黑洞,迟来的代价却找上门来。从房间的一侧打开了一扇门,门内站着一个穿着宽松袍子的人,手中拿着一把剑。

"这是我家的一名远亲,他一直以您为榜样,以及假想敌。"

"不胜荣幸。论剑术,比我高明者仍大有人在。"

"不幸的是,两年前,他目睹您杀死了他的父亲。"

"原来是这样。"舒尔茨只说了这么句话。

"请挑选吧。"

还是如两年前在豹厅时那样,舒尔茨没有正眼看身旁的兵器,只是顺手捡起一把剑。握在手中,觉得似乎稍重了些,但他不介意。

"您的姓名?"舒尔茨问他的对手,他不愿杀无名之辈。

对方没有回答。克莱斯特男爵解释道:"他已忘记了自己的名字,但还记得您的,就当他名叫'没有人'吧。"

听到这个名称,舒尔茨微笑了一下。这无名氏已朝他猛冲过来。

在两剑相接的刹那,舒尔茨就感觉到对方的战意实在惊人,已经很难用复仇的执念来解释。这种令他心惊的感觉此前只有过一回,那就是精神污染疫苗感染者不知疼痛的猛攻。这名青年直刺横削,每一击都拼尽全力,这让舒尔茨想起很多年轻人,他们挥霍力量的方式是全线出击,在每一个角度都要进攻,尚不知道很多方向上的优势不过是捕风捉影,还不懂得在不必要的战线上留力。反而因为舒尔茨手中的剑稍重了些，很容易挡住撞击，对手的蛮力才未占得上风。

对方确实曾钻研过舒尔茨的剑术，在招式上不落下风。正常的剑术是为应对世间所有高手，此人却一直将有"银河第一剑士"之称的舒尔茨视作假想敌，招招都针对他而来。一般来说，这种拼尽全力的打法，过不了几分钟就会疲弱。可是对方却毫无衰退之迹象。舒尔茨一边招架，一边越来越怀疑他受了精神污染疫苗的传染。疫苗会强化人的执念，而他的执念就是打败并杀死我。

难道对方真的不知疲惫吗？一瞬间，舒尔茨怀疑自己的战略是否正确——拖延与等待，这不也是他曾用来对付科赫的战略吗？可是最后呢，最后呢？舒尔茨顿觉自己脚下踏着的不是古旧的地板，而是无尽的虚空。对方的眼睛是他所见过敌手中最简单的眼睛，没有身临巨大危险的感情起伏，只有一股稳定而炽烈的执念。

然而眼下没有更好的策略了，舒尔茨继续一面招架，一面等待。他的右臂开始酸痛，对方的每一次猛击都比之前的更重。他已经在用比对方体力损耗小得多的方式战斗，可那种与无尽的大海相搏的感觉又涌上心头。舒尔茨不去看他的眼睛，而是观察他的肌肉，疲态已经明显，为何仍有如此蛮力？他荡开一剑，顺势将右手的剑扔给左手。左臂无论在力量还是速度上都比不上右臂，但只要能撑过几分钟的时间，让右臂短暂地恢复，就已足够。

在这一刻，他想到了是否该祈求神灵，保佑他渡过接下来的危险时段。可是下一秒钟，他就又羞耻于此番念头：既然我从未在掌握命运时供奉神灵，就不该在危机时刻向它祈求。

没有想到的是，左右手的转换居然打乱了对方的节奏。因为对方几年来一直以舒尔茨为假想敌练剑，完全不熟悉他的左手套路。于是双方的实力和经验差距暴露了出来，对方面对号称银河最强右臂的舒尔茨，自是久攻不克；如今面对弱得多的左手，竟也无法取胜。

片刻之后，意外发生了，由于用力过猛而角度不对，对方的剑在相击后露出了空当。舒尔茨抓住时机用左手直刺对手心脏。这是他连续十几分钟的防守以来的第一次反攻，可是对方却没有停下，而是从另一个方向削来，成同归于尽之势！舒尔茨举起右手，垂直截住了砍来的利刃，并用左臂将剑尖插入了对手的胸口。

"啊！"这一声叫喊，竟出自舒尔茨之口，他的右手被顺着掌心一路劈下，食指、拇指连同半个手掌被削落。

"殿下！"

"没事，没事！"舒尔茨见对方竟一声不吭，忙说道，"不要过来，决斗还没结束！"

直到他抽剑而出，连退三步，对方才倒下了。

决斗结束了，舒尔茨迅速包扎了伤口，却没有接受修复手术。这意味着他将永远缺少食指和拇指，右手再不能使剑。他宣布，作为剑客的舒尔茨到今日为止，并对在场众人说道："这样的代价已经很小。如果毫无代价，你们就不怕我看轻了今日得到的东西吗？"

据在场的一些人回忆，正是他的最后这句话，令他们最终选择了信任他。

3.

这一天是光复历 479 年 4 月 15 日，舒尔茨伯爵重新开始写日记。自从海尔辛兰战败之后，他就未落一字，甚至去年重回故土，在当地人的欢呼中重建统治，他的日记也没有重新开始。在过去的一千个日夜里，舒尔茨伯爵不愿把脑中的念头落于文字，宁可让它们被忘记，因为他知道失败之后绝非适宜思考的时机，此时产生的思想是有毒的，只有毒素朝着自己还是朝着他人的区别罢了。他不愿在精神上进行一场针对时间的复仇，不愿将悔恨固定在日记里，让它们影响未来。

然而就在这一天，时隔近三年之后，他重新打开日记本记录自己的思想。他重新相信这些想法是重要的、值得留下痕迹的，它们不再是一时的心绪，而是死前值得完成的、死后值得留给后人的。命运是多么诡谲，他又如何能想到，竟是三年前将他逼到绝境的外甥，今日给他带来了最大的希望？他在这一天的日记中写道：

他将统治，但不再作为穆罗梅茨王朝的继承者，他本就不姓穆罗梅茨。舒尔茨这个光荣的姓氏和它背后的家族历史，也比穆罗梅茨这个异族农奴姓氏更能团结一个阶级。世上最后一位穆罗梅茨，三年半前就已死去，就连柯钦采夫也与穆罗梅茨堡一同沉入黑洞。穆罗梅茨是凭借野蛮强横夺得至高权力的，这种力量却会在其后代身上转化为暴戾或靡弱。

"您真的认为，您的这位外甥会成为我们的盟友吗？"这几天里，许多人这样问舒尔茨伯爵，而他每次都这样回答：

"如今形势既由不得我们，也由不得他作别的选择了。他一生下来就被放置在穆罗梅茨王朝的私生子的位置上，这是他不情愿的，但他仍把这个角色扮演到了极致。我们为什么不相信，他会把他的新角色——封建主义的局外人——也扮演到极致呢？我这位外甥其实什么都不信，他此前的战斗，只是因为他身在其位。现在这个位置消失了，我们给了他一个新角色。尽管伟大的演员能够改变甚至创造舞台，他也必然受舞台的限制。"

舒尔茨伯爵的这些话，那些心怀不安的人并不见得懂，但他的外甥却完全明白：没有了穆罗梅茨堡移动要塞，帝都的存在将是一笔负债而非资产，不可能以合理的财政同时震慑四方，也就无法维系大一统帝国。倘若强行建立庞大的集权体制，星际孤岛固有的孤立性，从长期看反而可能导致更彻底的崩溃。接下来将要建立的新王朝中，帝国政府的权力，不可能大于曾经的历代皇帝对诸方贵族的控制力。

几天后，舒尔茨和舅舅见面时，老伯爵说道："其实你之前那番关于穆罗梅茨堡的话，让我想起几十年前，听另一个人说过的话。他说：穆罗梅茨堡太强大了，使得稳定的封建制成为泡影。然而它又不够强大，所以还需要另一些力量的支持，才能撑起一个中央集权帝国。"

"是谁说的？"舒尔茨听说数十年前竟已有人有如此见解，赶紧问道。

"奥托·艾希霍恩。"伯爵说，"他那时候还很年轻，也就与你现在差不多的年龄。"

"难怪，也只有他了。那时总参谋部刚组建不久，想必他说此话时，对银河协防计划已是胸有成竹。"舒尔茨说道。艾希霍恩的死，对他而言只是两个月前的记忆,"舅舅,不过我还有一个想法,要在南境军与贵族联军正式宣布联合之前和您讨论。"

"哦?那是什么呢?"

"关于新军的名字,就叫'护宪军'怎样?"

"我还没有考虑过这方面的问题,但听起来不错,护宪军,好,好!"舒尔茨伯爵本想立即答应,却只是对外甥说,"在下一次会议前,我会告知其余各家的主人,想必他们一定也会答应。"

舒尔茨伯爵带着外甥来到家乡的城堡,舒尔茨一辈子从未到过这儿。三年前的平叛战争之后,舒尔茨曾经短暂地登陆过这颗行星,抢劫了一座宫殿内的珍宝。如今舅舅告诉他:那座宫殿虽富丽堂皇,但并不重要,这座古堡才是家族的根。

这里的一切就像隔着几个世纪,远过上万光年的距离。那些只出现在历史书中的古代家具,竟然真的还在用。舅舅告诉舒尔茨:有的房间的布置,已经几十年没有变动。他带着舒尔茨来到一间大房间前,又告诉他:这个房间本是在你母亲怀着你、给你取名为"Urlicht"的时候,就预留给你的。舒尔茨从门口望进去,那里高大敞亮,四壁放着书橱,看来原本是一座图书室,用作一个婴儿的育婴房实在太浪费了;然而家族中的人竟然把最好的房间留给还未出生的他,却又令舒尔茨感慨。

舅舅又转身指着正对面的门,告诉他,那是你母亲当年的房间。

其实,舒尔茨刚刚不敢抬头看对面的房间,正因为他已经隐约猜到了这一点。他一步都没有挪,只是站在原地看着那扇门。他很想问,里面的布置难道也三十年没有变过吗?然而他没有问出来。几秒钟后，他就示意可以继续往前走了。半小时后，在回来的路上，舒尔茨选择了另一条路，一次也没有朝那个方向张望。

4.

舒尔茨仍记得三年前科赫在内战之始的判断：贵族军的本性擅长防守而非进攻。他思前想后，认为以静制动方为上策。况且南境的加入不仅意味着双方兵力的平衡，也意味着敌军的进攻地点被确定了下来。在共和军盘踞的西境和南境之间，有一片缺乏传送增幅门的断裂带，任何一方想要进攻，都需要跋涉过两百光年的距离，攻占一处传送门，重设交通线并让后续部队大规模跟进。舒尔茨在前沿传送门口布防，尽管这也阻绝了进攻的可能：主动进攻需要预先撤去部分防线，极易被对方侦察到。这种消极等待的策略与他的性情不符，舒尔茨克服了自己的天性，决定以放弃主动为代价，逼迫敌人在他预设的战场上作战。

防御战略得到了他舅舅的支持，因为伯爵知道，要想统御这些贵族军团凑成的联军极为困难，尽可能详尽的预先计划可减少不确定因素，关于此，他比他年轻的外甥体会更深。防守无疑比进攻策略更具确定性，世间有以不变应万变之防御，却不存在每攻必克之妙计。

然而以上理由，仅仅出于军事考虑。很快就出现了政治上的意外：南方交通线西侧的伊兰茨星系领主希尔玛子爵，在听说舒尔茨携胜利女神号回归之后，便来投奔。他要求加盟的书函被递交到了贵族议会，也送至舒尔茨的桌前。

"有人来向殿下效忠,难道不是好事吗?"梅耶贝尔见他眉头紧锁,打趣说道。

"不要幸灾乐祸了,我也没料到变成这样。"舒尔茨说着用手盖住了脸。

希尔玛子爵申请加盟的动机,恐怕不仅是因为南境与贵族集团结盟后,他的伊兰茨行星已在航线上经南境与东方相连,同时也正是舒尔茨在南方交通线西侧布置防线刺激的结果。这等于是在告诉希尔玛子爵:此地才是联军预留的决战战场,一旦共和军入侵伊兰茨星系,联军将坐在防线后严阵以待,眼睁睁地看着该星系被吞并。出于被抛弃的恐惧,希尔玛子爵立即决定申请加入贵族同盟。

"殿下,依您看,那些贵族会不会接受他的加盟呢?"

"如果他们接受,那就完了。"舒尔茨回答,"我必须在他们犯下蠢事之前,设法预先阻止。"

然而,伊兰茨星系请求加盟的消息,在贵族议会中受到了欢迎,被视作帝国贵族重拾信心的象征。舒尔茨却表示"反对",并立即口述了一份意见书。十分钟后,他意识到自己的权力更多限于军事上的,政治上的权威不够牢固,还是改口仅表示"保留意见"。这是梅耶贝尔第一次见到舒尔茨在信件中弱化自己的语气。他将意见书送给了十几位较有权势的贵族,其中最后一段是这样的:

总之,我们不能把每一个加盟者都看作资产而非负债。当我们接纳了伊兰茨的加盟,就背负了当它遭受攻击时施以援手的义务。这颗势单力孤的行星所能提供的战力,明显不足以抵消我们为保护它而受到的战略牵制。若将防御区前移到伊兰茨,新防线与其说是在保卫我们，不如说是在保护敌方。而在所谓的"最坏情形"下，被我们拒之门外的希尔玛子爵会被激怒，改投共和军，但这反而是最佳情形：他能产生的威胁十分有限，反而会使敌军不得不负担一个易攻难守的刚性前线。

只有完全无知的外行才会以为领土越大、同盟越多就越好。然而这群贵族中，有一半正是这种外行。即便在另一半人中，也有一半认为阶级原则不能放弃，必须接纳所有前来投奔的贵族；剩下来的那些则为了维护集体团结，准备迁就多数派意见。这使得舒尔茨的提议几乎无人接受。这十几位贵族商量再三后，觉得舒尔茨这种拒人于千里之外的意见，甚至不该拿到会议上公开讨论，于是共同起草了一封回信，一致拒绝他的提案。

在这封回信返回给舒尔茨之前，他就隐约预料到会是这样的结果，只是没有料到，回信中竟然无一人署名。这些贵族在自己的封地内骄横跋扈，却不敢以个人的名义面对哪怕失势了的舒尔茨。只是反对他的意见，都得拉上一大堆同伙壮胆。

然而就在伊兰茨星系加入贵族联盟已成定局之际，一个意想不到的人出现了，站在了舒尔茨这边。那就是穆罗梅茨堡覆灭之后，流亡至伊兰茨并担任军事顾问的施文克中将。他致信几位有实权的大贵族，认为此时收纳这个星系，看似扩大了同盟，实则对大局不利，其理由与舒尔茨刚被驳回的理由一模一样。舒尔茨知道凭施文克无法说服他们，却不禁心中感叹：早在一两年前，他几时曾将施文克这等人放在眼里？如今时代骤变，高人已逝，旧部死尽，除舅舅之外，身边已无大将可用，到头来竟只剩下他懂得自己的想法。这一天，舒尔茨刚过三十岁，施文克的出现令他有生以来第一次感觉到了衰老，仿佛赎罪日之战后，他在黑洞旁度过的不是十天，也不是十个月，而是十年。他意识到老去的本质是孤独，是昨日驾轻就熟的一切土崩瓦解，整个世界陌生了。

第五节：回声

1.

舒尔茨携胜利女神号重新出现，将南境驻军与贵族集团整合成"护宪军"的消息，很快传遍了银河系。好望角号上，伊法、策林根和舍尔兴讨论了此事。三人一致认为：这一变化将战略焦点全部压在了南境，任何分兵战略都不再可行，且敌我双方兵力已达平衡，我军坐失了优势。

伊法说："'护宪军'这个名号确实取得巧妙。我们当初在帝国宪法的框架内，迫使这些贵族放弃特权，是事出紧急，怕谈判崩裂。然而以不违背帝国宪法的方式迫使其放弃特权，意味着他们可以继续主张：皇帝虽已无存，宪法却未作废；穆罗梅茨王朝终结了，银河帝国却没有。这反而合了那些封建主义者的心意。如今舒尔茨回来了，而且是带着胜利女神号一同回来的。"

"是啊。"舍尔兴看着屏幕上，这艘舰的舰首矗立着手持桂冠与利剑的金色女神像的古代战舰，"多么美，胜利女神。"

"但她是与耶梦迦德一同归来的。"策林根说,"多么美,多么可怕。"

"你是不是又想说,美的事物本身常带着可怕;或者,为了宇宙的美,变得可怕一些也是值得的?"舍尔兴问道。

"您的诗人灵魂又苏醒了。"策林根回答。

伊法听着他们俩的对话,心想,男人真是不可救药,给一艘战舰取上女神的名字,就自以为是她的骑士;只要这胜利女神驾临战场,就宁可毁灭也不愿在她面前后退一步。倒是舒尔茨,爱世界巨蛇不亚于爱胜利女神,爱命运胜过爱一切。

舍尔兴注意到了伊法若有所思的神情,以为她是在怀疑当初的决策是否失策,便说道:"伊法指挥官不必自责,不必自责。如果当初我们不折中行事,今日银河说不定已回到大半个世纪前的军阀时代了。我们至少收服了大部分贵族,控制了西、北半壁。我们无法料到十个月来精神污染会传开,整个社会进入防疫状态,突然出现的舒尔茨伯爵能趁我军无法行动时纠结成势。我们更无法料到舒尔茨的形象被他们转变成了帝国宪法的守护者,却又突然死而复生,把所有人杀了个措手不及,却同时帮他们找到了权力核心。"

"你认为那些贵族会真的给舒尔茨这样大的权力吗?"

"内战本就破坏了星际交通,战事刚刚结束又逢十个月的防疫,通航大减,区域自治已是既成事实,所以封建势力的扩张使他们不再惧怕舒尔茨。照此情形判断,贵族权力一定已巩固到了既能把军事指挥权交给他,又能随时将其收回的地步。"

"但你相信他们能控制得住舒尔茨吗?"

另两个人不约而同地摇了摇头。

"我也不信。老虎放松时，它只用一成力量和你打闹，但无论老虎如何嬉戏，都不会变成猫。"伊法说道，"对了，关于敌军的称呼，别管他们自称什么'护宪军'，我们一概不理，继续称其为'封建军'，以巩固平民对我们的支持。"

"伊法指挥官！"通信官跑了过来，"这里是一份来自舒尔茨的全宇宙公开电文。"

电文是以"护宪军统帅"乌尔里希·玛利亚·冯·舒尔茨的名义发出的，其内容竟是对"前帝国军叛将"温特利德·科赫的追悼。这封公开电文不顾贵族同僚们，尤其是他舅舅舒尔茨伯爵的感情，从两年前的内战讲起，历数其战功，极高地评价了科赫的军、政才能，并把"叛乱军"的全部胜利归功于他一人的天才。正如温特利德曾写给欣德米特元帅的悼文一样，舒尔茨越是赞扬科赫，就越是暗示他的死亡是无法承受的损失。这明显是一种宣传。舒尔茨其实已经意识到科赫培养出了一批将领，但他故意不提，而是拼命渲染对旧敌的敬意，堪比古书中所有敌对者之间的崇敬——是怎样的造化，让那位横扫欧洲的天才未能生在莱茵河的这一边？又是怎样的命运，让那位震动罗马的悍将生在了地中海的另一侧呢？舒尔茨把这套修辞全都搬了过来，悼词中句句是遗憾，又句句皆是对能够生在这样时代的庆幸。他大胆宣布：科赫其实已死在胜利的战场上，这更让敌将的形象比战败苟存的拿破仑和汉尼拔都更伟大。如果说，一年半前由于是科赫击败了欣德米特，胜者对败者的盛赞仍引起了帝国军内的愤恨；今日战败者舒尔茨对敌人的赞美，就更让人们佩服他那包容宇宙的心胸。

读完这篇悼文后，好望角号指挥部的人们意识到，这已是舒尔茨的第一次出击。

正如是封建贵族们在这十个月内的宣传，将舒尔茨推上了帝国守护者的崇高地位，造就了他突然重现之后，竟顺水推舟当上了昔日死敌首领的局面。同样，也正是革命军在穆罗梅茨堡毁灭之战中，隐瞒了科赫已经失踪的讯息，才造成了革命军的战功从头到尾只归于他一人的假象。人民喜欢英雄，双方皆在迎合这种思维，过去的宣传在当下投下了错乱的阴影，造成了令人瞠目结舌的效应。众人都觉得难以反驳舒尔茨，因为这种宣传上的不利局面正是他们自己过去造成的。

"信件的最后，要求召开全宇宙超光速远程会议，共商银河系的未来，并邀请'反叛军最高领导者'来参会。"伊法说，"他不愿意写任何具体的名字，也大概是在表示蔑视：无论你们派谁来，都既不重要也没区别，反正与温特利德·科赫相比都不值一提。"

"伊法指挥官，您会答应出席这次会议吗？"舍尔兴问道。

"我必须去。否则只会把宇宙事务的领导权拱手相让，"伊法若有所思地慢慢说道，略作停顿之后，又补充道，"但我有一个主意……"

"您又有了什么计策？"

"既然舒尔茨公开宣称，革命军中令他畏惧的仅温特利德·科赫一人，必是断定温特已死，才故作此论。然而他并没有证据。我打算反向利用他的宣传，装作科赫仍在，既震慑那些摇摆不定的军阀和商团，也在敌军中打击舒尔茨的威信，浇灭因他归来而高涨的士气。"

"您要在远程会议上冒充科赫指挥官？"

"是。"

"那可不容易。"

"你们放心,我只要把自己当作温特,应当就不会露馅。"

他们又讨论了几句后,舍尔兴因下属有事先离开了,这时尤季娜带着勒菲弗尔走进来,他们听到了这样的计划。

"伊法指挥官!"尤季娜说,"您不该这样——帝国贵族们瞧不起女人,觉得女人打不了仗,您不能迁就敌人的偏见,继续用'好望角号'这个名字假借科赫指挥官的身份,这样做太软弱了。"

"尤季娜,这不是软弱,而是策略。整个银河系的大小军阀,根本不把我军除科赫之外的第二个人放在眼里。"

"科赫指挥官曾经说过,他若永远奉欣德米特元帅为尊,就永远无法战胜欣德米特。伊法指挥官,如果您一直活在科赫的面具之下,又怎么可能真正超越他。"这时宪兵队长弗朗索瓦·勒菲弗尔说话了,他一向对指挥部的决策很少开口,这是他自从一年多前鲁莽地要求伊法保证和科赫的感情不会动摇共和主义的信念以来,第二次当面表示异议。

"那您要假装到什么时候呀!"尤季娜又说道。

"尤季娜,我并没有假装是科赫。我和他,以及这个面具的主人,我们本就是不分彼此的。"

"指挥官不像话,用私人理由搪塞我们,太差劲了。"尤季娜不依不饶。

尚未离开指挥部的策林根立刻咳嗽了一声,提醒尤季娜要语言得体。但伊法并不介意,她觉得尤季娜的坦率正是她的可爱之处。

"尤季娜,我答应你,我不会一直活在温特的面具后面——他也绝不会希望我那样。"伊法说到此处看了一眼勒菲弗尔，用目光感谢他，又继续对尤季娜说道，"但不是这一次，现在还不到时候。我向你承诺，有一天，我要公布所有的真相，让所有觉得女人不适合从政从军的人都羞愧，但不是在今天。为了以后我能有把握地做到这一点，今天还不是时候，你明白吗？"

2.

五天后，这场举世瞩目的远程会议开始了。舒尔茨邀请各方豪杰共商整个星际文明的未来，自是想尽可能地拉拢中立者。在会议开始之前半个小时，就有一些参会者开启了投影，将自己的影像投射了过去。直到会议开始之前的最后一秒，共和军的位置上才投射出了一个戴面罩的人。所有人都不知怎么回事，纷纷把目光投向舒尔茨，却看见他的脸色变了。

那是薇拉当年打败舒尔茨时戴着的那副击剑面罩。

"对面的人，请问您是谁？"舒尔茨正色问道。

"您是否还记得，三年前在太子府中，您与皇太子米哈伊尔曾经聊到，古代先贤曾说，世界上存在三种权力：魅力型、法理型、传统型。那时，我有幸站在您的身旁，听到您与米哈伊尔各抒高见。可是我们谁又能想到，当时在场的三个人，竟然就是三者的代表。"

舒尔茨听闻此句，心中大惊，记起当日确曾有过这番闲聊。这面具后的人，难道就是当日站在我身旁的科赫吗？

"你是谁？为什么戴着面具？"舒尔茨伯爵问道。

"伯爵，您好，遥想三年前，在海尔辛兰受您款待，至今难忘。难道您已经不记得我了吗？不是您的部下，带我去音乐店找到了那首 *Auld Lang Syne* 吗？那难道不是你们家乡代代流传的古歌吗？"

舒尔茨伯爵确实记得，当年帕彭海姆子爵曾说过，科赫很喜欢这首歌，还带他去找到了它。他原本就对外甥断言科赫已死的事将信将疑，如今这戴面具的人这样说，莫非他真的就是科赫？

正当一众地方军阀为这个人的身份而震惊和疑惑，面具后的人继续说了下去："我的脸部，以及身体的大部分，都在穆斯贝尔海姆战役中严重烧伤，所以已有一年未正式露面，还请诸位见谅。舒尔茨先生……"

"先生"这个词一出口，舒尔茨立即震住了。这确是科赫的语气。

"您在悼亡我的公开信中，把我也描绘成了凭英雄魅力号令群雄者，是共和军不可或缺的核心，令我愧不敢当。这样的英雄，宇宙中只需您一人就够了，哪怕再多一人，都会使这宽阔的银河显得拥挤。历史如大海，英雄如高山，我愿把孤独的尊荣让给您，自己只愿汇入不息的海。我于赎罪日之战后隐退，理由正在于：革命军不是温特利德·科赫的军团，我的征战亦不为胜利之后的权力。我们是为实现一个基于人类的理性能力的共同理念团结起来的，我的部下们是基于对我的理解和我并肩作战，却不是像您的部下那样，是出于对您的盲目崇拜而追随您的。我们军队的组织，是基于公共知识和共同行动；不像您的组织，是基于权威迷信和高压强迫。我们虽还没有正式建立地上的国家，但每一名兵将都共在一个理想的国度；在您的帝国，却只有封臣而没有公民……"

舒尔茨听到自己的心在跳动，声音可以伪造作假，但是语言本身的痕迹是改不了的：这分明就是科赫在说话！还有这面罩……薇拉死了，是我亲手杀死了她，是我亲眼看着她停止呼吸。这面罩后的人除了他，还会是谁？还能是谁！

可是等一等，如果真是他，又何必戴着这副面罩呢？难道仅仅是为了用薇拉当日的胜利来刺激我吗？他真的被烧伤了吗？

"还记得将近三年前，那个晚上的对话吗？"舒尔茨问道，眼中一半是怀疑，可这怀疑的背后却有期盼，仿佛期盼着某种久违了的、伟大的存在。他的左手仍放在身侧，却微微张开，五指不自觉地游移，像是就要隔着数千光年的距离向对面的人伸过去。

参加远程会议的还有数十个大小军阀和商团领袖，其中一些人立刻留意到了这个动作，对身旁的人低语道，"看他的手，他的手。天哪，这双手是要去抓住什么呀！"

面具后的人静止了，时间一秒一秒地过去，横跨银河系的整个会场陷入了寂静。约十秒钟后，那面具说道："是的，我记得。舒尔茨，您深知时代的缺陷，却没有勇气和志向去彻底改变。相反，您一再利用这些弱点，您的梦想也好，手段也好，从未超过让这些荒唐和谬误相互毁灭。可是我们不一样，我们的存在就是为了改变它们，而且是从根上改变。我们有信心去完成的事，是您连想都不敢想的。"

伊法只是说出了一个笼统的回答，如果彼时曾有过一场深谈，那么这样的回答可以算是最安全、最不易被看破的。

"那你当日的答案呢？今天，你还抱着与当日一样的想法吗？"舒尔茨追问道。

伊法又停顿了几秒，接着说道："时至今日，政治仍不是我愿意耗尽一生去追求或服务的东西。我宁愿在这场战争结束后，作为一介平民活在世上。"

舒尔茨从座位上站了起来。远程会议上的领主、军阀们纷纷转过头去看着他。

"科赫！"舒尔茨喊出了这个名字，"科赫！你没有死！好，好！"

可是这个名字却让在座的实权者们恐惧。他们扭头望向那个戴面罩的人，小声议论着，难道这个人就是温特利德·科赫吗？

面罩后的人仍端坐着，纹丝不动。

在这一静止的瞬间，舒尔茨仿佛触摸到了真相：这感觉似曾相识。如果他记起自己在涅尔琴矿井下的一座窄桥上，曾与一名剑客如此对峙，他或许就不会上伊法的当了。当日，那名剑客也是如此纹丝不动地摆好架势，这种雕像般的静止感令舒尔茨觉得太过熟悉，然而这种感觉转瞬即逝，刹那间就消失得无影无踪；甚至这模糊的似曾相识之感，还被舒尔茨误解成了此人必定就是科赫的证据。

"您没有死，好！"舒尔茨不禁再次说道。

伊法戴着面具，依旧纹丝不动。

"舒尔茨……殿下，"参加会议的一名军阀，一年前曾在伊斯皮卡大败的齐奥尔科夫斯基有些坐立不安，他试图把话题拉回正轨，"您召集我们来，是来谈什么的？是谈和平，还是谈战争？"

"您觉得呢？"舒尔茨没有转头看提问者，而是目光始终盯着对面的人，伸出并展开了左掌。

"您觉得呢？"面具后的伊法把问题抛回给了他。

"你我敌对已两年有余,可惜正面交手却只有一次。对于阁下在赎罪日之战中的智谋与勇毅,我十分佩服。"

面具后的伊法伸出戴着银丝织成的击剑手套的手:"客套话就不必多说。对于舒尔茨先生在那一战中的表现,该是我佩服才对。只可惜当日您尽管坐拥要塞,却因舰队单薄,终究寡不敌众。"伊法的这句话,完全是发自真心。

"科赫!您难道有意以今日双方对等的兵力再打一场?"

"您说笑了,战争与和平事关百万人的生死,岂能如武士决斗一般随意?"伊法说这句话时,左手下意识划过腰间,才想起今日没有带剑,而对手又相隔数千光年之远,赶忙改变了动作。否则不会使剑的温特又何以有这样的习惯动作呢?在接下来的会议中,伊法一直注意控制自己的肢体语言,再没有露出过破绽。

3.

会议结束后,舒尔茨并没有立即从兴奋中走出来。科赫还活着!他在办公室内大步走来走去,仿佛每一步都踏出了一千光年。在黑洞边缘度过的十天,曾令他一度怀疑所有事物的价值,但现在,他再次坚强地肯定:宇宙是值得为之而战的。他看着自己的作战计划草案,如此中规中矩的战略多么无聊啊!一年前,科赫横越半个银河的大迂回,是怎么做到的?那才是真正不可思议的杰作。相比之下,我设计的防御战略,是多么平凡黯淡。

然而待到舒尔茨恢复了理智和冷静,就隐约意识到自己在会议上是多么失措:在面对科赫时表现出的不加掩饰的激动,很可能会动摇那些原本准备投靠他的诸侯和军阀。

"殿下。"舒尔茨伯爵来到他外甥的房门前,看见舒尔茨的神情仍然笼罩着兴奋。

"舅舅,有什么事?"

"殿下,贝岑施泰因伯爵和齐奥尔科夫斯基来信,说原本与我们密定于明日率舰队前来投奔的计划,因临时情况有变,恐要推迟,从长计议了。"

舒尔茨立即明白了,恐怕是自己在会议上的表现,令他们心生畏惧和犹豫。一年前,此二人曾因一点莫名其妙的小冲突自相攻伐导致战败;帝国倾覆之后,两人放下旧仇,却放不下这多疑的心态。当日他们是主动要来支持我的。如今该怎样把他们留在自己阵营中呢?许诺好处吗?不行。他们是在发现科赫还活着之后离开的,施与恩惠只会让他们觉得这些好处并不来自我,而来自敌方的威胁;许诺须公开做出才有效力,否则他们不会信任胜利之后的兑现,然而这也就等于是公开暴露,由于科赫这一人的复出,我已不再有胜利的信心。

"我们是否要恫吓他一下,迫使他履行承诺?"

"不必。"舒尔茨说,"纵然没有这些新投奔者,我军总兵力也不居劣势。此前他们两人还想高调宣布投靠以表忠诚,我觉得越是事前高调的人越不可靠,怕他们把事搞砸,就劝他们直到送来舰队之前无须公开站队。如今果然有变。好在外人不知此事,所以即便他们现在畏缩,也就当什么都没发生过,不会连带影响到我军内部的士气。"

"是呀,幸好如此。"舒尔茨伯爵说,"那假如他们事前曾公开投奔我们，如今临时变卦呢？"

"那他们就死定了，我在与共和军开战之前一定得先消灭他们；科赫也不会救他们的，他的一贯作风就是趁火打劫。"

"但无论怎么说，我们仍然损失了两个盟友，加起来恐怕损失了四千艘战舰。"舒尔茨伯爵说道。

"在已经加盟的贵族中，想必也有人因此信心低落。只要舅舅您能够稳住已经加入的那些人，我们的基本盘就是稳的。"舒尔茨说道，"这应该问题不大吧？"

"原来的那些应该问题不大，随着南境一同新加入的那些贵族，本身实力不强，所以应该也不敢有二心。"

"那就好。"舒尔茨只说出了这么几个字，其实并不放心。然而他又想：维持部下的信心是统帅的责任，而最好的办法就是胜利。只要自己亲率原南境驻留舰队在初战的开头占得上风，这帮随势而动的投机者一定会立即跟进，唯恐落后的。可是，我若开战之初就陷入不利呢？无论对面的敌将是不是科赫，他们也都会犹豫惊慌的。

舅舅走后的几个小时内，舒尔茨反复思忖，越想越觉得不对：我这是怎么了，为什么要在会议上当着那么多人的面情绪激动，暴露我内心的秘密？无疑，我对科赫一人的尊敬，胜过对其他参会者加起来的。但我本该暂时遮住这份尊敬，好让我能在打败他之后，怀着更深的敬意为他写下真正的悼词。算了，这些想法都太远了。我刚才为何没去恫吓贝岑施泰因和齐奥尔科夫斯基呢？只要稍稍用力，这两个鼠辈还是会乖乖地送上舰队的。我为什么不屑于这样做呢？是的，我不屑于。但难道为了与科赫堂堂正正地交战，就得学他那种清高派头吗？纵然有十个月的历史从身旁溜走，我仍是杀人魔王舒尔茨，我本可以更加不择手段的。

舒尔茨不怨恨这些人的软弱，他只怪自己明知他们的软弱本性，在之前的银河系大会上却忘了把它考虑进去，只埋怨自己没能完全地控制情绪。舒尔茨是一个强者，当强者身处小人之中，他充满了自我意识，以警惕切莫落入与他们一般的层次；然而当面对伟大的对手时，他常常是忘我的，在全力相搏的同时用超脱的眼睛看待生死输赢。相反，舒尔茨的身边聚集着的那群人，当他们群居终日，常常忘乎所以；一旦强敌出现，他们的心眼儿便只容得下一点蝇头小利。

然而今天的舒尔茨没有对他们生出蔑视。他并未觉察到，自己对待这类人的态度比几年前宽仁了些；他若此刻觉察到这一点，恐怕会将其误解为自己的锐气被磨去了，或恐惧于这是力量衰退的征兆。但这其实是因为几年后他已经更有力量。在经历了黑洞旁的十日之后，舒尔茨不再将强大等同于严苛。他成长了，却还没有长到能够看清这一点的时候。

4.

在好望角号指挥部，参加完这场横跨银河的远程会议后，伊法摘下了面具，她的脸上蒙着一层汗水。

"伊法指挥官，您戴上面具的表演太精彩了，尤其是先赞许舒尔茨是超凡的英雄领袖，然后话锋一转，说共和军是基于共同的理念，而帝国军是基于个人崇拜和强迫，简直就是古代戏剧！什么什么'不是我不够爱凯撒,而是我更爱罗马',您若是生在和平时期,一定是一位伟大的演员。"舍尔兴以这句玩笑开头,房间里的气氛一下子轻松了许多。就在他说这些的时候,尤季娜已经悄悄把录像拿去给各大舰队转播了。

"好了好了,不要取笑我了。"自从伊法当上总指挥官,她也接替温特成了指挥部里那个常被开玩笑的人,不过想当初,这种拿指挥官开心的风气也是她自己带出来的,如今也只好认命。关于她刚才说的那几句话,伊法补充道:"如果当今人类已能做到只坚守抽象的理念,而不迷信具体的个人,这场战争都是多余的,我也更用不着去戴上这副面罩,借用他的光环去动摇敌军了。"

"当今?您一定是想说,未来有一天人类是能做到的。"

"是的。"

"我很怀疑这一点。不过还是别说未来了,重要的是现在——舒尔茨自食其果,他试图把科赫指挥官宣传塑造成他唯一惧怕的人,以此打击我们,却被将计就计,动摇了那些意欲归附他的人。"舍尔兴说道,"伊法指挥官,您刚才说的那些科赫指挥官与舒尔茨之间的私人谈话,都是科赫指挥官告诉您的吗?"

"第一件确是他告诉我的,至于第二件,也就是舒尔茨发问、用来试探我的那件,只是我猜度'如果是科赫会怎样回答?'并自己编出来的。"伊法说着看了看手中的击剑面罩,把它轻轻放下。一旁的舍尔兴和策林根都未料到刚才的情势竟然如此凶险,都不禁倒吸一口气;同时又备感惋惜,他们两人如此心意相通,却偏要生死相隔。他们看见伊法的目光垂落在那副面具上,知道她一定又想起了往事,便退了出去。

两人行走在走廊上，舍尔兴问道："你觉得各路军阀受了多少动摇？"

"这一点是不清楚的，但是伊法指挥官确实骗过了舒尔茨。这是因为，她给他看了他内心深处渴望看到的东西。"策林根回答。

"科赫指挥官还活着——这还真是舒尔茨暗暗地渴望的——但也是伊法自己想看到的，所以她才能演得这么好。"

策林根点了点头，两人渐渐走远了。

房间里只剩下伊法一人。她心中想道：若不是这薇拉的面罩，舒尔茨也不会对此深信不疑；因此，并非她一人的巧智骗过了舒尔茨，而是有薇拉和温特在冥冥相助。该说的已经说完，战争已是一触即发。友人们，把你们的勇气、力量与智慧借给我！可是我仍不敢肯定，那些贵族是否真的会受到动摇而重新考虑站队，或至少撤去对敌方的支持呢？

伊法不知道，她无法确定。就在她对自己说"我已经做了能做的，接下来，把一切交给命运"的时候，尤季娜前来通传，有一名护卫舰的大副要来好望角号见最高指挥官。

"护卫舰的大副？"

"是的，他说自己名叫帕彭海姆。"

伊法想起来，这是温特在海尔辛兰曾经认识的一名贵族。据温特说，他是个贪图享乐、总在背后嘲笑其他人的家伙，在海尔辛兰一役战败之后离开了失势的同党，不知为何竟流落到了革命军中。

"他要见我做什么？"说完这句话，伊法忽然想：帕彭海姆会不会也以为温特还活着,因此要见的人其实是温特?

"他说有重要的关于贵族盟军的情报相告。"

伊法吩咐尤季娜,让此人来。

帕彭海姆乘小艇登上好望角号。当他出现在门口时,伊法发现他与温特过去描绘的那个"胖得像球"的形象很不一样。

"请允许我自我介绍,我姓帕彭海姆,曾是海尔辛兰贵族,在三年前的那场内战中,我是舒尔茨伯爵的属下。后来我离开了他的圈子,来到这支军队。这是我一生中最具决定性的一次选择。在这里,我起初是一名炮手,如今是大副。"

伊法点了点头,示意他说下去。

"我是看了会谈的直播之后,知道科赫指挥官一定已经不在了,才来向他的继承者报告敌人的情况。如果他还在,我一定会悄悄躲在自己那艘战舰的铁壳里,我知道自己是没有脸面见他的。"

情况竟与伊法刚刚猜测的截然相反,她略感惊异,却不知道帕彭海姆是如何看出破绽来的,她示意他说下去。

"舒尔茨伯爵一定会再次失败。"

伊法听到这句话,心中有轻视之意:舒尔茨伯爵是就连温特也从未低估过的人。这个帕彭海姆在战败后就放弃了爵位,或许算得上是潇洒豁达;但反过来贬低坚持战斗的人,就是心胸狭小了。

"请不要误会,我没有看不起他的意思。他的谋略,我这辈子,或许算上下辈子都难以企及。如果今天的伯爵及其同党仍是三年前的那伙人,您确实是无法单凭一个虚影,一个幻象,就撼动他们的。但是今天不同了,他们的联盟看似每天都在膨胀,但实际上非常脆弱;

您对他们施予一击的力量,恰恰是被舒尔茨放大的。请不要怀疑自己,尽管您不知道,但我了解他们:那帮人是断然无法在舒尔茨都认为并无必胜把握之时,继续团结一致的。"

"您又是如何做出这个判断的呢?"伊法想知道他的理由,仅仅凭帕彭海姆对旧人的了解,尚不足以让她相信。

"三年前的舒尔茨伯爵已是满头灰发,却仍然年轻,因为他为了谋反,筹划了二十年,苦思银河协防计划的蓝图,这二十年光阴便不知不觉地过去了。专注的人与充满希望的人是没那么容易老的,是失败与涣散令人老去,就像从一场梦中惊醒,发现自己忽然老了。海尔辛兰战败后,他的余生就已开始,从此满怀对他人的不信任。老人都是这样,对谁都提防,因为他们信不过自己。当初我离开他们,只是贪图安逸,不愿再拼下去。如今想来,如果我当初没有那样做,一定在这未及四十的年龄,就已是他们中的一员,一样戒备,一样空虚,一样灰心。"

"谢谢您告诉我这些。"

"不,您不用谢我。"帕彭海姆说道,"是我要谢您,谢这里的每一个人。当我的爵位不再能给我带来好处时,我就像丢垃圾一样抛弃了它,后来在走投无路之际加入了你们。是你们给了我另一条路,另一片帆,让我得到的比失去的更多。我的许多战友都是第一次登上战舰,却是他们在鼓励着我;年轻人的奋勇精进,令我痛悔在无聊嬉闹中虚度的时辰。您的部下拥有与那支贵族武装相反的一切:热情、团结和对未来的希望,这便是胜利者的美德,所以胜利一定属于这样的青年。我看出您是想吓阻敌人的联盟,也猜到您会有犹疑,就像一只狮子因不了解对方而畏缩不前,我今天是来告诉您:您若有这样的疑虑,只是因为您只知道自己,而我却亲眼看过双方的差距。"

伊法没有回答。她的内心激动起伏,可是越是这样,她的脸色就越是沉默而凝重。在帕彭海姆即将退出指挥部的门之前,她最后叫住了他,问道:"可以告诉我,您是怎样看出会场上的那个人其实不是科赫的吗?"

"因为那首歌,*Auld Lang Syne*,当年是我陪同他在电台查询播放记录时搜到的,而非如您对舒尔茨伯爵说的那样,是在音乐店里找到的。您放心,这件事伯爵是不知道的,就算当年我曾告诉过别的人——"

"嗯?"

"我是说,就算三年前曾有人听我说起过,那也早就忘了。您放心,不会有谁记得的。我们的时代太精彩了,谁还记得一首歌呢。"帕彭海姆是站在指挥部的门口,向伊法说出这句话的。说完,他就走出门去了。

第六节:命运

1.

辉恒城早在半世纪前就已毁灭,当初焚毁它的穆罗梅茨堡也已坠入黑洞。如果宇宙标准时间中的"春天"这个词仍有意义,光复历

479年的春天，便在紧张的对峙中过去了。银河系的两大集团分别在精神污染疫期完成了总动员，却未爆发冲突；如今传染已逐渐被压制，两军却因互不信任而不敢解散动员。这种结构当然极不稳定。在去年的穆斯贝尔海姆大战之前，共和军前统帅科赫向全宇宙发布了新秩序的基本构想："银河联邦"就像"银河帝国"一样，没有留下让人类社会分裂为多个异质甚至对立集团的余地。当年在维谢格拉德家做伴读时，伊法就听说过先皇妃玛利亚·舒尔茨在抛弃自己的新生儿时曾说过"拥有一切，或一无所有"，而这句话也正是舒尔茨的写照，他绝不会甘心将大半个银河拱手让人，自己偏安一隅以求共存。

护宪军成立之后，舒尔茨将主力舰队调集到南境西侧。至于指挥部的选址，他本想就近选一个星际站即可，然而他的舅舅和奥伯豪森伯爵都认为，若能选在一个星球，将有助于拉近与南境地方势力的关系。可是舒尔茨仍没有选择奥伯豪森推荐的星球，而是把总部设在更靠近前线的一颗较小的行星。他故意这样做，也是指出在封建关系中，封臣之间无论大小都是平等的。关于银河系的命运，舒尔茨正是这样想的"拥有一切，或一无所有"。因为舒尔茨不是在海尔辛兰长大的，那颗行星，用他自己的话说，只是他"永远的临时落脚点"。

伊兰茨投靠护宪军之后，舒尔茨重新制定了防御战略。相比于扼守南境外缘几处远程传送门，战线前推之后的新战略难度增加了。问题在于伊兰茨的距离，距离会转化为时间，时间最终会把困难压在侦察预警上，于是他加派了更多的侦察舰。舒尔茨不会让自己的欲望影响判断。他野心勃勃，目标明确，早就想好下一场战争只能以一方统治宇宙收场；但为了确保那个人是自己而非对方，他只会在现实允许时行动，几乎从不将一厢情愿的理想误当作现实既存的条件。

战争虽已到了一触即发的边缘，但在那个时间点上，无论伊法还是舒尔茨都没有料到它会来得这么急。战争的条件通常由大构造决定，却往往由小事件触发，否则双方可能一直剑拔弩张地对峙下去。一种流行的误解是：战前岁月就像持续加压的高压锅，在某个时刻终于承受不住增压而爆炸。事实上，在绝大多数战争爆发之前，火药桶早就在那儿了，只待一点火花。历史学家对"战争起源"的研究，远多于对那些侥幸避开了战祸的外交危机的研究，以至于战争常被后世误解为不可避免。

然而维系着脆弱的和平的那根细弦终究无法紧绷太久。科赫的形象经由双方的宣传，在共和军与护宪军这两堵回音壁之间被不断放大，如今他出人意料地重现了，引起了一些地方势力的恐惧。南境靠西侧前线的赫岑多夫行星领主赫岑多夫伯爵秘密联络共和军，声明自己对"东方封建集团"深恶痛绝；他之所以成为贵族联盟的一员，只因南境驻军与东境贵族联合之后为形势所迫。倘若两军开战，他不仅不会派遣舰队加入贵族军，还会为共和军敞开他的行星航道，提供补给，并自愿在共和军胜利之日率先放弃贵族特权，以此交换共和军对其人身自由与家族财产的保护。

"这位赫岑多夫伯爵是个共和派同情者？"伊法问道。

"不是的。但是南境的贵族确实多与东部不同，他也并非顽固的封建主义者，只是个一心想避免战火烧到他的行星的领主。"策林根回答。

"那也难怪。"伊法说，"但他无疑高看了我们的实力，他的星球赫岑多夫看上去不远，但仍位于南方交通线内，即便投靠我军，我们也保不住他。如果我们朝赫岑多夫航线进攻，那条路虽然短，但是伊兰茨这个前哨倒向敌军之后，它就暴露在几个方向的威胁之下，是明显无法防御的。"

"或许他加入贵族同盟确是被其他贵族所逼，本就不愿真的派出舰队参战，便把他本就不打算做的事告诉我们，将其解释成为我们特意没去做的事，来赢得政治上的筹码。"

"但他也不在乎我们看穿这一点：因为即便如此，我们的最佳选择仍是接受他的条件。"

"确实。"策林根缓缓点了点头，他低下头时，眼中露出了一丝不易觉察的光芒。

伊法本想等获取更详细的信息并深思熟虑后再做决定，可是事情的变化来得极快。第二天，她就要结束工作时收到了一份情报：赫岑多夫星球密谋投靠共和军的事，已经被海尔辛兰方面知晓。消息怎么会走漏得这么快？伊法立即将策林根招来。

"赫岑多夫伯爵暗中退出贵族同盟的事，是不是你故意泄露的？"

"是。"

"别人来投靠，我们能这样把他出卖给他现在的主人吗？"

"伊法指挥官，"策林根冷静地说，"赫岑多夫只是不打算派一兵一卒帮助敌军，如果这就是他仅有的诚意，还不如把他的背叛告知舒尔茨，挑起敌人的内讧，削弱其相互信任。"

"我知道你是这个意思，但是这种做法我不能同意。我们明明在正面战场的兵力不输敌军，无须做这样的手脚。我们此前打了那么多仗，但即便在最危险的时候，也从未透支过一次道德信誉。"

"伊法指挥官，我们今天虽有与敌军相当的兵力，却不能保证几个月之后仍有。"策林根说道，"现在敌我两军都无法解除总动员，远超出常规财政所能负担，谁先供给不了这种超额动员，谁就会在战争爆发初期吃亏。然而，共和军和帝国军，谁更擅长将战时体制常态化，强加于和平时期呢？帝国可以不顾平民的死活，难道诸行星的临时共和政府也能牺牲民生，长久维持满员战备状态吗？所以，拖延对我们不利。况且，伊法指挥官，您一定也想到过：科赫指挥官毕竟已经不在，您上一回的冒充让舒尔茨的宣传弄巧成拙，但瞒得过一时瞒不过一世，宣传上的胜利都是短暂的。关于科赫指挥官的生死的舆论风波已经证明：过去成功的宣传会成为今日的负担，今日宣传上的胜利也难免要在未来清偿欠债。与其那时再打，不如现在就打。"

"所以你就牺牲赫岑多夫伯爵，以此制造事端？"

"是。我知道您不会允许我这样做，但我已经做了。"策林根回答道，"舒尔茨接下来一定会派遣舰队去镇压赫岑多夫行星。伊法指挥官，接下来您打算怎么做？"

伊法听见那句"但我已经做了"不免有些生气，她没有回答。

策林根见伊法不悦，便又说道："战争并非不可避免。我主张派遣高机动的快速战舰编队，在能监视到赫岑多夫行星的范围内保护它。关键在于：直到赫岑多夫伯爵的兵力和其他帝国贵族真的交手之前，这支舰队都不得参战。"

"我们能监视到赫岑多夫行星，对方也能监视到我们。"

"这正是我的用意。"

伊法抬起双眼，"你的意思是，这支舰队更多在于政治意义。"

"正是。我们仅以一小支舰队保护赫岑多夫，只要舒尔茨不愿与我们交锋，他就不会进攻。我们也就尽了道义上的责任，且挫了敌人的锐气。我相信，以舒尔茨的谋略，他一定懂得此时不宜轻启战端，与我们全面开战的道理。"

"话虽这么说，但如果他执意镇压赫岑多夫呢？"

"如此一来，也就坐实了我们关于贵族联盟乃基于强迫的说法。"

"确实有理。"伊法点点头说，"那您觉得，谁适合统领这支舰队前赴赫岑多夫呢？"

"应当由我去。"策林根立即答道。

"为什么？"伊法问，"我们不知道舒尔茨会调遣多少兵力镇压赫岑多夫，这样的行动是很冒险的。"

"正因为如此，既然是我自作主张，把赫岑多夫伯爵的密信泄露给了舒尔茨，保护他的责任就该由我承担。"策林根的回答毫不含糊。

伊法看着面前的这个人。确实，他行事不择手段，完全不顾道义观感，却也一视同仁，并未把自己排除在外。况且，此次行动与其说是军事的，不如说是政治的，在这方面，全军中除了伊法自己，也只有策林根能担此任。

2.

策林根仅仅带着两千艘快速战舰出发了，他们穿过两军之间两百光年的空旷地带，去往赫岑多夫行星，抵达时发现一支近五千艘规模的舰队已经包围此地。

"敌军似乎发现了我们。"

"没有关系,保持距离,不要让敌军摸清我们的数量,也不要让敌军发觉我们已经发现他们发现了我们。"

"长官,您说什么?"

"不要让敌军发觉,我们已经发现,他们已经发现了我们。"策林根重复了一遍。

"是!"

双方僵持了一小时后,贵族联军的舰队开始了对赫岑多夫行星的攻击。策林根在远处看着这一幕。副将阿尔瓦雷斯·佩雷拉有些慌张,在来的路上他听策林根说:站在舒尔茨的角度上想,是应当尽可能拖延避战的。赫岑多夫并无太大的战略价值,他何必执意镇压呢?策林根没有说出相反的考量:上次银河远程会议之后,众贵族内部很可能已有裂痕,尤其是南境贵族和东境封建集团本就很不相同,赫岑多夫的叛离,对刚刚成立的护宪军是一条深深的裂缝。

"指挥官!我们是否立即去支援他们?"佩雷拉问。

"先等一刻钟。"尽管策林根心中暗暗希望着开战,却仍说道,"对方既然已经发现我军的埋伏,一定会以为我们会趁他们刚发动进攻就立即支援,所以现在一定准备得最充分。而十几分钟的时间足以扭曲交战两军最初的阵型,到时候我们再杀进去。"

出乎他意料的是,赫岑多夫伯爵的一千两百艘规模的舰队仅支撑了五分钟,阵线就已经动摇了。

"该死,南境的行星舰队怎么这么不经打。"策林根命令全舰队急攻贵族联军的侧翼。他在下这道指令时，已做好了战死的准备；甚至在他只率领两千艘战舰出征时，就打定了战败的主意。指挥协调性差的贵族联军希望的是长期、低强度的一次只出动一个舰队的战争，共和军则相反；且由于两军僵持造成的财政负担对于共和国来说更难忍受，他打算以一场战术失败，制造出立即开战的理由。

然而意想不到的事发生了：当不到对方一半数量的共和军杀入战场，护宪军侧翼竟一触即溃。同时，赫岑多夫舰队士气大振，立即转入反攻，通信中充满了"共和军大举来袭"之类的话。策林根明白了，定是双方都以为我不可能仅带这两千艘战舰前来送死，便按照常理推想，以为我军身后必有更庞大的舰队，才导致了侧翼刚遭到攻击就几近溃败的局面。

"全军注意！抓住时机把敌舰队撕开，我们只有两分钟时间！"策林根立即向全舰队发布了命令后，对身边的副将说道："敌军很快就会发现我军的真实数量，因此绝不能任其重整旗鼓、立住脚跟。"

策林根以不到敌军半数的舰队杀入，一举掀翻了整个战场，战役初始就演变成了一场追逃。追击绝不能停下，因为贵族军已经知晓我方的真实数量，一旦停止攻击，敌军凭数量优势只需几分钟就能杀回来。刚才的胜利，反而使策林根陷入了一场不情愿的追击战；己方的优势正在慢慢扩大，他的心境却愈发焦虑：在追击途中，他既没有发现多少舰骸，也少有因引擎受损而被俘的敌舰。终于，他意识到火炮在这个距离上其实威力有限，无法重创前方逃逸中的敌舰队。敌军并未崩溃，他们离重整旗鼓转头反攻只差缓过一口气；越是意识到这一点，策林根就越是要拼命卡住对方的脖子，不让他们缓过这口气来。

正当此时，前方远处出现了另一支迅速接近的舰队，迎面直扑而来。那是舒尔茨的直属禁卫舰队，不足千艘，却骁勇异常。原来当日金伦加黑洞一役，禁卫舰队统帅格拉弗瑙子爵率军突围后，先是走西境，然后又被共和军一路驱赶阻截，展开了一万多光年的长征，最终来到海尔辛兰与舒尔茨伯爵会合时，已仅剩三分之一。舒尔茨一出现，这支幸存的舰队就又重新成了他的禁卫军。舒尔茨见派去镇压赫岑多夫的舰队迟迟没有消息，便疑心受到了共和军的阻挠。可是若要仅凭猜测调动更大的舰队，除了程序上得再等两个小时，还得考虑军政关系的问题，他便仅带着自己的舰队先行赶到。

"不好。"策林根看见这支舰队，便知道了自己的命运，"强化火力，不用节省能量，迎战！"

舒尔茨的禁卫军与撤退中的友军擦肩而过，直接投入了战斗。友军见此良机，立即掉转舰首，预备反攻。两军数量将近三比一，已是必败之局。策林根准备抓住禁卫军与正在组织反击的贵族军之间的空隙，最大限度地打击前者。

"敌军居然直冲过来了。全舰队停止前进，优先防御，抵御敌军第一轮火力。"舒尔茨的这个命令，是看穿了策林根的企图：既然对手已经孤注一掷，准备利用我军甩开身后大部队的时间差来进攻，我理所当然该先用强盾抵住你的利矛，再行反击。

急进的禁卫军未及疏散间距，炮火就如暴雨般倾泻而来，被汹涌的能量压得无法还击，因为只要从护盾上挪用一半的能量注入炮口，舰体顷刻之间就会被重创。护盾上散射出的能量波又撞上附近的舰船，甚至相互干涉激荡，泼出更壮丽的光环。霎时间这漆黑的宇宙，遍是红光阵阵、紫电横飞,交织之下竟似有残阳血照、暮色苍茫。舒尔茨在耶梦迦德号上,看着自己的舰队被打得遍体鳞伤,但他知道只要再撑三分钟,身后的舰队就能跟上。

"敌军停止了射击,仍在朝这边冲来!"

"不要还击!这是引诱我们射击,以削弱我方护盾的陷阱,他们马上就会有一轮强力的齐射。"舒尔茨说,他根本不给对手一丝机会。

果然,二十秒钟的静默后,下一轮齐射已至,耶梦迦德号也遭攻击。如果舒尔茨刚才将舰队从防御调整到攻击状态,现在已经至少损失了两百艘战舰,就连加厚装甲的旗舰耶梦迦德号也必遭重创。

"好,打得好。"策林根说。

"我方占尽优势,敌人却未溃退。"副将佩雷拉答道。

"我是说敌方打得好。"

"好在哪里?"佩雷拉见敌军一直被动挨打,不解地问道。

"胜利最终会属于那些清楚自己要什么,然后坚决地执行战略,不为一时小利所引诱的人,因为这样的人犯错最少。"策林根回答道,"当然,现在说这些已经迟了,但临死之前我们至少要清楚自己的死因。能死在舒尔茨这样的兵法家手上,并不丢脸。"

说罢,策林根立即下令将战败的消息告知总部,此时表面上的战局仍对共和军有利。

两分钟后,刚才陷入败逃的贵族军已经掉头追上了舒尔茨直属舰队的尾巴。共和军预先算好两股敌军汇流、阵型最为密集的时刻,射出了所有飞弹,并打开炮门准备最后一击。同时,舒尔茨也准备好,一旦友军从自己的舰队身旁擦肩而过就下令炮击掩护。

战役结束得惨烈。共和军确实抓住了敌军阵型最密的时刻,倾泻了能倾泻的一切火力,但仍无法抵消一比三的数量劣势。只过了大约十分钟,共和军的战舰损失就已近半,剩下的舰船大多各自逃离了。

"这一战,我们共损失了多少战舰?"

"约一千五百艘!"

"从开始到现在,敌军的总损失大概与此相当。"策林根说,"然而比战损更重要的是,敌军镇压了赫岑多夫,我们赢得了将战争扩大的理由;舒尔茨的所得是战略上的,而我的所得是政治上的。能与他作此交换,我已无可抱怨。等等,我刚让你们逃走,怎么还在这儿?难道这艘旗舰的救生艇也被征用,用于安置精神病人了吗?"

"没有,但是指挥官您要与舰队共存亡,我们也不会走。"

策林根心想:今日我在十分钟内送掉了十余万士兵的生命,以此为代价开启了大战的前奏,是必须死在这里的。十多万条性命,与数百亿人类及其子孙后代的命运相比并不是个很大的数字,但他们的死终究与我有关。如果再选择一次,我还是会这样做,但这不代表我能够心安理得地逃回去。然而你们大可不必这样,因为你们从来都不曾知道,只藏在我脑中的计划。

"我命令你活着回去,向伊法指挥官陈述此次作战的经过,并转告她:我擅自点燃的火势,她却不得不把它吹得更猛烈些,不情之请,还望见谅。"

3.

好望角号指挥部里,伊法在策林根出发之后的第二天,就意识到自己可能忽略了一个重要因素:此前策林根在推算舒尔茨的行为时,认为对方不会冒着全面开战的风险强行镇压赫岑多夫。然而这只是从军事上说的。若从政治上说,假如把赫岑多夫伯爵的投靠不仅理解成南境贵族与东境封建集团的分歧,也理解成科赫的出现对敌人造成的动摇,那么仅仅为了扼杀这种危局,舒尔茨也必须镇压。可是策林根为了保持舰队行动隐秘,已经关闭了超光速通信,联络不上了。

尽管有了心理准备,伊法仍被策林根所率舰队战败的消息震惊,倒不是因为他率军出征的计划中,明明只是一次军事施压,并非真的要打。而是因为即便真打,他也应当知道赫岑多夫的位置根本守不住,应当尽可能把两千艘战舰撤回来才是,何以发生这般死战呢?此前盘踞在伊法心中的疑云终于清晰地浮现了:难道策林根没有对我说实话,他根本就是有意挑起战争?他知道我不愿看到全面战争爆发,于是就拿自身性命和两千艘战舰作苦肉计,以制造战端?

自从前南境驻军与海尔辛兰联合组成"护宪军"以来,伊法就将全军警备等级提高到最高级,已无法再高。但她仍然追加了一道命令,说接下来两天要尤其小心。当晚睡觉前,她把军服放在伸手可及之处,辗转反侧难以入眠。果然,深夜一点二十分,电话铃响,报告称首批逃离战场的我军舰船返回了。然后是第二批,第三批。在最后一批返回的战舰上伊法看见了佩雷拉,他说自己是受策林根之托,要向伊法指挥官陈述战役经过,并且带一句话。

"什么话？"伊法赶紧问道。

"他说，是他擅自点燃的火势，却要您将它吹得更猛烈，不情之请，还望见谅。"

伊法听到此话，心中证实了自己的猜想。接下来，佩雷拉还按照策林根的吩咐，详述了战役经过。可是她一边听着，思绪却已经在将来的作战计划上了。战役的细节其实已经不重要，重要的是，如何让他们的死不付诸东流。伊法同时隐约猜中了策林根的另一用意：他很可能是不想共和军，尤其是不想由我来擅开战端。在策林根的判断中，伊法一直是未来银河联邦政府的统治者，这样的人不能在战争中沾染恶名。

策林根的出卖，让赫岑多夫伯爵的明哲保身之举反遭灭顶之灾；他却如愿以偿，以一死换取了开战的大义名分。于是，正如舒尔茨出于对贵族联军性质的理解，违背自己渴望与旧敌再战的心理采取防御，伊法也不得不顺应形势主动进攻，但在下达命令之前尚有事要做。在听取了佩雷拉带回的报告后，伊法让他起草一份文件，详述事件经过：赫岑多夫伯爵意欲放弃贵族特权以换取中立地位，共和军派出两千艘战舰保护赫岑多夫行星，未料到对手竟然先后调动六千艘舰征讨昔日的盟友，才与敌军打成了两败俱伤。

就在佩雷拉准备去工作时，伊法叫住了他。

"算了，这份文件，还是由我亲自来写。"

佩雷拉抬起头来："您的意思是……"

"这不仅是我的意思，也是策林根让你传话给我的意思。"

或许对于策林根而言，将他的死做最大的利用，才是纪念他的最好方式。

天已经蒙蒙亮，伊法开始了一天的工作，她以温特利德·科赫的名义，用一个上午起草了一份长达十页的文件，详述了整件事的经过——当然，除了策林根刻意挑起战争的动机之外。贵族军的蛮横与压迫，共和军的宽仁与侠义，贵族军的不堪一击以多欺少，共和军的舍生忘死以寡敌众，都跃然纸上。写完后，她祈祷这是自己最后一次冒用温特的名字；祈祷完毕之后，她再次祈祷这是最后一次祈祷。

伊法吩咐尤季娜把这份文件拿去，向全宇宙公布，同时密令驻扎在各行星和星际站上的共和军，执行不到半个月前刚刚制订完成的对伊兰茨星系的进攻计划。十分钟后，尤季娜回来了，朝伊法点了点头，示意命令已经交代下去。伊法没有转头，只用眼角的余光看见了她的动作。

"尤季娜，你可记得我们去年，在去穆斯贝尔海姆的路上，途经一颗无名行星，那时你看见群山巍峨、风雪漫天，曾经感叹我们未曾涉足的世界多么广大，人类多么狭小。"

"记得。您怎么想起这件事了？"

"人类狭小。"伊法坐在桌前静静地说，"我只想说，政治确实狭小，如果不狭小，那就不是政治了。政治总是通过否定某种生活方式，来肯定另一些。大多时候，人类分配权力和利益的方式是根据各人差异，在这方面让甲占便宜，在那方面给乙补回来。但是到了某个时候，需要决出'全有或全无'的胜败时，政治就看似狭小了——尽管凡是'全有或全无'的理念本身都是最广大的。"

伊法说完后，两人陷入沉默。

"你听明白了吗？"

尤季娜先是点点头，又摇摇头。

"这是因为时间：广大的理念总是寄托于未来，而政治狭小，是因为必须在当下的急迫中作决断。你才二十四岁，时间还长。如果你想的话，会有多得数不清的时间来学习这些。"

伊法说这些话时，一直在玩手中的笔，中途掉下来两次。尤季娜在一旁听着，觉得此刻坐在好望角号这张总指挥官办公桌后的，就像是科赫指挥官；尤其是她此刻的神情，多么像他呀！那种黯淡与辉煌并存的神色，又笼罩在了伊法的脸上。从前只有科赫会偶尔在看似闲聊时，与部下们说这样难懂的话，如今这些人大多都不在了。

在舒尔茨出现并联合东境封建集团和南境贵族之前，伊法曾经想过，有没有可能就此终战，双方达成事实上的和平。这样的妥协同时违背银河帝国和即将成立的银河联邦的宪制，却能避过一场规模空前的大战，符合双方的利益。今天她分外强烈地意识到，当初自己之所以这样想，是因为那时她掌握着优势。当对手的力量经过联合，增强到了足以威胁新生的共和制联邦时，她已无法再宽容下去。

出征前，伊法又看了一遍前几日自己和策林根排好的各分舰队的指挥官名单，策林根的位置已经由佩雷拉接替。问题应当不大，因为这将是最后的决战，打完了，无论输赢都不存在补给问题了。她想起了约阿斯神父、胡梅尔，还有温特，都已经永远地离开了她，帕特里克也在穆罗梅茨堡那场混乱的大撤离中不知所踪。他们是在我尚且稚嫩的时光中陪伴我的，那时候，我们尽管都不知道下个月还能否活在世上，却从未想过分别的一天。如今离完成我们的志业只差最后一步,他们却都已经先行离去。如今的指挥官名单中,多已是在金伦加黑洞之战后脱颖而出的新人,其中一些是在精神污染大传染中防疫有功才被提拔的,这也是策林根的建议:防疫和战争,救人与杀人,看似背道而驰,思路却惊人地相似,关键都在于时间和空间、人员和物资。那些能把战略学活用到防疫中的军官,不见得是水平最好的,但一定是学得最活的,将来的培养潜力也最大。

伊法手中捧着这份指挥官名册,她知道在相当程度上,这不仅是科赫在两年前就开始培养指挥人才的结果,也是策林根选拔出的遗产。她对策林根这样的人并无太多好感,只怀着一种有距离的尊敬,然而时至今日,伊法才发现,他的存在如同抛向回忆的一根锚,他的死就像牵着锚的绳索断了,沉入了昨日的海床。伊法感到自己与过去的世界完全隔开了。

第七节:英雄

1.

一年前,当这支军队还被人们称为"反叛军"的时候,科赫最焦虑的,便是时间不站在他的那一边,如今这个念头也压迫在伊法的心头。一方面,共和制联邦容易在战备经济中落入下风。另一方面,敌方"护宪军"初建,原南境驻军和东方封建集团差异极大,各部门尚未磨合。时机稍纵即逝,为了速战速决,伊法决定抓住策林根制造出的战端。共和军的主力即将进攻伊兰茨星系。大军开拔的前一天,伊法让宇宙音乐电台取消了原定节目,改播一首交响乐《我的祖国》的第一乐章,这是她拟定的召唤潜伏在敌占星球的全员战士准备起义的暗号。播放第一乐章,意味着提前准备行动;第二乐章,则意味着我军已在进攻路上,接下来敌军要么迎战要么撤退,务必抓住敌舰队启航却尚未全部升空的时机发动起义,以使其出师不利、进退两难。

然而伊法不知道的是,舒尔茨本人也是宇宙音乐电台的听众。当他听到音乐戛然而止,开始改播《我的祖国》时,心中便升起了不安。这首自少年起就熟悉的禁曲,仍是那样充沛有力,此刻舒尔茨却觉得,面前似是逆着他涌来的海啸。他纹丝不动地坐在椅子上,在灯光昏暗的房间内,独自听完了这第一乐章——每一声号角都仿佛汹涌的涨潮,每一阵鼓点都犹如叱咤的雷霆。结束后,今天的宇宙音乐电台却没有立即播放下一首曲目,而是留下了一段长长的空白,这说明刚才的曲子是临时改播,一时未找到长度合适的乐曲来衔接。舒尔茨看着漂浮在光线中的尘埃,觉得此时的静默比刚才的声响更深刻,在它的笼罩下,自己不宁的思绪显得更纷乱。这首曲子的第一乐章名叫"维谢格拉德",正是薇拉的姓氏。其中难道有什么深意?舒尔茨招来了住在隔壁的副官梅耶贝尔。

"殿下有什么吩咐吗?"

"没什么,有一首波西米亚古曲,叫《我的祖国》,你知道吗?"

"知道,但那是禁曲。"

"是的,是禁曲,你熟悉它吗?"

"熟悉。"

"那好,你帮我留意一件事。安排两个人,在接下来三天内轮番盯守这个频道,只要它播放了第二乐章'伏尔塔瓦河'或任何其他乐章,就立即向我报告。记住,无论那时你在做什么,我在做什么,都要立即汇报,一分钟都不可耽搁。"

舒尔茨目光低垂,神情严肃,梅耶贝尔没有问为什么,就接受了这个奇怪的命令。他走后,舒尔茨又坐下了,他不能仅凭这首曲子给他的"直觉"就动用情报机关,所以暂时安排自己的副官私下监听。可是梅耶贝尔刚走,他就怀疑自己是否神经过敏,"我这是怎么了,不过是音乐而已。"

到了第二天早晨醒来时,舒尔茨已经忘了此事。然而又过了一天,就在护宪军的几位最高长官的会议上,梅耶贝尔急促地敲响了会场的门。

"请门外的人稍等,这里在商谈要事。"

梅耶贝尔一把将门推开,他看见舒尔茨、舒尔茨伯爵、奥伯豪森伯爵和几位军官围坐在一张星图前,所有人都用惊异或愤怒的目光看着这个闯入者。

"不是让你稍等吗?"

"伏尔塔瓦河!"

"什么?"伯爵不知缘故地问道。

梅耶贝尔没有回答,他拔掉耳机,把播放器拿在手中。是那条古老的河,澎湃有力、悠远祥和的音乐充盈着这小小的房间。

舒尔茨面色凝重,缓缓站了起来,沉默了几秒钟后说道:"我听见了。谢谢你,你先下去吧。"

副官敬了一个礼,退出了房间。

舒尔茨说:"这首曲子很可能是共和军的暗号,敌人恐怕已经出动了。"

"如果单凭一首曲子就出动舰队,万一扑空,下次真到决战来临之际,恐怕会军心怠惰。"舒尔茨伯爵说道。

"这我明白。"舒尔茨缓缓地说,然后又迅速地问,"我军潜伏在各个行星的情报员有没有发暗号回来?"

"还没到时间,离下一次发送暗号的预定时间……还差十六个小时。"

"不行,十六个小时太长,不能等了。"舒尔茨下令,"立即与安插在各个行星的情报员取得联系,要他们打破常规,立即把当地共和军的动向传回来。"

"殿下,这样做会有暴露情报员的危险,不如等他们到时间提供情报。"

"不行,绝对不能等。潜伏在任何一个行星上的情报员,若仅发现自己的行星有舰队出动,恐怕不会第一时间回报,而会等待预定的安全联络时间。毕竟局部调遣也是常有的事。但我怀疑,他们中的每个人都不知道:或许敌占区所有行星上的舰队,都已同时出动了。"

舒尔茨安排情报部门发送紧急询问暗号,这种暗号只有在司令部感到事态严重,要求情报员尽可能快地将情报递出时才会启用。情报传递越急,暴露的风险也越大。当情报部门的人询问,该发送哪个级别的询问时,舒尔茨干脆地回答:"最高级别。"

五分钟后,海尔辛兰的一个名叫"塔楼"的伪装成民用频道的通

信台,向全宇宙发出了"最高问询"的暗号,它乘着超光速通信飘荡在整个宇宙:

就连璀璨的星空也不比人纯洁,
人被称作神明的形象。
大地之上可有尺规?

这一暗号是在召唤全体情报员:事态紧急,务必中断正在进行的活动,立即报告所在行星情况。二十分钟至一个小时后,共和军管辖区域内的三个行星上,都有一个私营的小型文化频道推出了同一期讲古代诗学的讲座,它是关于这几句诗的:

待到英雄们在青铜的摇篮中长成,
勇敢的心灵一如从前,
强健如神祇。
然后他们隆隆而来。

果然如此,果然如此。舒尔茨推开窗户望向天空,浩荡的风灌满了整个房间。

这几行回信,是表明行星上有大批舰队出动。三颗敌占行星上的舰队主力同时出动,意味着决战迫在眉睫,其余行星的回音已不必等。此时,帝国军的前哨侦察舰还没有将共和军舰队捕入视野,舒尔茨凭借他的敏感,为自己多争得了一天的准备时间。他两天前就已让驻扎于各行星的护宪军舰队处于待命状态，现在立即下令出动；刚刚制定完毕的伊兰茨行星防御计划，来不及再作修订就要执行，但好在共和军那边也一定同样仓促。同时，舒尔茨还命令陆战队和治安部门将警戒级别提升至随时准备出击的状态，严密监控舰队港等设施，以防地面上的共和主义者发动骚乱。

做完这一系列部署后，库格尔舰长告诉他，耶梦迦德号已准备就绪，随时可以升空。

舒尔茨点了点头，示意可以开始了，离开了这个他仅停留了不到一个月的临时指挥部。

两小时后，耶梦迦德号上，梅耶贝尔送来了报告："殿下，各舰队指挥官向您报告，舰队已全部升空，并镇压了地面武装团伙趁机掀起的一场叛乱。我们该向哪里集结？"

"还能是哪里？"舒尔茨说道，"告诉他们，当然是向着对手的必经之路，伊兰茨星系集结！"

此刻的伊兰茨行星上的人类聚居区仍是黑夜，人们仍在梦乡中，天穹上垂落的星星庇护着神圣的睡眠。数百光年之外，宇宙中两支最庞大的武装集团却都在向此处压来，这颗行星就像两股即将相撞的骇浪之间的一截树枝，寰宇之内唯有它仍是浑然不觉。

2.

共和军的舰队刚驶出西境交通线，还未开始向东南方进行第二次传送，好望角号就收到了敌军主力直奔伊兰茨的消息。怎么会这么早？伊法心中震惊，而且她预先埋伏下的地面暴动也被轻易地镇压了，不仅未能打压敌方士气，反而令其士气大振。几个星球的地表起义都失败得如此彻底，好像对方事先知道一般。她当即认为一定是情报网络早已被渗透，却不知是舒尔茨听懂了她的音乐暗号，才识破了地面暴动的企图。

伊法无法确定，舒尔茨对我军的情报究竟掌握到了何种程度。她抬头望向舷窗外，星光和它照耀下的前路已变得晦暗不明。她急忙修改航线，命令所有正在向着伊兰茨进发的分舰队提前会合，以防备敌军各个击破，同时派出所有侦察舰，将己方视野展开至最大。

在迅速布置完这一切后，伊法做出了一个大胆的决定：既然双方都已经知道了对方的动向，那就不妨抛弃出其不意攻其不备的幻想，直接向全宇宙宣告正面决一死战的意图；按照航速推算，敌军必会更早抵达伊兰茨，布置战场的权力已经落入敌手。既然奇袭的效果已无法达到，那就不如公开己方的进军目标，以换得名正言顺，并同时给对方造成心理压力。

在公开宣言中，伊法将伊兰茨星系称为"敌占桥头堡"，是逆历史潮流的反动贵族分子意图入侵新生的共和国的明证。若不是想凭此进攻，他为何要收下这个星系，给自己添个防御上的累赘呢？因此伊法宣布："伊兰茨星系被敌军占据，这一事实本身已经构成了实质上的宣战。"她的结论是建立在正确的军事地缘学上的，却故意高估了舒尔茨的个人作用，低估了贵族集团的僵化顽固：是贵族集团令舒尔茨不得不采取防御战略，同时也迫使他接收了伊兰茨星系的投诚，这一外交与军事上的自相矛盾被伊法刻意忽略了。

于是，四年的皇位空缺期的最后一场大战的地点，早在双方交火之前三十小时就传遍了全银河。伊法通知该星系内所有定居点的平民，将整个星系设为禁航区。

共和军的公告传到了宇宙的每个角落。伊兰茨星系领主希尔玛子爵，也是此刻才得知自己的封地要被设为战场的。按照舒尔茨的指示，他已将舰队升空等候指示，可是下一步指示却迟迟未到。在听到共和军的公开信后，他才明白，新的调遣令恐怕不会来了，因为原地集结就已在战场。

"殿下，这是真的吗？"

"是真的，不过仁慈的敌人已经把你的家乡划为禁航区了，所以大可不必担心。"

"这，这真是太过分了，保护封地抵御外侵是领主的责任，共和军在我的领地开战，还这样假仁假义收买人心，我一定要把那个科赫的头砍下来！"

"这是当然的，他当然能猜到我们会在伊兰茨星系等他。"舒尔茨说，心想：你连这个都想不到，又凭什么扬言要拿下他的人头？当初你拼命要来投靠我，害得我必须走出有利位置，放弃快速机动的交通和零距离补给线，与敌人在你的老家决战。如今你看到自己家乡被当作战场，却又不乐意——难道你投靠我时就没有料到吗？

舒尔茨见希尔玛子爵斗志很高，一方面觉得可以利用，另一方面又怕他缺乏经验，把有限的精神力过早地燃尽了，便又说道："你下去吧，敌人再快也无法在二十小时内赶到你那里。做好附近星域的侦察，养精蓄锐等我的主力增援。"

在说这些话的时候，舒尔茨手中始终捏着这份署名为好望角号的公告。挂断通信之后，他心中想道：科赫这个人用兵神出鬼没，如今一反常态公开自己的目标，莫非有诈？不，这恐怕是因为他觉得，接下来将是最后一战了吧。

最后一战，这个词给舒尔茨的感觉，就像要在终结一日的钟声里，迈上最后一级台阶。自从四年前父皇失踪，命运之神抛起的一枚硬币，终于要落下了。我追求的是什么呢？我从来都愤恨从父亲手中继承他的王朝，因此过去一直以为自己想要的，是亲手缔造一个舒尔茨王朝。可是在这最后的时刻，就连这个愿望也虚无了。是名垂千古吗？不，不是名垂千古，但或许追求永恒的过程，能让我获得一时的满足。

更令舒尔茨吃惊的，不在于他不知道这个问题的答案；而是大战在即的此刻，他竟然会去想这样的问题。

就连这银河系，也终有一天会崩裂，但还有另一个银河；王朝会倾覆，也会有另一个王朝，当然或许是共和国，但这不重要。然而，我甘愿为哪怕空无一物的宇宙，堂堂正正与世界上的伟大灵魂一战。胜利了，我和我的子孙就会世代统治世界，直到他们中的某个昏庸之辈被可耻地推翻。失败了，就会死。这一次再没有逃走的可能，因为这里的战场就是我的心愿，心愿已了的人再不会畏惧死亡；我愿用一百顶王冠来换取战场上的一刻光荣。我没有恐惧，也没有遗憾。

3.

我们的故事发生在史称皇位空缺期的四年，这段时间的锚，当抛向何处呢？直到伊兰茨战役之时，人们仍然因循守旧，采用承自奥托大公时代的光复历。然而写至此处，本书作者却犹豫了。五百年前的纪年法，还能书写多远的将来呢？胜利女神舰首雕像的金色光芒，又能照耀多远的深空呢？奥托光复银河帝国之时尚不满三十，他让彼时的人以为未来是无尽的。可是世界上又有哪一位青年不会老去，哪一颗恒星不会燃尽呢？让我们最后一次宣布：光复历479年7月23日，辉恒-穆罗梅茨堡时间上午十点至十点一刻，共和军总计四万三千七百余艘战舰向着伊兰茨星系传送完毕。等待他们的是舒尔茨统率的联军，防御正面总计三万六千二百余艘。

尽管联军的各分支尚且欠缺协调性，舒尔茨却毫不畏惧，因为他知道敌人是四万艘的大舰队，仅是这规模就同样会造成指挥上的困难。他已在一颗卫星附近埋设了一支伏兵，且不久还会有一支援军抵达，使得己方的总体战力略微反超敌方。这是一场史上罕见的双方在初战中赌上全部兵力的战争。战场是唯一确定的，且双方在疫期早就完成了总动员，这让通常只存在于理念中的"极端初战决胜主义"成为现实，两军统帅对此有着充分的意识，相互逼迫着对手穷竭所有力量一次性投入战场。

除了巨大的兵力规模外，这场战役还有另一特点，即好望角号和耶梦迦德号的最高指挥部其实都已人手不足，而两边的舰队中都有大量初上战场的官兵。于是双方统帅都决定采取较为稳妥的战术。第一轮火炮齐射之后，就开始了痛苦的战线拉扯。伊法心中奇怪，为何舒尔茨此次执行了较为呆板的固守防御，这对正面兵力略居下风的敌军明显是不利的。她将其归结为贵族联军的不协调，无法执行更复杂的战术。这固然是一个原因，她未想到这是为了将共和军也变得更静态，好给伏兵制造看准敌方阵型、找出破绽一举击破的时机。

开战一小时后，双方锐气渐消，舒尔茨觉得让伏兵出击的时机到了，可是伏兵却没有冲出那颗卫星的背后。

"特罗伦哈根躲在那里做什么？我十分钟前、五分钟前两度命令他冲锋，怎么还没有动静？战列舰已经等了很久了，趁现在战机尚未完全失去，只要他冲出去，炮击就同步开始！为什么不冲锋？"

可是又过了两分钟，舒尔茨接到了与特罗伦哈根侯爵的行星舰队相邻的分舰队长官的急报："殿下！特罗伦哈根侯爵见共和军的舰队比他预想的多得多，就把埋伏起来的舰队撤回了！"

"什么？"舒尔茨说，"什么叫作'撤回了'？他是逃跑了吗？"

"是的，殿下。"

"十分钟前他若是从那个角度冲出去，将来就是护国第一功臣了。他放着这荣誉不要吗？"

"殿下，他这人疑心病重，他最初接到命令时，以为您是准备牺牲他的舰队的。"

"这……"舒尔茨顿时被噎住了，贵族中有大把只会将战舰数量等同于战力的人，让他们去冲击数倍于己的敌军防线侧翼，无论是见识还是勇气上都是极大的挑战，"但是也不至于逃跑吧！"

"殿下，当您第二次、第三次催促出击，并谴责他坐失良机之后，他才意识到机会已经失去，就心生畏惧，宁可逃走了。"

舒尔茨意识到，自己刚才用缺乏弹性的固守防御为代价，为伏兵造出的时机，已经被白白浪费了。他想起三年前的内战中，老特罗伦哈根因恐惧家园遭袭而擅离战场之事。

"有其父必有其子！让他们走，让他们走吧！战列舰仍以卫星为掩护，集中轰击敌军靠近的突出部分！"

"可是，这难道不会把战列舰暴露在脆弱的、易受攻击的环节吗？"

"没有办法了，就算没掩护也只能这样。但愿能暂时骗过对手。"

共和军的右翼和上部遭到了来自那卫星方向的远程炮击，这个炮击角度出人意料，令伊法起初以为对方要立刻发动与之配合的冲击，遂令遭炮击的部分稍作后撤，近旁舰队注意掩护。可是敌军却坐失良机，没有发动冲锋，这让伊法不明所以。她不知道，这只是舒尔茨为弥补特罗伦哈根的临阵脱逃而做的临时替代方案。伊法注意那颗卫星已经有些时候了，舒尔茨此举无疑让她看到了她本就想看到的东西。

"那里果然有伏兵。"伊法做出了谨慎的判断，"把右翼和上部稍稍回撤并向中间靠拢，整体阵地左移，把左翼延伸出去。"

这正是舒尔茨要的结果。因为伊法不知道，埃尔斯多夫行星的埃尔斯多夫子爵已经与舒尔茨秘密约定，就在今日赶到战场，而他传送来的方向一定会出现在共和军的左侧。这样只要援军赶到，就能瞬间向共和军的左翼施加三倍火力。

埃尔斯多夫愿意参战，是舒尔茨始料未及的。他的行星在银河统一战争之后便享有自治权，舒尔茨曾敦促他去进攻驻于米滕多夫的科赫，他却拒绝了。如今舒尔茨更没有力量调动他，他反而自愿前来相助,是不愿在权力洗牌的历史时刻落于权力中心之外,否则其自治权也难保。对共和军右上部的炮击已经持续了一刻钟,最多只能再坚持半小时,敌人很快就会发现这些战列舰其实缺乏掩护。埃尔斯多夫若能赶在此时抵达,舒尔茨仍有信心从另一个方向扭转战局。这时,瞬时通信室拿来了一份急电。

"是埃尔斯多夫舰队来了吗?"舒尔茨立刻站起来问道。

"正是关于他的消息。"

"难道还没有到吗?他不是几天前就启程了吗?"

"是的,殿下。"

"那为何还没有到?"

"殿下,我们刚刚得知,他的舰队不仅早就启程了,而且已经周游了一番,回去了。"

"什么!"

"他们就快要到战场时,可能是得知了敌军的数量,便改道去剿灭了附近的一处海盗巢穴,然后宣布胜利了。"

舒尔茨瞪圆了眼睛,那一刻,他明白胜利的希望破灭了。不仅总兵力居于劣势,他的部署也被打乱。如果特罗伦哈根最初没有答应他埋伏并进攻,舒尔茨就不会以陷入不利的消耗战为代价,去换取一个不存在的时机;如果埃尔斯多夫原本没答应过他会赶来增援,他更不会在战损居于劣势的条件下坚持战线。

窗外,己方舰队正持续地遭到损伤,共和军压了过来,耶梦迦德号就在第一道防线后,周围很快也燃起了战舰爆炸的熊熊火球。库格尔舰长担忧旗舰的安危,进言道:"殿下,再不后撤就……"

"刚才已经错过撤退的时机了,现在反而不能退!坚守战列!"舒尔茨大声道。虽然胜利已然无望,但失败仍未注定。我方的兵力仍能给对方造成相当的战术损失,能逼迫对方在双方都可接受的条件下和谈,然后,下一战胜负未可知。

可就在这时,一个消息几乎同时传到了耶梦迦德号和好望角号:在护宪军的背后,约两千三百艘战舰已于九小时前穿过了超远程传送门,正在高速穿越空虚的南境,向这个方向赶来。

"是原本驻扎在比克堡的卡萨尔斯!"好望角号的通信官激动地举着一页电文来到隔壁的指挥部,并念出了他的来信:

我军穿过南境交通线时,一路分兵劫持了沿途所有站台,威胁炸毁传送门,阻止对方报信。我们原以为这种方法最多只能封锁消息几个小时,没想到却封锁了半天之久;如今我们知道对方已获悉己方行动,就打破了静默来向您报告了。

"做得好,但是,他怎会这么快来增援?"伊法在心中反问。

几乎就在同一时间,舒尔茨得到的消息,是一艘途经传送站后成功逃离的小船飞抵邻近星球后,报告给了当地部门,再转给他的。可是那艘小船却在紧张之下,将原本只有两千三百艘的敌舰队说成了三千五百艘以上。这样的消息,令舒尔茨大吃一惊。

"陌生的舰队劫持了沿途的转送站,不让你们报信?不是我们的,那就是敌人的。科赫怎么可能在我们的背后有援军?"

"确实是从背后来的。"

"三千五百艘——难道是比克堡那边的舰队倾巢出动?霍亨洛赫呢?他没有看住附近的敌军吗?"舒尔茨说,"竟然毫发无损地来增援了——我明白了，我明白了！定是霍亨洛赫见敌军弃星撤离，就只顾着收复自己的领地去了！"

4.

事情发生在一周前。霍亨洛赫家族曾统治的几颗行星中，如今只剩下兰茨胡特。而位于毗邻星系的比克堡，已成为共和军的前哨，驻有三千五百艘战舰。霍亨洛赫侯爵和他的小儿子死去后，长子恩斯特·冯·霍亨洛赫被舒尔茨扶上了兰茨胡特行星领主之位。在穆罗梅茨堡毁灭之后，霍亨洛赫家虽未加入贵族联盟，却是站在贵族军这一边的。原先南境尚未倒向贵族联军时，人们预测这里或是下一场战争的爆发点，战争很可能将以共和军大举入侵兰茨胡特开始。然而南境倒向贵族军之后，南方交通线西侧几个出口立即成了两军主力直接对峙之地。当伊兰茨星系成为唯一的可能前线，兰茨胡特的战略地位随即消失，比克堡的共和军与兰茨胡特的霍亨洛赫舰队都很难增援数千光年外的主战场。伊法指示驻防该地的卡萨尔斯：只要看住对方，阻止其南下增援就行了。舒尔茨为了维持通往北方的缓冲区，并未将兰茨胡特正式纳入己方阵营，但他私下给出的建议也是"限制对手的行动自由"。

新霍亨洛赫侯爵，恩斯特·冯·霍亨洛赫一直想夺回两年前失去的比克堡。起初它被帝国占据，然后又落入共和军之手。眼下他的问题是：如果贵族联军战败，他即便夺回了该星系也无意义，领主特权是必定要被剥夺的。如果他们最终胜出，银河帝国复辟，而他在战争期间未能凭自己的力量收复该星，舒尔茨也不会将它赐给自己。可是如果自己全力帮贵族打仗，尽管增加了些许胜算，然而一旦失败，自己不仅要被剥夺封地和特权，还得受到战争罪的审判。舒尔茨复出、南境军与贵族联军合兵一处后，他便明白战争只可能在南境方向爆发。免除了擦枪走火引发大战的顾虑之后，霍亨洛赫便每日派舰队袭扰比克堡行星，宣称这是一场继续了一年半前那场战争的"领土收复战争"，以持续施压拖住共和军，不让他们有机会调动增援自己的主力。

这支共和军舰队的统帅是卡萨尔斯，舒尔茨伯爵重现海尔辛兰之后，他就奉命把守比克堡，防备来自南面的攻击。几个月来，他一直相信这里将是新战争的主战场，殚精竭虑地做了详尽的准备，渐渐地"相信"变成了"愿望"。然而南境军与贵族联军结盟转移了战略焦点，令他的想法破灭了。卡萨尔斯并未灰心，而是开始酝酿远程驰援的大计划，梦想着完成一次温特利德·科赫那样的大迂回作战。可是霍亨洛赫牢牢守着他，令他无法脱身。他感到战争年代就要结束，自己全部的才能，就要被浪费在这条单调乏味的防线上了。

正当此时，传来了策林根在赫岑多夫挑起战端的消息。卡萨尔斯意识到决战就要爆发，于是主动出击，击溃了例行前来骚扰的小股舰队，并直奔兰茨胡特挑衅对手。在霍亨洛赫家的母星上空，双方杀了个平手，卡萨尔斯却在打得难解难分之前及时撤退了。然而他撤退的目的地却不是比克堡行星，而是直奔南方。待霍亨洛赫重整旗鼓反攻比克堡，却发现这里只剩一座空港，敌军最后一批补给也已离开半日有余。比克堡军需部门的人告诉霍亨洛赫，早在卡萨尔斯昨日进攻兰茨胡特之时,就同时将行动较慢的补给舰先行派去南方交通线的方向了,运不走的能源贮藏全部毁掉。这让霍亨洛赫明白自己其实已经被甩脱了:若要先回兰茨胡特补充能源,再行远征,则必定要比对手迟两日左右,那么迟再赶到也没有意义了。

然而霍亨洛赫终究不愿与贵族联盟正式联手。他已经完成了对比克堡行星的事实收复,并且和那里驻扎的共和军打过一仗,间接地帮到了舒尔茨。接下来,战争结果若是贵族军胜利,他就有希望能继续占领父辈曾拥有的行星;若是共和军胜利,即便要废除贵族特权,他也不必作为大战的战争犯受审,能留得一个体面退场。然而如果此时驰援在南境的舒尔茨,便是将自己的命运与他绑在了一起,自己的两千余艘战舰却很难影响胜败。所以他的明智选择,是不与贵族联盟建立正式的外交关系。

"我的父亲和弟弟都是因为盲目地闯入了巨人之间的争斗而死,我不会重蹈他们的覆辙。"恩斯特·冯·霍亨洛赫牢牢记住了两年前的教训,他决意先保安全,再图进取,只收复失地,不越雷池一步。这已是一介行星领主在乱世洪流中所能做到的一切。接下来,他唯有返回兰茨胡特等待西南战场的消息,即他的命运。

5.

如今,共和军舰队从后方飞速来袭,早已穿过那扇无一舰防守的超远程传送门,在未来半小时后、五小时内的区间里,随时可能传送至战场。

"我们的后方是谁在守卫?"舒尔茨伯爵问道。

"这场战争根本没有后方,我已把全部兵力都压了上去,想必对方也是如此。"舒尔茨说道。可是如今后方确实出现了敌袭的危险,怎么办呢?他感到如有芒刺在背。如果他的手下仍是当年的帝国中央舰队,他大可以置之不理,等敌军真正传送至战场再随便调一支分舰队前去阻击。可是如今这支护宪军不过是东拼西凑而成,不仅无力迅速完成这样的战术,还有可能受到后方突然杀到的敌军的惊吓,陷入被动甚至混乱——刚才特罗伦哈根的临阵脱逃已经暴露了他们的低能和怯懦。为了应对这种突发状况,他不得不从六个分舰队分别抽出两百艘战舰去强化后方,只求能稍稍阻滞后方来袭的三千五百艘敌舰。之所以要尽可能分摊抽调这部分兵力,除了不想让任何一部分承受过大压力,也是为了不让敌军察觉。

正在独立率领一支舰队作战的施文克,在接到了削弱前线巩固后方的命令后,请求与舒尔茨通话。

"殿下,我知道您这样做,是因为这支军队一旦后方遭袭,会被整个掀翻。但前线实在吃紧,您也大可不必分兵。我们不如赌一把,赌对方直到战役结束都来不及赶到。"

"为什么?"

"假如殿下因分兵后方而战败,那么史书将把失败归咎于您的失策。如果殿下是在后方遭袭、我军溃散的情况下失败的,那么史书上会写:是这支杂牌军的战力低下、无力执行您的正确命令导致了战败。"施文克答道。

舒尔茨本想说些什么,但他直接挥了挥手,让施文克退下了。挂断通信之后，舒尔茨忽然觉得有些喘不过气。

从古至今，有谁是在自己选择的战场上，率领自己想要的军队作战的呢？当我摸到了一手烂牌，我能假装有一副好牌，用打好牌的方式出牌吗？当我手中只有脆薄的锈铁，难道我能不顾现实大力挥击，再将失败归咎于剑被折断了吗？谁不是跌跌撞撞来到这戏台上，在强光下尚未撑开双眼就必须站起来？谁不是在挑战命运之前，就先已接受了命定的角色？谁是在万事俱备之后，才称心如意地开始他的战斗？谁又敢说，历史的巨浪不会突然降临，冲垮一切的计划？来吧，我绝不躲进虚幻的楼阁，把责任推给兵将；我必须看着这一切，承受这一切。

"殿下，前线的兵力确实已经很紧张了。"奥伯豪森的话打断了舒尔茨的思绪。

"我明白，但此时后方突然遭袭，就什么都完了。一千两百艘中、轻型战舰，已足够临时挡一下。"

"殿下，您打算派谁去指挥这支留守后方的舰队？"梅耶贝尔问道。

舒尔茨想着，派谁去呢？舅舅和奥伯豪森是仅有的两个镇得住部队的人，不能离开；原本施文克是不错的人选，但现在也不行了。而那些贵族，他们中任何人此时若率舰队离开，就等于给对方造就了绝佳的攻击时机这帮阵线相邻并肩作战的同僚，谁都没本事迅速延展战列补上缺口，这种基本操作对他们而言已经太难了。舒尔茨的目光落在了提问者身上："就你吧，你去。"

"我？"

"对，你去。"舒尔茨说，"你跟随我这么多年，这是你第一次独立战斗。"

在做舒尔茨的副官的前两年，梅耶贝尔曾暗自哀叹，遇到如此严格的指挥官，自己恐怕难有独立指挥舰队的一天。如今经过在他身边的多年学习，梅耶贝尔的战术水平已不亚于任何将官，却逐渐适应了副官这个职位；在见过许多真正的高手之后，统率舰队驰骋星海也早已不再是他的梦想。然而他却没有想到，自己最初渴望的机会却在此刻姗姗来迟。

临走前，梅耶贝尔站在指挥部的门前向舒尔茨敬礼；可是舒尔茨没有回礼，而是挥了挥手。凭着他对舒尔茨的了解，他感觉到这个人恐怕已把这次道别当作永别，因此姿势才如此轻松。多年以来，他从未见过舒尔茨如此。梅耶贝尔心中有不好的预感，心想，这或许只是因为他在黑洞旁已死过一次，所以和之前的舒尔茨不一样了。

梅耶贝尔穿过耶梦迦德号上那条熟悉的走廊，登上一艘交通艇。小艇载着他驶向被指定的临时旗舰，去统率划拨给他的一千两百艘驱逐舰。梅耶贝尔曾经许多次在军港内登舰，如今隔着交通艇的舷窗，回首看耶梦迦德号。这是他第一次在宇宙中，从这个距离望向这艘通体漆黑的战舰，这条世界巨蛇。它是多么美啊。

第八节：皇帝

1.

舒尔茨没敢动用贵族们的分舰队去警戒后方，因为这帮人的舰队动不得分毫。在奥伯豪森伯爵的帮助下，他从原南境驻军的六个阵列中均匀地各抽走了两百艘驱逐舰。奥伯豪森虽未感觉到什么变化，但以舒尔茨的敏锐，他几乎立竿见影地感到前线的兵力更加脆弱了，不禁自语道："健壮者常觉察不到自己的小病，体弱者一旦患病就会感觉异常明显。大概是原本就吃力的防御，终于快要被挤压到临界点了。"

经过此前两小时的消耗，共和军尽管扩大了兵力优势，却迟迟不发动进攻，仍坚持以数量压迫对手。伊法选择这样谨慎的战术，是因为就像舒尔茨一样，她也对自己手下的新兵们缺乏信心。尽管伊法记得帕彭海姆曾说过的话，猜到舒尔茨的困难或许比她的更大，可是自己的困难是亲身体验的，所以感觉上总是更大些。共和军的侦察舰注意到敌方几处分舰队同时悄悄抽出了数百舰队，这反常的举动却引起了伊法的恐惧，猜想敌军其余各部可能都有类似抽调，不知何时会杀出一路奇兵，所以她更加坚持不露破绽的消耗战。梅耶贝尔走后又过了一个小时，联军的第一道防线已呈崩裂之象，几乎被打成三块，其间的联动作战已十分勉强。一阵炮火袭来，耶梦迦德号猛烈地摇晃。

"殿下！"

指挥部内只有舒尔茨未被震倒，震荡从脚底顺着腿骨传上脊柱，几乎要把他掀在空中。他牢牢地握住身旁的栏杆，此前曾两度受伤的右腕再次扭伤了。

"殿下，旗舰动力部受损，难以后撤，随时都有再次被击中的危险，请殿下转移到预备旗舰！"

舒尔茨忍着手腕的剧痛，点了点头。可是仅半分钟后，他们还未上路，就传来了预备旗舰莱茵号刚被击毁的消息。

舒尔茨并未准备第二艘预备旗舰。在他看来，如果旗舰两度被毁，已与败北无异。可是此时他却必须做出抉择。

"难道这就是最后了吗……"舒尔茨此时心中又升起了致命的念头：与其死在第三艘预备旗舰上，不如死在伴他一生的旗舰内。就在这时，耶梦迦德号再次被击中，舒尔茨那只在决斗中断了拇指和食指的右手未能扶稳，一头撞上墙壁。剧痛和眩晕过后，他睁开眼睛，却只看见一片漆黑。

"殿下，请您任命帝国军的下一艘总旗舰！"那是库格尔舰长焦急的声音。

"胜利女神号。"舒尔茨在黑暗中说道。正是在这黑暗中，他抛去了刚才一瞬间划过脑际的软弱的念头。

舰长脸上的神色，从焦灼变成了崇敬。胜利女神号，仅仅这艘战舰的名字就在周围的人心中投下了光芒。可是舒尔茨却向前茫然地伸出手去，平静地问道："灯都灭了吗？还有星光呢？"

此时，附近又一艘战舰被击中，化作辉煌的火球，把耶梦迦德号的指挥部照耀得惨白透亮。

"星光也灭了吗？"舒尔茨看不见了。

"殿下！"库格尔舰长叫道。

从舰长惊恐的声音中,舒尔茨意识到了自己的失明。

"不要叫喊。我们先转移阵地,去胜利女神号。"舒尔茨说着伸出左臂,"阿克曼。"

阿克曼立刻走上前,递上双手扶住了舒尔茨的左臂,经由长廊走向救生艇。

这是舒尔茨有生以来,第一次仅通过触觉感知世界。正是这双扶着我的手,曾给我的母亲递上毒酒,那时它还是一双青年人的手,如今却已是一双老去的手。一切嘈杂都消失了,只听得见脚步声。耶梦迦德号的走廊,什么时候变得这么长?我曾多少次走过这条长廊,我的双脚熟悉它胜过熟悉大地,这脚步声几时竟也如此沉重?

他感到所有昨日的脚步声,都挤压在这走廊里,堆积在转瞬即逝的此刻,朝着永恒的未来回响。在黑暗淹没一切的时刻,在这无尽的长廊上,只过了两分多钟,舒尔茨却不知过了多久,他开始踏上一条向下延伸台阶,那台阶仿佛无尽地长。他的面容始终安静而肃穆。

阿克曼告诉他:"殿下,到了,请迈入救生艇。"

舒尔茨点了点头,他从最后一级台阶抬起脚,跨入了嵌在耶梦迦德号舰腹的救生艇,在一张椅子上坐下,仿佛看得见一样。

"脱离母舰,驶向胜利女神号!"库格尔舰长宣布。他率领艇上的全体将士向耶梦迦德号敬礼。

"你终于闪耀着了吗?我旅途的终点……"舒尔茨在心中对自己念道。

耶梦迦德号全体船员飞抵略靠后方的胜利女神号后,就立刻收到了旗舰被击毁的消息。舒尔茨扶着阿克曼的手臂来到舰桥——这艘古代战舰仍保留有舰桥结构——在那指挥席前站定。他没有坐下。

"我要发表一则公开演讲。"

舒尔茨看不见了,他刚说了个开头"护宪军的将士们",才发现开关没有打开。但是当舰长帮他打开了开关,他却改口了:

帝国军的将士们!刚才通信暂时中断,是因为旗舰耶梦迦德号已毁灭于前线。我,乌尔里希·玛利亚·舒尔茨,以及整个指挥部,已转移至帝国军总旗舰胜利女神号上继续战斗。尽管敌军占据数量优势,但诸君不必惊慌,务必维持阵列,集中火力打击敌军的前突部分。

陷入黑暗的舒尔茨不得不下达这种较为一般、同时也最为稳妥的指示。他看不见自己身后那面因年代久远而褪色的、宇宙中独一无二的鹰旗。他说出这段话时,目光凌越于镜头之上,笔直地望向正前方,每一艘战舰指挥部内的人看到这一幕,都觉得他仿佛在向一个不可名状的、超越了凡人的尺度的对手挑战。演说播出后,这支刚刚组建的联军仿佛又奇迹般地变成了帝国军,旗舰耶梦迦德号被击毁于前线的坏消息,反而激起了士兵们对同生共死的统帅的忠诚;"胜利女神号"这个名字,更燃起了他们的无畏斗志。这是银河帝国的古代宪法规定的唯一总旗舰,也是皇帝的真正御座所在。

"皇帝万岁!"

这喊声起初此起彼伏,越涨越高,响彻在战场上每一艘军舰内,与太空中闪烁的炮火,如惊雷与闪电般交相辉映。它令舒尔茨想起,在涅尔琴那黑暗的轨道上,禁卫军曾经呼喊着这句口号,迎向乘着十万颗照明弹攻来的敌军。如今,这个庄严神圣的短句再次奇迹般地点燃了宇宙的真空,就像掷向大海的闪电唤醒了沉沉巨浪。

如果舒尔茨能看得见，他是能将这惊人的能量转化成强大的反击的。贵族联军只是一块生铁，只有在极特殊的短暂时间内，他们能被转化成为精钢，这样的奇迹也只有在舒尔茨的手中可能转化成现实。凭这震天的吼声，舒尔茨果断下令：

"前进！进攻！"

统率南境军的奥伯豪森位居阵列中央，身先士卒发动了反攻，其余舰队纷纷跟上。可是舒尔茨看不见了，无法下达更准确的命令；善用战列舰如利剑的他，生平第一次错失了最佳的炮击时机。

2.

在接下来的一刻钟内，气势极盛的诸侯联军两度迎头与共和军展开对攻，他们在数量上吃亏，却将对手逼得后撤了二十万公里。共和军旗舰好望角号的舰桥上，伊法判断：由于此前的接连失误和刚才莫名其妙的迟缓，敌军的败局已难挽回。一般而言，到了这个地步，劣势方都会士气低落。然而帝国军第一层战线崩溃后，后续兵力反而更加奋勇，这是怎么回事？难道战争中也有回光返照之说吗？

可以肯定，自开战以来，一直有某种力量从内部牵扯着敌军，使得他们的行动笨拙得像一个被束缚了手脚的醉汉。此刻敌军战线的反常强化，让伊法不得不将其解释为这条看不见的、阻碍着舒尔茨的绳索被撤去了。她立刻做出了谨慎的安排，下令全军整顿队形，并随时准备强化防御，以抗击可能来临的冲锋。

伊法看见共和军的右上侧有些舰艇已冲得太靠前，命令道："让右上部一边还击一边略加分散，敌人很可能会打击那里。"

通信员立即传送了这一密令，却听到伊法小声说道："迟了，但总比不做好。"

伊法紧张地盯着帝国军的动向，一秒一秒地数着时间，可是直到两分钟后，他们才对共和军右翼发动了炮击，此时共和军已经调整了队型。数千道凶猛的能量穿透己方舰列，其中绝大多数却徒然打在了无尽的深空。伊法心想：舒尔茨这是怎么了？他应当一分半钟前就发动炮击了，今天为何等到时机已逝，才追加一轮火力呢？

舒尔茨的迟缓，令伊法模糊地直觉到，一定是敌军指挥中枢出现了问题。那究竟是什么呢？只是耶梦迦德号中弹后更换旗舰导致的通信不畅吗？在胜利女神号的舰桥之外，没有人知道，这是历史上首次由盲将军临阵指挥一支舰队。舒尔茨端坐在胜利女神号的指挥席上，将舰队的常规调动交给参谋长，也就是他的舅舅舒尔茨伯爵，并要求所有雷达兵向他口述双方的兵力运动坐标。这既是对雷达兵的语言清晰度的考验，更是对舒尔茨本人的空间想象力和记忆力的考验。他需要记住并同时处理好几支舰队的数量、轨迹和速度，并在认为有必要时向他的舅舅给出提议。

舒尔茨想："真是自相矛盾：如果诸神变得仁慈，要惩罚我的好战，失明无疑是一个恰当而又残酷的方式。对于一个无法亲眼看到战场的指挥官来说，宇宙是多么黑暗啊。"

军医在作了简单的诊断后，指出失明只是视神经遭受压迫所致，只需做个一刻钟的小手术就能治好。然而舒尔茨坚持认为：接下来的一刻钟将是战事最关键的一刻钟，执意不肯去医务室，坚持要军医就在舰桥上给出他们能够给出的治疗。

"那么,请允许我们在这里进行手术!"

舒尔茨明白,军医指的是胜利女神号的指挥席。

"没什么,王座上的殷红,本就染出于鲜血。就在这里手术,不要用麻药。"

"不施麻醉,会剧痛难忍。"

"如果施了麻醉,恐怕在药效过去之前会钝化我的思维,纵然恢复了视力,也无法指挥战斗,那又与离开指挥席、去手术室有什么区别呢?"即便在与医生说话的时候,舒尔茨仍然在用心听着雷达兵对战场情势变化的报告,并立即说道:"请留意,敌军可能会包抄我方右侧,一旦有异动,就立即把舰队撤后,收缩防线。"

"是!"舒尔茨伯爵向他鞠了一躬。

果然,一分钟后共和军悄悄地增强了他们的左上部,并延展了舰列。舒尔茨伯爵见状立即下令己方的右翼后缩,让共和军高高举起的镰刀斩了个空。

"真不愧是当世最杰出的兵法家,即便双目失明,也能够仅凭有限的信息,预料敌军的动向和可能的危险。"伯爵回过头去看他的外甥。医生的助手们将两架机器搬来舰桥,立在指挥席的左右两侧。手术已经开始,鲜血顺着头颅的轮廓流淌。舒尔茨神情肃穆,就像一尊石像,却仍能看出他在忍受着剧痛。

"在我的眼睛恢复之前,凭舅舅的本事,一定能撑住的。"舒尔茨想道,仔细听着雷达兵接连不断的对敌我双方兵力坐标的报告,"科赫这次真的非常谨慎,丝毫不留半点间隙可乘。既然如此,舅舅所能做到的极限也止于此了;仅仅撑住战线仍不足以扭转劣势,只会把速败拖延成力竭而亡罢了。"

"报告!伊兰茨行星舰队旗舰中弹,希尔玛子爵战死!"

舒尔茨不禁心中悲哀。诚然,是这个人的投奔把我逼上了这片不占优势的战场,打乱了我原先依托于南境交通网的防御,按理说我应当恨他才对。然而,他却是所有贵族中,唯一真正追随我、为我死战的,其余的人不过是利用我的虚像。希尔玛子爵带来的四百艘轻型战舰,半小时就已损失殆尽,却已是他的全部家底,是他的祖辈们用数百年积累下来的;而像特罗伦哈根那样的人,起初盲目乐观,以为必胜,一旦觉得对面的赢面更大,就临阵脱逃了。偏偏是最信赖我的人,我却辜负了他。

"希尔玛子爵在战舰炸毁前送来了遗言!"

舒尔茨的心怦怦直跳,他要怀着极大的勇气去听它:"念出来。"

殿下:

请暂勿公布我的死讯,我儿在南境军团任军官,正在奥伯豪森伯爵麾下作战。勿使小儿因父亲战死而心志动摇丧失战意,或复仇心切鲁莽冲动。我最大的遗愿就是我儿要成为有德行的人,而非能享受的人;成为受人尊敬的人,而非曲意逢迎的人。此战过后,他将继承家业,请告诫他花费不可奢靡,但也不必节俭;娶妻当重德行智慧,轻地位财产;交友当选凡事讲原则的人,而非讨好他的人。他若留恋故土不愿效力帝国,请责罚之;若贪图权势富贵而忘本,则切勿重用。

希尔玛

署名只有这么一个姓氏。这显然是一封早已写好的遗书。

"希尔玛把他的全部交给了我,我不能将他再交给任何人。"舒尔茨听完之后,只说了这么一句话。他心想:无论到了怎样的境地,统治者的责任都是不可推卸的;我或许已不能带领部下活着走向胜利,因此更不能愧对为我死去的忠魂。

"把胜利女神号向前压。"舒尔茨命令道。

"殿下!"

"胜利女神号的装甲本就较厚,更有禁卫军保护,怎么都比一般士兵的驱逐舰要安全得多。"

"如果敌军集中兵力突击这艘旗舰呢?"

"不会。"舒尔茨说,"这种突击是要付出相当的伤亡率的,多是弱者在无法正面取胜时的偏招;敌军现在占据优势,科赫没必要冒这个险。"

"那敌军战列舰的远程炮火呢?"

"远程炮火击中本舰的概率有限。"舒尔茨打定了主意,要冒险把胜利女神号压到离前线很近的位置。他正确地估计了共和军的行动,除了误以为是科赫在指挥外,他完全猜中了伊法的意图。

同一时刻,在好望角号指挥部,伊法确实给出了如下指令:"此刻舒尔茨一定在设法制造乱局,乱中求变,方能扭转劣势;而我们则要稳住阵线,保持优势持续消耗对方。不过,既然他把旗舰开到了离前线这么近的位置,就让战列舰的远程火力轰击那个区域吧,不求摧毁那艘旗舰,只需给他的指挥中枢制造不便。"

然而由于距离太远,共和军的炮击既没有准头,也不够威力。舒尔茨下令禁卫舰队稍作疏散,不要挤在旗舰周围,免受波及。

"我这是怎么了?竟然仁慈了起来,这么急切地不愿拖累他人。"舒尔茨想到这里,又听到舅舅正在指挥战斗,于是又想,"听说他的父亲,也就是我的外公,生前是一个挥霍无度的人,临死前却不愿再多欠这个世界一分钱的债。我呢?我真的会死在这里吗?"

"手术怎么还没有结束?"

"快要好了。"

快一些,快一些吧。舒尔茨忍受着无麻醉手术的剧痛,心中说道。

就在这时,一发远程炮火击中了胜利女神号。舰体震动,人们纷纷握住眼前能握住的东西。可是舒尔茨看不见了,他勉强用双臂扶住指挥席那精致的扶手,却仍然倒了下去。

"啊!"医生大叫一声,面色惨白:手术刚进行到关键处,病人却从座椅上翻了下去。失败了。

"看来,银河帝国的王座拒绝了我,不愿让我安坐在上面。"舒尔茨说。

"殿下!我,我……"医生跪倒在地,双臂颤抖,他此前从未想过,自己的过错或许会毁灭一个帝国。

"不要慌张,你做得很好。对于命运,你虽没有增添,但也没有减少。"

医生不知舒尔茨所指,是谁的,或何物的命运。

几秒钟后,人们才发现舒尔茨伯爵受了伤,一枚钢钉震脱,打入他的胸腔。几名士兵立刻将他扶进抢救室,然而没有过多久医生们就出来了,向舒尔茨报告了他舅舅的死讯。

"与我母亲有血缘关系的最后一个人也死去了。"舒尔茨只说了这么一句怪话。他未能意识到,这句话在逻辑上的怪异之处。

由于刚才的震动破坏了手术,扩大了伤口,舒尔茨的失明已无法通过一个小手术解决。医生要求他去手术室补救,然而舒尔茨知道,舅舅已经死去,如果自己再离开指挥席,不出一刻钟那些无人统筹的分舰队就会被打垮。自己的眼睛虽看不见,无法有效地指挥,却仍能够勉强维持战略的统一。此时的舒尔茨已经知道此战必败,但他绝不能弃整个舰队于不顾,任由所有阵地被逐一消灭或击溃。

"让我再看一眼,再看一眼这银河。"到了最后时刻,舒尔茨想说的却是这样一句话。然而他不知道,用不着眼睁睁地看着周围的舰队溃不成军地四散逃逸,已是他最后的幸运。

在黑暗中,他的眼前浮现了那日银河系远程会议上头戴击剑面罩的科赫。恍惚之间,这雕像般静止的对手的模样,又变化成了五年前,薇拉戴着这副面罩持剑逼来的样子。舒尔茨想起了在奥厄,自己亲手按下按钮杀死了薇拉。他甩了甩头,却仍甩不掉眼前的幻象。

"我已经看不见炮火与太阳,却看见了不该看见的东西。"

黑暗中,薇拉将她的剑拉开了刺杀的架势。

"哪怕来的是死神,我也绝不会束手待毙,但既然是您……"舒尔茨的眉头舒展了,那一瞬间他想死在这持剑的复仇死神手下。可是薇拉的剑刺来时,他本能地抬起了手臂,将这幽灵般的影像挥去了。

"你将后悔没有现在死去。"那戴面具的幽灵只说出这样一句话,便淹没在了黑暗里。

可怕的言语。

这个双眼失明、右手只剩三指的人挥出的长臂如雕像般停在空中，仿佛是忘了落下。站在一旁的阿克曼不禁退后一步，屏息凝视。几秒钟后，他认出了这个姿势，浑身颤抖——当年舒尔茨皇妃，正是用一模一样的姿势挥臂打翻他捧着的毒酒。

3.

伊法在好望角号指挥部，看着敌军防线从被撕裂到全线崩溃只用了十分钟，心想：这定是因为他们之前其实早已疲弱，强撑越久，越容易被一击摧垮。战至今时，指挥已属多余。伊法下了最后一道命令："全舰队注意：不要摧毁敌军旗舰胜利女神号。"

"注意保留敌军指挥中枢！"通信官发出了这一指令。

"指挥官，您在等待舒尔茨投降吗？"一名参谋问道。

伊法摇摇头，补充道："但我猜不出他会怎样做。"

"既然不会投降，那么他会宁愿战死吗，还是逃亡呢？"

"他不会投降，但这个人既不会愿意让胜利女神号与自己一同毁灭，也不会利用我军不愿将她击毁来突围。而我既不愿击毁这艘战舰，也猜不出来。"

当一个人无论走哪条路都不对的时候，他剩下的就是死亡。可是舒尔茨呢？自杀不是一个适合他的死法。人的选择是多么有限，可是现在每一种选择，包括死亡，都无法合理地嵌入舒尔茨过往的生涯。伊法忽然意识到，自己要完整捕捉胜利女神号的命令，其实给敌将出了一个艰难的难题。

在胜利女神号的舰桥上，在无边的黑暗中，舒尔茨刚刚遇见了薇拉的幽灵。他一生杀人无数，这个人是唯一令他叹息后悔的。

"禁卫军的通信！"

舒尔茨点点头，示意接通过来。

当禁卫军统帅格拉弗瑙子爵看到舒尔茨头上的纱布和鲜血，还有那仿佛穿透战场，望向遥远星辰的眼神时，他明白自己的主君已经失明了。

"殿下！除禁卫军之外的舰队大多已经溃散了，可是从后方传来消息，梅耶贝尔准将带着他的舰队杀奔回来了！"

"殿下！"梅耶贝尔的频道接通了，舒尔茨听见那个熟悉的声音说道，"我回来了，我和格拉弗瑙会拼死保护您杀出重围！"

舒尔茨知道，这是后方的敌军至今未到，梅耶贝尔带着为防敌军从后奇袭的一千两百艘驱逐舰，毫发无损地回来了。你本可以在自己的阵地上坚持到终战时刻，不辱尊严地把这十五万名士兵送回故乡的。为什么要回来呢？你是告别了耶梦迦德号离去的，如今它已毁灭，你已经无处可回了。

舒尔茨停顿了几秒钟，平静地说："我若真能突围，恐怕也不是诸位的战功，而只是敌人的仁慈。仗着敌人不愿下杀手而横冲直撞地逃走，是比败死更大的耻辱。"

"殿下！"

"禁卫军的将士们，你们的忠诚服务是帝国稳固的基石。"舒尔茨坐在胜利女神号的指挥席上，身后的椅背上是刚才手术时流的血。他接着说道："但是今日，你们的主君，有愧于诸位的牺牲。"

与格拉弗瑙不同的是，梅耶贝尔生平从未觉得自己服务的是银河帝国王座，而是只效忠于眼前的这个人，无论他是否坐在这张从五百年前流传至今的椅子上。恐怕整个宇宙中，只有梅耶贝尔一人爱耶梦迦德号胜过胜利女神号。人人都传颂那屹立于舰首的胜利女神金像，只有他爱这黑色战舰更多；正因为有了这艘如宇宙一般深黑的耶梦迦德，那个永恒的传说才能在永恒中活着，而不是在永恒中死去。然而当梅耶贝尔亲眼看着舒尔茨失神的双眼，亲耳听他说出这句话，忽然感到乌尔里希·玛利亚·舒尔茨在一瞬间老去了，仿佛数十年的光阴穿过他的身体，把他径直送到死亡的面前。舒尔茨的眼帘微垂，目光像退潮后宁静的海。

正当此时，胜利女神号的舰腹又传来了剧震，明显强过之前的两回。众人被猝不及防地震倒。舒尔茨还未爬起来，就又传来了更剧烈的爆炸声。他心中想：这究竟是共和主义者们的宽仁已经耗尽，等我递降书已等得不耐烦；还是他们故意留我活到现在，好让我临死前先眼睁睁地看着舰队覆灭？若如此，真是抱歉了，一个瞎子已经不能满足你们的报复。

"火力不是来自共和军，来自，来自施文克中将的战舰！"

"他？竟然是他……"没等舒尔茨说完这句，又一轮火力朝着胜利女神号射来。他想起刚才看见的薇拉的幽灵，说我将后悔未能刚才就死去，果然应验。因为倘若他在一刻钟前自尽，便能保下胜利女神号。在舒尔茨那不可一世的心灵中，她是少数比他的个人生命更广阔、更高贵的存在，是值得他为之去死的事物。这艘宇宙中独一无二的战舰的陨灭，比自己的死亡更令他悲痛。战舰上发生了接连的爆炸，四处都是熊熊大火。半分钟后，它就在一次剧烈的爆炸中解体了。

伊法眼睁睁看着这一幕，她万万没有想到，胜利女神号会以这样的方式毁灭：不是被正面的敌人攻灭，而是被背后的臣下击毁。数分钟后，共和军指挥部接到了来自帝国禁卫舰队请求停火投降的通信。然而在双方接通信号后，伊法却发现请降的并非格拉弗瑙子爵。

"格拉弗瑙子爵已自尽而死，他的最后一道命令，是要我率禁卫舰队向温特利德·科赫将军投降。"

"我代表共和军最高司令部，接受您的投降。"伊法回答。

与此同时，刚刚从阵地后方疾驰回来的梅耶贝尔，站在他带领着的这支毫发无损的舰队的指挥部，对部下们说：

帝国军的将士们！我命令你们放弃抵抗、突围或继续战争的想法。我们的舰队还未投入战斗，战争就已结束，若有人因此就狂妄地以为，这只是皇帝的失败而不是自己的失败，那么他又有何资格做皇帝的士兵？诸位分明是局中人，却要像旁观者一般地见证这场划时代的战争，这是幸运还是不幸，想必许多人此刻尚难想清楚，但必会在将来的岁月中逐渐寻到自己的答案。诸位的生命，是因奉行银河帝国最后一位皇帝的命令活下来的，而每一道命令的分量，对每一位士兵而言都一样重，诸位的生命，也如那些战死者同样光荣。

说完这些话后，梅耶贝尔挂断了通信，拿出手枪顶住了自己的心脏："可是我是违背了他的命令从后方杀回来的。太迟了。"一束强光烧穿了他的胸腔，仿佛灵魂从那个洞口飞出来，升入了群星。

4.

伊法在接受投降的同时,已派遣登陆艇攻入那艘击毁了胜利女神号的战舰,她下令务必生擒舰长。她并不指望这一行动能够成功,因为敢从背后毁灭胜利女神号的人,恐怕早在被擒之前就自杀了。然而出乎意料的是,那艘战舰的整个指挥部的人都被活捉来了。

战事结束后,伊法在监禁室,见到了炸毁胜利女神号的施文克中将。他一看见伊法,就大嚷道:"我要见的是温特利德·科赫,不是你!他在哪里?不愿亲自来见我吗?我是施文克中将,科赫没告诉过你们我是谁吗?"

伊法没有回答。温特与她的每一次闲聊,她都记得清楚;她完全确定,温特从未对她说起过有这么一个人。

"三年前,科赫那个博物馆爱好者,放弃了分配给他的战利品,却要求享有随时免费进入博物馆的特权。因为那小子功高震主却还故作清高,舒尔茨杀鸡儆猴,我被斩下了一臂。但是舒尔茨失算了,因为科赫那个蠢货,竟然没领会到这是对他的警告。"施文克中将恨恨地说道,"你以为我不知道你们这群逆党想做什么吗?他无非是想捕获帝国的象征,陈列在共和国的博物馆!可是我身为银河帝国的忠臣,说什么也不能让这永恒的王座,这君权的象征,这艘承载着帝国古代宪法的战舰,落在你们手中,沦为博物馆内的一个物件,任由科赫这种叛徒夸示他的胜利!"

施文克继续带着恶毒的语气,大谈了半个多小时的君臣大义、宗教道德。伊法看着他,一言不发。她隐隐觉得,这些半真半假的话恐怕只是他击毁胜利女神号的冠冕堂皇的借口，或许他对舒尔茨斩其一臂的怨恨，才是他在最后时刻背叛弑主的理由。不过，施文克恨温特胜过恨一切人。他越是以君臣大义将舒尔茨的暴行合理化，以掩盖自己的懦弱与怨恨，温特当日的天真在他看来也就越可恨。因为天真、笔直的存在对于腐朽又扭曲的心灵而言，确实就像清洁剂之于病菌一样残酷。

伊法从来都不擅长面对这种被仇恨与嫉妒吞噬的人，所以沉默良久，还是一句话都没有说出来。

她想告诉他，温特其实已经不在了，是自己下令保全胜利女神号。但这样只会遂了这小人的心愿，并遭到他的嘲笑。况且假如温特还在，他也一定会下同样的命令。

她想告诉他，自己不愿击毁胜利女神号，并非要将它当作战利品，夸示共和军的战功。伊法是一位心胸开阔的胜利者，她愿意将胜利女神号作为人类的光荣史，而非帝国的压迫史的一部分保存下来。然而与这样的人说这些，又有何用？在他们眼中，任何比自己宽广、高大的存在都是虚伪可憎的。

战事结束后，共和军指挥部随即向全宇宙公布了温特利德·科赫失踪的全部真相，并首次公开承认，他的失踪时间是去年的穆斯贝尔海姆战役期间。此消息一出，大多数人都相信宇宙战场上的失踪即是死亡。然而也有人不愿接受这样的常理推测，宁愿相信他乘着那飞散的数千艘救生艇中的某一艘，离开了他的战友们；而他做的这一切，是为了不让自己的盛名在胜利之后转化成过于强大的权力核心。伊法心中知道，这只是一厢情愿的渺茫期望，尽管她猜中了温特当初制定背靠穆斯贝尔海姆的双线战略，确实有故意将自己置于死地，以证明新共和国已不需要他的意图。帝国是皇帝的身体，是皇帝权威的延伸，皇帝就是帝国的头颅，是一切权力的统合与汇总；共和国却不能围绕某一个人建立，相反，任何人都只能各居其位，在清晰的权界下，任何人在结构上都是可替代的。

伊法承认了温特的失踪，却一直不愿公开承认他的死，因为温特对于她个人而言是不可替代的。在这茫茫宇宙中，再不会有另一个温特了。只要她不对全宇宙宣布他已经死了，他万一真的还活着，真的还活在某一颗遥远的星星上，就一定能听懂"失踪"这个说法中承载着的呼唤，也一定会回来，无论要跨过几万光年都一定会。

第九节：告别

1.

温特利德·科赫不在了，这令许多因他的复出而充满希望的人备感失落，却反而令很多目光更锐利远大的人安心：因为这意味着共和军的第二代核心已经真正地成熟。依赖创始人的传奇魅力的组织总是暗藏缺陷，其死亡往往会引发重大危机，而这一危机，已经在过去一年里悄然渡过了。当人们知道自从穆斯贝尔海姆战役之后，共和军的胜利与成就都是由伊法和与她志同道合的朋友们赢取的，人们对科赫的崇敬就转化为了对她的信赖。

在穆罗梅茨堡毁灭后的一年里,共和军占领区内的各行星陆续组建了议会,却未建立银河中央议会。这种先地方、后中央的顺序只是因为当时战争还未打完,却奠定了联邦制的基础。在舒尔茨伯爵的家乡海尔辛兰,投降的贵族交出了二十六口象征封建权利的机械钟。

伊法听到这个消息时,已经率舰队回到了埃本塔尔——他们的新总部所在地。好望角号停泊在这颗行星上的一处海港。此时天色已晚,指挥部里只留下伊法和舍尔兴两人。她起身走到窗前,凝望外面的海。舍尔兴见状,一声不响地做自己的事,等待伊法说出她对这批象征意义重大的机械钟的看法。

伊法在窗前伫立了一段时间后,又回到桌前坐下说道:"我想把这二十六口钟表还给二十六个行星的议会,不再作为封建主义,而是作为自治权的象征。不是藏在贵族的私宅里,而是堂堂正正地摆在议会的钟楼上。"

"好!封建贵族反对帝国中央,争了几个世纪的自治权,最终在共和制下,以联邦的形式实现。若要说银河帝国的教训有何可取之处,这大概是唯一的了。可是宇宙舰队的标准时间呢?"舍尔兴问道,"穆罗梅茨堡已经不复存在,使用同一时间的辉恒也早已没落。既然联邦政府总部定在埃本塔尔,那宇宙标准时间是否也要改过来呢?"

"我总觉得还是没有必要了……不,不是没有必要,而是银河标准时间应当避免与首都时间相合。"

"原来如此!我明白您的想法了。这样,直属中央的舰队就不再是首都行星舰队。兵源会更多样化,避免因适应时差的生理原因导致首都兵员的比例过高。换句话说,正是辉恒的衰落和穆罗梅茨堡的毁灭,让辉恒－穆罗梅茨堡时间能够继续成为宇宙标准时间,而不构成霸权的威胁。"

"嗯,正是这个意思。这两年来,我们都增进了很多。"

他们两人同是埃本塔尔人,但只有舍尔兴真正地活在这片土地上。对于伊法,舍尔兴起初觉得这位从小在穆罗梅茨堡长大的姑娘天资聪明;后来在学习兵法的过程中,伊法的水平很快超过了军旅出身的舍尔兴,让他曾一度陷入自我怀疑。尤其是最近半年来,伊法也没少在军务上责备他。今天,他听到自己敬佩的指挥官赞许了自己,却在她的微笑和语气中,听出了几乎是告别的意味。然而舍尔兴谨记着自己的下属身份,"谢谢您!这是您,还有科赫指挥官的功劳。"

伊法听出这并不是一句对上司说的客套话。她本想要谦让几句,但想到对方是在真诚地感谢自己,她就没有推脱,而是以一句简单的"也谢谢你"认真回答了对方。

舍尔兴向她鞠了一躬,转身离开了。

伊法的手自始至终揣在口袋里,指尖抚摸着那块表。人类社会的标准时间仍将是辉恒时间,薇拉留下的这块表,仍然连接着宇宙的每一个角落,伊法感到自己仿佛仍然与温特和薇拉在一起。对于他们三个人而言,辉恒中学是一切开始的地方。不过是十年前的事,那时的一切是多么稚嫩啊!如今我成长了,整个人类社会也改变了,只有这片星空的形状,上千年都没有变。

"薇拉,您曾说过,莎莉丝特王后是您最崇敬的女性。她的牺牲成就了那艘战舰,成为奠定帝国宪法的拱心石。然而后人寻求稳定宪制的事业却失败了，被遗忘了四百多年。如今，我或许能借到短短四年的时间，在共和体制内，完成奥托大公在帝制之下耗费四十年未能完成的事业。"

窗外，好望角号下方的大海发出低沉的轰鸣。曾有多少个难眠的夜晚，她从这里望向窗外的夜空。"好望角号"这个名字，还是当初她取的。这真是一艘好船呀，它的前方总是希望。伊法不舍地抚摸着窗户旁的墙壁。然而她目光坚定，望向远方黑色的海面与夜空交接处那条模糊的线，她已决意踏上新的道路。

一周后，银河联邦将在每个人类常住的行星上举行议员选举，然后由联邦议会选出总理并组建首届内阁。但在此之前，共和军内部还有另一件要紧之事必须敲定，那就是如何对待帝国总参谋部留下的"银河协同防御计划"。

在过去一年内，伊法与她的同僚们共同研究了这张巨大的星图，图中的布防体系是为防诸侯叛乱而设，他们认为在联邦制共和主义国家中，许多成分都可撤去。因为一旦某颗行星发生叛乱或政变，联邦军并不会像帝国镇压诸侯那样，将其他行星视作可能趁机作乱的假想敌，而会将它们视作盟友；行星自卫军也不再需要担负镇压平民的任务，而只需防范宇宙海盗。这些差别大大精简了那张协防图，将直属联邦的宇宙舰队与各地驻军总数，从帝国时代的十万艘降至三万四千艘。

关于如何处置这张图，却一直没有结论。如今战争已经胜利，到了必须作决定的时候。一年前刚刚从穆罗梅茨堡抢救出这份协防图时，大家的意见基本上都是腾出一台大容量电脑，把它锁进去，今后再也不打开它。至于共和联邦是否需要一张新的银河协防图，人们都没什么看法。当时策林根还抱怨说："除非到了迫不得已之时,民主国家总是拒绝进行战略思考。"

然而就在最近,伊法提出了一个新见解："既然它已属于历史,又何不将它陈列在博物馆内,或者放在网络上,作为历史文献在线公开呢?"

"共和政治虽然用不到它,但一切政治却是由一些普遍的基本原理搭建起来的。此图太过精妙,它把权力——最一般意义上的权力,而不仅是战争与外交——的原理运用得出神入化,这不是给蓄意篡权或分裂银河的人一个逆向操作手册吗?例如,其中某些……某些帝国行政区的划分匪夷所思,但其实在选举中……也存在类似的结构。"

"是的,一点不错,但也同时把操作手册公开给了所有人。我以为,遏制聪明人的野心的方法,不是遏制聪明,而是要把更多的人变聪明;遏制野心集团的方法,不是遏制集团的形成,而是允许所有人以他们各自的方式形成集团或随时退出。"伊法说道,"这是帝国总参谋部所畏惧的,我们却不必畏惧。"

并非所有人都赞同伊法的见解,但讨论的最后结果,是更多的人被她说服了,即便仍觉得应当将此图秘密封存或销毁的人,也不再有完全的信心肯定这一主张。于是最终的决定是将它在博物馆、档案馆和网络中全部公开。

"真是一张好图。"会议结束,舍尔兴看着熄灭后漆黑一片的屏幕,不禁感叹于欣德米特、艾希霍恩两位老将的智谋,内心为自己曾与这样伟大的对手作战而深感幸运。

"是啊,一张好图。"伊法说,"但就像好武器一样,用不着才是最好的。"

尽管伊法主张提高众人的政治素质，以遏制个人的野心，然而她也知道，每个人对权力的见解和欲望、担负责任和风险的意愿确实不均等。究竟是从这些不均中生出了专制，还是专制以神秘主义和弱民教育强化了这些不均？伊法明白，这个问题并无绝对的答案。但是她已经做出了选择，她选择相信知识的开放更能降服而非助长少数人的野心，相信历史上的许多短视或愚蠢是特定社会结构的产物，绝非不可救药。她在日记中写道："在不同的时代，表象相似的集体愚蠢实乃不同的原因造成，许多是本可避免的，一味归结于'乌合之众'才是智识欠缺。"她相信万物的生长壮大本身即是善，生机勃勃的世界是力量的均衡相峙，而非以弱化某些力量来垄断它——这也是银河协防计划的创造者之一欣德米特所相信，却是帝国体制无法奉行的。

在接下来的一次记者见面会上，有记者提问，如何评价乌尔里希·玛利亚·舒尔茨？这是伊法最后一次作为指挥官发言，她用军人式的坦率简洁答道："我不及舒尔茨，所以难以评价。"但她认为，能在自己尚不及对手时就侥幸获胜是最好不过的："如果战争要打到把我锻炼得强过舒尔茨时才结束，那会多死很多人的；我可没有那种与强敌较量的浪漫渴望，侥幸的胜利是最好的胜利。"

当记者又追问她如何评价舒尔茨与温特利德·科赫的才能时，伊法说道：

"若要说舒尔茨比科赫差在哪里，绝非在智谋或胆识上，而是在欲望和意志上：科赫真诚地相信自己为之而战的价值，而舒尔茨不相信。科赫坚信共和制是从长远来看最佳的政治，他爱胜利，渴望胜利之后的未来。舒尔茨却并非一个热爱专制压迫的人，他从未相信过自己为之而战的理由，他爱的不是胜利，而是战争。因为我们有共同的信念，科赫从未真正孤独过。然而纵观舒尔茨一生，教会、贵族都只是过客与影子，他始终只有自己一人。"

凯旋的伊法成了众人瞩目的焦点，但她明白这已是退出军界的时候。在记者会的最后，她宣布辞去共和军舰队司令职务，该职位将由舍尔兴接任。她将参加半个月后举行的总理选举。伊法曾想过：如果策林根还活着，必定早就鼓动她把权力掌握在自己手中；如果温特还在，他八成会认为，两人若要一起生活，就只能有一人从政，他肯定会选择自己偷懒，把比战争更困难的政治推给我。但这一次，是伊法完全出于自己的意志去参选的。无论作为打败了舒尔茨的指挥官，还是作为胜算最大的总理候选人，她都被蜂拥的媒体团团围住，当晚回到房间已是深夜，她感到疲惫："两年前的我还是很喜欢热闹的，看来是这两年来受温特的影响太多了。"但她还是坚持把刚才被询问对舒尔茨的评价时，自己想到却未说出口的话，记在了日记本上：

如果舒尔茨仅是一位冷酷的权谋家，恐怕早就已经将温特抹除了；如果他仅是一个浪漫主义者，也早就在阴险的宫廷阴谋中身首异处。他矛盾的性格拖延着事情的发展，使得它无法被迅速地结束。从某种意义上说，这部历史确实是舒尔茨写下的，并与其个人命运紧紧纠缠在了一起，他完成了他的愿望，无论有没有意识到这一点。

2.

伊法的日记在穆罗梅茨堡坠入黑洞后,曾经中断了将近一年,因为那是银河系的秩序重塑的关键时期,她的工作量骤增,每天都有处理不完的事;加上爆发了精神污染,更令她无暇在夜深人静时记录自己,或从更高远的视角反思当下发生的一切。然而,战争一结束,伊法就恢复了写日记的习惯。在空白了将近一年后,日记本上的第一句话是这样的:

"我已完成了启程时从未想过的事情。"

紧接着,她对自己为何要重新开始写日记做出了解释:

"因为我要做一个政治家了,这样就无法总是说真话。人类的自欺是可怕的,我必须每天分出一刻钟,最好是在夜晚,记录下对自己说的真话。"

在伊法这一时期的日记里,出现得最多的是政治思考。等到伊法成了一位老人,早已退出政坛的她同意在死后公开日记。一个与公众形象并不完全相符的她呈现在了历史学家面前。

日记里的伊法并不像她公开表现得那般阳光、自信或鼓舞人心,也并非舆论塑造的"持剑的和平主义者"。她在日记中嘲笑:"把女性政治家想象成和平主义者是男人的愚蠢的幻想。"这句话被后世一些女权主义者广为引用,却也遭到另一些女权主义者的反对。真实的伊法更现实、更深刻地意识到力量的真实来源与秩序的脆弱:

这是一场天空主宰大地的斗争,在各个星球上,城市主导乡村的改革也正在进行。数百年科技停滞后的保守惰性,以及舰队对陆军的决定性优势,都曾是帝国难以撼动的原因。然而一旦迈过这道坎儿,它们就会反过来成为共和国的稳定因素。

她在恢复记日记后的首篇中就写道:

穆罗梅茨王朝的及时死亡,是新生的共和联邦之大幸。若不是教会、军队、贵族集团的内斗加速了它的毁灭,文化迟早会被腐化——其迹象我在穆罗梅茨堡的十余年间已看得很明显,再过一代人就会积重难返。那时再革命就必然更激烈,以更大的仇恨为燃料,即便成功也容易产生新暴君。腐败的人性就算被恩赐一个良好的制度,也很难维持。因为德行腐败会推高维持自由的成本,却减轻了臣服于非理性的屈辱;过了某个临界点,专制也就更可欲了;腐败者皆短视,也不会顾及这一改变难以逆转。

银河帝国尚能产生欣德米特、舒尔茨、柯钦采夫这样的豪杰,恰恰说明社会尚未完全腐败。就连适时推倒了它的温特,也可以说是帝国的产物;它在腐化整个社会之前自行倒塌,这是最大的幸运。

关于时下最要紧的问题,也就是选举,她写道:

在许多行星,自由派想以纳税为标准给予选举权,进步派则想以大学文凭为标准,反而是保守派主张普选,因为他们惦记着农民的选票。选票对于今天的许多农民而言,只是给了他们再次投票给世家大族的机会。但我相信，这种现象在他们的孩子身上将消失，因为这些孩子生来就会认为人人皆平等。

伊法不喜欢农民的这种投票习惯，说这是初代自由人还没有学会掌握自由，但她仍然爱他们，仍然充满希望。这也意味着伊法选择等待时间的力量带来改变，"要有理想，但要等到时机成熟时再行动。"

然而在第二天的日记中，伊法又写道："可是如果我的旧主人，也就是薇拉还活着，我难道不会甘愿辅佐她，而非自己参选吗？不，这不一样。我对薇拉的敬佩不是盲目的。"后世一些激进派批判她，说这暴露了她的精英主义，因为农民把选票投给比自己更见多识广、关系网更发达的大家族子弟，也不全是盲目的。不过这样的批判，同样被对立党派嘲笑为拥护保守习俗的伪激进。

她庆幸，这场战争在这个时间获得这般结局，是最有利的巧合：

如果战争结束得过早，我们会被迫在一个旧社会中立即组建政府，那将是一个军政府，最多是由军队保驾的民主政府。如果战争拖得过长，封建势力或许会利用乱局寻求复辟，我军将忙于镇压叛乱，就像穆罗梅茨王朝刚开国时一样。如今剩下的兵力大约为三万艘，恰是联邦宇宙舰队需要的兵力，更多或更少都不好。这一切都不是任何人刻意设计的，只是历史刚好停在了对新生国家有利的位置。

温特坚持以占领军身份处理与行星居民的关系，把战场局限于太空，是为了不把平民卷入战争。这样做的另一个好处如今才显现出来：我们是独力打败帝国的，既不欠资产阶级什么，也不欠无产阶级什么。左派历史学家总是控诉资产阶级民主的片面与虚伪，右派历史学家则强调资产阶级民主留下的最大遗产即民主本身。如今这些问题都不存在了。我没有历史负担和利益牵绊，能够从头设计一个国家，就像外来占领军有时反而能在国内矛盾中保持超然的公正。

自由的条件如此苛刻，人类可能获得自由的时机稍纵即逝，就像每一年只有一个三月。如果错过，便只有从一片黑暗过渡至另一片。温特是一个天才的雕塑家，他从穆罗梅茨王朝这块粗粝的顽石中，看到了共和国隐约的面容。

与历史上很多还政于民的军人不同，伊法认为党派的存在是必然的。有些军人企图将军队共同体中的精诚团结扩大到全民，她认为"这完全是幼儿般的幻想"；而建立普遍共识、均衡每个人的利益，也"远不是单凭自由、平等这样的口号就能做到"。她暗自庆幸，在银河帝国随着穆罗梅茨堡一同覆灭之后，战争又拖了一年才结束：

一年前各行星就建立了自治议会，却迟至今日才组建联邦议会。这不得不说是战争延续的益处：这一年的间歇期培养了基层组织，它们中大多仍未脱离旧式的地方或家族关系，但过不了几年，其中的一些就将发展成为成熟的、跨星系的政党。

然而伊法要将收入再分配限定在共同体内部。由于行星皆岛国，星球即是天然的共同体边界，她反对横跨全银河的福利再分配体制，"这必将激化星际矛盾，重演统一的银河反而让它分裂得更零碎的悖论",翻过这一页,便是那句广为后世引用的话:"共同体内部的经济矛盾只是经济问题,共同体之间的经济矛盾才是政治问题。"她主张在每一颗星球内部建立福利制度:

数百年前那个充满可能性的科技进步、星际殖民的时代永远不会回来了。古人会为了希望支付高昂的风险,今人的快感已经钝化。如果没有福利制度,阶级斗争与认同政治就会填补该功能,企图以仇恨达到仁爱的效果,这只能引发反效果。在几百年的冷却与沉淀之后,人类似乎越来越清楚地认识到这一点。

就像历史上许多军人出身的体制创建者一样,伊法厌恶党派。但她清醒地区分了历史趋势和个人喜好。在银河联邦正式成立的那天,她记下了当时弥漫的情绪:"此刻,遍布银河的广播台正在同时播放《欢乐颂》,在所有的星球上,无论昼夜,人们在街头拥抱欢呼。贝多芬取代了瓦格纳。"然而仅在第二天的日记里,她就写道:"如果说压迫性的帝国面临的固有威胁是分裂,民主制的固有危险就是极化。民主国家若长期缺乏外敌,党争经常会走向极端。"伊法写道:

历史学家常问一些蠢问题:某个社会为何极化了?却不反过来想,它在一代人之前尚且没这么极化,只是因为外敌尚未崩溃罢了;旧的仇恨对象消失后,新一代人出自争夺利益和推卸责任的人性,自然会将注意力转移到新仇敌。

这一篇日记是这样结尾的:"我只愿意在每一件事上,具体地支持这个或那个,而不会用任何一种主义或认同定义我自己。人的一生太短暂了。"

3.

伊兰茨星系的大战已过去近三个月,共和历元年1月13日,联邦议会投票结果公布,伊法虽然是几个参选者中准备最不充分的,仍当选为银河联邦首任总理,将于三周后宣誓就职并任命首届内阁。

最后一批预备役军人乘船返乡,伊法在窗前看着他们的飞船起飞,直到它们如波光粼粼的溪流般汇入群星。埃本塔尔的大气清澈,它的繁星也较其他星球更多,本地人将这景象称为"入海"。伊法虽是埃本塔尔人,但她从前很少回来,从未看见过它。

勒菲弗尔宪兵队长走到她身旁,说道:"就在刚才,来自各星球的议员们投票通过了新宪法,并正式宣布成立联邦议会。一切都结束了。"

伊法却仍旧望着窗外的星辰,说道:"一切才刚刚开始。所谓议会制,也就是用数人头代替砍人头,用党争代替内战。将来的路还很长。"

"只要有您坐镇,银河联邦一定没有问题的。"

"我这个总理,最多只当一届。"

"为什么呢?"

"我之所以当选,是因为当前政党尚在雏形,而我是非党派的,占了几方的便宜;正因为如此,待到几年之后,几个政党都发育成熟,届时我若仍不愿投靠任何一党,就会吃夹缝中的亏,不如退下了。"

"可是您四年后,仍可以继续参选呀,到时候一切都还不一定的。"

伊法摇了摇头,她说:"政治家心中一旦有了维持权力的欲望,就会把很多精力投放在这上面,无论是专制还是共和,都是一样的。在这宝贵的四年内,如果我做的多半只是为了博取好感和支持,以保下一个任期,还不如用全副精力,把我真正要做的事做好,为漫长的未来创造一个良好的开端,即便这会让我输掉下一次大选。"

伊法心中一直记得一年多前,她误以为自己只剩下一年寿命,却正因为时间有限而将生命力燃烧到了极致,并拿下了穆斯贝尔海姆的决战胜利。如今她再次给时间设限:在无限的大海面前,人类是迟缓的;这时间之海的尽头一旦在望,人们就会以最高的效率穷尽它。

"可是如果四年不够呢?"勒菲弗尔问道。

"在一个国家初建的时刻,要紧的并不是那些以六年、八年为周期的事,而是些更长远的规划,并以自身的行动,为后世留下范例。"

勒菲弗尔本想劝她大可以在任期结束后,转而选择某一个党,以政党领袖的身份再度参选。然而他看见伊法的神情,便知她的心思已不在政治上,而在另一个世界遨游了。那里是她这样的人真正向往的世界,而战争与政治,对他们而言更像是一段与起点和终点皆不相关的、暂时却必要的旅程。

"勒菲弗尔。"

"有何吩咐?"

"吩咐倒没有。你知道吗,相传历史上最早的哲人曾说过,好人是不愿去做统治者的,他们去做统治者只是怕遭到惩罚。"

"这样的说法真奇怪！还会有什么惩罚呢？"

"对拒绝参与统治的人的惩罚，就是会被更坏的人统治。"

勒菲弗尔听到这句话，觉得非常有道理，他鞠了一躬，却并没有离去。伊法感到他的神情有些紧张，于是问他，是否还有什么事？

他递上了一张请柬，是邀请伊法参加自己和尤季娜一周后将要举行的婚礼。

"反对。"伊法立即说道。仿佛这句话在她口中已经等了很久，终于找到机会脱口而出似的。

"什么？"勒菲弗尔觉得自己一定是听错了。

"反对，驳回，否决，不予通过。"伊法闭着眼睛说。

勒菲弗尔惊呆了，在自由平等的社会中，哪里有上司粗暴干涉下属的婚事的道理？这即便在帝国军中都是不成立的。

"我早就识破了你们的阴谋，"伊法面露狡猾之色，"宪兵队长和总理秘书结婚，会不会有军政窜谋、危害军队中立性与共和体制的嫌疑呢？"

勒菲弗尔想起两年前，军中流言四起，说科赫与伊法不愿建立共和政府是因为想做新帝国的皇帝和皇后，于是他带人当面质问的情形。他惊讶于伊法指挥官竟然也会开这种玩笑。或许是因为他认识她时，她已经承担了与年龄不相称的责任，收敛起了爱玩的性格，所以他才一时没有发觉。

"啊，您这可是蓄意报复了。"

"你真的要把她从我身边抢走吗？"伊法装作严肃地质问道。

"岂敢，岂敢！"勒菲弗尔笑着说，"是尤季娜觉得，她一个人的力量还不够报答您,所以才把我也拉进来的。"

伊法惊觉,这宪兵队长果然是和尤季娜待久了,居然也变得油嘴滑舌,真是不学好。但她想起两年前尤季娜还是个一本正经的姑娘,是自己把她带得油嘴滑舌的,所以也不好说什么,只好答应他,一定会去参加他们的婚礼。

勒菲弗尔离开前,伊法又眯起眼睛道,如果以后敢欺负尤季娜,知道会是什么下场吗?准新郎一边说知道,知道,却仍是笑着道谢道个不停。

尤季娜来自卡利什捷,而勒菲弗尔来自安斯菲尔登,那是两颗完全不同的行星;且尤季娜的工作无法离开伊法,勒菲弗尔的工作也不能离开第一任联邦舰队司令舍尔兴。他们该按照何种习俗举行婚礼呢?舍尔兴听说此事后,立即自告奋勇要教勒菲弗尔骑马,说必须办个埃本塔尔式婚礼,新郎若不能骑马跨过一连串障碍迎接新娘,以后就再不许登上战舰。

"这简直是滥用职权嘛。"勒菲弗尔被摔了两个跟头。他虽主管宪兵,却也只敢和尤季娜私下抱怨。尤季娜却一听说骑术训练就两眼发光,连说,要不我们颠倒一下,我骑着马迎接你吧。勒菲弗尔又不肯了。

到了婚礼这一天,勒菲弗尔骑着高头大马,跃过了小溪、矮墙和各种障碍,把尤季娜接上了马背。好望角号上来了不少人,夹道向他们撒出花瓣。

婚礼进行到一半,门外就走进来一名工作人员,找到伊法并递给她一则简报。这样的工作若是尤季娜负责,如此关键的信息早在两小时前就传入伊法的耳中了。但尤季娜今天是新娘，所以就延迟了些。

简报的内容是：埃本塔尔的一幢废弃建筑被离奇地确证为一处精神污染源，当地防疫警察封锁建筑并疏散了附近的人群之后，有人闯了进去。

有谁会闯入精神污染区呢？况且废弃建筑是没有主人的，难道是……伊法的心被猛地撞了一下，她顿时怔住了。这可能吗？不可能的。

正当此时，新郎新娘远道而来的一位家人走上前来，想邀请伊法在婚礼上说一些祝福的话，将她拉回到了婚礼现场。

然而伊法今天不是以上司，而是以友人的身份参加婚礼的，此时正与好望角号上的几名女兵坐在一起。她毫无准备，起初怕自己身份特殊说错了话，但转念一想，反正自己还没有正式就任总理，说说也无妨。

"我曾听说，在一座古老的修道院中，曾隐居着一位伟大的修女；她每次为附近村镇里的人献上婚礼的祝福时，都说'相敬相爱'。今天我也借来这句话，送给亲爱的尤季娜和勒菲弗尔。生活的新纪元从今天开始。"

在场的亲朋宾客们欢呼。这句话被尤季娜和勒菲弗尔记录并流传了下来。

伊法记得温特说过，琼安修女不像别的神职人员那样说"上帝祝福"，而说"相敬相爱"。在那个时代，后一句话被视作对人性的自然而然的肯定，这种肯定中充盈着不亚于前一句话的庄严与力量。可惜的是，几个世纪之后，基于敬意的爱亦成了一种崇高的，或略显迂腐的理想。人性的事物总是难免变成太人性的。

为新人献上祝福后,伊法回到了自己的座位,几分钟后就悄悄地离开了。

"伊法指挥官走了。"勒菲弗尔忘了改变称谓,她已经不是指挥官了。

"我看见了,她一定是有什么要紧事需要处理。"尤季娜说。终于,伊法成为那个需要随时服务于更高的召唤的人,这无疑会将她的个人生活挤得零乱破碎,而尤季娜恐怕也得跟着如此。但她从珍贵的青年时代积累下来的幸福一定不会枯萎,而会成为她迈向未来的沃土。在两年前刚刚认识伊法的时候,尤季娜就知道只要能在战争中活到最后,她们之间一定会有长久的友谊。

4.

事情很快有了新进展。那个闯入精神污染建筑的人,居然是帕特里克僧侣。照片上的他虽然留了长发,也换上了世俗人的衣服,伊法还是认出了他。她立刻打电话告诉防疫部门,把这个隔离中的人送到一处指定的房间,她有话要亲自问他。

三小时后,随行人员替伊法打开房门,她刚走进去就看见了他,欣喜地叫他的名字:"帕特里克!上一次从穆罗梅茨堡出来时,你到哪里去了?我后来一直派人找,却找不到你,还担心你落在黑洞里了!"

帕特里克却是一愣。

"怎么,没想到是我吗?"伊法问道。

帕特里克却说："我猜到是你，还在等那阵最有特色的咚咚咚的敲门声呢，那几乎就是你的一部分了，所以没了它，反而不习惯了。"

伊法笑了出来，她想起当初在好望角号上时，别人从敲门声就能听出是自己，因为全船就数她敲得最急。

"我在离开穆罗梅茨堡登舰时，觉察到即将登上另一艘船的队伍中，有几位症状轻微的遭精神污染的乘客；当时已来不及告知你，我就立刻跟了过去。经询问，我才知道他们是囚犯，想必是教皇派在囚犯身上做精神污染实验。可是开船之后，船长却不信我说的话。于是我只能让其他人退避，自己照顾他们，直到这些人渐渐疯癫。传染蔓延开来之后，我立即撰写了一篇文章，发往共和军的军医部，论述精神污染大多是从眼部进入身体的。后来，我成了一名志愿医生。听说您很重视这篇论文，并据此有效地组织了隔离。"

"我太大意了，我记得有这么篇文章，它在防疫中起到了很大作用，却没注意到作者是您！"伊法说完立刻注意到，自己居然用"您"来称呼帕特里克。她有些后悔，自己过去从来不会用如此生疏的词语。

"我忘了署名，于是那提交报告的防疫部官员就被误以为是文章的作者。"

"原来如此，尤季娜——"伊法想唤尤季娜来，把这件事通知防疫总部，话已出口才想起她今天不在这里，"我明天就让人公示此事。"

"没关系的，同样的道理由不同的人说出来也是一样的，知识不论私有制。"帕特里克说道。伊法依稀想起很久之前，他们之间曾经就此有过一次争论。他接着道："况且，关于精神污染的研究记录已经随着穆罗梅茨堡的毁灭而失传，不再是'知识'了，再过些年，后人就会怀疑这一切是否真的发生过，整个'精神科学'都会沦为神话中的魔法。就像月下的酣梦与夜露，终会在白昼散去。"

"酣梦与夜露。"伊法喃喃地重复这两个词，她有些感伤，于是转移了话题，问他去那幢被确定为精神污染源的房屋，是去做什么。

"人类被精神污染后的损伤是不可逆的，无可救药，但有意识却无智能的低等动物却不同，它们中有的能携带甚至长期保存'火'，却不会疯癫，例如小鱼小虾——记忆只有几秒钟，也就谈不上疯不疯癫。所以我闯进房屋，是为了寻找屋内有没有此类受感染的动物。"

"今后人类恐怕就只会记得一种传染性的精神疾病，一种致死的疾病。"伊法说着，轻轻地叹了一口气。

"当今世上，只剩下我一人还记得那些古老的秘密，也只剩你一人，是完全的免疫者。但是伊法，你不该觉得有什么遗憾，因为没有什么可遗憾的。"帕特里克回答。

无论国王堡教团的故事是随栓星台一同沉入黑洞，还是被埋在涅尔琴的矿井底，这两人都知道，世间曾有人将双臂伸展到如此的高度，触摸过人类知识至高的拱心石，伸向造物者的指尖。此时，伊法看见一颗流星飞过暗紫色的夜穹，心中想道：确实，精神科学最终注定失败，它无法成为照耀人类的恒星；而精神污染的泄漏蔓延，更遮蔽了它原本的光辉。但如果这颗流星滑落在一片无人注视的夜空，既没有承载谁的愿望，更不会有人记得它，难道流星就不存在了吗？此刻流星已逝，伊法对着夜空许了一个愿：愿天地间所有曾刹那存在的美好，所有在孤寂中闪耀过的事物，也都不必有遗憾。

"你今后有什么打算呢？"一阵沉默之后，伊法又问道。

帕特里克说："如你所见，我已不是僧侣，但我仍有超出常人的精神污染抵抗力。我想去翁布罗萨，去吸附清除那颗行星上，残留在低等动物体内的精神污染，把那里重新变成一个适宜人类居住的地方。如果消极地等待精神污染物逐代衰减，恐怕遥遥无期。"

伊法知道，无论是不是僧侣，帕特里克都是一样的。关于这些身份，在他眼里从来都没有什么分别。

"那是通过什么方法，又需要多少人手呢？联邦政府或许能支援你。"伊法问道。

"不用的。由于那颗行星上残存的动物都感染了精神污染，所以空气中、河水里仍弥漫着轻度的污染物，没有免疫力的人无法长期生活。所以我打算一个人去，带上这些。"帕特里克从衣兜里掏出几粒种子，"这是一种原产于克拉朗的大树种子，却在翁布罗萨行星足能长成几百米高，并被移植到那里，在行星表面接连成片，供人们在这种树上生活。当年那场精神污染轰炸之后，这些高大的植物在风暴中被摧折殆尽，然而正是这些树，有能力吸附和净化精神污染。"

帕特里克说这些话的语调还是那么平静。伊法听他说完了这些，看着他手掌心的树种，自语道："这就是精神科学最后留下的种子吗？"

"理论是灰色的，但生命之树长青。"

"你终于要成为一个播种者了呢。"伊法的语气中带着羡慕。她说完这句话，才发觉自己用了"终于"这个词，好像这是帕特里克命中早就注定要发生的一样。

帕特里克认真地点了点头，"你终于成为一位政治家了。"

"终于?为什么呢?那时候我可从来没这个打算。"

"是科赫指挥官说,你一定能成为一个优秀的政治家,是他在与我的最后一次交谈中说的。"

"是嘛?"伊法知道帕特里克不会说谎。她心中反而有一股惆怅,再次觉得政治只是暂时的事业,不是她一生的目标,"要不待我当完这四年的总理,也去翁布罗萨,我们一起照料这些树吧!你别忘了,我也是有免疫力的。"

帕特里克脸上露出十分高兴的神情,但他随即又想了想,还是带着他特有的认真表情说道:"如果其他一切都没问题……我是说,如果到时候,没有更重大的事需要你的话。"

与帕特里克对谈,更让伊法觉得自己变了很多。她从未有过如此明显的感觉,这或许是因为在不停的忙碌中,她很少有机会停下来想这些;但也可能是因为帕特里克一直没有变——无论是作为僧侣、研究者、指挥官、医生还是接下来要做的播种者,这些不同的身份仿佛只是他一年四季在同一颗星辰下的影子。

帕特里克告诉伊法,他会尽早启程前去翁布罗萨,三天后就动身先去另一颗行星,在那里租一艘船。那正是伊法宣誓就任银河联邦总理的前一天。

"那天我再去送送你吧。"

"好啊,谢谢!"

伊法知道自己想送他到最后,是因为她不曾有机会送别约阿斯神父、策林根、胡梅尔,还有薇拉和温特。一切都离去得匆匆,在许许多多个夜晚,那些没来得及说出口的话在她的心里翻涌,让她为缺少一次郑重的告别而痛苦。这些人，有的是因为难测的命运，有的是出于自身的意志，都已经离她远去。但他们都曾仰望过、追求过某个比他们短暂的生命更高大的目标。

三天后，伊法准时赶到了航空港，帕特里克已经在星际航船的关口等她了。伊法终于能够送别远行的友人，可是她却说不出话来。

"准备好了吗？"帕特里克问道。见伊法诧异地盯着他的眼神，他继续问，"准备好启程了吗？"

"是！"

本来是伊法要送帕特里克远航，没想到最后是他送别了自己。

直到帕特里克的身影消失在门的另一边的人海中，伊法仍一个人站在原地。在转身离去前，她听见几个返校的中学生坐在一起诵读诗歌，那是她多年前和薇拉、温特一同读过的，最后几句是这样的：

  直到高人的尺规
  在大地的尽头画了地图
  直到北方的猫头鹰转过脑袋
  在极光下看见了永恒的昼与夜
  看见你在黄昏波涛里的
  金色碎影

  从此，万人都把你比作岸
  我只可能将你唤作海

后记

　　数百年过去了。精神污染终究没有被完全清除，忽显忽隐延续至今，这恐怕正是人类逃脱不掉的宿命。后来，它渐渐变得面目模糊，难以区别于一般的神智错乱，只能靠是否有传染性来鉴别，但这个标准也越来越不清楚。在我写下这故事的时代，人类狭隘又分裂；而故事里的古人们，他们的生命璀璨夺目，与群星交相辉映。本书作者是在一个精神污染再度爆发的年份，躲在一个孤独的塔楼里写下这些的；我亦是在这些理想和希望几乎耗尽之时代，重述它正午时分的熠熠光明。写此书时，我时常搁笔起身，在斗室之内独自久久徘徊，将目光投向星空，一度怀疑在万千光年之上，是否真的曾有过好望角号，还有胜利女神号在驰骋。如果这些史料、讲述和传说都是真的，又为何在今天的世界难觅踪迹？穆罗梅茨堡曾跨越数千光年，巡游过广袤空旷的疆域。在距离它曾到之处远近适中的位置，倘若用最先进的观测仪向那个坐标望去，至今仍能捕捉到一个皎白的点。那是宇宙的珍珠迈过漫长的时空投下的残影，它正在以光速穿透我们，也正在以光速消散。

在穆罗梅茨堡坠入黑洞之前,帝国博物馆馆长施波尔侯爵夫人借兵抢救馆藏珍宝,将其中大部分及时救出;后来她公开口述了科赫在革命前夜,曾在博物馆与自己偶遇的那一幕,这一老一少的对话场景本身也成了画家、雕塑家们手中的经典题材,这些后世作品也被陈列在博物馆里,让观看者时常产生错觉,觉得那场对话永远不会结束。我有幸在一些认识的人身上,瞥见过故事里的主人公们的影子——就在他们的眼眸里、嘴角旁,或在某个转身挥手的瞬间,他们的面容与姿势,让我想起我们的主人公们曾说过的话,那些句子仿佛下一秒钟就会长出翱翔的翅膀。我在写作这段历史的时候,其实分不清,是我将曾经注视过的那些幸福和悲怆的脸,都融化在古人的身上;还是故事里的人们从天国借来的神火,至今仍零星地燃烧在人类的魂魄里。

就在前不久,一艘航船无意中遇到了一个漂流的古代飞行器,打捞之后,经辨别是旅行者一号,上面载着地球送入深空的首个物体:一张金唱盘,那是我们这个宇宙文明的伊利亚特与奥德赛。全银河每个星球的电视台都转播了它,图像中有哺乳的人、教书的人、建筑的人、奔跑的人——我们的祖先,人类原本的模样。我还听到那么多失传的古代语言,都是他们发向宇宙的问候;每一句都叽里咕噜的,多么可爱啊!我全听不懂,但它们都是我听过最美妙的声音。在这张唱盘里我听到了巴赫,看来唯有音乐流传,直至星辰之上。旅行者一号回来了,就像少年时掷出的纸飞机,飞回到了老人手中。古老的金唱盘上记载着自从人类结绳记事之初,就开始使用的圈圈点点的符号;两千年的科学进步史,最终只是漫长历史中的白驹过隙。在它之前,智人已经存在了十万年；在它之后，人类还将存续多久？十万年，还是一百万年？一百万年有多么长。我们还将创造多少，又将遗忘多少。我偶尔仍会在梦里想，一个能创造和遗忘的世界，一定比已不能创造并因此恐惧遗忘的世界更好；一个幸福和痛苦并存的人间，一定比没有幸福并畏惧痛苦的人间更幸福。

我合上笔记本，抬头望去，不知不觉已是傍晚。我走到窗前，推开它，让新鲜的冷风吹进这阁楼。远方的大雪山在蓝色的夕阳下，巍峨又肃穆。楼下庭院里坐着一个孩子，手持一截树枝，在雪上画雪。他画得那么认真，让画中的雪胜过了真实的雪景；而他本人的画布，却也是天地间这场雪的一部分。我悄悄伸出手指，在窗台薄薄的积雪上写下我们历史学会那句入会时人人必须诵读的箴言："还有无数朝霞，尚未点亮我们的天空。"等到明天那一轮灰蓝色的太阳高照之时，它也就要消失了。